国家级特色专业（汉语言文学）建设系列教材

普通高等学校中文学科通用教材

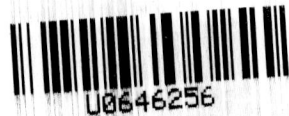

中国现当代文学作品选读

当代卷

Zhongguo Xiandangdai Wenxue
Zuopin Xuandu

主 编 席 扬

北京师范大学出版集团
BEIJING NORMAL UNIVERSITY PUBLISHING GROUP
北京师范大学出版社

当代卷

DANGDAIJUAN

小 说

梁 斌

梁斌(1914—1996)，原名梁维周，河北省蠡县人。中国当代作家。主要作品有长篇小说《红旗谱》《播火记》《烽烟图》《翻身记事》等。代表作《红旗谱》等。

梁斌少年时代深受革命文学的影响，1930年考入保定省立第二师范学校，亲历"二师学潮"。1932年家乡发生"高蠡暴动"，使其深受触动，走上革命道路。1933年加入"左联"后开始文学创作生涯，这时期发表小说《农村的骚动》《夜之交流》等。抗日战争和40年代后期，梁斌在解放区从事文化宣传工作，期间创作短篇小说《三个布尔什维克的爸爸》、中篇小说《父亲》和剧本《千里堤》《五谷丰登》等。1953年，梁斌开始长篇小说《红旗谱》第一部的写作，1957年问世后引起热烈反响。1963年完成第二部《播火记》。"文化大革命"后，出版了第三部《烽烟图》及长篇小说《翻身记事》，此外还发表了创作论集《春潮集》，散文、文论集《笔耕余录》，回忆录《一个小说家的自述》。

梁斌是新中国成立后在小说创作上取得重要成就的作家之一，其作品不仅在广阔的历史背景下描写社会生活和革命斗争，以雄壮的笔触勾勒斗争和细致的手法描绘人物情思，使作品气势浑厚、浓烈。他还有意探求艺术的民族风格，借鉴中国古典小说传统技法，注意描摹地域风土人情，透出浓厚的民族特色。

红旗谱（节选）

三

等旅客走完，月台上人稀了，朱老忠才带上一家大小走过栅口。进了候车室，看见一个人，在售票处窗口背身站着，胳肢窝里夹着一把铁瓦刀，手里提着个小铺盖卷，铺盖卷上裹着块麻包片儿。朱老忠看他的长身腰，长脑瓜门，挺实的腰膀，心上一曲连，急跳了几下，用手扪着心窝说："嗬！好面熟的人！"他停住脚仔细瞧着，看那人端着烟袋抽烟的硬架子，完全象是练过拳脚的，完全象！可是看他满脸的连鬓胡髭，却又不象。

朱老忠抿着嘴暗笑了一下，抬起脚兴冲冲地走过去，一下子把被套角挂在那人的腿胳肢上，把那人挂了个侧不楞，仄歪了两步又站住。那人慢搭搭地回过头来，问："你干吗碰我？"

这时，朱老忠已经走过去。听得说又返回身来，睁圆了眼睛，泄出两道犀利的光芒，射在那人的脸上。听语声看相貌，心里肯定说："是，一定是志和！"

一个警察，离老远看见这两个人的架势，颠着脚跑过来。还没跑到跟前，朱老忠扔下被套，跨过两步，一把抄住那人的手腕子，说："兄弟！你在这儿发什么愣？"

那人把手一甩，抽回胳膊，皱起浓厚的眉毛，抬起眼睫，弓起肩膀仔细打量朱老忠。又看看贵他娘，看了看大贵和二贵。暗哑着嗓子，一个字一个字地说："你认错了人吧？"

朱老忠又赶上去，攥住他的手，哈哈大笑了，说："没有，我没有认错了人！"

说到这里，那人睖睁着眼睛，盯了朱老忠老半天。他乍一看起来，在朱老忠身上已经找不出什么特征，可是看到大贵和二贵的脸形、鼻子和嘴，又睁起两只大眼睛，盯了一会子。猛的朱老忠幼时的相貌，在他内心里唤起了久远的回忆。他"呵！"地叫了一声，扬起下巴，扳着指头暗暗算记。摇了摇头，悄悄地说："三十年，三十年不见了呵！"他说着，迈开大步赶过来，抬起长胳膊搂住朱老忠。不提防腋下那片铁瓦刀，当啷的一声掉在洋灰地上，惊动了周围的人们，一齐扭过头来，睁起怀疑的大眼睛看。

那人就是严老祥的儿子严志和，他和朱老忠从小的时候，跟着老人们在一个拳房里跳跶过拳脚，在一块背柴禾筐。大了在一起赶髭颏鸟儿、打短工。朱老忠远走高飞的时候，他背上行李送出十里以外。想不到三十年以后，在这里会见了！严志和跟朱老忠站在一块，正比朱老忠高一头。严志和这时心上一闪，忆起父亲扛着长枪送朱老忠离开锁井镇的情景儿。

严志和抱起朱老忠，把下巴墩在他的肩膀上，瞪圆了眼珠子，说："虎子哥，你可回来了！"说着，两颗大泪珠子从眼角里滚出来，落在朱老忠的脸颊上。

朱老忠返回身，捧起严志和的脸，这么看看那么看看，拍拍他的长脑门，说："兄弟！想啊！想啊！想你们呀，我回来了！"

那个警察，提着警棍转游了一遭，最后看到这两个人的虎式子，总有些放心不下。旁边一个浑身风尘的老太太，也插嘴说："离乡背井，还不够受的？还你一拳我一脚的！"那个警察又提起警棍，颠起脚跑过来，把人们赶散了一看，严志和正攥住朱老忠的手，说："哥！你一去三十年，三十年音讯全无！"

朱老忠说："甭说写信，一想起家乡啊，我心上就一剜一剜的疼！"又扯住严志和的手说："来吧！我给你介绍介绍，这是你嫂子，这是你两个侄子。"他撅着嘴巴上胡髭，笑眯眯地站着。

严志和笑咧咧地说："唉呀！出去的时候，嘴上还没有毛儿。回来，老婆孩子一大堆了！"

那个警察看他们不象打架斗殴，倒是在异乡遇着亲人，就骨突起嘴，嘟嘟囔囔地说："我以为是他娘的干什么，也这么大惊小怪的！"

朱老忠一听，扭过头横了他一眼，回头又对严志和说："说了半天，还不知道你要去干什么？"

朱老忠一问，严志和一下子红了脸，怯生生地愣了半天，唧唧哝哝地说："我，我要闯关东，离开这个愁城！"

朱老忠说："怎么，你也要下关东？"他也愣了一刻，心里想起他在关东三十年，多咱一想起家乡，想起老街旧邻，想起千里堤上的白杨树，想起滹沱河里的流水，心上就象蒙上一层愁。这才一心一意要回老家，千里迢迢，好不容易赶回来，想不到志和又要走。他又问："到底是为什么呀？"

严志和颤着嘴唇，低了一会头，才说："要去找我那老人家！"

朱老忠眯了一下眼睛，说："怎么，老祥大伯也下了关东？"

严志和说："提起来一句话说不完，咱先找个地方住下再说。"

严志和猫腰拾起瓦刀，就势双手一抡，把被套扛在脊梁上，就向城里走。朱老忠和孩子们背着行李，提着包袱，在后头跟着。

朱老忠进了城，大街上人来人往，车马也多。一眼看去，完全不象从前的老样子，添了几处洋式楼房，玻璃门面。不知不觉走到万顺老店，店掌柜拿出钥匙串，开了一间小房，问严志和："没上得去车？"

严志和说："碰上了老熟人，给你招了买卖来。"又指着朱老忠说，"他就是锁井镇上朱老巩的儿子，我们是生死之交。"说着，把被套往炕上一扔，听得咕咚一声响，又说："好重的行李！"

店掌柜是个高老头，听得说是朱老巩的儿子，搓着两只手走上来，从上到下打量朱老忠。左瞧瞧右看看，笑着说："朱老巩，好响亮的名儿呀！当年他老人家在世的时候，每次上府都住我这儿。倒不是高攀，咱们还是个老世交，老巩叔和我爹相好了一辈子！"他攥起朱老忠两只手，抖了一抖，说："真是！老子英雄儿好汉，你和你们老人家精神头儿一模一样。"

自从朱老巩死了以后，方圆百里出了名，一直流传到现在，人们还是忘不了他。有个说梨花大鼓的先生，给他编了个小书段，叫做"朱老巩大闹柳树林"。那个说书先生，自从编了这个小书段，也就出了名了。人们戏上庙上送号还愿的，净爱打车摇铃地请他去说书。白胡子老头们，只怕孩子们把朱老巩爷爷给忘了，夏天拉着孩子们找个树荫凉，冬天坐在热炕头上，辦瓜搂子儿象讲《三国演义》一样，讲说朱老巩的家世和为人，直到把孩子们感动得流下泪来。如今一说起朱老巩，大人孩子们都知道。要是有人看见朱老忠的身形、长相、脾气和性格，就会想起他的老爹朱老巩。

朱老忠听店掌柜说是老世交，立时笑了，拱了拱手说："那时节我还年轻，不记得了……"

店掌柜的也说："没说的，一家人，你这咱晚才从关东回来？带回多少银子钱？"

朱老忠说："哪里来的钱？还不是光着屁股回家。"

掌柜的说："下关东的老客们，有几个不带银钱回来的。谁肯傻着脸回家。"

朱老忠说："这倒是一句真话，一辈子剩不下钱，把身子骨扔在关东的人多着呢！"

店掌柜拿了把笤帚来，扫着地问："怎么样，东北又有战事？"

朱老忠从柜房里拿出把缨摔，掸着满身的尘土，说："眼下东北倒还没有战事……咳！民国以来天天打仗，这年头有枪杆子的人吃香！今天你打我，明天我打你，谁也打不着，光是过来过去揉搓老百姓。"他一面说着，皱起眉心笑，似乎军阀混战的硝烟，还在他们鼻子上缭绕。

店掌柜的说："各人扩充自个儿的地盘呗！别的不用说，不管那个新军头一来，先是要兵，要兵人们就得花钱买。还叫人们种大烟，说什么'……谁敢种大烟一亩，定罚大洋六元。'你看看这个，不是捂着耳朵捅铃铛？"

严志和听到这里，伸起脖子说："你不种他硬要派给你种，种，还得拿种钱，他娘的什么世道儿？快把人勒揸死了！"他抽着烟，嘴上嘟嘟囔囔地说个不停。

店掌柜看今天来了老朋友，热情地招待，说着话搬了个小炕桌来，放在炕上。又沏上壶好叶子，拿来了一包'大翠鸟'的香烟。说是今天的饭由他准备。还说："你们以后上府，一定要住我这儿。如今没有别的，就剩这几间破房子了。"说着话，忙着去张罗饭食。

贵他娘洗了手脸，说："我上街去看看。"带着孩子们出去了。

朱老忠斟上两碗茶，跨上炕沿问："兄弟！咱先说说，为什么单身独马地闯关东？"

严志和喝了口茶，低头坐在炕沿上，呆了老半天才伸直了脖子咕嗒地咽下去，摇摇头不说一句话。

朱老忠看他象有很沉重的心事，慢慢地走过来坐在一旁。拍拍他的肩膀，问："你可说呀！"

严志和还是低着头连连摇晃脑袋，不说什么。

实在闷得朱老忠不行。他知道严志和自幼语迟，你越是问，他越是不说，问得紧了，他还打口吃。朱老忠说："你还是这个老僻性，扎一锥子不冒血！"

严志和沉着头呆了一会，才从嘴唇里一个字一个字地蹦出一句话，说："甭提了，看咱还能活吗？"

朱老忠一听，觉得话中有因，立时紧皱眉头问："村乡里又出了什么大事吗？"

严志和慢吞吞地说："可是出了大事情！"他说了这么一句话，就又停住了。摇晃着脑袋，老半天才说："说起来话长呀……前三年，咱地方打过两次仗，闹过两次兵乱。锁井镇上冯老兰和冯老洪闹起民团来。他们拉着班子壮丁打逃兵，打下骡子车和洋面来发洋财。不承望逃兵们从保定捅来了一个团，架上大炮，要火洗锁井镇。冯老兰慌了神，上深县请来个黑旋风，从中调停。你想黑旋风是个什么家伙，硬要锁井镇上拿出五千块大洋，这才罢兵。五千块洋钱摊到下排户身上呀，咳！一家家庄园地土乱打哆嗦……"

严志和说起话来，总是慢慢的。本来一句话说完的事情，他就得说半天。朱老忠一听，心窝里象有一股火气，向上拱了拱，抬起头舒了一口长气才忍住。呆了一会，他又问："他们上牌户不出？"

严志和说："我那大哥！你还不知道？上排户哪里出过公款银子？回回都是下排户包着。"

严志和说着，朱老忠心里那股火气，就象火球一样在胸膛里乱滚。他攥紧拳头，伸在背后捶着腰问："谁是冯老兰？"

严志和说："就是冯兰池呀！他儿孙们大了，长了胡子，村乡里好事的人们抱他的粗腿，给他送了个大号，叫冯老兰。"

这时，朱老忠心里那个火球，一下子窜上天灵盖，脸上腾地红起来。闪开怀襟，把茶碗在桌子上一蹾。伸开手拍了拍头顶，又倒背了手儿，在地上走来走去。停住脚看看窗外，闭住嘴呆了老半天，才盘脚坐上炕沿，问："他还是那么霸道？"

严志和把两条胳膊一伸，捋起袖子，放大了嗓音说："他霸道得更加厉害了！"

朱老忠一时气愤，浑身一颤，大腿一簸，一下子碰着桌子档儿。哗啦一声，把茶壶茶碗颠了老高，桌子上汤水横流。这时，朱老忠才猛醒了过来，伸开胳膊搂住茶壶，不叫滚落地上，嘴上打着响舌儿说："啧，啧，失手了，失手了。"又笑嘻嘻地找了块擦桌子布来，擦干了桌子上的茶水。

严志和并没有看出朱老忠心气不舒，心里想："这人儿，倒是山南海北的闯荡惯了，一点没有火性。"

朱老忠抽着烟，闭上眼睛呆了一会。猛然间放开铜嗓子说："他更加厉害了？好，出水才看两腿泥哩！"话声震得屋子里嗡嗡乱响。一说到锁井镇上的冯老兰，好象仇人见面，分外眼红。可是他不露声色，暗自思忖……

严志和直了直腰，看着朱老忠愣了一刻，想："别看不动声色，脾气许是越发地梗直了。"

朱老忠又问："你们也没人跟他打官司？"

严志和说："打！看怎么打吧！锁井镇上出了个朱老明，串连了二十八家穷人告了状，我也参加了。头场官司打到县，输到县。二场官司打到保定法院，输到保定法院。三场官司打到北京大理院里，又输到大理院了！"

朱老忠猛地抿了一口茶，吧咂吧咂嘴头，用着沉重的语音说："好！朱老明是个硬汉子！"

严志和说："亏他是能干的人，领着人们上京下府打了三年官司，也把官司打输了。"

朱老忠问："输到底了？"

严志和说："都输得趴下了！不用说朱老明是拿头份，我也饶上了一条牛，输了个唏咧哗啦呀，日子过不成了！"

朱老忠问："锁井镇上的事，碍着你什么了？"

严志和说："那天我到镇上去赶集，回来碰上朱老明，到他家里串了个门。听他念叨打官司的事，我心里不平，就说：'我也算上一份！'一句话输了一条牛。咳！完了！走啊，咱在这地方算是直不起腰来了。"

朱老忠看严志和是个义气人，够朋友。把眉泉一锁，说："那就该不打这官司！"他立起身来，在地上走了两遭，把头一摆，说："你不走！"

严志和瞪起眼睛问："不走？"

朱老忠鲠直脖子，摇了摇头说："不走！"

严志和又低下头呆了一会子，说："不走又怎么办？我肚子快气崩了，我就是爱生闷气。那个土豪霸道，咱哪里惹得起？"

朱老忠红着脖子脸，把胸膛一拍，伸出一只手掌，举过头顶，说："这天塌下来，有我朱老忠接着。朱老忠穷了一辈子倒是真的，可是志气了一辈子。没有别的，咱为老朋友两肋插刀！有朱老忠的脑袋，就有你的脑袋，行吗？"

严志和忽闪着长眼睫毛，看着朱老忠，愣了抽袋烟的工夫。看朱老忠刚强的气色，象个有转花儿的人，才有些回心转意，颤着长身腰，说："听大哥的话，要不咱就回去？"

朱老忠看说动了严志和，心上又鼓了鼓劲，说："回去，跟他干！"

严志和又慢慢地抬起长眼睫毛，说："我的大哥，看你干得过吗？"他说着又连连摇头。

朱老忠看严志和又松了劲，走过去拍着他的肩膀，细声细气儿说："咱跟他拉长线儿，古语说得好，'大丈夫报仇，十年不晚'。"

严志和听了这句话，弯下腰沉着头，瓷着眼珠盯着地上老半天，又想起他爹严老祥离乡前后的情景。

严老祥和朱老巩是同年生人，比朱老巩大三个月。自从朱老巩大闹柳树林，又过了几年，一连发了两场大水，涝得籽粒不收。秋天又连连下起雨来。那天，天刚放晴，阳光在天空照着。严老祥不言不语地蹲在千里堤上，看着滹沱河里翻滚的水流。堤边上的河蛙，咕儿哇儿地乱叫唤。年景不好，使他心上忧愁。猛地闻到背后有浓烈的烟味。回头一看，冯老兰正在他背后站着抽烟，瞪出一对网着血丝的大眼睛，直盯着他的脑袋。严老祥浑身寒颤了一下，慊悄悄地站起身来，走回家去。他怕冯老兰瞅个冷不防把他推进大河里，被洪水卷走了。

严老祥走回来，硌蹴在门前小碌磠上。独自一人，低下头又扬起头，抽了一袋烟又抽一袋烟。心里总是疑忌冯老兰的眼睛里有事，半天也忘不了那对阴毒的眼光，想起来又觉得后怕。

他又想起：朱老巩死了，他象失去一条膀臂，单丝不成线，孤树不成林，只怕冯家对他不利。一时想起要离开锁井镇，离开这仇气地方，走西口，下关东……

严老祥想到这里，从小碌磠上站起来。这时千里堤的大杨树上，老鸦呱啦呱啦地叫起来。他一个人，拎着烟袋走上千里堤，走走转转，想到：当他还在壮年的时候，那时他们还住在滹沱河的下梢里。在连年荒涝的年月，把最后一间房子、一亩地卖净吃光，推着一辆虎头小车，带上老婆孩子和全部家财——一条破棉被和一口破铁锅，沿着滹沱河的堤岸，走到大严村，投靠了严老尚。严老尚看他身子骨儿结实，又着实能做活，就把他收留下。他会收拾梨树，给严家扛个长工，后来志和也在严家帮工。冬天严家给几件破烂衣裳，青黄不接的季节，给点糠糠菜菜，给个一升半碗的粮食。一家人苦做活，过了多少穷愁日子，才在村前盖了三间小屋。后来又在村南要了二亩地，好不容易安下家来。如今看看年纪老了，要离开可爱的家乡，闯到边远的关东去。他心上热火撩乱，他的一颗心象在沸水里煮着。咳呀！难呀，难呀，穷家难舍，熟土难离呀！

他站在堤坝高处，看着低矮的家屋，比河里的水浪还低。只要河水向外一溢，就要把所有的家屋树林冲掉。他积攒了二十年的工钱要的二亩地，就得淹进深深的河水。想着，眼泪汪满了眼眶，禁不住夺眶而出，滴在衣襟上……

咳！老朋友不在了，他觉得孤独，觉得寂寞。眼看秋天快要过去，田地里是水，街道上空空的，满目荒凉空旷……一忽儿，又觉得他的心象是悬在缥渺的半空中。他下定决心，要离开老婆孩子，离开他用血汗建立起来的家园……

一想到离开家乡，他心上又热烘起来……

独自一人在那里站着，看看太阳，快晌午了，走回家去，跟老伴要了一双布袜子。又走出来，坐在门前井池旁洗了洗脚，把袜子穿上。又把严志和跟孙子运涛叫到跟前，说："儿呀！我扛了二十年的长工，流了二十年血汗，盖上这几间土坯房子，要了这二亩地，算是给你们成家立业。"说着，他流下眼泪来，说："你老巩叔叔死了，到如今老霸道还是无事生非，动不动就找咱的茬儿，欺侮咱。我要是不离开这块地方，怕是早晚落不了囫囵尸壳。我要闯关东，去受苦啊！"

严志和一听，觉得爹爹象是到了秋天树叶黄的年岁，还要走关东去受苦，眼泪刷地流下来，说："爹！甭走啊，你一辈子不是容易，咱也有了家屋住处，有了孩子们，这还不好吗？"

老祥大娘也说："你心里想的什么哟？今年年景不好，还有来年。田地上长不出东西，咱养梨树。梨树上长不出东西，咱学治渔……你想的是什么哟！"说着，挥泪大哭了一场。

运涛那时还不到十岁，听说爷爷要离开他闯到关东去，趴在爷爷的腿上不起来。

严志和说不转严老祥，转身找了老驴头来。老驴头那时还年轻，跺跶着两只脚，说："老祥叔！你要下关东？不行！谁要叫我去，叫我离开这家，我说什么也不干。我老爷爷生长在这儿，我爷爷生长在这儿，我爹也生长在这儿，一辈辈地都埋葬在这儿，叫我离开这儿，说什么也不行，打死我也不行。"他一面说，一面比划着，心上满带火气。

正说着，老套子背着筐走过来，在一边听着。听清了是严老祥要出外，笑眯糊糊地说："咳呀！出什么外呀，外头给你摆着金子哩？摆着银子哩？即便摆着金子银子，金窝银窝不如咱自己的穷窝儿呀。大伯！别走啊，看着咱孩子们面上，也不能扔下他们不管。"

老驴头嘴唇厚，也说不清楚话，急得跺脚连声地说："不能走，你就是不能走！"

时间不长，集了一堆人。绵甜细语，你说一个道理，他说一个道理，谁也说不转严老祥。他觉得这些年幼的人们，嘴上无毛办事不牢，没有多少人生的经验。他们的话，听不听两可。那天晚上，朱全富打了四两酒，把严老祥请到家里，叫老伴用打浆糊勺子炒了两个鸡蛋，两个人就着炕沿喝着酒。说来说去，严老祥还是要闯关东。

第二天，老祥大娘到邻家借了半斤面来，给他做了一顿饭吃，为了使他回心转意，守着老婆孩子把日子过下去。可是说什么也不灵，他下定决心要闯关东。

严老祥吃过早饭，硬叫老伴给他打叠铺盖衣服，对着一家人说："好，我要走了！这二亩地，只许你们种着吃穿，不许去卖。久后一日我还要回来，要是闹好了，没有话说。要是闹不好，这还是咱全家的饭碗。你看咱在下梢里的时候，把土地卖净吃光，直到如今回不去老家。咱穷人家，土地就是根本，没有土地就站不住脚跟呀！"严志和听了老人的话，直到如今，不管手头上有多么急窄，不肯舍弃这二亩土地。这就是他家的宝地，每年打下不少粮食。

老人家说了一阵话，不管老祥大娘哭得死去活来，背上铺盖卷就要走。严志和掉下两点眼泪，说："爹，甭走啊！"又指着运涛和运涛他娘，说："也看着咱这大人孩子们！"老人家摆了一下头说："人多累多，我要闯关东！"一家大小送他上了千里堤，严志和背上行李，沿着大堤走到锁井村南。严老祥在河神庙前上了船，他要坐船到天津，下关东去。那年雨水连天，河水涨发，严志和立在河神庙前头大青石头上望着那条小船顺着大河飘飘悠悠去远了。一去十几年没有音讯，他一想起老人一辈子不是容易，心里就难受得厉害。想着不知不觉又说出口来："我想下关东，把他老人家找回来。就是老人家不在人世了，把他的骨殖背回来，心里也是痛快的！"慢慢讲着，还是不抬起头来，把头低到桌子底下流下眼泪哭起来。

朱老忠说："兄弟！我不怕你心里难受，告诉你说吧！关东三省地方大着呢，你知道他在哪一省？就是知道他在那个省，你知道他在哪个县？哪个村？"

严志和猛地抬起头来，问："真的？象你这一说，我那老人……"说到这里，他转动眼珠看着房梁，老半天没有说出话来。屋子里的空气立时低沉下来，两个人互相听得见心跳。

朱老忠也想起那个慈祥的老人，看严志和沉着脸呆着，走过去拍拍他的肩膀说："兄弟！你没出过远门，如今这个世道，我怕你一个人出去，把身子骨儿扔在关东。"停了一刻又说，"那年有河间府的一个乡亲，从东满到黑河，说有一个锁井镇上姓严的，在那里兴家立业了。咱写个信去问问，要是他的话你再去。要不是他，你也就别去了。咳！我不知道他老人家在关东，要是知道，也得去找找他，现在说也晚了！"

严志和点点头说："大哥说的倒是个高明理儿。"

朱老忠说："我怕你懵着头去了，找不回人来，你也回不到老家了。"说了这句话，抽着烟在屋子里走动了几步，又想起一件事情，抬起下巴问："我那老姐姐呢？"

严志和说："这会不跟你说。"

朱老忠说："你说说有什么关系！"

严志和把头一摆，说："不。"

两个人说了一会子话，屋子里的空气又沉寂下来，你看看我我看看你，谁也不再说什么。

严志和一场话，引起朱老忠满腔的愁闷；他想起北方那雪封冰冻的群山，群山上的密林。他曾在那原始森林里，伴着篝火度过严寒。如今离开广阔的原野走回来，一想到锁井镇上有个冯老兰在等着他，三十年的仇恨，在他心里翻腾起来。心里说："从南闯到北，从北走到南，躲遍天下，也躲不开他们。"可是，他并不后悔，一心要回到祖祖辈辈居住的老家去。心里说："我要回去，我要回去，我擦亮了眼睛看着他。他发了家，我也看着，他败了家，我也看着。我等不上他，我儿子等得上他，我儿子等不上他，我孙子一辈还等得上他。总有看到他败家的那一天，出水才看两腿泥！"

红旗谱（作品梗概）

滹沱河流域锁井镇一带四十八村，为修桥补堤，集资购地四十八亩，作为永久性公产，并铸钟为证。铜钟自明朝嘉靖年间至今世代相传，完好无缺。恶霸冯老兰存心霸占官地，叫人砸钟卖铜顶田赋。血性汉子朱老巩、严老祥气愤不过，挺身拦阻，终因势单力薄，古钟被毁，官地被占。朱老巩口吐鲜血，不日身亡。十五岁的儿子小虎子被迫下了关东。

三十年后，在长白山挖过参、在黑河里打过鱼、在海兰泡里淘过金的朱老忠（小虎子），怀着为四十八村报血仇的心愿，带着妻子和两个儿子大贵、二贵回到故里，与严老祥的独子严志和及其一家——严妻、运涛、江涛兄弟俩相聚，两家成了莫逆之交。朱老忠了解到，自他走后，冯老兰横行乡里、作恶多端，越来越骄横跋扈，前不久还搞得朱老明、严志和卖房卖地，难以度日。朱老忠愤恨地说，总有冯老兰败家的那一天，出水才看两腿泥！

听到朱老忠还乡的消息，冯老兰异常不安："一只虎没有杀绝，三只虎回来了！"

在严志和、伍老拔等人的帮助下，朱老忠终于在东锁井镇重新垒起了三间土坯小房。平日，朱老忠除了带着一家在劳动中求生活外，常在乡亲们中间走走，大伙对走南闯北，变得胸怀坦荡、有胆有识的朱老忠由衷敬服。

一天，运涛、大贵、江涛、二贵和老驴头的独生女春兰一块网住了一只名贵的脯红鸟，喜欢思索、善讲故事、遇事有主张的运涛决定将它卖掉，买上一条牛两家合使。嗜好养鸟的冯老兰闻讯派狗腿子李德才强索未得，便出高价要挟，脾性倔犟的大贵说什么也不肯卖。自此，冯老兰恨死大贵。不久，军阀抓兵，冯老兰利用村长的职权，唆使士兵将大贵捆走。

次年春，运涛外出打短工，认识了县高小学堂教员贾湘农，每逢星期日就到贾老师家去。贾湘农其实是本县第一任中共县委书记，他也不时抽空到锁井一带走走，找朱老忠、严志和等人聊聊，并作些调查研究。不久他还帮助江涛考上了县立高小学堂。

某日，自小青梅竹马的运涛和春兰在瓜棚里正谈得高兴，早就打着春兰的坏主意的冯老兰见状乘机造谣。老驴头闻言，不分青红皂白，将春兰打得死去活来。冯老兰立即派李德才向老驴头明言，他愿出一顷地、一挂大车的代价，与春兰暗中"玩玩"，老驴头几个耳光，打得李德才趔趄奔逃。

一天深夜，运涛瞅准机会与春兰见面，并相约永不变心后，瞒着家人，借着曙光，悄悄离开了家乡，往南方投奔革命军去了。第二年夏季，运涛给家里来信说，他已从军官学校毕业，回军队当见习连长了。严志和、朱老忠、朱老明等欢喜无限、奔走相告。穷乡亲们盼着运涛早日领着革命军过来打倒冯老兰。朱老忠趁热打铁，找老驴头提及运涛与春兰的婚姻大事，老驴头一口应承。

江涛跟着贾湘农闹罢工罢课，反对帝国主义屠杀上海工人，不久，考上了保定第二师范学校，并加入了共产党。

一九二七年"四·一二"反革命政变，运涛被捕入狱。次年秋，严志和才得到消息，严、朱两家无比悲痛。严志和忍痛将"宝地"廉价卖给冯老兰，刚筹措好盘缠，就病得不能起身。热心侠肠的朱老忠带上春兰捎给运涛的小包袱，同江涛一路走到济南探监。在江涛的老师、女友严萍的父亲严知孝的书信帮助下，朱老忠、江涛终于先后两次见到了身陷囹圄却依然铁骨铮铮的坚强战士运涛，亲身感受到了斗争的残酷，但他们没有动摇，更没有气馁。

从济南回来的那年冬天，组织上派江涛回锁井镇发动农民抗捐抗税。在贾湘农家里，江涛与敢冲敢拼的同窗好友张嘉庆相逢，迅速分赴河南河北两区，展开以包税商冯老兰等土豪劣绅为目标的反割头税运动。

　　冯老兰用四千元包了全县的割头税。他规定，每杀一口猪，收费一元七角，外加一副猪鬃猪毛、猪尾巴大肠头。江涛回村后，很快将其父以及朱老忠、朱老明、朱老星、伍老拔、朱大贵等老少两辈人鼓动起来。朱老忠、朱大贵领头支起杀猪锅，免费为乡亲们提供方便。不几天，四十八村的农民纷起反对割头税，冯老兰暴跳如雷，让狗腿子四出讨账、骂街，眼看压不服众人，又指使满口改良主义的儿子冯贵堂到县里告状。

　　上级指示县委机关搬到乡村。贾湘农、张嘉庆来到东锁井实地考察，决定将交通站设在朱老明的住处，并建立了乡村支部，朱老忠、朱老明、严志和先后入党。湘农指示，最近要在县城举行大规模的游行示威，由江涛出头领导，张嘉庆、朱老忠负责组织农民纠察队，届时警卫大会。

　　腊月二十七，几万农民拥进县城集会。严萍望着江涛慷慨激昂的演说，激情澎湃；冯老兰在一片愤怒的反对声中狼狈逃窜；县长王楷第迫于情势，只得答应暂时不交割头税。斗争取得了胜利。

　　一九三一年秋，日寇大举进攻，关东大部地区沦陷。早已情投意合的江涛、严萍上街宣传抗日。不久，江涛领导了第三次二师学潮。次年春，省政府宣布解散第二师范。护校委员会决定召回在乡同学护校，江涛对老夏和张嘉庆的盲动劲头有不同看法，但为了顾全大局，还是留了下来。不久，当局派军警按名单捕人，江涛首当其冲，在同学们的护卫下，当局未能得逞。自此，二师遭军警围困，和外界断了联系，粮食很快就吃光了。面对严重局势，通过剧烈辩论，大伙一致拥护江涛的意见：全体同学冲出市区，到乡村去开展抗日救亡运动。此时，贾湘农、朱老忠、严志和先后赶来营救，因种种原因，未获成功。不久，卫戍司令陈贯群派兵偷袭二师，双方展开激烈的搏斗。在斗争中，老夏遭枪杀，江涛被捕，张嘉庆受伤后也被抓走，朱老忠、严志和见状悲愤交加，仇恨满胸膛。

　　张嘉庆被押在医院治疗，经朱老忠搭救，终得逃出牢笼。朱老忠说这是放虎归山呀！这意味着，在冀中平原上，将要掀起波澜壮阔的风暴！（邹运恒）

杨 沫

杨沫(1914—1995)，原名杨成业，原籍湖南湘阴，生于北京。中国当代作家。主要作品有小说长篇小说《青春之歌》《苇塘纪事》《芳华之歌》《英华之歌》，自传《自白——我的日记》《不是日记的日记》等。代表作《青春之歌》等。

杨沫出生于没落的官僚地主家庭，中学读书期间广泛涉猎古今中外文学名著，后因家庭破产和反抗包办婚姻而出走。1934 年开始文学创作，在《黑白》杂志上发表首篇散文，其后作品多为反映抗日斗争的散文、通讯、报告文学、短篇小说，大都因战乱丧失。新中国成立后，杨沫于 1950 年出版了反映抗战生活的中篇小说《苇塘纪事》。自 1951 年始，她潜心创作长篇小说《青春之歌》，1958 年问世，在当时的青年读者中影响深广。"文化大革命"后，杨沫陆续出版了长篇小说《东方欲晓》《芳华之歌》《英华之歌》，散文集《不是日记的日记》《杨沫散文选》等。

杨沫的长篇小说《青春之歌》代表了其主要的文学成就，将身体成长、思想成长、个人情感和革命主题融合，成功地塑造了觉醒中的女性知识分子林道静这一艺术形象。她擅长用细腻的笔调，通过富于个性的细节来展示人物复杂的内心世界和变动的心理状态，语言简洁真切，富于感情色彩。

青春之歌（存目）

长篇小说《青春之歌》发表于 1958 年，它是作家杨沫的代表作。作品描绘了从"九·一八"到"一二·九"这一历史时期中，中共地下党领导爱国学生和知识青年爱国抗日、反抗压迫、坚持斗争的历史画卷。小说以一位青年女性林道静的成长为主要线索，展现了一个小资产阶级知识分子如何走上革命道路，最终成为一名富于斗争精神的无产阶级战士的曲折历程。小说以细腻动人的心理描写和生动丰满的人物塑造见长，具有艺术感染力，深受当时的青年读者的欢迎。

林道静出生于官僚地主家庭，生母是一个佃农的女儿，饱受苦难。她为了逃离利欲熏心的养母对自己人生道路的操纵，踏上流亡之路。在杨家村小学投亲不遇、遭人算计，走投无路欲投海自尽时，被"诗人兼骑士"的余永泽搭救，坠入爱河共建爱巢。然而，这种供养的生活让林道静深感忧虑，二人的思想分歧也在她遇到了共产党人卢嘉川、接触革命启蒙后逐渐加深。林道静参与爱国运动的行为遭致余永泽的百般阻挠，最后终于在卢嘉川被捕的惨痛教训面前认清了现实，同余永泽分道扬镳，投入革命洪流中。她曾潜入农村地主家庭，还曾被捕入狱，最终在革命者江华和其他党员的指引帮助下，一步步克服自身的软弱性，领导学潮抗日救国，蜕变为一名坚定成熟的革命战士。

作者在小说中借由林道静形象的塑造，以及形形色色知识青年迥异的人生选择，共同揭示在反抗外来侵略和阶级压迫的环境中，知识青年只有通过党的领导，积极参加民族解放斗争，才能奏响"青春之歌"的最强音的主题。但杨沫在诠释这一主题时，对林道静精神历程的成长变化做了细致和真实的描绘，更着意展现的是人物精神世界的层次性和情感变化的复杂性。特别是爱情和革命这相互关联又不同的两个维度的切入，使作品获得更为丰富的抒写空间。作者将林道静放入时代的浪潮中，经历各式各样的考验，让她在历史的巨浪中艰难地寻找正确的道路。"革命与爱情"的交织变奏，正是那个时代知识分子生活道路的真实写照。倔强、执著、细腻、大胆、犹疑、彷徨、坚毅构成了林道静形象的多个侧面，让她在曲折的成长道路上中呈现了令无数青年感同身受的斑斓青春。

曲　波

曲波(1923—2002)，山东黄县人，中国当代作家。主要作品有《林海雪原》《山呼海啸》《桥隆飙》等。代表作《林海雪原》等。

曲波出生于一个贫农家庭，读完小学后便失学在家。1938 年参加八路军，1943年在胶东抗大学习，走上文学创作道路。期间写过《麦收之后》《排难除害》两个剧本。1946 年冬曾亲自率队参加剿匪斗争，这段经历成为日后小说创作的重要素材。1955年，开始构思撰写第一部长篇小说《林海雪原》，1958 年出版后产生很大影响。此后，曲波还接连创作了反映抗日战争题材的两部长篇小说《山呼海啸》和《桥隆飙》。"文化大革命"期间，曲波尽管遭到打击迫害，但仍坚持文学创作活动。新时期以来，他先后有小说《林海雪原》《桥隆飙》《戎萼碑》《狂飙曲》等新版和再版。

曲波的小说创作吸收了中国传统章回体小说的元素和民间故事的艺术形式，情节设置曲折离奇、跌宕多姿，小说具有通俗性、口语化特征，充满浪漫主义的想象力和传奇性，生动传神地塑造了具有传奇色彩的英雄人物形象。

林海雪原(节选)

十五　杨子荣献礼

一个土匪打扮的人，独自一个在密林的雪地上走着。

他一忽儿哼着淫调；一忽儿狂野地狞笑；一忽儿骑上马大跑一阵；一忽儿又跟在马的后头吹着口哨；一忽儿嘴里也不知嘟噜些什么；一忽儿又拉着道地的山东腔乱骂一通；一忽儿又跑到马前头，让马跟着他跑；一忽儿他又蹲在马后头，让马走远了，他再打一声唿哨，那马又转回头朝着他狂奔回来。当马狂奔到他跟前时，他就抚摸着马头，大笑一阵。他几乎一点也不安静，真像一个疯子，也像一个练马的演员。他用在走路上的力气，远没有用在他这一套发疯的行动上多。

他只有一件事却作的特别仔细而有规律，不论是骑马和步行，不论是狂笑怪骂和瞎嘟噜，他总是每隔五六棵树，就用自己的匕首把树皮削下一小片，而且这一小片都是向着他来的方向。有时一刀削不下来，他一定再补上一刀，一直到削下来露出白楂为止。

这人不是别人，就是小分队的杨子荣同志，他离开小分队后每天都是这样生活，他现在已是满脸青灰，头发长长，满脸络腮胡子，看来是叫人可怕。这是他为了全部使自己像个土匪，特别是要使自己像他所扮演的那个角色，要使自己的习惯、作风、气派都与那人毕肖。他已经做了三天的艰苦的演习。为了去掉他五六年的人民解放军老战士的习惯，他不得不狂练着土匪的习气，竟像一个着魔的人，比手划脚，晃头甩臂，哼着淫调，嘟噜着暗语黑话。总之，他一心只想着他的任务："我练的愈彻底，完成这一特殊任务愈有保证。正像二〇三首长所指示的：'这一次你不是演剧，而是肩负着匪巢覆灭的重担。那么你这个'土匪'应当的彻底，从现在起你不是杨子荣同志，而是惯匪胡彪。'"

他现在已在向着他的目的地前进。

在前进的第一天和第二天，他一点也没放弃这个可能演习的机会，因为这条路是在威虎山的正南方，四百里的距离中没有一个屯落，又和小分队所驻的夹皮沟形成对立的两端，一个在威虎山的正北，一个在威虎山的正南，所以十分僻静，没有一个人能看到他。

最减少杨子荣麻烦的，还是高波和李鸿义在黑瞎沟故意放走的那个傻大个，他留下的脚印，给杨子荣当了义务向导。这样杨子荣就减少了辨别方向、寻找路径的大量工作。因此他除了边走边演习之外，就只有一项在树上刻下记号的必须的工作。

他骑着许大马棒的那匹马，虽然走的快，可是在这条空旷四百里黄花松的密林里，却施展不开它的本领，急行了两天，对这个大林还是深不可测。两天中一个人影也没见到，只有那个傻大个的脚印，和乱纷纷的兽迹，像蜘蛛网一样绕绊在无边的雪地上。

第三天的傍晚，杨子荣不敢再宿树洞，因为前两天他曾在一个大树洞里碰上了冬眠的大熊，惹出了一场麻烦。所以他就在雪地上，拍雪成砖，筑成了一座四壁的防风雪墙，铺着两张獾皮，宿在里面。杨子荣幽默地称它为雪林"白宫"。他甜甜地睡了一夜，也许是太累了，直到阳光透入他的"白宫"，他才醒来。晃了晃膀，伸了伸懒腰，大口的吸了几口白银世界的鲜冷的空气。把草料又倒了半袋，喂上他那唯一的旅伴。自己掏出烟袋，用劲的抽了几口，提起了精神。他向正北一张望，在不远的地方出现桦树林。这个林间树类的更换，意味着威虎山快要到了，这是剑波在地图上指给他的特征。

"现在应当立即向另一个方向岔下去，脱离那傻大个的脚印，以免引起匪徒们猜疑。"

他立起身来想着，用一双机灵的眼睛环视着四周的树林，好像是在寻查什么有用的东西。他看来看去，突然对着一棵离他有五十米远的小树发出微微的一笑。也许是他因为这棵小树生长在一个小山包的边缘？或者因为这棵小树的周围没有什么更大的树遮盖它？说不定是因为这小树在人头高处生有一个树杈？他磕了磕小烟袋，弯腰从绑腿里抽出了匕首，便朝那棵小树走去。

他在树的北面用锋利的匕首割挖着树皮，一会儿小树皮被挖下香烟盒大小的一块。他又用匕首在这块半寸厚的树皮里面削了又削，刮了又刮，刮得只剩二分厚，他又小心的把它堵在原来的位置上，一点也看不出痕迹。他马上又从腰里掏出一块黑石头，搁在小树的杈上。他得意地一笑，转身朝着马走来，并且还不住地回头看看，嘴里嘟噜着："位置不错……。"

他收起了马料袋，跨上马，向西北方向走去。走了三十几步远，他再回头看那棵小树，突然从他得意的微笑中，露出一点不安和失色的神情，他勒住了马，嘴里嘟噜一声："妈的，好粗心，假若这几天不下雪，不刮风，我那趟去小树的脚印埋不掉的话，岂不要坏事！"

他马上镇静地一想，勒回马头，顺着刚才步行的脚印，奔向小树，再由小树跟前向东北绕了一个圈子，转向正北，入了桦树林区，又向西北策马奔去。这样那棵小树上的秘密，就成了他漫长三百多里的马蹄印一个很规律的组成部分了，没有什么任何特殊的标志和破绽。

他通过一带灌木林，进入桦树林的深处，在一个小山包的脚下，重新喂上马匹。自己想着："我也需要吃饱一点好应付可能发生的一切。这一切很可能在今天就要开始。"想着，他从饭袋里，掏出冻的像石头一样的高粱米饭团。也没有生火烤，喀喳喀喳地啃起来。啃两口饭团，再吃两口雪团，他一面咀嚼一面想，忽然噗哧一声笑开了。原来他瞅着他这身全套的土匪装束，又联想到多日没洗没刮的脸，心想一定也难看得一塌糊涂。他顺手向脸上一摸，只觉得满脸胡髭像松针一样地刺手。当他摸到脖子上，无意中触到那块约有二寸长的疤痕时，他来回地摸了几下，忽然，笑容消失了，眼中射出了愤怒的火花。

原来这疤痕上记载着他永远难忘的仇恨，使他想起了爹娘和小妹妹。是在他十八岁那年上，他家的一条心爱的老牛，跑到恶霸地主杨大头的祖坟上吃了两口青草。杨大头说牛踏破了他祖坟的地气，把子荣的老爹捉了去，灌了一瓢尿浇的稀屎，又叫炮手们恶打一顿，老人经不起折磨，就这样活活地被糟蹋死了。子荣的妈妈怨气成疾，加上长期过度的劳累，结果一病不起，不久就去世了。年轻的杨子荣，天天想报仇，可是一来力孤势弱，二来没有机会下手，也只有长期地忍耐着。

真是祸不单行，仇还没报，杨子荣又遭到差一点致死的残害。是在那年的大年三十那天，杨大头的后宅院失了火，烧得他焦头烂额。杨大头以为这是杨子荣的报复，把这笔纵火账强赖到杨子荣身上。他招来些狗腿子，把杨子荣吊在大槐树上毒打一顿，脖子上被砍了一菜刀，他昏迷过去了。杨大头为了根除后患，决心害死杨子荣，当夜预备把杨子荣抬上西南山的岩石上摔死。幸亏好心的长工杨四铁——杨子荣的青年朋友，偷偷地放跑了他。从此后一直七年漂流在外，杨大头死了，他才回到老家。这时他才知道他的小妹妹被杨大头抓去当丫头，后来又不知把她卖到哪里去了。抗战开始后，这仇恨激励着他参加了八路军，使他对人民解放事业抱着无限的忠心。

他咀嚼着，想着，他的心已奔向仇人，这仇人的概念，在杨子荣的脑子里，已经不是一个杨大头，而是所有压迫、剥削穷苦人的人。他们是旧社会制造穷困苦难的罪魁祸首，这些孽种要在我们手里，革命战士手里，把他们斩尽灭绝。

杨子荣把双手一搓，双拳紧握，口中喃喃地说着他在入党前一天晚上向连队指导员所表示的终生奋斗的誓言："我杨子荣立志，要把阶级剥削的根子挖尽，让它永不发芽；要把阶级压迫的种子灭绝，叫它断子绝孙。"说着他那威武的眼睛盯向他周围的森林，他的心和眼一样，在深远细致地考虑他这场即将开始的斗争。

他想的出了神，连口中的咀嚼也停止下来。他想着想着，突然正在吃着草料的马，一阵乱声嘶叫，接着便是乱刨刮踢，从它的神情慌乱中看出了无限的惊恐。

杨子荣站起来，向马惊视的方向望去，望了一会儿什么也没有，桦树林依然寂静无声。他回头再看看马，它已是全身抖颤，气喘嘘嘘，两只恐怖的眼睛直望着西北方丛林，频频地回头望着杨子荣，好像求救似的。

杨子荣已敏感到必有名堂，心中一阵忐忑，扔掉了手中的饭团和雪团，抄起了步枪，走近马跟前。马急忙向他身后依贴，好像在让他挡住什么凶恶的敌人一样。

杨子荣又张望了一会儿，还是没有什么，他转过身抚摸马头，向它安慰道："别害怕，什么也没有，我来保护你，快吃吧！吃饱了好完成咱们的任务。"

说着他紧了紧拴在树上的缰绳，防止被它挣脱。然后他隐蔽在一棵大树后面，紧握着枪，又抽出锋利的匕首，继续向周围了望探索。

这时马又一次地惊恐嘶叫起来，拼命地挣了两下缰绳，但没有挣脱。接着它四腿弯弯，抖颤的站立不住了，看看就要绝望地倒下去。杨子荣一阵惊奇，口中嘟噜道："妈的，什么东西，这么大的威风，把匹活龙驹都给吓瘫了！"他还没来得及回头，突然一声巨吼，灌木丛中扑出一只大个的东北虎，张着利牙，竖着尾巴，一冲一冲地向马扑来。虎尾扫击着灌木丛，刷刷响，震的雪粉四溅。马被吓的不刨也不踢了，垂着头两眼死盯着扑来的恶敌，从鼻子里发出低沉的哀鸣。

杨子荣还是头一次看到活老虎，离得又这么近。又是来吃他的马，这突然来的惊恐，使他气喘不安，心怦怦地乱跳，手中的枪也随着他的心有些抖颤。

虎一冲一冲地向马扑过去，离得已经很近了，"得赶快下手，这匹马不仅是我的快腿，主要是我的身份证，失了它就等于失掉了身份证。"想着他用力的把身体贴紧树干，把匕首用力向树上一插，把枪架在匕首上，克服了枪身的抖动，他压住了紧张的呼吸，从虎的侧面，瞄准了虎头。他满有把握地一扣扳机，糟极了，一颗臭子儿，没打响。老虎一点也没察觉，继续向马扑去，只有三十多步远了，杨子荣惊了一身冷汗，唰的一声抽出大肚匣子，向虎哗的一梭子。老虎只是一惊，在地上打了个滚，显然又没打着。它爬起来，向枪响处猛吼了两声。当它发现了树背后的杨子荣，便来了一阵凶狂的示威，吼声震得在全山回响，尾巴像条巨大的鞭子，打的地下雪尘四扬。杨子荣趁着它示威的这一刹那，用步枪再射一枪，好极了，这一枪总算打响了，可是没打着老虎，子弹在离它三四步的距离着地。他赶忙又推弹上膛，向着扑过来的猛虎又是一枪。可是又没打着，老虎连蹦两个高，显得更凶恶，向杨子荣直扑过来。

"打虎不中，翻背伤人，妈的几枪没打准了！"杨子荣全身绷紧的像石头，"再来它一枪，愈近愈有把握，沉着，沉着……"他一面紧张呼吸，一面盯着这个扑过来的恶敌，只离十步距离了，老虎把前爪向地下一按，准备它最后的一扑。"好机会！"杨子荣当的一枪，打中了老虎的一只前腿。这一扑它没有扑到应有的距离，可是离杨子荣只有三四步远，老虎一声狂吼，直立两只后腿，张开血盆似的大嘴，迎面扑向杨子荣。杨子荣就在这一瞬间，枪口对准了虎嘴，当的一枪，枪弹通过口腔，从脑盖骨穿过，老虎仆卧在雪地上，只有一条尾巴乱绞了一阵，死去了！

杨子荣上前两步，用脚踩着虎背，蹬了两蹬，死老虎已全身松软。他自己也和老虎一样，全身松软，四肢一点力气也没有，一屁股坐在雪地上，爬也爬不起来，腿和手抖颤得更加厉害，他一仰身躺在雪地上，想恢复一下过度的紧张。他偏过头去，看了看那匹受惊如瘫的马，此刻已十分平静了，在安闲地吃着草料。杨子荣一阵轻松的喜悦，擦了擦额上的冷汗，得意地自言自语道：

"有意思，要去威虎山，半路上又过了个'景阳冈'。"但他又想："这个虎怎么处理呢？送回小分队吗？已是不可能的事；带到威虎山去吗？这只大虎又太笨了。我这次虽是去献礼的，可是所有礼物的一分一毫也不能为匪徒所得，我给予他们的只是他们的覆灭。怎么办呢？只有埋起来，深深地埋在雪底下，等剿完座山雕再取下山去。"他微微一笑，"有意思，那时我们拿着一虎一雕下山该多有趣，小分队同志不知能乐到个什么样子呢。"

想到这里，他一股分外的高兴涌上心头，顿时全身涌出了力气，他的两腿向上一举，向下猛一落，就势站了起来，打扫了一下粘在身上的雪粉，正要弯腰去拖虎，忽然在西北虎来的方向，传来了叽叽咕咕的说话声。杨子荣愣住了，最初他不相信自己的耳朵，以为是过度紧张后发生的耳鸣。可是这语声越来越近，他便蹲下身子，顺树空向语声窥望，发现在林深处有五个人向这里走来，他顿时心一翻，"这一定是威虎山的匪徒了，他们是攀虎而来呢，还是听到我的枪声而来呢？"一阵激烈的思索，使他全身有些紧张，"不管怎样，来了就得对付。"他这样一冷静，发觉了自己由于紧张而紧握的双手，出了两把冷汗。他极力让紧张的肌肉松缓下来，内心对自己作了一个尖锐的批评：

"太不沉着，太胆小！这是一种畏惧的表现，这简直太危险，这种表现分明是向敌人招供，承认自己不是胡彪，再愚蠢的敌人也会把你识破。快！快镇静下来，斗争瞬间就要开始了！我不是杨子荣，我是胡彪。"

想着，他哼开了小曲，溜溜跶跶，缓步向马走去。

"提起了宋老三，两口子卖大烟……"他哼的是那样的像，完全像土匪的淫调。他对那五个人一瞧也不瞧，只当没看见，满不在乎的搅拌着马草料。心想："我等着他，看他先来啥？"

"蘑菇，溜哪路？什么价？"五个人中的一个，发出一句莫名其妙的黑话。

杨子荣一听，心想："来的好顺当。"他笑嘻嘻的回头一看，五个人惊瞪着十只眼，并列地站在离他二十步远的地方。杨子荣直起身来，把右腮一摸，用食指按着鼻子尖，"嘿！想啥来啥，想吃奶，就来了妈妈，想娘家的人，小孩他舅舅就来啦。"

他流利地答了匪徒的第一句黑话，并作了回答时按鼻尖的手式，接着他走上前去，在离匪徒五步远的地方，施了一个土匪的坎子礼道：

"紧三天，慢三天，怎么看不见天王山？"

五个匪徒一听杨子荣的黑话，互相递了一下眼色，内中一个高个大麻子，叭的一声把手捏了一个响道：

"野鸡闷头钻，哪能上天王山。"

杨子荣把大皮帽子一摘，在头上划了一个圈又戴上。他发完了这个暗号，右臂向前平伸道：

"地上有的是米，唔呀有根底。"

"拜见过啊么啦？"大麻子把眼一瞪。

"他房上没有瓦，非否非，否非否。"杨子荣答。

"哂哒？哂哒？"大麻子又道。

杨子荣两臂一摇，施出又一个暗号道：

"一座玲珑塔，面向青带，背靠沙。"

"么哈？么哈？"

"正晌午时说话，谁也没有家。"

五个匪徒怀疑的眼光，随着杨子荣这套毫不外行的暗号、暗语消失了。他们微微一笑，盯向三十步开外的那只死老虎。然后大麻子向杨子荣一笑道：

"老大好枪法。"

"彼此彼此！老大不嫌的话，兄弟奉送。"

五个匪徒一齐狂笑的伸出大拇指头，"够朋友！够朋友！"说着行了个土匪礼。杨子荣也还了礼。

"老大，你的心意?"大麻子好像有点近乎地问道。

杨子荣面上略带一点凄凉地答道:"许旅长遭难，兄弟我也只有脱骨换胎，步步登高吧!"

"那太好啦!"大麻子咧嘴一笑，"老弟，门坎在眼前，咱给你挑门帘。"

"多谢大哥引荐。"

"彼此关照，咱家向来办事仗义。"大麻子说着向杨子荣把眼一闭。

杨子荣已完全明白了大麻子闭眼的意思，心中一阵喜欢，"这个匪徒给我进山的暗号了。"想着，他从腰里掏出一条三寸宽二尺长的黑布，把黑布一甩道:

"朋友，少等。"

杨子荣把步枪和大肚匣子挂在马鞍环上，收起了马料袋，解开马缰绳，然后按着匪徒的山规，把那条黑布蒙在眼上扎好，背向着大麻子等五人道:

"好交的，方便。"

大麻子哈哈一笑道:"错不了，朋友。"说着他命令其余四人把虎抬在马背上，又用匕首削下一根树枝，一端递给杨子荣握着，另一端大麻子自己握着，顺着五个匪徒的来路向正北而去。

座山雕的大本营，是一个很大很大的圆木垒成的大木房，坐落在五福岭中央那个小山包的脚下。大木房的地板上，铺着几十张黑熊皮缝接的熊皮大地毯，七八盏大碗的野猪油灯，闪耀着晃眼的光亮。

座山雕坐在正中的一把粗糙的大椅子上，上面垫着一张虎皮。他那光秃秃的大脑袋，像个大球胆一样，反射着像啤酒瓶子一样的亮光。一个尖尖的鹰嘴鼻子，鼻尖快要触到上嘴唇。下嘴巴蓄着一撮四寸多长的山羊胡子，穿一身宽宽大大的貂皮袄。他身后的墙上，挂着一幅大条山，条山上画着一个老鹰，振翘着双翅，单腿独立，爪下抓着那块峰顶的巨石，野凶凶地俯视着山下。

座山雕的两旁，每边四个人，坐在八块大木墩上。内中有一个是大麻子，他坐在左首的第一位。这就是座山雕从当土匪以来，纠合的八大金刚。国民党委了他的旅长要职后，这八大金刚就成了他部下的旅参谋长，副官长，和各团的团长、团副。

看这伙匪徒的凶恶的气派，真像旧小说中所描绘的山大王。

杨子荣被一个看押他的小匪徒领进来后，去掉了眼上蒙的进山罩，他先按匪们的进山礼向座山雕行了大礼，然后又向他行了国民党的军礼，便从容地站在被审的位置上，看着座山雕，等候着这个老匪的问话。

座山雕瞪着像猴子一样的一对圆溜溜小眼睛，撅着山羊胡子，直盯着杨子荣。八大金刚凶恶的眼睛和座山雕一样紧逼着杨子荣，每人手里握着一把闪亮的匕首，寒光逼人。座山雕三分钟一句话也没问，他是在施下马威，这是他考查所有的人惯用的手法，对杨子荣的来历，当然他是不会潦草放过的。老匪的这一着也着实厉害。这三分钟里，杨子荣像受刑一样难忍，可是他心里老是这样鼓励着自己，"不要怕，别慌，镇静，这是匪徒的手法，忍不住就要露馅，革命斗争没有太容易的事，大胆，大胆……相信自己没有一点破绽。不能先说话，那样……"

　　"天王盖地虎。"座山雕突然发出一声粗沉的黑话，两只眼睛向杨子荣逼得更紧，八大金刚也是一样，连已经用黑话考察过他的大麻子，也瞪起凶恶的眼睛。

　　这是匪徒中最机密的黑话，在匪徒的供词中不知多少次的核对过它。杨子荣一听这个老匪开口了，心里顿时轻松了一大半，可是马上又转为紧张，因为还不敢百分之百地保证匪徒俘虏的供词完全可靠，这一句要是答错了，马上自己就会被毁灭，甚至连解释的余地也没有。杨子荣在座山雕和八大金刚凶恶的虎视下，努力控制着内心的紧张，他从容地按匪徒们回答这句黑话的规矩，把右衣襟一翻答道：

　　"宝塔镇河妖。"

　　杨子荣的黑话刚出口，内心一阵激烈的跳动，是对？还是错？

　　"脸红什么？"座山雕紧逼一句，这既是一句黑话，但在这个节骨眼问这样一句，确有着很大的神经战的作用。

　　"精神焕发。"杨子荣因为这个老匪问的这一句，虽然在匪徒黑话谱以内，可是此刻问他，使杨子荣觉得也不知是黑话，还是明话？因而内心愈加紧张，可是他的外表却硬是装着满不在乎的神气。

　　"怎么又黄啦？"座山雕的眼威比前更凶。

　　"防冷涂的蜡。"杨子荣微笑而从容地摸了一下嘴巴。

　　"好叭哒！"

　　"天下大大啦。"

　　座山雕听到被审者流利而从容的回答，嗯一声喘了一口气，向后一仰，靠在椅圈上，脸朝上，眼瞅着屋顶，山羊胡子一撅一撅的像个兔尾巴。八大金刚的凶气，也缓和下来。接着这八大金刚一人一句又轮流问了一些普通的黑话，杨子荣对答如流，没有一句难住他，他内心感谢着自己这几天的苦练。

　　可是，杨子荣从俘虏口中所学到的黑话快要用完了，内心又是一阵焦急，心想："匪徒们为了考察他们的同类，到底有多少黑话呢？是不是还有自己没掌握到的呢？"他激剧地担心着这一点。

　　正在这时，座山雕突然从椅子上直起腰来，把手一挥，八大金刚立时停止了再问。他将了两下山羊胡子，哼了哼鹰嘴鼻，把鼻尖歪了两歪，拉着长腔，傲慢地向杨子荣问道：

　　"这么说，你是许旅长的人了？"

　　杨子荣一听黑话结束，心里就像卸了重担一样的轻松，神色更加从容，他点了点头答道：

　　"许旅长的饲马副官胡彪。"

　　"你想怎么办呢？"

　　"投奔三爷，好步步登高。"

　　"山穷水尽，也有点进见礼？"

　　杨子荣笑嘻嘻地，"托三爷的威风，一只老虎碰到我的枪口上。"

　　座山雕格格地笑了一阵，八大金刚也狂笑了许久，还恭维着他们的魁首道：

　　"三爷，碰得真巧，六十大寿，有人献虎。"

　　座山雕在狂喜中，使了个眼色，大麻子从身后舀了一大碗酒，递给杨子荣，杨子荣一看来了酒，内心完全轻松下来，这证明匪徒的进门坎子已经结束了，往下便可以随便些。他接过酒，朝空一举，咕嘟咕嘟一饮而尽。喝完后把满脸的胡髭一摸，转身坐在一个木头墩子上，他决心把他准备的真正礼物再晚一点献，好让这些匪徒看重自己。于是他拿出了土匪的气派，装上一袋烟吸着，说开了他这个胡彪的来历。

"三爷，我胡彪这趟溜子可不容易！跟许旅长多年，还没苦过这么一次。奶头山被共军打破以后，许旅长和弟兄们都被囚起来啦，只有几个人流了水。栾副官没在山上，夫人和郑三炮找侯专员讨封去啦，我在蜡烛台养马，只有咱们四个人没遭难。现在俺们四个都各奔各的咧，我老胡走了一个多月，才来这里……"

"那栾副官哪里去了呢？"座山雕急急地打断了杨子荣的叙述，眼中放出一种贪婪的神色。

杨子荣一眼就看透了这个老匪的心事，于是他故意的哎的一声，叹了一口粗气，摇了摇头，"别提啦！"

"怎么？你见到他没有？"座山雕有点焦急的样子。

杨子荣吸了一口小烟袋。"看是看见啦！是在梨树沟他三舅家碰面的，可是这个人哪！真他妈的不够朋友，哼！……"

"那么刘维山和老栾碰面没有？"

"什么？"杨子荣故意地问道。

"刘维山，刘维山，"座山雕好像是担心着什么，"就是那个一撮毛！"他的手向右腮上一比划。

杨子荣早明白了这个老匪的意思，便故意拉了拉架子摇了摇头，"不认识，我也没看见什么一撮毛！"

"嗯！"座山雕眉头一皱，若有所虑的纳起闷来，"梨树沟他三舅家，一撮毛一定也去呀！"他自言自语地抽了一口冷气，把头一歪。

杨子荣心想："叫你们这群老匪猜吧！你们这辈子也不用想再见一撮毛了。"

静了一些时刻，座山雕又一伸脖颈向杨子荣问道：

"那么老栾他的心意怎么样呢？"

杨子荣见谈到了正题，故意拿拿架子，"妈的，一言难尽，请再来一碗酒，咱慢慢谈。"杨子荣本来就酒量很大，又加上座山雕的酒，全是匪徒自造的野葡萄酒，度数很低，在部队时杨子荣是遵守军纪的模范，从未喝过酒，可是在这个节骨眼上，他却要来他几大碗，在匪徒面前要表表他的气派，不能当个低三下四的喽罗。

座山雕为了探听出他长期找的那栾匪的消息，忙令大麻子又舀了一碗。杨子荣接过来又是一饮而尽，拭了拭嘴，清了清嗓子道：

"老栾真他妈不仗义，我们俩一见面，他就三番五次的拉我直接去投侯专员，我想，他手里拿着许旅长的'先遣图'，我他妈的单枪匹马，到了那里我怎么能吃得开呀？别他妈的拉我给他当随从，老胡向来不舔别人的碗边。叫我喝他们的冷饭汤呀！我不干。又加上蝴蝶迷和郑三炮在那里，我他妈更不去啦，那些不仗义的家伙，眼里从来就看不起我老胡，说正当一点，他们是怕我老胡。个顶个哪个我也不怕他。我能跟这些小耗子去当差使吗？你说！三爷？所以我当时就向老栾表白，我说：'老栾哪！别到侯专员那儿去吧，蝴蝶迷和郑三炮在那里，去了也没有咱哥俩的甜头，看看郑三炮那小子只去报了个信，就升了团长，你去也白搭，咱们还是去威虎山投崔三爷吧！'你猜他咋说的？他说：'算了吧老胡，你的主意全不对，你去孝敬那座山雕干啥？他手下有八大金刚，你去了还能给你个九大金刚？就是给你个第九位，他那个小山头也得听侯专员、谢司令调用。咱到侯专员那里当不上团长，也干他个中校参谋。'说着他从腰里掏出了'先遣图'，朝我眼前一摆，又说：'看看！老胡，咱有这个。'"

杨子荣说到这里，故意点着烟，大抽了两口，用眼瞥了一下座山雕。这个老匪已被杨子荣这套谎话，气得满脸青筋。对他所希望的那份许大马棒的"先遣图"，已露出了失望的神色。

"三爷！你说他去他就去呗！可是他妈还硬拉我，后来他看到实在拉不动了，他又向我要手腕，又向我要旅长那匹马，他说他走不动。妈的！他走不动我就走得动啦！当然我不能给他。嘿！真他妈小人，他又想了个办法，想用酒灌醉我，晚上骑马跑。妈的，我老胡是干啥的？我吃他们这一套哇！好！来吧！我就给他来了个将计就计。奶奶操的，你挖我，我还要挖你啦！于是我就和他碰开了大碗，一连八大碗，我老胡还没怎的，这小子他妈的就伸了腿，醉得人事不省，像他妈的一摊稀泥。我一想，一不做，二不休，得下手就下手，我就趁他大醉，穿上他的衣服，拿了'先遣图'，骑上我的快马，我就溜来啦！"

"好！好汉，老胡了不起！"八大金刚和座山雕乐的一拍大腿，向杨子荣伸着大拇指头。

杨子荣得意地一笑，掀开大衣襟，露出栾匪化装小炉匠时被捕的那件衣服，用匕首刺开衣襟角，拿出了从一撮毛身上搜出的那张"先遣图"，向座山雕一挥道：

"三爷，看看，在这里，咱老胡给您拿来了！"

座山雕和八大金刚一阵狂笑，走到杨子荣跟前，拍着杨子荣的肩膀，伸着大拇指头，"老胡，真不含糊，好样的，有两下子，我崔某绝不能亏待你。"说着这个老匪的手像鹰爪抓兔子一样，拿去了"先遣图"，摊在桌子上，看了又看，然后小心地放在他椅子底下的一个铁匣子里。然后拉着杨子荣的袖子，走到自己的座位旁边，让杨子荣坐下。嘴里叨叨的嘟噜着："好样的，有两下子，有两下子……"

杨子荣却拉出毫不以为然的神气道：

"三爷，小意思，算不了什么，这不过只是一点见面礼罢了！"

"老胡！"座山雕俯下脸笑嘻嘻地看着杨子荣，"你知道，我崔某想这件东西不是一天半天啦，你想想这部分力量要落到马希山他们手里，那么许旅长这个地盘和人都被他抓去了，等国军来了，他成个大财东，我他妈成个穷光蛋，用什么本钱来讨封啊！所以许旅长一遇难，我就赶快派一撮毛去找栾副官，没成想这小子看不起我，妈的！有他的。如今老胡你把它拿来了，我在这滨绥图佳地区岂不坐上第一把交椅了吗？哈哈……有功，有功……"

"没啥！"杨子荣睁着两只傲慢的眼睛，"这不过是我老胡的第一手，小意思，今后您再看咱老胡吧，干个漂亮的给您看看，不是我老胡说大话，"他立起身来，把粗大的拳头向桌上一摆，显得是那样的威武，"凭咱这身武艺，打遍天下也不怕。"

"好！"座山雕兴奋地一拍大腿，"老胡，现在我封你为威虎山上的老九，以后咱的地盘一大，还可以独辖山头……"

"谢三爷……"

"别忙！"座山雕把手一扬，"因为我们是国军，总还得有个官衔，现在我委你为滨绥图佳保安第五旅上校团副。"说着这个老匪自己亲手舀了一碗酒，递给杨子荣，"来！老九，祝贺你劳苦功高，荣升上校团副。"

"祝贺胡团副荣升！"八大金刚一齐喊道。

杨子荣把胸膛一挺，两个膀一抖道：

"托三爷的福，借诸位的威，我胡彪愧领，愧领！今后还祈求三爷提携，各位哥们捧场。"说着接过酒来，又是一饮而尽。

匪首们得了杨子荣所献的"先遣图"，吵吵嚷嚷，狂喜乱笑，谈论着他们的今后。

杨子荣看着，内心涌出胜利的微笑，心中满意自己这第一场戏演的成功。他想："这些若回去告诉同志们，那该多么有趣可笑啊！特别是那个天真的小白鸽，又要乐的跳舞了。等着吧！同志们，等着咱们胜利的会师。我会尽我的一切智慧，来完成党的委托。"他忽然心一沉，好像沉重的任务重压着他的心头，"这不过是刚钻进匪巢，关键问题还不在这里，而是在未来，艰苦的斗争刚刚才开始。"

林海雪原（作品梗概）

一九四六年初，我军某团参谋长少剑波接到命令，率领一个营和一个骑兵连，轻装突袭包围我土改工作队的匪徒。但当他们赶到出事地点时，我土改队的鞠县长和全体干部以及许多群众已惨遭杀害。以国民党"滨绥图佳保安三旅"旅长许大马棒为头目的匪徒们犯下这滔天罪行后已经逃窜。

原来，东北牡丹江地区数万国民党军已被我剿灭，但有一些被我击溃的国民党匪首躲进深山，与当地的惯匪、地主武装相勾结，占山为王，形成一股股势力。除许大马棒之外，还有座山雕、马希山和侯殿坤等匪帮。他们都是血债累累的反革命分子、正在垂死挣扎之时，格外疯狂，烧杀抢掠，无恶不作。如果用大兵团对付他们，等于用拳头打跳蚤，上级便决定让少剑波选拔觉悟高、武艺好、智谋广、体格强、力气大的三十六人，组成小分队，深入到险峻可怖的林海雪原中去，彻底干净地歼灭匪徒，保障土改正常进行，巩固根据地，支援解放战争。

少剑波率领小分队向老爷岭进发。这里奇峰险恶，林涛汹涌，林密草深，很难摸到匪徒的踪迹。小分队的侦察排长杨子荣和长脚孙达德打扮成买山货的商人，在侦察中发现一个小孩穿一只白胶鞋，联想到过去侦察时发现过的一只同样的鞋，便跟踪侦察，得知原来这小孩的舅舅是个小炉匠，被另一个侦察小组作为嫌疑对象捉来了，小分队有意把他放走。杨子荣、孙达德和他结伴同行，成了朋友，他们一起住宿时，小炉匠却偷跑掉了。杨子荣尾随其后，侦察他的秘密活动。一次见小炉匠进入一个地主住宅，杨子荣等二人便翻墙而入，侦察到小炉匠确是匪徒的联络人员，把他逮捕。另一个匪徒刁占一来和小炉匠接头，也被侦察小队的刘勋苍捉住。少剑波连夜审问了两个匪徒，刁占一供出匪首许大马棒盘踞奶头山，小炉匠就是伪满时当过警尉的栾平，现在是许大马棒的副官。此外，小分队还掌握了匪徒的一些其他情况，决定先消灭奶头山的匪徒。

少剑波带领战士高波访问在老爷岭以采蘑菇为生的"蘑菇老人"。老人是这一带的活地图，他说奶头山山势险峻难登，但在鹰嘴峰上吊悬着一块鹰嘴巨石，伸向奶头山，象一只老鹰探头要去吃奶似的，离奶头山只有五丈宽。夜里小分队便由老人带路来到鹰嘴山，攀登能手栾超家用一根大绳拴在鹰嘴山的树上，他自己顺着绳子往下溜，然后纵身一跃，飞向奶头山的树梢。这样，一根绳子就像在万丈深涧的上空，架起的一座独绳桥。少剑波和全体战士都用它越过天险，滑到奶头山，出其不意地一举歼灭了奶头山匪徒，生擒了许大马棒父子五人。

紧接着，小分队冒着大雪继续侦察，探知一个匪徒杀害了一个和他同行的女人后逃走。小分队的护士救活了这个女人。原来她是栾平的老婆，匪徒一撮毛抢走了她丈夫存放在她处的先遣图。杨子荣和孙达德顺着匪徒逃走时留下的脚印，向茫茫的雪原追踪。他们追到神河庙，庙里的老道多方掩护一撮毛，第二天天明时，小分队才捉住他。经审问，一撮毛供出他是保安五旅旅长座山雕的副官，他从栾平老婆的手里抢走了上面标有地下先遣军组织名单的先遣图，想借此扩大座山雕的势力，并供出了座山雕要在大年三十夜五更大摆百鸡宴，庆祝六十大寿一事，还画下了威虎山的阵势图。

少剑波和大家研究后，决定采用和奶头山不同的办法对付座山雕。分兵三路进行：一路由杨子荣带着先遣图，伪装成许大马棒的副官胡彪上了威虎山，取得了匪首座山雕的信任，被封为威虎山老九，"滨绥图佳保安五旅"上校团副；一路由少剑波带队进驻夹皮沟，发动群众，做好准备，随时歼灭敌人；一路由栾超家监视神河庙老道。杨子荣利用当值日官的方便，认真地观察了整个威虎山的阵势，并进一步借追击"敌人"的机会，把情报放到预定地点，然后由孙达德取走，约定小分队在大年三十晚到达威虎山。

不料在临近大年三十时，一股匪徒炸毁了夹皮沟的火车，经过激烈拼杀，押车的战士高波壮烈牺牲，栾平乘机逃跑了。大年三十，正当杨子荣当上值日官，大摆百鸡宴的时候，栾平出现在威虎厅上。杨子荣先发制人，利用栾匪的弱点，威逼对方。当栾平吞吞吐吐说出杨子荣是共军时，气氛突然紧张起来。杨子荣据理反击，说只因为自己把栾平的先遣图拿来献给座山雕，这只疯狗才血口喷人的。栾平眼看性命难保，打着自己的耳光，哀求"胡彪"饶命。最后，在座山雕的授意下，杨子荣亲自把栾匪处决了。正当众匪兵们在杨子荣指挥下向座山雕拜过寿，个个喝得酩酊大醉的时候，少剑波率领小分队的同志们赶到威虎厅，里应外合，二十分钟解决战斗，把匪徒一网打尽。第二天，到神河庙对付妖道的栾超家拿到侯殿坤给众匪军的命令也来到了威虎山。三路人马会师了。

省委派人嘉奖了屡建奇功的小分队。同志们又奉命去剿灭马希山和侯殿坤等匪帮。马、侯匪帮盘踞的大锅盔等地，阵势的严密又远远超过奶头山、威虎山。匪徒们全军出动，袭击我军，却中了我军的调虎离山计，而小分队却乘机捣毁了匪徒的巢穴。敌人拼死顽抗，我军与敌人迂回作战，敌人一再扑空，无可奈何，只得设法逃命，终于中了我正规部队的伏击，全军覆没。

胜利地完成任务以后，少剑波新任团长，和战友们一道参加了解放四平的战斗。他们共同的意志是："挺进！插到敌人的心脏里去，毁灭蒋军主力！"（郭启宗）

冯 志

冯志(1923—1968)，原名马禄祥，河北静海人。中国当代作家。主要作品有《敌后武工队》等。

冯志生于农民家庭，1937年"七七事变"后参加冀中抗日人民自卫军。1944年，完成军事任务后回到前线剧社，尝试文学创作。这一时期发表特写《英雄连长王志杰》、报告文学《神枪手谢大水》、通讯《团结模范高永来》，还有小剧本、诗歌、歌词、快板等，都与其所熟悉的战斗生活紧密相连。1947年入华北大学中文系学习，1951年冯志任记者、编辑，利用业余时间继续文学创作。1958年出版代表作长篇小说《敌后武工队》，受到广大群众的欢迎。此后，冯志又相继创作了《前线文工队》《地下游击队》《成长曲》三部长篇小说的初稿，但在"文化大革命"中遗失了部分内容。

冯志是位业余作家，因代表作《敌后武工队》为人所熟知。作品描写复杂艰苦的斗争故事，着力表现中国军民百折不挠、刚毅不屈的顽强品质，充满革命战斗激情和传奇性色彩。

敌后武工队（作品梗概）

一九四二年五月一日，日酋冈村宁次亲率七八万精锐部队，向我冀中平原进行"轮番大扫荡"。在敌我力量悬殊的情况下，为了保存有生力量，我主力部队向山区转移，冀中的工作暂时转入地下。

"五一扫荡"过后，冀中平原上，炮楼成林，鬼子、汉奸穷凶极恶，杀人放火，无所不为，冀中一片凄凉、悲惨的景象。为了有力地打击敌人，冀中九分区党委决定抽调某团政治部主任杨子曾、连指导员魏强等四十多个有战斗经验的共产党员组织武工队，深入敌占区，展开对敌斗争。武工队一边大练攀树、爬房、跳障碍、越壕沟、夜间射击等本领，一边在了解敌人情况之后，在一个云漫风吼的深夜里，像一把锋利的尖刀，直戳保定城东南的之光县边缘地区，和该地区区委接上了头。经过短暂的集体活动，杨子曾决定把魏强领导的一小队留在原地，坚持对敌斗争，自己率领二小队开往平原地区。

魏强小队在当地群众的支持下，神出鬼没地活动在之光县边缘地区的大部分村庄，和敌人展开了多次惊险激烈的战斗。敌人的联合清剿队下乡清剿、讨伐，都拿武工队没有办法。关于武工队的神奇传说，像春天的和风，吹得受苦人心里无限暖和。

为了配合山区反"扫荡"，武工队召集会议，魏强、刘太生参加。会上，之光县委和杨子曾队长传达分区首长的指示，要他们趁敌人调兵的时候伏击敌人，把鬼子汉奸叭儿狗打得落花流水，粉碎了敌人扫荡晋察冀边区的几个分区、荡平八路军、摧毁根据地的阴谋。但敌人恼羞成怒，退一村，烧一村，到处欠下血债，到处留下暴行。

武工队在粉碎了敌人在公路两侧割麦子砍树木以避免遭受伏击的阴谋以后，根据县委指示，魏强率领队员通过内线关系，在一个夜里潜入中闾镇敌人的炮楼，俘虏了正在酣睡的看守麦垛的十多个伪军，运走了敌人从张保公路两侧"征集"来的几十万斤粮食，如数运还给群众。第二天，外号叭儿狗的警察所长和叫侯扒皮的伪军小队长发觉这件事，既顿足捶胸，呼天唤地，又心惊肉跳，两条腿不自主地颤抖起来，像两只咬架的狗对吠着。可是事后，鬼子只撤掉了一些碉堡和据点，对他们两人并没有惩办，他们便又故态复萌，借口重修炮楼，故意命令各村保长运送当时根本没有的红松木料，暗中进行敲诈勒索。

七月十五日赶集的这一天，魏强和武工队员乔装成赶集的农民来到黄庄。当侯扒皮威风凛凛来到这里时，一个武工队员掏出驳壳枪，往侯的后脑勺只一打，便打得他脑浆迸裂，一命呜呼。魏强当众宣布了他的罪行，并把抗日民主政府判处他死刑的布告贴在墙上，然后及时转移了。

武工队还在保定附近的一个村召集过伪办公人员开会，此外，散发宣传品教育炮楼里的伪军，开基本群众会，建立秘密的抗日政权，武工队啥工作都做。抓特务、镇压汉奸更是他们的拿手好戏。保定日本宪兵队队长松田对武工队的活动胆战心惊，他费尽心机组织过几次"清剿队"外出清乡，不但没有看到一个武工队，反而常常挨打。松田又组织了夜袭队，派曾经配合松田杀害抗日百姓167人的铁杆汉奸刘魁胜当队长。武工队习惯于夜晚活动，夜袭队的成立，对武工队造成了威胁，武工队有几次遭到包围、攻击，有的同志受了伤。刘太生在一次战斗中拉开手榴弹的弦和敌人同归于尽。为了避开敌人的锋芒，武工队奉上级指示，在一个群众基础好的小庄子里隐藏了半个月。从此，夜袭队更为残暴地欺压百姓，气焰嚣张至极；他们有时还假装武工队，群众上了他们的当，受害更深。

半个月后的一个深夜，魏强率领他的队员和杨子曾的二小队一起打击了夜袭队，打伤了刘魁胜，煞了他的气焰。武工队又回到之光边缘区扎下根，继续和敌人斗争。

刘魁胜和保定南关车站副段长万士顺为一个妓女争风吃醋，万士顺在日本站长的支持下，揍了刘魁胜。魏强利用他们之间的矛盾，趁刘魁胜出城巡逻时，化装成刘，其他武工队员化装为夜袭队员，闯进南关车站，声言为刘队长报仇，打死了万士顺。这时，松田去北平开会，宪兵队一切事务由副队长管理，此人本来就对刘魁胜不满，便认定是夜袭队干的，立即派部队消灭了留在城里的夜袭队。

夜袭队被鬼子消灭了一半，元气大伤，内部分崩离析。武工队活动更为活跃，他们利用内应，拔掉黄庄据点，抓了叭儿狗；他们化装成送殡的人，全歼梁家桥据点的敌人；化装成酗酒的日本人，拦截敌人的汽车，救出了自己的同志，捉住了叛徒；利用伪军一个反正的小队长把罪魁祸首松田和刘魁胜骗进一个炮楼里活捉了，松田自杀，刘魁胜经过公审被枪毙。

在公审刘魁胜的大会上，县委宣布了日寇无条件投降的消息，并向大家揭露了蒋介石命令日军原地驻扎，不准向八路军缴械投降的阴谋，号召青年踊跃参军，进行反攻。

在敌占区活动了近三年的武工队和主力部队配合，变成大兵团前卫部队的一支尖兵，开赴反内战的前方，朝着胜利大踏步前进。（郭启宗）

赵树理

"锻炼锻炼"

"争先"农业社，地多劳力少，
动员女劳力，作得不够好：
有些妇女们，光想讨点巧，
只要没便宜，请也请不到——
有说小腿疼，床也下不了，
要留儿媳妇，给她送屎尿；
有说四百二，她还吃不饱，
男人上了地，她却吃面条。
她们一上地，定是工分巧，
做完便宜活，老病就犯了；
割麦请不动，拾麦起得早，
敢偷又敢抢，脸面全不要；
开会常不到，也不上民校，
提起正经事，啥也不知道，
谁给提意见，马上跟谁闹，
没理占三分，吵得天塌了。
这些老毛病，赶紧得改造，
快请识字人，念念大字报！

——杨小四写

　　这是一九五七年秋末"争先农业社"整风时候出的一张大字报。在一个吃午饭的时间，大家正端着碗到社办公室门外的墙上看大字报，杨小四就趁这个热闹时候把自己写的这张快板大字报贴出来，引得大家丢下别的不看，先抢着来看他这一张，看着看着就轰隆轰隆笑起来。倒不因为杨小四是副主任，也不是因为他编得顺溜写得整齐才引得大家这样注意，最引人注意的是他批评的两个主要对象是"争先社"的两个有名人物——一个外号叫"小腿疼"，那一个外号叫"吃不饱"。

　　小腿疼是五十来岁一个老太婆，家里有一个儿子一个儿媳，还有个小孙孙。本来她瞧着孙孙做做饭，媳妇是可以上地的，可是她不，她一定要让媳妇照着她当日伺候婆婆那个样子伺候她——给她打洗脸水、送尿盆、扫地、抹灰尘、做饭、端饭……不过要是地里有点便宜活的话也不放过机会。例如夏天拾麦子，在麦子没有割完的时候她可去，一到割完了她就不去了。按她的说法是"拾东西全凭偷，光凭拾能有多大出息"。后来社里发现了这个秘密，又规定拾的麦子归社，按斤给她记工她就不干了。又如摘棉花，在棉桃盛开每天摘的能超过定额一倍的时候，她也能出动好几天，不用说刚能做到定额她不去，就是只超过定额三分她也不去。她的小腿上，在年轻时候生过臁疮，不过早在二十多年前就治好了。在生疮的时候，她的丈夫伺候她；在治好之后，为了容易使唤丈夫，她说她留下了个腿疼根。"疼"是只有自己才能感觉到的。她说"疼"别人也无法证明真假，不过她这"疼"疼得有点特别：高兴时候不疼，不高兴了就疼；逛会、看戏、游门、串户时候不疼，一做活儿就疼；她的丈夫死后儿子还小的时候有好几年没有疼，一给孩子娶过媳妇就又疼起来；入社以后是活儿能大量超过定额时候不疼，超不过定额或者超的少了就又要疼。乡里的医务站办得虽说还不错，可是对这种腿疼还是没有办法的。

　　"吃不饱"原名"李宝珠"，比"小腿疼"年轻得多——才三十来岁，论人材在"争先社"是数一数二的，可惜她这个优越条件，变成了她自己一个很大的包袱。她的丈夫叫张信，和她也算是自由结婚。张信这个人，生得也聪明伶俐，只是没有志气，在恋爱期间李宝珠跟他提出的条件，明明白白地就说是结婚以后不上地劳动，这条件在解放后的农村是没有人能答应的，可是他答应了。在李宝珠看来，她这位丈夫也不能算最满意的人，只能说是"比上不足比下有余"——因为不是干部——所以只把他作为个"过渡时期"的丈夫，等什么时候找下了最理想的人再和他离婚。在结婚以后，李宝珠有一个时期还在给她写大字报的这位副主任杨小四身上打过主意，后来打听着她自己那个"吃不饱"的外号原来就是杨小四给她起的，这才打消了这个念头。她既然只把张信当成她"过渡时期"的丈夫，自然就不能完全按"自己人"来对待他，因此她安排了一套对待张信的"政策"。她这套政策：第一是要掌握经济全权，在社里张信名下的账要朝她算，家里一切开支要由她安排，张信有什么额外收入全部缴她，到花钱时候再由她批准、支付。第二是除做饭和针线活以外的一切劳动——包括担水、和煤、上碾、上磨、扫地、送灰渣一切杂事在内——都要由张信负担。第三是吃饭穿衣的标准要由她规定——在吃饭方面她自己是想吃什么就做什么，对张信她做什么张信吃什么；同样，在穿衣方面，她自己是想穿什么买什么，对张信自然又是她买什么张信穿什么。她这一套政策是她暗自规定暗自执行的，全面执行之后，张信完全变成了她的长工。自从实行粮食统购以来，她是时常喊叫吃不饱的。她的吃法是张信上了地她先把面条煮得吃了，再把汤里下几颗米熬两碗糊糊粥让张信回来吃，另外还做些火烧干饼锁在箱里，张信不在的时候几时想吃几时吃。队里动员她参加劳动时候，她却说"粮食不够吃，每顿只能等张信吃完了刮个空锅，实在劳动不了"。时常做假的人，没有不露马脚的。张信常发现床铺上有干饼星星（碎屑），也不断见着糊糊粥里有一两根没有捞尽的面条，只是因为一提就得生气，一生气她就先提"离婚"，所以不敢提，就那样睁只眼合只眼吃点亏忍忍饥算了。有一次张信端着碗在门外和大家一齐吃饭，第三队（他所属的队）的队长张太和发现他碗里有一根面条。这位队长是个比较爱说调皮话的青年。他问张信说："吃不饱大嫂在哪里学会这单做一根面条的本事哩？"从这以后，每逢张信端着糊糊粥到门外来吃的时候，爱和他开玩笑的人常好夺过他的筷子来在他碗里找面条，碰巧的是时常不落空，总能找到那么一星半点。张太和有一次跟他说："我看'吃不饱'这个外号给你加上还比较正确，因为你只能吃一根面条。"在参加生产方面，"吃不饱"和"小腿疼"的态度完全一样。她既掌握着经济全权，就想利用这种时机为她的"过渡"以后多弄一点积蓄，因此在生产上一有了取巧的机会她就参加，绝不受她自己所定的政策第二条的约束；当便宜活做完了她就仍然喊她的"吃不饱不能参加劳动"。

杨小四的快板大字报贴出来一小会，吃不饱听见社房门口起了哄，就跑出来打听——她这几天心里一直跳，生怕有人给她贴大字报。张太和见她来了，就想给她当个义务读报员。张太和说："大家不要起哄，我来给大家从头念一遍！"大家看见吃不饱走过来，已经猜着了张太和的意思，就都静下来听张太和的。张太和说快板是很有功夫的。他用手打起拍子有时候还带着表演，跟流水一样马上把这段快板说了一遍，只说得人人鼓掌、个个叫好。吃不饱就在大家鼓掌鼓得起劲的时候，悄悄溜走了。

不过吃不饱可没有回了家，她马上到小腿疼家里去了。她和小腿疼也不算太相好，只是有时候想借重一下小腿疼的硬牌子。小腿疼比她年纪大、闯荡得早，又是正主任王聚海、支书王镇海、第一队队长王盈海的本家嫂子，有理没理常常敢到社房去闹，所以比吃不饱的牌子硬。吃不饱听张太和念过大字报，气得直哆嗦，本想马上在当场骂起来，可是看见人那么多，又没有一个是会给自己说话的，所以没有敢张口就悄悄溜到小腿疼家里。她一进门就说："大婶呀！有人贴着黑贴子骂咱们哩！"小腿疼听说有人敢骂她好象还是第一次。她好象不相信地问："你听谁说的？""谁说的？多少人都在社房门口吵了半天了，还用听谁说？""谁写的？""杨小四那个小死材！""他这小死材都写了些什么？""写的多着哩！说你装腿疼，留下儿媳妇给你送屎尿；说你偷麦子；说你没理占三分，光跟人吵架……"她又加油加醋添了些大字报上没有写上去的话，一顿把个小腿疼说得腿也不疼了，挺挺挺挺就跑到社房里去找杨小四。

这时候，主任王聚海、副主任杨小四、支书王镇海三个人都正端着碗开碰头会，研究整风与当前生产怎样配合的问题，小腿疼一跑进去就把个小会给他们搅乱了。在门外看大字报的人们，见小腿疼的来头有点不平常，也有些人跟进去看。小腿疼一进门一句话也没有说，就伸开两条胳膊去扑杨小四，杨小四从座上跳起来闪过一边，主任王聚海趁势把小腿疼拦住。杨小四料定是大字报引起来的事，就向小腿疼说："你是不是想打架？政府有规定，不准打架。打架是犯法的。不怕罚款、不怕坐牢你就打吧！只要你敢打一下，我就把你请得到法院！"又向王聚海说："不要拦她！放开叫她打吧！"小腿疼一听说要出罚款要坐牢，手就软下来，不过嘴还不软。她说："我不是要打你！我是要问问你政府规定过叫你骂人没有？""我什么时候骂过你？""白纸黑字贴在墙上你还昧得了？"王聚海说："这老嫂！人家提你的名来没有？"小腿疼马上顶回来说："只要不提名就该骂是不是？要可以骂我可就天天骂哩！"杨小四说："问题不在提名不提名，要说清楚的是骂你来没有！我写的有哪一句不实，就算我是骂你！你举出来！我写的是有个缺点，那就是不该没有提你们的名字。我本来提着的，主任建议叫我去了。你要嫌我写的不全，我给你把名字加上好了！""你还嫌骂得不痛快呀？加吧！你又是副主任，你又会写，还有我这不识字的老百姓活的哩？"支书王镇海站起来说："老嫂你是说理不说理？要说理，等到辩论会上找个人把大字报一句一句念给你听，你认为哪里写得不对许你驳他！不能这样满脑一把抓来派人家的不是！谁不叫你活了？""你们都是官官相卫，我跟你们说什么理"我要骂！谁给我出大字报叫他死绝了根！叫狼吃得他不剩个血盘儿，叫……"支书认真地说："大字报是毛主席叫贴的！你实在要不说理要这样发疯，这么大个社也不是没有办法治你！"回头向大家说："来两个人把她送乡政府！"看的人们早有几个人忍不住了，听支书一说，马上跳出五六个人来把她围上，其中有两个人拉住她两条胳膊就要走。这时候，主任王聚海却拦住说："等一等！这么一点事哪里值得去麻烦乡政府一趟？"大家早就想让小腿疼去受点教训，见王聚海一拦，都觉得泄气，不过他是主任，也只好听他的。小腿疼见真要送她走，已经有点胆怯，后来经主任这么一拦就放了心。她定了定神，看到局势稳定了，就强鼓着气说了几句似乎是光荣退兵的话："不要拦他们！让他们送吧！看乡政府能不能拔了我的舌头！"王聚海认为已经到了收场的时候，就拉长了调子向小腿疼说："老嫂！你且回去吧！没有到不了底的事！我们现在要布置明天的生产工作，等过两天再给你们解释解释！""什么解释解释？一定得说个过来过去！""好好好！就说个过来过去！"杨小四说："主任你的话是怎么说着的？人家闹到咱的会场来了，还要给人家赔情是不是？"小腿疼怕杨小四和支书王镇海再把王聚海说倒了弄得自己不得退场，就赶紧抢了个空子和王聚海说："我可走了！事情是你承担着的！可不许平白白地拉倒啊！"说完了抽身就走，跑出门去才想起来没有装腿疼。

　　主任王聚海是个老中农出身，早在抗日战争以前就好给人和解个争端，人们常说他是个会和稀泥的人；在抗日战争中八路军来了以后他当过村长，作各种动员工作都还有点办法；在土改时候，地主几次要收买他，都被他拒绝了，村支部见他对斗争地主还坚决，就吸收他入了党；"争先农业社"成立时候，又把他选为社主任，好几年来，因为照顾他这老资格，一直连选连任。他好研究每个人的"性格"，主张按性格用人，可惜不懂得有些坏性格一定得改造过来。他给人们平息争端，主张"和事不表理"，只求得"了事"就算。他以为凡是懂得他这一套的人就当得了干部，不能照他这一套来办事的人就都还得"锻炼锻炼"。例如在一九五五年党内外都有人提出可以把杨小四选成副主任，他却说"不行不行，还得好好锻炼几年"，直到本年（一九五七年）改选时候他还坚持他的意见，可是大多数人都说杨小四要比他还强，结果选举的票数和他得了个平。小四当了副主任之后，他可是什么事也不靠小四做，并且常说："年轻人，随在管委会里'锻炼锻炼'再说吧！"又如社章上规定要有个妇女副主任，在他看来那也是多余的。他说："叫妇女们闹事可以，想叫她们办事呀，连门都找不着！"因为人家别的社里每社都有那么一个人，他也没法坚持他的主张，结果在选举时候还是选了第三队里的高秀兰来当女副主任。他对高秀兰和对杨小四还有区别，以为小四还可以"锻炼锻炼"，秀兰连"锻炼"也没法"锻炼"，因此除了在全体管委会议的时候按名单通知秀兰来参加以外，在其他主干碰头的会上就根本想不起来还有秀兰那个人。不过高秀兰可没有忘了他。就在这次整风开始，高秀兰给他贴过这样一张大字报：

　　　　"争先社"，难争先，因为主任太主观：
　　　　只信自己有本事，常说别人欠锻炼；
　　　　大小事情都包揽，不肯交给别人干，
　　　　一天起来忙到晚，办的事情很有限。
　　　　遇上社员有争端，他在中间陪笑脸，

　　　　只求说个八面圆，谁是谁非不评断，

　　　　有的没理沾了光，感谢主任多照看，

　　　　有的有理受了屈，只把苦水往下咽。

　　　　正气碰了墙，邪气遮了天，

　　　　有力没处使，来个大转变：

　　　　办事靠集体，说理分长短，

　　　　多听群众话，免得耍光杆！

——高秀兰写

　　他看了这张大字报，冷不防也吃了一惊，不过他的气派大，不象小腿疼那样马上唧唧喳喳乱吵，只是定了定神仍然摆出长辈的口气来说："没想到秀兰这孩子还是个有出息的，以后好好'锻炼锻炼'还许能给社里办点事。"王聚海就是这样一个人。

　　杨小四给小腿疼和吃不饱出的那张大字报，在才写成稿子没有誊清以前，征求过王聚海的意见。王聚海坚决主张不要出。他说："什么病要吃什么药，这两个人吃软不吃硬。你要给她们出上这么一张大字报，保证她们要跟你闹麻烦；实在想出的话，也应该把她们的名字去了。"杨小四又征求支书王镇海的意见，并且把主任的话告诉了支书，支书说："怕麻烦就不要整风！至于名字写不写都行，一贴出去谁也知道指的是谁！"杨小四为了照顾王聚海的老面子，又改了两句，只把那两个人的名字去了，内容一点也没有变，都贴出去了。

　　当小腿疼一进社房来扑杨小四，王聚海一边拦着她，一边暗自埋怨杨小四："看你惹下麻烦了没有？都只怨不听我的话！"等到大家要往乡政府送小腿疼，被他拦住用好话把小腿疼劝回去之后，他又暗自夸奖他自己的本领："试试谁会办事？要不是我在，事情准闹大了！"可是他没有想到当小腿疼走出去、看热闹的也散了之后，支书批评他说："聚海哥！人家给你提过那么多意见，你怎么还是这样无原则？要不把这样无法无天的人的气焰打下去，这整风工作还怎么往下做呀？"他听了这几句批评觉得很伤心。他想："你们闹下了事自己没法了局，我给你们做了开解，倒反落下不是了？"不过他摸得着支书的"性格"是"认理不认人、不怕不了事"的，所以他没有把真心话说出来，只勉强承认说："算了算了！都算我的错！咱们还是快点布置一下明天的生产工作吧！"

　　一谈起布置生产来，支书又说："生产和整风是分不开的。现在快上冻了，妇女大半不上地，棉花摘不下来，花秆拔不了，牲口闲站着，地不能犁，要不整风，怎么能把这种情况变过来呢？"主任王聚海说："整风是个慢工夫，一两天也不能转变个什么样子；最救急的办法，还是根据去年的经验，把定额减一减——把摘八斤籽棉顶一个工，改成六斤一个工，明天马上就能把大部分人动员起来！"支书说："事情就坏到去年那个经验上！现在一天摘十斤也摘得够，可是你去年改过那么一下，把那些自私自利的改得心高了，老在家里等那个便宜。这种落后思想照顾不得！去年改成六斤，今年她们会要求改成五斤，明年会要求改成四斤！"杨小四说："那样也就对不住人家进步的妇女！明天要减了定额，这几天的工分你怎么给人家算？一个多月以前定额是二十斤，实际能摘到四十斤，落后的抢着摘棉花，叫人家进步的去割谷，就已经亏了人家；如今摘三遍棉花，人家又按八斤定额摘了十来天了，你再把定额改小了让落后的来抢，那象话吗？"王聚海说："不改定额也行，那就得个别动员。会动员的话，不论哪一个都能动员出来，可惜大家在作动员工作方面都没有'锻炼'，我一个人又只有一张嘴，所以工作不好作……"接着他就举出好多例子，说哪个媳妇爱听人夸她的手快，哪个老婆爱听人说她干净……只要摸得着人的"性格"，几句话就能说得她愿意听你的话。他正唠唠叨叨举着例子，支书打断他的话说："够了够了！只要克服了资本主义思想，什么'性格'的人都能动员出来！"

话才说到这里，乡政府来送通知，要主任和支书带两天给养马上到乡政府集合，然后到城关一个社里参观整风大辩论。两个人看了通知，主任说："怎么办？"支书说："去！""生产？""交给副主任！"主任看了看杨小四，带着讽刺的口气说："小四！生产交给你！支书说过，'生产和整风分不开'，怎样布置都由你！""还有人家高秀兰哩！""你和她商量去吧！"

主任和支书走后，杨小四去找高秀兰和副支书，三个人商量了一下，晚上召开了个社员大会。

人们快要集合齐了的时候，向来不参加会的小腿疼和吃不饱也来了。当她们走近人群的时候，吃不饱推着小腿疼的脊背说："快去快去！凑他们都还没有开口！"她把小腿疼推进了场，她自己却只坐在圈外。一队的队长王盈海看见她们两个来得不大正派，又见小腿疼被推进场去以后要直奔主席台，就趁了两步过来拦住她说："你又要干什么？""干什么？今天晌午的事你又不是不知道！先得把小四骂我的事说清楚，要不今天晚上的会开不好！"前边提过，王盈海也是小腿疼的一个本家小叔子，说话要比王聚海、王镇海都尖刻。王盈海当了队长，小腿疼虽然能借着个叔嫂关系跟他要无赖，不过有时候还怕他三分。王盈海见小腿疼的话头来得十分无理，怕她再把个会场搅乱了，就用话顶住她说："你的兴就还没有败透？人家什么地方屈说了你？你的腿到底疼不疼？""疼不疼你管不着"！"编在我队里我就要管你！说你腿疼哩，闹起事来你比谁跑得也快；说你不疼哩，你却连饭也不能做，把个媳妇拖得上不了地！人家给你写了张大字报，你就跟被蝎子蜇了一下一样，唧唧喳喳乱叫喊！叫吧！越叫越多！再要不改造，大字报会把你的大门上也贴满了！"这样一顶，果然有效，把个小腿疼顶得关上嗓门慢慢退出场外和吃不饱坐到一起去。杨小四看见小腿疼息了虎威，悄悄和高秀兰："咱们主任对小腿疼的'性格'摸得还是不太透。他说小腿疼是'吃软不吃硬'，我看一队长这'硬'的比他那'软'的更有效些。"

宣布开会了，副支书先讲了几句话说："支书和主任今天走得很急促，没有顾上详细安排整风工作怎样继续进行。今天下午我和两位副主任商议了一下，决定今天晚上暂且不开整风会，先来布置明天的生产。明天晚上继续整风，开分组检讨会，谁来检讨、检讨什么，得等到明天另外决定。我不说什么了，请副主任谈生产吧！"副支书说了这么几句简单的话就坐下了。有个人提议说："最好是先把检讨人和检讨什么宣布一下，好让大家准备准备！"副支书又站起来说："我们还没有商量好，还是等明天再说吧！"

接着就是杨小四讲话。他说："咱们现在的生产问题，大家都看得很清楚，棉花摘不下来，花秆拔不了，牲口闲站着，地不能犁，再过几天地一冻，秋杀地就算误了。摘完了的棉花秆，断不了还要丢下一星半点，拔花秆上熏了肥料，觉着很可惜；要让大家自由拾一拾吧，还有好多三遍花没有摘，说不定有些手不干净的人要偷偷摸摸的。我们下午商量了一下，决定明后两天，由各队妇女副队长带领各队妇女，有组织地自由拾花；各队队长带领男劳力，在拾过自由花的地里拔花秆，把这一部分地腾清以后，先让牲口犁着，然后再摘那没有摘过三遍的花。为了防止偷花的毛病，现在要宣布几条纪律：第一，明天早晨各队正副队长带领全队队员到村外南池边犁过的那块地里集合，听候分配地点。第二，各队妇女只准到指定地点拾花，不许乱跑。第三，谁要不到南池边集合，或者不往指定地点，拾的花就算偷的，还按社里原来的规定，见一斤扣除五个劳动日的工分，不愿叫扣除的送到法院去改造。完了！散会！"

大会没有开够十分钟就散了，会后大家纷纷议论：有的说："青年人究竟没有经验！就定一百条纪律，该偷的还是要偷！"有的说："队长有什么用？去年拾自由花，有些妇女队长也偷过！"有的说："年轻人可有点火气，真要处罚几个人，也就没人敢偷了！"有的说："他们不过替人家当两天家，不论说得多么认真，王聚海回来还不是平塌塌地又放下了！"准备偷花的妇女们，也互相交换着意见："他想的倒周全，一分开队咱们就散开，看谁还管得住谁？""分给咱们个好地方咱们就去，要分到没出息的地方，干脆都不要跟上队长走！""他一只手拖一个，两只手拖两个，还能把咱们都拖住？""我们的队长也不那么实！"……

"新官上任，不摸秉性"，议论尽管议论，第二天早晨都还得到村外南池边那块犁过的地里集合。

要来的人都来到犁耙得很平整的这块地里来坐下，村里再没有往这里走的人了，小四、秀兰和副支书一看，平常装病、装忙、装饿的那些妇女们这时候差不多也都到齐，可是小腿疼和吃不饱两个有名人物没有来。他们三个人互相看了看，秀兰说："大概是一张大字报真把人家两个人惹恼了！"大家又稍微等了一下，小四说："不等她们了，咱们就按咱们的计划来吧！"他走到面向群众那一边说："各队先查点一下人数，看一共来了多少人！男女分别计算！"各个队长查点了一遍，把数字报告上来。小四又说："请各队长到前边来，咱们先商量一下！"各队长都集中到他们三个人跟前来。小四和各队长低声说了几句话，各个队长一听都大笑起来，笑过之后，依小四的吩咐坐在一边。

小四开始讲话了。小四说："今天大家来得这样齐楚，我很高兴。这几天，队长每天去动员人摘花，可是说来说去，来的还是那几个人，不来的又都各有理由：有的说病了，有的说孩子病了，有的说家里忙得离不开……指东划西不出来，今天一听说自由拾花大家就什么事也没有了！这不明明是自私自利思想作怪吗？摘头遍花能超过定额一倍的时候，大家也是这样来得整齐。你们想想：平常活叫别人做，有了便宜你们讨，人家长年在地里劳动的人吃你们多少亏？你们真是想'拾'花吗？一个人一天拾不到一斤籽棉，值上两三毛钱，五天也赚不够一个劳动日，谁有那么傻瓜？老实说：愿意拾花的根本就是想偷花！今年不能象去年，多数人种地让少数人偷！花秆上丢的那一点棉花不拾了，把花秆拔下来堆在地边让每天下午小学生下了课来拾一拾，拾过了再熏肥。今天来了的人一个也不许回去！妇女们各队到各队地里摘三遍花，定额不动，仍是八斤一个劳动日；男人们除了往麦地里担粪的还去担粪，其余到各队摘尽了花的地里拔花秆！我的话讲完了！副支书还要讲话！"有一个媳妇站起来说："副主任！我不说瞎话！我今天不能去！我孩子的病还没有好！不信你去看看！"小四打断她的话说："我不看！孩子病不好你为什么能来？""本来就不能来，因为……""因为听说要自由拾花！本来不能来你怎么来的？天天叫也叫不到地，今天没有人去叫你，你怎么就来了？副支书马上就要跟你们讲这些事！"这个媳妇再没有说的，还有几个也想找理由请假，见她受了碰，也都没有敢开口。她们也想到悄悄溜走，可是坐在村外一块犁过的地里，各个队长又都坐在通到村里去的路上，谁动一动都看得见，想跑也跑不了。

副支书站起来讲话了。他说："我要说的话很简单：有人昨天晚上要我把今天的分组检讨会布置一下，把检讨人和检讨什么告大家说，让大家好准备。现在我可以告大家说了：检讨人就是每天不来今天来的人，检讨的事就是'为什么只顾自己不顾社'。现在先请各队的记工员把每天不来今天来的人开个名单。"

一会，名单也开完了，小四说："谁也不准回村去！谁要是半路偷跑了，或者下午不来了，把大字报给她出到乡政府！"秀兰插话说："我们三队的地在村北哩，不回村怎么过去？"小四向三队队长张太和说："太和！你和你的副队长把人带过村去，到村北路上再查点一下，一个也不准回去！各队干各队的事！散会！"

在散会中间又有些小议论："小四比聚海有办法！""想得出来干得出来！""这伙懒婆娘可叫小四给整住了！""也不止小四一个，他们三个人早就套好！""聚海只学过内科，这些年轻人能动手术！""聚海的内科也不行，根本治不了病！""可惜小腿疼和吃不饱没有来！"……说着就都走开了。

第三队通过了村，到了村北的路上，队长查点过人数，就往村北的杏树底地里来。这地方有两丈来高一个土岗，有一棵老杏树就长在这土岗上，围着这土岗南、东、北三面有二十来亩地在成立农业社以后连成了一块，这一年种的是棉花，东南两面向阳地方的棉花已经摘尽了，只有北面因为背阴一点，第三遍花还没有摘。他们走到这块地里，把男劳力和高秀兰那样强一点的女劳力留在南头拔花秆，让妇女队长带着软一点的女劳力上北头去摘花。

妇女们绕过了南边和东边快要往北边转弯了，看见有四个妇女早在这块地里摘花，其中有小腿疼和吃不饱两个人。大家停住了步，妇女队长正要喊叫，有个妇女向她摆手低声说："队长不要叫她们！你一叫她们不拾了！咱们也装成自由拾花的样子慢慢往那边去！到那里咱们摘咱们的，她们拾她们的！让她们多拾一点处理起来也有个分量！"妇女队长说："我说她们怎么没有出来！原来早来了！"另一个不常下地的妇女说："吃不饱昨天夜里散会以后，就去跟我商量过不要到南池边去集合，早一点往地里去，我没有敢听她的话。"大家都想和小腿疼她们开开玩笑，就都装作拾花的样子，一边在摘过的空花秆上拾着零花，一边往北边走。

原来头天晚上开会时候，小腿疼没有闹起事来，不是就退出场外和吃不饱坐在一起了吗？她们一听到第二天叫自由拾花，吃不饱就对住小腿疼的耳朵说："大婶！咱明天可不要管他那什么纪律！咱们叫上几个人天不明就走，赶她们到地，咱位就能弄他好几斤！她们到南池边集合，咱们到村北杏树底去，谁也碰不上谁；赶她们也到杏树底来咱们跟她们一块儿拾。拾东西谁也不能不偷，她们一偷，就不敢去告咱们的状了！"小腿疼说："我也是这么想！什么纪律？犯纪律的多哩！处理过谁？光咱们俩人去多好！不要叫别人！""要叫几个人，犯了也有个垫背；不过也不要叫得太多，太多了轮到一个人手里东西就不多了！"她们一共叫过五个人，不过有三个没有敢来，临出发只来了两个，就相跟着到杏树底来了。她们正在五六亩大的没有摘过三遍花的地里偷得起劲，听见有人说话，抬头一看，见三队的妇女都来了，就溜到摘过的这一边来；后来见三队的人也到没有摘过的那边去了，她们就又溜回去。三队的人都哈哈大笑起来。小腿疼说："笑什么？许你们偷不许我们偷？"有个人说："你们怎么拾了那么多？""谁不叫你们早点来？"三队的人都是挨着摘，小腿疼她们四个人可是满地跑着捡好的。三队有个人说："要偷也该挨住片偷呀！"小腿疼说："自由拾花你管我们怎么拾哩？要说是偷，你们不也是偷吗？"大家也不认真和她辩论，有些人隔一阵还忍不住要笑一次。

妇女队长悄悄和一个队员说："这样一直开玩笑也不大好。我离开怕她们闹起来，请你跑到南头去和队长、副主任说一声，叫他们看该怎么办！"那个队员就去了。

队长张太和更是个开玩笑大王。他一听说小腿疼和吃不饱那两个有名人物来了，好象有点幸灾乐祸的样子说："来了才合理！我早就想到这些人物碰上这些机会不会不出马！你先回去摘花，我马上就到！"他又向高秀兰说："副主任！你先不要出面，等我把她们整住了请你再去！你把你的上级架子扎得硬硬地！"可是高秀兰不愿意那样做。高秀兰说："咱们都是才学着办事，还是正正经经来吧！咱们一同去！"他们走到北头，队员们看见副主任和队长都来了，又都大笑起来。张太和依照高秀兰的意见，很正经地说："大家不要笑了！你们那几位也不要满地跑了！"小腿疼又要她的厉害："自由拾花！你管不着！""就算自由拾花吧！你们来抢我三队的花，我就要管！都先把篮子缴给我！"吃不饱说："我可是三队的！三队的花许别人偷就得许我偷！要缴大家都缴出来！"张太和说："谁也得缴！"说着就先把她们四个人的篮子夺下来，然后就问她们说："你们为什么不到南池边集合？"吃不饱说："你且不要问这个！你不是说'谁也得缴'吗？为什么不缴她们的？""她们是给社里摘！""我们也是给社里摘！""谁叫你们摘的？""谁叫她们摘的？""对！现在就先要给你们讲明是谁叫她们摘的！"接着就把在南池边集合的时候那一段事给她们四个讲了一遍，讲得她们都软下来。小腿疼说："不叫拾不拾算了！谁叫你们不先告我们说？""不告说为什么还叫到南池边集合？告你说你不去听，别人有什么办法？"小腿疼说："算我们白拾了一趟！你们把花倒下，给我们篮子我们走！"

这时候，高秀兰说话了。她说："事情不那么简单：事前宣布纪律，为的是让大家不犯，犯了可就不能随便了事！这棉花分明是偷的。太和同志！把这些棉花送回社里，过一过秤，让保管给她们每一个篮子上贴上个条子，写明她们的姓名和棉花的分量，连篮子一同保存起来，等以后开个社员大会，让大家商量一个处理办法来处理！"张太和把四个篮子拿起来走了，小腿疼说："秀兰呀！你可不能说我们是偷的！我们真正不知道你们今天早上变了卦！"秀兰说："我们一点也没有变卦！昨天晚上杨小四同志给大家说得明白：'谁要不到南池边集合，拾的花就都算偷的'，何况你们明明白白在没有摘过的地里来抢哩？这是妨害全社利益的事，我们不能自作主张，准备交给群众讨论个处理办法！你们有什么话到社员大会上说去吧！"

小腿疼和吃不饱偷了棉花的事，等到吃早饭的时候，就传遍了全村。上午，各队在做活的时候提起这事，差不多都要求把整风的分组检讨会推迟一天，先在本天晚上开个社员大会处理偷花问题——因为大多数人都想叫在王聚海回来之前处理了，免得他回来再来个"八面圆"把问题平放下来。两个副主任接受了大家的要求，和副支书商量把整风会推迟一天，晚上就召开了处理偷花问题的社员大会。

大会开了。会议的项目是先由高秀兰报告捉住四个偷花贼的经过，再要她们四个人坦白交代，然后讨论处理办法。

在她们四个人坦白交代的时候，因为篮子和偷的棉花都还在社里，爱"了事"的主任又不在家，所以除了小腿疼还想找一点巧辩的理由外，一般都还交代得老实。前头是那两个垫背的交代的。一个说是她头天晚上没有参加会，小腿疼约她去就去了，去到杏树底见地里没有人，根本没有到已经摘尽了的地里去拾，四个人一去，就跑到北头没摘过的地里去了。另一个说得和第一个大体相同，不过她自己是吃不饱约她的。这两个人交代过之后，群众中另有三个人插话说，小腿疼和吃不饱也约过她们，她们没有敢去。第三个就叫吃不饱交代。吃不饱见大风已经倒了，老老实实把她怎样和小腿疼商量，怎样去拉垫背的、计划几时出发、往哪块地去……详细谈了一遍。有人追问她拉垫背的有什么用处，她说根据主任处理问题的习惯，犯案的人越多了处理得越轻，有时候就不处理；不过人越多了，每个人能偷到的东西就太少了，所以最好是少拉几个，既不孤单又能落下东西。她可以算是摸着主任的"性格"了。

最后轮着小腿疼作交代了。主席杨小四所以把她排在最后，就是因为她好倚老卖老来巧辩，所以让别人先把事实摆一摆来减少她一些巧辩的机会。可是这个小老太婆真有两下子，有理没理总想争个盛气。她装作很受屈的样子说："说什么？算我偷了花还不行？"有人问她："怎么'算'你偷了？你究竟偷了没有？""偷了！偷也是副主任叫我偷的！"主席杨小四说："哪个副主任叫你偷的？""就是你！昨天晚上在大会上说叫大家拾花，过了一夜怎么就不算了？你是说话呀是放屁哩？"她一骂出来，没有等小四答话，群众就有一半以上的人"哗"地一下站起来："你要造反！""叫你坦白呀叫你骂人？"……三队长张太和说："我提议：想坦白也不让她坦白了！干脆送法院！"大家一齐喊"赞成"。小腿疼着了慌，头象货郎鼓一样转来转去四下看。她的孩子、媳妇见说要送她也都慌了。孩子劝她说："娘你快交代呀！"小四向大家说："请大家稍静一下！"然后又向小腿疼说："最后问你一次：交代不交代？马上答应，不交代就送走！没有什么客气的！""交交交代什么呀？""随你的便！想骂你就再骂！""不不不那是我一句话说错了！我交代！"小四问大家："怎么样？就让她交代交代看吧？""好吧！"大家答应着又都坐下了。小腿疼喘了几口气说："我也不会说什么！反正自己做错了！事情和宝珠说的差不多：昨天晚上快散会的时候，宝珠跟我说：'咱明天可不要管他那什么纪律！咱们叫上几个人……'"

这时候忽然出了点小岔子：城关那个整风辩论会提前开了半天，支书和主任摸了几里黑路赶回来了。他们见场里有灯光，预料是开会，没有回家就先到会场上来。主任远远看见小腿疼先朝着小四说话然后又转向群众，以为还是争论那张大字报的问题，就赶了几步赶进场里，根本也没有听小腿疼正说什么，就拦住她说："回去吧老嫂！一点点小事还值得追这么紧？过几天给你们解释解释就完了……"大家初看见他进到会场时候本来已经觉得有点泄气，赶听到他这几句话，才知道他还根本不了解情况，"轰隆"一声都笑了。有个年纪老一点的人说："主任！你且坐下来歇歇吧！'没有调查就没有发言权'！"支书也拉住他说："咱们打听打听再说话吧！离开一天多了，你知道人家的工作是怎样安排的？"主任觉得很没意思，就和支书一同坐下。

小腿疼见主任王聚海一回来，马上长了精神。她不接着往下交代了。她离开自己站的地方走到王聚海面前说："老弟呀！你走了一天，人家就快把你这没出息嫂嫂摆弄死了！"她来了这一下，群众马上又都站起来："你不用装蒜！""你犯了法谁也替不了你！"……主任站起来走到小四旁边面向大家说："大家请坐下！我先给大家谈谈！没有了不了的事……"有人说："你请坐下！我们今天没有选你当主席！""这个事我们会'了'！"……支书急了，又把主任拉住说："你为什么这么肯了事？先打听一下情况好不好？让人家开会，我们到社房休息休息！"又问副支书说："你要抽得出身来的话，抽空子到社房给我们谈谈这两天的事？"副支书说："可以！现在就行！"

他们三个离了会场到社房，副支书把他和杨小四、高秀兰怎样设计把那些光想讨巧不想劳动的妇女调到南池边，怎么批评了她们，怎么分配人力摘花，拔花秆，怎样碰上小腿疼她们偷花……详细谈了一遍，并且说："棉花明天就可以摘完，今天下午犁地的牲口就全都出动了，花秆拔得赶得上犁，剩下的男劳力仍然往准备冬浇的小麦地里运粪。"他报告完了情况，就先赶回会场去。

副支书走了，支书想了一想说："这些年轻人还是有办法！做法虽说有点开玩笑，可是也解决了问题！"主任说："我看那种动员办法不可靠！不捉摸每个人的'性格'，勉强动员到地里去，能做多少活哩？""再不要相信你摸得着人的'性格'了！我看人家几个年轻同志非常摸得着人的'性格'。那些不好动员的妇女们有她们的共同'性格'，那就是'偷懒''取巧'。正因为摸透了她们这种性格，才把她们都调动出来。人家不止'摸得着'这种性格，还能'改变'这种性格。你想：开了那么一个'思想展览会'，把她们的坏思想抖出来了，她们还能原封收回去吗？你说人家动员的人不能做活，可是棉花是靠那些人摘下来的。用人家的办法两天就能摘完，要仍用你那'摸性格'的老办法，恐怕十天也摘不完——越摘人越少。在整风方面，人家一来就找着两个自私自利的头子，你除不帮忙，还要替人家'解释解释'。你就没有想到全社的妇女你连一半人数也没有领导起来，另一半就是咱那个小腿疼嫂嫂和李宝珠领导着的！我的老哥！我看你还是跟那几位年轻同志在一块'锻炼锻炼'吧！"主任无话可说了，支书拉住他说："咱们去看看人家怎样处理这偷花问题。"

他们又走到会场时候，小腿疼正向小四求情。小腿疼说："副主任！你就让我再交代交代吧！"原来自她说了大家"捉弄"了她以后，大家就不让她再交代，只讨论了对另外三个人的处分问题，留下她准备往法院送。有个人看见主任来了，就故意讽刺小腿疼说："不要要求交代了！那不是？主任又来了！"主任说："不要说我！我来不来你们该怎么办还怎么办！刚才怨我太主观，不了解情况先说话！"小腿疼也抢着说："只要大家准我交代，不论谁来了我也交代！"小腿疼看了看群众，群众不说话；看了看副支书和两个副主任，这三个人也不说话。群众看了看主任，主任不说话；看了看支书，支书也不说话。全场冷了一下以后，小腿疼的孩子站起来说："主席！我替我娘求个情！还是准她交代好不好？"小四看了看这青年，又看了看大家说："怎么样？大家说！"有个老汉说："我提议，看在孩子的面上还让她交代吧！"又有人接着说："要不就让她说吧！"小四又问，"大家看怎么样？"有些人也答应："就让她说吧！""叫她说说试试！"……小腿疼见大家放了话，因为怕进法院，恨不得把她那些对不起大家的事都说出来，所以坦白得很彻底。她说完了，大家决定也按一斤籽棉五个劳动日处理，不过也跟给吃不饱规定的条件一样，说这工一定得她做，不许用孩子的工分来顶。

散会以后，支书走在路上和主任说："你说那两个人"吃软不吃硬'，你可算没有摸透她们的'性格'吧？要不是你的认识给她们撑了腰，她们早就不敢那么猖狂了！所以我说你还是得'锻炼锻炼'！"

三里湾（节选）

六、马家院

小俊跑到老天成院子里，见能不够不在家，就问天成老汉说："爹！我妈哩？"老天成老汉叹了口气说："谁知道飞到什么地方去了？吃了饭连碗也没有洗就出去了，直到现在不回来！"原来这能不够和她女儿一样，也是没有洗锅碗就走了。小俊听天成老汉一说，心里明白，也不再往下问，就又跑到范登高家里来。

这时候，范登高家桌上、床上的货物已经收拾到柜里去了，灵芝和马有翼围着范登高老婆不知道正谈什么闲话，小俊一进去，见房子里只有这三个人，就问："我妈不在这里了？"范登高老婆说："你一出去她就出去了！没有回去？"小俊说："没有！"马有翼说："大概到我们家去了！"灵芝说："你怎么知道？"有翼说："你忘记了玉梅跟满喜在学校说的是什么了？"灵芝一想便带着笑说："你去吧！准在！"小俊自然猜不着他们说的是哪一回事，不过从口气上听起来她的妈妈一定是到她姨姨家去了，便不再问情由，离了范家又往马家去。

她走到马家的大门口，见门关着，打了两声，引起来一阵狗叫。马家的规矩与别家不同：三里湾是个老解放区，自从经过土改，根本没有小偷，有好多院子根本没有大门，就是有大门的，也不过到了睡觉时候，把搭子扣上防个狼，只有马多寿家把关锁门户看得特别重要——只要天一黑，不论有几口人还没有回来，总是先把门搭子扣上，然后回来一个开一次，等到最后的一个回来以后，负责开门的人须得把上下两道栓关好，再上上碗口粗的腰栓，打上个像道士帽样子的木楔子，顶上个连楔槟刨起来的顶门权。又因为他们家里和外边的往来不多——除了他们互助组的几户和衰天成家的人，别人一年半载也不到他家去一次，把个大黄狗养成了个古怪的脾气，特别好咬人——除见了互助组和衰天成家的人不咬外，可以说是见谁咬谁。

小俊打了两下门，大黄狗叫了一阵，马有喜媳妇陈菊英便出来开了门，大黄狗见是熟人，也就不叫了。小俊问："三嫂！我妈在这里吗？"陈菊英说："在！你来吧！"小俊进去，陈菊英又把门搭子扣上。小俊听见她妈在北屋里说话，便到北屋里去。

小俊的妈妈能不够几时到马家来的呢？原来她从范登高家出来正往她自己家里走，迎头碰上了王满喜。满喜说："婶婶！我正要找你商量个事哩！"能不够是村里有名的巧舌头，只要你和她打交道，光有她说的，就轮不到你开口。不过王满喜这个一阵风，专会对付这种人。满喜和她一开口，她便说："你说吧孩子！只要婶婶能办的事，婶婶没有不答应的。"满喜说："专署来了个重要干部，找不下个清净一点的房子，想借你那西房住一住！""好孩子！不是婶婶舍不得把房子借给人住！要是春天的话，那房子马上收拾一下就能住人，可惜如今收开秋了，里边杂七杂八堆得满满的，实在找不下个腾的地方！不信我领你看看去！""要是做普通工作的干部，我也不来麻烦婶婶，旗杆院那么多的房子，难道还挤不下一个人？可是这个人是有特殊任务的……""做什么工作的？"满喜想："要是完全照着玉梅的主意把话说死了，倘或她先知道是农业科长，她一定不信；就是现在完全不知道，将来知道了也不好转弯，不如把话说活一点。"想到这里，便故意走近了一步，低低向她说："说是专署农业科的，又有人说实际上是专署人民法院派来调查什么案件的。婶婶！这可是秘密消息，你可千万不要跟谁说！""孩子！你放心！永不用怕走了风！婶婶的嘴可严哩！"满喜故意装成不在乎的样子说："婶婶的西房要是不好腾，我先到别处找找看——我去看看你亲家家里的两个小东房是不是能腾一个，要不行的话，回头再来麻烦婶婶！"说罢就故意走开，不过还留了个活口，准备让她想想之后再来找她。可是满喜才走了四五步，能不够又叫住他说："满喜你且等等！"满喜想："有门！"能不够赶了几步走到满喜跟前说："马家院你去过了没有？"满喜说："没有！那老大娘很难说话，我不想去丢那人！""只要说对了脾气，我姐姐也不是难说话的人！要不婶婶去替你问问！""婶婶要能帮我点忙，我情愿先请婶婶吃顿饭！""好孩子！不知道的人都说婶婶顽固，其实婶婶不是顽固的人！婶婶可肯帮人的忙哩！"满喜也故意说："谁敢说婶婶顽固？婶婶要是个顽固人的话，我还来找婶婶吗？婶婶要肯替我去，我就跟着婶婶到马家院门口等等！"只有天成老婆这个"能不够"，才会为了自己又卖假人情；也只有满喜这个"一阵风"，才有兴趣把这场玩笑开得活像真的。他们两个人一前一后来到马家院门口，满喜远远地等着，天成老婆便叫开门进去。

这时候，马多寿和他老婆、大儿子、大儿媳都坐在院里。这四个人都有外号：马多寿叫"糊涂涂"，前边已经讲过了，他老婆叫"常有理"，他的大儿子马有余叫"铁算盘"，大儿媳叫"惹不起"。有些人把这四个外号连起来念，好像三字经——"糊涂涂，常有理，铁算盘，惹不起"。除了这四个人以外，还有四个人：一个是马多寿的三儿媳，叫陈菊英，在她住的西北小房里给她的女儿玲玲做鞋。一个就是这玲玲，是个四岁的女娃娃。一个是铁算盘的八岁孩子，叫十成，正和玲玲两个人在院里赶一个萤火虫玩。铁算盘还有个两岁的孩子，正在惹不起怀里吃奶。

能不够一进去，有外号的四个人都向她打招呼。铁算盘问："姨姨！在院里坐呀还是到屋里坐？"能不够说："到屋里去吧！有点事和你们商量一下！"说着也不等他们答应，便领着头往北房里走。

马家还有个规矩是谁来找糊涂涂谈什么事，孩子们可以参加，媳妇们不准参加，所以只有铁算盘跟着他爹妈走进北房，惹不起便抱起她的两岁孩子回避到她自己住的西房里去。

　　常有理点着了灯，大家坐定，能不够把王满喜和她说的那秘密报告了一遍。她报告完了接着说："我想咱们村里，除了前两个月姐姐出名在县人民法院告过张永清一状以外，别人再没有告过状的。告上以后，县里只叫村上调解，没有过过一次堂，一定是县里报告了专署，专署派人来调查来了！"铁算盘说："也许！我前几天进城，听说各机关反对什么'官僚主义'，上级派人来查法院积存的案件。"能不够说："满喜听我说我的西房腾不开，他就要去找老万宝全腾他的小东房……"糊涂涂说："他姨姨！你还是答应下来吧！要是住到他们干部家里，他们是不会给咱们添好话的！你要知道我'刀把上'那块地紧挨着就是你的地！我那块地要挡不住，开了渠，你的地也就非开渠不可了！"能不够说："我就是没有那一块地，知道了这消息也不能不来说一声！姐姐是谁，我是谁？不过我那个西房实在腾不开！我想你们的东房里东西不多，是不是可以叫他来这里住呢？"糊涂涂说："可以！住到咱家自然相宜，不过谁知道人家愿不愿到咱家来住？"能不够说："找不下房子他为什么不愿来？满喜的值日。我跟他说我替他来找你商量一下，他还在外边等着哩！"糊涂涂他们三个人都说："行"，糊涂涂说："你出去让他进来打扫一下，就把行李搬来好了！"常有理说："你把他叫进来你也还返回来，咱们大家商量一下见了人家怎么说！"能不够见事情成功了，便出去叫王满喜。

　　能不够一出去，糊涂涂便埋怨他的常有理老婆说："见了专署法院的人，话该怎么说，咱打咱的主意，怎么能跟她商量呢？"常有理说："我妹妹又不是外人！"糊涂涂说："什么好人？一张嘴比电报还快！什么事让她知道了，还不跟在旗杆院楼上广播了一样！快不要跟她商量那个！跟她谈点别的什么事好了！"糊涂涂有个怕老婆的声名，不过他这怕老婆不是真怕，只是遇上了自己不愿意答应的事，往老婆身上推一推，说他当不了老婆的家，实际上每逢对外的事，老婆仍然听的是他的主意。他既然不让说那个，老婆就只好准备谈别的。

　　能不够走出大门外，见了王满喜，又卖了一会人情，然后领着满喜进来，又搭上了大门到北房里来。

　　满喜向常有理要了钥匙和灯去打扫东房，糊涂涂、常有理、铁算盘都不放心——怕丢了什么东西。常有理喊叫大儿媳说："大伙家！去帮满喜打扫打扫东房！"惹不起说："孩子还没有睡哩！"常有理又喊叫三儿媳说："三伙家！大伙家的孩子还没有睡，你就去吧！"陈菊英就放下玲玲的鞋底子走出来。这地方的风俗，孩子们多了的时候，常好按着大小叫他们"大伙子、二伙子、三伙子……"，因此便把媳妇们叫成"大伙家、二伙家、三伙家……"。满喜按邻居的关系，称呼惹不起和陈菊英都是"嫂嫂"，又同在一个互助组里很熟惯，所以爱和她们开玩笑。常有理叫她们"大伙家、三伙家"，满喜给她们改成了"大货架、三货架"。陈菊英出来了，满喜说："三货架！给咱找个笤帚来吧！"菊英找了个笤帚，满喜点着个灯，一同往东房打扫去，十成和玲玲也跟着走进去玩。

　　打扫房子的人分配好了，能不够又坐稳了，糊涂涂既然不让谈打官司的计划，常有理便和她谈起小俊的事。常有理问分开家以后怎么样，能不够才接上腔，就听见外边又有人打门。接着又听见陈菊英叫十成去开门，十成不去，她自己去了。能不够只是稍停了一下便接着说："唉！分开也不行！玉生那东西不听话，还跟人家那一大家人是一气……"

就在这时候，小俊便跑进来。小俊一边喘气一边说："妈！不能过了！"能不够问："怎么？他不认账？""除不认账不算，还打起我来了！""啊？他敢打人呀？""就是打了嘛！不跟他过了！""好！分开家越发长了本事了！去找干部评评理去！""他已经先去了！""他先去了也好！有理不在乎先告状！咱们在家里等着！"能不够的有理话说了个差不多，忽然又想起个不很有理的事来问小俊说："你把绒衣给人家范登高送回去了吗？"小俊说："没有！还在他家里丢着！""傻瓜！你亲手拿人家的东西，人家是要跟你要钱的呀！快先给人家把东西送回去，回头咱再跟玉生那小东西说理！"小俊听她妈妈这么一说，也觉着自己太粗心，便说："那末我马上就拿出来给人家送去！"说了便走出去，走到院子里又回头喊："妈！你可快回来呀！我送了那个，就回咱家里等你！"没有等能不够答话她就开了门跑出去了。常有理自然又喊三伙家去把门关上。

能不够这会已经顾不上帮常有理打什么主意，还想请常有理在小俊的事上帮她自己打打主意，所以她要在常有理面前按照她的立场分析一下玉生家里的情况。她说："姐姐呀！在小俊的婚事上，我当初真是错打了主意了！玉生他们那一大家人，心都不知道是怎么长着的：金生是个大包单，专门在村里包揽些多余的事——像成立农业生产合作社呀，开水渠呀，在别人本来都可以只当个开心话儿说说算拉倒的，一加上个他，就放不下了。玉生更是个'家懒外头勤'，每天试验这个、发明那个，又当着个民兵班长，每逢收复、收秋、过年、过节就在外边住宿，根本不是个管家的人。老万宝全是个老娃娃头，除不管教着孩子们过自己的日子，反勾引着孩子们弄那些没要紧的闲事。把这些人凑在一起算个什么家？我实在看不过，才叫小俊和他们闹着分家。我想玉生是个吃现成饭不管家事的年轻人，不懂得老婆是要自己养活的，分开家以后让他当一当这个掌柜他就懂得了。小俊跟他要死要活地闹了一年，好容易闹得将就把家分开了，没有想到分得了人分不了心，人家还跟宝全、金生是一股劲，对村里、社里的事比对家里的事还要紧。小俊要是说说人家，说得轻了不抵事，说得重了就提离婚。姐姐呀！你看我倒运不倒运！我怎么给闺女找了这么个倒运家？真他妈的不如干脆离了算拉倒！"糊涂涂不等常有理答话便先和能不够说："他姨姨！你要不先说这话，我也不便先跟你说！离了好！别人都说我是老封建，在这件事上我一点也不封建！正像你说的，那一家子都不是过日子的人！咱小俊跟着他们享不了什么福！"常有理说："对！那一家子都不是过日子的人！我那有翼常跟他家的玉梅在一处鬼混，骂也骂不改！那玉梅还不跟她爹、她哥是一路货？他们要真是自主起来，咱这家里可下不了那一路货！都怨我那有翼不听话！要是早听上咱姊妹们的主意做个亲上加亲的话来，那还不是个两合适？"能不够说："姐姐！小俊跟玉生要真是离了的话，我还愿意，小俊自然更愿意，不过人家有翼还有人家更合适的、有文化的对象，咱姊妹们都是些老封建，哪里当得了人家的家？"常有理说："你说灵芝呀！那东西翅膀榾橔更硬！更不是咱这笼里养得住的鸟儿！如今兴自主，我一个人也挡不住，不过也要看他跟什么人自主——他要是真敢把玉梅和灵芝那两个东西弄到我家里来一个，我马上就连他撵出去！小俊跟玉生真要是离了的话，我看咱们从前说过的那话也不见得就办不到！如今兴自主，你不会叫小俊跟他自主一下？"糊涂涂觉着常有理的话说得太直，恐怕得罪了他那个能不够小姨子，便假意埋怨常有理说："五六十岁的人了，说起话来老是那样没大没小的？"能不够倒很不在乎。能不够说："你不用管！我姊妹们又说不恼！他两个人又都不在跟前，说说怕什么？"糊涂涂本来是愿意让她们谈个透彻的，只是怕能不够不好意思，见她不在乎，也就不再说什么，让她们姊妹们接着谈下去了。后来能不够露出一定要挑唆小俊和玉生离婚的话，糊涂涂觉着他自己要听的话已经完了，可是他老婆越谈越有兴头，不知道怎么又扯到她娘家哥哥的事上。糊涂徐说："你怎么又扯起那些五百年前的淡话来了？小俊还急着要人家妈回去哩！"他一提小俊，能不够才想起自己还有要紧事来，马上把闲话收起说："呀！我怎么糊涂了？小俊还等着我哩！我去了！"说着便走出去。糊涂涂他们三个人只送到门帘边，常有理喊："三伙家！送你姨姨去！"

能不够一出门，糊涂涂又埋怨常有理说："她那人扯起闲话来还有个完？好容易把她送走了，快计划咱们的正事吧！"随后三个人又坐定了，详详细细计划起要向"法院干部"说的大道理来。

三里湾（作品梗概）

一九五二年九月，三里湾农业生产合作社正忙于秋收，又准备着开渠和扩社，可事情的发展却并不顺利。

党员村长范登高在一九三八年开辟时期与地主斗争有过一点功劳，但土改后却拒不入社，赶着骡子做起小生意来了。党支部书记王金生的兄弟王玉生是个热心集体工作、刻苦钻研农业技术的优秀青年，可是他的妻子袁小俊却贪图享受，经常和他吵架，影响他的工作。一天，小俊因为向范登高赊了一件棉线衣，向玉生要钱。玉生没给她，她便耍起性子，捣毁玉生搞农业技术的工具。为此两人动起手来，玉生跑到农业社办公处找调解委员会要求离婚，小俊也跑回娘家去了。

小俊的父亲袁天成也是个老党员，但是个怕老婆的人。合作化时，他按老婆的旨意借口不能替参军的弟弟出主意而留下大半自留地。小俊的母亲"能不够"是个自私横蛮的人，小俊回家向母亲诉说和玉生打架之事，"能不够"听了，一方面打发小俊把棉绒衣还给范登高；一方面又私下找她姐姐、富裕中农"糊涂涂"的老婆"常有理"商量，准备小俊和玉生离婚以后，把她嫁给"糊涂涂"的四儿子马有翼。

范登高的女儿范灵芝是团支部委员，积极进步，看不惯她爸的行为。她与有翼是同学，两人比较接近。但有翼软弱无能，完全受他母亲控制，没有主见，所以灵芝对他也有不满。一天，他们俩得知玉生在搞试验，便跟着人们去参观，并帮助他解决了一些技术上的问题。

在县委的支持下，支部书记王金生召集干部会决定秋收后开渠。但开渠必须经过"糊涂涂"的"刀把地"，而"糊涂涂"仗着家里劳力强，一心发财，坚决拒绝入社，又不肯和农业社交换土地，这给开渠带来不少困难。

"糊涂涂"的三儿媳陈菊英是共青团员，在婆家常受婆婆"常有理"和大嫂"惹不起"

的欺侮。一天，菊英去磨面，过晌回家，家里只剩下一点面汤。此事闹到调解委员会去，调解委员让有翼作证，有翼明知真相，但屈服于母亲压力，讲话支支吾吾，最后才在另一个了解真相的青年满喜追逼下讲了真话。大家出于义愤，决定让菊英和"糊涂涂"他们分家。灵芝和一些团员对有翼的表现更有意见，在团组织开会讨论扩社开渠问题以后，灵芝代表团支部责成有翼就作证时的表现写检讨，有翼当晚折腾了一夜没有写好。

菊英的丈夫参军在外，原来干部们希望菊英分家时能分到"刀把地"，但"糊涂涂"怕菊英分到"刀把地"入社，便拿出一九四二年减租减息时他们假分家的字据，证明"刀把地"已分给在外县工作的二儿子，以此继续阻挠开渠。

灵芝到有翼家找他要检讨，见有翼对蛮不讲理的母亲百依百顺，更使她伤心。她回到家里，心情很坏，一夜睡不安稳。天没亮就到农业社去，碰到玉生在绘图，所用的工具十分粗陋，便把自己的绘图工具送给他，心里对他逐渐产生了好感。

针对范登高等人的资产阶级思想，三里湾党组织决定整风。在县委领导下，支部书记王玉生和大多数党员一起，严厉批评了范登高的资产阶级思想，正告他如果愿意当不觉悟的群众，就要摘掉他党员的招牌，他只得把做买卖的底货让给供销社，宣布加入农业社，党内给他留党察看的处分。袁天成也比较老实地检查了自己的错误。

"糊涂涂"为了稳住有翼，蛮横地包办了有翼和小俊的婚事。有翼受这突然的打击，哭一阵后又笑一阵，他父母认为他中了邪，把他隔离起来，灵芝听了有翼和小俊订亲的事，更加伤心。她经过反复比较，克服了自己选择对象过于注重文化程度的偏向，决定和玉生订婚，并亲自去请有翼吃糖，有翼听了，如雷轰顶，放声嚎哭。事后，他清醒了一些，决心反抗。他冲出大院，去找另一个原来要好的姑娘、玉生的妹妹玉梅，直截了当地向她求爱。玉梅也是个共青团员，她对有翼有好感，但不愿意和"糊涂涂"一家生活在一起，在她的帮助下，有翼向父亲要求自己过日子。袁天成通过大家的帮助，深感听老婆的话弄得里外不是人，也决心反抗，终于把"能不够"降伏了。

金生领导大家进一步安排了工作。国庆前做好秋收、秋耕和开渠准备，国庆后正式开渠，并对明年的生产计划也作了布置。

玉生和灵芝、有翼和玉梅的婚事给小俊很大的教训。一天，小俊去割豆子，见了玉生不觉偷偷流泪，想起有翼更感伤心，加上被豆荚刺伤了手，便索性大哭起来。贫农青年满喜见此情景，就主动和她调换工种。事后，通过一个热心肠的妇女穿针引线，小俊和满喜也订了婚。

"糊涂涂"家里，菊英、有翼分出来单过，在外面当干部的老二又来信把"刀把地"献给社里，"糊涂涂"感到他苦心经营的家已四分五裂，只得下决心在扩社大会上全家报名入社，并把户口同玉梅、有翼立在一起，小两口表示欢迎。

秋收结束了。三里湾农业社从五十户扩大为百来户的大社，开渠的问题也圆满解决。国庆前夕，还讨论了新的社章草案和新干部候选名单。几对青年人——玉生和灵芝、有翼和玉梅、满喜和小俊也在秋收之后开渠之前筹建着各自的小家庭。（苏景昭、郭启宗）

柳 青

柳青(1916—1978)，原名刘蕴华，陕西吴堡县人。中国当代著名作家。主要作品有《种谷记》《铜墙铁壁》《创业史》等。代表作《创业史》(第一部)。

柳青早年从事革命活动，中学期间接触鲁迅、郭沫若、高尔基等中外名家的作品，逐步走上文学道路。1936年发表第一篇作品《待车》。1938年奔赴延安，期间创作的短篇小说，收入短篇集《地雷》。1943年，柳青深入农村，历时三年，写就反映陕北解放区农村生活的长篇小说《种谷记》。解放后，于1951年创作了表现陕北农民支援前线的小说《铜墙铁壁》。1952年起，柳青在皇甫村落户14年，悉心体验农民生活，积累创作素材。这一时期，著有散文特写集《皇甫村的三年》、短篇小说《王家父子》、中篇小说《铁狼透》，以及当时被誉为"史诗性"、"里程碑式"的长篇小说《创业史》。这部多卷本小说原计四部，"文化大革命"结束后，作者仅发表第二部上卷和下卷的部分章节，后因病去世。

柳青是20世纪50年代农村题材创作的重要作家，探索中国农民的历史命运和生活道路是其创作的基本主题。他继承现实主义的文学传统，小说中宏阔的画面和细腻的笔触相结合，富于史诗性特色和鲜明的时代精神。语言质朴清新，具有浓郁的乡土气息。

创业史(节选)

第一章

早春的清晨，汤河上的庄稼人还没睡醒以前，因为终南山里普遍开始解冻，可以听见汤河涨水的呜呜声。在河的两岸，在下堡村、黄堡镇和北原边上的马家堡、葛家堡，在苍苍茫茫的稻地野滩的草棚院里，雄鸡的啼声互相呼应着。在大平原的道路上听起来，河水声和鸡啼声是那么幽雅，更加渲染出这黎明前的宁静。

空气是这样的清香，使人胸脯里感到分外凉爽、舒畅。

繁星一批接着一批，从浮着云片的蓝天上消失了，独独留下农历正月底残余的下弦月。在太阳从黄堡镇那边的东原上升起来以前，东方首先发出了鱼肚白。接着，霞光辉映着朵朵的云片，辉映着终南山还没消雪的奇形怪状的巅峰。现在，已经可以看清楚在刚锄过草的麦苗上，在稻地里复种的青稞绿叶上，在河边、路旁和渠岸刚刚发着嫩芽尖的春草上，露珠摇摇欲坠地闪着光了。

梁三老汉是下堡乡少数几个享受这晨光的老人之一。他在天亮以前，沿着从黄堡通县城的公路，抬来满满一筐子牲口粪。他回来把粪倒在街门外土场里的粪堆上，女儿秀兰才离开暖和的被窝，胳膊上挂着书兜，一边走着，一边整理着头发夹子，从街门里出来，走过土场，向汤河边去了。老婆也是刚起来，在残缺的柴堆跟前扯柴，准备做早饭。

梁三老汉提着空粪筐走进小院，用鄙弃的眼光，盯了梁生宝独自住的那个草棚屋一眼。他迟疑了一刻，考虑他是不是把这位"大人物"叫醒来；但是在生宝的草棚屋背后那个解放后新搭的稻草棚棚里，独眼的老白马大约听见老主人的走步声了吧，咴咴地叫着，那么亲切。老汉终于忍住一肚子气，把粪筐气狠狠地丢在草棚屋檐底下的门台上，向马棚走去了。

过了一刻，老汉手里换了长木柄笊篱，重新出现在街门外的土场上。他开始摊着互助组锄草时拣回来的稻根。这是他套起独眼老白马，曳着碌碡碾净土的，再晒两天就晒干了。晒干了好烧啊！

"睡着吧，梁老爷！睡到做好早饭，你起来吃吧！"老汉在心里恨着生宝，"黑夜尽开会，清早不起来，你算啥庄稼人嘛？"

生宝黑夜什么时候从外头回来，他不知道；老汉为了给独眼白马添夜草方便，独自睡在马棚的一角砌起的小炕上。他脑里思量："我让你小子睡在干净的草棚屋里，你小子还不给我过日子？常就这个样子，看我常给你小子当马夫不？……"

"梁三叔，秀兰上学走了没？"

老汉抬起头，是官渠岸徐寡妇的三姑娘改霞。啊呀！收拾得那么干净，又想着和什么人勾搭呢？老汉心里这样想。

"走了。"他低下头才说，继续摊着稻根，表示不愿意理睬她。

徐改霞轻盈的脚步，沙沙地从土场西边的草路向汤河走去了。

老汉重新抬起头来，厌恶地眯缝着老眼，盯盯那提着书兜、吊着两条长辫的背影。然后，他在花白胡子中间咕噜说：

"你甭拉扯俺秀兰！俺秀兰不学你的样儿！你二十一岁还不出嫁，迟早要做下没脸事！"

这徐改霞，她爹活着的时候，把她定亲给山根底下的周村。解放那年，人家要娶亲；她推说不够年龄，不嫁。等到年龄够了，她又拿包办婚姻作理由不去，一直抗到二十一岁。不久以前，政府贯彻婚姻法的声浪中，终于解除了婚约。在梁三老汉看来，只有坏了心术的人，才能做出这等没良心的事来。他担心改霞会把他的女儿秀兰也引到邪路上去。秀兰的未婚女婿在解放那年参了军，眼下在朝鲜，想着早结婚，办得到吗？

老婆从白杨树林子中间的泉里汲了一瓦罐水，顺墙根走过来了。正好！

"我说，你！……"老汉开了口，望着终南山下散布着大小村庄的平原，努力抑制着怒火。

老婆见老汉两道眉拧成一颗疙瘩，惊讶地放下水罐站住了。

"啥事？又把你恨成那样子……"

"我说，你！……"老汉提高了声音，已经开始凶狠起来了。"我说，宝娃你管不下，秀兰你也管不下？"

"秀兰又怎了？"

"我并不是和你拍闲啦啦哩！老实话！秀兰可是我的骨血哇！是我把她定亲给杨家的。眼时我还活着哩！不许她给我老脸上抹黑！"

"摸不着你的意思……"

"告诉秀兰！少跟徐家那三姑娘扯拉！"

"噢啊！"老婆这才明白地笑了。事情并不像老汉脸上所表现出来的那么严重。她那两个外眼角的扇形皱纹收缩起来,贤亮地笑了。"退婚不是啥病症,能传给咱秀兰吗?"

"你甭嘴强！怕传得比病症还快！"

"秀兰变了卦,你问我！"

"到问你的时光,迟了！"

"那么怎办呢? 她和人家上一个学堂……"

"干脆！秀兰甭上学啦！"

"你说得可好！杨明山在朝鲜立了功,当了炮长。正月间,大伙敲锣打鼓上他家贺喜,你听说来没? 往后朝鲜战事完了,人家从前线回来,嫌咱闺女没文化,这就给你的老脸搽上粉啦? 是不是?"

老汉有胡子的嘴唇颤动着,很想说什么话,但肚里没有一个词句了。他干咳嗽了一声,重新伸出笊篱摊稻根了。在老婆进了街门以后,他停住了手,呆望着被旭日染红了的终南山雪峰,后悔自己不该拿这事起头,他应该直截了当提出生宝清早睡下不起的事来。他抱怨自己面太软,总不愿和生宝直接冲突,其实,就算他在党,他还能把老人怎样?

梁三老汉摊完了稻根的时候,早晨鲜丽的日头,已经照到汤河上来了。汤河北岸和东岸,从下堡村和黄堡镇的房舍里,到处升起了做早饭的炊烟,汇集成一条庞大的怪物,齐着北原和东原的崖沿蠕动着。从下堡村里传来了人声、叫卖豆腐和豆芽的声音。黄堡镇到县城里的马路上,来往的胶轮车、自行车和步行的人,已经多起来了。这已经不是早晨,而是大白天了。

老汉走进小院,把笊篱斜立在草棚屋檐下。他朝着生宝住的草棚屋,做出准备大闹特闹的样子站定了。

"日头照到你屁股上了！还不起来吗? 梁伟人！"

屋里没一点动静。

"预备往天黑睡吗?"他提高了嗓音。

"你那是吆呼谁呢?"老婆在旧棚屋烧着锅问。

"咱的伟人嘛！谁能睡到这时不起呢?"

老婆手里拿着拨火棍,走到门口,忍不住笑。

"你掀开门看看,宝娃还在屋里不?"

老汉掀开门一看,果然,炕上只剩了一个枕头,连被子也带起走了。

"到哪里去了?"老汉转过身来气呼呼地问,"县里开罢会还没一月,又到哪里去了?"

"你不知道吗?"老婆笑着说,"区委上王书记在咱家住了那么些日子,帮助互助组订生产计划。你没听说今年要换另一号稻种吗? 他到郭县买那号稻种去了。……"

"啥时候走的?"老汉从他紧咬的牙缝里问,气歪了脸。

"你拾粪不在的时光。"

"为啥不和我说?"

"他说他和你说了……"

"说了！说了！说了我不叫他去嘛！你为啥叫他走了哩？啊？你母子两个串通了灭我老汉啦？我是你们的什么人哇？是你们雇的伙计吗？你娘母子安的啥心眼哇？……!"

老汉大嚷大叫，从小院冲出土场，又从土场冲进小院，搋得街门板呱嗒呱嗒直响。他不能控制自己了，已经是一种半癫狂的状态了。生宝不在家，正好他大闹一场。再没有这样好的机会了！

"不行！"他甚至在街门外的土场上暴跳起来，"只要我梁三还有一口气活着，不能由你们折腾啊！老实话！"他又跳了一跳。

老婆衣襟上沾着柴枝，手里拿着拨火棍，慌了。她看出老汉这些日子总是撅着个嘴不高兴，但是她还没想到：老汉会为这事爆发得这样厉害。老汉一口一声"你们"，这是把她和儿子一样看哩。但她还是努力忍耐着，试图使老汉平静下来。

"你甭这么闹哄吧！他爹！"她尽量温和地说，"我常给生宝说哩，叫他甭惹你生气。他说，他就是把嘴说破，你的老脑筋还是扭不过弯儿来嘛。他说，只要他做出来了，你看见事实了，那你就信服他了。我个屋里家，能懂得多少呢？你这个闹法，不怕人家笑吗？……"

"做出来了？白费劲！"老汉向着汤河北岸的下堡村，大声吼叫着，好象他是对那里的八百多户人说话一样。"谁见过汤河上割毕稻子种麦来？听说过吗？……"

老汉看也不看老婆，把后脑壳给她。但老婆仍然解劝：

"就是没见过嘛！可是王书记看咱宝娃为人民服务热心，叫他领带的互助组试办哩。他是个党员，怎能不遵？"

"他为人民服务！谁为我服务？啊？"老汉冲到老婆面前来了，嘴角里淌出白泡沫，瞪着眼睛，咬牙切齿地质问。"四岁上，雪地里，光着屁股，我把他抱到屋里。你记得不？你娘母子的良心叫狗吃哩？啊？我累死累活，我把他抚养大，为了啥，啊？"老汉冤得快哭起来了。

好像一个什么尖锐的东西，猛一下刺穿了生宝妈的心窝。她瞪着眼睛惊呆了。随后，她哇一声哭了。她丢开吵闹的老汉，冲进街门，趴到草棚屋的炕沿上，呜咽啜泣去了。老汉第一次在不和的时候，拿二十几年前的伤心事刺她，她怎么也忍不住汹涌的眼泪啊！

梁三老汉在街门外面，破棉袄擦着泥巴墙蹲下来了。现在，他不再吵闹了。但他还在生气，扭着脖子，歪着戴破毡帽的头。

邻居们被他的吼叫声召集起来了。任老四和他的婆娘，死去的任老三的寡妇和儿子欢喜，还有早先瞎了眼的王老二的老婆，儿子栓栓和媳妇素芳……纷纷丢帽落鞋地向梁三老汉的草棚院里奔来劝架。早已创起家业的梁大老汉，已经有十来年不卖豆腐了；当两个儿媳妇向这草棚院跑的半路上，头发和胡子斑白了的秃顶老汉，叫住了她们。

"你们跑去做啥？"土改中被划为富裕中农的梁大老汉挺神气地说，"那草棚院往后吵嘴干仗的日子多哩！你们见天往那里跑呀？你三叔是把白铁刀，样子凶，其实一碰就卷刃了。他要是真残刻，管不下个生宝?！甭去哩！回来！"

姓任的几家女人们跑进草棚屋安慰生宝他妈去了。男人们在街门外面围住梁三老汉劝解。

"咳！你们这是为啥嘛？"也是跑终南山压弯了水蛇腰的任老四，大舌头嘴里溅着唾沫星子说，"三哥！老都老了，干起仗来了？亥！亥！……"

"三叔，"十七岁的欢喜在梁三老汉面前蹲下来，把心掏出来安慰，"三叔，你甭生那大的气嘛！"

"亥！老都老了，为啥……?"四十几岁的任老四弯着水蛇腰，异常地焦急。他肚里一片好心肠在翻滚，就是嘴不会说话。

梁三老汉蹲在地上，挠勾着脖子，气愤地往土地上唾着白泡沫，一声不吭。他对这些人也反感。他们都是梁生宝互助组的基本人。他们土改后光景依然困难，仗着互助组扶帮着做庄稼哩。他早就明白：他的儿子生宝，现在是为他们的光景奔忙哩……

第五章

春雨唰唰地下着。透过外面淌着雨水的玻璃车窗，看见秦岭西部太白山的远峰、松坡，渭河上游的平原、竹林、乡村和市镇，百里烟波，都笼罩在白茫茫的春雨中。

当潼关到宝鸡的列车进站的时候，暮色正向郭县车站和车站旁边同铁路垂直相对的小街合拢哩。在两分钟里头，列车把一些下车的旅客，倒在被雨淋着的小站上，就只管自己顶着雨毫不迟疑地向西冲去了。

这时间，车站小街两边的店铺，已经点起了灯火，挂在门口的马灯照到泥泞的土街上来了。土街两头，就像在房脊后边似的，渭河春汛的鸣哨声，在人们不知不觉中，增高起来了。听着像是涨水，其实是夜静了。在春汛期间，郭县北关渭河的渡口，暂时取消了每天晚班火车到站后的最后一次摆渡，这次车下来的旅客，不得不在车站旅馆宿夜。现在全部旅客，听了招徕客人的旅馆伙计介绍了这个情况，都陆陆续续进了这个旅馆或那个旅馆了。小街上，霎时间，空寂无人。只有他——一个年轻庄稼人，头上顶着一条麻袋，背上披着一条麻袋，一只胳膊抱着用麻袋包着的被窝卷儿，黑幢幢地站在街边靠墙搭的一个破席棚底下。

你为什么不进旅馆去呢？难道所有的旅馆都客满了吗？

不！从渭河下游坐了几百里火车，来到这里买稻种的梁生宝，现在碰到一个小小的难题。蛤蟆滩的小伙子问过几家旅馆，住一宿都要几角钱——有的要五角，有的要四角，睡大炕也要两角。他舍不得花这两角钱！他从汤河上的家乡起身的时候，根本没预备住客店的钱。他想：走到哪里黑了，随便什么地方不能滚一夜呢？没想到天时地势，就把他搁在这个车站上了。他站在破席棚底下，并不十分着急地思量着：

"把它的！这到哪里过一夜呢？……"

他那茁壮的身体，站在这异乡的陌生车站小街上，他的心这时却回到渭河下游终南山下的稻地里去了。钱对于那里的贫雇农，该是多么困难啊！庄稼人们恨不得把一分钱，掰成两半使唤。他起身时收集稻种钱，可不容易来着！有些外互助组庄稼人，一再表示，要劳驾他捎买些稻种，临了却没弄到钱。本互助组有两户，是他组长垫着。要是他不垫，嘿，就根本没可能全组实现换稻种的计划。

"生禄！"他在心里恨梁大老汉的儿子梁生禄说，"我这回算把你看透了。整党学习以前，我对互助合作的意义不明了，以为你地多、牲口强，叫你把组长当上，我从旁帮助。真是笑话！靠你那种自发思想，怎能把贫雇农领到社会主义的路上哩嘛？我朝你借三块钱，你都不肯。你交够你用的稻种钱，多连一角也不给！我知道你管钱，你推到老人身上！好！看我离了你，把互助组的稻种买回来不？”

现在离家几百里的生宝，心里明白：他带来了多少钱，要买多少稻种，还要运费和他自己来回的车票。他怎能贪图睡得舒服，多花一角钱呢？从前，汤河上的庄稼人不知道这郭县地面有一种急稻子，秋天割倒稻子来得及种麦，夏天割倒麦能赶上泡地插秧；只要有肥料，一年可以稻麦两熟。他互助组已经决定：今年秋后不种青稞！那算什么粮食？富农姚士杰、富裕中农郭世富、郭庆喜、梁生禄和中农冯有义他们，只拿青稞喂牲口；一般中农，除非不得已，夹带着吃几顿青稞；只有可怜的贫雇农种得稻子，吃不上大米，把青稞和小米、玉米一样当主粮，往肚里塞哩。生宝对这点，心里总不平服。

“生宝！”任老四曾经弯着水蛇腰，嘴里溅着唾沫星子，感激地对他说，“宝娃子！你这回领着大伙试办成功了，可就把俺一亩地变成二亩啰！说句心里话，我和你四婶念你一辈子好！怎说呢？娃们有馍吃了嘛！青稞，娃们吃了肚里难受，愣闹哄哩。……”

“就说稻地麦一亩只收二百斤吧！全黄堡区五千亩稻地，要增产一百万斤小麦哩！生宝同志！……”这是区委王书记用铅笔敲着桌子说的话。这位区委书记敲着桌子，是吸引人们注意他的话，他的眼睛却深情地盯住生宝。生宝明白：那是希望和信赖的眼光……

“不！我哪怕就在房檐底下蹲一夜哩，也要节省下这两角钱！”生宝站在席棚底下对自己说，嗅惯了汤河上亲切的烧稻草根的炊烟，很不习惯这车站小街上呛人的煤气味。

做出这个决定，生宝心里一高兴，连煤气味也就不是那么使他发呕了。度过了讨饭的童年生活，在财东马房里睡觉的少年，青年时代又在秦岭荒山里混日子，他不知道世界上有什么可以叫做“困难”！他觉得：照党的指示给群众办事，“受苦”就是享乐。只有那些时刻盼望领赏的人，才念念不忘自己为群众吃过苦。而当他想起上火车的时候，看见有人在票房的脚地睡觉的印象，他更高兴了——他这一夜要享福了，不需要在房檐底下蹲下。嘻嘻……

他头上顶着一条麻袋，背上披着一条麻袋，抱着被窝卷儿，高兴得满脸笑容，走进一家小饭铺里。他要了五分钱的一碗汤面，喝了两碗面汤，吃了他妈给他烙的馍。他打着饱嗝，取开棉袄口袋上的锁针用嘴唇夹住，掏出一个红布小包来。他在饭桌上很仔细地打开红布小包，又打开他妹子秀兰写过大字的一层纸，才取出那些七凑八凑起来的，用指头捅鸡屁股、锥鞋底子挣来的人民币来，拣出最破的一张五分票，付了汤面钱。这五分票再装下去，就要烂在他手里了。……

尽管饭铺的堂倌和管账先生一直嘲笑地盯他，他毫不局促地用不花钱的面汤，把风干的馍送进肚里去了。他更不因为人家笑他庄稼人带钱的方式，显得匆忙。相反，他在脑子里时刻警惕自己：出了门要拿稳，甭慌，免得差错和丢失东西。办不好事情，会失党的威信哩。

梁生宝是个朴实庄稼人。即使在担任民兵队长的那二年里头，他也不是那号伸胳膊踢腿、锋芒毕露、咄咄逼人的角色。在一九五二年，中共全党进行社会主义思想教育的整党运动中，他被接收入党的。雄心勃勃地肩负起改造世界的重任以后，这个朴实庄稼人变得更兢兢业业了，举动言谈，看上去比他虚岁二十七的年龄更老成持重。和他同一批入党的下堡村有个党员，举行过入党仪式从会议室出来，群众就觉得他派头大了。梁生宝相反，他因为考虑到不是个人而是党在群众里头的影响，有时候倒不免过分谨慎。……

踏着土街上的泥泞，生宝从饭铺跑到车站票房了。一九五三年间，渭河平原的陇海沿线，小站还没电灯哩。夜间，火车一过，车站和旁的地方一样，陷落在黑暗中去了。没有火车的时候，这公共场所反而是个寂寞僻陋的去处。生宝划着一根洋火，观察了票房的全部情况。他划第二根洋火，选定他睡觉的地方。划了第三根洋火，他才把麻袋在砖墁脚地上铺开来了。

他头枕着过行李的磅秤底盘，和衣睡下了，底盘上衬着麻袋和他的包头巾。他掏出他那杆一巴掌长的旱烟锅，点着一锅旱烟，睡下香喷喷地吸着，独自一个人笑眯眯地说：

"这好地场嘛！又雅静，又宽敞……"

他想：在这里美美睡上一夜，明日一早过渭河，到太白山下的产稻区买稻种呀！

创业史（第一部作品梗概）

梁三老汉拼死拼活，累弯了腰，也没把家业创立起来；梁生宝精明能干，创家立业的锐气比他继父大百倍，拼命干了几年，到头来也被逼得离开稻地钻了终南山。两代人的创业悲剧，使梁三老汉认命了，人前人后，他再也不提创立家业的事。可作梦也没想到，一九五○年冬天，共产党居然给他分下了十来亩稻地，已近暮年的梁三，干涸了的心田又萌起了创业的企望。他坚信，有生宝前几年那股拼劲，梁家一定能创起业来。不久，老汉痛苦地发现，当过民兵队长、入了党的生宝创立家业的劲头再也没有他忙着办工作的雄心大。老汉曾经三番五次掏出心来规劝生宝，然而，那一番番热切的话，像是给汤河滩的石头说了一样。到了一九五三年的春天，梁生宝更完全沉湎在互助组的事务中去了。梁三老汉无法理解生宝的举动，不时在心里暗暗鄙夷这位不愿发家致富的"梁伟人"。

聪慧、漂亮的徐改霞得知生宝不顾村里人的议论、讥笑和父亲的唠叨、争吵，坚持到郭县去为互助组买新稻种的消息后，不禁为自己爱慕着的心上人担忧。她想，自己已经二十一岁了，不如休学和生宝一起搞互助组更好。正当她犹豫不决之际，当过农会主席的郭振山却劝她等待机会到西安进工厂。是很快和生宝好呢？还是参加国家建设去？改霞举棋不定。一个星期六后半晌，改霞到邻村找她二姐求教，途中，与刚从郭县归来的生宝不期而遇，生宝那热烈的目光，使姑娘的心情更加矛盾起来……

蛤蟆滩有"三大能人"：郭振山、郭世富、姚士杰。早已习惯于村里每个人都听话的郭振山竟没想到，今年为帮助困难户度过春荒的活跃借贷居然这么难搞！土改刚结束，不久前因担心被定成富农而千方百计讨好他的富裕中农郭世富居然一颗粮食也不往外借；富农姚士杰更是处心积虑地与他作对。他觉得土改结束得太早了，离开轰轰烈烈的群众运动，农村工作简直就是寸步难行。

梁生宝分完稻种，就忙着组织互助组进山割竹子。为了不叫姚士杰、郭世富看互助组的笑话，他迅速同区供销社订好了销售扫帚的合同。预支来二百五十元，使乡亲们不再受饥饿的煎熬。

光落到墙上嵌着的一个耶稣苦像上。那十字架的颜色，显然深了许多。

好像是有一个看不见的拳头，重重地打了江玫一下。江玫觉得一阵头昏，问老赵："这个东西怎么还在这儿?"

"本来说要取下来，破除迷信，好些房间都取下来了。后来又说是艺术品让留着，有几间屋子就留下了。"

"为什么要留下? 为什么要留下这一间的?"江玫怔怔地看着那十字架，一歪身坐在还没有铺好的床上。

"那也是凑巧呗!"老赵把桌上的一块破抹布捡在手里。"这屋子我都给收拾好啦，你归置归置，休息休息。我给你张罗点开水去。"

老赵走了。江玫站起身来，伸手想去摸那十字架，却又像怕触到使人疼痛的伤口似的，伸出手又缩回手，怔了一会儿，后来才用力一撩耶稣的右手，那十字架好像一扇门一样打开了。墙上露出一个小洞。江玫颠起脚尖往里看，原来被冷风吹得绯红的脸色刷的一下变得惨白。她低声自语："还在!"遂用两个手指，箝出了一个小小的有象牙托子的黑丝绒盒子。

江玫坐在床边，用发颤的手揭开了盒盖。盒中露出来血点儿似的两粒红豆，镶在一个银丝编成的指环上，没有耀眼的光芒，但是色泽十分匀净而且鲜亮。时间没有给它们留下一点痕迹——

江玫知道这里面有多少欢乐和悲哀。她拿起这两粒红豆，往事象一层烟雾从心上升起，泪水遮住了眼睛——

那已经是八年以前的事了。那时江玫刚二十岁，上大学二年级。那正是一九四八年，那动荡的翻天覆地的一年，那激动，兴奋，流了不少眼泪，决定了人生的道路的一年。

在这一年以前，江玫的生活象是山岩间平静的小溪流，一年到头潺潺的流着，从来也没有波浪。她生长于小康之家，父亲做过大学教授，后来做了几年官。在江玫五岁时，有一天，他到办公室去，就再没有回来过。江玫只记得自己被送到舅母家去住了一个月，回家时，看见母亲如画的脸庞消瘦了，眼睛显得惊人的大，看去至少老了十年。据说父亲是患了急性肠炎去世了。以后，江玫上了小学上中学，上了中学上大学。在中学时，有一些密友常常整夜叽叽喳喳地谈着知心话。上大学后，因为大家都是上课来，下课走，不参加什么活动的人简直连同班同学也不认识，只认识自己的同屋。江玫白天上课弹琴，晚上坐图书馆看参考书，礼拜六就回家。母亲从摆着夹竹桃的台阶上走下来迎接她，生活就象那粉红色的夹竹桃一样与世隔绝。

一九四八年春天，新年刚过去，新的学期开始了。那也是这样一个下雪天，浓密的雪花安安静静地下着。江玫从练琴室里走出来，哼着刚弹过的调子。那雪花使她感到非常新鲜，她那年青的心充满了欢快。她走在两排粉妆玉琢的短松墙之间，简直想去弹动那雪白的树枝，让整个世界都跳起舞来。她伸出了右手，自己马上觉得不好意思，连忙缩了回来，掠了掠鬓发，按了按母亲从箱子底下找出来的一个旧式发夹，发夹是黑白两色发亮的小珠串成的，还托着两粒红豆，她的新同屋萧素说好看，硬给她戴在头上的。

在这寂静的道路上，一个青年人正急速地向练琴室走来，他身材修长，穿着灰绸长袍，罩着蓝布长衫，半低着头，眼睛看着自己前面三尺的地方，世界对于他，仿佛并不存在。也许是江玫身上活泼的气氛，脸上鲜亮的颜色搅乱了他，他抬起头来看了她一眼。江玫看见他有着一张清秀的象牙色的脸，轮廓分明，长长的眼睛，有一种迷惘的做梦的神气。江玫想，这人虽然抬起头来，但是一定并没有看见我。不知为什么，这个念头，使她觉得很遗憾。

晚上，江玫躺在床上，久久不能入睡。许多片断在她脑中闪过。她想着母亲，那和她相依为命的老母亲，这一生欢乐是多么少。好象有什么隐秘的悲哀在过早地染白她那一头丰盛的头发。她非常嫌恶那些做官的和有钱的人，江玫也从她那里承袭了一种清高的气息。那与世隔绝的清高，江玫想想，忽然好笑了起来。

江玫自己知道，觉得那种清高好笑是因为想到萧素的缘故。萧素是江玫这一学期的新同屋。同屋不久，可是两人已经成为很要好的朋友。萧素说江玫像是从另一个世界来的，清高这个词儿也是萧素说的，她还说："当然，这也有好处也有不好处。"这些，江玫并不完全了解。只不知为什么，乱七八糟的一些片断都在脑海中浮现出来。

这屋子多么空！萧素还不回来。江玫很想看见她那白中透红的胖胖的面孔，她总是给人安慰、知识和力量。学物理的人总是聪明的，而且她已经四年级了，江玫想。但是在萧素身上，好象还不只是学物理和上到大学四年级，她还有着更丰富的东西，江玫还想不出是什么。

正乱想着，萧素推门进来了。

"哦！小鸟儿！还没有睡！"小鸟儿是萧素给江玫起的绰号。

"睡不着。直希望你快点回来。"

"为什么睡不着？"萧素带回来一个大萝卜，切了一片给江玫。

"等着吃萝卜，——还等着你给讲点什么。"江玫望着萧素坦白率真的脸，又想起了母亲。上礼拜她带萧素回家去，母亲真喜欢萧素，要江玫多听萧姐姐的话。

"我会讲什么？你是幼儿园？要听故事？唉，给你本小书看看。"江玫接过那本小书，书面上写着"方生未死之间"。

两人静静地读起书来了。这本书很快就把江玫带进了一个新的天地。它描写着中国人民受的苦难，在血和泪中，大家在为一种新的生活——真正的丰衣足食，真正的自由——奋斗，这种生活，是大家所需要的。

"大家？——"江玫把书抱在胸前，沉思起来。江玫的二十年的日子，可以说全是在那粉红色的夹竹桃后面度过的。但她和母亲一样，憎恶权势，憎恶金钱。母亲有时会流着泪说："大家都该过好日子，谁也不该屈死。"母亲的"大家"在这本小书里具体化了。是的，要为了大家。

"萧素，"江玫靠在枕上说："我这简单的人，有时也曾想过人活着是为了什么，但想不通。你和你的书使我明白了一些道理。"

"你还会明白得更多。"萧素热切地望着她。"你真善良——。你让我忘记刚才的一场气了。刚刚我为我们班上的齐虹真发火——。"

"齐虹？他是谁？"

"就是那个常去弹琴，老象在做梦似的那个齐虹，真是自私自利的人，什么都不能让他关心。"

萧素又拿起书来看了。

江玫也拿起书来，但她觉得那清秀的象牙色的脸，不时在她眼前晃动。

雪不再下了。坚硬的冰已经逐渐变软。江玫身上的黑皮大衣换成了灰呢子的，配上她习惯用的红色的围巾，洋溢着春天的气息。她跟着萧素生活渐渐忙起来。她参加了"大家唱"歌咏团和"新诗社"。她多么欢喜那"你来我来他来她来大家一齐来唱歌"的热情的声音，她因为《黄河大合唱》刚开始时万马奔腾的鼓声兴奋得透不过气来。她读着艾青、田间的诗，自己也悄悄写着什么"飞翔，飞翔，飞向自由的地方"的句子。"小鸟"成了大家对她的爱称。她和萧素也更接近，每天早上一醒来，先要叫一声"素姐"。

她还是天天去弹琴，天天碰见齐虹，可是从没有说过话。本来总在那短松夹道的路上碰见他。后来常在楼梯上碰见他，后来江玫弹完了琴出来时，总看见他站在楼梯栏杆旁，仿佛站了很久了似的，脸上的神气总是那样漠然。

有一天天气暖洋洋的，微风吹来，丝毫不觉得冷，确实是春天来了。江玫在练琴室里练习贝多芬的月光曲，总弹也弹不会，老要出错，心里烦躁起来，没到时间就不弹了。她走出琴室，一眼就看见齐虹站在那里。他的神色非常柔和，劈头就问：

"怎么不弹了？"

"弹不会，"江玫多少带了几分诧异。

"你大概太注意手指的动作了。不要多想它，只记着调子，自然会弹出来。"

他在钢琴旁边坐下了，冰冷的琴键在他的弹奏下发出了那样柔软热情的声音。换上别的人，脸上一定会带上一种迷醉的表情，可是齐虹神采飞扬，目光清澈，仿佛现实这时才在他眼前打开似的。

"这是怎么样的人？"江玫问着自己。"学物理，弹一手好钢琴，那神色多么奇怪！"

齐虹停住了，站起来，看着倚在琴边的江玫，微微一笑。

"你没有听？"

"不，我听了。"江玫分辩道，"我在想——。"想什么，她自己也不知道。

"我送你回去，好么？"

"你不练琴么？"

"不想练。你看天气多么好！"

就这样，他们开始了第一次的散步，就这样，他们散步，散步，看到迎春花染黄了柔软的嫩枝，看到亭亭的荷叶铺满了池塘。他们曾迷失在荷花清远的微香里，也曾迷失在桂花浓酽的甜香里，然后又是雪花飞舞的冬天。哦！那雪花，那阴暗的下雪天！——

齐虹送她回去，一路上谈着音乐，齐虹说："我真喜欢贝多芬，他真伟大，丰富，又那样朴实。每一个音符上都充满了诗意。"江玫懂得他的"诗意"含有一种广义的意思。她的眼睛很快地表露了她这种懂得。

齐虹接着说，"你也是喜欢贝多芬的。不是吗？据说萧邦最不喜欢贝多芬，简直不能容忍他的音乐。"

"可我也喜欢萧邦。"江玫说。

"我也喜欢。那甜蜜的忧愁——。人和人之间是有很多相同的也有很多不相同的东西。——"那漠然的表情又来到他的脸上。"物理和音乐能把我带到一个真正的世界去，科学的、美的世界，不象咱们活着的这个世界，这样空虚，这样紊乱，这样丑恶！"

他送她到西楼，冷淡地点了一个头就离开了，根本没有问她的姓名。江玫又一次感到有些遗憾。

晚上，江玫从图书馆里出来，在月光中走回宿舍。身后有一个声音轻轻唤她："江玫！"

"哦！是齐虹。"她回头看见那修长的身影。

"你怎么知道我的名字？"齐虹问。月光照出他脸上热切的神气。

"你怎么知道我的名字？"江玫反问。她觉得自己好象认识齐虹很久了，齐虹的问题可以不必回答。

"我生来就知道。"齐虹轻轻地说。

两人都不再说话。月光把他们的影子投在地上。

以后，江玫出来时，只要是一个人，就总会听到温柔的一声"江玫"。他们愈来愈熟。不知从什么时候起，从图书馆到西楼的路就无限度地延长了。走啊，走啊，总是走不到宿舍。江玫并不追究路为什么这样长，她甚至希望路更长一些，好让她和齐虹无止境地谈着贝多芬和萧邦，谈着苏东坡和李商隐，谈着济慈和勃朗宁。他们都很喜欢苏东坡的那首江城子："十年生死两茫茫，不思量，自难忘，千里孤坟、无处话凄凉。"他们幻想着十年的时间会在他们身上留下怎样的痕迹。他们谈时间，空间，也谈论人生的道理——

齐虹说："人活着就是为了自由。自由，这两个字实在好极了。自就是自己，自由就是什么都由自己，自己爱做什么就做什么。这解释好吗？"他的语气有些像开玩笑，其实他是认真的。

"可是我在书里看见，认识必然才是自由。"江玫那几天正在看《大众哲学》。"人也不能只为自己，一个人怎么活？"

"呀！"齐虹笑道："我倒忘了，你的同屋就是萧素。"

"我们非常要好。"

因为看到路旁的榆叶梅，齐虹说用热闹两字形容这种花最好。江玫很赞赏这两个字。就把自由问题搁下了。

江玫隐约觉得，在某些方面，她和齐虹的看法永远也不会一致。可是她并没有去多想这个，她只欢喜和他在一起，遏止不住地愿意和他在一起。

一个礼拜天，江玫第一次没有回家。她和齐虹商量好去颐和园。春天的颐和园真是花团锦簇，充满了生命的气息。来往的人都脱去了臃肿的冬装，显得那样轻盈可爱。江玫和齐虹沿着昆明湖畔向南走去，那边简直没有什么人，只有和暖的春风和他们做伴。绿得发亮的垂柳直向他们摆手。他们一路赞叹着春天，赞叹着生命，走到玉带桥旁。

"这水多么清澈，多么丰满啊。"江玫满心欢喜地向桥洞下面跑去。她笑着想要摸一摸那湖水。齐虹几步就追上了她，正好在最低的一层石阶上把她抱住。

"你呀！你再走一步就掉到水里去了！"齐虹掠着她额前的短发，"我救了你的命，知道么？小姑娘，你是我的。"

"我是你的。"江玫觉得世界上什么都不存在了。她靠在齐虹胸前，觉得这样撼人的幸福渗透了他们。在她灵魂深处汹涌起伏着潮水似的柔情，把她和齐虹一起溶化。

齐虹抬起了她的脸，"你哭了？"

"是的。我不知为什么，为什么这样感动——"

齐虹也感动地望着她，在清澈的丰满的春天的水面上，映出了一双倒影。

齐虹喃喃地说："我第一次看见你，就是那个下雪天，你记得么？我看见了你，当时就下了决心，一定要永远和你在一起，就像你头上的那两粒红豆，永远在一起，就像你那长长的双眉和你那双会笑的眼睛，永远在一起。"

"我还以为你没有看见我——。"

"谁能不看见你！你像太阳一样发着光，谁能不看见你！"齐虹的语气是这样热烈，他的脸上真的散发出温暖的光辉。

他们循着没有人迹的长堤走去，因为没有别人而感到自由和高兴。江玫抬起她那双会笑的眼睛，悄声说："齐虹，咱们最好去住在一个没有人的岛上，四面是茫茫的大海，只有你是唯一的人，——"

齐虹快乐地喊了一声，用手围住她的腰。"那我真愿意！我恨人类！只除了你！"

对于江玫来说，正是由于深切的爱，才想到这样的念头，她不懂齐虹为什么要联想到恨，未免有些诧异地望着他。她在齐虹光亮的眼睛里读到了热情，但在热情后面却有一些冰冷的东西，使她发抖。

齐虹注意到她的神色，改了话题：

"冷吗？我的小姑娘。"

"我只是奇怪，你怎么能恨——"

"你甜蜜的爱，就是珍宝，我不屑把处境跟帝王对调。"齐虹顺口念着莎士比亚的两句诗，他确是真心的。可是江玫听来，觉得他对那两句诗的情感，更多于对她自己。她并没有多计较，只说是真有些冷，柔顺地在他手臂中，靠得更紧一些。

江玫的温柔的衰弱的母亲不大喜欢齐虹。江玫问她："他怎么不好？他哪里不好？"母亲忧愁地微笑着，说他是聪明极了，也称得起漂亮，但作为一个人，他似乎少些什么，究竟少些什么，母亲也说不出。在江玫充满爱情的心灵里，本来有着一个奇怪的空隙，这是任何在恋爱中的女孩子所不会感到的。而在江玫，这空隙是那样尖锐，那样明显，使她在夜里痛苦得睡不着。她想马上看见他，听他不断地诉说他的爱情。但那空隙，是无论怎样的诉说也填不满的罢。母亲的话更增加了江玫心上的阴影。更何况还有萧素。

红五月里，真是热闹非凡。每天晚上都有晚会。五月五日，是诗歌朗诵会。最后一个朗诵节目是艾青的《火把》。江玫担任其中的唐尼。她本来是再也不肯去朗诵诗的，她正好是属于一听朗诵诗就浑身起鸡皮疙瘩的那种人。萧素只问了她两句话："喜欢这首诗不？""喜欢。""愿意多有一些人知道它不？""愿意。""那好了。你去念罢。"

江玫拂不过她，最后还是站到台上来了。她听到自己清越的声音飘在黑压压的人群上，又落在他们心里。她觉得自己就是举着火把游行的唐尼，感觉到了一种完全新的东西、陌生的东西。而萧素正像是指导着唐尼的李茵。她愈念愈激动，脸上泛着红晕。她觉得自己在和上千的人共同呼吸，自己的情感和上千的人一同起落。"黑夜从这里逃遁了，哭泣在遥远的荒原。"那雄壮的齐诵好像是一种无穷的力量，推着她，江玫想要奔跑，奔跑——。

回到房间里，她对萧素说："我今天忽然懂得了大伙儿在一起的意思，那就是大家有一样的认识，一样的希望，爱同样的东西，也恨同样的东西。"

萧素直看着她，问道："你和齐虹有一样的认识，一样的期望么？"

江玫很怪萧素这时提到齐虹，打断了她那些体会，她那双会笑的眼睛严肃起来："我真不知道怎样告诉你，我和齐虹，照我看，有很多地方，是永远也不会一致的。"

萧素也严肃地说："本来是不会一致。小鸟儿，你是一个好女孩子，虽然天地窄小，却纯洁善良。齐虹憎恨人，他认为无论什么人彼此都是互相利用。他有的是疯狂的占有的爱，事实上他爱的还是自己。我和他已经同学四年——"

"你怎么能这样说他！我爱他！我告诉你我爱他！"江玫早忘了她和齐虹之间的分歧，觉得有一团火在胸中烧，她斩钉截铁地说，砰的一声关上房门，到走廊里去了。

"回来！回来。"第一声是严厉的，第二声是温柔的。萧素打开房门，看见她站在走廊里，眼睛像星星般亮。"你这礼拜天回家吗？有点事要你做。"

江玫是从不拒绝萧素的任何要求的。她隐约觉得萧素正在为一个伟大的事业做着工作，萧素的生活是和千百万人联系在一起的，非常炽热，似乎连石头也能温暖。她望着萧素，慢慢走了回来。

"什么事？交给我办好了。"

"你不回家么？"

"原来想回去看看。听说面粉已经涨到三百万一袋了。前几天《大公报》登了几首小诗，有一点稿费，想去送给母亲。"江玫一下子觉得疲倦得要命，坐在椅子上。

萧素本来想说"不食人间烟火的江玫也知道关心物价了，"又一想，就没有说。只说：

"这里有几篇壁报稿子，礼拜一要出，你来把它们修改一遍，文字上弄通顺些，抄写清楚。我明天进城，可以把钱送给伯母。"她把稿子递给江玫，关心地看着她，说："过两天，咱们还要好好谈一谈。"

礼拜天，江玫吃过早饭就坐在桌旁看那些稿子。为什么这些短短的文字并不怎么通顺的文章这样有说服力？要民主反饥饿，像钟声一样在江玫耳边敲着。参加新诗朗诵会的兴奋心情又升起来了。《火把》中的唐尼的形象仿佛正站在窗帘上。

有人敲门。

"江玫！"是齐虹的声音。

江玫转过头去，正是齐虹站在门口，一脸温柔的笑意，在看着江玫。

"哦！你来了！"

"昨天晚上到你家里去了，伯母说你没有回来。我连家也没有回，就回学校来了。"他走上来握住江玫的手。

一提起齐虹的家，江玫眼前就浮现出富丽堂皇的大厅，老银行家在数着银元，叮叮当当响，这和江玫手上的那些文章很不调合。甚至齐虹，这温文尔雅的齐虹，也和它们很不调合，但江玫看见他，还是很高兴的。

"在干什么？要出壁报么？听说你还朗诵诗？你怎么？也参加民主运动了？我的女诗人！"

江玫不太喜欢他那说话的语气，颔首要他坐下。

"我是来找你出去玩的。你看天气多么好！转眼就是夏天了。我来接你到'绝域'去做春季大扫除。"

"绝域"是他们两个都喜欢的一个童话《潘彼得》中的神仙领域。他们的爱情就建筑在这些并不存在的童话，终究要萎谢的花朵，要散的云，会缺的月上面。

"今天不行呀，齐虹。"江玫抱歉地说。抽回了自己的手，理了理放在桌上的稿子。"萧素要我——"

"萧素！又是萧素！你怎么这么听她的话！"齐虹不耐烦地说。

"她的话对么！"

"可是你知道我多么想和你在一起，去听那新生的小蝉的叫唤，去看那新长出来的小小的荷叶——我想要怎样，就要做到！"齐虹脸上温柔的笑意不见了，好像江玫是他的一本书，或者一件仪器。

江玫惊诧地望着他。

"也许，你还会去参加游行罢！你真傻透了！就知道一个萧素！"愤怒的阴云使他的脸变得很凶恶。但他马上又换上一副温和的腔调："跟我去罢，我的小姑娘。"

江玫咬着自己的嘴唇，几乎咬出血来。

门外有人叫："小鸟儿！江玫！快来看看这幅漫画，合适不合适。"

江玫想要出去。齐虹却站在桌前不放她走。江玫绕到桌子这边，齐虹也绕了过来，照旧拦住她。江玫又急又气，怎么推他也推不动，不一会儿，江玫的头发散乱，那红豆发夹落在地下。马上就被齐虹那穿着两色镶皮鞋的脚踩碎了，满地散着黑白两色的小珠。江玫觉得自己整个的灵魂正像那个发夹一样给压碎了。她再没有一点力气，屈辱地伏在桌上哭起来。

齐虹需要的正是这样的哭泣。他捡起那两粒红豆，极其体贴地抚着她的肩："原谅我，原谅我！我太任性，我只是说不出的要和你在一起，我需要你——"

"别哭了，别哭了，我的小姑娘。"齐虹真的着急起来，"我再也不惹你生气了，再也不——再也不——"

江玫觉得这一切真没意思。她很快就抬起头来，擦干了眼泪。她看出来壁报是编不成了，但她也下定决心不跟他出去。只呆呆地坐着，望着窗外。

"好了，好了，不要生气。我来做个盒子把这两粒红豆装起来罢。做个纪念，以后决不会再惹你。咱们该把这两粒红豆藏在哪儿？"

以后，这两粒红豆就被装在一个精致的盒子里面，放在耶稣像后面的小洞里了。那小洞是齐虹偶然发现的。江玫睡在床上看见耶稣的像，总觉得他太累，因为他负荷着那么多人世间的痛苦。

这一次争吵以后，齐虹和江玫并不是再也不，而是把争吵哭泣，变成了他们爱情中的一部分。他们每次见面总有一阵风波，有时大有时小，但如有一天不见面，不看到听到对方的音容笑貌，在他们却又是受不了的事。他们的爱情正像鸦片烟一样，使人不幸，而又断绝不了。江玫一天天的消瘦了，苍白了，母亲望着她忍不住哭。齐虹脸上那种漠不关心神气消失了，换上的是提心吊胆的急躁和忧愁。因为他对人生不信任，他对爱情也不信任，他监视着爱情，监视着幸福，监视着江玫——。

就在这个时候，江玫也一天天明白了许多事。她知道少数人剥削多数人的制度该被打倒。她那善良的少女的心，希望大家都过好的生活。而且物价的飞涨正影响着江玫那平静温暖的小天地。母亲存着一些积蓄的那家银行忽然关了门。江玫和母亲一下子变成舅舅的负担。江玫是决不愿意成为别人的负担的。她渴望着新的生活，新的社会秩序。共产党在她心里，已经成为一盏导向幸福自由的灯，灯光虽还模糊，但毕竟是看得见的了。

也就在这时候，江玫的母亲原有的贫血症愈来愈严重，医生说必需加紧治疗，每天注射肝精针，再拖下去的话，后果不堪设想。但是这一笔医药费用筹办起来谈何容易！舅舅已经是自顾不暇了，难道还去麻烦他？本来和齐虹一提也可以，但是江玫决不愿求他。江玫只自己发愁，夜里直睡不着觉。

萧素很快就看出来江玫有心事。一盘问，江玫就一五一十告诉了她。

"那可不能拖下去。"萧素立刻说，她那白白的脸上的神色总是那样果断。"我输血给她！小鸟儿，你看，我这样胖！"她含笑弯起了手臂。

江玫感动地抱住了她："不行，萧素。你和我的血型一样，和母亲不一样，不能输血。"

"那怎么办？我们总得想办法去筹一笔款子——。"

第三天，晚上萧素兴高采烈地冲进房间。一进来就喊："江玫！快看！"江玫吃惊地看她，她大笑着，扬起了一叠钞票。

"素！哪里来的？你怎么这样有本事！"江玫也笑了，笑得那样放心。这种笑，是齐虹极想要听而听不到的。

"你别管，明天快拿去给伯母治病吧。"萧素眨眨眼睛，故作神秘的说。

"非要知道不可！不然我不安心！"

"别说了。我要睡觉了。"萧素笑过了，一下子显得很是疲倦。她脱去了朴素的蓝外套，只穿着短袖竹布旗袍，坐在床边上。

江玫上下打量她，忽然看见她的臂弯里贴着一块橡皮膏。江玫过去拉起她的手，看看橡皮膏，又看看她的脸。

"有什么好打量的？"萧素微笑着抽回了手，盖上了被。

"你——抽了血？"

萧素满不在乎的说："我卖了血。不只我一个人，还有几个伙伴。"

人常常会在一刹那间，也许只是因为一个眼神一个手势，伤透了心，破坏了友谊。人也常常会在一刹那间，也许就因为手臂上的一点针孔，建立了死生不渝的感情。江玫这时什么话也说不出来。她一下子跪在床边，用两只手遮住了脸。

礼拜六，江玫一定要萧素自己送钱去给母亲。萧素答应了和江玫一道回家，江玫也答应了萧素不告诉母亲钱的来源。两人欢欢喜喜回家去了。到了家，江玫才发现母亲已经病倒在床，这几天饭都是舅母那边送过来的。她站在衰老病弱的母亲床边，一阵心酸，眼泪夺眶而出。萧素也拿出了手绢。但她不只是看见这一位母亲躺在床上，她还看见千百万个母亲形销骨立心神破碎地被压倒在地下。

这一晚，两人自己做了面，端在母亲床边一同吃了。母亲因为高兴，精神也好了起来。她吃过了面，笑着说："我真是病得老了，今天你舅母来，问我有火没有，我听成有狗没有：直告诉她从前咱们养了一只狗，名叫斐斐。——"萧素和江玫听了笑得不得了。江玫正笑着，想起了齐虹。她想：这种生活和感情是齐虹永远不会懂的。她也没有一点告诉给他的欲望。

六月，反对美国扶植日本的运动达到了高潮。江玫比以前更关心当前的政治局势。她感到美国正在筹谋着什么坏主意。很明显，扶植压迫中国人民八年之久的日本，在每一个中国人心上都会引起抑止不住的愤怒。

有一天，萧素和江玫坐在窗前，读着当时美驻华大使司徒雷登在报上发表的声明，一面读一面生气。声明中说："如使日人成为饥饿不安之人民，则日人亦将续为和平之威胁，此种情形适为共产主义所需。如吾人诚意为一般之利益计，必须消灭鼓励共产主义之因素。"这很可以看清楚美国的目的究竟何在了。读完报纸，江玫愤愤地说：

"要不要共产主义，是我们自己的事！"

萧素微笑道："你知道共产主义是什么？"

江玫坦率地说："我不知道。不过我想那种生活总不会比现在坏。那时的人，都像你一样——"

萧素又笑道："现在哪里不够好？你吃着大米饭，穿的花布旗袍，还坏么？"

江玫倚在萧素身上，一面想，一面说："这个人吃人的社会，不只在物质上，也在精神上。"她出了一会儿神，又说："萧素，要知道，我是多么寂寞呵。"

萧素抚着她的肩，说："人生的道路，本来不是平坦的。要和坏人斗争，也要和自己斗争——。"以后江玫在最困难的时候，总会想起这几句话。

六月九日，北京学生举行反美扶日大游行，江玫也参加了。

那天早上，窗外还黑得像老鸦的翅膀，江玫就起来收拾医药包，她是救护队的。她看看萧素空了一夜的床，又看看救护包上的红十字，心想萧素这一夜不知忙得怎样了，也许今天就会用这包里的绷带纱布来救护她罢。不知为什么，江玫特别为萧素和几个社团里的同学担心，江玫摸摸碘酒，和红药水的药瓶，心中又兴奋，又不安。

"小鸟儿快走呀！"同学在门外叫起来了。

她们跑到操场上，夏天的太阳刚在东柳村那边村庄的屋顶上射出一片红光。萧素正在人丛里，她分明是一夜没有睡，胖胖的面庞有些苍白，但精神还是那样好。她看见江玫和同学们跑来，脸上闪过一个嘉许的微笑：

"江玫！"

"萧素！"江玫悄悄地塞给她一个大苹果，那是齐虹昨天送来的。对于齐虹不断向西楼运来的各式各样的礼物，江玫只偶尔接受一点水果和糖食。

长长的队伍出发了，举着各种标语，沉默地走在郊外的大道上。愈走天愈亮，愈走路愈分明，一个男同学问江玫："药包重吗？我代你拿。"江玫微笑，说："一个兵士的枪，能让人家代他背着吗？"那男同学也微笑，看着她穿着白衬衫蓝长裤红背心的雄赳赳的样子，问："你永远都要做一个兵？"江玫严肃地睁大眼睛，略想了一想，她回答："是的，永远。"

队伍七点钟就到了西直门，可是城门关了，进不去。人群中有的喊着："不开城门，决不回校！"有的喊着："大家冲呵，冲进去！"一时群情激昂，人声嘈杂，那些标语牌子忽高忽低地起伏着。萧素在队伍里跑来跑去叫着："别嚷！别乱！已经去交涉了。"江玫忽然很希望自己是一个手执拂尘的仙女，用拂尘一指，城门马上便开——自己这样想想，又觉得好笑，还是等萧素他们交涉，萧素比仙女有用得多。

果然，到九点钟时，城门开了，队伍涌进城去，正遇到城里几个大学的同学拥在门前迎接他们。"同学们，你好！""兄弟们，你好！"热情的呼声，此起彼落，江玫觉得泪水已冲到了眼睛里，她连忙低下头，看着自己的鞋尖。

游行开始了，大家一步步的走着，一声声的喊着。"反对美国扶植日本！""要自由！""要独立！"口号像炸弹一样在空中炸了开来，路旁的有些军警脸上带了惊慌的神色。江玫几乎来不及想喊了些什么，只觉得每一步路每一声喊都使大家更接近光明——

队伍走过了西四西单天安门，绕南池子到北京大学的民主广场。走过天安门的时候，江玫望着那宏伟的建筑，心里升起一种怜悯而又惭愧的心情。天安门在不肖的子孙手里，蒙受了多少耻辱。江玫觉得那剥落的红墙也在盼望着：新的社会快点来，让中华民族站起来，让天安门也站起来！

在民主广场举行了群众大会，有几个教授讲演。也许是累了，也许是别的原因，江玫觉得思想很不集中，那种兴奋和激动已经过去了。她惦记着那黄昏笼罩了的初夏的校园，惦记着自己住的西楼，说得更确切些，她是惦记着那在西楼窗下徘徊的那个年轻人。天知道他会急成什么样子，会发多么大的脾气，会做出怎样的事来！她把肩上挎的药包紧了一紧，感觉到一阵头昏。

萧素走过来了，低声问："你不舒服么？"

"没有，一点儿都没有！"江玫连忙振起了精神。自己暗暗责骂自己，在这样的场合，偏会想到他！

大队回到学校时，灯光已经缀满校园。江玫回到房间里，两腿再也抬不起来，像是绑上了两块大石头。这时有人敲门，江玫心中一紧，感到一场风暴就要发生了，她靠在床栏杆上，默默地啜着热水。门开了，进来的是老赵。他的眉头皱得打了结，手里拿着一个破碎的糖盒子，往桌上一放说：

"哎哟江小姐！可真不得了啦！我活了这么大年纪也没见过脾气这么火暴的人！你们这位齐先生别是用公鸡血喂大的吧？他要死了，准得下冰冻地狱把人镇凉了才行，要不然连阎王殿都给烧啦！"

"什么'你们齐先生'？别这么说。他怎么了。你快说呀。"江玫放下了手中的杯子。

"今儿个下午他来找您，我说江小姐游行去了。他一听，就把他带来的这盒糖扔到大门外台阶上了，像是扔球似的！盒子破了，糖都滚了出来，我看这盒糖呀，值一袋面的钱，心里怪舍不得，我说，'齐先生，江小姐不在，你给东西留下得了，干吗发这么大的火呀？'他一听更急了，一张脸煞红煞白，抄起门房的一个茶杯就摔在玻璃窗上，哗啦！你瞧这满地的玻璃渣子！我看他是有点儿疯病！摔完了拔腿就走，还扔在台阶上三百万的票子，那是让我们修玻璃买茶杯？您说是不是？"

"别说了。"江玫无力地挥手。"就补块玻璃买个茶杯罢。"

"这糖，我看怪可惜了的，给您捡了来了。"

"你带回家去，那不是我的，我不要。"

这时萧素已经进来了，把这一段话都听了去。她一回来就洗脸洗脚，都收拾好了就伏在桌上写什么。而江玫还靠在床栏杆上，一动也不动。

萧素停下笔来，"你干什么？小鸟儿？你这样会毁了自己的。看出来了没有？齐虹的灵魂深处是自私残暴和野蛮，干吗要折磨自己？结束了吧，你那爱情！真的到我们中间来，我们都欢迎你，爱你——"萧素走过来，用两臂围着江玫的肩。

"可是，齐虹——"江玫没有完全明白萧素在说什么。

"什么齐虹！忘掉他！"萧素几乎是生气地喊了起来，"你是个好孩子，好心肠，又聪明能干，可是这爱情会毒死你！忘掉他！答应我！小鸟儿。"

江玫还从没有想到要忘掉齐虹。他不知怎么就闯入了她的生命，她也永不会知道该如何把他赶出去。她迟钝地说："忘掉他——忘掉他——我死了，就自然会忘掉。"

萧素真生她的气："怎么这样说话！好好儿要说到死！我可想活呢，而且要活得有价值！"她说着，颜色有些凄然。

"怎么了？素姐！"细心而体贴的江玫一眼就看出有什么不平常的事。对萧素的关心一下子把她自己的痛苦冲了开去。

萧素望着窗外，想了一会儿，说："危险得很。小鸟儿。我离开你以后，你还是要走我们的路，是不是？千万不要跟着齐虹走，他真会毁了你的。"

"离开我！"江玫一把抱住了萧素。"离开我！为什么！我要跟你在一起！"

"我要毕业了呀，家里要我回湖南去教书。"萧素似真似假地回答。她是湖南人，父亲是个中学教员。

"毕业？"

"是毕业呀。"

可是萧素并没有能毕业，当然也没有回湖南去教书。她去参加毕业考试的最后一项科目，就没有回来。

同学们跑来告诉江玫时，江玫正在为《英国小说选》这一门课写读书报告，读的书是英国女作家艾米莱·勃朗特的《咆哮山庄》。江玫和齐虹常常谈论这本书。齐虹对这本书有那么多警辟的见解，了解得那样透彻，他真该是最懂得人生最热爱人生的，但是竟不然——

萧素被捕的消息一下子就把江玫从《咆哮山庄》里拉出来了。江玫跳起来夺门而出，不顾那精心写作的读书报告撒得满地。好些同学跟她一起跑出了西楼，一直跑到学校门口，只看见一条笔直的马路，空荡荡的，望不到头。路边的洋槐上发散着淡淡的香气。江玫手扶着一棵洋槐树，连声问："在哪儿？在哪儿？"一个同学痛心地说："早装上闷子车，这会子到了警察局了。"江玫觉得天旋地转，两腿再没有一点力气，一下子就坐在地上了。大家都拥上来看她，有的同学过来搀扶她。

"你怎么了?"

"打起精神来，江玫!"

大家喊喊喳喳在说着。是谁愤愤的声音特别响："流血，流泪，逮捕，更教人睁开了眼睛!"

是呀! 江玫心里说："逮走一个萧素，会让更多的人都长成萧素。"

江玫弄不清楚人群怎样就散开了，而自己却靠在齐虹的手臂上，缓缓走着。

齐虹对她说："我们系里那些进步同学嚷嚷着江玫晕倒了，我就明白是为了那萧素的缘故，连忙赶来。"

"对了。你们不是一起考高等数学吗? 听说她是在课堂上被抓走的。"江玫这时多么希望谈谈萧素。

"是在考试时被抓走的。你看，干那些民主活动，有什么好下场! 你还要跟着她跑! 我劝你多少次——"

"什么! 你说什么!"江玫叫了起来，她那会笑的眼睛射出了火光。"你! 你真是没有心肝!"她把齐虹扶着她的手臂用力一推，自己向宿舍跑去了。跑得那么快，好象后面有什么妖魔鬼怪在追着她。

她好容易跑到自己房间，一下子扑在床上，半天喘不过气来。这时齐虹的手又轻轻放在她肩上了。齐虹非常吃惊，他不懂江玫为什么会发这么大的脾气，他曲着一膝伏在床前说：

"我又惹了你吗? 玫! 我不过忌妒着萧素罢了，你太关心她了。你把我放在什么地方? 我常常恨她，真的，我觉得就是她在分开咱们俩——"

"不是她分开我们，是我们自己的道路不一样。"江玫抽咽着说。

"什么? 为什么不一样? 我们有些看法不同，我们常常打架，我的脾气，确实不好。不过，那有什么关系，反正我只知道，没有你就不行。我还没有告诉你，玫，我家里因为近来局势紧张，预备搬到美国去，他们要我也到美国去留学。"

"你! 到美国去?"江玫猛然坐了起来。

"是的。还有你，玫。我已经和父亲说到了你，虽然你从来都拒绝到我家里去，他们对你都很熟悉。我常给他们看你的相片。"齐虹得意地拿出他随身携带的小皮夹子，那里面装着江玫的一张照片，是齐虹从她家里偷去的。那是江玫十七岁时照的，一双弯弯的充满了笑意的眼睛，还有那深色的嘴唇微微翘起，像是在和谁赌气。"我对他们说，你是一首最美的诗，一支最美的乐曲——"若说起赞美江玫的话来，那是谁也比不上齐虹的。

"不要说了。"江玫辛酸地止住了他。"不管是什么，可不能把你留在你的祖国呵。"

"可是你是要和我一块儿去的，玫，你可以接着念大学，我们要永远在一起，没有任何东西能分开我们。"

"不要说了，不要说了。"这是江玫唯一能说的话。

心上的重压逼得江玫走投无路。她真怕看萧素留下的那张空床，那白被单刺得她眼睛发痛。没有到礼拜六，她就回家去了。那晚正停电，母亲坐在摇曳的烛光下面缝着什么，在阴影里，她显得那样苍老而且衰弱，江玫心里一阵发痛，无声地唤着"心爱的母亲，可怜的母亲"，眼泪不由自主地流了下来。

"玫儿！"母亲丢了手中的活计。

"妈妈！萧素被捉走了。"

"她被捉走了？"母亲对女儿的好朋友是熟悉的。她也深深爱着那坦率纯朴的姑娘，但她对这个消息竟有些漠然，她好像没有知觉似的沉默着，坐在阴影里。

"萧素被捉走了。"江玫又重复了一遍。她眼前仿佛看见一个殷红的圆圆的面孔。

"早想得到呵。"母亲喃喃地说。

江玫把手中的书包扔到桌上，跑过来抱住母亲的两腿。"您知道！"

"我不知道但我想得到。"母亲叹了一口气，用她枯瘦的手遮住自己的脸，停了一下，才说："要知道你的父亲，十五年前，也是这样不明不白地就再没有回来。他从来也没有害过什么肠炎胃炎，只是那些人说他思想有毛病。他脾气倔，不会应酬人，还有些别的什么道理，我不懂，说不明白。他反正没有杀人放火，可我们就这样糊里糊涂地再也看不见他了——"母亲说着，失声痛哭起来。

原来父亲并不是死于什么肠炎！无怪母亲常常说不该有一个人屈死。屈死！父亲正是屈死的！江玫几乎要叫出来。她也放声哭了。母亲抚着她的头，眼泪浇湿了她的头发——

从父亲死后，江玫只看见母亲无言流泪，还从没有看见她这样激动过。衰弱的母亲，心底埋藏了多少悲痛和仇恨！江玫觉得母亲的眼泪滴落在她头上，这眼泪使得她逐渐平静下来了。是的，难道还该要这屈死人的社会么？彷徨挣扎的痛苦离开了她，仿佛有一种大力量支持着她走自己选择的路。她把母亲粗糙的手搁在自己被泪水浸湿的脸颊上，低声唤着："父亲——我的父亲——"

门轻轻开了，烛光把齐虹的修长的影子投在墙上，母亲吃惊地转过头去。江玫知道是齐虹，仍埋着头不作声。齐虹应酬地唤了一声"伯母"，便对江玫说：

"你怎么今天回家来了？我到处找你找不着。"

江玫没有理他，抬头告诉母亲："他要到美国去。"

"是要和江玫一块儿去，伯母。"齐虹抢着加了一句。

"孩子，你会去吗？"母亲用颤抖的手摸着女儿的头。

"您说呢？妈妈！"江玫抱住母亲的双膝，抬起了满是泪痕的脸。

"我放心你。"

"您同意她去了，伯母？"人总是照自己所期待的那样理解别人的话，齐虹惊喜万分地走过来。

"母亲放心我自己做决定。她知道我不会去。"江玫站起来，直望着齐虹那张清秀的象牙色的脸。齐虹浑身上下都滴着水，好像他是游过一条大河来到她家似的。

可是齐虹自己一点不觉得淋湿了，他只看见江玫满脸泪痕，连忙拿出手帕来给她擦，一面说："咱们别再闹别扭了，玫，老打架，有什么意思？"

"是下雨了吗？"母亲包起她的活计，"你们商量罢，玫儿，记住你的父亲。"

"我不知道下雨了没有。"齐虹心不在焉地回答，他没有看见江玫的母亲已经走出房去，他的眼睛一刻都没有离开江玫。

江玫呆呆地瞪着他，尽他拭去了脸上的泪，叹了一口气，说："看来竟不能不分手了。我们的爱情还没有能让我们舍弃自己的一生。"

"我们一定会过得非常舒适而且快活——为什么提到舍弃，为什么提到分手？"齐虹狂热地吻着他最熟悉的那有着粉红色指甲的小手。

"那你留下来！"江玫还是呆呆地看着他。

"我留下来？我的小姑娘，要我跟着你满街贴标语，到处去游行么？我们是特殊的人，难道要我丢了我的物理音乐，我的生活方式，跟着什么群众瞎跑一气，扔开智慧，去找愚蠢，傻心眼的小姑娘，你还根本不懂生活，你再长大一点，就不会这样天真了。"

"傻心眼？人总还是傻点好！"

"你一定得跟我走！"

"跟你走，什么都扔了。扔开我的祖国，我的道路，扔开我的母亲，还扔开我的父亲！"江玫的声音细若游丝，她自己都听不见自己在说什么。说到父亲两字，她的声音猛然大起来，自己也吃了一惊。

"可是你有我。玫！"齐虹用责备的语气说。他看见江玫眼睛里闪耀一种亮得奇怪的火光，不觉放松了江玫的手。紧接着一阵遏止不住的渴望和激怒，使他抓住了江玫的肩膀。他压低了声音，一字一字的说："我恨不得杀了你！把你装在棺材里带走！"

江玫回答说："我宁愿听说你死了，不愿知道你活得不像个人。"

风呼啸着，雨滴急速地落着。疾风骤雨，一阵比一阵紧，忽然哗啦一声响，是什么东西摔碎了。齐虹把江玫搂在胸前，借着闪电的惨白的光辉，看见窗外阶上的夹竹桃被风刮到了阶下。江玫心里又是一阵疼痛，她觉得自己的爱情，正像那粉碎了的花盆一样，像那被吹落的花朵一样，永远不能再重新完整起来，永远不能再重新开在枝头。

这种爱情，就像碎玻璃一样割着人。齐虹和江玫，虽然都把话说得那样决绝，却还是形影相随。花池畔，树林中，不断地增添着他们新的足迹。他们也还是不断地争吵，流泪。——

十月里东北局势紧张，解放军排山倒海地压来，解放了好几个城市。当时蒋介石提出的方针是："维持东北，确保华北，肃清华中。"虽然对华北是确保，但华北的"贵人"们还是纷纷南迁，齐虹的家在秋初就全部飞南京转沪赴美了，只有齐虹一个人留在北京。他告诉家里说论文还有点尾巴没写好，拿不到毕业文凭，而实际上，他还在等着江玫回心转意。他根本不相信江玫可能不跟他走。他，齐虹，这样的齐虹，又在发疯地爱着的齐虹！在那执拗的江玫面前，他不只一次想，若真能把她包扎起来带走该有多好！他脸上的神色愈来愈焦愁，紧张，眼神透露着一种凶恶。这些都常在黑夜里震荡着江玫的梦。

江玫的梦现在已不是那种透明的、颜色非常鲜亮的少女的梦了。局势的变化，萧素的被捕，齐虹的爱以及她自己的复杂的感情，使她多懂了许多事。在抗议"七五"事件(国民党屠杀东北来的青年学生)的游行里，她已经不再当救护队，而打着"反剿民，要活命，要请愿"的大标语走在队伍的前列了。她领头喊着"为死者申冤，为生者请命"的口号，她奇怪自己的声音竟会这样响。她想到，在死者里面有她的父亲；在生者里面有母亲、萧素和她自己。她渴望着把青春贡献给为了整个人类解放的事业，她渴望着生活来一次翻天覆地的变动。

后来据萧素说（萧素在解放后出狱，在广播电台做播音员，向全世界广播北京的声音），那时的地下组织原打算发展江玫参加地下民主青年联盟的，只是她和齐虹的感情，让人闹不清她究竟爱什么，憎恶什么，就搁下来了。江玫听说这话，只轻轻叹了口气。

一九四八年冬天，北京已经到了解放前夕。城里流传着这样的民谣："家家挂红灯，迎接毛泽东。"最沉得住气的反动官员们大亨们都纷纷逃走了。齐虹家里几乎是一天一封电报催他走，并且代他订了飞机座位。那时江玫的中心工作是和同学们一起讨论怎样应"变"，宣传护校。她为即将到来的解放，感到兴奋，好像等待着一件期待已久的亲人的礼物，满怀着感情，幻想解放后的日子。而同时，她和齐虹那注定了的无可挽回的分别啮咬着她的心。她觉得自己的心一面在开着花，同时又在萎缩。

一天，齐虹进城去了，直到晚上还没有露面。江玫坐在图书馆里，一页书也没有看，进来一个人她就抬头，可是直到电灯开了，齐虹还是不见。她忽然想，很可能他已经走了。走了，永远再也见不到他了。可是江玫一定还要再看他一眼，最后一眼！"齐虹！齐虹！"江玫几乎要叫出来，叫得全图书馆都听见。她连忙紧咬着嘴唇，快步走出了图书馆。

那是那一年冬天的第一个下雪天。路上的雪还没有上冻，灯光照在雪花上，闪闪刺人的眼。江玫一直向北楼走去，她想看一看那正对着一棵白杨树梢的窗子，有没有灯光。那个房间她从没有去过，可是那窗口她却十分熟悉。齐虹常对她讲窗口的白杨树叶的沙沙声怎样伴着他度过多少不眠的夜。透过飞舞着的迷乱的雪花，她一下子就找到那棵白杨树，而那白杨树梢的窗口，漆黑一片，没有灯光。

江玫的心沉了下去。她两腿发软，站在北楼前，一动也不动。

也许他从城里回来太累，已经去睡了？也许他还没有回来？江玫快步走进了北楼，走到齐虹的房间，她敲门又推门，门是锁着的。

"难道再见不着他了！真见不着他了！"江玫走出北楼，心里在大声哭泣。她完全没有看见新诗社的一个同学从她身边走过，也没有听见人家在唤着"小鸟儿"。

好容易走到西楼，江玫真是一点力气都没有了。她想找个地方靠一靠再上楼，一眼看见自己房间里有灯光。那房间，自从萧素被抓去以后，是那样空，那样冷，晚上进去总是黑洞洞的。这时竟点着灯，这灯光温暖了江玫，她三步两步跑上去，在门外就叫着"虹！"

果然是齐虹在房间里等她，满脸的焦急使他看上去苍老了许多。他一看见江玫，连忙迎上来握着她的手，疲倦地、也多少有些安心地说："你到底回来了！我以为我再也见不着你了。"

江玫没有回答。她怕自己会把刚才那一番焦急向他倾吐，会让他明白她多离不开他。而他却就要走了，永远地走了。

"明天一早的飞机，今晚就要去机场。"齐虹焦躁地说："一切都已经定了，怎么样？咱们就得分别么？"

"分别？——永远不能再见你——"江玫看着那耶稣受难的像，她仿佛看见那像后的两粒红豆。

"完全可以不分别，永不分别！玫！只要你说一声同我一道走，我的小姑娘。"

"不行。"

"不行！你就不能为我牺牲一点！你说过只愿意跟我在一起！"

"你自己呢?"江玫的目光这样说。

"我么！我走的路是对的。我绝不能忍受看见我爱的人去过那种什么'人民'的生活！你该跟着我！你知道么！我从来没有这样求过人！玫！你听我说！"

"不行。"

"真的不行么？你就像看见一个临死的人而不肯去救他一样，可他一死去就再也不会活转来了。再也不会活了！走开的人永远也不会再回来。你会后悔的，玫！我的玫!"他摇着江玫的肩，摇得她骨头直响。

"我不后悔。"

齐虹看着她的眼睛，还是那亮得奇怪的火光。他叹了一口气，"好，那么，送我下楼罢。"

江玫温柔地代他系好围巾，拉好了大衣领子，一言不发，送他下楼。

纷飞的雪花在无边的夜里飘荡，夜，是那样静，那样静。他们一出楼门，马上开过来一辆小汽车，从车里跳出一个魁梧的司机。齐虹对司机摇摇手，把江玫领到路灯下，看着她，摇头，说："我原来预备抢你走的。你知道么？你看，我预备了车。飞机票也买好了。不过，我看了出来，那样做，你会恨我一辈子。你会的，不是么?"他拿出一张飞机票，也许他还希望江玫会忽然同意跟他走，迟疑了一下，然后把它撕成几半。碎纸片混在飞舞的雪花中，不见了。"再见！我的玫。我的女诗人！我的女革命家!"他最后几句话，语气非常尖刻。江玫看见他的脸因为痛苦而变了形，他的眼睛红肿，嘴唇出血，脸上充满了烦躁和不安。江玫忽然想起，第一次看见他时，他脸上那种漠不关心，什么都没看见的神气。

江玫想说点什么，但说不出来，好像有千把刀子插在喉头。她心里想："我要撑过这一分钟，无论如何要撑过这一分钟。"她觉得齐虹冰凉的嘴唇落在她的额上，然后汽车响了起来。周围只剩了一片白，天旋地转的白，淹没了一切的白——

她最后对齐虹说的一句话就是"我不后悔"。

江玫果然没有后悔。那时称她革命家是一种讽刺，这时她已经真的成长为一个好的党的工作者了。解放后又渐渐健康起来的母亲骄傲地对人说："她父亲有这样一个女儿，死得也不算冤了。"

雪还在下着。江玫手里握着的红豆已经被泪水滴湿了。

"江玫！小鸟儿!"老赵在外面喊着。"有多少人来看你啦！史书记，老马，郑先生，王同志，还有小耗子——"

一阵笑语声打断了老赵不伦不类的通报。江玫刚流过泪的眼睛早已又充满了笑意。她把红豆和盒子放在一旁，从床边站了起来。

王　蒙

王蒙(1934—　　)，祖籍河北南皮，生于北京。中国当代著名作家。主要作品有长篇小说《青春万岁》《活动变人形》《恋爱的季节》，中篇小说《蝴蝶》《相见时难》《名医梁有志传奇》，短篇小说《组织部新来的年轻人》《春之声》等。评论集《漫话小说创作》《红楼启示录》。代表作《组织部新来的年轻人》《春之声》《活动变人形》《恋爱的季节》等。新世纪以来，王蒙仍笔耕不辍，小说作品《这边风景》2015年获得第九届茅盾文学奖。

王蒙中学时参加共产党领导的城市地下工作，深受影响。20世纪50年代后担任青年团干部，并开始了文学创作。1953年至1956年创作长篇小说《青春万岁》，因政治因素于1979年才得以出版。1956年发表的短篇小说《组织部新来的年轻人》引起极大轰动，后也因此被划为"右派"。1958年开始，先后被派往北京郊区、新疆等地劳动改造。1978年重新发表小说，成为新时期最活跃的作家之一。作品基调由初期的热情、纯真趋于清醒、冷峻，但依旧满怀理想。新时期以来，发表了中短篇小说《春之声》《蝴蝶》《海的梦》，长篇小说《活动变人形》等，作品曾多次获全国优秀短、中篇小说奖。1993年开始创作反映知识分子半个世纪心路历程的长篇小说"季节"系列。此外，还涉及散文随笔、文学批评、古典文学等方面的创作和研究。

王蒙一直以来始终保持着创作活力，对当代小说艺术表现形式进行了卓有成效的创新和实践。早期采用现实主义手法，新时期后吸收借鉴西方现代派的形式技巧，大胆运用"意识流"手法，揭示人物内心世界，表现社会本质和人生哲理。作品在饱满的情感和丰富的内蕴中展现出机智聪明的俏皮。

春之声

咣地一声，黑夜就到来了。一个昏黄的、方方的大月亮出现在对面墙上。岳之峰的心紧缩了一下，又舒张开了。车身在轻轻地颤抖。人们在轻轻地摇摆。多么甜蜜的童年的摇篮啊！夏天的时候，把衣服放在大柳树下，脱光了屁股的小伙伴们一跃跳进故乡的清凉的小河里，一个猛子扎出十几米，谁知道谁在哪里露出头来呢？谁知道被他慌乱中吞下的一口水里，包含着多少条蛤蟆蝌蚪呢？闭上眼睛，熟睡在闪耀着阳光和树影的涟漪之上，不也是这样轻轻地、轻轻地摇晃着的吗？失去了的和没有失去的童年和故乡，责备我么？欢迎我么？母亲的坟墓和正在走向坟墓的父亲！

方方的月亮在移动，消失，又重新诞生。唯一的小方窗里透进了光束，是落日的余辉还是站台的灯？为什么连另外三个方窗也遮严了呢？黑咕隆冬，好象紧接着下午便是深夜。门咣地一关，就和外界隔开了。那愈来愈响的声音是下起了冰雹吗？是铁锤砸在铁砧上？在黄土高原的乡下，到处还靠人打铁，我们祖国的胳膊有多么发达的肌肉！呵，当然，那只是车轮撞击铁轨的噪音，来自这一节铁轨与那一节铁轨之间的缝隙。目前不是正在流行一支轻柔的歌曲吗，叫作什么来着——《泉水叮咚响》。如果火车也叮咚叮咚地响起来呢？广州人可真会生活，不象这西北高原上，人的脸上和房屋的窗玻璃上到处都蒙着一层厚厚的黄土。广州人的凉棚下面，垂挂着许许多多三角形的瓷板，它们伴随着清风，发出叮叮咚咚的清音，愉悦着心灵。美国的抽象派音乐却叫人发狂。真不知道基辛格听我们的杨子荣咏叹调时有什么样的感受。京剧锣鼓里有噪音，所有的噪音都是令人不快的吗？反正火车开动以后的铁轮声给人以鼓舞和希望。下一站，或者下一站的下一站，或者许多许多的下一站以后的下一站，你所寻找的生活就在那里，母亲或者孩子，友人或者妻子，温热的澡盆或者丰盛的饮食正在那里等待着你。都是回家过年的。过春节，我们的古老的民族的最美好的节日，谢天谢地，现在全国人民都可以快快乐乐地过年了。再不会用"革命化"的名义取消春节了。

　　还真有趣。在出国考察三个月回来之后，在北京的高级宾馆里住了一阵——总结啦，汇报啦，接见啦，报告啦……之后，岳之峰接到了八十多岁的刚刚摘掉地主帽子的父亲的信。他决定回一趟阔别二十多年的家乡。这是不是个错误呢？他怎么也没想到要坐两个小时零四十七分钟的闷罐子车呀。三个小时以前，他还坐在从北京开往 X 城的三叉戟客机的宽敞、舒适的座位上。两个月以前，他还坐在驶向汉堡的易北河客轮上。现在呢，他和那些风尘仆仆的，在黑暗中看不清面容的旅客们挤在一起，就象沙丁鱼挤在罐头盒子里。甚至于他辨别不出火车到底是在向哪个方向行走。眼前只有那月亮似的光斑在飞速移动，火车的行驶究竟是和光斑方向相同抑或相反呢？他这个工程物理学家竟为这个连小学生都答得上来的、根本算不上是几何光学的问题伤了半天脑筋。

　　他已经有二十多年没有回过家乡了。谁让他错投了胎？地主，地主！一九五六年他回过一次家，一次就够用了——回家呆了四天，却检讨了二十二年！而伟人的一句话，也够人们学习贯彻一百年。使他惶惑的是，难道人生一世就是为了作检讨？难道他生在中华，就是为了作一辈子的检讨的么？好在这一切都过去了。斯图加特的奔驰汽车工厂的装配线在不停地转动，车间洁净敞亮，没有多少噪音。西门子公司规模巨大，具有一百三十年的历史。我们才刚刚起步。赶上，赶上！不管有多么艰难。哞，哞，哞，快点开，快点开，快开，快开，快，快，快，车轮的声音从低沉的三拍一小节变成两拍一小节，最后变成高亢的呼号了。闷罐子车也罢，正在快开。何况天上还有三叉戟？

　　尘土和纸烟的雾气中出现了旱烟叶发出的辣味，象是在给气管和肺作针灸。梅花针大概扎在肺叶上了。汗味就柔和得多了。方言的浓度在旱烟与汗味之间，既刺激，又亲切。还有南瓜的香味哩！谁在吃南瓜？X 城火车站前的广场上，没有见卖熟南瓜的呀。别的小吃和土特产倒是都有。花生、核桃、葵花籽、柿饼、醉枣、绿豆糕、山药、蕨麻……全有卖的。就象变戏法，举起一块红布，向左指上两指，这些东西就全没了，连火柴、电池、肥皂都跟着短缺。现在呢，一下子又都变了出来，也许伸手再抓两抓，还能抓出更多的财富。柿饼和枣朴质无华，却叫人甜到心里。岳之峰咬了一口上火车前买的柿饼，细细地咀嚼着儿时的甜香。辣味总是一下子就能尝到，甜味却埋得很深很深。要有耐心，要有善意，要有经验，要知觉灵敏。透过辛辣的烟草和热烘烘的汗味儿，岳之峰闻到了乡亲们携带的绿豆香。绿豆苗是可爱的，灰兔子也是可爱的，但是灰色的野兔常常要毁坏绿豆。为了追赶野兔，他和小柱子一口气跑了三里，跑得连树木带田垅都摇来摆去。在中秋的月夜，他亲眼见过一只银灰色的狐狸，走路悄无声息，象仙人，象梦。

车声小了，车声息了。人声大了，人声沸了。咣——哧，铁门打开了，女列车员——一个高个子，大骨架的姑娘正在洒利地用家乡方言指挥下车和上车的乘客。"没有地方了，没有地方了。到别的车厢去吧，"已经在车上获得了自己的位置的人发出了这种无效的，也是自私的呼吁。上车的乘客正在拥上来，熙熙攘攘。到哪里都是熙熙攘攘。与我们的王府井相比，汉堡的街道上简直可以说是看不见人，而且市区的人口还在减少。岳之峰从飞机场来到 X 城火车站的时候吓了一跳——黑压压的人头，压迫得白雪不白，冬青也不绿了。难道是出了什么事情？一九四六年学生运动，人们集合在车站广场，准备拦车去南京请愿，也没有这么多人！岳之峰上大学的时候在北平，有一次他去逛故宫博物院，刚刚下午四点就看不见人影了，阴森的大殿使他的后脊背冒凉气。他小跑着离开了故宫，上了拥挤的有轨电车才放心了一点。如果跑慢了，说不定珍妃会从井里钻出来把他拉下去哩！

但是现在，故宫南门和北门前买入场券的人排着长队。而且不是星期天。X 城火车站前的人群令人晕眩。好像全中国有一半人要在春节前夕坐火车。到处都是团聚，相会，团圆饺子，团圆元宵，对于旧谊，对于别情，对于天伦之乐，对于故乡和童年的追寻。卖刚出屉的肉馅包子的，盖包子的白色棉褥子上尽是油污。卖烧饼、锅盔、油条、大饼的。卖整盒整盒的点心的。卖面包和饼干的。X 车站和 X 城饮食服务公司倾全力到车站前露天售货。为了买两个烧饼也要挤出一身汗。岳之峰出了多少汗啊！他混饱了（环境和物质条件的急骤改变已使他分辨不出饥和饱了）肚子，又买到了去家乡的短途客车的票。找给钱的时候使他一怔，写的是一块二，怎么只收了六角呢？莫非是自己没有报清站名？他想再问一问，但是排在他后面的人已经占据了售票窗口前的有利阵地，他挤不回去了。

他怏怏地看着手中的火车票。火车票上黑体铅字印的是 1.20 元，但是又用双虚线勾上了两个占满票面的大字：陆角。这使他百思不得其解，简直象是一种生物学上的密码。"这是怎么回事？为什么我买一块二角的票她却给了我六角钱的？"他自言自语。他问别人。没有人回答他。等待上车的人大多是一些忙碌得可以原谅的利己主义者。

各种信息在他的头脑里撞击。黑压压的人群。遮盖热气腾腾的肉包子的油污的棉被。候车室里张贴着的大字通告：关于春节期间增添新车次的情况，和临时增添的新车次的时刻表。男女厕所门前排着等待小便的人的长队。陆角的双钩虚线。大包袱和小包袱，大篮筐和小篮筐，大提兜和小提兜……他得出了这最后一段行程会是艰难的结论。他有了思想准备。终于他从旅客们的闲谈中听到了"闷罐子车"这个词儿，他恍然了。人脑毕竟比电脑聪明得多。

上到列车上的时候，他有点垂头丧气。在二十世纪八十年代的第一个春节即将来临之时，正在梦寐以求地渴望实现四个现代化的人们，却还要坐瓦特和史蒂文森时代的闷罐子车！事实如此。事实就象宇宙，就象地球，华山和黄河，水和土，氢和氧，钛和铀。既不象想象那样温柔，也不象想象那么冷酷。不是么，闷罐子车里坐满了人，而且还在一个两个，十个二十个地往人与人的缝隙，分子与分子，原子与原子的空隙之中嵌进。奇迹般地难以思议，已经坐满了人的车厢里又增加了那么多人。没有人叫苦。

有人叫苦了："这个箱子不能压。"一个包着头巾的抱着孩子的妇女试探着能不能坐到一只箱子上。"您到这边来，您到这边来。"岳之峰连忙站起身，把自己的靠边的位置让了出来。坐在靠边的地方，身子就能倚在车壁上，这就是最优越的"雅座"了。那女人有点不好意思。但终于抱着小孩子挪动了过来。她要费好大的力气才能不踩着别人。"谢谢您！"妇女用流利的北京话说。她抬起头。岳之峰好像看到一幅炭笔的素描。题目应该叫《微笑》。

叮铃叮铃的铃声响了，铁门又咣地一声关上了，是更深沉的黑夜。车外的暮色也正在浓重起来嘛。大骨架的女列车员点起了一支白蜡，把蜡烛放到了一个方形的玻璃罩子里。为什么不点油灯呢？大概是怕煤油摇洒出来。偌大车厢，就靠这一盏蜡烛照亮。些微的亮光，照得乘客变成了一个又一个的影子。车身又摇晃了，对面车壁上的方形的光斑又在迅速移动了。离家乡又近一些了。摘了帽子，又见到了儿子，父亲该可以瞑目了吧？不论是他的罪恶或者忏悔，不论是他的眼泪还是感激，也不论是他的狰狞丑恶还是老实善良，这一切都快要随着他的消失而云消雾散了。老一辈人正在一个又一个地走向河的那边。咚咚咚，嚓嚓嚓，嘭嘭嘭，是在过桥了吗？联结着过去和未来，中国和外国，城市和乡村，此岸和彼岸的桥啊！

靠得很近的蜡灯把黑白分明的光辉和阴影印制在女列车员的脸上。女列车员象是一尊全身的神像。"旅客同志们，春节期间，客运拥挤，我们的票车（票车：铁路人员一般称客车为票车。）去支援长途……提高警惕……"她说得挺带劲，每吐出一个字就象拧紧了一个螺母。她有一种信心十足，指挥若定的气概，以小小的年纪，靠一支蜡烛的光亮，领导着一车的乌合之众。但是她的声音也淹没在轰轰轰，嗡嗡嗡，隆隆隆，不仅是七嘴八舌，而且是七十嘴八十舌的喧嚣里了。

自由市场。百货公司。香港电子石英表。豫剧片《卷席筒》。羊肉泡馍。醪糟蛋花。三接头皮鞋。三片瓦帽子。包产到组。收购大葱。中医治癌。差额选举。结婚筵席……在这些温暖的闲言碎语之中，岳之峰轮流把体重从左腿转移到右腿，再从右腿转移到左腿。幸好人有两条腿，要不然，无依无靠地站立在人和物的密集之中，可真不好受。立锥之地，岳之峰现在对于这句成语才有了形象的理解。莫非古代也有这种拥挤的、没有座位和灯光的旅行车辆吗？但他给一个女同志让了"座位"。不，没有座，只有位。想不到她讲一口北京话。这使岳之峰兴致似乎高了一些。"谢谢"，"对不起"，在国外到处是这种礼貌的用语。虽然有一个装着坚硬的铁器的麻袋正在挤压他右腿的小腿肚子。而另一个席地而坐的人的脊背干脆靠到了他的酸麻难忍的左腿上。

简直是神奇。不仅在慕尼黑的剧院里观看演出的时候；而且在北京，在研究所、部里和宾馆里，在二十三平方米的住房和一零三和三三二路公共汽车上；他也想不到人们还要坐闷罐子车。这不是运货和运牲畜的车吗？倒霉！可又有什么倒霉的呢？咒骂是最容易不过的。咒骂闷罐子车比起制造新的美丽舒适的客运列车来，既省力又出风头。无所事事而又怨气冲天的人的口水，正在淹没着忍辱负重、埋头苦干的人的劳动。人们时而用高调，时而又用低调冲击着、替代着那些一件又一件，一天又一天，一年又一年地坚韧不拔的工作。

"给这种车坐，可真缺德！"

"你凑合着吧。过去，还没有铁路哩！"

"运兵都是用闷罐子车，要不，就暴露了。"

"要赶上拉肚子的就麻烦了，这种车上没有厕所。"

"并没有一个人拉到裤子里么。"

"有什么办法呢？每逢春节，有一亿多人要坐火车……"

黑暗中听到了这样一些交谈。岳之峰的心平静下来了。是的，这里曾经没有铁路，没有公路，连自行车走的路也没有。阔人骑毛驴，穷人靠两只脚。农民挑着一千五百个鸡蛋，从早晨天不亮出发，越过无数的丘陵和河谷，黄昏时候才能赶到 X 城。我亲爱的美丽而又贫瘠的土地！你也该富饶起来了吧？过往的记忆，已经象烟一样，雾一样地淡薄了，但总不会被彻底地忘却吧？历史，历史；现实，现实；理想，理想；哞——哞——咣气咣气……喀郎喀郎……沿着莱茵河的高速公路。山坡上的葡萄。暗绿色的河流。飞速旋转。

这不就是法兰克福的孩子们吗？男孩子和女孩子，黄眼睛和蓝眼睛，追逐着的，奔跑着的，跳跃着的，欢呼着的。喂食小鸟的，捧着鲜花的，吹响铜号的，扬起旗帜的。那欢乐的生命的声音。那友爱的动人的呐喊。那红的、粉的和白的玫瑰。那紫罗兰和蓝蓝的毋忘我。

不。那不是法兰克福。那是西北高原的故乡。一株巨大的白丁香把花开在了屋顶的灰色的瓦瓴上。如雪，如玉，如飞溅的浪花。摘下一条碧绿的柳叶，卷成一个小筒，仰望着蓝天白云，吹一声尖厉的哨子。惊得两个小小的黄鹂飞起。挎上小篮，跟着大姐姐，去采撷灰灰菜。去掷石块，去追逐野兔，去捡鹌鹑的斑烂的彩蛋。连每一条小狗，每一只小猫，每一头牛犊和驴驹都在嬉戏。连每一根小草都在跳舞。

不，那不是西北高原。那是解放前的北平。华北局城工部（它的部长是刘仁同志）所属的学委组织了平津学生大联欢。营火晚会。"太阳下山明朝依旧爬上来……我的青春小鸟一样不回来"，"山上的荒地是什么人来开？地上的鲜花是什么人来栽？"一支又一支的歌曲激荡着年轻人的心。最后，大家发出了使国民党特务胆寒的强音："团结就是力量……让一切不民主的制度死亡！"信念和幸福永远不能分离。

不，那不是逝去了的，遥远的北平。那是解放了的，飘扬着五星红旗的首都。那是他青年时代的初恋，是第一次吹动他心扉的和煦的风。春节刚过，忽然，他觉察到了，风已经不那么冰冷，不那么严厉了。二月的风就带来了和暖的希望，带来了早春的消息。他跑到北海，冰还没有化哩。还没有什么游人哩。他摘下帽子，他解开上衣领下的第一个扣子。还是冬天吗？当然，还是冬天。然而是已经联结着春天的冬天，是冬与春的桥。有风为证，风已经不冷！风会愈来愈和煦，如醉，如酥……他欢迎着承受着别人仍然觉得凛冽，但是他已经为之雀跃的"春"风，小声叫着他悄悄地爱着的女孩子的名字。

那，那……那究竟是什么呢？是金鱼和田螺吗？是荸荠和草莓吗？是孵蛋的芦花鸡吗？是山泉，榆钱，返了青的麦苗和成双的燕子吗？他定了定神。那是春天，是生命，是青年时代。在我们的生活里，在我们每个人的心房里，在猎户星座和仙后星座里，在每一颗原子核，每一个质子、中子、介子里，不都包含着春天的力量，春天的声音吗？

他定了定神，揉了揉眼睛。分明是法兰克福的儿童在歌唱，当然，是德语。在欢快的童声合唱旁边，有一个顽强的、低哑的女声伴随着。

他再定了定神，再揉了揉眼睛，分明是在从 X 城到 N 地的闷罐子车上。在昏暗和喧嚣当中，他听到了德语的童声合唱，和低哑的，不熟练的，相当吃力的女声伴唱。

什么？一台录音机。在这个地方听起了录音。一支歌以后又是一支歌，然后是一个成人的歌。三支歌放完了。是叭啦叭啦的撤动键钮的声音，然后三支歌重新开始。顽强的，低哑的，不熟练的女声也重新开始。这声音盖过了一切喧嚣。

火车悠长的鸣笛。对面车壁上的移动着的方形光斑减慢了速度，加大了亮度。在昏暗中变成了一个个的影子的乘客们逐渐显出了立体化的形状和轮廓。车身一个大晃，又一个大晃，大概是通过了岔道。又到站了。咣——哧，铁门打开了，站台的聚光灯的强光照进了车厢。岳之峰看清楚了，录音机就放在那个抱小孩的妇女的膝头。开始下人和上人。录音机接受了女主人的指令，"叭"地一声，不唱了。

"这是……什么牌子的？"岳之峰问。

"三洋牌。这里人们开玩笑地叫它作'小山羊'"。妇女抬起头来，大大方方地回答。岳之峰仿佛看到了她的经历过风霜的，却仍然是年轻而又清秀的脸。

"从北京买的么？"岳之峰又问，不知为什么这么有兴趣。本来，他并不是一个饶舌的人。

"不，就从这里。"

这里？不知是指 X 城还是火车正在驶向的某一个更小的县镇。他盯着"三洋"商标。

"你在学外国歌吗？"岳之峰又问。

妇女不好意思地笑了，"不，我在学外国语。"她的笑容既谦逊，又高贵。

"德语吗？"

"噢，是的。我还没学好。"

"这都是些什么歌儿呀？"一个坐在岳之峰脚下的青年问。岳之峰的连续提问吸引了更多的人。

"它们是……《小鸟，你回来了》，《五月的轮转舞》和《第一株烟草花》，"女同志说："欣梅尔——天空，福格尔——鸟儿，布鲁米——花朵……"她低声自语。

他们的话没有再继续下去。车厢里充满了的照旧是"别挤！"这个箱子不能坐！""别踩着孩子！""这边没有地方了！"……之类的喊叫。

"大家注意啦！"一个穿着民警服装的人上了车，手里拿着半导体扬声喇叭，一边喘着气一边宣布道："刚才，前一节车厢里上去了两个坏蛋，混水摸鱼，流氓扒窃。有少数坏痞，专门到闷罐子车上偷东西。那两个坏蛋我们已经抓住了。希望各位旅客提高警惕，密切配合，向刑事犯罪分子作坚决的斗争。大家听清楚了没有？"

"听清楚了！"车上的乘客象小学生一样地齐声回答。

乘务警察满意地，匆匆地跳了下去，手提扩音喇叭，大概又到别的车厢作宣传去了。

岳之峰不由得也摸了摸自己携带的两个旅行包，摸了摸上衣的四个和裤子的三个口袋。一切都健在无恙。

车开了。经过了短暂的混乱之后，人们又已经各得其所，各就其位。各人说着各人的闲话，各人打着各人的瞌睡，各人嗑着各人的瓜子，各人抽着各人的烟。"小山羊"又响起来了，仍然是《小鸟，你回来了》，《五月的轮转舞》和《第一株烟草花》。她仍然在学着德语，仍然低声地歌唱着欣梅尔——天空，福格尔——鸟儿，和布鲁米——花朵。

她是谁？她年轻吗？抱着的是她的孩子吗？她在哪里工作？她是搞科学技术的吗？是夜大学的新学员吗？是"老三届"的毕业生吗？她为什么学德语学得这样起劲？她在追赶那失去了的时间吗？她作到了一分钟也不耽搁了吗？她有机会见到德国朋友或者到德国去或者已经到德国去过了吗？她是北京人还是本地人呢？她常常坐火车吗？有许多个问题想问啊。

"您听音乐吧。"她说。好像是在对他说。是的，三支歌曲以后，她没有揿键钮。在《第一株烟草花》后面，是约翰·斯特劳斯的《春之声圆舞曲》，闷罐子车正随着这春天的旋律而轻轻地摇摆着，熏熏地陶醉着，袅袅地前行着。

车到了岳之峰的家乡。小站，停车一分钟。响过了到站的铃，又立刻响起了发车的铃。岳之峰提着两个旅行包下了车。小站没有站台，闷罐子车又没有阶梯。每节车厢放着一个普通木梯，临时支上。岳之峰从这个简陋的木梯上终于下得地来，他长出了一口气。他向那位女同志道了再见。那位女同志也回答了他的再见。他有点依依不舍。他刚下车，还没等着验票出站，列车就开动了。他看到了闷罐子车的破烂寒伧的外表：有的地方已经掉了漆，灯光下显得白一块、花一块的。但是，下车以后他才注意到，火车头是蛮好的，火车头是崭新的、清洁的、轻便的内燃机车。内燃机车绿而显蓝，瓦特时代毕竟没有内燃机车。内燃机车拖着一长列闷罐子车向前奔驶。天上升起了月亮。车站四周是薄薄的一层白雪。天与雪都泛着连成一片的青光。可以看到远处墓地上的黑黑的、永远长不大的松树。有一点风。他走在了坑坑洼洼的故乡土地上。他转过头，想再多看一眼那一节装有小鸟、五月、烟草花和约翰·斯特劳斯的神妙的春之声的临时代用的闷罐子车。他好像从来还没有听过这么动人的歌。他觉得如今每个角落的生活都在出现转机，都是有趣的，有希望的和永远不应该忘怀的。春天的旋律，生活的密码，这是非常珍贵的。

陆文夫

　　陆文夫(1928—2005)，江苏泰兴人。中国当代作家。主要作品有《献身》《小巷深处》《美食家》《井》《围墙》、长篇小说《人之窝》，文论集《小说门外谈》等。代表作《美食家》《围墙》等。

　　陆文夫自小喜爱文学，少年时代求学于苏州。1948年毕业后赴苏北解放区参加革命，1949年回到苏州任《新苏州报》记者。1953年走上文学创作之路。1956年发表小说《小巷深处》一举成名，1957年因"探索者"事件被打成"右派"。"文化大革命"期间下放农村改造，直至1978年才调回苏州从事专业创作。新时期以来，陆文夫创作成果颇丰。其中，《献身》《小贩世家》《围墙》分获1978、1980、1983年全国优秀短篇小说奖。1983年发表于《收获》的《美食家》是他创作的一个高峰，获得全国第三届中篇小说奖。90年代后，创作了长篇小说《人之窝》。

　　陆文夫的创作具有浓厚的地方特色，擅长写苏州闾巷中的凡人小事，展现着苏州的地域景观、文化风俗，对苏州地域文化心理有独到的把握，深蕴着历史文化内涵。艺术上借鉴了传统话本和苏州评弹的写作手法。

围　墙

　　昨夜一场风雨，出了些许小事：建筑设计所的围墙倒塌了！

　　这围墙要倒，也在人们的意料之中，因为它太老了。看样子，它的存在至少有百年以上的历史了；已几经倒塌，几经修补。由于历次的修补都不彻底，这三十多公尺的围墙便高低不平，弯腰凸肚，随时都有倒塌的可能，何况昨夜的一场风雨！

　　围墙一倒，事情来了！人们觉得设计所突然变了样：像个老人昨天刚刚拔光了门牙，张开嘴来乌洞洞地没有关拦，眼睛鼻子都挪动了位置；像一个美丽的少妇突然变成了瘪嘴老太婆，十分难看，十分别扭。仅仅是难看倒也罢了，问题是围墙倒了以后，这安静的办公室突然和大马路连成了片。马路上数不清的行人，潮涌似的车辆，都像是朝着办公室冲过来；好像是坐在办公室里看立体电影，深怕那汽车会从自己的头上辗过去！马路上的喧嚣缺少围墙的拦阻，便径直灌进这夏天必须敞开的窗户。人们讲话需要比平时提高三度，严肃的会议会被马路上的异常景象所扰乱，学习讨论也会离题万里，去闲聊某处发生的交通事故。人们心绪不宁，注意力分散，工作效率不高而且容易疲劳，一致要求：赶快把围墙修好！

　　第二天早晨，吴所长召开每日一次的碰头会，简单地了解一下工作进程，交换一些事务性的意见。不用说，本次会议大家一坐下来便谈论围墙，说这围墙倒了以后很不是个滋味，每天上班时都有一种不正常的感觉，好像那年闹地震似的。有的说得更神，说他今天居然摸错了大门，看到满地砖头便以为是隔壁的建筑工地……

　　吴所长用圆珠笔敲敲桌面："好啦，现在我们就来研究一下围墙的问题。老实说，我早就知道围墙要倒，只是由于经费有限，才没有拆掉重修。现在果然倒了，也好。旧的不去新的不来，一百零八条好汉都是被逼到梁山上去的。嗯，造新的……"吴所长呷了口水，"可这新的应该是什么样子呢？我对建筑是外行，可我总觉得原来的围墙和我们单位的性质不协调，就等于巧裁缝披了件破大褂，而且没有钉钮扣。从原则上来讲，新围墙一定要新颖别致，美观大方，达到内容和形式的统一。请大家踊跃发言。"

对于修围墙来说，吴所长的开场白过分郑重其事了，也罗唆了一点。其实只需要讲一句话："大家看看，这围墙怎么修呀？"不能，设计所的工作不能简单化！一接触土木，便会引起三派分歧：一派是"现代派"，这些人对现代的高层建筑有研究，有兴趣；一派是"守旧派"，这些人对古典建筑难以忘怀；还有一派也说不准什么派，他们承认既成事实，对一切变革都反对，往往表现为取消主义。吴所长自称对建筑是外行，但是他自认对建筑并不外行，他懂很多原则。比如经济实用，美观大方，有利生产，方便生活等等。如何把原则化为蓝图，这不是他的事，但他也不能放弃领导，必须发动两派的人进行争议，在争议中各自拿出自己的设计方案，由吴所长根据原则取其精华，再交给取消主义者去统一。因为取消主义者有一大特点，当取消不了的时候便调和折衷，很能服众。此种化干戈为玉帛的领导艺术很深奥，开始时总显得拖沓犹豫，模棱两可，说话罗唆，最后却会使人感到是大智若愚，持重稳妥。修围墙虽说是件小事，但它也是建筑，而且是横在大门口的建筑，必须郑重一点，免遭非议。

也许是吴所长的开场白把瓶口封紧了，应该发言的两大派都暂时沉默，不愿过早地暴露火力。

吴所长也不着急，转向坐在角落里的一个年轻人颔首："后勤部长，你看呢？"

所谓后勤部长，便是行政科的马而立。照文学的原理来讲，描写一个人不一定要写他的脸；可这马而立的脸却不能不写，因为他这些年来就吃亏在一张脸！

马而立的脸生得并不丑怪，也不阴险，简直称得起是美丽的！椭圆形，很丰满，白里透红，一笑两个酒涡，乌亮的大眼睛尤其显得灵活，够美的了吧？如果长在女人的身上，够她一辈子受用的。可惜的是这张脸填错了性别，竟然长在男子汉马而立的身上，使一个三十七岁、非常干练的办事员，却有着一张不那么令人放心的娃娃脸！据说他在情场中是个胜利者，在另一种事关紧要的场合中却老是吃亏。某些领导人见到他就疑虑，怕他吃不起苦，怕他办事不稳。这两怕也是有根据的：

马而立整天衣冠楚楚，即使是到郊区去植树，他也不穿球鞋，不穿布鞋，活儿没有少干，身上却不见泥污。这就使人觉得形迹可疑，可能是在哪里磨洋工的！如果他整天穿一身工作服，劳动皮鞋，军用球鞋、麻耳草鞋等等在人前走来走去，那就另有一种效果："这人老诚持重，艰苦朴素。"即使工作平平，也会另有评语："能力有大小，主要是看工作态度。""态度"二字含义不明，形态和风度的因素也不能排除。

担心马而立办事不稳也有根据，因为稳妥往往是缓慢的同义语。这马而立却显得过分地灵活；灵活得像自行车的轮盘，一拨便能飞转：

"小马（人家都这样叫他），窗户上的玻璃打碎了两块，想想办法吧。"

"好，马上解决！"

上午刚说过，下午那新玻璃便装上了，这使人忍不住要用手指去戳戳，看看是不是糊的玻璃纸。因为目前买人参并不困难，买窗户玻璃却是一件很不容易的事；即使碰巧买到，又怎么能马上就请到装玻璃的工人，钉得四平八稳，还用油灰抹了缝隙……不好，隔壁正在造大楼，这油头粉面的家伙是不是乘人家吃饭的时候去……

当然，一切误解迟早总会消失的，可是需要用时间来作代价。马而立以前在房管局当办事员，第一年大家都对他存有戒心，深怕这个眼尖手快的人会出点什么纰漏。第二年发现他很能干，但是得抓得紧点，能干的人往往会豁边，这似乎也是规律。第三年上下一致叫好，把各式各样的事情都压到他的头上去！第四年所有的领导都认为马而立早就应该当个副科长，工资也应加一级。可惜那副科长的位置已经挤满了，加薪的机会也过去了两年。喏，在这种性命交关的地方马而立便吃了大亏，都怨那张娃娃脸！

房管局的老局长是个心地善良的人，他不肯亏待下级。眼看马而立在本机关难以提拔，便忍痛割爱，向吴所长推荐，说马而立如何如何能干，当个行政科长决无问题。

吴所长答应了。但一见到马而立便犯疑："这样的人能吃苦耐劳吗？办事稳妥吗？"倒霉的马而立又开始了第二道轮回……

吴所长所以要马而立先发言，一方面是想引出大家的话来，一方面也想试试马而立的功底，看看他知不知世事的深浅，所以对着马而立微微颔首："后勤部长，你看呢？"

马而立果然不知深浅，他凭着在房管局的工作经验和人事关系，把砖头、石灰、人工略加考虑："没问题，一个星期之内保证修得好好的！"

吴所长"噢"了一声，凭他的经验可以看得出马而立头脑中的东西："你不能光想砖头石灰呀，要想想这围墙的式样对我们单位的性质有什么意义？"

"意义"二字把人们的话匣子打开了，大家都来谈论围墙的意义，其用意却都在围墙以外。

果然，对古典建筑颇有研究的黄达泉接茬儿了。这老头儿有点天真，他的话是用不着猜摸的："这个问题我早就提过多次了，可惜没有能引起某些人的注意……这次围墙的倒塌，对我们是一个深刻的教训。在我们过去的设计中，都没有对围墙引起足够的重视，没有想到区区的一堵围墙竟能造成动与静的差别，造成安全感和统一的局面。现在看起来围墙不仅有实用价值，而且富有装饰的意味，它对形成建筑群落特有的风格有着非常重大的意义。吴所长说得对，这是内容和形式如何统一的问题！"

这番话听起来好像是对领导意图的领会，其实是有的放矢，他先把矢引出来，再让别人放出去；他有自己的倾向，但又不愿卷进去。他的话一出口，人们的目光便悄悄地向东一移。

东面的长沙发上，坐着属于"现代派"的朱舟，他双手捧着茶杯，注目凝神，正在洗耳恭听。

黄达泉接着滔滔不绝地说："……从传统的建筑艺术来看，我们的祖先很了解围墙的妙用，光是那墙的名称就有十多种。有花墙、粉墙、水磨青砖墙；高墙、短墙、百步墙；云墙、龙墙、漏窗墙、风火墙、照壁墙……各种墙都有它的实用价值和艺术价值。其中尤以漏窗墙最为奇妙，它不仅能造成动与静的差别，而且能使得动中有静，静中有动；能使人身有阻而目不穷！可以这样说，没有围墙就形不成建筑群落。深院必有高墙，没有高墙哪来的深院？你看那个大观园……"黄达泉讲得兴起，无意之中扯上了大观园。

坐在长沙发上的朱舟把茶杯一放，立即从大观园入手："请注意，我们现在没有修建大观园的任务。如果将来要修复圆明园的话，老黄的意见也许可以考虑，但也只能考虑一小部分，因为圆明园的风格和大观园是不相同的。我们考虑问题都要从实际出发，古典建筑虽然很有浪漫主义的色彩，还可以引起人们对我们古代文化的尊敬与怀念，但在实际工作中是行不通的。我们的当务之急是修建五层楼或六层楼，我不能理解，即使是十米高的围墙，对六层楼来讲又有什么意义？"

"有！"误入大观园的黄达泉折回来了，他对现代建筑也不是无知的，"即使是六层高的楼房，也应该有围墙。因为除掉四五六之外还有一二三，围墙的作用主要是针对一二两层而言的。四五六的动静差是利用空间，一二两层的动静差是利用围墙来造成一种感觉上的距离。"

双方的阵势摆开了，接下来的争论就没有长篇大套，而是三言两语，短兵相接：

"请你说明一下，围墙和建筑物的距离是多少，城市里有没有那么多的地皮？"

"如果把围墙造在靠窗口，怎么通风采光呢？"

"造漏窗墙。"

"漏窗墙是静中有动呀，你这不是自相矛盾吗？"

"它在动中还有静呢，这句话你没有听见！"

"慢慢，请你计算一下这漏窗墙的工本费！"说话的人立即从腰眼里拔出电子计算机。

吴所长立即用圆珠笔敲敲桌面："别扯得太远了，主要是讨论如何修围墙的问题。"

朱舟不肯罢休，他认为"守旧派"已经无路可走了，必须乘胜追击："没有扯得太远，这关系到我们应该造一堵什么样的围墙，要不要造漏窗！"

吴所长掌握会议是很有经验的，决不会让某个人随意地不受羁绊，他立即向朱舟提出反问："依你看应该造一堵什么样的围墙？具体点。"

"具体点说……"朱舟有点措手不及了，因为具体的意见他还没有想过，只是为了争论才卷进来的，"具体点说……从我们的具体情况来看，这围墙的作用主要是两个。一是为了和闹市隔开，一是为了保卫工作。机关里晚上没有人，只有个洪老头睡在传达室里，他的年纪……"朱舟尽量地绕圈子，他知道，意见越具体越容易遭受攻击，而且没有辩白和逃遁的余地。

黄达泉知道朱舟的难处，看看表，步步紧逼："时间快到啦，抛砖引玉吧。"

"具体点说，这围墙要造得高大牢固。"朱舟不得已，把自己的意见说出来了。可这意见也不太具体，多大、多高、用什么材料，他都没有涉及。

黄达泉太性急，见到水花便投叉："如此说来要用钢筋水泥造一道八米高的围墙，上面再拉上电网，让我们大家都尝尝集中营的滋味！"

"那就把我们的风格破坏无遗了，人家会望而却步，以为我们的设计所是个军火仓库！"有人附和。

朱舟生气了："我又没有讲要造集中营式的围墙，钢骨水泥和电网都是你们加上去的。真是，怎么能这样来讨论问题！"朱舟抬起了眼睛，争取道义上的支持。接着又说：

"高大牢固是对的，如果要讲风格的话，我们这里本来就应该有一座高大厚实的围墙，墙顶上还须栽着尖角玻璃或铁刺，以防不肖之徒翻墙越户。"

"栽尖角玻璃是土财主的愚蠢，它等于告诉小偷：你可以从围墙上往里爬，只是爬的时候要当心玻璃划破手！"黄达泉反唇相讥。

一句话把大家都说得笑起来了，会场上的气氛也轻松了一点。

身处两派之外的何如锦，坐在那里一直没有发言。争论激烈的时候他不参加，事态平和之后便来了："依我看嘛，各位的争论都是多余的。如果这围墙没有倒的话，谁也不会想到要在上面安漏窗，栽玻璃，都觉得它的存在很合适，很自然。现在倒了，可那砖头瓦片一块也没有少，最合理的办法就是把塌下来的再垒上去，何必大兴土木，浪费钱财！我们的行政经费也不多，节约为先，这在围墙的历史上也是有先例可循的。"

这番话如果是说在会议的开头，肯定会引起纷争。现在的时机正好，大家争得头昏脑涨，谁也拿不出可以通过的具体方案。听何如锦这么一说，好像突然发现了真理：是呀，如果围墙不倒的话，根本就没有事儿。倒了便扶起来，天经地义，没有什么可争的。两派的人点头而笑，好像刚刚是发生了一场不必要的误会。

吴所长向何如锦白了一眼，他不同意这种取消主义。他的原则是要修一道新颖而别致的围墙，为设计所增添光辉。会议的时间已到，再谈下去也很难有具体的结果，只好先搁一搁再说："好吧，关于围墙今天先谈这些，大家再考虑考虑。围墙是设计所的外貌，人不可貌相，太丑了也是不行的。请大家多发挥想象力，修得别致点。散会！"

吴所长的话又使得两派的人苏醒过来了，觉得何如锦的话等于零，说和不说是一样的。他们不让何如锦轻松，追到走廊上对他抨击：

"你老兄的话听起来很高妙，其实是无所作为。"

"按照你的逻辑，设计所可以撤消。存在的都是合理的，还设计个屁！"

吴所长倾听着远去的人声，微笑着，摇摇头。回过头来一看，那马而立还坐在门角落里！

吴所长奇怪了："怎么啦，还有什么事吗？"

"没……没有其它的事，我想问一下，这围墙到底怎么修啊！"马而立站起来了，一双大眼睛睁得更大了一点。

吴所长笑了。他是过来人，年轻的时候也是这么活泼鲜跳的。心里搁着一件事，就像身上爬了个虱子，痒痒得难受，恨不得马上就脱光膀子。其实大可不必，心急吃不了热粥，你不让虱子叮，就得被蛇咬，脱光了膀子是会伤风的，这是经验！这种经验不便于对马而立讲，对年轻人应该从积极的方面多加鼓励：

"到底怎么修嘛，这就看你的了。我已经提出了原则，同志们也提供了许多很好的意见，你可以根据这些意见来确定一个方案。修围墙是行政科的职责范围，要以你为主呢！"吴所长拍拍马而立的肩膀，"好好干，你年富力强，大有作为！"

　　马而立对所谓方案不大熟悉，不知道从方案到行动有多长的距离。听到"以你为主"便欢喜不迭，觉得这是吴所长对自己的信任，一开始就没有对他的娃娃脸产生误会。士为知己者用，今后要更加积极点。

　　马而立不积极已经够快的了，一积极更加了不得。不过，这一次他也郑重其事，先坐在办公室里点支烟，把自己的行动考虑一遍，一支烟还没有抽完，便蹬起自行车直奔房屋修建站而去……

　　房屋修建站的房屋非常破旧，使人一看便觉得有许多房屋亟待修理，他们的内容和形式倒是统一的。

　　马而立的速度快得可以，当他赶到的时候，修建站的碰头会刚散，站长、技术员和几个作业组长刚刚走到石灰池的旁边。马而立进门也没有下车，老远便举起一只手来大喊："同志们，等一等！"

　　人们回过头来时，马而立已经到了身边。

　　"啊，是你！"

　　马而立在房管局工作过五年，和修建站的人都很熟悉。不知道是什么原故，他的娃娃脸在基层单位很受欢迎，大家都把他当作一个活泼能干的小兄弟。

　　马而立跳下车来直喘气："可被我抓住了，否则又要拖一天。"

　　"小马啊，听说你高升了，恭喜恭喜。"

　　马而立撸了一下额头上的汗："少恭喜几句吧，有这点意思就帮我办点儿事体。"说着便掏出烟来散，"喂喂，坐下来谈谈，这事情也不是三言两语说得清的。"为了稳住大家，马而立首先在旧砖头上坐下，百忙之中还没有忘记衣服的整洁，用块手帕蒙在旧砖上面。

　　技术员坐下来了，站长蹲在马而立的面前，几个作业组长站在旁边抽烟。

　　站长笑嘻嘻地看着马而立："什么大事呀，把你急的！"

　　"事情也不大，我们设计所的围墙倒啦！"

　　"就这么大的个事呀，回去吧，给你修就是了。"站长站起身来，修围墙对他来说确实算不了一回事。

　　马而立一把拉住站长的裤腿："叫你坐下你就坐下。听我说，修这座围墙并不是容易的事，领导上把任务交给我，要我拿主意。我有什么能耐呀，全靠各位撑腰呢！"接着便把围墙之争详细地说了一遍。

　　站长搔头了："这事儿不好办，我们只能负责砌砖头。"

　　技术员笑笑："是呀，设计所不能砌一般的围墙，这是个招牌问题。"

　　马而立立刻钉住技术员不放，他知道这位技术员肚子里的货色多，很快就要提升为助理工程师，"对对，老兄，这事儿无论如何要请你帮忙。下次再有什么跑腿的事儿，一个电话，保证十五分钟之内便赶到你府上。"马而立的话是有所指的，去年技术员的老婆得急病，是马而立弄了辆车子把她送到医院里。

　　技术员高兴地捅了马而立一拳："去你的，谁叫你跑腿谁倒霉。何况这事情跟弄车子也不同，你们那里的菩萨难敬，讨论了半天也摸不着个边。"

　　马而立翻碌着眼睛："不能这样说，边还是有的。"他的头脑确实灵活，善于把纠缠着的东西理出个头绪："综合他们的意见有几条：一是要修得牢。"

"那当然，总不会今天修好明天倒！"技术员拿起瓦碴在地上画线了，他是个讲究实效的人，善于把各种要求落实到图纸上面。厚度、长度、每隔五米一个墙垛，够牢的。

"二是要造得高，但也不能高得像集中营似的。"

"围墙的高度一般的是一人一手加一尺，再高也没有必要了。"技术员写了个 2 字，高两米。

"三是要安上个漏窗什么的，好看，透气。"

技术员摇摇头，拈着瓦碴画不下去："难了，两米以上再加漏窗就太高了，头轻脚重也不好看。砌在两米以下又不能隔断马路上的噪音，还会惹得过路的人向里面伸头探脑地，难！"

马而立挥挥手："好，先把这一难放在旁边。四是要能防止小偷爬墙头，但又不能在墙顶上栽玻璃。"

"又难！"

"好，再放到一边。第五个要求是节约，少花钱。"马而立拍拍屁股底下的旧砖头，"喏，这个难题由我来解决，把你们拆下来的旧砖头卖给我，多多少少算几文，除垃圾还要付搬运费哩！"

人们都笑了，堆在这里的旧砖都是好青砖，哪里有什么垃圾。

站长摇摇头："机灵鬼，便宜的事儿都少不了你！"

技术员还在那里考虑难题："怎么，还有几条？"

"总的一条是要修得新颖别致。"

"那当然……"技术员用瓦碴子敲敲地皮，"最困难的是漏窗，安在哪里……"

一个作业组长讲话了："不能安空心琉璃砖吗！我们去年从旧房子上拆下来一大堆，一直堆在那里。"作业组长向西一指，"喏，再不处理就会全部碰碎！"

技术员把头一拍："妙极了，一米七五以上安空心琉璃砖，又当漏窗又不高，颜色也鲜。老王，你去搬一块给小马看看，中意不中意。"

老王搬过一块来了，这是一种尺五见方的陶制品，中间是镂空的图案，上了宝蓝色的釉，可以根据需要砌成大小长短不等的漏空窗户，在比较古老的建筑中，大都是用在内院的围墙上面。

马而立看了当然满意，这样的好东西到哪里去觅？可是还得问一句："我们先小人后君子，这玩艺算多少钱一块，太贵了我们也用不起。"

"八毛一块，怎么样，等于送给你！"

马而立把大腿一拍："够意思，来来，再抽支烟。"

技术员摇摇手："别散烟了，你的几个难题都解决了。"

马而立把烟向技术员的手里一塞："怎么，你想溜啦，还有怎么防小偷呢！"

技术员哈哈地笑起来："老弟，这个问题是要靠看门的老头儿解决的。"

马而立不肯撒手："人和墙是两码事，你不要跟我玩滑稽！"

"好好，我不玩滑稽，站长，你来玩吧，你家前年被偷过的。"

站长对防偷还真有点研究："小马，你知道小偷爬墙最怕什么吗？"

"谁知道，我又没有偷过。"

"他们最怕的是响声，如果在墙头上加个小屋顶，铺瓦片，做屋脊，两边都有出檐，小偷一爬，那瓦片哗啦啦地掉下来，吓得他屁滚尿流！"

"哎呀，这比栽尖角玻璃管用，现在的小偷都是带手套的！"

技术员从审美的角度出发："对，平顶围墙也难看，应该戴顶帽子，斗笠式的。"他把地皮上的草图全部踏平，拿起瓦碴来把整个的围墙重新画了一遍，加上一个小屋顶，那屋脊是弧形的。画完了把瓦碴子一扔，"小马，这座围墙如果得不到满堂彩的话，你可以把我的名字倒写在围墙上，再打上两个叉叉。"

人们围着草图左看右看，一致称赞。

马而立也是满心欢喜，但是眼下还顾不上得意。他干事喜欢一口气到底，配玻璃还忘不了买油灰泥，造围墙怎么能停留在图纸上面："喂，不要王婆卖瓜啦，造起来再看吧，什么时候动手？"

站长盘算了半响，又向作业组长们问了几个工区的情况："这样吧，给你挤一挤，插在十五天之后。"

马而立跳起来了，收起砖头上的手帕擦擦手："那怎么行呢？我已经在会上作了保证，一个星期之内要修得好好的！"

站长唉了一声："喏，这就难怪人家说你办事不稳了，修建站轧扁头的情况你也不是不了解，怎么能做这样的保证呢！"

"了解，太了解了！老实说，如果了解不透的话还不敢保证呐。怎么样，你有没有办法安排？"马而立向前跨了一步，好像要把站长逼到石灰池里去。

站长还是摇头："没有办法，来不及。"

"好，你没有办法我就来安排了。先宽限你们三天，星期六的晚上动手。你们出一辆卡车把材料装过来，把碎砖运出去，派十几个小工清理好墙基。星期天多派几个好手，包括你们各位老手在内，从早干到晚，什么时候完工什么时候歇手。加班工资，夜餐费照报，这香烟嘛……没关系，我马而立三五包香烟还是请得起的！"

"啊哈，你这是叫我们加班加点！"

"怎么样，你们没有加过吗？难道还要我马而立办酒席！"

"那……那是交情账，半公半私的。"站长只好承认了。

"我们是大公无私，只求大家给我一点儿面子。"马而立叹气了，"唉，我这人是死要面子活受罪。人家都怕我办事不稳，可我偏偏又喜欢性急。现在到了一个新的工作岗位，如果第一次下保证就做黄牛的话，以后还有谁敢相信我，帮帮忙吧，各位。"马而立开始恳求了，办事人员经常要求爷爷拜奶奶，那样子也是怪可怜的。

作业组长首先拍胸脯："没问题，我们包了！"

"祝你一帆风顺，马而立！"

十分细小而又复杂的围墙问题就这样定下来了，前后只花了大约半个钟头。

到了星期六的晚上，设计所的人们早就下班走光了。设计所门前拉起了临时电线，四只两百支光的灯泡把马路都照得灼亮。人来了，车来了，砖瓦、石灰、琉璃砖装过来；垃圾、碎砖运出去。足足花了四个钟头，做好了施工前的一切准备。星期天的清早便开始砌墙，站长、组长个个动手。那技术员慎重对待，步步不离；在设计所的门前砌围墙，等于在关老爷的面前耍大刀，没有两下子是不行的。他左看右看，远看近看，爬到办公室的楼上往下看，从各个角度来最后确定围墙的高低，确定琉璃砖放在什么地位，使得这座围墙和原有的建筑物协调，不管从哪个角度看上去都很适意。

星期天机关里没人，马而立忙得飞飞，还拉住看门的洪老头做帮手。泡茶、敬烟，寻找各色小物件：元钉、铝丝、棉纱线；必要时还得飞车直奔杂货店。这里也喊小马，那里也喊小马；这小马也真是小马，谁喊便蹦到谁面前。

砌墙的速度是惊人的，人们追赶叫喊，热火朝天，惹得过路的人都很惊奇：

"这肯定是给私人造房子！"

"不，他们是在技术考试，真家伙，要定级的！"

砌墙比较方便，如果是用新砖的话，速度还会更快点。等到砌琉璃砖和小屋顶就难了，特别是屋顶，细活儿，又不能把所有的人都拉上去。小瓦片得一垄一垄地摆，尺把长就得做瓦头，摆眉瓦，摆滴水。本来预计是完工以后吃夜餐，结果是电灯直亮到十一点。

马而立打躬作揖，千谢万谢，把人们一一送上卡车，然后再收起电线，拾掇零碎，清扫地皮，不觉得疲劳，很有点得意，忍不住跑到马路的对面把这杰作再细细地欣赏一遍。

夜色中看这堵围墙，十分奇妙，颇有点诗意。白墙、黑瓦、宝蓝色的漏窗泛出晶莹的光辉，里面的灯光从漏窗中透出来，那光线也变得绿莹莹的。轻风吹来，树枝摇曳，灯光闪烁变幻，好像有一个童话般的世界深藏在围墙的里面。抬起头来从墙顶上往里看，可以看到主建筑的黑色屋顶翘在夜空里，围墙也变得不像墙了，它带着和主建筑相似的风格进入了整体结构。附近的马路也变样了，好像是到了什么风景区或文化宫的入口。马而立越看越美，觉得这是他有生以来办得最完美的一件大事体！他也不想回家了，便在楼上会议室里的长沙发上睡了下去。他已经两天两夜没有好好地休息了，这一觉睡得很沉，很甜……

太阳升高了，一片阳光从东窗里射进来，照着马而立的娃娃脸。那脸上有恬静的微笑，浅浅的酒窝，天真的稚气，挺好看的。他睡得太沉了，院子里的惊叹、嘈杂、议论纷纭等等都没有听见。

星期一早晨，上班的人们都被突兀而起的围墙惊呆了，虽然人人都希望围墙赶快修好，如今却快得叫人毫无思想准备。如果工程是在人们的眼皮子底下进行，今天加一尺，明天高五寸，人来人往，满地乱砖泥水，最后工程结束时人们也会跟着舒口气，觉得这乱糟糟的局面总算有了了结。不管围墙的式样如何，看起来总是眼目一新，事了心平。如今是眼睛一眨，老母鸡变鸭，这围墙好像是夜间从什么地方偷来的，不习惯，太扎眼。大多数的人把眼睛眨眨也就习惯了，谁都看得出，这围墙比原来的好，比没有更好。可也有一部分人左看右看都不踏实，虽然提不出什么褒贬，总觉得有点"那个"……"那个"是什么，他们也没有好好地想，更说不清楚，要等待权威人士来评定。如果吴所长说一声"好"，多数的"那个"也就不"那个"了，少数善于领会的"那个"还会把它说得好上天去哩！

吴所长也站在人群中看，始终不发表意见。他觉得这围墙似乎在自己的想象之中，又好象在想象之外，想象中似有似无。说有，因为他觉得这围墙也很别致；说无，因为他觉得想象之中的别致又不是这种样子。当人们征求他对围墙的意见时，他只是轻轻地说了一声："哎，没想到马而立的手脚这么快！"

"是呀，冒失鬼办事，也不征求征求群众的意见！"有人立即附和了，首先感到这围墙之事没有征求过他的意见，实在有点"那个"……

被征求过意见的三派人也很不满，觉得这围墙吸收正确的意见太少，好好的事儿都被那些歪门斜道弄糟了！他们都站在围墙的下面指指点点，纷纷评议；意见具体深刻，还富有幽默的意味！

"这围墙好看哪，中不中西不西，穿西装戴顶瓜皮帽，脖子里还缠条绿围巾哪，这身打扮是哪个朝代的？还有没有一点儿现代的气息！"朱舟讲评完了向众人巡视一眼，寻找附和的。

"是呀，围墙是座墙，要造个大屋顶干什么呢？"有点"那个"的人开始明确了，这围墙所以看起来不顺眼，都是那个小屋顶造的，忍不住要把小的说成大的，以便和五十年代曾被批判过的大屋顶挂上钩。其实这小屋顶也算不了屋顶，只是形状像个屋顶而已。

朱舟十分得意，特地跑到围墙下面，伸出手来量量高度，摸摸那凸出墙外的砖柱。觉得高度和牢度都符合他的心意，就是这漏窗和小屋顶太不像样，都是守旧派造成的！他回过头来喊黄达泉：

"老黄，这下子你该满意了吧，完全是古典风味！"

黄达泉摇摇头："从何谈起，从何谈起，他对我的精神没有完全领会。屋脊也不应该是一条平线嘛，太单调啦，可以在当中造两个方如意，又有变化，又不华丽。为什么要造这么高呢……老朱，你站在那里不要动，拍张照片，叫插翅难飞！"

"是呀，太高啦。"

"两头还应该造尖角，翘翘的。"

"琉璃砖也安得少了点。"

所有感到有点"那个"的人都把围墙的缺点找出来了，他们的批判能力总是大于创造能力。

何如锦没有对围墙发表具体的意见，却从另外一个角度提出了一个易犯众怒的问题：

"这围墙嘛，好不好暂且不去管它。我是说这样做是否符合节约的原则？那小屋顶要花多少人工，那琉璃砖一块要多少钱！我担心这会把我们的行政经费都花光，本季度的节约奖每人只发两毛钱！"

何如锦的话引起了一点儿激动：

"可不是嘛，修座围墙就是了，还在墙顶上绣花边！"

"这就是……"说话的人向四面看了一下，没见马而立在场，"这就是马而立的作风，那人大手大脚，看样子就是个大少爷，花钱如流水！"

"吴所长，是你叫他这么修的吗？"

吴所长连忙摇手："不不，我只是叫他考虑考虑，想不到他会先斩后奏。马而立……"吴所长叫唤了，可那马而立还睡在沙发上，没有听见。

"洪老头，你看见马而立来上班没有？"有人帮着寻找马而立了，要对这个罪魁祸首当场质疑。

看门的洪老头火气很大："别鬼叫鬼喊的啦，人家两天两夜没有休息，像你！"洪老头对那些轻巧话很反感，他偏袒小马，因为他见到马而立在修围墙时马不停蹄，衣衫湿透，那不是每个人都能做到的。他坐在大门口也听到许多路人的议论，都说这围墙很美。他自己对围墙还有更深一层的喜爱，从今以后可以安心睡觉，如果有小偷爬墙的话，那檐瓦会哗啦啦地掉下几片！

吴所长皱着眉头，挥挥手，叫大家各自办公去，同时招呼老朱、老黄、老何等上楼去开碰头会。

朱舟把会议室的门一推，却发现马而立好端端地睡在沙发里！

"唉呀，到处找你找不着，原来在这里呼呼大睡，起来！"

马而立揉着眼睛爬起来了，睡意未消，朦朦胧胧地挨了一顿批……

还好，批评的意见虽然很多，却没有人提出要拆掉重修。围墙安然无恙，稳度夏秋。小草在墙脚下长起来了，藤萝又开始爬上墙去。

这年冬天，设计所作东道主，召开建筑学年会，邀请了几位外地的学者、专家出席。因为人数不多，会场便在设计所楼下的会议室里。几位专家一进门便被这堵围墙吸引住了，左看右看，赞不绝口。会议开始后便以围墙作话题，说这围墙回答了城市建筑中的一个重大问题！目前的城市建筑太单调，都是火柴盒式的标准设计，没有变化，没有装饰，没有我们民族的特有风格；但是也有些地方盲目复古，飞檐翘角，雕梁画栋，把宾馆修得像庙堂似的。这围墙好就好在既有民族风格，又不盲目复古，经济实用，又和原有建筑物的风格统一。希望建筑设计所的同志们好好地考虑一下，作一个学术性的总结。

设计所的到会者都喜出望外，想不到金凤凰又出在鸡窝里！

吴所长考虑了："这主要是指导思想明确，一开始便提出了明确的要求，同时发动群众进行充分的讨论……"

朱舟也考虑了："是嘛，围墙的实用价值是不可忽视的。我一开始便主张造得高一些，牢一点……"

黄达泉简直有些得意了："如果不是我据理力争的话，这围墙还不知道会造成什么鬼样哩！搞建筑的人决不能数典忘祖，我们的祖先很早就懂得围墙的妙用，光那名称就有几十种……"黄达泉考虑，这一段话应该写在总结的开头，作为序言。

何如锦曾经有过一刹那时间的不愉快，马上就觉得自己也有很大的贡献，如果不是他坚持节约的话，马而立就不会去找旧砖瓦，不找旧砖瓦就找不到琉璃砖，没有琉璃砖这围墙就会毫无生气，简直不像个东西！

马而立没有参加会议，只是在会场中进进出出，忙得飞飞，忙着端正桌椅，送茶送水。他考虑到这会场里很冷，不知道又从什么地方弄来四只熊熊的炭火盆，放在四个角落里，使得房间里顿时温暖如春，人人舒展……

汪曾祺

汪曾祺(1920—1997)，江苏高邮人。中国现当代作家。主要作品有小说集《邂逅集》《羊舍的夜晚》《汪曾祺短篇小说选》《晚饭花集》《茱萸集》，散文集《蒲桥集》《塔上随笔》，文学评论集《晚翠文谈》和《汪曾祺自选集》等。代表作《异秉》《大淖记事》等。

汪曾祺自幼受到中国传统文化的熏陶，1939年考入西南联大中文系，师从沈从文，期间深受西方现代主义文学的影响。1940年开始发表小说、散文、诗歌，很快便展露才华。1946年起因在文学杂志上发表《复仇》《鸡鸭名家》等短篇小说，引起文坛注目，早期小说呈现西方现代派和京派传统相遇合的面貌。新中国成立后参加了京剧《范进中举》《芦荡火种》的改编。此时期还出版了儿童小说集《羊舍的夜晚》。"文化大革命"期间参与样板戏《沙家浜》的定稿。20世纪80年代以来，写作了许多描写风俗人情的小说，受到极高赞誉。其中，1980年发表短篇小说《受戒》引起轰动，之后的《大淖记事》获1981年全国优秀短篇小说奖。

汪曾祺的创作横跨现代和当代两个时期，被公认为优秀的文体家。小说具有诗化、散文化特征。他善于描写家乡风物人情、习俗民风，具有浓厚的乡土气息。作品在疏放中透出凝重，于平淡中显现奇崛，情韵灵动淡远，风致清俊秀逸。

异　秉

王二是这条街的人看着他发达起来的。

不知从什么时候起，他就在保全堂药店廊檐下摆一个熏烧摊子。"熏烧"就是卤味。他下午来，上午在家里。

他家在后街濒河的高坡上，四面不挨人家。房子很旧了，碎砖墙，草顶泥地，倒是不仄逼，也很干净，夏天很凉快。一共三间。正中是堂屋，在"天地君亲师"的下面便是一具石磨。一边是厨房，也就是作坊。一边是卧房，住着王二的一家。他上无父母，嫡亲的只有四口人，一个媳妇，一儿一女。这家总是那么安静，从外面听不到什么声音。后街的人家总是吵吵闹闹的。男人揪着头发打老婆，女人拿火叉打孩子，老太婆用菜刀剁着砧板诅咒偷了她的下蛋鸡的贼。王家从来没有这些声音。他们家起得很早。天不亮王二就起来备料，然后就烧煮。他媳妇梳好头就推磨磨豆腐。——王二的熏烧摊每天要卖出很多回卤豆腐干，这豆腐干是自家做的。磨得了豆腐，就帮王二烧火。火光照得她的圆盘脸红红的。（附近的空气里弥漫着王二家飘出的五香味。）后来王二喂了一头小毛驴，她就不用围着磨盘转了，只要把小驴牵上磨，不时往磨眼里倒半碗豆子，注一点水就行了。省出时间，好做针线。一家四口，大裁小剪，很费工夫。两个孩子，大儿子长得像妈，圆乎乎的脸，两个眼睛笑起来一道缝。小女儿像父亲，瘦长脸，眼睛挺大。儿子念了几年私塾，能记账了，就不念了。他一天就是牵了小驴去饮，放它到草地上去打滚。到大了一点，就帮父亲洗料备料做生意，放驴的差事就归了妹妹了。

每天下午，在上学的孩子放学，人家淘晚饭米的时候，他就来摆他的摊子。他为什么选中保全堂来摆他的摊子呢？是因为这地点好，东街西街和附近几条巷子到这里都不远；因为保全堂的廊檐宽，柜台到铺门有相当的余地；还是因为这是一家药店，药店到晚上生意就比较清淡，——很少人晚上上药铺抓药的，他摆个摊子碍不着人家的买卖，都说不清。当初还一定是请人向药店的东家说了好话，亲自登门叩谢过的。反正，有年头了。他的摊子的全副"生财"——这地方把做买卖的用具叫做"生财"，就寄放在药店店堂的后面过道里，挨墙放着，上面就是悬在二梁上的赵公元帅的神龛，这些"生财"包括两块长板，两条三条腿的高板凳（这种高凳一边两条腿，在两头；一边一条腿在当中），以及好几个一面装了玻璃的匣子。他把板凳支好，长板放平，玻璃匣子排开。这些玻璃匣子里装的是黑瓜子、白瓜子、盐炒豌豆、油炸豌豆、兰花豆、五香花生米、长板的一头摆开"熏烧"。"熏烧"除回卤豆腐干之外，主要是牛肉、蒲包肉和猪头肉。这地方一般人家是不大吃牛肉的。吃，也极少红烧、清炖，只是到熏烧摊子去买。这种牛肉是五香加盐煮好，外面染了通红的红曲，一大块一大块的堆在那里。买多少，现切，放在送过来的盘子里，抓一把青蒜，浇一勺辣椒糊。蒲包肉似乎是这个县里特有的。用一个三寸来长直径寸半的蒲包，里面衬上豆腐皮，塞满了加了粉子的碎肉，封了口，拦腰用一道麻绳系紧，成一个葫芦形。煮熟以后，倒出来，也是一个带有蒲包印迹的葫芦。切成片，很香。猪头肉则分门别类的卖，拱嘴、耳朵、脸子，——脸子有个专门名词，叫"大肥"。要什么，切什么。到了上灯以后，王二的生意就到了高潮。只见他拿了刀不停地切，一面还忙着收钱，包油炸的、盐炒的豌豆、瓜子，很少有歇一歇的时候。一直忙到九点多钟，在他的两盏高罩的煤油灯里煤油已经点去了一多半，装熏烧的盘子和装豌豆的匣子都已经见了底的时候，他媳妇给他送饭来了，他才用热水擦一把脸，吃晚饭。吃完晚饭，总还有一些零零星星的生意，他不忙收摊子，就端了一杯热茶，坐到保全堂店堂里的椅子上，听人聊天，一面拿眼睛瞟着他的摊子，见有人走来，就起身切一盘，包两包。他的主顾都是熟人，谁什么时候来，买什么，他心里都是有数的。

这一条街上的店铺、摆摊的，生意如何，彼此都很清楚。近几年，景况都不大好。有几家好一些，但也只是能维持。有的是逐渐地败落下来了。先是货架上的东西越来越空，只出不进，最后就出让"生财"，关门歇业。只有王二的生意却越做越兴旺。他的摊子越摆越大，装炒货的匣子，装熏烧的洋磁盘子，越来越多。每天晚上到了买卖高潮的时候，摊子外面有时会拥着好些人。好天气还好，遇上下雨下雪（下雨下雪买他的东西的比平常更多），叫主顾在当街打伞站着，实在很不过意。于是经人说合，出了租钱，他就把他的摊子搬到隔壁源昌烟店的店堂里去了。

源昌烟店是个老名号，专卖旱烟，做门市，也做批发。一边是柜台，一边是刨烟的作坊。这一带抽的旱烟是刨成丝的。刨烟师傅把烟叶子一张一张立着叠在一个特制的木床子上，用皮绳木楔卡紧，两腿夹着床子，用一个刨刃有半尺宽的大刨子刨。烟是黄的。他们都穿了白布套裤。这套裤也都变黄了。下了工，脱了套裤，他们身上也到处是黄的。头发也是黄的。——手艺人都带着他那个行业特有的颜色。染坊师傅的指甲缝里都是蓝的，碾米师傅的眉毛总是白蒙蒙的。原来，源昌号每天有四个师傅、四副床子刨烟。每天总有一些大人孩子站在旁边看。后来减成三个，两个，一个。最后连这一个也辞了。这家的东家就靠卖一点纸烟、火柴、零包的茶叶维持生活，也还卖一点趸来的旱烟、皮丝烟。不知道为什么，原来挺敞亮的店堂变得黑暗了，牌匾上的金字也都无精打采了。那座柜台显得特别的大。大，而空。

王二来了，就占了半边店堂，就是原来刨烟师傅刨烟的地方。他的摊子原来在保全堂廊檐是东西向横放着的，迁到源昌，就改成南北向，直放了。所以，已经不能算是一个摊子，而是半个店铺了。他在原有的板子之外增加了一块，摆成一个曲尺形，俨然也就是一个柜台。他所卖的东西的品种也增加了。即以熏烧而论，除了原有的回卤豆腐干、牛肉、猪头肉、蒲包肉之外，春天，卖一种叫做"鵽"的野味，——这是一种候鸟，长嘴长脚，因为是桃花开时来的，不知是哪位文人雅士给它起了一个名称叫"桃花鵽"；卖鹌鹑；入冬以后，他就挂起一个长条形的玻璃镜框，里面用大红腊笺写了泥金字："即日起新添美味羊糕五香兔肉"。这地方人没有自己家里做羊肉的，都是从熏烧摊上买。只有一种吃法：带皮白煮，冻实，切片，加青蒜、辣椒糊，还有一把必不可少的胡萝卜丝（据说这是最能解膻气的）。酱油、醋，买回来自己加。兔肉，也像牛肉似的加盐和五香煮，染了通红的红曲。

这条街上过年时的春联是各式各样的。有的是特制嵌了字号的。比如保全堂，就是由该店拔贡出身的东家拟制的"保我黎民，全登寿域"；有些大字号，比如布店，口气很大，贴的是"生涯宗子贡，贸易效陶朱"，最常见的是"生意兴隆通四海，财源茂盛达三江"；小本经营的买卖则很谦虚地写出："生意三春草，财源雨后花"。这么一副春联，用于王二的超摊子准铺子，真是再贴切不过了，虽然王二并没有想到贴这样一副春联，——他也没处贴呀，这铺面的字号还是"源昌"。他的生意真是三春草、雨后花一样的起来了。"起来"最显眼的标志是他把长罩煤油灯撤掉，挂起一盏呼呼作响的汽灯。须知，汽灯这东西只有钱庄、绸缎庄才用，而王二，居然在一个熏烧摊子的上面，挂起来了。这白亮白亮的汽灯，越显得源昌柜台里的一盏煤油灯十分的暗淡了。

王二的发达，是从他的生活也看得出来的。第一，他可以自由地去听书。王二最爱听书。走到街上，在形形色色招贴告示中间，他最注意的是说书的报条。那是三寸宽，四尺来长的一条黄颜色的纸，浓墨写道："特聘维扬×××先生在×××（茶馆）开讲××（三国、水浒、岳传……）是月×日起风雨无阻"。以前去听书都要经过考虑。一是花钱，二是费时间，更主要的是考虑这于他的身份不大相称：一个卖熏烧的，常常听书，怕人议论。近年来，他觉得可以了，想听就去。小蓬莱、五柳园（这都是说书的茶馆），都去，三国、水浒、岳传，都听。尤其是夏天，天长，穿了竹布的或夏布的长衫，拿了一吊钱，就去了。下午的书一点开书，不到四点钟就"明日请早"了（这里说书的规矩是在说书先生说到预定的地方，留下一个扣子，跑堂的茶房高喝一声"明日请早——！"听客们就纷纷起身散场），这耽误不了他的生意。他一天忙到晚，只有这一段时间得空。第二，过年推牌九，他在下注时不犹豫。王二平常绝不赌钱，只有过年赌五天。过年赌钱不犯禁，家家店铺里都可赌钱。初一起，不做生意，铺门关起来，里面黑洞洞的。保全堂柜台里身，有一个小穿堂，是供神农祖师的地方，上面有个天窗，比较亮堂。拉开神农画像前的一张方桌，哗啦一声，骨牌和骰子就倒出来了。打麻将多是社会地位相近的，推牌九则不论。谁都可以来。保全堂的"同仁"（除了陶先生和陈相公），替人家收房钱的抢元，卖活鱼的疤眼——他曾得外症，治愈后左眼留一大疤，小学生给他起了个外号叫"巴颜喀拉山"，这外号竟传开了，一街人都叫他巴颜喀拉山，虽然有人不知道这是什么意思，——王二。输赢说大不大，说小可也不少。十吊钱推一庄。十吊钱相当于三块洋钱。下注稍大的是一吊钱三三四，一吊钱分三道：三百、三百、四百。七点赢一道，八点赢两道，若是抓到一副九点或是天地杠，庄家赔一吊钱。王二下"三三四"是常事。有时竟会下到五吊钱一注孤丁，把五吊钱稳稳地推出去，心不跳，手不抖。（收房钱的抢元下到五百钱一注时手就抖个不住。）赢得多了，他也能上去推两庄。推牌九这玩意，财越大，气越粗，王二输的时候竟不多。

王二把他的买卖乔迁到隔壁源昌去了，但是每天九点以后他一定还是揣了一杯茶到保全堂店堂里来坐个点把钟。儿子大了，晚上再来的零星生意，他一个人就可以应付了。

且说保全堂。

这是一家门面不大的药店。不知为什么，这药店的东家用人，不用本地人，从上到下，从管事的到挑水的，一律是淮城人。他们每年有一个月的假期，轮流回家，去干传宗接代的事。其余十一个月，都住在店里。他们的老婆就守十一个月的寡。药店的"同仁"，一律称为"先生"。先生里分为几等。一等的是"管事"，即经理。当了管事就是终身职务，很少听说过有东家把管事辞了的。除非老管事病故，才会延聘一位新管事。当了管事，就有"身股"，或称"人股"，到了年底可以按股分红。因此，他对生意是兢兢业业，忠心耿耿的。东家从不到店，管事负责一切。他照例一个人单独睡在神农像后面的一间屋子里，名叫"后柜"。总账、银钱，贵重的药材如犀角、羚羊、麝香，都锁在这间屋子里，钥匙在他身上，——人参、鹿茸不算什么贵重东西。吃饭的时候，管事总是坐在横头末席，以示代表东家奉陪诸位先生。熬到"管事"能有几人？全城一共才有那么几家药店。保全堂的管事姓卢。二等的叫"刀上"，管切药和"跌"丸药。药店每天都有很多药要切"饮片"切得整齐不整齐，漂亮不漂亮，直接影响生意好坏。内行人一看，就知道这药是什么人切出来的。"刀上"是个技术人员，薪金最高，在店中地位也最尊。吃饭时他照例坐在上首的二席，——除了有客，头席总是虚着的。逢年过节，药王生日（药王不是神农氏，却是孙思邈），有酒，管事的举杯，必得"刀上"先喝一口，大家才喝。保全堂的"刀上"是全县头一把刀，他要是闹脾气辞职，马上就有别家抢着请他去。好在此人虽有点高傲，有点偏，却轻易不发脾气。他姓许。其余的都叫"同事"。那读法却有点特别，重音在"同"字上。他们的职务就是抓药，写账。"同事"是没有什么了不起的，每年都有被辞退的可能。辞退时"管事"并不说话，只是在腊月有一桌辞年酒，算是东家向"同仁"道一年的辛苦，只要是把哪位"同事"请到上席去，该"同事"就二话不说，客客气气地卷起铺盖另谋高就。当然，事前就从旁漏出一点风声的，并不当真是打一闷棍。该辞退"同事"在八月节后就有预感。有的早就和别家谈好，很潇洒地走了；有的则请人斡旋，留一年再看。后一种，总要作一点"检讨"，下一点"保证"。"回炉的烧饼不香"，辞而不去，面上无光，身价就低了。保全堂的陶先生，就已经有三次要被请到上席了。他咳嗽痰喘，人也不精明。终于没有坐上席，一则是同行店伙纷纷来说情：辞了他，他上谁家去呢？谁家会要这样一个痰篓子呢？这岂非绝了他的生计？二则，他还有一点好处，即不回家。他四十多岁了，却没有传宗接代的任务，因为他没有娶过亲。这样，陶先生就只有更加勤勉，更加谨慎了。每逢他的喘病发作时，有人问："陶先生，你这两天又不大好吧？"他就一面喘嗽着一面说："啊，不，很好，很（呼噜呼噜）好！"

以上，是"先生"一级。"先生"以下，是学生意的。药店管学生意的却有一个奇怪称呼，叫做"相公"。

因此，这药店除煮饭挑水的之外，实有四等人："管事"、"刀上"、"同事"、"相公"。

保全堂的几位"相公"都已经过了三年零一节，满师走了。现有的"相公"姓陈。

陈相公脑袋大大的，眼睛圆圆的，嘴唇厚厚的，说话声气粗粗的——呜噜呜噜地说不清楚。

他一天的生活如下：起得比谁都早。起来就把"先生"们的尿壶都倒了涮干净控在厕所里。扫地。擦桌椅、擦柜台。到处掸土。开门。这地方的店铺大都是"铺阂子门"，——一列宽可一尺的厚厚的门板嵌在门框和门槛的槽子里。陈相公就一块一块卸出来，按"东一"、"东二"、"东三"、"东四"、"西一"、"西二"、"西三"、"西四"次序，靠墙竖好。晒药，收药。太阳出来时，把许先生切好的"饮片"、"跌"好的丸药，——都放在圆筛里，用头顶着，爬上梯子，到屋顶的晒台上放好；傍晚时再收下来。这是他一天最快乐的时候。他可以登高四望。看得见许多店铺和人家的房顶，都是黑黑的。看得见远外的绿树，绿树后面缓缓移动的帆。看得见鸽子，看得见飘动摇摆的风筝。到了七月，傍晚，还可以看巧云。七月的云多变幻，当地叫做"巧云"。那是真好看呀：灰的、白的、黄的、橘红的，镶着金边，一会一个样，像狮子的，像老虎的，像马、像狗的。此时的陈相公，真是古人所说的"心旷神怡"。其余的时候，就很刻板枯燥了。碾药。两脚踏着木板，在一个船形的铁碾槽子里碾。倘若碾的是胡椒，就要不停地打喷嚏。裁纸。用一个大弯刀，把一沓一沓的白粉连纸裁成大小不等的方块，包药用。刷印包装纸。他每天还有两项例行的公事。上午，要搓很多抽水烟用的纸枚子。把装铜钱的钱板翻过来，用"表心纸"一根一根地搓。保全堂没人抽水烟，但不知什么道理每天都要搓许多纸枚子，谁来都可取几根，这已经成了一种"传统"。下午，擦灯罩。药店里里外外，要用十来盏煤油灯。所有灯罩，每天都要擦一遍。晚上，摊膏药。从上灯起，直到王二过店堂里来闲坐，他一直都在摊膏药。到十点多钟，把先生们的尿壶都放到他们的床下，该吹灭的灯都吹灭了，上了门，他就可以准备睡觉了。先生们都睡在后面的厢屋里，陈相公睡在店堂里。把铺板一放，铺盖摊开，这就是他一个人的天地了。临睡前他总要背两篇《汤头歌诀》，——药店的先生总要懂一点医道。小户人家有病不求医，到药店来说明病状，先生们随口就要说出："吃一剂小柴胡汤吧"，"服三付霍香正气丸"，"上一点七厘散"。有时，坐在被窝里想一会家，想想他的多年守寡的母亲，想想他家房门背后的一张贴了多年的麒麟送子的年画。想不一会，困了，把脑袋放倒，立刻就响起了很大的鼾声。

陈相公已经学了一年多生意了。他已经给赵公元帅和神农爷烧了三十次香。初一、十五，都要给这二位烧香，这照例是陈相公的事。赵公元帅手执金鞭，身骑黑虎，两旁有一副八寸长的黑地金字的小对联："手执金鞭驱宝至，身骑黑虎送财来。"神农爷虬髯披发，赤身露体，腰里围着一圈很大的树叶，手指甲、脚指甲都很长，一只手捏着一棵灵芝草，坐在一块石头上。陈相公对这二位看得很熟，烧香的时候很虔敬。

　　陈相公老是挨打。学生意没有不挨打的，陈相公挨打的次数也似稍多了一点。挨打的原因大都是因为做错了事：纸裁歪了，灯罩擦破了。这孩子也好像不大聪明，记性不好，做事迟钝。打他的多是卢先生。卢先生不是暴脾气，打他是为他好，要他成人。有一次可挨了大打。他收药，下梯一脚踩空了，把一匾筛泽泻翻到了阴沟里。这回打他的是许先生。他用一根闩门的木棍没头没脑的把他痛打了一顿，打得这孩子哇哇地乱叫："哎呀！哎呀！我下回不了！下回不了！哎呀！哎呀！我错了！哎呀！哎呀！"谁也不能去劝，因为知道许先生的脾气，越劝越打得凶，何况他这回的错是不小（泽泻不是贵药，但切起来很费工，要切成厚薄一样，状如铜钱的圆片）。后来还是煮饭的老朱来劝住了。这老朱来得比谁都早，人又出名的忠诚梗直。他从来没有正经吃过一顿饭，都是把大家吃剩的残汤剩水泡一点锅巴吃。因此，一店人都对他很敬畏。他一把夺过许先生手里的门闩，说了一句话："他也是人生父母养的！"

　　陈相公挨了打，当时没敢哭。到了晚上，上了门，一个人呜呜地哭了半天。他向他远在故乡的母亲说："妈妈，我又挨打了！妈妈，不要紧的，再挨两年打，我就能养活你老人家了！"

　　王二每年到保全堂店堂里来，是因为这里热闹。别的店铺到九点多钟，就没有什么人，往往只有一个管事在算账，一个学徒在打盹。保全堂正是高朋满座的时候。这些先生都是无家可归的光棍，这时都聚集到店堂里来。还有几个常客，收房钱的抡元，卖活鱼的巴颜喀拉山，给人家熬鸦片烟的老炳，还有一个张汉。这张汉是对门万顺酱园连家的一个亲戚兼食客，全名是张汉轩，大家却都叫他张汉。大概是觉得已经沦为食客，就不必"轩"了。此人有七十岁了，长得活脱像一个伏尔泰，一张尖脸，一个尖尖的鼻子。他年轻时在外地做过幕，走过很多地方，见多识广，什么都知道，是个百事通。比如说抽烟，他就告诉你烟有五种：水、旱、鼻、雅、潮，"雅"是鸦片。"潮"是潮烟，这地方谁也没见过。说喝酒，他就能说出山东黄、状元红、莲花白……说喝茶，他就告诉你狮峰龙井、苏州的碧螺春，云南的"烤茶"是在怎样一个罐里烤的，福建的功夫茶的茶杯比酒盅还小，就是吃了一只炖肘子，也只能喝三杯，这茶太酽了。他熟读《子不语》、《夜雨秋灯录》，能讲许多鬼狐故事。他还知道云南怎样放蛊，湘西怎样赶尸。他还亲眼见到过旱魃、僵尸、狐狸精，有时间，有地点，有鼻子有眼。三教九流，医卜星相，他全知道。他读过《麻衣神相》、《柳庄神相》，会算"奇门遁甲"、"六壬课"、"灵棋经"。他总要到快九点钟时才出现（白天不知道他干什么），他一来，大家精神为之一振，这一晚上就全听他一个人白话。他很会讲，起承转合，抑扬顿挫，有声有色。他也像说书先生一样，说到筋节处就停住了，慢慢地抽烟，急得大家一劲地催他："后来呢？后来呢？"这也是陈相公一天比较快乐的时候。他一边摊着膏药，一边听着。有时，听得太入神了，摊膏药的扦子停留在油纸上，会废掉一张膏药。他一发现，赶紧偷偷塞进口袋里。这时也不会被发现，不会挨打。

　　有一天，张汉谈起人生有命。说朱洪武、沈万山、范丹是同年同月同日同时，都是丑时建生，鸡鸣头遍。但是一声鸡叫，可就命分三等了：抬头朱洪武，低头沈万山，勾一勾就是穷范丹。朱洪武贵为天子，沈万山富甲天下，穷范丹冻饿而死。他又说凡是成大事业，有大作为，兴旺发达的，都有异相，或有特殊的秉赋。汉高祖刘邦，股有七十二黑子——就是屁股上有七十二颗黑痣，谁有过？明太祖朱元璋，生就是五岳朝天，——两额、两颧、下巴，都突出，状如五岳，谁有过？樊哙能把一个整猪腿生吃下去，燕人张翼德，睡着了也睁着眼睛。就是市井之人，凡有走了一步好运的，也莫不有与众不同之处。必有非常之人，乃成非常之事。大家听了，不禁暗暗点头。

张汉猛吸了几口旱烟，忽然话锋一转，向王二道：

"即以王二而论，他这些年飞黄腾达，财源茂盛，也必有其异秉。"

"……？"

王二不解何为"异秉"。

"就是与众不同，和别人不一样的地方。你说说，你说说！"

大家也都怂恿王二："说说！说说！"

王二虽然发了一点财，却随时不忘自己的身份，从不僭越自大，在大家敦促之下，只有很诚恳地欠一欠身说：

"我呀，有那么一点：大小解分清。"他怕大家不懂，又解释道："我解手时，总是先解小手，后解大手。"

张汉一听，拍了一下手，说："就是说，不是屎尿一起来，难得！"

说着，已经过了十点半了，大家起身道别。该上门了。卢先生向柜台里一看，陈相公不见了，就大声喊："陈相公！"

喊了几声，没人应声。

原来陈相公在厕所里。这是陶先生发现的。他一头走进厕所，发现陈相公已经蹲在那里。本来，这时候都不是他们俩解大手的时候。

邓友梅

　　邓友梅(1931—　　)，生于天津市，祖籍山东省平原县。中国当代作家。主要作品有《在悬崖上》《我们的军长》《那五》等。代表作《那五》《烟壶》等。

　　邓友梅靠自学走上文学道路，1946年开始发表作品。1956年发表的成名作《在悬崖上》因描写青年人恋情在当时引发争议。在1957年反右派运动中成为"右派分子"，之后在"文化大革命"中受严重迫害，被强迫停止写作长达22年。"文化大革命"后他重新开始写作，拥有写"北京的"和写"京外的"两套笔墨，创作题材与他的军旅生涯、在建筑工地的工作和北京市内生活等经历基本对应。"京外"的主要作品有《我们的军长》《追赶队伍的女兵们》《别了，濑户内海》等，代表作品《我们的军长》获全国第一届优秀短篇小说奖；他创作的另一类型作品是"京味小说"，如《话说陶然亭》《那五》《烟壶》《寻找画儿韩》等，其中的代表作是写性格、人生走向相异的八旗子弟"那五"、"乌世保"的两部小说——《那五》与《烟壶》。

　　邓友梅的"京味小说"自觉地展现老北京的风俗民情，经过提炼的"京白"语言得到普遍称道，客观上继承了老舍等人颇具北京地方色彩的文学传统，促进了文学表现民俗世界的创作类型的发展。

那五（节选）

一

　　"房新画不古，必是内务府。"那五的祖父作过内务府堂官。所以到他爸爸福大爷卖府的时候，那房子卖的钱还足够折腾几年。福大爷刚七岁就受封为"乾清宫五品挎刀侍卫"。他连杀鸡都不敢看，怎敢挎刀？辛亥革命成全了他。没等他到挎刀的年纪，就把大清朝推翻了。

　　福大爷有产业时，门上不缺清客相公。所以他会玩鸽子，能走马。洋玩意能捅台球，还会糊风筝，最上心的是唱京戏，拍昆曲。给涛贝勒配过戏，跟溥侗合作过《珠帘寨》。有名的琴师胡大头是他家常客。他不光给福大爷说戏、吊嗓，还有义务给他喊好。因为吊嗓时座上无人，不喊好时透着冷清。常常是大头拉个过门，福大爷刚唱一句："太保儿推杯换大斗"，他就赶紧放下弓子，拍一下巴掌喊："好！"喊完赶紧再拾起弓子往下拉。碰巧福大爷头一天睡得不够，嗓子发干，听他喊完好也有起疑的时候：

　　"我怎么觉着这一句不怎么样哪？"

　　"嗯，味儿是差点，你先饮饮场！"大头继续往下拉，毫不气馁。

　　福大奶奶去世早，福大爷声明为了不让孩子受委屈，不再续弦。弦是没续，但今天给京剧坤伶买行头，明天为唱大鼓的姑娘赎身。他那后花园子的五间暖阁从没断过堂客。大爷事情这么忙，自然顾不上照顾孩子。

那五也用不着当老子的照顾。他有自己的一群伙伴。三贝子、二额驸、索中堂的少爷、袁宫保的嫡孙。年纪相仿，门第相当。你夸我家的厨子好，我称你府上的裁缝强。斗鸡走狗，听戏看花。还有比他们老子胜一筹的，是学会些摩登派的新奇玩意儿。溜冰、跳舞，在王府井大街卖呆看女人，上"来今雨轩"饮茶泡招待。他们从来不知道钱有什么可珍贵的；手紧了管他铜的瓷的、是书是画，从后楼上拿两锦匣悄悄交给清客相公，就又支应个十天半月，直到福大爷把房产像卖豆腐似的一块块切着卖完，五少爷把古董像猫儿叼食似的叼净。债主请京师地方法院把他从剩下的号房里掏出来，这才知道他这一身本事上当铺当不出一个大子儿，连换个硬面饽饽也换不来。

福大爷一口气上不来，西天"接引"了，留下那五成了舍哥儿。

二

那五的爷爷晚年收房一个丫头，名唤紫云。比福大爷还小个八九岁。老太爷临去世，叮嘱福大爷关照她些。福大爷并不小气。把原来马号一个小院分给紫云，叫她另立门户，声明从此断绝来往。

紫云是庄子上佃户出身，勤俭惯了的，把这房守住了，招了一户房客。寡妇门前是非多，不敢找没根底的户搭邻居。宁可少收房钱，租与一家老中医。这中医姓过，只有老两口，没儿女。老太太是个痨病底儿，树叶一落就马趴在床上下不了地，紫云看着大夫又要看病，又要伺候老伴，盆朝天碗朝地，家也不像个家。就不显山不露水地把为病人煎汤熬药，洗干涮净的细活全揽了过来。过老太太开头只是说些感激话，心想等自己能下地时再慢慢补付。哪知这病却一天重似一天。老太太有天就拉着紫云的手说："您寡妇失业的也不容易，天天伺候我我不落忍。咱们亲姐妹明算账。打下月起咱这房钱再涨几块钱吧！我不敢说是给您工钱。有钱买不下这份情意。"紫云一听眼圈红了，扶着老太太坐在床沿上说："老嫂子，我一个人好混，不在乎几块钱上。那边老太爷从收了我，没几年就走了。除去他，我这辈子没叫人疼过。想疼疼别人，也没人叫我疼。说正格的，我给您端个汤倒个水，自己反觉着比光疼自己活得有精神。您叫我伺候着，就是疼了我了。这比给我钱强！"

又过了两年，老太太觉着自己灯碗要干。就把过大夫支出去，把紫云叫到床边，挣扎着依在床上要给紫云磕头，紫云吓得忙扶住她说："您这不是净意儿的折我的寿吗？"过老太太说："我有话对你说，先行个大礼。"紫云说："咱姐俩谁跟谁呢？"于是过老太太就一把鼻涕一把泪地说，她和过大夫总角夫妻，一辈子没红过脸。现在眼看自己不行了。一想起丢下老头一个人就揪心。这人鹰嘴鸭子爪，能吃不能拿。除去会看病，连钉个钮扣也钉不上。她看了多少年，没见紫云这么心慈面软的好人，要是能把老头交给她，她在九泉下也为紫云念佛。紫云回答说："老姐姐，您不就是放心不下过大夫吗？您把话说到这儿就行了。以后有您在，没您在，我都把过大夫这个差事当正事办。您要还不放心，咱挑个日子，摆上桌酒，请来左邻右舍，再带上派出所警察，我当众给过家的祖先磕个头，认过大夫当干哥哥！"

过老太太听了，对紫云又感激又有点遗憾。和过大夫一商量，过大夫却是对紫云钦敬不已。紫云借过端午的机会，拎了一篮粽子去看福大爷，委婉地说了一下认干亲的打算，探探福大爷的口气。福大爷说："从老太爷去世，你跟那家没关系了。别说认干亲，你就嫁人我们也不过问。"紫云擦着泪说："大爷虽然开通，我可不敢忘了太爷的恩典。"

六月初一摆酒认干亲，紫云不记得自己父母姓什么，多少年来在户口上只写"那氏"二字，席间她又塞给警察一个红包。请他在"那"字之下加个"过"字。正式写成过大夫的胞妹。

过老太太言而有信，这事办完不久就驾鹤西逝了。紫云正式把家管了起来。人们为此对她另眼相看，称呼她云奶奶。

三

听说那五落魄，云奶奶跟哥哥商量，要把他接来同住。她说："不看金面看佛面。不能让街坊邻居指咱脊梁骨，说咱不仗义。"过大夫对这老妹妹的主张，一向是言听计从的。就到处打听那五的行止，后来总算在打磨厂一家客店找到了他。穿的也还体面。过大夫说明来意。本以为那五会感激涕零的，谁知那五反把笑容收了，直嗾牙花子。

"到您那儿住倒是行，可怎么个称呼法儿呢？我们家不兴管姨太太称呼奶奶！"

过大夫气得脸色都变了，恨不能伸手抽他几个嘴巴。甩袖走了出来。回到家不好如实说，只讲那五现在混得还可以，不愿意来，不必勉强吧！

云奶奶不死心，再三追问，过大夫无法，就如实告诉了她那五的原话。云奶奶叹口气说："他们金枝玉叶的，就是臭规矩！他爱叫我什么叫什么吧。咱们又不冲他，不是冲他的祖宗吗？他既混得还体面，不来就罢了。"

谁知过了几天，那五自己找上门来了。进门又是请安，又是问好，也随邻居称呼"云奶奶"，叫过大夫"老伯"。尽管辈分不对，云奶奶还是喜欢得坐不住站不住。云奶奶问他："我怕你在外边没人照顾，叫你搬来你怎么不来？"那五说："说出来臊死人，我跟人合伙做买卖，把衣裳全当了作本钱，本想货出了手，手下富裕点，买点什么拿着来看您，谁想这笔买卖赔了……"

云奶奶说："自己一家人，讲这虚礼干什么？来了就好。外边不方便，你就搬来住吧。"

那五难道是个会做买卖的人么？

买卖是做了一次，但没成交。天津有个德国人，在中国刮了点钱，临回国想买点瓷器带走。到北京几处古玩店看了看，没有中意的。那五到古玩店卖东西，碰上他在看货，就在门外等着。等外国人出来，就上去搭讪，说自己是内务大臣家的少爷，倒有几宗瓷器想出手，可以约个时间看看。外国人要到他府上拜访，他说这事要瞒着家里进行，只能在外边交易。约定三天后在西河沿一家客店见面。那五并没瓷器。但他知道索家老七从家中偷出一套"古月轩"来，藏在连升客栈。索七想卖，又怕家里知道不饶他。那五就找索七说，现在有个好买主，买完就运出中国。不会暴露，又能出大价。你出面怕引起府上注意，我担这个卖主名义好了。事情成了，我按成三破四取佣金，多一个大子儿不要。可你得先借我几十块赎赎当，替我在这客栈包一间房，要不够派头，外国人就不出价儿。索七少比那五还窝囊，完全依计照办。过大夫来找那五时，那五刚搬进客店，还在作发财梦，当然毫不热心。

索七嘴不严，这事叫廊房头条的博古堂古玩店知道了。博古堂掌柜马齐早知道索七偷出这套东西来，一直想弄到手，谈了几次都因为要价高没成交。可是东西看到过，真正的"古月轩"，跟他所收藏的几个小碗是一个窑。恰好德国人来他店中看货。他就悄悄吩咐大伙计，把几个"古月轩"的小碗摆到客厅茶几上。外国人看完货，他让到客厅去休息。假作毫不在意的样子，提起茶壶就往那"古月轩"碗里倒茶，并捧给了德国人。德国人接过茶碗一看，连口称赞，奇怪地说："你们柜上摆的瓷器都并不好，怎么平常用的茶具反倒十分精美？"

马齐一听，哈哈大笑，说："你要喜欢，卖给你，比你认为不好的任何一种都便宜，连那一半钱也不值！"

德国人说："你开玩笑？"

马齐说："完全实话。"

德国人问："为什么？"

马齐说："这是假的，你看的不中意的那些是古瓷，这是当今仿制品！买瓷器不能光看外表！要听声、摸底儿，看胎！"他说着从前柜拿来一件瓷器，一边比较一边讲，把个外国人说得迷迷糊糊。最后他把没倒茶的两个碗叫学徒用棉纸包了，放到德国人跟前说："买卖不成仁义在，这一对不值钱的假货送你作纪念！"

那德国人把这碗拿回去，反复地看。没两天就把"假瓷"的特征全记在心里了。等他去客栈拜访那五时，那五一打开箱盖他就笑了起来。这不和博古堂送他的假货一模一样吗？但他却出于礼貌并不说破。问了一下价钱，贵得出奇。再看那五住的这么寒酸，也不像个贵胄子弟，连说"NO，NO"，起身走了。他很感激博古堂的掌柜教给他知识。到那儿把柜台上摆的假瓷器当真货扫数买走，高高兴兴回德国了。

买卖不成，索七怪那五做派不像，逼着叫他还赎当的钱。也不肯付房间费。那五把赎出来的衣服又送回当铺，这才投奔云奶奶来。

过了不久，马齐终于由人说合，只花了卖假瓷器的一半钱，把索七的真货弄到了手。等索家发觉来追查时，他早以几倍的高价卖给天津出口商蔡家了。

四

云奶奶是自谦自卑惯了的，那五肯来同住，认为挺给自己争脸。就拿他当凤凰蛋捧着。那五虽说在外边已混得没了体面，在这姨奶奶面前可还放不下主子身份。嘴里虽称呼"云奶奶"，那口气态度可完全是在支使老妈子。他是倒驴不倒架儿，穷了仍然有穷的讲究。窝头个儿大了不吃，咸菜切粗了难咽。偶尔吃顿炸酱面，他得把肉馅分去一半，按仿膳的做法单炒一小碟肉末夹烧饼吃。云奶奶用体己钱把衣裳给他赎出来之后，他又恢复了一天三换装的排场。换一回叫云奶奶洗一回，洗一回还要烫一回。稍有点不平整，就皱着眉说："像牛嘴里嚼过似的，叫人怎么穿哪？"云奶奶请来这位祖宗，从早到晚手脚再没有得闲的时候了。

过大夫仍住在南屋。那五来后，他尽量的少见他少理他。可他还是忍不住气。有天就借着说闲话儿的空儿对那五说："少爷，我们是土埋半截的人了，怎么凑合都行，可您还年轻哪。总得想个谋生之路。铁杆庄稼那是倒定了，扶不起来了。总不能等着天上掉馅饼不是？别看医者小技，总还能换口棒子面吃。您要肯放下架子，就跟我学医吧。平常过日子，也就别那么讲究了。"那五说："我一看《汤头歌》、《药性赋》脑壳仁就疼！有没有简便点儿的？比如偏方啊，念咒啊！要有这个我倒可以学学。"过先生说："念咒我不会。偏方倒有一些，您想学治哪一类病的呢？"那五说："我想学打胎！有的大宅门小姐，有了私情怕出丑，打一回不给个百儿八十的！"过先生一听，差点儿背过气去！从此不再理他——那年头不兴计划生育、人工流产，医生把打胎看作有损阴德的犯罪行为！

五

那五在云奶奶家住了不到一个月。虽说饭来张口，衣来伸手，可耐不住这寂寞，受不了这贫寒。好在衣服赎出来了，就东投亲西访友想找个事由混混。也该当走运，他随着索七去捧角儿，认识了《紫罗兰画报》的主笔马森。马森见那五对梨园界很熟，又会摆弄照相机，就请那五来当《紫罗兰画报》的记者。

这《紫罗兰画报》专登坤伶动态，后台新闻，武侠言情，奇谈怪论。社址设在煤市街一家小店里。总共两个人。除去马森，还有个副主笔陶芝。这两人两个作派。马森是西装革履，陶芝是蓝布大褂。马森一天刮两次脸，三天吹一次风。陶芝头发披到耳后，满脸胡子拉茬。这办公室屋内只有两张小桌，三把椅子。报纸、杂志全堆在地下。那五上任这天，两位主笔请他到门框胡同吃了顿爆肚，同时就讲明了规矩：他这记者既不拿薪金也没有车马费。稿费也有限。可是发他一个记者证章，他可以凭这证章四出活动，自己去找饭辙。

那五一听，这不是涮人吗？但已答应了，也不好拒绝，决定试试看。他干了两个月，结识了几个同行，才知道这里大有门道。写捧角儿的文章不仅角儿要给钱，捧家儿也给钱。平常多遛遛腿儿，发现牛角坑有空房，丰泽园卖时新菜，就可以编一篇"牛角坑空房闹鬼"的新闻，"丰泽园菜中有蛆"的来信，拿去请牛角坑的房东和丰泽园掌柜过目。说是这稿子投来几天了，我们压下没有登。都是朋友，不能不先送个信儿，看看官了好还是私了好！买卖人怕惹事，房东怕房子没人敢租。都会花钱把稿子买下来。那五很得意，觉着又交上了一步好运。

《紫罗兰画报》连载着言情小说《小家碧玉》，作者是正在发红的"醉寝斋主"。不知为什么，发到第十六回，斋主不送稿子来了。正好那五在报社。陶芝委托他去拜访醉寝斋主。带去稿费，索取下文，告诉那五这"醉寝斋"在莲花河后身十号。

六

这莲花河在石头胡同背后，一条窄巷，有三五户民宅。十号是个砖砌的古式二层楼，当中一个天井，院角有一条一踩乱晃、仅容一个人走动的楼梯。一转遭儿上下各有几间房子，家家房门口都摆着煤球炉子、水缸、土簸箕。那五正在院子观望，从楼梯上下来两个人。一个是烫着发、描着眉、穿一件半短袖花丝绰旗袍、软缎绣花鞋的女人；一个是穿灰布裤褂、双脸酒鞋、戴一顶面斗帽的中年男人。这两人一见那五，交换一下眼色就站住了。男人问："先生，您找谁？"

那五说："有个编小说的……"

"嗯!"男人用嘴朝楼梯下面一努,有点扫兴地冲女人一甩头,两人走了。那五弯腰绕到楼梯下,才看见有个挂着竹帘的小房。门口用白梨木刻了个横额"醉寝斋"。

这房里外两间。里间什么样,因为太黑。看不清楚。外间屋放着一张和这房子极不相称的铁梨木镶螺钿的书桌。两把第一监狱出产的白木茬椅子和一把躺椅。书桌上书报、稿纸、烟盒、烟缸、砚台、笔筒堆得严严实实。随着脚步声,从里间屋门口钻出一个又瘦又高、灰白面孔留着八字胡的人来:"您找谁?"

"醉寝斋主先生住这儿?"

"就是不才,请坐,您从哪儿来?"

"报社,主笔叫我取稿子来了。"

"噢,坐,坐,这两天应酬太多,忙懵懂了,把您这个碴儿忘了!"

"哎哟,就等您的稿子出版呐!"

"甭忙,您坐一会,现写也来得及,上一段写到哪儿啦?"

"啊?"那五并没看这几版小说,红了脸。斋主一笑说道:"没关系,您不记得不要紧,我这儿有账!"

他坐到书桌前,从纸堆中拉出个蓝皮儿的流水账本,翻了几页问:"在您那儿登的是《燕双飞》吧?"

那五说:"不,我们是《紫罗兰画报》,登的是《小家碧玉》。"

"《小家碧玉》。"斋主把账本掀到底,扔到一边,又拉过一本账来,翻了翻说:"啊呀,这《小家碧玉》上哪去了呢?噢,有了!"他又扔下这本账,从抽屉里找出本毛边纸订的一厚册稿子,找到用金枪牌香烟盒隔着的一页,笑道:"您好运气,不用现写,抄一段就完了。"马上铺下一张格纸,拿起毛笔,刷刷刷抄了起来。那五临来受了指教,便把一张一元钱的票子捏在手中,转眼斋主把稿子抄好,叠起来放进信封,那五便把那一元票子放在了桌上。斋主看了一眼钞票,却不动它。回身冲里屋喊道:"来客人了,快沏茶呀!"

屋里走出个五十来岁的妇女,圆脸,元宝头,向那五蹲了蹲身说:"早来了您哪,请坐您哪!这浅屋子破房的招您笑话。"就提起一把壶,伸手从桌上抄起那一元钱说:"我打水去。"

那五问道:"我看外边的小报上,全在登您的小说,你同时写几部呀?"

"八九部!"

"全写好了放在那儿?"

"不,写一段登一段,登一段吃一段。"

"刚才我看这《小家碧玉》不是全本都写好了吗?"

"哦,那是二手活。"

"什么是二手活?"

斋主告诉他,有人写了小说,可是没名气,登不出去。也有人写来消遣,却不愿要这名气。还有人写好了稿子,急着用钱,等不及一段段零登。他们就把稿子卖了。斋主买下来,整趸零售,能赚几分利!"

那五奇怪地说:"照这么说,只要有钱买稿,自己不动手也能出名喽?"

斋主说:"当然,这是古已有之的。明朝有个王爷,一辈子刻了多少部戏曲,没一个字是他写的!"

那五听了，眉开眼笑，拿真话当假话说："明儿一高兴我也买两部稿子，过过当名人的瘾。"

斋主正色说："像您这吃报行饭的，没点名气到哪儿都矮一头，玩不转，应该想办法创出牌子来。再说买来稿子您总得看，不光看还要抄。熟能生巧，没有三天力巴，慢慢自己也就会写了。写小说这玩意是层纸窗户，一捅就破。"

说来说去，斋主把一部才买到手的武侠小说《鲤鱼镖》卖给了那五。要价一百大洋。那五正拿着甘子千造的假画要去当，这下就更鼓起了兴头。等他分到三百元当价后，从便宜坊出来就直接来到了"醉寝斋"，对斋主说："钱我是带来了，得先看看货啊?"

斋主说："您又老斗了不是? 买稿子这玩意不能像买黄瓜，反过来调过去看，再掐一口尝尝。您把内容看在肚子里，放下不买了，回头照这意思又编出一本来我怎么办? 隔山买老牛，全凭的是信用。"

那五把钱在手里掂了又掂，拿不定主意。斋主一拍桌子说："罢了，我交你这个朋友了!"回身进里屋，从床下找出个破鞋盒子，在那里边掏出一本红格纸的稿本，拿到门外拍打拍打尘土，交给那五说："你先看看回目吧!"

那五看看回目，倒也火炽热闹。可掂掂分量，看看厚薄说："这哪能分一百段登啊? 我一百块钱买下来，登三十段完了……"

斋主说："说您年轻不是? 名利是一回事，可不能一块来。您不是先求名吗? 这稿子写得好，保您一鸣惊人! 出名以后再图利!"

那五把钱交了出去，夹着稿子出来，自己没顾上看就交给编辑部，请求逐段发表。马森收下，一放个把月，没有回音。他每次问，马森都说："还没看完，我看还不错。"可就不提发表的事。那五向陶芝打听消息。陶芝笑道:

"那人卖给你稿子，就没告诉你登稿子的规矩?"

那五问："我看咱们登醉寝斋主的稿子也没有什么规矩呀，不就发一段给一块钱吗?"

副主笔笑了起来。对他说："醉寝斋主好比马连良，是唱出名的了，他只要登台就不怕没人捧场。您哪，好比票友，票友唱戏不能挣钱，而要花钱。租场子自己出钱，请场面自己出钱，请人配戏自己出钱，临完还要请人吃饭、送票，人家才来捧场。演员唱戏为的是吃饭。票友唱戏是图出名，图找乐子! 捧红了自然也能下海，可先得自己花钱打下底儿来。"

那五又掏出一百元，请陶芝给他开个名单，在宴宾楼请了一桌客。《鲤鱼镖》这才以"听风楼主"的笔名登载出来。自这天起，有些朋友见面就叫他"作家"，祝贺他"一鸣惊人"，说是重振家声大有把握了。那五嘴上谦虚，可心里就像装了四两烧刀子晕乎乎热腾腾，说话声音也变了，走道脚下也轻了，觉得二百大洋花得不屈。尽管那张假画露了马脚。逼他又卖了套西服才填上坑。有这成名成家的路子鼓劲，竟没挫了他的锐气。

小说登到七八段上，情形有点不对了。不知是陶芝开的名单不全，怠慢了什么人，还是有人故意为难。另外几家小报上，出现了评论《鲤鱼镖》的文章。这些文章连挖苦带骂。有说他偷的，有说他剽的，有说他"热昏妄语，不知天高地厚"的。还有人查出来"听风楼主者，某内务府堂官之后也。其祖上曾受恩于八卦门某拳师，故写小说贬形意而捧八卦云云。"那五有点沉不住气。他跑去找醉寝斋主。问他说："您这稿子犯了点什么忌讳吧？怎么招来这么多闲话呀？"斋主这本稿子本是花了十块钱向一位烟客买的，自己并没看过。就双手抱拳说："我说您一鸣惊人不是？这儿给您道喜哪！一有人挑眼您就快红了。当初我专门花钱请人写稿骂我呢！您想想，光登小说，你的名字不是三天才见一回报吗？别人一评论，骂也好，捧也好，一篇文章中你这名字就得提好几回，还怕众人记不住？再说，天下之事，成破相辅，大凡有人骂的，相应就会有人捧，他们斗气儿，您坐收渔人之利，岂不大喜？"

那五听了，觉得确有此理，又转愁为乐。可没乐了几天，这天一进编辑部，马森就递过一封信来说："五爷，这是您的信，咱们合作原本是好换好，您可千万别连累我们哥俩。给我们留下《紫罗兰》这块地盘混粥喝吧！"

口气这么重，那五自然是看作玩笑。等打开信封一看，他这才明白自己落在井口下，正往水深处坠呢。

这是一张宣纸八行朱栏，用浓墨行书写道：

"听风楼主那先生台鉴。兹定于本月初六、午后三时，在大栅栏福寿境土膏店烹茶候教。如不光临，谨防止戈。言出人随，勿谓言之不预也！"署名是："武存忠。"

他问马森："这武存忠好耳熟，是干什么的？"

马森没说话，把一张小报扔给他。那上边用红墨水圈了一篇小文章："武存忠年老体衰，力辞某县长镖师之聘！"下边说武存忠乃形意门传人，清末在善扑营当过拳勇，民国以后在天桥撂场子卖艺，"七七事变"后改行打草绳。近来有位县长以重金礼聘他去当保镖，他力辞不任。那五看完，马森加了一句："你听说前些年有个俄国大力士在中山公园摆擂台，谁要打败他，他让出十块金牌这件事不？"

那五说："不就是叫李存义扔下台去，摔折一条腿的那回吗？"

马森说："对了。武存忠是李存义的师哥！"

那五一听，后脊梁都潮了，带着哭声说："他见我一来劲，不得把我劈了吗？"

马森埋怨他说："登小说就登小说不结了，你胡扯八卦形意的门户之争干什么？"

那五说："老佛爷，我哪儿懂哪！那不是买来的稿本吗？"

陶芝见他怪可怜，就安慰说："你也别急，这路人多半倒讲情面。你去了多磕头少说话，他见你服了软，也未必会怎么样。"

马森说："你可不能不去，你要不去他敢来把这客店拆了，到时候咱包赔不起！"

打这天起，那五三天之内没吃过一顿整桩饭，没睡过一宿踏实觉。

七

初六这天，偏又是大热天，晒得树叶发蔫马路流油。他一步挪不了三寸地来到大栅栏。从钱市拐进一个巷子，见一家门口大白瓷电灯罩上写着"福寿土膏店"，就推门进去。迎门却是个楼梯，阴暗、潮湿，他上了楼梯，这才看见两边都挂着白布门帘。掀开一个探探头，就有个中年胖子摇着蒲扇拦门坐着："您买烟？"

"我找个人，武存忠……"

"那边雅座二号。"

那五又掀帘进了另一间屋。这屋是一长条房子，被两排木隔栅隔着。每边四个小门，门上悬着半截布帘，帘上印着号头。他找到二号，轻轻问了声："武先生在吗？"

里边没有动静。这时过来个女招待，手中托着擦得锃亮的烟具，冲他努努嘴。那五感谢地点点头，掀帘走了进去。屋子很小，只有一张烟榻一把椅子，但收拾得干净雅致。榻上铺着凉席枕席，墙上挂着字画。一个穿白竹布裤褂，胸前留着长髯的老人仰面躺着，两目微合，似睡非睡，似醒非醒。

那五轻声说："武先生，我遵照你的吩咐来了！"

老头连眼皮都没哆嗦一下。那五迟疑片刻又退了出去，站在门外不知如何是好。恰好那女招待又走了过来。那五掏出一元一张钞票，往女招待围裙的口袋里一塞说："武先生高睡了。您找个地方叫我歇一脚，等他醒了叫我一声。"

女招待笑笑，用手指指二号门，摇摇手，推那五一把，又指指门，径自走了。

那五第二次又进到二号房，一声不响地站在榻前等武存忠睁眼。那五走了一路，早已热了。偏这大烟馆的规矩是既不许开窗户，又不能安电扇的。他站在那儿只觉着脸上身上，汗珠像小虫似的从上往下爬。心里急得像有团火，却又不敢露出焦急相。站了足有五分钟，看老头还没有睁眼的意思，那五心一横就在榻前跪下了。

"武先生，武大爷，武老太爷！我跟您认错儿。我是个混蛋。什么也不懂，信口雌黄。您大人不见小人怪，犯不上跟我这样的人动肝火！我……"

老头绷着绷着，噗哧一声笑了出来。欠起身说："起来起来，别这样啊！"

"我这儿给您赔礼了！"那五就地磕了一个头，这才起来。武老头笑道："看你写得头头是道，还以为你是个练家子呢！"那五说："我什么也不是，马勺上的苍蝇混饭吃！"武老头问道："既是这样，下笔以前也该打听打听，不能乱褒乱贬哪。"那五说："哎哟我的大爷，跟您说实话吧，那小说也不是我编的，我是买的别人的。图个虚名，没想惹您生了这么大气！"

老头哈哈笑了起来，那五一个劲儿服软，他早消了火了。口气和缓了一点说："你坐，会抽烟吗？"

那五坐下。武存忠问了他几句闲话。打听他家庭出身，听说他是内务府堂官的后人，不由得叹了口气。

"说起来有缘，那年我往蒙古去办差，回来时带了蒙古王爷送给你祖父的礼物。我到府上交接，你祖父还招待了我一顿酒饭。内院我当然见不着，就外院那排场劲儿我看了都眼晕哪！当时我就想，太过了，太过了！铁打的衙门流水的官。照这么挥金如土，是座金山也有掏空的日子。儿孙们不知谋生之难，将来会落到哪一步呢？你现在就凭胡诌乱扯混日子？"

那五红着脸点点头。

武存忠说："你还年轻，又识文断字，学点生技还来得及。家有万贯不如薄技在身。拉下脸面，放下架子，干点什么不行？凭劳动吃饭，站在哪儿也不比人低，比当无来优不强吗？"

"是您哪！我爸爸死得早，没人教训我，多谢您教训我。"

武存忠见那五虽然油腔滑调，倒也有几分诚心感谢他的意思，就说："我在先农坛坛根儿住。攒钱买了架机器打草绳子。你别处混不上了，上我这儿来，你又识字，我正少个帮手！"

那五心想，你可太不把武大郎当神仙了，我这金枝玉叶，再落魄也不能去卖苦大力呀！可又不敢让武老头看出他瞧不起这行当，忙说："我现在还混得下去。将来短不了麻烦您！"

武存忠看出他不愿意，也不再劝。就告诉他小说这段公案算是了啦。原来有几个师兄弟很不忿，当真想找到《紫罗兰》把那报社砸了，是他把事按住，决定先和这"听风楼主"谈谈再作道理。他作主了结，别人也不会再缠着不放。那五连声称谢，又鞠了几个躬，这才告辞。武存忠挡住他说："别忙，既叫你来了不能叫你白来。中国的武术是衰落了，国家不振，百业必定萧条。不过各派里人才还是有一点。你出去宣传宣传，也给咱们习武的朋友们壮壮气儿。老朽是没什么真本事的，给你表演个小招儿解闷吧！老三！"

这时隔壁就有人虎声虎气地声："在！"

"点灯去！"

武存忠下榻，提上鞋，紧紧腰上的板带领头出了二号门。这时走廊站着有四五个汉子。有两个年轻人搭过一张桌子来，女招待帮忙点上了三盏大烟灯。

这些精壮汉子，见了那五都互送眼色咧开嘴笑。那五有点胆怯。武存忠说："你甭担心，这都是我的徒弟。本来我们以为你是会个三门科四门斗的，提防着要交手。现在好了，和为贵！大家交个朋友吧！"

说话间就又聚来了几个闲人，把走廊围满了。

这大烟灯乃是山西出品，名叫"太谷灯"，一个茶杯粗细，下边是个铜盏，上边的玻璃罩是用半寸厚的玻璃砖磨成，立在那儿像个去了尖的小窝头。平常要俯首向下，对准那圆口才能吹熄。女招待把它点亮之后，一个徒弟就把它从里向外摆成直溜溜的一排。武存忠自己看了看，亲自又校正了一下位置。然后退到五步开外，骑马蹲裆式站好，猛吸了一口气，板带之下腹部就鼓起个小盆。武存忠稍稍晃了晃膀子，站稳之后，"呼"的一口把气喷出。只见三个烟灯一齐火苗摇摆，挨次熄灭了。两边看的人齐声喊了声"好！"

武存忠双手抱拳说："献丑献丑。老了，不中用了。白招列位耻笑。"

那五两腿发颤，觉得连汗都变凉了。他挣扎着雇了辆三轮，回到编辑部。向两位上司报告这段险遇，两人听了同声祝贺，一同请他去丰泽园，要了个菜，一壶酒为他压惊，席间马森把《鲤鱼镖》原稿奉还，说是不宜再往下刊登。同时也表示，那五已成了著名人物，《紫罗兰》树矮难栖金凤凰，收回了那个珐琅的记者证章。

莫 言

莫言（1955— ），原名管谟业，祖籍山东高密。中国当代著名作家。主要作品有《天堂蒜薹之歌》《红高粱》《丰乳肥臀》《生死疲劳》《蛙》等。代表作《红高粱》《生死疲劳》等。

1981年，莫言在河北保定的刊物《莲花池》上发表了处女作《春夜雨霏霏》，此后又发表了《为了孩子》《民间文学》等多篇作品，并在1984年考入解放军艺术学院文学系。在莫言的小说《白狗秋千架》中，他第一次写到了故乡——"高密东北乡"，此后他的所有小说几乎都围绕"高密东北乡"展开，作品中的故乡除了以他的出生地为原型之外，还因为融入了天南地北的风情而同时具有了典型的虚构特征。1985年发表的成名作《透明的红萝卜》源于莫言童年的饥饿记忆，在文坛上引起反响。1986年他在《人民文学》上发表的《红高粱》引发轰动，独特的题材处理和先锋的叙述方式都对当时的文学写作与阅读产生了强大的冲击力。莫言在创作中始终关注社会现实、挑战艺术成规。

从20世纪80年代从事文学创作开始，莫言始终保持着比较旺盛的创作生命力，他在吸收着外域创作理论的同时，始终根植于本土特色的文学资源。2012年10月，莫言获得诺贝尔文学奖，成为有史以来首位获得诺贝尔文学奖的中国籍作家。

红高粱（节选）

五

我奶奶刚满十六岁时，就由她的父亲做主，嫁给了高密东北乡有名的财主单廷秀的独生子单扁郎。单家开着烧酒锅，以廉价高粱为原料酿造优质白酒，方圆百里都有名。东北乡地势低洼，往往秋水泛滥，高粱高秆防涝。被广泛种植，年年丰产。单家利用廉价原料酿酒谋利，富甲一方。我奶奶能嫁给单扁郎，是我曾外祖父的荣耀。当时，多少人家都渴望着和单家攀亲，尽管风传着单扁郎早就染上了麻风病。单廷秀是个干干巴巴的小老头，脑后翘着一支枯干的小辫子。他家里金钱满柜，却穿得破衣烂袄，腰里常常扎一条草绳。奶奶嫁到单家，其实也是天意，那天，我奶奶在秋千架旁与一些尖足长辫的大闺女耍笑游戏，那天是清明节，桃红柳绿，细雨霏霏，人面桃花，女儿解放。奶奶那天身高一米六零，体重六十公斤，上穿碎花洋布褂子，下穿绿色缎裤，脚脖子上扎着深红的绸带子。由于下小雨，奶奶穿了一双用桐油浸泡过十几遍的绣花油鞋，一走克郎克郎地响。奶奶脑后垂着一根油光光的大辫子，脖子上挂着一个沉甸甸的银锁——我曾外祖父是个打造银器的小匠人。曾外祖母是个破落地主的女儿，知道小脚对于女人的重要意义。奶奶不到六岁就开始缠脚，日日加紧。一根裹脚布，长一丈余。曾外祖母用它，勒断了奶奶的脚骨，把八个脚趾，折断在脚底，真惨！我的母亲也是小脚，我每次看到她的脚，就心中难过，就恨不得高呼：打倒封建主义！人脚自由万岁！奶奶受尽苦难，终于裹就一双三寸金莲。十六岁那年，奶奶已经出落得丰满秀丽，走起路来双臂挥舞，身腰扭动，好似风中招飐的杨柳。单廷秀那天撅着粪筐子到我曾外祖父村里转圈，从众多的花朵中，一眼看中了我奶奶。三个月后，一乘花轿就把我奶奶抬走了。

奶奶坐在憋闷的花轿里，头晕眼眩。罩头的红布把她双眼遮住，红布上散着一股强烈的霉馊味。她滑起手，掀起红布——曾外祖母曾千叮咛万嘱咐，不许她自己揭动罩头红布——一只沉甸甸的绞丝银镯子滑到小臂上，奶奶看着镯子上的蛇形花纹，心里纷乱如麻。温暖的薰风吹拂着狭窄的土路两侧翠绿的高粱。高粱地里传来鸽子咕咕咕咕的叫声。刚秀出来的银灰色的高粱穗子飞扬着清淡的花粉。迎着她面的轿帘上，刺绣着龙凤图案，轿帘上的红布因轿子经年赁出，已经黯淡失色，正中间油渍了一大片。夏末秋初，轿外阳光茂盛，轿夫们轻捷的运动使轿子颤颤悠悠，拴轿扞的生牛皮吱吱扭扭地响，轿帘轻轻掀动，把一缕缕的光明和一缕缕比较清凉的风闪进轿里来。奶奶浑身流汗，心跳如鼓，听着轿夫们均匀的脚步声和粗重的喘息声，脑海里交替着出现卵石般的光滑寒冷和辣椒般的粗糙灼热。

自从奶奶被单廷秀看中后，不知有多少人向曾外祖父和曾外祖母道过喜。奶奶虽然也想过有上马金下马银的好日子，但更盼着有一个识字解文、眉清目秀、知冷知热的好女婿。奶奶在闺中刺绣嫁衣，绣出了我未来的爷爷的一幅幅精美的图画。她曾经盼望着早日成婚，但从女伴的话语中隐隐约约听到单家公子是个麻风病患者，奶奶的心凉了。奶奶向她的父母诉说心中的忧虑。曾外祖父遮遮掩掩不回答，曾外祖母把奶奶的女伴们痛骂一顿，其意大概是说狐狸吃不到葡萄就说葡萄是酸的之类。曾外祖父后来又说单家公子饱读诗书，足不出户，白白净净，一表人材。奶奶恍恍惚惚，不知真假，心想着天下无有狠心的爹娘，也许女伴真是瞎说。奶奶又开始盼望早日完婚。奶奶丰腴的青春年华辐射着强烈的焦虑和淡淡的孤寂，她渴望着躺在一个伟岸的男子怀抱里缓解焦虑消除孤寂。婚期终于熬到了，奶奶被装进了这乘四人大轿，大喇叭小唢呐在轿前轿后吹得凄凄惨惨，奶奶止不住泪流面颊。轿子起行。忽悠悠似腾云驾雾，偷懒的吹鼓手在出村不远处就停止了吹奏，轿夫们的脚下也快起来。高粱的味道深入人心。高粱地里的奇鸟珍禽高鸣低啭。在一线一线阳光射进昏暗的轿内时，奶奶心中丈夫的形象也渐渐清晰起起来。她的心像被针锥扎着，疼痛深刻有力。

"老天爷，保佑我吧！"奶奶心中的祷语把她的芳唇冲动。奶奶的唇上有一层纤弱的茸毛。奶奶鲜嫩茂盛，水分充足。她出口的细语被厚重的轿壁和轿帘吸收得干干净净。她一把撕下那块酸溜溜的罩头布，放在膝上。奶奶按着出嫁的传统，大热的天气，也穿着三表新的棉袄棉裤。花轿里破破烂烂，肮脏污浊。它像具棺材，不知装过了多少个必定成为死尸的新娘。轿壁上衬里的黄缎子脏得流油，五只苍蝇有三只在奶奶头上方嗡嗡地飞翔，有两只伏在轿帘上，用棒状的黑腿擦着明亮的眼睛。奶奶受闷不过，悄悄地伸出笋尖状的脚，把轿帘顶开一条缝，偷偷地往外看。她看到轿夫们肥大的黑色衫绸裤里依稀可辨的、优美颀长的腿，和穿着双鼻梁麻鞋的肥大的脚。轿夫的脚踏起一股股噗噗作响的尘土。奶奶猜想着轿夫粗壮的上身，忍不住把脚尖上移，身体前倾。她看到了光滑的紫槐木轿杆和轿夫宽阔的肩膀。道路两边，板块般的高粱坚固凝滞，连成一体，拥拥挤挤，彼此打量，灰绿色的高粱穗子睡眼未开，这一穗与那一穗根本无法区别。高粱永无尽头，仿佛潺潺流动的河流。道路有时十分狭窄，沾满蚜虫分泌物的高粱叶子擦得轿子两侧沙沙地响。

轿夫身上散发出汗酸味，奶奶有点痴迷地呼吸着这男人的气味，她老人家心中肯定漾起一圈圈春情波澜。轿夫抬轿从街上走，迈得都是八字步，号称"踩街"，这一方面是为讨主家欢喜，多得些赏钱；另一方面，是为了显示一种优雅的职业风度。踩街时，步履不齐的不是好汉，手扶轿杆的不是好汉，够格的轿夫都是双手卡腰，步调一致，轿子颠动的节奏要和上吹鼓手们吹出的凄美音乐，让所有的人都能体会到任何幸福后面都隐藏着等量的痛苦。轿子走到平川旷野，轿夫们便撒了野，这一是为了赶路，二是要折腾一下新娘。有的新娘，被轿子颠得大声呕吐，脏物吐满锦衣绣鞋；轿夫们在新娘的呕吐声中，获得一种发泄的快乐。这些年轻力壮的男子，为别人抬去洞房里的牺牲，心里一定不是滋味，所以他们要折腾新娘。

那天抬着我奶奶的四个轿夫中，有一个成了我的爷爷——他就是余占鳌余司令。那时候他二十浪当岁，是东北乡打棺抬轿这行当里的佼佼者——我爷爷辈的好汉们，都有高密东北乡人高粱般鲜明的性格，非我们这些孱弱的后辈能比——当时的规矩，轿夫们在路上开新娘子的玩笑，如同烧酒锅上的伙计们喝烧酒，是天经地义的事，天王老子的新娘他们也敢折腾。

高粱叶子把轿子磨得嚓嚓响，高粱深处，突然传来一阵悠扬的哭声，打破了道路上的单调。哭声与吹鼓手们吹出的曲调十分相似。奶奶想到乐曲，就想到那些凄凉的乐器一定在吹鼓手们手里提着。奶奶用脚撑着轿帘能看到一个轿夫被汗水溻湿的腰，奶奶更多地是看到自己穿着大红绣花鞋的脚，它尖尖瘦瘦，带着凄艳的表情，从外边投进来的光明罩住了它们，它们像两枚莲花瓣，它们更像两条小金鱼埋伏在澄澈的水底。两滴高粱米粒般晶莹微红的细小泪珠跳出奶奶的睫毛，流过面颊，流到嘴角。奶奶心里又悲又苦，往常描绘好的、与戏台上人物同等模样、峨冠博带、儒雅风流的丈夫形象在泪眼里先模糊后泯灭。奶奶恐怖地看到单家扁郎那张开花绽彩的麻风病人脸，奶奶透心地冰冷。奶奶想这一双乔乔金莲，这一张桃腮杏脸，千般的温存，万种的风流，难道真要由一个麻风病人去消受？如其那样，还不如一死了之。高粱地里悠长的哭声里，夹杂着疙疙瘩瘩的字眼：青天哟——蓝天哟——花花绿绿的天哟——棒槌哟亲哥哟你死了——可就塌了妹妹的天哟——。我不得不告诉您，我们高密东北乡女人哭丧跟唱歌一样优美，民国元年，曲阜县孔夫子家的"哭丧户"专程前来学习过哭腔。大喜的日子碰上女人哭亡夫，奶奶感到这是不祥之兆，已经沉重的心情更加沉重。这时，有一个轿夫开口说话："轿上的小娘子，跟哥哥们说几句话呀！远远的路程，闷得慌。"

奶奶赶紧拿起红布，蒙到头上。顶着轿帘的脚尖也悄悄收回，轿里又是一团漆黑。

"唱个曲儿给哥哥们听，哥哥抬着你哩！"

吹鼓手如梦方醒，在轿后猛地吹响了大喇叭，大喇叭说："唔咚——唔咚——"

"猛捅——猛捅——"轿前有人模仿着喇叭声说，前前后后响起一阵粗野的笑声。

奶奶身上汗水淋漓。临上轿前，曾外祖母反复叮咛过她；在路上，千万不要跟轿夫们磨牙斗嘴，轿夫，吹鼓手，都是下九流，奸刁古怪，什么样的坏事都干得出来。

轿夫们用力把轿子抖起来，奶奶的屁股坐不安稳，双手抓住座板。

"不吱声？颠！颠不出她的话就颠出她的尿！"

轿子已经像风浪中的小船了，奶奶死劲抓住座板，腹中翻腾着早晨吃下的两个鸡蛋，苍蝇在她耳畔嗡嗡地飞。她的喉咙紧张，蛋腥味冲到口腔，她咬住嘴唇。不能吐，不能吐！奶奶命令着自己，不能吐呵，凤莲，人家说吐在轿里是最大的不吉利，吐了轿一辈子没好运……

轿夫们的话更加粗野了，他们有的骂我曾外祖父是个见钱眼开的小人，有的说鲜花插到牛粪上，有的说单扁郎是个流白脓淌黄水的麻风病人，他们说站在单家院子外，就能闻到一股烂肉臭味，单家的院子里，飞舞着成群结队的绿头苍蝇……

"小娘子，你可不能让单扁郎沾身啊，沾了身你也烂啦！"

大喇叭小唢呐呜呜咽咽地吹着，那股蛋腥味更加强烈，奶奶牙齿紧咬嘴唇，咽喉里像有只拳头在打击，她忍不住了，一张嘴，一股奔突的脏物蹿出来，涂在了轿帘上，五只苍蝇像子弹一样射到呕吐物上。

"吐啦吐啦，颠呀！"轿夫们狂喊着，"颠呀，早晚颠得她开口说话。"

"大哥哥们……饶了我吧……"奶奶在呃嗝中，痛不欲生地说着，说完了，便放声大哭起来。奶奶觉得委屈，奶奶觉得前途险恶，终生难脱苦海。爹呀，娘呀，贪财的爹，狠心的娘，你们把我毁了。

奶奶放声大哭，高粱深径震动。轿夫们不再颠狂，推波助澜，兴风作浪的吹鼓手们也停嘴不吹。只剩下奶奶的呜咽，又和进了一支悲泣的小唢呐，唢呐的哭声比所有的女人哭泣都优美。奶奶在唢呐声中停住哭，像聆听天籁一般，听着这似乎从天国传来的音乐。奶奶粉面凋零，珠泪点点，从悲婉的曲调里。她听到了死的声音，嗅到了死的气息，看到了死神的高粱般深红的嘴唇和玉米般金黄的笑脸。

轿夫们沉默无言，步履沉重。轿里牺牲的哽咽和轿后唢呐的伴奏，使他们心中萍翻桨乱，雨打魂幡。走在这高粱小径上的，已不像迎亲的队伍，倒像送葬的仪仗。在奶奶脚前的那个轿夫——我后来的爷爷余占鳌，他的心里，有一种不寻常的预感，像熊熊燃烧的火焰一样，把他未来的道路照亮了。奶奶的哭声，唤起他心底早就蕴藏着的怜爱之情。

轿夫们中途小憩，花轿落地。奶奶哭得昏昏沉沉，不觉把一只小脚露到了轿外。轿夫们看着这玲珑的、美丽无比的小脚，一时都忘魂落魄。余占鳌走过去，弯腰，轻轻地，轻轻地握住奶奶那只小脚，像握着一只羽毛未丰的鸟雏，轻轻地送回轿内。奶奶在轿内，被这温柔感动，她非常想撩开轿帘，看看这个生着一只温暖的年轻大手的轿夫是个什么样的人。

——我想，千里姻缘一线穿，一生的情缘，都是天凑地合，是毫无挑剔的真理。余占鳌就是因为握了一下我奶奶的脚唤醒了他心中伟大的创造新生活的灵感，从此彻底改变了他的一生，也彻底改变了我奶奶的一生。

花轿又起行。喇叭吹出一个猿啼般的长音，便无声无息。起风了，东北风，天上云朵麇集，遮住了阳光，轿子里更加昏暗。奶奶听到风吹高粱，哗哗哗啦啦啦，一浪赶着一浪，响到远方。奶奶听到东北方向有隆隆雷声响起。轿夫们加快了步伐。轿子离单家还有多远，奶奶不知道，她如同一只被绑的羔羊，愈近死期，心里愈平静。奶奶胸口里，揣着一把锋利的剪刀，它可能是为单扁郎准备的，也可能是为自己准备的。

奶奶的花轿行走到蛤蟆坑被劫的事，在我的家族的传说中占有一个显要的位置。蛤蟆坑是大洼子里的大洼子，土壤尤其肥沃，水分尤其充足，高粱尤其茂密。奶奶的花轿行到这里，东北天空抖了一个血红的闪电，一道残缺的杏黄色阳光，从浓云中，嘶叫着射向道路。轿夫们气喘吁吁，热汗涔涔。走进蛤蟆坑，空气沉重，路边的高粱乌黑发亮，深不见底，路上的野草杂花几乎长死了路。有那么多的矢车菊，在杂草中高扬着细长的茎，开着紫、蓝、粉、白四色花。高粱深处，蛤蟆的叫声忧伤，蝈蝈的唧唧凄凉，狐狸的哀鸣惆怅。奶奶在轿里，突然感到一阵寒冷袭来，皮肤上凸起一层细小的鸡皮疙瘩。奶奶还没明白过来是怎么一回事，就听到轿前有人高叫一声："留下买路钱！"

奶奶心里咯噔一声，不知忧喜，老天，碰上吃拤饼的了！

高密东北乡土匪如毛，他们在高粱地里鱼儿般出没无常，结帮拉伙，拉驴绑票，坏事干尽，好事做绝，如果肚子饿了，就抓两个人，扣一个，放一个，让被放的人回村报信，送来多少张卷着鸡蛋大葱一把粗细的两拃多长的大饼。吃大饼时要用双手拤住往嘴里塞，故曰"拤饼"。

"留下买路钱！"那个吃拤饼的人大吼着。轿夫们停住，呆呆地看着劈腿横在路当中的劫路人。那人身材不高，脸上涂着黑墨，头戴一顶高粱篾片编成的斗笠，身披一件大蓑衣，蓑衣敞着，露出密扣黑衣和拦腰扎着的宽腰带。腰带里别着一件用红绸布包起的鼓鼓囊囊的东西。那人用一只手按着那布包。

奶奶在一转念间，感到什么事情也不可怕了，死都不怕，还怕什么：她掀起轿帘，看着那个吃拤饼的人。那人又喊："留下买路钱！要不我就崩了你们！"他拍了拍腰里那件红布包裹着的家伙。

吹鼓手们从腰里摸出曾外祖父赏给他们的一串串铜钱，扔到那人脚前。轿夫放下轿子，也把新得的铜钱掏出。扔下。

那人把钱串子用脚踢拢成堆，眼睛死死地盯着坐在轿里的我奶奶。

"你们，都给我滚到轿子后边去，要不我就开枪啦！"他用手拍拍腰里别着的家伙大声喊叫。

轿夫们慢慢吞吞地走到轿后。余占鳌走在最后，他猛回转身，双目直逼吃拤饼的人。那人瞬间动容变色，手紧紧捂住腰里的红布包，尖叫着："不许回头，再回头我就毙了你！"

劫路人按着腰中家伙，脚不离地蹭到轿子前伸手捏捏奶奶的脚。奶奶嫣然一笑，那人的手像烫了似的紧着缩回去。

"下轿，跟我走！"他说。

奶奶端坐不动，脸上的笑容像凝固了一样。

"下轿！"

奶奶欠起身，大大方方地跨过轿杆，站在烂漫的矢车菊里。奶奶右眼看着吃拤饼的人，左眼看着轿夫和吹鼓手。

"往高粱地里走!"劫路人按着腰里用红布包着的家伙说。

奶奶舒适地站着,云中的闪电带着铜音嗡嗡抖动,奶奶脸上粲然的笑容被分裂成无数断断续续的碎片。劫路人催逼着奶奶往高粱地里走,他的手始终按着腰里的家伙。奶奶用亢奋的眼睛,看着余占鳌。

余占鳌对着劫路人笔直地走过去,他薄薄的嘴唇绷成一条刚毅的线,两个嘴角一个上翘,一个下垂。"站住!"劫路人有气无力地喊着,"再走一步我就开枪!"他的手按在腰里用红布包裹着的家伙上。

余占鳌平静地对着吃拤饼的人走,他前进一步,吃拤饼者就缩一点。吃拤饼的人眼里跳出绿火花,一行行雪白的清明汗珠从他脸上惊惶地流出来。当余占鳌离他三步远时,他惭愧地叫了一声,转身就跑,余占鳌飞身上前,对准他的屁股,轻捷地踢了一脚。劫路人的身体贴着杂草梢头,蹭着矢车菊花朵,平行着飞出去,他的手脚在低空中像天真的婴孩一样抓挠着,最后落到高粱棵子里。

"爷们儿,饶命吧!小人家中有八十岁的老母,不得已才吃这碗饭。"劫路人在余占鳌手下熟练地叫着。余占鳌抓着他的后颈皮,把他提到轿子前,用力摔在路上,对准他吵嚷不休的嘴巴踢了一脚。劫路人一声惨叫,半截吐出口外,半截咽到肚里,血从他鼻子里流出来。

余占鳌弯腰,把劫路人腰里那个家伙拔出来,抖掉红布,露出一个弯弯曲曲的小树疙瘩,众人嗟叹不止。那人跪在地上,连连磕头求饶。余占鳌说:"劫路的都说家里有八十岁的老母。"他退到一边,看着轿夫和吹鼓手,像狗群里的领袖看着群狗。

轿夫吹鼓手们发声喊,一拥而上,围成一个圈圈,对准劫路人,花拳绣脚齐施展。起初还能听到劫路人尖厉的哭叫声,一会儿就听不见了。奶奶站在路边,听着七零八落的打击肉体沉闷声响,对着余占鳌凝眸一瞥,然后仰面看着天边的闪电,脸上凝固着的,仍然是那种粲然的,黄金一般高贵辉煌的笑容。

一个吹鼓手挥动起大喇叭,在劫路者的当头心里猛劈了一下,喇叭的圆刃劈进颅骨里去,费了好大劲才拔出。劫路人肚子里咕噜一声响,痉挛的身体舒展开来,软软地躺在地上。一线红白相间的液体,从那道深刻的裂缝里慢慢地挤出来。"死了?"吹鼓手提着打瘪了的喇叭说。

"打死了,这东西,这么不经打!"轿夫吹鼓手们俱神色惨淡,显得惶惶不安。

余占鳌看看死人,又看看活人,一语不发。他从高粱上撕下一把叶子,把轿子里奶奶呕吐出的脏物擦掉,又举起那块树疙瘩看看,把红布往树疙瘩上缠几下,用力摔出,飞行中树疙瘩抢先,红包布落后,像一只赤红的大蝶,落到绿高粱上。余占鳌把奶奶扶上轿:"上来雨了,快赶!"

奶奶撕下轿帘,塞到轿子角落里,她呼吸着自由的空气,看着余占鳌的宽肩细腰。他离着轿子那么近,奶奶只要一跷脚,就能踢到他青白色的结实头皮。

风利飕有力,高粱前推后拥,一波一波地动。路一侧的高粱把头伸到路当中,向着我奶奶弯腰致敬。轿夫们飞马流星,轿子出奇平稳,像浪尖上飞快滑动的小船。蛙类们兴奋地鸣叫着,迎接着即将来临的盛夏的暴雨,低垂的天幕,阴沉地注视着银灰色的高粱脸庞,一道压一道的血红闪电在高粱头上裂开,雷声强大,震动耳膜,奶奶心中亢奋,无畏地注视着黑色的风掀起的绿色的浪潮,云声像推磨一样旋转着过来,

　　风向变幻不定，高粱四面摇摆，田野凌乱不堪。最先一批凶狠的雨点打得高粱颤抖，打得野草瑟瑟，打得道上的细土凝聚成团后又立即迸裂，打得轿顶啪啪响。打在奶奶的绣花鞋上，打在余占鳌的头上，斜射到奶奶的脸上。

　　余占鳌他们像兔子一样疾跑，还是未能躲过这场午前的雷阵雨。雨打倒了无数的高粱，雨在田野里狂欢，蛤蟆躲在高粱根下，哈达哈达地抖着颔下雪白的皮肤，狐狸蹲在幽暗的洞里，看着从高粱上飞溅而下的细小水珠，道路很快就泥泞不堪，杂草伏地，矢车菊清醒地擎着湿漉漉的头。轿夫们肥大的黑裤子紧贴在肉上，人就变得苗条流畅。余占鳌的头皮被冲刷得光洁明媚，像奶奶眼中的一颗圆月。雨水把奶奶的衣服也打湿了，她本来可以挂上轿帘遮挡雨水，她没有挂，她不想挂。奶奶通过敞亮的轿门，看到了纷乱不安的宏大世界。

冯骥才

冯骥才（1942— ），出生于天津，祖籍浙江慈溪。中国当代作家。主要作品有小说《雕花烟斗》《神鞭》《义和拳》《三寸金莲》等。代表作《神鞭》等。

冯骥才从20世纪70年代后期开始文学创作，1977年出版历史小说《义和拳》（与李定兴合著）、《红灯照》，以反思"文化大革命"作为创作的主题，这一类题材的主要作品还有80年代创作的中短篇小说《雕花烟斗》《铺花的歧路》《啊！》等。他创作的另一类型是"怪世奇谈"系列小说，这类作品从对政治的批判转向对文化的反思，人物大多选取天津市井民间的"奇人"，描绘发生其间的"奇事"，叙述常采用章回体，运用天津方言、俗语，因此被批评家称为"津味小说"。其中的代表作品《神鞭》发表于1984年，主人公"傻二"所学的祖传"辫子功"在八国联军的枪炮中不堪一击后，他投入北伐军练成了双枪神枪手。作者在这类小说中表现出对传统文化的一种历史主义态度。

相比于表现"文化大革命"的作品，冯骥才的"津味小说"在80年代作为"寻根文学"思潮中的代表作，体现出鲜明的创作个性。

神　鞭（节选）

——《怪事奇谈》之一

古古古古古古古，今今今今今今今，
古非今兮今非古，今亦古兮古亦今；
多向精气神里找，少从口眼鼻上认，
书里书外常碰巧，看罢一笑莫细品。

那年头，天津卫顶大的举动就数皇会了。大凡乱子也就最容易出在皇会上。早先只有一桩，那是嘉庆年间，抬阁会扮演西王母的六岁孩子活活被晒死在杆子上。这算偶然，哄一阵就过去了。可是自打光绪爷登基，大事庆贺，新添个"报事灵通会"，出会时，贾宝玉紫金冠上一颗奇大珍珠，硬叫人偷去。据说这珠子值几万，县捕四处搜寻，闹得满城不安。珠子没找着，乱子却接二连三地生出来。今年踩死孩子，明年各会间逞强斗胜，把脑袋开了瓢。往后一年，香火引着海神娘娘驻跸的如意庵大殿，百年古庙烧成了一堆木炭。不知哪个贼大胆儿，趁火打劫，居然把墨稼斋马家用香泥塑画的娘娘像扛走了。因为人人都说这神像肚子里藏着金银财宝。急得善男信女们到处找娘娘。您别笑，您也得替信徒们想想：神仙没了，朝谁叩头？！

天津人，好咋唬。有人直目瞪眼说，他看见娘娘给人藏在鼓楼东海福南味店的后院里。一伙人不管掌柜伙计阻拦，跳墙进去，把堆在院角两垛黄酱坛子胡乱折腾一遍，也不见影儿，肝火没处泄，就砸酱坛子，还有的往上边撒尿。偏巧这家掌柜和知府大人沾点亲，便把闹事的抓起几个来。索赔却赔不起，因为，这几个都是整天惹祸招灾、无事生非的土棍儿，家里顶多一床褥子，两床被，几十个臭虫，连吃饭的家伙都没有。这下子，主张禁会的老爷们算逮住理儿了，到处嚷嚷说，天津卫这地方五方杂处，民风霸悍，重义尚气，易滋事端，不宜举办这种倾城出动的皇会。可谁能把会禁掉？

您再想想，天津卫是靠渔盐漕运发的家。行船出海，遇上黑风白浪，就得指望海神娘娘护佑了。即使头品顶戴，大聚宝盆，也拿灾病没辙，更别说命同猫狗的小百姓们。所以人们就借着海神娘娘诞辰吉日，百戏云集，万人空巷，烧香祝寿，讨娘娘高兴。还要把娘娘的塑像从东门外的天后宫里请出来，黄轿抬，华辇推，各会随驾表演逞技，城里城外浩浩荡荡绕几天，拿娘娘的威严，压一压邪魔妖怪。

人都说，人管不了的事，全归神仙管。天津卫这里的"三界、四生、六道、十方"，都攥在娘娘的手心里。可是娘娘也有偷懒耍滑的时刻，又把一些扎手的事推回到人间来。原来神仙也会推活船儿。人不尽天职，天不从人愿，于是就生出今年皇会上这桩稀奇古怪的事来。

一　邪气撞邪气

三月二十二，照例是娘娘"出巡散福"之日。

这天皇会最热闹。津门各会挖空心思琢磨出的绝活，也都在这天拿出来露一手。据说今年各会出得最齐全，憋了好几年没露面的太狮、鹤龄、鲜花、宝鼎、黄绳、大乐、捷兽、八仙等等，不知犯哪股劲，全都冒出来了。百姓们提早顺着出会路线占好地界，挤不上前的就爬墙上房。有头有脸的人家，沿途搭架罩棚，就像坐在包厢里，等候各会来到，一道道细心观赏。

干盐务的展老爷今年算是春风得意了。他顺顺当当发了一笔财，又娶了一房如花似玉的小婆，心高气盛，半月前就雇了棚铺，在估衣街口最得看的开阔地，搭一个气派十足的大看台。上头用指头粗的宜兴埠苇子扎成遮阳棚顶，下头用冒着松香气味的宽宽的白松板子铺平台面，两边围着新席，四匹红绸包在外边，又打胜芳买来几盏花灯挂起来。另外还雇了几个打小空的，换上一色青布裤褂，日夜轮班站在台前护棚。

俗话说，这叫拿钱壮的，也是拿气壮的。怕事的小百姓们不觉站远些，不知哪股邪气要是和这股气撞上，非出大事不可。谁知这预感居然应验了。请往下看——

自打出会那天，展老爷新娶的小婆就闹着要登台看会。谁不知，这小婆是打侯家后小班里赎来的姑娘子。本名紫凤，善唱荡调，艺名唤作飞来凤。这飞来凤本是弱中强，如今决不像一般从良女子，隐姓埋名，稳稳当当过起清闲富足的日子。她偏偏要到这紧挨着侯家后的估衣街上露个脸儿，成心叫人认出她，看她，咬着耳朵议论她，却不敢对她这个摇身变成官眷的老娘指指点点。她还有另一层意思：以她这种贫贱身份，只要在人前一出头，展家大奶奶死也不肯同时露面，这就能压过大奶奶一头。但她没料到，大奶奶不来，展老爷也不敢来，死缠硬逼全没用，她便赌气自己来，而且打好主意闹出点名堂，叫姓展的一家子知道她不是软茬儿。

她坐在一张铺着绣花垫子的靠椅上，戴着翠戒指的雪白小手有姿有态地往扶手上一摆；在她的身后，站着一个老妈子，头上梳着苏州鬏儿，横竖插满串珠、绒花、纯银的九连环簪子，足蹬小脚细羊皮靴，青洋绸肥腿裤，月白色大襟褂子绷着四寸宽的花袖箍儿，襟口掖着一条纺绸帕子。她姓胡，人叫她胡妈，是展家最会侍候人的老佣人。当下她站在飞来凤椅子后边，还在飞来凤身旁放一张茶儿，摆好各类零食，像大官丁家的糖堆儿、鼓楼张二的咸花生、赵家皮糖、查家蒸食等等，名家名品，应有尽有，罩上玻璃罩子，防备暴腾上尘土。但飞来凤很少掀开罩子捏点什么吃，却偏偏让胡妈把台下挎小篮卖杨村糕干的村姑叫上来，张口就说"包圆儿"了。其实她根本不吃这种街头小食。她一是摆份儿，二是成心糟践展老爷的钱。这还不算，每逢一道会来到棚前，她必叫仆人拿着展老爷的名帖去截会。依照皇会的规矩，有头有脸的人家，如果专意看哪一道会，便叫仆人拿着名帖到会头前，道一声辛苦，换过帖，请求表演，就算把会截住了。会头把旗子一摇，小锣当当一敲，全会止住，表演一番，像狮子、重阁、法鼓、杠箱等，都有一段精彩的功夫。演过一段，会头的小锣当当再响两声，就走过去，后一道会便跟上来。截会的人必须送上事先预备好的点心包，做为犒劳答谢。

飞来凤早就使钱请来"打扫会"，把台前街面喷水扫净。这几天，她不管有没有看头，逢会必截。展老爷财大势大，捧出他的名帖，谁敢拨楞脑袋。何况她犒赏极厚，看台上一边堆了数百包点心，一码十斤大包，正经八北都是祥德斋的大八件。即便天津八大家，也没这么大手大脚过。这一来，她看会，人们都看她，看看这个走了红运的小娘儿们怎么折腾法。

虽说她赌气这么干，可是拿钱大把大把往台下撒，也是神气之极。此刻，鹤龄会的鹤童们，舞着"飞"、"鸣"、"宿"、"食"四只藤胎布羽的仙鹤，转来转去，款款欲飞，还朝着她唱吉祥歌。胡妈在她耳边说：

"二奶奶，您瞧，那小童子脖上套着的银圈圈，就是乾隆爷看会时赐给的。听说，乾隆爷当年是坐在船上看会，还不如您这儿得看呢，嘻！"

飞来凤忽然想到，去年皇会，她还在侯家后，同宝银、自来丑、月中仙几个姑娘子，嘴里嚼着冰糖梅苏丸，在人群里挤得一身臭汗。说不定那姐儿几个现在正在人群里，眼巴巴望着自己呢！想到这里，鹤龄会已然演完，她心中高兴，叫仆人拿点心，赏给敲单皮鼓的、吹唢呐的、舞龙旗的，连同扛软硬对联的，每人一大包；六个鹤童和会头每人两大包。

鹤龄会收获甚丰，兴冲冲就要起行，忽见一人拿着朱漆大凳子，"啪！"地迎头一摺，一撅屁股坐下来，大模大样架起二郎腿，翘着下巴朝会头冷口叫道：

"等等。照刚才那样儿，给你三爷演上十八遍。点心包——二奶奶那儿有的是，她替你三爷给啦！"

这几千人开了锅似的热闹场面，好象折一大盆凉水，登时静下来。再瞧这人的打扮可算隔路——

古铜色湖绸套裤，裤腿紧缠着宝蓝飘带，净袜乌鞋，上身一条半长的深枣红拷纱袍子，挺像本地小阔佬，可袍子外边紧巴巴套着件没袖没领的小短衣，像马褂又不是马褂，倒像张七把摔跤时那件坎肩。这件小短衣做工挺讲究，上边耷拉着怀表链，胸口上还挂着七八个稀奇古怪、不金不银的牌牌儿。有些在鸟市看过洋片匣子的人，认出这是洋人身上的东西。可是他帽翅上插着那小梳子干嘛用？广东娘儿们好在头发上插一把梳子，随时拢拢头发，但从没见过老爷儿们玩这套。别看这小子一身四不像的侉打扮，还挺得意。好象人人看他这身穿戴都眼馋。

有人才要拿话逗弄他，一瞅他帽子下边瘦瘦的青巴脸，梆子头底下一双横眼，尤其左边那只花花眼珠，一缩脖子赶紧把话咽进肚里。这原来是大混星子玻璃花！

在这城北估衣街上，甭说招他，谁敢多瞧他一眼？连老娘儿们哄孩子都轻轻唱这么两句："别哭啦，快睡吧，玻璃花，要来啦！"这也算是一种传统教育方式——在怀抱里就加入浓烈的社会内容。

可是，玻璃花今儿要做嘛？

凡是在这一带世面上混日子的人，心里都有数，玻璃花今儿并不是胡闹来的。要问这根由，那就得提到，他那只花眼珠子的来历。

够份儿的混星子，都得有一段凶烈、带血的故事。

十年前玻璃花还是一个无名的土棍，小名三梆子。有一次，他闯进香桃店，闹着"拿一份"。香桃店是侯家后俗称"大地方"的大妓馆。店大人多，领家招呼七八个伙计操着斧把儿围起他来。那时打架兴用斧把，因为斧把一端是方的，有棱有角，抡上就皮开肉绽。依照混星子们的规矩，必须往地上一躺，双手抱头护脑袋，双腿弯曲护下体，任凭人家打得死去活来。只要耐过这顿死揍，掌柜的就得把他抬进店，给他养伤，伤好了便在店里拿一份钱，混星子们叫"拿一份"。这天，三梆子就这样抱头屈腿卧在那儿，叫人打上一袋烟工夫。他仗着年轻气盛，居然没吭一声。一个在这店里拿份的混星子死崔，将斧把头砸在他左眼上，血糊糊的，只当瞎了。伤好后，眼珠子还在，却黑不黑白不白成了花花蛋子，那个打坏他眼珠儿的死崔，在江叉胡同的福聚成饭庄花钱摆一桌请他，当面赔罪。这死崔心毒手黑，暗中在靴筒掖一柄小刀，只要他闹着赔眼珠，就拔刀下手。谁知道，三梆子非但不闹，却花钱买下这桌酒饭，反过来谢谢他。这因为混星子们不带伤不算横，弄上这点彩儿，正是求之不得。真怪！这世上真是嘛人都有：有的对别人下狠手表示厉害，也有人对自己下狠手显威风；有的把伤藏起来，以为耻辱，有的就挂在脸上，成了光荣的标记。从此，三梆子得号"玻璃花"，也就名噪津门了。侯家后的妓馆，无论大店小班，随他抽份拿钱。遇到客人找碴闹事，花丛荆棘，叫他知道，必来报复。那些身不由主的姑娘子，争着要他当后戳，求他坐劲，哪个不是他的相好？飞来凤在侯家后也是个人物，没在他怀里打滚撒娇才怪呢！精明人拿这些瓜葛一连，就明白玻璃花今儿成心是恶心攀上高枝的飞来凤来了。天津人管这叫"添堵"。

其实，飞来凤一瞧突然扎进来这人的装束，就认出是玻璃花。虽说这混星子是地道的土造，偏偏喜好洋货，飞来凤脖子上挂鸡心盒的洋金链，还是这小子送的呢！她从良之后，她就一直揪心玻璃花会跟她捣乱，没想到今儿当着成百上千人给她难看。她不知道玻璃花要把事闹得多大。眼下，这小子正犯劲，软硬法子都使不上。如果叫仆人轰他，非惹得他翻天覆地，搅成满城丑闻不可。她急得心里有点发躁。

会头是个识路子的明白人。二话没说，旗子一摇，指挥鹤童们面向玻璃花，一连演两遍。然后走到玻璃花面前掬着笑说：

"三爷，你老给个面儿，改天再去拜会您。"

玻璃花面不改容，声不改调：

"去你妈的！向例出会都兴截会，怎么就不准你三爷？"

"这不是单给您连着演过两遍了吗?"会头小心翼翼,生怕玻璃花借个词儿,闹得再大。

"你耳朵长倒了? 没听三爷说,叫你演十八遍!"玻璃花说。

会头给难住了。他明白,绝对不能动肝火,就稳稳当当地说:

"三爷,我们这会停了不少时候了,后边还压着三四十道会呢! 压长了人家不干。您是天津卫最开面的老爷。三爷您要看得起我们鹤龄会,改日给您演上整整一天,怎么样?"

"去去去,别他妈择好听的说给我!"玻璃花非但不动心,反而把话凿死,"你三爷是嘛人,你拿耳朵摸摸去,说过的话嘛时候改过?"

两下这算僵住了。后边挤上来几个穿戏装、勾花脸的汉子,这是五虎杠箱会的人,压在后边,等不及了。那扮演濮天鹏的汉子,人高马大,再给硬衬的一托,显得魁梧粗壮。他上来对玻璃花一抱拳,说话却挺客气:"您先受我一拜。"声音嗡嗡贯耳。

玻璃花斜瞅他一眼,没当回事,踮着二郎腿,仰脸朝天,故意变尖了嗓音说:

"今儿不刮西北风,怎么吹得夜壶直响。"

人群里发出呵呵笑声。

这一句话把杠箱会的汉子噎回去。天津人说话,讲究话茬。人输了,事没成,话茬却不能软。所谓"卫嘴子",并不是能说。"京油子"讲说,"卫嘴子"讲斗,斗嘴也是斗气。偏偏这汉子空长一副男人架子,骨头赛面条,舌头赛凉粉,张嘴没一句较上劲儿的话:

"三爷,眼瞅着快下晌了,弟兄们耍了一天,还饿着肚子呢! 不看僧面看佛面,不看佛面,也看娘娘的面子,就叫我们快点过会吧!"

"嘛? 看娘娘的面子? 娘娘的面子也不如二奶奶的面子。那台上堆着都是祥德斋的点心,饿了就找她要去!"玻璃花说着,用他那只灰不溜秋的花眼珠向飞来凤瞟一眼。

看来他今儿非要向飞来凤脸上抹一把屎不可了。

飞来凤坐在台上一动没动。站在身边的胡妈看得出,二奶奶涂了红油的嘴唇都发白了。

这一来,几方面的人全说不出话来。玻璃花占了上风,神气十足,打怀里掏出一个磨花的洋料小水晶瓶,打开盖,往掌心倒出点鼻烟,在上嘴唇两边抹个大蝴蝶,吸两下,打几个喷嚏,益发来了精神,索性把脚拿到凳子上,看样子今儿要在这过夜。

四周的百姓看不成会了,却都瞪大眼珠子,瞧这局面怎么收场。天津卫逢到这种硬碰硬,向例是不碰碎一个不算结。

二　跳出一个大傻巴

反正老天爷不会一边倒。这世道就像一杆秤,不会总摆不平;无论身内身外的事,都好比撂在这秤上。一头压下去,另一头就该翘起来。月光照完东窗,渐渐去照西窗;运气和霉气一样,在众人头上蹦来蹦去。日头太毒,便逼来浓云疾雨;雨下得过狂,又招来一阵大风,直把云彩吹得一丝不见。就说眼下玻璃花把会硬截在估衣街口,人们干瞪眼、愣没辙的当口,忽然,一个三十来岁的汉子走进人圈,朝玻璃花作个长揖，说道：

"这位大爷，你老开心顺气，抬抬胳膊放他们几位过去就算了。"

敢出头管事，胆子就算好家伙，但他的话茬并不硬，不像个打算使横的人。玻璃花打量这汉子：中等个子，方面大耳，秤锤鼻子，眯缝着小眼，脸颊上粗粗拉拉净是疙瘩，还带点傻气。再瞧他身上那件崭新的蓝布大褂，甭猜，一准是个缺心眼的穷汉子，换上新衣专意来看会，碰到这场面，不知轻重地想当个和事佬。因此玻璃花更上了劲，撇嘴一笑，站起身，晃晃悠悠走到这人跟前：

"嘿，傻巴，哪位没提裤子，把你露出来了？你也不找块不渗水的地，撒泡尿照照自己。这是嘛地界，你敢扎一头！"

这话不错。眼前这种事躲还躲不开，竟还有人往里边掺和，可见此人多半是个大傻巴。他瞅玻璃花这架式，非但没有赶紧缩回去。偏偏腆着脸笑嘻嘻地说：

"今儿，大伙都图个吉利，多一事不如少一事，你老也少生气。"

"看来，你小子倒挺孝顺。告诉你，三爷向来肚子里没气，专会气人！"说着又瞟了飞来凤一眼，然后拿这傻巴找乐子，"头次咱爷俩见面，你拿嘛孝敬我？脱下你这大褂，三爷正少个门帘。哎，要说你这辫子真不赖，就揪下它来送你三爷吧！"

傻巴头上盘着一条少见的粗黑油亮的大辫子，好像码头绞盘上的大缆绳。若非精足血壮，决没有这样好的头发。不等他说话，玻璃花上手抓住，打着哈哈说：

"给你三爷还舍不得？"

说话一扯，竟没扯动。这傻巴就像一根铁柱子，辫子就像拴在铁柱上的粗绳子一般。玻璃花本想吓唬他一下，叫他疼得嚷两声，开开心，只用了四成力，可这一下没扯动，立即把他的肝火逗起来。得势人的脾气是沾火就着的。他大叫一嗓子："我揪下你这狗尾巴！"这回使足了十成力，猛一扯，只听"啪"一响，四周的人不禁抬手捂脸，不忍看这把辫子生扯下来的惨状。谁知道，这一下根本没扯动，由于用劲过大，反倒把玻璃花带过来了，踉踉跄跄几乎和这傻巴撞个满怀，傻巴忙用双手搀住他说："你老站好了！"那样子，就像晚辈给老辈叩头行礼那样。

人们止不住"哄"地一声笑了。玻璃花大怒，待他把傻巴的辫子挽上一道，要加劲狠扯时，忽觉得攥在手心的辫子哧溜一下没了，跟着眼前黑影一闪，哧——啪！好像一条皮鞭抽在自己脸上，由左眼角到右嘴角，斜着一道，火辣辣地疼。他瞪眼一瞧，那傻巴倒背手站在他对面，大黑辫子已经松松绕肩一圈，辫梢搭在胸前。玻璃花懵了，不知这一下怎么挨的，但傻巴的小眼睛却露出吃惊目光，仿佛他自己也不知道这是怎么档子事。

玻璃花不觉向飞来凤瞅一眼，那小娘儿们脸上竟显出几分神气。

"好你妈的，今天三爷算碰上对手啦！来，三爷非把你卸了不可！"玻璃花一边脱去袍褂，一边吼："三爷叫你爹从今天就绝后！"面对傻巴拉开动武的架式。

傻巴双手直摇，不愿意动打。

看热闹的人见要出事，胆小的赶紧溜走，胆大的也往后退。只有一些土棍儿们站着不动，拍着手，念着歌，起哄架秧子：

> 打一套，闹一套，
> 陈家沟子娘娘庙，
> 小船给五百，
> 大船给一吊。

虽说混星子只讲使横逞凶，耍光棍儿，不讲功夫，玻璃花却跟一位本领高强的师傅练过一年半载，但他凡事不经心，心浮气躁，半个咯叽会几下子，仅仅能对付一气。他见傻巴站在那里不肯出招，先下手为强，上去劈胸就是一拳。这拳将要碰到傻巴，忽然一条黑蛇似的东西已到眼前。他脑子一闪，又是那条辫子！他赶忙收拳闪躲，辫梢闪电般在他眼珠上一扫，眼睛顿时睁不开了；紧接着"唦——啪！"前身重重挨了一下，好像钢条抽的，劲力奇猛，他胸口发闷，眼前一黑，脚底朝天摔在地上。四下登时一片喊叫，有的惊叫，有的呼好。

玻璃花的脑袋像拨郎鼓那样摇两下，稍稍清醒就赶紧一个滚儿跳起来，却见傻巴照旧那样背手站着，长辫子仍然搭在胸前，好像根本没动劲，但一双小眼烁烁放出光彩。这一下真可谓神差鬼使。玻璃花虽然给打得懵头转向，还没忘了瞅一眼飞来凤。飞来凤那里正笑吟吟嗑瓜子儿，好像看猴戏一般。

玻璃花狂叫一声："三爷活腻啦！"回身操起朱漆凳子朝傻巴砸去。他用劲过猛，凳子斜出去，把鹤龄会的灯牌哗啦一声砸得粉碎，破玻璃满天飞。众人见事情闹大了，吓得呼啦散开，由于不知东西南北，反而挤在一起。有的土棍儿们便往人群里扔砖头了。不知谁叫一嗓子："台上的点心管饱呀！"一群土棍儿就像猴子纷纷爬上台，抢点心包。玻璃花挤在人群里，左一脚，右一脚，踢打挤来挤去的人，他心疼刚才脱下身的袍褂怀表给人乱踩，又想揪住那傻巴拼命，但傻巴早已不见，台上的飞来凤也不知飞到哪儿去了。

一个头扣平顶小帽的矬混混儿挤上来，扯着脖子叫着：

"三爷！嘛事？哥儿们来了！"

"去你奶奶的，死崔，早干嘛去啦！快给我揪住那傻巴！"

"傻巴？哪个傻巴？"

"他——辫子，揪住他辫子！"

这话奇了！在那年头哪个爷儿们脑袋后面没辫子，揪得过来吗？

扎西达娃

　　扎西达娃(1959—)，藏族，原名张念生，四川甘孜人。中国当代作家。主要作品有短篇小说《西藏，系在皮绳扣上的魂》、长篇小说《骚动的香巴拉》、长篇纪实散文《古海蓝经幡》等。代表作《西藏，系在皮绳扣上的魂》等。

　　1979年1月，扎西达娃在《西藏文学》上发表处女作小说《沉默》，1984年加入中国作家协会。他以创作实践积极地参与80年代的主要文学思潮，从现实主义创作手法，到充满现代性的魔幻现实主义小说和先锋小说创作，再到展示西藏日常生活的作品所具有的新写实特征，扎西达娃自觉地追求着文学创作的自由和创新，逐渐形成了独特的创作风格。1985年发表的短篇小说《西藏，系在皮绳扣上的魂》获第八届全国优秀短篇小说奖，是他的成名作。这篇小说既有往昔的神话传说，又有现代色彩的生活场景，巧妙地将过去、现在、未来糅合在一起，作品充满着浓郁的西藏地域特色和神秘的宗教氛围，具有典型的魔幻现实主义色彩。

　　扎西达娃的作品是中国新时期文学的一个独特存在，从中不仅可以领略到中国文学在叙事上的新变，并能深切感知西藏区域文化和宗教文化的瑰丽色彩，启发人们对宗教信念、民族文化和人类命运等诸多命题的思考。

西藏，系在皮绳扣上的魂

　　现在很少能听见那首唱得很迟钝、淳朴的秘鲁民歌《山鹰》。我在自己的录音带里保存了下来。每次播放出来，我眼前便看见高原的山谷、乱石缝里窜出的羊群、山脚下被分割成小块的田地、稀疏的庄稼、溪水边的水磨房、石头砌成的低矮的农舍、负重的山民、系在牛颈上的铜铃、寂寞的小旋风、耀眼的阳光。

　　这些景致并非在秘鲁安第斯山脉下的中部高原，而是在西藏南部的帕布乃冈山区。我记不清是梦中见过还是亲身去过。记不清了。我去过的地方太多。

　　直到后来某一天我真正来到帕布乃冈山区，才知道存留在我记忆中的帕布乃冈只是一幅康斯太勃笔下的十九世纪优美的田园风景画。

　　虽然还是宁静的山区，但这里的人们正悄悄享受着现代化的生活。这里有座小型民航站，每星期有五班直升飞机定期开往城里。附近有一座太阳能发电站。在哲鲁村口自动加油站旁的一家小餐厅里，与我同桌的是一位喋喋不休的大胡子，他是城里一家名气很大的"喜马拉雅运输公司"的董事长，在全西藏第一个拥有德国进口的大型集装箱车队。我去访问当地一家地毯厂时，里面的设计人员正使用电脑程序设计图案。地面卫星接收站播放着五个频道，每天向观众提供三十八小时的电视节目。

　　不管现代的物质文明怎样迫使人们从传统的观念意识中解放出来，帕布乃冈山区的人们，自身总还残留着某种古老的表达方式，获得农业博士学位的村长与我交谈时，嘴里不时抽着冷气，用舌头弹出"啰啰"的谦卑的应声。人们有事相求时，照样竖起拇指摇晃着，一连吐出七八个"咕叽咕叽"的哀求。一些老人们对待远方的城里人，仍旧脱下帽子捧在怀中站到一旁表示真诚的敬意。虽然多年前国家早已统一了计量法，这里的人们表示长度时还是伸直一条胳膊，另一只手掌横砍在胳膊的手腕、小臂、肘部直到肩膀上。

桑杰达普活佛快要死了，他是扎妥寺的第二十三位转世活佛。高龄九十八岁。在他之后，将不再会有转世继位。我想为此写篇专题报道。我和他以前有过交道。全世界最深奥和玄秘之一的西藏喇嘛教（包括各教派）在没有了转世继位制度从而不再有大大小小的宗教领袖以后，也许便走向了它的末日。形式在一定程度上也支配着意识，我说。

扎妥·桑杰达普活佛摇摇头，表示否认我的观点。他的瞳孔正慢慢扩散。

"香巴拉，"他蠕动嘴唇，"战争已经开始。"

根据古老的经书记载，北方有个"人间净土"的理想国——香巴拉。据说天上瑜伽密教起源于此，第一个国王索查德那普在这里受过释迦的教诲，后来宏传密教《时轮金刚法》。记载上说，在某一天，香巴拉这个雪山环抱的国家将要发生一场大战。"你率领十二天师，在天兵神将中，你永不回头，骑马驰骋。你把长矛掷向哈鲁太蒙的前胸，掷向那反对香巴拉的群魔之首，魔鬼也随之全部除净。"这是《香巴拉誓言》中对最后一位国王神武轮王赞美的描写。扎妥·桑杰达普有一次跟我说起过这场战争。他说经过数百年的恶战，妖魔被消灭后，甘丹寺里的宗喀巴墓会自动打开，再次传布释迦的教义，将进行一千年。随后，就发生风灾、火灾，最后洪水淹没整个世界。在世界末日到达时，总会有一些幸存的人被神祇救出天宫。于是当世界再次形成时，宗教又随之兴起。

扎妥·桑杰达普躺在床上，他进入幻觉状态，跟眼前看不见的什么人在说话："当你翻过喀隆雪山，站在莲花生大师的掌纹中间，不要追求，不要寻找。在祈祷中领悟，在领悟中获得幻象。在纵横交错的掌纹里，只有一条是通往人间净土的生存之路。"

我恍惚看见莲花生离开人世时，天上飞来了一辆战车，他在两位仙女的陪伴下登上战车，向遥远的南方凌空驶去。

"两个康巴地区的年轻人，他们去找通往香巴拉的路了。"活佛说。

我疲惫地看着他。

"你要说的是——在一九八四年，这里来了两个康巴人，一男一女？"我问。

他点点头。

"男的在这里受了伤？"我又问。

"你也知道这件事。"活佛说。

扎妥·桑杰达普活佛闭上眼，断断续续回忆起当年那两个年轻人来到帕尔乃冈山区的事，他讲起那两个人告诉他一路上的经历。我听出扎妥活佛是在背诵我虚构的一篇小说。这篇小说我给谁都没有看过，写完锁进了箱里。他几乎是在逐字逐句地背诵。地点是一路上直到帕布乃冈一个叫甲的村庄。时间是一九八四年。人物一男一女。这篇小说没给别人看的原因就是到最后我也不知道主人公要去什么地方。经活佛点明我现在才清楚。唯一不同的一点是结尾时主人公是坐在酒店里有一位老人指路。我没写老人指的是什么路，当时连我自己也不知道。而扎妥活佛说是在他的房子里给那两人指的路，但这里还有一个巧合，即老人与活佛都谈起过关于莲花生的掌纹。

最后，其他人进屋来围在活佛身边，活佛眼睛半睁，渐渐进入了失去知觉和思想的状态。

我研究过一点临终术，根据有关经书的叙述，从活佛脸上的光泽和瞳孔扩散的度数看，他正开始进入死与再生之间的第三个阶段。这中间共有七个阶段，每一阶段又细分为七阶段，据说四十九天的祈祷祭祀便是表示七乘七的再生过程。

有人开始准备后事了。扎妥活佛将被火葬，我知道有人想拾到活佛的舍利作为永久的收藏和纪念。

与扎妥·桑杰达普诀别后，我在回家的路上开始考虑有关文学创作的动机问题："一篇作品就像一场白日梦一样，是幼年时曾做过的游戏的继续，也是它的替代物。"（西格蒙·弗洛尹德）"纯粹的精神的无意活动……在不受理性的任何控制。又没有任何美学或道德成见时，思想的自由活动。"（安德列·布列东）"是某种感觉的需要，那就是感觉到人与世界的关系中，我们是本质的。"（让-保尔·萨特）还有一种罕见的事实，即客观事物的物象通过意念的力量成为生物感应信息传递到作者大脑，像一部启示录。我曾在同一时刻记录下了两个康巴人来到帕布乃冈的经过。之所以对后来的事不甚明了，定是某个信息发生了紊乱。

回到家，我打开贴有"可爱的弃儿"题词的箱子盖。里面整齐地排列着上百只牛皮纸袋，我所有不被发表或我不愿发表的作品都存在这儿。我取出一个编码是840720的纸袋，里面是一个短篇小说，还没有取名。下面是这篇小说的原文：

婥赶着她的二十几只羊下山的时候，站在半山腰。她看见山脚底下那一条宽阔蜿蜒、砾石累累的枯干的河床有个蚂蚁般的小黑点在缓缓移动。她辨认出那是一个男人，正朝她家的方向走来。婥挥挥羊鞭，匆匆把羊往山下赶。

她粗略算了算，那人得走到天黑时才能到这儿。周围荒野只有这隆起的小山岗上有几间鹅卵石垒起的矮房，房后是羊圈，一共两户人家：婥和她的爸爸，还有一个五十多岁的哑女人。爸爸是个说《格萨尔》的艺人，常常被几十里远的外村人请去说唱，有时还被请到更远的镇里。短则几天，长则数月。来人骑马，还牵匹空马来到小山岗，把身背长柄六弦琴的爸爸请上马。随后马蹄伴着铜铃声有节奏地久久敲响着荒野里的寂静。婥站在岗上，一手抚摩坐立在她裙边的大黑狗，一直望到两匹马拐过前面的山弯。

婥从小就在马蹄和铜铃单调的节奏声中长大，每当放羊坐在石头上，在孤独中冥思时，那声音就变成一支从遥远的山谷中飘过的无字的歌，歌中蕴含着荒野中不息的生命和寂寞中透出的一丝苍凉的渴望。

哑女人整天织氆氇，每天早晨站在小山岗上，向空中撒出一把豌豆糌粑，呼喊着观音菩萨。然后手摇一柄浸满油污的经轮筒，朝东方喃喃祈祷。偶尔在半夜时分，爸爸爬起身去女人房里，天蒙蒙亮时头顶蒙着长长的袍子又钻进自己的羊皮垫里。早晨婥起来挤完奶打好茶，喝糌粑糊。然后背上装了一天口粮的小羊皮口袋，背一只小黑锅，去房后拉开羊圈栅栏，软鞭一挥，赶着羊群上山。生活就是这样。

婥把食物和热茶准备好，趴在毯子上等待来客。室外的狗叫了，她冲出门，月亮刚刚升起。她拉住狗链，不见四周有人，一会儿，从她前面的坡下冒出个脑袋。

"来吧，不要紧，我抓住狗的。"婥说。

来人是一位顶天立地的汉子。

"辛苦,大哥。"婛说。她把汉子领进了房里,他礼帽下的额边垂着一绺鲜红的丝穗。爸爸不在家,去说《格萨尔》了。隔壁传来哑女人织氆氇时木棰砸下的梆梆声。这位疲惫的汉子吃过饭道完谢后便倒在婛的爸爸床上睡了。

婛在门外站了一会儿,天空繁星点点,周围沉寂得没有一点大自然的声音。眼前空旷的峡谷地带在月光下泛着青白色。大黑狗被铁链拴着在原地转圈。婛过去蹲下身搂着它的脖子,想起自己在这寂寞简朴的小山岗上度过的童年和少年时代,想起每次来接爸爸上马的都是些沉闷不语的人,想到屋里那位从远方来明天又要去远方的酣睡的旅人。她哭了,跪在地上捧着脸,默默祈求爸爸的宽恕,然后将眼泪在黑狗的皮毛上蹭擦干,起身回屋。

黑暗中,她像发疟疾似的浑身打颤,一声不响地钻进了汉子羊毛毯里。

当东方的启明星刚刚升起,在摇曳的酥油灯下,婛把自己的薄毯裹成一个卷,在一只布袋里塞了些牛肉干、揉糌粑的皮口袋、粗盐和一块酥油,又背上天天放羊时在山上熬茶用的小黑锅,一个姑娘该带的都在她背上了。她最后巡视一眼昏暗的小屋。

"好了。"她说。

汉子吸完最后一撮鼻烟,拍拍巴掌上的烟末,起身。摸她头顶。搂住她肩膀,两人低头钻出小屋,向黑魆魆的西方走去。婛全身负重,身上的东西一路上叮当作响。她根本不想去打听汉子会把她带向何处,她只知道她永远要离开这片毫无生气的土地了。汉子手中只提着一串檀香木佛珠,他昂首阔步,似乎对前方漫漫的旅途充满了信心。

"你腰上挂条皮绳干什么?像只没人牵的小狗。"塔贝问。

"用它来计算天数,你没见上面打了五个结吗!"婛告诉他,"我离开家有五天了。"

"五天算什么,我生来没有家。"

她跟着塔贝徒步行走,一路上,有时在村庄的麦场上过夜,有时住羊圈里,有时卧在寺庙废墟的墙角下,有时住山洞,运气好时,能在农人外屋借宿,或是在牧人的帐篷里。

每进一个寺庙,他俩便逐一在每个菩萨像的座台前伸出额头触碰几下,膜拜顶礼。在寺庙外,道路旁,江河边,山口上,只要看见玛尼堆,都少不了拾几块小白石放在上面。一路上还有些磕等身长头的佛教徒,他们一步一磕,系着厚帆布围裙,胸部和膝部磨穿了,又补了几层厚补丁。他们脸上突出的地方全是灰,额头上磕了一个鸡蛋大的肉瘤,血和土粘在一起,手掌上钉铁皮的木板护套在他们身体俯卧的两边地上印出两道深深的擦痕。塔贝和婛没有磕长头,他俩是走路,于是超过了他们。

西藏高原群山绵延,重重叠叠,一路上人烟稀少。走上几天看不到一个人影,更没有村庄。山谷里刮来呼呼的凉风。对着蓝色的天空仰望片刻,就会感到身体在飘忽上升,要离开脚下的大地。烈日烤炙,大地灼烫。在白昼下沉睡的高原山脉,房屋与无极般宁静。塔贝的身体矫健灵活,上山时脚尖踩着一块块滑动的石头步步上蹿,他径直攀上一块圆石,回头看见婛被甩下好长一截,便坐下来等她。他们在赶路时总是默默无言,婛有时在难以忍受的沉默中突然爆发出她的歌声,像山谷里的一只母兽在仰天吼叫。塔贝并不转过头看她一眼,只顾行路。婛过一会不唱了,周围又是死一般沉寂。婛低头跟在他身后,只有坐下来小憩时才说说话。

"不流血了吧？"

"它现在一点也不疼。"

"我看看。"

"你去给我捉几只蜘蛛来，我捏碎了涂在上面就会好得快。"

"这儿没有蜘蛛。"

"去找找，石头缝里，你扒开石块会有的。"

婒在四周扒开一块块半掩在土中的石块，认真地寻找蜘蛛。一会儿她就捉了五六只，握在掌中，走过来扳开塔贝的手掌放在上面。他一只只捏碎后涂在小腿的伤口上。

"那条狗好凶，我跑跑跑跑，背上的锅老碰我的后脑勺，碰得我眼睛都花了。"

"当初我该拔出刀宰了它。"

"那女人给我们这个。"她模仿着做了个最污辱人的下流动作，"真吓人。"

塔贝又抓起一把土撒在伤口上，让太阳晒着。

"她钱放在哪儿的？"

"在酒店的屋柜子里，有这么厚一沓。"他亮亮巴掌，"我只拿了十几张。"

"你用它想买什么呢？"

"我要买什么？前面山下有个次古寺，我给菩萨送去。我还要留一点。"

"好的。你现在好点了吗？不疼了吧？"

"不疼了。我说，我口干得要冒烟。"

"你没见我把锅已经架上了吗？我就去捡点干刺枝。"

塔贝懒洋洋躺在石头上，将宽礼帽拉在眼睛上挡住阳光，嘴里嚼着干草。婒趴在三颗白石垒成的灶前，脸贴着地，鼓起腮帮吹火熬茶。火苗"嘭"地燃烧起来。她跳起身，揉揉被烟熏得灼辣的眼，拉下前额的头发看看，已经被火舌燎焦了。

远处高山顶上两个黑影，大约是牧羊人，一高一矮，像是盘踞在山顶岩石上的黑鹰。他们一动也不动。

她也看见了他们，挥起右手在空中划圈向他们招呼，上面的人晃动起来，也划起圈向她致意。距离太远，扯破嗓子喊互相也听不见。

"我还以为这里只有我们两个人。"婒对塔贝说。

"我在等你的茶。"他闭上眼。

婒忽然想起了什么，她从怀里掏出一本书，很得意地向塔贝展示自己的猎物，那是昨晚上在村里投宿时从一个往她耳里灌满了甜言蜜语、行为并不太规矩的小伙子屁股兜里偷来的。塔贝接过一看，他不认识这种文字和一些机械图，封面印的是一台拖拉机。

"这玩意儿没一点用处。"他扔给婒。

婒很沮丧，下一次烧茶时她一页页撕下来用作引火的燃料了。

走到黄昏，站在山弯远远看见前面一个被绿树环抱的村庄时，婒的精神重新振奋起来，又唱起歌了。她抡起挂棍在地边的马兰草堆里乱舞，又端起棍子小心翼翼地戳戳塔贝的胳肢窝和腰下想逗他发痒。塔贝不耐烦地抓住棍梢往外一甩，拽得她趔趄跌倒在地，哭笑不得，困惑地愣上半天神。

进了村，塔贝自己一个人去喝酒或者干别的什么去了。他俩约好在村里小学校边一幢刚刚盖好还没有安装门窗的空房子里住宿。村里的广场晚上演电影，有人在木杆上挂银幕。婒在一片林子里拾柴火时被一群小孩围住，孩子们趴在墙头朝她扔石头，有一颗打在她肩上，她没有回头，直到一个戴黄帽子的年轻人把孩子们轰走。

"他们扔了八颗石头，有一颗打中你了。"黄帽子笑眯眯地说，他把手中握着的一只电子计算机摊在婒跟前，显示屏显出一个阿拉伯数字"8"，"你从哪儿来？"

婒看着他。

"你记不记得你走了多少天？"

"我不记得。"婒撩起皮绳说，"我数数看，你帮我数数。"

"这一个结算一天吗？"他跪在她跟前，"有意思……九十二天。"

"真的！"

"你没数过吗？"

婒摇摇头。

"九十二天，一天按二十公里计算。"他戳戳计算机上的数字键码，"一千八百四十公里。"

婒没有数字概念。

"我是这儿的会计。"小伙子说，"我遇到什么问题，都用它来帮我解答。"

"这是什么？"婒问。

"是电子计算机，好玩极了。它知道你今年多大。"他按出一个数字给婒看。

"多大？"

"十九岁。"

"我今年十九岁吗？"

"那你说。"

"我不知道。"

"我们藏族以前从不计算自己的年龄。但它却知道。看，上面写的是十九吧。"

"不像。"

"是吗？我看看。哦，刚开始看有些不习惯，它的数字有点怪。"

"它能知道我名字吗？"

"当然。"

"叫什么。"

他一连按出八位数，把显示屏显得满满的。

"怎么样？它知道吧。"

"叫什么？"

"你连自己的名字还看不出来？笨蛋。"

"怎么看？"

"你这样看。"他竖着给她看。

"这是叫婒吗？"

"当然叫婒，洽霞布久曲呵婒。"

"嘿！"她兴奋地叫道。

"嘿什么，人家外国人早用了。我在想一个问题，以前我们没日没夜地干活，用经济学的解释是输出的劳动力应该和创造的价值成正比。"他信口开河起来，把工分值、劳动值以及商品值和年月日加减乘除乱说一通。又显出数字。"你看看，计算出来倒成了负数。结果到年终我们还要吃返销粮，向国家伸手要粮，这是违反经济规律的……你瞪我干什么？想吃掉我？"

"如果你没晚饭吃，就在这儿吃好了，我拾了柴就烧菜。"

"他妈的。你是从中世纪走来的吗？或者你是……是叫什么外星人。"

"我从很远的地方来，走了……"她又撩起皮绳。"刚才你数了多少？"

"我想想，八十五天。"

"走了八十五天。不对，你刚才说九十二天，你骗我。"琼咯咯笑起来。

"啊啧啧！菩萨哟，我快醉了。"他闭眼喃喃道。

"你在这儿吃吗？我还有点肉干。"

"姑娘，我带你去一个地方好吧？有快活的年轻人，有音乐、啤酒，还有迪斯科。把你手上那些烂树枝扔掉吧！"

塔贝从黑压压一片看电影的人群中挤出来。他没被酒灌醉，倒被那银幕上五光十色、晃来晃去、时大时小的景物和人物弄得昏头涨脑、疲惫不堪，只好拖着脚步回到那幢空房里。小黑锅架在石头上，石头是冰凉的。琼的东西都放在角落边。他端起锅喝了几口凉水，便背靠墙壁对着天空冥思苦想。越往后走，所投宿的村庄越来越失去了大自然夜晚的恬静，越来越嘈杂、喧嚣，机器声、歌声、叫喊声。他要走的决不是一条通往更嘈杂和各种音响混合声的大都市，他要走的是……

琼撞撞跌跌回来，她靠着没有门框的土坯墙，隔着一段距离塔贝就闻到她身上发出的酒气，比他喷出的酒气要香一些。

"真好玩，他们真快活，"琼似哭似笑地说。"他们像神仙一样快活。大哥，我们后……大后天再走。"

"不行。"他从不在一个村里住两个晚上。

"我累了，我很疲倦。"琼晃着沉甸甸的脑袋。

"你才不懂什么叫累，瞧你那粗腿，比牦牛还健壮。你生来就不懂什么叫累。"

"不，我说的不是身体。"她戳戳自己的心窝。

"你醉了，睡觉。"他扳住琼的肩头将她按倒在满是灰土的地上。最后替她在皮绳上系了个结。

琼越来越疲倦了，每次在途中小憩时，她躺下就不想继续往前走。

"起来，别像贪睡的野狗一样赖着。"塔贝说。

"大哥，我不想走了。"她躺在阳光下，眯起眼望着他。

"你说什么？"

"你一人走吧，我不愿再天天跟着你走啊走啊走啊走。连你都不知道该去什么地方，所以永远在流浪。"

"女人，你什么都不懂。"但是他知道该往哪个方向走。

"是，我不懂。"她闭上眼，蜷缩成一团。

"滚起来，"他在琼屁股上端了两脚，高高扬起巴掌，做出砍来的样子。"要不，我揍你。"

"你是个魔鬼！"琼哼哼唧唧爬起身。塔贝先走了，她拄着棍子跟在后面。

婥在一个她认为适当的机会时逃跑了。他俩睡在山洞里，半夜时她爬起身，没忘记背上她的小黑锅，借着星光和月光朝山下往回跑。她觉得自己像出笼的小鸟一样自由。到第二天中午，在一边是深谷的岩边休息时，从对面山脊出现了一个黑点，就像那天她放羊回家时所看见的一样。塔贝截住了她。走来。她气得发抖，抡起小黑锅向他头上死命砸去，那其大无比的力量足以使一头野公牛的脑浆飞迸出来。塔贝惊骇机智地闪过，抬头一拨，黑锅从她手中飞脱，叮叮当当滚下深谷里。他俩互相看看，听见那声音响了好一阵。最后婥只得呜呜咽咽攀下深谷，几个时辰后才把锅拣上来。锅身碰满了大大小的凹坑。

"你赔我的锅。"婥说。

"我看看，"他接过来。两人仔细检查了一阵，"只有一条小缝，我能补好。"

塔贝走了，婥垂头丧气地跟着。

"哎——"她用大得出奇的声音唱起一首歌，把整个山谷震得嗡嗡响。

大概有那么一天，塔贝对婥也厌倦了，他想：只因我前世积了福德和智慧资粮，弃恶从善，才没有投到地狱，生在邪门外道，成为饿鬼痴呆，而生于中土，善得人身。然而在走向解脱苦难终结的道路上，女人和钱财都是身外之物，是道路中的绊脚石。

不久，他俩来到名叫"甲"的村庄。这个时候，婥的腰间那根皮绳已系了一串密密麻麻的结。没想到甲村的人们会敲锣打鼓站在村口迎接他俩。民兵组成仪仗队背着半自动步枪站在两旁，为了保险起见，枪口都塞了红布卷。两头由四个村民装扮的牦牛在夹道中跳着舞。村长和几个姑娘捧着哈达和壶嘴上沾着酥油花的银壶在最前面迎接。原来这里一直大旱。前不久有人打了卦，今天黄昏时会有两个从东边来的人进村，他们将带来一场琼浆般吉祥的雨水，使久旱的庄稼得好收成。他俩果然出现了，人们认为这是一个好兆头。欢天喜地将塔贝和婥扶上挂满哈达的铁牛拖拉机簇拥着进了村。男女老少都穿着新衣，家家户户的屋顶都换了新的五色经幡布。有人从婥的音容、谈吐和体态上看出了她有转世下凡的白度母的特征，于是塔贝被撇在了一边。但是塔贝知道婥决不是白度母的化身。因为在婥睡熟的时候，他发现她的睡相丑陋不堪，脸上皮肉松弛，半张的嘴角流出一股口涎。所以塔贝知道婥不是白度母的化身。

他一人闷闷不乐地去酒店喝酒，他想惹点事，最好有人讨厌他，跟他过不去，他就有事干了。打上一场，那人敢跟他拼刀子更好。

酒店只有一个老头在喝酒。苍蝇在他头顶飞来飞去。塔贝进去后，带着挑衅的神气坐在他对面。一个包花头巾的农家姑娘取一只玻璃杯放在他桌前，斟满酒。

"这酒像马尿。"他喝了一口大声说。

没有人回答。

"你说像不像？"他问老头。

"要说马尿，我年轻时喝过。那真正是用嘴对着公马底下那玩意儿喝的。"

塔贝得意地笑起来。

"为了把我的牛羊从阿米丽尔大盗手中夺回来，我从格则一直追到塔克拉玛干沙漠。"

"阿米丽尔是谁？"

"嘿，那是几十年前从新疆那边来的一支强盗的女首领，是哈萨克人，在阿里和藏北一带赫赫有名。一个万户数不清的牛羊群在一夜之间就从草原上带走，第二天从帐篷出来一看，白茫茫一片，留下的只有数不清的蹄印，连噶厦政府派出的藏兵也制不了她。"

"后来？"

"刚才你说马尿。是啊，我背着叉子枪，骑马追我的牛羊，在那大沙漠里，就是那几口马尿救了我的命。"

"再后来？"

"再后来，女首领要留我，留我给她当……"

"丈夫？"

"羊倌。我是万户的儿子啊！她娘的长得真漂亮，她简直是太阳，谁都不敢对直看她一眼，我逃了回来。你说说，我除了地狱和天堂，还有什么地方没去过？"

"我要去的地方你就没去过。"塔贝说。

"你准备去哪儿？"老头问。

"我，不知道。"塔贝第一次对前方的目标感到迷惘，他不知道该继续朝前面什么地方去。老头明白他的心思。

老头指着他身后的一座山说："谁也没有往那边去过。我们甲村以前是驿站，通四面八方，可就是没人往那边去。1964年的时候，"他回忆起来，"这里开始办人民公社，大家都讲走共产主义道路，那时没有几个人讲得清楚共产主义是什么，反正它是一座天堂。在哪儿，不知道。问卫藏的来人说，没有。问阿里的来人说，没有。康藏的人也说没看见。那只有喀隆雪山没人去过。村里就有几个人变卖了家产，背着糌粑口袋，他们说去共产主义，翻越喀隆雪山，从此没回来。后来，村里人没一个再去那边，哪怕日子过得再苦。"

塔贝用牙咬住玻璃杯口，翻起眼看他。

"但是我知道有关喀隆雪山下的一点秘密。"老头眨眨眼。

"说吧。"

"你准备去那边吗？"

"也许。"

"爬到山顶，你会听见一种奇怪的哭声，像一个被遗弃的私生子的哭声，不要紧，那是从一个石缝里吹来的风声。爬完七天，到山顶时刚好天亮，不要急着下山。太阳下，雪的反光会刺瞎你的眼，等天黑后再下山。"

"这不是秘密。"塔贝说。

"对，这不是秘密。我要说的是，下山走两天，能看见山脚下时，那底下有数不清的深深浅浅的沟壑。它们向四面八方伸展，弯弯曲曲。你走进沟底就算是进了迷宫。对，这也不是什么秘密，别打断我的话。你知道山脚为什么有比别的山脚多得多的沟壑吗？那是莲花生大师右手的掌纹。当年他与一个叫喜巴美如的妖魔在那里混战一百零八天不分胜负，大师施出种种法力未能降伏喜巴美如。当妖魔变成一只小小的虱子想使对手看不见时，莲花生举起了神奇的右手，口中高声念诵着咒经，一巴掌盖向大地，把喜巴美如镇到了地狱中，从此在那里留下了自己的掌纹。凡人只要走到那里面就会迷失方向。据说在这数不清的沟壑中只有一条能走出去，剩下的全是死路。

那条生路没有任何标记。"

塔贝神情严肃地看着老头。

"这是一个传说，我也不知道走出去以后前面是个什么世界。"老头摇摇头，咕噜道。

塔贝准备去那边了。老头后来向他提出要求，请他将婍留下。他家有个儿子，最近刚买了一台拖拉机。现在家家都想买拖拉机。大清早，隆隆的机器声掩盖了千百年雄鸡的打鸣声。道路上的马车和毛驴被挤到了边上。人们喝着从雪山流下的纯洁透明的溪水时，也嗅到一股淡淡的柴油气味。老头自己经营着一座电机磨房，老伴耕种着十几亩田地。前不久，老头还去大城市出席了一个"治穷致富先进代表大会"，领到奖状和奖品，报纸上也登过他的四寸大照片。他们世世代代没像现在这么富裕过，也世世代代没像现在这么忙碌过。需要一个操持家务的媳妇。说话的时候，他儿子进来了，掏出一沓花花绿绿的钞票，想在外乡人面前炫耀。儿子戴着电子表，腰间挂着小巧的放声机从头上的耳机里随着别人听不见的音乐节奏扭着舞步，真是把城里公子哥儿的派头学到家了。塔贝对此无动于衷，只是门外停着的那辆没熄火的手扶拖拉机的突突声牵动了一下他的心弦。他起身走向拖拉机旁，摸摸扶手。

"好的，婍留给你了。"塔贝说。

小伙子大概刚从婍那里得到了一点什么，笑眼朦胧。

"我能坐坐你这玩意儿吗?"塔贝问。

"当然，半个小时保你会开。"小伙子上前教他操作常识，教他怎样控制油门，教他怎样换挡、离合器怎样配合、怎样起步和刹车。

塔贝慢慢开动了拖拉机，行驶在黄昏的乡村土道上。婍在一旁看着他。她要留下来了。她愉快地流着眼泪。这时后面开来一辆速度很快的带拖斗的铁牛拖拉机，塔贝不知道怎么办。旁边是条浅沟，小伙子在后面高声喊他开进沟里。塔贝从驾驶座跳到了路中间，手扶拖拉机自己慢慢溜进了沟里。他被来不及刹车的"铁牛"后面的拖斗撞倒在地。大家全围上前，塔贝爬起身，拍拍土。他的腰部被撞了，他说没什么，一点事也没有。大家松了口气。

塔贝要走了，他第一次摆弄机器就被它咬了一口。他抱住婍，跟她行了个碰头礼，往喀隆雪山那边去了。到夜晚时，果然下了场雨，村里人高高兴兴唱起歌。塔贝离开甲村，一人进了山。在半路上，他吐了一口血，他的内脏受了伤。

小说到此结束。

我决定回到帕布乃冈，翻过喀隆雪山，去莲花生的掌纹地寻找我的主人公。

从甲村翻过喀隆雪山到掌纹地的路途比我预料的要遥远得多。雇的一匹骡子在途中累倒了。它卧在地上，口中流着白沫，用临死前那样一种眼光看着我。我只得卸下它驮的包囊背在自己身上，在它嘴边放了几块捏碎的压缩面包。一翻过喀隆寻山，首先听见海啸般轰轰的巨响，山下的雪堆像云朵般上下翻卷，脚下的雪粒像急流的河水。但是我的整个身体一点没感到风的吹动，空气就像无风的冬夜一样寒冷而静谧。我戴着防护镜，所以用不着等到天黑才下山。整个山面是被厚雪覆盖的一片平滑的大斜坡，看上去没什么凸凹障碍，我背着囊包走"Z"形缓慢下山。沉重的囊包从背上慢慢坠到腰间，就在我收腹挺胸耸肩想把囊包提起来时，由于猛烈的失重，脚下站立不稳，一个跟头朝前跌倒。我知道已经无法再站起来，身体正快速往下滑动，于是手脚抱成一团，接着天旋地转向山下滚去。

万幸的是，还没掉进雪窝里去。等我醒来，已躺在平整松软的雪地上，我已到了山脚，向上望去，在雪坡中一道深深的条痕通到高处雪雾飘渺的空间。

在山顶时我看了一次表，时间是九点四十六分，此刻再次看表时，指针却指向八点零三分。走下雪线便进入草苔地带，再往下是草地，高寒灌木丛，小树林，接着是一片大森林。穿出森林，树木植物又渐渐稀少，呈现出光秃秃的荒凉的山石、空坝。整个途中，我不时地看表，把心里估计的时间和表上的时间不断加以对照，计算一番后得出了结论：翻过喀隆雪山以后，时间开始出现倒流现象，右手腕上这块精工牌全自动太阳能电子表从月份数字到星期日历全向后翻，指针向逆方向运转，速度快于平常的五倍。

越往前走，映入视觉中的自然景象也越来越产生了形的异变：一株株长着卵形叶子、枝干黄白的菩提树，根部像生长在输送带上一样整整齐齐从我跟前缓缓移过。旁边有座古代寺庙的废墟。在一片广阔的大坝上走来一只长着天梯般长脚的大象。它使我想起了萨尔瓦多·达利的《圣安东尼的诱惑》，我小心翼翼避开这一切，加快脚步，并不回头再望一眼。一直走到蒸腾着热气的温泉边才歇息一会儿。我实在太累了，但不敢睡，我知道一旦合上眼皮，将永远长眠不醒了。透过温泉的热气，前面有些不知哪个时代遗弃在这里的金马鞍、弓箭铁矛、盔甲、转经筒和法号，还有破布条的黄旗，这里很像是一个古战场。如果我不那么累的话，我会走过去仔细看看，也许能考证出《格萨尔》史诗中所描写的某一战场是在这里。现在我只能坐在一旁远远地观看。这些金属被温泉长时间的高温融化了，软绵绵瘫在那里，失去了视觉上的硬度感，有的已无法辨认出它本身的形状，变成稀释的物质四处流溢，颇有规律地排列组合成像玛雅文字一样难解的符号。起先我怀疑眼前这一切物象是由于患上了孤独症而错误地感知外界客体产生形的变异，但马上又排斥了这个想法，因为我大脑的思维是有逻辑性的，记忆力和分析能力都良好。太阳自始至终由东向西，宇宙不管怎样还是在按照自身的规律存在和运动。虽然白昼和黑夜交替出现，但由于手表上的指针继续向反时针方向作快速运行，日历和星期月份牌不断向后翻，这使我心理上产生一种体内生物钟的紊乱，甚至身体出现失重现象。

等我从一个黎明醒来，发现自己睡在一块高大无比的红色巨石下面。我是在一个呈放射型向前延伸的数不清沟壑的汇聚点上。一定是这又凉又潮的寒意把我冻醒了，加上从四处沟底吹来的风更冷得我牙齿打颤。我急忙攀上眼前约有七八米高乱石突出的沟壁，探出头一看，前面是一望无际的地平线，我已经到了掌纹地。数不清的黑沟像魔爪一样四处伸展，沟壑像是干旱千百年所形成的无法弥合的龟裂地缝，有的沟深不见底。竟然找不到一棵树，一根草。一片蛮荒，它使我想起一部描写核战争电影的最后一个广角镜头：在世界末日的焦土上，一东一西两个男女主人公慢慢抬起头，费力地向对方爬去，最后这两个世界上唯一的幸存者终于爬到一起，拥抱。苦难的眼光。定格。他们将成为又一对亚当和夏娃。

扎妥·桑杰达普的躯体早已被火葬，大概有人在烫手的灰烬中拣到了几块珍宝般的舍利。我的主人公却没有在眼前出现。

"塔——贝！你——在——哪——儿？"我放开声音喊叫，我觉得他走不出这块地方。声音传得很远，却没有一点回音。

不一会儿，我便看见了奇迹：一两公里外的前面出现了一个黑点。我沿着垄沟朝前飞跑，一面喊着我的主人公的名字。等我看清时，惊讶得站住了：是婞！这是我万万没预料到的。

"塔贝要死了。"她哭哭啼啼走过来说。

"他在哪儿？"

婞把我带到她身边的沟底下。塔贝躺在地上，他脸色苍白，憔悴，沉重地呼吸着。沟边长着苔藓的石缝里滴着水，在地上积成个小水洼，婞不停地用腰带蘸一点水，滴在他半张的嘴里。

"先知，我在等待，在领悟，神会启示我的。"塔贝睁眼看着我说。

"他腰上的伤很严重，需要不停地喝水。"婞在我耳边低语。

"你为什么没留在甲村？"我问。

"我为什么要留在甲村呢？"她反问。"我根本没这样想过，他从来没答应我留在什么地方。他把我的心摘去系在自己腰上，离开他我准活不了。

"不见得。"我说。

"他一直想知道那是什么。"婞指着我身后，我回过头，从沟底往回望去，这是一条笔直的深沟，一直可见到头，前面那座红色巨石正是我昨晚过夜的地方。现在才看清，红色的心脏上刻着一个雪白的"弓"。站在红石下仰起头是无法看见的。"弓"通常是喇嘛念"唵吗呢叭咩哄"六字真言一百遍时要喊出的一个音节。它刻在红石上。据我所知，要么，就是此地是神灵鬼怪出没的地方，要么，这里曾埋葬过一位伟人的英灵。在从江孜到帕里的一个名叫曲米新古河边的一块岩石上也刻着这样一个"弓"，那是为纪念一九○四年为抵抗英国人的侵略在那里献身的藏军首领二代本拉丁而刻的。但这一切，我觉得没有对塔贝再解释的必要。

此时此刻，我才发现一个为时过晚的真理，我那些"可爱的弃儿"们原来都是被赋予了生命和意志的。我让塔贝和婞从编有号码的牛皮纸袋里走出来，显然是犯了一个不可弥补的错误。为什么我至今还没塑造出一个"新人"的形象来？这更是一个错误。对人物的塑造完成后，他们的一举一动即成客观事实，如果有人责问我在今天这个伟大的时代为什么还允许他们的存在，我将作何回答呢？

怀着最后的一丝侥幸心理，我俯在塔贝耳边，轻声细语地用各种他似乎能理解的道理说服他，使他相信他要寻找的地方是不存在的，就像托马斯·莫尔创造的《乌托邦》，就那么一回事。

晚了，在他生命的最后一刻要让他放弃多少年形成的信仰是不可能了。他翻了个身，将脑袋贴在地面。

"塔贝，"我说，"你会好起来的，你等我一会儿，我的东西全放在那边，里面还有些急救药……"

"嘘！"塔贝制止住我，耳朵贴紧冰凉潮湿的地面。"你听！听！"

好半天，我只听见自己心律跳动中出现的一点微弱的杂音。

"扶我上去！我要到上面去！"塔贝坐起身，挥舞着手喊道。

我只得扶起他。婠先爬到沟上面，我在下面托住塔贝，他身体居然很沉。我扛着他，一手小心护着他腰，另一只手扭住锋利突出的岩石块，一点点把他往上托。两只脚踩在外凸的石块上。攀石的那只手被划了一下，先是麻木，接着灼痛，热乎乎的血流了出来，顺着胳膊流到衣袖里。婠趴在上面，伸下两只手夹住了塔贝的胳肢窝。一个在上面拽，一个在下面托，费好大的劲才把他抬上沟来。太阳正要从地平线上升起，东边辉映着一派耀眼的光芒。他贪婪地吸了一口早晨的空气，眼睛警觉地四处搜寻，想要发现什么。

"它说的是什么，先知？我听不懂，快告诉我，你一定听懂了，求求你。"他转过身匍匐在我脚下。

他耳朵里接收的信号比我早几分钟，随后我和婠都听见了一种从天上传来的非常真实的声音。我们注意聆听。

"是寺庙屋顶的铜铃声。"婠喊道。

"是教堂的钟声。"我纠正道。

"山崩了，好吓人。"婠说。

"不，这是气势庞大的鼓号乐和千万人的合唱。"我再次纠正道。婠困惑地看我一眼。

"神开始说话了。"塔贝严肃地说。

这次我没敢纠正。是一个男人用英语从扩音器里传来的声音。我怎么也不能告诉他，这是在美国洛杉矶举行的第二十三届奥林匹克运动会的开幕式，电视和广播正通过太空向地球上的每一个角落报送着这一盛会的实况。我终于获得了时间感。手表上的指针和日历全停止了，整个显出的数字告诉我：现在是公元一千九百八十四年七月，北京时间二十九日上午七时三十分。

"这不是神的启示，是人向世界挑战的钟声、号声，还有合唱声，我的孩子。"我只能对他这样讲。

不知他听见没有，或者他什么都明白了。他好像很冷似的蜷缩起身子，闭上眼，跟睡着了一样。

我放下塔贝，跪在他身边，为他整理着破烂的衣衫，将他的身体摆成一个弓形，由于我右手上的血沾在了他衣衫上，这使我感到很内疚。是我害了他，也许，这以前我曾不止一次地将我其他的主人公引向死亡的路。是该好好内省一番了。

"现在，只剩下我一个人了。"婠可怜巴巴地说。

"你不会死。婠，你已经经历了苦难的历程，我会慢慢地把你塑造成一个新人的。"我仰面望着她说，我从她纯真的神情中看见了她的希望。

她腰间的皮绳在我鼻子前晃荡。我抓住皮绳，想知道她离家的日子，便顺着顶端第一个结认真地往下数："五……八……二十五……五十七……九十六……"

数到最后一个结是一百零八个，正好与塔贝手腕上盒珠的颗数相吻合。

这时候，太阳以它气度雍容的仪态冉冉升起，把天空和大地辉映得黄金一般灿烂光明。

我代替了塔贝，婠跟在我后面，我们一起往回走。时间又从头算起。

池　莉

　　池莉(1957—　　)，女，湖北沔阳人。中国当代作家。主要作品有小说《烦恼人生》《来来往往》《有了快感你就喊》，散文《老武汉》《真实的日子》等。代表作《烦恼人生》等。

　　池莉从 1981 年开始发表作品，1987 年发表的《烦恼人生》是她的成名作，写一个普通工人印家厚平凡、琐碎而又烦恼的一天。它与之后创作的《不谈爱情》《太阳出世》，并称为池莉的"人生三部曲"。在 90 年代文学边缘化的趋势下，池莉的小说因其通俗性符合市民大众的口味而获得商业价值，多部小说被改编为影视剧且走红国内。

　　池莉的系列小说创作，有意以原生态方式展示生存的世俗、庸常、卑微与琐碎，是"新写实小说"中的代表作品。

烦恼人生（节选）

　　早晨是从半夜开始的。

　　昏蒙蒙的半夜里"咕咚"一声惊天动地，紧接着是一声恐怖的嚎叫。印家厚一个惊悸，醒了，全身绷得硬直，一时间竟以为是在噩梦里。待他反应过来，知道是儿子掉到了地上时，他老婆已经赤着脚窜下了床，颤颤地唤着儿子。母子俩在窄狭壅塞的空间撞翻了几件家什，跌跌撞撞抱成一团。

　　他该做的本能的第一件事是开灯，他知道，一个家庭里半夜发生意外，丈夫应该保持镇定。可是灯绳怎么也摸不着！印家厚唏唏喘着粗气，一双胳膊在墙上大幅度摸来摸去。老婆恨恨地咬了一个字"灯"便哭出声来。急火攻心，印家厚跳起身，踩在床头柜上，一把捉住灯绳的根部用劲一扯：灯亮了，灯绳也断了。印家厚将手中的断绳一把甩了出去，负疚地对着儿子，叫道："雷雷!"儿子打着干噎，小绿豆眼瞪得溜圆，十分陌生地望着他。他伸开臂膀，心虚地说："怎么啦? 雷雷，我是爸爸哟!"老婆挡开了他，说："呸!"

　　儿子忽然说："我出血了。"儿子的左腿上有一处擦伤，血从伤口不断沁出。夫妻俩见了血，都发怔了。总算印家厚先摆脱了怔忡状态，从抽屉里找来了碘酒、棉签和消炎粉。老婆却还在发怔，眼里蓄了一包泪。印家厚利索地给儿子包扎伤口，在包扎伤口的过程中，印家厚完全清醒了，内疚感也渐渐消失了。是他给儿子止的血，不是别人。印家厚用脚把地上摔倒的家什归拢到一处，床前便开辟出了一小块空地，他把儿子放在空地上，摸了摸儿子的头，说："好了。快睡觉。"

　　"不行，雷雷得洗一洗。"老婆口气犟直。

　　"洗醒了还能睡吗?"印家厚软声地说。

　　"孩子早给摔醒了!"老婆终于能流畅地说话了，"请你走出去访一访，看哪个工作了十七年还没有分到房子。这是人住的地方? 猪狗窝! 这猪狗窝还是我给你搞来的! 是男子汉，要老婆儿子，就该有个地方养老婆儿子! 窝囊巴叽的，八棍子打不出一个屁来，算什么男人！"

印家厚头一垂，怀着一腔辛酸，呆呆地坐在床沿上。

其实房子和儿子摔下床有什么联系呢？老婆不过是借机发泄罢了。谈恋爱时的印家厚就是厂里够资格分房的工人之一，当初他的确对老婆说过只要结了婚，就会分到房子的。他夸下的海口，现在只好让她任意鄙薄。其实当初是厂长答应了他，他才敢夸那海口的。如今她可以任意鄙薄他，他却不能同样去对付厂长。

印家厚等待着时机，要制止老婆的话闸必须是儿子。趁老婆换气的当口，印家厚立即插了话："雷雷，乖儿子，告诉爸爸，你怎么摔下来了？"

儿子说："我要屙尿。"

老婆说："雷雷，说拉尿，不要说屙尿。你拉尿不是要叫我的吗？"

"今天我想自己起来……"

"看看！"老婆目光炯炯，说，"他才四岁！四岁！谁家四岁的孩子会这么灵敏！"

"就是！"印家厚抬起头来，掩饰着自己的高兴。并不是每个丈夫都会巧妙地在老婆发脾气时，去平息风波的。他说："我家雷雷真是了不起！"

"嘿，我的儿子！"老婆说。

儿子得意地仰起红扑扑的小脸，说："爸爸，我今天轮到跟你跑月票了吧？"

"今天？"印家厚这才注意到已是凌晨四点缺十分了。"对。"他对儿子说，"还有一个多小时咱们就得起床。快睡个回笼觉吧。"

"什么是——回笼觉？爸爸。"

"就是醒了之后又睡它一觉。"

"早晨醒了中午又睡也是回笼觉吗？"

印家厚笑了。只有和儿子谈话他才不自觉地笑。儿子是他的避风港。他回答儿子说："大概也可以这么说。"

"那幼儿园阿姨说是午觉，她错了。"

"她也没错。雷雷，你看你洗了脸，清醒得过分了。"

老婆斩钉截铁地说："摔清醒的！"话里依然含着寻衅的意味。

印家厚不想一大早就和她发生什么利害冲突。一天还长着呢，有求于她的事还多着呢。他妥协地说："好吧，摔的，不管这个了，都抓紧时间睡吧。"

老婆半天坐着不动，等印家厚刚躺下，她又突然委屈叫道："睡！电灯亮刺刺的怎么睡？"

印家厚忍无可忍了，正要恶声恶气地回敬她一下，却想起灯绳让自己扯断了。他大大咽了一口唾沫，爬起来……

在电灯黑灭的一刹那，印家厚看见手中的起子寒光一闪，一个念头稍纵即逝。他再不敢去看老婆，他被自己的念头吓坏了。

当眼睛适应了黑暗之后，发现黑暗原来并不怎么黑。曙色已朦胧地透过窗帘；大街上已有忽隆隆开过的公共汽车。印家厚异常清楚地看到，所谓家，就是一架平衡木，他和老婆摇摇晃晃在平衡木上保持平衡。你首先下地抱住了儿子，可我为儿子包扎了伤口。我扯断了开关我修理，你借的房子你骄傲。印家厚异常地酸楚，又壮起胆子去瞅起子。后来天大亮了，印家厚觉得自己做过一个关于家庭的梦，但内容却实在记不清了。

贾平凹

贾平凹(1952—),原名贾平娃,陕西丹凤人。中国当代著名作家。主要作品有长篇小说《浮躁》《废都》《秦腔》,散文集《爱的踪迹》,诗集《空白》等。代表作《浮躁》等。

贾平凹 1972 年进入西北大学中文系学习,并开始发表作品,毕业后任陕西人民出版社文艺编辑,主办《美文》杂志。1983 年开始从事专业创作。贾平凹在 20 世纪 80 年代的小说创作以对西北乡土人生的表现著称,是"寻根小说"的代表作家。通过对其成长的故乡——陕西商州地区农民生活变迁的深入考察,写出了"商州系列"小说,最初的成果是《商州初录》,此后陆续创作出《腊月·正月》《黑氏》《浮躁》等作品,小说欲以商州为缩影,体验、研究中国农村的变化发展,并且有意识地为人物心理变化、故事情节发展提供地域特色文化的背景,其中出版于 1987 年的长篇小说《浮躁》,关注商州人在社会历史的变革下价值观和人生轨迹发生的变化,获得国际文学界的赞誉。进入 20 世纪 90 年代,他的主要作品有长篇小说《废都》《白夜》《高老庄》等,这些小说不同程度地书写了物质主义时代人文精神的衰落,同时表达出回归自然的意识。写于 1993 年的《废都》展现古城西京(原型为"西安")中作家庄之蝶等人物的生活世相,一经出版即引发褒贬悬殊的争论,成为令人注目的文化事件。其长篇小说《秦腔》获第七届茅盾文学奖。

浮躁(作品梗概)

商州边境的州河两岸多山,山光秀丽、物种繁多,是少有的胜境。州河流过两岔镇,这条曲曲弯弯的河流养育了这个边陲小村镇里的一方人。照说这样好的风水颇出人才,可两岔镇却连年干旱,以至这块风水宝地成为商州最贫穷的地方。

然而,在州河上下最大的一处村落——仙游川里,却荫福着两个大家,一为巩家,另一则是田家。40 年代,巩家的巩宝山与田家的田老六、田老七组成游击队参加革命,解放后两家的内亲外戚、三朋四友皆因此得福,出了不少干部,仙游川成了有名的干部村。而巩家的巩宝山更因此任地区专员,田家的田有善则任县委书记,田、巩两家自此成为地方上最有势力的人家,相互间免不了明争暗斗。

州河河岸到晚上经常有鸟叫声,声如犬吠,是本地独有的景观而极受乡人崇敬,并把这鸟命名为"看山狗"。矮子画匠之子金狗的名字便是由此而来,金狗的人生从一开始便因他前胸那一如"看山狗"形状的青痣而带上了传奇的色彩。金狗 50 年代生人,从小水性好,更因此救过被丢到回水潭的两岔镇公社副社长田中正的命。金狗喜好弄船,常去村口摆渡船的韩文举那儿玩。韩文举有侄女小水,自小美丽能干,七岁便擀得一手好面条,金狗与小水自小便较他人更为亲近。长大后金狗应征参军,在军中当通讯干事,五年后复员回乡,也干上了河运;而其间小水却在与下洼村的孙家少年结婚的当天便因丈夫病逝成了寡妇，回到仙游川与伯伯韩文举相守过活。

小水的朋友英英是田中正的侄女，在镇上商店有份工作，一直令小水羡慕。田中正给小水安排了乡政府炊事的工作，小水和韩文举皆感激。在做了几天的活后，小水却意外地发现了田中正和英英的娘私通。此时农村实行责任制，田中正升为副乡长，趁包产到户之机仗势占了田亩盖房子，使村里人皆愤愤不平、心生嫌隙。韩文举在酒醉中扯出从小水那里知道的田中正与其嫂嫂的丑闻，被常来渡口与他吃酒说笑的雷大空听去，据此到县上告了田中正。田中正指使乡信用社信贷员蔡大安提着礼物去找县委书记田有善求情，最终非但没被罢官反而升了官，家里的房子也轰轰烈烈盖起来，成了村里最扎眼的建筑。小水担心因此得罪了田中正，只得辞去工作，去白石寨外爷麻子铁匠的打铁铺帮忙。

这时村里年轻的一辈以金狗领头重新撑起多年失散了的梭子船，在州河里跑起了河运。在州河里冒险需要担负着很大的风险，常有人为此而丧命，但同时却能比父辈伺弄一亩三分地赚取到更多的利益。适逢田中正代理乡长，为建功绩收编了船只和人，并找金狗作为船运主力成立了乡河运队。同时田中正将亲信蔡大安、田一申安插于河运队中任队长，两人彼此牵制、相互斗争，并借河运队从中谋取私利，金狗将他们的种种行径都看在眼里。金狗的朋友大空之前上告田中正不成，做起卖假老鼠药的生意，并怂恿他一起做，这样钱才来得多，且告诉金狗，如今镇上的人什么都干，暗娼就数不清，金狗不愿意掺合这些下三烂的事情。河运队兴旺了，乡民因入股也过上了比之前富裕的日子。

田中正得势后，不愿意娶英英的娘，在田一申的牵线之下奸上了风流女子翠翠，两个女人都逼着田中正结婚。这时县里下发了两个《州城日报》招收记者的名额，田中正就计划将这两个名额给英英和翠翠的弟弟，以摆平家中的事务。金狗十分符合招收记者的推荐条件，蔡大安向金狗报信，金狗使计让英英的娘撤掉了翠翠弟弟的名额，以此有了出人头地的希望。而田中正迫于政治影响，娶了英英的娘，翠翠却死了，田中正新婚之夜听说噩耗，赶去看翠翠，心生无限的怨恨。他暗下决心要在仕途上出人头地。

金狗与小水两人情投意合，小水为金狗的光明前途高兴，正无限憧憬着两人未来的生活。此时，金狗通过了《州城日报》的考核，而英英却因表现不佳未被录用。英英在气愤之时也因此对金狗另眼相看，对金狗发起了恋爱的攻势。趁着招工结果还未公布，英英更以招工名额挟持威逼不明就里的金狗。金狗虽然对此感到愤怒，但英英的热情和妖娆却令他不能把持，冲动之中金狗和英英发生了关系。在金狗的心目中，小水是菩萨，而英英是小兽，而小兽的媚爱却令金狗陷落了。最终，金狗一人被录取了，他无奈中和英英定了亲。

金狗在自己的野心和良知之间挣扎，一方面想依附权势出人头地，一方面却又仇恨这般人的权势。和英英订婚的晚上，金狗上船去白石寨，到了却没有勇气去见小水。遭受爱情变故打击的小水最终谅解了金狗，还主动找金狗，将代表着自己心意的第三枚纽扣给了金狗，让他心安理得地去报社，金狗带着愧疚踏上了去州城的路。

小水谅解了金狗，却迎来自己更为艰难的处境。城里纷纷传言说她被人抛弃了，英英对小水变本加厉地加以羞辱。小水的外爷麻子铁匠为此气急而亡，小水只身一人更加孤苦。失去了麻子爷爷，久未有金狗的音信，再加上英英的种种言说，小水内心意识到自己失去了金狗，她将生活希望放在了一直在铁匠铺帮工的福运身上。在"成人节"庙会的晚上，小水将自己交给了这个她先前并不看重的蠢笨的丑陋的男人，一个月后两人结婚了。

来到州城的金狗，自卑又自强，城里人带着歧视的目光看待他，他将一门心思都放在自己的工作上。离开两岔镇后，英英很快就被金狗忘却了，几次都无视英英热情的来信。但他对小水的思念和内疚却始终如影随形，给小水写了三封信却因不知小水搬离铁匠铺而都无法寄到。对于州城和报社内的种种"怪事"，金狗都悉心地观察，许多事情令金狗困惑，但也使他逐渐接受了社会上的行事方式。金狗在州城时，社里同事老袭的妻子石华时常照料他的生活，金狗在石华身上常能辨出小水的影子，而金狗的才华也让石华动心，两人最终发生感情并越轨。金狗对自己的行为感到恐慌，却无法控制自己的欲望，一再和石华纠缠。

此时，报社需要一个人去偏远的东阳县写致富报道，许多记者不愿意到边远山区，金狗自告奋勇去采访。然而金狗在这个号称致富的山村却目睹了许多农民仍然没有真正解决温饱的现状，在金狗犹豫是否据实报道时，小水出嫁的消息让他坚定了写自己想写东西的信念，才不会辜负自己为这份事业所付出的代价。金狗回报社后报道了当地农民生活的真实情况，却遭到总编的斥责，未予发表。金狗一气之下将稿件转投给《人民日报》。金狗的报道得到中央的重视，成了名记者。出名后的金狗还是无法适应州城的生活，他在这种看似光鲜的新的生活中隐隐感到了自己山民的质朴正在逐渐丢失，而产生不安，他想遏止一些可怕的东西在自己脑中的滋长，主动要求离开州城，到白石寨记者站任驻站记者，决心以笔墨的力量来制约权势。英英为了挽留金狗的情感，曾写信给报社领导上状告金狗见异思迁、抛弃在乡下的未婚妻，要求组织上批评教育或者让他退回农村。却在听说金狗回乡又后悔不迭，极力讨好金狗。金狗回仙游川向英英十分明确地拒绝了婚事，让田中正记恨在心。老画匠感叹孩子年轻不懂得人情世故，这晚金狗心情烦躁，只听见"看山狗"的叫声。

雷大空从广州贩银元回乡被查没，穷得身无分文了。他便和小水两口子搭伙做河运生意，日子也逐渐顺利起来。乡河运队收入减少了，田中正为挤垮私人河运，偷运起木材来，断了福运在山里的货源。金狗知情后，几经周旋给工商局送去了消息，乡河运队的船被扣押了。

田中正在小水身上看到了翠翠的影子，心生邪念，时常趁福运走船来骚扰。这晚福运和大空回家，得知此事，怒火中烧，刻意躲在房中等待田中正上门。当田中正再次来骚扰小水时，愤怒中大空剁去其一根脚趾头。田中正吃了亏，恼羞成怒命人捏造假罪状抓捕大空入狱。小水几经周折证实证人的口供都是伪证，将材料呈交公安局却没有音信。金狗以记者的身份带小水见了田有善和公安局长，他们因畏惧笔杆子的力量，最终释放了大空，而金狗和田中正的矛盾因此进一步激化。金狗虽在几件事情上击败了田中正，维护了公正，内心却感到羞辱，因为他赢得并不光明正大。在这个过程中金狗做了许多违心的事，为工商局写正面报道、逢迎田有善、利用记者身份恫吓公安局长……而这种油滑是一个正派的农民的儿子所不应该做的，他对自己能否真正完成对官僚主义的斗争产生了怀疑。

　　雷大空出狱后，与狱中结交的同伴一起贷款做起了贸易，将铁匠铺改造为白石寨城乡贸易联合公司。公司主要是买空卖空，钱财来得容易，规模也不断扩大。金狗在和大空叙谈后，明白他生意的门道，少不了贿赂权力，欺诈客商。金狗被大空事业的成功撩拨得眼热，但同时他也意识到大空的公司必不长久。之后金狗发现大空的公司在和巩宝山的女婿联合经营，金狗怒斥大空沉瀣一气，并打算揭露巩宝山"州保公司"的内幕。然而在深入地了解之后，金狗发现里面牵扯了层层黑幕及庞大的关系网，这令金狗再次感到个人力量的渺小。刺激之下金狗回到了州城，重新开始了和石华的颓废生活，但又憎恶所有和权力、金钱相关的人的丑陋，在他心里天下只有小水是干净的。

　　经过思考，金狗深刻地体会到目前社会变局中人心的浮躁，遂动笔揭露社会经济活动中的裙带关系和皮包公司。同时，金狗联络州城报社机关和各县记者站的年轻记者，组织起了"州城青年记者学会"，但为欠缺经费而苦恼。大空找到他，要求以宣传为条件为学会提供了一万元的赞助。县委书记田有善指示金狗撰文宣传雷大空的公司，作为抓改革的典型，金狗百般推诿。田有善见金狗一直延宕，震怒之下命令县通讯干事写了宣传文章。宣传的力量使雷大空在省里都出了名，而田有善也借此获得了升迁的机会。大空不愿意被田家利用，发达后处处与田家作对，他出钱招收河运队的船工，搞垮河运队；在县里更是财大气粗，敢和县委书记比威风，成了有名的"混世魔王"。

　　当年在战场上与田老六浴血奋战的省军区许司令，因梦见田老六而感到不安，下令要在白石寨为田老六建纪念亭，并刻碑来安抚亡灵。田有善为巩固田家势力，十分重视自家先辈烈士纪念碑的修立，让县上必须拿出代表当地的稀罕之物来招待许司令。田中正授意蔡大安找乡民猎取野物，福运不擅狩猎却被蔡大安强拉进山。在出猎中没有配枪的福运被熊拍死，正在孕中的小水听说这个消息后十分痛苦，她拒绝了县里的安抚费用。得知福运死讯的金狗安慰小水为肚中福运的孩子保重身体，并立誓要为福运申冤。在纪念碑落成宴会上，金狗观察到巩宝山和田有善的不睦，他思索着白石寨一连串的事，以一股怒不可遏的情结将修碑立亭一切鲜为人知的内幕写成材料交给还留驻在白石寨的巩宝山。巩宝山正愁没有依据和田有善斗，遂雷厉风行地与金狗对此事展开了调查，田有善和田中正因此受到了处分。金狗因此被奉为官僚主义的克星。

　　无处可去的小水暂时在大空的公司里工作，不久生下了福运的孩子。大空等人为孩子张罗大摆宴席，贺客盈门。是日，韩文举大为高兴，觉得自己也活得出人头地了。金狗趁酒说出了内心压抑已久希望和小水结婚的心愿，小水听闻后一时不知所措。

　　大空的不法生意终于败露，在被捕后他将公司成立至今行贿的记录一一招供，反而招来杀身之祸，不久传来他于狱中自杀的消息。金狗也因为与大空有钱财纠葛而被牵连入狱，判刑七年。小水拖着产后的虚弱身体，为金狗四处奔波，她寄了材料给巩宝山，希望借其之力为金狗平反。然而巩家自身牵扯其中，自然明哲保身不作努力。百般无奈之下，小水只能托与麻子爷爷有交情的樊伯，让他在看守所担任所长的老表帮忙对金狗多加照顾，并在天天黄昏无人时于监狱的砖墙下为金狗唱州河行船的号子给他鼓励。

　　金狗从狱中托樊伯给小水传出字条，让小水找石华营救。石华为金狗动用了一切省上高干的关系，甚至为此让曾经对她追求未遂的许司令的儿子许文宝借机侮辱。石华的屈辱换来省里调查组对此事的重新调查，巩家女婿被逮捕，巩宝山被撤销专员职务，金狗终于被无罪释放。出狱后的金狗将保存在小水手中那本雷大空写着行贿记录的笔记本交给了州城公安局，帮助调查组揭出了田有善一伙人的问题。巩宝山落井下石，趁机起诉，巩、田两家互相攻击，却使事情彻底暴露，社会舆论哗然。田有善也被撤销了职务，巩、田两家的势力皆一落千丈。巩、田两家记恨金狗，暗中勾结报社主编让金狗被撤掉记者的职务，金狗便辞职重新操起了行船的旧业，并与小水结婚，一年以来生活和美。

一年后巩、田两家大户的势力在地方逐渐消散，但州河自改革以来，就不再安静，世风日下人情浇薄。金狗与州河上两个有文化、有气魄、识水性的年轻人——银狮、梅花鹿搭伙行船，成为州河里运货最多、读书最多、行路经事最多的组合。金狗在生意红火后，执意将梭子船换成机动船，却引来保守的老画匠的不满，埋怨金狗过于招摇，小水也为此心神不定，夜里特意去拜问阴阳法师，阴阳法师让小水放心，说金狗必成一番大事。回家的路上，小水看见天生异象，月晕显出彩圈，风声四起，犬吠声声，正是州河史无前例洪水暴发的前夜。（卢林佳）

陈忠实

陈忠实(1942—2016),陕西西安人。中国当代著名作家。主要作品有长篇小说《白鹿原》,小说集《初夏》《四妹子》《日子》等。代表作《白鹿原》。

陈忠实在 1965 年初发表散文处女作《夜过流沙河》,创作的短篇小说《信任》在 1979 年获全国优秀短篇小说奖,报告文学《渭北高原,关于一个人的记忆》获全国 1990—1991 年报告文学奖。1993 年出版了第一部长篇小说《白鹿原》,写了关中平原白鹿村上白、鹿两个家族的起伏沉浮和长达半个世纪的自然变迁、社会变革,将个人、家族、村庄的命运放置于现代史的广阔背景中,联结了重要的历史事件,使小说成为一部家族史、风俗史甚至是浓缩的民族心灵史,问世后赢得广泛赞誉。1997 年《白鹿原》以"修订本"获第四届茅盾文学奖。

陈忠实的《白鹿原》拥有宏大的史诗性叙事格局,被列为"新历史小说"中的代表作品。

白鹿原(节选)

第一章

白嘉轩后来引以豪壮的是一生里娶过七房女人。

娶头房媳妇时他刚刚过十六岁生日。那是西原上巩家村大户巩增荣的头生女,比他大两岁。他在完全无知慌乱中度过了新婚之夜,留下了永远羞于向人道及的可笑的傻样,而自己却永生难以忘记。一年后,这个女人死于难产。

第二房娶的是南原庞家村殷实人家庞修瑞的奶干女儿。这女子又正好比他小两岁,模样俊秀眼睛忽灵儿。她完全不知道嫁人是怎么回事,而他此时已谙熟男女之间所有的隐秘。他看着她的羞怯慌乱而想到自己第一次的傻样反倒觉得更富刺激。当他哄唆着把躲躲闪闪而又不敢违拗他的小媳妇裹入身下的时候,他听到了她的不是欢乐而是痛苦的一声哭叫。当他疲惫地歇息下来,才发觉肩膀内侧疼痛钻心,她把他咬烂了。他抚伤惜痛的时候,心里就潮起了对这个娇惯得有点任性的奶干女儿的恼火。正欲发作,她却扳过他的肩膀暗示他再来一次。一当经过男女间的第一次交欢,她就变得没有节制的任性。这个女人从下轿顶着红绸盖巾进入白家门楼到躺进一具薄板棺材抬出这个门楼,时间尚不足一年,是害痨病死的。

第三个女人是北原上樊家寨的一户同样殷实人家的头生女儿,十六岁的身体发育得像二十岁的女人一样丰满成熟,丰腴的肩膀和浑圆的臀部,又有一对大奶子。她要么是早熟,要么是婚前有过男女间的知识,一钻进被窝就把他紧紧搂住,双臂上显示着急迫与贪婪,把丰满鼓胀的奶子毫不羞怯地贴紧他的胸脯。当他进入她的身体时,她嗷嗷直叫,却不是痛苦而是沉迷。这个像一团绒球的女人在他怀里缠磨过一年就瘦成了一根干枯的包谷秆子，最后吐血而死了，死了也没搞清是什么病症。

第四个女人娶的是南原靠近山根的米家堡村的。对这个女人他几乎没有留下什么记忆。她似乎对他的所有作为毫无反应。他要来她绝不推拒，他不要时她从不粘他。她从早到晚只是做她应该做的事而几乎不说一句话。她死的时候，他不在家，到镇上去了。回来时看见她的嘴死死咬着被角儿，指甲抓掉了，手上的血尚未完全干涸，炕边和炕席上凝结着发黑的血污和被指甲抓抠的痕迹。说是午后突然肚子疼，父亲找他不在就去镇上请来冷先生急救。冷先生断为羊毛疔，扎针放血时血已变成黑色的稠汁放不出来。她死得十分痛苦，浑身扭蜷成一只干虾。

连着死了四个女人，嘉轩怕了，开始相信村人早就窃窃着的关于他命硬的传闻，怕是注定要打一辈子光棍了。他的老子秉德老汉为他张罗再订再娶，他劝父亲暂缓一缓再说。秉德老汉把嗫着的嘴唇对准水烟壶的烟筒，噗地一声吹出烟灰，又捻着黄亮绵软的烟丝儿装入烟筒，又嗫起嘴唇噗地一声吹着了火纸，鼻孔里喷出两股浓烟，不容置疑地说："再卖一匹骡驹。"

第二天上午，秉德老汉就牵着骡驹上白鹿镇去了。回来时天已擦黑，扔下那条半截铁链半截皮绳的缰绳，告诉儿子说："媳妇说成了，东原上李家村木匠卫家的三姑娘。"这个女子是一个穷家女子，门不当户不对已经无从顾及。木匠卫老三养下五个女子，正愁养活不过，只要给高金聘礼，不大注重男人命软命硬的事。这时候，远远近近的村子热烈的流传着远不止命硬的关于嘉轩的生理秘闻，说他长着一个狗的家伙，长到可以缠腰一匝，而且尖头上长着一个带毒的倒钩，女人们的肝肺肠肚全被捣碎而且注进毒汁。那些殷实人家谁也不去考虑白鹿村白秉德淳厚的祖德和殷实的家业了，谁也不愿眼睁睁把女儿送到那个长着狗毵的怪物家里去送死；只有像木匠卫老三这种恨不得把女子踢出门去的人才吃这号明亏。当婚事按照祖传的严格程序和礼仪加紧筹办的重要关头，秉德老汉自己却突然暴死了。

那是麦子扬花油菜干荚时节，刚交农历四月，节令正到小满，脱下棉衣棉裤换上单衣单裤的庄稼人仍然不堪燥热。午饭后，秉德老汉叮嘱过长工鹿三喂好牲口后晌该种棉花了，就躺下来歇息会儿。每天午饭后他都要歇息那么一会儿，有时短到只眨一眨眼眯盹儿一下，然后跳下炕用蘸了冷水的湿毛巾擦擦眼脸，这时候就一身轻松一身爽快，仿佛把前半天的劳累全都抖落掉了；然后坐下喝茶，吸水烟，浑身的筋骨就兴奋起来抖擞起来，像一匹一匹拧紧了发条的座钟；等得鹿三喂饱了牲口，他和他扛犁牵马走出村巷走向田野的时候，精神抖擞得像出征的将军。整个后晌，他都是精力充沛意志集中于手中的农活，往往逼得比他年轻的长工鹿三气喘吁吁汗流浃背也不敢有片刻的怠慢。他从来不骂长工更不必说动手动脚打了，说定了的身价工钱也是绝不少付一升一文。他和长工在同一个铜盆里洗脸坐一张桌子用餐。他用过的长工都给他出尽了力气而且成了交谊甚笃的朋友，满原都传诵着白鹿村白秉德的佳话好名。秉德老汉刚躺下就滋滋润润地迷糊了。他梦见自己坐着牛车提着镰刀去割麦子，头顶呼地一个闪亮，满天流火纷纷下坠，有一团正好落到他的胸膛上烧得皮肉吱吱吱响，就从牛车上翻跌到满是黄土草屑的车辙里。惊醒后他已经跌落在炕下的砖地上，他摸摸胸脯完好无损并无流火灼烧的痕迹，而心窝里头着实火烧火燎，像有火焰呼呼喷出，灼伤了喉咙口腔和舌头，全都变硬了变僵了变得干涸了。他的女人大约听到响声跑进屋来抱他拉他都无法使他爬到炕上去，立即惊慌失措呼喊儿子嘉轩和长工鹿三。三个人把秉德老汉抬到炕上，一齐俯下身焦急而情切地询问哪儿出了毛病。可是秉德老汉已经不能说话，只是用粗硬的指头上的粗硬的指甲抓扒自己的脖颈和胸脯，嘴里发出嗷嗷嗷呜呜呜狗受委屈时一样的叫声。嘉轩和母亲全都急傻了，只有长工鹿三尚未混乱，忙喊："快去请先生！"嘉轩得到提醒随即跑出院子，奔白鹿镇请先生去了。

　　白鹿镇在村子西边，一条小街，一家药铺，冷先生坐堂就诊，兼营中药。冷先生听嘉轩说了病状，心里就明白了八九成，从抽屉里取出一只皮包挂到腰带上，急忙赶到白家来。冷先生是白鹿原上的名医，穿着做工精细的米黄色蚕丝绸衫，黑色绸裤，一抬足一摆手那绸衫绸裤就忽悠悠地抖；四十多岁年纪，头发黑如墨染油亮如同打蜡，脸色红润，双目清明，他坐堂就诊，门庭红火。冷先生看病，不管门楼高矮更不因人废诊，财东人用轿子抬他或用垫了毛毯的牛车拉他他去，穷人拉一头毛驴接他他也去，连毛驴也没有的人家请他他就步行着去了。财东人给他封金赏银他照收不拒，穷汉家给几个铜元麻钱他也坦然装入衣兜，穷得一时拿不出钱的人他不逼不索甚至连问也不问，任就诊者自己到手头活便的时候给他送来。他落下了好名望。他的父亲老冷先生过世的时光，十里八乡凡经过他救活性命的幸存者和许多纯粹仰慕医德的乡里人送来的金字匾额和挽绸挂满了半条街。冷先生坐上那张用生漆漆得黑乌锃亮的椅子，人们发现他比老冷先生更冷。他不多说话倒不怠慢焦急如焚的患者。他永远镇定自若成竹在胸，看好病是这副模样看不好也是这副模样看死了人仍是这副模样，他给任何患者以及比患者更焦虑急迫的家属的印象永远都是这个样子。看好了病那是因为他的医术超群此病不在话下因而不值得夸张称颂，看不好病或看死了人那本是你不幸得下了绝症而不是冷先生医术平庸，那副模样使患者和家属坚信即使再换一百个医生即使药王转世也是莫可奈何。

　　冷先生一进门就看见炕上麻花一样扭曲着的秉德老汉，仍然像狗似的嗷嗷嗷呜呜呜地呻吟。他不动声色，冷着脸摸了左手的脉又捏了捏肚腹，然后用双手掀开秉德老汉的嘴巴，轻轻"嗯"了一声就转过头问嘉轩："有烧酒没有？"嘉轩的母亲白赵氏连声应着"有有有"，转身就把一整瓶烧酒取来了。冷先生又要来一只青瓷碗，把烧酒咕嘟嘟倒入碗里，用眼睛示意嘉轩将酒点燃。嘉轩满面虚汗，颤抖的双手捏着火石火镰却打不出火花来。鹿三接过手只一下就打燃了火纸，噗地一口气就吹出了火焰，点燃了烧酒。冷先生从裤腰带上解下皮夹再揭开暗扣，露出一排刀子锥子挑钩粗针和一只闪闪发光的三角刮刀。冷先生取出一根麦秆粗的钢针和一块钢板，一齐放到烧酒燃起的蓝色火焰上烧烤，然后吩咐嘉轩压死老汉的双手，吩咐白赵氏压紧双腿，特别叮嘱鹿三挟紧主人的头和脖颈，无论发生什么情况都不能松动。一切都严格按照冷先生的嘱咐进行。冷先生把那块钢板塞进秉德老汉的口腔，用左手食指一分就变成一个Ｖ形的撑板，把秉德老汉的嘴撬撑到极限，右手里那根正在烧酒火焰上烧得发红变黄的钢针一下戳进喉咙，旁人尚未搞清怎么一回事，钢针已经拔出，只见秉德老汉嘴里冒出一股青烟，散发着皮肉焦灼的奇臭气味。冷先生一边擦拭刀具一边说："放开手。完了。"随之吹熄了烧酒碗里的火苗儿。秉德老汉像麻花一样扭曲的腿脚手臂松弛下来，散散伙伙地随意摆置在炕上一动不动，口里开始淌出一股乌黑的粘液，看了令人恶心，嘉轩用毛巾小心翼翼地擦拭着。这时候，秉德老汉渐渐睁开眼睛。四个人同时发现了这一伟大的转机，同时发现了微启的眼睑里有一缕表示生命回归的活光，像是阴霾的云缝泄下一缕柔和的又是生机勃勃的阳光。三个人同时惊喜地"哦呀"一声，不约而同地转过溢着泪花的眼来看着冷先生。冷先生还是惯常那副模样，说："给灌一点凉开水。"三个人手忙脚乱又是小心翼翼地给那个阔大的嘴巴灌了几勺开水，秉德老汉竟然神奇地坐了起来，抓住冷先生的手说开了笑话："哎呀！冷侄儿！我给阎王爷的生死簿子上正打钩哩！猛乍谁一把从我手里抽夺了毛笔，照直捅进我的喉咙。我还给阎王爷说'你看你看这可怪不了我呀'！原来是你。"三个人流着眼泪笑出了声。秉德老汉嗔怪老伴说："还不快给先生拾掇茶饭——"白赵氏带着怠慢了恩人的歉意慌忙离去了，灶间传来很响的添水的瓢声和风箱声。

冷先生坐下也不说话，接过嘉轩递给他的秉德老汉的那把白铜水烟壶就悠悠吸起来。白赵氏端来一只金边细瓷碗，里面盛着三个洁白如玉的荷包蛋。冷先生只用一个手势就表示出不容置疑的坚决拒绝。白赵氏还想说什么体己关照的话，秉德老汉的手脚随着身子的突然仰倒又扭起了麻花，而且更加剧烈，眼里的活光很快收敛，又是一片垂死的神色，嗷嗷呜呜狗一样的叫声又从喉咙里涌出来。已经完全解除了心里负载的女人儿子和长工大惊失色，骤然间意识到他们高兴得太早了，危机并没有根除，一下子又陷入更加沉重的二次打击中。冷先生依然不慌不忙照前办理，重新在燃烧的烧酒的蓝色火焰里烧烤钢板和钢针。三个人不经盼咐已经分别挟制压死了秉德老汉头手和腿脚。通红的钢针再次捅进喉咙，又是一股带着焦臭气味的蓝烟。秉德老汉又安静下来，继而眼里又放出活光来，这回他可没说给阎王生死簿上打钩画圈的笑话。三个人的脸上和眼里的疑云凝滞不散。冷先生收拾起那只磨搓得紫红油亮的皮夹，重新系到裤角带上，准备告辞。嘉轩和母亲以及长工鹿三一齐拉住冷先生的胳膊，这样子你咋敢走？你走了再犯了可咋办呀？冷先生不动眉平板着脸说："常言说，有个再一再二没有再三再四。再不发生了算是老叔命大福大，万一再三再四地发生……我夺了他打钩画圈的笔杆也不顶啥了！"说罢就走出屋门走过院子走到街门外头来。嘉轩一边送行一边问父亲得下的是啥病，冷先生说："瞎瞎病。"嘉轩几乎无力走进门楼。"瞎瞎病"不言自明的确切含义是绝症。

白秉德老汉死了。父亲的死是嘉轩头一回经见人的死亡过程。爷爷在他尚未来到人世就死掉了，奶奶死的时光他还没有记忆的智能。他的四个女人相继死亡他都不能亲自目睹她们咽下最后一口气，她被母亲拖到鹿三的牲畜棚里，身上披一条红巾，防止鬼魂附体。父亲的死亡是他平生经见的头一个由阳世转入阴世的人。他的死亡给他留下了永久性的记忆，那种记忆非但不因年深日久而暗淡而磨灭，反倒像一块铜镜因不断地擦拭而愈加明光可鉴。冷先生掖着皮夹走回他在白鹿镇上的中医堂以后，嘉轩和他妈白赵氏以及长工鹿三在炕上和炕下把秉德老汉团团围定，像最忠诚的卫士监护着国王。他和母亲给病人喂了一匙糖水，提心吊胆如履薄冰似的希望度过那个可怕的间隔期而不再发作。秉德老汉用十分柔弱十分哀婉的眼光扫视了围着他的三个人，又透过他们包围的空隙扫视了整个屋子，大约发觉冷先生不在了，迟疑一下就闭上了眼睛，再睁开时就透出一股死而无疑的沉静。他已预知到时间十分有限了，一下就把沉静的眼睛盯住儿子嘉轩，不容置疑地说："我死了，你把木匠卫家的人赶紧娶回来。"嘉轩说："爸……先不说那事。先给你治病，病好了再说。"秉德老汉说："我说的就是我死了的话，你当面答应我。"嘉轩为难起来："真要……那样，也得三年服孝满了以后。这是礼仪。"秉德老汉说："'不孝有三无后为大。'你把书念到狗肚里去了？咱们白家几辈财旺人不旺。你爷是个单崩儿守我一个单崩儿，到你还是个单崩儿。自我记得，白家的男人都短寿，你老爷活到四十八，你爷活到四十六，我算活得最长过了五十大关了。你守三年孝就是孝子了？你绝了后才是大逆不孝！"嘉轩的头上开始冒虚汗。秉德老汉说："过了四房娶五房。凡是走了的都命定不是白家的。人存不住是欠人家的财还没还完。我只说一句，哪怕卖牛卖马卖地卖房卖光卖净……"嘉轩看见母亲给他使眼色，却急得说不出口，哪有三年孝期未过就办红事的道理？正僵持间，秉德老汉又扭动起来，眼里的活光倏忽隐退，嘴里又发出嗷嗷嗷呜呜呜的狗一样的叫声，三个人全都不知如何是好了。嘉轩的一只手腕突然被父亲捉住，那指甲一阵紧似一阵直往肉里抠，垂死的眼睛放出一股凶光，嘴里的白沫不断涌出，在炕上翻滚扭动，那只手却不放松。母亲急了："快给你爸一句话！"鹿三也急了："你就应下嘛！"嘉轩"哇"地一声哭了："爸……我听你的吩咐……你放心……"秉德老汉立时松了手，往后一仰，蹬了蹬腿就气绝了。嘉轩一声哭噔就昏死过去，被救醒时父亲已经穿上了老衣，香蜡已经在灵桌上焚烧。鹿三说："你不能再哭了，先安顿丧事。你不做主旁人没法举动。"嘉轩当即和族里几位长辈商定丧事，先定必办不可的事：派出四个近门子的族里人，按东南西北四路分头去给亲戚友好报丧；派八个远门子的族人日夜换班去打墓，在阴阳先生未定准穴位之前先给坟地推砖做箍墓的准备事项；再派三四个帮忙的乡党到水磨上去磨面，自家的石磨太慢了。下来就议到乐人的事，这需得主家嘉轩做主，请几个乐人？闹多大场面？继续多少时日？嘉轩说："俺爸辛苦可怜一世，按说该当在家停灵三年才能下葬。俺爸临终有话，三天下葬，不用鼓乐，一切从简。我看既不能三年守灵，也不要三天草草下葬，在家停灵'一七'，也能箍好墓室。叔伯爷们，你们指教……"远门近门的长辈老者都知道嘉轩命运不济，至今连个骑马坠灵的女人也没有，都同意嘉轩的安排。一位伯伯朗然说："人说'瞻前顾后'，前后总是不能兼顾，就只能是先瞻前而后顾后；生死不能同时顾全，那就先顾生而后顾死。"事情当即定下来，派一个人到临近村里去找乐人班主，讲定八挂五的人数，头三天和后一天出全班乐人，中间三天只要五个人在灵前不断弦索就行了。

　　整个丧事都按原定的程序进行。七天后，秉德老汉就在祖坟坟地上占据了一个位置，一个新鲜的湿漉漉的黄土堆成的墓圪塔。他的坟堆按照长幼排在父亲坟堆的下首靠左的位置，右边不言而喻是留给白赵氏将来仙逝时的安居之地。这件悲凉的丧事总算过去了。屋里走了父亲一个人，屋院里顿然空寂得令人窒息。母亲一个人在上房里屋，他一个人在厦屋。长工鹿三一个人在马号里。如果母亲不咳嗽一声，这个有着三进房屋的四合院里整个晚上和白天都没有一丝声息。这天晚上母亲问他打算啥时候娶妻，他说起码得过了头周年以后。母亲说不要等了，等也是白等，家里太孤清了；况且她一个人单是扫屋扫院洗衣拆被做饭都支应不下来，再甭说纺线织布等家务了。他说："那就过了百日再办吧。"母亲说："百日也不要等了，'七七'过了就办。"实际的情况是过了两月，当麦子收割碾打完毕地净场光秋田播种之后的又一个仅次于冬闲的夏闲时节里，他娶回来第五房女人——木匠卫老三家的三姑娘。新婚之夜，溽暑难耐。嘉轩插上了厦屋木门的门闩，转过身就抹下了长袖布衫和长裤。端坐在炕席上的新娘突然爬跪在炕上，对他作揖磕头，乞求他再不要脱短袖衫和短裤了。他问她怎么了？
她说她生来就命苦，在穷苦人家里的三姑娘就更苦了。他似乎意识到一点什么，就追
问她是不是听到什么闲话了？她说她知道他娶过四房女人，都死了。她还说她听人说
过他不光是命硬，而且那东西上头长着一个有毒汁的倒钩，把女人的心肺肝花全都捣
得稀烂，铁打的女人也招不住捣腾。她竟然瑟瑟抖颤着身子哭起来："俺爸图了你家
的财礼不顾我的死活，逢崖遇井我都得往下跳。我不想死不想早死想多多伺候你几
年，我给你端水递茶洗脚做饭扫地缝连补缀做牛做马都不说个怨字，只是你黑间甭拿
那个东西吓我就行了，好官人好大哥好大大你就容让我了吧……"嘉轩一下子愣坐在
椅子上，新婚之夜的兴味荡然无存。他早已听到过这个荒诞的流言却无法辩解，又着
实搞不清别人的与自己的那个东西有什么区别。他曾经在逢集赶会时的公用茅厕里佯
装拉屎尿尿偷偷观察过许多陌生的男人，全都是一个毬样又是百毬不一样，结果反而
愈加迷惑。这个木匠卫家的三姑娘可怜兮兮地乞求饶命，不仅没有引起他的同情，反
而伤害了他的自尊，也激怒了他。他从椅子上站起来，一步跨上炕去，三下五除二就
扒光了衣裤，把自己的东西亮给她看，哪有什么倒钩毒汁！三姑娘又羞又怕又哭又
抖。她越这样他越气恼，赌气扒下她的衣裤。事毕后他问她伤了什么内脏，却发现她
已闭气。他慌忙掐住她的人中。她醒来后就躲到炕角缩做一团。他好气又好笑，亲昵
她爱抚她给她宽心。无论如何，她的心病无法排除，每到夜晚，就在被窝里发虐疾似
的打颤发抖。半年未过，她竟然神情恍惚，变成半疯半癫，最后一次到涝池洗衣服时
犯了病，栽进涝池溺死了。

　　埋葬木匠卫家的三姑娘时，草了的程度比前边四位有所好转，他用杨木板割了一
副棺材，穿了五件衣服，前边四个都只穿了三件。自然不请乐人，也不能再做更大的
铺排，年轻女人死亡做到这一步已经算是十分宽厚仁慈了。嘉轩所以要对她稍显优厚
待遇，完全是一种难以述说的心理因素。在这个女人被涝池奇臭难闻的淤泥涂抹得脏
污不堪的身子行将就木之前，他心里开始产生了一种负罪感。结婚那天，他在新房里
揭去她的盖头巾的一霎，发现她不独漂亮而且壮健，红扑扑的脸膛，黑如乌珠似的两
只机灵的眼睛，透着强健气魄的手臂。她的手掌上竟然有一层薄茧儿，那是木匠出门
揽活挣钱，由她和母亲操持田间农活的印证。劳动练就的一副强健的体魄终究抵御不
住怪诞流言的袭击……当他又是一个人躺在厦屋炕上的每一天夜晚，都挥斥不开她在
新婚之夜对他磕头哀告的情景，总是想到她在他怀里瑟瑟发抖的冰凉的手和冰凉的
腿，她肯定从未得到过做爱的欢愉而只领受过恐惧，她竟然无法排除恐惧而终于积聚
到崩溃的一步。他现在有点心灰意冷，从田间回来就躺到空寂冷落的土炕上。这个土
炕接纳过五个姿态各异的女人，又抬走了五具同样僵硬的尸体。订娶这五个女人花费
的粮食棉花骡子和银元合计起来顶得小半个家当且在其次，关键是心绪太坏了。他躺
在炕上既不唉声叹气也不难过，只是乏力和乏心。他觉得手足轻若纸片，没有一丝力
气，一股轻风就可能把他扬起来抛到随便一个旮旯里无声无响，世事已经十分虚渺，
与他没有任何牵涉。他躺在炕上直到天黑，听见母亲叫他吃晚饭他说不饿不想吃了。
母亲又喊鹿三。鹿三不好意思独自吃饭，跑进厦屋来开导他。他劝鹿三快去吃饭不要
等自己。鹿三在院里葡萄架下吞食饭食的声音很响，吃得又急又快。他想不出世上有
哪种可口的食物会使人嚼出这样香甜这样急切的响声。

母亲拾掇完灶间的事在院子里扑打身上的尘灰，喊他。嘉轩走进上房里屋，母亲坐在父亲在世时常坐的那把简化了的太师椅上，姿势颇似父亲的坐姿。他在桌子另一边的椅子上坐下，尽量做出不在心亦不在意的样子。母亲说她准备明天一早回娘家去，托他的舅舅们给他再踏摸媳妇。他劝母亲暂缓一缓。母亲问他为什么要缓？二十几岁的年龄了还敢缓！母亲说着就上了劲儿："甭摆出那个阴阳丧气的架式！女人不过是糊窗子的纸，破了烂了揭掉了再糊一层新的。死了五个我准备给你再娶五个。家产花光了值得，比没儿没女断了香火给旁人占去心甘。"嘉轩再没有说什么。第五天，母亲从舅家归来，事情已有定局。南原上的一户姓胡的小康人家，赌场上掷骰子一夜之间输光了家当，赌徒们赶到家来，上楼灌净了囤子里的粮食拉走了槽头的犍牛和骡子，用犍牛骡子拉着装满粮食的牛车走掉了。女人气得半死，赌徒羞愧难当，解下裤带吊到后院的核桃树上幸被人发现救活。这样一来答应以女儿许人，聘礼之高足使正常人咋舌呆脑，二十石麦子二十捆棉花或按市价折成银洋也可以，但必须一次交清。这个数字使嘉轩脊梁发冷，母亲却不动声色地说她已经答应了人家，下来该由充当媒人的二舅按照订婚的惯常程序去履行手续就是了。嘉轩惊异地发现，母亲办事的干练和果决实际上已经超过父亲，更少一些瞻前顾后的忧虑，表现出认定一条路只顾往前走而不左顾右盼的专注和果断。这样，赶在父亲的头周年祭祀到来之前一个月，正当桃花三月的宜人季节，第六个媳妇在呜哇呜哇的唢呐喇叭的欢悦的喜庆曲调里走进门楼来了。

第六个女人胡氏被揭开盖头红帕的时候，嘉轩不禁一震，拥进新房来看热闹的男人和女人也都一齐被震得哑了嘻嘻哈哈的哄闹。这个女人使人立即会联想到传说中的美女，或者是戏台上的贵妇人娇女子。当嘉轩从新房挤出来到摆满坐椅饭桌的庭院里的时候，有人就开始喊胡凤莲了，那就是秦腔戏《游龟山》里一位美貌无双的渔女，几乎家喻户晓人人皆知。晚上，当他和她坐在一个炕上互相瞄瞅的美好时光里，她的光彩和艳丽一下子荡涤净尽前头五个女人潜留给他的晦暗心理，也使他不再可惜二十石麦子二十捆棉花的超级聘礼。然后同衾共枕。他很快发现事情并不美妙。他抚摸她搂抱她亲她的脸亲她的嘴她都温顺地领受了，当他的手试图拉开她的短裤的系带时她跳了起来，从枕头下迅即摸出一把剪刀执在手中。那剪刀显然经过用心的打磨，锋利的刀刃在蜡烛的红光里闪出一道道血花。她跪在炕上，裸着两只翘翘的雪白的奶子，把剪刀的刀尖对准他说："你要是敢扯开我的裤带，我就把你的那个东西剪掉。"

他妥协了让步了依允了胡氏。他觉得有这样一个女人陪睡在身边该当满足了，却又止不住夜夜遗憾。他甚至开始真的怀疑自己那个东西里头流出的货是否有毒，偷偷把那货抖落到猪食里观察猪吃了以后的动静，共计三次，猪的活动毫无异常。他把自己的心事述说给冷先生。冷先生听了就笑了，说他早就听到闲人们说的这个闲话了，纯属子虚乌有无稽之谈。在他行医的二十多年里经见过有精无精死精水精的男人，还没见过一个生有倒钩毒精的先例。冷先生笑毕说："兄弟！干脆来个将错就错将计就计吧！"说罢铺纸捉笔蘸墨，开下一剂滋阴壮阳温补的药方，一次取了七服，并嘱连服百日。嘉轩拎着一捆药包回家交给胡氏，说这药是除毒的。胡氏喜不自胜，每日早晚煎熬，看着男人饮下。这一晚她偎在男人的怀里动情地说："你就忍着苦喝到百日，只要除了毒，你想咋样你要咋样就咋样，我一点为难你的坏心都没有。"嘉轩大为欢心，喝那苦咧咧的药汁如同喝着蜂蜜。百日尽头，嘉轩经过药物补缀，容光焕发，胡氏解除了心头忌讳也就扯去了裤带，俩人一样热烈一样贪婪一样不觉满足也不感困乏，直到把两页炕面的土坯弄塌，俩人又嘻嘻笑着挪一个地窝儿。

胡氏放开腰禁后的狂热持续了整整三个通宵，俩人都累坏了。第四天夜里再也折腾不起，相依相偎着进入睡梦。酣睡里一声尖叫把嘉轩惊吓得不知所措，清醒后发觉胡氏紧紧缠抱着自己，浑身抖索如同筛糠，大气也不敢出。他急忙点着油灯，看见胡氏的眼睛里满是狐疑惊恐之色，目光恍惚游移不定。问她怎么了，她嘴里支支吾吾，好半天才挤出一句："有鬼！"说罢把头埋进被窝，更加用力死抱住嘉轩。嘉轩听罢，顿觉头皮发麻后脊发冷，浑身暴起一层冷森森的鸡皮疙瘩。他问："鬼在哪达？"胡氏颤着声说："我不敢说，越说越害怕。"嘉轩挣脱开胡氏的手，勾上裤子光着上身赤着脚跑出厦屋爬上楼去挖来半升豌豆，一把连着一把捧打下来，从顶棚打到墙角，从炕上打到地下，一把把豌豆密如雨下，刷刷刷的响声令人毛骨悚然，炕上桌上地上洒满了绿莹莹的豌豆粒儿。小时候父亲就这样驱鬼为他压惊。经过这一番折腾，胡氏真的缓过气来，眼里有了活色，抱住他呜呜呜哭了起来，身子不再抖颤了。他抱着她坐到天明，她才敢于开口说出昨晚梦见的鬼怪。她说她看见他前房的五个女人了。那五个女人掐她拧她抠她抓她撕她打她唾她，都争着拉他去睡觉。令嘉轩大惑不解的是，胡氏并没有见过死掉的任何一个女人，而她说出的那五个死者的相貌特征一个一个都与真人相吻合！嘉轩说给母亲，母亲当即说："今黑就去请法官，把狗日的一个一个都捉了。"

法官隐名瞒姓，人称一撮毛，左腮下一颗神秘的黑痣上缀下尺把长的一撮毛。嘉轩诉说了闹鬼的经过。法官只问了他的住址就催他回去，说自己随后就到。嘉轩知道法官行路坐鬼抬轿神速如风，就急急匆匆小跑回家来。法官果然随后就到了，刚到门口就把一只罗网抛到门楼上，乃天罗地网。法官进得屋来，头缠红帕腰系红带脚登红鞋，扑上楼去又钻到脚地。胡氏吓得蒙了被子。法官最后从二门的拐角抓住了鬼，把一个用红布蒙口扎紧了脖颈的瓷罐呈到灯下，那蒙口的红布不断弹动，像是有老鼠往外冲撞。法官吩咐说："给锅里把水添足，把狗日煮死再焙干！"鹿三和嘉轩俩人轮换拉扯风箱，锅开水滚后，一股臭气溢出来令人作呕，嘉轩先吐了，鹿三接着也吐了，吐了之后再烧，直到把那半锅水烧得一滴不剩，法官接了赏钱提了瓷罐收了天罗地网又坐鬼抬轿回岭上去了。此后果真不再闹鬼。胡氏的精神却再也没能恢复过来，日见沉郁日见寡欢日见黑瘦下去，吃了冷先生几十服中药也不见起色，直至流产下来一堆血肉，竟然卧炕不起，不久就气绝了。

嘉轩完全绝望了，冷先生开导他说："兄弟，请个阴阳先生来看看宅基和祖坟，看看哪儿出了毛病，让阴阳先生给禳治禳治……"

第三章

吃罢晚饭，白嘉轩走进白鹿镇的中医堂，摆出的面孔和他的心境正好相反。他心里燃烧着炽烈的进取的欲火，脸孔上摆出的却是可怜兮兮的无奈，疲惫憔悴的神色令人望之顿生怜悯。他声音沉重凄楚地向冷先生述说家父暴亡妻子短命家道不济这些人人皆知的祸事，哀叹自己几乎是穷途末路了，命里注定祖先的家业要破落在他的手里了。这真是天灭白家，不可扭转。他走到这一步路已走绝，下一步是崖是井也得往下跳，只好卖掉祖宗的心头肉——河川里那二亩水地。把白鹿村挨家挨户捋码一遍，有力量一次买走这二亩水地的除非鹿子霖再数不出第二家来。希求冷先生老兄看在与先父交情甚笃的情分上，能出面与鹿家交涉，居中调节。说到此时潸然泪下，变卖祖先业产是不肖子孙啊！白嘉轩将在白鹿村以至白鹿原上十里八村的村民中落下败家子的可耻名声。冷先生听完冷冷地问："你再想想不卖地行不行？"白嘉轩就更进一步数落起来，前头六个女人已经花光了父亲几十年来节俭积攒的银钱，而且连着卖掉了两匹骡子。槽头现有的红马和黄牛即使全拉到集上卖了，也不够订一个媳妇的骋礼，他现在订一个女人比先前订五个女人花的钱都多，再说卖了牲畜怎么种地？他翻来覆去想过无数次，只有卖地一条路可循。冷先生的面孔似有所动："你只管托人做媒订亲娶妻，钱不够了从我这儿拿，地是不能卖。你卖二亩水地容易，再置二亩水地就难了。眼看着你卖地还要我做中人，我死了无颜去见秉德大叔呀！"嘉轩似乎更加伤情，默然不语。

冷先生的父亲老冷先生在白鹿镇开辟这个中药铺面坐堂就诊时，得助于嘉轩的爷爷的鼎力支持，要不然一个南原山根的外乡人就很难在白鹿镇扎住脚。嘉轩的爷爷用驮骡从山里运出中药材，老冷先生需要什么就卸下什么，从中药材的交易发展成相互之间的义气相交，传到冷先生和嘉轩的父亲秉德这时候，已经成为莫逆之交了。

冷先生的义气相助，使嘉轩深受感动又心生埋怨。白嘉轩谋的是鹿家的那块风水宝地，用的是先退后进的韬略；深重义气的冷大哥尚不知底里，又不便道明。他仍然委婉地说："先生哥，借下总是要退的。按我目下的家景运气，你敢给我我还不敢拿哩！万一娶下女人再有个三长两短咋办呢？我爸在世时不止一百回给我说过，咱两家是义交而不是利交，义交才能世交。万一我穷败破产还不了账咋办？我无论如何也不能……"嘉轩诚恳的话把义气的冷先生说得改变初衷，唉叹一声终于答应了去找鹿子霖串说，又郑重声明仅此一回，以后要是再卖家业就不要来找他，他不忍心经办这号伤心的事。

这件事冷先生根本不用预测就可以料到结局。河川地是一年雨季收成的金盆盆，鹿家近几年运道昌顺，早就谋划着扩大地产却苦于不能如愿，那些被厄运击倒的人宁可拉枣棍子出门讨饭也不卖地，偶尔有忍痛割爱卖地的大都是出卖原坡旱地，实在有拉不开栓的人咬牙卖掉水地，也不过是三分八厘，意思不大。冷先生出于礼仪的考虑，亲自走进了鹿家的院子。鹿子霖的父亲鹿泰桓一听白家要买二亩水地，还以为自己的耳朵出了毛病，愣着神瞅看冷先生的冷面孔，才确信此人说话无诈无欺，脑袋一扬却说："秉德兄弟虽不在世了，我咋能去置他的地哩！嘉轩侄儿这几年运气不顺，实在不行了来给我说一声。你给嘉轩把我的话捎过去，钱呀粮食呀要是急着用，从我这儿拿，地是千万不敢卖。"鹿泰桓完全是一位善良而又义气的长辈的亲柔心怀。冷先生就再三解释嘉轩卖地的动因，而且用自己要借钱给嘉轩的事来作证。鹿泰桓仍然是凛然不为所动的神色："嘉轩侄子即当真心卖地，我也不能买。咋哩？让人说我乘人危难拾掇合在便宜哩！我怎么对得住走了的秉德兄弟哩！嘉轩侄儿要卖水地我挡不住，可我不能买，让他卖给旁人去。"冷先生笑看说："好我的大叔哩！白鹿村小家小户谁能一次置起二亩水地？你心里甭含糊，其实你买下这地是给侄儿嘉轩解危救急哩！你就不要再顾虑什么了。"到此，鹿泰桓心里完全踏实下来，初听到这个喜讯时的惊喜已经变成可靠无误的真实，他的心情随之也就平缓下来。经过这一番交谈，既排除了乘人危难掠夺家产的坏名声，又考实了嘉轩卖地属于真实而不会中途变卦，至于说让旁人去买的话那是料就白鹿村论实力非他莫属。鹿泰桓做出莫可奈何的口吻说："既是这样说，那就那么办算啦！这事嘛，你下来跟子霖去交涉好了，他和嘉轩是平辈弟兄，话好说事也好办，我一个长辈怎么和娃娃说这号话办这号事哩。再说子霖也成人了，这是给他置地哩……"

冷先生指派药铺的伙计王相，到镇上的饭铺定下八个菜，又提来一瓶烧酒。他坐在上位，让白鹿两家的主事者各坐一侧，方桌剩下的一边坐的是老秀才鹿泰和。冷先生向来言简意赅，不见寒暄就率先举起酒盅与三位碰过一饮而尽，然后直奔主题："事情不必再说，现在只说怎么弄，有话明说，过后不说。"一切都按着各人预定的轨道推进，没有差错。嘉轩摆出的自然是败家子羞愧的面孔，呷了一盅酒后，开口说："踢卖先人业产，愧无脸面见人，咋敢争多论少？先生哥处事公正，你说怎么弄就怎么弄。我绝无二话。"鹿子霖早已领得父教，严谨地把握着自己的情绪，把买地者的得意与激动彻底隐藏，表现出对于白家兄弟不幸遭遇的同情与体悯，慷慨地说："先生哥你就看看办吧！既然俺们兄弟俩信得下你，谁日后再说二话还算人吗？你说咋弄就咋弄。"冷先生连着喝下几杯酒，冷冷的面孔开始红润活泛起来，更见一副耿直不阿的风采："话怕明说。你们两家是白鹿村的大家户，二位令尊与家父都是义交。我虽无意偏袒任何一方，但话说回来，再准的尺子也都量不准布，还要二位贤弟宽谅。"说罢眼光锐利地瞅一瞅鹿子霖，鹿子霖以同样坚定的眼光作了回答。冷先生再转过头瞅着白嘉轩，白嘉轩却一把捂住腮帮，似乎要哭出来，低下头去。冷先生紧紧迫问："嘉轩似有反悔之意？如是，现在还来得及。人说泼出去的水推倒了的墙——难收难扶。现在水还没泼墙还没倒，你说了不迟。"嘉轩抬起头来，头上竟沁出一层细汗，说："反悔倒不反悔，只是畏怯子孙的愤怒和乡党的耻笑。"随之吞吞吐吐说出换地的想法来：二亩水地还是卖给鹿子霖，鹿家原坡上那二亩慢坡地转到白家，好地换劣地的差价，由鹿家付给白家。嘉轩说出这个方案后忽地站起，手抚胸膛红着脸说："全是为了顾一张面子呀！还望先生哥和子霖兄弟宽容。"此话一出，毕竟是节外生枝，冷先生不大高兴地说："既有这话，你该早说，我也好与买方早早说透。不过现在说了也好……"说完就瞅一眼鹿子霖。鹿子霖原以为嘉轩事到临头要反悔要变卦了，单怕到手的二亩水地又黄了，听明白了是换地，就作出豁达的气魄说："这倒好！只要于嘉轩兄弟面子上好看，就那么办。"冷先生自己当然对两厢情愿的事不再有什么话说，只是这突然的变故打乱了他事先与两方交换过的关于地价的估计，随机应变的办法很快也就形成。"既然如此小有变故，这事也不难办。"冷先生说，"嘉轩的水地是天字号地，子霖的慢坡地是人字号地，天字号地和人字号地的价码，按朝廷征粮的数目就可以兑换出来。如果二位同意这个弄法儿，事情就简单不过了。"无论白嘉轩或是鹿子霖，最熟悉的可能不是自己的手掌而是他们的土地。他们谁也搞不清自哪朝的哪一位皇帝开始，对白鹿原的土地按"天时地利人和"划分为六个等级，按照不同的等级征收交纳皇粮的数字；他们对自家每块土地所属的等级以及交纳皇粮的数目，清楚熟悉准确无误决不亚于熟悉自己的手掌。土地的等级是官府县衙测定的，征交皇粮的数字也是官家钦定的，无厚此薄彼之嫌，自然天公地道，俩人都接受了。冷先生取来算盘，推给老秀才说："你给兑换算计一下。"老秀才噼里啪啦拨动着算盘上的珠子，连拨两遍，一亩天字号地大体可以折合四亩人字号地。这样就推算出鹿子霖应该净给白嘉轩的银两，如果按市价折合成粮食或棉花该是多少石多少捆。冷先生就歪过头对老秀才说："现在该你忙活了。"老秀才这时接过药铺伙计王相送来的砚台，开始研墨。他被请来的职责很单纯，那就是双方把话说到以后写买卖土地的契约。

鹿子霖看着老秀才不慌不忙研墨的动作，心里竟是抑制不住的激动。只要能把白家那二亩水地买到手，用十亩山坡地作兑换条件也值当。河川地一年两季，收了麦子种包谷，包谷收了种麦子，种棉花更是上好的土地；原坡旱地一季夏粮也难得保收。再说河川地势平坦，送粪收割都省力省事，牛车一套粪送到地里了。他家在河川有近二十亩水地，全是一亩半亩零星买下来的，分布在河川的各个角落。最大的一块不过二亩七分，打了一口井，两季保种保收。其余都是亩儿八分的窄小地块，打井划不来，不打井又旱得少收成。嘉轩这二亩水地正好与自家的那块一亩三分地相毗邻，合在一块就是三亩三分大的一个整块了，整个河川里也算得头一块大地块了。春闲时节就可以动手打井，麦收后如遇天旱，就可以套上骡子车水浇地不失时机地播种了。他眯着眼装作瞅着老秀才写字，心里已经有一架骡子拽着的木斗水车在嘎吱嘎吱唱着歌。

白嘉轩双手抱成一个合拳压在桌子上，避眼不看老秀才手中的毛笔，紧紧锁着眉头瞅着那个密密麻麻标着药名的中药柜子，似乎心情沉痛极了。其实他的心里也是一片翻滚的波澜，那块蕴藏着白鹿精灵的风水宝地已经属于他了，只等片刻之后老秀才写完就可以签名了，世界上再没有第二个人知道此项买卖土地当中的秘密。

老秀才写好契约，冷先生先接到手看了一遍，又交给买卖双方的主人都看了一遍。冷先生把笔交给嘉轩，嘉轩捏着毛笔稍停了一下，似乎下了狠心才写上了自己的名字。鹿子霖接过笔很轻松地划拉了一阵。冷先生最后在中人款格下写上了自己的名字，落尾才由老秀才签名。冷先生取来印泥盒子，四个人先后用食指蘸了红色印泥，然后一齐往契约上按下去。一式两分，买方和卖方各据一份。冷先生给每人盅里斟上酒，一齐饮了。

这桩卖地或者说换地的交易完毕后的第二天早饭时，白嘉轩才把这事告知母亲。不等嘉轩说完，白赵氏扬手抽了他一个耳光，手腕上沉重的纯银镯子把嘉轩的牙床硌破了，顿时满嘴流血，无法分辩。鹿三扔下筷子，舀来一瓢凉水，让嘉轩漱口涮牙。白赵氏来到冷先生的中药铺，一进门刚吐出"那地……"两字就跌倒在地，不省人事。冷先生松开正在给一位农妇号脉的手，从皮夹桌抽出一根细针，扎入白赵氏人中穴，白赵氏才"哇"地一声哭叫出来。冷先生这时才得知嘉轩根本没有同母亲商量，但木已成舟水已泼地墙已推倒，只能劝慰白赵氏，年轻人初出茅庐想事单纯该当原谅，多长几岁多经一些世事以后办事就会周到细密了。白赵氏的心病不是那二亩水地能不能卖，而是这样重大的事情儿子居然敢于自作主张瞒着她就做了，自然是根本不把她当人了。想到秉德老汉死没几年儿子就把她不当人，白赵氏简直都要气死了。白鹿村闲话骤起，说白嘉轩急着讨婆娘卖掉了天字号水地，竟然不敢给老娘说清道明，熬光棍熬得受不住了云云。鹿家父子心里庆幸，娘儿俩闹得好！闹得整个白鹿原的人都知道白家把天字号水地卖给鹿家那就更好了。白嘉轩抚着已经肿胀起来的腮帮，并不生老娘的气。除了姐夫朱先生，白鹿精灵的隐秘再不扩大给任何人，当然也包括打得他牙齿出血腮帮肿胀的母亲。母亲在家里以至到白鹿镇中药铺找冷先生闹一下其实不无好处，鹿家将会更加信以为真而不会猜疑是否有诈。

遵照契约上双方拟定的协议，收罢麦子撂地，当年的夏粮由老主人收割，算是各人在自家原有土地上的最后一次收获，秋庄稼就要易地易主去播种了。鹿家父子扛着镢头铁锹踏进新买的二亩水地时，天色微明，知更鸟在树梢上空吵成一片，在这块已经属于自己的土地上，要做的第一件事就是挖掉白家的界石。为了这件不同寻常的事，父子俩亲自来干了，却把长工刘谋儿指派干其它活儿去了。父亲用脚指着地头一坨地皮说："照这儿挖。"儿子只挖了一镢就听到铁石撞击的刺耳的响声，界石所在的方位竟然一丝一毫都无差错。那块刻有东西南北小字的青石界石湿漉漉的晾到熹微的晨光里，底下垫着的白灰和木炭屑末依然黑白分明。鹿子霖瞅着刚刚挖出的界石问："爸，你记不记得这界石啥时候栽下的？"鹿泰恒不假思索说："我问过你爷，你爷也说不上来。"鹿子霖就不再问，这无疑是几代人也未变动过的祖业。现在变了，而且是由他出面涉办的事。鹿泰恒背抄着结实的双手，用脚踢着那块界石，一直把它推到地头的小路边上。沿着界石从南至北有一条永久性的庄严无犯的垄梁，长满野艾、马鞭草、萱草、薄荷、三棱子草、节儿草以及旱长虫草等杂草。垄梁两边土地的主人都不容它长到自家地里，更容不得它们被铲除，几代人以来它们就一直像今天这样生长着。比之河川里诸多地界垄梁上发生的吵骂和斗殴，这条地界垄梁两边的主人堪称楷模。鹿家父子已经动手挖刨这道垄梁，挖出来的竟然是一团一团盘结在一起的各种杂草的黄的黑的褐的红的草根，再把那些草根在镢头上摔摔打打抖掉泥土，扔到亮闪闪的麦茬子上，只需一天就可以晒得填到灶下当柴烧了。这条坚守着延续着几代人生命的垄梁，在鹿家父子的镢头铁锹下正一尺一尺地消失，到后晌套上骡子用犁铧耕过，这条垄梁就荡然无存了，自家原有的一亩三分地和新买的白家的二亩地就完全和谐地归并成一块了。儿子鹿子霖说："后晌先种这地的包谷。"父亲鹿泰恒说："种！"儿子说："种完了秋田以后就给这块地头打井。"父亲说："打！"儿子说他已经约定了几个打井的人，而且割制木斗水车的木匠也已打过招呼，这两项大事同时进行，待井打好了就可以安装水车。父亲说："这样干给工匠管饭省事。"日头已经射出灼人的光焰，该当回家吃早饭。儿子突然问："听说嘉轩准备给他爸迁坟哩？"父亲冷漠地说："越折腾越糟！爱迁就迁，爱折腾就折腾去！"

原坡地上的麦子开始泛出一层亮色的一天夜里落了一场透雨。临近天明时白嘉轩醒来，放声痛哭。哭声惊动了母亲。他说他梦见父亲了。搞不清父亲怎么弄得满身满脸都是泥水，浑身衣服湿漉漉往地上滴水，不住地打着冷颤。搞不清脚下怎么会有一个泥水聚积的深潭，父亲似乎就是从水潭里爬上来的，腿脚一抖索又跌下潭里，他怎么拽也拽不上来，眼看着父亲沉下去了，只露两只大手在水上摇。他大呼救命，越急越呼叫不出，急得大哭，突然惊醒了。母亲听罢，并不惊奇，只说了一句就回自己屋去了："你到你爸坟上去看看。"

天明了，白嘉轩叫上长工鹿三扛着锹，踩着泥泞朝坟地走去。他围着父亲的坟堆查看了一番，发现了一个可能进水的洞穴，夜里落大雨时流水进入坟墓了。他向鹿三说了那个噩梦，鹿三连连称奇。他们用锨扎断了洞穴，堵死了水路，培高了土堆。嘉轩说："墓道里进了水，父亲的仙骨被浸泡了，得迁坟。"

麦子收碾一毕，白嘉轩请来了阴阳先生，走遍了白家分布在原上的七八块旱地，选择新的基地。令人惊佩的是，他没有向阴阳先生作任何暗示，阴阳先生的罗盘却惊奇地定在了那块用二亩水地换来的鹿家的慢坡地上，而且坟墓的具体方位正与他发现白鹿精灵的地点相吻合。阴阳先生说："头枕南山，足登北岭，四面环坡，皆缓坡慢道，呈优柔舒展之气；坡势走向所指，津脉尽会于此地矣！"白嘉轩听了，心中更加踏实，晌午炒了八个菜，犒劳阴阳先生。他把阴阳先生的话一字不漏地沉在心底，逢人问起却摆出无可奈何的样子说："嘻，跑遍了七八块地，没一块有脉气的，只是这慢坡地离村子近点，地势缓点，凑合着扎坟吧！"

新的墓穴称不得豪华，只是用青砖箍砌了墓室和暗庭。这期间鹿子霖已经完成了打井的壮举。新割制的木斗水车也已安装调试完毕，崭新的白光光的木头架子在伏天的艳阳里格外耀眼，骡子拉着木轮水车踏着欢快的步子，哗哗的水声听来再悦耳不过了。鹿子霖又挖来四棵柳树埋在水井的四个角上，树大之后就能遮住从三个方向射下的阳光，人和牲畜就可以不受暴晒之苦了。

白嘉轩在动手挖掘老坟的那一天，不分门户远近请来了白鹿村每一户的家长前来参加这个隆重的迁坟仪式。吹鼓手从老坟吹唱到新坟。三官庙的和尚被请来做了道场。鹿子霖和他父亲都被请来参加了被他们父子看作的瞎折腾。晚上回到家，鹿子霖又忍不住问父亲："是不是瞎折腾？"并且说出自己的疑心：挖掘老墓时，他一直留心观察，墓室和墓道根本不见进水的痕迹，白嘉轩说他爸托梦要他迁坟，很可能是编造出来的一个幌子，这就不能不使人怀疑白嘉轩以好地换劣地的真实动机，是不是与阴阳先生取得默契之后玩了一个圈套？鹿泰桓心里赞赏儿子的分析，嘴上却仍然坚持自己的看法："是瞎折腾。"他随之告诉儿于鹿子霖说："你爷去世时我请来了老阴阳先生，看过那块慢坡地，说是从四面坡势走向看，形同滂池，难得伸展。现在这个阴阳先生比起他爸老阴阳来，充其量只够个'二眯儿'……"

白嘉轩把亡父的尸骨安置于风水宝地让白鹿精灵去滋润，然后就背着褡裢进山去了。盘龙镇中药材收购店掌柜吴长贵接待了他，像侍奉驾临的皇帝一样殷勤周到无微不至。俩人盘腿坐在终年也不熄火的热炕上，炕上铺着地道的榆林手工毛毯，小炕桌上摆满了热腾腾的菜，全是山地特产珍品。一盘透着一股烟味的熏野猪肉，一盘清蒸锦鸡，一盘红烧娃娃鱼，一盘费尽周折买来的熊掌，还有一盘猴头，白银耳黑木耳百合黄花等山地普通菜自然也不少。嘉轩心境很好，有意放纵自己多贪了几杯，酒酣微醉，叙说近几年历遭的凶事厄运，随之就直接说出了此行的目的。现在要在白鹿原上下找一个女人是很困难了，而且无法接受高出十倍十几倍的要价。他说："吴叔，这事拜托您了。"吴掌柜不假思索满口应承："这不难。回去时你就把人引上。"

好多年前，嘉轩的爷爷领着嘉轩的父亲，在盘龙镇经营这个中药材收购店的时候，吴长贵只是一个经常前来出售药材的普通山民。引起他的命运开始发生转折的机缘，实际是一次不经意发生的差错。他交售了一大捆珍贵的黄芪以后，却发现多付了他钱，于是又背着背篓走回店铺对白嘉轩的父亲说："白掌柜，您把账算错了，这是多付给我的钱！"说完把一摞铜元码到柜台上就走了。不料老掌柜在后边叫住他，把他叫进中药铺店里头去。此后他就成为这个铺店的伙计了。他认识秦岭山地生长的所有药材，他很快学会了对各种零散药材的粗加工手艺，继之又学会了打算盘和写字记账。他聪明的天资和诚实温厚的品性证明了白家父子辨识人的眼力功夫，因此他深得白家父子的信赖。促成他的命运发生重大转折的机缘，却是白家连续遭受的天灾和人祸。主持家事的老二白秉义在白鹿原发生的骚乱中被点了天灯，白掌柜赶回家去的途中又遭匪劫，不久就去世了，老大白秉德只好回白鹿原主持家政，盘龙镇中药材收购店就交给吴长贵料理，说定每年交多少银子，其余的盈利全归吴长贵。从此，吴长贵再不是那个背着背篓来交售药材的脏兮兮的山民了，却很快成了盘龙镇四大富户中的一员。秉德老汉不幸暴死，他从山里赶来参加葬礼，趴在棺材上哭得比亲生儿子嘉轩似乎还厉害。他给秉德老汉挂了一杆十丈长的白绸蟒纸，飘飘摇摇像一条活蟒自天而降，令白鹿原上的穷人和富人震惊不已。人们见惯了用白纸和苇秆剪扎的蟒纸，尚未见过谁肯破费用白绸作蟒纸来吊唁祭奠死者，吴长贵真算得知恩知报的义气君子了。

吴长贵已经喝得满面煞白，虚汗如注，他一只手捏着酒盅，另一只手抓着条毛巾。凭着这条毛巾，他在盘龙镇从东头到西头挨家挨户喝过去从来还没有出过丑。他对白嘉轩说："你把五女引走吧！"嘉轩也是绝无仅有的一次纵酒。他虽远远不是吴长贵的对手，而实际灌进的数量也令人咋舌。他的言语早已狂放，与在冷先生中医堂里和鹿子霖换地时羞愧畏怯可怜兮兮的样子判若两人。他大声说："吴大叔那可万万使不得！我命硬克妻，我不忍心五女妹妹有个三长两短。你给我在山里随便买一个，只要能给我白家传宗接代就行了……"吴长贵说："咱们现在只顾畅饮，婚事到明天再说。"

直到第二天晌午，白嘉轩才醒过酒来，昨晚的事已经毫无记忆。吴长贵这时郑重其事地提出把五姑娘许给他。白嘉轩摇摇头，一再重复着与昨晚酒醉时同样的反对理由。吴长贵更加诚恳地说，他原先就想把三女儿许给他，只是想到山外人礼仪多家法严，一般大家户不要山里女人，也就一直不好开口。既然嘉轩此次专程到山里来结亲，他原有的顾虑就消除了。吴长贵说："只要你不弹嫌山里人浅陋……"白嘉轩再也无力拒绝了。吴长贵有二子五女，个个女子都长得细皮嫩肉，秀眉重眼，无可弹嫌。当下，白嘉轩站起打躬作揖，俩人的关系顷刻间发生了最重要的变化。

白嘉轩回到白鹿村，立即筹备结婚的大事。吴长贵用骡子驮着女儿和嫁妆赶前一天夜里进了白鹿镇，暂时住在冷先生的中医堂。冷先生被聘为媒人。结婚这天，白嘉轩跟着轿子到冷先生的中医堂迎娶了新娘，一切顺利。

这是第七个新婚之夜。嘉轩看着五女感到一阵尴尬和窘迫，这是他娶过的七个女人之中唯一在婚前见过面的一个。岂止见过面，而且熟悉如同姊妹。他每年都在农闲时光去山里一次两次，多在酷暑难耐的三伏，他一来为了照看中药材收购的生意，二来是到山里避一避暑热；吃住在吴大叔家里，与五女四女三女三女大女以及两个小弟情同兄弟姊妹，从来也不戒忌什么。现在骤然间面对一对闪闪发亮的红蜡烛，反倒拘束和不好意思了。仙草——五女的名字——已经耐不住山外伏天的酷热，从容不迫地脱去长袖衣裤，光洁细腻的胳膊和双腿裸露在他的面前，娇美的后腰里系着三个小棒槌，叽里当啷摇晃。嘉轩装作好奇去摸那小棒槌以排遣其窘迫。仙草转过身来，小腹的裤腰上也系着同样大小的三个棒槌。他问："仙草，你带这小棒槌做啥?"仙草毫不避讳地说："打鬼!"

白嘉轩猛地一颤，就呆若木鸡了。那棒槌肯定是用桃木旋下的了。桃木辟邪，鬼怕桃木橛儿。六个桃木棒槌对付六个从这个炕上抬出去的尚不甘心的鬼，可见仙草事先是做了充分准备的。他心头刚刚潮起的那种欲火又顿然熄灭了。仙草却不理会他，带看叽里当啷摇晃着的小棒槌躺下了，用一条花格单子搭在身上。他也心灰意冷地躺下来。那温馨的气息像攻瑰花香一样沁人心脾，心里的灰冷渐渐被逐出，又潮起一种难以抑制的焦渴。他鼓起勇气伸手把她揽进怀里，抚摸她的脖颈、丰腴的肩膀和最富诱惑的胸脯。她默默地接受了，没有惊慌也不反抗。她在他的怀里微微颤抖着身子，出气声变得急促起来。他受到鼓舞，就把手往腹部伸去，却触到了一只倒霉的小棒槌，心里又泛起一缕阴冷之气。她抓住他的手告诉他，出嫁前，母亲借下酒席请来一位驱鬼除邪的法官，法官把六个小桃木棒槌留下就走了。她说："法官说，戴过百日再解裤带。"白嘉轩一听就不由得火了："又是个百日忌讳!"仙草却说："百日又不是百年。你权当百日后才娶我。你就忍一忍，一百天很快就过去了。不为我也该为你想想，你难道真个还要娶八房十房女人呀……"他听着她友好的又是冷静的话，就抽出了被她抓着的手，把她紧紧搂住，心底却异常清醒。他坐起来，重新穿上衣服。仙草问："你干啥呀?"嘉轩说："我跟鹿三哥睡马号去，免得睡在一起活受罪。"仙草说："那也好。你睡这儿我也难受。只是……你明晚去马号。今日是……头一夜。"嘉轩断然说："算了，我今黑就去。"

嘉轩扯了一条被单夹在腋下，拉开门闩，走出门去。仙草迟疑一阵儿忽然跳下炕来："等等。"她喊住他，又把他拽进门，反过身插上门闩，从他腋下扯走被单。嘉轩愣住了，怕她生气，反倒和颜悦色地说："我听你的话，为我好也为你好……"仙草重新爬上炕，打断他的话："算了!"说着，一把一个扯掉了腰带上的六个小棒槌，"哗"地一下脱去紧身背心，两只奶子像两只白鸽一样扑出窝来，又抹掉短裤，赤裸棵躺在炕上说："哪怕我明早起来就死了也心甘!"

白鹿原（作品梗概）

《白鹿原》是一部反映渭河平原五十年变迁的雄奇史诗，呈现了一轴中国农村生存图景的斑斓画卷。大革命、日寇入侵、三年内战，白鹿原随历史的巨轮无情向前，发生着翻天覆地的变化。故事在主人公六娶六丧的不祥序曲中拉开序幕，随后白鹿两家两代子孙轮番登台，上演了一幕幕爱恨情仇、悲欢离合、惊心动魄的剧目。国仇家恨交错缠结，世代恩怨相报难了。古老的土地在新生的阵痛中战栗，土地上的人们在历史的牵动中走向各异的命途。缭绕难解的恩仇最终随人物生命衰歇和谢幕，在岁月的冷漠旁观中化为了一声叹息、双行苦涩的泪水。

白鹿原的故事开始于清末。在陕西关中平原上的白鹿村，世代面朝黄土背朝天的人们有着自成一体的古老而朴素的思想体系，相信"老辈子人传下的办法错不了"。秉承"不孝有三，无后为大"的族长白嘉轩从十六岁娶了头房媳妇开始，短短几年间六娶

查。兆海利用自己的身份把白灵送出城。她到了根据地，在后来的清党肃反中被活埋。

兆海在中条山抗日阵亡的消息传回白鹿原，白鹿原乡民奉之为民族英雄，为他举行了前所未有的隆重葬礼。受兆海感染，朱先生等八位在白鹿书院修县志的老先生也决心投笔从戎，上阵杀敌。兆鹏将国共窝里反的真相告诉朱先生，朱先生失望之余，从此闭门谢客，专心编撰县志，不问世事。日寇投降后，国民党的剿共和征丁征粮在白鹿原引起恐慌。鹿子霖因受兆鹏的牵连被捕入狱，他老婆为救他而将房子和田地卖给了白孝文。黑娃决定重新做人，并拜朱先生为师。随后，在朱先生的陪同下他携新婚妻子高玉凤回家祭祖，白鹿村以最高规格迎宾仪式接待了他。不久后，他的父亲鹿三去世。鹿子霖出狱后本已心灰意冷，然而一天一位少妇来访，留下兆海的儿子后离开。有了孙儿的鹿子霖重拾生存的信念，于是找到田福贤，重回村里任职，誓把坐监时卖掉的土地一块块赎回来。朱先生终于将《滋水县志》编纂完成，由于没有经费，只印了几本分头送给编书者。心事落地的朱先生很快就谢世了。全原的人都扶老携幼倾巢而出跪在雪地里为他送葬。

1949 年 5 月 20 日，鹿兆鹏回到滋水县策动起义成功，解放了滋水县。白孝文、黑娃因领导起义有功，被任命为县长和副县长。不料半年后，黑娃被县长当作反革命镇压，最终与田福贤和岳维山被一同处决。台下陪斗的鹿子霖深受刺激，从此癫狂。已超脱世外的白嘉轩，面对丧失记忆的鹿子霖，忽忆半生前设计巧取风水地的不义之举，不禁流下歉疚的泪水。（黄敏宜）

王安忆

王安忆(1954—　)，上海人，中国当代著名作家。主要作品有短篇小说《本次列车终点》，中篇小说《流逝》《小鲍庄》《荒山之恋》，长篇小说《叔叔的故事》《长恨歌》等，散文集《男人和女人，女人和城市》《寻找上海》《重建象牙塔》等。代表作《流逝》《长恨歌》等。

王安忆从1976年开始发表作品，短篇小说《雨，沙沙沙》等系列作品引起关注。20世纪80年代初创作"雯雯系列"小说时，是王安忆的"自我书写"阶段；之后陆续创作的《本次列车终点》《尾声》《归去来兮》等作品则是对"知青回城"、"改革"等社会现实的关注；中篇小说《小鲍庄》《大刘庄》等涌现于"寻根"文学热潮中；在20世纪80年代后期发表的"三恋"——《小城之恋》《荒山之恋》《锦绣谷之恋》等"性题材"作品引发了众多争议。从20世纪90年代开始，王安忆的创作着力于表现普通人的日常生活，其中最受关注的长篇小说《长恨歌》，书写生活在上海弄堂里的女子王琦瑶四十年的命运浮沉，同时将上海的城市韵味和历史变迁碎片化地表现于王琦瑶的一生中。这部小说在2000年获得第五届茅盾文学奖。

王安忆是一位风格多变的多产作家，在所驾驭的多种生活经验和文学题材中表达着对现代小说叙述艺术和对人生、对社会的理解。

长恨歌(节选)

第一章

1. 弄堂

站一个至高点看上海，上海的弄堂是壮观的景象。它是这城市背景一样的东西。街道和楼房凸现在它之上，是一些点和线，而它则是中国画中称为皴法的那类笔触，是将空白填满的。当天黑下来，灯亮起来的时分，这些点和线都是有光的，在那光后面，大片大片的暗，便是上海的弄堂了。那暗看上去几乎是波涛汹涌，几乎要将那几点几线的光推着走似的。它是有体积的，而点和线却是浮在面上的，是为划分这个体积而存在的，是文章里标点一类的东西，断行断句的。那暗是像深渊一样，扔一座山下去，也悄无声息地沉了底。那暗里还像是藏着许多礁石，一不小心就会翻了船的。上海的几点几线的光，全是叫那暗托住的，一托便是几十年。这东方巴黎的璀璨，是以那暗作底铺陈开。一铺便是几十年。如今，什么都好像旧了似的，一点一点露出了真迹。晨曦一点一点亮起，灯光一点一点熄灭：先是有薄薄的雾，光是平直的光，勾出轮廓，细工笔似的。最先跳出来的是老式弄堂房顶的老虎天窗，它们在晨雾里有一种精致乖巧的模样，那木框窗扇是细雕细作的；那屋披上的瓦是细工细排的；窗台上花盆里的月季花也是细心细养的。然后晒台也出来了，有隔夜的衣衫，滞着不动的，像画上的衣衫；晒台矮墙上的水泥脱落了，露出锈红色的砖，也像是画上的，一笔一划都清晰的。再接着，山墙上的裂纹也现出了，还有点点绿苔，有触手的凉意似的。第一缕阳光是在山墙上的，这是很美的图画，几乎是绚烂的，又有些荒凉；是新鲜的，又是有年头的。这时候，弄底的水泥地还在晨雾里头，后弄要比前弄的雾更重一些。新式里弄的铁栏杆的阳台上也有了阳光，在落地的长窗上折出了反光。这是比较锐利的一笔，带有揭开帷幕，划开夜与昼的意思。雾终被阳光驱散了，什么都加重了颜色，绿苔原来是黑的，窗框的木头也是发黑的，阳台的黑铁栏杆却是生了黄锈，山墙的裂缝里倒长出绿色的草，飞在天空里的白鸽成了灰鸽。

上海的弄堂是形形种种，声色各异的。它们有时候是那样，有时候是这样，莫衷一是的模样。其实它们是万变不离其宗，形变神不变的，它们是倒过来倒过去最终说的还是那一桩事，千人千面，又万众一心的。那种石窟门弄堂是上海弄堂里最有权势之气的一种，它们带有一些深宅大院的遗传，有一副官邸的脸面。它们将森严壁垒全做在一扇门和一堵墙上。一旦开进门去，院子是浅的，客堂也是浅的，三步两步便走穿过去，一道木楼梯在了头顶。木楼梯是不打弯的，直抵楼上的闺阁，那二楼的临了街的窗户便流露出了风情。上海东区的新式里弄是放下架子的，门是楼空雕花的矮铁门，楼上有探身的窗还不够，还要做出站脚的阳台，为的是好看街市的风景。院里的夹竹桃伸出墙外来，锁不住的春色的样子。但骨子里头却还是防范的，后门的锁是德国造的弹簧锁，底楼的窗是有铁栅栏的，矮铁门上有着尖锐的角，天井是围在房中央，一副进得来出不去的样子。西区的公寓弄堂是严加防范的，房间都是成套，一扇门关死，一夫当关万夫莫开的架势，墙是隔音的墙，鸡犬声不相闻的。房子和房子是隔着宽阔地，老死不相见的。但这防范也是民主的防范，欧美风的，保护的是做人的自由，其实是想做什么就做什么，谁也拦不住的。那种棚户的杂弄倒是全面敞开的样子，牛毛毡的屋顶是漏雨的，板壁墙是不遮风的，门窗是关不严的。这种弄堂的房屋看上去是鳞次栉比，挤挤挨挨，灯光是如豆的一点一点，虽然微弱，却是稠密，一锅粥似的。它们还像是大河一般有着无数的支流，又像是大树一样，枝枝叉叉数也数不清。它们阡陌纵横，是一张大网。它们表面上是袒露的，实际上却神秘莫测，有着曲折的内心。黄昏时分，鸽群盘桓在上海的空中，寻找着各自的巢。屋脊连绵起伏，横看成岭竖成峰的样子。站在至高点上，它们全都连成一片，无边无际的，东南西北有些分不清。它们还是如水漫流，见缝就钻，看上去有些乱，实际上却是错落有致的。它们又辽阔又密实，有些像农人撒播然后丰收的麦田，还有些像原始森林，自生自灭的。它们实在是极其美丽的景象。

上海的弄堂是性感的，有一股肌肤之余似的。它有着触手的凉和暖，是可感可知，有一些私心的。积着油垢的厨房后窗，是专供老妈子一里一外扯闲篇的；窗边的后门，是供大小姐提着书包上学堂读书，和男先生幽会的；前边大门虽是不常开，开了就是有大事情，是专为贵客走动，贴了婚丧嫁娶的告示的。它总是有一点接捺不住的兴奋，跃跃然的，有点絮叨的。晒台和阳台，还有窗畔，都留着些窃窃私语，夜间的敲门声也是此起彼落。还是要站一个至高点，再找一个好角度：弄堂里横七竖八晾衣竹竿上的衣物，带有点私情的味道；花盆里栽的凤仙花，宝石花和青葱青蒜，也是私情的性质；屋顶上空着的鸽笼，是一颗空着的心；碎了和乱了的瓦片，也是心和身子的象征。那沟壑般的弄底，有的是水泥铺的，有的是石卵拼的。水泥铺的到底有些隔心隔肺，石卵路则手心手背都是肉的感觉。两种弄底的脚步声也是两种，前种是清脆响亮的，后种却是吃进去，闷在肚里的；前种说的是客套，后种是肺腑之言，两种都不是官面文章，都是每日里免不了要说的家常话。上海的后弄更是要钻进人心里去的样子，那里的路面是饰着裂纹的，阴沟是溢水的，水上浮着鱼鳞片和老菜叶的，还有灶间的油烟气。这里是有些脏兮兮，不整洁的，最深最深的那种隐私也裸露出来的，有点不那么规矩的。因此，它便显得有些阴沉。太阳是在午后三点的时候才照进来，不一会儿就夕阳西下了。这一点阳光反给它罩上一层暧昧的色彩，墙是黄黄的，面上的粗砺都凸现起来，沙沙的一层。窗玻璃也是黄的，有着污迹，看上去有一些花的。这时候的阳光是照久了，有些压不住的疲累的，将最后一些沉底的光都迸出来照耀，那光里便有了许多沉积物似的，是黏稠滞重，也是有些不干净的。鸽群是在前边飞的，后弄里飞着的是夕照里的一些尘埃，野猫也是在这里出没的。这是深入肌肤，已经谈不上是亲是近，反有些起腻，暗底里生畏的，却是有一股噬骨的感动。

　　上海弄堂的感动来自于最为日常的情景，这感动不是云水激荡的，而是一点一点累积起来。这是有烟火人气的感动。那一条条一排排的里巷，流动着一些意料之外又情理之中的东西，东西不是什么大东西，但琐琐细细，聚沙也能成塔的。那是和历史这类概念无关，连野史都难称上，只能叫做流言的那种。流言是上海弄堂的又一景观，它几乎是可视可见的，也是从后窗和后门里流露出来。前门和前阳台所流露的则要稍微严正一些，但也是流言。这些流言虽然算不上是历史，却也有着时间的形态，是循序渐进有因有果的。这些流言是贴肤贴肉的，不是故纸堆那样冷淡刻板的，虽然谬误百出，但谬误也是可感可知的谬误。在这城市的街道灯光辉煌的时候，弄堂里通常只在拐角上有一盏灯，带着最寻常的铁罩，罩上生着锈，蒙着灰尘，灯光是昏昏黄黄，下面有一些烟雾般的东西滋生和蔓延，这就是酝酿流言的时候。这是一个晦涩的时刻，有些不清不白的，却是伤人肺腑。鸽群在笼中叽叽哝哝的，好像也在说着私语。街上的光是名正言顺的，可惜刚要流进弄回，便被那暗吃掉了。那种有前客堂和左右厢房里的流言是要老派一些的，带薰衣草的气味的；而带亭子间和拐角楼梯的弄堂房子的流言则是新派的，气味是樟脑丸的气味。无论老派和新派，却都是有一颗诚心的，也称得上是真情的。那全都是用手掬水，掬一捧漏一半地掬满一池，燕子衔泥衔一口掉半口地筑起一巢的，没有半点偷懒和取巧。上海的弄堂真是见不得的情景，它那背阴处的绿苔，其实全是伤口上结的疤一类的，是靠时间抚平的痛处。因它不是名正言顺，便都长了阴处，长年见不到阳光。爬墙虎倒是正面的，却是时间的帷幕，遮着盖着什么。鸽群飞翔时，望着波涛连天的弄堂的屋瓦，心是一刺刺的疼痛。太阳是从屋顶上喷薄而出，坎坎坷坷的，光是打折的光，这是由无数细碎集合而成的壮观，是由无数耐心集合而成的巨大的力。

3. 闺阁

　　在上海的弄堂房子里。闺阁通常是做在偏厢房或是亭子间里，总是背阴的窗，拉着花窗帘。拉开窗帘，便可看见后排房子的前客堂里，人家的先生和太太，还有人家院子里的夹竹桃。这闺阁实在是很不严密的。隔墙的亭子间里，抑或就住着一个洋行里的实习生，或者失业的大学生，甚至刚出道的舞女。那后弄堂，又是个藏污纳垢的场所。老妈子的村话，包车夫的俚语，还有那隔壁大学生的狐朋狗友一日三回地来，舞女的小姊妹也三日一回地来。夜半时分，那几扇后门的动静格外的清晰，好像马上就跳出个什么轶事来似的。就说那对面人家的前客堂里的先生太太，做的是夫妻的样子，说不准却是一对狗男女，不见日就有打上门来的，碎玻璃碎碗一片响。还怕的是弄底里有一户大人家，再有个小姐，读的中西女中一类的好学校，黑漆大门里有私家轿车进去出来，圣诞节，生日有派对的钢琴声响起来，一样的女儿家，却是两种闺阁，便由不得怨艾之心生起，欲望之心也生起。这两种心可说是闺阁生活的大忌，祸根一样的东西，本是如花蕊一样纯洁娇嫩的闺阁，却做在这等嘈杂混淆的地方，能有什么样遭际呢？

月光在花窗帘上的影，总是温存美丽的。逢到无云的夜，那月光会将屋里映得通明。这通明不是白日里那种无遮无拦的通明，而是蒙了一层纱的，婆婆婆婆的通明。墙纸上的百合花，被面上的金丝草，全都像用细笔描画过的，清楚得不能再清楚。隐隐约约的，好像有留声机的声音传来，像是唱的周被的"四季调"。无论是多么嘈杂混淆的地方，闺阁总还是宁静的。卫生香燃到一半，那一半已经成灰尘；自鸣钟十二响只听了六响，那一半已经入梦。梦也是无言无语的梦。在后弄的黑洞洞的窗户里，不知哪个就嵌着这样纯洁无瑕的梦，这就像尘嚣之上的一片浮云，恍惚而短命，却又不知自己的命短，还是一夜复一夜的。绣花绷上的针脚，书页上的字，都是细细密密，一行复一行，写的都是心事。心事也是无声无息的心事，被月光浸透了的，格外的醒目，又格外的含蓄，不知从何说起的样子。那月亮西去，将明未明，最黑漆漆的一刻里，梦和心事都偃息了，晨曦亮起，便雁过无痕了。这是万籁俱寂的夜晚里的一点活跃，活跃也是雅致的活跃，温柔似水的活跃。也是尘嚣上的一片云。早晨的揭开的花窗帘后面的半扇窗户，有一股等待的表情，似乎是酝酿了一夜的等待。窗玻璃是连个斑点也没有的。屋子里连个人影都没有的，却满满的都是等待。等待也是无名无由的等待，到头总是空的样子。到头总是空却也是无怨又无哀。这是骚动不安闻鸡起舞的早晨唯一的一个束手待毙。无依无靠的，无求无助的，却是满怀热望。这热望是无果的花，而其他的全是无花的果。这是上海弄堂里的一点冰清玉洁。屋顶上放着少许的鸽子，闺阁里收着女儿的心。照进窗户的阳光已是西下的阳光，唱着悼歌似的，还是最后关头的倾说。这也是热火朝天的午后里仅有的一点无可奈何。这点无可奈何是带有一些古意的，有点诗词弦管的意境，是可供吟哦的，可是有谁来听呢？它连个浮云都不是，浮云会化风化雨，它却只能化成一阵烟，风一吹就散，无影无踪。上海弄堂里的闺阁，说不好就成了海市蜃楼，流光溢彩的天上人间，却转瞬即逝。

上海弄堂里的闺阁，其实是变了种的闺阁。它是看一点用一点，极是虚心好学，却无一定之规。它是白手起家和拿来主义的。贞女传和好莱坞情话并存，阴丹士林蓝旗袍下是高跟鞋，又古又摩登。"河阳江头夜送客，枫叶荻花秋瑟瑟"也念，"当我们年轻的时候"也唱。它也讲男女大防，也讲女性解放。出走的娜娜是她们的精神领袖，心里要的却是《西厢记》里的莺莺，折腾一阵子还是郎心似铁，终身有靠。它不能说没规矩，而是规矩太杂，虽然莫衷一是，也叫她们嫁接得很好，是杂糅的闺阁。也不能说是掺了假，心都是一颗诚心，认的都是真。终也是朝起暮归，农人种田一般经营这一份闺阁。她们是大家子小家子分不大清，正经不正经也分不清的，弄底黑漆大门里的小姐同隔壁亭子间里舞女都是她们的榜样，端庄和风情随便挑的。姆妈要她们嫁好人家，男先生策反她们闹独立，洋牧师煽动她们皈依主。橱窗里的好衣服在向她们招手，银幕上的明星在向她们招手，连载小说里的女主角在向她们招手。她们人在闺阁里坐，心却向了四面八方。脚下的路像有千万条，到底还是千条江河归大海的。她们嘴里念着洋码儿，心里记挂着旗袍的料子。要说她们的心是够野的，天下都要跑遍似的，可她们的胆却那么小，看晚场电影都要娘姨接和送。上学下学，则是结伴成阵才敢在马路上过的，还都是羞答答的。见个陌生人，头也不敢抬，听了二流子的浪声谑语，气得要掉眼泪。所以，这也是自相矛盾，自己苦自己的闺阁。

　　午后的闺阁，真是要多烦人有多烦人的。春夏的时候，窗是推开的，梧桐上的蝉鸣，弄口的电车声，卖甜食的梆子声，邻家留声机的歌唱声，一古脑儿地钻进来，搅扰着你的心。最恼人的是那些似有似无的琐细之声，那是说不出名目和来历，滴里嘟噜的，这是声音里暧昧不明的一种，闪烁其辞的一种，赶也赶不走，捉也捉不住的一种。那午后多半是闲来无事，一颗心里，全叫这莫名的声音灌满，是无聊倍加。秋冬时节则是阴霾连日，江南的阴霾是有分量的，重重地压着你的心。静是静的，连个叹息声都是咽回肚里去的，再化成阴霾出来的。炭盆里的火本是为了驱散那阴霾，不料却也叫阴霾压得喘不过气来，晦晦涩涩地明灭着。午后的明和暗，暖和寒全是来扰人的。醒着，扰你的耳目；睡着，扰你的梦；做女工，扰你的针线；看书，扰的是书上的字句；要是有两个人坐在一处说话，便扰着你的言语。午后是一日里正过到中途，是一日之希望接近尾声的等待，不耐和消沉相继而来，希望也是挣扎的希望。它是闺阁里的苍凉暮年，心都要老了，做人却还没开头似的。想到这，心都要绞起来了，却又不能与人说，说也说不明的。上海弄堂里的闺阁，也是看不得的。人家院里的夹竹桃，红云满天，自家窗前的，是寂寞梧桐；上海的天空都叫霓虹灯给映红了，自家屋里终是一盏孤灯，一架嘀嘀嗒嗒的钟，数着年华似的。年华是好年华，却是经不得数的。午后闺阁的多事之秋，这带有一股饥不择食的慌乱劲儿，还带有不顾一切的鲁莽劲儿，什么都不计较了，酿成大祸，贻误终身都无悔了，有点像飞蛾扑灯。所以，这午后是陷阱一般的，越是明丽越是危险。午后的明丽总是那么不祥，玩着什么花招似的，风是撩人的，影也是撩人的，人是没有提防。留声机里，周璇的四季调，从春数到冬，唱的都是好景致，也是蛊惑人心，什么都排好的说。屋顶上放飞的鸽子，其实放的都是闺阁的心，飞得高高的，看那花窗帘的窗，别时容易见时难的样子，还是高处不胜寒冷的样子。

　　上海弄堂里的闺阁，是八面来风的闺阁，愁也是喧喧嚣嚣的愁。后弄里的雨，写在窗上是个水淋淋的"愁"字，后弄的雾，是个模棱两可的愁，又还都是催促，催什么，也没个所以然。它消耗着做女儿的耐心，也消耗着做人的耐心，它免不了有种箭在弦上，初在区中，伺机待发的情势。它真是一日比一日维挨，回头一看却又时日苦短，叫人不知怎么好的。闺阁是上海弄堂的天真，一夜之间，从嫩走到熟，却是生生灭灭，永远不息，一代换一代的。闺阁还是上海弄堂的幻觉，云开日出便灰飞烟散，却也是一幕接一幕，永无止境。

5. 王琦瑶

　　王琦瑶是典型的上海弄堂的女儿。每天早上，后弄的门一响，提着花书包出来的，就是王琦瑶；下午，跟着隔壁留声机哼唱"四季调"的，就是王琦瑶；结伴到电影院看费雯丽主演的"乱世佳人"，是一群王琦瑶；到照相馆去拍小照的，则是两个特别要好的王琦瑶。每间偏厢房或者亭子间里，几乎都坐着一个王琦瑶。王琦瑶家的前客堂里，大都有着一套半套的红木家具。堂屋里的光线有点暗沉沉，太阳在窗台上画圈圈，就是进不来。三扇镜的梳妆桌上，粉缸里粉总像是受了潮，有点黏湿的，生发膏却已经干了底。樟木箱上的铜锁锃亮的，常开常关的样子。收音机是供听评弹，越剧，还有股票行情的，波段都有些难调，丝丝拉拉地响。王琦瑶家的老妈子，有时是睡在楼梯下三角间里，只够放一张床。老妈子是连东家洗脚水都要倒，东家使唤她好像要把工钱的利息用足的。这老妈子一天到晚地忙，却还有工夫出去讲她家的坏话，还是和邻家的车夫有什么私情的。王琦瑶的父亲多半是有些惧内，被收伏得很服帖，为王琦瑶树立女性尊严的榜样。上海早晨的有轨电车里，坐的都是王琦瑶的上班的父亲，下午街上的三轮车里，坐的则是王琦瑶的去剪旗袍料的母亲。王琦瑶家的地板下面，夜夜是有老鼠出没的，为了灭鼠抱来一只猫，房间里便有了淡淡的猫臊臭的。王琦瑶往往是家中的老大，小小年纪就做了母亲的知己，和母亲套裁衣料，陪伴走亲访友，听母亲们喟叹男人的秉性，以她们的父亲作活教材的。

王琦瑶是典型的待字闺中的女儿，那些洋行里的练习生，眼睛觑来觑去的，都是王琦瑶。在伏天晒霉的日子里，王琦瑶望着母亲的垫箱，就要憧憬自己的嫁妆的。照相馆橱窗里婚纱曳地的是出嫁的最后的王琦瑶。王琦瑶总是闭花羞月的，着阴丹士林蓝的旗袍，身影袅袅，漆黑的额发俺一双会说话的眼睛。王琦瑶是追随潮流的，不落伍也不超前，是成群结队的摩登。她们追随潮流是照本宣科，不发表个人见解，也不追究所以然，全盘信托。上海的时装潮，是靠了王琦瑶她们才得以体现的。但她们无法给予推动，推动不是她们的任务。她们没有创造发明的才能，也没有独立自由的个性，但她们是勤恳老实，忠心耿耿，亦步亦趋的。她们无怨无艾地把时代精神被挂在身上，可说是这城市的宣言一样的。这城市只要有明星诞生，无论哪一个门类的，她们都是崇拜追逐者；报纸副刊的言情小说，她们也是倾心相随的读者，她们中间出类拔萃的，会给明星和作者写信，一般只期望得个签名而已。在这时尚的社会里，她们便是社会基础。王琦瑶还无一不是感伤主义的，也是潮流化的感伤主义，手法都是学着来的。落叶在书本里藏着，死蝴蝶是收在胭脂盒，她们自己把自己引下泪来，那眼泪也是顺大流的。那感伤主义是先做后来，手到心才到，不能说它全是假，只是先后的顺序是倒错的，是做出来的真东西。这地方什么样的东西都有摹本，都有领路的人。王琦瑶的眼睑总是有些发暗，像罩着阴影，是感伤主义的阴影。她们有些可怜见的，越发的楚楚动人。她们吃饭只吃猫似的一口，走的也是猫步。她们白得透明似的，看得见淡蓝经脉。她们夏天一律的痊夏，冬天一律的睡不暖被窝，她们需要吃些滋阴补气的草药，药香弥漫。这都是风流才子们在报端和文明戏里制造的时尚，最合王琦瑶的心境，要说，这时尚也是有些知寒知暖的。

王琦瑶和王琦瑶是有小姊妹情谊的，这情谊有时可伴随她们一生。无论何时，她们到了一起，闺阁生活便扑面而来。她们彼此都是闺阁岁月的一个标记，纪念碑似的东西；还是一个见证，能挽留时光似的。她们这一生有许多东西都是更替取代的，唯有小姊妹情谊，可说是从一而终。小姊妹情谊说来也怪，它其实并不是患难与共的一种，也不是相濡以沫的一种，它无恩也无怨的，没那么多的纠缠。它又是无家无业，没什么羁绊和保障。要说是知心，女儿家又有多少私心呢？她们更多只是个作伴，作伴也不是什么要紧的作伴，不过是上学下学的路上。她们梳一样的发式，穿一样的鞋袜，像恋人那样手挽着手。街上倘若看见这样一对少女，切莫以为是一胎双胞的姐妹，那就是小姊妹情谊，王琦瑶式的。她们相偎相依，看上去不免是有些小题大作的，然而她们的表情却是那样认真，由不得叫你也认真的。她们的作伴，其实是寂寞加寂寞，无奈加无奈，彼此谁也帮不上谁的忙，因此，倒也抽去了功利心，变得很纯粹了。每个王琦瑶都有另一个王琦瑶来作伴，有时是同学，有时是邻居，还有时是在表姐妹中间产生一个。这也是她们平淡的闺阁生活中的一个社交，她们的社交实在太少，因此她们就难免全力以赴，结果将社交变成了情谊。王琦瑶们倒都是情谊中人，追求时尚的表面之下有着一些肝胆相照。小姊妹情谊是真心对真心，虽然真心也是平淡的真心。一个王琦瑶出嫁，另一个王琦瑶便来做伴娘，带着点凭吊的意思，还是送行的意思。那伴娘是甘心衬托的神情，衣服的颜色是暗一色的，款式是老一成的，脸上的脂粉也是淡一层的，什么都是偃旗息鼓的，带了一点自我牺牲的悲壮，这就是小姊妹情谊。

上海的弄堂里，每个门洞里，都有王琦瑶在读书，在绣花，在同小姊妹窃窃私语，在和父母怄气掉泪。上海的弄堂总有着一股小女儿情态，这情态的名字就叫王琦瑶。这情态是有一些优美的，它不那么高不可攀，而是平易近人，可亲可爱的。它比较谦虚，比较温暖，虽有些造作，也是努力讨好的用心，可以接受的。它是不够大方和高尚，但本也不打算谱写史诗，小情小调更可人心意，是过日子的情态。它是可以你来我往，但也不可随便轻薄的。它有点缺少见识，却是通情达理的。它有点小心眼儿，小心眼儿要比大道理有趣的。它还有点耍手腕，也是有趣的，是人间常态上稍加点装饰。它难免有些村俗，却已经过文明的淘洗。它的浮华且是有实用作底的。弄堂墙上的绰绰月影，写的是王琦瑶的名字；夹竹桃的粉红落花，写的是王琦瑶的名字；纱窗帘后头的婆婆灯光，写的是王琦瑶的名字；那时不时窜出一声的苏州腔的柔糯的沪语，念的也是王琦瑶的名字。叫卖桂花粥的梆子敲起来了，好像是给王琦瑶的夜晚数更；三层阁里吃包饭的文艺青年，在写献给王琦瑶的新诗；露水打湿了梧桐树，是王琦瑶的泪痕；出去私会的娘姨悄悄溜进了后门，王琦瑶的梦却已不知做到了什么地方。上海弄堂因有了王琦瑶的缘故，才有了情味，这情味有点像是从日常生计的间隙中进出的，墙缝里的开黄花的草似的，是稍不留意遗漏下来的，无心插柳的意思。这情味却好像会洇染和化解，像那种苔藓类的植物，沿了墙壁蔓延滋长，风餐露饮，也是个满眼绿，又是星火燎原的意思。其间那一股挣扎与不屈，则有着无法消除的痛楚。上海弄堂因为了这情味，便有了痛楚，这痛楚的名字，也叫王琦瑶。上海弄堂里，偶尔会有一面墙上，积满了郁郁葱葱的爬山虎，爬山虎是那些垂垂老矣的情味，是情味中的长寿者。它们的长寿也是长痛不息，上面写满的是时间、时间的字样，日积月累的光阴的残骸，压得喘不过气来的。这是长痛不息的王琦瑶。

长恨歌（作品梗概）

　　王琦瑶是典型的上海弄堂的女儿。她面容姣好，身着阴丹士林蓝的旗袍，身影袅袅。漆黑的额发掩盖着一双会说话的眼睛，喜爱追逐潮流，讲究小情小调，矜持自恃，心比天高。她是上海弄堂的心，是小女儿情态的代表。这样的王琦瑶，有着俘获人心的魅力。

　　在王琦瑶众多的同学中，吴佩珍是她最贴心的朋友。吴佩珍并不美丽，甚至有点自卑，王琦瑶的友情在她看来不免有了恩赐的味道，因此她忠实地崇拜着王琦瑶，并随时准备奉献自己的热诚。此时的上海，"片场"顶着罗曼蒂克的光环，无疑是女学生们心之向往的地方，为此吴佩珍特意拉拢在片场做照明工的表哥，安排她们到片场见识一番。从此，片场就成为她们常去的地方，也成为王琦瑶人生道路的第一个转折点。

　　凭借着姣好的面容，王琦瑶获得了第一次试镜的机会，扮演一位旧式婚礼中的新娘。伴随着紧凑的拍摄准备，她的心也紧张到了极点，预设的种种表情都只剩一片木然。失败的试镜经历使十六岁的王琦瑶蒙上了感伤的阴影，她总是躲着吴佩珍，仿佛以此来回避记忆的叨扰，二人的关系也由亲到疏，最终失落了友谊。一个月后，导演出于补偿的心理，介绍了摄影师程先生为王琦瑶拍照。程先生，二十六岁，在一家洋行做职员，学的是铁路，真心爱的是照相。王琦瑶如约而至，这次的拍照经历比试镜成功许多，随后她的一张照片还用在了《上海生活》的封二，题名为"沪上淑媛"。如此一来，"沪上淑媛"王琦瑶不仅成为了女校的名人，更走进了上海的千家万户。

　　光环下的王琦瑶一如往昔，有所不同的是，她身边的女伴不再是吴佩珍，而是蒋丽莉。蒋丽莉出身工厂主家庭，功课容貌皆一般，好读小说，遣词造句浓艳多情。她们的交情始于蒋丽莉的生日晚会，此后便愈发亲近，王琦瑶几乎要被拉拢为蒋家的一员，最终甚至应邀搬进蒋丽莉家中同住。一九四六年的上海气象平和，沉浸在欢情之中。为了给河南水灾筹募赈款，社会发起了"上海小姐"的选举。程先生和蒋家母女都极力建议王琦瑶参加竞选，怀着跃跃欲试的心情，王琦瑶在半推半就中也就顺势而为了。接下来的时间里，竞选就成为蒋家母女和程先生的头等大事，从服装选择，到发型设计，再到拉选票，王琦瑶反而成为了最不劳心劳力的那一个。终于，王琦瑶获得了第三名，俗称"三小姐"。

　　王琦瑶的美虽不明艳，但却深入人心，温和，厚道，还有一点善解，是真实的美，生活化的美。恰是这一点打动了程先生。程先生的心思王琦瑶也并非不知，却有意每次约会都拉上蒋丽莉作伴，既是为了化解尴尬，也是炫耀自己的社交成果。对于程先生，王琦瑶是说不上爱的，只觉得他是个垫底的，虽微不足道，却也是无着无落里的一个依靠，因此总是若即若离地保持着联系。而蒋丽莉却将程先生看作天赐的缘分，眼里、心里都是他的影子，情到浓时也不免向王琦瑶哭诉。在三人角力中，王琦瑶是当之无愧的操控者。然而纸终究包不住火，随着蒋丽莉发现程先生为王琦瑶题词的照片，真相终于水落石出，蒋丽莉的爱情和友情被同时摧毁了，王琦瑶也落寞地搬出了蒋家。

王琦瑶本该重新回归上海的旧式弄堂，做起闺阁中的寻常女子，而李主任的出现打破了这一安宁，成为她人生中的又一转折点。李主任真名张秉良，是军政界的一位大人物，也是"上海小姐"的评委之一。在决赛现场，王琦瑶娇媚而不造作，坦白、率真、老实的风情唤起了他的怜惜之意，因此便借百货公司开张的契机，点名请王琦瑶来剪彩。在女人这件事情上，李主任总是当机立断，直入主题的，几次的吃饭、看戏之后，便俘获了王琦瑶的芳心。对王琦瑶而言，李主任是大世界的人，是主宰者，带给她前所未有的安全感和荣耀感，满足自己对于爱情的全部幻想，因此，她将身心交付给这个男人，搬进了为她租下的"爱丽丝公寓"，成为李主任的一个情人。"爱丽丝公寓"里的华美娇艳是与寂寞同生的，王琦瑶的生命也只有在李主任来时才被点亮，其余时刻，她能做的只有无尽的等待。时局渐紧，李主任来的次数越来越少，王琦瑶陷入了前所未有的恐慌，她拼命想要抓住什么，却终究还是和李主任失之交臂。留给她的只有一盒金条，以及报纸上罹难者名单中刺眼的字迹：张秉良，死于北平至上海的飞机坠毁事故。

在这次变故之后，王琦瑶选择逃离上海，随外婆一起回到坞桥老家。坞桥是避难者的圣地，任世道变化，也保持着最初的本质，能叫人参透生命的佛理。在这个与世无争的江南小镇，阿二的出现勾起了王琦瑶对于往昔的追忆。阿二是坞桥的孤独者，他受过教育，渴望走出坞桥，却因时局动荡而不得不留在这里。王琦瑶的到来拯救了他的苦闷，同为不该属于坞桥的一类人，他们便更多了一份亲近。阿二对于王琦瑶的爱是纯洁的少年之爱，无所欲求，几近膜拜，只为有朝一日能够足够强大，便毅然决然地离开了坞桥，投入外面世界的洪流之中。阿二的离去再度撩拨着王琦瑶的上海心，她感受到家的召唤，于是王琦瑶决定回到上海，即便是曾经的苦痛和未来的迷茫她都愿意承担。

王琦瑶回到了上海，住进平安里三十九号楼，她考取了注射执照，以帮人打针为生。街坊邻居中她与严家师母最为亲近，在严家师母的介绍下，王琦瑶认识了她的表弟——康明逊。康明逊是家中唯一的男孩，但因是二太太所生，从小就很会察言观色，心思周全。三人相谈甚欢，相约到王琦瑶处打麻将。是日，康明逊带来了他的牌友萨沙——他是革命的混血儿，父亲在派往苏联学习时和一个苏联女人结了婚，后来父亲牺牲，母亲回了苏联，他便寄养在上海的祖母家。从这次牌局之后，王琦瑶家就成为了他们的聚点，打麻将、喝下午茶、围炉夜话，亲近得如同家人一般，无论窗外的世界如何变幻，平安里三十九号的灯光永远安宁。一来二去，康明逊和王琦瑶之间产生了微妙的情愫。在康明逊眼里，王琦瑶美丽、聪慧，总能给予他心灵上的慰藉。而康明逊坚强外表下孤立无助的内心也激起了王琦瑶的怜惜，她对他不仅是爱，还是体恤。因此，在明知康明逊"没办法"的前提下还是将自己献给了他。他们不愿去谈论渺茫的未来，然而王琦瑶的怀孕打破了本是平静的生活。终究，康明逊还是没有勇气背叛封建家庭，王琦瑶也只得为孩子另谋他路。她想到了让萨沙来顶替。在几番有预谋的缱绻后，王琦瑶告诉萨沙自己怀了他的孩子。然而这一切没能瞒过精明的萨沙，最终他选择了逃离，而王琦瑶也怀着对萨沙的愧疚以及对康明逊深切的爱，决定生下这个孩子。

　　康明逊和萨沙的相继离去使王琦瑶的生活重新回归平静，直到她再次遇见了程先生。程先生尚未娶妻，对于王琦瑶他还是有着难以割舍的深情。一九六零年的上海是一个食欲旺盛的年代，为了节省开销，他们便搭帮过起了日子。程先生义无反顾地照看着王琦瑶的起居，直到她顺利诞下女儿薇薇。在朝夕相对的日子里，王琦瑶充满了感激，甚至想着只要他开口，自己断不会拒绝。然而程先生从不在她那儿过夜，因为他明白，对于自己，王琦瑶只有报恩，没有爱，尽管等待了半生，他也不愿接受这施舍的结局。

　　除了程先生之外，蒋丽莉的出现也勾起了王琦瑶恍若隔世的记忆。蒋丽莉自觉与封建家庭决裂参加了革命，和纱厂的军代表结了婚，育有三个孩子，是十足的革命派，时刻向共产党靠拢。对于丈夫和孩子，她没有太多的感情，反倒在王琦瑶和程先生的身上倾注了一生的爱，因为他们是旧时光的见证。雷厉风行、敢爱敢恨的蒋丽莉最终没能抵抗病魔的侵袭，死于恶瘤，带着对程先生无尽的爱意，以及对王琦瑶爱恨交加的复杂情感，撒手人寰。一九六六年的夏天，风波诡谲，"文化大革命"的巨浪席卷着上海，程先生也被裹挟其中。他被诬陷为一个情报特务，相机是他的武器，而那些登门求照的女人则是他一手培养的色情间谍。搜查、逼供、关押，程先生终于不堪重负，选择了自杀。蒋丽莉和程先生的离去再次斩断了王琦瑶和过去的纠葛，她独自飘零在日新月异的上海，没有过去，没有未来，只有女儿是她与外界唯一的联系。一九七六年，薇薇十五岁，具备了时代新人的普遍特点，追赶潮流，缺乏独立的思想，叛逆浮躁，与母亲王琦瑶的关系始终不好。劫后余生的上海时刻彰显着崭新的姿态，到处是狂欢的激情，而这在王琦瑶看来却是杂乱无章、粗制滥造的，她成为了旧上海潮流经典的活化石。最后，当女儿出嫁，陪同丈夫小林远赴美国求学，王琦瑶的生活再次回归平静，形单影只。

　　"老克腊"的出现成为了她人生中的又一转折点。所谓"老克腊"指的是在全新的社会风貌中，始终保持着上海的旧时尚，以固守为激进的一类风流人物。王琦瑶认识其中的一个，人称"老克腊"，二十六岁，是一所中学的体育老师，生长在八十年代，却醉心于三十四年代旖旎的上海风光。在"老克腊"看来，王琦瑶是旧上海风情的最佳代表，精致美丽得没有年纪。而"老克腊"身上新式潇洒与旧式内涵的结合也让王琦瑶在不知不觉间为之倾心，充满怜惜。虽然年龄相距甚远，但他们之间还是发生了荒唐的不伦恋。出于对衰老的恐惧和对青春的留恋，王琦瑶拼命想要抓住这最后一根"救命稻草"，然而"老克腊"对虚无的未来充满恐惧，最终不顾王琦瑶的苦苦哀求，毅然离开了她。

　　旧人离去，王琦瑶的身边常来往的只剩下女儿的朋友张永红，以及张的男朋友——长脚。长脚为人阔气，外表斯文，自称有雄厚的家庭经济背景，实则是依靠炒汇、套汇、贩水产等伎俩艰难支撑门面。在经济窘迫之时，他听信传言，认为王琦瑶家中有丰厚的黄金和美元，便趁着夜色潜入她家，企图盗取。然而这一切都被王琦瑶看在眼里，她厉声斥责着长脚无耻的贪念，不料却激怒了他，多年的隐忍和利益的诱惑一齐涌上心头，长脚掐死了王琦瑶，随后便消失在了茫茫夜幕之中。

　　在这如水般沉静的夜晚，王琦瑶的一生就此落幕。（刘抒薇）

阿　来

阿来（1959—　），藏族，出生于四川西北部藏区马尔康县。中国当代作家，诗人。主要作品有长篇小说《尘埃落定》《空山》《格萨尔王》，小说集《旧年的血迹》《月光下的银匠》，诗集《棱磨河》，长篇地理散文《大地的阶梯》等。代表作《尘埃落定》等。

阿来从1982年开始创作诗歌，20世纪80年代中后期转向小说创作，创作初期的短篇小说即被刊登在《四川文学》上，风格清新、浑然天成。1998年出版的长篇小说《尘埃落定》，在2000年荣获第五届茅盾文学奖，小说从"土司的傻瓜儿子"这一独特的叙事视角出发，用超时代感的思维和目光见证了古老的土司制度的兴盛与灭亡，展现了浓郁而神秘的民族风情。茅盾文学奖评委认为这篇小说"有丰厚的藏族文化意蕴。轻淡的一层魔幻色彩增强了艺术表现开合的力度"，小说的语言则具有"灵动的诗意"。他曾任成都《科幻世界》杂志社社长、总编辑，以独特的经营模式使《科幻世界》成为世界上发行量最大的科幻类杂志，创造了商业传媒里的神话。

阿来是一名"用汉语写作的藏族作家"，将嘉绒故土上的故事讲述给四方读者，通过文学为民族文化代言，促进了不同文化之间的理解和交流。

尘埃落定（节选）

第一章

1. 野画眉

那是个下雪的早晨，我躺在床上，听见一群野画眉在窗子外边声声叫唤。

母亲正在铜盆中洗手，她把一双白净修长的手浸泡在温暖的牛奶里，嘘嘘地喘着气，好像使双手漂亮是件十分累人的事情。她用手指叩叩铜盆边沿，随着一声响亮，盆中的牛奶上荡起细密的波纹，鼓荡起嗡嗡的回音在屋子里飞翔。

然后，她叫了一声桑吉卓玛。

侍女桑吉卓玛应声端着另一个铜盆走了进来。那盆牛奶给放到地上。母亲软软地道："来呀，多多。"一条小狗从柜子下面咿咿唔唔地钻出来，先在地下翻一个跟头，对着主子摇摇尾巴，这才把头埋进了铜盆里边，盆里的牛奶咽得它几乎喘不过气来。土司太太很喜欢听见这种自己少少一点爱，就把人淹得透不过气来的声音。她听着小狗喝奶时透不过气的声音，在清水中洗手。一边洗，一边吩咐侍女卓玛，看看我——她的儿子醒了没有。昨天，我有点发烧，母亲就睡在了我房里。我说："阿妈，我醒了。"

她走到床前，用湿湿的手摸摸我的额头，说："烧已经退了。"

说完，她就丢开我去看她白净却有点掩不住苍老的双手。每次梳洗完毕，她都这样。现在，她梳洗完毕了，便一边看着自己的手一日日显出苍老的迹象，一边等着侍女把水泼到楼下的声音。这种等待总有点提心吊胆的味道。水从高处的盆子里倾泻出去,跌落在楼下石板地上,分崩离析的声音会使她的身子忍不住痉挛一下。水从四楼上倾倒下去,确实有点粉身碎骨的味道,有点惊心动魄。

但今天,厚厚的积雪吸掉了那声音。

该到声音响起时,母亲的身子还是抖动了一下。我听见侍女卓玛美丽的嘴巴在小声嘀咕:又不是主子自己掉下去了。我问卓玛:"你说什么?"

母亲问我:"这小蹄子她说什么?"

我说:"她说肚子痛。"

母亲问卓玛:"真是肚子痛吗?"

我替她回答:"又不痛了。"

母亲打开一只锡罐,一只小手指伸进去,挖一点油脂,擦在手背上,另一只小手指又伸进去,也挖一点油脂擦在另一只手背上。屋子里立即弥漫开一股辛辣的味道。这种护肤用品是用旱獭油和猪胰子加上寺院献上的神秘的印度香料混合而成。土司太太,也就是我母亲很会做表示厌恶的表情。她做了一个这样的表情,说:"这东西其实是很臭的。"

桑吉卓玛把一只精致的匣子捧到她面前,里面是土司太太左手的玉石镯子和右手的象牙镯子。太太戴上镯子,在手腕上转了一圈说:"我又瘦了。"

侍女说:"是。"

母亲说:"你除了这个你还会说什么?"

"是,太太。"

我想土司太太会像别人一样顺手给她一个嘴巴,但她没有。侍女的脸蛋还是因为害怕变得红扑扑的。土司太太下楼去用早餐。卓玛侍立在我床前,侧耳倾听太太踩着一级级梯子到了楼下,便把手伸进被子狠狠掐了我一把,她问:"我什么时候说肚子痛?我什么时候肚子痛?"

我说:"肚子不痛,只想下次泼水再重一点。"

我句话很有作用,我把腮帮鼓起来,她不得不亲了我一口。亲完,她说,可不敢告诉主子啊。我的双手伸向她怀里,一对小兔一样撞人的乳房就在我手心里了。我身体里面或者是脑里面什么地方很深很热地震荡了一下。卓玛从我手中挣脱出来,还是说:"可不敢告诉主子啊。"

这个早上,我第一次从女人身上感到令人愉快的心旌摇荡。

桑吉卓玛骂道:"傻瓜!"

我揉着结了眵的双眼问:"真的,到底谁是那个傻……傻瓜?"

"真是一个十足的傻瓜!"

说完,她也不服侍我穿衣服,而在我胳膊上留下一个鸟啄过似的红斑就走开了。她留给我的疼痛是叫人十分新鲜又特别振奋的。

窗外,雪光的照耀多么明亮!传来了家奴的崽子们追打画眉时的欢叫声。而我还在床上,躺在熊皮褥子和一大堆丝绸中间,侧耳倾听侍女的脚步走过了长长的回廊,看来,她真是不想回来侍候我了。于是,我一脚踢开被子大叫起来。

在麦其土司辖地上,没有人不知道土司第二个女人所生的儿子是一个傻子。

那个傻子就是我。

除了亲生母亲，所有人都喜欢我是现在这个样子。要是我是个聪明的家伙，说不定早就命归黄泉，不能坐在这里，就着一碗茶胡思乱想了。土司的第一个老婆是病死的。我的母亲是一个毛皮药材商买来送给土司的。土司醉酒后有了我，所以，我就只好心甘情愿当一个傻子了。

虽然这样，方圆几百里没有人不知道我，这完全因为我是土司儿子的缘故。如果不信，你去当个家奴，或者百姓的绝顶聪明的儿子试试，看看有没有人会知道你。

我是个傻子。

我的父亲是皇帝册封的辖制数万人众的土司。

所以，侍女不来给我穿衣服，我就会大声叫嚷。

侍候我的人来迟半步，我只一伸腿，绸缎被子就水一样流淌到地板上。来自重叠山口以外的汉地丝绸是些多么容易流淌的东西啊。从小到大，我始终弄不懂汉人地方为什么会是我们十分需要的丝绸、茶叶和盐的来源，更是我们这些土司家族权力的来源。有人对我说那是因为天气的缘故。我说："哦，天气的缘故。"心里却想，也许吧，但肯定不会只是天气的缘故。那么，天气为什么不把我变成另一种东西？据我所知，所有的地方都是有天气的。起雾了。吹风了。风热了，雪变成了雨。风冷了，雨又变成了雪。天气使一切东西发生变化，当你眼鼓鼓地看着它就要变成另一种东西时，却又不得不眨一下眼睛了。就在这一瞬间，一切又变回了原来的样子。可又有谁能在任何时候都不眨巴一下眼睛？祭祀的时候也是一样。享受香火的神祇在缭绕的烟雾背后，金面孔上彤红的嘴唇就要张开了，就要欢笑或者哭泣，殿前猛然一阵鼓号声轰然作响，吓得人浑身哆嗦，一眨眼间，神祇们又收敛了表情，回复到无忧无乐的庄严境界中去了。

这天早晨下了雪，是开春以来的第一场雪。只有春雪才会如此滋润绵密，不至于一下来就被风给刮走了，也只有春雪才会铺展得那么深远，才会把满世界的光都汇聚起来。

满世界的雪光都汇聚在我床上的丝绸上面。我十分担心丝绸和那些光一起流走了。心中竟然涌上了惜别的忧伤。闪烁的光锥子一样刺痛了心房，我放声大哭，听见哭声，我的奶娘德钦莫措跌跌撞撞地从外边冲了进来。她并不是很老，却喜欢做出一副上了年纪的样子。她生下第一个孩子后就成了我的奶娘，因为她的孩子生下不久就死掉了。那时我已经三个月了，母亲焦急地等着我做一个知道自己来到这个世界的表情。

一个月时我坚决不笑。

两个月时任何人都不能使我的双眼对任何呼唤做出反应。

土司父亲像他平常发布命令一样对他的儿子说："对我笑一个吧。"见没有反应，他一改温和的口吻，十分严厉地说："对我笑一个，笑啊，你听到了吗？"他那模样真是好笑。我一咧嘴，一汪涎水从嘴角掉了下来。母亲别过脸，想起有我时父亲也是这个样子，泪水止不住流下了脸腮。母亲这一气，奶水就干了。她干脆说："这样的娃娃，叫他饿死算了。"

父亲并不十分在意，叫管家带上十个银地和一包茶叶，送到刚死了私生子的德钦莫措那里，使她能施一道斋僧茶，给死娃娃做个小小的道场。管家当然领会了主子的意思。早上出去，下午就把奶娘领来了。走到寨门口，几条恶犬狂吠不已，管家对她说："叫它们认识你的气味。"

奶娘从怀里掏出块馍馍，分成几块，每块上吐点口水，扔出去，狗们立即就不咬了，跳起来，在空中接住了馍馍。之后，它们跑过去围着奶娘转了一圈，用嘴撩起他的长裙，嗅嗅她的脚，又嗅嗅她的腿，证实了她的气味和施食者的气味是一样的，这才竖起尾巴摇起来。几只狗开口大嚼，管家拉着奶娘进了官寨大门。

土司心里十分满意。新来的奶娘脸上虽然还有悲痛的颜色，但奶汁却溢出来打湿了衣服。

这时，我正在尽我所能放声大哭。土司太太没有了奶水，却还试图用那空空的东西堵住傻瓜儿子的嘴巴。父亲用拐杖在地上拄出很大的声音，说："不要哭了，奶娘来了。"我就听懂了似的止住了哭声。奶娘把我从母亲手中接过去。我立即就找到了饱满的乳房。她的奶水像涌泉一样，而且是那样地甘甜。我还尝到了痛苦的味道，和原野上那些花啊草啊的味道。而我母亲的奶水更多的是五颜六色的想法，把我的小脑袋涨得嗡嗡作响。

我那小胃很快就给装得满满当当了。为表示满意，我把一泡尿撒在奶娘身上。奶娘在我松开奶头时，背过身去哭了起来。就在这之前不久，她夭折的儿子由喇嘛们念了超度经，用牛毛毯子包好，沉入深潭水葬了。

母亲说："晦气，呸！"

奶娘说："主子，饶我这一回，我实在是忍不住了。"母亲叫她自己打自己一记耳光。

如今我已经十三岁了。这许多年里，奶娘和许多下人一样，洞悉了土司家的许多秘密，就不再那么规矩了。她也以为我很傻，常当着我的面说："主子，呸！下人，呸！"同时，把随手塞进口中的东西——被子里絮的羊毛啦，衣服上绽出的一段线头啦，和着唾液狠狠地吐在墙上。只是这一二年，她好像已经没有力气吐到原来的高度上去了。于是，她就干脆做出很老的样子。

我大声哭喊时，奶娘跌跌撞撞地跑了进来："求求你少爷，不要叫太太听到。"

而我哭喊，是因为这样非常痛快。

奶娘又对我说："少爷，下雪了啊。"

下雪跟我有什么关系呢？但我确实就不哭了。从床上看出去，小小窗口中镶着一方蓝得令人心悸的天空。她把我扶起来一点，我才看见厚厚的雪重重地压在树枝上面。我嘴一咧又想哭。

她赶紧说："你看，画眉下山来了。"

"真的？"

"是的，它们下山来了。听，它们在叫你们这些娃娃去和它们玩耍。"

于是，我就乖乖地叫她穿上了衣服。

天啊，你看我终于说到画眉这里来了。天啊，你看我这一头的汗水。画眉在我们这地方都是野生的。天阴时谁也不知道它们在什么地方。天将放晴，它们就全部飞出来歌唱了，歌声婉转嘹亮。画眉不长于飞行，它们只会从高处飞到低处，所以轻易不会下到很低的地方。但一下雪可就不一样了，原来的居处找不到吃的，就只好来到有人的地方。

画眉是给春雪压下山来的。

和母亲一起吃饭时，就有人不断进来问事了。

先是跛子管家进来问等会儿少爷要去雪地里玩，要不要换双暖和的靴子，并说，要是老爷在是要叫换的。母亲就说："跛子你给我滚出去，把那破靴子挂在脖子上给我滚出去！"管家出去了，当然没有把靴子吊在脖子上，也不是滚出去的。

不一会儿，他又拐进来报告，说科巴塞里给赶上山去的女麻疯在雪中找不到吃的，下山来了。

母亲赶紧问："她现在到了哪里？"

"半路上跌进抓野猪的陷阱里去了。"

"会爬出来的。"

"她爬不出来，正在洞里大声叫唤呢。"

"那还不赶紧埋了！"

"活埋吗？"

"那我不管，反正不能叫麻疯闯进寨子里来。"

之后是布施寺庙的事，给耕种我家土地的百姓们发放种子的事。屋里的黄铜火盆上燃着旺旺的木炭，不多久，我的汗水就下来了。

办了一会儿公事，母亲平常总挂在脸上的倦怠神情消失了。她的脸像有一盏灯在里面点着似的闪烁着光彩。我只顾看她熠熠生辉的脸了，连她问我句什么都没有听见。于是，她生气了，加大了声音说："你说你要什么？"

我说："画眉叫我了。"

土司太太立即就失去了耐心，气冲冲地出去了。我慢慢喝茶，这一点上，我很有身为一个贵族的派头。喝第二碗茶的时候，楼上的经堂铃鼓大作，我知道土司太太又去关照僧人们的营生了。要是我不是傻子就不会在这时扫了母亲的兴。这几天，她正充分享受着土司的权力。父亲带着哥哥到省城告我们的邻居汪波土司。最先，父亲梦见汪波土司抢走了他戒指上脱落的珊瑚。喇嘛说这不是个好梦。果然，不久就有边界上一个小头人率领手下十多家人背叛了我们，投到汪波土司那边去了。父亲派人执了厚礼去讨还被拒绝。后一次派人带了金条，言明只买那叛徒的脑袋，其他百姓、土地就奉送给汪波土司了。结果金条给退了回来。还说什么，汪波土司要是杀了有功之人，自己的人也要像麦其土司的人一样四散奔逃。

麦其土司无奈，从一个镶银嵌珠的箱子里取出清朝皇帝颁发的五品官印和一张地图，到中华民国四川省军政府告状去了。

我们麦其一家，除了我和母亲，还有父亲，还有一个同父异母的哥哥，之外，还有一个同父异母的姐姐和经商的叔叔去了印度。后来，姐姐又从那个白衣之邦去了更加遥远的英国。都说那是一个很大的国家，有一个外号是叫做日不落帝国。我问过父亲，大的国家就永远都是白天吗？

父亲笑笑，说："你这个傻瓜。"

现在他们都不在我身边，我很寂寞。

我就说："画眉啊。"

说完就起身下楼去了。刚走到楼下，几个家奴的孩子就把我围了起来。父母亲经常对我说，瞧瞧吧，他们都是你的牲口。我的双脚刚踏上天井里铺地的石板，这些将来的牲口们就围了过来。他们脚上没有靴子，身上没有皮袍，看上去却并不比我更怕寒冷。他们都站在那里等我发出命令呢。我的命令是："我们去逮画眉。"

他们的脸上立即泛起了红光。

我一挥手，喊一嗓子什么，就带着一群下人的崽子，一群小家奴冲出了寨门。我们从里向外这一冲，一群看门狗受到了惊吓，便疯狂地叫开了，给这个早晨增加了欢乐气氛。好大的雪！外面的天地又亮堂又宽广。我的奴隶们也兴奋地大声鼓噪。他们用赤脚踢开积雪，捡些冻得硬梆梆的石头揣在怀里。而画眉们正翘着暗黄色的尾羽蹦来蹦去，顺着墙根一带没有积雪的地方寻找食物。

我只喊一声："开始！"

就和我的小奴隶们扑向了那些画眉。画眉们不能往高处飞，急急忙忙窜到挨近河边的果园中去了。我们从深过脚踝的积雪中跌跌撞撞地向下扑去。画眉们无路可逃，纷纷被石头击中。身子一歪，脑袋就扎进蓬松的积雪中去了。那些侥幸活着的只好顾头不顾腚，把小小的脑袋钻进石缝和树根中间，最后落入了我们手中。

这是我在少年时代指挥的战斗，这样地成功而且完美。

我又分派手下人有的回寨子取火，有的上苹果树和梨树去折干枯的枝条，最机灵最胆大的就到厨房里偷盐。其他人留下来在冬天的果园中清扫积雪，我们必须要有一块生一堆野火和十来个人围火而坐的地方。偷盐的索郎泽郎算是我的亲信。他去得最快也来得最快。我接过盐，并且吩咐他，你也帮着扫雪吧。他就喘着粗气开始扫雪。他扫雪是用脚一下一下去踢，就这样，也比另外那些家伙快了很多。所以，当他故意把雪踢到我脸上，我也不怪罪他。即使是奴隶，有人也有权更被宠爱一点。对于一个统治者，这可以算是一条真理。是一条有用的真理。正是因为这个，我才容忍了眼下这种犯上的行为，被钻进脖子的雪弄得咯咯地笑了起来。

火很快生起来。大家都给那些画眉拔毛。索郎泽郎不先把画眉弄死就往下拔毛，活生生的小鸟在他手下吱吱惨叫。弄得人起一身鸡皮疙瘩，他却一副若无其事的样子。好在火上很快就飘出了使人心安的鸟肉香味。不一会儿，每人肚子里都装进了三五只画眉，野画眉。

尘埃落定（作品梗概）

故事的开端在一个初春落雪的早晨。麦其土司的二儿子，人人都认为是傻子的"我"第一次有了自我意识的记忆。"我"是阿爸酒后与汉人阿妈造出的孩子，"我"的"傻"被父母、家奴还有百姓公认，正如"我"哥哥旦真贡布的聪明和胆量被大家所认同一样。当然事实证明这似乎也并不妨碍命运之神眷顾"我"，恰恰相反，因为"我"的愚蠢反倒得到众人无防备的宠爱和忠心，就像哥哥疼爱不会威胁他未来土司之位的弟弟，小家奴索郎泽郎和行刑人的儿子小尔依忠诚于他们的傻子主人。

　　"我"的记忆就开始于十三岁这个美好的时节，贴身侍女桑吉卓玛让"我"第一次尝到了性爱的美妙。这种男女的感觉虽然在"我"以后的人生中不断变化但却未曾断离过。而此时"我"的麦其家族也在准备着它的巨大变化，因为财富的种子——罂粟的到来。罂粟是伴着战争和冲突而来的。麦其土司辖下的一个头人背叛了他的主人投奔了南边的邻居汪波土司，愤怒的阿爸麦其土司和哥哥长途跋涉从汉地军政府请来了黄特派员和他的新式武器，借助先进火枪大炮的力量麦其家新军大败汪波土兵，打了一个漂亮的胜战。而当黄特派员离开时留下了一个关于罂粟的要求，即让麦其官寨前不算十分广袤的土地都播种上罂粟的种子，秋天来时他会带着银子和新式的武器来与它们交换。就这样，罂粟之种便在这片土地上生根发芽了。罂粟是神奇的种子，不然似乎无法为随之而来的麦其领地上发生的一切疯狂做出一个更好的解释。这种疯狂首先便从麦其家男人情欲的大爆发开始。长久失去活力的阿爸麦其土司看上了最忠诚头人查查寨主的妻子央宗，为了占有美丽的女人，他指使查查的管家多吉次仁击毙主人，心生妒忌的土司太太不想丈夫引着三太太入门便又指使家丁队长给多吉次仁下连环套，但事不如愿，计谋被识破后央宗不仅顺利地成为了麦其家人，而且多吉次仁的死还给麦其家埋下了世代仇恨的种子：他的两个儿子发誓要报杀害父母之仇。

　　罂粟花期酝酿的疯狂随着秋天收获季的到来而结束了，麦其家没有得到罪恶的惩罚反而收获了鸦片的财富。罂粟乳白的浆汁提炼出的鸦片在黄特派员的手中换回了大量的白银和新式的武器，饱满的麦其仓库显耀出富贵的自信，夜晚在官寨仓库上方沉睡的人都可以嗅到麦子和银子混合散发出的迷人香气，麦其家是幸福的，土司太太享受着自家的鸦片，哥哥操练着他的新式兵，而"我"却在这个众人欢娱时候病了。"我"是被鸦片提炼房里的老鼠吓病的，当"我"看着"我"的汉人母亲土司太太像猫一样吱吱地撕扯着熏干的老鼠肉时，一种前所未有的恐惧向"我"袭来。"我"开始害怕老鼠和黑暗，但大家却硬要说麦其家的傻子少爷病了，只有"我"或者还有土司太太知道"我"为什么这样病着。但害怕有时候也不是坏事，比如"我"就因害怕而有莫名的冲动前往行刑人尔依家参观那些杀人的工具，还在他家发现了一间陈列着死人衣服的房间，当然，那时的"我"还没有意识到日后自己竟会穿上里面的一件衣服，带着冤魂和戾气成为杀害麦其家的帮凶。这种害怕的感觉也没有持续多久，这归功于我新的贴身侍女塔娜，卓玛嫁给银匠变成"我"家的厨娘后，这个马夫的女儿便成了每天照顾"我"的女人。她的身体不如卓玛那般能散发出醉人的气息，但"我"却从这个小手小脚的女人身上找到了一种属于成年男性的风姿，那一刻起好像原来属于儿时害怕的感觉消失了，"我"从女人的身上拥有记忆，也从女人的身上获得男性的成长，不管感觉怎样变换，傻子"我"也渐渐成年了。

　　几个季节的种植期过后，风和空气的力量都在告诉麦其家独守罂粟种子财富的时代已经变得不可能，大面积的罂粟种植行动开始在各土司的领地上展开。大家都期许雪白的粉末可以给自己带来像麦其家一样的财富，结果财富不但没来灾难反而降临。大量的鸦片造成了市场价格的大幅下降，而因全面种植罂粟而无地生根的粮食价格大幅上涨。风调雨顺年代产生的大面积饥荒就这样蔓延到各个土司的百姓身上，除了麦其家。归其原因却仅仅是"我"的一句被哥哥激怒的话。在关于春季应该播种罂粟还是粮食的讨论上，哥哥嘲笑"我"傻得竟要去听一个侍女种植罂粟的建议，"我"便怒吼着让麦其家的土地全部种上粮食，这也正合了老土司的意愿，于是秋天到来的时候麦其家尤如神助地收获了满仓的麦子躲过了人为造成的饥荒。一个神奇的巧合让麦其土司试着去重新看待他的傻子儿子，也使得"我"与哥哥之间过去的情谊有了一丝间隙。"我"与聪明的哥哥是有区别的，"我"的傻让"我"不必顾忌自己的言行；而哥哥的聪明倒让他更乐于显示自己的能力，他总爱在战争和女人中享受冲锋在前的力量感。麦其土司也渐渐注意到他两个儿子的不同，他决定为我们兄弟俩安排同样性质的任务：以十倍于市价的价值把南北边境上的麦子出售给邻近的土司。就这样，"我"和哥哥的竞争开始了。

"我"带了跛子管家、厨娘卓玛和两个贴身小厮等一干人前往北方边境，而笑话"我"的哥哥则只领着他的新式队伍往南方边境出发。他在南方英勇地和麦其家的宿敌汪波土司交锋时，"我"则在北方和邻居拉雪巴土司和茸贡女土司周旋。"我"命令卓玛在堡垒的大院里支起一口大锅翻炒麦子，食物的香味穿过高高的垒壁四处飘散，引来了附近大量的饥民。他们如同游魂一般拖着饥饿的身体在堡垒四周游荡。百姓的压力迫使土司们前来与"我"协商。首先是胖子拉雪巴土司，他攀着与麦其家遥远的亲戚关系不愿意以十倍价买"我"的粮食，高傲地谈判一番后一无所得地退回。但他的百姓却没有土司这样的耐力，他们把施与粮食的"我"当成了他们的新首领，一个"傻子"竟不费吹灰之力就得到了拉雪巴自愿归顺的臣民，这足以令聪明人都大为惊诧。但如果要说"我"在与拉雪巴土司的周旋中显示出了一个聪明人的智慧和胆识，那么与茸贡女土司的会晤却又让人感觉"我"是一个彻头彻尾的低能儿。因为仅一面，"我"便爱上了女土司举世无双的美丽女儿塔娜，没能抵住茸贡虚假的承诺而将麦子毫无任何代价地送给了她们。劝告和惋惜都没能阻挡"我"从天而降的爱情，前来巡视的麦其土司听闻了他的傻子儿子的举动无意外地失望了，但就在他已经无可奈何地准备要把失去的麦子作为他儿子获得爱情的代价时，事情却又出现了转机。"我"送给茸贡女土司的麦子在路上遭到了拉雪巴土司的袭击，她只好带着她的女儿狼狈地逃回"我"的地方，她想借着麦其家人的帮忙把麦子顺利地送回自己的领地上便不得不遵守承诺把女儿嫁与她所厌恶的傻子女婿。"我"得到了爱慕的女人，而麦其土司则看到了这种联结背后更为诱人的东西，那便是他的儿子在岳母死后便可成为茸贡家的新土司！这令"我"的阿爸大为满意，麦子在"我"的手中获得了远远高于十倍市价的价值，他的儿子不仅收获了美丽的妻子还得到了未来的保证。尽管不懂这是出于"我"大智若愚的聪明还是神灵的格外眷顾，总之"我"在这次的竞争中漂亮地赢了，而后来得到的消息是南边的哥哥纵军深入，被汪波土司牵制了力量，失守了堡垒里的麦子。

"我"还做了更有意义的事。"我"拆掉堡垒的一面城墙使其变成一个开放的建筑，准备在这周围建立起一个边境的市场。在"我"和拉雪巴土司交换生意的引导下，周边土司们纷纷将各自的银子、药材、皮毛等好东西送到这里来交换麦其家的麦子，鞋铺、酒馆、妓院一个接一个在这边境市场上出现，这里俨然已经形成了一个繁荣的小镇，而"我"靠着税收也为麦其家积累了大量的财富。当"我"带着这些本应该属于伟大人物的成就重返故里时，"我"以为改变了傻子的形象可以成为有优势的未来土司人选，不幸的是这种可能却在机遇毫无征兆地到来之时又很快消失。"我"去看望麦其家的书记官、"我"的老朋友翁波意西，却鬼使神差地让这个失去了半截舌头的家伙重新发出了声音，这被麦其家的百姓认为"我"是神灵附身的肉体，顷刻间民潮涌动，"我"本来是可以顺水推舟地做一个一呼百应的领袖，但"我"却没有任何准备地错过了这个绝妙的时机，土司之位便永远错过了。感到威胁的麦其土司很快地便做出了决定，他准备逊位，让他的大儿子"我"的哥哥接替他成为未来的麦其领袖。那一瞬间"我"强烈地感受到自己是多么渴望土司之位，然而面对这样的决定，"我"只能选择用不开口的沉默来对待。当"我"沉默的时候似乎大家便真以为"我"变成了傻子。"我"穿着从尔依家找到的充满仇恨的紫衣在官寨游荡，看塔娜在"我"的眼皮底下与哥哥偷情，愤怒燃烧"我"的内心直到清醒。"我"清楚地知道多年前罂粟花开时因为老土司的情欲而种下的仇恨种子已经长大，多吉次仁的小儿子早已来到了麦其家，只是在等待机会和勇气向他的杀父仇人下手。那一夜，当"我"身上的紫衣被塔娜扔出窗外落到等待的杀手身上时，便像是他死去的父亲给了他召唤，他潜进了麦其官寨，一刀刺死了"我"的哥哥，未来的麦其土司为他显露病态的阿爸挡住了世仇之刀。

哥哥死了，由土司之位带来的种种矛盾一瞬间了然消逝，麦其土司在料理儿子的丧事中又重新焕发了生命的活动，他稳固地坐着土司之位积极地操持着麦其家业使其空前强大，再没有人敢轻易冒犯，而"我"也对之前所渴望的东西逐渐释然。"我"又重新回到了北方那个由"我"缔造的小镇，然后在这里安静地度过了很多个季节。"我"思考了很多东西，关于时间的快慢，关于对塔娜的爱情，关于土司的未来；也终于弄懂了自从有记忆以来便困惑着的两个问题：我是谁？我在哪里？傻子似乎越活越清醒了。当麦其家的老土司迈着老态的步伐出现在他的傻子儿子面前正式承认"我"是他的真正继承人时，"我"却看到了土司制度的灭亡。"我"邀请了所有的土司来小镇办一次属于土司们的最后聚会，其实"我"本意无心杀害他们，但这些高高在上的男人终究无法逃离女人情欲的诱惑，镇子上妓院姑娘身上的梅毒成为送给这些最后的王者加速毁灭的礼物。

土司大厦将倾，春天到来的时候解放军用炸药和炮弹向这个安乐之国开来，"我"没有抵抗，当炮弹往坚实的麦其寨壁轰来，我本想就这么和年老的阿爸阿妈一起死在倒塌的土墙下，但事不如愿，从废墟中爬起来的"我"最终死在他人的刀下。因为没能亲手刺死"我"的阿爸麦其土司，多吉次仁的杀手儿子亲手给麦其土司家唯一留下的血脉补上了消解仇恨的一刀，于是"我"的故事便这样结束，和土司的历史一样，尘埃落定。（宁丽萍）

诗 歌

郭小川

郭小川（1919—1976），原名郭恩大，河北丰宁人。中国当代著名诗人。主要作品有诗集《平原老人》《投入火热的斗争》《致青年公民》《鹏程万里》《将军三部曲》《一个和八个》《望星空》《甘蔗林——青纱帐》《昆仑行》等。代表作《致青年公民》《望星空》等。

郭小川中学时代曾参加抗日救亡运动，并开始用诗歌作为武器，投入民族解放斗争中。1937年参加八路军，后入延安马列学院学习，开始在《文艺阵地》《诗创作》等报刊上发表诗作。1948年，转到新闻战线，先后任冀察热辽《群众日报》副主编兼《大众日报》负责人、《天津日报》编委兼编辑部主任。1949年随军南下，武汉解放后，曾在中南地区从事宣传工作。期间与陈笑雨、张铁夫以"马铁丁"为笔名，创作大量思想杂谈。1953年调回中宣部，此后先后担任中宣部文艺处处长、作协副书记、《人民日报》特约记者等。在此期间开始了诗歌创作的高峰期，主要创作政治抒情诗。1955—1956年，他以宣传鼓动员身份，写了一系列充满革命战斗精神、感召力强的楼梯体诗。1957—1959年间，诗歌创作开始呈现复杂状态，在宏大的政治主题和激情下，潜伏着对个体价值的依恋，对个人生活和情感的复杂性尊重。此后因《望星空》等遭到批判，停止探索重新回归规范。"文化大革命"期间受到冲击。

郭小川是"十七年"的重要诗人之一，他的诗歌有一定的复杂性。在诗体建设上，他也积极探索，形成了独特的"郭小川体"。"郭小川体"节奏多变，章节结构丰富，激情和沉思并存。

向困难进军
再致青年公民

骏马
在平地上如飞地奔走，
有时却不敢越过
湍急的河流；
大雁
在春天爱唱豪迈的进行曲，
一到严厉的冬天
歌声里就满含着哀愁；

公民们：
你们
在祖国的热烘烘的胸脯上长大，
会不会
在困难面前低下了头!？
不会的
我信任你们
甚至超过我自己，
不过
我要问一问
你们做好了准备没有？
我
比你们年长几岁
而且光荣地成了你们的朋友，
禁不住
要把你们的心
带回到那变乱的年头。
当我的少年时代
生活
决不象现在这样
自由而温暖，
我过早地同我们的祖国在一起
负担着巨大的忧患，
可是我仍然是稚气的，
人生的道路
在我看来是如此地一目了然，
仿佛
只要报晓的钟声一响，
神话般的奇迹
就象彩霞似地出现在天边；
一切
都会是不可思议地美满。……
呵，就在这个时候
严峻的考验来了！
抗日战争的炮火
在我寄居的城市中
卷起浓烟，
我带着泪痕
投入红色士兵的行列

走上前线。
……真正的生活开始了！
可惜
它开始得过于突然！
我呀
几乎是毫无准备地
遭遇到一场风险。
在一个雨夜的行军的路上，
我慌张地跑到
最初接待我的将军的面前，
诉说了
我的烦恼和不安：
打仗嘛
我还不能自如地往枪膛里装子弹，
动员人民嘛
我嘴上只有书本上的枯燥的语言。
我说：
"同志，
请允许我到后方再学几年。"
于是
将军的沉重的声音
在我的耳边震响了：
"问题很简单——
不勇敢的
在斗争中学会勇敢，
怕困难的
去顽强地熟悉困难。"
呵呵
这闪光的话
象雨点似地打在我的心间，
我情着感激
回到我们的队伍中
继续向前……
现在
十八年已经过去了，
时间
锻炼了我
并且为我们的祖国带来荣耀，
不是我们

被困难所征服，
而是那些似乎很吓人的困难
一个个
在我们的面前跪倒。
黑暗永远地消亡了，
随太阳一起
滚滚而来的
是胜利和欢乐的高潮。
公民们
我羡慕你们，
你们的青年时代
就这样好！
你们再不要
赤手空拳
去夺敌人手中的三八枪了。
而是怎样
去建造
保卫祖国的远射程的海防炮；
你们再不要
趁着黑夜
去挖隐蔽身体的地洞了，
而是怎样
寻根追底地
到深山去探宝；
你们再不要
越过地堡群
偷袭敌人控制的城市了，
而是怎样
把从工厂中伸出的烟囱
筑得直上云霄；
你们再不要
打着小旗
到地主庭院去减租减息了，
而是怎样
把农业生产合作社
办得又多又好。……
是呵
连你们遭遇的困难
都使我感到骄傲，

可是我要说
它的威风
决不会比从前小。
社会主义的道路上
并非
平安无事，
就在阳光四射的早晨
也时常
有风雨来袭，
帝国主义者
对着我们
每天都要咬碎几颗吃人的牙齿
生活的河流里
随处都可能
埋伏着坚硬的礁石，
旧世界的苍蝇们
在每个阳光不曾照进的角落
生着蛆……
新生的事物
每时每刻都遇到
没落者的抗拒……
然而我要告诉你们
凭着我所体味的生活的真理；
困难
这是一种愚蠢而又懦怯的东西，
它
惯于对着惊恐的眼睛
卖弄它的威力，
而只要听见刚健的脚步声
就象老鼠似地
悄悄向后缩去，
它从来不能战胜
人们的英雄的意志。
我要号召你们
凭着一个普通战士的良心：
以百倍的
勇气和毅力
向困难进军，
不仅用言词

而且用行动
说明我们是真正的公民，
在我们的祖国中
困难减一分
幸福就要长几寸，
困难的背后
伟大的社会主义世界
正向我们飞奔。

望星空

一

今夜呀，
我站在北京的街头上，
向星空瞭望。
明天哟，
一个紧要任务，
又要放在我的双肩上。
我能退缩吗？
只有迈开阔步，
踏万里重洋；
我能叫嚷困难吗？
只有挺直腰身，
承担千斤重量。
心房呵。
不许你这般激荡！……
此刻呵，
最该是我沉着镇定的时光。
而星空，
却是异样的安详。
夜深了，
风息了，
雷雨逃往他乡。
云飞了，
雾散了，
月亮躲在远方。
天海平平，
不起浪，

四围静静，
无声响。

但星空是壮丽的，
雄厚而明朗。
穹窿呵，
深又广，
在那神秘的世界里，
好象竖立着层层神秘的殿堂。
大气呵，
浓又香，
在那奇妙的海洋中，
仿佛流荡着奇妙的酒浆。
星星呵，
亮又亮，
在浩大无比的太空里，
点起万古不灭的盏盏灯光。
银河呀，
长又长，
在没有涯际的宇宙中，
架起没有尽头的桥梁。

呵，星空，
只有你，
称得起万寿无疆！
你看过多少次：
冰河解冻，
火山喷浆！
你赏过多少回：
白杨吐绿，
柳絮飞霜！
在那遥远的高处，
在那不可思议的地方，
你观尽人间美景，
饱看世界沧桑。
时间对于你，
跟空间一样——
无穷无尽，
浩浩荡荡。

二

呵，
望星空，
我不免感到惆怅！
说什么：
身宽气盛，
年富力强！
怎比得：
你那根深蒂固，
源远流长！
说什么：
情豪志大，
心高胆壮！
怎比得：
你那阔大胸襟，
无限容量！

我爱人间，
我在人间生长，
但比起你来，
人间还远不辉煌。
走千山，
涉万水，
登不上你的殿堂。
过大海，
越重洋，
饮不到你的酒浆。
千堆火，
万盏灯，
不如一颗小小星光亮。
千条路，
万座桥，
不如银河一节长。

我游历过半个地球，
从东方到西方。
地球的阔大幅员，
引起我的惊奇和赞赏。

可谁能知道：
宇宙里有多少星星，
是地球的姊妹行！
谁曾晓得：
天空中有多少陆地，
能够充作人类的家乡！
远方的星星呵，
你看得见地球吗？
——一片迷茫！
远方的陆地呵，
你感觉到我们的存在吗？
——怎能想象！

生命是珍贵的，
为了赞颂战斗的人生，
我写下成册的诗章；
可是在人生的路途上，
又有多少机缘，
向星空瞭望！
在人生的行程中，
又有多少个夜晚，
见星空如此安详！
在伟大的宇宙的空间，
人生不过是流星般的闪光。
在无限的时间的河流里，
人生仅仅是微小又微小的波浪。
呵，星空，
我不免感到惆怅！
于是我带着惆怅的心情，
走向北京的心脏……

三

忽然之间，
壮丽的星空，
一下子变了模样。
天黑了，
星小了，
高空显得暗淡无光；
云没有来，

风没有刮，
却像有一股阴霾罩天上。
天窄了，
星低了，
星空不再辉煌。
夜没有尽，
月没有升，
太阳也不曾起床。

呵，这突然的变化，
使我感到迷惘，
我不能不带着格外的惊奇，
向四围寻望：
就在我的近边，
在天安门广场，
升起了一座美妙的人民会堂；
就在那会堂的里面，
在宴会厅的杯盏中，
斟满了芬芳的友谊的酒浆；
就在我的两侧，
在长安街上，
挂出了长串的灯光；
就在那灯光之下，
在北京的中心，
架起了一座银河般的桥梁。

这是天上人间吗？
不，人间天上！
这是天堂中的大地吗？
不，大地上的天堂。
真实的世界呵，
一点也不虚妄；
你朴质地描述吧，
不需要作半点夸张！
是谁说的呀——
星空比人间还要辉煌？
是什么人呀——
在星空下感到忧伤？
今夜哟，
最该是我沉着镇定的时光！

是的，
我错了，
我曾是如此地神情激荡！
此刻我才明白：
刚才是我望星空，
而不是星空向我瞭望。
我们生活着，
而没有生命的宇宙，
既不生活也不死亡。
我们思索着，
而不会思索的穹窿，
总是露出呆相。
星空哟，
面对着你，
我有资格挺起胸膛。

四

当我怀着自豪的感情，
再向星空瞭望。
我的身子，
充溢着非凡的力量。
因为我知道：
在一切最好的传统之上，
我们的队伍已经组成，
犹如浩荡的万里长江。
而我自己呢，
早就全副武装，
在我们的行列里，
充当了一名小小的兵将。

可是呵，
我和我的同志一样，
决不会在红灯绿酒之前，
神魂飘荡。
我们要在地球与星空之间，
修建一条走廊，
把大地上的楼台殿阁，
移往辽阔的天堂。

我们要在无限的高空，
架起一座桥梁，
把人间的山珍海味，
送往迢遥的上苍。

真的，
我和我的同志一样，
决不只是"自扫门前雪"，
而是定管"他人瓦上霜"。
我们要把长安街上的灯光，
延伸到远方；
让万里无云的夜空，
出现千千万万个太阳。
我们要把广漠的穹窿，
变成繁华的天安门广场，
让满天星斗，
全成为人类的家乡。

而星空呵，
不要笑我荒唐！
我是诚实的，
从不痴心妄想。
人生虽是暂短的，
但只有人类的双手，
能够为宇宙穿上盛装；
世界呀，
由于人的生存，
而有了无穷的希望。
你呵，
还有什么艰难，
使你力不可当？
请再仔细抬头瞭望吧！
出发于盟邦的新的火箭，
正遨游于辽远的星空之上。

贺敬之

贺敬之（1924— ），山东峄县人。中国当代著名诗人，"政治抒情诗"的代表诗人。主要作品有歌剧《白毛女》、诗作《回延安》《雷锋之歌》《西去列车的窗口》《中国的十月》等。代表作《雷锋之歌》等。

贺敬之抗战时期曾在湖北、四川就读中学，并参加抗日救亡运动，开始创作诗歌和散文。1940年到延安，入"鲁艺"文学系学习。在解放区受到延安文艺座谈会影响，诗歌开始由对黑暗的泣诉转而向光明的赞歌。这一期间开始形成他诗歌的风格，出版多部诗集。1945年与丁毅等人集体创作了中国第一部新歌剧《白毛女》，获1951年斯大林文学奖金。新中国成立后，先后担任《人民日报》文艺部副主任、文化部副部长、中宣部副部长、中国作协副主席等职务。1949年后创作大量政治抒情诗。1956年他用"信天游"的民歌形式创作诗歌《回延安》，影响较大。稍后发表的长篇政治抒情诗《放声歌唱》，在当时引起较大轰动。此后，又相继发表《三门峡歌》《桂林山水歌》《雷锋之歌》《西去列车的窗口》等作品。"文化大革命"期间，遭受迫害中止创作。1976年后复出，发表长诗《中国的十月》《八一之歌》等。

贺敬之的诗歌充满强烈的时代和阶级意识，强烈的情感宣泄和政论式的观念叙说结合，节奏铿锵，但宏大的激情也常常沦为空洞化、符号化。

雷锋之歌（节选）

三

你——雷锋！
我亲爱的
同志呵，
我亲爱的
弟兄……
你的名字
竟这样地
神奇，
胜过那神话中的
无数英雄……
你，
我们党的
一个普通党员，
你，

我们解放军中
一个普通士兵。
你的名字
怎么会
飞遍了
祖国的千山万水，
激荡起
亿万人心——
那海洋深处的
浪花层层？……
……从湘江畔，
昨日，
那沉沉的黑夜……
……到长城外，
今天，
这欢笑的黎明——
雷锋呵，
你是怎样
度过
你短暂的一生？
从日记本第一页上黄继光的画像……
到领袖题词：
"向雷锋同志学习
——毛泽东"……
呵，雷锋！
你是怎样地
怎样地
长成？！……
呵！我看着你，
我想着你……
我心灵的门窗
向四方洞开……
……我想着你，
我看着你……
我胸中的层楼呵
有八面来风！——
……看昆仑山下：
红旗飘飘，
大江东去……

望几重天外：
云雾弥漫，
风雨纵横……
十万言——
一道
冲云破雾的
飞天长虹！……
两个字——
中国的
一代新人的
光辉姓名！……
呵，念着你呵
——雷锋！
呵，想着
你呵
——革命！
一九六三年的
春天
使我们
如此地
激动！——
历史在回答：
人，
应该
怎样生？
路，
应该
怎样行？……

闻　捷

闻捷(1923—1971)，原名赵文节，江苏丹徒人。中国当代诗人。主要作品有诗集《天山牧歌》《祖国，光辉的十月》《河西走廊行》《生活的赞歌》《东风吹动黄河浪》《复仇的火焰》等。代表作《天山牧歌》等。

闻捷年少时因家贫辍学在煤厂当学徒。抗战期间，曾参加抗日救亡运动，出演话剧。1940年到达延安，在陕北文工团、陕北公学、《边区群众报》等单位学习，创作了许多反映边区革命生活的诗文、剧本。解放战争期间，随军到新疆，任新华社西北总分社采访部主任、新华社新疆分社社长。期间，他深入少数民族生活中，了解风土人情，足迹遍及新疆各地。在此期间他开始专门从事诗歌创作，写下了大量具有描写新疆生活，具有浓厚民族风情、风味的诗作，如著名的《吐鲁番情歌》《博斯腾湖畔》《果子沟山谣》等。1955年调回北京，任《文艺报》记者、《人民日报》特约记者等，1957年成为中国作协专业作家。"文化大革命"期间遭受迫害，含冤而逝。

闻捷的诗歌在20世纪50年代独具风情，他用牧歌笔调处理颂歌主题，并擅长诗歌"叙事"，新鲜、清新。同时，保留对少男少女爱情的歌唱，在当时也是极为少见的。

苹果树下

苹果树下那个小伙子，
你不要、不要再唱歌；
姑娘沿着水渠走来了，
年轻的心在胸中跳着。
她的心为什么跳啊？
为什么跳得失去节拍？……

春天，姑娘在果园劳作，
歌声轻轻从她耳边飘过，
枝头的花苞还没有开放，
小伙子就盼望它早结果。
奇怪的念头姑娘不懂得，
她说：别用歌声打扰我。

小伙子夏天在果园度过，
一边劳动一边把姑娘盯着，
果子才结得葡萄那么大，
小伙子就唱着赶快去采摘。
满腔的心思姑娘猜不着，
她说：别像影子一样缠着我。

淡红的果子压弯绿枝，
秋天是一个成熟季节，
姑娘整夜整夜地睡不着，
是不是挂念那树好苹果？
这些事小伙子应该明白，
她说：有句话你怎么不说？

……苹果树下那个小伙子，
你不要，不要再唱歌；
姑娘踏着草坪过来了，
她的笑容里藏着什么？……
说出那句真心的话吧！
种下的爱情已该收获。

吐鲁番情歌（节选）

马奶子葡萄成熟了，
坠在碧绿的枝叶间，
小伙子们从田里回来了，
姑娘们还劳作在葡萄园。

小伙子们并排站在路边，
三弦琴挑逗姑娘心弦，
嘴唇都唱得发干了，
连颗葡萄子也没尝到。

小伙子们伤心又生气，
扭转身又舍不得离去：
"悭吝的姑娘啊！
你们的葡萄准是酸的。"

姑娘们会心地笑了，
摘下几串没有熟的葡萄，
放在那排伸长的手掌里，
看着小伙子们怎么挑剔……

小伙子们咬着酸葡萄，
心眼里头笑眯眯：
"多情的葡萄！
她比什么糖果都甜蜜。"

流沙河

流沙河(1931—　　)，原名余勋坦，四川金堂人。中国当代诗人。主要作品有诗集《流沙河诗集》《故园别》《游踪》，诗论《台湾诗人十二家》《隔海谈诗》等。代表作《草木篇》等。

流沙河自幼习古文，作文言文。1948年开始文学创作并发表小说。1949年入四川大学农业化学系。20世纪50年代在《川西日报》副刊任编辑，开始写作诗歌。1956年创作第一部诗集《农村夜曲》。1957年参加编辑《星星》诗刊，并发表散文诗《草木篇》，用个性化的方式展现了一代人的群体思想风貌，在当时被毛泽东亲自点名，被当作"地主阶级的孝子贤孙"遣送回原籍，接受了十多年拉大锯、钉木箱的劳动改造。1979年调回四川文联，开始专职写作。复出后发表大量诗歌作品，充满浓郁感伤情怀。

流沙河的《草木篇》具有某种探索特征，咏草木寄托情志，对人生和生活的思考颇有哲理。

草木篇

寄言立身者，
勿学柔弱苗。

————（唐）白居易

白　杨

她，一柄绿光闪闪的长剑，孤伶伶地立在平原，高指蓝天。也许，一场暴风会把她连根拔去。但，纵然死了吧，她的腰也不肯向谁弯一弯！

藤

他纠缠着丁香，往上爬，爬，爬……终于把花挂上树梢。丁香被缠死了，砍作柴烧了。他倒在地上，喘着气，窥视着另一株树……

仙人掌

她不想用鲜花向主人献媚，遍身披上刺刀。主人把她逐出花园，也不给水喝。在野地里，在沙漠中，她活着，繁殖着儿女……

梅

在姐姐妹妹里，她的爱情来得最迟。春天，百花用媚笑引诱蝴蝶的时候，她却把自己悄悄地许给了冬天的白雪。轻佻的蝴蝶是不配吻她的，正如别的花不配被白雪抚爱一样。在姐姐妹妹里，她笑得最晚，笑得最美丽。

毒菌

在阳光照不到的河岸，他出现了。白天，用美丽的彩衣，黑夜，用暗绿的磷火，诱惑人类。然而，连三岁孩子也不去理睬他。因为，妈妈说过，那是毒蛇吐的唾液……

余光中

余光中(1928—2017)，福建永春人，生于江苏南京。台湾著名诗人。主要作品有诗集《舟子的悲歌》《蓝色的羽毛》《万圣节》《莲的联想》《白玉苦瓜》等；散文集《逍遥游》《望乡的牧神》《听听那冷雨》《凭一张地图》等。代表作有诗作《乡愁》等，散文《听听那冷雨》等。

余光中青年时期，适值抗战，在重庆就读中学。抗战胜利后回到南京。1947 年入金陵大学外语系，其后又转入厦门大学。1952 年毕业于台湾大学外文系。1953 年与覃子豪、钟鼎文等创立"蓝星诗社"。1958 年赴美留学，次年获美国爱荷华大学硕士学位，其后任教于美国诸所大学。1971 年返台，先后任教于台湾大学、香港中文大学。余光中早期的诗歌，受中国古典诗歌和英美古典诗歌传统影响，诗风多变，有时磅礴激扬，有时意象奇特，总体上诗风趋于现代、欧化。1959 年创作《天狼星》，调和传统与现代，曾在台湾引起诗歌论争。而后结束"西化实验"，进入新古典主义诗歌写作阶段。此时的诗歌带有浓厚的东方美学、哲学意蕴。20 世纪 80 年代因为《乡愁》一诗传播广泛，而迅速得到大陆读者的认识。

余光中被认为是艺术上的"多妻主义"者，他的诗歌题材丰沛，形式灵活，风格多样，横亘传统与现代、东方与西方。散文创作也颇具特色。同时他在诗歌理论批评和组织领域都对台湾现代诗产生了重要影响。

等你，在雨中

等你，在雨中，在造虹的雨中
蝉声沉落，蛙声升起
一池的红莲如红焰，在雨中

你来不来都一样，竟感觉
每朵莲都像你
尤其隔着黄昏，隔着这样的细雨

永恒，刹那，刹那，永恒
等你，在时间之外
在时间之内，等你，在刹那，在永恒

如果你的手在我的手里，此刻
如果你的清芬
在我的鼻孔，我会说，小情人

你是根，也是果，集千岁的坚实于一心
我们围成一个圆跳舞，并从中取火
就这样，我为你瞳中之黑所焚

你在眉际铺一条路，通向清晨
清晨为承接另一颗星的下坠而醒来
欲证实痛楚是来时的回音，或去时的鞋印
你遂闭目雕刻自己的沉默
哦，静寂如此，使我们睁不开眼睛

53

由一些睡姿，一个黑夜构成
你是珠蚌，两壳夹大海的滔滔而来
哦，啼声，我为吞食有音响的东西活着
且让我安稳地步出你的双瞳
且让我向所有的头发宣布：我就是这黑

世界乃一断臂的袖，你来时已空无所有
两掌伸展，为抓住明天而伸展
你是初生之黑，一次闪光就是一次盛宴
客人们都以刺伤的眼看你——
在胸中栽植一株铃兰

57

从灰烬中摸出千种冷中千种白的那只手
举起便成为一炸裂的太阳
当散发的投影扔在地上化为一股烟
遂有软软的蠕动，由脊骨向下溜至脚底再向上顶撞
——一条苍龙随之飞升

错就错在所有的树都要雕塑成灰
所有的铁器都骇然于挥斧人的缄默
欲拧干河川一样他拧干我们的汗腺
一开始就把我们弄成这副等死的样子
唯灰烬才是开始

北　岛

　　北岛(1949—　　)，原名赵振开，祖籍浙江湖州，生于北京。中国当代诗人，"朦胧诗"代表诗人。主要作品有诗集《陌生的海滩》《北岛诗选》《在天涯》《午夜歌手》《开锁》等，散文集《青灯》《午夜之门》《蓝房子》《城门开》等，随笔集《时间的玫瑰》，中篇小说集《波动》，译著《现代北欧诗选》等。代表作《回答》《无题》《古寺》等。

　　北岛毕业于北京四中，1969 年当建筑工人，后做过翻译，并在《新观察》杂志从事短暂的编辑工作。1978 年同诗人芒克创办民间诗歌刊物《今天》，成为朦胧诗集体亮相的重要阵地和 20 世纪 80 年代诗歌精神的风向标。20 世纪 80 年代发表的诗作《回答》《结局或开始》《一切》等表达了一代人理想的幻灭与强烈的质疑。1989 年后移居国外，在许多国度从事诗歌创作，并继续创办《今天》刊物。曾获诺贝尔文学奖提名。现居香港。

　　北岛 20 世纪 80 年代的诗歌表达了一种强烈的怀疑否定精神，象征密集，想象奇特，情感庄严。漂泊海外后，诗歌情感较为内敛，诗歌结构逐渐复杂。

无　题

把手伸给我
留下吻和每一声叹息
让我那肩头挡住的世界
不再打扰你
假若爱不是遗忘的话
苦难也不是记忆
让我们的眼睛
挽留住每个欢乐的瞬息
记住我的话吧
一切都不会过去
即使只有最后一棵白杨树
象没有铭刻的墓碑
在路的尽头耸立
落叶也会说话
在翻滚中褪色、发白
渐渐地冻结起来
托起我们深深的足迹
当然，谁也不知道明天
明天将从另一个早晨开始
那时我们沉沉睡去

舒 婷

舒婷（1952—　），原名龚佩瑜，福建晋江人。中国当代诗人，朦胧诗代表诗人。主要作品有诗集《双桅船》《会唱歌的鸢尾花》《始祖鸟》，散文集《心烟》《秋天的情绪》《硬骨凌霄》《露珠的"诗想"》《真水无香》等。代表作《双桅船》《致橡树》等。

舒婷1969年在闽西山区插队，1972年返城当工人，1979年开始发表诗歌作品。20世纪70年代末结识北岛等诗人，开始为《今天》撰稿，诗作开始广泛流传。1980年到福建文联工作，从事专业写作。早期诗歌既有对个体价值的尊重，也自觉地承担重大主题的书写，并带有哲理意味。1982年后，曾一度搁笔。复出后，诗歌内容和形式带有明显的现代倾向。其后，诗作渐少，转向散文创作。

舒婷诗歌有女性独有的敏感，善于捕捉复杂细致的内心变动，意象不落俗套，语言清新。诗作流露对女性个体的价值和生命独立性的思考。

双桅船

雾打湿了我的双翼
可风却不容我再迟疑
岸呵，心爱的岸
昨天刚刚和你告别
今天你又在这里
明天我们将在
另一个纬度相遇

是一场风暴、一盏灯
把我们联系在一起
是一场风暴、一盏灯
使我们再分东西
不怕天涯海角
岂在朝朝夕夕
你在我的航程上
我在你的视线里

致橡树

我如果爱你——
绝不像攀援的凌霄花
借你的高枝炫耀自己；
我如果爱你——
绝不学痴情的鸟儿
为绿荫重复单调的歌曲；
也不止像泉源
常年送来清凉的慰藉；
也不止像险峰
增加你的高度，衬托你的威仪。
甚至日光。
甚至春雨。
不，这些都还不够！
我必须是你近旁的一株木棉，
做为树的形象和你站在一起。
根，紧握在地下
叶，相触在云里。
每一阵风过
我们都互相致意，
但没有人
听懂我们的言语。
你有你的铜枝铁干
像刀，像剑，
也像戟；
我有我红硕的花朵
像沉重的叹息，
又像英勇的火炬。
我们分担寒潮、风雷、霹雳；
我们共享雾霭、流岚、虹霓。
仿佛永远分离，
却又终身相依。
这才是伟大的爱情；
坚贞就在这里：
爱——
不仅爱你伟岸的身躯，
也爱你坚持的位置，足下的土地。

顾　城

顾城(1956—1993)，北京人。中国当代诗人。主要作品有诗集《白昼的月亮》《北方孤独者之歌》《铁铃》《黑眼睛》《顾城童话寓言诗选》等，另有与妻子谢烨合著长篇小说《英儿》等。代表作《一代人》《远和近》等。

顾城"文化大革命"期间开始写作诗歌。1969年随父顾工下放到农场。1973年开始学画。1974年回北京，当过搬运工、锯木工、借调编辑等。早期诗歌，有明显的社会批判特征。1977年重新开始写作，在《蒲公英》小报发表诗作，因其诗歌纯稚梦幻、充满孩子般的天真，并善于调用直觉和印象，意象朦胧，曾引起当时诗坛的强烈反响和争论。此后，一直以"任性的孩子"坚持诗歌创作，独具特色。1985年加入中国作家协会，其后多次应邀出访欧美进行文化交流和讲学。1988年赴新西兰，讲授中国古典文学，受聘于奥克兰大学，后加入新西兰国籍并辞职隐居激流岛。1993年在激流岛寓所自杀。

顾城能够用心感应事物的本体，诗歌语言纯粹朴素，多表现超越现实的梦境，因此被称为"童话诗人"。

一代人

黑夜给了我黑色的眼睛
我却用它寻找光明

远和近

你
一会看我
一会看云

我觉得
你看我时很远
你看云时很近

赠　别

今天

我和你

要跨这古老的门槛

不要祝福

不要再见

那些都象表演

最好是沉默

隐藏总不算欺骗

把回想留给未来吧

就象把梦留给夜

泪留给大海

风留给帆

徐敬亚

徐敬亚(1950—)，吉林长春人。中国当代诗人。主要作品有诗歌《长征长征》《既然》《一夜》，诗评《复苏的缪斯》《崛起的诗群》《圭臬之死》《隐匿者之光》等，散文随笔集《不原谅历史》等。代表作《既然》《崛起的诗群》等。

徐敬亚1977年开始发表诗作。1978年考入吉林大学中文系。在学期间凭借诗歌评论写作开始受到诗歌界关注。1980年参加在北京举行的"青春诗会"，与朦胧诗派代表诗人开始了广泛接触。1983年发表在学校期间所写的《崛起的诗群》，而后引起争议，受到批判。1985年，任《深圳青年报》编辑。期间主编出版了《中国现代主义诗群大观(1986—1988)》。此后一度退出诗坛。徐敬亚当年的《崛起的诗群》现在已成为诗歌复归的时代证词。

既　然

既然
前，不见岸
后，也远离了岸
既然
脚下踏着波澜
又注定终生恋着波澜
既然
能托起安眠的礁石
已沉入海底
既然
与彼岸尚远
隔一海苍天
那么，便把一生交给海吧
交给前方没有标出的航线！

海　子

海子(1964—1989)，原名查海生，安徽怀宁人。中国当代诗人。主要作品有长诗《土地》，短诗选集《海子骆一禾作品集》《海子的诗》《海子诗全集》。代表作《亚洲铜》《面朝大海，春暖花开》《祖国》等。

海子出生于安徽乡村，1979年考入北京大学法律系。在学期间开始广泛接触外国文学作品，倾心诗歌。大学期间曾油印出版第一部诗歌小集《小站》，早期诗歌已经带有神性高远的抒情气质。1983年毕业后任教于中国政法大学。从此，开始创作大量抒情短诗，这些诗歌想象奇崛，意象原始、朴素而动人，具有冲击力。同时开始写作长篇诗剧"太阳七部书"：《太阳》《但是水，水》《弥赛亚》等，结构复杂，带有"史诗"实验的诗歌抱负。1989年3月26日于河北山海关卧轨自杀。

海子诗歌燃烧着强烈的生命的爱与痛，并处处可见神秘的精神体验，是当代少有的优秀抒情诗人。

祖国（或以梦为马）

我要做远方的忠诚的儿子
和物质的短暂情人
和所有以梦为马的诗人一样
我不得不和烈士和小丑走在同一道路上

万人都要将火熄灭　我一人独将此火高高举起
此火为大　开花落英于神圣的祖国
和所有以梦为马的诗人一样
我借此火得度一生的茫茫黑夜

此火为大　祖国的语言和乱石投筑的梁山城寨
以梦为上的敦煌——那七月也会寒冷的骨骼
如雪白的柴和坚硬的条条白雪　横放在众神之山
和所有以梦为马的诗人一样
我投入此火　这三者是囚禁我的灯盏　吐出光辉

万人都要从我刀口走过　去建筑祖国的语言
我甘愿一切从头开始
和所有以梦为马的诗人一样
我也愿将牢底坐穿

众神创造物中只有我最易朽　带着不可抗拒的死亡的速度
只有粮食是我珍爱　我将她紧紧抱住　抱住她在故乡生儿育女
和所有以梦为马的诗人一样
我也愿将自己埋葬在四周高高的山上　守望平静的家园

面对大河我无限惭愧
我年华虚度　空有一身疲倦
和所有以梦为马的诗人一样
岁月易逝　一滴不剩　水滴中有一匹马儿一命归天

千年后如若我再生于祖国的河岸
千年后我再次拥有中国的稻田　和周天子的雪山　天马踢踏
和所有以梦为马的诗人一样
我选择永恒的事业
我的事业　就是要成为太阳的一生
他从古至今——"日"——他无比辉煌无比光明
和所有以梦为马的诗人一样
最后我被黄昏的众神抬入不朽的太阳

太阳是我的名字
太阳是我的一生
太阳的山顶埋葬　诗歌的尸体——千年王国和我
骑着五千年凤凰和名字叫"马"的龙——我必将失败
但诗歌本身以太阳必将胜利

于 坚

于坚（1954— ），云南昆明人。中国当代诗人，第三代诗歌的代表诗人。主要作品有诗集《0 档案》《飞行》《对一只乌鸦的命名》《便条集》等，散文随笔集《棕皮手记》《人间笔记》《云南这边》等。代表作《尚义街六号》《0 档案》等。

于坚 14 岁辍学，当过铆工、电焊工、搬运工等。1974 年开始诗歌写作。1984 年毕业于云南大学中文系。1984 年与韩东等人合办诗刊《他们》，积极参加 20 世纪 80 年代的诗歌运动。1986 年发表《尚义街六号》，开始受到诗歌界关注。20 世纪 90 年代发表以《0 档案》为代表的诗歌，具有形式实验特质和反诗倾向，毁誉参半。

于坚诗歌带有民间倾向和实验性质，口语诗歌注重日常生活，诗风平易却蕴藉深远，但也有部分作品组织结构奇特。

感谢父亲

一年十二月
您的烟斗开着罂粟花
温暖如春的家庭　不闹离婚
不管闲事　不借钱　不高声大笑
安静如鼠　比病室干净
祖先的美德　光滑如石
永远不会流血　在世纪的洪水中
花纹日益古朴
作为父亲　您带回面包和盐
黑色长桌　您居中而坐
那是属于皇帝教授和社论的位置
儿子们拴在两旁　不是谈判者
而是金钮扣　使您闪闪发光
您从那儿抚摸我们　目光充满慈爱
像一只胃　温柔而持久
使人一天天学会做人
早年您常常胃痛
当您发作时　儿子们变成甲虫
朝夕相处　我从未见过您的背影
成年我才看到您的档案
积极肯干　热情诚恳　平易近人
尊重领导　毫无怨言　从不早退

有一回您告诉我　年轻时喜欢足球
尤其是跳舞　两步
使我大吃一惊　以为您在谈论一头海豹
我从小就知道您是好人　非常的年代
大街上坏蛋比好人多
当这些异教徒被抓走、流放、一去不返
您从公园里出来　当了新郎
一九五七年您成为父亲
作为好人　爸爸　您活得多么艰难
交待　揭发　检举　告密
您干完这一切　夹着皮包下班
夜里您睡不着　老是侧耳谛听
您悄悄起来　检查儿子的日记和梦话
像盖世太保一样认真
亲生的老虎　使您忧心忡忡
小子出言不逊　就会株连九族
您深夜排队买煤　把定量油换成奶粉
您远征上海　风尘仆仆　采购衣服和鞋
您认识医生校长司机以及守门的人
老谋深算　能伸能屈　光滑如石
就这样　在黑暗的年代　在动乱中
您把我养大了　领到了身份证
长大了　真不容易　爸爸
我成人了　和您一模一样
勤勤恳恳　朴朴素素　一尘不染
这小子出生时相貌可疑　八字不好
说不定会神经失常或死于脑炎
说不定会乱闯红灯　跌断腿成为残废
说不定被坏人勾引　最后判刑劳改
说不定酗酒打架赌博吸毒患上艾滋病
爸爸　这些事我可从未干过　没有自杀
父母在　不远游　好好学习　天天向上
九点半上床睡觉　星期天洗洗衣服
童男子　二十八岁通过婚前检查
三室一厅　双亲在堂　子女绕膝
一家人围着圆桌　温暖如春
这真不容易　我白发苍苍的父亲

西 川

西川(1963—)，原名刘军，江苏徐州人。中国当代诗人。主要作品有诗集《中国的玫瑰》《隐秘的汇合》《大意如此》《虚构的家谱》等，诗文集《水渍》《游荡与闲谈：一个中国人的印度之行》《深浅》，随笔集《让蒙面人说话》，并有译著《博尔赫斯八十忆旧》、《米沃什词典》(与北塔合译)等。代表作《在哈尔盖仰望星空》等。

西川1985年毕业于北京大学外文系。毕业后曾在新华社工作，后任教于中央美术学院。曾创办民间诗歌刊物《倾向》，参与民间诗歌刊物《现代汉诗》的编辑工作。早期诗歌抒情纯净，多表现爱情、自然和人的善良品性。1989年后，诗歌开始变得复杂，抒情与沉思并存，同时还有一股强烈的宗教感。同时，西川还倡导诗歌写作中的知识分子精神。

西川注重诗歌创作中的广阔文化背景，诗歌中带有复杂、矛盾思考却不无抒情的文化想象。

在哈尔盖仰望星空

有一种神秘你无法驾驭
你只能充当旁观者的角色
听凭那神秘的力量
从遥远的地方发出信号
射出光来，穿透你的心
像今夜，在哈尔盖
在这个远离城市的荒凉的
地方，在这青藏高原上的
一个蚕豆般大小的火车站旁
我抬起头来眺望星空
这时河汉无声，鸟翼稀薄
青草向群星疯狂地生长
马群忘记了飞翔
风吹着空旷的夜也吹着我
风吹着未来也吹着过去
我成为某个人，某间
点着油灯的陋室
而这陋室冰凉的屋顶
被群星的亿万只脚踩成祭坛
我像一个领取圣餐的孩子
放大了胆子，但屏住呼吸

散　文

杨　朔

杨朔(1913—1968)，原名杨毓晋，字莹叔，山东蓬莱人。中国当代著名作家。主要作品有散文集《海市》《东风第一枝》《茶花赋》，小说《红石山》《三千里江山》等。代表作《香山红叶》《荔枝蜜》《雪浪花》《茶花赋》等。

抗战爆发至新中国成立初期，杨朔积极投身社会实践，以文学记录时代流变，创作大量小说、通讯和特写。1956年后，开始转向散文创作。擅长从日常事物中提取宏大的政治主题，表现社会主义变革，赞美新生活。1959年，杨朔提出散文诗化的艺术主张，借鉴古典诗文意境，长于比兴，卒章显志，创作了《蓬莱仙境》《海市》《荔枝蜜》等一系作品，开创了独特的"杨朔模式"，推动了20世纪60年代艺术性散文兴盛局面的形成。

杨朔的艺术性散文打破了空洞说教的文风，开拓了现代散文的审美视野，所倡导的散文诗化主张对提升散文的艺术品格具有积极的美学意义。

雪浪花

凉秋八月，天气分外清爽。我有时爱坐在海边礁石上，望着潮涨潮落，云起云飞。月亮圆的时候，正涨大潮。瞧那茫茫无边的大海上，滚滚滔滔，一浪高似一浪，撞到礁石上，唰地卷起几丈高的雪浪花，猛力冲激着海边的礁石。那礁石满身都是深沟浅窝，坑坑坎坎的，倒像是块柔软的面团，不知叫谁捏弄成这种怪模怪样。

几个年轻的姑娘赤着脚，提着裙子，嘻嘻哈哈追着浪花玩。想必是初次认识海，一只海鸥，两片贝壳，她们也感到新奇有趣。奇形怪状的礁石自然逃不出她们好奇的眼睛，你听她们议论起来了：礁石硬得跟铁差不多，怎么会变成这样子？是天生的，还是钻子凿的，还是怎的？

"是叫浪花咬的，"一个欢乐的声音从背后插进来。说话的人是个上年纪的渔民，从刚拢岸的渔船跨下来，脱下黄油布衣裤，从从容容晾到礁石上。

有个姑娘听了笑起来："浪花也没有牙，还会咬？怎么溅到我身上，痛都不痛？咬我一口多有趣。"

老渔民慢条斯理说："咬你一口就该哭了。别看浪花小，无数浪花集到一起，心齐，又有耐性，就是这样咬啊咬的，咬上几百年，几千年，几万年，哪怕是铁打的江山，也能叫它变个样儿。姑娘们，你们信不信？"

　　说的妙，里面又含着多么深的人情世故。我不禁对那老渔民望了几眼。老渔民长得高大结实，留着一把花白胡子。瞧他那眉目神气，就像秋天的高空一样，又清朗，又深沉。老渔民说完话，不等姑娘们搭言，早回到船上，大声说笑着，动手收拾着满船烂银也似的新鲜鱼儿。

　　我向就近一个渔民打听老人是谁，那渔民笑着说："你问他呀，那是我们的老泰山。老人家就有这个脾性，一辈子没养女儿，偏爱拿人当女婿看待。不信你叫他一声老泰山，他不但不生气，反倒摸着胡子乐呢。不过我们叫他老泰山，还有别的缘故。人家从小走南闯北，经的多，见的广，生产队里大事小事，一有难处，都得找他指点，日久天长，老人家就变成大伙依靠的泰山了。"

　　此后一连几日，变了天，飘飘洒洒落着凉雨，不能出门。这一天晴了，后半晌，我披着一片火红的霞光，从海边散步回来，瞭见休养所院里的苹果树前停着辆独轮小车，小车旁边有个人俯在磨刀石上磨剪刀。那背影有点儿眼熟。走到跟前一看，可不正是老泰山。

　　我招呼说："老人家，没出海打鱼么？"

　　老泰山望了望我笑着说："哎，同志，天不好，队里不让咱出海，叫咱歇着。"

　　我说："像你这样年纪，多歇歇也是应该的。"

　　老泰山听了说："人家都不歇，为什么我就应该多歇着？我一不瘫，二不瞎，叫我坐着吃闲饭，等于骂我。好吧，不让咱出海，咱服从；留在家里，这双手可得服从我。我就织鱼网，磨鱼钩，照顾照顾生产队里的果木树，再不就推着小车出来走走，帮人磨磨刀，钻钻磨眼儿，反正能做多少活就做多少活，总得尽我的一份力气。"

　　"看样子你有六十了吧？"

　　"哈哈！六十？这辈子别再想那个好时候了——这个年纪啦。"说着老泰山捏起右手的三根指头。

　　我不禁惊疑说："你有七十了么？看不出。身板骨还是挺硬朗。"

　　老泰山说："嘻，硬朗什么？头四年，秋收扬场，我一连气还能扬它一两千斤谷子。如今不行了，胳臂害过风湿痛病，抬不起来，磨刀磨剪子，胳臂往下使力气，这类活儿还能做。不是胳臂拖累我，前年咱准要求到北京去油漆人民大会堂。"

　　"你会的手艺可真不少呢。"

　　"苦人哪，自小东奔西跑的，什么不得干。干的营生多，经历的也古怪，不瞒同志说，三十年前，我还赶过脚呢。"说到这儿，老泰山把剪刀往水罐里蘸了蘸，继续磨着，一面不紧不慢地说："那时候，北戴河跟今天可不一样。一到三伏天，来歇伏的差不多净是蓝眼珠的外国人。有一回，一个外国人看上我的驴。提起我那驴，可是百里挑一：浑身乌黑乌黑，没一根杂毛，四只蹄子可是白的。这有个讲究，叫四蹄踏雪，跑起来，极好的马也追不上。那外国人想雇我的驴去逛东山。我要五块钱，他嫌贵。你嫌贵，我还嫌你胖呢。胖的像条大白熊，别压坏我的驴。讲来讲去，大白熊答应我的价钱，骑着驴逛了半天，欢欢喜喜照数付了脚钱。谁料想隔不几天，警察局来传我，说是有人把我告下了，告我是红胡子，硬抢人家五块钱。"

　　老泰山说的有点气促，喘嘘嘘的，就缓了口气，又磨着剪子说："我一听气炸了肺。我的驴，你的屁股，爱骑不骑，怎么能诬赖人家是红胡子？赶到警察局一看，大白熊倒轻松，望着我乐的闭不拢嘴。你猜他说什么？他说：你的驴快，我要再雇一趟去秦皇岛，到处找不着你。我就告你。一告，这不是，就把红胡子抓来了。"

我忍不住说："瞧他多聪明！"

老泰山说："聪明的还在后头呢，你听着啊。这回到省事，也不用争，一张口他就给我十五块钱，骑上驴，他拿着根荆条，抽着驴紧跑。我叫他慢着点，他直夸奖我的驴有几步好走，答应回头再加点脚钱。到秦皇岛一个来回，整整一天，累的我那驴浑身湿淋淋的，顺着毛往下滴汗珠——你说叫人心痛不心痛？"

我插问道："脚钱加了没有？"

老泰山直起腰，狠狠吐了口唾沫说："见他的鬼！他连一个铜子儿也不给，说是上回你讹诈我五块钱，都包括在内啦，再闹，送你到警察局去。红胡子！红胡子！直骂我是红胡子。"

我气的问："这个流氓，他是哪国人？"

老泰山说："不讲你也猜得着。前几天听广播，美国飞机又偷着闯进咱们家里。三十年前，我亲身吃过他们的亏，这笔账还没算清。要是倒退五十年，我身强力壮，今天我呀——"

休养所的窗口有个妇女探出脸问："剪子磨好没有？"

老泰山应声说："好了。"就用大拇指试试剪子刃，大声对我笑着说："瞧我磨的剪子，多快。你想剪天上的云霞，做一床天大的被，也剪得动。"

西天上正铺着一片金光灿烂的晚霞，把老泰山的脸映得红彤彤的。老人收起磨刀石，放到独轮车上，跟我道了别，推起小车走了几步，又停下，弯腰从路边掐了枝野菊花，插到车上，才又推着车慢慢走了，一直走进火红的霞光里去。他走了，他在海边对几个姑娘讲的话却回到我的心上。我觉得，老泰山恰似一点浪花，跟无数浪花集到一起，形成这个时代的大浪潮，激扬飞溅，早已把旧日的江山变了个样儿，正在勤勤恳恳塑造着人民的江山。

老泰山姓任。问他叫什么名字，他笑笑说："山野之人，值不得留名字。"竟不肯告诉我。

秦 牧

秦牧(1919—1992)，原名林觉夫，广东澄海人。中国当代作家。主要作品有散文《秦牧杂文集》《花城》《潮汐和船》，文艺随笔《艺海拾贝》等。代表作《社稷坛抒情》《土地》等。

秦牧的文学活动发轫于抗日战争时期，1938年开始发表社会评述，后集结成册，出版第一部文集《秦牧杂文》。新中国成立后，他在散文、小说、戏剧、诗歌、文学评论等方面都多有尝试，其中尤以散文成就最大。其散文擅长在闲谈趣语中寄寓深刻的哲理，以丰富的古今材料为支撑，形散而神聚，《社稷坛抒情》《土地》等散文名篇均呈现出杂感与随笔的调合。

秦牧毕生致力于文学创作，其散文作品以思想性、知识性、趣味性见长，推动了20世纪60年代的散文复兴，形成了自己鲜明的散文创作风格。

社稷坛抒情

北京有座美丽的中山公园，公园里有个用五色土砌成的社稷坛。

社稷坛是北京九坛之一，它和坐落在南城的天坛遥遥相对。古代的帝王们，在天坛祭天，在社稷坛祭地。祭天为了要求风调雨顺，祭地为了要求土地肥沃。祭天祭地的终极目的只有一个：就是五谷丰登，可以"聚敛贡城阙"。五谷是从地里长出来的，因此，人们臆想的稷神（五谷）就和社神（土地）同在一个坛里受膜拜了。

穿过古柏参天，处处都是花圃的园林，来到这个社稷坛前，突然有一种寥廓空旷的感觉。在庄严的宫殿建筑之前，有这么一个四方的土坛，屹立在地面，它东面是青土，南面是红土，西面是白土，北面是黑土，中间嵌着一大块圆形的黄土。这图案使人沉思，使人怀古。遥想当年帝王们穿着衮服，戴着冕旒，在礼乐声中祭地的情景，你仿佛看到他们在庄严中流露出来的对于"天命"畏惧的眼色，你仿佛看到许多人慑服在大自然脚下的神情。

这社稷坛现在已经没有一点儿神秘庄严的色彩了。它只是一个奇特的历史遗迹。节日里，欢乐的人群在上面舞狮，少年们在上面嬉戏追逐。平时则有三三两两的游人在那里低徊。对，这真是一个引发人们思古幽情的好所在！作为一个中国人，可以让这种使人微醉的感情发酵的去处可真多呢！你可以到泰山去观日出，在八达岭长城顶看日落。可以在西湖荡画舫，到南京鸡鸣寺听钟声。可以在华北平原跑马，在戈壁滩上骑骆驼。可以访寻古代宫殿遗迹，听一听燕子的呢喃，或者到南方的海神庙旁看浪涛拍岸……这些节目你随便可以举出一百几十种来，但在这里面千万不能遗漏掉这个社稷坛！这坛后的宫殿是华丽的，飞檐、斗拱、琉璃瓦、白石阶……真是金碧辉煌！而坛呢，却很荒凉，就只有五色的泥土。然而这种对照却也使人想起：没有这泥土所代表的大地，没有在大地上胼手胝足的劳动者，根本就不会有这宫殿，不会有一切人类的文明。你在这个土坛上走着走着，仿佛走进古代去，走到一望无际的原野上，在那里，莽莽苍苍，风声如吼。一个戴着高冠，穿着芒鞋的古代诗人正在用他的悲悯深沉的眼睛眺望大地，吟咏着这样的诗句：

> "朝东西眺望没有边际，
> 朝南北眺望没有头绪，
> 朝上下眺望没有依归，
> 我的驱驰不知何所底止！"
> ……
>
> "九州究竟安放在什么上面？
> 河床何以洼陷？
> 地面，从东至西究竟多少宽，从南至北多少长？
> 南北要比东西短些，短的程度究竟是怎样？"
> （屈原："悲回风"和"天问"，引自郭沫若译诗。）

这不仅仅是屈原的声音，也是许许多多古代诗人瞭望原野时曾经涌起的感情。这种"大地茫茫"的心境，是和对于自然之谜的探索和对于人间疾苦的愤慨联结在一起的。

想一想这些肥沃土地的来历，你会不由得涌起一种遥接万代的感情。我们居住的这个星球在最古老时代原是一个寂寞的大石球，上面没有一株草，一只虫，也没有一层土壤。经过了多少亿万年，太阳风雨的力量，原始生物的尸骸，才给地球造成了一层层的土壤，每经历千年万年，土壤才增加薄薄的一层。想一想我们那土壤厚达五十米的华北黄土高原吧！那该是大自然在多长的时间里的杰作！但这还不算，劳动者开辟这些土地，是和大自然进行过多么剧烈的斗争呀！这种斗争一代接连一代继续着，我们仿佛又会见了古代的唱着《诗经》里怨愤之歌的农民，像敦煌壁画上面描绘的辛勤劳苦的农民，驾着那种和古墓里挖掘出来的陶制高轮牛车相似的车子，奔驰在原野上，辛苦开辟着田地。然而他们一代代穿着破絮似的衣服，吃着极端粗劣的食物。你仿佛看到他们在田野里仰天叹息，他们一家老小围着幽幽的灯光在饮泣。看到他们画红了眉毛，或者在头上包一块黄布揭竿起义，看到他们大批地陈尸在那吸尽了他们的汗水然后又吸尽了他们鲜血的土地。想一想，在原始社会中他们怎样匍匐在鬼神脚下，在阶级社会中他们又怎样挣扎在重重枷锁之中。啊，这些给荒凉的大地铺上了锦绣花巾的人们，这些从狗尾草、蟋蟀草中给我们选出了稻麦来的人们，我们该多么感念他们！想象的羽翼可以把我们带到古代去，在一家家的门口清清楚楚看到他们在劳动，在饮食，在希望，在叹息，可惜隔着一道历史的门限，我们却不能和他们作半句的交谈！但怀古思今，想起了我们这个时代的农民是几千年历史中第一次真正挣脱了枷锁，逐渐离开了鬼神天命的羁绊的农民，我们又仿佛走出了黑暗的历史的隧洞，突然见到耀眼的阳光了。

你在这个五色土坛上面走着走着，仿佛又回到公元前几千年去，会见了古代的思想家。他们白发苍苍，正对着天上的星辰，海里的潮汐，陶窑的火光，大地的泥土沉思。那时的思想家没有什么书籍可以阅读参考，日月经天，江河行地，四时代谢，万物死生的现象，都使他们抱头苦思。他们还远不能给世界的现象说出一个较完整的答案。但是他们终究也看出一点道理来了，世间的万物万事，有因有果，有主有从，它们互相错综地关联着……正是由于古代有这样的思想家在这样地思考过，才给后来的历史创造了这样一座五色的土坛。

　　"五行"的观念和我们这个民族一样地古老，东、南、西、北是人们很早就知道的，人们总以为自己所处是大地的中间，于是在四方之外又加上了一个"中心"，东、南、西、北、中凑成了五方五土的观念，直到今天我们还看到好些人家的屋角有"五方五土龙神"的牌位。烧陶方法和冶铜技术发明了，人们在熊熊火光旁边，看到火把泥土变成了陶器，把矿石烧成溶液，木头燃烧发出了火光，水又能够把火熄灭。这种现象使古代的思想家想到木、火、金、水、土（依照《左传》的排列次序）是万物的本源。于是木、火、金、水、土把五行的观念充实起来了。

　　烧制陶器这件事使人类向文明跨前一大步，在埃及，在希腊，都由此产生了神祇用泥土造人的神话。在中国，却大大地发扬了"五行"的观念。根据木、火、金、水、土五种东西彼此的作用，又产生了五行相克相生的理论。根据这几种东西的颜色：树木是苍翠的，火光是红艳艳的，金属是亮晶晶的，深深的水潭是黝黑的，中原的泥土是黄色的。于是青、赤、白、黑、黄五种颜色就被拿来配木、火、金、水、土，成为颜色上的五行了。

　　这个五方、五行的观念被古代思想家用来分析许许多多的事物，音乐上的宫、商、角、徵、羽五个音阶，天上二十八宿的分隶青龙、朱雀、白虎、玄武（乌龟）四方，都是和这种观念紧密地联结起来的。

　　把世界万物的本源看做是木、火、金、水、土五种元素相互作用产生出来的，这和古代印度哲学家把万物说成是由地、火、水、风所构成，古代希腊哲学家说万物的本源是水或者火……，那思想的脉络是多么地近似啊。

　　尽管这种说法在几千年后的今天看来是奇特甚至好笑的，然而那里面不也包含着光辉的真理吗：万物的本源都是物质，物质彼此起着错综的作用……。哦！我们遇见的对着泥土沉思的思想家，他们正是古代的略具雏形的唯物主义者！

　　没有这些古代思想家，我们就不会有这个五色的土坛。审视这五种颜色吧，端详这个根据"天圆地方"的古代观念筑起来的四方坛吧！它和我们民族的古代文化发生多么密切的关系啊！

　　我们汉民族的摇篮在黄河的中上游，那里绵亘的是一望无际的黄土高原。因此，黄色被用来配"土"，用来配"中心"，成为我们民族传统中高贵的颜色。中心是不同于四方的，能够生长五谷的土地是不同于其他东西的，黄色是不同于其他颜色的。在这个土坛的中心，黄土被特别砌成了一个圆形，审视这个黄色的圆圈吧！它使我们想起奔腾澎湃的黄河，想起在地层下不断被发掘出来的古代村落，也想起那古木参天的黄帝的陵墓。

　　我多么想去抱一抱那些古代的思想家，没有他们的艰苦探索，就没有今天人类的智慧。正像没有勇敢走下树来的猿人，就不会有人类一样。多少万年的劳动经验和生活智慧积累起来，才有了今天的人类文明。每一个人在人类智慧的长河旁边，都不过像一只饮河的鼹鼠。在知识的大森林里面，都不过像一只栖于一枝的鹪鹩。这河是多少亿万滴水汇成的啊，这森林是多少亿万株草木构成的啊！

瞧着这个社稷坛，你会想起了中国的泥土，那黄河流域的黄土，四川盆地的红壤，肥沃的黑土，洁白的白垩土……你会想起文学里许许多多关于泥土的故事：有人包起一包祖国的泥土藏在身旁到国外去；有人临死遗嘱必须用祖国的泥土撒到自己胸上；有人远适异国归来俯身去吻一吻自己国门的土地。这些动人的关于泥土的故事，使人对五色土发生了奇异的感情，仿佛它们是童话里的角色，每一粒土壤都可以叙述一段奇特的故事，或者唱一首美好的诗歌一样。

瞧着这个紧紧拼合起来的五色土坛，一个人也会想起了国土的统一，在我们的土地上，为了统一而发生的战争该有多少万次呀！然而严格说来，历史上的中国从来没有高度统一过。四分五裂，豪强纷纷划地称王的时代不去说它了，可怜的供主像傀儡似地住在京都，整天送猪肉、龟肉慰问跋扈的诸侯的时代不去说它了，就是号称强盛统一的时代，还不是有许多拥兵自重的藩镇，许多专权用事的贵戚，许多地方的豪霸，在他们的领地里当着小皇帝，使中央号令不行，使国中还有许许多多的小国。中国历史上没有一个时期像今天这样高度统一过，等我们解放了台湾和一些沿海岛屿以后，这种统一的规模就更加空前了。古代思想家的预言："不嗜杀人者能一之。"由于不剥削人的无产阶级登上了历史舞台，竟使这一句话在两千多年后空前地应验了。

我在这个土坛上低徊漫步，想起了许许多多的事情。我们未必"前不见古人，后不见来者"，凭着思想和激情的羽翼，我们尽可去会一会古人，见一见来者。我仿佛曾经上溯历史的河流，看见了古代的诗人、农民、思想家、志士，看他们的举动，听他们的声音，然后又穿过历史的隧洞，回到阳光灿烂的现实。啊，做一个历史悠久的民族的子孙是多么值得自豪的一回事！做今天的一个中国的儿女是多么值得快慰的一回事！回溯过去，瞻望未来，你会觉得激动，很想深深呼吸一口新鲜的空气，想好好地学习和劳动，好好地安排在无穷的时间之中一个人仅有一次，而我们又恰恰生逢其时的宝贵的生命。

啊，这座发人深思的社稷坛！

刘白羽

刘白羽(1916—2005),北京通州人。中国现代作家。主要作品有小说《无敌三勇士》《火光在前》,散文集《早上的太阳》《红玛瑙集》,报告文学集《八路军七将领》《英雄的记录》《为祖国而战》等。代表作《长江三日》等。

1936年,刘白羽在《文学》上发表第一篇小说《冰天》,由此踏上了文学创作道路。1938年奔赴延安,坚持文艺的工农兵方向,创作了《政治委员》《时代的印象》等大量反映军民战争生活的小说和报告文学。20世纪50年代后期开始,主要从事散文创作,将抒情性与政论性相结合,呈现出诗化政论相结合的特点,追求气势磅礴、风格雄浑的审美品格。

刘白羽以强烈的时代感和充沛的革命热情参与文学创作,文笔粗犷豪放,富于诗意,形成了独特的艺术风格。

长江三日

十一月十七日

……

雾笼罩着江面,气象森严。十二时,"江津"号启碇顺流而下了。在长江与嘉陵江汇合后,江面突然开阔,天穹顿觉低垂。浓浓的黄雾,渐渐把重庆隐去。一刻钟后,船又在两面碧森森的悬崖陡壁之间的狭窄的江面上行驶了。

你看那急速漂流的波涛一起一伏,真是"众水会万涪,瞿塘争一门"。而两三木船,却齐整的摇动着两排木桨,像鸟儿扇动着翅膀,正在逆流而上。我想到李白、杜甫在那遥远的年代,以一叶扁舟,搏浪急进,该是多少雄伟的搏斗,会激发诗人多少瑰丽的诗思啊!……不久,江面更开朗辽阔了。两条大江,骤然相见,欢腾拥抱,激起云雾迷蒙,波涛沸荡,至此似乎稍为平定,水天极目之处,灰蒙蒙的远山展开一卷清淡的水墨画。

从长江上顺流而下,这一心愿真不知从何时就在心中扎下根子,年幼时读"大江东去……"读"两岸猿声……"辄心向往之。后来,听说长江发源于一片冰川,春天的冰川上布满奇异艳丽的雪莲,而长江在那儿不过是一泓清溪;可是当你看到它那奔腾叫啸,如万瀑悬空,砰然万里,就不免在神秘气氛的"童话世界"上又涂了一层英雄光彩。后来,我两次到重庆,两次登枇杷山看江上夜景,从万家灯光、灿烂星海之中,辨认航船上缓缓浮动而去的灯火,多想随那惊涛骇浪,直赴瞿塘,直下荆门呀!但亲身领略一下长江风景,直到这次才实现。因此,这一回在"江津"号上,正如我在第二天写的一封信中所说:

"这两天,整天我都在休息室里,透过玻璃窗,观望着三峡。昨天整日都在朦胧的雾罩之中。今天却阳光一片。这庄严秀丽气象万千的长江真是美极了。"

下午三时，天转开朗。长江两岸，层层叠叠，无穷无尽的都是雄伟的山峰，苍松翠竹绿茸茸的遮了一层绣幕。近岸陡壁上，背纤的纤夫历历可见。你向前看，前面群山在江流浩荡之中，则依然为雾笼罩，不过雾不像早晨那样浓，那样黄，而呈乳白色了。现在是"枯水季节"，江中突然露出一块黑色礁石，一片黄色浅滩，船常常在很狭窄的两面航标之间迂回前进，顺流驶下。山愈聚愈多，渐渐暮霭低垂了，渐渐进入黄昏了，红绿标灯渐次闪光，而苍翠的山峦模糊为一片灰色。

当我正为夜色降临而惋惜的时候，黑夜里的长江却向我展开另外一种魅力。开始是，这里一星灯火，那儿一簇灯火，好像长江在对你眨着眼睛。而一会儿又是漆黑一片，你从船身微微的荡漾中感到波涛正在翻滚沸腾。一派特别雄伟的景象，出现在深宵。我一个人走到甲板上，这时江风猎猎，上下前后，一片黑森森的，而无数道强烈的探照灯光，从船顶上射向江面，天空江上一片云雾迷蒙，电光闪闪，风声水声，不但使人深深体会到"高江急峡雷霆斗"的赫赫声势，而且你觉得你自己和大自然是那样贴近，就像整个宇宙，都罗列在你的胸前。水天，风雾，浑然融为一体，好像不是一只船，而是你自己正在和江流搏斗而前。"曙光就在前面，我们应当努力。"这时一种庄严而又美好的情感充溢我的心灵，我觉得这是我所经历的大时代突然一下集中地体现在这奔腾的长江之上。是的，我们的全部生活不就是这样战斗、航进，穿过黑夜走向黎明的吗？现在，船上的人都已酣睡，整个世界也都在安眠，而驾驶室上露出一片宁静的灯光。想一想，掌握住舵轮，透过闪闪电炬，从惊涛骇浪之中寻到一条破浪前进的途径，这是多么豪迈的生活啊！我们的哲学是革命的哲学，我们的诗歌是战斗的诗歌，正因为这样——我们的生活是最美的生活。列宁有一句话说得好极了："前进吧！这是多么好啊！这才是生活啊！"……"江津"号昂奋而深沉的鸣响着汽笛向前方航进。

十一月十八日

在信中，我这样叙说："这一天，我像在一支雄伟而瑰丽的交响乐中飞翔。我在海洋上远航过，我在天空上飞行过，但在我们的母亲河流长江上，第一次，为这样一种大自然的威力所吸摄了。"

朦胧中听见广播到奉节，停泊时天已微明。起来看了一下，峰峦刚刚从黑夜中显露出一片灰蒙蒙的轮廓。启碇续行，我到休息室里来，只见前边两面悬崖绝壁，中间一条狭狭的江面，已进入瞿塘峡了。江随壁转，前面天空上露出一片金色阳光，像横着一条金带，其余天空各处还是云海茫茫。瞿塘峡口上，为三峡最险处，杜甫《夔州歌》云："白帝高为三峡镇，瞿塘险过百牢关。"古时歌谣说："滟滪大如马，瞿塘不可下；滟滪大如猴，瞿塘不可游；滟滪大如龟，瞿塘不可回；滟滪大如象，瞿塘不可上。"这滟滪堆指的是一堆黑色巨礁。它对准峡口。万水奔腾，一冲进峡口便直奔巨礁而来。你可想象得到那真是雷霆万钧，船如离弦之箭，稍差分厘，便撞得个粉碎。现在，这巨礁，早已炸掉。不过，瞿塘峡中，激流澎湃，涛如雷鸣，江面形成无数游涡，船从漩涡中冲过，只听得一片哗啦啦的水声。过了八公里的瞿塘峡，乌沉沉的云雾，突然隐去，峡顶上一道蓝天，浮着几小片金色浮云，一注阳光象闪电样落在左边峭壁上。右面峰顶上一片白云象白银片样发亮了，但阳光还没有降临。这时，远远前方，无数层峦叠嶂之上，迷蒙云雾之中，忽然出现一团红雾，你看，绛紫色的山峰，衬托着这一团雾，真美极了。就象那深谷之中向上反射出红色宝石的闪光，令人仿佛进入了神话境界。这时，你朝江流上望去，也是色彩缤纷：两面巨岩，倒影如墨；中间曲曲折折，却象有一条闪光的道路，上面荡着细碎的波光；近处山峦，则碧绿如翡翠。时间一分钟一分钟过去，前面那团红雾更红更亮了。船越驶越近，渐渐看清有一高峰亭亭笔立于红雾之中，渐渐看清那红雾原来是千万道强烈的阳光。八点二十分，我们来到这一片晴朗的金黄色朝阳之中。

抬头望处，已到巫山。上面阳光垂照下来，下面浓雾滚涌上去，云蒸霞蔚，颇为壮观。刚从远处看到那个笔直的山峰，就站在巫峡口上，山如斧削，隽秀婀娜，人们告诉我这就是巫山十二峰的第一峰，它仿佛在招呼上游来的客人说："你看，这就是巫山巫峡了。""江津"号紧贴山脚，进入峡口。红通通的阳光恰在此时射进玻璃厅中，照在我的脸上。峡中，强烈的阳光与乳白色云雾交织一处，数步之隔，这边是阳光，那边是云雾，真是神妙莫测。几只木船从下游上来，帆篷给阳光照的象透明的白色羽翼，山峡却越来越狭，前面两山对峙，看去连一扇大门那么宽也没有，而门外，完全是白雾。

八点五十分，满船人，都在仰头观望。我也跑到甲板上来，看到万仞高峰之巅，有一细石耸立如一人对江而望，那就是充满神奇缥缈传说的美女峰了。据说一个渔人在江中打鱼，突遇狂风暴雨，船覆灭顶，他的妻子抱了小孩从峰顶眺望，盼他回来，一天一天，一月一月，他终未回来，而她却依然不顾晨昏，不顾风雨，站在那儿等候着他——至今还在那儿等着呢！……

如果说瞿塘峡象一道闸门，那么巫峡简直象江上一条迂回曲折的画廊。船随山势左一弯，右一转，每一曲，每一折，都向你展开一幅绝好的风景画。两岸山势奇绝，连绵不断，巫山十二峰，各峰有各峰的姿态，人们给它们以很高的美的评价和命名，显然使我们的江山增加了诗意，而诗意又是变化无穷的。突然是深灰色石岩从高空直垂而下浸入江心，令人想到一个巨大的惊叹号；突然是绿茸茸草坂，象一支充满幽情的乐曲；特别好看的是悬岩上那一堆堆给秋霜染得红艳艳的野草，简直象是满山杜鹃了，峡急江陡，江面布满大大小小漩涡，船只能缓缓行进，象一个在丛山峻岭之间慢步前行的旅人。但这正好使远方来的人，有充裕时间欣赏这莽莽苍苍、浩浩荡荡长江上大自然的壮美。苍鹰在高峡上盘旋，江涛追随着山峦激荡，山影云影，日光水光，交织成一片。

十点，江面渐趋广阔，急流稳渡，穿过了巫峡。十点十五分至巴东，已入湖北境。十点半到牛口，江浪汹涌，把船推在浪头上，摇摆着前进。江流刚奔出巫峡，还没来得及喘息，却又冲入第三峡——西陵峡了。

西陵峡比较宽阔，但是江流至此变得特别凶恶，处处是急流，处处是险滩。船一下象流星随着怒涛冲去，一下又绕着险滩迂回浮进。最著名的三个险滩是：泄滩、青滩和崆岭滩。初下泄滩，你看着那万马奔腾的江水会突然感到江水简直是在旋转不前，一千个、一万个漩涡，使得"江津"号剧烈震动起来。这一节江流虽险，却流传着无数优美的传说。十一点十五分到秭归。据袁崧《宜都山川记》载：秭归是屈原故乡，是楚子熊绎建国之地。后来屈原被流放到汨罗江，死在那里。民间流传着：屈大夫死日，有人在汨罗江畔，看见他峨冠博带，美髯白皙，骑一匹白马飘然而去。又传说：屈原死后，被一大鱼驮回秭归，终于从流放之地回归楚国。这一切初听起来过于神奇怪诞，却正反映了人民对屈原的无限怀念之情。

秭归正面有一大片铁青色礁石，森然耸立江面，经过很长一段急流绕过泄滩。在最急峻的地方，"江津"号用尽全副精力，战抖着，震颤着前进。急流刚刚滚过，看见前面有一奇峰突起，江身沿着这山峰右面驶去，山峰左面却又出现一道河流，原来这就是王昭君诞生地香溪，它一下就令人记起杜甫的诗："群山万壑赴荆门，生长明妃尚有村。"我们遥望了一下香溪，船便沿着山峰进入一道无比险峻的长峡——兵书宝剑峡。这儿完全是一条窄巷，我到船头上，仰头上望，只见黄石碧岩，高与天齐，再驶行一段就到了青滩。江面陡然下降，波涛汹涌，浪花四溅，当你还没来得及仔细观看，船已象箭一样迅速飞下，巨浪为船头劈开，旋卷着，合在一起，一下又激荡开去。江水象滚沸了一样，到处是泡沫，到处是浪花。船上的同志指着岩上一片乡镇告我："长江航船上很多领航人都出生在这儿……每只木船要想渡过青滩，都得请这儿的人引领过去。"这时我正注视着一只逆流而上的木船，看起这青滩的声势十分吓人，但人从汹涌浪涛中掌握了一条前进途径，也就战胜了大自然了。

中午，我们来到了崆岭滩眼前，长江上的人都知道："泄滩青滩不算滩，崆岭才是鬼门关。"可见其凶险了。眼看一片灰色石礁布满水面，"江津"号却抛锚停泊了。原来崆岭滩一条狭窄航道只能过一只船，这时有一只江轮正在上行，我们只好等下来。谁知竟等了那么久，可见那上行的船只是如何小心翼翼了。当我们驶下崆岭滩时，果然是一片乱石林立，我们简直不象在浩荡的长江上，而是在苍莽的丛林中找寻小径跋涉前进了。

十一月十九日

早晨，一片通红的阳光，把平静的江水照得象玻璃一样发亮。长江三日，千姿万态，现在已不是前天那样大雾迷蒙，也不是昨天"巫山巫峡色萧森"，而是："楚地阔无边，苍茫万顷连"了。长江在穿过长峡之后，现在变得如此宁静，就象刚刚诞生过婴儿的年轻母亲一样安详慈爱。天光水色真是柔和极了。江水象微微拂动的丝绸，有两只雪白的鸥鸟缓缓地和"江津"号平行飞进，水天极目之处，凝成一种透明的薄雾，一簇一簇船帆，就象一束一束雪白的花朵在蓝天下闪光。

在这样一天，江轮上非常宁静的一日，我把我全身心沉浸在"红色的罗莎"——卢森堡的《狱中书简》中。

这个在一九一八年德国无产阶级革命中最坚定的领袖，我从她的信中，感到一个伟大革命家思想的光芒和胸怀的温暖，突破铁窗镣铐，而闪耀在人间，你看，这一页：

> 雨点轻柔而均匀地洒落在树叶上，紫红的闪电一次又一次地在铅灰色中闪耀，遥远处，隆隆的雷声象汹涌澎湃的海涛余波似地不断滚滚传来。在这一切阴霾惨淡的情景中，突然间一只夜莺在我窗前的一株枫树上叫起来了！在雨中，闪

电中，隆隆的雷声中，夜莺啼叫得象是一只清脆的银铃，它歌唱得如醉如痴，它要压倒雷声，唱亮昏暗……

昨晚九点钟左右，我还看到壮丽的一幕，我从我的沙发上发现映在窗玻璃上的玫瑰色的返照，这使我非常惊异，因为天空完全是灰色的。我跑到窗前，着了迷似的站在那里。在一色灰沉沉的天空上，东方涌现出一块巨大的、美丽得人间少有的玫瑰色的云彩，它与一切分隔开，孤零零地浮在那里，看起来象是一个微笑，象是来自陌生的远方的一个问候。我如释重负地长吁了一口气，不由自主地把双手伸向这幅富有魅力的图画。有了这样的颜色，这样的形象，然后生活才美妙，才有价值，不是吗？我用目光饱餐这幅光辉灿烂的图画，把这幅图画的每一线玫瑰色的霞光都吞咽下去，直到我突然禁不住笑起自己来。天哪，天空啊，云彩啊，以及整个生命的美并不只存在于佛龙克，用得着我来跟它们告别？不，它们会跟着我走的，不论我到哪儿，只要我活着，天空、云彩和生命的美会跟我同在。

"江津"号在平静的浪花中缓缓驶行。我读着书，一种非常珍贵的感情渗透我的全身。我必须立刻把它写下来，我愿意把它写在这奔腾叫啸、而又安静温柔的长江一起，因为它使我联想到我前天想到的"战斗——航进——穿过黑夜走向黎明"的想象，过去，多少人，从他们艰巨战斗中想望着一个美好的明天呀！而当我承受着象今天这样灿烂的阳光和清丽的景色时，我不能不意识到，今天我们整个大地，所吐露出来的那一种芬芳、宁馨的呼吸，这社会主义生活的呼吸，正是全世界上，不管在亚洲还是在欧洲，在美洲还是在非洲，一切先驱者的血液，凝聚起来，而发射出来的最自由最强大的光辉。我读完了《狱中书简》，一轮落日——那样圆，那样大，象鲜红的珊瑚球一样，把整个江面笼罩在一脉淡淡的红光中，面前象有一种细细的丝幕柔和地、轻悄地撒落下来。

最后让我从我自己的一封信中抄下一段，来结束这一日吧：

夜间，九时余——从前面漆黑的夜幕中，看见很小很小几点亮光。人们指给我那就是长江大桥，"江津"号稳稳地向武汉驶近。从这以后，我一直站在船上眺望，渐渐的渐渐的看出那整整齐齐的一排象横串起来的珍珠，在熠熠闪烁。我看着，我觉得在这辽阔无边的大江之上，这正是我们献给我们母亲河流的一项珍珠冠呀！……再前进，江上无数蓝的、白的、红的、绿的灯光，拖着长长倒影在浮动，那是无数船只在航行，而那由一颗颗珍珠画出的大桥的轮廓，完全象升在云端里一样，高耸空中，而桥那面，灯光稠密的简直象是灿烂的金河，那是什么？仔细分辨，原来是武汉两岸的亿万灯光。当我们的"江津"号，嘹亮地向武汉市发出致敬欢呼的声音时，我心中升起一种庄严的情感，看一看！我们创造的新世界有多么灿烂吧！……

张 洁

张洁(1937—2022)，女，祖籍辽宁抚顺，生于北京。中国当代作家。主要作品有小说散文集《爱，是不能忘记的》《方舟》，小说集《祖母绿》，长篇小说《沉重的翅膀》，散文集《在那绿草地上》等。代表作《祖母绿》《拣麦穗》等。

1978年发表小说处女作《森林里的孩子》，获全国优秀短篇小说奖，引起文坛瞩目。后相继发表小说《爱，是不能忘记的》《方舟》《祖母绿》等，以探索当代知识妇女命运为主要创作内容，其鲜明的女性气息与感性色彩，引起广泛争议。《沉重的翅膀》是新时期"改革文学"的代表作，真实描写了中国新时期改革过程的艰难复杂和各色人等的精神蜕变，该作获第二届茅盾文学奖。

张洁的作品多以"精神"和"爱"为主题，惯用浓烈感性的笔触探索现实语境下人的心灵世界的复杂性与多变性。情感细腻深挚，风格优雅醇美，为中国当代文学的小说艺术发展作了有益探索。

拣麦穗

在农村长大的姑娘，谁不熟悉拣麦穗的事呢？

我要说的，却是几十年前拣麦穗的那段往事。

月残星疏的清晨，挎着一个空荡荡的篮子，顺着田埂上的小路走去拣麦穗的时候，她想的是什么呢？

在那夜雾腾起的黄昏，趟着沾着露水的青草，挎着装满麦穗的篮子，走回破旧的窑洞的时候，她想的是什么呢？

唉，她能想什么呢？！

假如你没在那种日子里生活过，你永远不能想象，从这一粒粒丢在地里的麦穗上，会生出什么样的幻想。

她拼命地拣呐，拣呐，一个收麦子的时节，能拣上一斗？她把这麦子换来的钱积攒起来，等到赶集的时候，扯上花布、买上花线，然后，她剪呀，缝呀，绣呀……也不见她穿，也不见她戴。谁也没和谁合计过，谁也没找谁商量过，可是等到出嫁的那一天，她们全会把这些东西，装进新嫁娘的包裹里去。

不过当她们把拣麦穗时所伴着的幻想，一同包进包裹里去的时候，她们会突然感到那些幻想全都变了味儿，觉得多少年来她们拣呀、缝呀、绣呀实在是多么傻啊！她们要嫁的那个男人，和她们在拣麦穗扯花布、绣花鞋的时候所幻想的那个男人，有着多么大的不同啊！但是，她们还是依依顺顺地嫁了出去，只不过在穿戴那些衣物的时候，再也找不到做它、缝它时的那种心情了。

这算得了什么呢？谁也不会为她们叹一口气，表示同情。谁也不会关心她们还曾经有过幻想。连她们自己也甚至不会感到过分地悲伤。顶多不过象是丢失哪一个美丽的梦。有谁见过哪一个人会死乞白赖地寻找一个梦呢？

当我刚刚能够歪歪咧咧地提着一个篮子跑路的时候，我就跟在大姐姐的身后拣麦穗了。

那篮子显得太大，总是磕碰着我的腿子和地面，闹得我老是跌跤。我也很少有拣满一个篮子的时候，我看不见田里的麦穗，却总是看见蝴蝶和蚂蚱，当我追赶它们的时候，拣到的麦穗还会从我的篮子里再掉到地里去。

有一天，二嫂看着我那盛着稀稀拉拉几个麦穗的篮子说："看看，我家大雁也会拣麦穗了。"然后，她又戏谑地说："大雁，告诉姨，你拣麦穗做啥？"

我大言不惭地说："我要备嫁装哩！"

二姨贼眉贼眼地笑了，还向围在我们周围的姑娘婆姨们睐了睐她那双不大的眼睛："你要嫁谁嘛！"

是呀，我要嫁谁呢？我忽然想起那个卖灶糖的老汉。我说："我要嫁那个卖灶糖的老汉！"

她们全都放声大笑，象一群鸭一样嘎嘎地叫着。笑啥嘛！我生气了。难道做我的男人，他有什么不体面的地方吗？

卖灶糖的老汉有多大年纪了？我不知道。他脸上的皱纹一道挨着一道。顺着眉毛弯向两个太阳穴，又顺着腮帮弯向嘴角。那些皱纹给他的脸上增添了许多慈祥的笑意。当他挑着担子赶路的时候，他那剃得象半个葫芦样的后脑勺上的长长的白发，便随着颤悠悠的扁担一同忽闪着。

我的话，很快就传进了他的耳朵。

那天，他挑着担子来到我们村，见到我就乐了。说："娃娃你要给我做媳妇吗？"

"对呀！"

他张着大嘴笑了，露出一嘴的黄牙。他那长在半个葫芦似的头上的白发，也随着笑声抖动着。

"你为啥要嫁我呢？"

"我要天天吃灶糖咧！"

他把旱烟锅子朝鞋底上磕着："娃呀，你太小哩。"

"你等我长大嘛。"

他摸着我的头顶说："不等你长大，我可该进土啦。"

听了他的话，我急了。他要是死了，可咋办呢？我急得要哭了。

他赶紧拿块灶糖塞进了我的手里。看着那块灶糖，我又带着眼泪笑了："你别死呵，等着我长大。"

他又乐了。答应着我："我等你长大。"

"你家住啊哒呢？"

"这担子就是我的家，走到哪哒，就歇在啊哒！"

我犯愁了："等我长大，去啊哒寻你呀！"

"你莫愁，等你长大，我来接你！"

这以后，每逢经过我们这个村子，他总是带些小礼物给我。一块灶糖，一个甜瓜，一把红枣……还乐呵呵地对我说："看看我的小媳妇来呀！"

　　我呢，也学着大姑娘的样子——我偷偷地瞧见过——要我娘找块碎布，给我剪了个烟荷包，还让我娘在布上描了花。我缝呀，绣呀……烟荷包缝好了，我娘笑得个前仰后合，说那不是烟荷包，皱皱巴巴，倒象个猪肚子。我让我娘收了起来，我说了，等我出嫁的时候，我要送给我男人。

　　我渐渐地长大了。到了知道认真拣麦穗的年龄了。懂得了我说的都是让人害臊的话。卖灶糖的老汉也不再开那玩笑——叫我是他的小媳妇了。不过他还是常常带些小礼物给我。我知道，他真的疼我呢。

　　我不明白为什么，我倒真是越来越依恋他，每逢他经过我们村子，我都会送他好远。我站在土坎坎上，看着他的背影渐渐地消失在山坳坳里。

　　年复一年，我看得出来，他的背更弯了，步履也更加蹒跚了。这时，我真的担心了，担心他早晚有一天会死去。

　　有一年，过腊八的前一天，我约摸着卖灶糖的老汉那一天该会经过我们村。我站在村口上一棵已经落尽叶子的柿子树下，朝沟底下的那条大路上望着，等着。

　　路上来了一个挑担子的人。走近一着，担子上挑的也是灶糖，人可不是那个卖灶糖的老汉。我向他打听卖灶糖的老汉，他告诉我，卖灶糖的老汉老去了。

　　我哭了，哭得很伤心。哭那陌生的、但却疼爱我的卖灶糖的老汉。

　　我常想，他为什么疼爱我呢？无非因为我是一个贪吃的，因为极其丑陋而又没人疼爱的小女孩吧？我常常想念他。也常常想要找到我那个皱皱巴巴的象猪肚子一样的烟荷包。可是，它早已不知被我丢到哪里去了。

巴　金

卖真货

一

偶尔翻阅近几年出版的《随想录》，原来我写过五篇提倡讲真话的文章。可能有人认为我讲得太多了，为什么老是揪住真话不放呢？其实，谁都明白，我开的支票至今没有兑现。

我编印了一本《真话集》，只能说我扯起了真话的大旗，并不是我已经讲了真话，而且一直在讲真话。这几年我生病，讲话、写文章不多，要是给自己算一笔账，收获当然更少。经过这些年的实践，我懂得讲真话并不容易，而弄清楚真、假之分更加困难。

此外，我还忽略了讲话和听话的密切关系。人们习惯于听好听的话，也习惯于讲别人爱听的话。不少的人善于看别人的脸色讲话：你喜欢听什么，他就给你讲什么，包你满意。更多的人听到不"满意"的话马上板起面孔。对他们，话并无真假之分，只有"入耳"与"不入耳"之别。他们说话，总是出口成章，滔滔不绝，说过就忘记，别人要是提起，自己也不会承认。在他们，讲话不过是一种装饰，一种游戏，一种消遣，或者一种手段。总之不论讲话听话，都只是为了满足一时的需要，所以他们常常今天讲一套话，明天又讲另一套，变化无穷，简直叫人没法跟上。他们永远正确，而你却只好不断承认错误，有时认了错就算完事，有时你转不过弯，或者黑字留在白纸上，你不能不认账，就会叫你背一辈子的黑锅。即使你完全贩卖别人的话，并未走样，原来讲话的人也可以打你的棍子，给你戴帽子，因为他们的级别高，你的级别低，或者他们是官，你是民，同样的话由他们讲就正确，你讲出来会犯错误。有时需要一个靶子，你也会给抛出来，揪出来，即使你只讲了三言两语。

以上的话并不新鲜，现在说来，好像在替自己推卸责任，说明我开出的支票不兑现，情有可原。其实真有这个意思。前一个时候不是有人笑我没有"道德勇气"吗？几年前我开始叫嚷"讲真话"，接连发表《随想录》的时候，有人以为我放暗箭伤人，有人疑心我在骂他，总之，不大满意。我吞吞吐吐，讲得含糊不清，便于他们争取对号入座，因为我虽然写作多年，"驾驭文字的功夫"至今还"很低下"，无法使某些读者明白我作文的本意：我的箭垛首先是自己；我揪出来示众的也首先是自己。这里用了"首先"二字也有原因，自己解决之后才有可能想到别人，对自己要求应当比对别人更严格。但是我自己要过关就十分困难。前不久我写过一篇"再认识"托尔斯泰的文章，有人说我替托尔斯泰"辩护"。伟大的作家并不需要我这样的"辩护"。我只是从那些泼向老人的污泥浊水，看出《战争与和平》的作者后半生所走的那么艰难的道路。他给后人树立了一个榜样。他要讲真话，照自己说的做，却引起那么多的纠纷，招来那么大的痛苦，最后不得不离家出走，病死在路上，他始终没有能做到自己想做的事，但是他交出了生命，再也不怕谁把别人的意志强加给他了。写完"再认识"的文章，我才明白：讲真话需要多么高昂的代价，要有献身的精神，要有放弃一切的决心。这精神，这决心，试问我自己有没有？我讲不了真话，就不如索性闭口！

二

听别人讲真话也是好事。

好些年来我养成了一种习惯：沉默地观察人。我听人讲话，常常看他的动作，揣摩他的心思，回忆他以前讲过的话，再把它们同他现在讲的连起来，我便得出了结论：假话多于真话。老实说，从人们的嘴里，从电台的播音，从报刊的报道，从到处的广告，还有，还有……我一直在怀疑究竟有多少真话！不知是不是我的脑子有毛病，根据我的经验，越是好听的话，越是漂亮的话，越不可信，所以话讲得越漂亮，就越是需要有事实来作证，即使只是一些普通的事情。

于是我又回到了自己身上，观察了别人以后应当解剖自己。我这一生讲过太多的话，有些连自己也早已忘记，但可能别人还记在心上，图书馆里也还留存着印在书刊上面的字句。它们是真是假，固然别人可以判断，但自己总不能不作个交代吧。我经常想起它们，仿佛在查一笔一笔的旧账。这不是愉快的事。午夜梦回我在木板床上翻来覆去，往往为一件事情或几句假话弄得汗流浃背。我看所谓良心的责备的确是最痛苦的，即使别人忘记了你，不算旧账，你躲在一边隐姓埋名，隔岸观火，也无法得到安宁。首先你得不到自己的宽恕。

人不能用假话欺骗自己。即使脸皮再厚的人，假话说多了也要红脸。在十年"文化大革命"期间我确实见过一些人大言不惭地颠倒是非、指鹿为马，后来他们又把那些话赖得干干净净，在人前也不脸红。但甚至这种人，他们背着人的时候，在没有灯光什么也看不见的时候，想起过去的事，知道自己说了谎骗了人，他们是不是也会受到良心的谴责？是不是也会红脸？我常常想这个问题，却始终想不出什么道理来。近二三十年中发生了数不清的"冤假错案"，那许多办案的人难道对蒙冤者就毫无歉意，一点也不感到良心的谴责？据说还有不少人斤斤计较地坚持要给受害人身上留一点尾巴。"怎么可能呢？"我常常向熟人发出这样的疑问。朋友们笑笑或者叹口气说："这种事情太多了。"的确有这样一种人，他们不但说了假话，而且企图使所有那些假话都变成真理。我自己就花费过许多宝贵的时间去学习那些由假变真的东西。而且我当时总相信我是在拥抱真理。我还以为火在心里燃烧。一觉醒来才发现是许多毒蛇在啮自己的心。一阵烟，一阵雾，真理不知消失在什么地方。我自己倒变做了一个贩卖假药的人。卖过些什么假药，又卖了给什么人，我一笔一笔地记在账本上，又好像一刀一划地刻在自己心上，刀痕时在作痛，即使痛得不厉害，有时也会妨碍我平稳地睡眠。一连几年我到处求医，想治好这个心病，才写了那么几篇关于真话的文章，我也不过干嚷了几声。

三

几年过去了，我的确只是干嚷了几声。

可是我得到什么样的回答呢？

仍然是报刊的报道，电台的播音，它们告诉人们：

这里在制造假酒，那里在推销假药；这个商店发卖致病的点心，那个企业制造冒牌的劣货……可怕的不再是讲好听的话骗人，而是卖有毒的食品骗钱。不小心，我们每个人都会中毒受害。为了保全大家的性命，应当要求：卖真货。

单单讲真话已经不够了，太不够了。

我与开明（节选）

一

去年国内出版界为了纪念开明书店创建六十周年，召开座谈会，编印纪念文集，有几位朋友希望我有所表示。我患病在家，不能到会祝贺，想写文章，思想不集中，挥毫又无力，只好把一切推给渺茫的未来。现在我已经不为任何应景文章发愁了，我说过："靠药物延续的生命，应该珍惜它，不要白白地浪费。"但怎样照自己的想法好好地利用时间呢？我不断思考，却还不曾找到一个答案。

我始终相信未来，即使未来像是十分短暂，而且不容易让人抓住，即使未来好像一片有颜色、有气味的浓雾，我也要迎着它走过去，我不怕，穿过大雾，前面一定有光明。《我与开明》虽然是别人出的题目，但"回顾过去"却是我自己的事情。每天清早，我拄着手杖在廊下散步，边走边想。散步是我多年的习惯，不过现在走不到两圈，就感到十分吃力，仿佛水泥地在脚下摇晃，身子也立不稳。我只好坐在廊上休息。望着尚未发绿的草地上的阳光，我在思考，我在回顾。《我与开明》这个题目把未来同过去连接在一起了。这一段长时间里，我不曾在纸上落笔，我的思想却像一辆小车绕着过去的几十年转来转去，现在的确是应该写总结的时候了。

可以说，我的文学生活是从开明书店开始的。我的第一本小说就在开明出版，第二本也由开明刊行。第二本小说的原稿曾经被《小说月报》退回，他们退得对，我自己也没有信心将原稿再送出去，后来……过了一个时期我在原稿上作了较大的改动，送到开明书店，没有想到很快就在那里印了出来。这小说便是《死去的太阳》，它是一部失败的作品。所以在谈到开明时我想这样说：开明很少向我组稿，但从第一本小说起，我的任何作品只要送到开明去，他们都会给我出版。我与他们并无特殊关系，也没有向书店老板或者任何部门的负责人送过礼，但也可以说我和书店有一种普通关系，譬如，淡淡的友情吧。书店的章锡琛"老板"当初离开商务印书馆创办《新女性》的时候，我给这份月刊投过稿（我翻译过一篇爱玛·高德曼的论文《妇女解放的悲剧》）。后来在我去法国的前夕，我的朋友索非做了这个新书店的职员，他写的那本回忆录《狱中记》也交给书店排印了。关于我的小说《灭亡》的写成与发表的经过，我自己讲得很多，不用再啰嗦了。叶圣陶同志就是在开明见到我从法国寄回来的原稿，拿去看了以后，才决定发表它的。索非进开明可能是由于胡愈之同志的介绍，他和愈之都学过世界语，他认识愈之，我一九二八年初秋从沙多·吉里到巴黎，才第一次见到愈之，这之前只是一九二一年在成都同他通过一封信。我在巴黎大约住了两个月，常常到愈之那里去。愈之当时还是《东方杂志》的一位负责人，那个时候全世界正在纪念列夫·托尔斯泰诞生一百周年，巴比塞主编的《世界》上发表了一篇托洛茨基的《托尔斯泰论》，愈之要我把它翻译出来，我在交给他的译稿上署了个笔名："巴金"。我寄给索非的《灭亡》原稿上署的也是这个名字。可是我的小说下一年才在《小说月报》上分四期连载，《东方杂志》是综合性的半月刊，纪念列夫·托尔斯泰的文章在本年就发表了。这是我用"巴金"这个名字发表的第一篇文章。

《灭亡》就在《月报》连载的同一年(一九二九年)由开明书店出版，稿子是索非交去的，作为他主编的《微明丛书》的一种。这个袖珍本的丛书在开明一共出了八种，其中还有索非自己写的《狱中记》等三部，我写的《死去的太阳》和我译的日本秋田雨雀的短剧《骷髅的跳舞》，苏联阿·托尔斯泰的多幕剧《丹东之死》，后面两部小书都是从世界语译出的。还有一种《薇娜》是索非把我新译的短篇小说和李石曾的旧译四幕剧《夜未央》编辑成册的，它们是同一位年轻的波兰作家廖·抗夫的作品。《薇娜》是我翻译的第一篇小说，我只知道抗夫写过《夜未央》，我在十六七岁时就读过它，我的朋友们还在成都演过这本描写一九〇五年俄国革命的很感人的戏。一九二七年我在巴黎买到《夜未央》的法文本，卷首便是小说《薇娜》，一看就知道作者在写他自己。一九二八年年初我译完《薇娜》，从沙多·吉里寄给索非，这年八月下旬我离开沙多·吉里时就收到开明出的那本小书。接着在将近两个月的巴黎小住中，作为消遣我翻译了全本《夜未央》，回国后交给另一家书店刊行，译本最初的名字是《前夜》，印过一版，一九三七年在文化生活社重排时我便改用李石曾用过的旧译名，因为开明版的《薇娜》早已停版，那个短篇也由我编入另一本译文集《门槛》了。

请原谅我在这里唠叨，离开题目跑野马。这的确是我几十年文学工作中治不好的老毛病，但这样东拉西扯也可以说明我那几年的思想情况和精神状态：我很幼稚，思想单纯，可是爱憎非常强烈，感情也很真挚。有一个时期我真相信为万人谋幸福的新社会就会和明天的太阳一起出现；又有一个时期我每天到巴黎先贤祠广场上卢骚铜像前诉说我的痛苦，我看不见光明。我写作只是为了在生活道路上迈步，也可以说在追求，在探索，也就是在生活。所以我为了最初出版的书不好意思收取稿费，我或者把"版税"送给朋友，或者就放弃稿酬。当然开明书店是照付"版税"的。它是作家和教师办的书店，因此对每一位作者不论他的书是否畅销，它一样地对待，一种书售缺了，只要还有读者，就给安排重印。我最初写作不多，后来发表稿子的地方多起来，出书的机会就多了，向我组稿的人也逐渐增加。我从法国回来，和索非住在一起，在闸北宝山路宝光里一幢石库门楼房，他同新婚的妻子住在二楼，我住在楼下客堂间。那些杂志的编辑先生大都知道我是开明的作者，又有个朋友在开明工作，他们向我要稿就找索非接洽，我写好稿子也请索非带出去，我的小说就这样给送到各种各样的报刊，用不着我携带稿子去拜访名人，我只消拿着笔不断地写下去。我有话要说，我要把自己心里的东西倾倒出来。我感觉到我有倾吐不尽的感情，无法放下手中的笔，常常写一个通宵，文章脱稿，我就沉沉睡去，稿子留在书桌上，索非离家上班会把它送出去。我不去拜会编辑，也少有人知道我的真名实姓，我并不为我的文章操心，反正读者要看，我的作品就有发表和出版的地方，人们把稿费送到开明书店，索非下班后会给我带来。我一个人生活简单，过日子并不困难，我的朋友不算多，但都很慷慨，我常常准备要是文章无处发表，我就去朋友家做食客。所以我始终不把稿费放在心上，我一直将"自己要说话"摆在第一位，你付稿费也好，不付也好，总之我不为钱写作，不用看行情下笔，不必看脸色挥毫。我还记得有一个时期在上海成立了图书杂志审查会，期刊上发表的文章都得接受审查，我有半年多没有收取稿费，却在朋友沈从文家中做客，过着闲适的生活，后来又给振铎、靳以做助手编辑《文学季刊》，做些义务劳动。此外我还可以按时从开明书店拿到一笔"版税"，数目虽小，但也可以解决我一个人的生活问题。

一九三二年后我不同索非住在一起了，但我和开明的关系并没有什么变化，索非和开明照常替我转信；我的作品不断地增多，也有了来找我约稿的人。我把稿子交给别家书店出版，开明不反对，后来我把卖给别人的三本短篇集和其他的书收回来送到开明去，开明也会收下，给印出来。在开明主持编辑事务的是夏丏尊，他就是当时读者众多的名著《爱的教育》的译者，他思想"开明"，知道我写过文章宣传无政府主义，对我也并不歧视。我感谢他，但我很少去书店，同夏先生见面的机会不多，更难得同他交谈。我只记得抗战胜利后我第一次回上海，他来找我，坐了不到一个小时，谈了些文艺界的情况和出版事业的前景，我们对国民党都不抱任何希望。他身体不好，近几年在上海敌占区吃够了苦，脸上还带病容。这是我最后一次看见他，他同我住在一个弄堂里，可是我不久又去重庆，第二年四月在那里得到了他的噩耗。

我和章锡琛"老板"也不熟，他因为写了反对封建主义的文章被迫脱离《妇女杂志》，才动手创办《新女性》月刊。他这段反封建的个人奋斗的光荣历史使我和朋友卢剑波都很感动。剑波先给《新女性》寄稿，我看见剑波的文章发表了，便也寄了稿去，一共两篇，都给采用了。我同章并无私交，记得抗战胜利后我回到上海，同索非在章家吃过一顿饭，却想不起同章谈过什么事情。索非同章处得不好，说他"刻薄"，一九四六年去台湾，便脱离开明一直留在那边开办新的书店。全国解放后，一九五三年开明书店与青年出版社合并，章去哪里工作，我并不清楚，当时我也很忙，只能应付找上门来的事，后来听说章做了"右派"，这时我记起了索非的话，我怀疑他是不是讲话"刻薄"得罪了人。想想二十年代的进步人士到五十年代却会成为"右派分子"挨批挨斗，有些惋惜。有时我也暗暗地自言自语："不管怎样，他办了开明书店，总算做了一件好事。"

在五十年代，在六十年代，在可怕的"文化大革命"期间，没有人敢讲这样的话，也没有人敢听这样的话，那个时候不仅是章老板，还有几个我在开明的熟人都给"错划为右派"，其中在抗战期间"身经百炸"的卢芷芬先生甚至给送到北大荒去劳改，竟然死在那里，据说他临终前想"喝上一碗大米稀粥而不可得"。这些人今天也许会在泉下拜读新编的纪念文集，知道他们曾经为之献身的事业也有好的传统和好的作风，对祖国的文化积累也有贡献，那么我们也不必为过去的一切感到遗憾了。

二

我还要继续讲下去。

新编的纪念文集中有一幅三十年代的照片和一篇介绍这照片的文章，作者认为它是在书店成立十年纪念的日子拍摄的。我看不是，那次的宴会是为了另一件事情，记得是为了减少"版税"。原来的税率是初版抽百分之十五，再版抽百分之二十。这次书店请客要求修改合同，不论初版再版一律支付百分之十五。我听索非说，在开明出书拿版税最多的是英语教科书的编者林语堂，其次就是夏丏尊，他翻译的《爱的教育》当时是一本畅销书。他们两位同意减少稿费，别人就不会有意见了。我对稿费的多少本无所谓，只要书印得干干净净，装得整整齐齐，我就十分满意，何况当时在开明出书的作者中我还是无足轻重的一个。后来在抗战期间开明几次遭受较大的损失后又减过一次"版税"，税率减为一律百分之十，大概是在一九四一年吧，我第二次到昆明，卢芷芬给我看一封开明负责人的来信，要他跟我商谈减少稿费的事情。那个时候我在开明已经出了不少作品，跟书店的关系比较密切，书店又是知识分子成堆的地方，我在内地各个分店结交了不少朋友。书店的情况我也熟悉，它提出减少稿费，我不好意思断然拒绝。而且我个人对稿费的看法，一直不曾改变，今天还是如此。读者养活我，我为他们写作。我在这里重提这件事情，不过说明开明书店毕竟是一家私营企业，为了发展这个事业，它还要考虑赚钱，它似乎并没有讲过"为人民服务"。不用说，它即使讲了，我也不会相信，因为根据我多年的经验，喜欢讲漂亮话的人做起事来不见得就漂亮。但是我同开明接触多年，我始终保留着好的印象，有两点我非常欣赏：一是它没有官气，老老实实，以平等的态度对待作者；二是不向钱看，办书店是为了繁荣祖国的文化事业，只想勤勤恳恳认真出几本好书，老老实实给读者送一点温暖。作为读者，作为作者，我都把开明看做忠实的朋友。

上面提到的那位开明负责人便是后来的总经理范洗人，我那些熟人中他"走"得最早，我也只有在他一个人的灵前行礼告别，那是在一九五一年，开明还不曾结束。记得在抗战后期我在上海、在桂林、在重庆常见到他，同他一起喝过酒，躲过警报，吃过狗肉，可惜我的酒量比他差得远。那些年我写文章、办书店、谈恋爱，各处奔跑。最后离开广州和桂林，两次我几乎都是"全军覆没"，一九三八年"逃难"到桂林，连过冬的衣服也没有。在狼狈不堪的日子里我常常得到开明的支持。可以说，没有开明，就不会有我这六十几年的文学生活。当然我也会活下去，会继续写作，但是我不会编印文化生活社出的那许多书，书印出来就让敌军的炸弹和炮火毁掉。一批书刚刚成了灰烬，第二批又在读者眼前出现；一个据点给摧毁了，新的据点又给建立起来。没有开明，我不可能赤手空拳在抗战八年中间做那些事情。在那些年我常说：什么地方只要有开明分店，我就有依靠，只要找着朋友，我的工作就会得到支持，用不着为吃饭穿衣担忧，只愁自己写不出读者需要的好作品。那些年我经常同开明往来，我写作，我编印书刊，我想的就是这件事情。

我在开明出版的最后一本书是高尔基的短篇小说《草原集》。一九五〇年老友徐调孚向我组稿，并且要我像从前那样给开明介绍稿子，他们打算出一些翻译小说（不用解释，大家也知道，出译文比较保险）。调孚兄是《小说月报》的助理编辑，协助郑振铎、叶圣陶做具体的工作，一九三二年初商务印书馆编译所被日军炮火摧毁，他便去开明做编辑，我的大部分小说的原稿他都看过，也向别处推荐过我的稿子。这次他找我帮忙，我知道汝龙打算翻译高尔基的小说，就同汝龙商量为开明编了六本高尔基短篇集，其中一本是我的译稿。一九五○年八九月我看完这本书的校样，给开明编辑部送回去。当时开明总店已经迁往北京，在福州路的留守处我只见到熟悉的周予同教授，好像他在主持那里的工作。他是著名的学者、受尊敬的民主人士和"社会名流"。后来我和他还常在会场上见面。他是一个矮胖子，我看见他那大而圆的脸上和蔼的笑容，总感到十分亲切。这位对中国封建文化下苦功钻研过的经学家，又是"五四"时期冲进赵家楼的新文化战士。不知道因为什么，"文化大革命"开始他就给"抛"了出来，作为头一批"反动学术权威"点名批判。最初一段时期他常常被各路红卫兵从家里拖出来，跪在门口一天批斗五六次。在批林批孔的时期，这位患病的老学者又被押解到曲阜孔庙去忍受种种侮辱。后来他瞎了眼睛，失去了老伴，在病榻上睡了五六年，仍然得不到照顾。他比其他遭受冤屈的开明朋友吃苦更多，不同的是他看到了"四人帮"的灭亡，他的冤案也得到昭雪。但是对他那样一个知识分子来说，把一切都推给"四人帮"是解决不了问题的。他要是能活到现在，而且精力充沛像六十七年前攻打赵家楼的大学生那样，那有多好！今天也还需要像他那样的人向封建文化的残余，向封建主义的流毒进攻。不把那些封建渣滓扫除干净，我们是建设不好四化的。

关于开明的朋友我还有许多话要讲，可是我怀疑空话讲多了有什么用。想说而未说的话，我总有一天会把它们写出来，否则我不能得到安宁。一九五三年开明并入中国青年出版社，朋友顾均正写信告诉我开明已经找到"光荣归宿"，书店愿意送给我一部分旧作的纸型，由我挑选，另找出路。我写了回信寄去。不久果然给我运来了一箱纸型，我把它们转赠给平明出版社，我的一些旧作才有机会重见读者。

开明结束，我和过去那些朋友很少见面，但是我每次上京，总要去探望顾均正夫妇。前两年我在医院中还写过怀念文章重温我和这一家人的淡如水的友情。我在知识分子中间生活了这几十年，谈到知识分子，我就想起这位不声不响、踏踏实实在书桌跟前埋头工作了一生的老友。这样的正直善良的知识分子正是我们国家不可少的支柱。不知为什么，在新社会里也还有人不信任他们。眼光远大的人愿意做识别千里马的伯乐，却没有想到国家属于全体公民，在需要的时候每个公民可以主动地为祖国献身。开明是知识分子成堆的书店，它不过做了一点它应当做的事情，因此在它结束以后三十几年还有人称赞它的传统，表扬它的作风。然而可惜的是只有在拜金主义的浪潮冲击我们的出版事业，不少人争先翻印通俗小说、推销赚钱小报的时候，才有人想起那个早已不存在的书店和它的好传统、好作风，是不是来迟了些呢？

当然迟来总比不来好。

孙 犁

亡人逸事

一

旧式婚姻，过去叫做"天作之合"，是非常偶然的。据亡妻言，她十九岁那年，夏季一个下雨天，她父亲在临街的梢门洞里闲坐，从东面来了两个妇女，是说媒为业的，被雨淋湿了衣服。她父亲认识其中的一个，就让她们到梢门下避避雨再走，随便问道：

"给谁家说亲去来？"

"东头崔家。"

"给哪村说的？"

"东辽城。崔家的姑娘不大般配，恐怕成不了。"

"男方是怎么个人家？"

媒人简单介绍了一下，就笑着问：

"你家二姑娘怎样？不愿意寻吧？"

"怎么不愿意。你们就去给说说吧，我也打听打听。"她父亲回答得很爽快。

就这样，经过媒人来回跑了几趟，亲事竟然说成了。结婚以后，她跟我学认字，我们的洞房喜联横批，就是"天作之合"四个字。她点头笑着说：

"真不假，什么事都是天定的。假如不是下雨，我就到不了你家里来！"

二

虽然是封建婚姻，第一次见面却是在结婚之前。定婚后，她们村里唱大戏，我正好放假在家里。她们村有我的一个远房姑姑，特意来叫我去看戏，说是可以相相媳妇。开戏的那天，我去了，姑姑在戏台下等我。她拉着我的手，走到一条长板凳跟前。板凳上，并排站着三个大姑娘，都穿得花枝招展，留着大辫子。姑姑叫着我的名字，说：

"你就在这里看吧，散了戏，我来叫你家去吃饭。"

姑姑的话还没有说完，我看见站在板凳中间的那个姑娘，用力盯了我一眼，从板凳上跳下来，走到照棚外面，钻进了一辆轿车。那时姑娘们出来看戏，虽在本村，也是套车送到台下，然后再搬着带来的板凳，到照棚下面看戏的。

结婚以后，姑姑总是拿这件事和她开玩笑，她也总是说姑姑会出坏道儿。

她礼教观念很重。结婚已经好多年，有一次我路过她家，想叫她跟我一同回家去。她严肃地说：

"你明天叫车来接我吧，我不能这样跟着你走。"我只好一个人走了。

三

她在娘家，因为是小闺女，娇惯一些，从小只会做些针线活；没有下场下地劳动过。到了我们家，我母亲好下地劳动，尤其好打早起，麦秋两季，听见鸡叫，就叫起她来做饭。又没个钟表，有时饭做熟了，天还不亮。她颇以为苦。回到娘家，曾向她父亲哭诉。她父亲问：

"婆婆叫你早起，她也起来吗？"

"她比我起得更早。还说心痛我，让我多睡了会儿哩！"

"那你还哭什么呢？"

我母亲知道她没有力气，常对她说：

"人的力气是使出来的，要伸懒筋。"

有一天，母亲带她到场院去摘北瓜，摘了满满一大筐。母亲问她：

"试试，看你背得动吗？"

她弯下腰，挎好筐系猛一立，因为北瓜太重，把她弄了个后仰，沾了满身土，北瓜也滚了满地。她站起来哭了。母亲倒笑了，自己把北瓜一个个捡起来，背到家里去了。

我们那村庄，自古以来兴织布，她不会。后来孩子多了，穿衣困难，她就下决心学。从纺线到织布，都学会了。我从外面回来，看到她两个大拇指，都因为推机杼，顶得变了形，又粗、又短，指甲也短了。

后来，因为闹日本，家境越来越不好，我又不在家，她带着孩子们下场下地。到了集日，自己去卖线卖布。有时和大女儿轮换着背上二斗高粱，走三里路，到集上去粜卖。从来没有对我叫过苦。

几个孩子，也都是她在战争的年月里，一手拉扯成人长大的。农村少医药，我们十二岁的长子，竟以盲肠炎不治死亡。每逢孩子发烧，她总是整夜抱着，来回在炕上走。在她生前，我曾对孩子们说：

"我对你们，没负什么责任。母亲把你们弄大，可不容易，你们应该记着。"

四

一位老朋友、老邻居，近几年来，屡次建议我写写"大嫂"。因为他觉得她待我太好，帮助太大了。老朋友说：

"她在生活上，对你的照顾，自不待言。在文字工作上的帮助，我看也不小。可以看出，你曾多次借用她的形象，写进你的小说。至于语言，你自己承认，她是你的第二源泉。当然，她瞑目之时，冰连地结，人事皆非，言念必不及此，别人也不会作此要求。但目前情况不同，文章一事，除重大题材外，也允许记些私事。你年事已高，如果仓促有所不讳，你不觉得是个遗憾吗？"

我唯唯，但一直拖延着没有写。这是因为，虽然我们结婚很早，但正像古人常说的：相聚之日少，分离之日多；欢乐之时少，相对愁叹之时多耳。我们的青春，在战争年代中抛掷了。以后，家庭及我，又多遭变故，直到最后她的死亡。我衰年多病，

617

实在不愿再去回顾这些。但目前也出现一些异象：过去，青春两地，一别数年，求一梦而不可得。今老年孤处，四壁生寒，却几乎每晚梦见她，想摆脱也做不到。按照迷信的说法，这可能是地下相会之期，已经不远了。因此，选择一些不太使人感伤的片断，记述如上。已散见于其他文字中者，不再重复。就是这样的文字，我也写不下去了。

我们结婚四十年，我有许多事情，对不起她，可以说她没有一件事情是对不起我的。在夫妻的情分上，我做得很差。正因为如此，她对我们之间的恩爱，记忆很深。我在北平当小职员时，曾经买过两丈花布，直接寄至她家。临终之前，她还向我提起这一件小事，问道：

"你那时为什么把布寄到我娘家去啊？"

我说：

"为的是叫你做衣服方便呀！"

她闭上眼睛，久病的脸上，展现了一丝幸福的笑容。

贾平凹

白浪街

丹江流经竹林关，向东南而去，便进入了商南县境。一百十一里到徐家店，九十里到梳洗楼，五里到月亮湾，再一十八里拐出沿江第四个大湾川到荆紫关，淅川，内乡，均县，老河口。汪汪洋洋九百九十里水路，山高月小，水落石出。船只是不少的，都窄小窄小，又极少有桅杆竖立，偶尔有的，也从不见有帆扯起来。因为水流湍急，顺江而下，只需把舵，不用划桨，便半天一晌，"轻舟已过万重山"了。假若从龙驹寨到河南西峡，走的是旱路，处处古关驿站，至今那些地方旧名依故，仍是武关，大岭关，双石关，马家驿，林河驿等等。而老河口至龙驹寨，则水滩甚多，险峻而可名的竟达一百三十多处！江边石崖上，低头便见纤绳磨出的石渠和纤夫脚踩的石窝；虽然山根石皮上的一座座镇河神塔都差不多坍了半截，或只留有一堆砖石，那夕阳里依稀可见苍苔缀满了那石壁上的"远源长流"字样。一条江上，上有一座"平浪宫"在龙驹寨，下有一座"平浪宫"在荆紫关，一样的纯木结构，一样的雕梁画栋。破除迷信了，虽然再也看不到船船供养着小白蛇，进"平浪宫"去供香火，三磕六拜，但在弄潮人的心上，龙驹寨、荆紫关是最神圣的地方。那些上了年纪的船公，每每摸弄着五指分开的大脚，就夸说："想当年，我和你爷从龙驹寨运苍术、五棓子、木耳、漆油到荆紫关，从荆紫关运火纸、黄表、白糖、苏木到龙驹寨，那是什么情景！你到过龙驹寨吗？到过荆紫关吗？荆紫关到了商州的边缘，可是繁华地面呢！"

荆紫关确是商州的边缘，确是繁华的地面。似乎这一切全是为商州天造地设的，一闪进关，江面十分开阔。黄昏中平川地里虽不大见孤烟直长的景象，落日在长河里却是异常的圆。初来乍到，认识论为之改变：商州有这么大平地！但江东荆紫关，关内关外住满河南人，江西村村相连，管道纵横，却是河南、湖北口音，惟有到了山根下一条叫白浪的小河南岸街上，才略略听到一些秦腔呢。

这街叫白浪街，小极小极的。这头看不到那头，走过去，似乎并不感觉这是条街道，只是两排屋舍对面开门，门一律装板门罢了。这里最崇尚的颜色是黑白：门窗用土漆刷黑，凝重、锃亮，俨然如铁门钢窗，家里的一切家什，大到柜子、箱子，小到罐子、盆子，土漆使其光明如镜，到了正午，你一人在家，家里四面八方都是你。日子富裕的，墙壁要用白灰搪抹，即使再贫再寒，那屋脊一定是白灰抹的，这是江边人对小白蛇（白龙）信奉的象征，每每太阳升起空间一片迷离之时，远远看那山根儿，村舍不甚清楚，那错错落落的屋脊就明显出对等的白直线段。烧柴不足是这里致命的弱点，节柴灶就风云全街，每一家一进门就是一个砖砌的双锅灶，粗大的烟囱，如"人"字立在灶上，灶门是黑，烟囱是白。黑白在这里和谐统一，黑白使这里显示亮色。即使白浪河，其实并无波浪，更非白色，只是人们对这一条浅浅的满河黑色碎石的沙河理想而已。

街面十分单薄，两排房子，北边的沿河堤筑起，南边的房后就一片田地，一直到山根。数来数去，组成这街的是四十二间房子，一分为二，北二十一间，南二十一间，北边的斜着而上，南边的斜着而下。街道三步宽，中间却要流一道溪水，一半有石条棚，一半没有棚，清清亮亮，无声无息，夜里也听不到响动，只是一道星月。街里九棵柳树，弯腰扭身，一副媚态。风一吹，万千柔枝，一会打在北边木板门上，一会刷在南边方格窗上，东西南北风向，在街上是无法以树判断的。九棵柳中，位置最中，身腰最弯的，年龄最古老而空了心的是一棵垂柳。典型的粗和细的结合体，桩如桶，枝如发。树下就侧卧着一块无规无则之怪石。既伤于观赏，又碍于街面，但谁也不能去动它。那简直是这条街的街徽。重大的集会，这石上是主席台，重要的布告，这石上的树身是张贴栏，就是民事纠纷，起咒发誓，也只能站在石前。

就是这条白浪街，陕西、河南、湖北三省在这里相交，三省交结，界牌就是这一块仄石。小小的仄石竟如泰山一样举足轻重，神圣不可侵犯。以这怪石东西直线上下，南边的是湖北地面，以这怪石南北直线上下，北边的街上是陕西，下是河南。因为街道不直，所以街西头一家，三间上屋属湖北，院子却属陕西，据说解放以前，地界清楚，人居杂乱，湖北人住在陕西地上，年年给陕西纳粮，陕西人住在河南地上，年年给河南纳粮。如今人随地走，那世世代代杂居的人就只得改其籍贯了。但若查起籍贯，陕西的为白浪大队，河南的为白浪大队，湖北的也为白浪大队，大凡找白浪某某之人，一定需要强调某某省名方可。

一条街上分为三省，三省人是三省人的容貌，三省人是三省人的语言，三省人是三省人的商店。如此不到半里路的街面，商店三座，座座都是楼房。人有竞争的秉性，所以各显其能，各表其功。先是陕西商店推倒土屋，一砖到顶修起十多间一座商厅；后就是河南弃旧翻新堆起两层木石结构楼房；再就是湖北人，一下子发奋起四层水泥建筑。货物也一家胜筹一家，比来比去，各有长短，陕西的棉纺织品最为赢，湖北以百货齐全取胜，河南挖空心思，则常常以供应短缺品压倒一切。地势造成了竞争的局面，竞争促进了地势的繁荣，就是这弹丸之地，成了偌大的平川地带最热闹的地方。每天这里人打着漩涡，四十二户人家，家家都做生意，门窗全然打开，办有饭店，旅店，酒店，肉店，烟店。那些附近的生意人也就担筐背篓，来摆摊，天不明就来占却地点，天黑严才收摊而回，有的则以石围圈，或夜不归宿，披被守地。别处买不到的东西，到这里可以买，别处见不到的东西，到这里可以见。"小香港"的名声就不胫而走了。

三省人在这里混居，他们都是炎黄的子孙，都是共产党的领导，但是，每一省都不愿意丢失自己的省风省俗，顽强地表现各自的特点。他们有他们不同于别人的长处，他们也有他们不同于别人的短处。

湖北人在这里人数最多。"天有九头鸟，地有湖北佬"，他们待人和气，处事机灵。所开的饭店餐具干净，桌椅整洁，即使家境再穷，那男人卫生帽一定是雪白雪白，那女人的头上一定是丝纹不乱。若是有客稍稍在门口向里一张望，就热情出迎，介绍饭菜，帮拿行李，你不得不进去吃喝，似乎你不是来给他"送"钱的，倒是来享他的福的。在一张八仙桌前坐下，先喝茶，再吸烟，问起这白浪街的历史，他一边叮叮咣咣刀随案板响，一边说了三朝，道了五代。又问起这街上人家，他会说了东头李家是几口男几口女，讲了西头刘家有几只鸡几头猪；忍不住又自夸这里男人义气，女人好看。或许一声呐喊，对门的窗子里就探出一个俊脸儿，说是其姐在县上剧团，其妹的照片在县照相馆橱窗里放大了尺二，说这姑娘好不，应声好，就说这姑娘从不刷牙，牙比玉白，长年下田，腰身细软。要问起这儿特产，那更是天花乱坠，说这里的火纸，吃水烟一吹就着；说这里的瓷盘从汉口运来，光洁如玻璃片，结实得落地不碎，就是碎了，碎片儿刮汗毛比刀子还利；说这里的老鼠药特有功效，小老鼠吃了顺地倒，大老鼠吃了跳三跳，末了还是顺地倒。说的时候就拿出货来，当场推销。一顿饭毕，客饱肚满载而去，桌面上就留下七元八元的，主人一边端着残茶出来顺门泼了，一边低头还在说：照看不好，包涵包涵。他们的生意竟扩张起来，丹江对岸的荆紫关码头街上有他们的"租地"，虽然仍是小摊生意，天才的演说使他们大获暴利，似乎他们的大力丸，轻可以治痒、重可以防癌，人吃了有牛的力气，牛吃了有猪的肥膘，似乎那代售的避孕片，只要和在水里，人喝了不再多生，狗喝了不再下崽，浇麦麦不结穗，浇树树不开花。一张嘴使他们财源茂盛，财源茂盛使他们的嘴从不受亏，常常三个指头高擎饭碗，将面条高挑过鼻，沿街唏唏溜溜的吃。他们是三省之中最富有的公民。

　　河南人则以能干闻名，他们勤苦而不恋家，强悍却又狡慧，靠山吃山，靠水吃水，大人小孩没有不会水性的，每三日五日，结伙成群，背了七八个汽车内胎逆江而上，在五十里，六十里的地方去买柴买油桐籽。柴是一分钱二斤、油桐籽是四角钱一斤。收齐了，就在江边啃了干粮，喝了生水。憋足力气吹圆内胎，便扎柴排顺江漂下。一整天里，柴排上就是他们的家，丈夫坐在排头，妻子坐在排尾，孩子坐在中间。夏天里江水暴溢，大浪滔滔，那柴排可接连三个、四个，一家几口全只穿短裤，一身紫铜色的颜色，在阳光下闪亮，柴排忽上忽下，好一个气派！到了春天，江水平缓，过姚家湾，梁家湾，马家堡，界牌滩，看两岸静峰峭峭，赏山峰林木森森，江心的浪花雪白，崖下的深潭黝黑。遇见浅滩，就跳下水去连推带拉，排下湍流，又手忙脚乱，偶尔排撞在礁石上，将孩子弹落水中，父母并不惊慌，排依然在走，孩子眨眼间冒出水来，又跳上排。到了最平稳之处，清风徐来，水波不兴，一家人就仰躺排上，看天上水纹一样的云，看地下云纹一样的水，醒悟云和水是一个东西，只是一个有鸟一个有鱼而区别天和地了。每到一湾，湾里都有人家，江边有洗衣的女人，免不了评头论足，唱起野蛮而优美的歌子，惹得江边女子掷石大骂，他们倒乐得快活，从怀里掏出酒来，大声猜拳，有喝到六成七成，自觉高级干部的轿车也未比柴排平稳，自觉天上神仙也未比他们自在。每到一个大湾的渡口，那里总停有渡船，无人过渡，船公在那里翻衣捉虱，就喊一声："别让一个溜掉！"满江笑声。月到江心，柴排靠岸，连夜去荆紫关拍卖了，柴是一斤二分，油桐籽五角一斤；三天辛苦，挣得一大把票子，酒也有了，肉也有了，过一个时期"吃饱了，喝涨了"的富豪日子。一等家里又空了，就又逆江进山。他们的口福永远不能受损，他们的力气也是永远使用不竭。精打细算与他们无缘，钱来得快去得快，大起大落的性格使他们的生活大喜大悲。

　　陕西人，固有的风格使他们永远处于一种中不溜的地位。勤劳是他们的本分，保守是他们的性格。拙于口才，做生意总是亏本，出远门不习惯，只有小打小闹。对于河南、湖北人的大吃大喝，他们并不馋眼，看见河南、湖北人的大苦大累反倒相讥。他们是真正的安分农民，长年在土坷垃里劳作。土地包产到户后，地里的活一旦做完，油盐酱醋的零花钱来源就靠打些麻绳了。走进每一家，门道里都安有拧绳车子，婆娘们盘脚而坐，一手摇车把，一手加草，一抖一抖的，车轮转得是一个虚的圆团，车轴杆的单股草绳就发疯似的肿大。再就是男子们在院子里开始合绳：十股八股单绳拉直，两边一起上劲，长绳就抖得眼花缭乱，白天里，日光在上边跳，夜晚里，月光在上边碎，然后四股合一条，如长蛇一样扔满了一地。一条绳交给国家收购站，钱是赚不了几分，但他们个个心宽体胖，又年高寿长。河南人、湖北人请教养身之道，回答是：不研究行情，夜里睡得香，心便宽；不心重赚钱；茶饭不好，却吃得及时，便自然体胖。河南、湖北人自然看不上这养身之道，但却极愿意与陕西人相处，因为他们极其厚道，街前街后的树多是他们栽植，道路多是他们修铺，他们注意文化，晚辈里多有高中毕业，能画中堂上的老虎，能写门框上的对联，清夜月下，悠悠有吹箫弹琴的，又是陕西人氏，"宁叫人亏我，不叫我亏人"，因而多少年来，公安人员的摩托车始终未在陕西人家的门前停过。

三省人如此不同，但却和谐地统一在这条街上。地域的限制，使他们不可能分裂仇恨，他们各自保持着本省的尊严，但团结友爱却是他们共同的追求。街中的一条溪水，利用起来，在街东头修起闸门，水分三股，三股水打起三个水轮，一是湖北人用来带动压面机，一是河南人用来带动轧花机，一是陕西人用来带动磨面机。每到夏天傍晚，当街那棵垂柳下就安起一张小桌打扑克，一张桌坐了三省，代表各是两人，轮换交替，围着观看的却是三省的老老少少，当然有输有赢，友谊第一，比赛第二。月月有节，正月十五，二月初二，五月端午，八月中秋，再是腊月初八，大年三十，陕西商店给所有人供应鸡蛋，湖北商店给所有人供应白糖，河南就又是粉条，又是烟酒。票证在这里无用，后门在这里失去环境。即使在"文化革命"中，各省枪声炮声一片，这条街上风平浪静；陕西境内一乱，陕西人就跑到湖北境内，湖北境内一乱，湖北人就跑到河南境内。他们各是各的避风港，各是各的保护人。各家妇女，最拿手的是各省的烹调，但又能做得两省的饭菜。孩子们地道的是本省语言，却又能精通两省的方言土语。任何一家盖房子，所有人都来"送菜"，送菜者，并不仅仅送菜，有肉的拿肉，有酒的提酒，来者对于主人都是帮工，主人对于帮工都待如至客；一间新房便将三省人扭和在一起了。一家姑娘出嫁，三省人来送"汤"，一家儿子结婚，新娘子三省沿家磕头作拜。街中有一家陕西人，姓荆，六十三岁，长身长脸，女儿八个，八个女儿三个嫁河南，三个嫁湖北，两人留陕西，人称"三省总督"。老荆五十八岁开始过寿日，寿日时女儿、女婿都来，一家人南腔北调语音不同，酸辣咸甜口味有别，一家热闹，三省快乐。

一条白浪街，成为三省边街，三省的省长他们没有见过，三县的县长也从未到过这里，但他们各自不仅熟知本省，更熟知别省。街上有三份报纸，流传阅读，一家报上登了不正之风的罪恶，秦人骂"瞎𩑶"，楚人骂"操蛋"，豫人骂"狗球"；一家报上刊了振兴新闻，秦人说"燎"，楚人叫"美"，豫人喊"中"。山高皇帝远，报纸却使他们离政策近。只是可惜他们很少有戏看，陕西人首先搭起戏班子，湖北人也参加，河南人也参加，演秦腔，演豫剧，演汉调。条件差，一把二胡演过《血泪仇》，广告色涂脸演过《梁秋燕》，以豆腐包披肩演过《智取威虎山》，越闹越大，《于无声处》的现代戏也演，《春草闯堂》的古典戏也演。那戏台就在白浪河边，看的人山人海。一时间，演员成了这里头面人物，每每过年，这里兴送对联，大家联合给演员家送对联，送的人庄重，被送的人更珍贵，对联就一直保存一年，完好无损。那戏台两边的对联，字字斗般大小，先是以红纸贴成，后就以红漆直接在门框上书写，一边是："丹江有船三日过五县"，一边是"白浪无波一石踏三省"，横额是"天时地利人和"。

秦 腔

山川不同，便风俗区别，风俗区别，便戏剧存异；普天之下人不同貌，剧不同腔，京，豫，晋，越，黄梅，二簧，四川高腔，几十种品类；或问：历史最悠久者，文武最正经者，是非最汹汹者？曰：秦腔也。正如长处和短处一样突出便见其风格，对待秦腔，爱者便爱得要死，恶者便恶得要命。外地人——尤其是自夸于长江流域的纤秀之士——最害怕秦腔的震撼；评论说得婉转的是：唱得有劲，说得直率的是：大喊大叫。于是，便有柔弱女子，常在戏台下以绒堵耳，又或在平日教训某人：你要不怎么怎么样，今晚让你去看秦腔！秦腔成了惩罚的代名词。所以，别的剧种可以各省走动，唯秦腔则如秦人一样，死不离窝；严重的乡土观念，也使其离不了窝；可能还在西北几个地方变腔走调的有些市场，却绝对冲不出往东南而去的潼关呢。

但是，几百年来，秦腔却没有被淘汰，被沉沦，这使多少人大感而不得其解。其解是有的，就在陕西这块土地上。如果是一个南方人，坐车轰轰隆隆往北走，渡过黄河，进入西岸，八百里秦川大地，原来竟是：一抹黄褐的平原；辽阔的地平线上，一处一处用木椽夹打成一尺多宽墙的土屋，粗笨而庄重；冲天而起的白杨，苦楝，紫槐，枝杆粗壮如桶，叶却小似铜钱，迎风正反翻覆……。你立即就会明白了：这里的地理构造竟与秦腔的旋律惟妙惟肖的一统！再去接触一下秦人吧，活脱脱的一群秦始皇兵马俑的复出：高个，浓眉，眼和眼间隔略远，手和脚一样粗大，上身又稍稍见长于下身。当他们背着沉重的三角形状的犁铧，赶着山包一样团块组合式的秦川公牛，端着脑袋般大小的耀州瓷碗，蹲在立的卧的石碌子碌碡上吃着牛肉泡馍，你不禁又要改变起世界观了：啊，这是块多么空旷而实在的土地，在这块土地挖爬滚打的人群是多么"二楞"的民众！那晚霞烧起的黄昏里，落日在地平线上欲去不去的痛苦的妊娠，五里一村，十里一镇，高音喇叭里传播的秦腔互相交织，冲撞，这秦腔原来是秦川的天籁，地籁，人籁的共鸣啊！于此，你不渐渐感觉到了南方戏剧的秀而无骨吗？不深深的懂得秦腔为什么形成和存在而占却时间、空间的位置吗？

八百里秦川，此西安为界，咸阳，兴平，武功，周至，凤翔，长武，岐山，宝鸡，两个专区几十个县为西府，三原，泾阳，高陵，户县，合阳，大荔，韩城，白水，一个专区十几个县为东府。秦腔，就源于西府。在西府，民性敦厚，说话多用去声，一律咬字沉重，对话如吵架一样，哭丧又一呼三叹。呼喊远人更是特殊：前声拖十二分地长，末了方极快地道出内容。声韵的发展，使会远道喊人的人都从此有了唱秦腔的天才。老一辈的能唱，小一辈的能唱，男的能唱，女的能唱；唱秦腔成了做人最体面的事，任何一个乡下男女，只有唱秦腔，才有出人头地的可能，大凡有出息的，是个人才的，哪一个何曾未登过台，起码不能吼一阵乱弹呢?!

农民是世上最劳苦的人，尤其是在这块平原上，生时落草在黄土炕上，死了被埋在黄土堆下；秦腔是他们大苦中的大乐，当老牛木犁疙瘩绳，在田野已经累得筋疲力尽，立在犁沟里大喊大叫来一段秦腔，那心胸肺腑，关关节节的困乏便一尽儿涤荡净了。秦腔与他们，要和"西凤"白酒，长线辣子，大叶卷烟，牛肉泡馍一样成为生命的五大要素。若与那些年长的农民聊起来，他们想象的伟大的共产主义生活，首先便是这五大要素。他们有的是吃不完的粮食，他们缺的是高超的艺术享受，他们教育自己的子女，不会是那些文豪们讲的，幼年不是祖母讲着动人的迷丽的童话，而是一字一板传授着秦腔。他们大都不识字，但却出奇地能一本一本整套背诵出剧本，虽然那常常是之乎者也的字眼从那一圈胡子的嘴里吐出来十分别扭。有了秦腔，生活便有了乐趣，高兴了，唱"快板"。高兴得像被烈性炸药爆炸了一样，要把整个身心粉碎在天空！痛苦了，唱"慢板"，揪心裂肠的唱腔却表现了多么有情有味的美来，美给了别人的享受，美也熨平了自己心中愁苦的皱纹。当他们在收获时节的土场上，在月在中天的庄院里大吼大叫唱起来的时候，那种难以想象的狂喜，激动，雄壮，与那些献身于诗歌的文人，与那些有吃有穿却总感空虚的都市人相比，常说的什么伟大的永恒的爱情是多么渺小、有限和虚弱啊！

我曾经在西府走动了两个秋冬，所到之处，村村都有戏班，人人都会清唱。在黎明或者黄昏的时分，一个人独独地到田野里去，远远看着天幕下一个一个山包一样隆起的十三个朝代帝王的陵墓，细细辨认着田埂上，荒草中那一截一截汉唐时期石碑上的残字，高高的土屋上的窗口里就飘出一阵冗长的二胡声，几声雄壮的秦腔叫板，我就痴呆了，感觉到那村口的土尘里，一头叫驴的打滚是那么有力，猛然发现了自己心胸中一股强硬的气魄随同着胳膊上的肌肉疙瘩一起产生了。

每到农闲的夜里，村里就常听到几声锣响：戏班排演开始了。演员们都集合起来，到那古寺庙里去。吹，拉，弹，奏，翻，打，念，唱，提袍甩袖，吹胡瞪眼，古寺庙成了古今真乐府，天地大梨园。导演是老一辈演员，享有绝对权威，演员是一家几口，夫妻同台，父子同台，公公儿媳也同台。按秦川的风俗：父和子不能不有其序，爷和孙却可以无道，弟与哥嫂可以嬉闹无常，兄与弟媳则无正事不能多言。但是，一到台上，秦腔面前人人平等，兄可以拜弟媳为帅为将，子可以将老父绳绑索捆。寺庙里有窗无扇，屋梁上蛛丝结网，夏天蚊虫飞来，成团成团在头上旋转，熏蚊草就墙角燃起，一声唱腔一声咳嗽。冬天里四面透风，柳木疙瘩火当中架起，一出场一脸正经，一下场凑近火堆，热了前怀，凉了后背。排演到什么时候，什么时候都有观众，有抱着二尺长的烟袋的老者，有凳子高、桌子高趴满窗台的孩子。庙里一个跟斗未翻起，窗外就哇地一声叫倒号，演员出来骂一声：谁说不好的滚蛋！他们抓住窗台死不滚去，倒要连声讨好：翻得好！翻得好！更有殷勤的，跑回来偷拿了红薯、土豆，在火堆里煨熟给演员作夜餐，赚得进屋里有一个安全位置。排演到三更鸡叫，月儿偏西，演员们散了，孩子们还围了火堆弯腰踢腿，学那一招一式。

一出戏排成了，一人传出，全村振奋，扳着指头盼那上演日期。一年十二个月，正月元宵日，二月龙抬头，三月三，四月四，五月八日过端午，六月六日晒丝绸，七月过半，八月中秋，九月初九，十月一日，再是那腊月五豆，腊八，二十三……月月有节，三月一会，那戏必是上演的。戏台是全村人的共同的事业，宁肯少吃少穿也要筹资积款，买上好的木石，请高强的工匠来修筑。村子富不富，就比这戏台阔不阔。一演出，半下午人就扛凳子去占地位了，未等戏开，台下坐的、站的人头攒拥，台两边阶上立的卧的是一群顽童。那锣鼓就叮叮咣咣地闹台，似乎整个世界要天翻地覆了。各类小吃趁机摆开，一个食摊上一盏马灯，花生，瓜子，糖果，烟卷，油茶，麻花，烧鸡，煎饼，长一声短一声叫卖不绝。锣鼓还在一声儿敲打，大幕只是不拉，演员偶尔从幕边往外望望，下边就喊：开演呀，场子都满了！幕布放下，只说就要出场了，却又叮叮咣咣不停。台下就乱了，后边的喊前边的坐下，前边的喊后边的为什么不说最前边的立着；场外的大声叫着亲朋子女名字，问有坐处没有，场内的锐声回应快进来；有要吃煎饼的喊熟人去买一个，熟人买了站在场外一扬手，"日"地一声隔人头甩去，不偏不倚目标正好；左边的喊右边的踩了他的脚，右边的叫左边的挤了他的腰，一个说：狗年快完了，你还叫啥哩？一个说：猪年还没到，你便攻开了！言语伤人，动了手脚；外边的趁机而入，一时四边向里挤，里边向外扛，人的旋涡涌起，如四月的麦田起风，根儿不动，头身一会儿倒西，一会儿倒东，喊声，骂声，哭声一片；有拼命挤将出来的，一出来方觉世界偌大，身体胖肿，但差不多却光了脚，乱了头发。大幕又一挑，站出戏班头儿，大声叫喊要维持秩序，立即就跳出一个两个所谓"二干子"人物来。这类人物多是头脑简单，四肢发达，却十二分忠诚于秦腔，此时便拿了树条儿，哪里人挤，哪里打去，如凶神恶煞一般。人人恨骂这些人，人人又都盼有这些人，叫他们是秦腔宪兵，宪兵者越发忠于职责，虽然彻夜不得看戏，但大家一夜满足了，他们也就满足了一夜。

终于台上锣鼓停了，大幕拉开，角色出场。但不管男的女的，出来偏不面对观众，一律背身掩面，女的就碎步后移，水上漂一样，台下就叫：瞧那腰身，那肩头，一身的戏哟！是男的就摇那帽翎，一会双摇，一会单摇，一边上下飞问，一边纹丝不动，台下便叫：绝了，绝了！等到那角色儿猛一转身，头一高扬，一声高叫，声如炸雷豁嘟嘟直从人们头顶碾过，全场一个冷颤，从头到脚，每一个手指尖儿，每一根头发梢儿都麻醉酥酥的了。如果是演《救裴生》，那慧娘站在台中往下蹲，慢慢地，慢慢地，慧娘蹲下去了，全场人头也矮下去了半尺，等那慧娘往起站，慢慢地，慢慢地，慧娘站起来了，全场人的脖子也全拉长了起来。他们不喜欢看生戏，最欢迎看熟戏，那一腔一调都晓得，哪个演员唱得好，就摇头晃脑跟着唱，哪个演员走了调，台下就有人要纠正。说穿了，看秦腔不为求新鲜，他们只图过过瘾。

在这样的地方，这样的环境，这样的气氛，面对着这样的观众，秦腔是最逞能的，它的艺术的享受，是和拥挤而存在，是有力气而获得的。如果是冬天，那风在刮着，像刀子一样，如果是夏天，人窝里热得如蒸笼一般，但只要不是大雪，冰雹，暴雨，台下的人是不肯撤场的。最可贵的是那些老一辈的秦腔迷，他们没有力气挤在台下，也没有好眼力看清演员，却一溜一排地蹲在戏台两侧的墙根，吸着草烟，慢慢将唱腔品赏。一声叫板，便可以使他们坠入艺术之宫，"听了秦腔，肉酒不香"，他们是体会得最深。那些大一点的，脾性野一点的孩子，却占领了戏场周围所有的高空，杨树上，柳树上，槐树上，一个枝杈一个人。他们常常乐而忘了险境，双手鼓掌时竟从树杈上掉下来，掉下来自不会损伤，因为树下是无数的人头，只是招致一顿臭骂罢了。更有一些爬在了场边的麦秸积上，夏天四面来风，好不凉快，冬日就趴个草洞，将身子缩进去，露一个脑袋。也正是有闲阶级享受不了秦腔吧，他们常就瞌睡了，一觉醒来，月在西天，戏毕人散，只好苦笑一声悄然没声儿地溜下来回家敲门去了。

当然，一次秦腔演出，是一次演员亮相，也是一次演员受村人评论的考场。每每角色一出场，台下就一片喊喊喳喳：这是谁的儿子，谁的女子，谁家的媳妇，娘家何处？于是乎，谁有出息，谁没能耐，一下子就有了定论。有好多外村的人来提亲说媒，总是就在这个时候进行。据说有一媒人将一女子引到台下，相亲台上一个男演员，事先夸口这男的如何俊样，如何能干，但戏演了过半，那男的还未出场，后来终于出来，是个国民党的伪兵，还持枪未走到中台，扮游击队长的演员挥枪一指，"叭"地一声。那伪兵就倒地而死，爬着钻进了后幕。那女子当下哼了一声，闭了嘴，一场亲事自然了了。这是喜中之悲一例。据说还有一例，一个老头在脖子上架了孙孙去看戏，孙孙吵着要回家，老头好说好劝只是不忍半场而去，便破费买了半斤花生，他眼盯着台上，手在下边剥花生，然后一颗一颗扬手喂到孙孙嘴里，但喂着喂着，竟将一颗塞进孙孙鼻孔，吐不出，咽不下，口鼻出血，连夜送到医院动手术，花去了七十元钱。但是，以秦腔引喜的事却不计其数。每个村里，总会有那么个老汉，夜里看戏，第二天必是头一个起床往戏台下跑。戏台下一片石头，砖头，一堆堆瓜子皮，糖果纸，烟屁股、他掀掀这块石头，踢踢那堆尘土，少不了要捡到一角两角甚至三元四元钱币来，或者一只鞋，或者一条手帕。这是村里钻刁人干的营生，而馋嘴的孩子们有的则夜里趁各家锁门之机，去地里摘那香瓜来吃，去谁家院里将桃杏装在背心兜里回来分红。自然少不了有那些青春妙龄的少男少女，则往往在台下混乱之中眼送秋波，或者就悄悄退出，相依相偎到黑黑的渠畔树林子里去了⋯⋯

秦腔在这块土地上，有着神圣的不可动摇的基础。凡是到这些村庄去下乡，到这些人家去作客，他们最高级的接待是陪着看一场秦腔，实在不逢年过节，他们就会要合家唱一会乱弹，你只能点头称好，不能耻笑，甚至不能有一点不入神的表示。他们一生最崇敬的只有两种人，一是国家领导人，一是当地的秦腔名角。既是在任何地方，这些名角没有在场，只要发现了名角的父母，去商店买油是不必排队的，进饭馆吃饭是会有座位的，就是在半路上挡车，只要喊一声：我是某某的什么，司机也便要嘎地停车。但是，谁要侮辱一下秦腔，他们要争死争活地和你论理，以至大打出手，永远使你记住教训。每每村里过红白丧喜之事，那必是要包一台秦腔的，生儿以秦腔迎接，送葬以秦腔致哀，似乎这个人生的世界，就是秦腔的舞台，人只要在舞台上，生，旦，净，丑，才各显了真性，恶的夸张其丑，善的凸现其美，善使他们获得了美的教育，恶的也使丑里化作了美的艺术。

广漠旷远的八百里秦川，只有这秦腔，也只能有这秦腔，八百里秦川的劳作农民只有也只能有这秦腔使他们喜怒哀乐。秦人自古是大苦大乐之民众，他们的家乡交响乐除了大喊大叫的秦腔还能有别的吗？

余秋雨

余秋雨(1946—　)，浙江余姚人。中国当代作家、学者。20世纪90年代"文化散文"的代表作家。主要作品有《文化苦旅》《行者无疆》《文明的碎片》《山居笔记》《霜冷长河》等。

余秋雨自1962年开始发表作品，首先以戏剧学者的身份活跃于文学舞台。出版了《戏剧理论史稿》《戏剧审美心理学》《艺术创造工程》等学术著作。80年代后期开始主要从事散文创作，在《收获》杂志上以专栏形式发表一系列散文，后集结出版为散文集《文化苦旅》，以知识分子的文化审美来对抗90年代初期散文的甜腻之风，形成了恢弘、厚重的艺术格局。

余秋雨是90年代最具影响力的散文家之一。他以自然山水、历史遗迹为载体，探寻中国文化发展进程和中国知识分子精神品格，将文史知识和现实思考相结合，使散文书写跨越纯文学领域，走向文化领域，开创了"文化散文"的新局面。

道士塔

一

莫高窟大门外，有一条河，过河有一溜空地，高高低低建着几座僧人圆寂塔。塔呈圆形，状近葫芦，外敷白色。从几座坍弛的来看，塔心竖一木桩，四周以黄泥塑成，基座垒以青砖。历来住持莫高窟的僧侣都不富裕，从这里也可找见证明。夕阳西下，朔风凛冽，这个破落的塔群更显得悲凉。

有一座塔，由于修建年代较近，保存得较为完整。塔身有碑文，移步读去，猛然一惊，它的主人，竟然就是那个王圆箓！

历史已有记载，他是敦煌石窟的罪人。

我见过他的照片，穿着土布棉衣，目光呆滞，畏畏缩缩，是那个时代到处可以遇见的一个中国平民。他原是湖北麻城的农民，逃荒到甘肃，做了道士。几经转折，不幸由他当了莫高窟的家，把持着中国古代最灿烂的文化。他从外国冒险家手里接过极少的钱财，让他们把难以计数的敦煌文物一箱箱运走。今天，敦煌研究院的专家们只得一次次屈辱地从外国博物馆买取敦煌文献的微缩胶卷，叹息一声，走到放大机前。

完全可以把愤怒的洪水向他倾泄。但是，他太卑微，太渺小，太愚昧，最大的倾泄也只是对牛弹琴，换得一个漠然的表情。让他这具无知的躯体全然肩起这笔文化重债，连我们也会觉得无聊。

这是一个巨大的民族悲剧。王道士只是这出悲剧中错步上前的小丑。一位年轻诗人写道，那天傍晚，当冒险家斯坦因装满箱子的一队牛车正要启程，他回头看了一眼西天凄艳的晚霞。那里，一个古老民族的伤口在滴血。

二

真不知道一个堂堂佛教圣地，怎么会让一个道士来看管。中国的官都到哪里去了，他们滔滔的奏折怎么从不提一句敦煌的事由？

其时已是 20 世纪初年，欧美的艺术家正在酝酿着新世纪的突破。罗丹正在他的工作室里雕塑，雷诺阿、德加、塞尚已处于创作晚期，马奈早就展出过他的《草地上的午餐》。他们中有人已向东方艺术投来歆羡的目光，而敦煌艺术，正在王道士手上。

王道士每天起得很早，喜欢到洞窟里转转，就像一个老农，看看他的宅院。他对洞窟里的壁画有点不满，暗乎乎的，看着有点眼花。亮堂一点多好呢，他找了两个帮手，拎来一桶石灰。草扎的刷子装上一个长把，在石灰桶里蘸一蘸，开始他的粉刷。第一遍石灰刷得太薄，五颜六色还隐隐显现，农民做事就讲个认真，他再细细刷上第二遍。这儿空气干燥，一会儿石灰已经干透。什么也没有了，唐代的笑容，宋代的衣冠，洞中成了一片净白。道士擦了一把汗憨厚地一笑，顺便打听了一下石灰的市价。他算来算去，觉得暂时没有必要把更多的洞窟刷白，就刷这几个吧，他达观地放下了刷把。

当几面洞壁全都刷白，中座的塑雕就显得过分惹眼。在一个干干净净的农舍里，她们婀娜的体态过于招摇，她们柔美的浅笑有点尴尬。道士想起了自己的身份，一个道士，何不在这里搞上几个天师、灵官菩萨？他吩咐帮手去借几个铁锤，让原先几座塑雕委曲一下。事情干得不赖，才几下，婀娜的体态变成碎片，柔美的浅笑变成了泥巴。听说邻村有几个泥匠，请了来，拌点泥，开始堆塑他的天师和灵官。泥匠说从没干过这种活计，道士安慰道，不妨，有那点意思就成。于是，像顽童堆造雪人，这里是鼻子，这里是手脚，总算也能稳稳坐住。行了。再拿石灰，把它们刷白。画一双眼，还有胡子，像模像样。道士吐了一口气，谢过几个泥匠，再作下一步筹划。

今天我走进这几个洞窟，对着惨白的墙壁、惨白的怪像，脑中也是一片惨白。我几乎不会言动，眼前直晃动着那些刷把和铁锤。"住手！"我在心底痛苦地呼喊，只见王道士转过脸来，满眼困惑不解。是啊，他在整理他的宅院，闲人何必喧哗？我甚至想向他跪下，低声求他："请等一等，等一等……"但是等什么呢？我脑中依然一片惨白。

三

1900 年 5 月 26 日清晨，王道士依然早起，辛辛苦苦地清除着一个洞窟中的积沙。没想到墙壁一震，裂开一条缝，里边似乎还有一个隐藏的洞穴。王道士有点奇怪，急忙把洞穴打开，嗬，满满实实一洞的古物！

王道士完全不能明白，这天早晨，他打开了一扇轰动世界的门户。一门永久性的学问，将靠着这个洞穴建立。无数才华横溢的学者，将为这个洞穴耗尽终生。中国的荣耀和耻辱，将由这个洞穴吞吐。

现在，他正衔着旱烟管，趴在洞窟里随手捡翻。他当然看不懂这些东西，只觉得事情有点蹊跷。为何正好我在这儿时墙壁裂缝了呢？或许是神对我的酬劳。趁下次到县城，捡了几个经卷给县长看看，顺便说说这桩奇事。

县长是个文官，稍稍掂出了事情的分量。不久甘肃学台叶炽昌也知道了，他是金石学家，懂得洞窟的价值，建议藩台把这些文物运到省城保管。但是东西很多，运费不低，官僚们又犹豫了。只有王道士一次次随手取一点出来的文物，在官场上送来送去。

中国是穷，但只要看看这些官僚豪华的生活排场，就知道绝不会穷到筹不出这笔运费。中国官员也不是都没有学问，他们也已在窗明几净的书房里翻动出土经卷，推测着书写朝代了。但他们没有那副赤肠，下个决心，把祖国的遗产好好保护一下。他们文雅地摸着胡须，吩咐手下："什么时候，叫那个道士再送几件来！"已得的几件，包装一下，算是送给哪位京官的生日礼品。

就在这时，欧美的学者、汉学家、考古家、冒险家，却不远万里、风餐露宿，朝敦煌赶来。他们愿意卖掉自己的全部财产，充作偷运一两件文物回去的路费。他们愿意吃苦，愿意冒着葬身沙漠的危险，甚至作好了被打、被杀的准备，朝这个刚刚打开的洞窟赶来。他们在沙漠里燃起了股股炊烟，而中国官员的客厅里，也正茶香缕缕。

没有任何关卡，没有任何手续，外国人直接走到了那个洞窟跟前。洞窟砌了一道砖、上了一把锁，钥匙挂在王道士的裤腰带上。外国人未免有点遗憾，他们万里冲刺的最后一站，没有遇到森严的文物保护官邸，没有碰见冷漠的博物馆馆长，甚至没有遇到看守和门卫，一切的一切，竟是这个肮脏的土道士。他们只得幽默地耸耸肩。

略略交谈几句，就知道了道士的品位。原先设想好的种种方案纯属多余，道士要的只是一笔最轻松的小买卖。就像用两枚针换一只鸡，一颗钮扣换一篮青菜。要详细地复述这笔交换账，也许我的笔会不太沉稳，我只能简略地说：1905 年 10 月，俄国人勃奥鲁切夫用一点点随身带着的俄国商品，换取了一大批文书经卷；1907 年 5 月，匈牙利人斯坦因用一叠子银元换取了 24 大箱经卷、5 箱织绢和绘画；1908 年 7 月，法国人伯希和又用少量银元换去了 10 大车、6000 多卷写本和画卷；1911 年 10 月，日本人吉川小一郎和橘瑞超用难以想象的低价换取了 300 多卷写本和两尊唐塑；1914 年，斯坦因第二次又来，仍用一点银元换去 5 大箱、600 多卷经卷……

道士也有过犹豫，怕这样会得罪了神。解除这种犹豫十分简单，那个斯坦因就哄他说，自己十分崇拜唐僧，这次是倒溯着唐僧的脚印，从印度到中国取经来了。好，既然是洋唐僧，那就取走吧，王道士爽快地打开了门。这里不用任何外交辞令，只需要几句现编的童话。

一箱子，又一箱子。一大车，又一大车。都装好了，扎紧了，呀——，车队出发了。

没有走向省城，因为老爷早就说过，没有运费。好吧，那就运到伦敦，运到巴黎，运到彼得堡，运到东京。

王道士频频点头，深深鞠躬，还送出一程。他恭敬地称斯坦因为"司大人讳代诺"，称伯希和为"贝大人讳希和"。他的口袋里有了一些沉甸甸的银元，这是平常化缘时很难得到的。他依依惜别，感谢司大人、贝大人的"布施"。车队已经驶远，他还站在路口。沙漠上，两道深深的车辙。

斯坦因他们回到国外，受到了热烈的欢迎。他们的学术报告和探险报告，时时激起如雷的掌声。他们在叙述中常常提到古怪的王道士，让外国听众感到，从这么一个蠢人手中抢救出这笔遗产，是多么重要。他们不断暗示，是他们的长途跋涉，使敦煌文献从黑暗走向光明。他们都是富有实干精神的学者，在学术上，我可以佩服他们。但是，他们的论述中遗忘了一些极基本的前提。出来辩驳为时已晚，我心头只是浮现出一个当代中国青年的几行诗句，那是他写给火烧圆明园的额尔金勋爵的：

> 我好恨
> 恨我没早生一个世纪
> 使我能与你对视着站立在
> 阴森幽暗的古堡
> 晨光微露的旷野
> 要么我拾起你扔下的白手套
> 要么你接住我甩过去的剑
> 要么你我各乘一匹战马
> 远远离开遮天的帅旗
> 离开如云的战阵
> 决胜负于城下

对于这批学者，这些诗句或许太硬。但我确实想用这种方式，拦住他们的车队。对视着，站立在沙漠里。他们会说，你们无力研究；那么好，先找一个地方，坐下来，比比学问高低。什么都成，就是不能这么悄悄地运走祖先给我们的遗赠。

我不禁又叹息了，要是车队果真被我拦下来了，然后怎么办呢？我只得送缴当时的京城，运费姑且不计。但当时，洞窟文献不是确也有一批送京的吗？其情景是，没装木箱，只用席子乱捆，沿途官员伸手进去就取走一把，在哪儿歇脚又得留下几捆，结果，到京城时已零零落落，不成样子。

偌大的中国，竟存不下几卷经文！比之于被官员大量糟践的情景，我有时甚至想狠心说一句：宁肯存放在伦敦博物馆里！这句话终究说得不太舒心。被我拦住的车队，究竟应该驶向哪里？这里也难，那里也难，我只能让它停驻在沙漠里，然后大哭一场。

我好恨！

四

不止是我在恨。敦煌研究院的专家们，比我恨得还狠。他们不愿意抒发感情，只是铁板着脸，一钻几十年，研究敦煌文献。文献的胶卷可以从外国买来，越是屈辱越是加紧钻研。

我去时，一次敦煌学国际学术讨论会正在莫高窟举行。几天会罢，一位日本学者用沉重的声调作了一个说明：“我想纠正一个过去的说法。这几年的成果已经表明，敦煌在中国，敦煌学也在中国！”

中国的专家没有太大的激动，他们默默地离开了会场，走过王道士的圆寂塔前。

王小波

王小波(1952—1997),北京人。中国当代作家。主要作品有长篇小说"时代三部曲"(《黄金时代》《白银时代》《青铜时代》),杂文集《思维的乐趣》《我的精神家园》等,另有多部学术论著存世。

王小波出生于知识分子家庭,1978年进入中国人民大学学习,在《读书》杂志上发表多篇书评,积累了深厚的文学素养。1980年发表处女作《地久天长》,开始在文坛崭露头角。1992年后,他辞去教职成为自由撰稿人,专事文学创作。以小说集《黄金时代》《白银时代》《青铜时代》组成的"时代三部曲"成就最为突出。其作品以男女之间荒诞的性意识来讽刺现实政治中乌托邦式的价值理念,同时在《红拂夜奔》《寻找无双》等创作试验中,试图打破历史与现实的界限,建构由"历史狂想"为主体的现代传奇。

王小波是中国当代富有创造性的作家之一,他以独特的性价值观、叙事方式和幽默戏谑的语言进行文学实践,冷嘲式地审视现实中的荒谬和苦难,彰显了人文学者富有深度的文化反思,为中国当代文学在转型期间的多元化发展提供了独特性元素。

一只特立独行的猪

插队的时候,我喂过猪,也放过牛。假如没有人来管,这两种动物也完全知道该怎样生活。它们会自由自在地闲逛,饥则食渴则饮,春天来临时还要谈谈爱情;这样一来,它们的生活层次很低,完全乏善可陈。人来了以后,给它们的生活做出了安排:每一头牛和每一口猪的生活都有了主题。就它们中的大多数而言,这种生活主题是很悲惨的:前者的主题是干活,后者的主题是长肉。我不认为这有什么可抱怨的,因为我当时的生活也不见得丰富了多少,除了八个样板戏,也没有什么消遣。有极少数的猪和牛,它们的生活另有安排。以猪为例,种猪和母猪除了吃,还有别的事可干。就我所见,它们对这些安排也不大喜欢。种猪的任务是交配,换言之,我们的政策准许它当个花花公子。但是疲惫的种猪往往摆出一种肉猪(肉猪是阉过的)才有的正人君子架势,死活不肯跳到母猪背上去。母猪的任务是生崽儿,但有些母猪却要把猪崽儿吃掉。总的来说,人的安排使猪痛苦不堪。但它们还是接受了:猪总是猪啊。

对生活做种种设置是人特有的品性。不光是设置动物,也设置自己。我们知道,在古希腊有个斯巴达,那里的生活被设置得了无生趣,其目的就是要使男人成为亡命战士,使女人成为生育机器,前者像些斗鸡,后者像些母猪。这两类动物是很特别的,但我以为,它们肯定不喜欢自己的生活。但不喜欢又能怎么样?人也好,动物也罢,都很难改变自己的命运。

以下谈到的一只猪有些与众不同。我喂猪时,它已经有四五岁了,从名分上说,它是肉猪,但长得又黑又瘦,两眼炯炯有光。这家伙像山羊一样敏捷,一米高的猪栏一跳就过；它还能跳上猪圈的房顶，这一点又像是猫——所以它总是到处游逛，根本就不在圈里待着。所有喂过猪的知青都把它当宠儿来对待，它也是我的宠儿——因为它只对知青好，容许他们走到三米之内，要是别的人，它早就跑了。它是公的，原本该劁掉。不过你去试试看，哪怕你把劁猪刀藏在身后，它也能嗅出来，朝你瞪大眼睛，噢噢地吼起来。我总是用细米糠熬的粥喂它，等它吃够了以后，才把糠对到野草里喂别的猪。其他猪看了嫉妒，一起嚷起来。这时候整个猪场一片鬼哭狼嚎，但我和它都不在乎。吃饱了以后，它就跳上房顶去晒太阳，或者模仿各种声音。它会学汽车响、拖拉机响，学得都很像；有时整天不见踪影，我估计它到附近的村寨里找母猪去了。我们这里也有母猪，都关在圈里，被过度的生育搞得走了形，又脏又臭，它对它们不感兴趣；村寨里的母猪好看一些。它有很多精彩的事迹，但我喂猪的时间短，知道得有限，索性就不写了。总而言之，所有喂过猪的知青都喜欢它，喜欢它特立独行的派头儿，还说它活得潇洒。但老乡们就不这么浪漫，他们说，这猪不正经。领导则痛恨它，这一点以后还要谈到。我对它则不止是喜欢——我尊敬它，常常不顾自己虚长十几岁这一现实，把它叫做"猪兄"。如前所述，这位猪兄会模仿各种声音。我想它也学过人说话，但没有学会——假如学会了，我们就可以做倾心之谈。但这不能怪它。人和猪的音色差得太远了。

后来，猪兄学会了汽笛叫，这个本领给它招来了麻烦。我们那里有座糖厂，中午要鸣一次汽笛，让工人换班。我们队下地干活时，听见这次汽笛响就收工回来。我的猪兄每天上午十点钟总要跳到房上学汽笛，地里的人听见它叫就回来——这可比糖厂鸣笛早了一个半小时。坦白地说，这不能全怪猪兄，它毕竟不是锅炉，叫起来和汽笛还有些区别，但老乡们却硬说听不出来。领导上因此开了一个会，把它定成了破坏春耕的坏分子，要对它采取专政手段——会议的精神我已经知道了，但我不为它担忧——因为假如专政是指绳索和杀猪刀的话，那是一点门都没有的。以前的领导也不是没试过，一百人也逮不住它。狗也没用：猪兄跑起来像颗鱼雷，能把狗撞出一丈开外。谁知这回是动了真格的，指导员带了二十几个人，手拿五四式手枪；副指导员带了十几人，手持青的火枪，分两路在猪场外的空地上兜捕它。这就使我陷入了内心的矛盾：按我和它的交情，我该舞起两把杀猪刀冲出去，和它并肩战斗，但我又觉得这样做太过惊世骇俗——它毕竟是只猪啊；还有一个理由，我不敢对抗领导，我怀疑这才是问题之所在。总之，我在一边看着。猪兄的镇定使我佩服之极：它很冷静地躲在手枪和火枪的连线之内，任凭人喊狗咬，不离那条线。这样，拿手枪的人开火就会把拿火枪的打死，反之亦然；两头同时开火，两头都会被打死。至于它，因为目标小，多半没事。就这样连兜了几个圈子，它找到了一个空子，一头撞出去了；跑得潇洒之极。以后我在甘蔗地里还见过它一次，它长出了獠牙，还认识我，但已不容我走近了。这种冷淡使我痛心，但我也赞成它对心怀叵测的人保持距离。

我已经四十岁了，除了这只猪，还没见过谁敢于如此无视对生活的设置。相反，我倒见过很多想要设置别人生活的人，还有对被设置的生活安之若素的人。因为这个原故，我一直怀念这只特立独行的猪。

戏 剧

老 舍

茶馆 (节选)

第一幕

时：一八九八年（戊戌）初秋，康梁等的维新运动失败了。早半天。

地：北京，裕泰大茶馆。

人：王利发　刘麻子　庞太监　唐铁嘴　康　六　小牛儿

　　松二爷　黄胖子　宋恩子　常四爷　秦仲义　吴祥子

　　李　三　老　人　康顺子　二德子　乡　妇　茶客（甲，乙，丙……）

　　马五爷　小　妞　茶　房（一，二人）

　　幕启：这种大茶馆现在已经不见了。在几十年前，每城都起码有一处。这里卖茶，也卖简单的点心与菜饭。玩鸟的人们，每天在遛够了画眉、黄鸟等之后，要到这里歇歇腿，喝喝茶，并使鸟儿表现歌唱。商议事情的，说媒拉纤的，也到这里来。那年月，时常有打群架的。但是总会有朋友出头给双方调解；三五十口子打手，经调人东说西说，便都喝碗茶，吃碗烂肉面（**大茶馆特殊的食品，价钱便宜，作起来快当**），就可以化干戈为玉帛了。总之，这是当日非常重要的地方，有事无事都可以来坐半天。

　　在这里，可以听到最荒唐的新闻，如某处的大蜘蛛怎么成了精，受到雷击。奇怪的意见也在这里可以听到，象把海边上都修上大墙，就足以挡住洋兵上岸。这里还可以听到某京戏演员新近创造了什么腔儿，和煎熬鸦片烟的最好的方法。这里也可以看到某人新得到的奇珍——一个出土的玉扇坠儿，或三彩的鼻烟壶。这真是个重要的地方，简直可以算作文化交流的所在。

　　我们现在就要看见这样的一座茶馆。

　　一进门是柜台与炉灶——为省点事，我们的舞台上可以不要炉灶；有些锅勺的响声也就够了。屋子非常高大，摆着长桌与方桌，长凳与小凳，都是茶座儿。隔窗可见后院，高搭着凉棚，棚下也有茶座儿。屋里和凉棚下都有挂鸟笼的地方。各处都贴着"莫谈国事"的纸条。

　　有两位茶客，不知姓名，正眯着眼，摇着头，拍板低唱。有两三位茶客，也不知姓名，正入神地欣赏瓦罐里的蟋蟀。两位穿灰色大衫的，宋恩子与吴祥子，正低声地谈话，看样子他们是北衙门的办案的（侦探）。

　　今天又有一起打群架的，据说是为了争一只家鸽，惹起非用武力解决不可的纠纷。假若真打起来，非出人命不可，因为被约的打手中包括着善扑营的哥儿们和库兵，身手都十分厉害。好在，不能真打起来，因为在双方还没把打手约齐，已有人出面调停了——现在双方在这里会面。三三两两的打手，都横眉立目，短打扮，随时地进来，往后院去。

马五爷在不惹人注意的角落，独自坐着喝茶。

王掌柜高高地坐在柜台里。

唐铁嘴踏拉着鞋，身穿一件极长极脏的大布衫，耳上夹着几张小纸片，进来。

王　唐先生，你外边蹓蹓吧！

唐　(惨笑)王掌柜，捧捧唐铁嘴吧！送给我碗茶喝，我就先给您相相面吧！手相奉送，不取分文！(不容分说，拉过王的手来)今年是光绪二十四年，戊戌。您贵庚是……

王　(夺回手去)算了吧，我送给你一碗茶喝，你就甭卖那套生意口啦！用不着相面，咱们既在江湖内，都是苦命人！(由柜台内走出，让唐坐下)坐下！我告诉你，你要是不戒了大烟，就永远交不了好运！这是我的相法，比你的更灵验！

　　(松二爷和常四爷都提着鸟笼进来，王掌柜向他们打招呼。他们先把鸟笼子挂好，找地方坐下。松文绉绉的，提着小黄鸟笼；常雄赳赳的，提着大而高的画眉笼。茶房李三赶紧过来，沏上盖碗茶。他们自带茶叶。茶沏好，二位爷向邻近的茶座让了让："您喝这个！"然后，往后院看了看。)

松　好象又有事儿？

常　反正打不起来！要真打的话，早到城外头去啦；到茶馆来干吗？

　　(二德子，一位打手，恰好进来，听见了四爷的话。)

德　(凑过去)你这是对谁甩闲话呢？

常　(不肯示弱)你问我哪？花钱喝茶，难道还教谁管着吗？

松　(打量了二德子一番)我说这位爷，您是营里当差的吧？来，坐下喝一碗，我们也都是外场人。

德　你管我当差不当差呢！

常　要抖威风，跟洋人干去，洋人厉害！英法联军烧了圆明园，尊家吃着官饷，可没见您去冲锋打仗！

德　甭说打洋人不打，我先管教管教你！(要动手。)

　　(别的茶客依旧进行他们自己的事。王掌柜急忙跑过来。)

王　哥儿们，都是街面上的朋友，有话好说。德爷，您后边坐！

德　(不听王的话，一下子把一个盖碗搂下桌去，摔碎。翻手要抓常四的脖领。)

常　(闪过)你要怎么着？

德　怎么着？我碰不了洋人，还碰不了你吗？

马　(并未立起)二德子，你威风啊！

德　(四下扫视，看到马)喝，马五爷，您在这儿哪？我可眼拙，没看见您！(过去请安。)

马　有什么事好好地说，干吗动不动地就讲打？

德　嗻！您说的对！我到后头坐坐去。李三，这儿的茶钱我候啦！

　　(往后面走去。)

常　(凑过来，要对马发牢骚)这位爷，您圣明，您给评评理！

马　(立起来)我还有事，再见！(走出去。)

常 （对王）邪！这倒是个怪人！

王 您不知道这是马五爷呀？怪不得您也得罪了他！

常 我也得罪了他？我今天出门没挑好日子！

王 （低声地）刚才您说洋人怎样，他就是吃洋饭的。信洋教，说洋话，有事情可以一直地找宛平县的县太爷去，要不怎么连官面上都不惹他呢！

常 （往原处走）哼，我就不佩服吃洋饭的！

王 （向二灰衣人那边稍一歪头，低声地）说话请留点神！（大声地）李三，再给这儿沏一碗来！（拾起地上的碎瓷片。）

松 盖碗多少钱？我赔！外场人不作老娘们事！

王 不忙，待会儿再算吧！（走开。）

（纤手刘麻子领着康六进来。刘先向松常二位打招呼。）

刘 您二位真早班儿！（掏出鼻烟壶，倒烟）您试试这个！刚装来的，地道英国造，又细又纯！

常 唉！连鼻烟也得从外洋来！这得往外流多少银子啊！

刘 咱们大清国有的是金山银山，永远花不完！您坐着，我办点小事！

（领康六找了个座儿，李三拿过茶来，他也给常拿来一碗。）

刘 说说吧，十两银子行不行？你说干脆的！我忙，没工夫专伺候你！

康 刘爷！十五岁的大姑娘，就值十两银子吗？

刘 卖到窑子去，也许多拿两儿八钱的，可是你又不肯！

康 那是我的亲女儿！我能够……。

刘 有女儿，你可养活不起，这怪谁呢？

康 那不是因为乡下种地的都没法子混了吗？一家大小要是一天能吃上一顿粥，我要还想卖女儿，我就不是人！

刘 那是你们乡下的事，我管不着。我受你之托，教你不吃亏，又教你女儿有个吃饱饭的地方，这还不好吗？

康 到底给谁呢？

刘 我一说，你必定从心眼里乐意！一位在宫里当差的！

康 宫里当差的谁要个乡下丫头呢？

刘 那不是你女儿的命好吗？

康 谁呢？

刘 庞总管！你也听说过庞总管吗？伺候着太后，红的不得了，连家里打醋的瓶子都是玛瑙作的！

康 刘大爷，把女儿给太监作老婆，我怎么对得起人呢？

刘 卖女儿，无论怎么卖，也对不起女儿！你糊涂！你看，姑娘一过门，吃的是珍馐美味，穿的是绫罗绸缎，这不是造化吗？怎样，摇头不算点头算，来个干脆的！

康 自古以来，哪有……他就给十两银子？

刘 找遍了你们全村儿，找得出十两银子找不出？在乡下，五斤白面就换个孩子，你不是不知道！

康　我，唉！我得跟姑娘商量一下！

刘　告诉你，过了这个村可没有这个店，耽误了事别怨我！快去快来！

康　唉！我一会儿就回来！

刘　我在这儿等着你！

康　唉！（慢慢地走出去。）

刘　（凑过松与常来）乡下人真难办事，永远没有个痛痛快快！

松　这号生意又不小吧？

刘　也甜不到哪儿去，弄好了，赚个元宝！

常　乡下是怎么了？会弄得这么卖儿卖女的。

刘　谁知道！要不怎么说，就是一条狗也得托生在北京城里嘛！

常　刘爷，您可真有个狠劲儿，给拉拢这路事！

刘　我要不分心，他们还许找不到买主呢！（忙岔话）松二爷（掏出个小时表来），您看这个！

松　（接表）好体面的小表！

刘　您听听，嘎登嘎登地响！

松　（听）这得多少钱？

刘　您爱吗？就让给您！一句话，五两银子！您玩够了，不爱再要了，我还照数退钱！东西真地道，传家的玩艺！

常　我这儿正咂摸这个味儿：咱们一个人身上有多少洋玩艺儿啊！
　　老刘，就看你身上吧：洋鼻烟，洋表，洋缎大衫，洋布裤褂……

刘　洋东西可是真漂亮呢！我要是穿一身土布，象个乡下脑颏，谁还理我呀！

常　我老觉乎着咱们的大缎子，川绸，更体面！

刘　松二爷，留下这个表吧，这年月，戴着这么好的洋表，会教人另眼看待！是不是这么说，您哪？

松　（真爱表，但又嫌贵）我……

刘　您先戴两天，改日再给钱！

　　（黄胖子进来。）

黄　（严重的砂眼，看不清楚，进门就请安）哥儿们，都瞧我啦！
　　我请安了！都是自己弟兄，别伤了和气呀！

王　这不是他们，他们在后院哪！

黄　我看不大清楚啊！掌柜的，预备烂肉面，有我黄胖子，谁也打不起来！（往里走。）

德　（出来迎接）两边已经见了面，您快来吧！
　　（同黄入内。）
　　（茶房们一趟又一趟地往后面送茶水。进来一个很老的老者，拿着些牙签、胡梳、耳挖勺之类的小东西，低着头慢慢地挨着茶座儿走；没人买他的东西。他要往后院去，被李三截住。）

李　老大爷，您外边蹓蹓吧！后院里，人家正说和事呢，没人买您的东西！（顺手儿把剩茶递给老人一碗。）

松　（低声地）李三！（指后院）他们到底为了什么事，要这么拿刀动杖的？

李　（低声地）听说是为一只鸽子。张宅的鸽子飞到了李宅去，李宅不肯交还……
　　唉，咱们还是少说话好，（问老人）老大爷您高寿啦？

老　（喝了茶）多谢！八十二了，没人管！这年月呀，人还不如一只鸽子呢！唉！
　　（慢慢走出去。）

　　（秦仲义，穿得很讲究，满面春风，走进来。）

王　哎哟！秦二爷，您怎么这样闲在，会想起坐茶馆来了？也没带个底下人？

秦　来看看，看看你这年轻小伙子会作生意不会！

王　唉，一边作一边学吧，指着这个吃饭嘛。谁叫我爸爸死的早，我不干不行
　　啊！好在照顾主儿都是我父亲的老朋友，我有不周到的地方，都肯包涵，闭
　　闭眼就过去了。在街面上混饭吃，人缘儿顶要紧。我按着我父亲遗留下的老
　　办法，多说好话，多请安，讨人人的喜欢，就不会出大岔子！您坐下，我给
　　您沏碗小叶茶去！

秦　我不喝！也不坐着！

王　坐一坐！有您在我这儿坐坐，我脸上有光！

秦　也好吧！（坐）可是，用不着奉承我！

王　李三，沏一碗高的来！二爷，府上都好？您的事情都顺心吧？

秦　不怎么太好！

王　您怕什么呢？那么多的买卖，您的小手指头都比我的腰还粗！

唐　（凑过来）这位爷好相貌，真是天庭饱满，地阁方圆，虽无宰相之权，而有陶
　　朱之富！

秦　躲开我！去！

王　先生，你喝够了茶，该外边活动活动去！（把唐轻轻推开。）

唐　唉！（垂头走出去。）

秦　小王，这儿的房租是不是得往上提那么一提呢？当年你爸爸给我的那点租
　　钱，还不够我喝茶用的呢！

王　二爷，您说的对，太对了！可是，这点小事用不着您分心，您派管事的来一
　　趟，我跟他商量，该长多少租钱，我一定照办！是！嘛！

秦　你这小子，比你爸爸还滑！哼，等着吧，早晚我把房子收回去！

王　您甭吓唬着我玩，我知道您多么照应我，心疼我，决不会叫我挑着大茶壶，
　　到街上卖热茶去！

秦　你等着瞧吧！

　　（一个乡下妇人拉着个十来岁的小姑娘进来。小姑娘的头上插着一根草标。
　　李三本想不许她们往前走，可是心中一难过，没管。她们俩慢慢地往里走。
　　茶客们忽然都停止说笑，看着她们。）

妞　（走到屋子中间，立住）妈，我饿！我饿！

妇　（呆视着小妞，忽然腿一软，坐在地上，掩面低泣。）

秦　（对王）掏出去！

王　是！出去吧，这里坐不住！

常　李三，要两个烂肉面，带她们到门外吃去！

李　是啦！（过去对妇人）起来，门口等着去，我给你们端面来！

妇　（立起，抹泪往外走，好象忘了孩子；走了两步，又转回身来，搂住小妞，吻她）宝贝！宝贝！

王　快着点吧！

（母女走出去。李三随后端出两碗面去。）

王　（过来）常四爷，您是积德行好，赏给她们面吃！可是，我告诉您：这路事儿太多了，太多了！谁也管不了！（对秦）二爷，您看我说的对不对？

常　（对松）二爷，我看哪，大清国要完！

秦　（老气横秋地）完不完，并不在乎有人给穷人们一碗面吃没有。小王，说真的，我真想收回这里的房子！

王　您别那么办哪，二爷！

秦　我不但收回房子，而且把乡下的地，城里的买卖也都卖了！

王　那为什么呢？

秦　把本钱拢在一块儿，开工厂！

王　开工厂？

秦　嗯，顶大顶大的工厂！那才救得了穷人，那才能抵制外货，那才能救国！（对王说而眼看着常）唉，我跟你说这些干什么，你不懂！

王　您就专为别人，把财产都出手，不顾自己了吗？

秦　你不懂！只有那么办，国家才能富强！好啦，我该走啦。我亲眼看见了，你的生意不错，你甭再耍无赖，不长房钱！

王　您等等，我给您叫车去！

秦　用不着，我愿意蹓跶蹓跶！（往外走，王送。）

（小牛儿挽着庞太监走进来。小牛儿提着水烟袋。）

庞　哟！秦二爷！

秦　庞老爷！这两天您心里安顿了吧？

庞　那还用说吗？天下太平了：圣旨下来，谭嗣同问斩！告诉您，谁敢改祖宗的章程，谁就掉脑袋！

秦　我早就知道！

（茶客们忽然全静寂起来，几乎是闭住呼吸地听着。）

庞　您聪明，二爷，要不然您怎么发财呢！

秦　我那点财产？不值一提！

庞　太客气了吧？您看，全北京城谁不知道秦二爷！您比作官的还厉害呢！听说呀，好些财主都讲维新！

秦　不能这么说，我那点威风在您的面前可就施展不出来了！哈哈哈！

庞　说得好，咱们就八仙过海，各显其能把！哈哈哈！

秦　改天过去给您请安，再见！（下）

庞　（自言自语）哼，凭这么个小财主也敢跟我逗嘴皮子，年头真是改了！（问王）刘麻子在这儿哪？

王　总管！您里边歇着吧！

（刘麻子早已看见庞，但不敢靠近，怕打扰了庞、秦谈话。）

刘　　喝，我的老爷子！我等了您好大半天了！（搀庞往里面走。）

（二灰衣人过来请安，庞对他们耳语。）

（茶客静默了一阵之后，开始议论纷纷。）

甲：谭嗣同是谁？

乙：好象听说过！反正犯了大罪，要不，怎么会问斩呀！

丙：这两三个月了，有些作官的，念书的，乱折腾乱闹，咱们怎能知道他们捣的什么鬼呀！

丁：得！不管怎么说，我的铁杆庄稼又保住了！姓谭的，还有那个康有为，不是说叫旗兵不关钱粮，去自谋生计吗？心眼多毒！

丙：一份钱粮倒叫上头克扣去一大半，咱们也不好过！

丁：那总比没有强啊！好死不如赖活着，叫我去自己谋生，非死不可！

王　　诸位主顾，咱们还是莫谈国事吧！

（大家安静下来，都又各谈各的事。）

庞　（已坐下）怎么说？一个乡下丫头，要二百银子？

刘　（侍立）乡下人，可长得俊呀！带进城来，好好地一打扮、调教，准保是又好看，又有规矩！我给您办事，比给我亲爸爸作事都更尽心，一丝一毫不能马糊！

（唐铁嘴又回来了。）

王　　铁嘴。你怎么又回来了？

唐　　街上兵慌马乱的，不知道是怎么回事！

庞　　还能不搜查搜查谭嗣同的余党吗？唐铁嘴，你放心，没人抓你！

唐　　嗻！总管，您要能赏给我几个烟泡儿，我可就更有出息了！

（坐下。）

（有几个茶客好象预感到什么灾祸，一个个往外蹓。）

松　　咱们也该走啦吧！天不早啦！

常　　嗻！走吧！

（二灰衣人——宋恩子和吴祥子走过来。）

宋　　等等！

常　　怎么啦？

宋　　刚才你说大清国要完？

常　　我，我爱大清国，怕它完了！

吴　（对松）你听见了？他是这么说的吗？

松　　哥儿们，我们天天在这儿喝茶。王掌柜知道：我们都是地道老好人！

吴　　问你听见了没有？

松　　那，有话好说，二位请坐！

宋　　你不说，连你也锁了走！他说大清国要完，就是跟谭嗣同一党！

松　　我，我听见了！他是说……

宋　（对常）走！

常　　上哪儿？事情要交代明白了啊！

宋　你还想拒捕吗？我这儿可带着"王法"呢！（掏出腰中带着的铁链子。）

常　告诉你们，我可是旗人！

吴　旗人当汉奸，罪加一等！锁上他！

常　甭锁，我跑不了！

宋　量你也跑不了！（对松）你也走一趟，到堂上实话实说，没你的事！

（黄胖子同三五个人由后院过来。）

黄　得啦，一天云雾散，算我没白跑腿！

松　黄爷！黄爷！

黄　（揉揉眼）谁呀？

松　我！松二！您过来，给说句好话！

黄　（看清）哟，宋爷，吴爷，二位爷办案哪？请吧！

松　黄爷，帮帮忙，给美言两句！

黄　官厅儿管不了的事，我管！官厅儿能管的事呀，我不便多嘴！

（问大家）是不是？

众　嗻！对！

（宋、吴带着常、松往外走。）

松　（对王）看着点我们的鸟笼子！

王　您放心，我给送到家里去！（宋等四人同下。）

黄　（看见了庞太监）哟，你老人家在这儿哪？听说要安份儿家，我先给您道喜！

庞　等吃喜酒吧！

黄　您赏脸！您赏脸！（下）

（乡妇端着空碗进来，往柜上放。小妞跟进来。）

妞　妈！我还饿！

王　唉，出去吧！

妇　走吧，乖！

妞　你不卖妞妞啦？妈！不卖啦？妈！

妇　乖！（哭着，携妞下。）

（康六带着康顺子进来，立在柜台前。）

康　姑娘！顺子！爸爸不是人，是畜生！可你叫我怎办呢？你不找个吃饭的地方，你饿死！我不弄到手几两银子，就得叫东家活活地打死！你呀，顺子，认命吧，积德吧！

顺　我，我……（说不出话来。）

刘　（跑过来）你们回来啦？点头啦？好！来见见总管！

顺　我不，不！我不！（要晕倒。）

康　（扶住女儿）顺子！顺子！

刘　怎么啦？

康　又饿又气，昏过去了！顺子！顺子！

庞　我要活的，可不要死的！（怪笑）哈哈哈……！

（幕）

郭沫若

蔡文姬（节选）

【第四幕】

第一场

邺下，曹丞相之书斋。夜。

琴棋弓矢，图书文物均可适当布置，但须朴质而庄重。曹操尚俭约，不喜奢华，具有平民风度。多才多艺，喜谐谑潇洒，不拘形迹。但亦有威可畏，令人不敢侵犯，当时的习惯还是席地而坐，地上全面敷毡毯，座有坐垫或蒲团之类。书案须矮，但曹操所用之书案要大些，案上陈列文书笔砚之类，砚乃瓦砚，形如长箕而有四足。曹操善书，在案旁不妨设一有釉陶筒（不能用瓷，当时尚无瓷）插入纸卷画轴之类。

曹操在灯下看书，不断击节称赏，连赞"好诗！好诗！"其夫人卞氏坐在一旁缝补被面。曹操所用被面已历十年，每岁解浣缝补。

卞　氏　这条被面真是经用呵。算来用了十年了，补补缝缝，已经打了好几个大补钉。

曹　操　补钉愈多愈好。冬天厚实，暖和些。夏天去了棉絮，当单被盖，刚合适。

卞　氏　（笑出）你真会打算。

曹　操　天下好多人都还没有被盖，有被盖已经是天大的幸福了。（拍案叫绝）呵，好诗！好诗！（继之以朗吟，一面以手击拍）

> 谓天有眼呵何不见我独漂流？
> 谓神有灵呵何事处我天南海北头？
> 我不负天呵天何配我殊匹？
> 我不负神呵神何殛我越荒州？

好大的气魄！有胆力，说得出！

卞　氏　你在读谁的诗呵？

曹　操　蔡文姬的《胡笳十八拍》是董祀前几天由长安派人送回来的。

卞　氏　哦？蔡文姬已经到了长安吗？

曹　操　早就到了，恐怕在这一两天就要回到我们这儿了。

卞　氏　我们要好好地欢迎她呀。怪可怜的，陷没在南匈奴，足足十二年！你说，她今年有多大年纪了？

曹　操　算来怕已有三十一二吧。我记得她是在她父亲充军的时候生在朔方的，那是光和元年。蔡邕在朔方九个月，朝廷赦免了他们。但蔡邕在回来的路上又得罪了五原太守王智，他们又要杀他，弄得来在江海亡命十二年。直到初平元年才回到洛阳，他立即就被董卓强迫利用了，实在可惜。

卞　氏　他为什么不逃走，就像你当年那样呢？

曹　操　文人的短处就在这些地方了，他说他也想逃走，但没有下定决心。

卞　氏　亡命十二年中，蔡文姬是跟着她父亲的吧？

曹　操　那当然了，不过回到洛阳以后不久就分开了。她父亲就在初平元年三月跟随朝廷迁都到长安，文姬就留下来了，她在初平三年嫁给河东卫仲道，不久她父亲在长安遇害，她母亲赵五娘也跟着死了，唉，蔡伯喈的死实在是一项大损失。他的文章和学问，今天还没有人能赶得上他。

卞　氏　我听说蔡文姬也很有才学的啦？

曹　操　她小时候很聪明，记性很好，能够过目成诵。现在看她这首《胡笳十八拍》使我感觉着蔡中郎是有一个好女儿啦。唉，这也是艰难玉成了她。她在父母死后的第二年丈夫又死掉了。

卞　氏　哎呀，真可怜的！

曹　操　丈夫死后回到陈留，不两年就在兴平二年（公元一九五年）又流落到匈奴去了。

卞　氏　哎呀，这孩子真是灾难重重啦！

曹　操　是呀，我也可怜她！所以这一次才派人去南匈奴把她接回来。我看她回来是可以承继她父亲的遗志，做出一番大事业的。她父亲想纂修《续汉书》这对她不就是最适宜的事吗？

卞　氏　她在南匈奴十二年，听说已经有了一子一女，能够一道回来吗？

曹　操　不能，那边的左贤王不肯。

卞　氏　那不又是伤心的事？

曹　操　是呵，她的《胡笳十八拍》就是写出她这天大的伤心。

　　　　曹操一面谈话，一面翻阅诗稿。似乎能够五官并用。

卞　氏　算来她要小我十六七岁，你看，我是把她当成妹子呢，还是当成侄女儿？

曹　操　当然是当成侄女儿了。蔡伯喈和我是忘年之交，我是把蔡文姬当成自己的女儿一样看待的。（又拍案叫绝，使卞氏大吃一惊）　哦，好诗，好诗！（击拍吟哦）　好诗，好诗！（击拍吟哦）

　　　　"怨呵欲问天，

　　　　天苍苍呵上无缘，

　　　　举头仰望呵空云烟。"　（重重地击拍）

卞　氏　值得你那样欣赏的诗，那一定是很好的了。

曹　操　实在好得很，实在好得很！（继续击拍吟哦）

今别子呵归故乡，

旧怨平呵新怨长，

泣血仰头呵诉苍苍，

胡为生我呵独罹此殃？

简直是血写成的！（停一会儿继续吟哦）

天与地隔呵子西母东。

苦我怨气呵浩于长空，

六合虽广呵受之应不容！（又重重击拍）

卞　氏　（流泪，频频以手巾拭之）　多么悲哀呵，你读得我都流出眼泪来了。

此时曹丕入场。曹丕时年二十二岁。手执简牍一通，走向曹操侧近跪地呈献。

曹　丕　爹爹，遣胡副使屯田司马周近迎接蔡文姬回来了。

曹　操　蔡文姬已经到了吗？我同你母亲才在这儿提到她。

曹　丕　周近到府报到，他呈缴了董祀的这通表文，南匈奴右贤王去卑也到了。

曹　操　董祀没有回来吗？

曹　丕　表文里说他在华阴落马，把左脚摔断了，要在当地治疗。

曹　操　哦，你把它念一遍给我听。（把简牍推给曹丕）

曹　丕　（展开简牍念出）“待罪臣董祀，诚惶诚恐，死罪死罪，顿首禀白丞相曹公麾下。臣从长安赶赴华阴道中，不幸失足落马，致左胫骨折断，不能行旅。遵医嘱，当应留华阴疗治，恐需一月方能治愈。程期已迫，不敢稽延，谨遣副使屯田司马周近护送蔡琰回邺，先行报命。南匈奴呼厨泉单于所遣报聘使者右贤王去卑，亦由周近导引晋谒。所贡方物，由周近面陈。臣一旦痊愈，即回邺听受处分。臣董祀诚惶诚恐，死罪死罪，顿首顿首。建安十三年四月十日。”

曹　操　好，那位周近我现在就接见他，你去叫人把他引到这儿来。

卞　氏　（收拾针黹，离座）　我去替你吩咐吧，（向曹丕）　子桓，你留在这儿。

曹　操　那也好。

卞氏下场。

曹　操　（把《胡笳十八拍》的抄本递给曹丕）　子桓，这诗你看过吗？

曹　丕　呵，《胡笳十八拍》。董祀送回来的时候，我早就看到了，我还抄了副本呢。

曹　操　你也欣赏吗？

曹　丕　哈，我觉得是《离骚》以来的一首最好的诗。

曹　操　你的眼力不差。我看你那一批文友，王粲、刘桢、阮瑀、应场（畅），恐怕没有一个人能够作得出来。

曹　丕　不行，我们没有那样的经历，没有那样磅礴的感情。不仅我们这一批，据我看来，自秦汉以来就没有这样一个人。司马迁的文章是好的，但他的不是诗，屈原、司马迁、蔡文姬他们的文字是用生命在写，而我们的文字只是用笔墨在写。

曹　操　你这见解好。蔡文姬有了这一篇《胡笳十八拍》，我看她这一次回来也就大有收获了。我很高兴，我做了一件好事。她如果不回来，是做不出这首好诗的。

曹　丕　实在是首好诗。我很欣赏她这第十拍，（据稿指点朗诵）

城头烽火不曾灭，

疆场征战何时歇？

杀气朝朝冲塞门，

胡风夜夜吹边月。

这些诗句多么精巧，多么和谐呵！

曹　操　我看，她的长处就在善于用民间歌谣体。象这七言一句的诗，在西汉末年以来的歌谣和铜镜铭文里面早就有了，但一般的文人学士却不敢采用。你的那两首《燕歌行》是七言诗，倒还写得不错，但也只有那么两首呵。

曹　丕　文人学士总是偏于保守的，四言诗固定了一千多年，近年才逐渐着重五言诗。七言诗要被人看重，恐怕还不知道要隔多少年代呢。

曹　操　这些都还是技法上的事情，可以概括成为有独创的风格。但这《胡笳十八拍》，我看，最要紧的还在有感情，有思想。这诗里面包含有灭神论的见解啦。

曹　丕　是的，她的胆子真够大，把天地鬼神都咒骂了。

曹　操　我欣赏她的正在这些地方，但她会受人排斥的恐怕也就在这些地方吧。

一侍者入场报道："屯田司马周近到了。"

曹　操　请他进来。

侍者应声下。不一会儿周近入场，远远跪地向曹操敬礼，更向曹丕敬礼。曹氏父子分别答礼。

周　近　小官周近敬候曹丞相万福，敬候五官中郎将起居。

曹　操　（指近旁座席、刚才卞氏所坐者）辛苦了，请到这儿坐下，仔细地谈谈。

周　近　（惶恐）不、不，小官不敢领座。

曹　操　（豁达地）不必那么拘形迹吧。"恭敬不如从命。"

周　近　好，那小官就遵命了。（起立，上前就座）。

曹丕亦选一稍远座席坐下。

曹　操　你们是今天到达的吗？

周　近　是，是今天下午申时初刻到达的。离开龙城，一共走了四十五天。南匈奴单于呼厨泉，要小官代达他的敬意敬候丞相万福。

曹　操　多谢他啦。

周　近　来时他贡献了黄羊二百五十头，胡马百匹，骆驼二十头，并由右贤王去卑率领胡骑二百人护送。贡品已妥帖点交。

曹　操　那边的政治情形怎样？

周　近　据小官的管测，呼厨泉单于和右贤王去卑是心向本朝的。由于三郡乌桓平定了，丞相这次又特别以隆重的玉帛赎回蔡文姬，他们对于丞相特别是畏威怀德。呼厨泉单于特遣右贤王去卑领兵护送，也就足以表现他们的诚意。

曹　操　那么，那位左贤王的态度是怎样？

周　近　（略作思虑）此人的态度——我觉得不大佳妙。

曹　操　呵？

周　近　赎回蔡文姬，他是不同意的，作了种种的刁难，拖延时日，最后小官只好向他说：你如果不把蔡文姬送回，后果是严重的，曹丞相的大兵到境，那就玉石俱焚了！

曹　操　（目光更加炯然）哦，你向他说过那样的话？

周　近　是的，小官是在最后一天才说出的，我看到左贤王实在桀骜不驯，只好警告他一下。不过他听到我那样说，倒似乎反而妥帖了。此人我感觉实在傲慢，他自命为"冒顿"也可以想见他的野心勃勃了。

曹　操　他是在追慕他们的祖先吧。

周　近　正是那样的，不过我向呼厨泉单于和右贤王去卑说过，他不会成为"冒顿"而是会成为"踢顿"的。

曹　操　（笑出）哈哈，你很有风趣，不过"冒顿"在匈奴本音是读为"墨毒"的。

周　近　（惶恐）那我有失检点了。但我看到呼厨泉单于和右贤王去卑也喊他是"矛盾"啦。

曹　操　那怕是在和左贤王开玩笑。好吧，请你谈谈蔡文姬的情况。

周　近　看来还好，长途跋涉，倒还没有生病，这是托丞相的宏福。

曹　操　董都尉把她的《胡笳十八拍》从长安送回来了，我刚才看到。她这诗你看过吗？

周　近　我看过。蔡文姬夫人沿途都在弹唱。

曹　操　你觉得怎样？

周　近　（揣摩不透曹操的问意，迟疑了一会）我不通音律也不大懂诗。不过，我觉得好像很悲哀，很放肆，似乎有失"温柔敦厚"的诗教。

曹　操　唔，你这倒也是一种看法。

周　近　（自以为揣摩得手）我觉得蔡文姬夫人似乎有些不愿意回来，在她的诗里充满着怨恨，甚至于说到她的怨气之大连宇宙都不能容下。

曹　操　但她不是很怀念乡土吗？她在诗里不是说"无日无夜呵不思我乡土"？你看她不是又在说"雁南征呵欲寄边心，雁北归呵为得汉音。雁高飞呵邈难寻，空断肠呵思愔愔"？你怎么能说她不愿意回来？我看她是舍不得和她的儿女生离，所以才那样悲哀。

周　近　是，是，丞相所见极是。蔡文姬夫人的心境是很乱的，她既怀念乡土，又舍不得儿女，她既过不惯匈奴的生活，又舍不得左贤王。据小官看来，蔡文姬和左贤王的感情很深，诗里面虽然着重说到自己的儿女，但也说到左贤王宠爱她。像左贤王那样的野心家，以冒顿（先说为"矛盾"后改口为"墨毒"）自居的人，我就不大理会，为什么蔡文姬夫人对他会有好感？

曹　操　（觉得他说的话牵涉太远，有意转换话题）董都尉的伤势怎么样？

周　近　相当严重，把左脚的胫骨折断了，将来说不定会成为残废。

曹　操　他是怎样落马的？

周　近　他骑在马上睡觉，马失前蹄，他就跌下马来。

曹　操　你们在路上赶得很紧吗？

周　近　其实也不那么紧，只有董都尉的生活——似乎可以说，是有些——失检
　　　　点的地方。

曹　操　唔！是怎样的？

周　近　他和蔡文姬是竹马之交，他们是太亲密了。我听说他们有时深夜相会，
　　　　整晚都不睡觉。

曹　操　（有些声色）有那样的事吗？

周　近　丞相可以调询同路的任何人，我看每一个人都是知道的，特别是同来的
　　　　匈奴人，啧有烦言。

曹　操　哼，我倒没有想到董祀这后生是这样！

周　近　（看到话已投机）董都尉的态度，我实在也不能理会。他和蔡文姬特别亲
　　　　密，其实都还是情理中事，最难令人理会的是他同左贤王的来往啦。

曹　操　他和左贤王怎样？

周　近　左贤王对于本朝是有敌意的，我们在南匈奴的期间，他事事刁难，对于
　　　　我们的行动也常常监伺。他想拘留着蔡文姬不让她回来，总是借口：蔡
　　　　文姬舍不得她的儿女。呼厨泉单于后来给了他们三天考虑，可是左贤王
　　　　总是拖延，推诿。到了第四天，左贤王突然把董都尉请到他那里去了，
　　　　据他说，蔡文姬要亲自和董都尉见面，以作最后的决定。我们还耽心有
　　　　什么阴谋，不让董都尉去，但他毕竟去了。然而，奇怪得很！

曹　操　（有些颜色）怎么样？

周　近　真是想不到的事呵。董都尉去了之后，却和那位桀骜不驯的怀抱敌意的
　　　　左贤王立地成为了好朋友。他们相互以刀剑相赠，据说是成为了"生死
　　　　之交"，左贤王把他的轻吕刀送给了董都尉，董都尉也把丞相赐给他的
　　　　玉具剑和朝廷的命服都送给了左贤王。

曹　操　（含怒意）是真的？

周　近　没有半点虚构，同行的人，人人都可以对证。

曹　操　人人都可以对证吗？

周　近　是，人人都可以对证！

曹　操　哼，这岂不是暗通关节吗？

周　近　那进一步的情形小官就无从知道了。

曹　操　（眼神闪烁，决绝地向着曹丕）好，子桓！你给我记下一道饬令！

曹　丕　（应命、从腰带上的小佩囊中取出铅条和木片一枚，这在古代称为"铅
　　　　椠"以备记录）请父亲念。

曹　操　"十万火急，饬华阴县令：屯田都尉董祀暗通关节，行为不端。令到之
　　　　日，着即令其自裁！建安十三年四月二十日。"

曹　丕　　（记录好、送呈曹操）请父亲署名。

曹　操　　（把简牍接到手里，念了一遍，签好字，交还曹丕）你立即派人兼程送往华阴！

曹　丕　　是！（起身将下。）

曹　操　　你把周司马也领下去。明天上午辰时正刻（今之九时），在后花园松涛馆中接见右贤王去卑，周司马陪见。你们好生部署。

　　　　　曹氏父子在交谈中，周近已跪起半身，颇呈得意之态。向曹操拱手敬礼。

曹　丕　　蔡文姬夫人如何交代？

曹　操　　容我再作考虑。（向曹丕）子桓，关于她的情况你可以好好查询一下。

曹　丕　　（起身）是，我一定留意。（向周近）周司马，请你同我一道下去。

　　　　　周近再向曹操敬礼一次，起身。

——幕下

第二场

驿馆之一室。前场之次日，清晨，有鸡啼声。

馆中设书案、镜台诸事。古人席地而坐，台案不能过高（情景可参照顾恺之《女史箴图》）。

蔡文姬正伏案假寐，案上有纸笔墨砚等，表示她在写作。

侍书入场，略吃一惊，忙轻轻由衣架上取下外衣，给文姬披在肩上。

文　姬　　（从微睡中惊醒）啊，侍书，多谢你啦！天已经大亮了吗？

侍　书　　是的，文姬夫人，快到辰刻了。刚才我进来，看见你还在写，我没有惊动你。可是，一转眼你就睡着了。昨天才赶到这里，长途的疲劳还没有恢复，你就写了一夜。夫人，还希望你多多保重，才不辜负曹丞相的一番心意啊。

文　姬　　侍书，你和侍琴对我太好了，我感谢你们。可是，你知道，我自从回到汉朝，经过长安来邺下，一路之上，我所看到的都是太平景象，真叫我兴奋。我活了三十一年，这还是第一次看到的。曹丞相对我的这番心意，我是越来越能领会了。我该做些什么事情来报告他呢？董都尉说，曹丞相有意叫我帮助撰修《续汉书》，这是我父亲的遗业呵，我是应该继承的。我父亲的著作很多，可惜都丢散了，算来我还能记得四百多篇，我正在清写目录。我想，如果我把这四百多篇尽快抄录出来，对于《续汉书》的撰述，是会有所帮助的。侍书，你说对吗？

侍　书　　夫人，你想得真好。如果你肯让我们抄写，我们是很乐意的哪。

文　姬　　谢谢你们。侍琴呢？

侍　书　　侍琴姐一早到丞相府里去了。

文　姬　　我倒应该早一些去见曹丞相，向他表示我的感谢。周司马有没有什么通知来？

侍　书	没有，听说他昨天晚上受到丞相的召见，但他一直没有什么通知来。我们揣想，丞相是会单独接见你的，不会同周近司马和右贤王一道。待琴姐刚才去是五官中郎将派人来叫她去的。我们揣想，可能就是商量你和丞相见面的事吧。
文　姬	我多么想早一刻见到他呀！他是我父亲的好朋友，但我只在十六岁时在洛阳见过他一次。我觉得他很洒脱。
侍　书	是的，曹丞相为人是满好的。别人都说他很厉害，其实他非常平易近人。对于我们也是非常宽大的。还有他的夫人也落落大方，那位卞氏夫人真是好，她从来没有骂过一次人，也从来没有发过一次脾气。
文　姬	我听说丞相和丞相夫人非常朴素，他们平常穿的都是粗布衣服，是真的吗？
侍　书	真的，丞相的衣裳和被条都是布制的，总要用上十年，每每缝了又缝，补了又补。
文　姬	我又听说有一位公子的夫人穿了丝织的衣裳，被丞相发觉了，说她违背家规，遣回家去叫她自杀了，是真的吗？
侍　书	那是言过其实。事实是四公子（曹植）的夫人受了申斥，想不开，自己跑回家去自杀了的。
文　姬	啊，那我怎么办呢？丞相送给我的衣服都是新的，而且是丝织的。
侍　书	你才回来，情形不同。丞相在正式场合，他也还是很讲究礼貌的啦。夫人，请你梳妆吧！
文　姬	（起身就镜台而坐）是的，我是要好好地梳妆打扮一下。 侍书为文姬梳头。 侍琴怆惶奔入。
侍　琴	（喘息）文姬夫人！出了意外的事啦！
文　姬	（回顾）侍琴，甚么事？ 侍书亦诧异，伫立回顾，执梳在手。
侍　琴	（喘息稍定）天刚亮的时候，五官中郎将打发人来找我去，我去了。他告诉我，丞相昨天晚上已经下了一道饬令，专人兼程送往华阴，着董都尉服罪自裁！
文　姬	（大吃一惊）你说什么？！ 侍书也非常惊讶。文姬步下亭来，侍书随后。
侍　琴	着屯田都尉董祀，在华阴服罪自裁！
文　姬	他犯了什么罪？
侍　琴	五官中郎将说，饬令上写的罪名是"暗通关节，行为不端"。
文　姬	哎呀呀，董都尉会是这样的人吗？这是从何说起呢？
侍　书	我不能相信。
侍　琴	五官中郎将没有和我多说什么。他只是说，事情和文姬夫人有关。
文　姬	（诧异）和我有关？
侍　琴	是呵，五官中郎将是那么说。他还说，他昨天夜里想了一下，有些怀

疑。但他不好亲自来查问。他说，今天清早辰时正刻，丞相要接见右贤
王去卑，他希望文姬夫人最好趁这个时候去求见丞相，当面把情形说清
楚，他要从旁帮助。如果罪状有不确实的地方，据五官中郎将说，事情
或许还来得及挽回。

文　姬　好，那就让我去吧。我不相信董都尉是那样的人，我应该去打救他。

侍　琴　我也不能相信。

侍　书　让我赶快替你把头挽好，穿好衣裳去吧。

文　姬　不，我就这样去。这是比救火还要急的事。事情既和我有关，那我也要
算是有罪的人，我理应到丞相面前请求处分。你们愿意帮助我吗？

侍　书　愿意的。

侍　琴　如果有需要作证的地方，我们正好是有力的证人。

文　姬　谢谢你们，我们就立刻动身！

　　　　文姬挽着侍琴急忙动身，竟无暇着履，跣足而驰。侍书亦扶持
　　　　之，同下。

——幕下

第三场

　　丞相府后园中的松涛馆，有苍松古柏甚为畅茂，花坛中芍药盛开。同日
辰时。

　　曹操在馆中席地坐在正面，右贤王去卑与周近并坐在右翼，在曹操的左侧，
曹丕坐在左翼，与周近相对。

曹　操　(对右贤王)谢谢你和呼厨泉单于，你们送了那么多礼物来。

去　卑　对中原来说，我们匈奴的骆驼恐怕比较稀奇得一点，所以呼厨泉单于特
别贡献二十头，以表示诚意。

曹　操　真真多谢你们。右贤王，我想请问你，左贤王和你是不是亲弟兄？

去　卑　不，他是我伯父的儿子。呼厨泉单于和我是亲弟兄。

曹　操　你们还和睦吗？

去　卑　(迟疑了一会)不那么太好。

曹　操　为什么呢？

去　卑　左贤王豪强得很，他一心想学我们的祖先冒顿(墨毒)单于，他自己也就
取名为冒顿。我们照着汉字的音，背地里喊他是"矛盾"。

曹　操　唔，我也听人这样说过。

去　卑　他对于汉朝是不心服的！这一次送回蔡文姬夫人在他实在是万分勉强，
他认为是把他的家庭破坏了。我们真怕他会闹出什么乱子呢！

曹　操　可他和董都尉很要好，不是吗？

去　卑　是的，那倒是件稀奇的事。起初倒也并不那么好，在我们临走的那一
天，他请董都尉去和蔡文姬见面，不到几刻工夫，不知道怎的，他竟
成为"生死之交"，相互以刀剑相赠了。

曹　操　唔，董都尉在途中对于你们的态度还好吗？

去　卑　人倒是满和气的，就只是文姬夫人沿途总是在夜里弹琴唱歌，董都尉有时在深更半夜里陪着她，弄得我们好些人都睡不好觉。

　　　　此时侍者由左翼隅上场，向曹操跪禀。

侍　者　禀报丞相，蔡文姬夫人来了，恳求拜见丞相。

曹　操　（迟疑）她来了？请夫人接见她吧。

曹　丕　（插话）父亲，好不就请文姬夫人到这儿来，当着周司马的面，把她和董祀的情形再弄清楚一下？

曹　操　（略加思索后）也好。（向侍者）你去请她进来。

　　　　侍者下。

去　卑　（向曹操行礼）耽误丞相的时间太久，我告辞了。

曹　操　好，我们以后还会见面的，希望你多住几天。（向曹丕）子桓，你陪送右贤王出园。你关照他们，要以藩王礼接待右贤王，不得怠慢。

曹　丕　是。（领右贤王下场。不一会，复入场，归还原位。）

曹　操　（向周近）周司马，你可以多留一会。把这闷葫芦打开，也可以使文姬心服，使董祀死而无憾。

周　近　（鞠躬）这是小官的万幸。

　　　　侍琴和侍书扶文姬入场，立在阶下。文姬披发跣足，憔悴不堪，曹操见之，不胜诧异。

　　　　文姬立阶下向曹操敬礼。

文　姬　蔡文姬拜见丞相，我感谢丞相把我赎回来了。可我今天来，是来向丞相请罪的。我是有罪之人，不敢整饰仪容，特来请求处分。

曹　操　我不曾说你有罪呵，文姬？

文　姬　丞相，我听说你已经饬令屯田都尉董祀在华阴服罪自裁，罪名是"暗通关节，行为不端"，而且和我有关。既是董祀之罪当死，那么文姬之罪也就不容宽恕。因此，我不召而来，请求处分。但请丞相把罪情明白宣布，文姬不辞一死，死了也会感恩怀德的。

曹　操　（考虑了一下）好，把事情说清楚也有好处的。我先说明董祀的"行为不端"。我听说董祀在归途中，对于夫人缺乏尊重，不能以礼自守。他同夫人每每深夜相会，弹琴唱歌，致使同行的人不能安眠。这是真的吗？

文　姬　丞相，在这之外，还有什么其他不端的行为？

曹　操　这已经足以构成死罪了，你请先说，这总不是冤枉他吧？

文　姬　丞相，如果没有其他的罪行，那"行为不端"的罪名实在是冤枉呵！

曹　操　怎么？你如果能够解释，就请你解释吧。

文　姬　（一面陈述，一面作适当的行动）沿途我在夜里爱弹琴唱歌，这是我的不是。我这次回来留下了我的一双幼儿幼女，这悲哀总使我不能忘怀。我在到长安以前，日日夜夜都是沉沦在悲哀里面。我寝不安席，食不甘味，在夜里就只好弹琴唱歌，以排解自己的悲哀。我弹的不是靡靡之音，我唱的也不是桑间濮上之辞，我所弹的唱的就是我自己做的《胡笳十八拍》，是诉述自己的悲哀。这歌辞，我听说董都尉已经抄呈丞相，丞相可以复按。

曹　操　是的，你的《胡笳十八拍》，我已经拜读了。

文　姬　就因为我沉沦于自己的悲哀，董都尉倒经常对我劝告。我不否认，他对我有深切的关怀；丞相知道，我们是亲戚，从幼小时就是一道长大。我们是同学同乡，如姐如弟。但我们是相互尊重的，并不曾"不能以礼自守"。我们在深夜相会就只有过一次。

曹　操　是那样的吗？

文　姬　那是到了长安，在我父亲的墓上。我夜不能寐，趁着深更夜静，大家都已经睡熟，我独自一人到父亲墓上哭诉。一时晕绝，被侍书、侍琴救醒过来。我因为在天幕里感觉气闷，便留在墓亭上弹琴，也唱出了一两拍《胡笳诗》。现在想起来，我实在太不应该。我以为夜静更深，别人都熟睡了，不会惊醒。这都是由于我只沉沦于自己的悲哀，没有余暇顾及别人。我真是万分有罪。然而在深夜里弹唱毕竟扰了别人的安眠。董都尉那时也被我扰醒，他走到墓亭下徘徊，最后给予我以深切的劝告。他的话太感动人了，使我深铭五内。他责备我太只顾自己，不顾他人。他教我，应该效法曹丞相，"以天下之忧为忧，以天下之乐为乐"。象我这样的沉溺在儿女私情里面，毁灭自己，实在辜负了曹丞相对我的期待。他的话太感动人了，可惜我不能够照样说出。董都尉说的那番话，侍书、侍琴都是在场倾听的，我可以质诸天地鬼神，我没有丝毫的粉饰。

曹　操　(有些憬悟)原来是那样的！侍书，侍琴，你们是在场吗？

侍　书　是的。

侍　琴　自从文姬夫人离开匈奴龙城，我们是朝夕共处的。

曹　操　那你们就是很好的证人了。董都尉的话，你们都记得？

侍　琴　和文姬夫人所说的差不离。

侍　书　只有遗漏，没有增添。我记得，董都尉说过，如今黎民百姓安居乐业，已和十二年前完全改变面貌了。这是天大的喜事，他怪文姬夫人为什么不以天下的快乐为快乐。

曹　操　唔，董祀的话是有道理的。文姬夫人，你还有什么话说？

文　姬　自从董都尉劝告了我，我的心胸开朗了。我曾经向他发誓：我要控制我自己，要乐以天下，忧以天下。自从离开长安以来，我就不曾在夜里弹琴唱歌了。我觉也能睡，饭也能吃了。我完全变成了一个新人。但是，我万没有想到，毕竟由于我而致董都尉陷于死罪！这是使我万分不安的。

曹　操　(受感动，感到自己有些轻率，误信了片面之辞，意态转和缓)文姬夫人，这一层，看来是把董祀冤枉了。但我听说左贤王是有野心的人，他想恢复冒顿(墨毒)单于的雄图，自名"冒顿"，他也轻视本朝。这些可是事实吗？

文　姬　(点头)是事实，全是事实。

651

曹　操　他不肯放你回来，更不肯放你的儿女回来，作了种种的刁难，对于我派遣去的使臣也加以监伺，这些可也是事实吗？

文　姬　（点头）是事实，全是事实。

曹　操　那就好了。人各爱其妻子、儿女，这在左贤王，我倒认为是不足奇怪的。但奇怪的是屯田都尉董祀啦。听说在你临走的一天，他被左贤王引去和你见面。他们两人便立地成为了"生死之交"。左贤王赠刀于董祀，董祀把我给他的玉具剑和朝廷的命服也都赠给了左贤王。这样的奇迹又该怎样解释呢？

文　姬　这些是不就是构成"暗通关节"的罪状的原因？

曹　操　是呵，恐怕只好作这样解释吧？

文　姬　丞相，如果只是这样，那又是冤枉了好人了！

曹　操　怎么说？文姬！你不好一味袒护。

文　姬　我决不袒护谁，丞相，请允许我慢慢地说吧。（停一会）左贤王是一位倔强的人，我和他做夫妻十二年都没有能够改变他的性格，我很惭愧。但他是一位直心直肠的人，我也能够体谅他。他是不肯放我回来的，但他终于让我回来了。他要我回来遵照丞相的意愿，帮助撰修《续汉书》。他说这比我留在匈奴更有意义。左贤王的改变，这倒要感谢董都尉的一番开诚布公的谈话啦。（略停，调整思索。）

曹　操　文姬夫人，我们迎接你回家的用意，正是你所说的那样，大家都期待着你能够回来，帮助撰修《续汉书》。你知道，这是你父亲伯喈先生的遗业呵。就和前朝的班昭继承了他父亲班彪的遗业，帮助了她的哥哥班固撰修了《前汉书》一样，你也应该继承你父亲的遗业，帮助撰修《续汉书》。这件事，我们改天再从长商议。现在我看你是太疲劳了，你请休息一下吧。（向侍书与侍琴）你们把文姬夫人引下去替她穿戴好了，再服侍上来。

文　姬　感谢丞相的关切。

　　　　侍书与侍琴扶文姬下。

　　　　曹操离座步下馆阶，曹丕与周近随下。

　　　　曹操在园中徘徊，有所思索。

曹　操　（止步，向周近）周司马，看来事情是有些错综啦。

周　近　（惶恐地）我可终不能了解，董都尉和左贤王何以会立地成为了"生死之交"。要说是奇迹，实在也是一个奇迹。

曹　操　（向曹丕）我现在感觉着我们有点轻率了。昨天晚上我们如果把侍琴和侍书调来查问一下，不是也可以弄清些眉目吗？

曹　丕　是呵，我在今天清早才想到。我曾经调侍琴来询问过一下，但因时间仓卒，我没有问个仔细。我也认为，她们或许不知道。

曹　操　古人说："兼听则明，偏听则暗"，看来是一点也不错的。我们这回可算得到了一次教训了！

　　　　侍琴与侍书扶文姬登场，衣履整饬。发已成髻着冠。文姬向曹操、曹丕、周近等分别敬礼。

曹　操　文姬，请你坐下讲吧。（指示一株大树下的天然石）你已经站了好半天啦。

　　　　　侍琴与侍书扶文姬坐于石上。

文　姬　谢谢丞相的关切。请让我继续讲下去吧。我得承认，在我临走的一天，到底是走还是不走，我都还没有决定的。让左贤王引董都尉来和我见面，的确是出于我的请求。我最初也不知道他就是陈留董祀，我只听说是"东师都尉"啦，见了面，我才知道是他。（向周近）周司马，你是不是向左贤王说过：如果不让我回来，曹丞相的大兵一到就要把匈奴荡平？

周　近　（有些不安，勉强地）是，我是曾经说过。

文　姬　你这话，很刺伤了左贤王，也几乎使我改变了回来的念头。左贤王误认为你们都是带兵的人。你们一位是都尉，一位是司马啦。他认为你们一定有大兵随后。在我也认为如果真是这样，那就是师出无名，我也宁肯死在匈奴。因此，我让左贤王把董都尉请来。由我当面问他。我是叫左贤王潜伏着偷听，让我单独和董都尉见面，诱导他说出实话。董都尉是带着侍书和侍琴一同来的。我要感谢丞相，给了我一具焦尾琴和几套衣冠，还派遣贴亲的人侍书和侍琴来陪伴。那时董都尉对我所说的一番话，侍书和侍琴也是在场的。

曹　操　（向侍琴和侍书）你们都听到吗？那好，文姬夫人，请你休息一下，你让侍琴讲吧！侍琴，你讲！董都尉到底说了些什么？

侍　琴　董都尉人很诚恳，他首先交了丞相带去的礼品，接着他便宣扬了丞相的功德，宣扬了丞相的文治武功。他说，他自己只是屯田都尉，周司马也只是屯田司马，并没有大兵随后。他说，丞相是爱兵如子，视民如伤的。丞相用兵作战是为了平定中原，消弭外患。他说，丞相善用兵，但决不轻易用兵。正因为这样。才成为"王者之师，天下无敌"。他也体谅了左贤王，说他不肯放走儿女是人情之常。他要文姬夫人体贴丞相的大德，丞相所期待的是四海一家。他劝文姬夫人以国事为重，把天下人的儿女作为自己的儿女。他所说的还多，可惜我记不全了。

曹　操　（向文姬）文姬夫人，侍琴说的没有错吗？

文　姬　她说得很扼要。我要坦白地承认呵，董都尉的话感动了我，但更有力的是感动了在旁偷听着的左贤王。左贤王突然露面，向董都尉行了大礼。十分感动地把自己的佩刀献给董都尉，还对董都尉发誓："从今以后决心与汉朝和好！"

曹　操　（深受感动）看来左贤王倒是一位杰出的人物啦。侍琴，侍书，这话你们也确是听到的？

侍　书、侍　琴　（同时）他确是那样发誓的。

文　姬　就在这样的情况下，董都尉也感激地把自己所佩的玉具剑解赠给左贤王，他也声明这是曹丞相赏赐给他的，在他是比自己的生命还要宝贵的物品。

曹　操　（已恍然大悟）呵，是那样的！

文　姬　再说到赠送衣服的事吧。那是匈奴人的习惯，对于心爱的朋友，要赠送本民族的服装。左贤王照着这种民族习惯又赠送了董都尉一套匈奴服装，而且让他穿戴上了。董都尉也是出于一时的感激，他就把他身上脱下的衣服冠带也留给左贤王，但却没有想到这是以朝廷的命服轻易赠予外人。实在也要怪我，当时我也没有注意到，没有从旁劝止他。……

在文姬陈述中，在场者表情上须有不同的反应。曹操须表示感动而憬悟，时作考虑之状。周近渐由疑虑而惶恐，以至失望。曹丕则处之以镇静，不动声色。侍书、侍琴应时时相视，表示对文姬的关心、对周近的怀疑，她们已觉悟到事情是出于周近的中伤离间。

曹　操　（不等文姬再说下去，便插断她的话头）文姬夫人，这一切我都明白了，谢谢你。你今天来得真好，我是轻信了片面之辞，几乎错杀无辜。（向曹丕）子桓，你取出铅椠来，为我记下一道饬令。

曹　丕　（取出铅椠）请父亲口授吧。

曹　操　"华阴令即转屯田都尉董祀：汝出使南匈奴，宣扬朝廷德惠，迎回蔡琰，招徕远人，克奏肤功，着晋职为长安典农中郎将。伤愈，即行前往视事。毋怠！建安十三年四月二十一日。"

曹丕书毕，晋呈曹操签署。

曹　操　（向曹丕）你赶快派人选乘骏马，星夜兼程前往华阴投递，务将前令追回缴消。不得有误。（向周近）周近！你知罪吗？

周　近　（叩头）小官万分惶恐，死罪死罪。

曹　操　本朝和南匈奴和好，得来不易，险些被葬送在你的手里。

文　姬　丞相，周近司马看来也未必出于有心，他是错在片面推测。好在真相已经大白，请丞相从宽发落吧。

曹　操　好，我也太不周到。既然文姬讲情，子桓，你把周近带下去，从宽议处。

周　近　（再叩头谢恩）感谢丞相的大恩大德！（回头又向文姬敬礼）感谢文姬夫人。

文姬答礼无言，周近随曹丕下。

曹　操　（十分和蔼地向文姬）文姬，真是辛苦了。让我亲自引你去见见我的夫人，她是很惦念你的。

文　姬　谢谢丞相。还有一件事要禀白丞相。

曹　操　什么事？

文　姬　侍琴和侍书服侍我将近两个月，我感谢她们，我也感谢丞相。现在我的生活自己可以照管了，请丞相允许她们立即回丞相府服务。

曹　操　啊，这是小事情。你也不能没有人照拂啦，我看就把侍琴留在你身边，让侍书回来好了。我们进后堂去吧，慢慢商量，慢慢商量。

曹操先行，二婢扶蔡文姬随下。

——幕徐闭

中国京剧团（集体创作）

红灯记（节选）

第二场　接受任务

〔紧接前场。

〔李玉和家内外：门外是小巷。屋内正中放着桌椅，窗户上贴着一只"红蝴蝶"。右后方是里屋，挂着门帘。

〔幕启：北风呼啸，四壁昏暗；李奶奶捻灯，屋中转明。

李奶奶　（唱）【西皮散板】

　　　　打渔的人经得起狂风巨浪，

　　　　打猎的人【原板】哪怕虎豹豺狼。

　　　　看你昏天黑地能多久！

　　　　革命的火焰一定要大放光芒。

　　　　〔铁梅挎货篮进屋。

铁　梅　奶奶！

李奶奶　铁梅！

铁　梅　奶奶，我爹说：表叔马上就要来了。（放下货篮）

李奶奶　（自语，盼望地）表叔马上就要来了！

铁　梅　奶奶，我怎么有那么多的表叔哇？

李奶奶　哦。咱们家的老姑奶奶多，你表叔就多呗。

　　　　〔李奶奶补衣服。

铁　梅　奶奶，那今儿来的是哪个呀？

李奶奶　甭问。来了你就知道了。

铁　梅　嗯。奶奶，您不告诉我，我也知道。

李奶奶　知道？你知道个啥？

铁　梅　奶奶，您听我说！

　　　　（唱）【西皮流水】

　　　　我家的表叔数不清，

　　　　没有大事不登门。

　　　　虽说是，虽说是亲眷又不相认，

　　　　可他比亲眷还要亲。

　　　　爹爹和奶奶齐声唤亲人，

　　　　这里的奥妙我也能猜出几分：

他们和爹爹都一样，

都有一颗红亮的心。

〔李玉和背交通员急上，推门进屋，示意铁梅关门，注意外边。关切地
扶交通员坐下，递水给他喝。

交通员 （苏醒）请问你此地可有个扳道的李师傅？

李玉和 我就是。

〔李玉和、交通员对暗号。

交通员 我是卖木梳的。

李玉和 有桃木的吗？

交通员 有。要现钱。

李玉和 好，你等着。

〔李玉和示意李奶奶拿灯试探。

李奶奶 （举煤油灯看交通员）老乡……

交通员 （见暗号不对）谢谢你们救了我，我走啦！

李玉和 （高举号志灯）同志！

交通员 （激动地）我可找到你啦！

〔铁梅接过号志灯，看到了它的作用，惊悟。

〔李奶奶示意铁梅提货篮出门巡风。

交通员 老李，我是松岭根据地的交通员。（从鞋底取出密电码）这是一份密电码。

〔李玉和郑重地接受。

交通员 你把它转送柏山游击队，明天下午在破烂市粥棚，有个磨刀的人和你接
头。暗号照旧。

李玉和 暗号照旧。

交通员 老李，这个任务很艰巨呀！

李玉和 放心吧，我一定完成任务！

交通员 好。老李，时间紧迫，我得马上回去。

李玉和 同志，你的身体……？

交通员 刚才是摔晕了，现在我能走了。

李玉和 好。等一等，我给你换件衣服。

〔李玉和拿衣服给交通员换上。

李玉和 （郑重叮嘱）敌人正在到处搜查，情况很紧，路上你要多加小心！

交通员 老李，你放心吧！

李玉和 同志……

（唱）【二黄快三眼】

一路上多保重——山高水险，

沿小巷过短桥僻静安全。

为革命同献出忠心赤胆——

〔送交通员下，铁梅进屋。

（接唱）

烈火中迎考验重任在肩。

决不辜负党的期望我力量无限，
天下事难不倒共产党员！
〔警车声响，李玉和机智果断，示意李奶奶吹灯。
〔李玉和持密电码"亮相"。
〔灯暗。

——幕闭

第五场　痛说革命家史

〔黄昏。
〔李玉和家内外。
〔幕启：李奶奶在屋内，盼望李玉和。

李奶奶　（唱）【西皮摇板】
时已黄昏，玉和儿未回转。
〔铁梅从里屋出。警车声响。

铁　梅　（唱）【垛板】
街市上乱纷纷，惦念爹爹心不安。
〔李玉和提着饭盒和号志灯上，敲门。

李玉和　铁梅。

铁　梅　我爹回来啦！

李奶奶　快开门去！

铁　梅　（开门）爹爹！

李玉和　妈！

李玉和　妈！

李奶奶　可回来啦！接上了吗？（接过号志灯和饭盒）

李玉和　没有。（脱下大衣）

李奶奶　出什么事了？

李玉和　妈！
（唱）【西皮流水】
在粥棚正与磨刀师傅接关系，
警车叫跳来下鬼子搜查急。
磨刀人引狼扑身掩护我，
抓时机打开饭盒藏秘密。
密电码埋藏粥底搜不去——

铁　梅　磨刀叔叔可真好！

李奶奶　玉和，密电码哪？

李玉和　妈！（亲切、秘密地接唱）
防意外我把它安全转移。

铁　梅　爹，您可真有办法呀！

李玉和　铁梅，这件事你都知道了，这可比性命还要紧，宁可掉脑袋，也不能露底呀！懂吗？

铁　梅　我懂！

李玉和　嗬！懂！瞧这丫头！

铁　梅　爹……

李玉和　呵……

〔天色渐黑，李奶奶拿过煤油灯。

李奶奶　呵……瞧你们这爷儿俩……

李玉和　妈，我有事再出去一趟。

李奶奶　可要小心。早点回来！

李玉和　嗳，您放心吧。

铁　梅　爹，给您戴上围巾。（给李玉和围好围巾）爹，您可要早点回来！

李玉和　（爱抚地）放心吧，啊。（出门）

〔李玉和下。

〔铁梅关门。

〔李奶奶虔诚地擦着号志灯。铁梅凝神注视。

李奶奶　铁梅，来，奶奶把红灯的事讲给你听听。

铁　梅　嗳。（高兴地走到桌旁，坐下）

李奶奶　（郑重地）这盏红灯，多少年来照着咱们穷人的脚步走，它照着咱们工人的脚步走哇！过去，你爷爷举着它；现在是你爹举着它。孩子，昨晚的事你知道，紧要关头都离不开它。要记住：红灯是咱们的传家宝哇！

铁　梅　哦。红灯是咱们的传家宝？

〔李奶奶满怀信心地望着铁梅，走进里屋。

〔铁梅拿起号志灯，端详，深思。

铁　梅　（唱）【西皮散板】

听罢奶奶说【摇板】红灯，

言语不多道理深。

为什么爹爹、表叔【原板】不怕担风险？

为的是：救中国，救穷人，打败鬼子兵。

我想到：做事要做这样的事，

做人要做这样的人。

铁梅呀！【垛板】年龄十七不算小，

为什么不能帮助爹爹操点心？

好比说：爹爹挑担有千斤重，

铁梅你应该挑上八百斤。

〔李奶奶从里屋出。

李奶奶　铁梅，铁梅！

铁　梅　奶奶！

李奶奶　孩子，你在想什么哪？

铁　梅　我没想什么。

〔隔壁孩子哭声。

李奶奶　是龙儿在哭吧？

铁　梅　可不是吗！

李奶奶　唉，又没吃的了！咱们家还有点玉米面，快给他们送去。

铁　梅　嗳！（盛面）

〔慧莲上，敲门。

慧　莲　李奶奶！

铁　梅　慧莲姐来了。

李奶奶　快给她开门去！

铁　梅　嗳！（开门。慧莲进）慧莲姐。

李奶奶　（关切地）慧莲哪！孩子的病怎么样了？

慧　莲　唉！哪儿顾得上给孩子瞧病啊！这年头，找我来缝缝补补、洗衣服的人越来越少了，家里老是吃了上顿没下顿，现在又揭不开锅了。

铁　梅　慧莲姐，给你这个。（递面）

慧　莲　（十分激动）……

李奶奶　快拿着。正要叫铁梅给你送去哪。

慧　莲　（接面）您待我们太好啦！

李奶奶　别说这个。有堵墙是两家，拆了墙咱们就是一家子。

铁　梅　奶奶，不拆墙咱们也是一家子。

李奶奶　铁梅说得对！

〔孩子的哭声又大了。

田大婶　（内喊）慧莲！慧莲！

〔田大婶上，进屋。

铁　梅　大婶。

李奶奶　她大婶，这边坐。

田大婶　不啦。孩子又哭啦，慧莲，回家看孩子去。（见慧莲手中面，感动）……

李奶奶　先给孩子做点儿吃的。

田大婶　可你们家也不富裕呀！

李奶奶　咳！（热情地）咱们两家不分你我，就不要说这些了！

田大婶　我们回去啦。

李奶奶　别着急，慢走。

〔田大婶、慧莲下。

铁　梅　（关门）奶奶，慧莲姐一家可真够苦的！

李奶奶　是啊。当初，她公爹是铁路上的搬运工人，叫火车给轧死了！日本鬼子不给抚恤金，还把她丈夫抓了去做苦力。铁梅，咱们两家是同仇共苦的工人，要尽力照顾他们。

〔假交通员上。敲门。

铁　梅　谁呀？

假交通员　李师傅在这儿住吗？

铁　梅　找我爹的。

李奶奶　开门。

铁　梅　暖！（开门）

　　　　〔假交通员进屋，急忙关门。

李奶奶　你是……

假交通员　我是卖木梳的。

李奶奶　有桃木的吗？

假交通员　有。要现钱。

铁　梅　好，你等着！

　　　　〔假交通员转身放下"捎马子"。

　　　　〔铁桶要拿号志灯，李奶奶急拦，拿起煤油灯，试探对方，铁梅恍然大悟。

假交通员　（回身见灯）哎呀，我可找到你们了！谢天谢地，可真不容易呀！

　　　　〔铁梅由吃惊变为愤慨，怒不可遏。

李奶奶　（识破奸计，镇静地）掌柜的，快把木梳拿出来，让我们挑挑哇！

假交通员　哎！老奶奶，我是来取密电码的！

李奶奶　丫头，他说的是什么？

假交通员　哎！您别打岔呀！老奶奶，这密电码是共产党重要文件，有关革命的
　　　　前途，您快给我吧！

铁　梅　（怒逐之）哎呀，你罗嗦啥？你快走！

假交通员　咳，别别别……

铁　梅　你走！

　　　　〔铁梅推假交通员出门，狠狠地把"捎马子"扔到他怀里，猛地将门关上。

铁　梅　奶奶！

　　　　〔李奶奶急忙制止铁梅说话。

　　　　〔假交通员招来二便衣特务，示意监视李家，分下。

铁　梅　奶奶，我差点上了他的当！

李奶奶　孩子，一定是出了叛徒，泄漏了机密！

铁　梅　奶奶，那怎么办哪？

李奶奶　（秘密地）快把信号揭下来！

铁　梅　什么信号啊？

李奶奶　玻璃上那个"红蝴蝶"！

铁　梅　（惊悟）哦！（欲揭）

李奶奶　铁梅！开开门，用门挡住亮，你揭信号，我扫地掩护你。快，快！

　　　　〔铁梅开门，李玉和一步跨进屋里，关门。铁梅震惊，李奶奶手中笤帚落地。

李玉和　（察觉发生意外）妈，出事啦？

李奶奶　外面有狗！

　　　　〔李玉和一无所惧，对敌情作出判断。

李奶奶　孩子！孩子……

李玉和　妈，我可能被捕！（郑重叮嘱）密电码藏在西河沿老槐树旁边的石碑底
　　　　下。您要想尽一切办法，把它交给磨刀师傅！暗号照旧！

李奶奶　暗号照旧！

李玉和	对。您要多加小心哪！
李奶奶	孩子，放心吧！
铁 梅	爹……
	〔侯宪补上，敲门。
侯宪补	李师傅在家吗？
李玉和	妈，他们来了。
铁 梅	爹！您……
李玉和	铁梅，开门去！
铁 梅	嗳！
侯宪补	开门哪！
	〔铁梅开门，趁机揭去"红蝴蝶"。
侯宪补	（进门）哦，你就是李师傅吧？
李玉和	是啊。
侯宪补	鸠山队长请你去喝酒。（递请帖）
李玉和	哦！鸠山队长请我赴宴？
侯宪补	哎！
李玉和	哎呀，好大的面子！（蔑视地掷请帖于桌）
侯宪补	交个朋友嘛。李师傅，请吧！
李玉和	请！（对李奶奶，坚定而庄重地）妈，您多保重。我走啦！
李奶奶	等等！铁梅，拿酒去！
铁 梅	嗳！（进里屋取酒）
侯宪补	嘻！老太太，酒席宴上有的是酒，足够他喝的啦。
李奶奶	呵……穷人喝惯了自己的酒，点点滴滴在心头。（接过铁梅拿来的酒，对着李玉和，庄严、深情地为李玉和壮别）孩子，这碗酒。你，你把它喝下去！
李玉和	（庄重接酒）妈，有您这碗酒垫底，什么样的酒我全能对付！（一饮而尽）谢，谢，妈！ （雄伟地）（唱）【西皮二六】 临行喝妈一碗酒， 浑身是胆雄赳赳。 鸠山设宴和我交"朋友"， 千杯万盏会应酬。 时令不好风雪来得骤， 妈要把冷暖时刻记心头。
铁 梅	爹！（扑向李玉和，哭）
李玉和	（亲切地、含义深长地，接唱） 小铁梅出门卖货看气候， 来往"账目"要记熟。 困倦时留神门户防野狗， 烦闷时等候喜鹊唱枝头。

家中的事儿你奔走，

要与奶奶分忧愁。

铁　梅　爹！（扑在李玉和怀里哭）

侯宪补　李师傅，走吧！

李玉和　孩子，不要哭，往后要多听奶奶的话。

铁　梅　嗳！

李奶奶　铁梅，开开门，让你爹"赴宴"去！

李玉和　妈，我走啦。

〔李玉和与李奶奶紧紧握手，相互鼓舞，坚持斗争。

〔铁梅开门。一阵狂风。李玉和昂首阔步，迎风而去。

〔侯宪补跟出。

〔铁梅拿围巾追出，喊："爹！"

〔特务甲、乙、丙冲上，拦住铁梅。

特务甲　站住！回去！

〔将铁梅逼回。众特务进门。

铁　梅　奶奶！……

特务甲　搜！不许动！

〔众特务搜查，四处乱翻。一特务从里屋搜出一本黄历，翻看，扔掉。

特务甲　走！

〔众特务下。

铁　梅　（关好门，放下"卷窗"，环视屋内）奶奶！（扑到奶奶怀里痛哭。少顷）奶奶，我爹……他还能回来吗？

李奶奶　你爹……

铁　梅　爹……

李奶奶　铁梅，眼泪救不了你爹！不要哭。咱们家的事应该让你知道了！

铁　梅　奶奶，什么事啊？

李奶奶　坐下，奶奶跟你说！

〔李奶奶眼望围巾，革命往事，闪过眼前；新仇旧恨，涌上心头。

〔铁梅搬小凳傍坐在奶奶身边。

李奶奶　孩子，你爹他好不好？

铁　梅　爹好！

李奶奶　可是爹不是你的亲爹！

铁　梅　（惊异）啊！您说什么呀？奶奶！

李奶奶　奶奶也不是你的亲奶奶！

铁　梅　啊！奶奶！奶奶，您气糊涂了吧？

李奶奶　没有。孩子，咱们祖孙三代本不是一家人哪！（站起）你姓陈，我姓李，你爹他姓张！

（唱）【二黄散板】

十七年风雨狂怕谈以往，

怕的是你年幼小志不刚，几次要谈我口难张。

铁　梅　　奶奶，您说吧。我不哭。

李奶奶　　【慢三眼】

看起来你爹爹此去难回返，

奶奶我也难免被捕进牢房。

眼见得革命的重担就落在了你肩上，

【垛板】

说明了真情话，铁梅呀，你不要哭，莫悲伤，要挺得住，你要坚强，

【原板】学你爹心红胆壮志如钢！

铁　梅　　奶奶，您坐下慢慢地说！

〔铁梅扶李奶奶坐下。

李奶奶　　咳！提起话长啊！早年你爷爷在汉口的江岸机务段当检修工人。他身边有两个徒弟：一个是你的亲爹叫陈志兴。

铁　梅　　我的亲爹陈志兴？

李奶奶　　一个是你现在的爹叫张玉和。

铁　梅　　哦！张玉和？

李奶奶　　那时候，军阀混战，天下大乱哪！后来，（站起）毛主席共产党领导着中国人民闹革命！民国十二年二月，京汉铁路工人在郑州成立了总工会，洋鬼子走狗吴佩孚硬不让成立！总工会一声号令，全线的工人都罢了工。江岸一万多工人都上大街游行呀！就在那天的晚上，天也是这么黑，也是这么冷。我惦记着你爷爷，坐也坐不稳，睡也睡不着，在灯底下缝补衣裳。一会儿，忽听得有人敲门，他叫着："师娘，开门，您快开门！"我赶紧把门开开，啊！急急忙忙地走进一个人来！

铁　梅　　谁呀？

李奶奶　　就是你爹！

铁　梅　　我爹？

李奶奶　　嗯，就是你现在的爹。只见他浑身是伤！左手提着这盏号志灯！

铁　梅　　号志灯？

李奶奶　　右手抱着一个孩子！

铁　梅　　孩子……

李奶奶　　未满周岁的孩子……

铁　梅　　这孩子……

李奶奶　　不是别人！

铁　梅　　他是谁呀？

李奶奶　　就是你！

铁　梅　　我？

李奶奶　　你爹把你紧紧地抱在怀里，他含着眼泪，站在我的面前。他叫着："师娘！师娘！"他两眼直瞪瞪地望着我，半晌说不出话来。我心里着急，催着他快说。他……他说："我师傅跟我陈师兄都……牺牲了！这孩子是陈师兄的一条根，是革命的后代。我要把她抚养成人，继承革命！"他连叫着："师娘啊！师娘！从此以后，我就是您的亲儿子，这孩子就是您

的亲孙女。"那时候，我……我就把你紧紧地抱在怀里！

铁　梅　奶奶！（扑在奶奶怀里）

李奶奶　挺起来！听奶奶说！

唱【二黄原板】

闹工潮你亲爹娘惨死在魔掌，

李玉和为革命东奔西忙。

他誓死继先烈红灯再亮，

擦干了血迹，葬埋了尸体，又上战场。

到如今日寇来烧杀掠抢，

亲眼见你爹爹被捕进牢房。

记下了血和泪一本账，

【垛板】

你须要：立雄心，树大志，要和敌人算清账，血债还要血来偿！

铁　梅　唱【二黄原板】

听奶奶讲革命英勇悲壮，

却原来我是风里生来雨里长，

奶奶呀！十七年教养的恩深如海洋。

【垛板】

今日起志高眼发亮，

讨血债，要血偿，前人的事业后人要承当！

我这里举红灯光芒四放——

爹！

【快板】

我爹爹象松柏意志坚强，

顶天立地是英勇的共产党，

我跟你前进决不彷徨。

红灯高举闪闪亮，

照我爹爹打豺狼。

祖祖孙孙打下去，

打不尽豺狼决不下战场！

〔铁梅和李奶奶高举号志灯，"亮相"。红光四射。

〔灯暗。

——幕闭

魏明伦

魏明伦(1941—2024)，四川内江人，中国当代戏剧作家。主要作品有剧作《易胆大》《四姑娘》《巴山秀才》《潘金莲》《夕照祁山》《中国公主杜兰朵》，电影文学剧本《变脸》《四川好人》，杂文集《巴山鬼话》等。代表作《巴山秀才》《潘金莲》等。

魏明伦童年失学，9 岁入川剧团唱戏，后转向编剧生涯。14 岁开始发表习作，16 岁受"反右"株连，历经坎坷。20 世纪 70 年代末脱颖而出，以"一年一戏，一戏一招"的创造激情和开拓精神创作了一批在国内外均有影响的戏曲作品。其中，《易胆大》《四姑娘》《巴山秀才》连续三次获得全国优秀剧本奖的事迹传为剧坛佳话。1985 年创作的"荒诞川剧"《潘金莲》更是向思想文化界投下一颗重磅炸弹。无论是前期关注底层的剧作，还是 20 世纪 80 年代中后期注重实验探索、渗入更多哲理思索的剧作，都贯穿着鲜明的批判传统的反思意识。20 世纪 80 年代兼写杂文，以犀利的文风轰动文坛，乃致出现"魏明伦是戏剧第一还是杂文第一"之说。20 世纪 90 年代兼涉影视，担任电影《变脸》的编剧。

魏明伦是新时期戏曲界富有现代意识和创新精神的作家之一。他坚持戏曲本体、文学本位，又勇于反思批判、兼收并蓄，写出的戏本大多文学性与舞台性兼美，能传能演。其戏曲探索体现着整个新时期戏曲创作的审美追求，也确立起他在中国当代戏剧界的重要地位。

潘金莲（存目）

魏明伦的"荒诞川剧"《潘金莲》创作于 1985 年，故事主线根据古典小说《水浒传》中有关章节改编。

貌美的潘金莲从小被卖到张大户家为婢，因不肯屈从张大户为妾而遭到报复，被蹂躏后嫁与矮小丑陋的武大郎。金莲能忍受无爱的婚姻和不能生育之苦，却难忍丈夫懦弱的生性。武松的出现让金莲重生希望，倾吐爱慕却遭拒绝，更加心灰意冷。后受王婆诱骗失身于西门庆，大郎知情后死守夫权不下休书，致使金莲无奈毒杀之。最后金莲对着武松复仇的钢刀扯开衣襟，坦然以对。作品在剧情展开过程中，随着主线故事的开展，陆续出现了古今中外各种人物（施耐庵、贾宝玉、武则天、安娜·卡列尼娜，当代女性吕莎莎、女庭长等），他们出入戏中，对潘金莲进行自由置评和命运比较，形成众声喧哗的奇观。

该剧的荒诞性主要表现在思维视角和艺术表现手段方面，内容上离经叛道、形式上的荒诞组合都具有颠覆戏曲传统的意味。尽管它并不是一个成熟的作品，但作为魏明伦戏曲探索的代表作，作为当代戏曲艺术革新中一次别出心裁的实践，它的开拓价值值得关注。它以现代观念和手法重新审视和处理传统题材，以戏曲样式触及女性情感婚姻这一联通古今的社会问题，自问世即引起全社会广泛而持久的激烈争鸣，给思想界带来极大冲击，为当代文坛所罕见，其轰动效应已超出戏曲领域，成为当代文学史上一个重要的文化事件。

郭启宏

郭启宏（1940—　　），广东潮州人，中国当代戏剧作家。主要作品有京剧《司马迁》《王安石》，评剧《成兆才》《评剧皇后》，昆曲《南唐遗事》《司马相如》，话剧《李白》《天之骄子》，长篇小说《白玉霜之死》等。代表作《南唐遗事》。

郭启宏1961年毕业于中山大学中文系，先后在中国评剧院、北京京剧院、北方昆曲剧院以及北京人民艺术剧院任编剧。新时期以来创作了多部历史剧，多以历代文人为表现对象。在文人秉性与政治权术的冲突、个性才情与人生追求的错位中展现中国文人的精神特征和悲剧命运，是其"文人"系列史剧的贯穿性主题。其剧作以高远的命意、雅畅的风格、娴熟的技巧在当代剧坛上卓成一家，多次获得全国性评奖与推重。

郭启宏主张"传神史剧"，即内容上熔铸剧作家的现代意识和主体意识，形式上寻求"剧"的彻底解放，达到传历史之神、人物之神、作家之神的目的。其剧作对历史人物心灵情感的细致把握和本真表现，包蕴丰富驳杂的人性内涵和历史内容，呈现情亦动人理亦动人的美学风貌，体现着当代历史剧创作的新思维和新的审美取向。

南唐遗事（存目）

郭启宏的昆曲剧本《南唐遗事》创作于1986年。剧本讲述了南唐杰出词人兼亡国之君李煜复杂的人生遭际和情感经历：

南唐国势衰败，北宋虎视眈眈，身为国君的李煜精通诗词歌赋而无治国之才，内忧外困之际，又与国后之妹周玉英互生情爱，令国后娥皇与朝臣们忧心不已。果然在与宋太祖赵匡胤的种种政治权术斗争中，生性懦弱善良的李煜节节败退。亡国之际，娥皇病逝，李煜被幽禁汴梁，与玉英相濡以沫，至此方叹浮生若梦，故国之思尽遣笔端。其词章传唱江南，成为南唐百姓复国心象，赵匡胤闻之心惊。这位精明强干的开国皇帝，情感世界空虚，嫉妒李煜有红颜知己生死相随，遂设计强占玉英、毒杀李煜，但冲动过后又懊悔不已，送来解药。李煜平生第一次做出选择——感谢宋帝赐死，在一片凄婉的歌声中，结束了充满矛盾和屈辱的亡国君生涯，与相爱之人结伴，追随心中美丽的诗文而去。

《南唐遗事》体现了剧作家"传神史剧"的主张。在人物形象的塑造上，突破以往历史剧评判历史人物是非功过的惯用模式，着意将笔端伸向人性内核，通过对人物潜在意识和幽微情感的披露，在历史人物的错位人生中传达出一种勾连古今的精神困惑和人生况味。剧作呈现出典型的文人思维，兼以浸润戏曲神韵的雅畅曲文、婉曲动人的戏剧情境，是当代文人戏曲的代表作品。

国家级特色专业（汉语言文学）建设系列教材

普通高等学校中文学科通用教材

中国现当代文学作品选读

现代卷

Zhongguo Xiandangdai Wenxue

Zuopin Xuandu

主　编　席　扬

北京师范大学出版集团
BEIJING NORMAL UNIVERSITY PUBLISHING GROUP

北京师范大学出版社

图书在版编目（CIP）数据

中国现当代文学作品选读/席扬主编. —北京：北京师范大学出版社，
2013.6（2025.7 重印）

ISBN 978-7-303-16144-7

Ⅰ. 中⋯ Ⅱ. 席⋯ Ⅲ.①中国文学－现代文学－作品综合集－高等学
校－教材 ②中国文学－现代文学－作品综合集－高等学校－教材
Ⅳ.①I216.1

中国版本图书馆 CIP 数据核字（2013）第 084405 号

ZHONGGUO XIANDANGDAI WENXUEZUOPIN XUANDU

出版发行：北京师范大学出版社 https：//www.bnupg.com

北京市西城区新街口外大街 12-3 号

邮政编码：100088

印　　刷：北京虎彩文化传播有限公司

经　　销：全国新华书店

开　　本：787 mm×1092 mm　1/16

印　　张：42.75

字　　数：920 千字

版　　次：2013 年 6 月第 1 版

印　　次：2025 年 7 月第 12 次印刷

定　　价：75.00 元

策划编辑：马佩林　　　　　　责任编辑：马佩林
美术编辑：李向昕　　　　　　装帧设计：李向昕
责任校对：李　菡　　　　　　责任印制：马　洁

国家级特色专业(汉语言文学)建设系列教材

顾　　问：陈　洪　朱立元　孟昭毅

　　　　　丁　帆　钱曾怡

丛书主编：亢西民

编 委 会：(按姓氏音序排列)

　　　　　陈勤建　陈志明　亢西民　李家宝

　　　　　毛巧晖　毛远明　王临惠　席　扬

　　　　　谢志礼　辛　菊　延保全　张　杰

　　　　　张天曦

前　言

　　这是与《中国现当代文学史简明教程》相配套的作品选本。编选过程中，我们贯穿了这样一些想法。

　　第一，作品选编中入选的作品，既是学术界公认的名篇，也是文学史上凸显作家独特性而需要重点分析的作品。

　　第二，不求多但求精，一个作家只选最能代表其风格和特征的作品。

　　第三，对字数过长的短篇作品和长篇作品，前者采用"作品简介"予以提示，后者采用"节选"加"作品梗概"的方式提供阅读引导。其中一部分"作品梗概"，我们选用了郭启宗、杨聪凤主编的《中国小说提要（现代部分）》《中国小说提要（当代部分）》的内容，原梗概撰写者的署名照录不变。借此向该书两位主编谨致谢忱。

　　需要提醒各位同学的是，在阅读和分析书中这些现当代文学作品时，应尊重和遵循文学发展规律，时刻把握文学评判的正确方向。党的二十大报告指出，要以社会主义核心价值观为引领，发展社会主义先进文化，弘扬革命文化，传承中华优秀传统文化。习近平总书记强调，要运用历史的、人民的、艺术的、美学的观点评判和鉴赏作品。这就要求我们实事求是地审视作品的艺术质量和水平，也要客观辩证地思考文学现象和文学思潮，以正确的立场为出发点，坚守创作以人民为中心的原则，更深入地理解中国现当代文学发展的历史进程，以及中国文学的未来方向。

　　这本书是多位同仁合作的成果。其中，"作品存目"内容介绍文字，小说部分由宁丽萍、卢林佳、黄敏宜撰写；戏剧部分由林山撰写。"作家简介"部分，现代小说作家部分由卢林佳、宁丽萍撰写，当代小说作家部分由官蕴华、黄敏宜撰写；现当代诗人部分由薛昭曦撰写；现当代散文作家部分由刘抒薇撰写；现当代戏剧作家部分由林山撰写。以上这些文字最后由主编把关并修改定稿，若有错误，均由主编负责。在整个作品选编过程中，薛昭曦除完成自己的文字撰写任务之外，还协助主编做了大量复印、筛选、编目及其他一些琐碎的工作。作为主编，在此一并向上述撰述者表示感谢。

席　扬

目 录

现代卷

当代卷

小 说

现代卷

XIANDAIJUAN

小 说

鲁 迅

鲁迅(1881—1936)，原名周树人，字豫才，浙江绍兴人。中国现代著名作家。主要作品有短篇小说集《呐喊》《彷徨》《故事新编》，散文诗集《野草》，散文集《朝花夕拾》，以及《坟》《热风》《华盖集》《二心集》等16本杂文集和书信集《两地书》。代表作《狂人日记》《阿Q正传》《祝福》《孔乙己》《伤逝》《秋夜》《春末闲谈》等。

鲁迅早年留学日本，以翻译开始文学生涯。1918年始用笔名"鲁迅"发表作品。曾任职于民国教育部、北京大学等。"五四"时期出版小说集《呐喊》《彷徨》、杂文集《热风》、散文诗《野草》、散文集《朝花夕拾》等，以丰富成熟的创作显示了"五四"新文学的成就，以其"内容的深切"和"格式的特别"称誉文坛，成为"五四"时期的代表作家和享誉世界的中国现代作家。1927年10月鲁迅携许广平定居上海，日渐倾向于左翼文学，积极参与20世纪30年代的各种文艺论争，在完成历史小说集《故事新编》的同时，创作重心转向杂文，有十余本杂文集问世。1936年10月病逝于上海。

鲁迅是中国现代文学的主将，杰出的文学家和思想家，在小说、散文、杂文和文艺批评方面均取得卓越成就。他的创作以意蕴深刻、独创性鲜明而享誉世界。鲁迅所始终坚持的对于国民劣根性的批判精神、对中国传统文化的理性反思意识和对黑暗现实的否定指向，是中国现代文化的宝贵遗产。他在小说文体方面的大胆探索、对杂文艺术的成功实践等，成为中国现代文学的重要组成部分。鲁迅对中国现当代文学的发展，产生了重大而深远的影响。

阿Q正传

第一章 序

我要给阿Q做正传，已经不止一两年了。但一面要做，一面又往回想，这足见我不是一个"立言"的人，因为从来不朽之笔，须传不朽之人，于是人以文传，文以人传——究竟谁靠谁传，渐渐的不甚了然起来，而终于归接到传阿Q，仿佛思想里有鬼似的。

然而要做这一篇速朽的文章，才下笔，便感到万分的困难了。第一是文章的名目。孔子曰，"名不正则言不顺"。这原是应该极注意的。传的名目很繁多：列传，自传，内传，外传，别传，家传，小传……，而可惜都不合。"列传"么，这一篇并非和许多阔人排在"正史"里；"自传"么，我又并非就是阿Q。说是"外传"，"内传"在那里呢？倘用

"内传"，阿Q又决不是神仙。"别传"呢，阿Q实在未曾有大总统上谕宣付国史馆立"本传"——虽说英国正史上并无"博徒列传"，而文豪迭更司也做过《博徒别传》这一部书，但文豪则可，在我辈却不可。其次是"家传"，则我既不知与阿Q是否同宗，也未曾受他子孙的拜托；或"小传"，则阿Q又更无别的"大传"了。总而言之，这一篇也便是"本传"，但从我的文章着想，因为文体卑下，是"引车卖浆者流"所用的话，所以不敢僭称，便从不入三教九流的小说家所谓"闲话休题言归正传"这一句套话里，取出"正传"两个字来，作为名目，即使与古人所撰《书法正传》的"正传"字面上很相混，也顾不得了。

第二，立传的通例，开首大抵该是"某，字某，某地人也"，而我并不知道阿Q姓什么。有一回，他似乎是姓赵，但第二日便模糊了。那是赵太爷的儿子进了秀才的时候，锣声镗镗的报到村里来，阿Q正喝了两碗黄酒，便手舞足蹈的说，这于他也很光采，因为他和赵太爷原来是本家，细细的排起来他还比秀才长三辈呢。其时几个旁听人倒也肃然的有些起敬了。那知道第二天，地保便叫阿Q到赵太爷家里去；太爷一见，满脸溅朱，喝道：

"阿Q，你这浑小子！你说我是你的本家么？"

阿Q不开口。

赵太爷愈看愈生气了，抢进几步说："你敢胡说！我怎么会有你这样的本家？你姓赵么？"

阿Q不开口，想往后退了；赵太爷跳过去，给了他一个嘴巴。

"你怎么会姓赵！——你那里配姓赵！"

阿Q并没有抗辩他确凿姓赵，只用手摸着左颊，和地保退出去了；外面又被地保训斥了一番，谢了地保二百文酒钱。知道的人都说阿Q太荒唐，自己去招打；他大约未必姓赵，即使真姓赵，有赵太爷在这里，也不该如此胡说的。此后便再没有人提起他的氏族来，所以我终于不知道阿Q究竟什么姓。

第三，我又不知道阿Q的名字是怎么写的。他活着的时候，人都叫他阿Quei，死了以后，便没有一个人再叫阿Quei了，那里还会有"著之竹帛"的事。若论"著之竹帛"，这篇文章要算第一次，所以先遇着了这第一个难关。我曾仔细想：阿Quei，阿桂还是阿贵呢？倘使他号月亭，或者在八月间做过生日，那一定是阿桂了；而他既没有号——也许有号，只是没有人知道他，——又未尝散过生日征文的帖子：写作阿桂，是武断的。又倘使他有一位老兄或令弟叫阿富，那一定是阿贵了；而他又只是一个人：写作阿贵，也没有佐证的。其余音Quei的偏僻字样，更加凑不上了。先前，我也曾问过赵太爷的儿子茂才先生，谁料博雅如此公，竟也茫然，但据结论说，是因为陈独秀办了《新青年》提倡洋字，所以国粹沦亡，无可查考了。我的最后的手段，只有托一个同乡去查阿Q犯事的案卷，八个月之后才有回信，说案卷里并无与阿Quei的声音相近的人。我虽不知道是真没有，还是没有查，然而也再没有别的方法了。生怕注音字母还未通行，只好用了"洋字"，照英国流行的拼法写他为阿Quei，略作阿Q。这近于盲从《新青年》，自己也很抱歉，但茂才公尚且不知，我还有什么好办法呢。

第四，是阿Q的籍贯了。倘他姓赵，则据现在好称郡望的老例，可以照《郡名百家姓》上的注解，说是"陇西天水人也"，但可惜这姓是不甚可靠的，因此籍贯也就有些决不定。他虽然多住未庄，然而也常常宿在别处，不能说是未庄人，即使说是"未庄人也"，也仍然有乖史法的。

我所聊以自慰的，是还有一个"阿"字非常正确，绝无附会假借的缺点，颇可以就正于通人。至于其余，却都非浅学所能穿凿，只希望有"历史癖与考据癖"的胡适之先生的门人们，将来或者能够寻出许多新端绪来，但是我这《阿Q正传》到那时却又怕早经消灭了。

以上可以算是序。

第二章　优胜记略

阿Q不独是姓名籍贯有些渺茫，连他先前的"行状"也渺茫。因为未庄的人们之于阿Q，只要他帮忙，只拿他玩笑，从来没有留心他的"行状"的。而阿Q自己也不说，独有和别人口角的时候，间或瞪着眼睛道：

"我们先前——比你阔的多啦！你算是什么东西！"

阿Q没有家，住在未庄的土谷祠里；也没有固定的职业，只给人家做短工，割麦便割麦，舂米便舂米，撑船便撑船。工作略长久时，他也或住在临时主人的家里，但一完就走了。所以，人们忙碌的时候，也还记起阿Q来，然而记起的是做工，并不是"行状"；一闲空，连阿Q都早忘却，更不必说"行状"了。只是有一回，有一个老头子颂扬说："阿Q真能做！"这时阿Q赤着膊，懒洋洋的瘦伶仃的正在他面前，别人也摸不着这话是真心还是讥笑，然而阿Q很喜欢。

阿Q又很自尊，所有未庄的居民，全不在他眼神里，甚而至于对于两位"文童"也有以为不值一笑的神情。夫文童者，将来恐怕要变秀才者也；赵太爷钱太爷大受居民的尊敬，除有钱之外，就因为都是文童的爹爹，而阿Q在精神上独不表格外的崇奉，他想：我的儿子会阔得多啦！加以进了几回城，阿Q自然更自负，然而他又很鄙薄城里人，譬如用三尺三寸宽的木板做成的凳子，未庄人叫"长凳"，他也叫"长凳"，城里人却叫"条凳"，他想：这是错的，可笑！油煎大头鱼，未庄都加上半寸长的葱叶，城里却加上切细的葱丝，他想：这也是错的，可笑！然而未庄人真是不见世面的可笑的乡下人呵，他们没有见过城里的煎鱼！

阿Q"先前阔"，见识高，而且"真能做"，本来几乎是一个"完人"了，但可惜他体质上还有一些缺点。最恼人的是在他头皮上，颇有几处不知于何时的癞疮疤。这虽然也在他身上，而看阿Q的意思，倒也似乎以为不足贵的，因为他讳说"癞"以及一切近于"赖"的音，后来推而广之，"光"也讳，"亮"也讳，再后来，连"灯""烛"都讳了。一犯讳，不问有心与无心，阿Q便全疤通红的发起怒来，估量了对手，口讷的他便骂，气力小的他便打；然而不知怎么一回事，总还是阿Q吃亏的时候多。于是他渐渐的变换了方针，大抵改为怒目而视了。

谁知道阿Q采用怒目主义之后，未庄的闲人们便愈喜欢玩笑他。一见面，他们便假作吃惊的说："哙，亮起来了。"

阿Q照例的发了怒，他怒目而视了。

"原来有保险灯在这里！"他们并不怕。

阿Q没有法，只得另外想出报复的话来：

"你还不配……"这时候，又仿佛在他头上的是一种高尚的光荣的癞头疮，并非平

5

常的癞头疮了；但上文说过，阿 Q 是有见识的，他立刻知道和"犯忌"有点抵触，便不再往底下说。

闲人还不完，只撩他，于是终而至于打。阿 Q 在形式上打败了，被人揪住黄辫子，在壁上碰了四五个响头，闲人这才心满意足的得胜的走了，阿 Q 站了一刻，心里想，"我总算被儿子打了，现在的世界真不像样……"于是也心满意足的得胜的走了。

阿 Q 想在心里的，后来每每说出口来，所以凡是和阿 Q 玩笑的人们，几乎全知道他有这一种精神上的胜利法，此后每逢揪住他黄辫子的时候，人就先一着对他说：

"阿 Q，这不是儿子打老子，是人打畜生。自己说：人打畜生！"

阿 Q 两只手都捏住了自己的辫根，歪着头，说道：

"打虫豸，好不好？我是虫豸——还不放么？"

但虽然是虫豸，闲人也并不放，仍旧在就近什么地方给他碰了五六个响头，这才心满意足的得胜的走了，他以为阿 Q 这回可遭了瘟。然而不到十秒钟，阿 Q 也心满意足的得胜的走了，他觉得他是第一个能够自轻自贱的人，除了"自轻自贱"不算外，余下的就是"第一个"。状元不也是"第一个"么？"你算是什么东西"呢！？

阿 Q 以如是等等妙法克服怨敌之后，便愉快的跑到酒店里喝几碗酒，又和别人调笑一通，口角一通，又得了胜，愉快的回到土谷祠，放倒头睡着了。假使有钱，他便去押牌宝，一堆人蹲在地面上，阿 Q 即汗流满面的夹在这中间，声音他最响：

"青龙四百！"

"咳……开……啦！"桩家揭开盒子盖，也是汗流满面的唱。"天门啦……角回啦……！人和穿堂空在那里啦……！阿 Q 的铜钱拿过来……！"

"穿堂一百——一百五十！"

阿 Q 的钱便在这样的歌吟之下，渐渐的输入别个汗流满面的人物的腰间。他终于只好挤出堆外，站在后面看，替别人着急，一直到散场，然后恋恋的回到土谷祠，第二天，肿着眼睛去工作。

但真所谓"塞翁失马安知非福"罢，阿 Q 不幸而赢了一回，他倒几乎失败了。

这是未庄赛神的晚上。这晚上照例有一台戏，戏台左近，也照例有许多的赌摊。做戏的锣鼓，在阿 Q 耳朵里仿佛在十里之外；他只听得桩家的歌唱了。他赢而又赢，铜钱变成角洋，角洋变成大洋，大洋又成了叠。他兴高采烈得非常：

"天门两块！"

他不知道谁和谁为什么打起架来了。骂声打声脚步声，昏头昏脑的一大阵，他才爬起来，赌摊不见了，人们也不见了，身上有几处很似乎有些痛，似乎也挨了几拳几脚似的，几个人诧异的对他看。他如有所失的走进土谷祠，定一定神，知道他的一堆洋钱不见了。赶赛会的赌摊多不是本村人，还到那里去寻根柢呢？

很白很亮的一堆洋钱！而且是他的——现在不见了！说是算被儿子拿去了罢，总还是忽忽不乐；说自己是虫豸罢，也还是忽忽不乐：他这回才有些感到失败的苦痛了。

但他立刻转败为胜了。他擎起右手，用力的在自己脸上连打了两个嘴巴，热剌剌的有些痛；打完之后，便心平气和起来，似乎打的是自己，被打的是别一个自己，不久也就仿佛是自己打了别个一般，——虽然还有些热剌剌，——心满意足的得胜的躺下了。

他睡着了。

第三章　续优胜记略

然而阿Q虽然常优胜，却直待蒙赵太爷打他嘴巴之后，这才出了名。

他付过地保二百文酒钱，愤愤的躺下了，后来想："现在的世界太不成话，儿子打老子……"于是忽而想到赵太爷的威风，而现在是他的儿子了，便自己也渐渐的得意起来，爬起身，唱着《小孤孀上坟》到酒店去。这时候，他又觉得赵太爷高人一等了。

说也奇怪，从此之后，果然大家也仿佛格外尊敬他。这在阿Q，或者以为因为他是赵太爷的父亲，而其实也不然。未庄通例，倘如阿七打阿八，或者李四打张三，向来本不算一件事，必须与一位名人如赵太爷者相关，这才载上他们的口碑。一上口碑，则打的既有名，被打的也就托庇有了名。至于错在阿Q，那自然是不必说。所以者何？就因为赵太爷是不会错的。但他既然错，为什么大家又仿佛格外尊敬他呢？这可难解，穿凿起来说，或者因为阿Q说是赵太爷的本家，虽然挨了打，大家也还怕有些真，总不如尊敬一些稳当。否则，也如孔庙里的太牢一般，虽然与猪羊一样，同是畜生，但既经圣人下箸，先儒们便不敢妄动了。

阿Q此后倒得意了许多年。

有一年的春天，他醉醺醺的在街上走，在墙根的日光下，看见王胡在那里赤着膊捉虱子，他忽然觉得身上也痒起来了。这王胡，又癞又胡，别人都叫他王癞胡，阿Q却删去了一个癞字，然而非常渺视他。阿Q的意思，以为癞是不足为奇的，只有这一部络腮胡子，实在太新奇，令人看不上眼。他于是并排坐下去了。倘是别的闲人们，阿Q本不敢大意坐下去。但这王胡旁边，他有什么怕呢？老实说：他肯坐下去，简直还是抬举他。

阿Q也脱下破夹袄来，翻检了一回，不知道因为新洗呢还是因为粗心，许多工夫，只捉到三四个。他看那王胡，却是一个又一个，两个又三个，只放在嘴里毕毕剥剥的响。

阿Q最初是失望，后来却不平了：看不上眼的王胡尚且那么多，自己倒反这样少，这是怎样的大失体统的事呵！他很想寻一两个大的，然而竟没有，好容易才捉到一个中的，恨恨的塞在厚嘴唇里，狠命一咬，劈的一声，又不及王胡的响。

他癞疮疤块块通红了，将衣服摔在地上，吐一口唾沫，说：

"这毛虫！"

"癞皮狗，你骂谁？"王胡轻蔑的抬起眼来说。

阿Q近来虽然比较的受人尊敬，自己也更高傲些，但和那些打惯的闲人们见面还胆怯，独有这回却非常武勇了。这样满脸胡子的东西，也敢出言无状么？

"谁认便骂谁！"他站起来，两手叉在腰间说。

"你的骨头痒了么？"王胡也站起来，披上衣服说。

阿Q以为他要逃了，抢进去就是一拳。这拳头还未达到身上，已经被他抓住了，只一拉，阿Q踉踉跄跄的跌进去，立刻又被王胡扭住了辫子，要拉到墙上照例去碰头。

"'君子动口不动手'！"阿Q歪着头说。

王胡似乎不是君子，并不理会，一连给他碰了五下，又用力的一推，至于阿Q跌出六尺多远，这才满足的去了。

在阿Q的记忆上，这大约要算是生平第一件的屈辱，因为王胡以络腮胡子的缺点，向来只被他奚落，从没有奚落他，更不必说动手了。而他现在竟动手，很意外，难道真如市上所说，皇帝已经停了考，不要秀才和举人了，因此赵家减了威风，因此他们也便小觑了他么？

阿Q无可适从的站着。

远远的走来了一个人，他的对头又到了。这也是阿Q最厌恶的一个人，就是钱太爷的大儿子。他先前跑上城里去进洋学堂，不知怎么又跑到东洋去了，半年之后他回到家里来，腿也直了，辫子也不见了，他的母亲大哭了十几场，他的老婆跳了三回井。后来，他的母亲到处说，"这辫子是被坏人灌醉了酒剪去了。本来可以做大官，现在只好等留长再说了。"然而阿Q不肯信，偏称他"假洋鬼子"，也叫作"里通外国的人"，一见他，一定在肚子里暗暗的咒骂。

阿Q尤其"深恶而痛绝之"的，是他的一条假辫子。辫子而至于假，就是没了做人的资格；他的老婆不跳第四回井，也不是好女人。

这"假洋鬼子"近来了。

"秃儿。驴……"阿Q历来本只在肚子里骂，没有出过声，这回因为正气忿，因为要报仇，便不由的轻轻的说出来了。

不料这秃儿却拿着一支黄漆的棍子——就是阿Q所谓哭丧棒——大踏步走了过来。阿Q在这刹那，便知道大约要打了，赶紧抽紧筋骨，耸了肩膀等候着，果然，拍的一声，似乎确凿打在自己头上了。

"我说他！"阿Q指着近旁的一个孩子，分辩说。

拍！拍拍！

在阿Q的记忆上，这大约要算是生平第二件的屈辱。幸而拍拍的响了之后，于他倒似乎完结了一件事，反而觉得轻松些，而且"忘却"这一件祖传的宝贝也发生了效力，他慢慢的走，将到酒店门口，早已有些高兴了。

但对面走来了静修庵里的小尼姑。阿Q便在平时，看见伊也一定要唾骂，而况在屈辱之后呢？他于是发生了回忆，又发生了敌忾了。

"我不知道我今天为什么这样晦气，原来就因为见了你！"他想。

他迎上去，大声的吐一口唾沫：

"咳，呸！"

小尼姑全不睬，低了头只是走。阿Q走近伊身旁，突然伸出手去摩着伊新剃的头皮，呆笑着，说：

"秃儿！快回去，和尚等着你……"

"你怎么动手动脚……"尼姑满脸通红的说，一面赶快走。

酒店里的人大笑了。阿Q看见自己的勋业得了赏识，便愈加兴高采烈起来：

"和尚动得，我动不得？"他扭住伊的面颊。

酒店里的人大笑了。阿Q更得意，而且为了满足那些赏鉴家起见，再用力的一拧，才放手。

他这一战，早忘却了王胡，也忘却了假洋鬼子，似乎对于今天的一切"晦气"都报了仇；而且奇怪，又仿佛全身比拍拍的响了之后轻松，飘飘然的似乎要飞去了。

"这断子绝孙的阿Q！"远远地听得小尼姑的带哭的声音。

"哈哈哈!"阿 Q 十分得意的笑。

"哈哈哈!"酒店里的人也九分得意的笑。

第四章 恋爱的悲剧

有人说:有些胜利者,愿意敌手如虎,如鹰,他才感得胜利的欢喜;假使如羊,如小鸡,他便反觉得胜利的无聊。又有些胜利者,当克服一切之后,看见死的死了,降的降了,"臣诚惶诚恐死罪死罪",他于是没有了敌人,没有了对手,没有了朋友,只有自己在上,一个,孤另另,凄凉,寂寞,便反而感到了胜利的悲哀。然而我们的阿 Q 却没有这样乏,他是永远得意的:这或者也是中国精神文明冠于全球的一个证据了。

看哪,他飘飘然的似乎要飞去了!

然而这一次的胜利,却又使他有些异样。他飘飘然的飞了大半天,飘进土谷祠,照例应该躺下便打鼾。谁知道这一晚,他很不容易合眼,他觉得自己的大拇指和第二指有点古怪:仿佛比平常滑腻些。不知道是小尼姑的脸上有一点滑腻的东西粘在他指上,还是他的指头在小尼姑脸上磨得滑腻了?……

"断子绝孙的阿 Q!"

阿 Q 的耳朵里又听到这句话。他想:不错,应该有一个女人,断子绝孙便没有人供一碗饭,……应该有一个女人。夫"不孝有三无后为大",而"若敖之鬼馁而",也是一件人生的大哀,所以他那思想,其实是样样合于圣经贤传的,只可惜后来有些"不能收其放心"了。

"女人,女人!……"他想。

"……和尚动得……女人,女人!……女人!"他又想。

我们不能知道这晚上阿 Q 在什么时候才打鼾。但大约他从此总觉得指头有些滑腻,所以他从此总有些飘飘然;"女……"他想。

即此一端,我们便可以知道女人是害人的东西。

中国的男人,本来大半都可以做圣贤,可惜全被女人毁掉了。商是妲己闹亡的;周是褒姒弄坏的;秦……虽然史无明文,我们也假定他因为女人,大约未必十分错;而董卓可是的确给貂蝉害死了。

阿 Q 本来也是正人,我们虽然不知道他曾蒙什么明师指授过,但他对于"男女之大防"却历来非常严;也很有排斥异端——如小尼姑及假洋鬼子之类——的正气。他的学说是:凡尼姑,一定与和尚私通;一个女人在外面走,一定想引诱野男人;一男一女在那里讲话,一定要有勾当了。为惩治他们起见,所以他往往怒目而视,或者大声说几句"诛心"话,或者在冷僻处,便从后面掷一块小石头。

谁知道他将到"而立"之年,竟被小尼姑害得飘飘然了。这飘飘然的精神,在礼教上是不应该有的,——所以女人真可恶,假使小尼姑的脸上不滑腻,阿 Q 便不至于被蛊,又假使小尼姑的脸上盖一层布,阿 Q 便也不至于被蛊了,——他五六年前,曾在戏台下的人丛中拧过一个女人的大腿,但因为隔一层裤,所以此后并不飘飘然,——而小尼姑并不然,这也足见异端之可恶。

"女……"阿 Q 想。

他对于以为"一定想引诱野男人"的女人,时常留心看,然而伊并不对他笑。他对于和他讲话的女人，也时常留心听，然而伊又并不提起关于什么勾当的话来。哦，这也是女人可恶之一节：伊们全都要装"假正经"的。

这一天，阿Q在赵太爷家里舂了一天米，吃过晚饭，便坐在厨房里吸旱烟。倘在别家，吃过晚饭本可以回去的了，但赵府上晚饭早，虽说定例不准掌灯，一吃完便睡觉，然而偶然也有一些例外：其一，是赵大爷未进秀才的时候，准其点灯读文章；其二，便是阿Q来做短工的时候，准其点灯舂米。因为这一条例外，所以阿Q在动手舂米之前，还坐在厨房里吸旱烟。

吴妈，是赵太爷家里唯一的女仆，洗完了碗碟，也就在长凳上坐下了，而且和阿Q谈闲天：

"太太两天没有吃饭哩，因为老爷要买一个小的……"

"女人……吴妈……这小孤孀……"阿Q想。

"我们的少奶奶是八月里要生孩子了……"

女人……"阿Q想。

阿Q放下烟管，站了起来。

"我们的少奶奶……"吴妈还唠叨说。

"我和你困觉，我和你困觉！"阿Q忽然抢上去，对伊跪下了。

一刹时中很寂然。

"阿呀！"吴妈楞了一息，突然发抖，大叫着往外跑，且跑且嚷，似乎后来带哭了。

阿Q对了墙壁跪着也发楞，于是两手扶着空板凳，慢慢的站起来，仿佛觉得有些糟。他这时确也有些忐忑了，慌张的将烟管插在裤带上，就想去舂米。蓬的一声，头上着了很粗的一下，他急忙回转身去，那秀才便拿了一支大竹杠站在他面前。

"你反了，……你这……"

大竹杠又向他劈下来了。阿Q两手去抱头，拍的正打在指节上，这可很有些痛。他冲出厨房门，仿佛背上又着了一下似的。

"忘八蛋！"秀才在后面用了官话这样骂。

阿Q奔入舂米场，一个人站着，还觉得指头痛，还记得"忘八蛋"，因为这话是未庄的乡下人从来不用，专是见过官府的阔人用的，所以格外怕，而印象也格外深。但这时，他那"女……"的思想却也没有了。而且打骂之后，似乎一件事也已经收束，倒反觉得一无挂碍似的，便动手去舂米。舂了一会，他热起来了，又歇了手脱衣服。

脱下衣服的时候，他听得外面很热闹，阿Q生平本来最爱看热闹，便即寻声走出去了。寻声渐渐的寻到赵太爷的内院里，虽然在昏黄中，却辨得出许多人，赵府一家连两日不吃饭的太太也在内，还有间壁的邹七嫂，真正本家的赵白眼，赵司晨。

少奶奶正拖着吴妈走出下房来，一面说：

"你到外面来，……不要躲在自己房里想……"

"谁不知道你正经，……短见是万万寻不得的。"邹七嫂也从旁说。

吴妈只是哭，夹些话，却不甚听得分明。

阿Q想："哼，有趣，这小孤孀不知道闹着什么玩意儿了？"他想打听，走近赵司晨的身边。这时他猛然间看见赵大爷向他奔来，而且手里捏着一支大竹杠。他看见这一支大竹杠，便猛然间悟到自己曾经被打，和这一场热闹似乎有点相关。他翻身便走，想逃回舂米场，不图这支竹杠阻了他的去路，于是他又翻身便走，自然而然的走出后门，不多工夫，已在土谷祠内了。

阿Q坐了一会，皮肤有些起粟，他觉得冷了，因为虽在春季，而夜间颇有余寒，尚不宜于赤膊。他也记得布衫留在赵家，但倘若去取，又深怕秀才的竹杠。然而地保进来了。

"阿Q，你的妈妈的！你连赵家的用人都调戏起来，简直是造反。害得我晚上没有觉睡，你的妈妈的！……"

如是云云的教训了一通，阿Q自然没有话。临末，因为在晚上，应该送地保加倍酒钱四百文，阿Q正没有现钱，便用一顶毡帽做抵押，并且订定了五条件：

一　明天用红烛——要一斤重的——一对，香一封，到赵府上去赔罪。

二　赵府上请道士被除缢鬼，费用由阿Q负担。

三　阿Q从此不准踏进赵府的门槛。

四　吴妈此后倘有不测，惟阿Q是问。

五　阿Q不准再去索取工钱和布衫。

阿Q自然都答应了，可惜没有钱。幸而已经春天，棉被可以无用，便质了二千大钱，履行条约。赤膊磕头之后，居然还剩几文，他也不再赎毡帽，统统喝了酒了。但赵家也并不烧香点烛，因为太太拜佛的时候可以用，留着了。那破布衫是大半做了少奶奶八月间生下来的孩子的衬尿布，那小半破烂的便都做了吴妈的鞋底。

第五章　生计问题

阿Q礼毕之后，仍旧回到土谷祠，太阳下去了，渐渐觉得世上有些古怪。他仔细一想，终于省悟过来：其原因盖在自己的赤膊。他记得破夹袄还在，便披在身上，躺倒了，待张开眼睛，原来太阳又已经照在西墙上头了。他坐起身，一面说道，"妈妈的……"

他起来之后，也仍旧在街上逛，虽然不比赤膊之有切肤之痛，却又渐渐的觉得世上有些古怪了。仿佛从这一天起，未庄的女人们忽然都怕了羞，伊们一见阿Q走来，便个个躲进门里去。甚而至于将近五十岁的邹七嫂，也跟着别人乱钻，而且将十一的女儿都叫进去了。阿Q很以为奇，而且想："这些东西忽然都学起小姐模样来了。这娼妇们……"

但他更觉得世上有些古怪，却是许多日以后的事。其一，酒店不肯赊欠了；其二，管土谷祠的老头子说些废话，似乎叫他走；其三，他虽然记不清多少日，但确乎有许多日，没有一个人来叫他做短工。酒店不赊，熬着也罢了；老头子催他走，噜苏一通也就算了；只是没有人来叫他做短工，却使阿Q肚子饿：这委实是一件非常"妈妈的"的事情。

阿Q忍不下去了，他只好到老主顾的家里去探问，——但独不许踏进赵府的门槛，——然而情形也异样：一定走出一个男人来，现了十分烦厌的相貌，像回复乞丐一般的摇手道：

"没有没有！你出去！"

阿Q愈觉得稀奇了。他想，这些人家向来少不了要帮忙，不至于现在忽然都无事，这总该有些蹊跷在里面了。他留心打听，才知道他们有事都去叫小Don。这小

11

D，是一个穷小子，又瘦又乏，在阿Q的眼睛里，位置是在王胡之下的，谁料这小子竟谋了他的饭碗去。所以阿Q这一气，更与平常不同，当气愤愤的走着的时候，忽然将手一扬，唱道：

"我手执钢鞭将你打！……"

几天之后，他竟在钱府的照壁前遇见了小D。"仇人相见分外眼明"，阿Q便迎上去，小D也站住了。

"畜生！"阿Q怒目而视的说，嘴角上飞出唾沫来。

"我是虫豸，好么？……"小D说。

这谦逊反使阿Q更加愤怒起来，但他手里没有钢鞭，于是只得扑上去，伸手去拔小D的辫子。小D一手护住了自己的辫根，一手也来拔阿Q的辫子，阿Q便也将空着的一只手护住了自己的辫根。从先前的阿Q看来，小D本来是不足齿数的，但他近来挨了饿，又瘦又乏已经不下于小D，所以便成了势均力敌的现象，四只手拔着两颗头，都弯了腰，在钱家粉墙上映出一个蓝色的虹形，至于半点钟之久了。

"好了，好了！"看的人们说，大约是解劝的。

"好，好！"看的人们说，不知道是解劝，是颂扬，还是煽动。

然而他们都不听。阿Q进三步，小D便退三步，都站着；小D进三步，阿Q便退三步，又都站着。大约半点钟，——未庄少有自鸣钟，所以很难说，或者二十分，——他们的头发里便都冒烟，额上便都流汗，阿Q的手放松了，在同一瞬间，小D的手也正放松了，同时直起，同时退开，都挤出人丛去。

"记着罢，妈妈的……"阿Q回过头去说。

"妈妈的，记着罢……"小D也回过头来说。

这一场"龙虎斗"似乎并无胜败，也不知道看的人可满足，都没有发什么议论，而阿Q却仍然没有人来叫他做短工。

有一日很温和，微风拂拂的颇有些夏意了，阿Q却觉得寒冷起来，但这还可担当，第一倒是肚子饿。棉被，毡帽，布衫，早已没有了，其次就卖了棉袄；现在有裤子，却万不可脱的；有破夹袄，又除了送人做鞋底之外，决定卖不出钱。他早想在路上拾得一注钱，但至今还没有见；他想在自己的破屋里忽然寻到一注钱，慌张的四顾，但屋内是空虚而且了然。于是他决计出门求食去了。

他在路上走着要"求食"，看见熟识的酒店，看见熟识的馒头，但他都走过了，不但没有暂停，而且并不想要。他所求的不是这类东西了；他求的是什么东西，他自己不知道。

未庄本不是大村镇，不多时便走尽了。村外多是水田，满眼是新秧的嫩绿，夹着几个圆形的活动的黑点，便是耕田的农夫。阿Q并不赏鉴这田家乐，却只是走，因为他直觉的知道这与他的"求食"之道是很辽远的。但他终于走到静修庵的墙外了。

庵周围也是水田，粉墙突出在新绿里，后面的低土墙里是菜园。阿Q迟疑了一会，四面一看，并没有人。他便爬上这矮墙去，扯着何首乌藤，但泥土仍然簌簌的掉，阿Q的脚也索索的抖；终于攀着桑树枝，跳到里面了。里面真是郁郁葱葱，但似乎并没有黄酒馒头，以及此外可吃的之类。靠西墙是竹丛，下面许多笋，只可惜都是并未煮熟的，还有油菜早经结子，芥菜已将开花，小白菜也很老了。

　　阿 Q 仿佛文童落第似的觉得很冤屈，他慢慢走近园门去，忽而非常惊喜了，这分明是一畦老萝卜。他于是蹲下便拔，而门口突然伸出一个很圆的头来，又即缩回去了，这分明是小尼姑。小尼姑之流是阿 Q 本来视若草芥的，但世事须"退一步想"，所以他便赶紧拔起四个萝卜，拧下青叶，兜在大襟里。然而老尼姑已经出来了。

　　"阿弥陀佛，阿 Q，你怎么跳进园里来偷萝卜！……阿呀，罪过呵，阿唷，阿弥陀佛！……"

　　"我什么时候跳进你的园里来偷萝卜？"阿 Q 且看且走的说。

　　"现在……这不是？"老尼姑指着他的衣兜。

　　"这是你的？你能叫得他答应你么？你……"

　　阿 Q 没有说完话，拔步便跑；追来的是一匹很肥大的黑狗。这本来在前门的，不知怎的到后园来了。黑狗哼而且追，已经要咬着阿 Q 的腿，幸而从衣兜里落下一个萝卜来，那狗给一吓，略略一停，阿 Q 已经爬上桑树，跨到土墙，连人和萝卜都滚出墙外面了。只剩着黑狗还在对着桑树嗥，老尼姑念着佛。

　　阿 Q 怕尼姑又放出黑狗来，拾起萝卜便走，沿路又捡了几块小石头，但黑狗却并不再现。阿 Q 于是抛了石块，一面走一面吃，而且想道，这里也没有什么东西寻，不如进城去……

　　待三个萝卜吃完时，他已经打定了进城的主意了。

第六章　从中兴到末路

　　在未庄再看见阿 Q 出现的时候，是刚过了这年的中秋。人们都惊异，说是阿 Q 回来了，于是又回上去想道，他先前那里去了呢？阿 Q 前几回的上城，大抵早就兴高采烈的对人说，但这一次却并不，所以也没有一个人留心到。他或者也曾告诉过管土谷祠的老头子，然而未庄老例，只有赵太爷钱太爷和秀才大爷上城才算一件事。假洋鬼子尚且不足数，何况是阿 Q：因此老头子也就不替他宣传，而未庄的社会上也就无从知道了。

　　但阿 Q 这回的回来，却与先前大不同，确乎很值得惊异。天色将黑，他睡眼蒙胧的在酒店门前出现了，他走近柜台，从腰间伸出手来，满把是银的和铜的，在柜上一扔说，"现钱！打酒来！"穿的是新夹袄，看去腰间还挂着一个大搭连，沉钿钿的将裤带坠成了很弯很弯的弧线。未庄老例，看见略有些醒目的人物，是与其慢也宁敬的，现在虽然明知道是阿 Q，但因为和破夹袄的阿 Q 有些两样了，古人云，"士别三日便当刮目相待"，所以堂倌，掌柜，酒客，路人，便自然显出一种凝而且敬的形态来。掌柜既先之以点头，又继之以谈话：

　　"嘤，阿 Q，你回来了！"

　　"回来了。"

　　"发财发财，你是——在……"

　　"上城去了！"

　　这一件新闻，第二天便传遍了全未庄。人人都愿意知道现钱和新夹袄的阿 Q 的中兴史，所以在酒店里，茶馆里，庙檐下，便渐渐的探听出来了。这结果，是阿 Q 得了新敬畏。

据阿Q说，他是在举人老爷家里帮忙。这一节，听的人都肃然了。这老爷本姓白，但因为合城里只有他一个举人，所以不必再冠姓，说起举人来就是他。这也不独在未庄是如此，便是一百里方圆之内也都如此，人们几乎多以为他的姓名就叫举人老爷的了。在这人的府上帮忙，那当然是可敬的。但据阿Q又说，他却不高兴再帮忙了，因为这举人老爷实在太"妈妈的"了。这一节，听的人都叹息而且快意，因为阿Q本不配在举人老爷家里帮忙，而不帮忙是可惜的。

据阿Q说，他的回来，似乎也由于不满意城里人，这就在他们将长凳称为条凳，而且煎鱼用葱丝，加以最近观察所得的缺点，是女人的走路也扭得不很好。然而也偶有大可佩服的地方，即如未庄的乡下人不过打三十二张的竹牌，只有假洋鬼子能够叉"麻酱"，城里却连小乌龟子都叉得精熟的。什么假洋鬼子，只要放在城里的十几岁的小乌龟子的手里，也就立刻是"小鬼见阎王"。这一节，听的人都赧然了。

"你们可看见过杀头么？"阿Q说，"咳，好看。杀革命党。唉，好看好看，……"他摇摇头，将唾沫飞在正对面的赵司晨的脸上。这一节，听的人都凛然了。但阿Q又四面一看，忽然扬起右手，照着伸长脖子听得出神的王胡的后项窝上直劈下去道：

"嚓！"

王胡惊得一跳，同时电光石火似的赶快缩了头，而听的人又都悚然而且欣然了。从此王胡瘟头瘟脑的许多日，并且再不敢走近阿Q的身边；别的人也一样。

阿Q这时在未庄人眼睛里的地位，虽不敢说超过赵太爷，但谓之差不多，大约也就没有什么语病的了。

然而不多久，这阿Q的大名忽又传遍了未庄的闺中。虽然未庄只有钱赵两姓是大屋，此外十之九都是浅闺，但闺中究竟是闺中，所以也算得一件神异。女人们见面时一定说，邹七嫂在阿Q那里买了一条蓝绸裙，旧固然是旧的，但只化了九角钱。还有赵白眼的母亲，——一说是赵司晨的母亲，待考，——也买了一件孩子穿的大红洋纱衫，七成新，只用三百大钱九二串。于是伊们都眼巴巴的想见阿Q，缺绸裙的想问他买绸裙，要洋纱衫的想问他买洋纱衫，不但见了不逃避，有时阿Q已经走过了，也还要追上去叫住他，问道：

"阿Q，你还有绸裙么？没有？纱衫也要的，有罢？"

后来这终于从浅闺传进深闺里去了。因为邹七嫂得意之余，将伊的绸裙请赵太太去鉴赏，赵太太又告诉了赵太爷而且着实恭维了一番。赵太爷便在晚饭桌上，和秀才大爷讨论，以为阿Q实在有些古怪，我们门窗应该小心些；但他的东西，不知道可还有什么可买，也许有点好东西罢。加以赵太太也正想买一件价廉物美的皮背心。于是家族决议，便托邹七嫂即刻去寻阿Q，而且为此新辟了第三种的例外：这晚上也姑且特准点油灯。

油灯干了不少了，阿Q还不到。赵府的全眷都很焦急，打着呵欠，或恨阿Q太飘忽，或怨邹七嫂不上紧。赵太太还怕他因为春天的条件不敢来，而赵太爷以为不足虑：因为这是"我"去叫他的。果然，到底赵太爷有见识，阿Q终于跟着邹七嫂进来了。

"他只说没有没有，我说你自己当面说去，他还要说，我说……"邹七嫂气喘吁吁的走着说。

"太爷！"阿Q似笑非笑的叫了一声，在檐下站住了。

“阿Q，听说你在外面发财，”赵太爷踱开去，眼睛打量着他的全身，一面说。“那很好，那很好的。这个，……听说你有些旧东西，……可以都拿来看一看，……这也并不是别的，因为我倒要……”

“我对邹七嫂说过了。都完了。”

“完了?”赵太爷不觉失声的说，“那里会完得这样快呢?”

“那是朋友的，本来不多。他们买了些，……”

“总该还有一点罢。”

“现在，只剩了一张门幕了。”

“就拿门幕来看看罢。”赵太太慌忙说。

“那么，明天拿来就是，”赵太爷却不甚热心了。“阿Q，你以后有什么东西的时候，你尽先送来给我们看，……”

“价钱决不会比别家出得少!”秀才说。秀才娘子忙一瞥阿Q的脸，看他感动了没有。

“我要一件皮背心。”赵太太说。

阿Q虽然答应着，却懒洋洋的出去了，也不知道他是否放在心上。这使赵太爷很失望，气愤而且担心，至于停止了打呵欠。秀才对于阿Q的态度也很不平，于是说，这忘八蛋要提防，或者不如吩咐地保，不许他住在未庄。但赵太爷以为不然，说这也怕要结怨，况且做这路生意的大概是“老鹰不吃窝下食”，本村倒不必担心的;只要自己夜里警醒点就是了。秀才听了这“庭训”，非常之以为然，便即刻撤消了驱逐阿Q的提议，而且叮嘱邹七嫂，请伊千万不要向人提起这一段话。

但第二日，邹七嫂便将那蓝裙去染了皂，又将阿Q可疑之点传扬出去了，可是确没有提起秀才要驱逐他这一节。然而这已经于阿Q很不利。最先，地保寻上门了，取了他的门幕去，阿Q说是赵太太要看的，而地保也不还并且要议定每月的孝敬钱。其次，是村人对于他的敬畏忽而变相了，虽然还不敢来放肆，却很有远避的神情，而这神情和先前的防他来“嚓”的时候又不同，颇混着“敬而远之”的分子了。

只有一班闲人们却还要寻根究底的去探阿Q的底细。阿Q也并不讳饰，傲然的说出他的经验来。从此他们才知道，他不过是一个小脚色，不但不能上墙，并且不能进洞，只站在洞外接东西。有一夜，他刚才接到一个包，正手再进去，不一会，只听得里面大嚷起来，他便赶紧跑，连夜爬出城，逃回未庄来了，从此不敢再去做。然而这故事却于阿Q更不利，村人对于阿Q的“敬而远之”者，本因为怕结怨，谁料他不过是一个不敢再偷的偷儿呢? 这实在是“斯亦不足畏也矣”。

第七章　革命

宣统三年九月十四日——即阿Q将搭连卖给赵白眼的这一天——三更四点，有一只大乌篷船到了赵府上的河埠头。这船从黑魆魆中荡来，乡下人睡得熟，都没有知道;出去时将近黎明，却很有几个看见的了。据探头探脑的调查来的结果，知道那竟是举人老爷的船!

那船便将大不安载给了未庄，不到正午，全村的人心就很动摇。船的使命，赵家本来是很秘密的，但茶坊酒肆里却都说，革命党要进城，举人老爷到我们乡下来逃难了。惟有邹七嫂不以为然，说那不过是几口破衣箱，举人老爷想来寄存的，却已被赵太爷回复转去。其实举人老爷和赵秀才素不相能，在理本不能有"共患难"的情谊，况且邹七嫂又和赵家是邻居，见闻较为切近，所以大概该是伊对的。

然而谣言很旺盛，说举人老爷虽然似乎没有亲到，却有一封长信，和赵家排了"转折亲"。赵太爷肚里一轮，觉得于他总不会有坏处，便将箱子留下了，现就塞在太太的床底下。至于革命党，有的说是便在这一夜进了城，个个白盔白甲：穿着崇正皇帝的素。

阿Q的耳朵里，本来早听到过革命党这一句话，今年又亲眼见过杀掉革命党。但他有一种不知从那里来的意见，以为革命党便是造反，造反便是与他为难，所以一向是"深恶而痛绝之"的。殊不料这却使百里闻名的举人老爷有这样怕，于是他未免也有些"神往"了，况且未庄的一群鸟男女的慌张的神情，也使阿Q更快意。

"革命也好罢，"阿Q想，"革这伙妈妈的命，太可恶！太可恨！……便是我，也要投降革命党了。"

阿Q近来用度窘，大约略略有些不平；加以午间喝了两碗空肚酒，愈加醉得快，一面想一面走，便又飘飘然起来。不知怎么一来，忽而似乎革命党便是自己，未庄人却都是他的俘虏了。他得意之余，禁不住大声的嚷道：

"造反了！造反了！"

未庄人都用了惊惧的眼光对他看。这一种可怜的眼光，是阿Q从来没有见过的，一见之下，又使他舒服得如六月里喝了雪水。他更加高兴的走而且喊道：

"好，……我要什么就是什么，我欢喜谁就是谁。

得得，锵锵！

悔不该，酒醉错斩了郑贤弟，

悔不该，呀呀呀……

得得，锵锵，得，锵令锵！

我手执钢鞭将你打……"

赵府上的两位男人和两个真本家，也正站在大门口论革命。阿Q没有见，昂了头直唱过去。

"得得，……"

"老Q，"赵太爷怯怯的迎着低声的叫。

"锵锵，"阿Q料不到他的名字会和"老"字联结起来，以为是一句别的话，与己无干，只是唱。"得，锵，锵令锵，锵！"

"老Q。"

"悔不该……"

"阿Q！"秀才只得直呼其名了。

阿Q这才站住，歪着头问道，"什么？"

"老Q，……现在……"赵太爷却又没有话，"现在……发财么？"

"发财？自然。要什么就是什么……"

"阿……Q哥，像我们这样穷朋友是不要紧的……"赵白眼惴惴的说，似乎想探革命党的口风。

"穷朋友？你总比我有钱。"阿Q说着自去了。

大家都怃然，没有话。赵太爷父子回家，晚上商量到点灯。赵白眼回家，便从腰间扯下搭连来，交给他女人藏在箱底里。

阿Q飘飘然的飞了一通，回到土谷祠，酒已经醒透了。这晚上，管祠的老头子也意外的和气，请他喝茶；阿Q便向他要了两个饼，吃完之后，又要了一支点过的四两烛和一个树烛台，点起来，独自躺在自己的小屋里。他说不出的新鲜而且高兴，烛火像元夜似的闪闪的跳，他的思想也迸跳起来了：

"造反？有趣，……来了一阵白盔白甲的革命党，都拿着板刀，钢鞭，炸弹，洋炮，三尖两刃刀，钩镰枪，走过土谷祠，叫道，'阿Q! 同去同去！'于是一同去。……

"这时未庄的一伙鸟男女才好笑哩，跪下叫道，'阿Q，饶命！'谁听他！第一个该死的是小D和赵太爷，还有秀才，还有假洋鬼子，……留几条么？王胡本来还可留，但也不要了。……

"东西，……直走进去打开箱子来：元宝，洋钱，洋纱衫，……秀才娘子的一张宁式床先搬到土谷祠，此外便摆了钱家的桌椅，——或者也就用赵家的罢。自己是不动手的了，叫小D来搬，要搬得快，搬得不快打嘴巴。……

"赵司晨的妹子真丑。邹七嫂的女儿过几年再说。假洋鬼子的老婆会和没有辫子的男人睡觉，吓，不是好东西！秀才的老婆是眼胞上有疤的。……吴妈长久不见了，不知道在那里，——可惜脚太大。"

阿Q没有想得十分停当，已经发了鼾声，四两烛还只点去了小半寸，红焰焰的光照着他张开的嘴。

"荷荷！"阿Q忽而大叫起来，抬了头仓皇的四顾，待到看见四两烛，却又倒头睡去了。

第二天他起得很迟，走出街上看时，样样都照旧。他也仍然肚饿，他想着，想不起什么来；但他忽而似乎有了主意了，慢慢的跨开步，有意无意的走到静修庵。

庵和春天时节一样静，白的墙壁和漆黑的门。他想了一想，前去打门，一只狗在里面叫。他急急拾了几块断砖，再上去较为用力的打，打到黑门上生出许多麻点的时候，才听得有人来开门。

阿Q连忙捏好砖头，摆开马步，准备和黑狗来开战。但庵门只开了一条缝，并无黑狗从中冲出，望进去只有一个老尼姑。

"你又来什么事？"伊大吃一惊的说。

"革命了……你知道？……"阿Q说得很含胡。

"革命革命，革过一革的，……你们要革得我们怎么样呢？"老尼姑两眼通红的说。

"什么？……"阿Q诧异了。

"你不知道，他们已经来革过了！"

"谁？……"阿Q更其诧异了。

"那秀才和洋鬼子！"

阿Q很出意外，不由的一错愕；老尼姑见他失了锐气，便飞速的关了门，阿Q再推时，牢不可开，再打时，没有回答了。

那还是上午的事。赵秀才消息灵，一知道革命党已在夜间进城，便将辫子盘在顶上，一早去拜访那历来也不相能的钱洋鬼子。这是"咸与维新"的时候了，所以他们便谈得很投机，立刻成了情投意合的同志，也相约去革命。他们想而又想，才想出静修庵里有一块"皇帝万岁万万岁"的龙牌，是应该赶紧革掉的，于是又立刻同到庵里去革命。因为老尼姑来阻挡，说了三句话，他们便将伊当作满政府，在头上很给了不少的棍子和栗凿。尼姑待他们走后，定了神来检点，龙牌固然已经碎在地上了，而且又不见了观音娘娘座前的一个宣德炉。

这事阿Q后来才知道。他颇悔自己睡着，但也深怪他们不来招呼他。他又退一步想道：

"难道他们还没有知道我已经投降了革命党么？"

第八章　不准革命

未庄的人心日见其安静了。据传来的消息，知道革命党虽然进了城，倒还没有什么大异样。知县大老爷还是原官，不过改称了什么，而且举人老爷也做了什么——这些名目，未庄人都说不明白——官，带兵的也还是先前的老把总。只有一件可怕的事是另有几个不好的革命党夹在里面捣乱，第二天便动手剪辫子，听说那邻村的航船七斤便着了道儿，弄得不像人样子了。但这却还不算大恐怖，因为未庄人本来少上城，即使偶有想进城的，也就立刻变了计，碰不着这危险。阿Q本也想进城去寻他的老朋友，一得这消息，也只得作罢了。

但未庄也不能说是无改革。几天之后，将辫子盘在顶上的逐渐增加起来了，早经说过，最先自然是茂才公，其次便是赵司晨和赵白眼，后来是阿Q。倘在夏天，大家将辫子盘在头顶上或者打一个结，本不算什么稀奇事，但现在是暮秋，所以这"秋行夏令"的情形，在盘辫家不能不说是万分的英断，而在未庄也不能说无关于改革了。

赵司晨脑后空荡荡的走来，看见的人大嚷说，

"嚄，革命党来了！"

阿Q听到了很羡慕。他虽然早知道秀才盘辫的大新闻，但总没有想到自己可以照样做，现在看见赵司晨也如此，才有了学样的意思，定下实行的决心。他用一支竹筷将辫子盘在头顶上，迟疑多时，这才放胆的走去。

他在街上走，人也看他，然而不说什么话，阿Q当初很不快，后来便很不平。他近来很容易闹脾气了；其实他的生活，倒也并不比造反之前反艰难，人见他也客气，店铺也不说要现钱。而阿Q总觉得自己太失意：既然革了命，不应该只是这样的。况且有一回看见小D，愈使他气破肚皮了。

小D也将辫子盘在头顶上了，而且也居然用一支竹筷。阿Q万料不到他也敢这样做，自己也决不准他这样做！小D是什么东西呢？他很想即刻揪住他，拗断他的竹筷，放下他的辫子，并且批他几个嘴巴，聊且惩罚他忘了生辰八字，也敢来做革命党的罪。但他终于饶放了，单是怒目而视的吐一口唾沫道"呸！"

这几日里，进城去的只有一个假洋鬼子。赵秀才本也想靠着寄存箱子的渊源，亲身去拜访举人老爷的，但因为有剪辫的危险，所以也中止了。他写了一封"黄伞格"的信，托假洋鬼子带上城，而且托他给自己介绍介绍，去进自由党。假洋鬼子回来时，向秀才讨还了四块洋钱，秀才便有一块银桃子挂在大襟上了；未庄人都惊服，说这是

柿油党的顶子，抵得一个翰林；赵太爷因此也骤然大阔，远过于他儿子初隽秀才的时候，所以目空一切，见了阿Q，也就很有些不放在眼里了。

阿Q正在不平，又时时刻刻感着冷落，一听得这银桃子的传说，他立即悟出自己之所以冷落的原因了：要革命，单说投降，是不行的；盘上辫子，也不行的；第一着仍然要和革命党去结识。他生平所知道的革命党只有两个，城里的一个早已"嚓"的杀掉了，现在只剩了一个假洋鬼子。他除却赶紧去和假洋鬼子商量之外，再没有别的道路了。

钱府的大门正开着，阿Q便怯怯的蹩进去。他一到里面，很吃了惊，只见假洋鬼子正站在院子的中央，一身乌黑的大约是洋衣，身上也挂着一块银桃子，手里是阿Q曾经领教过的棍子，已经留到一尺多长的辫子都拆开了披在肩背上，蓬头散发的像一个刘海仙。对面挺直的站着赵白眼和三个闲人，正在必恭必敬的听说话。

阿Q轻轻的走近了，站在赵白眼的背后，心里想招呼，却不知道怎么说才好：叫他假洋鬼子固然是不行的了，洋人也不妥，革命党也不妥，或者就应该叫洋先生了罢。

洋先生却没有见他，因为白着眼睛讲得正起劲：

"我是性急的，所以我们见面，我总是说：洪哥！我们动手罢！他却总说道No！——这是洋话，你们不懂的。否则早已成功了。然而这正是他做事小心的地方。他再三再四的请我上湖北，我还没有肯。谁愿意在这小县城里做事情。……"

"唔，……这个……"阿Q候他略停，终于用十二分的勇气开口了，但不知道因为什么，又并不叫他洋先生。

听着说话的四个人都吃惊的回顾他。洋先生也才看见：

"什么？"

"我……"

"出去！"

"我要投……"

"滚出去！"洋先生扬起哭丧棒来了。

赵白眼和闲人们便都吆喝道："先生叫你滚出去，你还不听么！"

阿Q将手向头上一遮，不自觉的逃出门外；洋先生倒也没有追。他快跑了六十多步，这才慢慢的走，于是心里便涌起了忧愁：洋先生不准他革命，他再没有别的路；从此决不能望有白盔白甲的人来叫他，他所有的抱负，志向，希望，前程，全被一笔勾销了。至于闲人们传扬开去，给小D王胡等辈笑话，倒是还在其次的事。

他似乎从来没有经验过这样的无聊。他对于自己的盘辫子，仿佛也觉得无意味，要侮蔑；为报仇起见，很想立刻放下辫子来，但也没有竟放。他游到夜间，赊了两碗酒，喝下肚去，渐渐的高兴起来了，思想里才又出现白盔白甲的碎片。

有一天，他照例的混到夜深，待酒店要关门，才踱回土谷祠去。

拍，吧……！

他忽而听得一种异样的声音，又不是爆竹。阿Q本来是爱看热闹，爱管闲事的，便在暗中直寻过去。似乎前面有些脚步声；他正听，猛然间一个人从对面逃来了。阿Q一看见，便赶紧翻身跟着逃。那人转弯，阿Q也转弯，那人站住了，阿Q也站住。他看后面并无什么，看那人便是小D。

"什么？"阿Q不平起来了。

"赵……赵家遭抢了!"小 D 气喘吁吁的说。

阿 Q 的心怦怦的跳了。小 D 说了便走;阿 Q 却逃而又停的两三回。但他究竟是做过"这路生意",格外胆大,于是蹩出路角,仔细的听,似乎有些嚷嚷,又仔细的看,似乎许多白盔白甲的人,络绎的将箱子抬出了,器具抬出了,秀才娘子的宁式床也抬出了,但是不分明,他还想上前,两只脚却没有动。

这一夜没有月,未庄在黑暗里很寂静,寂静到像羲皇时候一般太平。阿 Q 站着看到自己发烦,也似乎还是先前一样,在那里来来往往的搬,箱子抬出了,器具抬出了,秀才娘子的宁式床也抬出了,……抬得他自己有些不信他的眼睛了。但他决计不再上前,却回到自己的祠里去了。

土谷祠里更漆黑;他关好大门,摸进自己的屋子里。他躺了好一会,这才定了神,而且发出关于自己的思想来:白盔白甲的人明明到了,并不来打招呼,搬了许多好东西,又没有自己的份,——这全是假洋鬼子可恶,不准我造反,否则,这次何至于没有我的份呢?阿 Q 越想越气,终于禁不住满心痛恨起来,毒毒的点一点头:"不准我造反,只准你造反?妈妈的假洋鬼子,——好,你造反!造反是杀头的罪名呵,我总要告一状,看你抓进县里去杀头,——满门抄斩,——嚓!嚓!"

第九章　大团圆

赵家遭抢之后,未庄人大抵很快意而且恐慌,阿 Q 也很快意而且恐慌。但四天之后,阿 Q 在半夜里忽被抓进县城里去了。那时恰是暗夜,一队兵,一队团丁,一队警察,五个侦探,悄悄地到了未庄,乘昏暗围住土谷祠,正对门架好机关枪;然而阿 Q 不冲出。许多时没有动静,把总焦急起来了,悬了二十千的赏,才有两个团丁冒了险,逾垣进去,里应外合,一拥而入,将阿 Q 抓出来;直待擒出祠外面的机关枪左近,他才有些清醒了。

到进城,已经是正午,阿 Q 见自己被掇进一所破衙门,转了五六个弯,便推在一间小屋里。他刚刚一跄踉,那用整株的木料做成的栅栏门便跟着他的脚跟阖上了,其余的三面都是墙壁,仔细看时,屋角上还有两个人。

阿 Q 虽然有些忐忑,却并不很苦闷,因为他那土谷祠里的卧室,也并没有比这间屋子更高明。那两个也仿佛是乡下人,渐渐和他兜搭起来了,一个说是举人老爷要追他祖父欠下来的陈租,一个不知道为了什么事。他们问阿 Q,阿 Q 爽利的答道,"因为我想造反。"

他下半天便又被抓出栅栏门去了,到得大堂,上面坐着一个满头剃得精光的老头子。阿 Q 疑心他是和尚,但看见下面站着一排兵,两旁又站着十几个长衫人物,也有满头剃得精光像这老头子的,也有将一尺来长的头发披在背后像那假洋鬼子的,都是一脸横肉,怒目而视的看他;他便知道这人一定有些来历,膝关节立刻自然而然的宽松,便跪了下去。

"站着说!不要跪!"长衫人物都吆喝说。

阿 Q 虽然似乎懂得,但总觉得站不住,身不由己的蹲了下去,而且终于趁势改为跪下了。

"奴隶性!……"长衫人物又鄙夷似的说,但也没有叫他起来。

“你从实招来罢，免得吃苦。我早都知道了。招了可以放你。”那光头的老头子看定了阿 Q 的脸，沉静的清楚的说。

“招罢！”长衫人物也大声说。

“我本来要……来投……”阿 Q 胡里胡涂的想了一通，这才断断续续的说。

“那么，为什么不来的呢？”老头子和气的问。

“假洋鬼子不准我！”

“胡说！此刻说，也迟了。现在你的同党在那里？”

“什么？……”

“那一晚打劫赵家的一伙人。”

“他们没有来叫我。他们自己搬走了。”阿 Q 提起来便愤愤。

“走到那里去了呢？说出来便放了你。”老头子更和气了。

“我不知道，……他们没有来叫我……”

然而老头子使了一个眼色，阿 Q 便又被抓进栅栏门里了。他第二次抓出栅栏门，是第二天的上午。

大堂的情形都照旧。上面仍然坐着光头的老头子，阿 Q 也仍然下了跪。

老头子和气的问道，“你还有什么话说么？”

阿 Q 一想，没有话，便回答说，“没有。”

于是一个长衫人物拿了一张纸，并一支笔送到阿 Q 的面前，要将笔塞在他手里。阿 Q 这时很吃惊，几乎“魂飞魄散”了：因为他的手和笔相关，这回是初次。他正不知怎样拿；那人却又指着一处地方教他画花押。

“我……我……不认得字。”阿 Q 一把抓住了笔，惶恐而且惭愧的说。

“那么，便宜你，画一个圆圈！”

阿 Q 要画圆圈了，那手捏着笔却只是抖。于是那人替他将纸铺在地上，阿 Q 伏下去，使尽了平生的力气画圆圈。他生怕被人笑话，立志要画得圆，但这可恶的笔不但很沉重，并且不听话，刚刚一抖一抖的几乎要合缝，却又向外一耸，画成瓜子模样了。

阿 Q 正羞愧自己画得不圆，那人却不计较，早已掣了纸笔去，许多人又将他第二次抓进栅栏门。

他第二次进了栅栏，倒也并不十分懊恼。他以为人生天地之间，大约本来有时要抓进抓出，有时要在纸上画圆圈的，惟有圈而不圆，却是他“行状”上的一个污点。但不多时也就释然了，他想：孙子才画得很圆的圆圈呢。于是他睡着了。

然而这一夜，举人老爷反而不能睡：他和把总呕了气了。举人老爷主张第一要追赃，把总主张第一要示众。把总近来很不将举人老爷放在眼里了，拍案打凳的说道，“惩一儆百！你看，我做革命党还不上二十天，抢案就是十几件，全不破案，我的面子在那里？破了案，你又来迂。不成！这是我管的！”举人老爷窘急了，然而还坚持，说是倘若不追赃，他便立刻辞了帮办民政的职务。而把总却道，“请便罢！”于是举人老爷在这一夜竟没有睡，但幸第二天倒也没有辞。

阿 Q 第三次抓出栅栏门的时候，便是举人老爷睡不着的那一夜的明天的上午了。他到了大堂，上面还坐着照例的光头老头子；阿 Q 也照例的下了跪。

老头子很和气的问道，“你还有什么话么？”

阿Q一想，没有话，便回答说，"没有。"

许多长衫和短衫人物，忽然给他穿上一件洋布的白背心，上面有些黑字。阿Q很气苦：因为这很像是带孝，而带孝是晦气的。然而同时他的两手反缚了，同时又被一直抓出衙门外去了。

阿Q被抬上了一辆没有篷的车，几个短衣人物也和他同坐在一处。这车立刻走动了，前面是一班背着洋炮的兵们和团丁，两旁是许多张着嘴的看客，后面怎样，阿Q没有见。但他突然觉到了：这岂不是去杀头么？他一急，两眼发黑，耳朵里喤的一声，似乎发昏。然而他又没有全发昏，有时虽然着急，有时却也泰然；他意思之间，似乎觉得人生天地间，大约本来有时也未免要杀头的。

他还认得路，于是有些诧异了：怎么不向着法场走呢？他不知道这是在游街，在示众。但即使知道也一样，他不过便以为人生天地间，大约本来有时也未免要游街要示众罢了。

他省悟了，这是绕到法场去的路，这一定是"嚓"的去杀头。他惘惘的向左右看，全跟着马蚁似的人，而在无意中，却在路旁的人丛中发见了一个吴妈。很久违，伊原来在城里做工了。阿Q忽然很羞愧自己没志气：竟没有唱几句戏。他的思想仿佛旋风似的在脑里一回旋：《小孤孀上坟》欠堂皇，《龙虎斗》里的"悔不该……"也太乏，还是"手执钢鞭将你打"罢。他同时想手一扬，才记得这两手原来都捆着，于是"手执钢鞭"也不唱了。

"过了二十年又是一个……"阿Q在百忙中，"无师自通"的说出半句从来不说的话。

"好!!!"从人丛里，便发出豺狼的嗥叫一般的声音来。

车子不住的前行，阿Q在喝采声中，轮转眼睛去看吴妈，似乎伊一向并没有见他，却只是出神的看着兵们背上的洋炮。

阿Q于是再看那些喝采的人们。

这刹那中，他的思想又仿佛旋风似的在脑里一回旋了。四年之前，他曾在山脚下遇见一只饿狼，永是不近不远的跟定他，要吃他的肉。他那时吓得几乎要死，幸而手里有一柄斫柴刀，才得仗这壮了胆，支持到未庄；可是永远记得那狼眼睛，又凶又怯，闪闪的像两颗鬼火，似乎远远的来穿透了他的皮肉。而这回他又看见从来没有见过的更可怕的眼睛了，又钝又锋利，不但已经咀嚼了他的话，并且还要咀嚼他皮肉以外的东西，永是不近不远的跟他走。

这些眼睛们似乎连成一气，已经在那里咬他的灵魂。

"救命，……"

然而阿Q没有说。他早就两眼发黑，耳朵里嗡的一声，觉得全身仿佛微尘似的迸散了。

至于当时的影响，最大的倒反在举人老爷，因为终于没有追赃，他全家都号咷了。其次是赵府，非特秀才因为上城去报官，被不好的革命党剪了辫子，而且又破费了二十千的赏钱，所以全家也号咷了。从这一天以来，他们便渐渐的都发生了遗老的气味。

至于舆论，在未庄是无异议，自然都说阿Q坏，被枪毙便是他的坏的证据：不坏又何至于被枪毙呢？而城里的舆论却不佳，他们多半不满足，以为枪毙并无杀头这般好看；而且那是怎样的一个可笑的死囚呵，游了那么久的街，竟没有唱一句戏：他们白跟一趟了。

伤　逝
——涓生的手记

如果我能够，我要写下我的悔恨和悲哀，为子君，为自己。

会馆里的被遗忘在偏僻里的破屋是这样地寂静和空虚。时光过得真快，我爱子君，仗着她逃出这寂静和空虚，已经满一年了。事情又这么不凑巧，我重来时，偏偏空着的又只有这一间屋。依然是这样的破窗，这样的窗外的半枯的槐树和老紫藤，这样的窗前的方桌，这样的败壁，这样的靠壁的板床。深夜中独自躺在床上，就如我未曾和子君同居以前一般，过去一年中的时光全被消灭，全未有过，我并没有曾经从这破屋子搬出，在吉兆胡同创立了满怀希望的小小的家庭。

不但如此。在一年之前，这寂静和空虚是并不这样的，常常含着期待；期待子君的到来。在久待的焦躁中，一听到皮鞋的高底尖触着砖路的清响，是怎样地使我骤然生动起来呵！于是就看见带着笑窝的苍白的圆脸，苍白的瘦的臂膊，布的有条纹的衫子，玄色的裙。她又带了窗外的半枯的槐树的新叶来，使我看见，还有挂在铁似的老干上的一房一房的紫白的藤花。

然而现在呢，只有寂静和空虚依旧，子君却决不再来了，而且永远，永远地！……

子君不在我这破屋里时，我什么也看不见。在百无聊赖中，随手抓过一本书来，科学也好，文学也好，横竖什么都一样；看下去，看下去，忽而自己觉得，已经翻了十多页了，但是毫不记得书上所说的事。只是耳朵却分外地灵，仿佛听到大门外一切往来的履声，从中便有子君的，而且橐橐地逐渐临近，——但是，往往又逐渐渺茫，终于消失在别的步声的杂沓中了。我憎恶那不像子君鞋声的穿布底鞋的长班的儿子，我憎恶那太像子君鞋声的常常穿着新皮鞋的邻院的搽雪花膏的小东西！

莫非她翻了车么？莫非她被电车撞伤了么？……

我便要取了帽子去看她，然而她的胞叔就曾经当面骂过我。

蓦然，她的鞋声近来了，一步响于一步，迎出去时，却已经走过紫藤棚下，脸上带着微笑的酒窝。她在她叔子的家里大约并未受气；我的心宁帖了，默默地相视片时之后，破屋里便渐渐充满了我的语声，谈家庭专制，谈打破旧习惯，谈男女平等，谈伊孛生，谈泰戈尔，谈雪莱……她总是微笑点头，两眼里弥漫着稚气的好奇的光泽。壁上就钉着一张铜板的雪莱半身像，是从杂志上裁下来的，是他的最美的一张像。当我指给她看时，她却只草草一看，便低了头，似乎不好意思了。这些地方，子君就大概还未脱尽旧思想的束缚，——我后来也想，倒不如换一张雪莱淹死在海里的记念像或是伊孛生的罢；但也终于没有换，现在是连这一张也不知那里去了。

"我是我自己的，他们谁也没有干涉我的权利！"

这是我们交际了半年，又谈起她在这里的胞叔和在家的父亲时，她默想了一会之后，分明地，坚决地，沉静地说了出来的话。其时是我已经说尽我的意见，我的身世，我的缺点，很少隐瞒；她也完全了解的了。这几句话很震动了我的灵魂，此后许多天还在耳中发响，而且说不出的狂喜，知道中国女性，并不如厌世家所说那样的无法可施，在不远的将来，便要看见辉煌的曙色的。

送她出门，照例是相离十多步远；照例是那鲇鱼须的老东西的脸又紧帖在脏的窗玻璃上了，连鼻尖都挤成一个小平面；到外院，照例又是明晃晃的玻璃窗里的那小东西的脸，加厚的雪花膏。她目不斜视地骄傲地走了，没有看见；我骄傲地回来。

"我是我自己的，他们谁也没有干涉我的权利！"这彻底的思想就在她的脑里，比我还透彻，坚强得多。半瓶雪花膏和鼻尖的小平面，于她能算什么东西呢？

我已经记不清那时怎样地将我的纯真热烈的爱表示给她。岂但现在，那时的事后便已模胡，夜间回想，早只剩了一些断片了；同居以后一两月，便连这些断片也化作无可追踪的梦影。我只记得那时以前的十几天，曾经很仔细地研究过表示的态度，排列过措辞的先后，以及倘或遭了拒绝以后的情形。可是临时似乎都无用，在慌张中，身不由己地竟用了在电影上见过的方法了。后来一想到，就使我很愧恧，但在记忆上却偏只有这一点永远留遗，至今还如暗室的孤灯一般，照见我含泪握着她的手，一条腿跪了下去……

不但我自己的，便是子君的言语举动，我那时就没有看得分明；仅知道她已经允许我了。但也还仿佛记得她脸色变成青白，后来又渐渐转作绯红，——没有见过，也没有再见的绯红；孩子似的眼里射出悲喜，但是夹着惊疑的光，虽然力避我的视线，张皇地似乎要破窗飞去。然而我知道她已经允许我了，没有知道她怎样说或是没有说。

她却是什么都记得：我的言辞，竟至于读熟了的一般，能够滔滔背诵；我的举动，就如有一张我所看不见的影片挂在眼下，叙述得如生，很细微，自然连那使我不愿再想的浅薄的电影的一闪。夜阑人静，是相对温习的时候了，我常是被质问，被考验，并且被命复述当时的言语，然而常须由她补足，由她纠正，像一个丁等的学生。

这温习后来也渐渐稀疏起来。但我只要看见她两眼注视空中，出神似的凝想着，于是神色越加柔和，笑窝也深下去，便知道她又在自修旧课了，只是我很怕她看到我那可笑的电影的一闪。但我又知道，她一定要看见，而且也非看不可的。

然而她并不觉得可笑。即使我自己以为可笑，甚而至于可鄙的，她也毫不以为可笑。这事我知道得很清楚，因为她爱我，是这样地热烈，这样地纯真。

去年的暮春是最为幸福，也是最为忙碌的时光。我的心平静下去了，但又有别一部分和身体一同忙碌起来。我们这时才在路上同行，也到过几回公园，最多的是寻住所。我觉得在路上时时遇到探索，讥笑，猥亵和轻蔑的眼光，一不小心，便使我的全身有些瑟缩，只得即刻提起我的骄傲和反抗来支持。她却是大无畏的，对于这些全不关心，只是镇静地缓缓前行，坦然如入无人之境。

寻住所实在不是容易事，大半是被托辞拒绝，小半是我们以为不相宜。起先我们选择得很苛酷，——也非苛酷，因为看去大抵不像是我们的安身之所；后来，便只要他们能相容了。看了二十多处，这才得到可以暂且敷衍的处所，是吉兆胡同一所小屋里的两间南屋；主人是一个小官，然而倒是明白人，自住着正屋和厢房。他只有夫人和一个不到周岁的女孩子，雇一个乡下的女工，只要孩子不啼哭，是极其安闲幽静的。

我们的家具很简单，但已经用去了我的筹来的款子的大半；子君还卖掉了她唯一的金戒指和耳环。我拦阻她，还是定要卖，我也就不再坚持下去了；我知道不给她加入一点股分去，她是住不舒服的。

和她的叔子，她早经闹开，至于使他气愤到不再认她做侄女；我也陆续和几个自以为忠告，其实是替我胆怯，或者竟是嫉妒的朋友绝了交。然而这倒很清静。每日办公散后，虽然已近黄昏，车夫又一定走得这样慢，但究竟还有二人相对的时候。我们先是沉默的相视，接着是放怀而亲密的交谈，后来又是沉默。大家低头沉思着，却并未想着什么事。我也渐渐清醒地读遍了她的身体，她的灵魂，不过三星期，我似乎于她已经更加了解，揭去许多先前以为了解而现在看来却是隔膜，即所谓真的隔膜了。

子君也逐日活泼起来。但她并不爱花，我在庙会时买来的两盆小草花，四天不浇，枯死在壁角了，我又没有照顾一切的闲暇。然而她爱动物，也许是从官太太那里传染的罢，不一月，我们的眷属便骤然加得很多，四只小油鸡，在小院子里和房主人的十多只在一同走。但她们却认识鸡的相貌，各知道那一只是自家的。还有一只花白的叭儿狗，从庙会买来，记得似乎原有名字，子君却给它另起了一个，叫作阿随。我就叫它阿随，但我不喜欢这名字。

这是真的，爱情必须时时更新，生长，创造。我和子君说起这，她也领会地点点头。

唉唉，那是怎样的宁静而幸福的夜呵！

安宁和幸福是要凝固的，永久是这样的安宁和幸福。我们在会馆里时，还偶有议论的冲突和意思的误会，自从到吉兆胡同以来，连这一点也没有了；我们只在灯下对坐的怀旧谭中，回味那时冲突以后的和解的重生一般的乐趣。

子君竟胖了起来，脸色也红活了；可惜的是忙。管了家务便连谈天的工夫也没有，何况读书和散步。我们常说，我们总还得雇一个女工。

这就使我也一样地不快活，傍晚回来，常见她包藏着不快活的颜色，尤其使我不乐的是她要装作勉强的笑容。幸而探听出来了，也还是和那小官太太的暗斗，导火线便是两家的小油鸡。但又何必硬不告诉我呢？人总该有一个独立的家庭。这样的处所，是不能居住的。

我的路也铸定了，每星期中的六天，是由家到局，又由局到家。在局里便坐在办公桌前钞，钞，钞些公文和信件；在家里是和她相对或帮她生白炉子，煮饭，蒸馒头。我的学会了煮饭，就在这时候。

但我的食品却比在会馆里时好得多了。做菜虽不是子君的特长，然而她于此却倾注着全力；对于她的日夜的操心，使我也不能不一同操心，来算作分甘共苦。况且她又这样地终日汗流满面，短发都粘在脑额上；两只手又只是这样地粗糙起来。

况且还要饲阿随，饲油鸡，……都是非她不可的工作。

我曾经忠告她：我不吃，倒也罢了；却万不可这样地操劳。她只看了我一眼，不开口，神色却似乎有点凄然；我也只好不开口。然而她还是这样地操劳。

我所预期的打击果然到来。双十节的前一晚，我呆坐着，她在洗碗。听到打门声，我去开门时，是局里的信差，交给我一张油印的纸条。我就有些料到了，到灯下去一看，果然，印着的就是：

> 奉
> 局长谕史涓生着毋庸到局办事
> 　　　秘书处启　十月九号

这在会馆里时，我就早已料到了；那雪花膏便是局长的儿子的赌友，一定要去添些谣言，设法报告的。到现在才发生效验，已经要算是很晚的了。其实这在我不能算是一个打击，因为我早就决定，可以给别人去钞写，或者教读，或者虽然费力，也还可以译点书，况且《自由之友》的总编辑便是见过几次的熟人，两月前还通过信。但我的心却跳跃着。那么一个无畏的子君也变了色，尤其使我痛心；她近来似乎也较为怯弱了。

"那算什么。哼，我们干新的。我们……"她说。

她的话没有说完；不知怎地，那声音在我听去却只是浮浮的；灯光也觉得格外黯淡。人们真是可笑的动物，一点极微末的小事情，便会受着很深的影响。我们先是默默地相视，逐渐商量起来，终于决定将现有的钱竭力节省，一面登"小广告"去寻求钞写和教读，一面写信给《自由之友》的总编辑，说明我目下的遭遇，请他收用我的译本，给我帮一点艰辛时候的忙。

"说做，就做罢！来开一条新的路！"

我立刻转身向了书案，推开盛香油的瓶子和醋碟，子君便送过那黯淡的灯来。我先拟广告；其次是选定可译的书，迁移以来未曾翻阅过，每本的头上都满漫着灰尘了；最后才写信。

我很费踌躇，不知道怎样措辞好，当停笔凝思的时候，转眼去一瞥她的脸，在昏暗的灯光下，又很见得凄然。我真不料这样微细的小事情，竟会给坚决的、无畏的子君以这么显著的变化。她近来实在变得很怯弱了，但也并不是今夜才开始的。我的心因此更缭乱，忽然有安宁的生活的影像——会馆里的破屋的寂静，在眼前一闪，刚刚想定睛凝视，却又看见了昏暗的灯光。

许久之后，信也写成了，是一封颇长的信；很觉得疲劳，仿佛近来自己也较为怯弱了。于是我们决定，广告和发信，就在明日一同实行。大家不约而同地伸直了腰肢，在无言中，似乎又都感到彼此的坚忍倔强的精神，还看见从新萌芽起来的将来的希望。

外来的打击其实倒是振作了我们的新精神。局里的生活，原如鸟贩子手里的禽鸟一般，仅有一点小米维系残生，决不会肥胖；日子一久，只落得麻痹了翅子，即使放出笼外，早已不能奋飞。现在总算脱出这牢笼了，我从此要在新的开阔的天空中翱翔，趁我还未忘却了我的翅子的扇动。

小广告是一时自然不会发生效力的；但译书也不是容易事，先前看过，以为已经懂得的，一动手，却疑难百出了，进行得很慢。然而我决计努力地做，一本半新的字典，不到半月，边上便有了一大片乌黑的指痕，这就证明着我的工作的切实。《自由之友》的总编辑曾经说过，他的刊物是决不会埋没好稿子的。

可惜的是我没有一间静室，子君又没有先前那么幽静，善于体贴了，屋子里总是散乱着碗碟，弥漫着煤烟，使人不能安心做事，但是这自然还只能怨我自己无力置一间书斋。然而又加以阿随，加以油鸡们。加以油鸡们又大起来了，更容易成为两家争吵的引线。

加以每日的"川流不息"的吃饭；子君的功业，仿佛就完全建立在这吃饭中。吃了筹钱，筹来吃饭，还要喂阿随，饲油鸡；她似乎将先前所知道的全都忘掉了，也不想到我的构思就常常为了这催促吃饭而打断。即使在坐中给看一点怒色，她总是不改变，仍然毫无感触似的大嚼起来。

使她明白了我的作工不能受规定的吃饭的束缚，就费去五星期。她明白之后，大约很不高兴罢，可是没有说。我的工作果然从此较为迅速地进行，不久就共译了五万言，只要润色一回，便可以和做好的两篇小品，一同寄给《自由之友》去。只是吃饭却依然给我苦恼。菜冷，是无妨的，然而竟不够；有时连饭也不够，虽然我因为终日坐在家里用脑，饭量已经比先前要减少得多。这是先去喂了阿随了，有时还并那近来连自己也轻易不吃的羊肉。她说，阿随实在瘦得太可怜，房东太太还因此嗤笑我们了，她受不住这样的奚落。

于是吃我残饭的便只有油鸡们。这是我积久才看出来的，但同时也如赫胥黎的论定"人类在宇宙间的位置"一般，自觉了我在这里的位置：不过是叭儿狗和油鸡之间。

后来，经多次的抗争和催逼，油鸡们也逐渐成为肴馔，我们和阿随都享用了十多日的鲜肥；可是其实都很瘦，因为它们早已每日只能得到几粒高粱了。从此便清静得多。只有子君很颓唐，似乎常觉得凄苦和无聊，至于不大愿意开口。我想，人是多么容易改变呵！

但是阿随也将留不住了。我们已经不能再希望从什么地方会有来信，子君也早没有一点食物可以引它打拱或直立起来。冬季又逼近得这么快，火炉就要成为很大的问题；它的食量，在我们其实早是一个极易觉得的很重的负担。于是连它也留不住了。

倘使插了草标到庙市去出卖，也许能得几文钱罢，然而我们都不能，也不愿这样做。终于是用包袱蒙着头，由我带到西郊去放掉了，还要追上来，便推在一个并不很深的土坑里。

我一回寓，觉得又清静得多多了；但子君的凄惨的神色，却使我很吃惊。那是没有见过的神色，自然是为阿随。但又何至于此呢？我还没有说起推在土坑里的事。

到夜间，在她的凄惨的神色中，加上冰冷的分子了。

"奇怪。——子君，你怎么今天这样儿了？"我忍不住问。

"什么？"她连看也不看我。

"你的脸色……"

"没有什么，——什么也没有。"

我终于从她言行上看出，她大概已经认定我是一个忍心的人。其实，我一个人，是容易生活的，虽然因为骄傲，向来不与世交来往，迁居以后，也疏远了所有旧识的人，然而只要能远走高飞，生路还宽广得很。现在忍受着这生活压迫的苦痛，大半倒是为她，便是放掉阿随，也何尝不如此。但子君的识见却似乎只是浅薄起来，竟至于连这一点也想不到了。

我拣了一个机会，将这些道理暗示她；她领会似的点头。然而看她后来的情形，她是没有懂，或者是并不相信的。

天气的冷和神情的冷，逼迫我不能在家庭中安身。但是往那里去呢？大道上，公园里，虽然没有冰冷的神情，冷风究竟也刺得人皮肤欲裂。我终于在通俗图书馆里觅得了我的天堂。

那里无须买票；阅书室里又装着两个铁火炉。纵使不过是烧着不死不活的煤的火炉，但单是看见装着它，精神上也就总觉得有些温暖。书却无可看：旧的陈腐，新的是几乎没有的。

好在我到那里去也并非为看书。另外时常还有几个人，多则十余人，都是单薄衣裳，正如我，各人看各人的书，作为取暖的口实。这于我尤为合式。道路上容易遇见熟人，得到轻蔑的一瞥，但此地却决无那样的横祸，因为他们是永远围在别的铁炉旁，或者靠在自家的白炉边的。

那里虽然没有书给我看，却还有安闲容得我想。待到孤身枯坐，回忆从前，这才觉得大半年来，只为了爱，——盲目的爱，——而将别的人生的要义全盘疏忽了。第一，便是生活。人必生活着，爱才有所附丽。世界上并非没有为了奋斗者而开的活路；我也还未忘却翅子的扇动，虽然比先前已经颓唐得多……

屋子和读者渐渐消失了，我看见怒涛中的渔夫，战壕中的兵士，摩托车中的贵人，洋场上的投机家，深山密林中的豪杰，讲台上的教授，昏夜的运动者和深夜的偷儿……子君，——不在近旁。她的勇气都失掉了，只为着阿随悲愤，为着做饭出神；然而奇怪的是倒也并不怎样瘦损……

冷了起来，火炉里的不死不活的几片硬煤，也终于烧尽了，已是闭馆的时候。又须回到吉兆胡同，领略冰冷的颜色去了。近来也间或遇到温暖的神情，但这却反而增加我的苦痛。记得有一夜，子君的眼里忽而又发出久已不见的稚气的光来，笑着和我谈到还在会馆时候的情形，时时又很带些恐怖的神色。我知道我近来的超过她的冷漠，已经引起她的忧疑来，只得也勉力谈笑，想给她一点慰藉。然而我的笑貌一上脸，我的话一出口，却即刻变为空虚，这空虚又即刻发生反响，回向我的耳目里，给我一个难堪的恶毒的冷嘲。

子君似乎也觉得的，从此便失掉了她往常的麻木似的镇静，虽然竭力掩饰，总还是时时露出忧疑的神色来，但对我却温和得多了。

我要明告她，但我还没有敢，当决心要说的时候，看见她孩子一般的眼色，就使我只得暂且改作勉强的欢容。但是这又即刻来冷嘲我，并使我失却那冷漠的镇静。

　　她从此又开始了往事的温习和新的考验，逼我做出许多虚伪的温存的答案来，将温存示给她，虚伪的草稿便写在自己的心上。我的心渐被这些草稿填满了，常觉得难于呼吸。我在苦恼中常常想，说真实自然须有极大的勇气的；假如没有这勇气，而苟安于虚伪，那也便是不能开辟新的生路的人。不独不是这个，连这人也未尝有！

　　子君有怨色，在早晨，极冷的早晨，这是从未见过的，但也许是从我看来的怨色。我那时冷冷地气愤和暗笑了；她所磨练的思想和豁达无畏的言论，到底也还是一个空虚，而对于这空虚却并未自觉。她早已什么书也不看，已不知道人的生活的第一着是求生，向着这求生的道路，是必须携手同行，或奋身孤往的了，倘使只知道捶着一个人的衣角，那便是虽战士也难于战斗，只得一同灭亡。

　　我觉得新的希望就只在我们的分离；她应该决然舍去，——我也突然想到她的死，然而立刻自责，忏悔了。幸而是早晨，时间正多，我可以说我的真实。我们的新的道路的开辟，便在这一遭。

　　我和她闲谈，故意地引起我们的往事，提到文艺，于是涉及外国的文人，文人的作品：《诺拉》，《海的女人》。称扬诺拉的果决……也还是去年在会馆的破屋里讲过的那些话，但现在已经变成空虚，从我的嘴传入自己的耳中，时时疑心有一个隐形的坏孩子，在背后恶意地刻毒地学舌。

　　她还是点头答应着倾听，后来沉默了。我也就断续地说完了我的话，连余音都消失在虚空中了。

　　"是的。"她又沉默了一会，说，"但是，……涓生，我觉得你近来很两样了。可是的？你，——你老实告诉我。"

　　我觉得这似乎给了我当头一击，但也立即定了神，说出我的意见和主张来：新的路的开辟，新的生活的再造，为的是免得一同灭亡。

　　临末，我用了十分的决心，加上这几句话：

　　"……况且你已经可以无须顾虑，勇往直前了。你要我老实说；是的，人是不该虚伪的。我老实说罢：因为，因为我已经不爱你了！但这于你倒好得多，因为你更可以毫无挂念地做事……"

　　我同时预期着大的变故的到来，然而只有沉默。她脸色陡然变成灰黄，死了似的；瞬间便又苏生，眼里也发了稚气的闪闪的光泽。这眼光射向四处，正如孩子在饥渴中寻求着慈爱的母亲，但只在空中寻求，恐怖地回避着我的眼。

　　我不能看下去了，幸而是早晨，我冒着寒风径奔通俗图书馆。

　　在那里看见《自由之友》，我的小品文都登出了。这使我一惊，仿佛得了一点生气。我想，生活的路还很多，——但是，现在这样也还是不行的。

　　我开始去访问久已不相闻问的熟人，但这也不过一两次；他们的屋子自然是暖和的，我在骨髓中却觉得寒冽。夜间，便蜷伏在比冰还冷的冷屋中。

　　冰的针刺着我的灵魂，使我永远苦于麻木的疼痛。生活的路还很多，我也还没有忘却翅子的扇动，我想。——我突然想到她的死，然而立刻自责，忏悔了。

在通俗图书馆里往往瞥见一闪的光明，新的生路横在前面。她勇猛地觉悟了，毅然走出这冰冷的家，而且，——毫无怨恨的神色。我便轻如行云，漂浮空际，上有蔚蓝的天，下是深山大海，广厦高楼，战场，摩托车，洋场，公馆，晴明的闹市，黑暗的夜……

而且，真的，我预感得这新生面便要来到了。

我们总算度过了极难忍受的冬天，这北京的冬天；就如蜻蜓落在恶作剧的坏孩子的手里一般，被系着细线，尽情玩弄，虐待，虽然幸而没有送掉性命，结果也还是躺在地上，只争着一个迟早之间。

写给《自由之友》的总编辑已经有三封信，这才得到回信，信封里只有两张书券：两角的和三角的。我却单是催，就用了九分的邮票，一天的饥饿，又都白挨给于己一无所得的空虚了。

然而觉得要来的事，却终于来到了。

这是冬春之交的事，风已没有这么冷，我也更久地在外面徘徊；待到回家，大概已经昏黑。就在这样一个昏黑的晚上，我照常没精打采地回来，一看见寓所的门，也照常更加丧气，使脚步放得更缓。但终于走进自己的屋子里了，没有灯火；摸火柴点起来时，是异样的寂寞和空虚！

正在错愕中，官太太便到窗外来叫我出去。

"今天子君的父亲来到这里，将她接回去了。"她很简单地说。

这似乎又不是意料中的事，我便如脑后受了一击，无言地站着。

"她去了么?"过了些时，我只问出这样一句话。

"她去了。"

"她，——她可说什么?"

"没说什么。单是托我见你回来时告诉你，说她去了。"

我不信；但是屋子里是异样的寂寞和空虚。我遍看各处，寻觅子君；只见几件破旧而黯淡的家具，都显得极其清疏，在证明着它们毫无隐匿一人一物的能力。我转念寻信或她留下的字迹，也没有；只是盐和干辣椒，面粉，半株白菜，却聚集在一处了，旁边还有几十枚铜元。这是我们两人生活材料的全副，现在她就郑重地将这留给我一个人，在不言中，教我借此去维持较久的生活。

我似乎被周围所排挤，奔到院子中间，有昏黑在我的周围；正屋的纸窗上映出明亮的灯光，他们正在逗着孩子玩笑。我的心也沉静下来，觉得在沉重的迫压中，渐渐隐约地现出脱走的路径：深山大泽，洋场，电灯下的盛筵，壕沟，最黑最黑的深夜，利刃的一击，毫无声响的脚步……

心地有些轻松，舒展了，想到旅费，并且嘘一口气。

躺着，在合着的眼前经过的豫想的前途，不到半夜已经现尽；暗中忽然仿佛看见一堆食物，这之后，便浮出一个子君的灰黄的脸来，睁了孩子气的眼睛，恳托似的看着我。我一定神，什么也没有了。

但我的心却又觉得沉重。我为什么偏不忍耐几天，要这样急急地告诉她真话的呢？现在她知道，她以后所有的只是她父亲——儿女的债主——的烈日一般的严威和旁人的赛过冰霜的冷眼。此外便是虚空。负着虚空的重担，在严威和冷眼中走着所谓人生的路，这是怎么可怕的事呵！而况这路的尽头，又不过是——连墓碑也没有的坟墓。

我不应该将真实说给子君，我们相爱过，我应该永久奉献她我的说谎。如果真实可以宝贵，这在子君就不该是一个沉重的空虚。谎话当然也是一个空虚，然而临末，至多也不过这样地沉重。

我以为将真实说给子君，她便可以毫无顾虑，坚决地毅然前行，一如我们将要同居时那样。但这恐怕是我错误了。她当时的勇敢和无畏是因为爱。

我没有负着虚伪的重担的勇气，却将真实的重担卸给她了。她爱我之后，就要负了这重担，在严威和冷眼中走着所谓人生的路。

我想到她的死……我看见我是一个卑怯者，应该被摈于强有力的人们，无论是真实者，虚伪者。然而她却自始至终，还希望我维持较久的生活……

我要离开吉兆胡同，在这里是异样的空虚和寂寞。我想，只要离开这里，子君便如还在我的身边；至少，也如还在城中，有一天，将要出乎意表地访我，像住在会馆时候似的。

然而一切请托和书信，都是一无反响；我不得已，只好访问一个久不问候的世交去了。他是我伯父的幼年的同窗，以正经出名的拔贡，寓京很久，交游也广阔的。

大概因为衣服的破旧罢，一登门便很遭门房的白眼。好容易才相见，也还相识，但是很冷落。我们的往事，他全都知道了。

“自然，你也不能在这里了，”他听了我托他在别处觅事之后，冷冷地说，“但哪里去呢？很难。——你那，什么呢，你的朋友罢，子君，你可知道，她死了。”

我惊得没有话。

“真的？”我终于不自觉地问。

“哈哈。自然真的。我家的王升的家，就和她家同村。”

“但是，——不知道是怎么死的？”

“谁知道呢。总之是死了就是了。”

我已经忘却了怎样辞别他，回到自己的寓所。我知道他是不说谎话的；子君总不会再来了，像去年那样。她虽是想在严威和冷眼中负着虚空的重担来走所谓人生的路，也已经不能。她的命运，已经决定她在我所给与的真实——无爱的人间死灭了！

自然，我不能在这里了；但是，“哪里去呢？”

四围是广大的空虚，还有死的寂静。死于无爱的人们的眼前的黑暗，我仿佛一一看见，还听得一切苦闷和绝望的挣扎的声音。

我还期待着新的东西到来，无名的，意外的。但一天一天，无非是死的寂静。

我比先前已经不大出门，只坐卧在广大的空虚里，一任这死的寂静侵蚀着我的灵魂。死的寂静有时也自己战栗，自己退藏，于是在这绝续之交，便闪出无名的，意外的，新的期待。

31

　　一天是阴沉的上午，太阳还不能从云里面挣扎出来，连空气都疲乏着。耳中听到细碎的步声和咻咻的鼻息，使我睁开眼。大致一看，屋子里还是空虚；但偶然看到地面，却盘旋着一匹小小的动物，瘦弱的，半死的，满身灰土的……

　　我一细看，我的心就一停，接着便直跳起来。

　　那是阿随。它回来了。

　　我的离开吉兆胡同，也不单是为了房主人们和他家女工的冷眼，大半就为着这阿随。但是，"哪里去呢？"新的生路自然还很多，我约略知道，也间或依稀看见，觉得就在我面前，然而我还没有知道跨进那里去的第一步的方法。

　　经过许多回的思量和比较，也还只有会馆是还能相容的地方。依然是这样的破屋，这样的板床，这样的半枯的槐树和紫藤，但那时使我希望，欢欣，爱，生活的，却全都逝去了，只有一个虚空，我用真实去换来的虚空存在。

　　新的生路还很多，我必须跨进去，因为我还活着。但我还不知道怎样跨出那第一步。有时，仿佛看见那生路就像一条灰白的长蛇，自己蜿蜒地向我奔来，我等着，等着，看看临近，但忽然便消失在黑暗里了。

　　初春的夜，还是那么长。长久的枯坐中记起上午在街头所见的葬式，前面是纸人纸马，后面是唱歌一般的哭声。我现在已经知道他们的聪明了，这是多么轻松简截的事。

　　然而子君的葬式却又在我的眼前，是独自负着虚空的重担，在灰白的长路上前行，而又即刻消失在周围的严威和冷眼里了。

　　我愿意真有所谓鬼魂，真有所谓地狱，那么，即使在孽风怒吼之中，我也将寻觅子君，当面说出我的悔恨和悲哀，祈求她的饶恕；否则，地狱的毒焰将围绕我，猛烈地烧尽我的悔恨和悲哀。

　　我将在孽风和毒焰中拥抱子君，乞她宽容，或者使她快意……

　　但是，这却更虚空于新的生路；现在所有的只是初春的夜，竟还是那么长。我活着，我总是向着新的生路跨出去，那第一步，——却不过是写下我的悔恨和悲哀，为子君，为自己。

　　我仍然只有唱歌一般的哭声，给子君送葬，葬在遗忘中。

　　我要遗忘；我为自己，并且要不再想到这用了遗忘给子君送葬。

　　我要向着新的生路跨进第一步去，我要将真实深深地藏在心的创伤中，默默地前行，用遗忘和说谎做我的前导……

出　关

　　老子毫无动静的坐着，好像一段呆木头。

　　"先生，孔丘又来了！"他的学生庚桑楚，不耐烦似的走进来，轻轻的说。

　　"请……"

"先生，您好吗?"孔子极恭敬的行着礼，一面说。

"我总是这样子，"老子答道。"您怎么样? 所有这里的藏书，都看过了罢?"

"都看过了。不过……"孔子很有些焦躁模样，这是他从来所没有的。"我研究《诗》，《书》，《礼》，《乐》，《易》，《春秋》六经，自以为很长久了，够熟透了。去拜见了七十二位主子，谁也不采用。人可真是难得说明白呵。还是'道'的难以说明白呢?"

"你还算运气的哩，"老子说，"没有遇着能干的主子。六经这玩艺儿，只是先王的陈迹呀。那里是弄出迹来的东西呢? 你的话，可是和迹一样的。迹是鞋子踏成的，但迹难道就是鞋子吗?"停了一会，又接着说道:"白鹝们只要瞧着，眼珠子动也不动，然而自然有孕;虫呢，雄的在上风叫，雌的在下风应，自然有孕;类是一身上兼具雌雄的，所以自然有孕。性，是不能改的;命，是不能换的;时，是不能留的;道，是不能塞的。只要得了道，什么都行，可是如果失掉了，那就什么都不行。"

孔子好像受了当头一棒，亡魂失魄的坐着，恰如一段呆木头。

大约过了八分钟，他深深的倒抽了一口气，就起身要告辞，一面照例很客气的致谢着老子的教训。

老子也并不挽留他，站起来扶着拄杖，一直送他到图书馆的大门外。孔子就要上车了，他才留声机似的说道:

"您走了? 您不喝点儿茶去吗? ……"

孔子答应着"是是"，上了车，拱着两只手极恭敬的靠在横板上;冉有把鞭子在空中一挥，嘴里喊一声"都"，车子就走动了。待到车子离开了大门十几步，老子才回进自己的屋里去。

"先生今天好像很高兴，"庚桑楚看老子坐定了，才站在旁边，垂着手，说。"话说的很不少……"

"你说的对。"老子微微的叹一口气，有些颓唐似的回答道。"我的话真也说的太多了。"他又仿佛突然记起一件事情来，"哦，孔丘送我的一只雁鹅，不是晒了腊鹅了吗? 你蒸蒸吃去罢。我横竖没有牙齿，咬不动。"

庚桑楚出去了。老子就又静下来，合了眼。图书馆里很寂静。只听得竹竿子碰着屋檐响，这是庚桑楚在取挂在檐下的腊鹅。

一过就是三个月。老子仍旧毫无动静的坐着，好像一段呆木头。

"先生，孔丘来了哩!"他的学生庚桑楚，诧异似的走进来，轻轻的说。"他不是长久没来了吗? 这的来，不知道是怎的? ……"

"请……"老子照例只说了这一个字。

"先生，您好吗?"孔子极恭敬的行着礼，一面说。

"我总是这样子，"老子答道。"长久不看见了，一定是躲在寓里用功罢?"

"那里那里，"孔子谦虚的说。"没有出门，在想着。想通了一点:鸦鹊亲嘴;鱼儿涂口水;细腰蜂儿化别个;怀了弟弟，做哥哥的就哭。我自己久不投在变化里了，这怎么能够变化别人呢! ……"

"对对!"老子道。"您想通了!"

大家都从此没有话，好像两段呆木头。

大约过了八分钟，孔子这才深深的呼出了一口气，就起身要告辞，一面照例很客气的致谢着老子的教训。

老子也并不挽留他。站起来扶着拄杖，一直送他到图书馆的大门外。孔子就要上车了，他才留声机似的说道：

"您走了？您不喝点儿茶去吗？……"

孔子答应着"是是"，上了车，拱着两只手极恭敬的靠在横板上；冉有把鞭子在空中一挥，嘴里喊一声"都"，车子就走动了。待到车子离开了大门十几步，老子才回进自己的屋里去。

"先生今天好像不大高兴，"庚桑楚看老子坐定了，才站在旁边，垂着手，说。"话说的很少……"

"你说的对。"老子微微的叹一口气，有些颓唐的回答道。"可是你不知道：我看我应该走了。"

"这为什么呢？"庚桑楚大吃一惊，好像遇着了晴天的霹雳。

"孔丘已经懂得了我的意思。他知道能够明白他的底细的，只有我，一定放心不下。我不走，是不大方便的……"

"那么，不正是同道了吗？还走什么呢？"

"不，"老子摆一摆手，"我们还是道不同。譬如同是一双鞋子罢，我的是走流沙，他的是上朝廷的。"

"但您究竟是他的先生呵！"

"你在我这里学了这许多年，还是这么老实，"老子笑了起来，"这真是性不能改，命不能换了。你要知道孔丘和你不同：他以后就不再来，也再不叫我先生，只叫我老头子，背地里还要玩花样了呀。"

"我真想不到。但先生的看人是不会错的……"

"不，开头也常常看错。"

"那么，"庚桑楚想了一想，"我们就和他干一下……"

老子又笑了起来，向庚桑楚张开嘴：

"你看：我牙齿还有吗？"他问。

"没有了。"庚桑楚回答说。

"舌头还在吗？"

"在的。"

"懂了没有？"

"先生的意思是说：硬的早掉，软的却在吗？"

"你说的对。我看你也还不如收拾收拾，回家看看你的老婆去罢。但先给我的那匹青牛刷一下，鞍鞯晒一下。我明天一早就要骑的。"

老子到了函谷关，没有直走通到关口的大道，却把青牛一勒，转入岔路，在城根下慢慢的绕着。他想爬城。城墙倒并不高，只要站在牛背上，将身一耸，是勉强爬得上的；但是青牛留在城里，却没法搬出城外去。倘要搬，得用起重机，无奈这时鲁般和墨翟还都没有出世，老子自己也想不到会有这玩意。总而言之：他用尽哲学的脑筋，只是一个没有法。

　　然而他更料不到当他弯进岔路的时候，已经给探子望见，立刻去报告了关官。所以绕不到七八丈路，一群人马就从后面追来了。那个探子跃马当先，其次是关官，就是关尹喜，还带着四个巡警和两个签子手。

　　"站住！"几个人大叫着。

　　老子连忙勒住青牛，自己是一动也不动，好像一段呆木头。

　　"阿呀！"关官一冲上前，看见了老子的脸，就惊叫了一声，即刻滚鞍下马，打着拱，说道："我道是谁，原来是老聃馆长。这真是万想不到的。"

　　老子也赶紧爬下牛背来，细着眼睛，看了那人一看，含含胡胡的说，"我记性坏……"

　　"自然，自然，先生是忘记了的。我是关尹喜，先前因为上图书馆去查《税收精义》，曾经拜访过先生……"

　　这时签子手便翻了一通青牛上的鞍鞯，又用签子刺一个洞，伸进指头去掏了一下，一声不响，撅着嘴走开了。

　　"先生在城圈边溜溜？"关尹喜问。

　　"不，我想出去，换换新鲜空气……"

　　"那很好！那好极了！现在谁都讲卫生，卫生是顶要紧的。不过机会难得，我们要请先生到关上去住几天，听听先生的教训……"

　　老子还没有回答，四个巡警就一拥上前，把他扛在牛背上，签子手用签子在牛屁股上刺了一下，牛把尾巴一卷，就放开脚步，一同向关口跑去了。

　　到得关上，立刻开了大厅来招待他。这大厅就是城楼的中一间，临窗一望，只见外面全是黄土的平原，愈远愈低；天色苍苍，真是好空气。这雄关就高踞峻坂之上，门外左右全是土坡，中间一条车道，好像在峭壁之间。实在是只要一丸泥就可以封住的。

　　大家喝过开水，再吃饽饽。让老子休息一会之后，关尹喜就提议要他讲学了。老子早知道这是免不掉的，就满口答应。于是轰轰了一阵，屋里逐渐坐满了听讲的人们。同来的八人之外，还有四个巡警，两个签子手，五个探子，一个书记，账房和厨房。有几个还带着笔，刀，木札，预备抄讲义。

　　老子像一段呆木头似的坐在中央，沉默了一会，这才咳嗽几声，白胡子里面的嘴唇在动起来了。大家即刻屏住呼吸，侧着耳朵听。只听得他慢慢的说道：

　　"道可道，非常道；名可名，非常名。无名，天地之始；有名，万物之母。……"

　　大家彼此面面相觑，没有抄。

　　"故常无欲以观其妙，"老子接着说，"常有欲以观其窍。此两者，同出而异名。同，谓之玄，玄之又玄，众妙之门……"

　　大家显出苦脸来了，有些人还似乎手足失措。一个签子手打了一个大呵欠，书记先生竟打起瞌睡来，哗啷一声，刀，笔，木札，都从手里落在席子上面了。

　　老子仿佛并没有觉得，但仿佛又有些觉得似的，因为他从此讲得详细了一点。然而他没有牙齿，发音不清，打着陕西腔，夹上湖南音，"哩""呢"不分，又爱说什么"咧"：大家还是听不懂。可是时间加长了，来听他讲学的人，倒格外的受苦。

为面子起见，人们只好熬着，但后来总不免七倒八歪斜，各人想着自己的事，待到讲到"圣人之道，为而不争"，住了口了，还是谁也不动弹。老子等了一会，就加上一句道：

"�，完了！"

大家这才如大梦初醒，虽然因为坐得太久，两腿都麻木了，一时站不起身，但心里又惊又喜，恰如遇到大赦的一样。

于是老子也被送到厢房里，请他去休息。他喝过几口白开水，就毫无动静的坐着，好像一段呆木头。

人们却还在外面纷纷议论。过不多久，就有四个代表进来见老子，大意是说他的话讲的太快了，加上国语不大纯粹，所以谁也不能笔记。没有记录，可惜非常，所以要请他补发些讲义。

"来笃话啥西，俺实直头听弗懂！"账房说。

"还是耐自家写子出来末哉。写子出来末，总算弗白嚼蛆一场哉哕。阿是？"书记先生道。

老子也不十分听得懂，但看见别的两个把笔，刀，木札，都摆在自己的面前了，就料是一定要他编讲义。他知道这是免不掉的，于是满口答应；不过今天太晚了，要明天才开手。

代表们认这结果为满意，退出去了。

第二天早晨，天气有些阴沉沉，老子觉得心里不舒适，不过仍须编讲义，因为他急于要出关，而出关，却须把讲义交卷。他看一眼面前的一大堆木札，似乎觉得更加不舒适了。

然而他还是不动声色，静静的坐下去，写起来。回忆着昨天的话，想一想，写一句。那时眼镜还没有发明，他的老花眼睛细得好像一条线，很费力；除去喝白开水和吃饽饽的时间，写了整整一天半，也不过五千个大字。

"为了出关，我看这也敷衍得过去了。"他想。

于是取了绳子，穿起木札来，计两串，扶着拐杖，到关尹喜的公事房里去交稿，并且声明他立刻要走的意思。

关尹喜非常高兴，非常感谢，又非常惋惜，坚留他多住一些时，但看见留不住，便换了一副悲哀的脸相，答应了，命令巡警给青牛加鞍。一面自己亲手从架子上挑出一包盐，一包胡麻，十五个饽饽来，装在一个充公的白布口袋里送给老子做路上的粮食。并且声明：这是因为他是老作家，所以非常优待，假如他年纪青，饽饽就只能有十个了。

老子再三称谢，收了口袋，和大家走下城楼，到得关口，还要牵着青牛走路；关尹喜竭力劝他上牛，逊让一番之后，终于也骑上去了。作过别，拨转牛头，便向峻坂的大路上慢慢的走去。

不多久，牛就放开了脚步。大家在关口目送着，去了两三丈远，还辨得出白发，黄袍，青牛，白口袋，接着就尘头逐步而起，罩着人和牛，一律变成灰色，再一会，已只有黄尘滚滚，什么也看不见了。

大家回到关上，好像卸下了一副担子，伸一伸腰，又好像得了什么货色似的，咂一咂嘴，好些人跟着关尹喜走进公事房里去。

"这就是稿子?"账房先生提起一串木札来，翻着，说，"字倒写得还干净。我看到市上去卖起来，一定会有人要的。"

书记先生也凑上去，看着第一片，念道：

"'道可道，非常道'……哼，还是这些老套。真教人听得头痛，讨厌……"

"医头痛最好是打打盹。"账房放下了木札，说。

"哈哈哈! ……我真只好打盹了。老实说，我是猜他要讲自己的恋爱故事，这才去听的。要是早知道他不过这么胡说八道，我就压根儿不去坐这么大半天受罪……"

"这可只能怪您自己看错了人，"关尹喜笑道。"他那里会有恋爱故事呢? 他压根儿就没有过恋爱。"

"您怎么知道?"书记诧异的问。

"这也只能怪您自己打了磕睡，没有听到他说'无为而无不为'。这家伙真是'心高于天，命薄如纸'，想'无不为'，就只好'无为'。一有所爱，就不能无不爱，那里还能恋爱，敢恋爱? 您看看您自己就是：现在只要看见一个大姑娘，不论好丑，就眼睛甜腻腻的都像是你自己的老婆。将来娶了太太，恐怕就要像我们的账房先生一样，规矩一些了。"

窗外起了一阵风，大家都觉得有些冷。

"这老头子究竟是到那里去，去干什么的?"书记先生趁势岔开了关尹喜的话。

"自说是上流沙去的，"关尹喜冷冷的说。"看他走得到。外面不但没有盐，面，连水也难得。肚子饿起来，我看是后来还要回到我们这里来的。"

"那么，我们再叫他著书。"账房先生高兴了起来。"不过饽饽真也太费。那时候，我们只要说宗旨已经改为提拔新作家，两串稿子，给他五个饽饽也足够了。"

"那可不见得行。要发牢骚，闹脾气的。"

"饿过了肚子，还要闹脾气?"

"我倒怕这种东西，没有人要看。"书记摇着手，说。"连五个饽饽的本钱也捞不回。譬如罢，倘使他的话是对的，那么，我们的头儿就得放下关官不做，这才是无不做，是一个了不起的大人……"

"那倒不要紧，"账房先生说，"总有人看的。交卸了的关官和还没有做关官的隐士，不是多得很吗? ……"

窗外起了一阵风，括上黄尘来，遮得半天暗。这时关尹喜向门外一看，只见还站着许多巡警和探子，在呆听他们的闲谈。

"呆站在这里干什么?"他吆喝道。"黄昏了，不正是私贩子爬城偷税的时候了吗? 巡逻去!"

门外的人们，一溜烟跑下去了。屋里的人们，也不再说什么话，账房和书记都走出去了。关尹喜才用袍袖子把案上的灰尘拂了一拂，提起两串木札来，放在堆着充公的盐，胡麻，布，大豆，饽饽等类的架子上。

郁达夫

郁达夫(1896—1945),原名郁文,字达夫,浙江富阳人。中国现代著名作家。主要作品有小说集《沉沦》《蔫萝集》《迷羊》等,散文集《屐痕处处》《达夫游记》等。代表作《沉沦》《迟桂花》《闽游滴沥》等。

郁达夫早年留学日本。1921年与郭沫若、成仿吾等发起成立创造社,同时开始小说创作。作品着力描写情欲与现实环境、道德伦理间的冲突,以自我表现为显著特色,带有浓厚的"自叙传"色彩,1921年结集出版的《沉沦》是中国现代文学史上第一部白话小说集。1922年郁达夫回国后,生活视野渐趋开阔,小说创作开始摆脱"自叙传"模式,主题由"性与死"转为"生的苦闷",审美取向逐步向自然、质朴、宁静方面靠拢,《迟桂花》是郁达夫后期小说的代表作品。与此同时,20世纪30年代郁达夫开始致力于游记散文的写作,收获丰硕。

郁达夫是"五四"时期"感伤浪漫派"的代表作家,开启了中国现代抒情小说的先河。在小说中所塑造的无法把握自身命运的"零余者"形象系列、浓郁的"自叙传"色彩和其以心绪变化作为结构方式的艺术特色以及在散文创作中把自我与自然有机融合在一起的艺术探索,构成了郁达夫对于中国现代文学的重要贡献。

过　去

空中起了凉风,树叶煞煞的同電片似的飞掉下来,虽然是南方的一个小港市里,然而也很能够使人感到冬晚的悲哀的一天晚上,我和她,在临海的一间高楼上吃晚饭。

这一天的早晨,天气很好,中午的时候,只穿得住一件夹衫。但到了午后三四点钟,忽而由北面飞来了几片灰色的层云,把太阳遮住,接着就刮起风来了。

这时候我为疗养呼吸器病的缘故,只在南方的各港市里流寓。十月中旬,由北方南下,十一月初到了C省城,恰巧遇着了C省的政变,东路在打仗,省城也不稳,所以就迁到H港去住了几天。后来又因为H港的生活费太昂贵,便又坐了汽船,一直的到了这M港市。

说起这M港市,大约是大家所知道的,是中国人应许外国人来互市的最初的地方的一个,所以这港市的建筑,还带着些当时的时代性,很有一点中古的遗意。前面左右是碧油油的海湾,港市中,也有一座小山,三面滨海的通衢里,建筑着许多颜色很沉郁的洋房。商务已经不如从前的盛了,然而富室和赌场很多,所以处处有庭园,处处有别墅。沿港的街上,有两列很大的榕树排列在那里。在榕树下的长椅上休息着的,无论中国人外国人,都带有些舒服的态度。正因为商务不盛的原因,这些南欧的流人,寄寓在此地的,也没有那一种殖民地的商人的紧张横暴的样子。一种衰颓的美感,一种使人可以安居下去,于不知不觉的中间消沉下去的美感,在这港市的无论哪一角地方都感觉得出来。我到此港不久，心里头就暗暗地决定"以后不再迁徙了，以后就在此地住下去吧"。谁知住不上几天，却又偏偏遇见了她。

实在是出乎意想以外的奇遇，一天细雨蒙蒙的日暮，我从西面小山上的一家小旅馆内走下山来，想到市上去吃晚饭去。经过行人很少的那条P街的时候，临街的一间小洋房的棚门口，忽而从里面慢慢的走出了一个女人来。她身上穿着灰色的雨衣，上面张着洋伞，所以她的脸我看不见。大约是在棚门内，她已经看见了我了——因为这一天我并不带伞——所以我在她前头走了几步，她忽而问我：

"前面走的是不是李先生？李白时先生！"

我一听了她叫我的声音，仿佛是很熟，但记不起是哪一个了，同触了电气似的急忙回转头来一看，只看见了衬映在黑洋伞上的一张灰白的小脸。已经是夜色朦胧的时候了，我看不清她的颜面全部的组织；不过她的两只大眼睛，却闪烁得厉害，并且不知从何处来的，和一阵冷风似的一种电力，把我的精神摇动了一下。

"你……？"我半吞半吐地问她。

"大约认不清了吧！上海民德里的那一年新年，李先生可还记得？"

"噢！唉！你是老三么？你何以会到这里来的？这真奇怪！这真奇怪极了！"

说话的中间，我不知不觉的转过身来逼进了一步，并且伸出手来把她那只带轻皮手套的左手握住了。

"你上什么地方去？几时来此地的？"她问。

"我打算到市上去吃晚饭去，来了好几天了，你呢？你上什么地方去？"

她经我一问，一时间回答不出来，只把嘴腭往前面一指，我想起了在上海的时候的她的那种怪脾气，所以就也不再追问，和她一路的向前边慢慢地走去。两人并肩默走了几分钟，她才幽幽的告诉我说：

"我是上一位朋友家去打牌去的，真想不到此地会和你相见。李先生，这两三年的分离，把你的容貌变得极老了，你看我怎么样？也完全变过了吧？"

"你倒没什么，唉，老三，我呀，我真可怜，这两三年来……"

"这两三年来的你的消息，我也知道一点。有的时候，在报纸上就看见过一二回你的行踪。不过李先生，你怎么会到此地来的呢？这真太奇怪了。"

"那么你呢？你何以会到此地来的呢？"

"前生注定是吃苦的人，譬如一条水草，浮来浮去，总生不着根，我的到此地来，说奇怪也是奇怪，说应该也是应该的。李先生，住在民德里楼上的那一位胖子，你可还记得？"

"嗯，……是那一位南洋商人不是？"

"哈，你的记性真好！"

"他现在怎么样了？"

"是他和我一道来此地呀！"

"噢！这也是奇怪。"

"还有更奇怪的事情哩！"

"什么？"

"他已经死了！"

"这……这么说起来，你现在只剩了一个人了啦？"

"可不是么！"

"唉！"

两人又默默地走了一段，走到去大市街不远的三叉路口了。她问我住在什么地方，打算明天午后来看我。我说还是我去访她，她却很急促的警告我说：

"那可不成，那可不成，你不能上我那里去。"

出了P街以后，街上的灯火，已经很多，并且行人也繁杂起来了，所以两个人没有握一握手，笑一脸的机会。到了分别的时候，她只约略点了一点头，就向南面的一条长街上跑了进去。

经了这一回奇遇的挑拨，我的平稳得同山中的静水湖似的心里，又起了些波纹。回想起来，已经是三年前的旧事了，那时候她的年纪还没有二十岁，住在上海民德里我在寄寓着的对门的一间洋房里。这一间洋房里，除了她一家的三四个年轻女子以外，还有二楼上的一家华侨的家族在住。当时我也不晓得谁是房东，谁是房客，更不晓得她们几个姐妹的生计是如何维持的。只有一次，是我和他们的老二认识以后，约有两个月的时候，我在他们的厢房里打牌，忽而来了一位穿着很阔绰的中老绅士，她们为我介绍，说这一位是他们的大姐夫。老大见他来了，果然就抛弃了我们，到对面的厢房里去和他攀谈去了，于是老四就坐下来替了她的缺。听她们说，她们都是江西人，而大姐夫的故乡却是湖北。他和她们大姐的结合，是当他在九江当行长的时候。

我当时刚从乡下出来，在一家报馆里当编辑。民德里的房子，是报馆总经理友人陈君的住宅。当时因为我上海情形不熟，不能另外去租房子住，所以就寄住在陈君的家里。陈家和她们对门而居，时常往来，因此我也于无意之中，和她们中间最活泼的老二认识了。

听陈家的底下人说："她们的老大，仿佛是那一位银行经理的小。她们一家四口的生活费，和她们一位弟弟的学费，都由这位银行经理负担的。"

她们姐妹四个，都生得很美，尤其活泼可爱的，是她们的老二。大约因为生得太美的原因，自老二以下，她们姐妹三个，全已到了结婚的年龄，而仍找不到一个适当的配偶者。

我一边在回想这些过去的事情，一边已经走到了长街的中心，最热闹的那一家百货商店的门口了。在这一个黄昏细雨里，只有这一段街上的行人，还没有减少。两旁店家的灯火照耀得很明亮，反照出了些离人的孤独的情怀。向东走尽了这条街，朝南一转，右手矗立着一家名叫望海的大酒楼。这一家的三四层楼上，一间一间的小室很多，开窗看去，看得见海里的帆樯，是我到M港后，去得次数最多的一家酒馆。

我慢慢的走到楼上坐下，叫好了酒菜，点着烟卷，朝电灯光呆看的时候，民德里的事情又重新开展在我的眼前。

她们姐妹中间，当时我最爱的是老二。老大已经有了主顾，对她当然更不能生出什么邪念来，老三有点阴郁，不象一个年轻的少女，老四年纪和我相差太远——她当时只有十六岁——自然不能发生相互的情感，所以当时我所热心崇拜的，只有老二。

她们的脸形，都是长方，眼睛都是很大，鼻梁都是很高，皮色都是很细白，以外貌来看，本来都是一样的可爱的。可是各人的性格，却相差得很远。老大和蔼，老二活泼，老三阴郁，老四——说不出什么，因为当时我并没有对老四注意过。

老二的活泼，在她的行动，言语，嬉笑上，处处都在表现。凡当时在民德里住的年纪在二十七八上下的男子，和老二见过一面的人，总没一个不受她的播弄的。

她的身材虽则不高，然而也够得上我们一般男子的肩头，若穿着高底鞋的时候，走路简直比西洋女子要快一倍。说话不顾什么忌讳，比我们男子的同学中间的日常言语还要直率。若有可笑的事情，被她看见，或在谈话的时候，听到一句笑话，不管在她面前的是生人不是生人，她总是露出她的两列可爱的白细牙齿，弯腰捧肚，笑个不了，有时候竟会把身体侧倒，扑倚上你的身来。陈家有几次请客，我因为受她的这一种态度的压迫受不了，每有中途逃席，逃上报馆去的事情。因此我在民德里住不上半年，陈家的大小上下，却为我取了一个别号，叫我作老二的鸡娘。因为老二象一只雄鸡，有什么可笑的事情发生的时候，总要我做她的倚柱，扑上身来笑个痛快。并且平时她总拿我来开玩笑，在众人的面前，老喜欢把我的不灵敏的动作和我说错的言语重述出来作哄笑的资料。不过说也奇怪，她象这样的玩弄我，轻视我，我当时不但没有恨她的心思，并且还时以为荣耀，快乐。我当一个人在默想的时候，每把这些琐事回想出来，心里倒反非常感激她，爱慕她。后来甚至于打牌的时候，她要什么牌，我就非打什么牌给她不可。万一我有违反她命令的时候，她竟毫不客气地举起她那只肥嫩的手，拍拍的打上我的脸来。而我呢，受了她的痛责之后，心里反感到一种不可名状的满足，有时候因为想受她这一种施与的原因，故意地违反她的命令，要她来打，或用了她那一只尖长的皮鞋脚来踢我的腰部。若打得不够踢得不够，我就故意的说："不痛！不够！再踢一下！再打一下！"她也就毫不客气地，再举起手来或脚来踢打。我被打得两颊绯红，或腰部感到酸痛的时候，才柔柔顺顺地服从她的命令，再来做她想我做的事情。象这样的时候，倒是老大或老三每在旁边喝止她，教她不要太过分了，而我这被打责的，反而要很诚恳的央告她们，不要出来干涉。

记得有一次，她要出门去和一位朋友吃午饭，我正在她们家里坐着闲谈，她要我去上她姐姐房里把一双新买的皮鞋拿来替她穿上。这一双皮鞋，似乎太小了一点，我捏了她的脚替她穿了半天，才穿上了一只。她气得急了，就举起手来，向我的伏在她小腹前的脸上，头上，脖子上乱打起来。我替她穿好第二只的时候，脖子上已经有几处被她打得青肿了。到我站起来，对她微笑着，问她"穿得怎么样"的时候，她说："右脚尖有点痛！"我就挺了身子，很正经地对她说："踢两脚吧！踢得宽一点，或者可以好些！"

说到她那双脚，实在不由人不爱。她已经有二十多岁了，而那双肥小的脚，还同十二三岁的小女孩的脚一样。我也曾为她穿过丝袜，所以她那双肥嫩皙白，脚尖很细，后跟很厚的肉脚，时常要作我的幻想的中心。从这一双脚，我能够想出许多离奇的梦境来。譬如在吃饭的时候，我一见了粉白糯润的香稻米饭，就会联想到她那双脚上去。"万一这碗里，"我想，"万一这碗里盛着的，是她那双嫩脚，那么我这样的在这里咀吮，她必要感到一种奇怪的痒痛。假如她横躺着身体，把这一双肉脚伸出来任我咀吮的时候，从她那两条很曲的口唇线里，必要发出许多真不真假不假的喊声来。或者转起身来，也许狠命的在头上打我一下的……"我一想到此地饭就要多吃一碗。

象这样活泼放达的老二，象这样柔顺蠢笨的我，这两人中间的关系，在半年里发生出来的这两人中间的关系，当然可以想见得到了。况我当时，还未满二十七岁，还没有娶亲，对于将来的希望，也还很有自负心哩！

当在陈家起坐室里说笑话的时候，我的那位友人的太太，也曾向我们说起过："老二，李先生若做了你的男人，那他就天天可以替你穿鞋着袜，并且还可以做你的出气洞，白天晚上，都可以受你的踢打，岂不很好么？"老二听到这些话，总老是笑着，对我斜视一眼说："李先生不行，太笨，他不会侍候人。我倒很愿意受人家的踢打，只教有一位能够命令我，教我心服的男子就好。"在这样的笑谈之后，我心里总满感着忧郁，要一个人跑到马路去走半天，才能把胸中的郁闷遣散。

有一天礼拜六的晚上，我和她在大马路市政厅听音乐出来。老大老三都跟了一位她们大姐夫的朋友看电影去了。我们走到一家酒馆的门口，忽而吹来了两阵冷风。这时候正是九十月之交的晚秋的时候，我就拉住了她的手，颤抖着说："老二，我们上去吃一点热的东西再回去吧！"她也笑了一笑说："去吃点热酒吧！"我在酒楼上吃了两杯热酒之后，把平时的那一种木讷怕羞的态度除掉了，向前后左右看了一看，看见空洞的楼上，一个人也没有，就挨近了她的身边，对她媚视着，一边发着颤声，一句一逗的对她说："老二！我……我的心，你可能了解？我，我，我很想……很想和你长在一块儿！"她举起眼睛来看了我一眼，又曲了嘴唇的两条线在口角上含着播弄人的微笑，回问我说："长在一块便怎么啦？"我大了胆，便摆过嘴去和她亲了一个嘴，她竟劈面的打了我一个嘴巴。楼下的伙计，听了拍的这一声大响声，就急忙的跑了上来，问我们："还要什么酒菜？"我忍着眼泪，还是微微地笑着对伙计说："不要了，打手巾来！"等到伙计下去的时候，她仍旧是不改常态的对我说："李先生，不要这样！下回你若再干这些事情，我还要打得凶哩！"我也只好把这事当作了一场笑话，很不自然地把我的感情压住了。

凡我对她的这些感情，和这些感情所催发出来的行为动作，旁人大约是看得很清楚的。所以老三虽则是一个很沉郁，脾气很特别，平时说话老是阴阳怪气的女子，对我与老二中间的事情，有时却很出力的在为我们拉拢。有时见了老二那一种打得我太狠，或者嘲弄得我太难堪的动作，也着实为我打过几次抱不平，极婉曲周到地说出话来非难过老二。而我这不识好丑的笨伯，当这些时候心里头非但不感谢老三，还要以为她是多事，出来干涉人家的自由行动。

在这一种情形之下，我和她们四姐妹，对门而住，来往交际了半年多。那一年的冬天，老二忽然与一个新自北京来的大学生订婚了。

这一年旧历新年前后的我的心境，当然是惑乱得不堪，悲痛得非常。当沉闷的时候，邀我去吃饭，邀我去打牌，有时候也和我去看电影的，倒是平时我所不大喜欢，常和老二两人叫她做阴私鬼的老三。而这一个老三，今天却突然的在这个南方的港市里，在这一个细雨蒙蒙的秋天的晚上，偶然遇见了。

想到了这里，我手里拿着的那枝纸烟，已经烧剩了半寸的灰烬，面前杯中倒上的酒，也已经冷了。糊里糊涂的喝了几口酒，吃了两三筷菜，伙计又把一盘生翅汤送了上来。我吃完了晚饭，慢慢的冒雨走回旅馆来，洗了手脸，换了衣服，躺在床上，翻来复去，终于一夜没有合眼。我想起了那一年的正月初二，老三和我两人上苏州去的一夜旅行。我想起了那一天晚上，两人默默的在电灯下相对的情形。我想起了第二天早晨起来，她在她的帐子里叫我过去，为她把掉在地下的衣服捡起来的声气。然而我当时终于忘不了老二，对于她的这种种好意的表示，非但没有回报她一二，并且简直没有接受她的余裕。两个人终于白旅行了一次，感情终于没有接近起来，那一天午后，就匆匆的依旧同兄妹似的回到上海来了。过了元宵节，我因为胸中苦闷不过，便在报馆里辞了职，和她们姐妹四人，也没有告别，一个人连行李也不带一件，跑上北京的冰天雪地里去，想去把我的过去的一切忘了。把我的全部烦闷葬了。嗣后两三年来，东飘西泊，却还没有在一处住过半年以上。无聊之极，也学学时髦，把我的苦闷写出来，做点小说卖卖。然而于不知不觉的中间，终于得了呼吸器的病症。现在飘流到了这极南的一角，谁想得到再会和这老三相见于黄昏的路上的呢！啊，这世界虽说很大，实在也是很小，两个浪人，在这样的天涯海角，也居然再能重见，你说奇也不奇。我想前想后，想了一夜，到天色有点微明，窗下有早起的工人经过的时候，方才昏昏地睡着。也不知睡了几久，在梦里忽而听到几声咯咯的叩门声。急忙夹着被条，坐起来一看，夜来的细雨，已经晴了，南窗里有两条太阳光线，灰黄黄的晒在那里。我含糊地叫了一声："进来！"而那扇房门却老是不往里开。再等了几分钟，房门还是不向里开，我才觉得奇怪了，就披上衣服，走下床来。等我两脚刚立定的时候，房门却慢慢的开了。跟着门进来的，一点儿也不错，依旧是阴阳怪气，含着半脸神秘的微笑的老三。

"啊，老三！你怎么来得这样早？"我惊喜地问她。

"还早么？你看太阳都斜了啊！"

说着，她就慢慢地走进了房来，向我的上下看了一眼，笑了一脸，就仿佛害羞似的去窗面前站住，望向窗外去了。窗外头夹一重走廊，遥遥望去，底下就是一家富室的庭园，太阳很柔和的晒在那些未凋落的槐花树和杂树的枝头上。

她的装束和从前不同了。一件芝麻呢的女外套里，露出了一条白花丝的围巾来，上面穿的是半西式的八分短袄，裙子系黑印度缎的长套裙。一顶淡黄绸的女帽，深盖在额上，帽子的卷边下，就是那一双迷人的大眼，瞳人很黑，老在凝视着什么似的大眼。本来是长方的脸，因为有那顶帽子深覆在眼上，所以看去仿佛是带点圆味的样子。两三年的岁月，又把她那两条从鼻角斜拖向口角去的纹路刻深了。苍白的脸色，想是昨夜来打牌辛苦了的原因。本来是中等身材不肥不瘦的躯体，大约是我自家的身体缩矮了吧，看起来仿佛比从前高了一点。她背着我呆立在窗前。我看看她的肩背，觉得是比从前瘦了。

"老三，你站在那里干什么？"我扣好了衣裳，向前挨近了一步，一边把右手拍上她的肩去，劝她脱外套，一边就这样问她。她也前进了半尺，把我的右手轻轻地避脱，朝过来笑着说：

"我在这里算账。"

"一清早起来就算账？什么账？"

"昨晚上的赢账。"

"你赢了么？"

"我哪一回不赢？只有和你来的那回却输了。"

"噢，你还记得那么清？输了多少给我？哪一回？"

"险些儿输了我的性命！"

"老三！"

"……"

"你这脾气还没有改过，还爱讲这些死话。"

以后她只是笑着不说话，我拿了一把椅子，请她坐了，就上西角上的水盆里去漱口洗脸。

一忽儿她又叫我说：

"李先生！你的脾气，也还没有改过，老爱吸这些纸烟。"

"老三！"

"……"

"幸亏你还没有改过，还能上这里来。要是昨天遇见的是老二哩，怕她是不肯来了。"

"李先生，你还没有忘记老二么？"

"仿佛还有一点记得。"

"你的情义真好！"

"谁说不好来着！"

"老二真有福分！"

"她现在在什么地方？"

"我也不知道，好久不通信了，前二三个月，听说还在上海。"

"老大老四呢？"

"也还是那一个样子，仍复在民德里。变化最多的，就是我啊！"

"不错，不错，你昨天说不要我上你那里去，这又为什么来着？"

"我不是不要你去，怕人家要说闲话。你应该知道，阿陆的家里，人是很多的。"

"是的，是的，那一位华侨姓陆吧。老三，你何以又会看中了这一位胖先生的呢？"

"象我这样的人，那里有看中看不中的好说，总算是做了一个怪梦。"

"这梦好么？"

"又有什么好不好，连我自己都莫名其妙。"

"你莫名其妙，怎么又会和他结婚的呢？"

"什么叫结婚呀。我不过当了一个礼物，当了一个老大和大姐夫的礼物。"

"老三！"

"……"

"他怎么会这样的早死的呢？"

"谁知道他，害人的。"

因为她说话的声气消沉下去了，我也不敢再问。等衣服换好，手脸洗毕的时候，我从衣袋里拿出表来一看，已经是二点过了三个字了。我点上一枝烟卷，在她的对面坐下，偷眼向她一看，她那脸神秘的笑容，已经看不见一点踪影。下沉的双眼，口角的深纹，和两颊的苍白，完全把她画成了一个新寡的妇人。我知道她在追怀往事，所以不敢打断她的思路。默默地呼吸了半刻钟烟。她忽而站起来说："我要去了！"她说话的时候，身体已经走到了门口。我追上去留她，她脸也不回转来看我一眼，竟匆匆地出门去了。我又追上扶梯跟前叫她等一等，她到了楼梯底下，才把那双黑漆漆的眼睛向我看了一眼，并且轻轻地说："明天再来吧！"

自从这一回之后，她每天差不多总抽空上我那里来。两人的感情，也渐渐的融洽起来了。可是无论如何，到了我想再逼进一步的时候，她总马上设法逃避，或筑起城堡来防我。到我遇见她之后，约莫将十几天的时候，我的头脑心思，完全被她搅乱了。听说有呼吸器病的人，欲情最容易兴奋，这大约是真的。那时候我实在再也不能忍耐了，所以那一天的午后，我怎么也不放她回去，一定要她和我同去吃晚饭。

那一天早晨，天气很好。午后她来的时候，却热得厉害。到了三四点钟，天上起了云障，太阳下山之后，空中刮起风来了。她仿佛也受了这天气变化的影响，看她只是在一阵阵的消沉下去，她说了几次要去，我拼命的强留着她，末了她似乎也觉得无可奈何，就俯了头，尽坐在那里默想。

太阳下山了，房角落里，阴影爬了出来。南窗外看见的暮天半角，还带着些微紫色。同旧棉花似的一块灰黑的浮云，静静地压到了窗前。风声呜呜的从玻璃窗里传透过来，两人默坐在这将黑未黑的世界里，觉得我们以外的人类万有，都已经死灭尽了。在这个沉默的，向晚的，暗暗的悲哀海里，不知沉浸了几久，忽而电灯象雷击似的放光亮了。我站起了身，拿了一件她的黑呢旧斗篷，从后边替她披上，再伏下身去，用了两手，向她的胛下一抱，想乘势从她的右侧，把头靠向她的颊上去的，她却同梦中醒来似的蓦地站了起来，用力把我一推。我生怕她要再跑出门，跑回家去，所以马上就跑上房门口去拦住。她看了我这一种混乱的态度，却笑起来了。虽则兀立在灯下的姿势还是严不可犯的样子，然而她的眼睛在笑了，脸上的筋肉的紧张也松懈了，口角上也有笑容了。因此我就大了胆，再走近她的身边，用一只手夹斗篷的围抱住她，轻轻的在她耳边说：

"老三！你怕么？你怕我么？我以后不敢了，不再敢了，我们一道上外面去吃晚饭去吧！"

她虽是不响，一面身体却很柔顺地由我围抱着。我挽她出了房门，就放开了手。由她走在前头，走下扶梯，走出到街上去。

我们两人，在日暮的街道上走，绕远了道，避开那条 P 街，一直到那条 M 港最热闹的长街的中心止，不敢并着步讲一句话。街上的灯火，全都灿烂地在放寒冷的光，天风还是呜呜的吹着，街路树的叶子，息索息索很零乱的散落下来，我们两人走了半天，才走到望海酒楼的三楼上一间滨海的小室里坐下。

坐下来一看，她的头发已经为凉风吹乱；瘦削的双颊，尤显得苍白。她要把斗篷脱下来，我劝她不必，并且叫伙计马上倒了一杯白兰地来给她喝。她把热茶和白兰地喝了，又用手巾在头上脸上擦了一擦，静坐了几分钟，才把常态恢复。那一脸神秘的笑和炯炯的两道眼光，又在寒冷的空气里散放起电力来了。

"今天真有点冷啊！"我开口对她说。

"你也觉得冷的么？"

"怎么我会不觉得冷的呢？"

"我以为你是比天气还要冷些。"

"老三!"

"……"

"那一年在苏州的晚上,比今天怎么样?"

"我想问你来着!"

"老三!那是我的不好,是我,我的不好。"

"……"

她尽是沉默着不响,所以我也不能多说。在吃饭的中间,我只是献着媚,低着声,诉说当时在民德里的时候的情形。她到吃完饭的时候止,总共不过说了十几句话,我想把她的记忆唤起,把当时她对我的旧情复燃起来,然而看看她脸上的表情,却终于是不曾为我所动。到末了我被她弄得没法了,就半用暴力,半用含泪的央告,一定要求她不要回去,接着就同拖也似的把她挟上了望海酒楼间壁的一家外国旅馆的楼上。

夜深了,外面的风还在萧骚地吹着。五十支的电光,到了后半夜加起亮来,反照得我心里异常的寂寞。室内的空气,也增加了寒冷,她还是穿了衣服,隔着一条被,朝里床躺在那里。我扑过去了几次,总被她推翻了下来,到最后的一次她却哭起来了,一边哭,一边又断断续续的说:

> "李先生!我们的……我们的事情,早已……早已经结束了。那一年,要是那一年……你能……你能够象现在一样的爱我,那我……我也……不会……不会吃这一种苦的。我……我……你晓得……我……我……这两三年来……!"

说到这里,她抽咽得更加厉害,把被窝蒙上头去,索性任情哭了一个痛快。我想想她的身世,想想她目下的状态,想想过去她对我的情节,更想想我自家的沦落的半生,也被她的哀泣所感动,虽则滴不下眼泪来,但心里也尽在酸一阵痛一阵的难过。她哭了半点多钟,我在床上默坐了半点多钟,觉得她的眼泪,已经把我的邪念洗清,心里头什么也不想了。又静坐了几分钟,我听听她的哭声,也已经停止,就又伏过身去,诚诚恳恳地对她说:

"老三!今天晚上,又是我不好,我对你不起,我把你的真意误会了。我们的时期,的确已经过去了。我今晚上对你的要求,的确是卑劣得很。请你饶了我,噢,请你饶了我,我以后永也不再干这一种卑劣的事情了,噢,请你饶了我!请你把你的头伸出来;朝转来,对我说一声,说一声饶了我吧!让我们把过去的一切忘了,请你把今晚上的我的这一种卑劣的事情忘了。噢,老三!"

我斜伏在她的枕头边上,含泪的把这些话说完之后,她的头还是尽朝着里床,身子一动也不肯动。我静候了好久,她才把头朝转来,举起一双泪眼,好象是在怜惜我又好像是在怨恨我地看了我一眼。得到了她这泪眼的一瞥,我心里也不晓怎么的起了一种比死刑囚遇赦的时候还要感激的心思。她仍复把头朝了转去,我也在她的被外头躺下了。躺下之后,两人虽然都没有睡着,然而我的心里却很舒畅的默默的直躺到了天明。

早晨起来,约略梳洗了一番,她又同平时一样的和我微笑了,而我哩,脸上虽在笑着，心里头却尽是一滴苦泪一滴苦泪的在往喉头鼻里咽送。

两人从旅馆出来，东方只有几点红云罩着，夜来的风势，把一碧的长天扫尽了。太阳已出了海，淡薄的阳光晒着的几条冷静的街上，除了些被风吹堕的树叶和几堆灰土之外，也比平时洁净得多。转过了长街送她到了上她自家的门口，将要分别的时候，我只紧握了她一双冰冷的手，轻轻地对她说：

"老三！请你自家珍重一点，我们以后见面的机会，恐怕很少了。"我说出了这句话之后，心里不晓怎么的忽儿绞割了起来，两只眼睛里同雾天似的起了一层蒙障。她仿佛也深深地朝我看了一眼，就很急促地抽了她的两手，飞跑的奔向屋后去了。

这一天的晚上，海上有一弯眉毛似的新月照着，我和许多言语不通的南省人杂处在一舱里吸烟。舱外的风声浪声很大，大家只在电灯下计算着这海船航行的速度，和到 H 港的时刻。

迟桂花（存目）

《迟桂花》发表于一九三二年《现代》杂志，是郁达夫后期小说的代表作品．在这部作品中，他有意舍弃以往创作中颓废、感伤的风格，努力营造一种清新、自然、和谐的诗意氛围，表达世俗中人在"情"、"欲"冲突之下"人性返归自然"的生活理念。

小说中的"我"于一个晴爽的秋天，从上海到杭州的老友翁则生家中去喝喜酒，一路上醉心于晚开的迟桂花，竟有一种性欲的冲动。"我"在则生家里遇到他的妹妹莲，次日莲陪着"我"一起去逛五云山，在僻静而风景秀丽的山中，"我"看着莲结实的身体心起欲念，但这一瞬间的念头很快就被她率真的反应打消。她以乡下姑娘的淳朴自然消解了"我"的念想。"我"自责竟会有如此的罪恶心理，而后真诚地与莲吐露心扉，并与她结为了兄妹。

小说以"我"的行动和情绪起伏为线索，通篇都浸润着山野浪漫桂花飘香的气息，人物景物相互映衬融为一体，流露出醉人的感染力。作品虽没有引人入胜的故事情节，却气势连贯、舒缓自然、清新浪漫、柔美雅致，显示出郁达夫后期抒情小说日臻老练纯熟之境。

叶圣陶

叶圣陶(1894—1988)，又名叶绍钧，江苏苏州人。中国现代作家。主要作品有长篇小说《倪焕之》，短篇小说集《隔膜》《火灾》《线下》《城中》，童话集《稻草人》《古代英雄的石像》等。代表作《潘先生在难中》等。

1921 年叶圣陶参与发起"文学研究会"并开始文学创作，他的作品以冷静客观的笔调揭示了小知识分子和城镇小市民的精神病态，小说《潘先生在难中》是这一时期的代表作。关注教育革新与发展，也是其小说创作关注的重要方面，"教育小说"《倪焕之》被认为是 20 世纪 20 年代长篇小说的"扛鼎之作"。叶圣陶自 1921 年开始的童话创作，作品同样带有浓厚的"为人生"色彩，1923 年结集出版了中国现代文学史上最早的儿童文学作品集《稻草人》。

叶圣陶的文学成就主要体现在小说领域，他的"冷静""客观"的叙述风格，展示了"五四"小说创作在现实主义探索方面的另一种景观。

潘先生在难中（存目）

《潘先生在难中》发表于一九二五年一月的《小说月报》，是叶圣陶小说创作的代表作。作品通过集中描写逃难中的潘先生发生的一系列事件，通过对潘先生自私、苟安、疑惧等的心理的细致描摹，刻画了小知识者在公德与私欲选择中的两难窘境及其"灰色"人格。

小学教员潘先生为躲避战乱，带着全家从乡下挤着人满为患的火车好不容易转移到上海，但又担心家乡教育局长斥责其胆小怕事而丢失学校的饭碗，急匆匆又返回家乡。回乡后，潘先生一面庆幸自己深谙局长心思及时返回而未受冷落，一面从红十字会以慈善救济为名骗取旗子和徽章以保全自己和家人。在战事快打到乡镇时他逃往红十字会的房子避难竟和教育局长不期而遇，苟安之中全然忘却了作为教育者保护学校、学生的责任和社会道义担当。战事风声退后，潘先生还心安理得地为封建军阀写起了歌功颂德的匾额。

作者深刻揭示了潘先生这一类知识分子怯懦自私、庸俗苟且、患得患失的性格特点。小说整体情节富有戏剧意味，结尾引人沉思。作品的温婉讽刺、朴实细腻的手法，充分显示了作者严谨的现实主义写作风格。

许地山

许地山(1893—1941),名赞堃,字地山,笔名落华生,祖籍广东,生于台湾台南。中国现代作家。主要作品有小说集《缀网劳蛛》《商人妇》,散文集《空山灵雨》等。代表作《缀网劳蛛》等。

出生于台湾的许地山在台南沦陷后迁居大陆,1920—1926年相继进入燕京大学、美国哥伦比亚大学和英国牛津大学进行系统化的宗教学习与研究。1921年许地山参与发起成立了"文学研究会"的发起成立,同年发表小说处女作《命命鸟》。他的早期创作具有独特的异域情调与浓郁的南国风情,融合了自身的宗教情怀与对现实人生的关切,作品以新颖的题材和格调引起反响。1928年许地山自英国留学归来后,创作中的现实主义气息增强,作品表现出对国家命运与文化发展的深切关注。1934年发表的短篇小说《春桃》是许地山后期小说的代表作。

许地山的作品融合了对人生苦难的独特体察与宗教情怀,形成了独特的创作风格,丰富了中国现代文学的创作。

缀网劳蛛(存目)

《缀网劳蛛》发表于1922年,是许地山的成名作,是一篇具有浓郁的异域情调与宗教色彩的哲理小说。

小说的女主人公尚洁是童养媳,在逃离婆家后与长孙可望结为夫妻。性情善良的尚洁在一天夜里出于同情救护了一个逾墙跌伤的贼,却遭到听信流言的丈夫长孙可望的误会。因此被遗弃的尚洁在史氏夫妇的帮助下到马来半岛西岸独自为生,在孤苦中的她仍旧泰然地面对生活的种种变故与他人的误解。三年后丈夫长孙可望在宗教的感召下悔知自己的错误,将尚洁接回家与儿女相聚,自己则远居槟榔屿赎罪。面对生活的悲欢离合,尚洁始终安于命运的安排,以沉静的无抵抗的态度坦然对待人生的悲喜,对于丈夫自我责罚的决定她也没有挽留,她的安闲沉静正如她所信奉的人生哲学:"我像蜘蛛,命运就是我底网","所有的网都是自己组织得来,或完或缺,只能听其自然罢了"。

小说以从容舒缓的笔调描述着跌宕起伏的情节,在二者形成的艺术张力中表达着诸多宗教哲理。许地山在他的小说中探讨了"五四"以来的许多社会人生问题,并以宗教情怀关照现实人生,时代与社会的动荡性与传奇的故事巧妙地结合,曲折地表达了他对现实的不满、对被损害者的同情以及对人生的执著。

茅　盾

茅盾（1896—1981），原名沈德鸿，字雁冰，浙江桐乡县乌镇人。中国现代著名作家。主要作品有长篇小说"《蚀》三部曲"、《子夜》《霜叶红似二月花》《腐蚀》《虹》，短篇小说"农村三部曲"（《春蚕》《秋收》《残冬》）、《林家铺子》等。代表作《子夜》《林家铺子》《春蚕》等。

1921年茅盾任《小说月报》主编，并参与发起成立"文学研究会"，通过文学理论批评和翻译的写作，介绍外国文学，宣传革命民主主义思想和现实主义的文学主张。1927年茅盾在苦闷中开始小说创作，同年发表的"《蚀》三部曲"反映了大革命时代青年的挣扎与困惑，塑造出一批时代新女性形象。1933年长篇小说《子夜》的出版，奠定了茅盾在小说领域重要作家的地位。30年代茅盾的创作瞩目于社会主要矛盾，以政治经济领域生活为主体题材，着力描写现实复杂斗争，所形成的场面宏大、多线并进、冲突交错、人物众多的艺术风格，不但标志着中国现代长篇小说的成熟，也直接影响了小说领域"社会剖析派"的形成。抗战爆发后，茅盾不断有新作问世，《腐蚀》《霜叶红似二月花》等是本时期的重要收获。新中国成立后，茅盾因担任文化部门领导工作遂将创作重心转向文学理论与批评，出版了《鼓吹集》《夜读偶记》等论著。

茅盾的文学活动贯穿了自"五四"至20世纪80年代的半个多世纪。他在文学翻译、小说创作、文学批评等领域均有突出建树。尤其是在小说创作上，他在现实主义艺术观念的文学实践、资本家形象系列塑造和长篇小说艺术探索方面，对中国现当代文学都有着独特贡献。

子　夜（节选）

十七

没有风。淡青色的天幕上停着几朵白云，月亮的笑脸从云罅中探视下界的秘密。黄浦像一条发光的灰黄色带子，很和平，很快乐。一条小火轮缓缓地冲破那光滑的水面，威风凛凛地叫了一声。船面甲板上装着红绿小电灯的灯彩，在那清凉的夜色中和天空的繁星争艳。这是一条行乐的船。

这里正是高桥沙一带，浦面宽阔；小火轮庄严地朝北驶去，工业的金融的上海市中心渐离渐远。水电厂的高烟囱是工业上海的最后的步哨，一眨眼就过去了。两岸沉睡的田野在月光下像是罩着一层淡灰色的轻烟。

小火轮甲板上行乐的人们都有点半醉了，继续二十多分钟的紧张的哗笑也使他们的舌头疲倦，现在他们都静静地仰脸看着这神秘性的月夜的大自然，他们那些酒红的脸上渐渐透出无事可为的寂寞的烦闷来。而且天天沉浸颠倒于生活大转轮的他们这一伙，现在离开了斗争中心已远，忽然睁眼见了那平静的田野，苍茫的夜色，轻抚着心头的生活斗争的创痕，也不免感喟万端。于是在无事可为的寂寞的微闷而外，又添上了人事无常的悲哀，以及热痒痒地渴想新奇刺激的焦灼。

这样的心情尤以这一伙中的吴荪甫感受得最为强烈。今晚上的行乐胜事是他发起的；几个熟朋友，孙吉人，王和甫，韩孟翔，外加一位女的，徐曼丽。今晚上这雅集也是为了徐曼丽。据她自己说，二十四年前这月亮初升的时候，她降生在这尘寰。船上的灯彩，席面的酒肴，都是为的她这生日！孙吉人并且因此特地电调了这艘新造的镇扬班小火轮来！

船是更加走得慢了。轮机声喀嚓——喀嚓——地从下舱里爬上来，像是催眠曲。大副揣摩着老板们的心理，开了慢车；甲板上平稳到简直可以竖立一个鸡蛋。忽然吴荪甫转脸问孙吉人道：

"这条船开足了马力，一点钟走多少里呀？"

"四十里罢。像今天吃水浅，也许能走四十六七里。可是颠得厉害！怎么的？你想开快车么？"

吴荪甫点着头笑了一笑。他的心事被孙吉人说破了。他的沉闷的心正要求着什么狂暴的速度与力的刺激。可是那边的王和甫却提出了反对的然而也正是更深一层的意见：

"这儿空荡荡的，就只有我们一条船，你开了快车也没有味儿！我们回去罢，到外滩公园一带浦面热闹的地方，我们出一个鹐头玩一玩，那倒不错！"

"不要忙呀！到吴淞口去转一下，再回上海，——现在，先开快车！"

徐曼丽用了最清脆的声音说。立刻满座都鼓掌了。刚才大家纵情戏谑的时候有过"约法"，今晚上谁也不能反对这位年青"寿母"的一颦一笑。开快车的命令立即传下去了，轮机声轧轧轧地急响起来，船身就像害了疟疾似的战抖；船头激起的白浪有尺许高，船左右卷起两条白练，拖得远远的。拨剌！拨剌！黄浦的水怒吼着。甲板上那几位半酒醉的老板们都仰起了脸哈哈大笑。

"今天尽欢，应得留个久长的纪念！请孙吉翁把这条船改名做'曼丽'罢！各位赞成么？"

韩孟翔高擎着酒杯，大声喊叫；可是突然那船转弯了，韩孟翔身体一晃，没有站得稳，就往王和甫身上扑去，他那一满杯的香槟酒却直泼到王和甫邻座的徐曼丽头上，把她的蓬松长发淋了个透湿。"呀——哈！"吴荪甫他们愕然喊一声，接着就哄笑起来。徐曼丽一边笑，一边摇去头发上的酒，娇嗔地骂道：

"孟翔，冒失鬼！头发里全是酒了，非要你吮干净不可！"

这原不过是一句戏言，然而王和甫偏偏听得很清楚；他猛的两手拍一记，大声叫道：

"各位听清了没有？王母娘娘命令韩孟翔吮干她头发上的酒渍呢！吮干！各位听清了没有？孟翔！这是天字第一号的好差使，赶快到差——"

"喔唷唷！一句笑话，算不得数的！"

徐曼丽急拦住了王和甫的话，又用脚轻轻踢着王和甫的小腿，叫他莫闹。可是王和甫装做不晓得，一叠声喊着"孟翔到差"。吴荪甫，孙吉人，拍掌喝采。振刷他们那灰暗心绪的新鲜刺激来了，他们是不肯随便放过的，况又有三分酒遮了脸。韩孟翔涎着脸笑，似乎并没有什么不愿意。反是那老练的徐曼丽例外地羞涩起来。她佯笑着对吴荪甫他们飞了一眼。六对酒红的眼睛都看定了她,像是看什么猴子变把戏。一缕被玩弄的感觉就轻轻地在她心里一漾。但只一漾,这感觉立即也就消失。她抿着嘴吃吃地笑。被人家命令着,而且监视着干这玩意儿,她到底觉得有几分不自在。

王和甫却已经下了动员令。他捧住了韩孟翔的头,推到徐曼丽脸前来。徐曼丽吃吃地笑着,把上身往左一让,就靠到吴荪甫的肩膀上去了,吴荪甫大笑着伸手捉住了徐曼丽的头,直送到韩孟翔嘴边。孙吉人就充了掌礼的,在哗笑声中喝道:

"一吻!再吻!三——吻!礼毕!"

"谢谢你们一家门罢!头发是越弄越脏了!香槟酒,再加上口涎!"

徐曼丽掠整她的头发,娇媚地说着,又笑了起来。王和甫感到还没尽兴似的,立刻就回答道:

"那么再来过罢!可是你不要装模装样怕难为情才好呀!"

"算了罢!曼丽自己破坏了约法,我们公拟出一个罚规来!"

吴荪甫转换了方向了;他觉得眼前这件事的刺激力已经消失,他要求一个更新奇的。韩孟翔喜欢跳舞,就提议要徐曼丽来一套狐步舞。孙吉人老成持重,恐怕闹乱子,赶快拦阻道:

"那不行!这船面颠得厉害,掉在黄浦里不是玩的!罚规也不限定今天,大家慢慢儿想罢。"

现在这小火轮已经到了吴淞口了。口外江面泊着三四条外国兵舰,主樯上的顶灯在半空中耀亮,像是几颗很大的星。喇叭的声音在一条兵舰上呜呜地起来,忽然又没有了。四面一望无际,是苍凉的月光和水色。小火轮改开了慢车,迂回地转着一个大圆圈,这是在调头预备回上海。忽然王和甫很正经地说道:

"今天下午,有两条花旗炮舰,三条东洋鱼雷艇,奉到紧急命令,开汉口去,不知道为什么。吉人,你的局里有没有接到长沙电报?听说那边又很吃紧了!"

"电报是来了一个,没有说起什么呀!"

"也许是受过检查,不能细说。我听到的消息仿佛是共匪要打长沙呢!哼!"

"那又是日本人的谣言。日本人办的通讯社总说湖南,江西两省的共匪多么厉害!长沙,还有吉安,怎样吃紧!今天交易所里也有这风声,可是影响不到市场,今天市场还是平稳的!"

韩孟翔说着,就打了一个呵欠。这是有传染性的,徐曼丽是第一个被传染;孙吉人嘴巴张大了,却又临时忍住,转脸看着吴荪甫说道:

"日本人的话也未必全是谣言。当真那两省的情形不好!南北大战,相持不下,两省的军队只有调到前线去的,没有调回来;驻防军队单薄,顾此失彼,共匪就到处骚扰。将来会弄到怎样,谁也不敢说!"

"现在的事情真是说不定。当初大家预料至多两个月战事可以完结,哪里知道两个半月也过去了,还是不能解决。可是前方的死伤实在也了不起呀!雷参谋久经战阵,他说起来也是摇头。据他们军界中人估量,这次两方面动员的军队有三百万人,到现在死伤不下三十万!真是空前的大战!"

吴荪甫说这话时,神气非常颓唐,闭了眼睛,手摸着下巴。徐曼丽好久没有作声,忽然也惊喊了起来:

"啊唷！那些伤兵，真可怕！哪里还像个人么！一轮船，一轮船，一火车，一火车，天天装来！喏，沪宁铁路跟沪杭铁路一带，大城小镇，全有伤兵医院；庙里住满了，就住会馆，会馆住满了，就住学校；有时没处住，就在火车站月台上风里雨里过几天！唉，上有天堂，下有苏杭；现在苏杭一带，就变做了伤兵世界了！"

"大概这个阳历七月底，总可以解决了罢？死伤那么重，不能拖延得很久的！"

吴荪甫又表示了乐观的意思，勉强笑了一笑。可是王和甫摇着头，拉长了声音说：

"未必，——未必！听说徐州附近掘了新式的战壕，外国顾问监工，保可以守一年！一年！单是这项战壕，听说花了三百万，有人说是五百万！看来今年一定要打过年的了，真是糟糕！"

"况且死伤的尽管多，新兵也在招募呀！镇江，苏州，杭州，宁波，都有招兵委员；每天有新兵，少则三五百，多则一千，送到上海转南京去训练！上海北站也有招兵的大旗，天天招到两三百！"

韩孟翔有意无意地又准对着吴荪甫的乐观论调加上一个致命的打击。

大家都没有话了。南北大战将要延长到意料之外么？——船面上这四男一女的交流的眼光中都有着这句话。小火轮引擎的声音从轧轧轧而变成突突突了，一声声捶到这五个人的心里，增加了他们心的沉重。但是这在徐曼丽和韩孟翔他俩，只不过暂时感到，立即便消散了；不肯消散，而且愈来愈沉重的，是吴荪甫，孙吉人，王和甫他们三位老板。战争将要无限期延长，他们的企业可要糟糕！

这时水面上起了薄雾，远远地又有闪电，有雷声发动。风也起了，正是东南风，扑面吹来，非常有劲。小火轮狂怒地冲风前进，水声就同千军万马的呼噪一般，渐引渐近的繁华上海的两岸灯火在薄雾中闪烁。

"闷死了哟！怎么你们一下子都变做了哑巴？"

徐曼丽俏媚的声浪在沉闷的空气中鼓动着。她很着急，觉得一个快乐的晚上硬生生地被什么伤兵和战壕点污了。她想施展她特有的魔力挽回这僵局！韩孟翔是最会凑趣的，立刻就应道：

"我们大家干一杯，再各人奉敬寿母一杯，好么？"

没有什么人不赞成。虽则吴荪甫他们心头的沉闷和颓唐绝非几杯酒的力量所能解决，但是酒能够引他们的愁闷转到另一方向，并且能够把这愁闷改变为快乐。当下王和甫就说道：

"酒都喝过了，我们来一点余兴。吉人，吩咐船老大开快车，开足了马力！曼丽，你站在这桌子上，金鸡独立，那一条腿不许放下来。——怕跌倒么？不怕！我们四个守住了四面，你跌在谁的一边，就是谁的流年好，本月里要发财！"

"我不来！船行到热闹地方了，成什么话！"

徐曼丽故意不肯，扭着腰想走开。四个男人大笑，一齐用鼓掌回答她。吴荪甫一边笑，一边就出其不意地拦腰抱住了徐曼丽，拍的一响，就把徐曼丽掇上了那桌子，又拦住了，不许她下来，叫道：

"各人守好了本人的岗位！曼丽，不许作弊！快，快！"

徐曼丽再不想逃走了，可是笑得软了腿，站不起来。四个男人守住了四面，大笑着催她。船癫狂地前进，像是发了野性的马。徐曼丽刚刚站直了，伸起一条腿，风就吹卷她的衣服，倒剥上去，直罩住了她的面孔，她的腰一闪，就向斜角里跌下去。孙吉人和韩孟翔一齐抢过来接住了她。

"头彩开出了，开出了！得主两位！快上去呀！再开二彩！"

王和甫喊着，哈哈大笑，拍着掌，猛可地船上的汽笛一声怪叫，把作乐的众人都吓了一跳，接着，船身猛烈地往后一挫，就像要平空跳起来似的，桌子上的杯盘都震落在甲板上。那五个人都晃了一晃。韩孟翔站得出些，几乎掉在黄浦里。五个人的脸色都青了。船也停住了，水手们在两舷飞跑，拿着长竹篙。水面上隐约传来了喊声：

"救命呀！救命呀！"

是一条舢板撞翻了。于是徐曼丽的"二彩"只好不开。吴荪甫皱了眉头，自个儿冷笑。

船上的水手先把那舢板带住，一个人湿淋淋地也扳着舢板的后梢，透出水面来了。他就是摇这舢板的，只他一个人落水。十分钟以后，孙吉人他们这小火轮又向前驶，直指铜人码头。船上那五个人依旧那么哗笑；他们不能静，他们一静下来就会感到难堪的闷郁，那叫他们抖到骨髓里的时局前途的暗淡和私人事业的危机，就会狠狠地在他们心上咬着。

现在是午夜十二时了。工业的金融的上海人大部分在血肉相搏的噩梦中呻吟，夜总会的酒吧间里却响着叮叮当当的刀叉和嗤嗤的开酒瓶。吴荪甫把右手罩在酒杯上，左手支着头，无目的地看着那酒吧间里进出的人。他和王和甫两个虽然已经喝了半瓶黑葡萄酒，可是他们脸上一点也不红；那酒就好像清水，鼓动不起他们的闷沉沉的心情。并且他们自己也不明白为什么这样闷沉沉。

在铜人码头上了岸以后，他们到徐曼丽那里胡闹了半点钟，又访过著名的秘密艳窟九十四号，出一个难题给那边的老板娘；而现在，到这夜总会里也有了半个钟头了，也推过牌九，打过宝。可是一切这些解闷的法儿都不中用！两个人都觉得胸膛里塞满了橡皮胶似的，一颗心只是粘忒忒地摆布不开；又觉得身边全长满了无形的刺棘似的，没有他们的路。尤其使他们难受的，是他们那很会出计策的脑筋也像被什么东西胶住了——简直像是死了；只有强烈的刺激稍稍能够拨动一下，但也只是一下。

"唉！浑身没有劲儿！"

吴荪甫自言自语地拿起酒杯来喝了一口，眼睛仍旧迷惘地望着酒吧间里憧憧往来的人影。

"提不起劲儿，吁！总有五六天了，提不起劲儿！"

王和甫打一个呵欠应着。他们两个人的眼光接触了一下，随即又分开，各自继续他们那无目标的了望。他们那两句话在空间消失了。说的人和听的人都好像不是自己在说，自己在听；他们的意识界是绝对的空白！

忽然三四个人簇拥着一位身材高大的汉子，嚷嚷笑笑进来，从吴荪甫他们桌子边跑过，一阵风似的往酒吧间的后面去了。吴荪甫他们俩麻痹的神经上骤然受了一针似的！两个人的眼光碰在一处了，嘴角上都露出苦笑来。吴荪甫仍旧自言自语地说：

"那不是么？好像是老赵！"

"老赵！"

王和甫回声似的应了两个字，本能地向酒吧间的后进望了一眼。同时他又本能地问道：

"那几个又是谁呢？"

"没有看清。总之是没有尚仲礼这老头子。"

"好像内中一个戴眼镜的就是——哦，记起来了，是常到你公馆里的李玉亭！"

"是他么？嘿，嘿！"

吴荪甫轻声笑了起来，又拿起酒杯来喝了一口。可是一个戴眼镜的人从里边跑出来了，直走到吴荪甫他们桌子前，正是李玉亭。他是特地来招呼这两位老板。王和甫哈哈笑道：

"说起曹操，曹操就到，怎么你们大学教授也逛夜总会来了？明天我登你的报！"

"哦，哦，秋律师拉我来的。你们见着他么？"

"没有。可是我们看见老赵，同你一块儿进来。"

吴荪甫这话也不过是顺口扯扯，不料李玉亭的耳根上立刻红起了一个圈。仿佛女人偷汉子被本夫撞见了那样的忸怩不安也在他心头浮了起来。他勉强笑了一笑，找出话来说道：

"听说要迁都到杭州去呢！也许是谣言，然而外场盛传，你们没有听到么？"

吴荪甫他们俩都摇头，心里却是异样的味儿，有点高兴，又有点忧闷。李玉亭又接着说下去：

"北方要组织政府，这里又有迁都杭州的风声，这就是两边都不肯和，都要打到底，分个胜败！荪甫，战事要延长呢！说不定是一年半载！民国以来，要算这一次的战事最厉害了；动员的人数，迁延的时日，都是空前的！战线也长，中部几省都卷进了旋涡！并且共匪又到处扰乱。大局是真正可以悲观！"

"过一天，算一天！"

王和甫叹一口气说，他这样颓丧是向来没有的。李玉亭听着很难受，转眼去看吴荪甫，那又是惶惑而且焦灼的一张脸。这也是李玉亭从来不曾见过的。李玉亭忍不住也叹一口气，再找出话来消释那难堪的阴霾：

"可是近来公债市场倒立稳了，没有大跌风；可见社会上一般人对于时局前途还乐观呀！"

"哈哈！不错！"

吴荪甫突然狞笑着说，对王和甫使了个眼色。王和甫还没理会到，李玉亭却先看明白了；他立刻悟到自己无意中又闯了祸，触着了吴荪甫他们的隐痛了。他赶快一阵干笑混了过去，再拿秋律师做题目，转换谈话的方向：

"南市倒了一家钱庄，亏空四十多万；存款占五分之四。现在存户方面公请秋律师代表打官司。荪甫，令亲范博文也吃着了这笔倒账！近来他不做诗，研究民诉法了。听说那钱庄也是伤在做公债！"

吴荪甫点着头微笑，他是笑范博文吃着了倒账这才去研究法律。王和甫淡淡地说：

"没有人破产，哪里会有人发财！顶倒霉的是那些零星存户！"

"可不是！我就觉得近年来上海金融业的发达不是正气的好现象。工业发达才是国民经济活动的正轨！然而近来上海的工业真是江河日下。就拿奢侈品的卷烟工业来说，也不见得好；这两三年内，上海新开的卷烟厂，实在不算少，可是营业上到底不及洋商。况且也受了战事影响。牌子最老，资本最大的一家中国烟草公司也要把上海的制造厂暂时停工了。奢侈品工业尚且如此！"

李玉亭不胜感慨似的发了一篇议论，站起身来想走了，忽然又弯了腰，把嘴靠在吴荪甫耳朵边，轻声说道：

"老赵有一个大计划，想找你商量，就过去谈谈好么？那边比这里清静些。"

吴荪甫怔住了，一时间竟没有回答。李玉亭格格地笑着，似乎说"你斟酌罢"，就转身走了。

望着李玉亭的背影，吴荪甫怔怔地沉入了瞑想。他猜不透赵伯韬来打招呼是什么意思，而且为什么李玉亭又是那么鬼鬼祟祟，好像要避过了王和甫？他转脸看了王和甫一眼，就决定要去看看老赵有什么把戏。

"和甫，刚才李玉亭说老赵有话找我们商量，我们去谈谈罢。"

"哦！——就是你去罢！我到那里去看一路宝。老赵是想学拿破仑，打了一个胜仗，就提出外交公文来了！"

两个人对看着哈哈笑起来，觉得心头的沉闷暂时减轻了一些了。

于是吴荪甫一个人去会老赵；在墙角的一张小圆桌旁边和赵伯韬对面坐定了后，努力装出镇静的微笑来。自从前次"合作"以后，一个多月来，这两个人虽然在应酬场中见过好多趟，都不过随便敷衍几句，现在他们又要面对面开始密谈了。赵伯韬依然是那种很爽快的兴高采烈的态度，说话不兜圈子，劈头就从已往的各种纠纷上表示了他自己的优越：

"荪甫，我们现在应得说几句开诚布公的话。我们的旧账可以一笔勾销！可是，有几件事，我不能不先对你声明一下：第一，银团托辣斯，我是有分的，我们有一个整计画；可是我们一不拒绝人家来合作，二不肯见食就吞；我们并没想过要用全力来对付你，我们并不注意缫丝工业；荪甫，那是你自己太多心！——"

吴荪甫笑了一笑，耸耸肩膀。赵伯韬却不笑，眼睛炯炯放光。他把雪茄猛吸一口，再说道：

"你不相信么？那么由你。老实说，朱吟秋押款那回事，我不过同你开玩笑，并不是存心捣你的蛋。要是你吃定我有什么了不起的计策，也不要紧，也许我做了你就也有那样的看法，我们再谈第二桩事情罢。你们疑心我到处用手段，破坏益中；哈哈；我用过一点手段，只不过一点，并未'到处'用手段。你们猜度是我在幕后指挥'经济封锁'，哎，荪甫！我未尝不能这么干，可是我不肯！自家人拼性命，何苦！"

"哈哈，伯韬！看来全是我们自己太多心了！我们误会了你？是不是？"

吴荪甫狂笑着说，挺一下眉毛。赵伯韬依旧很严肃，立即郑重地回答道：

"不然！我这番话并非要声明我们过去的一切都是误会！我是要请你心里明白：你我中间，并没有什么不可解的冤仇，也不是完全走的两条路，也不是有了你就会没有我，——益中即使发达起来，光景也不能容容易易就损害到我，所以我犯不着用出全副力量来对付你们！实在也没有用过！"

这简直是胜利者自负不凡的口吻了。吴荪甫再也耐不住，就尖利地回问道：

"伯韬！你找我来，难道就为了这几句话么？"

"不错，一半是为了这几句。算了，荪甫，旧账我们就不提，——本来我还有一桩事想带便和你说开，现在你既然听得不耐烦了，我们就不谈了罢。我是个爽快的脾气，说话不兜圈子，现在请你来，就想看看我们到底还能不能大家合作——"

"哦，可是，伯韬，还有一桩事要跟我说开么？我倒先要听听。"

吴荪甫拦住了赵伯韬，故意微笑地表示镇定，然而他的心却异常忑忡不宁；他蓦地想起了从前和老赵开始斗争的时候，杜竹斋曾经企图从中调停，——"总得先打一个胜仗，然后开谈判，庶几不为老赵所挟制"：那时他是根据着这样的策略拒绝了杜竹斋的，真不料现在竟弄成主客易位，反使老赵以胜利者的资格提议"合作"，人事无常，一至于此，吴荪甫简直不能相信自己的耳朵。

赵伯韬也微微一笑，似乎已经看透了吴荪甫的心情。他很爽利地说道：

"这第三桩事情倒确是误会。你们总以为竹斋被我拉了走，实在说，我并没拉竹斋，而我这边的韩孟翔却真真被你们钓了去了！荪甫，这件事，我很佩服你们的手腕灵敏！"

吴荪甫听着，把不住心头一跳，脸色也有点变了；赶快一阵狂笑掩饰了过去，他就故意问道：

"你只晓得一个韩孟翔么？我还收买得比韩孟翔更要紧的人呢！"

"也许还有个把女的！可是不相干。你肯收买女的，我当真感谢得很！女人太多了，我对付不开；嗨嗨！"

现在是赵伯韬勉强笑着掩饰他的真正心情了。这也瞒不过吴荪甫的眼睛，于是吴荪甫也感到若干胜利的意味；他到底又渐渐恢复了他的自信力，他摆脱了失败的情绪，振起精神来，转取攻势。他劈头就把谈话转入那"合作"问题：

"你猜的很对！我们的收买政策也还顺利！伯韬，我想来就是你本人也可以收买的！我也是爽快的脾气，我们不说废话了，你先提出你的'合作'条件来，要是可以商量的话，我一定开诚布公回答你！"

"那么，简简单单一句话，我介绍一个银团放款给益中公司！总数三百万，第一批先付五十万，条件是益中公司全部财产做担保！"

吴荪甫很注意地听着，眼光射定了赵伯韬的面孔。忽然他仰脸大笑起来，耸耸肩膀。赵伯韬却不笑，悠然抽着雪茄，静待吴荪甫的回答。吴荪甫笑定了，就正色问道：

"伯韬！你是不是开玩笑？益中是抱的步步为营的政策，虽然计划很大，眼前却用不到三百万的借款！益中现在还搁着资本找不到出路呢！"

"不是这么说的。借款的总数是三百万，第一批先交五十万，第二批的交付，另定办法。你是老门槛，你自然明白这笔借款实在只有五十万，不过放款的银团取得继续借与二百五十万的优先权！"

"然而益中公司连五十万的借款也用不到！"

"当真么？"

"当真！"

吴荪甫把心一横，坚决地回答。可是他这话刚刚出口，他的心立刻抖起来了。他知道自己从前套在朱吟秋头上的圈子，现在被赵伯韬拿去放大了来套那益中公司了；他知道经他这一拒绝，赵伯韬的大规模的经济封锁可就当真要来了，而益中公司在此战事未停，八个厂生产过剩的时候，再碰到大规模的经济封锁，那就只有倒闭或者出盘的了；他知道这就是老赵他们那托辣斯开始活动的第一炮！

赵伯韬微笑着喷一口烟，又逼进一步道：

"那么，到底不能合作！益中公司前途远大，就这么弄到搁浅下场，未免太可惜了！苏甫，你们一番心血，总不能白丢；你们仔细考虑一下，再给我回音如何？苏甫，我们打开天窗说亮话，益中目前已经周转不灵，我早就知道。况且战事看去要延长，战线还要扩大，益中那些厂的出品，本年内不会有销路；苏甫，你们仔细考虑一下，再给我回音罢！"

"哦——"

吴苏甫这么含糊应着，突然软化了；他仿佛听得自己心里梆的一响，似乎他的心拉碎了，再也振作不起来；他失了抵抗力，也失了自信力，只有一个意思在他神经里旋转：有条件地投降了罢？

蓦地他站了起来，冷冷地狞笑。最后一滴力又回到他身上了，并且他也不愿意让老赵看清了他是怎样苦闷而且准备投降；他在老赵肩膀上重拍一下，就大声说：

"伯韬！时局到底怎样，各人各看法！也许会急转直下。至于益中公司，我们局内人倒一点不担心。有机会吸收资本来扩充，自然也好。明天我把你的意思提到董事会，将来我们再碰头罢。"

接着又狂笑了一声，吴苏甫再不等老赵开口，就赶快走了。他找着了王和甫，把经过的情形说一个大概，皱了眉头。好半晌，两个人都不出声。后来王和甫从牙齿缝里迸出一句话来：

"明天早上我同吉人到你公馆里商量罢！"

吴苏甫回家的时候已经一点半钟了。满天乌云遮蔽了星和月亮，吴公馆园子里阴森森地，风吹树叶，声音很凄惨。少奶奶她们全伙儿都没在家。男当差和女仆们挤在那门房里偷打小牌，嘈杂地笑着。直到吴苏甫汽车上的喇叭在大门外接连叫了两次，门房里那一伙男女方才听到。牌局立刻惊散了，男当差和女仆们赶快奔回他们各自的职守；然而吴苏甫已经觉得，因此他一下车来，脸色就非常难看。男女仆人偷打牌，他是绝对禁止的！

而且少奶奶她们不在家，又使得吴苏甫火上添油地震怒起来。"公馆不像公馆了！"——他在客厅里叫骂，眼光扫过那客厅的陈设，在地毯上，桌布上，沙发套上，窗纱上，一一找出"讹头"来喝骂那些男女当差。他的威厉的声浪在满屋子里滚，厅内厅外是当差们恐慌的脸色，树叶苏苏地悲啸；一切的一切都使得这壮丽的吴公馆更显得阴沉可怖，"公馆不像公馆了！"

当差高升抱了一大捆新收到的素幛子（吴老太爷开丧的日子近了），很冒失地跑进客厅来请吴苏甫过目，然而劈头一个钉子就把高升碰得哭又不是，笑又不得。大家这才知道今晚上"三老爷"的火性不比往常！

但是高升这番冒失，也就收束了吴苏甫的咆哮；他慢慢地往沙发上一横，便转入了沉思。他并不是在那里盘算着老太爷的开丧；那是五天以后的事，而且早就全权交托给姑奶奶和少奶奶去办理了。他是忽然想起了老太爷初丧那时候，他和孙吉人他们发愿组织益中公司的情形！故世的老太爷还没开丧，而他们的雄图却已成为泡影！

这么想着，吴荪甫在幻觉中便又回到夜总会酒吧间墙角的那幕活剧；赵伯韬那些充满了威胁意味的话跟着吴荪甫的卜卜地跳着的心一个字一个字跳了出来。老赵的用意再明白也没有了，因而现在留给荪甫的路就只有两条：不是投降老赵，就是益中公司破产！只这两个念头，就同走马灯似的在吴荪甫脑子里旋转，不许他想到第三种方法；并且绝对没有挣扎反抗的泡沫在他意识中浮出来。现在的吴荪甫已经不是两个月前吴老太爷初丧时候的吴荪甫了！发展实业的热狂已经在他血管中冷却！如果他现在还想努力不使益中公司破产，那也无非因为他有二十多万的资本投在益中里，而也因这一念，使他想来想去觉得除了投降老赵便没有第二个法子可以保全益中——他的二十万资本了！

"然而两个月的心血算是白费了！"

吴荪甫自言自语地哼出了这一句来，在那静悄悄的大客厅里，有一种刺耳的怪响。他跳起来愕然四顾，疑心这不是他自己的话。客厅里没有别人，电灯的白光强烈地射在他的脸上。窗外有两个当差的黑影蠕蠕地动着。吴荪甫皱着眉头苦笑。再躺在那沙发里，他忽然又记起了不久以前他劝诱杜竹斋的那一番话："上海有一种会打算盘的精明鬼，顶了一所旧房子来，加本钱粉刷装修，再用好价钱顶出去；我们弄那八个厂，最不济也要学学那些专顶房子的精明鬼呀……而且只要我们粉刷装修得合式，鼎鼎大名的赵伯韬就是肯出大价钱的好户头呀！"这原是一时戏言，为的想拉住杜竹斋，但是现在却成了谶语了！吴荪甫想着又忍不住笑起来，觉得万事莫非前定，人力不能勉强！

他倒心定些了。他觉得胆小的杜竹斋有时候实在颇具先见之明，因而也省了多少烦恼。他又进一步计算着益中公司的全部财产究竟值多少，和赵伯韬进行实际谈判的时候应该提出怎样的条件，是干干脆脆的"出顶"好呢，还是藕断丝连的抵押！他愈想愈有劲儿，脸上亦红喷喷了。他不但和两个月前打算进行大规模企业的时候是两个人，并且和三小时前在小火轮上要求刺激的时候也截然不同了！现在他有了"出路"。虽然是投降的出路，但总比没有出路好多罢！

可是他这津津有味的瞑想突然被扰乱了。四小姐蕙芳像一个影子似的趑到他的面前，在相离三尺许的地方站住了，很惶惑不安似的对住他瞧。

"哦——四妹么？你没有出去？"

吴荪甫确定了是真实的四小姐而不是他的幻觉的时候，就随口问一句，颇有点不耐烦的神气。

四小姐不回答，走到荪甫旁边的椅子里坐定了，忽然叹一口气。荪甫的眉头立刻皱了一下，几句严厉的话也已经冲到他嘴唇边，但到底仍旧咽了下去。他勉强笑了一笑，正想换用比较温和的话，四小姐却已经先开口：

"三哥！过了爸爸的开丧，我打算仍旧回乡下去！"

"什么！要回乡下去？"

吴荪甫吃惊地说，脸色也变了。他真不懂四小姐为什么忽然起这怪念头，他的狞厉而惊愕的眼光盯住了四小姐那苍白得可怜的面孔。四小姐低了头，过一会儿，方才慢吞吞地回答：

"我是一向跟爸爸在乡下的，上海我住不惯——"

"两个月住过了倒反觉得不惯了么？哈哈！"

吴荪甫打断了四小姐的话，大声笑了起来，觉得四小姐未免太孩子气。可是他这猜想却不对。四小姐猛抬起头来，尖利地看着她的哥哥。她这眼光也就有几分很像吴荪甫下了决心时的眼光那么威棱四射。她和她哥哥同禀着刚强的天性，不过在她这面是一向敛而不露。现在，她这久蕴的天性却要喷发！

"不惯！住过了觉得不惯，才是真的不惯！也不是房子和吃食不惯，是另一种不惯，我说不明白！天天像做乱梦一样，我心魂不定；可是天天又觉得太闲了，手脚都没有个着落似的！我问过珊妹她们，都不是这样的！想来就因为我是一向住乡下，不配住在上海！"

四小姐例外地坚持她的意见，忽然眼眶红了，滴下几点眼泪来。

"哦——那么，四妹……"

吴荪甫沉吟着，说不下去；他的脸色异常温和了。虽然他平日对待弟妹很威严，实在心里他是慈爱的，他常常想依照他自己认为确切不移的原则替弟妹们谋取一生的幸福，所以现在听得四小姐诉说了生活的苦闷，他也就如同身受那样难过，可是企业家的他，不能了解少年女郎的四小姐那种复杂的心灵上的变化和感情上的冲突！

四小姐却就敏感得多。荪甫那温和的脸色使她蓦地感到了久已失去了的慈母的抚爱。这是十多年来第一次感到罢？她随侍老太爷十年之久，也不曾感到过这样温暖的抚爱。老太爷对待她始终就像一位传授道法的师傅，他们父女中间的内心生活是非常隔膜的，而现在，四小姐从哥哥那里得到这意外的慰藉，她的少女的舌头就又更加灵活起来。

"三哥！我刚到上海的时候，只觉得很胆小；见人，走路，都有一种说不出的畏怯。现在可不是那样了！现在就是总觉得太闷太闲；前些时，嫂嫂教我打牌，可是我马上又厌烦了。我心里时常暴躁，我心里像是要一样东西，可是又不知道到底要的是什么！我自己也不明白我要些什么；我就是百事无味，心神不安！"

"那么，你是太没有事来消磨工夫罢？那么，四妹，你今天为什么不跟嫂嫂一块儿去散散心呢？"

吴荪甫的脸色更加温和了，简直是慈母的脸；可是他的企业家的心却也渐渐有点不耐烦。

"我不想出去——"

四小姐轻声回答，吁一口气，就把余下的话都缩住了，往肚子里咽。无论如何，哥哥总是哥哥，况又是一向严厉的哥哥，有些复杂的女孩儿家的心情，她不好对这位哥哥讲。她低下了头，眼眶里又潮湿了；她眼前忽然浮起了幻象：一对青年男女，好像就是林佩珊和杜新箨罢，很自然地谈笑戏谑。她觉得那是很惬意的，然而她是孤单，并且她心里有一根线，不知道什么时候生根在那里的一根线，总牵住了她，使她不能很自然地和接近她的男子谈笑。她恨这根线，然而她又无法拔去这根线！她就是被这样感情上的矛盾冲突所磨折！她想躲避，眼不见，心不乱！可是她这样的苦闷却又无处可以告说。她咬一下嘴唇，再抬起头来，毅然说：

"三哥！我自己晓得，只有到乡下去的一法！也许还有别的法子，可是我现在想得起来的，只有乡下去这个法子了！再住下去，我会发狂的！三哥！会发狂的！"

"哎，哎！真是奇怪！"

"我自己也知道太奇怪，我就是不明白为什么——"

"没有什么的！再住住就好了，就惯了！你看阿萱！"

吴荪甫的语气稍稍严厉些了；他不耐烦地摇摇身体站了起来，就想结束了这毫无意味的交涉。可是四小姐却异常坚决，很大胆地和荪甫眼对眼相看，冷冷地回答道：

"不让我回乡下去，就送我进疯人院罢！住下去，我迟早要发疯的！"

"哎，哎！真是说不明白！这么大的人了，还是说不明白！可是我倒要问你，到乡下去，你住在哪里呢？"

"家里也好住的！"

"你一个人住在家里不是更加闷了么？"

"那么，四姨家里也好住！"

吴荪甫摇着头，鼻子里哼了一声，踱起方步来。对于这妹子的执拗也没有办法，他是异常地震怒了！他，向来是支配一切，没有人敢拂逆他的命令的！他又始终不懂得四小姐所以要逃避上海生活的原因，他只觉得四小姐在老太爷的身边太久，也有了老太爷那种古怪的脾气：憎恨近代文明，憎恨都市生活；而这种顽固的憎恨，又是吴荪甫所认为最"不通"的。他突然站住了，转脸又问四小姐道：

"那么，你永远躲在乡下了么？"

"说不定！我想来一个人的性情常常会变的！不过现在我相信回到乡下去，比在上海好！"

吴荪甫忍不住笑了起来，他觉得找到了一个根据点，可以反攻四小姐那顽固的堡塞了；但是他还没开口，忽然一片声汽车喇叭叫从大门外进来，当差高升在园子里高声喊道：

"少奶奶和林小姐他们都回来了！"

接着就是错杂的笑语声和高跟皮鞋响。第一个跳进客厅来的，是阿萱，手里拿着一把戏台上用的宝剑。他显然并没料到荪甫也在客厅里，一边笑，一边很得意地舞弄他这名贵的武器。可是猛一转脸，他看见荪甫那狞厉的眼光射在他身上，于是手就挂下去了，然而还很大胆地嘻嘻笑着。吴荪甫皱了眉头，觉得眼前这宝剑就是上次那只"镖"的扩大；阿萱也敢公然举起叛逆的旗帜了，不许他玩什么镖，他倒去弄更加惹眼的长家伙，这还了得！

这时少奶奶也进来了，一眼瞧去就知道荪甫要发作，赶快回护着阿萱说道：

"不是他自己要买这家伙，学诗送给他的。近来学诗也喜欢什么武侠了；刀呀，枪呀，弄了一大批！"

"姊姊，不是镇上费小胡子有一个电报来么？还搁在你的钱袋里呢！"

林佩珊也在暗中帮忙阿萱，把话岔了开去。这就转移了吴荪甫的注意。阿萱捧着那宝剑赶快就走了。

电报是说镇上同时倒闭了十来家商铺，老板在逃，亏欠各处庄款，总计有三十万之多，吴荪甫开在镇上那钱庄受这拖累，因此也是岌岌可危，请求立即拨款救济。吴荪甫的脸色变了，倒抽一口冷气，一言不发，转身就离开了那客厅，到书房里去拟回电；那是八个大字："无款可拨，相机办理！"

身边到处全是地雷！一脚踏下去，就轰炸了一个！——躺在床上的吴荪甫久久不能入睡，只有这样恐怖的感想反复揉矸他那发胀发热的脑袋。而且无论在社会上，在家庭中，他的威权又已处处露着败象，成了总崩溃！他额角上的血管突突地跳，他身下的钢丝软垫忽然变成了刀山似的；他身旁的少奶奶却又在梦中呻吟呜咽。

渐渐地远处隐约响着汽笛叫，吴荪甫忽然看见四小姐又跑来闹着要回乡下去，说是要出家做尼姑，把头发剪得光光的；姑奶奶帮着妹子和小兄弟，一句一句都派荪甫的不是，要荪甫分财产，让四小姐和阿萱自立门户；忽然又看见阿萱和许多人在大客厅上摆擂台，园子里挤满了三山五岳奇形怪状的汉子；而最后，荪甫又看见自己在一家旅馆里，躺在床上，刘玉英红着脸，吃吃地笑，她那柔软白嫩的手掌火一般热，按在他胸前，一点一点移下去，移下去了，……

梦中一声长笑，荪甫两手一搂，就抱住了一个温软的身体，又听得细声的娇笑。吴荪甫猛睁开眼来，窗纱上全是斑剥的日影，坐在他身边的是穿了浴衣的少奶奶，对他微笑。吴荪甫忽然脸红了，赶快跳起身来，却看见床头小茶几上那托着一杯牛奶的赛银椭圆盘子里端端正正摆着两张名片：王和甫，孙吉人。那杯子里的热牛奶刚结起一张薄薄的衣。

在小客厅里，吴荪甫他们三位开始最严重的会议了。把赵伯韬的放款办法详细讨论过以后，吴荪甫是倾向于接受，王和甫无可无不可，孙吉人却一力反对。这位老板摇着他的细长脖子，冷冷地说：

"这件事要分开来看：我们把益中顶给老赵，划算得通么？这是一。要不要出顶？这是二。荪甫，你猜想来老赵说的什么银团就是那谣传得很久的托辣斯罢，可是依我看去，光景不像！制造空气是老赵的拿手好戏！他故意放出什么托辣斯的空气来，好叫人家起恐慌，觉得除了走他的门路，便没有旁的办法！我们偏偏不去理他！"

"可是，吉人，那托辣斯一层，大概不是空炮；现在不是就想来套住了我们的益中么？"

"不然！尽管他当真要放款，那托辣斯还是空炮！老赵全副家当都做了公债了，未必还有力量同美国人打公司；也许他勾结了洋商，来做中国厂家的抵押款，那他不过是一名掮客罢了；我们有厂出顶，难道不会自己去找原户头，何必借重他这位掮客！"

"对呀！我也觉得老赵厉害煞，终究是变相的掮客！凡是名目上华洋合办的事业，中国股东骨子里老老实实都是掮客！"

王和甫赞成了孙吉人的意见，吴荪甫也就不再坚持，但还是不很放心地说：

"要是我们找不到旁的主顾，那时候再去和老赵接洽呢，就要受他的捐勒，不去和他接洽呢，他会当真对我们来一个经济封锁，那不是更糟了么？吉人，你心里有没有别的门路？"

"现成的可没有，找起来总有几分把握。刚才我说这件事要分开来看，现在我们就来商量第二层罢，照现在这局面，益中还能够维持多少时候？"

孙吉人这话刚出口，王和甫就很沮丧地摇头，吴荪甫摸着下巴叹气。用不到讨论，事情是再明白也没有的：时局和平无望，益中那八个厂多维持一天就是多亏一天本，所以问题还不在吴荪甫他们有没有能力去维持，而在他们愿意不愿意去维持。他们已经不愿意，已经对于企业灰心！

他们三个人互相对看着笑了一笑，就把两个多月来热狂的梦想轻轻断送。他们还觉得藕断丝连的"抵押"太麻烦，他们一致要干干脆脆顶了出去。孙吉人假想中的主顾有两个；英商某洋行，日商某会社。

过了一会儿，吴荪甫干笑着说：

"能进能退，不失为英雄！而且事情坏在战事延长，不是我们办企业的手腕不行！"

王和甫也哈哈笑了，他觉得一件重担子卸下，夜里睡觉也少些乱梦。孙吉人却是一脸严肃，似乎心里在盘算着什么。忽然他拍一下大腿，很高兴地看着两位朋友，说道：

"八个厂出顶，机器生财存货原料一总作价六十万，公司里实存现款七万多，扯算起来，我们的血本是保得住的；现在我们剩一个空壳子的益中公司，吸收存款，等机会将来再干。上次云山来的电报不是说他在香港可以招点股么？我们再打电去，催他上劲，不论多少全是好的！——还有，荪甫！我们这次办厂就坏在时局不太平，然而这样的时局，做公债倒是好机会！我们把办厂的资本去做公债罢！再和老赵斗一斗！"

吴荪甫一边听着，一边连连点头；热烘烘一团勇气又从他胸间扩散，走遍了全身，他的手指尖有点抖了。在公债方面，他们尚未挫折锐气。况且已经收买了女间谍，正该出奇制胜。当下吴荪甫就表示了决心：

"那就得赶快做，而且要大刀阔斧去做！这几天来，公债又回涨了一些，那是'多头'们的把戏；战事迁延不决，关，裁，编三种债券都会跌到每万三千块；我们今天就抛出几十万去！"

"对呀！我也是这个意思。"

王和甫也接着说，踌躇满志地摸着髭子。

从前他们又要办厂，又要做公债，也居然稳渡了两次险恶的风波，现在他们全力来做公债，自然觉得游刃有余。他们没有理由不让自己乐观。因此他们这会议也就在兴奋和希望中结束。孙吉人最后奋然说：

"那么，我马上去找门路办交涉。八个厂的受主不论是一家或者几家，我们扣定的总数是五十二万，再少就拉倒，我们另找办法！益中公司仍旧办下去，专做信托。和甫！你接洽得有点眉目的十多万存款赶快去拉了来；'储蓄'我们也要办。黄奋那边的消息，也交给和甫去联络。剩下一件要紧事，指挥公债市场，荪甫，这要偏劳你了！也只有你能够担当！"

三个人分手后，吴荪甫立即打了几个电话。他先和经纪人陆匡时接洽，随后又叮嘱了韩孟翔一番话。公债市场的情形很使吴荪甫乐观，幸运之神还没有离开他。可是他打算再听听女间谍刘玉英的报告，然后决定抛出多少；于是他又四处打电话找这野鸟似的刘玉英，他连肚子饿也忘记了。

十一点钟时，吴荪甫的汽车在园子里柏油路上慢慢地开动；车里的吴荪甫满脸红光。他要出去亲临公债市场的前线了！不料还没到大门，汽车引擎发生障碍，汽车夫摇了三次，那车只是咕咕地发喘，却一步不肯动。"这不是好兆！"素来自诩破除了迷信的吴荪甫也忍不住这样想。他赌气下了车，回到客厅里，但同时大门外忽然汽车喇叭响，一辆车开进来了，车里两个人是杜竹斋夫妇。

杜姑奶奶特为吴老太爷开丧的事情来找荪甫，她劈头就说道：

"明天要在玉佛寺里拜皇忏了。今天我们先去看看那经堂去。"

"哦，哦，二姊，就托你代表罢！我有点要紧事情。要不是汽车出了毛病，我早已不在家里。"

吴荪甫皱着眉头回答，眼看着杜竹斋，忽然想得了一个好主意：在公债上拉竹斋做个"攻守同盟"，那就势力更加雄厚，再不怕老赵逃到哪里去。可是怎样下说词呢？立刻吴荪甫的思想全转到这问题上了。

"也好。就是我和佩瑶去罢。可是明天九点钟开忏，你一定要去拈香的！佩瑶，四妹，阿萱，全得去！"

"呀！说起四妹，你不知道么，她要回乡下去呢！这个人，说不明白！"

吴荪甫全没听清姑奶奶上半截的话，只有"四妹"两个字落在他耳朵里，就提起了他这项心事。

姑奶奶却并不惊异，只淡淡地回答道：

"年青人都喜欢走动。上海住了几天就住厌了，又想到乡下去玩一回！"

"不光是去玩一回！二姊，我正想请你去劝劝她，也许她肯听你的话！怪得很！不知道她为什么！二姊，你同她一谈就明白了。也许是一种神经病！"

吴荪甫乘机会把姑奶奶支使开，就拉住了杜竹斋，进行他的"攻守同盟"的外交谈判。他夸张地讲述战事一定要延长，公债基金要被提充军费，因而债价只有一天一天跌，做"空"是天大的好机会。他并没提议要和竹斋"打公司"，他只说做"空"如何有利，约竹斋取同一步骤。

杜竹斋一边听，一边嗅着鼻烟，微笑地点头。

子 夜（作品梗概）

一九三〇年五月，离上海二百里水路的双桥镇，"土匪"嚣张。邻省共产党红军又有燎原之势。二十五年从未跨出书斋半步的吴老太爷，不得不让三儿子吴荪甫把他接到上海。

为了入"魔窟"而不堕其"德行"，吴老太爷一路上手捧《太上感应篇》，心念文昌帝君"万恶淫为首，百善孝为先"的告诫。然而，大都市的一切都在无情地刺激着、冲压着他那朽弱的心灵，令他头昏、目眩、心跳……陪伴而来的四小姐蕙芳、七少爷阿萱这一对金童玉女，居然刚坐上汽车就变了，更使他神经炸裂。他憎恨、忿怒，刚进公馆就脑充血而死。

太爷故世，宾客如潮，吴公馆汇集了中国社会的各种人物。他们中间有的谈论前方的胜败，有的关心公债的涨跌，有的不满于政府重重叠叠的捐税，有的则抱怨扼人咽喉的金融界，有的做交易，有的来与公馆主妇重温恋爱旧梦，只要可能，都不妨在鼓乐声中纵谈赤裸裸的肉感生活，在灵堂隔壁和交际花调笑戏谑。

公馆主人吴荪甫正值壮年，是工业界的大亨。他身材魁梧，举止威严，浓眉毛，大眼睛，紫酱色方脸上长着许多小疮。正当他忙于丧仪应酬时，家乡的吴府总管费小胡子拍来"四乡农民不稳，镇上兵力单薄，危在旦夕……"的急电的裕华丝厂账房不召自来，报告厂里工人怠工的严重事态；公债魔王赵伯韬和信托公司理事长尚仲礼急着拉他和他姐夫杜竹斋参加秘密多头公司，合股做公债生意；太平洋轮船公司总经理孙吉人和大兴煤矿公司总经理王和甫倡议办一个实业银行之类的机构，也拉他俩参加。

这一切都要他去权衡、去思考、去决定……事情繁复难理，以精明强干出名的吴荪甫，也禁不住狞笑着发出感叹："简直是打仗的生活！脚底下全是地雷，随时会爆发起来，把你炸得粉碎！"

吴荪甫毕竟是一个游历过欧美的坚决果断之人。他有胆略，有气魄，也有手腕，他信心十足，当机立断，一方面电告费小胡子，让他安顿好现款，尽可能转移货物；另一方面和杜竹斋联名申请政府火速调保安队去双桥镇压。他一面宣布太爷故世，放假半天，把聚众闹事的人分散开；一面命莫干丞等抓紧时间，到工人中去做破坏团结、防止罢工的工作。他要查办有走漏消息嫌疑的小职员屠维岳，却发现这人很有才干；于是立即破格提拔，让他专干收买人心、离间工人、破坏工运的勾当。

吴荪甫认为，虽然自己的目标在实业界，但要发展工业，就要摆脱金融资本的控制。所以，他不仅立即答应和赵伯韬搞多头公司，而且马上和唐云山、孙吉人、王和甫等筹划组织益中信托公司。他不同意让徒有招牌而没有势力的朱吟秋、陈君宜等参加公司，却建议把某一批款放给他们，为吞并他们打下基础。

私下，吴荪甫通过杜竹斋做介绍人，借十五万块钱给朱吟秋，但要朱以干茧作抵押，押期一个月。他期望一个月后挤出朱的干茧，几个月内吞并朱的意大利新式机器。

吴荪甫同时跨上三条火线，急需现款，费小胡子却来报，双桥镇失陷，劫后残余，财产只剩六成。吴不在乎损失，但要费连夜赶回去收拾残局，把现款全调到上海来。

公债市场，危机四伏。以美国作后台的金融资本，打算在工业方面发展势力，进而支配工业资本，马上就要由政府用救济实业的名义发一笔数目可观的实业公债。吴荪甫清醒了，弱者不免被强者吞并，自己想吞并较弱的朱吟秋，其实，自己也有被吞的危险，心情不免暗淡。听说干这样引狼入室勾当的人正是尚仲礼和赵伯韬，吴荪甫进一步断定，什么"公债多头公司"，全是圈套，自己上当了。他极为忿怒，想报复，急于知道失败到何种程度，在失望的废墟上建立反攻的阵势。

转眼之间，工厂的工潮解决了，吴荪甫去掉了后顾之忧。公债市场，涨风突起，得了个开市大吉。本来就没有绝望的吴荪甫，信心又鼓起来了。

然而，在赵伯韬设下圈套的这场公债仗里，有名的"笑面虎"，"长线放远鹤"地盘剥着冯云卿，惨跌一交，损失八万多元。何慎庵"十年宦囊尽付东流"，李壮飞也和他同病相怜。冯云卿眼见钱囊已空，田产无望，故意纵容自己的独生女儿去做赵伯韬的姘头，以捞取情报。遗憾的是，冯眉卿小姐一心追求个人享乐，连什么是多头、空头都不懂，全然不理解自己的使命，害得冯云卿把"神圣的"一万两银子——眉卿的垫箱钱——也断送在做多头上。

赵伯韬不满于吴荪甫不和他商量就搞益中信托公司，一反前言，要给朱吟秋解决押款问题。除非吴答应让尚仲礼加入公司，当总经理。他还断言，吴荪甫三个月后就会在钱上兜不转，吴荪甫不让步，双方处于僵持状态。居中调解的李玉亭逐渐倒向赵伯韬，认为吴的刚愎自信是祸根，私下怂恿杜竹斋"大义灭亲"，对吴施加压力，实现吴赵妥协。

吴荪甫在艰难中实现了吞并朱吟秋的愿望，总资产在两个月内飞跃增加了二十万以上。但堆栈里干茧搁下十多万，丝价狂跌不忍抛售，搁下十多万，家乡也平白搁下十多万，加上新厂旧厂都得付钱，吴荪甫感到从未有过的现款吃紧。益中又做公债，又要办九个厂，资本不够周转，也缺十万多，骑虎难下，吴荪甫沉吟又沉吟，还是摆布不了。

赵伯韬一放空气，贪利而胆小的杜竹斋，见势不妙，不管吴荪甫怎样拉拢劝说，坚持拆股退出益中信托公司。许多老存户也纷纷来提款，宁愿不要利息。赵的经济封锁，正在变为事实。军阀混战又将开始，公债有猛跌趋势，很可能要遭受更大的损失。

尽管如此，吴荪甫仍然不乏信心地在危机中拼搏：他希望一面利用赵伯韬的姘头刘玉英卖给自己的情报，在公债上获胜；一面加快整顿工厂的步伐，通过裁减工人、延长工时、扣减工资等一切手段，从工厂里榨取可能在交易里损失的数目。

不料，一切都不顺心。工厂一动就闹罢工，很难收拾；刘玉英、韩孟翔两头取巧，害益中信托公司，一下子又损失七八万元；家乡不仅收入全无，还来电求援；弟妹开始反抗自己，姐夫反过来计算自己，赵伯韬又追上来要求再次合作……眼看众叛亲离，资金越来越周转不开，时局和平无望，工厂维持一天就亏本一天，一心发展民族工业的吴荪甫从最有胆量、最有办法的人变得一筹莫展、毫无办法了，他不仅同意把益中八个厂都顶了出去，而且把自己的裕华丝厂和公馆都押了出去，拼上血本，要在公债场上决一死战。

在这个关键时刻，乘虚而入的不是别人，正是完全了解内幕的杜竹斋。这一打击非同小可，气得吴荪甫差一点举枪自杀。大势已去，前途无望，他连夜带着妻子，逃也似地上庐山避暑去了。（杨聪凤）

林家铺子

一

林小姐这天从学校回来就撅起着小嘴唇。她掼下了书包，并不照例到镜台前梳头发搽粉，却倒在床上看着帐顶出神。小花噗的也跳上床来，挨着林小姐的腰部摩擦，咪呜咪呜地叫了两声。林小姐本能地伸手到小花头上摸了一下，随即翻一个身，把脸埋在枕头里，就叫道：

"妈呀！"

没有回答。妈的房就在间壁，妈素常疼爱这唯一的女儿，听得女儿回来就要摇摇摆摆走过来问她肚子饿不饿，妈留着好东西呢，——再不然，就差吴妈赶快去买一碗馄饨。但今天却作怪，妈的房里明明有说话的声音，并且还听得妈在打呃，却是妈连回答也没有一声。

林小姐在床上又翻一个身，翘起了头，打算偷听妈和谁谈话，是那样悄悄地放低了声音。

然而听不清，只有妈的连声打呃，间歇地飘到林小姐的耳朵。忽然妈的嗓音高了一些，似乎很生气，就有几个字听得很分明：

——这也是东洋货，那也是东洋货，呃！……

林小姐猛一跳，就好像理发时候颈脖子上粘了许多短头发似的浑身都烦躁起来了。正也是为了这东洋货问题，她在学校里给人家笑骂，她回家来没好气。她一手推开了又挨到她身边来的小花，跳起来就剥下那件新制的翠绿色假毛葛驼绒旗袍来，拎在手里抖了几下，叹一口气。据说这怪好看的假毛葛和驼绒都是东洋来的。她撩开这件驼绒旗袍，从床下拖出那口小巧的牛皮箱来，赌气似的扭开了箱子盖，把箱子底朝天向床上一撒，花花绿绿的衣服和杂用品就滚满了一床。小花吃了一惊，噗的跳下床去，转一个身，却又跳在一张椅子上蹲着望住它的女主人。

林小姐的一双手在那堆衣服里抓捞了一会儿，就呆呆地站在床前出神。这许多衣服和杂用品越看越可爱，却又越看越象是东洋货呢！全都不能穿了么？可是她——舍不得，而且她的父亲也未必肯另外再制新的！林小姐忍不住眼圈儿红了。她爱这些东洋货，她又恨那些东洋人；好好儿的发兵打东三省干么呢？不然，穿了东洋货有谁来笑骂。

"呃——"

忽然房门边来了这一声。接着就是林大娘的摇摇摆摆的瘦身形。看见那乱丢了一床的衣服，又看见女儿只穿着一件绒线短衣站在床前出神，林大娘这一惊非同小可。心里愈是着急，她那个"呃"却愈是打得多，暂时竟说不出半句话来。

林小姐飞跑到母亲身边，哭丧着脸说：

"妈呀！全是东洋货，明儿叫我穿什么衣服？"

林大娘摇着头只是打呃，一手扶住了女儿的肩膀，一手揉磨自己的胸脯，过了一会儿，她方才挣扎出几句话来：

"阿囡，呃，你干么脱得——呃，光落落？留心冻——呃——我这毛病，呃，生你那年起了这个病痛，呃，近来越发凶了！呃——"

"妈呀！你说明儿我穿什么衣服？我只好躲在家里不出去了，他们要笑我，骂我！"

但是林大娘不回答。她一路打呃，走到床前拣出那件驼绒旗袍来，就替女儿披在身上，又拍拍床，要她坐下。小花又挨到林小姐脚边，昂起了头，眯细着眼睛看看林大娘，又看看林小姐；然后它懒懒地靠到林小姐的脚背上，就林小姐的鞋底来磨擦它的肚皮。林小姐一脚踢开了小花，就势身子一歪，躺在床上，把脸藏在她母亲的身后。

暂时两个都没有话。母亲忙着打呃，女儿忙着盘算"明天怎样出去"；这东洋货问题不但影响到林小姐的所穿，还影响到她的所用；据说她那只常为同学们艳羡的化妆皮夹以及自动铅笔之类，也都是东洋货，而她却又爱这些小玩意儿的！

"阿囡，呃——肚子饿不饿？"

林大娘坐定了半晌以后，渐渐少打几个呃了，就又开始她日常的疼爱女儿的老功课。

"不饿，嗳，妈呀，怎么老是问我饿不饿呢，顶要紧是没有了衣服明天怎样去上学！"

林小姐撒娇说，依然那样拳曲着身体躺着，依然把脸藏在母亲背后。

自始就没弄明白为什么女儿尽嚷着没有衣服穿的林大娘现在第三次听得了这话儿，不能不再注意了，可是她那该死的打呃很不作美地又连连来了。恰在此时林先生走了进来，手里拿着一张字条儿，脸上乌霉霉地像是涂着一层灰。他看见林大娘不住在地打呃，女儿躺在满床乱丢的衣服堆里，他就料到了几分，一双眉头就紧紧地皱起。他唤着女儿的名字说道：

"明秀，你的学校里有什么抗日会么？刚送来了这封信。说是明天你再穿东洋货的衣服去，他们就要烧呢——无法无天的话语，咳……"

"呃——呃！"

"真是岂有此理，哪一个人身上没有东洋货，却偏偏找定了我们家来生事！哪一家洋广货铺子里不是堆足了东洋货，偏是我的铺子犯法，一定要封存！咄！"

林先生气愤愤地又加了这几句，就颓然坐在床边的一张椅子里。

"呃，呃，救苦救难观世音，呃——"

"爸爸，我还有一件老式的棉袄，光景不是东洋货，可是穿出去人家又要笑我。"

过了一会儿，林小姐从床上坐起来说，她本来打算进一步要求父亲制一件不是东洋货的新衣，但瞧着父亲的脸色不对，便又不敢冒昧。同时，她的想象中就展开了那件旧棉袄惹人讪笑的情形，她忍不住哭起来了。

"呃，呃——啊哟！——呃，莫哭，——没有人笑你——呃，阿囡……"

"阿秀，明天不用去读书了！饭快要没得吃了，还读什么书！"

林先生懊恼地说，把手里那张字条儿扯得粉碎，一边走出房去，一边叹气跺脚。然而没多几时，林先生又匆匆地跑了回来，看着林大娘的面孔说道：

"橱门上的钥匙呢？给我！"

林大娘的脸色立刻变成灰白，瞪出了眼睛望着她的丈夫，永远不放松她的打呃忽然静定了半晌。

"没有办法，只好去斋斋那些闲神野鬼了——"

林先生顿住了，叹一口气，然后又接下去说：

"至多我花四百块。要是党部里还嫌少，我拼着不做生意，等他们来封！——我们对过的裕昌祥，进的东洋货比我多，足足有一万多块钱的码子呢，也只花了五百快，就太平无事了。——五百块！算是吃了几笔倒账罢！——钥匙！咳！那一个金项圈，总可以兑成三百块……"

"呃，呃，真——好比强盗！"

林大娘摸出那钥匙来，手也颤抖了，眼泪扑簌簌地往下掉。林小姐却反不哭了，瞪着一对泪眼，呆呆地出神，她恍惚看见那个曾经到她学校里来演说而且饿狗似的盯住看她的什么委员，一个怪叫人讨厌的黑麻子，捧住了她家的金项圈在半空里跳，张开了大嘴巴笑。随后，她又恍惚看见这强盗似的黑麻子和她的父亲吵嘴，父亲被他打了，……

"啊哟！"

林小姐猛然一声惊叫，就扑在她妈的身上。林大娘慌得没有工夫尽打呃，挣扎着说："阿囡，呃，不要哭，——过了年，你爸爸有钱，就给你制新衣服——呃，那些狠心的强盗！都咬定我们有钱，呃，一年一年亏空，你爸爸做做肥田粉生意又上当，呃——店里全是别人的钱了。阿囡，呃，呃，我这病，活着也受罪，——呃，再过两年，你十九岁，招得个好女婿。呃，我死也放心了！——救苦救难观世音菩萨！呃——"

二

第二天，林先生的铺子里新换过一番布置。将近一星期不曾露脸的东洋货又都摆在最惹眼的地位了。林先生又摹仿上海大商店的办法，写了许多"大廉价照码九折"的红绿纸条，贴在玻璃窗上。这天是阴历腊月二十三，正是乡镇上洋广货店的"旺月"。不但林先生的额外支出"四百元"指望在这时候捞回来，就是林小姐的新衣服也靠托在这几天的生意好。

十点多钟，赶市的乡下人一群一群的在街上走过了，他们臂上挽着篮，或是牵着小孩子，粗声大气地一边在走，一边在谈话。他们望到了林先生的花花绿绿的铺面，都站住了，仰起脸，老婆唤丈夫，孩子叫爹娘，啧啧地夸羡那些货物。新年快到了，孩子们希望穿一双新袜子，女人们想到家里的面盆早就用破，全家合用的一条面巾还是半年前的老家伙，肥皂又断绝了一个多月，趁这里"卖贱货"，正该买一点。林先生坐在账台上，抖擞着精神，堆起满脸的笑容，眼睛望着那些乡下人，又带睄着自己铺子里的两个伙计，两个学徒，满心希望货物出去，洋钱进来。但是这些乡下人看了一会，指指点点夸羡了一会，竟自懒洋洋地走到斜对门的裕昌祥铺面前站住了再看。林先生伸长了脖子，望到那班乡下人的背景，眼睛里冒出火来。他恨不得拉他们回来！

"呃——呃——"

坐在账台后面那道分隔铺面与"内宅"的蝴蝶门旁边的林大娘把勉强忍住了半晌的"呃"放出来。林小姐倚在她妈的身边，呆呆地望着街上不作声，心头却是卜卜地跳；她的新衣服至少已经走脱了半件。

林先生赶到柜台前睁大了妒忌的眼睛看着斜对门的同业裕昌祥。那边的四五个店员一字儿摆在柜台前，等候做买卖。但是那班乡下人没有一个走近到柜台边，他们看了一会儿，又照样的走过去了。林先生觉得心头一松，忍不住望着裕昌祥的伙计笑了一笑。这时又有七八人一队的乡下人走到林先生的铺面前，其中有一位年青的居然上前一步，歪着头看那些挂着的洋伞。林先生猛转过脸来，一对嘴唇皮立刻嘻开了；他亲自兜揽这位意想中的顾客了：

"喂，阿弟，买洋伞么？便宜货，一只洋伞卖九角！看看货色去。"

一个伙计已经取下了两三把洋伞，立刻撑开了一把，热剌剌地塞到那年青乡下人的手里，振起精神，使出夸卖的本领来：

"小当家，你看！洋缎面子，实心骨子，晴天，落雨，耐用好看！九角洋钱一顶，再便宜没有了！……那边是一只洋一顶，货色还没有这等好呢，你比一比就明白。"

那年青的乡下人拿着伞，没有主意似的张大了嘴巴。他回过头去望着一位五十多岁的老头子，又把手里的伞颠了一颠，似乎说："买一把罢？"老头子却老大着急地吆喝道：

"阿大！你昏了，想买伞！一船硬柴，一古脑儿只卖了三块多钱，你娘等着量米回去吃，哪有钱来买伞！"

"货色是便宜，没有钱买！"

站在那里观望的乡下人都叹着气说，懒洋洋地都走了。那年青的乡下人满脸涨红，摇一下头，放了伞也就要想走，这可把林先生急坏了，赶快让步问道：

"喂，喂，阿弟，你说多少钱呢？——再看看去，货色是靠得住的！"

"货色是便宜，钱不够。"

老头一面回答，一面拉住了他的儿子，逃也似的走了。林先生苦着脸，踱回到账台里，浑身不得劲儿。他知道不是自己不会做生意，委实是乡下人太穷了，买不起九毛钱的一顶伞。他偷眼再望斜对门的裕昌祥，也还是只有人站在那里看，没有人上柜台买。裕昌祥左右邻的生泰杂货店万牲糕饼店那就简直连看的人都没有半个。一群一群走过的乡下人都挽着篮子，但篮子里空无一物；间或有花蓝布的一包儿，看样子就知道是米；甚至一个多月前乡下人收获的晚稻也早已被地主们和高利贷的债主们如数逼光，现在乡下人不得不一升两升的量着贵米吃。这一切，林先生都明白，他就觉得自己的一份生意至少是间接的被地主和高利贷者剥夺去了。

时间渐渐移近正午，街上走的乡下人已经很少了，林先生的铺子就只做成了一块多钱的生意，仅仅足够开销了"大廉价照码九折"的红绿纸条的广告费。林先生垂头丧气走进"内宅"去，几乎没有勇气和女儿老婆相见。林小姐含着一泡眼泪，低着头坐在屋角；林大娘在一连串的打呃中，挣扎着对丈夫说：

"花了四百块钱，——又忙了一个晚上摆设起来，呃，东洋货是准卖了，却又生意清淡，呃——阿囡的爷呀！……吴妈又要拿工钱——"

"还只半天呢！不要着急。"

林先生勉强安慰着，心里的难受，比刀割还厉害。他闷闷地踱了几步。所有推广营业的方法都想遍了，觉得都不是路。生意清淡，早已各业如此，并不是他一家呀；人们都穷了，可没有法子。但是他总还希望下午的营业能够比较好些。本镇的人家买东西大概在下午。难道他们过新年不买些东西？只要他们存心买，林先生的营业是有把握的。毕竟他的货物比别家便宜。

是这盼望使得林先生依然能够抖擞着精神坐在账台上守候他意想中的下午的顾客。

这下午照例和上午显然不同：街上并没很多的人，但几乎每个人都相识，都能够叫出他们的姓名，或是他们的父亲和祖父的姓名。林先生靠在柜台上，用了异常温和的眼光迎送这些慢慢地走着谈着经过他那铺面的本镇人。他时常笑嘻嘻地迎着常有交易的人喊道：

"呵，××哥，到清风阁去吃茶么？小店大放盘，交易点儿去！"

有时被唤着的那位居然站住了，走上柜台来，于是林先生和他的店员就要大忙而特忙，异常敏感地伺察着这位未可知的顾客的眼光，瞧见他的眼光瞥到什么货物上，就赶快拿出那种货物请他考较。林小姐站在那对蝴蝶门边看望，也常常被林先生唤出来对那位未可知的顾客叫一声"伯伯"。小学徒送上一杯便茶来，外加一枝小联珠。

在价目上，林先生也格外让步；遇到那位顾客一定要除去一毛钱左右尾数的时候，他就从店员手里拿过那算盘来算了一会儿，然后不得已似的把那尾数从算盘上拨去，一面笑嘻嘻地说：

"真不够本呢！可是老主顾，只好遵命了。请你多作成几笔生意罢！"

整个下午就是这么张罗着过去了。连现带赊，大大小小，居然也有十来注交易。林先生早已汗透棉袍。虽然是累得那么着，林先生心里却很愉快。他冷眼偷看斜对门的裕昌祥，似乎赶不上自己铺子的"热闹"。常在那对蝴蝶门旁边看望的林小姐脸上也有些笑意，林大娘也少打几个呃了。

快到上灯时候，林先生核算这一天的"流水账"；上午等于零，下午卖了十六元八角五分，八块钱是赊账。林先生微微一笑，但立即皱紧了眉头了；他今天的"大放盘"确是照本出卖，开销都没着落，官利更说不上。他呆了一会儿，又开了账箱，取出几本账簿来翻着打了半天算盘；账上"人欠"的数目共有一千三百余元，本镇六百多，四乡七百多；可是"欠人"的客账，单是上海的东升字号就有八百，合计不下二千哪！林先生低声叹一口气，觉得明天以后如果生意依然没见好，那他这年关就有点难过了。他望着玻璃窗上"大放盘照码九折"的红绿纸条，心里这么想："照今天那样当真放盘，生意总该会见好；亏么？没有生意也是照样的要开销。只好先拉些主顾来再慢慢儿想法提高货码……要是四乡还有批发生意来，那就更好！——"

突然有一个人来打断林先生的甜蜜梦想了。这是五十多岁的一位老婆子，巍颤颤地走进店来，手里拿着一个小小的蓝布包。林先生猛抬起头来，正和那老婆子打一个照面，想躲避也躲避不及，只好走上前去招呼她道：

"朱三太，出来买过年东西么？请到里面去坐坐。——阿秀，来扶朱三太。"

林小姐早已不在那对蝴蝶门边了，没有听到。那朱三太连连摇手，就在铺面里的一张椅子上坐了，郑重地打开她的蓝布手巾包，——包里仅有一扣折子，她抖抖簌簌地双手捧了，直送到林先生的鼻子前，她的瘪嘴唇扭了几扭，正想说话，林先生早已一手接过那折子，同时抢先说道：

"我晓得了。明天送到你府上罢。"

"哦，哦；十月，十一月，十二月，一总是三个月，三三得九，是九块罢？——明天你送来？哦，哦，不要送，让我带了去。嗯！"

朱三太扭着她的瘪嘴唇，很艰难似的说。她有三百元的"老本"存在林先生的铺里，按月来取三块钱的利息，可是最近林先生却拖欠了三个月，原说是到了年底总付，明天是送灶日，老婆子要买送灶的东西，所以亲自上林先生的铺子来了。看她那股扭起了一对瘪嘴唇的劲儿，光景是钱不到手就一定不肯走。

林先生抓着头皮不作声。这九块钱的利息，他何尝存心白赖，只是三个月来生意清淡，每天卖得的钱仅够开伙食，付捐税，不知不觉地拖欠下来了。然而今天要是不付，这老婆子也许会就在铺面上嚷闹，那就太丢脸，对于营业的前途很有影响。

"好，好，带了去罢，带了去罢！"

林先生终于斗气似的说，声音有点儿梗咽。他跑到账台里，把上下午卖得的现钱归并起来，又从腰包里掏出一个双毫，这才凑成了八块大洋，十角小洋，四十个铜子，交付了朱三太。当他看见那老婆子把这些银洋铜子郑重地数了又数，而且抖抖簌簌地放在那蓝布手巾上包了起来的时候，他忍不住叹一口气，异想天开地打算拉回几文来；他勉强笑着说：

"三阿太，你这蓝布手巾太旧了，买一块老牌麻纱白手帕去罢？我们有上好的洗脸手巾，肥皂，买一点儿去新年里用罢。价钱公道！"

"不要，不要；老太婆了，用不到。"

朱三太连连摆手说，把折子藏在衣袋里，捧着她的蓝布手巾包竟自去了。

林先生哭丧着脸，走回"内宅"去。因这朱三太的上门讨利息，他记起还有两注存款，桥头陈老七的二百元和张寡妇的一百五十元，总共十来块钱的利息，都是"不便"拖欠的，总得先期送去。他扳着指头算日子：二十四，二十五，二十六——到二十六，放在四乡的账头该可以收齐了，店里的寿生是前天出去收账的，极迟是二十六应该回来了；本镇的账头总得到二十八九方才有个数目。然而上海号家的收账客人说不定明后天就会到，只有再向恒源钱庄去借了。但是明天的门市怎样？……

他这么低着头一边走，一边想，猛听得女儿的声音在他耳边说：

"爸爸，你看这块大绸好么？七尺，四块二角，不贵罢？"

林先生心里蓦地一跳，站住了睁大着眼睛，说不出话。林小姐手里托着那块绸，却在那里憨笑。四块二角！数目可真不算大，然而今天店里总共只卖得十六块多，并且是老实照本贱卖的呀！林先生怔了一会儿，这才没精打采地问道：

"你哪来的钱呢？"

"挂在账上。"

林先生听得又是欠账，忍不住皱一下眉头。但女儿是自己宠惯了的，林大娘又抵死偏护着，林先生没奈何只有苦笑。过一会儿，他叹一口气，轻轻埋怨道：

"那么性急！过了年再买岂不是好！"

三

又过了两天，"大放盘"的林先生的铺子，生意果然很好，每天可以做三十多元的生意了。林大娘的打呃，大大减少，平均是五分钟来一次；林小姐在铺面和"内宅"之间跳进跳出，脸上红喷喷地时常在笑，有时竟在铺面帮忙招呼生意，直到林大娘再三唤她，方才跑进去，一边擦着额上的汗珠，一边兴冲冲地急口说：

"妈呀，又叫我进来干么！我不觉得辛苦呀！妈！爸爸累得满身是汗，嗓子也喊哑了！——刚才一个客人买了五块钱东西呢！妈！不要怕我辛苦，不要怕！爸爸叫我歇一会儿就出去呢！"

林大娘只是点头，打一个呃，就念一声"大慈大悲菩萨"。客厅里本就供奉着一尊瓷观音，点着一炷香，林大娘就摇摇摆摆走过去磕头，谢菩萨的保佑，还要祷告菩萨一发慈悲，保佑林先生的生意永远那么好，保佑林小姐易长易大，明年就得个好女婿。

但是在铺面张罗的林先生虽然打起精神做生意，脸上笑容不断，心里却像有几根线牵着。每逢卖得了一块钱，看见顾客欣然挟着纸包而去，林先生就忍不住心里一顿，在他心里的算盘上就加添了五分洋钱的血本的亏折。他几次想把这个"大放盘"时每块钱的实足亏折算成三分，可是无论如何，算来算去总得五分。生意虽然好，他却越卖越心疼了。在柜台上招呼主顾的时候，他这种矛盾的心理有时竟至几乎使他发晕。偶尔他偷眼望望斜对门的裕昌祥，就觉得那边闲立在柜台边的店员和掌柜，嘴角上都带着讥讽的讪笑，似乎都在说："看这姓林的傻子呀，当真亏本放盘哪！看着罢，他的生意越好，就越亏本，倒闭得越快！"那时候，林先生便咬一下嘴唇，决定明天无论如何要把货码提高，要把次等货标上头等货的价格。

给林先生斡旋那"封存东洋货"问题的商会长当走过林家铺子的时候，也微微笑着，站住了对林先生贺喜，并且拍着林先生的肩膀，轻声说：

"如何？四百块钱是花得不冤枉罢！——可是，卜局长那边，你也得稍稍点缀，防他看得眼红，也要来敲诈。生意好，妒忌的人就多；就是卜局长不生心，他们也要去挑拨呀！"

林先生谢商会长的关切，心里老大吃惊，几乎连做生意都没有精神。

然而最使他心神不宁的，是店里的寿生出去收账到现在还没有回来，林先生是等着寿生收的钱来开销"客账"。上海东升字号的收账客人前天早已到镇，直催逼得林先生再没有话语支吾了。如果寿生再不来，林先生只有向恒源钱庄借款的一法，这一来，林先生又将多负担五六十元的利息，这在见天亏本的林先生委实比割肉还心疼。

到四点钟光景，林先生忽然听得街上走过的人们乱哄哄地在议论着什么，人们的脸色都很惶急，似乎发生了什么大事情了。一心惦念着出去收账的寿生是否平安的林先生就以为一定是快班船遭了强盗抢，他的心卜卜地乱跳。他唤住了一个路人焦急地问道：

"什么事？是不是栗市快班遭了强盗抢？"

"哦！又是强盗抢么？路上真不太平！抢，还是小事，还要绑人去哪！"

那人，有名的闲汉陆和尚，含糊地回答，同时睐着半只眼睛看林先生铺子里花花绿绿的货物。林先生不得要领，心里更急，丢开陆和尚，就去问第二个走近来的人，桥头的王三毛。

"听说栗市班遭抢，当真么？"

"那一定是太保阿书手下人干的，太保阿书是枪毙了，他的手下人多么厉害！"

王三毛一边回答，一边只顾走。可是林先生却急坏了，冷汗从额角上钻出来。他早就估量到寿生一定是今天回来，而且是从栗市——收账程序中预定的最后一处，坐快班船回来；此刻已是四点钟，不见他来，王三毛又是那样说，那还有什么疑义么？林先生竟忘记了这所谓"栗市班遭强盗抢"乃是自己的发明了！他满脸急汗，直往"内宅"跑；在那对蝴蝶门边忘记跨门槛，几乎绊了一交。

"爸爸！上海打仗了！东洋兵放炸弹烧闸北——"

林小姐大叫着跑到林先生跟前。

林先生怔了一下。什么上海打仗，原就和他不相干，但中间既然牵连着"东洋兵"，又好像不能不追问一声了。他看着女儿的很兴奋的脸孔问道：

"东洋兵放炸弹么？你从哪里听来的？"

"街上走过的人全是那么说。东洋兵放大炮，掷炸弹。闸北烧光了！"

"哦，那么，有人说栗市快班强盗抢么？"

林小姐摇头，就像扑火的灯蛾似的扑向外面去了。林先生迟疑了一会儿，站在那蝴蝶门边抓头皮。林大娘在里面打呃，又是喃喃地祷告："菩萨保佑，炸弹不要落到我们头上来！"林先生转身再到铺子里，却见女儿和两个店员正在谈得很热闹。对门生泰杂货店里的老板金老虎也站在柜台外边指手划脚地讲谈。上海打仗，东洋飞机掷炸弹烧了闸北，上海已经罢市，全都证实了。强盗抢快班船么？没有听人说起过呀！栗市快班么？早已到了，一路平安。金老虎看见那快班船上的伙计刚刚背着两个蒲包走过的。林先生心里松一口气，知道寿生今天又没回来，但也知道好好儿的没有逢到强盗抢。

现在是满街都在议论上海的战事了。小伙计们夹在闹里骂"东洋乌龟！"竟也有人当街大呼："再买东洋货就是忘八！"林小姐听着，脸上就飞红了一大片。林先生却还不动神色。大家都卖东洋货，并且大家花了几百块钱以后，都已经奉着特许："只要把东洋商标撕去了就行。"他现在满店的货物都已经称为"国货"，买主们也都是"国货，国货"地说着，就拿走了。在此满街人人为了上海的战事而没有心思想到生意的时候，林先生始终在筹虑他的正事。他还是不肯花重利去借庄款，他去和上海号家的收账客人情商，请他再多等这么一天两天。他的寿生极迟明天傍晚总该会到。

"林老板，你也是明白人，怎么说出这种话来呀！现在上海开了火，说不定明后天火车就不通，我是巴不得今晚上就动身呢！怎么再等一两天？请你今天把账款缴清，明天一早我好走。我也是吃人家的饭，请你照顾照顾罢！"

上海客人毫无通融地拒绝了林先生的情商。林先生看来是无可商量了，只好忍痛去到恒源钱庄去商借。他还恐怕那"钱猢狲"知道他是急用，要趁火打劫，高抬利息。谁知钱庄经理的口气却完全不对了。那痨病鬼经理听完了林先生的申请，并没作答，只管捧着他那老古董的水烟筒卜落落卜落落的呼，直到烧完一根纸吹，这才慢吞吞地说：

"不行了！东洋兵开仗，上海罢市，银行钱庄都封关，知道他们几时弄得好！上海这路一断，敝庄就成了没脚蟹，汇划不通，比尊处再好的户头也只好不做了。对不起，实在爱莫能助！"

林先生呆了一呆，还总以为这痨病鬼经理故意刁难，无非是为提高利息作地步，正想结结实实说几句恳求的话，却不料那经理又逼进一步道：

"刚才敝东吩咐过，他得的信，这次的乱子恐怕要闹大，叫我们收紧盘子！尊处原欠五百，二十二那天，又是一百，总共是六百，年关前总得扫数归清；我们也算是老主顾，今天先透一个信，免得临时多费口舌，大家面子上难为情。"

"哦——可是小店里也实在为难。要看账头收得怎样。"

林先生呆了半晌，这才呐出这两句话。

"嘿！何必客气！宝号里这几天来的生意比众不同，区区六百块钱，还为难么？今天是同老兄说明白了，总望扫数归清，我在敝东跟前好交代。"

痨病鬼经理冷冷地说，站起来了。林先生冷了半截身子，瞧情形是万难挽回，只好硬着头皮走出了那家钱庄。他此时这才明白原来远在上海的打仗也要影响到他的小铺子了。今年的年关当真是难过：上海的收账客人立逼着要钱，恒源里不许宕过年，寿生还没回来，知道他怎样了，镇上的账头，去年只收起八成，今年瞧来连八成都捏不稳——横在他前面的路，只是一条："暂停营业，清理账目"！而这条路也就等于破产，他这铺子里早已没有自己的资本，一旦清理，剩给他的，光景只有一家三口三个光身子！

林先生愈想愈仄，走过那座望仙桥时，他看着桥下的浑水，几乎想纵身一跳完事。可是有一个人在背后唤他道：

"林先生，上海打仗了，是真的罢？听说东栅外刚刚调来了一支兵，到商会里要借饷，开口就是二万，商会里正在开会呢！"

林先生急回过脸去看，原来正是那位存有两百块钱在他铺子里的陈老七，也是林先生的一位债主。

"哦——"

林先生打一个冷噤，只回答了这一声，就赶快下桥，一口气跑回家去。

四

这晚上的夜饭，林大娘在家常的一荤二素以外，特又添了一个碟子，是到八仙楼买来的红焖肉，林先生心爱的东西。另外又有一斤黄酒。林小姐笑不离口，为的铺子里生意好，为的大绸新旗袍已经做成，也为的上海竟然开火，打东洋人。林大娘打呃的次数更加少了，差不多十分钟只来一回。

只有林先生心里发闷到要死。他喝着闷酒，看看女儿，又看看老婆，几次想把那炸弹似的恶消息宣布，然而终于没有那样的勇气。并且他还不曾绝望，还想挣扎，至少是还想掩饰他的两下里碰不到头。所以当商会里议决了答应借饷五千并且要林先生摊认二十元的时候，他毫不推托，就答应下来了。他决定非到最后五分钟不让老婆和女儿知道那家道困难的真实情形。他的划算是这样的：人家欠他的账收一个八成罢，他还人家的账也是个八成，——反正可以借口上海打仗，钱庄不通；为难的是人欠我欠之间尚差六百光景，那只有用剜肉补疮的方法拚命放盘卖贱货，且捞几个钱来渡过了眼前再说。这年头儿，谁能够顾到将来呢？眼前得过且过。

是这么想定了方法，又加上那一斤黄酒的力量，林先生倒酣睡了一夜，恶梦也没有半个。

第二天早上，林先生醒来时已经是六点半钟，天色很阴沉。林先生觉得有点头晕。他匆匆忙忙吞进两碗稀饭，就到铺子里，一眼就看见那位上海客人板起了脸孔在那里坐守"回话"。而尤其叫林先生猛吃一惊的，是斜对门的裕昌祥也贴起红红绿绿的纸条，也在那里"大放盘照码九折"了！林先生昨夜想好的"如意算盘"立刻被斜对门那些红绿纸条冲一个摇摇不定。

"林老板，你真是开玩笑！昨晚上不给我回音。轮船是八点钟开，我还得转乘火车，八点钟这班船我是非走不行！请你快点——"

上海客人不耐烦地说，把一个拳头在桌子上一放。林先生只有陪不是，请他原谅，实在是因为上海打仗钱庄不通，彼此是多年的老主顾，务请格外看承。

"那么叫我空手回去么？"

"这，这，断乎不会。我们的寿生一回来，有多少付多少，我要是藏落半个钱，不是人！"

林先生颤着声音说，努力忍住了滚到眼眶边的眼泪。

话是说到尽头了，上海客人只好不再噜嗦，可是他坐在那里不肯走。林先生急得什么似的，心是卜卜地乱跳。近年他虽然万分拮据，面子上可还遮得过；现在摆一个人在铺子里坐守，这件事要是传扬开去，他的信用可就完了，他的债户还多着呢，万一群起效尤，他这铺子只好立刻关门。他在没有办法中想办法，几次请这位讨账客人到内宅去坐，然而讨账客人不肯。

天又索索地下起冻雨来了。一条街上冷清清地简直没有人行。自有这条街以来，从没见过这样萧索的腊尾岁尽。朔风吹着那些招牌，嚓嚓地响。渐渐地冻雨又有变成雪花的模样。沿街店铺里的伙计们靠在柜台上仰起了脸发怔。

林先生和那位收账客人有一句没一句的闲谈着。林小姐忽然走出蝴蝶门来站在街边看那索索的冻雨。从蝴蝶门后送来的林大娘的呃呃的声音又渐渐儿加勤。林先生嘴里应酬着，一边看看女儿，又听听老婆的打呃，心里一阵一阵酸上来，想起他的一生简直毫没幸福，然而又不知道坑害他到这地步的，究竟是谁。那位上海客人似乎气平了一些了，忽然很恳切地说：

"林老板，你是个好人。一点嗜好都没有，做生意很巴结认真。放在二十年前，你怕不发财么？可是现今时势不同，捐税重，开销大，生意又清，混得过也还是你的本事。"

林先生叹一口气苦笑着，算是谦逊。

上海客人顿了一顿，又接着说下去：

"贵镇上的市面今年又比上年差些，是不是？内地全靠乡庄生意，乡下人太穷，真是没有法子，——呀，九点钟了！怎么你们的收账伙计还没来呢？这个人靠得住么？"

林先生心里一跳，暂时回答不出来。虽然是七八年的老伙计，一向没有出过岔子，但谁能保到底呢！而况又是过期不见回来。上海客人看着林先生那迟疑的神气，就笑；那笑声有几分异样。忽然那边林小姐转脸对林先生急促地叫道：

"爸爸，寿生回来了！一身泥！"

显然林小姐的叫声也是异样的，林先生跳起来，又惊又喜，着急的想跑到柜台前去看，可是心慌了，两腿发软。这时寿生已经跑了进来，当真是一身泥，气喘喘地坐下了，说不出话来。林先生估量那情形不对，吓得没有主意，也不开口。上海客人在旁边皱眉头。过了一会儿，寿生方才喘着气说：

"好险呀！差一些儿被他们抓住了。"

"到底是强盗抢了快班船么？"

林先生惊极，心一横，倒逼出话来了。

"不是强盗。是兵队拉夫呀！昨天下午赶不上趁快班。今天一早趁航船，哪里知道航船听得这里要捉船，就停在东栅外了。我上岸走不到半里路，就碰到拉夫。西面宝祥衣庄的阿毛被他们拉去了。我跑得快，抄小路逃了回来。他妈的，性命交关！"

寿生一面说，一面撩起衣服，从肚兜里掏出一个手巾包来递给了林先生，又说道：

"都在这里了。栗市的那家黄茂记很可恶，这种户头，我们明年要留心！——我去洗一个脸，换件衣服再来。"

林先生接了那手巾包，捏一把，脸上有些笑容了。他到账台里打开那手巾包来。先看一看那张"清单"，打了一会儿算盘，然后点检银钱数目：是大洋十一元，小洋二百角，钞票四百二十元，外加即期庄票两张，一张是规元五十两，又一张是规元六十五两。这全部付给上海客人，照账算也还差一百多元。林先生凝神想了半晌，斜眼偷看了坐在那里吸烟的上海客人几次，方才叹一口气，割肉似的拿起那两张庄票和四百元钞票捧到上海客人跟前，又说了许多话，方才得到上海客人点一下头，说一声"对啦"。

但是上海客人把庄票看了两遍，忽又笑着说道：

"对不起，林老板，这庄票，费神兑了钞票给我罢！"

"可以，可以。"

林先生连忙回答，慌忙在庄票后面盖了本店的书柬图章，派一个伙计到恒源庄去取现，并且叮嘱了要钞票。又过了半晌，伙计却是空手回来。恒源庄把票子收了，但不肯付钱；据说是扣抵了林先生的欠款。天是在当真下雪了，林先生也没张伞，冒雪到恒源庄去亲自交涉，结果是徒然。

"林老板，怎样了呢？"

看见林先生苦着脸跑回来，那上海客人不耐烦地问了。

林先生几乎想哭出来，没有话回答，只是叹气。除了央求那上海客人再通融，还有什么别的办法？寿生也来了，帮着林先生说。他们赌咒：下欠的二百多元，赶明年初十边一定汇到上海。是老主顾了，向来三节清账，从没半句话，今儿实在是意外之变，大局如此，没有办法，非是他们刁赖。

然而不添一些，到底是不行的。林先生忍能又把这几天内卖得的现款凑成了五十元，算是总共付了四百五十元，这才把那位叫人头痛的上海收账客人送走了。

此时已有十一点了，天还是飘飘扬扬落着雪。买客没有半个。林先生纳闷了一会儿，和寿生商量本街的账头怎样去收讨。两个人的眉头都皱紧了，都觉得本镇的六百多元账头收起来真没有把握。寿生挨着林先生的耳朵悄悄地说道：

"听说南栅的聚隆，西栅的和源，都不稳呢！这两处欠我们的，就有三百光景，这两笔倒账要预先防着，吃下了，可不是玩的！"

林先生脸色变了，嘴唇有点抖。不料寿生把声音再放低些，支支吾吾地说出了更骇人的消息来：

"还有，还有讨厌的谣言，是说我们这里了。恒源庄上一定听得了这些风声，这才对我们逼得那么急，说不定上海的收账客人也有点晓得——只是，谁和我们作对呢？难道就是斜对门么？"

寿生说着，就把嘴向裕昌祥那边呶了一呶。林先生的眼光跟着寿生的嘴也向那边瞥了一下，心里直是乱跳，哭丧着脸，好半天说不出话来。他的又麻又痛的心里感到这一次他准是毁了！——不毁才是作怪：党老爷敲诈他，钱庄压逼他，同业又中伤他，而又要吃倒账，凭谁也受不了这样重重的磨折罢？而究竟为了什么他应该活受罪呀！他，从父亲手里继承下这小小的铺子，从没敢浪费；他，做生意多么巴结；他，没有害过人，没有起过歹心；就是他的祖上，也没害过人，做过歹事呀！然而他直如此命苦！

"不过，师傅，随他们去造谣罢，你不要发急。荒年传乱话，听说是镇上的店铺十家有九家没法过年关。时势不好，市面清得不成话。素来硬朗的铺子今年都打饥荒，也不是我们一家困难！天塌压大家，商会里总得议个办法出来；总不能大家一齐拖倒，弄得市面更加不像市面。"

看见林先生急苦了，寿生姑且安慰着，忍不住也叹了一口气。

雪是愈下愈密了，街上已经见白。偶尔有一条狗垂着尾巴走过，抖一抖身体，摇落了厚积在毛上的那些雪，就又悄悄地夹着尾巴走了。自从有这条街以来，从没见过这样冷落凄凉的年关！而此时，远在上海，日本军的重炮正在发狂地轰毁那边繁盛的市廛。

五

凄凉的年关，终于也过去了。镇上的大小铺子倒闭了二十八家。内中有一家"信用素著"的绸庄。欠了林先生三百元货账的聚隆与和源也毕竟倒了。大年夜的白天，寿生到那两个铺子里磨了半天，也只拿到二十多块来；这以后，就听说没有一个收账员拿到半文钱，两家铺子的老板都躲得不见面了。林先生自己呢，多亏商会长一力斡旋，还无须往乡下躲，然而欠下恒源钱庄的四百多元非要正月十五以前还清不可；并且又订了苛刻的条件：从正月初五开市那天起，恒源就要派人到林先生铺子里"守提"，卖得的钱，八成归恒源扣账。

新年那四天，林先生家里就像一个冰窖。林先生常常叹气，林大娘的打呃像连珠炮。林小姐虽然不打呃，也不叹气，但是呆呆地好像害了多年的黄病。她那件大绸新旗袍，为的要付吴妈的工钱，已经上了当铺；小学徒从清早七点钟就去那家唯一的当铺门前守候，直到九点钟方才从人堆里拿了两块钱挤出来。以后，当铺就止当了。两块钱！这已是最高价。随你值多少钱的贵重衣饰，也只能当得两块呢！叫做"两块钱封门"。乡下人忍着冷剥下身上的棉袄递上柜台去，那当铺里的伙计拿起来抖了一抖，就直丢出去，怒声喊道："不当！"

元旦起，是大好的晴天。关帝庙前那空场上，照例来了跑江湖赶新年生意的摊贩和变把戏的杂耍。人们在那些摊子面前懒懒地拖着腿走，两手扪着空的腰包，就又懒懒地走开了。孩子们拉住了娘的衣角，赖在花炮摊前不肯走，娘就给他一个老大的耳光。那些特来赶新年的摊贩们连伙食都开销不了，白赖在"安商客寓"里，天天和客寓主人吵闹。

只有那班变把戏的出了八块钱的大生意，党老爷们唤他们去点缀了一番"升平气象"。

初四那天晚上，林先生勉强筹措了三块钱，办一席酒请铺子里的"相好"吃照例的"五路酒"，商量明天开市的办法。林先生早就筹思过熟透：这铺子开下去呢，眼见得是亏本的生意，不开呢，他一家三口儿简直没有生计，而且到底人家欠他的货账还有四五百，他一关门更难讨取；惟一的办法是减省开支，但捐税派饷是逃不了的，"敲诈"尤其无法躲避，裁去一两个店员罢，本来他只有三个伙计，寿生是左右手，其余的两位也是怪可怜见的，况且辞歇了到底也不够招呼生意；家里呢，也无可再省，吴妈早已辞歇。他觉得只有硬着头皮做下去，或者靠菩萨的保佑，乡下人春蚕熟，他的亏空还可以补救。

但要开市，最大的困难是缺乏货品。没有现钱寄到上海去，就拿不到货。上海打得更厉害了，赊账是休转这念头。卖底货罢，他店里早已淘空，架子上那些装卫生衣的纸盒就是空的，不过摆在那里装幌子。他铺子里就剩了些日用杂货，脸盆毛巾之类，存底还厚。

大家喝了一会闷酒，抓腮挖耳地想不出好主意。后来谈起闲天来，一个伙计忽然说：

"乱世年头，人比不上狗！听说上海闸北烧得精光，几十万人都只逃得一个光身子。虹口一带呢，烧是还没烧，人都逃光了，东洋人凶得很，不许搬东西。上海房钱涨起几倍。逃出来的人都到乡下来了，昨天镇上就到了一批，看样子都是好好的人家，现在却弄得无家可归！"

林先生摇头叹气。寿生听了这话，猛的想起了一个好办法；他放下了筷子，拿起酒杯来一口喝干了，笑嘻嘻对林先生说道：

"师傅，听得阿四的话么？我们那些脸盆，毛巾，肥皂，袜子，牙粉，牙刷，就可以如数销清了。"

林先生瞪出了眼睛，不懂得寿生的意思。

"师傅，这是天大的机会。上海逃来的人，总还有几个钱，他们总要买些日用的东西，是不是？这笔生意，我们赶快张罗。"

寿生接着又说。再筛出一杯酒来喝了，满脸是喜气。两个伙计也省悟过来了，哈哈大笑。只有林先生还不很了然。近来的逆境已经把他变成糊涂。他惘然问道：

"你拿得稳么？脸盆，毛巾，别家也有，——"

"师傅，你忘记了！脸盆毛巾一类的东西只有我们存底独多！裕昌祥里拿不出十只脸盆，而且都是拣剩货。这笔生意，逃不出我们的手掌心的了！我们赶快多写几张广告到四栅去分贴，逃难人住的地方——暧，阿四，他们住在什么地方？我们也要去贴广告。"

"他们有亲戚的住到亲戚家里去了，没有的，还借住在西栅外茧厂的空房子。"

叫做阿四的伙计回答，脸上发亮，很得意自己的无意中立了大功。林先生这时也完全明白了。心里一快乐，就又灵活起来，他马上拟好了广告的底稿，专拣店里有的日用品开列上去，约莫也有十几种。他又摹仿上海大商店卖"一元货"的方法，把脸盆，毛巾，牙刷，牙粉配成一套卖一块钱，广告上就大书"大廉价一元货"。店里本来还有余剩下的红绿纸，寿生大张的裁好了，拿笔就写。两个伙计和学徒就乱哄哄地拿过脸盆，毛巾，牙刷，牙粉来装配成一组。人手不够，林先生叫女儿出来帮着写，帮着扎配，另外又配出几种"一元货"，全是零星的日用必需品。

这一晚上，林家铺子里直忙到五更左右，方才大致就绪。第二天清早，开门鞭炮响过，排门开了，林家铺子布置得又是一新。漏夜赶起来的广告早已漏夜分头贴出去。西栅外茧厂一带是寿生亲自去布置，哄动那些借住在茧厂里的逃难人，都起来看，当做一件新闻。

"内宅"里，林大娘也起了个五更，瓷观音面前点了香，林大娘爬着磕了半天响头。她什么都祷告全了，就只差没有祷告菩萨要上海的战事再扩大再延长，好多来些逃难人。

一切都很顺利，一切都不出寿生的预料。新正开市第一天就只林家铺子生意很好，到下午四点多钟，居然卖了一百多元，是这镇上近十年来未有的新纪录。销售的大宗，果然是"一元货"，然而洋伞橡皮雨鞋之类却也带起了销路，并且那生意也做的干脆有味。虽然是"逃难人"，却毕竟住在上海，见过大场面，他们不像乡下人或本镇人那么小格式，他们买东西很爽利，拿起货来看了一眼，现钱交易，从不拣来拣去，也不硬要除零头。

林大娘看见女儿兴冲冲地跑进来夸说一回，就爬到瓷观音面前磕了一回头。她心里还转了这样的念头：要不是岁数相差得多，把寿生招做女婿倒也是好的！说不定在寿生那边也时常用半只眼睛看望着这位厮熟的十七岁的"师妹"。

只有一点，使林先生扫兴：恒源庄毫不顾面子地派人来提取了当天营业总数的八成。并且存户朱三阿太，桥头陈老七，还有张寡妇，不知听了谁的怂恿，都借了"要量米吃"的借口，来预支息金；不但支息金，还想拔提一点存款呢！但也有一个喜讯，听说又到了一批逃难人。

晚餐时，林先生添了两碟荤菜，酬劳他的店员。大家称赞寿生能干。林先生虽然高兴，却不能不惦念着朱三阿太等三位存户是要提存款的事情。大新年碰到这种事，总是不吉利。寿生忿然说：

"那三个懂得什么呢！还不是有人从中挑拨！"

说着，寿生的嘴又向斜对门呶了一呶。林先生点头。可是这三位不懂什么的，倒也难以对付；一个是老头子，两个是孤苦的女人，软说不肯，硬来又不成。林先生想了半天觉得只有去找商会长，请他去和那三位宝贝讲开。他和寿生说了，寿生也竭力赞成。

于是晚饭后算过了当天的"流水账"，林先生就去拜访商会长。

林先生说明了来意后，那商会长一口就应承了，还夸奖林先生做生意的手段高明，他那铺子一定能够站住，而且上进。摸着自己的下巴，商会长又笑了一笑，伛过身体来说道：

"有一件事，早就想对你说，只是没有机会。镇上的卜局长不知在哪里见过令爱来，极为中意；卜局长年将四十，还没有儿子，屋子里虽则放着两个人，都没生育过；要是令爱过去，生下一男半女，就是现成的局长太太。呵，那时，就连我也沾点儿光呢！"

林先生做梦也想不到会有这样的难题，当下怔住了做不得声。商会长却又郑重地接着说：

"我们是老朋友，什么话都可以讲个明白。论到这种事呢，照老派说，好像面子上不好听；然而也不尽然。现在通行这一套，令爱过去也算是正的。——况且，卜局长既然有了这个心，不答应他有许多不便之处；答应了，将来倒有巴望。我是替你打算，才说这个话。"

"咳，你怕不是好意劝我仔细！可是，我是小户人家，小女又不懂规矩，高攀卜局长，实在不敢！"

林先生硬着头皮说，心里卜卜乱跳。

"哈，哈，不是你高攀，是他中意。——就这么罢，你回去和尊夫人商量商量，我这里且搁着，看见卜局长时，就说还没机会提过，行不行呢？可是你得早点给我回音！"

"嗯——"

筹思了半晌，林先生勉强应着，脸色像是死人。

回到家里，林先生支开了女儿，就一五一十对林大娘说了。他还没说完，林大娘的呃就大发作，光景邻居都听得清。她勉强抑住了那些涌上来的呃，喘着气说道：

"怎么能够答应，呃，就不是小老婆，呃，呃——我也舍不得阿秀到人家去做媳妇。"

"我也是这个意思，不过——"

"呃，我们规规矩矩做生意，呃，难道我们不肯，他好抢了去不成？呃——"

"不过他一定要来找讹头生事！这种人比强盗还狠心！"

林先生低声说，几乎落下眼泪来。

"我拼了这条老命。呃！救苦救难观世音呀！"

林大娘颤着声音站了起来，摇摇摆摆想走。林先生赶快拦住，没口地叫道：

"往哪里去？往哪里去？"

同时林小姐也从房外来了，显然已经听见了一些，脸色灰白，眼睛死瞪瞪地。林大娘看见女儿，就一把抱住了，一边哭，一边打呃，一边喃喃地挣扎着喘着气说：

"呃，阿囡，呃，谁来抢你去，呃，我同他拼老命！呃，生你那年我得了这个——病，呃，好容易养到十七岁，呃，呃，死也死在一块儿！呃，早给了寿生多么好呢！呃！强盗！不怕天打的！"

林小姐也哭了，叫着"妈！"林先生搓着手叹气。看看哭得不像样，窄房浅屋的要惊动邻舍，大新年也不吉利，他只好忍着一肚子气来劝母女两个。

这一夜，林家三口儿都没有好生睡觉。明天一早林先生还得起来做生意，在一夜的转侧愁思中，他偶尔听得屋面上一声响，心就卜卜地跳，以为是卜局长来寻他生事来了；然而定了神仔细想起来，自家是规规矩矩的生意人，又没犯法，只要生意好，不欠人家的钱，难道好无端生事，白诈他不成？而他的生意呢，眼前分明有一线生机。生了个女儿长的还端正，却又要招祸！早些定了亲，也许不会出这岔子？——商会长是不是肯真心帮忙呢，只有恳求他设法——可是林大娘又在打呃了，咳，她这病！

天刚发白，林先生就起身，眼圈儿有点红肿，头里发昏。可是他不能不打起精神招呼生意。铺面上靠寿生一个到底不行，这小伙子近几天来也就累得够了。

林先生坐在账台里，心总不定。生意虽然好，他却时时浑身的肉发抖。看见面生的大汉子上来买东西，他就疑惑是卜局长派来的人，来侦察他，来寻事；他的心直跳得发痛。

却也作怪，这天生意之好，出人意料。到正午，已经卖了五六十元，买客们中间也有本镇人。那简直不像买东西，简直像是抢东西，只有倒闭了铺子拍卖底货的时候才有这种光景。林先生一边有点高兴，一边却也看着心惊，他估量"这样的好生意气色不正"。果然在午饭的时候，寿生就悄悄告诉道：

"外边又有谣言，说是你拆烂污卖一批贱货，捞到几个钱，就打算逃走！"

林先生又气又怕，开不得口。突然来了两个穿制服的人，直闯进来问道：

"谁是林老板？"

林先生慌忙站了起来，还没回答，两个穿制服的拉住他就走。寿生追上去，想要拦阻，又想要探询，那两个人厉声吆喝道：

"你是谁？滚开！党部里要他问话！"

六

那天下午，林先生就没有回来。店里生意忙，寿生又不能抽空身子尽自去探听。里边林大娘本来还被瞒着，不防小学徒漏了嘴，林大娘那一急几乎一口气死去。她又死不放林小姐出那对蝴蝶门儿，说是：

"你的爸爸已经被他们捉去了，回头就要来抢你！呃——"

她只叫寿生进来问底细，寿生瞧着情形不便直说，只含糊安慰了几句道：

"师母，不要着急，没有事的！师傅到党部里去理直那些存款呢。我们的生意好，怕什么的！"

背转了林大娘的面，寿生悄悄告诉林小姐，"到底为什么，还没得个准信儿，"他叮嘱林小姐且安心伴着"师母",外边事有他呢。林小姐一点主意也没有,寿生说一句,她就点一下头。

这样又要招顾外面的生意,又要挖空心思找出话来对付林大娘不时的追询,寿生更没有工夫去探听林先生的下落。直到上灯时分,这才由商会长给他一个信:林先生是被党部扣住了,为的外边谣言林先生打算卷款逃走,然而林先生除有庄款和客账未清外,还有朱三阿太,桥头陈老七,张寡妇三位孤苦人儿的存款共计六百五十元没有保障,党部里是专替这些孤苦人儿谋利益的,所以把林先生扣起来,要他理直这些存款。

寿生吓得脸都黄了,呆了半晌,方才问道:

"先把人保出来,行么?人不出来,哪里去弄钱来呢?"

"嘿!保出人来!你空手去,让你保么?"

"会长先生,总求你想想法子,做好事。师傅和你老人家向来交情也不差,总求你做做好事!"

商会长皱着眉头沉吟了一会儿,又端相着寿生半晌,然后一把拉寿生到屋角里悄悄说道:

"你师傅的事,我岂有袖手旁观之理。只是这件事现在弄僵了!老实对你说,我求过卜局长出面讲情,卜局长只要你师傅答应一件事,他是肯帮忙的;我刚才到党部里会见你的师傅,劝他答应,他也答应了,那不是事情完了么?不料党部里那个黑麻子真可恶,他硬不肯——"

"难道他不给卜局长面子?"

"就是呀!黑麻子反而噜哩噜苏说了许多,卜局长几乎下不得台。两个人闹翻了!这不是这件事弄得僵透?"

寿生叹了口气,没有主意;停一会儿,他又叹一口气说:

"可是师傅并没犯什么罪。"

"他们不同你讲理!谁有势,谁就有理!你去对林大娘说,放心,还没吃苦,不过要想出来,总得花点儿钱!"

商会长说着,伸两个指头一扬,就匆匆地走了。

寿生沉吟着,没有主意;两个伙计攒住他探问,他也不回答。商会长这番话,可以告诉"师母"么?又得花钱!"师母"有没有私蓄,他不知道;至于店里,他很明白,两天来卖得的现钱,被恒源提了八成去,剩下只有五十多块,济得什么事!商会长示意总得两百。知道还够不够呀!照这样下去,生意再好些也不中用。他觉得有点灰心了。

里边又在叫他了!他只好进去瞧光景再定主意。

林大娘扶住了女儿的肩头,气喘喘地问道:

"呃,刚才,呃——商会长来了,呃,说什么?"

"没有来呀!"

寿生撒一个谎。

"你不用瞒我,呃——我,呃,全知道了;呃,你的脸色吓得焦黄!阿秀看见的,呃!"

"师母放心，商会长说过不要紧。——卜局长肯帮忙——"

"什么？呃，呃——什么？卜局长肯帮忙！——呃，呃，大慈大悲的菩萨，呃，不要他帮忙！呃，呃，我知道，你的师傅，呃呃，没有命了！呃，我也不要活了！呃，只是这阿秀，呃，我放心不下！呃，呃，你同了她去！呃，你们好好的做人家！呃，呃，寿生，呃，你待阿秀好，我就放心了！呃，去呀！他们要来抢！呃——狠心的强盗！观世音菩萨怎么不显灵呀！"

寿生睁大了眼睛，不知道怎样回话。他以为"师母"疯了，但可又一点不像疯。他偷眼看他的"师妹"，心里有点跳；林小姐满脸通红，低了头不作声。

"寿生哥，寿生哥，有人找你说话！"

小学徒一路跳着喊进来。寿生慌忙跑出去，总以为又是商会长什么的来了，哪里知道竟是斜对门裕昌祥的掌柜吴先生。"他来干什么?"寿生肚子里想，眼光盯住在吴先生的脸上。

吴先生问过了林先生的消息，就满脸笑容，连说"不要紧"。寿生觉得那笑脸有点异样。

"我是来找你划一点货——"

吴先生收了笑容，忽然转了口气，从袖子里摸出一张纸来。是一张横单，写着十几行，正是林先生所卖"一元货"的全部。寿生一眼瞧见就明白了，原来是这个把戏呀！他立刻说：

"师傅不在，我不能作主。"

"你和你师母说，还不是一样！"

寿生踌躇着不能回答。他现在有点懂得林先生之所以被捕了。先是谣言林先生要想逃，其次是林先生被扣住了，而现在却是裕昌祥来挖货，这一连串的线索都明白了。寿生想来有点气，又有点怕，他很知道，要是答应了吴先生的要求，那么，林先生的生意，自己的一番心血，都完了。可是不答应呢，还有什么把戏来，他简直不敢想下去了。最后他姑且试一试说：

"那么，我去和师母说，可是，师母女人家专要做现钱交易。"

"现钱么？哈，寿生，你是说笑话罢？"

"师母是这种脾气，我也是没法。最好等明天再谈罢。刚才商会长说，卜局长肯帮忙讲情，光景师傅今晚上就可以回来了。"

寿生故意冷冷的说，就把那张横单塞还吴先生的手里。吴先生脸上的肉一跳，慌忙把横单又推回到寿生手里，一面没口应承道：

"好，好，现账就是现账。今晚上交货，就是现账。"

寿生皱着眉头再到里边，把裕昌祥来挖货的事情对林大娘说了，并且劝她：

"师母，刚才商会长来，确实说师傅好好的在那里，并没吃苦；不过总得花几个钱，才能出来。店里只有五十块。现在裕昌祥来挖货，照这单子上看，总也有一百五十块光景，还是挖给他们罢，早点救师傅出来要紧！"

林大娘听说又要花钱，眼泪直淌，那一阵呃，当真打得震天响，她只是摇手，说不出话，头靠在桌子上，把桌子捶得怪响。寿生瞧来不是路，悄悄的退出去，但在蝴蝶门边，林小姐追上来了。她的脸色像死人一样白，她的声音抖而且哑，她急口地说：

"妈是气糊涂了！总说爸爸已经被他们弄死了！你，你赶快答应裕昌祥，赶快救爸爸，寿生哥，你——"

林小姐说到这里，忽然脸一红，就飞快地跑进去了。寿生望着她的后影，呆立了半分钟光景，然后转身，下决心担负这挖货给裕昌祥的责任，至少"师妹"是和他一条心要这么办了。

夜饭已经摆在店铺里了，寿生也没有心思吃，立等着裕昌祥交过钱来，他拿一百在手里，另外身边藏了八十，就飞跑去找商会长。

半点钟后，寿生和林先生一同回来了。跑进"内宅"的时候，林大娘看见了倒吓一跳。认明是当真活的林先生时，林大娘急急趴在瓷观音前磕响头，比她打呃的声音还要响。林小姐光着眼睛站在旁边，像是要哭，又像是要笑。寿生从身旁掏出一个纸包来，放在桌子上说：

"这是多下来的八十块钱。"

林先生叹了一口气，过一会儿，方才有声没气地说道：

"让我死在那边就是了，又花钱弄出来！没有钱，大家还是死路一条！"林大娘突然从地下跳起来，着急的想说话，可是一连串的呃把她的话塞住了。林小姐忍住了声音，抽抽咽咽地哭。林先生却还不哭，又叹一口气，梗咽着说：

"货是挖空了！店开不成，债又逼的紧——"

"师傅！"

寿生叫了一声，用手指蘸着茶，在桌子上写了一个"走"字给林先生看。

林先生摇头，眼泪扑簌簌地直淌；他看看林大娘，又看看林小姐，又叹一口气。

"师傅！只有这一条路了。店里拼凑起来，还有一百块，你带了去，过一两个月也就够了；这里的事，我和他们理直。"

寿生低声说。可是林大娘却偏偏听得了，她忽然抑住了呃，抢着叫道：

"你们也去！你，阿秀。放我一个人在这里好了，我拼老命！呃！"

忽然异常少健起来，林大娘转身跑到楼上去了。林小姐叫着"妈"随后也追了上去。林先生望着楼梯发怔，心里感到有什么要紧的事，却又乱麻麻地总是想不起。寿生又低声说："师傅，你和师妹一同走罢！师妹在这里，师母是不放心的！她总说他们要来抢——"

林先生淌着眼泪点头，可是打不起主意。

寿生忍不住眼圈儿也红了，叹一口气，绕着桌子走。

忽然听得林小姐的哭声。林先生和寿生都一跳。他们赶到楼梯头时，林大娘却正从房里出来，手里捧一个皮纸包儿。看见林先生和寿生都已在楼梯头了，她就缩回房去，嘴里说"你们也来，听我的主意"。她当着林先生和寿生的跟前，指着那纸包说道：

"这是我的私房，呃，光景有两百多块。分一半你们拿去。呃！阿秀，我做主配给寿生！呃，明天阿秀和她爸爸同走。呃，我不走！寿生陪我几天再说。呃，知道我还有几天活，呃，你们就在我面前拜一拜，我也放心！呃——"

林大娘一手拉着林小姐，一手拉着寿生，就要他们"拜一拜"。

都拜了，两个人脸上飞红，都低着头。寿生偷眼看林小姐，看见她的泪痕中含着一些笑意，寿生心头卜卜地跳了，反倒落下两滴眼泪。

林先生松一口气，说道：

"好罢，就是这样。可是寿生，你留在这里对付他们，万事要细心！"

七

林家铺子终于倒闭了。林老板逃走的新闻传遍了全镇。债权人中间的恒源庄首先派人到林家铺子里封存底货。他们又搜寻账簿。一本也没有了。问寿生。寿生躺在床上害病。又去逼问林大娘。林大娘的回答是连珠炮似的打呃和眼泪鼻涕。为的她到底是"林大娘"，人们也没有办法。

十一点钟光景，大群的债权人在林家铺子里吵闹得异常厉害。恒源庄和其他的债权人争执怎样分配底货。铺子里虽然淘空，但连"生财"合计，也足够偿还债权者七成，然而谁都只想给自己争得九成或竟至十成。商会长说得舌头都有点僵硬了，却没有结果。

来了两个警察，拿着木棍站在门口吆喝那些看热闹的闲人。

"怎么不让我进去？我有三百块钱的存款呀！我的老本！"

朱三阿太扭着瘪嘴唇和警察争论，巍颤颤地在人堆里挤。她额上的青筋就有小指头儿那么粗。她挤了一会儿，忽然看见张寡妇抱着五岁的孩子在那里哀求另一个警察放她进去。那警察斜着眼睛，假装是调弄那孩子，却偷偷地用手背在张寡妇的乳部揉摸。

"张家嫂呀——"

朱三阿太气喘喘地叫了一声，就坐在石阶沿上，用力地扭着她的瘪嘴唇。

张寡妇转过身来，找寻是谁唤她；那警察却用了亵昵的口吻叫道：

"不要性急！再过一会儿就进去！"

听得这句话的闲人都笑起来了。张寡妇装作不懂，含着一泡眼泪，无目的地又走了一步。恰好看见朱三阿太坐在石阶沿上喘气。张寡妇跌撞似的也到了朱三阿太的旁边，也坐在那石阶沿上，忽然就放声大哭。她一边哭，一边喃喃地诉说着：

"阿大的爷呀，你丢下我去了，你知道我是多么苦啊！强盗兵打杀了你，前天是三周年……绝子绝孙的林老板又倒了铺子，——我十个指头做出来的百几十块钱，丢在水里了，也没响一声！啊哟！穷人命苦，有钱人心狠——"

看见妈哭，孩子也哭了；张寡妇搂住了孩子，哭的更伤心。

朱三阿太却不哭，弩起了一对发红的已经凹陷的眼睛，发疯似的反复说着一句话：

"穷人是一条命，有钱人也是一条命；少了我的钱，我拼老命！"

此时有一个人从铺子里挤出来，正是桥头陈老七。他满脸紫青，一边挤，一边回过头去嚷骂道：

"你们这伙强盗！看你们有好报！天火烧，地火爆，总有一天现在我陈老七眼睛里呀！要吃倒账，就大家吃，分摊到一个边皮儿，也是公平，——"

陈老七正骂得起劲，一眼看见了朱三阿太和张寡妇，就叫着她们的名字说：

"三阿太，张家嫂，你们怎么坐在这里哭！货色，他们分完了！我一张嘴吵不过他们十几张嘴，这班狗强盗不讲理，硬说我们的钱不算账，——"张寡妇听说，哭得更加苦了。先前那个警察忽然又踅过来，用木棍子拨着张寡妇的肩膀说：

"喂，哭什么？你的养家人早就死了。现在还哭哪一个！"

"狗屁！人家抢了我们的，你这东西也要来调戏女人么？"

陈老七怒冲冲地叫起来，用力将那警察推了一把。那警察睁圆了怪眼睛，扬起棍子就想要打。闲人们都大喊，骂那警察。另一个警察赶快跑来，拉开了陈老七说：

"你在这里吵，也是白吵。我们和你无怨无仇，商会里叫来守门，吃这碗饭，没办法。"

"陈老七，你到党部里去告状罢！"

人堆里有一个声音这么喊。听声音就知道是本街有名的闲汉陆和尚。

"去，去！看他们怎样说。"

许多声音乱叫了。但是那位作调人的警察却冷笑，扳着陈老七的肩膀道：

"我劝你少找点麻烦罢。到那边，中什么用！你还是等候林老板回来和他算账，他倒不好白赖。"

陈老七虎起了脸孔，弄得没有主意了。经不住那些闲人们都撺怂着"去"，他就看着朱三阿太和张寡妇说道：

"去去怎样？那边是天天大叫保护穷人的呀！"

"不错。昨天他们扣住了林老板，也是说防他逃走，穷人的钱没有着落！"

又一个主张去的拉长了声音叫。于是不由自主似的，陈老七他们三个和一群闲人都向党部所在那条路去了。张寡妇一路上还是啼哭，咒骂打杀了她丈夫的强盗兵，咒骂绝子绝孙的林老板，又咒骂那个恶狗似的警察。

快到了目的地时，望见那门前排立着四个警察，都拿着棍子，远远地就吆喝道：

"滚开！不准过来！"

"我们是来告状的，林家铺子倒了，我们存在那里的钱都拿不到——"

陈老七走在最前排，也高声的说。可是从警察背后突然跳出一个黑麻子来，怒声喝打。警察们却还站着，只用嘴威吓。陈老七背后的闲人们大噪起来。黑麻子怒叫道：

"不识好歹的贱狗！我们这里管你们那些事么？再不走，就开枪了！"

他跺着脚喝那四个警察动手打。陈老七是站在最前，已经挨了几棍子。闲人们大乱。朱三阿太老迈，跌倒了。张寡妇慌忙中落掉了鞋子，给人们一冲，也跌在地下，她连滚带爬躲过了许多跳过的和踏上来的脚，站起来跑了一段路，方才觉到她的孩子没有了。看衣襟上时，有几滴血。

"啊哟！我的宝贝！我的心肝！强盗杀人了，玉皇大帝救命呀！"

她带哭带嚷的快跑，头发纷散；待到她跑过那倒闭了的林家铺面时，她已经完全疯了！

老 舍

老舍(1899—1966)，原名舒庆春，字舍予，生于北京，满族正红旗人。中国现代著名作家。主要作品有小说《骆驼祥子》《四世同堂》《我这一辈子》《黑白李》《断魂枪》《月牙儿》，戏剧《龙须沟》《茶馆》等。代表作《骆驼祥子》《四世同堂》《断魂枪》《柳家大院》《茶馆》等。

老舍成长于北京社会底层，熟悉底层市民生活。1924—1929 年在英国伦敦大学任教期间创作了三部长篇小说《老张的哲学》《赵子曰》《二马》，以其幽默风趣、通畅俗白引起文坛关注。1930 年回国后，老舍创作了《骆驼祥子》《断魂枪》《柳家大院》等大量小说作品，整体呈现出风格鲜明、通俗生动、"京味"浓郁的独特艺术风格，成为20 世纪 30 年代小说领域的重要作家。抗日战争期间，老舍以笔为枪，满怀爱国热忱，不仅写出了优秀长篇小说《四世同堂》，还创作了多部以抗战为主题的话剧和通俗文艺作品。新中国成立后，老舍的创作集中在戏剧、散文和通俗文艺创作方面，话剧《茶馆》是中国当代戏剧创作的代表作品。

作为中国现当代文学史上的优秀作家，老舍具有汉族文化、满族文化和西方现代文化相交融的开阔多维的文化视野。他的创作不仅表现了特定时代底层大众的辛酸和生活趣味，同时渗透着对传统和民间文化的深刻反思。老舍在创作中所鲜明呈现出来的对于市民社会及其人物群落的出色描写，关于中国文学传统、民间文学传统与西方现代审美的有机融合，在民间文艺的现代转化以及叙述话语的"京味儿"、诙谐幽默的格调等方面的成功探索，构成了他对中国现当代文学的独特贡献。

骆驼祥子(节选)

一

我们所要介绍的是祥子，不是骆驼，因为"骆驼"只是个外号；那么，我们就先说祥子，随手儿把骆驼与祥子那点关系说过去，也就算了。

北平的洋车夫有许多派：年轻力壮，腿脚灵利的，讲究赁漂亮的车，拉"整天儿"，爱什么时候出车与收车都有自由；拉出车来，在固定的"车口"或宅门一放，专等坐快车的主儿；弄好了，也许一下子弄个一块两块的；碰巧了，也许白耗一天，连"车份儿"也没着落，但也不在乎。这一派哥儿们的希望大概有两个：或是拉包车；或是自己买上辆车——有了自己的车，再去拉包月或散座就没大关系了，反正车是自己的。

比这一派岁数稍大的，或因身体的关系而跑得稍差点劲的，或因家庭的关系而不敢白耗一天的，大概就多数的拉八成新的车；人与车都有相当的漂亮，所以在要价儿的时候也还能保持住相当的尊严。这派的车夫，也许拉"整天"，也许拉"半天"。在后者的情形下，因为还有相当的精气神，所以无论冬天夏天总是"拉晚儿"。夜间，当然比白天需要更多的留神与本事；钱自然也多挣一些。

年纪在四十以上，二十以下的，恐怕就不易在前两派里有个地位了。他们的车破，又不敢"拉晚儿"，所以只能早早的出车，希望能从清晨转到午后三四点钟，拉出"车份儿"和自己的嚼谷。他们的车破，跑得慢，所以得多走路，少要钱。到瓜市，果市，菜市，去拉货物，都是他们；钱少，可是无须快跑呢。

在这里，二十岁以下的——有的从十一二岁就干这行儿——很少能到二十岁以后改变成漂亮的车夫的，因为在幼年受了伤，很难健壮起来。他们也许拉一辈子洋车，而一辈子连拉车也没出过风头。那四十以上的人，有的是已拉了十年八年的车，筋肉的衰损使他们甘居人后，他们渐渐知道早晚是一个跟头会死在马路上。他们的拉车姿式，讲价时的随机应变，走路的抄近绕远，都足以使他们想起过去的光荣，而用鼻翅儿扇着那些后起之辈。可是这点光荣丝毫不能减少将来的黑暗，他们自己也因此在擦着汗的时节常常微叹。不过，以他们比较另一些四十上下岁的车夫，他们还似乎没有苦到了家。这一些是以前决没想到自己能与洋车发生关系，而到了生和死的界限已经不甚分明，才抄起车把来的。被撤差的巡警或校役，把本钱吃光的小贩，或是失业的工匠，到了卖无可卖，当无可当的时候，咬着牙，含着泪，上了这条到死亡之路。这些人，生命最鲜壮的时期已经卖掉，现在再把窝窝头变成的血汗滴在马路上。没有力气，没有经验，没有朋友，就是在同行的当中也得不到好气儿。他们拉最破的车，皮带不定一天泄多少次气；一边拉着人还得一边儿央求人家原谅，虽然十五个大铜子儿已经算是甜买卖。

此外，因环境与知识的特异，又使一部分车夫另成派别。生于西苑海甸的自然以走西山，燕京，清华，较比方便；同样，在安定门外的走清河，北苑；在永定门外的走南苑……这是跑长趟的，不愿拉零座；因为拉一趟便是一趟，不屑于三五个铜子的穷凑了。可是他们还不如东交民巷的车夫的气儿长，这些专拉洋买卖的讲究一气儿由交民巷拉到玉泉山，颐和园或西山。气长也还算小事，一般车夫万不能争这项生意的原因，大半还是因为这些吃洋饭的有点与众不同的知识，他们会说外国话。英国兵，法国兵，所说的万寿山，雍和宫，"八大胡同"，他们都晓得。他们自己有一套外国话，不传授给别人。他们的跑法也特别，四六步儿不快不慢，低着头，目不旁视的，贴着马路边儿走，带出与世无争，而自有专长的神气。因为拉着洋人，他们可以不穿号坎，而一律的是长袖小白褂，白的或黑的裤子，裤筒特别肥，脚腕上系着细带；脚上是宽双脸千层底青布鞋；干净，利落，神气。一见这样的服装，别的车夫不会再过来争座与赛车，他们似乎是属于另一行业的。

有了这点简单的分析，我们再说祥子的地位，就象说——我们希望——一盘机器上的某种钉子那么准确了。祥子，在与"骆驼"这个外号发生关系以前，是个较比有自由的洋车夫，这就是说，他是属于年轻力壮，而且自己有车的那一类：自己的车，自己的生活，都在自己手里，高等车夫。

这可绝不是件容易的事。一年，二年，至少有三四年；一滴汗，两滴汗，不知道多少万滴汗，才挣出那辆车。从风里雨里的咬牙，从饭里茶里的自苦，才赚出那辆车。那辆车是他的一切挣扎与困苦的总结果与报酬，象身经百战的武士的一颗徽章。在他赁人家的车的时候，他从早到晚，由东到西，由南到北，象被人家抽着转的陀螺；他没有自己。可是在这种旋转之中，他的眼并没有花，心并没有乱，他老想着远远的一辆车，可以使他自由，独立，象自己的手脚的那么一辆车。有了自己的车，他可以不再受拴车的人们的气，也无须敷衍别人；有自己的力气与洋车，睁开眼就可以有饭吃。

他不怕吃苦，也没有一般洋车夫的可以原谅而不便效法的恶习，他的聪明和努力都足以使他的志愿成为事实。假若他的环境好一些，或多受着点教育，他一定不会落在"胶皮团"里，而且无论是干什么，他总不会辜负了他的机会。不幸，他必须拉洋车；好，在这个营生里他也证明出他的能力与聪明。他仿佛就是在地狱里也能作个好鬼似的。生长在乡间，失去了父母与几亩薄田，十八岁的时候便跑到城里来。带着乡间小伙子的足壮与诚实，凡是以卖力气就能吃饭的事他几乎全作过了。可是，不久他就看出来，拉车是件更容易挣钱的事；作别的苦工，收入是有限的；拉车多着一些变化与机会，不知道在什么时候与地点就会遇到一些多于所希望的报酬。自然，他也晓得这样的机遇不完全出于偶然，而必须人与车都得漂亮精神，有货可卖才能遇到识货的人。想了一想，他相信自己有那个资格：他有力气，年纪正轻；所差的是他还没有跑过，与不敢一上手就拉漂亮的车。但这不是不能胜过的困难，有他的身体与力气作基础，他只要试验个十天半月的，就一定能跑得有个样子，然后去赁辆新车，说不定很快的就能拉上包车，然后省吃俭用的一年二年，即使是三四年，他必能自己打上一辆车，顶漂亮的车！看着自己的青年的肌肉，他以为这只是时间的问题，这是必能达到的一个志愿与目的，绝不是梦想！

他的身量与筋肉都发展到年岁前边去；二十来的岁，他已经很大很高，虽然肢体还没被年月铸成一定的格局，可是已经象个成人了——一个脸上身上都带出天真淘气的样子的大人。看着那高等的车夫，他计划着怎样杀进他的腰去，好更显出他的铁扇面似的胸，与直硬的背；扭头看看自己的肩，多么宽，多么威严！杀好了腰，再穿上肥腿的白裤，裤脚用鸡肠子带儿系住，露出那对"出号"的大脚！是的，他无疑的可以成为最出色的车夫；傻子似的他自己笑了。他没有什么模样，使他可爱的是脸上的精神。头不很大，圆眼，肉鼻子，两条眉很短很粗，头上永远剃得发亮。腮上没有多余的肉，脖子可是几乎与头一边儿粗；脸上永远红扑扑的，特别亮的是颧骨与右耳之间一块不小的疤——小时候在树下睡觉，被驴啃了一口。他不甚注意他的模样，他爱自己的脸正如同他爱自己的身体，都那么结实硬棒；他把脸仿佛算在四肢之内，只要硬棒就好。是的，到城里以后，他还能头朝下，倒着立半天。这样立着，他觉得，他就很象一棵树，上下没有一个地方不挺脱的。

他确乎有点象一棵树，坚壮，沉默，而又有生气。他有自己的打算，有些心眼，但不好向别人讲论。在洋车夫里，个人的委屈与困难是公众的话料，"车口儿"上，小茶馆中，大杂院里，每人报告着形容着或吵嚷着自己的事，而后这些事成为大家的财产，象民歌似的由一处传到一处。祥子是乡下人，口齿没有城里人那么灵便；设若口齿灵利是出于天才，他天生来的不愿多说话，所以也不愿学着城里人的贫嘴恶舌。他的事他知道，不喜欢和别人讨论。因为嘴常闲着，所以他有工夫去思想，他的眼仿佛是老看着自己的心。只要他的主意打定，他便随着心中所开开的那条路儿走；假若走不通的话，他能一两天不出一声，咬着牙，好似咬着自己的心！

他决定去拉车，就拉车去了。赁了辆破车，他先练练腿。第一天没拉着什么钱。

第二天的生意不错，可是躺了两天，他的脚脖子肿得象两条瓠子似的，再也抬不起来。他忍受着，不管是怎样的疼痛。他知道这是不可避免的事，这是拉车必须经过的一关。非过了这一关，他不能放胆的去跑。

脚好了之后，他敢跑了。这使他非常的痛快，因为别的没有什么可怕的了：地名他很熟习，即使有时候绕点远也没大关系，好在自己有的是力气。拉车的方法，以他干过的那些推，拉，扛，挑的经验来领会，也不算十分难。况且他有他的主意：多留神，少争胜，大概总不会出了毛病。至于讲价争座，他的嘴慢气盛，弄不过那些老油子们。知道这个短处，他干脆不大到"车口儿"上去；哪里没车，他放在哪里。在这僻静的地点，他可以从容的讲价，而且有时候不肯要价，只说声："坐上吧，瞧着给！"他的样子是那么诚实，脸上是那么简单可爱，人们好象只好信任他，不敢想这个傻大个子是会敲人的。即使人们疑心，也只能怀疑他是新到城里来的乡下老儿，大概不认识路，所以讲不出价钱来。及至人们问到，"认识呀？"他就又象装傻，又象耍俏的那么一笑，使人们不知怎样才好。

两三个星期的工夫，他把腿溜出来了。他晓得自己的跑法很好看。跑法是车夫的能力与资格的证据。那撇着脚，象一对蒲扇在地上扇乎的，无疑的是刚由乡间上来的新手。那头低得很深，双脚蹭地，跑和走的速度差不多，而颇有跑的表示的，是那些五十岁以上的老者们。那经验十足而没什么力气的却另有一种方法：胸向内含，度数很深；腿抬得很高；一走一探头；这样，他们就带出跑得很用力的样子，而在事实上一点也不比别人快；他们仗着"作派"去维持自己的尊严。祥子当然决不采取这几种姿态。他的腿长步大，腰里非常的稳，跑起来没有多少响声，步步都有些伸缩，车把不动，使座儿觉到安全，舒服。说站住，不论在跑得多么快的时候，大脚在地上轻蹭两蹭，就站住了；他的力气似乎能达到车的各部分。脊背微俯，双手松松拢住车把，他活动，利落，准确；看不出急促而跑得很快，快而没有危险。就是在拉包车的里面，这也得算很名贵的。

他换了新车。从一换车那天，他就打听明白了，象他赁的那辆——弓子软，铜活地道，雨布大帘，双灯，细脖大铜喇叭——值一百出头；若是漆工与铜活含忽一点呢，一百元便可以打住。大概的说吧，他只要有一百块钱，就能弄一辆车。猛然一想，一天要是能剩一角的话，一百元就是一千天，一千天！把一千天堆到一块，他几乎算不过来这该有多么远。但是，他下了决心，一千天，一万天也好，他得买车！第一步他应当，他想好了，去拉包车。遇上交际多，饭局多的主儿，平均一月有上十来个饭局，他就可以白落两三块的车饭钱。加上他每月再省出个块儿八角的，也许是三头五块的，一年就能剩起五六十块！这样，他的希望就近便多了。他不吃烟，不喝酒，不赌钱，没有任何嗜好，没有家庭的累赘，只要他自己肯咬牙，事儿就没有个不成。他对自己起下了誓，一年半的工夫，他——祥子——非打成自己的车不可！是现打的，不要旧车见过新的。

他真拉上了包月。可是，事实并不完全帮助希望。不错，他确是咬了牙，但是到了一年半他并没还上那个愿。包车确是拉上了，而且谨慎小心的看着事情；不幸，世上的事并不是一面儿的。他自管小心他的，东家并不因此就不辞他；不定是三两个月，还是十天八天，吹了！他得另去找事。自然，他得一边儿找事，还得一边儿拉散座；骑马找马，他不能闲起来。在这种时节，他常常闹错儿。他还强打着精神，不专为混一天的嚼谷，而且要继续着积储买车的钱。可是强打精神永远不是件妥当的事：拉起车来，他不能专心一志的跑，好象老想着些什么，越想便越害怕，越气不平。假若老这么下去，几时才能买上车呢？为什么这样呢？难道自己还算个不要强的？在这么乱想的时候，他忘了素日的谨慎。皮轮子上了碎铜烂磁片，放了炮；只好收车。更严重一些的，有时候碰了行人，甚至有一次因急于挤过去而把车轴盖碰丢了。设若他是拉着包车，这些错儿绝不能发生；一搁下了事，他心中不痛快，便有点楞头磕脑的。碰坏了车，自然要赔钱；这更使他焦躁，火上加了油；为怕惹出更大的祸，他有时候懊睡一整天。及至睁开眼，一天的工夫已白白过去，他又后悔，自恨。还有呢，在这种时期，他越着急便越自苦，吃喝越没规则；他以为自己是铁作的，可是敢情他也会病。病了，他舍不得钱去买药，自己硬挺着；结果，病越来越重，不但得买药，而且得一气儿休息好几天。这些个困难，使他更咬牙努力，可是买车的钱数一点不因此而加快的凑足。

整整的三年，他凑足了一百块钱！

他不能再等了。原来的计划是买辆最完全最新式最可心的车，现在只好按着一百块钱说了。不能再等；万一出点什么事再丢失几块呢！恰巧有辆刚打好的车（定作而没钱取货的）跟他所期望的车差不甚多；本来值一百多，可是因为定钱放弃了，车铺愿意少要一点。祥子的脸通红，手哆嗦着，拍出九十六块钱来："我要这辆车！"铺主打算挤到个整数，说了不知多少话，把他的车拉出去又拉进来，支开棚子，又放下，按按喇叭，每一个动作都伴着一大串最好的形容词；最后还在钢轮条上踢了两脚，"听听声儿吧，铃铛似的！拉去吧，你就是把车拉碎了，要是钢条软了一根，你拿回来，把它摔在我脸上！一百块，少一分咱们吹！"祥子把钱又数了一遍："我要这辆车，九十六！"铺主知道是遇见了一个心眼的人，看看钱，看看祥子，叹了口气："交个朋友，车算你的了；保六个月：除非你把大箱碰碎，我都白给修理；保单，拿着！"

祥子的手哆嗦得更厉害了，揣起保单，拉起车，几乎要哭出来。拉到个僻静地方，细细端详自己的车，在漆板上试着照照自己的脸！越看越可爱，就是那不尽合自己的理想的地方也都可以原谅了，因为已经是自己的车了。把车看得似乎暂时可以休息会儿了，他坐在了水簸箕的新脚垫儿上，看着车把上的发亮的黄铜喇叭。他忽然想起来，今年是二十二岁。因为父母死得早，他忘了生日是在哪一天。自从到城里来，他没过一次生日。好吧，今天买上了新车，就算是生日吧，人的也是车的，好记，而且车既是自己的心血，简直没什么不可以把人与车算在一块的地方。

怎样过这个"双寿"呢？祥子有主意：头一个买卖必须拉个穿得体面的人，绝对不能是个女的。最好是拉到前门，其次是东安市场。拉到了，他应当在最好的饭摊上吃顿饭，如热烧饼夹爆羊肉之类的东西。吃完，有好买卖呢就再拉一两个；没有呢，就收车；这是生日！

自从有了这辆车，他的生活过得越来越起劲了。拉包月也好，拉散座也好，他天天用不着为"车份儿"着急，拉多少钱全是自己的。心里舒服，对人就更和气，买卖也就更顺心。拉了半年，他的希望更大了：照这样下去，干上二年，至多二年，他就又可以买辆车，一辆，两辆……他也可以开车厂子了！

可是，希望多半落空，祥子的也非例外。

骆驼祥子（作品梗概）

祥子原生长在乡间，在失去父母和几亩薄田之后，十八岁跑到北京来。他有力气，年纪正轻，筋肉和身高都发展很快，长得很高很大，凡是卖力气吃饭的事，他几乎全做过，最后便决定以拉人力车为业。他咬牙苦干了整整三年，凑足了一百元，买了一辆顶漂亮的新车，拉着它，他感到好像骑着名马那样痛快和骄傲。他幻想着照这样苦干下去，再买上一辆、二辆……就可以开车厂了。

他每天只管放胆地跑，对其他事不大考虑，兵荒马乱的时候，祥子照样拉车。一次，他为了多赚一些钱冒险拉车到清华去，途中连车带人被军阀的部队抓去。连他的白布小褂和阴丹士林蓝的裤子也被剥去。他只穿着一套旧军服，每天得扛着、拉着或挂着兵们的东西，还得挑水、浇水、喂牲口，疲于奔命的生活使他恨透了那些兵。一天夜里，远处响起了炮声，他趁兵营混乱丢下了三匹骆驼的时候，拉着骆驼逃走。天亮时，他到了一个村庄，三匹骆驼只卖了三十五元大洋。突然，他病倒了，在海甸的一家小店里躺了三天，在说胡话时说出了他与骆驼的关系，从此，他得了个"骆驼祥子"的外号。他病好后，刻不容缓地剃了头，换了衣服鞋子，吃了一顿饱，便进城回到他原来赁车的人和车厂。

人和车厂的老板刘四爷已经七十多岁了，年轻时是一个当过兵、设过赌场、买卖人口、放过阎王账的恶棍。民国以来，便开设了这个车厂。他的车租比别人贵，可是拉他的车的光棍可以在厂里住。祥子原先就住在这里。

刘四爷没有儿子，只有个三十七八岁的女儿虎妞。她帮着父亲办事是个好帮手，可是没人敢要她作太太。这次祥子回到人和车厂，虎妞对他殷勤接待。祥子把三十元钱交给刘四爷，希望攒些钱再买车。从此，祥子又一天到晚埋头苦干，拼命拉车。他给杨家拉包月，可是这家人不拿他当人看待，祥子整天挨骂受气，他只待了四天，就卷起铺盖离开，回到车厂时已是夜里十一点。这时，虎妞抹了胭脂，擦了粉，带着几分媚态，招呼祥子进她的房间，里面摆着酒菜，虎妞热情地劝祥子喝酒，祥子受了引诱，连喝了三盅，便和她发生了关系。第二天，祥子起得很早，夜里的事使他疑惑羞愧，并且觉得有点危险，便决定离开人和车厂，跟刘四爷一刀两断。

祥子给曹先生拉包月，曹先生和曹太太都非常和气，待他很好，他又想积钱买车，便买了个闷葫芦罐，把省下的钱一元一元地往里放。

一天，虎妞来找祥子，直着嗓门喊叫她已经怀孕，祥子呆住了。临走时她把祥子存放在刘四爷那里的三十元钱还给他，教他在父亲生日那天，给父亲磕三个头，讨老头子喜欢，再找个机会顺水推舟把他们的事情挑明。这一天晚上，祥子睡不着觉，觉得自己像掉在陷阱里，手脚被夹住，再也没法子跑了。

一个下雪的晚上，祥子拉着曹先生，一个侦探骑着自行车尾随他们，曹先生交代祥子把车拉到他的好朋友左先生那里逃避。祥子正准备把曹太太也送到左宅，可他刚进门，便被那侦探抓住了。原来这人姓孙，是当初抓祥子的排长，孙侦探逼着祥子拿出闷葫芦罐，把钱连被褥都拿走了。曹先生去上海，曹宅的人也都逃走了。第二天，祥子只得又回人和车厂，决心把一切交给刘家父女了。虎妞看到他，非常亲热。

　　四爷的生日办得很热闹，但他想到没有儿子，心里不痛快，加上收到的寿礼不多，便迁怒到祥子和虎妞身上，要祥子滚蛋。虎妞趁势把自己怀孕的事公开，并说决心跟着祥子走。事情闹得很僵，虎妞向老头子要钱没有要到，便和祥子一起离开人和车厂，由虎妞出钱，在一个大杂院里，让祥子从头到脚换个新，办了喜事。事后，虎妞才告诉祥子，她并没有真怀孕，只是在裤腰上塞了个枕头。祥子感到自己受了骗，十分讨厌虎妞，虎妞要他带她出去玩，他也不愿意。虎妞有四百元的私房钱，打算花完了再向她父亲服软，承受过老头子的家业来，祥子感到不体面，说什么也不干，他要出去拉车，虎妞又不肯。这样直闹到元宵节，祥子无法再忍下去了，十七那天，祥子开始拉车。经过人和车厂，看见那"人和"已变成"仁和"。原来刘四爷自虎妞走后，把车厂让给另一家车主，自己带着钱享福去了。这令虎妞感到绝望，她没有能打听出父亲的下落，大哭了一阵以后，给祥子一百元向杂院里的二强子买了一辆车。夏天最热的一天，祥子拉着车在大雨中全身淋湿了，大病了一场。病中，他想到拉车的痛苦，没有过去那样充满希望和幻想了。

　　不久，虎妞真的怀了孕，分娩时难产而死。祥子卖了车，埋葬了她。二强子的女儿小福子，原来被卖给一个军官，军官开差走了，小福子回到家里，一家人无法生活下去，小福子被迫当了暗娼。祥子喜欢她，但二强子却大骂祥子占便宜，祥子决定搬走，他告诉小福子，将来混好一点，一定来接她出去。

　　经过这些曲折，祥子把剩下的三十元家产放在贴身的地方，又拉了包月，不幸被女主人夏姨太太引诱，得了淋病，用了十元钱也没把病治好，仍继续拉车，可是性格大大地变了，他吸烟，喝酒，越来越自怜、自私、偷懒，脾气也越来越坏了。

　　一天天黑时，他拉着一位客人，直到那客人说话时才发现是刘四爷，祥子立即要他下来，骂了他几句后拉着车便走，祥子感到吐了一口恶气，心里舒畅了许多。他又找到了曹先生，曹先生要他再拉包月，并允许用小福子做女仆，还答应让出一间屋子给他俩住。祥子兴高采烈地去找小福子，才知道她因不堪娼妓的非人生活而吊死在树林子里了。

　　祥子一切希望归于幻灭，回到车厂，懊恼地睡了两天，再也没有回到曹先生那里去，他觉得活下去就是一切，再也无须想干什么。（郭启宗）

断魂枪

　　沙子龙的镳局已改成客栈。

　　东方的大梦没法子不醒了。炮声压下去马来与印度野林中的虎啸。半醒的人们，揉着眼，祷告着祖先与神灵；不大会儿，失去了国土、自由与主权。门外立着不同面色的人，枪口还热着。他们的长矛毒弩，花蛇斑彩的厚盾，都有什么用呢？连祖先与祖先所信的神明全不灵了啊！龙旗的中国也不再神秘，有了火车呀，穿坟过墓破坏着风水。枣红色多穗的镳旗，绿鲨皮鞘的钢刀，响着串铃的口马，江湖上的智慧与黑话，义气与声名，连沙子龙，他的武艺、事业，都梦似的变成昨夜的。今天是火车、快枪，通商与恐怖。听说，有人还要杀下皇帝的头呢！

这是走镖已没有饭吃，而国术还没被革命党与教育家提倡起来的时候。

谁不晓得沙子龙是短瘦、利落、硬棒，两眼明得像霜夜的大星？可是，现在他身上放了肉。镖局改了客栈，他自己在后小院占着三间北房，大枪立在墙角，院子里有几只楼鸽。只是在夜间，他把小院的门关好，熟习熟习他的"五虎断魂枪"。这条枪与这套枪，二十年的工夫，在西北一带，给他创出来："神枪沙子龙"五个字，没遇见过敌手。现在，这条枪与这套枪不会再替他增光显胜了；只是摸摸这凉、滑、硬而发颤的杆子，使他心中少难过一些而已。只有在夜间独自拿起枪来，才能相信自己还是"神枪沙"。在白天，他不大谈武艺与往事；他的世界已被狂风吹了走。

在他手下创练起来的少年们还时常来找他。他们大多数是没落子的，都有点武艺，可是没地方去用。有的在庙会上去卖艺：踢两趟腿，练套家伙，翻几个跟头，附带着卖点大力丸，混个三吊两吊的。有的实在闲不起了，去弄筐果子，或挑些毛豆角，赶早儿在街上论斤吆喝出去。那时候，米贱肉贱，肯卖膀子力气本来可以混个肚儿圆；他们可是不成：肚量既大，而且得吃口管事儿的；干饽饽辣饼子咽不下去。况且他们还时常去走会：五虎棍，开路，太狮少狮……虽然算不了什么——比起走镖来——可是到底有个机会活动活动，露露脸。是的，走会捧场是买脸的事，他们打扮的得像个样儿，至少得有条青洋绉裤子，新漂白细市布的小褂，和一双鱼鳞洒鞋——顶好是青缎子抓地虎靴子。他们是神枪沙子龙的徒弟——虽然沙子龙并不承认——得到处露脸，走会得赔上俩钱，说不定还得打场架。没钱，上沙老师那里去求。沙老师不含糊，多少不拘，不让他们空着手儿走。可是，为打架或献技去讨教一个招数，或是请给说个"对子"——什么空手夺刀，或虎头钩进枪——沙老师有时说句笑话，马虎过去："教什么？拿开水浇吧！"有时直接把他们赶出去。他们不大明白沙老师是怎么了，心中也有点不乐意。

可是，他们到处为沙老师吹腾，一来是愿意使人知道他们的武艺有真传授，受过高人的指教；二来是为激动沙老师：万一有人不服气而找上老师来，老师难道还不露一两手真的么？所以：沙老师一拳就砸倒了个牛！沙老师一脚把人踢到房上去，并没使多大的劲！他们谁也没见过这种事，但是说着说着，他们相信这是真的了，有年月，有地方，千真万确，敢起誓！

王三胜——沙子龙的大伙计——在土地庙拉开了场子，摆好了家伙。抹了一鼻子茶叶末色的鼻烟，他抡了几下竹节钢鞭，把场子打大一些。放下鞭，没向四围作揖，叉着腰念了两句："脚踢天下好汉，拳打五路英雄！"向四围扫了一眼："乡亲们，王三胜不是卖艺的；玩艺儿会几套，西北路上走过镖，会过绿林中的朋友。现在闲着没事，拉个场子陪诸位玩玩。有爱练的尽管下来，王三胜以武会友，有赏脸的，我陪着。神枪沙子龙是我的师傅；玩艺地道！诸位，有愿下来的没有？"他看着，准知道没人敢下来，他的话硬，可是那条钢鞭更硬，十八斤重。

王三胜，大个子，一脸横肉，努着对大黑眼珠，看着四围。大家不出声。他脱了小褂，紧了紧深月白色的"腰里硬"，把肚子杀进去。给手心一口吐沫，抄起大刀来：

"诸位，王三胜先练趟瞧瞧。不白练，练完了，带着的扔几个；没钱，给喊个好，助助威。这儿没生意口。好，上眼！"

　　大刀靠了身，眼珠努出多高，脸上绷紧，胸脯子鼓出，像两块老桦木根子。一跺脚，刀横起，大红缨子在肩前摆动。削砍劈拨，蹲越闪转，手起风生，忽忽直响。忽然刀在右手心上旋转，身弯下去，四围鸦雀无声，只有缨铃轻叫。刀顺过来，猛的一个"跺泥"，身子直挺，比众人高着一头，黑塔似的。收了势："诸位！"一手持刀，一手叉腰，看着四围。稀稀的扔下几个铜钱，他点点头。"诸位！"他等着，等着，地上依旧是那几个亮而削薄的铜钱，外层的人偷偷散去。他咽了口气："没人懂！"他低声的说，可是大家全听见了。

　　"有功夫！"西北角上一个黄胡子老头儿答了话。

　　"啊？"王三胜好似没听明白。

　　"我说，你——有——功——夫！"老头子的语气很不得人心。

　　放下大刀，王三胜随着大家的头往西北看。谁也没看重这个老人：小干巴个儿，披着件粗蓝布大衫，脸上窝窝瘪瘪，眼陷进去很深，嘴上几根细黄胡，肩上扛着条小黄草辫子，有筷子那么细，而绝对不像筷子那么直顺。王三胜可是看出这老家伙有功夫，脑门亮，眼睛亮——眼眶虽深，眼珠可黑得像两口小井，深深的闪着黑光。王三胜不怕：他看得出别人有功夫没有，可更相信自己的本事，他是沙子龙手下的大将。

　　"下来玩玩，大叔！"王三胜说得很得体。

　　点点头，老头儿往里走。这一走，四外全笑了。他的胳臂不大动；左脚往前迈，右脚随着拉上来，一步步的往前拉扯，身子整着，像是患过瘫痪病。蹭到场中，把大衫扔在地上，一点没理会四围怎样笑他。

　　"神枪沙子龙的徒弟，你说？好，让你使枪吧；我呢？"老头子非常的干脆，很像久想动手。

　　人们全回来了，邻场要狗熊的无论怎么敲锣也不中用了。

　　"三截棍进枪吧？"王三胜要看老头子一手，三截棍不是随便就拿得起来的家伙。

　　老头子又点点头，拾起家伙来。

　　王三胜努着眼，抖着枪，脸上十分难看。

　　老头子的黑眼珠更深更小了，像两个香火头，随着面前的枪尖儿转，王三胜忽然觉得不舒服，那俩黑眼珠似乎要把枪尖吸进去！四外已围得风雨不透，大家都觉出老头子确是有威。为躲那对眼睛，王三胜耍了个枪花。老头子的黄胡子一动："请！"王三胜一扣枪，向前躬步，枪尖奔了老头子的喉头去，枪缨打了一个红旋。老人的身子忽然活展了，将身微偏，让过枪尖，前把一挂，后把撩王三胜的手。拍，拍，两响，王三胜的枪撒了手。场外叫了好。王三胜连脸带胸口全紫了，抄起枪来；一个花子，连枪带人滚了过来，枪尖奔了老人的中部。老头子的眼亮得发着黑光；腿轻轻一屈，下把掩裆，上把打着刚要抽回的枪杆；拍，枪又落在地上。

　　场外又是一片彩声。王三胜流了汗，不再去拾枪，努着眼，木在那里。老头子扔下家伙，拾起大衫，还是拉拉着腿，可是走得很快，大衫搭在臂上，他过来拍了王三胜一下：

　　"还得练哪，伙计！"

　　"别走！"王三胜擦着汗："你不离，姓王的服了！可有一样，你敢会会沙老师？"

　　"就是为会他才来的！"老头子的干巴脸上皱起点来，似乎是笑呢。"走；收了吧；晚饭我请！"

王三胜把兵器拢在一处，寄放在变戏法二麻子那里，陪着老头子往庙外走。后面跟着不少人，他把他们骂散了。

"你老贵姓？"他问。

"姓孙哪，"老头子的话与人一样，都那么干巴。"爱练；久想会会沙子龙。"

沙子龙不把你打扁了！王三胜心里说。他脚底下加了劲，可是没把孙老头落下。他看出来，老头子的腿是老走着查拳门中的连跳步；交起手来，必定很快。但是，无论他怎么快，沙子龙是没对手的。准知道孙老头要吃亏，他心中痛快了些，放慢了些脚步。

"孙大叔贵处？"

"河间的，小地方。"孙老者也和气了些："月棍年刀一辈子枪，不容易见功夫！说真的，你那两手就不坏！"

王三胜头上的汗又回来了，没言语。

到了客栈，他心中直跳，唯恐沙老师不在家，他急于报仇。他知道老师不爱管这种事，师弟们已碰过不少回钉子，可是他相信这回必定行，他是大伙计，不比那些毛孩子；再说，人家在庙会上点名叫阵，沙老师还能丢这个脸么？

"三胜，"沙子龙正在床上看着本《封神榜》，"有事吗？"

三胜的脸又紫了，嘴唇动着，说不出话来。

沙子龙坐起来，"怎么了，三胜？"

"栽了跟头！"

只打了个不甚长的哈欠，沙老师没别的表示。

王三胜心中不平，但是不敢发作；他得激动老师："姓孙的一个老头儿，门外等着老师呢；把我的枪，枪，打掉了两次！"他知道"枪"字在老师心中有多大分量。没等吩咐，他慌忙跑出去。

客人进来，沙子龙在外间屋等着呢。彼此拱手坐下，他叫三胜去泡茶。三胜希望两个老人立刻交了手，可是不能不沏茶去。孙老者没话讲，用深藏着的眼睛打量沙子龙。沙很客气：

"要是三胜得罪了你，不用理他，年纪还轻。"

孙老者有些失望，可也看出沙子龙的精明。他不知怎样好了，不能拿一个人的精明断定他的武艺。"我来领教领教枪法！"他不由地说出来。

沙子龙没接茬儿。王三胜提着茶壶走进来——急于看二人动手，他没管水开了没有，就沏在壶中。

"三胜，"沙子龙拿起个茶碗来，"去找小顺们去，天汇见，陪孙老者吃饭。"

"什么！"王三胜的眼珠几乎掉出来。看了看沙老师的脸，他敢怒而不敢言地说了声"是啦！"走出去，撅着大嘴。

"教徒弟不易！"孙老者说。

"我没收过徒弟。走吧，这个水不开！茶馆去喝，喝饿了就吃。"沙子龙从桌子上拿起缎子褡裢，一头装着鼻烟壶，一头装着点钱，挂在腰带上。

"不，我还不饿！"孙老者很坚决，两个"不"字把小辫从肩上抢到后边去。

"说会子话儿。"

"我来为领教领教枪法。"

"功夫早搁下了，"沙子龙指着身上，"已经放了肉！"

"这么办也行，"孙老者深深的看了沙老师一眼："不比武，教给我那趟五虎断魂枪。"

"五虎断魂枪?"沙子龙笑了："早忘干净了！早忘干净了！告诉你，在我这儿住几天，咱们各处逛逛，临走，多少送点盘缠。"

"我不逛，也用不着钱，我来学艺！"孙老者立起来，"我练趟给你看看，看够得上学艺不够！"一屈腰已到了院中，把楼鸽都吓飞起去。拉开架子，他打了趟查拳：腿快，手飘洒，一个飞脚起去，小辫儿飘在空中，像从天上落下来一个风筝；快之中，每个架子都摆得稳、准，利落；来回六趟，把院子满都打到，走得圆，接得紧，身子在一处，而精神贯串到四面八方。抱拳收势，身儿缩紧，好似满院乱飞的燕子忽然归了巢。

"好！好！"沙子龙在台阶上点着头喊。

"教给我那趟枪！"孙老者抱了抱拳。

沙子龙下了台阶，也抱着拳："孙老者，说真的吧；那条枪和那套枪都跟我入棺材，一齐入棺材！"

"不传?"

"不传！"

孙老者的胡子嘴动了半天，没说出什么来。到屋里抄起蓝布大衫，拉拉着腿："打搅了，再会！"

"吃过饭走！"沙子龙说。

孙老者没言语。

沙子龙把客人送到小门，然后回到屋中，对着墙角立着的大枪点了点头。

他独自上了天汇，怕是王三胜们在那里等着。他们都没有去。

王三胜和小顺们都不敢再到土地庙去卖艺，大家谁也不再为沙子龙吹腾；反之，他们说沙子龙栽了跟头，不敢和个老头儿动手；那个老头子一脚能踢死个牛。不要说王三胜输给他，沙子龙也不是他的对手。不过呢，王三胜到底和老头子见了个高低，而沙子龙连句硬话也没敢说。"神枪沙子龙"慢慢似乎被人们忘了。

夜静人稀，沙子龙关好了小门，一气把六十四枪刺下来；而后，挂着枪，望着天上的群星，想起当年在野店荒林的威风。叹一口气，用手指慢慢摸着凉滑的枪身，又微微一笑，"不传！不传！"

柳家大院

这两天我们的大院里又透着热闹，出了人命。

事情可不能由这儿说起，得打头儿来。先交代我自己吧，我是个算命的先生。我也卖过酸枣、落花生什么的，那可是先前的事了。现在我在街上摆卦摊，好了呢，一天也抓弄个三毛五毛的。老伴儿早死了，儿子拉洋车。我们爷儿俩住着柳家大院的一间北房。

除了我这间北房，大院里还有二十多间房呢。一共住着多少家子？谁记得清！住两间房的就不多，又搭上今天搬来，明天又搬走，我没有那么好记性。大家见面招呼声"吃了吗"，透着和气；不说呢，也没什么。大家一天到晚为嘴奔命，没有工夫扯闲话儿。爱说话的自然也有啊，可是也得先吃饱了。

还就是我们爷儿俩和王家可以算作老住户，都住了一年多了。早就想搬家，可是我这间屋子下雨还算不十分漏；这个世界哪去找不十分漏水的屋子？不漏的自然有哇，也得住得起呀！再说，一搬家又得花三份儿房钱，莫如忍着吧。晚报上常说什么"平等"，铜子儿不平等，什么也不用说。这是实话。就拿媳妇们说吧，娘家要是不使彩礼，她们一定少挨点揍，是不是？

王家是住两间房。老王和我算是柳家大院里最"文明"的人了。"文明"是三孙子，话先说在头里。我是算命的先生，眼前的字儿颇念一气。天天我看俩大子的晚报。"文明"人，就凭看篇晚报，别装孙子啦！老王是给一家洋人当花匠，总算混着洋事。其实他会种花不会，他自己晓得；若是不会的话，大概他也不肯说。给洋人院里剪草皮的也许叫作花匠；无论怎说吧，老王有点好吹。有什么意思？剪草皮又怎么低下呢？老王想不开这一层。要不怎么我们这种穷人没起色呢，穷不是，还好吹两句！大院里这样的人多了，老跟"文明"人学；好象"文明"人的吹胡子瞪眼睛是应当应分。反正他挣钱不多，花匠也罢，草匠也罢。

老王的儿子是个石匠，脑袋还没石头顺溜呢，没见过这么死巴的人。他可是好石匠，不说屈心话。小王娶了媳妇，比他小着十岁，长得象搁陈了的窝窝头，一脑袋黄毛，永远不乐，一挨揍就哭，还是不短挨揍。老王还有个女儿，大概也有十四五岁了，又贼又坏。他们四口住两间房。

除了我们两家，就得算张二是老住户了；已经在这儿住了六个多月。虽然欠下俩月的房钱，可是还对付着没叫房东给撵出去。张二的媳妇嘴真甜甘，会说话；这或者就是还没叫撵出去的原因。自然她只是在要房租来的时候嘴甜甘；房东一转身，你听她那个骂。谁能不骂房东呢；就凭那么一间狗窝，一月也要一块半钱?！可是谁也没有她骂得那么到家，那么解气。连我这老头子都有点爱上她了，不是为别的，她真会骂。可是，任凭怎么骂，一间狗窝还是一块半钱。这么一想，我又不爱她了。没有真力量，骂骂算得了什么呢。

张二和我的儿子同行，拉车。他的嘴也不善，喝俩铜子的"猫尿"能把全院的人说晕了；穷嚼！我就讨厌穷嚼，虽然张二不是坏心肠的人。张二有三个小孩，大的检煤核，二的滚车辙，三的满院爬。

提起孩子来了，简直的说不上来他们都叫什么。院子里的孩子足够一混成旅，怎能记得清楚呢？男女倒好分，反正能光眼子就光着。在院子里走道总得小心点；一慌，不定踩在谁的身上呢。踩了谁也得闹一场气。大人全别着一肚子委屈，可不就抓个碴儿吵一阵吧。越穷，孩子越多，难道穷人就不该养孩子？不过，穷人也真得想个办法。这群小光眼子将来都干什么去呢？又跟我的儿子一样，拉洋车？我倒不是说拉洋车就低贱，我是说人就不应当拉车；人嘛，当牛马？可是，好些个还活不到能拉车的年纪呢。今年春天闹瘟疹，死了一大批。最爱打孩子的爸爸也咧着大嘴哭，自己的孩子哪有不心疼的？可是哭完也就完了，小席头一卷，夹出城去；死了就死了，省吃是真的。腰里没钱心似铁，我常这么说。这不象一句话，总得想个办法！

除了我们三家子，人家还多着呢。可是我只提这三家子就够了。我不是说柳家大院出了人命吗？死的就是王家那个小媳妇。我说过她象窝窝头，这可不是拿死人打哈哈。我也不是说她"的确"象窝窝头。我是替她难受，替和她差不多的姑娘媳妇们难受。我就常思索，凭什么好好的一个姑娘，养成象窝窝头呢？从小儿不得吃，不得喝，还能油光水滑的吗？是，不错，可是凭什么呢？

少说闲话吧；是这么回事：老王第一个不是东西。我不是说他好吹吗？是，事事他老学那些"文明"人。娶了儿媳妇，喝，他不知道怎么好了。一天到晚对儿媳妇挑鼻子弄眼睛，派头大了。为三个钱的油，两个大的醋，他能闹得翻江倒海。我知道，穷人肝气旺，爱吵架。老王可是有点存心找毛病；他闹气，不为别的，专为学学"文明"人的派头。他是公公；妈的，公公几个铜子儿一个！我真不明白，为什么穷小子单要充"文明"，这是哪一股儿毒气呢？早晨，他起得早，总得也把小媳妇叫起来，其实有什么事呢？他要立这个规矩，穷酸！她稍微晚起来一点，听吧，这一顿揍！

我知道，小媳妇的娘家使了一百块的彩礼。他们爷儿俩大概再有一年也还不清这笔亏空，所以老拿小媳妇出气。可是要专为这一百块钱闹气，也倒罢了，虽然小媳妇已经够冤枉的。他不是专为这点钱。他是学"文明"人呢，他要作足了当公公的气派。他的老伴不是死了吗，他想把婆婆给儿媳妇的折磨也由他承办。他变着方儿挑她的毛病。她呢，一个十七岁的孩子可懂得什么？跟她要排场？我知道他那些排场是打哪儿学来的：在茶馆里听那些"文明"人说的。他就是这么个人——和"文明"人要是过两句话，替别人吹几句，脸上立刻能红堂堂的。在洋人家里剪草皮的时候，洋人要是跟他过一句半句的话，他能把尾巴摆动三天三夜。他确是有尾巴。可是他摆一辈子的尾巴了，还是他妈的住破大院啃窝窝头。我真不明白！

老王上工去的时候，把磨折儿媳妇的办法交给女儿替他办。那个贼丫头！我一点也没有看不起穷人家的姑娘的意思；她们给人家作丫环去呀，作二房去呀，是常有的事（不是应该的事），那能怨她们吗？不能！可是我讨厌王家这个二妞，她和她爸爸一样的讨人嫌，能钻天觅缝地给她嫂子小鞋穿，能大睁白眼地乱造谣言给嫂子使坏。我知道她为什么这么坏，她是由那个洋人供给着在一个学校念书，她一万多个看不上她的嫂子。她也穿一双整鞋，头发上也戴着一把梳子，瞧她那个美！我就这么琢磨这回事：世界上不应当有穷有富。可是穷人要是狗着有钱的，往高处爬，比什么也坏。老王和二妞就是好例子。她嫂子要是作一双青布新鞋，她变着方儿给踩上泥，然后叫他爸爸骂儿媳妇。我没工夫细说这些事儿，反正这个小媳妇没有一天得着好气；有的时候还吃不饱。

小王呢，石厂子在城外，不住在家里。十天半月地回来一趟，一定揍媳妇一顿。在我们的柳家大院，揍儿媳妇是家常便饭。谁叫老婆吃着男子汉呢，谁叫娘家使了彩礼呢，挨揍是该当的。可是小王本来可以不揍媳妇，因为他轻易不家来，还愿意回回闹气吗？哼，有老王和二妞在旁边挑拨啊。老王罚儿媳妇挨饿，跪着；到底不能亲自下手打，他是自居为"文明"人的，哪能落个公公打儿媳妇呢？所以挑唆儿子去打；他知道儿子是石匠，打一回胜似别人打五回的。儿子打完了媳妇，他对儿子和气极了。二妞呢，虽然常拧嫂子的胳臂，可也究竟是不过瘾，恨不能看着哥哥把嫂子当作石头，一下子捶碎才痛快。我告诉你，一个女人要是看不起另一个女人的，那就是活对头。二妞自居女学生；嫂子不过是花一百块钱买来的一个活窝窝头。

王家的小媳妇没有活路。心里越难受，对人也越不和气；全院里没有爱她的人。她连说话都忘了怎么说了。也有痛快的时候，见神见鬼地闹撞客。总是在小王揍完她走了以后，她又哭又说，一个人闹欢了。我的差事来了，老王和我借宪书，抽她的嘴巴。他怕鬼，叫我去抽。等我进了她的屋子，把她安慰得不哭了——我没抽过她，她要的是安慰，几句好话——他进来了，掐她的人中，用草纸熏；其实他知道她已缓醒过来，故意的惩治她。每逢到这个节骨眼，我和老王吵一架。平日他们吵闹我不管；管又有什么用呢？我要是管，一定是向着小媳妇；这岂不更给她添毒？所以我不管。不过，每逢一闹撞客，我们俩非吵不可了，因为我是在那儿，眼看着，还能一语不发？奇怪的是这个，我们俩吵架，院里的人总说我不对；妇女们也这么说。他们以为她该挨揍。他们也说我多事。男的该打女的，公公该管教儿媳妇，小姑子该给嫂子气受，他们这群男女信这个！怎么会信这个呢？谁教给他们的呢？哪个王八蛋的"文明"可笑，又可哭！

前两天，石匠又回来了。老王不知怎么一时心顺，没叫儿子揍媳妇，小媳妇一见大家欢天喜地，当然是喜欢，脸上居然有点象要笑的意思。二妞看见了这个，仿佛是看见天上出了两个太阳。一定有事！她嫂子正在院子里作饭，她到嫂子屋里去搜开了。一定是石匠哥哥给嫂子买来了贴己的东西，要不然她不会脸上有笑意。翻了半天，什么也没翻出来。我说"半天"，意思是翻得很详细；小媳妇屋里的东西还多得了吗？我们的大院里一共也没有两张整桌子来，要不怎么不闹贼呢。我们要是有钱票，是放在袜筒儿里。

二妞的气大了。嫂子脸上敢有笑容？不管查得出私弊查不出，反正得惩治她！

小媳妇正端着锅饭澄米汤，二妞给了她一脚。她的一锅饭出了手。"米饭"！不是丈夫回来，谁敢出主意吃"饭"！她的命好象随着饭锅一同出去了。米汤还没澄干，稀粥似的白饭摊在地上。她拼命用手去捧，滚烫，顾不得手；她自己还不如那锅饭值钱呢。实在太热，她捧了几把，疼到了心上，米汁把手糊住。她不敢出声，咬上牙，扎着两只手，疼得直打转。

"爸！瞧她把饭全洒在地上啦！"二妞喊。

爷儿俩全出来了。老王一眼看见饭在地上冒热气，登时就疯了。他只看了小王那么一眼，已然是说明白了："你是要媳妇，还是要爸爸？"

小王的脸当时就涨紫了，过去揪住小媳妇的头发，拉倒在地。小媳妇没出一声，就人事不知了。

"打！往死了打！打！"老王在一旁嚷，脚踢起许多土来。二妞怕嫂子是装死，过去拧她的大腿。

院子里的人都出来看热闹，男人不过来劝解，女的自然不敢出声；男人就是喜欢看别人揍媳妇——给自己的那个老婆一个榜样。

我不能不出头了。老王很有揍我一顿的意思。可是我一出头，别的男人也蹭过来。好说歹说，算是劝开了。

第二天一清早，小王老王全去工作。二妞没上学，为是继续给嫂子气受。

张二嫂动了善心，过来看看小媳妇。因为张二嫂自信会说话，所以一安慰小媳妇，可就得罪了二妞。她们俩抬起来了。当然二妞不行，她还说得过张二嫂！"你这个丫头要不……，我不姓张！"一句话就把二妞骂闷过去了，"三秃子给你俩大子，你就叫他亲嘴；你当我没看见呢？有这么回事没有？有没有？"二嫂的嘴就堵着二妞的耳朵眼，二妞直往后退，还说不出话来。

这一场过去，二妞搭讪着上了街，不好意思再和嫂子闹了。

小媳妇一个人在屋里，工夫可就大啦。张二嫂又过来看一眼，小媳妇在炕上躺着呢，可是穿着出嫁时候的那件红袄。张二嫂问了她两句，她也没回答，只扭过脸去。张家的小二，正在这么工夫跟个孩子打起来，张二嫂忙着跑去解围，因为小二被敌人给按在底下了。

二妞直到快吃饭的时候才回来，一直奔了嫂子的屋子去，看看她作好了饭没有。二妞向来不动手作饭，女学生嘛！一开屋门，她失了魂似的喊了一声，嫂子在房梁上吊着呢！一院子的人全吓惊了，没人想起把她摘下来，谁肯往人命事儿里搀合呢？

二妞捂着眼吓成孙子了。"还不找你爸爸去?!"不知道谁说了这么一句，她扭头就跑，仿佛鬼在后头追她呢。

老王回来也傻了。小媳妇是没有救儿了；这倒不算什么，脏了房，人家房东能饶得了他吗？再娶一个，只要有钱，可是上次的债还没归清呢！这些个事叫他越想越气，真想咬吊死鬼儿几块肉才解气！

娘家来了人，虽然大嚷大闹，老王并不怕。他早有了预备，早问明白了二妞，小媳妇是受张二嫂的挑唆才想上吊；王家没逼她死，王家没给她气受。你看，老王学"文明"人真学得到家，能瞪着眼扯谎。

张二嫂可抓了瞎，任凭怎么能说会道，也禁不住贼咬一口，入骨三分！人命，就是自己能分辩，丈夫回来也得闹一阵。打官司自然是不会打的，柳家大院的人还敢打官司？可是老王和二妞要是一口咬定，小媳妇的娘家要是跟她要人呢，这可不好办！柳家大院的人是有眼睛的，不过，人命关天，大家不见得敢帮助她吧？果然，张二一回来就听说了，自己的媳妇惹了祸。谁还管青红皂白，先揍完再说，反正打媳妇是理所当然的事。张二嫂挨了顿好的。

小媳妇的娘家不打官司；要钱；没钱再说厉害的。老王怕什么偏有什么；前者娶儿媳妇的钱还没还清，现在又来了一档子！可是，无论怎样，也得答应着拿钱，要不然屋里放着吊死鬼，才不象句话。

小王也回来了，十分象个石头人，可是我看得出，他的心里很难过，谁也没把死了的小媳妇放在心上，只有小王进到屋中，在尸首旁边坐了半天。要不是他的爸爸"文明"，我想他决不会常打她。可是，爸爸"文明"，儿子也自然是要孝顺了，打吧！一打，他可就忘了他的胳臂本是砸石头的。他一声没出，在屋里坐了好大半天，而且把一条新裤子——就是没补钉呀——给媳妇穿上。他的爸爸跟他说什么，他好象没听见。他一个劲儿地吸蝙蝠牌的烟，眼睛不错眼珠地看着点什么——别人都看不见的一点什么。

娘家要一百块钱——五十是发送小媳妇的，五十归娘家人用。小王还是一语不发。老王答应了拿钱。他第一个先找了张二去。"你的媳妇惹的祸，没什么说的，你拿五十，我拿五十；要不然我把吊死鬼搬到你屋里来。"老王说得温和，可又硬张。

张二刚喝了四个大子的猫尿，眼珠子红着。他也来得不善："好王大爷的话，五十？我拿！看见没有？屋里有什么你拿什么好了。要不然我把这两个大孩子卖给你，还不值五十块钱？小三的妈！把两个大的送到王大爷屋里去！会跑会吃，决不费事，你又没个孙子，正好嘛！"

老王碰了个软的。张二屋里的陈设大概一共值不了几个铜子儿！俩孩子叫张二留着吧。可是，不能这么轻轻地便宜了张二；拿不出五十呀，三十行不行？张二唱开了打牙牌，好象很高兴似的。"三十干吗？还是五十好了，先写在账上，多喒我叫电车轧死，多喒还你。"

老王想叫儿子揍张二一顿。可是张二也挺壮，不一定能揍得了他。张二嫂始终没敢说话，这时候看出一步棋来，乘机会自己找找脸："姓王的，你等着好了，我要不上你屋里去上吊，我不算好老婆，你等着吧！"

老王是"文明"人，不能和张二嫂斗嘴皮子。而且他也看出来，这种野娘们什么也干得出来，真要再来个吊死鬼，可得更吃不了兜着走了。老王算是没敲上张二。

其实老王早有了"文明"主意，跟张二这一场不过是虚晃一刀。他上洋人家里去，洋大人没在家，他给洋太太跪下了，要一百块钱。洋太太给了他，可是其中的五十是要由老王的工钱扣的，不要利钱。

老王拿着回来了，鼻子朝着天。

开张殃榜就使了八块；阴阳生要不开这张玩艺，麻烦还小得了吗。这笔钱不能不花。

小媳妇总算死得"值"。一身新红洋缎的衣裤，新鞋新袜子，一头银白铜的首饰。十二块钱的棺材。还有五个和尚念了个光头三。娘家弄了四十多块去；老王无论如何不能照着五十的数给。

事情算是过去了，二妞可遭了报，不敢进屋子。无论干什么，她老看见嫂子在房梁上挂着呢。老王得搬家。可是，脏房谁来住呢？自己住着，房东也许马马虎虎不究真儿；搬家，不叫赔房才怪呢。可是二妞不敢进屋睡觉也是个事儿。况且儿媳妇已经死了，何必再住两间房？让出那一间去，谁肯住呢？这倒难办了。

老王又有了高招儿，儿媳妇一死，他更看不起女人了。四五十块花在死鬼身上，还叫她娘家拿走四十多，真堵得慌。因此，连二妞的身份也落下来了。干脆把她打发了，进点彩礼，然后赶紧再给儿子续上一房。二妞不敢进屋子呀，正好，去她的。卖个三百二百的除给儿子续娶之外，自己也得留点棺材本儿。

他搭讪着跟我说这个事。我以为要把二妞给我的儿子呢；不是，他是托我给留点神，有对事的外乡人肯出三百二百的就行。我没说什么。

正在这个时候，有人来给小王提亲，十八岁的大姑娘，能洗能作，才要一百二十块钱的彩礼。老王更急了，好象立刻把二妞铲出去才痛快。

房东来了，因为上吊的事吹到他耳朵里。老王把他唬回去了：房脏了，我现在还住着呢！这个事怨不上来我呀，我一天到晚不在家；还能给儿媳妇气受？架不住有坏街坊，要不是张二的娘们，我的儿媳妇能想得起上吊？上吊也倒没什么，我呢，现在又给儿子张罗着，反正混着洋事，自己没钱呀，还能和洋人说句话，接济一步。就凭这回事说吧，洋人送了我一百块钱！

房东叫他给唬住了，跟旁人一打听，的的确确是由洋人那儿拿来的钱。房东没再对老王说什么，不便于得罪混洋事的。可是张二这个家伙不是好调货，欠下两个月的房租，还由着娘们拉舌头扯笸箩，撺他搬家！张二嫂无论怎么会说，也得补上俩月的房钱，赶快滚蛋！

张二搬走了，搬走的那天，他又喝得醉猫似的。张二嫂臭骂了房东一大阵。

等着看吧。看二妞能卖多少钱，看小王又娶个什么样的媳妇。什么事呢！"文明"是孙子，还是那句！

巴 金

巴金(1904—2005)，原名李尧棠，字芾甘，四川成都人。中国现代著名作家。主要作品有长篇小说"激流三部曲"、"爱情三部曲"、《寒夜》，中篇小说《憩园》《第四病室》，短篇小说集《复仇》，散文集《随想录》(五卷)等。现有26卷本《巴金全集》印行。代表作《家》《寒夜》《随想录》等。

巴金1929年发表中篇小说《灭亡》，在文坛产生影响。此后相继创作了"爱情三部曲"等充满革命热情和反抗压迫的作品，1931年"激流三部曲"之一《家》的问世，以其强烈鲜明的反封建主题和青春抗争，引起读者热烈反响，使巴金跃入30年代小说领域重要作家的行列。在后期的文学创作中，巴金有意超越前期的"青春叙事"套路，把描写重心转向抗战时期艰难挣扎的社会庸众身上，审美表现亦由"热情倾诉"变为客观描摹，风格趋于静穆沉郁。共和国时代里，巴金的创作主要集中在散文方面，80年代出版的《随想录》是其代表作，其中所提出的"讲真话"问题道出了一代知识分子复杂的心路历程。巴金长期从事文化出版编辑工作，在编辑刊物、扶持新人等方面发挥了重要作用。

巴金自20世纪30年代走上文坛，始终把文学的真诚品格灌注于文学创作和文学活动中。他在小说创作中所开创的现代家族叙事型构、热情真诚的倾诉性话语方式和青春反抗型人物系列，在中国现当代文学史上堪称独特。巴金与茅盾、老舍等作家一起，促进了中国现代长篇小说的繁荣与成熟。

家（节选）

十二

旧历新年快来了。这是一年中的第一件大事。除了那些负债过多的人以外，大家都热烈地欢迎这个佳节的到来。但是这个佳节并不是突然跑来的；它一天一天地慢慢走近，每天都带来一些新的气象。整个的城市活动起来了。便是街上往来的行人，也比平日多些。市面上突然出现了许多灯笼、玩具和爆竹，到处可以听见喇叭的声音。

高公馆虽然坐落在一条很清静的街上，但是这个在表面上很平静的绅士家庭也活动起来了。大人们忙着准备过年时候礼节上和生活上需要的各种用品。仆人自然也跟着主子忙，一面还在等待新年的赏钱和娱乐。晚上厨子在厨房里做点心、做年糕；白天各房的女主人，大的和小的都聚在老太爷的房里，有时也在右上房的窗下，或者折金银锭，是预备供奉祖先用的；或者剪纸花(红的和绿的)，是预备贴在纸窗上或放在油灯盘上面的。高老太爷还是跟往常一样，白天很少在家。他不是到戏院看戏，就是到老朋友家里打牌。两三年前他和几位老朋友组织了一个九老会：轮流地宴客作乐，或者鉴赏彼此收藏的书画和古玩。觉新和他的三叔克明两人在家里指挥仆人们布置一切，作过年的准备。堂屋里挂了灯彩，两边木板壁上也挂了红缎子绣花屏。高卧在箱子里的历代祖先的画像也拿出来，依次序挂在正中的壁上，享受这一年一度的供奉。

这一年除夕的前一天是高家规定吃年饭的日子。他们又把吃年饭叫做"团年"。这天下午觉慧和觉民一起到觉新的事务所去。他们在"华洋书报流通处"买了几本新杂志，还买了一本商务印书馆出版的翻译小说《前夜》。

他们刚走到觉新的办公室门口，就听见里面算盘珠子的响声，他们掀起门帘进去。

"你出来了？"觉新看见觉慧进来，抬起头看了他一眼，不觉吃惊地问道。

"我这几天都在外面，你还不晓得？"觉慧笑着回答。

"那么，爷爷晓得了怎么办？"觉新现出了为难的样子，但是他仍旧埋下头去拨算盘珠子。

"我管不了这许多，他晓得，我也不怕，"觉慧冷淡地说。

觉新又抬头看了觉慧一眼，便不再说话了。他只把眉头皱了皱，继续拨算盘珠子。

"不要紧，爷爷哪儿记得这许多事情？我想他一定早忘记了，"觉民在旁边解释道，他就在窗前那把藤椅上坐下来。

觉慧也拿着《前夜》坐在墙边一把椅子上。他随意翻着书页，口里念着：

"爱情是个伟大的字，伟大的感觉……但是你所说的是什么样的爱情呢？
什么样的爱情吗？什么样的爱情都可以。我告诉你，照我的意思看来，所有的爱情，没有什么区别。若是你爱恋……
一心去爱恋。"

觉新和觉民都抬起头带着惊疑的眼光看了他两眼，但是他并不觉得，依旧用同样的调子念下去：

"爱情的热望，幸福的热望，除此而外，再没有什么了！
我们是青年，不是畸人，不是愚人，应当给自己把幸福争过来！"

一股热气在他的身体内直往上冲，他激动得连手也颤抖起来，他不能够再念下去，便把书阖上，端起茶碗大大地喝了几口。

陈剑云从外面走了进来。

"觉慧，你刚才在说什么？你这样起劲，"剑云进来便用他的枯涩的声音问道。

"我在读书，"觉慧答道。他又翻开书，在先前看到的那几页上再念：

"宇宙唤醒我们爱情的需要，可是又不尽力使爱情满足。"

屋子里宁静了片刻，算盘珠子的声音也已经停止了。

"宇宙里有生有死……

爱情里也有死有生。"

"这是什么意思?"剑云低声说,没有人回答他。

一种莫名的恐怖在这小小的房间里飞翔,渐渐地压下来。一个共同的感觉苦恼着这四个处境不同的人。

"这样的社会,才有这样的人生!"觉慧觉得沉闷难受,愤愤不平地说。"这种生活简直是在浪费青春,浪费生命!"

这种思想近来不断地折磨他。他还是一个小孩的时候,他就有一种渴望:他想做一个跟他的长辈完全不同的人。他跟着做知县的父亲走过了不少高山大水,看见了好些不寻常的景物。他常常梦想着一个人跑到奇异的国土里,干一些不寻常的事业。在父亲的衙门里,他的生活还带了一点奇幻的色彩。可是他一旦回到省城里来,他的生活便更接近于平凡的现实了。在那个时候他对世界开始有了新的认识。在这个大的绅士家庭里单是仆人、轿夫之类的"下人"就有几十个。他们这般人来自四面八方,可是被相同的命运团结在一起。这许多不相识的人,为了微少的工资服侍一些共同的主人,便住下来在一处生活,像一个大家族一样,和平地,甚至亲切地过活着,因为他们都是一样的人,一旦触怒了主人就不知道第二天怎样生活下去。他们的命运引起了觉慧的同情。他曾在这个环境中度过他的一部分的童年,甚至得到仆人们的敬爱。他常常躺在马房里轿夫的床上,在烟灯旁边,看那个瘦弱的老轿夫一面抽大烟一面叙述青年时代的故事;他常常在马房里和"下人们"围着一堆火席地坐着,听他们叙说剑仙侠客的事迹。那时候他常常梦想:他将来长大成人,要做一个劫富济贫的剑侠,没有家庭,一个人一把剑,到处漂游。后来他进了中学,他的世界又改变了面目。书本和教员们的讲解逐渐地培养了他的爱国主义的热情和改良主义的信仰。他变成了梁任公的带煽动性的文章的爱读者。这时候他爱读的书是《中国魂》和《饮冰室丛著》,他甚至于赞成梁任公在《国民浅训》里所主张的征兵制,还有投笔从戎的心思。可是五四运动突然地给他带来了一个新的世界。在梁任公的主张被打得粉碎之后,他连忙带着极大的热诚去接受新的、而且更激进的学说。他又成了他的大哥所称呼他的,或者可以说嘲笑他的:"人道主义者"。大哥的第一个理由就是他不肯坐轿子。那时候他因为读了《人生真义》和《人生问题发端》等等文章,才第一次想到人生的意义上面。但是最初他所理解的也不过是一些含糊的概念。生活的经验,尤其是最近这些日子里的幽禁的生活,内心的激斗和书籍的阅读,使他的眼界渐渐地宽广了。他开始明白了人生是怎么一回事,做一个人究竟应该怎样。他开始痛恨这种浪费青春、浪费生命的生活。然而他愈憎恨这种生活,便愈发见更多的无形的栅栏立在他的四周,使他不能够把这种生活完全摆脱。

"这种生活真该诅咒!"觉慧想到这里更加烦躁起来。他无意间遇见了觉新的茫然的眼光,连忙掉过头去,又看见剑云的忧郁的、忍受的表情。他转眼去看觉民,觉民埋着头在看书。屋子里是死一般的静寂。他觉得什么东西在咬他的心。他不能忍受地叫起来:

"为什么你们都不说话?……你们,你们都该诅咒!"

众人惊讶地望着他，不知道他为什么缘故大叫。

"为什么要诅咒我们？"觉民阖了书温和地问："我们跟你一样，都在这个大家庭里面讨生活。"

"就是因为这个缘故！"觉慧依旧愤恨地说。"你们总是忍受，你们一点也不反抗。你们究竟要忍受多久？你们口里说反对旧家庭，实际上你们却拥护旧家庭。你们的思想是新的，你们的行为却是旧的。你们没有胆量！……你们是矛盾的！"这时候忘记了他自己也是矛盾的。

"三弟，平静点，你这样吵又有什么好处？做事情总要慢慢地来，"觉民依旧温和地说，"你一个人又能够做什么？你应该晓得大家庭制度的存在有它的经济的和社会的背景。"后一句话是他刚才在杂志上看见的，他很自然地把它说了出来。他又加上一句："我们的痛苦不见得就比你的小。"

觉慧无意间掉过头，又遇见觉新的眼光，这眼光忧郁地望着他，好像在责备他似的。他埋下头去，翻开手里的书，过了一会儿，他的声音又响了：

"弃了他们罢！父亲并没有和我白说：'我们不是奢侈家，不是贵族，也不是命运和自然的爱子，并且还不是烈士。我们只是劳动者。穿起我们自己的皮制的围裙，在自己的黑暗的工厂里，做自己的工作。让日光照耀在别人身上去！在我们这黯淡的生活里，也有我们自己的骄傲，自己的幸福！'"……

"这一段话简直是在替我写照。可是我自己的骄傲在哪儿？我自己的幸福又在哪儿？"剑云心里这样想。

"幸福？幸福究竟在什么地方？人间果然有所谓幸福吗？"觉新叹息道。

觉慧看了觉新一眼，又埋下头把书页往前面翻过去，翻到有折痕的一页，便高声念着下面的话，好像在答复觉新一般：

"我们是青年，不是畸人，不是愚人，应当给自己把幸福争过来！"

"三弟，请你不要念了，"觉新痛苦地哀求道。

"为什么？"觉慧追问。

"你不晓得我心里很难受。我不是青年，我没有青春。我没有幸福，而且也永远不会有幸福，"这几句话在别人说来也许是很愤激的，然而到觉新的口里却只有悲伤的调子。

"难道你没有幸福，就连别人说把幸福争过来的话也不敢听吗？"觉慧对他的大哥这样不客气地说，他很不满意大哥的那种日趋妥协的生活方式。

"唉，你不了解我，你的环境跟我的不同，"觉新推开算盘，叹口气，望着觉慧说："你说得对，我的确怕听见人提起幸福，正因为我已经没有得到幸福的希望了。我一生就这样完结了。我不反抗，因为我不愿意反抗，我自己愿意做一个牺牲者。……我跟你们一样也做过美妙的梦，可是都被人打破了。我的希望没有一个实现过。我的幸福早就给人剥夺了。我并不怪别人。我是自愿地把担子从爹的肩膀上接过来的。我的痛苦你们不会了解。……我还记得爹病中告诉我的一段话。爹临死的前一天，五妹死了，妈去给她料理殓具。五妹虽然只有六岁，但是这个消息也使在病中的爹伤心。他流着泪握着我的手说：'新儿，你母亲临死的时候，把你们弟兄姐妹六个人交给我，现在少了一个，我怎样对得起你母亲？'爹说了又哭，并且还说：'我的病恐怕不会好了，我把继母同弟妹交给你，你好好地替我看顾他们。你的性情我是知道的，你不会使我失望。'我忍不住大声哭起来。爷爷刚刚走过窗子底下，以为爹死了，喘着气走进来。他看见这种情形，就责备我不该引起爹伤心，还安慰爹几句。过后爷爷又把我叫到他的房里，问我是怎么一回事。我据实说了。爷爷也流下泪来。他挥手叫我回去好好地服侍病人。这天晚上深夜爹把我叫到床前去笔记遗嘱，妈拿烛台，你们大姐端墨盒。爹说一句我写一句，一面写一面流泪。第二天爹就死了。爹肩膀上的担子就移到我的肩膀上来了。从此以后，我每想到爹病中的话，我就忍不住要流泪，同时我也觉得我除了牺牲外，再也没有别的路。我愿意做一个牺牲者。然而就是这样我也对不起爹，因为我又把你们大姐失掉了……"觉新愈说下去，心里愈难过，眼泪落下来，流进了他的嘴里。他结结巴巴地说到最后竟然俯在桌子上抬不起头来。

觉慧的眼泪快要流出来了，但是他极力忍住。他抬起头向四面看。他看见剑云拿着手帕在揩眼睛，觉民用杂志遮住了脸。

觉新把脸从桌上抬起来，揩了泪痕，又继续说：

"还有许多事你们都不晓得。我现在又要说老话了。有一年爹被派做大足县的典史，那时我才五岁多，你们都没有出世。爹妈带着我和你们大姐到了那里。当时那一带地方不太平，爹每夜都要出去守城，回来时总在一点钟以后。我们在家里等他回来才睡。那时候我已经被家人称为懂事的人。每夜我嗑着松子或者瓜子一搭一搭地跟妈谈话。妈要我发狠读书，给她争一口气，她又含着眼泪把她嫁到我们家来做媳妇所受的气一一告诉我。我那时候或者陪着她流眼泪，或者把她逗笑了才罢。我说我要发狠读书，只要将来做了八府巡按，妈也就可以扬眉吐气了。我此后果然用功读书。妈才渐渐地把愁肠放开。又过了几个月，省上另委一个人来接爹的事。我们临行时妈又含着眼泪把爹的痛苦一一告诉我。这时妈肚子里头怀着二弟已经有七八个月了。爹很着急，怕她在路上辛苦，但是没有法子，不能不走。回省不到两个月就把二弟你生出来。第二年爹以过班知县的身份进京引见去了。妈在家里日夜焦急地等着，后来三弟你就出世。这时爹在北京因验看被驳，陷居京城，消息传来，爷爷时常发气，家里的人也不时揶揄。妈心里非常难过，只有我和你们大姐在旁边安慰她。她每接到爹的信总要流一两天的眼泪。一直到后来接到爹的信说'已经引见中秋后回家'，她才深深地叹一口气，算是放了心，可是气已经受够了。总之，妈嫁到我们家里，一直到死，并没有享过福。她那样爱我，期望我，我究竟拿什么来报答她呢？……为了妈我就是牺牲一切，就是把我的前程完全牺牲，我也甘愿。只要使弟妹们长大，好好地做人，替爹妈争口气，我一生的志愿也就实现了。……"

觉新说到这里便从衣袋里摸出手帕揩脸上的泪痕。

"大哥，你不要难过，我们了解你，"把脸藏在杂志后面的觉民说。

觉慧让眼泪流了下来，但是他马上又止住了泪。他心里想："过去的事就让它埋葬了罢！为什么还要挖开过去的坟墓？"但是他却不能不为他的亡故的父母悲伤。

"三弟，你刚才念的话很不错。我不是奢侈家，不是命运和自然的爱子。我只是一个劳动者。我穿着自己的围裙，在自己的黑暗的工厂里，做自己的工作。"觉新渐渐地安静下来，他望着觉慧凄凉地笑了笑，接着又说；"然而我却是一个没有自己的幸福的劳动者，我——"他刚说了一个"我"字，忽然听见窗外的咳嗽声，便现出惊惶的神情，改变了语调低声对觉慧说："爷爷来了，怎么办？"

觉慧稍微现出吃惊的样子，但是马上又安静了。他淡淡地说："有什么要紧？他又不会吃人。"

果然高老太爷揭起门帘走了进来，仆人苏福跟在他后面，在门口站住了。房里的四个人都站起来招呼他。觉民还把藤椅让给他坐。

"你们都在这儿！"高老太爷的暗黄色的脸上现出了笑容，大概因为心里高兴，相貌也显得亲切了。他温和地说："你们可以回去了，今天'团年'，大家早点回家罢。"他在窗前的藤椅上坐下去。但是过了一会儿他又站起来说："新儿，我要买点东西，你跟我去看看。"他等觉新应了一声，便推开门帘，举起他那穿棉鞋的脚跨出了门槛。觉新和苏福也跟着出去了。

觉民看见祖父出去了，便对着觉慧伸出舌头，笑道："他果然把你的事忘记了。"

"如果我像大哥那样服从，恐怕会永远关在家里，"觉慧接口说；"其实我已经上当了。爷爷发气，不过是一会儿的事。事情一过，他把什么都忘记了。他哪儿还记得我在家里过那种痛苦的幽禁生活？……我们回去罢，不必等大哥了，横竖他坐轿子回去。我们早些走，免得再碰见爷爷。"

"好罢，"觉民答应了一声，又回头问剑云道："你走不走？"

"我也要回去，我跟你们一路走。"

三个人一道走了出来。

在路上觉慧很兴奋。他把过去的坟墓又深深地封闭了。他想着：

"我是青年，我不是畸人，我不是愚人，我要给自己把幸福争过来。"

他又为不是大哥的自己十分庆幸了。

家（作品梗概）

20世纪20年代初的一个风雪之夜，觉民、觉慧兄弟从学校回到他们的家——堂皇而又龌龊的高公馆。

琴早已在此等候多时，她听说表哥觉民所在的"外专"学堂明年要开放女禁，十分高兴。然而她想起进男学堂必将遇到的麻烦时，心情不觉沉重起来。觉民兄弟极力安慰、鼓励她。望着琴逐渐开朗起来的美丽面庞，觉慧想起自己心爱的鸣凤，一个自幼被卖到高公馆，聪明、温柔而又从不诉苦的十七岁婢女。由此，觉慧又联想到眼前这个家的无数罪恶，决心反抗它、改变它，却又一时不知从何做起。

觉新是高家的长房长孙。父亲亡故后，管理大家族的事务、侍奉继母周氏、培养弟妹的沉重担子，全压在他的肩上。他自幼聪颖，富有上进心。但生性极为懦弱，因而在待人处世上，常常显示出他的两重人格：既痛恨旧势力，又往往在旧势力面前唯唯诺诺，既真诚地关心弟妹的幸福，又时时提防他们的言行出轨。因此，高家的长辈既敢随心所欲地支使、捉弄甚至斥骂他，觉民、觉慧兄弟也常对这位大哥表示不满。面对这一切，他坦然地忍受着、挣扎着。觉新的这种逆来顺受的性格，一定程度上还导致了他的爱情生活的不幸：他曾深沉地爱着自小青梅竹马的梅表姐，双方情投意合。然而，他俩的爱情和幸福终于被"母亲之命"断送了。觉新毫无反抗，忍受了这个打击，默默地服从长辈的安排，娶了现在的妻子瑞珏。不久，梅出嫁了，觉新深深沉溺于端庄美丽的妻子瑞珏的温存与抚爱之中。

觉慧因为与同学们一起向督军请愿，被高老太爷训斥了一顿，不许他再出门。这天，他在花园里遇到了鸣凤，两人互诉衷情。他真诚地声称将来一定娶她为妻，鸣凤惊惶地以手蒙其嘴，凄然地说，她害怕梦做得太好了不会长久。

当晚三更，觉民、觉慧在天井里散步。一阵如诉如泣的箫声随风飘来。他们明白，梅表姐出嫁不到一年就守了寡。婆家对她又极不好，最近孤身一人回到省城娘家。觉新知道后，接连几晚都这样吹箫。觉民担心大哥和梅的悲剧会在自己和琴之间重演，觉慧安慰他说，时代不同了，只要自己有主见，决不会重走大哥的老路！当夜，他还决定要反抗祖父的命令，过两天就公然走出门去，看他怎么办！

大年里，高公馆很是热闹了一阵。高老太爷望着满堂子孙，特别是觉新的儿子海臣，因为"四世同堂"夙愿的实现，脸上浮起了难得的满意笑容。然而，大门外，讨饭的小孩正在饥寒交迫中哀哀哭泣；花园的楼房里，觉新为了梅有意避开他而伤心；在琴的房中，梅对着知己诉说自己的凄苦心境，感叹无论时代如何变化，她都只能依靠回忆来填补心灵的空虚；觉慧兄弟因为梅的悲剧而对旧势力更加深恶痛绝。

元宵节刚过，军阀重开战，大炮轰进了市区，闹得人心惶惶。梅随着琴，来到高公馆避难，躲进花园里。景物依然，往事历历，无不唤起梅的痛苦回忆。这时，瑞珏牵着海臣走来。交谈之后，瑞珏忽然觉得自己很喜欢梅。

第二天，觉新在花园里遇到梅，梅又避开。觉新身不由主地追上前，请求梅宽恕。梅早已泪流满面，追悔、同情和爱怜吞噬着他的心，他情不自禁地用手帕替梅拭泪。两人互诉着几年来的相思之情。

数日来，瑞珏完全清楚了觉新与梅的爱情悲剧，以及觉新为何特别喜欢梅花的缘故。她主动找梅倾谈，梅也坦率地向她倾诉自己的遭际和内心的委屈，话中荡漾着女子不幸的悲哀，又充满着无可奈何的凄凉。瑞珏闻言泣不成声。真诚的同情与对命运的叹息，使两个女人获得了深深的谅解。

战争结束后，觉慧瞒着家人，甚至瞒着觉新参加了某周报的工作，撰文介绍新文化运动，抨击旧制度旧思想。琴打算将头发剪短，其母以将她早日嫁人相威胁。琴似乎看见了一条几千年前就修好的路，上面躺满了年轻女子的尸体。她几乎窒息了，下定决心要选择一条新路！

同一个夜晚，高老太爷吩咐下来，要鸣凤给六十多岁的冯乐山做小老婆。鸣凤苦苦哀求，但老太爷作出的决定，谁也无法更改。深知无望的鸣凤只好向觉慧求救，无奈他这几天忙着撰写文章，很少在家，鸣凤五脏俱焚。到了期限的最后一天，鸣凤不顾一切地冲进觉慧的房间。觉慧正忙得不可开交，作梦也不会料到她心爱的人正面临着人生的最后抉择，因此没有听到她的哀诉就把她遣走了。片刻之后。觉民告诉觉慧事情的真相，觉慧几乎发疯了，立即四处寻找鸣凤。然而已经迟了。绝望的鸣凤早已带着她那十七年的痛苦投湖自尽。觉慧被悲哀压倒了，他只有无尽的自责和对以祖父为代表的旧势力的无比仇恨。

高老太爷六十六寿辰，高家大加庆祝。梅来过之后，回家就病倒了。觉新在极端痛苦中告诉觉民，冯乐山欲将其侄女许给他，高老太爷已表示同意。觉民当即表示坚决不干，觉新左右为难。觉慧鼓励二哥反抗。因此，当高老太爷一意孤行之时，觉民只好逃婚。高老太爷闻讯无比震怒。然而，无论高家实际的家长、三房的克明以及觉新怎样劝说，觉慧声明，如不取消冯家的婚事，他坚决拒绝说出觉民的地址。当他看到觉新在这件事上又实行无抵抗主义时，忍不住骂他是"懦夫"！这时，觉民也写信给觉新，表示坚决不让琴扮演第二个梅的角色。觉新不断受到良心的谴责。然而，当他壮着胆到祖父面前为觉民解说时，却遭到祖父狂怒谴责，并扬言觉民跑掉就要觉慧顶替，觉新只好又回过头来，要觉慧劝说觉民屈服。正当觉慧怒不可遏之际，消息传来，梅表姐去世！觉新得讯吐了血，还是硬挺着赶去帮忙料理梅的后事。向灵柩告别时，觉慧表示，他恨不能将梅从棺材里挖出来，睁眼看个明白，她是如何被人杀死的！

五房的克定、四房的克安在外玩女人的事，终于被高老太爷知道了。老头责罚他们之后，首次感到失望、幻灭和黑暗。从此，他一病不起。弥留之际，他似乎明白了什么，要求觉慧将觉民找回来，冯家婚事再不提起。与此同时，琴的母亲从梅的悲剧中也悟出了某种道理，转而支持女儿婚姻自主。至此，觉民的抗婚行动得到了彻底的胜利。

瑞珏临产的日子越来越近，高家长一辈人，都认为老太爷的灵柩停在家里，应避"血光之灾"，因此要求瑞珏到城外生育，觉新又一次毫无抵抗地接受了这个荒唐的主张。四天后，瑞珏在难产中痛苦挣扎，不久便在呻吟与惨叫声中死去。按高家的规矩，觉新不能在服丧期间与难产死者照面，懦弱的觉新只好绝望地跪倒在产房门前。此时，他突然明白了，是整个制度、礼教、迷信，夺走了他最喜爱的两个女人。同时他也明白，他是不能抵抗这一切的。他真正伤心地哭了。然而，这时的他不是在哭别人，而是在痛哭自己。

一张张死去的年轻女人的面容，压得觉慧几乎喘不过气来。他告诉觉新，他再也难以在这个吃人的"家"中呆下去了，他决心远走高飞！觉新内心感到无比的悲凉，他知道觉慧是强留不住的，犹豫再三，终于答应暗中支持弟弟的行动。

一个难得的黎明。在觉新、觉民、琴以及周刊社的同人支持下，觉慧瞒着高家的其他人登上了驶向上海的航船。新的生活在前面等待着他。（邹运恒）

吴组缃

　　吴组缃(1908—1994)，原名吴祖襄，字仲华，安徽泾县人。中国现代作家。主要作品有短篇小说《箓竹山房》《一千八百担》《天下太平》，长篇小说《山洪》等。代表作《一千八百担》。

　　吴组缃的小说创作，侧重从伦理道德层面剖析社会现实，表现封建宗法社会及其意识形态对人性的戕害，展示了特定时代农村宗法社会的分崩离析。1934年创作的《一千八百担》是这一时期的代表作。长篇小说《山洪》是其抗战时期的代表作，作品表现了中国农民奋力抗日的悲壮历程。解放后吴组缃任清华大学、北京大学教授，主要从事中国文学史及小说史的研究。

一千八百担（存目）

　　《一千八百担》发表于1939年，是吴组缃的代表作。正如小说的副标题"七月十五日宋氏大宗祠速写"所表达的，小说在近三万字的篇幅中，描写了具有两千户人家的宋氏家族的一次宗祠集会。作者巧妙地将宋氏子孙中的各色人等集合在一个有限的时空（七月十五日的宋氏大宗祠）内，构成一幅人生百态的众生图，在诸色人物的勾心斗角和结伙倾轧之中，淋漓尽致地揭示了20世纪30年代中国农村社会宗法制度的分崩离析和以农为本的立国根基的风雨飘摇。

　　小说开始于一场久旱后的急雨，义庄的管事柏堂正谋划着将囤积的一千八百担义庄租谷中饱私囊，此时商会会长子寿也来到义庄，想假借纨绔子弟松龄的田亩抵押义庄存谷，填补自己店面的债务。感到山穷水尽的宋氏子孙相继来到，都乘机发难，提出公分义庄的要求。豆腐店老板、百无聊赖的庸绅、满嘴粗野的讼师、穷困潦倒的省城教员……乃至校长、区长、落魄政客等各色宋氏子弟纷纷涌入祠堂，宋氏宗祠这一祭祀祖先的肃穆之地，已然成为宋氏各房子孙各怀心计，企图将宗祠财产的一千八百担侵吞自肥的争斗场所，引来族中耆老对"五世同堂，百岁齐眉，科甲齐全"的宋氏家族已经"一败至于此极"的悲叹。争斗在满口"平等"、"打倒地主"的叛逆子孙竹堂发动一批村中饥民冲入祠堂谷仓时终止，一千八百担最终回到了农民的手中。

沈从文

沈从文(1902—1988),原名沈岳焕,字崇文,湖南凤凰人,苗族。中国现代著名作家。主要作品有中长篇小说《边城》《长河》,短篇小说集《龙朱》《虎雏》《八骏国》,散文《从文自传》《湘行散记》。代表作《边城》《长河》《萧萧》《湘西》等。

青少年时代的沈从文长期生活在苗族土家族聚居区湖南湘西,对于以少数民族文化为主体的区域文化有着深入体察与细腻把握,这为走上文坛的沈从文在以后形成创作独特性奠定了基础。1924年他开始在报刊上发表作品,其后十多年,沈从文创作了大量以湘西地区的人、事、情、景为题材的小说作品,引起文坛广泛关注。1934年代表作《边城》问世,作品以对"湘西"风情、纯美人性的出色描绘而别具一格,进一步强化了文坛对于沈从文小说作品风格独特性的广泛认知。这些不但造就了沈从文在中国现代文学史上的重要地位,也使他成为20世纪30年代京派文学的代表作家。后期创作以散文《湘西》、长篇小说《长河》为代表。1948年受到左翼文化界猛烈批判,后中止文学创作转入历史研究。

沈从文的创作的主要特点可以概括为这样几个方面:一是在现代性文化思潮反思过程中重估区域文化价值和人性美的赞美;二是有意展开对于汉文化的批判同时对于少数民族文化内在品质的认识;三是牧歌式审美风格的追求和小说散文两种文体的融合试验。沈从文对于中国现当代文学小说艺术发展,作出了重要贡献。

边 城

一

由四川过湖南去,靠东有一条官路。这官路将近湘西边境到了一个地方名为"茶峒"的小山城时,有一小溪,溪边有座白色小塔,塔下住了一户单独的人家。这人家只一个老人,一个女孩子,一只黄狗。

小溪流下去,绕山岨流,约三里便汇入茶峒的大河。人若过溪越小山走去,则只一里路就到了茶峒城边。溪流如弓背,山路如弓弦,故远近有了小小差异。小溪宽约二十丈,河床为大片石头作成。静静的水即或深到一篙不能落底,却依然清澈透明,河中游鱼来去皆可以计数。小溪既为川湘来往孔道,水常有涨落,限于财力不能搭桥,就安排了一只方头渡船。这渡船一次连人带马,约可以载二十位搭客过河,人数多时则反复来去。渡船头竖了一枝小小竹竿,挂着一个可以活动的铁环,溪岸两端水槽牵了一段废缆,有人过渡时,把铁环挂在废缆上,船上人就引手攀缘那条缆索,慢慢的牵船过对岸去。船将拢岸了,管理这渡船的,一面口中嚷着"慢点慢点",自己霍的跃上了岸,拉着铁环,于是人货牛马全上了岸,翻过小山不见了。渡头为公家所有,故过渡人不必出钱。有人心中不安,抓了一把钱掷到船板上时,管渡船的必为一一拾起，依然塞到那人手心里去，俨然吵嘴时的认真神气："我有了口量，三斗米，七百钱，够了。谁要这个！"

但不成，凡事求个心安理得，出气力不受酬谁好意思，不管如何还是有人把钱的。管船人却情不过，也为了心安起见，便把这些钱托人到茶峒去买茶叶和草烟，将茶峒出产的上等草烟，一扎一扎挂在自己腰带边，过渡的谁需要这东西必慷慨奉赠。有时从神气上估计那远路人对于身边草烟引起了相当的注意时，便把一小束草烟扎到那人包袱上去，一面说，"不吸这个吗，这好的，这妙的，味道蛮好，送人也合式！"茶叶则在六月里放进大缸里去，用开水泡好，给过路人解渴。

管理这渡船的，就是住在塔下的那个老人。活了七十年，从二十岁起便守在这小溪边，五十年来不知把船来去渡了若干人。年纪虽那么老了。本来应当休息了，但天不许他休息，他仿佛便不能够同这一分生活离开。他从不思索自己的职务对于本人的意义，只是静静的很忠实的在那里活下去。代替了天，使他在日头升起时，感到生活的力量，当日头落下时，又不至于思量与日头同时死去的，是那个伴在他身旁的女孩子。他唯一的朋友为一只渡船与一只黄狗，唯一的亲人便只那个女孩子。

女孩子的母亲，老船夫的独生女，十五年前同一个茶峒军人，很秘密的背着那忠厚爸爸发生了暧昧关系。有了小孩子后，这屯戍军士便想约了她一同向下游逃去。但从逃走的行为上看来，一个违悖了军人的责任，一个却必得离开孤独的父亲。经过一番考虑后，军人见她无远走勇气自己也不便毁去作军人的名誉，就心想：一同去生既无法聚首，一同去死当无人可以阻拦，首先服了毒。女的却关心腹中的一块肉，不忍心，拿不出主张。事情业已为作渡船夫的父亲知道，父亲却不加上一个有分量的字眼儿，只作为并不听到过这事情一样，仍然把日子很平静的过下去。女儿一面怀了羞惭一面却怀了怜悯，仍守在父亲身边，待到腹中小孩生下后，却到溪边吃了许多冷水死去了。在一种近于奇迹中，这遗孤居然已长大成人，一转眼间便十三岁了。为了住处两山多篁竹，翠色逼人而来，老船夫随便为这可怜的孤雏拾取了一个近身的名字，叫作"翠翠"。

翠翠在风日里长养着，把皮肤变得黑黑的，触目为青山绿水，一对眸子清明如水晶。自然既长养她且教育她，为人天真活泼，处处俨然如一只小兽物。人又那么乖，如山头黄麂一样，从不想到残忍事情，从不发愁，从不动气。平时在渡船上遇陌生人对她有所注意时，便把光光的眼睛瞅着那陌生人，作成随时皆可举步逃入深山的神气，但明白了人无机心后，就又从从容容的在水边玩耍了。

老船夫不论晴雨，必守在船头。有人过渡时，便略弯着腰，两手缘引了竹缆，把船横渡过小溪。有时疲倦了，躺在临溪大石上睡着了，人在隔岸招手喊过渡，翠翠不让祖父起身，就跳下船去，很敏捷的替祖父把路人渡过溪，一切皆溜刷在行，从不误事。有时又和祖父黄狗一同在船上，过渡时和祖父一同动手，船将近岸边，祖父正向客人招呼："慢点，慢点"时，那只黄狗便口衔绳子，最先一跃而上，且俨然懂得如何方为尽职似的，把船绳紧衔着拖船拢岸。

风日清和的天气，无人过渡，镇日长闲，祖父同翠翠便坐在门前大岩石上晒太阳。或把一段木头从高处向水中抛去，嗾使身边黄狗自岩石高处跃下，把木头衔回来。或翠翠与黄狗皆张着耳朵，听祖父说些城中多年以前的战争故事。或祖父同翠翠两人，各把小竹作成的竖笛，逗在嘴边吹着迎亲送女的曲子。过渡人来了，老船夫放下了竹管，独自跟到船边去，横溪渡人，在岩上的一个，见船开动时，于是锐声喊着：

"爷爷，爷爷，你听我吹，你唱！"

爷爷到溪中央便很快乐的唱起来，哑哑的声音同竹管声振荡在寂静空气里，溪中仿佛也热闹了一些。（实则歌声的来复，反而使一切更寂静一些了。）

有时过渡的是从川东过茶峒的小牛，是羊群，是新娘子的花轿，翠翠必争看作渡船夫，站在船头，懒懒的攀引缆索，让船缓缓的过去。牛羊花轿上岸后，翠翠必跟着走，站到小山头，目送这些东西走去很远了，方回转船上，把船牵靠近家的岸边。且独自低低的学小羊叫着，学母牛叫着，或采一把野花缚在头上，独自装扮新娘子。

茶峒山城只隔渡头一里路，买油买盐时，逢年过节祖父得喝一杯酒时，祖父不上城，黄狗就伴同翠翠入城里去备办东西。到了卖杂货的铺子里，有大把的粉条，大缸的白糖，有炮仗，有红蜡烛，莫不给翠翠很深的印象，回到祖父身边，总把这些东西说个半天。那里河边还有许多上行船，百十船夫忙着起卸百货。这种船只比起渡船来全大得多，有趣味得多，翠翠也不容易忘记。

二

茶峒地方凭水依山筑城，近山的一面，城墙如一条长蛇，缘山爬去。临水一面则在城外河边留出余地设码头，湾泊小小篷船。船下行时运桐油青盐，染色的桕子。上行则运棉花棉纱以及布匹杂货同海味。贯串各个码头有一条河街，人家房子多一半着陆，一半在水，因为余地有限，那些房子莫不设有吊脚楼。河中涨了春水，到水逐渐进街后，河街上人家，便各用长长的梯子，一端搭在屋檐口，一端搭在城墙上，人人皆骂着嚷着，带了包袱、铺盖、米缸，从梯子上进城里去，水退时方又从城门口出城。某一年水若来得特别猛一些，沿河吊脚楼必有一处两处为大水冲去，大家皆在城上头呆望。受损失的也同样呆望着，对于所受的损失仿佛无话可说，与在自然安排下，眼见其他无可挽救的不幸来时相似。涨水时在城上还可望着骤然展宽的河面，流水浩浩荡荡，随同山水从上流浮沉而来的有房子、牛、羊、大树。于是在水势较缓处，税关趸船前面，便常常有人驾了小舢板，一见河心浮沉而来的是一匹牲畜，一段小木，或一只空船，船上有一个妇人或一个小孩哭喊的声音，便急急的把船桨去，在下游一些迎着了那个目的物，把它用长绳系定，再向岸边桨去。这些诚实勇敢的人，也爱利，也仗义，同一般当地人相似。不拘救人救物，却同样在一种愉快冒险行为中，做得十分敏捷勇敢，使人见及不能不为之喝彩。

那条河水便是历史上知名的酉水，新名字叫作白河。白河下游到辰州与沅水汇流后，便略显浑浊，有出山泉水的意思。若溯流而上，则三丈五丈的深潭皆清澈见底。深潭为白日所映照，河底小小白石子，有花纹的玛瑙石子，全看得明明白白。水中游鱼来去，全如浮在空气里。两岸多高山，山中多可以造纸的细竹，长年作深翠颜色，逼人眼目。近水人家多在桃杏花里，春天时只需注意，凡有桃花处必有人家，凡有人家处必可沽酒。夏天则晒晾在日光下耀目的紫花布衣裤，可以作为人家所在的旗帜。秋冬来时，房屋在悬崖上的，滨水的，无不朗然入目。黄泥的墙，乌黑的瓦，位置则永远那么妥贴，且与四围环境极其调和，使人迎面得到的印象，实在非常愉快。一个对于诗歌图画稍有兴味的旅客，在这小河中，蜷伏于一只小船上，作三十天的旅行，必不至于感到厌烦，正因为处处有奇迹，自然的大胆处与精巧处，无一处不使人神往倾心。

　　白河的源流，从四川边境而来，从白河上行的小船，春水发时可以直达川属的秀山。但属于湖南境界的，则茶峒为最后一个水码头。这条河水的河面，在茶峒时虽宽约半里，当秋冬之际水落时，河床流水处还不到二十丈，其余只是一滩青石。小船到此后，既无从上行，故凡川东的进出口货物，皆由这地方落水起岸。出口货物俱由脚夫用杉木扁担压在肩膊上挑抬而来，入口货物也莫不从这地方成束成担的用人力搬去。

　　这地方城中只驻扎一营由昔年绿营屯丁改编而成的戍兵，及五百家左右的住户。（这些住户中，除了一部分拥有了些山田同油坊，或放账屯油、屯米、屯棉纱的小资本家外，其余多数皆为当年屯戍来此有军籍的人家。）地方还有个厘金局，办事机关在城外河街下面小庙里，经常挂着一面长长的幡信。局长则住在城中。一营兵士驻扎老参将衙门，除了号兵每天上城吹号玩，使人知道这里还驻有军队以外，其余兵士皆仿佛并不存在。冬天的白日里，到城里去，便只见各处人家门前皆晾晒有衣服同青菜。红薯多带藤悬挂在屋檐下。用棕衣作成的口袋，装满了栗子榛子和其他硬壳果，也多悬挂在屋檐下。屋角隅各处有大小鸡叫着玩着。间或有什么男子，占据在自己屋前门限上锯木，或用斧头劈树，把劈好的柴堆到敞坪里去一座一座如宝塔。又或可以见到几个中年妇人，穿了浆洗得极硬的蓝布衣裳，胸前挂有白布扣花围裙，躬着腰在日光下一面说话一面作事。一切总永远那么静寂，所有人民每个日子皆在这种单纯寂寞里过去。一分安静增加了人对于"人事"的思索力，增加了梦。在这小城中生存的，各人也一定皆各在分定一份日子里，怀了对于人事爱憎必然的期待。但这些人想些什么？谁知道。住在城中较高处，门前一站便可以眺望对河以及河中的景致，船来时，远远的就从对河滩上看着无数纤夫。那些纤夫也有从下游地方，带了细点心洋糖之类，拢岸时却拿进城中来换钱的。船来时，小孩子的想象，当在那些拉船人一方面。大人呢，孵一巢小鸡，养两只猪，托下行船夫打副金耳环，带两丈官青布或一坛好酱油、一个双料的美孚灯罩回来，便占去了大部分作主妇的心了。

　　这小城里虽那么安静和平但地方既为川东商业交易接头处，因此城外小小河街，情形却不同了一点。也有商人落脚的客店，坐镇不动的理发馆。此外饭店、杂货铺、油行、盐栈、花衣庄，莫不各有一种地位，装点了这条河街。还有卖船上用的檀木活车、竹缆与罐锅铺子，介绍水手职业吃码头饭的人家。小饭店门前长案上，常有煎得焦黄的鲤鱼豆腐，身上装饰了红辣椒丝，卧在浅口钵头里，钵旁大竹筒中插着大把红筷子，不拘谁个愿意花点钱，这人就可以傍了门前长案坐下来，抽出一双筷子到手上，那边一个眉毛扯得极细脸上擦了白粉的妇人就走过来问："大哥，副爷，要甜酒？要烧酒？"男子火焰高一点的，谐趣的，对内掌柜有点意思的，必装成生气似的说："吃甜酒？又不是小孩，还问人吃甜酒！"那么，酽洌的烧酒，从大瓮里用竹筒舀出，倒进土碗里，即刻就来到身边案桌上了。杂货铺卖美孚油及点美孚油的洋灯，与香烛纸张。油行屯桐油。盐栈堆火井出的青盐。花衣庄则有白棉纱、大布、棉花以及包头的黑绉绸出卖。卖船上用物的，百物罗列，无所不备，且间或有重至百斤以外的铁锚搁在门外路旁，等候主顾问价的。专以介绍水手为事业，吃水码头饭的，则在河街的家中，终日大门敞开着，常有穿青羽缎马褂的船主与毛手毛脚的水手进出，地方象茶馆却不卖茶，不是烟馆又可以抽烟。来到这里的，虽说所谈的是船上生意经，然而船只的上下，划船拉纤人大都有一定规矩，不必作数目上的讨论。他们来到这里大多数倒是在"联欢"。以"龙头管事"作中心，谈论点本地时事，两省商务上情形，以及下游的"新事"。邀会的，集款时大多数皆在此地，扒骰子看点数多少轮作会首时，也常常在此举行。常常成为他们生意经的，有两件事：买卖船只，买卖媳妇。

大都市随了商务发达而产生的某种寄食者，因为商人的需要，水手的需要，这小小边城的河街，也居然有那么一群人，聚集在一些有吊脚楼的人家。这种妇人不是从附近乡下弄来，便是随同川军来湘流落后的妇人，穿了假洋绸的衣服，印花标布的裤子，把眉毛扯得成一条细线，大大的发髻上敷了香味极浓俗的油类。白日里无事，就坐在门口做鞋子，在鞋尖上用红绿丝线挑绣双凤，或为情人水手挑绣花抱兜，一面看过往行人，消磨长日。或靠在临河窗口上看水手铺货，听水手爬桅子唱歌。到了晚间，则轮流的接待商人同水手，切切实实尽一个妓女应尽的义务。

由于边地的风俗淳朴，便是作妓女，也永远那么浑厚，遇不相熟的人，做生意时得先交钱，再关门撒野，人既相熟后，钱便在可有可无之间了。妓女多靠四川商人维持生活，但恩情所结，则多在水手方面。感情好的，互相咬着嘴唇咬着颈脖发了誓，约好了"分手后各人皆不许胡闹"，四十天或五十天，在船上浮着的那一个，同留在岸上的这一个，便皆呆着打发这一堆日子，尽把自己的心紧紧缚定远远的一个人。尤其是妇人感情真挚，痴到无可形容，男子过了约定时间不回来，做梦时，就总常常梦船拢了岸，一个人摇摇荡荡的从船跳板到了岸上，直向身边跑来。或日中有了疑心，则梦里必见男子在桅上向另一方面唱歌，却不理会自己。性格弱一点儿的，接着就在梦里投河吞鸦片烟，性格强一点儿的便手执菜刀，直向那水手奔去。他们生活虽那么同一般社会疏远，但是眼泪与欢乐，在一种爱憎得失间，揉进了这些人生活里时，也便同另外一片土地另外一些年轻生命相似，全个身心为那点爱憎所浸透，见寒作热，忘了一切。若有多少不同处，不过是这些人更真切一点，也更近于糊涂一点罢了。短期的包定，长期的嫁娶，一时间的关门，这些关于一个女人身体上的交易，由于民情的淳朴，身当其事的不觉得如何下流可耻，旁观者也就从不用读书人的观念，加以指摘与轻视。这些人既重义轻利，又能守信自约，即便是娼妓，也常常较之讲道德知羞耻的城市中人还更可信任。

掌水码头的名叫顺顺，一个前清时便在营伍中混过日子来的人物，革命时在著名的陆军四十九标做个什长。同样做什长的，有因革命成了伟人名人的，有杀头碎尸的，他却带少年喜事得来的脚疯痛，回到了家乡，把所积蓄的一点钱，买了一条六桨白木船，租给一个穷船主，代人装货在茶峒与辰州之间来往。气运好，半年之内船不坏事，于是他从所赚的钱上，又讨了一个略有产业的白脸黑发小寡妇。数年后，在这条河上，他就有了大小四只船，一个铺子，两个儿子了。

但这个大方洒脱的人，事业虽十分顺手，却因欢喜交朋结友，慷慨而又能济人之急，便不能同贩油商人一样大大发作起来。自己既在粮子里混过日子，明白出门人的甘苦，理解失意人的心情，故凡因船只失事破产的船家，过路的退伍兵士，游学文墨人，凡到了这个地方闻名求助的，莫不尽力帮助。一面从水上赚来钱，一面就这样洒脱散去。这人虽然脚上有点小毛病，还能泅水；走路难得其平，为人却那么公正无私。水面上各事原本极其简单，一切皆为一个习惯所支配，谁个船碰了头，谁个船妨害了别一个人别一只船的利益，皆照例有习惯方法来解决。惟运用这种习惯规矩排调一切的，必需一个高年硕德的中心人物。某年秋天，那原来执事人死去了，顺顺作了这样一个代替者。那时他还只五十岁，为人既明事明理，正直和平又不爱财，故无人对他年龄怀疑。

到如今，他的儿子大的已十八岁，小的已十六岁。两个年青人皆结实如小公牛，能驾船，能泅水，能走长路。凡从小乡城里出身的年青人所能够作的事，他们无一不作，作去无一不精。年纪较长的，如他们爸爸一样，豪放豁达，不拘常套小节。年幼的则气质近于那个白脸黑发的母亲，不爱说话，眼眉却秀拔出群，一望即知其为人聪明而又富于感情。

两兄弟既年已长大，必需在各种生活上来训练他们，作父亲的就轮流派遣两个小孩子各处旅行。向下行船时，多随了自己的船只充伙计，甘苦与人相共。荡桨时选最重的一把，背纤时拉头纤二纤，吃的是干鱼，辣子，臭酸菜，睡的是硬帮帮的舱板。向上行从旱路走去，则跟了川东客货，过秀山、龙潭，酉阳作生意，不论寒暑雨雪，必穿了草鞋按站赶路。且佩了短刀，遇不得已必需动手，便霍的把刀抽出，站到空阔处去，等候对面的一个，接着就同这个人用肉搏来解决。帮里的风气，既为"对付仇敌必需用刀，联结朋友也必需用刀"，故需要刀时，他们也就从不让它失去那点机会。学贸易，学应酬，学习到一个新地方去生活，且学习用刀保护身体同名誉，教育的目的，似乎在使两个孩子学得做人的勇气与义气。一分教育的结果，弄得两个人皆结实如老虎，却又和气亲人，不骄惰，不浮华，不倚势凌人，故父子三人在茶峒边境上为人所提及时，人人对这个名姓无不加以一种尊敬。

作父亲的当两个儿子很小时，就明白大儿子一切与自己相似，却稍稍见得溺爱那第二个儿子。由于这点不自觉的私心，他把长子取名天保，次子取名傩送。意思是天保佑的在人事上或不免有龃龉处，至于傩神所送来的，照当地习气，人便不能稍加轻视了。傩送美丽得很，茶峒船家人拙于赞扬这种美丽，只知道为他取出一个诨名为"岳云"。虽无什么人亲眼看到过岳云，一般的印象，却从戏台上小生岳云，得来一个相近的神气。

三

两省接壤处，十余年来主持地方军事的，注重在安辑保守，处置还得法，并无变故发生。水陆商务既不至于受战争停顿，也不至于为土匪影响，一切莫不极有秩序，人民也莫不安分乐生。这些人，除了家中死了牛，翻了船，或发生别的死亡大变，为一种不幸所绊倒觉得十分伤心外，中国其他地方正在如何不幸挣扎中的情形，似乎就永远不会为这边城人民所感到。

边城所在一年中最热闹的日子，是端午，中秋和过年。三个节日过去三五十年前如何兴奋了这地方人，直到现在，还毫无什么变化，仍能成为那地方居民最有意义的几个日子。

端午日，当地妇女小孩子，莫不穿了新衣，额角上用雄黄蘸酒画了个王字。任何人家到了这天必可以吃鱼吃肉。大约上午十一点钟左右，全茶峒人就吃了午饭，把饭吃过后，在城里住家的，莫不倒锁了门，全家出城到河边看划船。河街有熟人的，可到河街吊脚楼门口边看，不然就站在税关门口与各个码头上看。河中龙船以长潭某处作起点，税关前作终点。作比赛竞争。因为这一天军官税官以及当地有身分的人，莫不在税关前看热闹。划船的事各人在数天以前就早有了准备，分组分帮各自选出了若干身体结实手脚伶俐的小伙子，在潭中练习进退。船只的形式，与平常木船大不相同，形体一律又长又狭，两头高高翘起，船身绘着朱红颜色长线，平常时节多搁在河边干燥洞穴里，要用它时，拖下水去。每只船可坐十二个到十八个桨手，一个带头的，一个鼓手，一个锣手。桨手每人持一支短桨，随了鼓声缓促为节拍，把船向前划去。坐在船头上，头上缠裹着红布包头，手上拿两支小令旗，左右挥动，指挥船只的进退。擂鼓打锣的，多坐在船只的中部，船一划动便即刻蓬蓬镗镗把锣鼓很单纯的敲打起来，为划桨水手调下桨节拍。一船快慢既不得不靠鼓声，故每当两船竞赛到剧烈时，鼓声如雷鸣，加上两岸人呐喊助威，便使人想起梁红玉老鹳河时水战擂鼓，牛皋水擒杨幺时也是水战擂鼓。凡把船划到前面一点的，必可在税关前领赏，一匹红，一块小银牌，不拘缠挂到船上某一个人头上去，皆显出这一船合作的光荣。好事的军人，且当每次某一只船胜利时，必在水边放些表示胜利庆祝的五百响鞭炮。

赛船过后，城中的戍军长官，为了与民同乐，增加这节日的愉快起见，便把三十只绿头长颈大雄鸭，颈脖上缚了红布条子，放入河中，尽善于泅水的军民人等，下水追赶鸭子。不拘谁把鸭子捉到，谁就成为这鸭子的主人。于是长潭换了新的花样，水面各处是鸭子，各处有追赶鸭子的人。

船与船的竞赛，人与鸭子的竞赛，直到天晚方能完事。

掌水码头的龙头大哥顺顺，年青时节便是一个泅水的高手，入水中去追逐鸭子，在任何情形下总不落空。但一到次子傩送年过十二岁时，已能入水闭铺氽着到鸭子身边，再忽然从水中冒水而出，把鸭子捉到，这作爸爸的便解嘲似的说："好，这种事有你们来作，我不必再下水了。"于是当真就不下水与人来竞争捉鸭子。但下水救人呢，当作别论。凡帮助人远离患难，便是入火，人到八十岁，也还是成为这个人一种不可逃避的责任！

天保傩送两人皆是当地泅水划船好选手。

端午又快来了，初五划船，河街上初一开会，就决定了属于河街的那只船当天入水。天保恰好在那天应向上行，随了陆路商人过川东龙潭送节货，故参加的就只傩送。十六个结实如牛犊的小伙子，带了香烛、鞭炮、同一个用生牛皮蒙好绘有朱红太极图的高脚鼓，到了搁船的河上游山洞边，烧了香烛，把船拖入水后，各人上了船，燃着鞭炮，擂着鼓，这船便如一枝箭似的，很迅速的向下游长潭射去。

那时节还是上午，到了午后，对河渔人的龙船也下了水，两只龙船就开始预习种种竞赛的方法。水面上第一次听到了鼓声，许多人从这鼓声中，感到了节日临近的欢悦。住临河吊脚楼对远方人有所等待有所盼望的，也莫不因鼓声想到远人。在这个节日里，必然有许多船只可以赶回，也有许多船只合在半路过节，这之间，便有些眼目所难见的人事哀乐，在这小山城河街间，让一些人铺事，也让一些人皱眉。

蓬蓬鼓声掠水越山到了渡船头那里时，最先注意到的是那只黄狗。那黄狗汪汪的吠着，受了惊似的绕屋乱走，有人过渡时，便随船渡过河东岸去，且跑到那小山头向城里一方面大吠。

翠翠正坐在门外大石上用棕叶编蚱蜢蜈蚣玩，见黄狗先在太阳下睡着，忽然醒来便发疯似的乱跑，过了河又回来，就问它骂它：

"狗，狗，你做什么！不许这样子！"

可是一会儿那声音被她发现了，她于是也绕屋跑着，且同黄狗一块儿渡过了小溪，站在小山头听了许久，让那点迷人的鼓声，把自己带到一个过去的节日里去。

四

还是两年前的事。五月端阳，渡船头祖父找人作了代替，便带了黄狗同翠翠进城，过大河边去看划船。河边站满了人，四只朱色长船在潭中滑着，龙船水刚刚涨过，河中水皆豆绿，天气又那么明朗，鼓声蓬蓬响着，翠翠抿着嘴一句话不说，心中充满了不可言说的快乐。河边人太多了一点，各人皆尽张着眼睛望河中，不多久，黄狗还在身边，祖父却挤得不见了。

翠翠一面注意划船，一面心想"过不久祖父总会找来的"。但过了许久，祖父还不来，翠翠便稍稍有点儿着慌了。先是两人同黄狗进城前一天，祖父就问翠翠："明天城里划船，倘若一个人去看，人多怕不怕？"翠翠就说："人多我不怕，但自己只是一个人可不好玩。"于是祖父想了半天，方想起一个住在城中的老熟人，赶夜里到城里去商量，请那老人来看一天渡船，自己却陪翠翠进城玩一天。且因为那人比渡船老人更孤单，身边无一个亲人，也无一只狗，因此便约好了那人早上过家中来吃饭，喝一杯雄黄酒。第二天那人来了，吃了饭，把职务委托那人以后，翠翠等便进了城。到路上时，祖父想起什么似的，又问翠翠，"翠翠，翠翠，人那么多，好热闹，你一个人敢到河边看龙船吗？"翠翠说："怎么不敢？可是一个人有什么意思。"到了河边后，长潭里的四只红船，把翠翠的注意力完全占去了，身边祖父似乎也可有可无了。祖父心想："时间还早，到收场时，至少还得三个时刻。溪边的那个朋友，也应当来看看年青人的热闹，回去一趟，换换地位还赶得及。"因此就问翠翠，"人太多了，站在这里看，不要动，我到别处去有事情，无论如何总赶得回来伴你回家。"翠翠正为两只竞速并进的船迷着，祖父说的话毫不思索就答应了。祖父知道黄狗在翠翠身边，也许比他自己在她身边还稳当，于是便回家看船去了。

祖父到了那渡船处时，见代替他的老朋文，正站在白塔下注意听远处鼓声。

祖父喊他，请他把船拉过来，两人渡过小溪仍然站到白塔下去。那人问老船夫为什么又跑回来，祖父就说想替他一会儿故把翠翠留在河边，自己赶回来，好让他也过河边去看看热闹，且说，"看得好，就不必再回来，只须见了翠翠问她一声，翠翠到时自会回家的。小丫头不敢回家，你就伴她走走！"但那替手对于看龙船已无什么兴味，却愿意同老船夫在这溪边大石上各自再喝两杯烧酒。老船夫十分高兴，把葫芦取出，推给城中来的那一个。两人一面谈些端午旧事，一面喝酒，不到一会，那人却在岩石上为烧酒醉倒了。

人既醉倒了，无从入城，祖父为了责任又不便与渡船离开，留在河边的翠翠便不能不着急了。

河中划船的决了最后胜负后，城里军官已派人驾小船在潭中放了一群鸭子，祖父还不见来。翠翠恐怕祖父也正在什么地方等着她，因此带了黄狗各处人丛中挤着去找寻祖父，结果还是不得祖父的踪迹。后来看看天快要黑了，军人扛了长凳出城看热闹的，皆已陆续扛了那凳子回家。潭中的鸭子只剩下三五只，捉鸭人也渐渐的少了。落日向上游翠翠家中那一方落去，黄昏把河面装饰了一层薄雾。翠翠望到这个景致，忽然起了一个怕人的想头，她想："假若爷爷死了？"

她记起祖父嘱咐她不要离开原来地方那一句话，便又为自己解释这想头的错误，以为祖父不来必是进城去或到什么熟人处去，被人拉着喝酒，故一时不能来的。正因为这也是可能的事，她又不愿在天未断黑以前，同黄狗赶回家去，只好站在那石码头边等候祖父。

再过一会，对河那两只长船已泊到对河小溪里去不见了，看龙船的人也差不多全散了。吊脚楼有娼妓的人家，已上了灯，且有人敲小斑鼓弹月琴唱曲子。另外一些人家，又有划拳行酒的吵嚷声音。同时停泊在吊脚楼下的一些船只，上面也有人在摆酒炒菜，把青菜萝卜之类，倒进滚热油锅里去时发出吵——的声音。河面已朦朦胧胧，看去好象只有一只白在潭中浮着，也只剩一个人追着这只鸭子。

翠翠还是不离开码头，总相信祖父会来找她，同她一起回家。

吊脚楼上唱曲子声音热闹了一些，只听到下面船上有人说话，一个水手说："金亭，你听你那铺子陪川东庄客喝酒唱曲子，我赌个手指，说这是她的声音！"另一个水手就说："她陪他们喝酒唱曲子，心里可想我。她知道我在船上！"先前那一个又说："身体让别人玩着，心还想着你；你有什么凭据？"另一个说："有凭据。"于是这水手吹着嘁哨，作出一个古怪的记号，一会儿，楼上歌声便停止了。歌声停止后，两个水手皆笑了。两人接着便说了些关于那个女人的一切，使用了不少粗鄙字眼，翠翠很不习惯把这种话听下去，但又不能走开。且听水手之一说，楼上妇人的爸爸是在棉花坡被人杀死的，一共杀了十七刀。翠翠心中那个古怪的想头，"爷爷死了呢？"便仍然占据到心里有一忽儿。

两个水手还正在谈话，潭中那只白鸭慢慢的向翠翠所在的码头边游来，翠翠想："再过来些我就捉住你！"于是静静的等着，但那鸭子将近岸边三丈远近时，却有个人笑着，喊那船上水手。原来水中还有个人，那人已把鸭子捉到手，却慢慢的"踹水"游近岸边的。船上人听到水面的喊声，在隐约里也喊道："二老，二老，你真干，你今天得了五只吧。"那水上人说："这家伙狡猾得很，现在可归我了。""你这时捉鸭子，将来捉女人，一定有同样的本领。"水上那一个不再说什么，手脚并用的拍着水傍了码头。湿淋淋的爬上岸时，翠翠身旁的黄狗，仿佛警问水中人似的，汪汪的叫了几声，那人方注意到翠翠。码头上已无别的人，那人问：

"是谁？"

"是翠翠！"

"翠翠又是谁？"

"是碧溪岨撑渡船的孙女。"

"你在这儿做什么？"

"我等我爷爷。我等他来好回家去。"

"等他来他可不会来，你爷爷一定到城里军营里喝了酒，醉倒后被人抬回去了！"

"他不会。他答应来，他就一定会来的。"

"这里等也不成。到我家里去，到那边点了灯的楼上去，等爷爷来找你好不好？"

翠翠误会邀他进屋里去那个人的好意，正记着水手说的妇人丑事，她以为那男子就是要她上有女人唱歌的楼上去，本来从不骂人，这时正因等候祖父太久了，心中焦急得很，听人要她上去，以为欺侮了她，就轻轻的说：

"你个悖时砍脑壳的！"

话虽轻轻的，那男的却听得出，且从声音上听得出翠翠年纪，便带笑说："怎么，你骂人！你不愿意上去，要呆在这儿，回头水里大鱼来咬了你，可不要叫喊！"

翠翠说："鱼咬了我也不管你的事。"

那黄狗好象明白翠翠被人欺侮了，又汪汪的吠起来。那男子把手中白鸭举起，向黄狗吓了一下，便走上河街去了。黄狗为了自己被欺侮还想追过去，翠翠便喊："狗，狗，你叫人也看人叫！"翠翠意思仿佛只在告给狗"那轻薄男子还不值得叫"，但男子听去的却是另外一种好意，男的以为是她要狗莫向好人叫，放肆的笑着，不见了。

又过了一阵，有人从河街拿了一个废缆做成的火炬，喊叫着翠翠的名字来找寻她，到身边时翠翠却不认识那个人。那人说：老船夫回到家中，不能来接她，故搭了过渡人口信来，问翠翠要她即刻就回去。翠翠听说是祖父派来的，就同那人一起回家，让打火把的在前引路，黄狗时前时后，一同沿了城墙向渡口走去。翠翠一面走一面问那拿火把的人，是谁问他就知道她在河边。那人说是二老问他的，他是二老家里的伙计，送翠翠回家后还得回转河街。

翠翠说："二老他怎么知道我在河边？"

那人便笑着说："他从河里捉鸭子回来，在码头上见你，他说好意请你上家里坐坐，等候你爷爷，你还骂过他！"

翠翠带了点儿惊讶轻轻的问："二老是谁？"

那人也带了点儿惊讶说："二老你都不知道？就是我们河街上的傩送二老！就是岳云！他要我送你回去！"傩送二老在茶峒地方不是一个生疏的名字！

翠翠想起自己先前骂人那句话，心里又吃惊又害羞，再也不说什么，默默的随了那火把走去。

翻过了小山岨，望得见对溪家中火光时，那一方面也看见了翠翠方面的火把，老船夫即刻把船拉过来，一面拉船一面哑声儿喊问："翠翠，翠翠，是不是你？"翠翠不理会祖父，口中却轻轻的说："不是翠翠，不是翠翠，翠翠早被大河里鲤鱼吃去了。"翠翠上了船，二老派来的人，打着火把走了，祖父牵着船问："翠翠，你怎么不答应我，生我的气了吗？"

翠翠站在船头还是不作声。翠翠对祖父那一点儿埋怨，等到把船拉过了溪，一到了家中，看明白了醉倒的另一个老人后，就完事了。但另一件事，属于自己不关祖父的，却使翠翠沉默了一个夜晚。

五

两年日子过去了。

这两年来两个中秋节，恰好都无月亮可看，凡在这边城地方，因看月而起整夜男女唱歌的故事，皆不能如期举行，故两个中秋留给翠翠的印象，极其平淡无奇。两个新年却照例可以看到军营里与各乡来的狮子龙灯，在小教场迎春，锣鼓喧阗很热闹。到了十五夜晚，城中舞龙耍狮子的镇筸兵士，还各自赤裸着肩膊，往各处去欢迎炮仗烟火。城中军营里，税关局长公馆，河街上一些大字号，莫不预先截老毛竹筒，或镂空棕榈树根株，用洞硝拌和磺炭钢砂，一千捶八百捶把烟火做好。好勇取乐的军士，光赤着个上身，玩着灯打着鼓来了，小鞭炮如落雨的样子，从悬到长竿尖端的空中落到玩灯的肩背上，锣鼓催动急促的拍子，大家皆为这事情十分兴奋。鞭炮放过一阵后，用长凳绑着的大筒灯火，在敞坪一端燃起了引线，先是嗞嗞的流泻白光，慢慢的这白光便吼啸起来，作出如雷如虎惊人的声音，白光向上空冲去，高至二十丈，下落时便洒散着满天花雨。玩灯的兵士，在火花中绕着圈子，俨然毫不在意的样子。翠翠同他的祖父，也看过这样的热闹，留下一个热闹的印象，但这印象不知为什么原因，总不如那个端午所经过的事情甜而美。

翠翠为了不能忘记那件事，上年一个端午又同祖父到城边河街去看了半天船，一切玩得正好时，忽然落了行雨，无人衣衫不被雨湿透。为了避雨，祖孙二人同那只黄狗，走到顺顺吊脚楼上去，挤在一个角隅里。有人扛凳子从身边过去，翠翠认得那人是去年打了火把送她回家的人，就告给祖父：

"爷爷，那个人去年送我回家，他拿了火把走路时，真象个喽罗！"

祖父当时不作声，等到那人回头又走过面前时，就一把抓住那个人，笑嘻嘻说：

"嗨嗨，你这个人！要你到我家喝一杯也不成，还怕酒里有毒，把你这个真命天子毒死！"

那人一看是守渡船的，且看到了翠翠，就笑了。"翠翠，你大长了！二老说你在河边大鱼会吃你，我们这里河中的鱼，现在可吞不下你了。"

翠翠一句话不说，只是抿起嘴唇笑着。

这一次虽在这喽罗长年口中听到个"二老"名字，却不曾见及这个人。从祖父与那长年谈话里，翠翠听明白了二老是在下游六百里外青浪滩过端午的。但这次不见二老却认识了"大老"，且见着了那个一地出名的顺顺。大老把河中的鸭子捉回家里后，因为守渡船的老家伙称赞了那只肥鸭两次，顺顺就要大老把鸭子给翠翠。且知道祖孙二人所过的日子十分拮据，节日里自己不能包粽子，又送了许多尖角粽子。

那水上名人同祖父谈话时，翠翠虽装作眺望河中景致，耳朵却把每一句话听得清清楚楚。那人向祖父说翠翠长得很美，问过翠翠年纪，又问有不有人家。祖父则很快乐的夸奖了翠翠不少，且似乎不许别人来关心翠翠的婚事，故一到这件事便闭口不谈。

回家时，祖父抱了那只白鸭子同别的东西，翠翠打火把引路。两人沿城墙走去，一面是城，一面是水。祖父说："顺顺真是个好人，大方得很。大老也很好。这一家人都好！"翠翠说："一家人都好，你认识他们一家人吗？"祖父不明白这句话的意思所在，因为今天太高兴一点，便笑着说："翠翠，假若大老要你做媳妇，请人来做媒，你答应不答应？"翠翠就说："爷爷，你疯了！再说我就生你的气！"

祖父话虽不说了，心中却很显然的还转着这些可笑的不好的念头。翠翠着了恼，把火炬向路两旁乱晃着，向前快快的走去了。

"翠翠，莫闹，我摔到河里去，鸭子会走脱的！"

"谁也不希罕那只鸭子！"

祖父明白翠翠为什么事不高兴，祖父便唱起摇橹人驶船下滩时催橹的歌声，声音虽然哑沙沙的，字眼儿却稳稳当当毫不含糊。翠翠一面听着一面向前走去，忽然停住了发问：

"爷爷，你的船是不是正在下青浪滩呢？"

祖父不说什么，还是唱着，两人皆记顺顺家二老的船正在青浪滩过节，但谁也不明白另外一个人的记忆所止处。祖孙二人便沉默的一直走还家中。到了渡口，那代理看船的，正把船泊在岸边等候他们。几人渡过溪到了家中，剥粽子吃，到后那人要进城去，翠翠赶即为那人点上火把，让他有火把照路。人过了小溪上小山时，翠翠同祖父在船上望着，翠翠说：

"爷爷，看喽罗上山了啊！"

祖父把手攀引着横缆，注目溪面的薄雾，仿佛看到了什么东西，轻轻的吁了一口气。祖父静静的拉船过对岸家边时，要翠翠先上岸去，自己却守在船边，因为过节，明白一定有乡下人上城里看龙船，还得乘黑赶回家去。

六

白日里，老船夫正在渡船上同个卖皮纸的过渡人有所争持。一个不能接受所给的钱，一个却非把钱送给老人不可。正似乎因为那个过渡人送钱气派，使老船夫受了点压迫，这撑渡船人就俨然生气似的，迫着那人把钱收回，使这人不得不把钱捏在手里。但船拢岸时，那人跳上了码头，一手铜钱向船舱里一撒，却笑眯眯的匆匆忙忙走了。老船夫手还得拉着船让别人上岸，无法去追赶那个人，就喊小山头的女：

"翠翠，翠翠，帮我拉着那个卖皮纸的小伙子，不许他走！"

翠翠不知道是怎么会事，当真便同黄狗去拦那第一个下山人。那人笑着说：

"不要拦我！……"

正说着，第二个商人赶来了，就告给翠翠是什么事情。翠翠明白了，更拉着卖纸人衣服不放，只说："不许走！不许走！"黄狗为了表示同主人的意见一致，也便在翠翠身边汪汪的吠着。其余商人皆笑着，一时不能走路。祖父气吁吁的赶来了，把钱强迫塞到那人手心里，且搭了一大束草烟到那商人担子上去，搓着两手笑着说："走呀！你们上路走！"那些人于是全笑着走了。

翠翠说："爷爷，我还以为那人偷你东西同你打架！"

祖父就说：

"他送我好些钱。我才不要这些钱！告他不要钱，他还同我吵，不讲道理！"

翠翠说："全还给他了吗？"

祖父抿着嘴把头摇摇，装成狡猾得意神气笑着，把扎在腰带上留下的那枚单铜子取出，送给翠翠。且说：

"他得了我们那把烟叶，可以吃到镇筸城！"

远处鼓声又蓬蓬的响起来了，黄狗张着两个耳朵听着。翠翠问祖父，听不听到什么声音。祖父一注意，知道是什么声音了，便说：

"翠翠，端午又来了。你记不记得去年天保大老送你那只肥鸭子。早上大老同一群人上川东去，过渡时还问你。你一定忘记那次落的行雨。我们这次若去，又得打火把回家；你记不记得我们两人用火把照路回家？"

翠翠还正想起两年前的端午一切事情哪。但祖父一问，翠翠却微带点儿恼着的神气，把头摇摇，故意说："我记不得，我记不得。"其实她那意思就是"我怎么记不得？！"

祖父明白那话里意思，又说："前年还更有趣，你一个人在河边等我，差点儿不知道回来，我还以为大鱼会吃掉你！"

提起旧事翠翠嗤的笑了。

"爷爷，你还以为大鱼会吃掉我？是别人家说我，我告给你的！你那天只是恨不得让城中的那个爷爷把装酒的葫芦吃掉！你这种记性！"

"我人老了，记性也坏透了。翠翠，现在你人长大了，一个人一定敢上城看船，不怕鱼吃掉你了。"

"人大了就应当守船哩。"

"人老了才当守船。"

"人老了应当歇憩！"

"你爷爷还可以打老虎，人不老！"祖父说着，于是，把膀子弯曲起来，努力使筋肉在局束中显得又有力又年青，且说："翠翠，你不信，你咬。"

翠翠睨着腰背微驼白发满头的祖父，不说什么话。远处有吹唢呐的声音，她知道那是什么事情，且知道唢呐方向，要祖父同她下了船，把船拉过家中那边岸旁去。为了想早早的看到那迎婚送亲的喜轿，翠翠还爬到屋后塔下去眺望。过不久，那一伙人来了，两个吹唢呐的，四个强壮乡下汉子，一顶空花轿，一个穿新衣的团总儿子模样的青年，另外还有两只羊，一个牵羊的孩子，一坛酒，一盒糍粑，一个担礼物的人。一伙人上了渡船后，翠翠同祖父也上了渡船，祖父拉船，翠翠却傍花轿站定，去欣赏每一个人的脸色与花轿上的流苏。拢岸后，团总儿子模样的人，从扣花抱肚里掏出了一个小红纸包封，递给老船夫。这是规矩，祖父再不能说不接收了。但得了钱祖父却说话了，问那个人，新娘是什么地方人，明白了，又问姓什么，明白了，又问多大年纪，一起皆弄明白了。吹唢呐的一上岸后又把唢呐呜呜喇喇吹起来，一行人便翻山走了。祖父同翠翠留在船上，感情仿佛皆追着那唢呐声音走去，走了很远的路方回到自己身边来。

祖父掂着那红纸包封的分量说："翠翠，宋家堡子里新嫁娘只十五岁。"

翠翠明白祖父这句话的意思所在，不作理会，静静的把船拉动起来。

到了家边，翠翠跑回家去取小小竹子做的双管唢呐，请祖父坐在船头吹"娘送女"曲子给她听，她却同黄狗躺到门前大岩石上荫处看天上的云。白日渐长，不知什么时节，祖父睡着了，翠翠同黄狗也睡着了。

七

到了端午。祖父同翠翠在三天前业已预先约好，祖父守船，翠翠同黄狗过顺顺吊脚楼去看热闹。翠翠先不答应，后来答应了。但过了一天，翠翠又翻悔回来，以为要看两人去看，要守船两人守船。祖父明白那个意思，是翠翠玩心与爱心相战争的结果。为了祖父的牵绊，应当玩的也无法去玩，这不成！祖父含笑说："翠翠，你这是为什么？说定了的又翻悔，同茶峒人平素品德不相称。我们应当说一是一，不许三心二意。我记性并不坏到这样子，把你答应了我的即刻忘掉！"祖父虽那么说，很显然的事，祖父对于翠翠的打算是同意的。但人太乖了，祖父有点愀然不乐了。见祖父不再说话，翠翠就说："我走了，谁陪你？"

祖父说："你走了，船陪我。"

翠翠把眉毛皱拢去苦笑着，"船陪你，嗨，嗨，船陪你。爷爷，你真是……"

祖父心想："你总有一天会要走的。"但不敢提这件事。祖父一时无话可说，于是走过屋后塔下小圃里去看葱，翠翠跟过去。

"爷爷，我决定不去，要去让船去，我替船陪你！"

"好，翠翠，你不去我去，我还得戴了朵红花，装刘老老进城去见世面！"

两人都为这句话笑了许久。

祖父理葱，翠翠却摘了一根大葱呜呜吹着。有人在东岸喊过渡，翠翠不让祖父占先，便忙着跑下去，跳上了渡船，援着横溪缆子拉船过溪去接人。一面拉船一面喊祖父：

"爷爷，你唱，你唱！"

祖父不唱，却只站在高岩上望翠翠，把手摇着，一句话不说。

祖父有点心事。心事重重的，翠翠长大了。

翠翠一天比一天大了，无意中提到什么时会红脸了。时间在成长她，似乎正催促她，使她在另外一件事情上负点儿责。她欢喜看扑粉满脸的新嫁娘，欢喜说到关于新嫁娘的故事，欢喜把野花戴到头上去，还欢喜听人唱歌。茶峒人的歌声，缠绵处她已领略得出。她有时仿佛孤独了一点，爱坐在岩石上去，向天空一起云一颗星凝眸。祖父若问："翠翠，想什么？"她便带着点儿害羞情绪，轻轻的说："在看水鸭子打架！"照当地习惯意思就是"翠翠不想什么"。但在心里却同时又自问："翠翠，你真在想什么？"同是自己也在心里答着："我想的很远，很多。可是我不知想些什么。"她的确在想，又的确连自己也不知在想些什么。这女孩子身体既发育得很完全，在本身上因年龄自然而来的一件"奇事"，到月就来，也使她多了些思索，多了些梦。

祖父明白这类事情对于一个女子的影响，祖父心情也变了些。祖父是一个在自然里活了七十年的人，但在人事上的自然现象，就有了些不能安排外。因为翠翠的长成，使祖父记起了些旧事，从掩埋在一大堆时间里的故事中，重新找回了些东西。

翠翠的母亲，某一时节原同翠翠一个样子。眉毛长，眼睛大，皮肤红红的。也乖得使人怜爱——也懂在一些小处，起眼动眉毛，使家中长辈快乐。也仿佛永远不会同家中这一个分开。但一点不幸来了，她认识了那个兵。到末了丢开老的和小的，却陪那个兵死了。这些事从老船夫说来谁也无罪过，只应"天"去负责。翠翠的祖父口中不怨天，心却不能完全同意这种不幸的安排。摊派到本身的一份，说来实在不公平！说是放下了，也正是不能放下的莫可奈何容忍到的一件事！

那时还有个翠翠。如今假若翠翠又同妈妈一样，老船夫的年龄，还能把小雏儿再育下去吗？人愿意神却不同意！人太老了，应当休息了，凡是一个良善的乡下人，所应得到的劳苦与不幸，全得到了。假若另外高处有一个上帝，这上帝且有一双手支配一切，很明显的事，十分公道的办法，是应把祖父先收回去，再来让那个年青的在新的生活上得到应分接受那幸或不幸，才合道理。

可是祖父并不那么想。他为翠翠担心。他有时便躺到门外岩石上，对着星子想他的心事。他以为死是应当快到了的，正因为翠翠人已长大了，证明自己也真正老了。无论如何，得让翠翠有个着落。翠翠既是她那可怜母亲交把他的，翠翠大了，他也得把翠翠交给一个人，他的事才算完结！交给谁？必需什么样的人方不委屈她？

前几天顺顺家天保大老过溪时，同祖父谈话，这心直口快的青年人，第一句话就说：

"老伯伯，你翠翠长得真标致，象个观音样子。再过两年，若我有闲空能留在茶峒照料事情，不必象老鸦到处飞，我一定每夜到这溪边来为翠翠唱歌。"

祖父用微笑奖励这种自白。一面把船拉动，一面把那双小眼睛瞅着大老。

于是大老又说：

"翠翠太娇了，我担心她只宜于听点茶峒人的歌声，不能作茶峒女子做媳妇的一切正经事。我要个能听我唱歌的情人，却更不能缺少个照料家务的媳妇。'又要马儿不吃草，又要马儿走得好，'唉，这两句话恰是古人为我说的！"

祖父慢条斯理把船掉了头，让船尾傍岸，就说：

"大老，也有这种事儿！你瞧着吧。"究竟是什么事，祖父可并不明白说下去。那青年走去后，祖父温习着那些出于一个男子口中的真话，实在又愁又喜。翠翠若应当交把一个人，这个人是不是适宜于照料翠翠？当真交把了他，翠翠是不是愿意？

八

初五大清早落了点毛毛雨，上游且涨了点"龙船水"，河水全变作豆绿色。祖父上城买办过节的东西，戴了个粽粑叶"斗篷"，携带了一个篮子，一个装酒的大葫芦，肩头上挂了个褡裢，其中放了一吊六百钱，就走了。因为是节日，这一天从小村小寨带了铜钱担了货物上城去办货掉货的极多，这些人起身也极早，故祖父走后，黄狗就伴同翠翠守船。翠翠头上戴了一个崭新的斗篷，把过渡人一趟一趟的送来送去。黄狗坐在船头，每当船拢岸时必先跳上岸边去衔绳头，引起每个过渡人的兴味。有些过渡乡下人也携了狗上城，照例如俗话说的，"狗离不得屋"，一离了自己的家，即或傍着主人，也变得非常老实了。到过渡时，翠翠的狗必走过去嗅嗅，从翠翠方面讨取了一个眼色，似乎明白翠翠的意思，就不敢有什么举动。直到上岸后，把拉绳子的事情作完，眼见到那只陌生的狗上小山去了，也必跟着追去。或者向狗主人轻轻吠着，或者逐着那陌生的狗，必得翠翠带点儿嗔恼的嚷着："狗，狗，你狂什么？还有事情做，你就跑呀！"于是这黄狗赶快跑回船上来，且依然满船闻嗅不已。翠翠说："这算什么轻狂举动！跟谁学得的！还不好好蹲到那边去！"狗俨然极其懂事，便即刻到它自己原来地方去，只间或又象想起什么似的，轻轻的吠几声。

雨落个不止，溪面一起烟。翠翠在船上无事可作时，便算着老船夫的行程。她知道他这一去应到什么地方碰到什么人，谈些什么话，这一天城门边应当是些什么情形，河街上应当是些什么情形，"心中一本册"，她完全如同眼见到的那么明明白白。她又知道祖父的脾气，一见城中相熟粮子上人物，不管是马夫火夫，总会把过节时应有的颂祝说出。这边说，"副爷，你过节吃饱喝饱！"那一个便也将说，"划船的，你吃饱喝饱!"这边若说着如上的话，那边人说，"有什么可以吃饱喝饱？四两肉，两碗酒，既不会饱也不会醉!"那么，祖父必很诚实邀请这熟人过碧溪岨喝个够量。倘若有人当时就想喝一口祖父葫芦中的酒，这老船夫也从不吝啬，必很快的就把葫芦递过去。酒喝过了，那兵营中人卷舌子舔着嘴唇，称赞酒好，于是又必被勒迫着喝第二口。酒在这种情形下少起来了，就又跑到原来铺上去，加满为止。翠翠且知道祖父还会到码头上去同刚拢岸一天两天的上水船水手谈谈话，问问下河的米价盐价，有时且弯着腰钻进那带有海带鱿鱼味，以及其他油味、醋味、柴烟味的船舱里去，水手们从小坛中抓出一把红枣，递给老船夫，过一阵，等到祖父回家被翠翠埋怨时，这红枣便成为祖父与翠翠和解的东西。祖父一到河街上，且一定有许多铺子上商人送他粽子与其他东西，作为对这个忠于职守的划船人一点敬意，祖父虽嚷着"我带了那么一大堆，回去会把老骨头压断"，可是不管如何，这些东西多少总得领点情。走到卖肉案桌边去，他想"买肉"人家却不愿接钱，屠户若不接钱，他却宁可到另外一家去，决不想沾那点便宜。那屠户说，"爷爷，你为人那么硬算什么？又不是要你去做犁口耕田!"但不行，他以为这是血钱，不比别的事情，你不收钱他会把钱预先算好，猛的把钱掷到大而长的钱筒里去，攫了肉就走去的。卖肉的明白他那种性情，到他称肉时总选取最好的一处，且把分量故意加多，他见及时却将说："喂喂，大老板，我不要你那些好处! 腿上的肉是城里人炒鱿鱼肉丝用的肉，莫同我开玩笑! 我要夹项肉，我要浓的糯的，我是个划船人，我要拿去炖葫萝卜喝酒的!"得了肉，把钱交过手时，自己先数一次，又嘱咐屠户再数，屠户却照例不理会他，把一手钱哗的向长竹筒口丢去，他于是简直是妩媚的微笑着走了。屠户与其他买肉人，见到他这种神气，必笑个不止……

翠翠还知道祖父必到河街上顺顺家里去。

翠翠温习着两次过节两个日子所见所闻的一切，心中很快乐，好象目前有一个东西，同早间在床上闭了眼睛所看到那种捉摸不定的黄葵花一样，这东西仿佛很明朗的在眼前，却看不准，抓不住。

翠翠想："白鸡关真出老虎吗？"她不知道为什么忽然想起白鸡关。白鸡关是酉水中部一个地名，离茶峒两百多里路!

于是又想："三十二个人摇六匹橹，上水走风时张起个大篷，一百幅白布铺成的一片东西，先在这样大船上过洞庭湖，多可笑……"她不明白洞庭湖有多大，也就从没见过这种大船，更可笑的，还是她自己也不知道为什么却想到这个问题!

一群过渡人来了，有担子，有送公事跑差模样的人物，另外还有母女二人。母亲穿了新浆洗得硬朗的蓝布衣服，女孩子脸上涂着两饼红色，穿了不甚合身的新衣，上城到亲戚家中去拜节看龙船的。等待众人上船稳定后，翠翠一面望着那小女孩，一面把船拉过溪去。那小孩从翠翠估来年纪也将十三四岁了，神气却很娇，似乎从不曾离开过母亲。脚下穿的是一双尖头新油过的钉鞋，上面沾污了些黄泥。裤子是那种泛紫的葱绿布做的。见翠翠尽是望她，她也便看着翠翠，眼睛光光的如同两粒水晶球。有点害羞，有点不自在，同时也有点不可言说的爱娇。那母亲模样的妇人便问翠翠年纪有几岁。翠翠笑着，不高兴答应，却反问小女孩今年几岁。听那母亲说十三岁时，翠翠忍不住笑了。那母女显然是财主人家的妻女，从神气上就可看出的。翠翠注视那女孩，发现了女孩子手上还戴得有一副麻花绞的银手镯，闪着白白的亮光，心中有点儿歆羡。船傍岸后，人陆续上了岸，妇人从身上摸出一铜子，塞到翠翠手中，就走了。翠翠当时竟忘了祖父的规矩了，也不说道谢，也不把钱退还，只望着这一行人中那个女孩子身后发痴。一行人正将翻过小山时，翠翠忽又忙忙匆匆的追上去，在山头上把钱还给那妇人。那妇人说："这是送你的！"翠翠不说什么，只微笑把头尽摇，且不等妇人来得及说第二句话，就很快的向自己渡船边跑去了。

到了渡船上，溪那边又有人喊过渡，翠翠把船又拉回去。第二次过渡是七个人，又有两个女孩子，也同样因为看龙船特意换了干净衣服，相貌却并不如何美观，因此使翠翠更不能忘记先前那一个。

今天过渡的人特别多，其中女孩子比平时更多，翠翠既在船上拉缆子摆渡，故见到什么好看的，极古怪的，人乖的，眼睛眶子红红的，莫不在记忆中留下个印象。无人过渡时，等着祖父祖父又不来，便尽只反复温习这些女孩子的神气。且轻轻的无所谓的唱着：

"白鸡关出老虎咬人，不咬别人，团总的小姐派第一。……大姐戴副金簪子，二姐戴副银钏子，只有我三妹没得什么戴，耳朵上长年戴条豆芽菜。"

城中有人下乡的，在河街上一个酒店前面，曾见及那个撑渡船的老头子，把葫芦嘴推让给一个年青水手，请水手喝他新买的白烧酒，翠翠问及时，那城中人就告给她所见到的事情。翠翠笑祖父的慷慨不是时候，不是地方。过渡人走了，翠翠就在船上又轻轻的哼着巫师十二月里为人还愿迎神的歌玩——

你大仙，你大神，睁眼看看我们这里人！
他们既诚实，又年青，又身无疾病。
他们大人会喝酒，会作事，会睡觉；
他们孩子能长大，能耐饥，能耐冷；
他们牯牛肯耕田，山羊肯生仔，鸡鸭肯孵卵；
他们女人会养儿子，会唱歌，会找她心中欢喜的情人！

你大神，你大仙，排驾前来站两边。
关夫子身跨赤兔马，
尉迟公手拿大铁鞭！
你大仙，你大神，云端下降慢慢行！
张果老驴得坐稳，
铁拐李脚下要小心！

福禄绵绵是神恩，
和风和雨神好心，
好酒好饭当前阵，
肥猪肥羊火上烹！

洪秀全，李鸿章，

你们在生是霸王，

杀人放火尽节全忠各有道，

今来坐席又何妨！

慢慢吃，慢慢喝，

月白风清好过河。

醉时携手同归去，

我当为你再唱歌！

那首歌声音既极柔和，快乐中又微带忧郁。唱完了这歌，翠翠觉得心上有一丝儿凄凉。她想起秋末酬神还愿时田其中的火燎同鼓角。

远处鼓声已起来了，她知道绘有朱红长线的龙船这时节已下河了，细雨还依然落个不止，溪面一起烟。

九

祖父回家时，大约已将近平常吃早饭时节了，肩上手上全是东西，一上小山头便喊翠翠，要翠翠拉船过小溪来迎接他。翠翠眼看到多少人皆进了城，正在船上急得莫可奈何，听到祖父的声音，精神旺了，锐声答着："爷爷，爷爷，我来了!"老船夫从码头边上了渡船后，把肩上手上的东西搁到船头上，一面帮着翠翠拉船，一面向翠翠笑着，如同一个小孩子，神气充满了谦虚与羞怯。"翠翠，你急坏了，是不是?"翠翠本应埋怨祖父的，但她却回答说："爷爷，我知道你在河街上劝人喝酒，好玩得很。"翠翠还知道祖父极高兴到河街上去玩，但如此说来，将更使祖父害羞乱嚷了，因此话到口边却不提出。

翠翠把搁在船头的东西一一估记在眼里，不见了酒葫芦。翠翠嗤的笑了。

"爷爷，你倒大方，请副爷同船上人吃酒，连葫芦也吃到肚里去了!"

祖父笑着忙作说明：

"哪里，哪里，我那葫芦被顺顺大伯扣下了，他见我在河街上请人喝酒，就说：'喂，喂，摆渡的张横，这不成的。你不开槽坊，如何这样子! 把你那个放下来，请我全喝了吧。'他当真那么说，'请我全喝了吧。'我把葫芦放下了。但我猜想他是同我闹着玩的。他家里还少烧酒吗? 翠翠，你说，……"

"爷爷，你以为人家真想喝你的酒，便是同你开玩笑吗?"

"那是怎么的?"

"你放心，人家一定因为你请客不是地方，所以扣下你的葫芦，不让你请人把酒喝完。等等就会为你送来的，你还不明白，真是! ——"

"唉，当真会是这样的!"

说着船已拢了岸，翠翠抢先帮祖父搬东西，但结果却只拿了那尾鱼，那个花褡裢；褡裢中钱已用光了，却有一包白糖，一包小芝麻饼子。两人刚把新买的东西搬运到家中，对溪就有人喊过渡，祖父要翠翠看着肉菜免得被野猫拖去，争着下溪去做事，一会儿，便同那个过渡人嚷着到家中来了。原来这人便是送酒葫芦的。只听到祖父说："翠翠，你猜对了。人家当真把酒葫芦送来了！"

翠翠来不及向灶边走去，祖父同一个年纪青青的脸黑肩膊宽的人物，便进到屋里了。

翠翠同客人皆笑着，让祖父把话说下去。客人又望着翠翠笑，翠翠仿佛明白为么被人望着，有点不好意思起来，走到灶边烧火去了。溪边又有人喊过渡，翠翠赶忙跑出门外船上去，把人渡过了溪。恰好又有人过溪。天虽落小雨，过渡人却分外多，一连三次。翠翠在船上一面作事一面想起祖父的趣处。不知怎么的，从城里被人打发来送酒葫芦的，她觉得好象是个熟人。可是眼睛里象是熟人，却不明白在什么地方见过面。但也正象是不肯把这人想到某方面去，方猜不着这来人的身分。

祖父在岩坎上边喊："翠翠，翠翠，你上来歇歇，陪陪客！"本来无人过渡便想上岸去烧火，但经祖父一喊，反而不上岸了。

来客问祖父"进不进城看船"，老渡船夫就说"应当看守渡船"。两人又谈了些别的话。到后来客方言归正传：

"伯伯，你翠翠象个大人了，长得很好看！"

撑渡船的笑了。"口气同哥哥一样，倒爽快呢。"这样想着，却那么说："二老，这地方配受人称赞的只有你，人家都说你好看！'八面山的豹子，地地溪的锦鸡，'全是特为颂扬你这个人好处的警句！"

"但是，这很不公平。"

"很公平的！我听船上人说，你上次押船，船到三门下面白鸡关滩出了事，从急浪中你援救过三个人。你们在滩上过夜，被村子里女人见着了，人家在你棚子边唱歌一整夜，是不是真有其事？"

"不是女人唱歌一夜，是狼嗥。那地方著名多狼，只想得机会吃我们！我们烧了一大堆火，吓住了它们，才不被吃掉！"

老船夫笑了，"那更妙！人家说的话还是很对的。狼是只吃姑娘，吃小孩，吃十八岁标致青年，象我这种老骨头，它不要吃的！"

那二老说："伯伯，你到这里见过两万个日头，别人家全说我们这个地方风水好，出大人，不知为什么原因，如今还不出大人？"

"你是不是说风水好应出有大名头的人？我以为这种人不生在我们这个小地方，也不碍事。我们有聪明，正直，勇敢，耐劳的年青人，就够了。象你们父子兄弟，为本地也增光彩已经很多很多！"

"伯伯，你说得好，我也是那么想。地方不出坏人出好人，如伯伯那么样子，人虽老了，还硬朗得同棵楠木树一样，稳稳当当的活到这块地面，又正经，又大方，难得的咧。"

"我是老骨头了，还说什么。日头，雨水，走长路，挑分量沉重的担子，大吃大喝，挨饿受寒，自己分上的都拿过了，不久就会躺到这冰凉土地上喂蛆吃的。这世界有得是你们小伙子分上的一切，好好的干，日头不辜负你们，你们也莫辜负日头！"

"伯伯，看你那么勤快，我们年青人不敢辜负日头！"

说了一阵，二老想走了，老船夫便站到门口去喊叫翠翠，要她到屋里来烧水煮饭，掉换他自己看船。翠翠不肯上岸，客人却已下船了，翠翠把船拉动时，祖父故意装作埋怨神气说：

"翠翠，你不上来，难道要我在家里做媳妇煮饭吗？"

翠翠斜睨了客人一眼，见客人正盯着她，便把脸背过去，抿着嘴儿，很自负的拉着那条横缆，船慢慢拉过对岸了。客人站在船头同翠翠说话：

"翠翠，吃了饭，同你爷爷去看划船吧？"

翠翠不好意思不说话，便说："爷爷说不去，去了无人守这个船！"

"你呢？"

"爷爷不去我也不去。"

"你也守船吗？"

"我陪我爷爷。"

"我要一个人来替你们守渡船，好不好？"

砰的一下船头已撞到岸边土坎上了，船拢岸了。二老向岸上一跃，站在斜坡上说：

"翠翠，难为你！……我回去就要人来替你们，你们快吃饭，一同到我家里去看船，今天人多咧，热闹咧！"

翠翠不明白这陌生人的好意，不懂得为什么一定要到他家中去看船，抿着小嘴笑笑，就把船拉回去了。到了家中一边溪岸后，只见那个人还正在对溪小山上，好象等待什么，不即走开。翠翠回转家中，到灶口边去烧火，一面把带点湿气的草塞进灶里去，一面向正在把客人带回的那一葫芦酒试着的祖父询问：

"爷爷，那人说回去就要人来替你，要我们两人去看船，你去不去？"

"你高兴去吗？"

"两人同去我高兴。那个人很好，我象认得他，他是谁？"

祖父心想："这倒对了，人家也觉得你好！"祖父笑着说：

"翠翠，你不记得你前年在大河边时，有个人说要让大鱼咬你吗？"

翠翠明白了，却仍然装不明白问："他是谁？"

"你想想看，猜猜看。"

"一本《百家姓》好多人，我猜不着他是张三李四。"

"顺顺船总家的二老，他认识你你不认识他啊！"他抿了一口酒，象赞美酒又象赞美人，低低的说："好的，妙的，这是难得的。"

过渡的人在门外坎下叫唤着，老祖父口中还是"好的，妙的……"匆匆下船做事去了。

十

吃饭时隔溪有人喊过渡，翠翠抢着下船，到了那边，方知道原来过渡的人，便是船总顺顺家派来作替手的水手，一见翠翠就说道："二老要你们一吃了饭就去，他已下河了。"见了祖父又说："二老要你们吃了饭就去，他已下河了。"

张耳听听，便可听出远处鼓声已较密，从鼓声里使人想到那些极狭的船，在长潭中笔直前进时，水面上画着如何美丽的长长的线路！

新来的人茶也不吃，便在船头站妥了，翠翠同祖父吃饭时，邀他喝一杯，只是摇头推辞。祖父说：

"翠翠，我不去，你同小狗去好不好?"

"要不去，我也不想去!"

"我去呢?"

"我本来也不想去，但我愿意陪你去。"

祖父微笑着，"翠翠，翠翠，你陪我去，好的，你陪我去!"

祖父同翠翠到城里大河边时河边早站满了人。细雨已经停止，地面还是湿湿的。祖父要翠翠过河街船总家吊脚楼上去看船，翠翠却以为站在河边较好。两人在河边站定不多久，顺顺便派人把他们请去了。吊脚楼上已有了很多的人。早上过渡时，为翠翠所注意的乡绅妻女，受顺顺家的款待，占据了最好窗口，一见到翠翠，那女孩子就说："你来，你来!"翠翠带着点儿羞怯走去，坐在他们身后条凳上，祖父便走开了。

祖父并不看龙船竞渡，却为一个熟人拉到河上游半里路远近，到一个新碾坊看水碾子去了。老船夫对于水碾子原来就极有兴味的。倚山滨水来一座小小茅屋，屋中有那么一个圆石片子，固定在一个横轴上，斜斜的搁在石槽里。当水闸门抽去时，流水冲激地下的暗轮，上面的石片便飞转起来。作主人的管理这个东西，把毛谷倒进石槽中去，把碾好的米弄出放在屋角隅筛子里，再筛去糠灰。地上全是糠灰，主人头上包着块白布帕子，头上肩上也全是糠灰。天气好时就在碾坊前后隙地里种些萝卜、青菜、大蒜、四季葱。水沟坏了，就把裤子脱去，到河里去堆砌石头修理泄水处。水碾坝若修筑得好，还可装个小小鱼梁，涨小水时就自会有鱼上梁来，不劳而获!在河边管理一个碾坊比管理一只渡船多变化有趣味，情形一看也就明白了。但一个撑渡船的若想有座碾坊，那简直是不可能的妄想。凡碾坊照例是属于当地小财主的产业。那熟人把老船夫带到碾坊边时，就告给他这碾坊业主为谁。两人一面各处视察一面说话。

那熟人用脚踢着新碾盘说:

"中寨人自己坐在高山砦子上，却欢喜来到这大河边置产业；这是中寨王团总的，大钱七百吊!"

老船夫转着那双小眼睛，很羡慕的去欣赏一切，估计一切，把头点着，且对于碾坊中物件一一加以很得体的批评。后来两人就坐到那还未完工的白木条凳上去，熟人又说到这碾坊的将来，似乎是团总女儿陪嫁的妆奁。那人于是想起了翠翠，且记起大老托过他的事情来了，便问道:

"伯伯，你翠翠今年十几岁?"

"满十四进十五岁。"老船夫说过这句话后，便接着在心中计算过去的年月。

"十四岁多能干! 将来谁得她真有福气!"

"有什么福气? 又无碾坊陪嫁，一个光人。"

"别说一个光人，一个有用的人，两只手抵得五座碾坊! 洛阳桥也是鲁般两只手造的! ……"这样那样的说着，说到后来，那人笑了。

老船夫也笑了，心想:"翠翠有两只手将来也去造洛阳桥吧，新鲜事!"

那人过了一会又说:

"茶峒人年青男子眼睛光，选媳妇也极在行。伯伯，你若不多我的心时，我就说个笑话给你听。"

老船夫问:"是什么笑话。"

那人说："伯伯你若不多心时，这笑话也可以当真话去听咧。"

接着说的下去就是顺顺家大老如何在人家赞美翠翠，且如何托他来探听老船夫口气那么一件事。末了同老船夫来转述另一回会话的情形。"我问他：'大老，大老，你是说真话还是说笑话？'他就说：'你为我去探听探听那老的，我欢喜翠翠，想要翠翠，是真话！'我说：'我这口钝得很，说出了口老的一巴掌打来呢？'他说：'你怕打，你先当笑话去说，不会挨打的！'所以，伯伯，我就把这件真事情当笑话来同你说了。你试想想，他初九从川东回来见我时，我应当如何回答他？"

老船夫记前一次大老亲口所说的话，知道大老的意思很真，且知道顺顺也欢喜翠翠，心里很高兴。但这件事照规矩得这个人带封点心亲自到碧溪岨家中去说，方见得慎重起事，老船夫就说："等他来时你说：老家伙听过了笑话后，自己也说了个笑话，他说，'车是车路，马是马路，各有走法。大老走的是车路，应当由大老爹爹作主，请了媒人来正正经经同我说。走的是马路，应当自己作主，站在渡口对溪高崖上，为翠翠唱三年六个月的歌。'"

"伯伯，若唱三年六个月的歌动得了翠翠的心，我赶明天就自己来唱歌了。"

"你以为翠翠肯了我还会不肯吗？"

"不咧，人家以为这件事你老人家肯了，翠翠便无有不肯呢。"

"不能那么说，这是她的事呵！"

"便是她的事，可是必需老的作主，人家也仍然以为在日头月光下唱三年六个月的歌，还不如得伯伯说一句话好！"

"那么，我说，我们就这样办，等他从川东回来时要他同顺顺去说明白。我呢，我也先问问翠翠；苦以为听了三年六个月的歌再跟那唱歌人走去有意思些，我就请你劝大老走他那弯弯曲曲的马路。"

"那好的。见了他我就说：'大老，笑话吗，我已说过了。真话呢，看你自己的命运去了。'当真看他的命运去了，不过我明白他的命运，还是在你老人家手上捏着的。"

"不是那么说！我若捏得定这件事，我马上就答应了。"

这里两人把话说妥后，就过另一处看一只顺顺新近买来的三舱船去了。河街上顺顺吊脚楼方面，却有了如下事情。

翠翠虽被那乡绅女孩喊到身边去坐，地位非常之好，从窗口望出去，河中一切朗然在望，然而心中可不安宁。挤在其他几个窗口看热闹的人，似乎皆常常把眼光从河中景物挪到这边几个人身上来。还有些人故意装成有别的事情样子，从楼这边走过那一边，事实上却全为得是好仔细看看翠翠这方面几个人。翠翠心中老不自在，只想借故跑去。一会儿河下的炮声响了，几只从对河取齐的船只，直向这方面划来。先是四条船皆相去不远，如四枝箭在水面射着，到了一半，已有两只船占先些，再过一会子，那两只船中间便又有一只超过了并进的船只而前。看看船到了税局门前时，第二次炮声又响，那船便胜利了。这时节胜利的已判明属于河街人所划的一只，各处便皆响着庆祝的小鞭炮。那船于是沿了河街吊脚楼划去，鼓声蓬蓬作响，河边与吊脚楼各处，都同时呐喊表示快乐的祝贺。翠翠眼见在船头站定摇动小旗指挥进退头上包着红布的那个年青人，便是送酒葫芦到碧溪岨的二老，心中便印着三年前的旧事，"大鱼吃掉你！""吃掉不吃掉，不用你管！""狗，狗，你也看人叫！"想起狗，翠翠才注意到自己身边那只黄狗，已不知跑到什么地方去，便离了座位，在楼上各处找寻她的黄狗，把船头人忘掉了。

她一面在人丛里找寻黄狗，一面听人家正说些什么话。

一个大脸妇人问："是谁家的人，坐到顺顺家当中窗口前的那块好地方？"

一个妇人就说："是砦子上王乡绅家大姑娘，今天说是来看船，其实来看人，同时也让人看！人家命好，有福分坐那好地方！"

"看谁人？被谁看？"

"嗨，你还不明白，那乡绅想同顺顺打亲家呢。"

"那姑娘配什么人？是大老，还是二老？"

"说是二老呀，等等你们看这岳云，就会上楼来看他丈母娘的！"

另一个女人便插嘴说："事弄妥了，好得很呢！人家有一座崭新碾坊陪嫁，比十个长年还好一些。"

有人问："二老怎么样？可乐意？"

有人就轻轻的说："二老已说过了，这不必看。第一件事我就不想作那个碾坊的主人！"

"你听岳云二老亲口说吗？"

"我听别人说的。还说二老欢喜一个撑渡船的。"

"他又不是傻小二，不要碾坊，要渡船吗？"

"那谁知道。横顺人是'牛肉炒韭菜，各人心里爱'，只看各人心里爱什么就吃什么。渡船不会不如碾坊！"

当时各人眼睛对着河里，口中说着这些闲话，却无一个人回头来注意到身后边的翠翠。

翠翠脸发火发烧走到另外一处去，又听有两个人提到这件事。且说："一切早安排好了，只须要二老一句话。"又说："只看二老今天那么一股劲儿，就可以猜想得出这劲儿是岸上一个黄花姑娘给他的！"

谁是激动二老的黄花姑娘？听到这个，翠翠心中不免有点儿乱。

翠翠人矮了些，在人背后已望不见河中情形，只听到敲鼓声渐近渐激越，岸上呐喊声自远而近，便知道二老的船恰恰经过楼下。楼上人也大喊着，杂夹叫着二老的名字，乡绅太太那方面，且有人放小百子鞭炮。忽然又用另外一种惊讶声音喊着，且同时便见许多人出门向河下走去。翠翠不知出了什么事，心中有点迷乱，正不知走回原来座位边去好，还是依然站在人背后好。只见那边正有人拿了个托盘，装了一大盘粽子同细点心，在请乡绅太太小姐用点心，不好意思再过那边去，便想也挤出大门外到河下去看看。从河街一个盐店旁边甬道下河时，正在一排吊脚楼的梁柱间，迎面碰头一群人，拥着那个头包红布的二老来了。原来二老因失足落水，已从水中爬起来了。路太窄了一些，翠翠虽闪过一旁，与迎面来的人仍然得肘子触着肘子。二老一见翠翠就说：

"翠翠，你来了，爷爷也来了吗？"

翠翠脸还发着烧不便作声，心想："黄狗跑到什么地方去了呢？"

二老又说：

"怎不到我家楼上去看呢？我已要人替你弄了个好位子。"

翠翠心想："碾坊陪嫁，希奇事情咧。"

二老不能逼迫翠翠回去，到后便各自走开了。翠翠到河下时，小小心中充满了一种说不分明的东西。是烦恼吧，不是！是忧愁吧，不是！是快乐吧，不，有什么事情使这个女孩子快乐呢？是生气了吧，——是的，她当真仿佛觉得自己是在生一个人的气，又象是在生自己的气。河边人太多了，码头边浅水中，船桅船篷上，以至于吊脚楼的柱子上，也莫不有人。翠翠自言自语说："人那么多，有什么三脚猫好看？"先还以为可以在什么船上发现她的祖父，但搜寻了一阵，各处却无祖父的影子。她挤到水边去，一眼便看到了自己家中那条黄狗，同顺顺家一个长年，正在去岸数丈一只空船上看热闹。翠翠锐声叫喊了两声，黄狗张着耳叶昂头四面一望，便猛的扑下水中，向翠翠方面泅来了。到了身边时狗身上已全是水，把水抖着且跳跃不已，翠翠便说："得了，装什么疯。你又不翻船，谁要你落水呢？"

翠翠同黄狗找祖父去，在河街上一个木行前恰好遇着了祖父。

老船夫说："翠翠，我看了个好碾坊，碾盘是新的，水车是新的，屋上稻草也是新的！水坝管着一绺水，急溜溜的，抽水闸时水车转得如陀螺。"

翠翠带着点做作问："是什么人的？"

"是什么人的？住在山上的王团总的。我听人说是那中寨人为女儿作嫁妆的东西，好不阔气，包工就是七百吊大钱，还不管风车，不管家什！"

"谁讨那个人家的女儿？"

祖父望着翠翠干笑着，"翠翠，大鱼咬你，大鱼咬你。"

翠翠因为对于这件事心中有了个数目，便仍然装着全不明白，只询问祖父，"爷爷，谁个人得到那个碾坊？"

"岳云二老！"祖父说了又自言自语的说，"有人羡慕二老得到碾坊，也有人羡慕碾坊得到二老！"

"谁羡慕呢，爷爷？"

"我羡慕。"祖父说着便又笑了。

翠翠说："爷爷，你喝醉了。"

"可是二老还称赞你长得美呢。"

翠翠说："爷爷，你醉疯了。"

祖父说："爷爷不醉不疯……去，我们到河边看他们放鸭子去。"他还想说，"二老捉得鸭子，一定又会送给我们的。"话不及说，二老来了，站在翠翠面前微笑着。翠翠也微笑着。

于是三个人回到吊脚楼上去。

<h1 style="text-align:center">十一</h1>

有人带了礼物到碧溪岨，掌水码头的顺顺，当真请了媒人为儿子向渡船的攀亲起来了。老船夫慌慌张张把这个人渡过溪口，一同到家里去。翠翠正在屋门前剥豌豆，来了客并不如何注意。但一听到客人进门说"贺喜贺喜"，心中有事，不敢再呆在屋门边，就装作追赶菜园地的鸡，拿了竹响篙唰唰的摇着，一面口中轻轻喝着，向屋后白

塔跑去了。

来人说了些闲话，言归正传转述到顺顺的意见时，老船夫不知如何回答，只是很惊惶的搓着两只茧结的大手，好象这不会真有其事，而且神气中只象在说："那好，那好，"其实这老头子却不曾说过一句话。

马兵把话说完后，就问作祖父的意见怎么样。老船夫笑着把头点着说："大老想走车路，这个很好。可是我得问问翠翠，看她自己主意怎么样。"来人走后，祖父在船头叫翠翠下河边来说话。

翠翠拿了一簸箕豌豆下到溪边，上了船，娇娇的问他的祖父："爷爷，你有什么事？"祖父笑着不说什么，只偏着个白发盈颠的头看着翠翠，看了许久。翠翠坐到船头，低下头去剥豌豆，耳中听着远处竹篁里的黄鸟叫。翠翠想："日子长咧，爷爷话也长了。"翠翠心轻轻的跳着。

过了一会祖父说："翠翠，翠翠，先前来的那个伯伯来作什么，你知道不知道？"

翠翠说："我不知道。"说后脸同颈脖全红了。

祖父看看那种情景，明白翠翠的心事了，便把眼睛向远处望去，在空雾里望见了十五年前翠翠的母亲，老船夫心中异常柔和了。轻轻的自言自语说："每一只船总要有个码头，每一只雀儿得有个巢。"他同时想起那个可怜的母亲过去的事情，心中有了一点隐痛，却勉强笑着。

翠翠呢，正从山中黄鸟杜鹃叫声里，以及山谷中伐竹人吵吵一下一下的砍伐竹子声音里，想到许多事情。老虎咬人的故事，与人对骂时四句头的山歌，造纸作坊中的方坑，铁工厂熔铁炉里泄出的铁汁……耳朵听来的，眼睛看到的，她似乎都要去温习温习。她其所以这样作，又似乎全只为了希望忘掉眼前的一桩事而起。但她实在有点误会了。

祖父说："翠翠，船总顺顺家里请人来作媒，想讨你作媳妇，问我愿不愿。我呢，人老了，再过三年两载会过去的，我没有不愿的事情。这是你自己的事，你自己想想，自己来说。愿意，就成了；不愿意，也好。"

翠翠不知如何处理这个问题，装作从容，怯怯的望着老祖父。又不便问什么，当然也不好回答。

祖父又说："大老是个有出息的人，为人又正直，又慷慨，你嫁了他，算是命好！"

翠翠明白了，人来做媒的大老！不曾把头抬起，心忡忡的跳着，脸烧得厉害，仍然剥她的豌豆，且随手把空豆荚抛到水中去，望着它们在流水中从从容容的流去，自己也俨然从容了许多。

见翠翠总不作声，祖父于是笑了，且说："翠翠，想几天不碍事。洛阳桥并不是一个晚上造得好的，要日子咧。前次那人来的就向我说到这件事，我已经就告过他：车是车路，马是马路，各有规矩。想爸爸作主，请媒人正正经经来说是车路；要自己作主，站到对溪高崖竹林里为你唱三年六个月的歌是马路，——你若欢喜走马路，我相信人家会为你在日头下唱热情的歌，在月光下唱温柔的歌，一直唱到吐血喉咙烂！"

翠翠不作声，心中只想哭，可是也无理由可哭。祖父再说下去，便引到死去了的母亲来了。老人说了一阵，沉默了。翠翠悄悄把头撇过一些，祖父眼中业已酿了一汪眼泪。翠翠又惊又怕怯生生的说："爷爷，你怎么的？"祖父不作声，用大手掌擦着眼睛，小孩子似的咕咕笑着，跳上岸跑回家中去了。

翠翠心中乱乱的，想赶去却不赶去。

雨后放晴的天气，日头炙到人肩上背上已有了点儿力量。溪边芦苇水杨柳，菜园中菜蔬，莫不繁荣滋茂，带着一分有野性的生气。草丛里绿色蚱蜢各处飞着，翅膀搏动空气时窸窸作声。枝头新蝉声音已渐渐洪大。两山深翠逼人竹篁中，有黄鸟与竹雀杜鹃鸣叫。翠翠感觉着，望着，听着，同时也思索着：

"爷爷今年七十岁……三年六个月的歌——谁送那只白鸭子呢？……得碾子的好运气，碾子得谁更是好运气？……"

痴着，忽地站运气，半簸箕豌豆便倾倒到水中去了。伸手把那簸箕从水中捞运气时，隔溪有人喊过渡。

十二

翠翠第二天在白塔下菜园地里，第二次被祖父询问到自己主张时，仍然心儿忡忡的跳着，把头低下不作理会，只顾用手去掐葱。祖父笑着，心想："还是等等看，再说下去这一坪葱会全掐掉了。"同时似乎又觉得这其间有点古怪处，不好再说下去，便自己按捺到言语，用一个做作的笑话，把问题引到另外一件事情上去了。

天气渐渐的越来越热了。近六月时，天气热了些，老船夫把一个满是灰尘的黑陶缸子从屋角隅里搬出，自己还匀出闲工夫，拼了几方木板作成一个圆盖。又锯木头作成一个三脚架子，且削刮了个大竹筒，用葛藤系定，放在缸边作为舀茶的家具。自从这茶缸移到屋门溪边后，每早上翠翠就烧一大锅开水，倒进那缸子里去。有时缸里加些茶叶，有时却只放下一些用火烧焦的锅巴，乘那东西还燃着时便抛进缸里去。老船夫且照例准备了些发痧肚痛治疱疮疡子的草根木皮，把这些药搁在家中当眼处，一见过渡人神气不对，就忙匆匆的把药取来，善意的勒迫这过路人使用他的药方，且告人这许多救急丹方的来源（这些丹方自然全是他从城中军医同巫师学来的）。他终日裸着两只膀子，在方头船上站定，头上还常常是光光的，一头短短白发，在日光下如银子。翠翠依然是个快乐人，屋前屋后跑着唱着，不走动时就坐在门前高崖树荫下吹小竹管儿玩。爷爷仿佛把大老提婚的事早已忘掉，翠翠自然也早忘掉这件事情了。

可是那做媒的不久又来探口气了，依然是同从前一样，祖父把事情成否全推到翠翠身上去，打发了媒人上路。回头又同翠翠谈了一次，也依然不得结果。

老船夫猜不透这事情在这什么方面有个疙瘩，解除不去，夜里躺在床上便常常陷入一种沉思里去，隐隐约约体会到一件事情——翠翠爱二老不爱大老，想到了这里时，他笑了，为了害怕而勉强笑了。其实他有点忧愁，因为他忽然觉得翠翠一切全象那个母亲，而且隐隐约约便感觉到这母女二人共同的命运。一堆过去的事情蜂拥而来，不能再睡下去了，一个人便跑出门外，到那临溪高崖上去，望天上的星辰，听河边纺织娘以及一切虫类如雨的声音，许久许久还不睡觉。

这件事翠翠是毫不注意的，这小女孩子日里尽管玩着，工作着，也同时为一些很神秘的东西驰骋她那颗小小的心，但一到夜里，却甜甜的睡眠了。

不过一切皆得在一份时间中变化。这一家安静平凡的生活，也因了一堆接连而来的日子，在人事上把那安静空气完全打破了。

船总顺顺家中一方面，则天保大老的事已被二老知道了，催送二老同时也让他哥哥知道了弟弟的心事。这一对难兄难弟原来同时爱上了那个撑渡船的外孙女。这事情在本地人说来并不希奇，边地俗话说："火是各处可烧的，水是各处可流的，日月是各处可照的，爱情是各处可到的。"有钱船总儿子，爱上一个弄渡船的穷人家女儿，不能成为希罕的新闻，有一点困难处，只是这两兄弟到了谁应取得这个女人作媳妇时，是不是也还得照茶峒人规矩，来一次流血的挣扎？

兄弟两人在这方面是不至于动刀的，但也不作兴有"情人奉让"如大都市懦怯男子爱与仇对面时作出的可笑行为。

那哥哥同弟弟在河上游一个造船的地方，看他家中那一只新船，在新船旁把一切心事全告给了弟弟，且附带说明，这点爱还是两年前植下根基的。弟弟微笑着，把话听下去。两人从造船处沿了河岸又走到王乡绅新碾坊去，那大哥就说：

"二老，你倒好，作了团总女婿，有座碾坊；我呢，若把事情弄好了，我应当接那个老的手来划渡船了。我欢喜这个事情，我还想把碧溪岨两个山头买过来，在界线上种大南竹，围着这一条小溪作为我的砦子！"

那二老仍然的听着，把手中拿的一把弯月形镰刀随意斫削路旁的草木，到了碾坊时，却站住了向他哥哥说：

"大老，你信不信这女子心上早已有了个人？"

"我不信。"

"大老，你信不信这碾坊将来归我？"

"我不信。"

两人于是进了碾坊。

二老说："你不必——大老，我再问你，假若我不想得这座碾坊，却打量要那只渡船，而且这念头也是两年前的事，你信不信呢？"

那大哥听来真着了一惊，望了一下坐在碾盘横轴上的催送二老，知道二老不是开玩笑，于是站近了一点，伸手在二老肩上拍打了一下，且想把二老拉下来。他明白了这件事，他笑了。他说，"我相信的，你说的是真话！"

二老把眼睛望着他的哥哥，很诚实的说：

"大老，相信我，这是真事。我早就那么打算到了。家中不答应，那边若答应了，我当真预备去弄渡船的！——你告我，你呢？"

"爸爸已听了我的话，为我要城里的杨马兵做保山，向划渡船说亲去了！"大老说到这个求亲手续时，好象知道二老要笑他，又解释要保山去的用意，只是因为老的说车有车路，马有马路，我就走了车路。

"结果呢？"

"得不到什么结果。老的口上含李子，说不明白。"

"马路呢？"

"马路呢，那老的说若走马路，得在碧溪岨对溪高崖上唱三年六个月的歌。把翠翠心唱软，翠翠就归我了。"

"这并不是个坏主张！"

"是呀，一个结巴人话说不出还唱得出。可是这件事轮不到我了。我不是竹雀，不会唱歌。鬼知道那老的存心是要把孙女儿嫁个会唱歌的水车，还是预备规规矩矩嫁个人！"

"那你怎么样？"

"我想告那老的，要他说句实在话。只一句话。不成，我跟船下桃源去了；成呢，便是要我撑渡船，我也答应了他。"

"唱歌呢？"

"这是你的拿手好戏，你要去做竹雀你就吧，我不会检马粪塞你嘴巴的。"

二老看到哥哥那种样子，便知道为这件事哥哥感到的是一种如何烦恼了。他明白他哥哥的性情，代表了茶峒人粗卤爽直一面，弄得好，掏出心子来给人也很慷慨作去，弄不好，亲舅舅也必一是一二是二。大老何尝不想在车路上失败时走马路；但他一听到二老的坦白陈述后，他就知道马路只二老有分，自己的事不能提了。因此他有点运气恼，有点愤慨，自然是无从掩饰的。

二老想出了个主意，就是两兄弟月夜里同到碧溪岨去唱歌，莫让人知道是弟兄两个，两人轮流唱下去，谁得到回答，谁便继续用那张唱歌胜利的嘴唇，服侍那划渡船的外孙女。大老不善于唱歌，轮到大老时也仍然由二老代替。两人运气命运来决定自己的幸福，这么办可说是极公平了。提议时，那大老还以为他自己不会唱，也不想请二老替他作竹雀。但二老那种诗人性格，却使他很固持的要哥哥实行这个办法。二老说必需这样作，一切才公平一点。

大老把弟弟提议想想，作了一个苦笑。"×娘的，自己不是竹雀，还请老弟做竹雀！好，就是这样子，我们各人轮流唱，我也不要你帮忙，一切我自己来吧。树林子里的猫头鹰，声音不动听，要老运气时，也仍然是自己叫下去，不请人帮忙的！"

两人把事情说妥当后，算算日子，今天十四，明天十五，后天十六，接连而来的三个日子，正是有大月亮天气。气候既到了中夏，半夜里不冷不热，穿了白家机布汗褂，到那些月光照及的高崖上去，遵照当地的习惯，很诚实与坦白去为一个"初生之犊"的黄花女唱歌。露水降了，歌声涩了，到应当回家了时，就趁残月赶回家去。或过那些熟识的整夜工作不息的碾坊里去，躺到温暖的谷仓里小睡，等候天明。一切安排皆极其自然，结果是什么，两人虽不明白，但也看得极运气自然。两人便决定了从当夜运气始，来作这种为当地习惯所认可的竞争。

十三

黄昏来时翠翠坐在家中屋后白塔下，看天空为夕阳烘成桃花色的薄云。十四中寨逢场，城中生意人过中寨收买山货的很多，过渡人也特别多，祖父在渡船上忙个不息。天快夜了，别的雀子似乎都在休息了，只杜鹃叫个不息。石头泥土为白日晒了一整天，草木为白日晒了一整天，到这时节皆放散一种热气。空气中有泥土气味，有草木气味，且有甲虫类气味。翠翠看着天上的红云，听着渡口飘乡生意人的杂乱声音，心中有些儿薄薄的凄凉。

黄昏照样的温柔，美丽，平静。但一个人若体念到这个当前一切时，也就照样的在这黄昏中会有点儿薄薄的凄凉。于是，这日子成为痛苦的东西了。翠翠觉得好象缺少了什么。好象眼见到这个日子过去了，想在一件新的人事上攀住它，但不成。好象生活太平凡了，忍受不住。

"我要坐船下桃源县过洞庭湖，让爷爷满城打锣去叫我，点了灯笼火把去找我。"

她便同祖父故意生气似的，很放肆的去想到这样一件事，她且想象她出走后，祖父用各种方法寻觅全无结果，到后如何无可奈何躺在渡船上。

人家喊，"过渡，过渡，老伯伯，你怎么的，不管事！""怎么的！翠翠走了，下桃源县了！""那你怎么办？""怎么办吗？拿把刀，放在包袱里，搭下水船去杀了她！"……

翠翠仿佛当真听着这种对话，吓怕起来了，一面锐声喊着她的祖父，一面从坎上跑向溪边渡口去。见到了祖父正把船拉在溪中心，船上人喁喁说着话，小小心子还依然跳跃不已。

"爷爷，爷爷，你把船拉回来呀！"

那老船夫不明白她的意思，还以为是翠翠要为他代劳了，就说：

"翠翠，等一等，我就回来！"

"你不拉回来了吗？"

"我就回来！"

翠翠坐在溪边，望着溪面为暮色所笼罩的一切，且望到那只渡船上一群过渡人，其中有个吸旱烟的打着火镰吸烟，且把烟杆在船边剥剥的敲着烟灰，就忽然哭起来了。

祖父把船拉回来时，见翠翠痴痴的坐在岸边，问她是什么事，翠翠不作声。祖父要她去烧火煮饭，想了一会儿，觉得自己哭得可笑，一个人便回到屋中去，坐在黑黝黝的灶边把火烧燃后，她又走到门外高崖上去，喊叫她的祖父，要他回家里来，在职务上毫不儿戏的老船夫，因为明白过渡人皆是赶回城中吃晚饭的人，来一个就渡一个，不便要人站在那岸边呆等，故不上岸来。只站在船头告翠翠，且让他做点事，把人渡完事后，就回家里来吃饭。

翠翠第二次请求祖父，祖父不理会，她坐在悬崖上，很觉得悲伤。

天夜了，有一匹大萤火虫尾上闪着蓝光，很迅速的从翠翠身旁飞过去，翠翠想，"看你飞得多远！"便把眼睛随着那萤火虫的明光追去。杜鹃又叫了。

"爷爷，为什么不上来？我要你！"

在船上的祖父听到这种带着娇有点儿埋怨的声音，一面粗声粗气的答道："翠翠，我就来，我就来！"一面心中却自言自语："翠翠，爷爷不在了，你将怎么样？"

老船夫回到家中时，见家中还黑黝黝的，只灶间有火光，见翠翠坐在灶边矮条凳上，用手蒙着眼睛。

走过去才晓得翠翠已哭了许久。祖父一个下半天来，皆弯着个腰在船上拉来拉去，歇歇时手也酸了，腰也酸了，照规矩，一到家里就会嗅到锅中所焖瓜菜的味道，且可见到翠翠安排晚饭在灯光下跑来跑去的影子。今天情形竟不同了一点。

祖父说："翠翠，我来慢了，你就哭，这还成吗？我死了呢？"

翠翠不作声。

祖父又说："不许哭，做一个大人，不管有什么事都不许哭。要硬扎一点，结实一点，才配活到这块土地上！"

翠翠把手从眼睛边移开，靠近了祖父身边去，"我不哭了。"

两人吃饭时，祖父为翠翠说到一些有趣味的故事。因此提到了死去了的翠翠的母亲。两人在豆油灯下把饭吃过后，老船夫因为工作疲倦，喝了半碗白酒，因此饭后兴致极好，又同翠翠到门外高崖上月光下去说故事。说了些那个可怜母亲的乖巧处，同时且说到那可怜母亲性格强硬处，使翠翠听来神往倾心。

翠翠抱膝坐在月光下，傍着祖父身边，问了许多关于那个可怜母亲的故事。间或吁一口气，似乎心中压上了些分量沉重的东西，想挪移得远一点，才吁着这种气，可是却无从把那东西挪开。

月光如银子，无处不可照及，山上篁竹在月光下皆成为黑色。身边草丛中虫声繁密如落雨。间或不知道从什么地方，忽然会有一只草莺"落落落落嘘!"啭着它的喉咙，不久之间，这小鸟儿又好象明白这是半夜，不应当那么吵闹，便仍然闭着那小小眼儿安睡了。

祖父夜来兴致很好，为翠翠把故事说下去，就提到了本城人二十年前唱歌的风气，如何驰名于川黔边地。翠翠的父亲，便是唱歌的第一手，能用各种比喻解释爱与憎的结子，这些事也说到了。翠翠母亲如何爱唱歌，且如何同父亲在未认识以前在白日里对歌，一个在半山上竹篁里砍竹子，一个在溪面渡船上拉船，这些事也说到了。

翠翠问："后来怎么样?"

祖父说："后来的事长得很，最重要的事情，就是这种歌唱出了你。"

十四

老船夫做事累了睡了，翠翠哭倦了也睡了。翠翠不能忘记祖父所说的事情，梦中灵魂为一种美妙歌声浮起来了，仿佛轻轻的各处飘着，上了白塔，下了菜园，到了船上，又复飞窜过悬崖半腰——去作什么呢? 摘虎耳草! 白日里拉船时，她仰头望着崖上那些肥大虎耳草已极熟习。崖壁三五丈高，平时攀折不到手，这时节却可以选顶大的叶子作伞。

一切皆象是祖父说的故事，翠翠只迷迷胡胡的躺在粗麻布帐子里草荐上，以为这梦做得顶美顶甜。祖父却在床上醒着，张起个耳朵听对溪高崖上的人唱了半夜的歌。他知道那是谁唱的，他知道是河街上天保大老走马路的第一着，又忧愁又快乐的听下去。翠翠因为日里哭倦了，睡得正好，他就不去惊动她。

第二天天一亮，翠翠就同祖父起身了，用溪水洗了脸，把早上说梦的忌讳去掉了，翠翠赶忙同祖父去说昨晚上所梦的事情。

"爷爷，你说唱歌，我昨天就在梦里听到一种顶好听的歌声，又软又缠绵，我象跟了这声音各处飞，飞到对溪悬崖半腰，摘了一大把虎耳草，得到了虎耳草，我可不知道把这个东西交给谁去了。我睡得真好，梦的真有趣!"

祖父温和悲悯的笑着，并不告给翠翠昨晚上的事实。

祖父心里想："做梦一辈子更好，还有人在梦里作宰相中状元咧。"

昨晚上唱歌的，老船夫还以为是天保大老，日来便要翠翠守船，借故到城里去送药，探听情况。在河街见到了大老，就一把拉住那小伙子，很快乐的说:

"大老，你这个人，又走车路又走马路，是怎样一个狡猾东西!"

但老船夫却作错了一件事情，把昨晚唱歌人"张冠李戴"了。这两弟兄昨晚上同时到碧溪岨去，为了作哥哥的走车路占了先，无论如何也不肯先开腔唱歌，一定得让那弟弟先唱。弟弟一开口，哥哥却因为明知不是敌手，更不能开口了。翠翠同她祖父晚上听到的歌声，便全是那个傩送二老所唱的。大老伴弟弟回家时，就决定了同茶峒地方离开，驾家中那只新油船下驶，好忘却了上面的一切。这时正想下河去看新船装货。老船夫见他神情冷冷的，不明白他的意思，就用眉眼做了一个可笑的记号，表示他明白大老的冷淡是装成的，表示他有消息可以奉告。

他拍了大老一下，轻轻的说：

"你唱得很好，别人在梦里听着你那个歌，为那个歌带得很远，走了不少的路！你是第一号，是我们地方唱歌第一号。"

大老望着弄渡船的老船夫涎皮的老脸，轻轻的说：

"算了吧，你把宝贝女儿送给了会唱歌的竹雀吧。"

这句话使老船夫完全弄不明白它的意思。大老从一个吊脚楼甬道走下河去了，老船夫也跟着下去。到了河边，见那只新船正在装货，许多油篓子搁到岸边。一个水手正在用茅草扎成长束，备作船舷上挡浪用的茅把，还有人在河边用脂油擦桨板。老船夫问那个坐在大太阳下扎茅把的水手，这船什么日子下行，谁押船。那水手把手指着大老。老船夫搓着手说：

"大老，听我说句正经话，你那件事走车路，不对；走马路，你有分的！"

那大老把手指着窗口说："伯伯，你看那边，你要竹雀做孙女婿，竹雀在那里啊！"

老船夫抬头望到二老，正在窗口整理一个鱼网。

回碧溪岨到渡船上时，翠翠问：

"爷爷，你同谁吵了架，脸色那样难看！"

祖父莞尔而笑，他到城里的事情，不告给翠翠一个字。

十五

大老坐了那只新油船向下河走去了，留下傩送二老在家。老船夫方面还以为上次歌声既归二老唱的，在此后几个日子里，自然还会听到那种歌声。一到了晚间就故意从别样事情上，促翠翠注意夜晚的歌声。两人吃完饭坐在屋里，因屋前滨水，长脚蚊子一到黄昏就嗡嗡的叫着，翠翠便把蒿艾束成的烟包点燃，向屋中角隅各处晃着驱逐蚊子。晃了一阵，估计全屋子里已为蒿艾烟气熏透了，才搁到床前地上去，再坐在小板凳上来听祖父说话。从一些故事上慢慢的谈到了唱歌，祖父话说得很妙。祖父到后发问道：

"翠翠，梦里的歌可以使你爬上高崖去摘那虎耳草，若当真有谁来在对溪高崖上为你唱歌，你怎么样？"祖父把话当笑话说着的。

翠翠便也当笑话答道："有人唱歌我就听下去，他唱多久我也听多久！"

"唱三年六个月呢？"

"唱得好听，我听三年六个月。"

"这不公平吧。"

"怎么不公平？为我唱歌的人，不是极愿意我长远听他的歌吗？"

"照理说：炒菜要人吃，唱歌要人听。可是人家为你唱，是要你懂他歌里的意思！"

"爷爷，懂歌里什么意思？"

"自然是他那颗想同你要好的真心！不懂那点心事，不是同听竹雀唱歌一样了吗？"

"我懂了他的心又怎么样？"

祖父用拳头把自己腿重重的捶着，且笑着："翠翠，你人乖，爷爷笨得很，话也不说得温柔，莫生气。我信口开河，说个笑话给你听。你应当当笑话听。河街天保大老走车路，请保山来提亲，我告给过你这件事了，你那神气不愿意，是不是？可是，假若那个人还有个兄弟，走马路，为你来唱歌，向你求婚，你将怎么说？"

翠翠吃了一惊，低下头去。因为她不明白这笑话有几分真，又不清楚这笑话是谁诌的。

祖父说："你告诉我，愿意哪一个？"

翠翠便微笑着轻轻的带点儿恳求的神气说：

"爷爷莫说这个笑话吧。"翠翠站起身了。

"我说的若是真话呢？"

"爷爷你真是个……"翠翠说着走出去了。

祖父说："我说的是笑话，你生我的气吗？"

翠翠不敢生祖父的气，走近门限边时，就把话引到另外一件事情上去："爷爷看天上的月亮，那么大！"说着，出了屋外，便在那一派清光的露天中站定。站了一忽儿，祖父也从屋中出到外边来了。翠翠于是坐到那白日里为强烈阳光晒热的岩石上去，石头正散发日间所储的余热。祖父就说："翠翠，莫坐热石头，免得生坐板疮。"但自己用手摸摸后，自己便也坐到那岩石上了。

月光极其柔和，溪面浮着一层薄薄白雾，这时节对溪若有人唱歌，隔溪应和，实在太美丽了。翠翠还记着先前祖父说的笑话。耳朵又不聋，祖父的话说得极分明，一个兄弟走马路，唱歌来打发这样的晚上，算是怎么回事？她似乎为了等着这样的歌声，沉默了许久。

她在月光下坐了一阵，心里却当真愿意听一个人来唱歌。久之，对溪除了一片草虫的清音复奏以外别无所有。翠翠走回家里去，在房门边摸着了那个芦管，拿出来在月光下自己吹着。觉吹得不好，又递给祖父要祖父吹。老船夫把那个芦管竖在嘴边，吹了个长长的曲子，翠翠的心被吹柔软了。

翠翠依傍祖父坐着，问祖父：

"爷爷，谁是第一个做这个小管子的人？"

"一定是个最快乐的人，因为他分给人的也是许多快乐；可又象是个最不快乐的人作的，因为他同时也可以引起人不快乐！"

"爷爷，你不快乐了吗？生我的气了吗？"

"我不生你的气。你在我身边，我很快乐。"

"我万一跑了呢？"

"你不会离开爷爷的。"

"万一有这种事，爷爷你怎么样？"

"万一有这种事，我就驾了这只渡船去找你。"

翠翠嗤的笑了。"凤滩、茨滩不为凶，下面还有绕鸡笼；绕鸡笼也容易下，青浪滩浪如屋大。爷爷，你渡船也能下凤滩、茨滩、青浪滩吗？那些地方的水，你不说过象疯子吗？"

祖父说："翠翠，我到那时可真象疯子，还怕大水大浪？"

翠翠俨然极认真的想了一下，就说："爷爷，我一定不走。可是，你会不会走？你会不会被一个人抓到别处去？"

祖父不作声了，他想到被死亡抓走那一类事情。

老船夫打量着自己被死亡抓走以后的情形，痴痴的看望天南角上一颗星子，心想："七月八月天上方有流星，人也会在七月八月死去吧？"又想起白日在河街上同大老谈话的经过，想其中寨人陪嫁的那座碾坊，想起二老，想起一大堆事情，心中有点儿乱。

翠翠忽然说："爷爷，你唱个歌给我听听，好不好？"

祖父唱了十个歌，翠翠傍在祖父身边，闭着眼睛听下去，等到祖父不作声时，翠翠自言自语说："我又摘了一把虎耳草了。"

祖父所唱的歌便是那晚上听来的歌。

十六

二老有机会唱歌却从此不再到碧溪岨唱歌。十五过去了，十六也过去了，到了十七，老船夫忍不住了，进城往河街去找寻那个年青小伙子，到城门边正预备入河街时，就遇着上次为大老作保山的杨马兵，正牵了一匹骡马预备出城，一见老船夫，就拉住了他：

"伯伯，我正有事情告你，碰巧你就来城里！"

"什么事？"

"天保大老坐下水船到茨滩出了事，闪不知这个人掉到滩下漩水里就淹坏了。早上顺顺家里得到这个信，听说二老一早就赶去了。"

这消息同有力巴掌一样重重的捆了他那么一下，他不相信这是当真的消息。他故作从容的说：

"天保大老淹坏了吗？从不听说有水鸭子被水淹坏的！"

"可是那只水鸭子仍然有那么一次被淹坏了……我赞成你的卓见，不让那小子走车路十分顺手。"

从马兵言语上，老船夫还十分怀疑这个新闻，但从马兵神气上注意，老船夫却看清楚这是个真的消息了。他惨惨的说：

"我有什么卓见可言？这是天意！一切都有天意……"老船夫说时心中充满了感情。

特为证明那马兵所说的话有多少可靠处，老船夫同马兵分手后，于是匆匆赶到河街上去。到了顺顺家门前，正有人烧纸钱，许多人围在一处说话。走近去听听，所说的便是杨马兵提到的那件事。但一到有人发现了身后的老船夫时，大家便把话语转了方向，故意来谈下河油价涨落情形了。老船夫心中很不安，正想找一个比较要好的水手谈谈。

一会船总顺顺从外面回来了，样子沉沉的，这豪爽正直的中年人，正似乎为不幸打倒努力想挣扎爬起的神气，一见到老船夫就说：

"老伯伯，我们谈的那件事情吹了吧。天保大老已经坏了，你知道了吧？"

老船夫两只眼睛红红的，把手搓着，"怎么的，这是真事！是昨天，是前天？"

另一个象是赶路同来报信的，插嘴说道："十六中上，船搁到石包子上，船头进了水，大老想把篙撑着，人就弹到水中去了。"

老船夫说："你眼见他下水吗？"

"我还与他同时下水！"

"他说什么？"

"什么都来不及说！这几天来他都不说话！"

老船夫把头摇摇，向顺顺那么怯怯的溜了一眼。船总顺顺象知道他心中不安处，就说："伯伯，一切是天，算了吧。

我这里有大兴场人送来的好烧酒，你拿一点去喝罢。"一个伙计用竹筒上了一筒酒，用新桐木叶蒙着筒口，交给了老船夫。

老船夫把酒拿走，到了河街后，低头向河码头走去，到河边天保大老前天上船处去看看。杨马兵还在那里放马到沙地上打滚，自己坐在柳树荫下乘凉。老船夫就走过去请马兵试试那大兴场的烧酒，两人喝了点酒后，兴致似乎皆好些了，老船夫就告给杨马兵，十四夜里二老过碧溪岨唱歌那件事情。

那马兵听到后便说：

"伯伯，你是不是以为翠翠愿意二老应该派归二老……"

话没说完，傩送二老却从河街下来了。这年青人正象要远行的样子，一见了老船夫就回头走去。杨马兵就喊他说：

"二老，二老，你来，有话同你说呀！"

二老站定了，很不高兴神气，问马兵"有什么话说"。马兵望望老船夫，就向二老说："你来，有话说！"

"什么话？"

"我听人说你已经走了——你过来我同你说，我不会吃掉你！"

那黑脸宽肩膊，样子虎虎有生气的傩送二老，勉强笑着，到了柳荫下时，老船夫想把空气缓和下来，指着河上游远处那座新碾坊说："二老，听人说那碾坊将来是归你的！归了你，派我来守碾子，行不行？"

二老仿佛听不惯这个询问的用意，便不作声。杨马兵看风头有点儿僵，便说："二老，你怎么的，预备下去吗？"那年青人把头点点，不再说什么，就走开了。

老船夫讨了个没趣，很懊恼的赶回碧溪岨去，到了渡船上时，就装作把事情看得极随便似的，告给翠翠。

"翠翠，今天城里出了件新鲜事情，天保大老驾油船下辰州，运气不好，掉到茨滩淹坏了。"

翠翠因为听不懂，对于这个报告最先好象全不在意。祖父又说：

"翠翠，这是真事。上次来到这里做保山的杨马兵，还说我早不答应亲事，极有见识！"

翠翠瞥了祖父一眼，见他眼睛红红的，知道他喝了酒，且有了点事情不高兴，心中想："谁撩你生气？"船到家边时，祖父不自然的笑着向家中走去。翠翠守船，半天不闻祖父声息，赶回家去看看，见祖父正坐在门槛上编草鞋耳子。

翠翠见祖父神气极不对，就蹲到他身前去。

"爷爷，你怎么的？"

"天保当真死了！二老生了我们的气，以为他家中出这件事情，是我们分派的！"

有人在溪边大声喊渡船过渡，祖父匆匆出去。翠翠坐在那屋角隅稻草上，心中极乱，等等还不见祖父回来，就哭起来了。

十七

祖父似乎生谁的气，脸上笑容减少了，对于翠翠方面也不大注意了。翠翠象知道祖父已不很疼她，但又象不明白它的原因。但这并不是很久的事，日子一过去，也就好了。两人仍然划船过日子，一切依旧，惟对于生活，却仿佛什么地方有了个看不见的缺口，始终无法填补起来。祖父过河街去仍然可以得到船总顺顺的款待，但很明显的事，那船总却并不忘掉死去者死亡的原因。二老出北河下辰州走了六百里，沿河找寻那个可怜哥哥的尸骸，毫无结果，在各处税关上贴下招字，返回茶峒来了。过不久，他又过川东去办货，过渡时见到老船夫。老船夫看看那小伙子，好象已完全忘掉了从前的事情，就同他说话。

"二老，大六月日头毒人，你又上川东去，不怕辛苦？"

"要饭吃，头上是火也得上路！"

"要吃饭！二老家还少饭吃！"

"有饭吃，爹爹说年青人也不应该在家中白吃不作事！"

"你爹爹好吗？"

"吃得做得，有什么不好。"

"你哥哥坏了，我看你爹爹为这件事情也好象萎悴多了！"二老听到这句话，不作声了，眼睛望着老船夫屋后那个白塔。他似乎想起了过去那个晚上那件旧事，心中十分惆怅。老船夫怯怯的望了年青人一眼，一个微笑在脸上漾开。

"二老，我家翠翠说，五月里有天晚上，做了个梦……"说时他又望望二老，见二老并不惊讶，也不厌烦，于是又接着说，"她梦得古怪，说在梦中被一个人的歌声浮起来，上悬岩摘了一把虎耳草！"

二老把头偏过一旁去作了一个苦笑，心中想到"老头子倒会做作"。这点意思在那个苦笑上，仿佛同样泄露出来，仍然被老船夫看到了，老船夫就说："二老，你不信吗？"

那年青人说："我怎么不相信？因为我做傻子在那边岩上唱过一晚的歌！"

老船夫被一句料想不到的老实话窘住了，口中结结巴巴的说："这是真的……这是假的……"

"怎么不是真的？天保大老的死，难道不是真的！"

"可是，可是……"

老船夫的做作处，原意只是想把事情弄明白一点，但一起始自己叙述这段事情时，方法上就有了错处，因此反被二老误会了。他这时正想把那夜的情形好好说出来，船已到了岸边。二老一跃上了岸，就想走去。老船夫在船上显得更加忙乱的样子说：

"二老，二老，你等等，我有话同你说，你先前不是说到那个——你做傻子的事情吗？你并不傻，别人才当真叫你那歌弄成傻相！"

那年青人虽站定了，口中却轻轻的说："得了够了，不要说了。"

老船夫说："二老，我听人说你不要碾子要渡船，这是杨马兵说的，不是真的吧？"

那年青人说："要渡船又怎样？"

老船夫看看二老的神气，心中忽然高兴起来了，就情不自禁的高声叫着翠翠，要她下溪边来。可是，不知翠翠是故意不从屋里出来，还是到别处去了，许久还不见到翠翠的影子，也不闻这个女孩子的声音。二老等了一会，看看老船夫那副神气，一句话不说，便微笑着，大踏步同一个挑担粉条白糖货物的脚夫走去了。

过了碧溪岨小山，两人应沿着一条曲曲折折的竹林走去，那个脚夫这时节开了口：

"傩送二老，看那弄渡船的神气，很欢喜你！"

二老不作声，那人就又说道：

"二老，他问你要碾坊还是要渡船，你当真预备做他的孙女婿，接替他那只渡船吗？"

二老笑了，那人又说：

"二老，若这件事派给我，我要那座碾坊。一座碾坊的出息，每天可收七升米，三斗糠。"

二老说："我回来时向我爹爹去说，为你向中寨人做媒，让你得到那座碾坊吧。至于我呢，我想弄渡船是很好的。只是老家伙为人弯弯曲曲，不利索，大老是他弄死的。"

老船夫见二老那么走去了，翠翠还不出来，心中很不快乐。走回家去看看，原来翠翠并不在家。过一会，翠翠提了个篮子从小山后回来了，方知道大清早翠翠已出门掘竹鞭笋去了。

"翠翠，我喊了你好久，你不听到！"

"喊我做什么？"

"一个过渡……一个熟人，我们谈起你……我喊你你可不答应！"

"是谁？"

"你猜，翠翠。不是陌生人……你认识他！"

翠翠想起适间从竹林里无意中听来的话，脸红了，半天不说话。

老船夫问："翠翠，你得了多少鞭笋？"

翠翠把竹篮向地下一倒，除了十来根小小鞭笋外，只是一大把虎耳草。

老船夫望了翠翠一眼，翠翠两颊绯红跑了。

十八

日子平平的过了一个月，一切人心上的病痛，似乎皆在那份长长的白日下医治好了。天气特别热，各人只忙着流汗，用凉水淘江米酒吃，不用什么心事，心事在人生活中，也就留不住了。翠翠每天皆到白塔下背太阳的一面去午睡，高处既极凉快，两山竹篁里叫得使人发松的竹雀和其它鸟类又如此之多，致使她在睡梦里尽为山鸟歌声所浮着，做的梦也便常是顶荒唐的梦。

这并不是人的罪过。诗人们会在一件小事上写出整本整部的诗，雕刻家在一块石头上雕得出骨血如生的人像，画家一撇儿绿，一撇儿红，一撇儿灰，画得出一幅一幅带有魔力的彩画，谁不是为了惦着一个微笑的影子，或是一个皱眉的记号，方弄出那么些古怪成绩？翠翠不能用文字，不能用石头，不能用颜色把那点心头上的爱憎移到别一件东西上去，却只让她的心，在一切顶荒唐事情上驰骋。她从这分稳秘里，常常得到又惊又喜的兴奋。一点儿不可知的未来，摇撼她的情感极厉害，她无从完全把那种痴处不让祖父知道。

祖父呢，可以说一切都知道了的。但事实上他又却是个一无所知的人。他明白翠翠不讨厌那个二老，却不明白那小伙子二老怎么样。他从船总处与二老处，皆碰过了钉子，但他并不灰心。

"要安排得对一点，方合道理，一切有个命！"他那么想着，就更显得好事多磨起来了。睁着眼睛时，他做的梦比那个外孙女翠翠便更荒唐更寥阔。他向各个过渡本地人打听二老父子的生活，关切他们如同自己家中人一样。但也古怪，因此他却怕见到那个船总同二老了。一见他们他就不知说些什么，只是老脾气把两只手搓来搓去，从容处完全失去了。二老父子方面皆明白他的意思，但那个死去的人，却用一个凄凉的印象，镶嵌到父子心中，两人便对于老船夫的意思，俨然全不明白似的，一同把日子打发下去。

明明白白夜来并不作梦，早晨同翠翠说话时，那作祖父的会说：

"翠翠，翠翠，我昨晚上做了个好不怕人的梦！"

翠翠问："什么怕人的梦？"

就装作思索梦境似的，一面细看翠翠小脸长眉毛，一面说出他另一时张着眼睛所做的好梦。不消说，那些梦原来都并不是当真怎样使人吓怕的。

一切河流皆得归海，话起始说得纵极远，到头来总仍然是归到使翠翠红脸那件事情上去。待到翠翠显得不大高兴，神气上露出受了点小窘时，这老船夫又才象有了一点儿吓怕，忙着解释，用闲话来遮掩自己所说到那问题的原意。

"翠翠，我不是那么说，我不是那么说。爷爷老了，糊涂了，笑话多咧。"

但有时翠翠却静静的把祖父那些笑话糊涂话听下去，一直听到后来还抿着嘴儿微笑。

翠翠也会忽然说道：

"爷爷，你真是有一点儿糊涂！"

祖父听过了不再作声，他将说，"我有一大堆心事，"但来不及说，恰好就被过渡人喊走了。

　　天气热了，过渡人从远处走来，肩上挑得是七十斤担子，到了溪边，贪凉快不即走路，必蹲在岩石下茶缸边喝凉茶，与同伴交换"吹吹棒"烟管，且一面与弄渡船的攀谈。许多子虚乌有的话皆从此说出口来，给老船夫听到了。过渡人有时还因溪水清洁，就溪边洗脚抹澡的，坐得更久话也就更多。祖父把些话转说给翠翠，翠翠也就学懂了许多事情。货物的价钱涨落呀，坐轿搭船的用费呀，放木筏的人把他那个木筏从滩上流下时，十来把大桡子如何活动呀，在小烟船上吃荤烟，大脚娘如何烧烟呀……无一不备。

　　傩送二老从川东押物回到了茶峒。时间已近黄昏了，溪面很寂静，祖父同翠翠在菜园地里看萝卜秧子。翠翠白日中觉睡久了些，觉得有点寂寞，好象听人嘶声喊过渡，就争先走下溪边去。下坎时，见两个人站在码头边，斜阳影里背身看得极分明，正是傩送二老同他家中的长年！翠翠大吃一惊，同小兽物见到猎人一样，回头便向山竹林里跑掉了。但那两个在溪边的人，听到脚步响时，一转身，也就看明白这件事情了。等了一下再也不见人来，那长年又嘶声音喊叫过渡。

　　老船夫听得清清楚楚，却仍然蹲在萝卜秧地上数菜，心里觉得好笑。他已见到翠翠走去，他知道必是翠翠看明白了过渡人是谁，故蹲在那高岩上不理会。翠翠人小不管事，过渡人求她不干，奈何她不得，故只好嘶着个喉咙叫过渡了。那长年叫了几声，见无人来，就停了，同二老说："这是什么玩意儿，难道老的害病弄翻了，只剩下翠翠一个人了吗？"二老说："等等看，不算什么！"就等了一阵。因为这边在静静的等着，园地上老船夫却在心里想："难道是二老吗？"他仿佛担心搅恼了翠翠似的，就仍然蹲着不动。

　　但再过一阵，溪边又喊起过渡来了，声音不同了一点，这才真是二老的声音。生气了吧？等久了吧？吵嘴了吧？老船夫一面胡乱估着一面跑到溪边去。到了溪边，见两个人业已上了船，其中之一正是二老。老船夫惊讶的喊叫：

　　"呀，二老，你回来了！"

　　年青人很不高兴似的，"回来了。——你们这渡船是怎么的，等了半天也不来个人！"

　　"我以为——"老船夫四处一望，并不见翠翠的影子，只见黄狗从山上竹林里跑来，知道翠翠上山了，便改口说，"我以为你们过了渡。"

　　"过了渡！不得你上船，谁敢开船？"那长年说着，一只水鸟掠着水面飞去，"翠鸟儿归窠了，我们还得赶回家去吃夜饭！"

　　"早咧，到河街早咧，"说着，老船夫已跳上了船，且在心中一面说着，"你不是想承继这只渡船吗！"一面把船索拉动，船便离岸了。

　　"二老，路上累得很！……"

　　老船夫说着，二老不置可否不动感情听下去。船拢了岸，那年青小伙子同家中长年挑担子翻山走了。那点淡漠印象留在老船夫心上，老船夫于是在两个人身后，捏紧拳头威吓了三下，轻轻的吼着，把船拉回去了。

十九

　　翠翠向竹林里跑去，老船夫半天还不下船，这件事从傩送二老看来，前途显然有点不利。虽老船夫言词之间，无一句话不在说明"这事有边"，但那畏畏缩缩的说明，极不得体，二老想起他的哥哥，便把这件事曲解了。他有一点愤愤不平，有一点儿气恼。回到家里第三天，中寨有人来探口风，在河街顺顺家中住下，把话问及顺顺，想明白二老是不是还有意接受那座新碾坊，顺顺就转问二老自己意见怎么样。

二老说："爸爸，你以为这事为你，家中多座碾坊多个人，你可以快活，你就答应了。若果为的是我，我要好好去想一下，过些日子再说它吧。我还不知道我应当得座碾坊，还是应当得一只渡船：我命里或只许我撑个渡船！"

探口风的人把话记住，回中寨去报命，到碧溪岨过渡时，到了老船夫，想起二老说的话，不由得不咪咪的笑着。老船夫问明白了他是中寨人，就又问他过茶峒作什么事。

那心中有分寸的中寨人说：

"什么事也不作，只是过河街船总顺顺家里坐了一会儿。"

"无事不登三宝殿，坐了一定就有话说！"

"话倒说了几句。"

"说了些什么话？"那人不再说了，老船夫却问道，"听说你们中寨人想把大河边一座碾坊连同家中闺女送给河街上顺顺，这事情有不有了点眉目？"

那中寨人笑了，"事情成了。我问过顺顺，顺顺很愿意同中寨人结亲家，又问过那小伙子……"

"小伙子意思怎么样？"

"他说：我眼前有座碾坊，有条渡船，我本想要渡船，现在就决定要碾坊吧。渡船是活动的，不如碾坊固定。这小子会打算盘呢。"

中寨人是个米场经纪人，话说得极有斤两，他明知道"渡船"指的是什么，但他并不说穿。他看到老船夫口唇蠕动，想要说话，中寨人便又抢着说道：

"一切皆是命，半点不由人。可怜顺顺家那个大老，相貌一表堂堂，会淹死在水里！"

老船夫被这句话在心上戳了一下，把想问的话咽住了。中寨人上岸走去后，老船夫闷闷的立在船头，痴了许久。又把二老日前过渡时落漠神气温习一番，心中大不快乐。

翠翠在塔下玩得极高兴，走到溪边高岩上想要祖父唱唱歌，见祖父不理会她，一路埋怨赶下溪边去，到了溪边方见到祖父神气十分沮丧，不明白为什么原因。翠翠来了，祖父看看翠翠的快活黑脸儿，粗卤的笑笑。对溪有扛货物过渡的，便不说什么，沉默的把船拉过溪，到了中心却大声唱起歌来了。把人渡了过溪，祖父跳上码头走近翠翠身边来，还是那么粗卤的笑着，把手抚着头额。

翠翠说：

"爷爷怎么的，你发痧了？你躺到荫下去歇歇，我来管船！"

"你来管船，好，这只船归你管！"

老船夫似乎当真发了痧，心头发闷，虽当着翠翠还显出硬扎样子，独自走回屋里后，找寻得到一些碎瓷片，在自己臂上腿上扎了几下，放出了些乌血，就躺到床上睡了。

翠翠自己守船，心中却古怪的快乐，心想："爷爷不为我唱歌，我自己会唱！"

她唱了许多歌，老船夫躺在床上闭着眼睛，一句一句听下去，心中极乱。但他知道这不是能够把他打倒的大病，他明天就仍然会爬起来的。他想明天进城，到河街去看看，又想起许多旁的事情。

但到了第二天，人虽起了床，头还沉沉的。祖父当真已病了。翠翠显得懂事了些，为祖父煎了一罐大发药，逼着祖父喝，又在屋后菜园地里摘取蒜苗泡在米汤里作酸蒜苗。一面照料船只，一面还时时刻刻抽空赶回家里来看祖父，问这样那样。祖父可不说什么，只是为一个秘密痛苦着。躺了三天，人居然好了。屋前屋后走动了一下，骨头还硬硬的，心中惦念到一件事情，便预备进城过河街去。翠翠看不出祖父有什么要紧事情必须当天进城，请求他莫去。

老船夫把手搓着，估量到是不是应说出那个理由。翠翠一张黑黑的瓜子脸，一双水汪汪的眼睛，使他吁了一口气。

他说："我有要紧事情，得今天去！"

翠翠苦笑着说："有多大要紧事情，还不是……"

老船夫知道翠翠脾气，听翠翠口气已有点不高兴，不再说要走了，把预备带走的竹筒，同扣花褡裢搁到条几上后，带点儿诌媚笑着说："不去吧，你担心我会摔死，我就不去吧。我以为早上天气不很热，到城里把事办完了就回来——不去也得，我明天去！"

翠翠轻声的温柔的说："你明天去也好，你腿还软，好好的躺一天再起来。"

老船夫似乎心中还不甘服，洒着两手走出去，门限边一个打草鞋的棒槌，差点儿把他绊了一大跤。稳住了时翠翠苦笑着说："爷爷，你瞧，还不服气！"老船夫拾起那棒槌，向屋角隅摔去，说道："爷爷老了！过几天打豹子给你看！"

到了午后，落了一阵行雨，老船夫却同翠翠好好商量，仍然进了城。翠翠不能陪祖父进城，就要黄狗跟去。老船夫在城里被一个熟人拉着谈了许久的盐价米价，又过守备衙门看了一会新买的骡马，才到河街顺顺家里去。到了那里，见到顺顺正同三个人打纸牌，不便谈话，就站在身后看了一阵牌，后来顺顺请他喝酒，借口病刚好点不敢喝酒，推辞了。牌既不散场，老船夫又不想即走，顺顺似乎并不明白他等着有何话说，却只注意手中的牌。后来老船夫的神气倒为另外一个人看出了，就问他是不是有什么事情。老船夫方忸忸怩怩照老方子搓着他那两只大手，说别的事没有，只想同船总说两句话。

那船总方明白在看牌半天的理由，回头对老船夫笑将起来。

"怎不早说？你不说，我还以为你在看我牌学张子！"

"没有什么，只是三五句话，我不便扫兴，不敢说出。"船总把牌向桌上一撒，笑着向后房走去了，老船夫跟在身后。

"什么事？"船总问着，神气似乎先就明白了他来此要说的话，显得略微有点儿怜悯的样子。

"我听一个中寨人说，你预备同中寨团总打亲家，是不是真事？"

船总见老船夫的眼睛盯着他的脸，想得一个满意的回答，就说："有这事情。"那么答应，意思却是："有了你怎么样？"

老船夫说："真的吗？"

那一个又很自然的说："真的。"意思却依旧包含了"真的又怎么样？"

老船夫装得很从容的问："二老呢？"

船总说："二老坐船下桃源好些日子了！"

二老下桃源的事，原来还同他爸爸吵了一阵才走的。船总性情虽异常豪爽，可不愿意间接把第一个儿子弄死的女孩子，又来作第二个儿子的媳妇，这是很明白的事情。若照当地风气，这些事认为只是小孩子的事，大人管不着，二老当真欢喜翠翠，翠翠又爱二老，他也并不反对这种爱怨纠缠的婚姻。但不知怎么的，老船夫对于这件事的关心，使二老父子对于老船夫反而有了一点误会。船总想起家庭间的近事，以为全与这老而好事的船夫有关。虽不见诸形色，心中却有个疙瘩。

船总不让老船夫再开口了，就语气略粗的说道：

"伯伯，算了吧，我们的口只应当喝酒了，莫再只想替儿女唱歌！你的意思我全明白，你是好意。可是我也求你明白我的意思，我以为我们只应当谈点自己分上的事情，不适宜于想那些年青人的门路了。"

老船夫被一个闷拳打倒后，还想说两句话，但船总却不让他再有说话机会，把他拉出到牌桌边去。

老船夫无话可说，看看船总时，船总虽还笑着谈到许多笑话，心中却似乎很沉郁，把牌用力掷到桌上去。老船夫不说什么，戴起他那个斗笠，自己走了。

天气还早，老船夫心中很不高兴，又进城去找杨马兵。那马兵正在喝酒，老船夫虽推病，也免不了喝个三五杯。回到碧溪岨，走得热了一点，又用溪水去抹身子。觉得很疲倦，就要翠翠守船，自己回家睡去了。

黄昏时天气十分郁闷，溪面各处飞着红蜻蜓。天上已起了云，热风把两山竹篁吹得声音极大，看样子到晚上必落大雨。翠翠守在渡船上，看着那些溪面飞来飞去的蜻蜓，心也极乱。看祖父脸上颜色惨惨的，放心不下，便又赶回家中去。先以为祖父一定早睡了，谁知还坐在门限上打草鞋！

"爷爷，你要多少双草鞋，床头上不是还有十四双吗？怎么不好好的躺一躺？"

老船夫不作声，却站起身来昂头向天空望着，轻轻的说：

"翠翠，今晚上要落大雨响大雷的！回头把我们的船系到岩下去，这雨大哩。"

翠翠说："爷爷，我真吓怕！"翠翠怕的似乎并不是晚上要来的雷雨。

老船夫似乎也懂得那个意思，就说："怕什么？一切要来的都得来，不必怕！"

二十

夜间果然落了大雨，夹以吓人的雷声。电光从屋脊上掠过时，接着就是訇的一个炸电。翠翠在暗中抖着。祖父也醒了，知道她害怕，且担心她着凉，还起身来把一条布单搭到她身上去。祖父说：

"翠翠，不要怕！"

翠翠说："我不怕！"说了还想说："爷爷你在这里我不怕！"訇的一个大雷，接着是一种超越雨声而上的洪大闷重倾圮声。两人都以为一定是溪岸悬崖崩塌了，担心到那只渡船会压在崖石下面去了。

祖孙两人便默默的躺在床上听雨声雷声。

但无论如何大雨，过不久，翠翠却依然睡着了。醒来时天已亮了，雨不知在何时业已止息，只听到溪两岸山沟里注水入溪的声音。翠翠爬起身来，看看祖父还似乎睡得很好，开了门走出去。门前已成为一个水沟，一股水便从塔后哗哗的流来，从前面悬崖直堕而下。并且各处都是那么一种临时的水道。屋旁菜园地已为山水冲乱了，菜秧皆掩在粗砂泥里了。再走过前面去看看溪里，才知道溪中也涨了大水，已漫过了码头，水脚快到茶缸边了。下到码头去的那条路，正同一条小河一样，哗哗的泄着黄泥水。过渡的那一条横溪牵定的缆绳，也被水淹没了，泊在崖下的渡船，已不见了。

翠翠看看屋前悬崖并不崩坍，故当时还不注意渡船的失去。但再过一阵，她上下搜索不到这东西，无意中回头一看，屋后白塔已不见了。一惊非同小可，赶忙向屋后跑去，才知道白塔业已坍倒，大堆砖石极凌乱的摊在那儿。翠翠吓慌得不知所措，只锐声叫她的祖父。祖父不起身，也不答应，就赶回家里去，到得祖父床边摇了祖父许久，祖父还不作声。原来这个老年人在雷雨将息时已死去了。

翠翠于是大哭起来。

过一阵，有从茶峒过川东跑差事的人，到了溪边，隔溪喊过渡，翠翠正在灶边一面哭着一面烧水预备为死去的祖父抹澡。

那人以为老船夫一家还不醒，急于过河，喊叫不应，就抛掷小石头过溪，打到屋顶上。翠翠鼻涕眼泪成一片的走出来，跑到溪边高崖前站定。

"喂，不早了！把船划过来！"

"船跑了！"

"你爷爷做什么事情去了呢？他管船，有责任！"

"他管船，管五十年的船——他死了啊！"

翠翠一面向隔溪人说着一面大哭起来。那人知道老船夫死了，得进城去报信，就说：

"真死了吗？不要哭吧，我回去通知他们，要他们弄条船带东西来！"

那人回到茶峒城边时，一见熟人就报告这件事，不多久，全茶峒城里外都知道这个消息了。河街上船总顺顺，派人找了一只空船，带了副白木匣子，即刻向碧溪岨撑去。城中杨马兵却同一个老军人，赶到碧溪岨去，砍了几十根大毛竹，用葛藤编作筏子，作为来往过渡的临时渡船。筏子编好后，撑了那个东西，到翠翠家中那一边岸下，留老兵守竹筏来往渡人，自己跑到翠翠家去看那个死者，眼泪湿莹莹的，摸了一会躺在床上硬僵僵的老友，又赶忙着做些应做的事情。到后帮忙的人来了，从大河船上运来棺木也来了，住在城中的老道士，还带了许多法器，一件旧麻布道袍，并提了一只大公鸡，来尽义务办理念经起水诸事，也从筏上渡过来了。家中人出出进进，翠翠只坐在灶边矮凳上呜呜的哭着。

到了中午，船总顺顺也来了，还跟着一个人扛了一口袋米，一坛酒，一腿猪肉。见了翠翠就说：

"翠翠，爷爷死了我知道了，老年人是必需死的，不要发愁，一切有我！"各方面看看，就回去了。

到了下午入了殓，一些帮忙的回的回家去了，晚上便只剩下了那老道士、杨马兵同顺顺家派来的两个年青长年。黄昏以前老道士用红绿纸剪了一些花朵，用黄泥作了一些烛台。天断黑后，棺木前小桌上点起黄色九品蜡，燃了香，棺木周围也点了小蜡烛，老道士披上那件蓝麻布道服，开始了丧事中绕棺仪式。老道士在前拿着小小纸幡引路，孝子第二，马兵殿后，绕着那寂寞棺木慢慢转着圈子。两个长年则站在灶边空处，胡乱的打着锣钹。老道士一面闭了眼睛走去，一面且唱且哼，安慰亡灵。提到关于亡魂所到西方极乐世界花香四季时，老马兵就把木盘里的纸花，向棺木上高高撒去，象征西方极乐世界情形。

到了半夜，事情办完了，放过爆竹，蜡烛也快熄灭了，翠翠泪眼婆娑的，赶忙又到灶边去烧火，为帮忙的人办宵夜。吃了宵夜，老道士歪到死人床上睡着了。剩下几个人还得照规矩在棺木前守灵，老马兵为大家唱丧堂歌，用个空的量米木升子，当作小鼓，把手剥剥剥的一面敲着一面唱下去——唱"王祥卧冰"的事情，唱"黄香扇枕"的事情。

翠翠哭了一整天，同时也忙了一整天，到这时已倦极，把头靠在棺前眯着了。两长年同马兵吃了宵夜，喝过两杯酒，精神还虎虎的，便轮流把丧堂歌唱下去。但只一会儿，翠翠又醒了，仿佛梦到什么，惊醒后明白祖父已死，于是又幽幽的哭起来。

"翠翠，翠翠，不要哭啦，人死了哭不回来的！"

秃头陈四四接着就说了一个做新嫁娘的人哭泣的笑话，话语中夹杂了三五个粗野字眼儿，因此引起两个长年咕咕的笑了许久。黄狗在屋外吠着，翠翠开了大门，到外面去站了一下，耳听到各处是虫声，天上月色极好，大星子嵌进透蓝天空里，非常沉静温柔。翠翠想：

"这是真事吗？爷爷当真死了吗？"

老马兵原来跟在她的后边，因为他知道女孩子心门儿窄，说不定一炉火闷在灰里，痕迹不露，见祖父去了，自己一切无望，跳崖悬梁，想跟着祖父一块儿去，也说不定！故随时小心监视到翠翠。

老马兵见翠翠痴痴的站着，时间过了许久还不回头，就打着咳叫翠翠说：

"翠翠，露水落了，不冷么？"

"不冷。"

"天气好得很！"

"呀……"一颗大流星使翠翠轻轻的喊了一声。

接着南方又是一颗流星划空而下。对溪有猫头鹰叫。

"翠翠，"老马兵业已同翠翠并排一块块儿站定了，很温和的说，"你进屋里睡去吧，不要胡思乱想！"

翠翠默默的回到祖父棺木前面，坐在地上又呜咽起来。守在屋中两个长年已睡着了。

杨马兵便幽幽的说道："不要哭了！不要哭了！你爷爷也难过咧，眼睛哭胀喉咙哭嘶有什么好处。听我说，爷爷的心事我全都知道，一切有我。我会把一切安排得好好的，对得起你爷爷。我会安排，什么事都会。我要一个爷爷欢喜你也欢喜的人来接收这渡船！不能如我们的意，我老虽老，还能拿镰刀同他们拼命。翠翠，你放心，一切有我！……"

远处不知什么地方鸡叫了，老道士在那边床上糊糊涂涂的自言自语："天亮了吗？早咧！"

二十一

大清早，帮忙的人从城里拿了绳索杠子赶来了。

老船夫的白木小棺材，为六个人抬着到那个倾圮了的塔后山岨上去埋葬时，船总顺顺，马兵，翠翠，老道士，黄狗皆跟在后面。到了预先掘就的方阱边，老道士照规矩先跳下去，把一点朱砂颗粒同白米安置到阱中四隅及中央，又烧了一点纸钱，爬出阱时就要抬棺木的人动手下葬。翠翠哑着喉咙干号，伏在棺木上不起身。经马兵用力把她拉开，方能移动棺木。一会儿，那棺木便下了阱，拉去绳子，调整了方向，被新土掩盖了，翠翠还坐在地上呜咽。老道士要回城去替人做斋，过渡走了。船总把一切事托给老马兵，也赶回城去了。帮忙的皆到溪边去洗手，家中各人还有各人的事，且知道这家人的情形，不便再叨扰，也不再惊动主人，过渡回家去了。于是碧溪岨便只剩下三个人，一个是翠翠，一个是老马兵，一个是由船总家派来暂时帮忙照料渡船的秃头陈四四。黄狗因被那秃头打了一石头，对于那秃头仿佛很不高兴，尽是轻轻的吠着。

到了下午，翠翠同老马兵商量，要老马兵回城去把马托给营里人照料，再回碧溪岨来陪她。老马兵回转碧溪岨时，秃头陈四四被打发回城去了。

翠翠仍然自己同黄狗来弄渡船，让老马兵坐在溪岸高崖上玩，或嘶着个老喉咙唱歌给她听。

过三天后船总来商量接翠翠过家里去住，翠翠却想看守祖父的坟山，不愿即刻进城。只请船总过城里衙门去为说句话，许杨马兵暂时同她住住，船总顺顺答应了这件事，就走了。

杨马兵既是个上五十岁了的人，说故事的本领比翠翠祖父高一筹，加之凡事特别关心，做事又勤快又干净，因此同翠翠住下来，使翠翠仿佛去了一个祖父，却新得了一个伯父。过渡时有人问及可怜的祖父，黄昏时想起祖父，皆使翠翠心酸，觉得十分凄凉。但这分凄凉日子过久一点，也就渐渐淡薄些了。两人每日在黄昏中同晚上，坐在门前溪边高崖上，谈点那个躺在湿土里可怜祖父的旧事，有许多是翠翠先前所不知道的，说来便更使翠翠心中柔和。又说到翠翠的父亲，那个又要爱情又惜名誉的军人，在当时按照绿营军勇的装束，如何使女孩子动心。又说到翠翠的母亲，如何善于唱歌，而且所唱的那些歌在当时如何流行。

时候变了，一切也自然不同了，皇帝已不再坐江山，平常人还消说！杨马兵想起自己年青作马夫时，牵了马匹到碧溪岨来对翠翠母亲唱歌，翠翠母亲不理会，到如今这自己却成为这孤雏的唯一靠山唯一信托人，不由得不苦笑。

因为两人每个黄昏必谈祖父以及这一家有关系的事情，后来便说到了老船夫死前的一切，翠翠因此明白了祖父活时所不提到的许多事。二老的唱歌，顺顺大儿子的死，顺顺父子对于祖父的冷淡，中寨人用碾坊作陪嫁妆奁诱惑傩送二老，二老既记忆着哥哥的死亡，且因得不到翠翠理会，又被家中逼着接受那座碾坊，意思还在渡船，因此赌气下行，祖父的死因，又如何与翠翠有关……凡是翠翠不明白的事，如今可全明白了。翠翠把事弄明白后，哭了一个夜晚。

过了四七，船总顺顺派人来请马兵进城去，商量把翠翠接到他家中去，作为二老的媳妇。但二老人既在辰州，先就莫提这件事，且搬过河街去住，等二老回来时再看二老意思。马兵以为这件事得问翠翠。回来时，把顺顺的意思向翠翠说过后，又为翠翠出主张，以为名分既不定妥，到一个生人家里去不好，还是不如在碧溪岨等，等到二老驾船回来时，再看二老意思。

这办法决定后，老马兵以为二老不久必可回来的，就依然把马匹托营上人照料，在碧溪岨为翠翠作伴，把一个一个日子过下去。

碧溪岨的白塔，与茶峒风水有关系，塔圮坍了，不重新作一个自然不成。除了城中营管，税局以及各商号各平民捐了些钱以外，各大寨子也有人拿册子去捐钱。为了这塔成就并不是给谁一个人的好处，应尽每个人来积德造福，尽每个人皆有捐钱的机会，因此在渡船上也放了个两头有节的大竹筒，中部锯了一口，尽过渡人自由把钱投进去，竹筒满了马兵就捎进城中首事人处去，另外又带了个竹筒回来。过渡人一看老船夫不见了，翠翠辫子上扎了白线，就明白那老的已作完了自己分上的工作，安安静静躺到土坑里去了，必一面用同情的眼色瞧着翠翠，一面就摸出钱来塞到竹筒中去。"天保佑你，死了的到西方去，活下的永保平安。"翠翠明白那些捐钱人的意思，心里酸酸的，忙把身子背过去拉船。

到了冬天，那个圮坍了的白塔，又重新修好了。可是那个在月下唱歌，使翠翠在睡梦里为歌声把灵魂轻轻浮起的年青人，还不曾回到茶峒来。

…………

这个人也许永远不回来了，也许"明天"回来！

张恨水

张恨水(1895—1967)，原名张心远，安徽潜山人。中国现代作家。主要作品有《春明外史》《金粉世家》《啼笑因缘》《八十一梦》等。代表作《啼笑因缘》等。

张恨水从小深受中国传统文化艺术熏陶，酷爱文学。1919年开始文学创作，艺术趣味有意追慕中国近代"鸳鸯蝴蝶派"的言情小说风格，1924年开始创作长篇章回小说，并以言情小说《春明外史》赢得社会关注。其后20多年间，创作了60多部章回体小说，成为中国现代文学史上最多产的作家。1929年《啼笑因缘》的问世，使张恨水的声名得以广泛传播，其作品在城市市民阶层中拥有广泛读者。进入抗战时期，他的创作由言情逐步转向社会思考，现实因素和社会批判性增强。

张恨水的小说创作，经历了从注重趣味、迎合读者的媚世趋俗到关注现实、反思文化的雅俗结合，并有意在传统章回叙事体式中融入现代审美意识，为中国传统叙事文学的现代转化作出了有益探索。

啼笑因缘（作品梗概）

二十年代，青年学生樊家树从上海来到北京。一天，在天桥认识了练武的老者关寿峰，两人甚为投机。

某日，家树找寿峰不遇，便信步到先农坛，见一个十七八岁唱大鼓的姑娘，叫沈凤喜，虽十分寒素，却自有一种清媚态度。她唱了一段《黛玉悲秋》，婉转凄楚。

家树回到表哥家里，会见了一位穿西式舞衣的叫何丽娜的小姐，长相和那唱大鼓的姑娘十分相像，父亲是财政总长。丽娜对家树颇为亲热。

深夜，家树毫无睡意，想起那唱大鼓的姑娘，将她和何小姐作了对比，感到何小姐放荡，挥金如土，从内心深处喜欢凤喜姑娘。

第二天，家树找到凤喜家，沈氏母女待她如贵宾。分手时，凤喜送给家树一张四寸的半身照片。此后，家树每天去听凤喜唱大鼓。一天，家树见凤喜身上换上学生装束，越显得轻盈、秀丽。家树决心让她读书，摆脱卖唱生涯。

家树和凤喜分手后，偶遇寿峰的女儿秀姑，知道寿峰染病，生命垂危。家树尽最大力量帮忙。寿峰病愈后，家树又常去探望，父女俩对家树感激不尽，秀姑对家树也有好感。

在家树的帮助下，沈凤喜母女和叔父沈三玄搬进一个单门独户的小四合院，凤喜进了职业学校补习班，她还特地向家树要了一张放大的照片，挂在自己的卧室里。一个星期天，家树陪凤喜上街，买了一只金戒指，戴在凤喜的无名指上。

一天，家树的表嫂看见凤喜的照片，误认为家树瞒着他们私下里和何小姐要好。正好何小姐来，明知不是自己的，也无言以对。表兄表嫂自此更热心成全家树和丽娜的好事。丽娜也主动请家树看戏，也送了一张自己的放大照片给家树，来往更为频繁。

凤喜的叔叔是个贪得无厌的人，竟想入非非，想找机会出卖侄女换来自己的荣华富贵。恰好，有个刘将军想要个姑娘，三玄便通过一个同行，几个人合谋，故意在与刘将军等一起打牌时让凤喜独赢了三四百元。第二天请凤喜看完戏时，刘将军亲自送凤喜回家，又塞给凤喜五百元钱。凤喜内心矛盾重重，当晚整夜不能入睡。第三天，刘将军又派人送来一串珍珠项链，凤喜要母亲把钱和项链一并送还，不料沈家就此不断有事。一次刘将军称家里有堂会，要凤喜马上就去。当着满厅客人，粗野地侮辱了凤喜一顿，而且不由分说，硬把凤喜留下来，凤喜一阵昏眩，倒在沙发上。

凤喜母女按家树临行嘱咐，找关寿峰想办法。寿峰找了几个武艺好的徒弟，摸到凤喜卧室，只见刘将军手捧珠宝盒、账簿连带一小堆中外锁匙，跪着求凤喜收下，凤喜开始推让了一番，最后终于收下来了。寿峰气极，但一时无法下手。

一个月后，家树回京，寿峰把情况如实相告。一天，家树又在什刹海亲眼见到沈凤喜在四个护兵后面从一辆军车上下来。受此刺激，家树颓然病倒。

秀姑受家树的委托，化名进刘府做工。和凤喜见面时。秀姑把家树写的一张字条交给凤喜，约她利用刘将军去天津的机会到先农坛会面。约会时，家树要凤喜一起逃走，但她没有答应。却拿出一张四千元的支票给家树，家树气得发抖，把支票撕成碎块，抛向空中。凤喜也把家树给她的戒指丢在地上。家树拾起戒指，大笑扬长而去。

凤喜回到刘府，遭到刘将军一顿毒打，又听女仆说起过去一个姨太太被刘将军毒打后扔下楼的事情，吓疯了。刘将军命人将她硬拖进了精神病院。

凤喜走后，刘将军便拉着秀姑要她做接替人，秀姑心中早有准备，提出要先到西山玩几天，刘将军立即答应。

家树考上了大学，一天，打开报纸一看，特号大标题射入眼帘："刘德柱将军前晚在西山被人暗杀！"原来干这事的正是秀姑。家树想到自己和寿峰父女的关系，当天下午便乘车到天津叔父家暂避。

何丽娜也随后到了天津，交给家树一封他叔父写给她父亲的信。原来表兄把他们俩的事告诉了双方家长。家树叔父是何总长下级，便同意了这件事。家树未答应，丽娜伤透了心，留下字条回到北京，举行了一个大型舞会，宣布和大家告别。

由于政局变化，刘将军事已不了了之，家树回到北京，住进学校。一天，家树独自到西山游览，被绑架，幸遇救，恩人竟是秀姑父女。他们告诉家树，凤喜已回家养病，家树前往探望，见凤喜忽而傻笑，忽而大哭，便惨然离开。

关寿峰约家树会面，一到相约地点，家树才发现是何总长别墅，正犹豫时，秀姑与丽娜同时出现，秀姑留下一张半身照片，和父亲一起告辞。丽娜把家树请到客厅，此时此地，两人对视，一颗冰冷的心开始融化。

有一个叫沈国英的青年旅长，一直追求着何丽娜，但丽娜只爱家树，不肯答应。正在为难之时，何母想起家里有一张和女儿相貌酷似的照片，便拿出来搪塞。国英看到照片，知道不是何小姐，于是想法找到凤喜，接回家中，精心治疗，经四年无效。

关秀姑当了东北一支义勇军的副总指挥，找沈国英为义勇军筹款购买子弹。并看望了凤喜，想法恢复了她的神智。凤喜想起了过去的一切事情，却完全不认识沈国英。沈国英只得登门邀请家树。不料凤喜一见家树身边的何丽娜，神态大变，心脏骤然停止了跳动，家树大哭。

在一次与敌人的激烈战斗中，寿峰父女壮烈牺牲。家树和丽娜闻讯，怀着深深的敬意，向东北方向致三鞠躬，同时祭奠了凤喜。家树在难过之余，觉得还有何丽娜在，也就破涕为笑了。（郭启宗）

赵树理

赵树理(1906—1970)，原名赵树礼，山西沁水人。中国现代著名作家。主要作品有长篇小说《李家庄的变迁》《三里湾》，中篇小说《李有才板话》《邪不压正》，短篇小说《小二黑结婚》《福贵》《孟祥英翻身》《传家宝》"锻炼锻炼"《登记》等。代表作《小二黑结婚》《李有才板话》《李家庄的变迁》《三里湾》"锻炼锻炼"等。

赵树理出身于贫苦农民家庭，从小就喜爱各种民间文艺，深受民间艺术和乡野文化的滋养。1925年考入长治省立第四师范学校，开始广泛接触现代科学文化，同时也感到新文化、新文学的"欧化"在乡村传播过程中的隔膜，并开始有意识地进行中国现代文学的大众化思考与创作实践。抗战爆发后参加进步组织，从事文化宣传工作。在根据地担任报刊编辑过程中创作了大量小说、诗歌、戏剧以及民间曲艺作品。1943发表小说《小二黑结婚》引起文坛轰动。其后《李有才板话》《李家庄的变迁》等优秀作品相继问世，奠定了赵树理作为中国现代文学史上优秀作家的地位。他的作品以其富有时代特色的人物形象和新颖的大众化表现形式，把时代需求、现代品格与民族审美元素糅合起来，创造了具有中国气派和民族风格的新的文学，被誉为解放区文学的一面旗帜和"划时代的作家"，并与效仿者一起形成了著名的"山药蛋派"。新中国成立后，由于赵树理始终坚持朴素的现实主义艺术观念，注重自己对于农村农民的观察与认识，与主流文学观念发生冲突并屡遭批判。

赵树理始终坚持朴素真实的现实主义文学理念，反对夸饰现实和虚幻的理想主义叙事，坚持为农民代言和真实描写现实，注重文学的伦理教化功能和艺术上的民族化追求，为中国现代文学的大众化、民族化，作出了重要贡献。

小二黑结婚

一、神仙的忌讳

刘家峧有两个神仙，邻近各村无人不晓：一个是前庄上的二诸葛，一个是后庄上的三仙姑。二诸葛原来叫刘修德，当年做过生意，抬脚动手都要论一论阴阳八卦，看一看黄道黑道。三仙姑是后庄于福的老婆，每月初一十五都要顶着红布摇摇摆摆装扮天神。

二诸葛忌讳"不宜栽种"，三仙姑忌讳"米烂了"。这里边有两个小故事：有一年春天大旱，直到阴历五月初三才下了四指雨。初四那天大家都抢着种地，二诸葛看了看历书，又掐指算了一下说："今日不宜栽种。"初五日是端午，他历年就不在端午这天做什么，又不曾种；初六倒是个黄道吉日，可惜地干了，虽然勉强把他的四亩谷子种上了，却没有出够一半。后来直到十五才又下雨，别人家都在地里锄苗，二诸葛却领着两个孩子在地里补空子。邻家有个后生，吃饭时候在街上碰上二诸葛便问道："老汉！今天宜栽种不宜?"二诸葛翻了他一眼，扭转头返回去了，大家就嘻嘻哈哈传为笑谈。

三仙姑有个女孩叫小芹。一天，金旺他爹到三仙姑那里问病，三仙姑坐在香案后唱，金旺他爹跪在香案前听。小芹那年才九岁，晌午做捞饭，把米下进锅里了，听见她娘哼哼得很中听，站在桌前听了一会，把做饭也忘了。一会，金旺他爹出去小便，三仙姑趁空子向小芹说："快去捞饭！米烂了！"这句话却不料就叫金旺他爹听见，回去就传开了。后来有些好玩笑的人，见了三仙姑就故意问别人"米烂了没有？"

二、三仙姑的来历

三仙姑下神，足足有三十年了。那时三仙姑才十五岁，刚刚嫁给于福，是前后庄上第一个俊俏媳妇。于福是个老实后生，不多说一句话，只会在地里死受。于福的娘早死了，只有个爹，父子两个一上了地，家里就只留下新媳妇一个人。村里的年轻人们觉得新媳妇太孤单，就慢慢自动的来跟新媳妇做伴，不几天就集合了一大群，每天嘻嘻哈哈，十分哄伙。于福他爹看见不像个样子，有一天发了脾气，大骂一顿，虽然把外人挡住了，新媳妇却跟他闹起来。新媳妇哭了一天一夜，头也不梳，脸也不洗，饭也不吃，躺在炕上，谁也叫不起来，父子两个没了办法。邻家有个老婆替她请了一个神婆子，在她家下了一回神，说是三仙姑跟上她了，她也哼哼唧唧自称吾神长吾神短，从此以后每月初一十五就下起神来，别人也给她烧起香来求财问病，三仙姑的香案便从此设起来了。

青年们到三仙姑那里去，要说是去问神，还不如说是去看圣象。三仙姑也暗暗猜透大家的心事，衣服穿得更新鲜，头发梳得更光滑，首饰擦得更明，官粉搽得更匀，不由青年们不跟着她转来转去。

这是三十来年前的事。当时的青年，如今都已留下胡子，家里大半又都是子媳成群，所以除了几个老光棍，差不多都没有那些闲情到三仙姑那里去。三仙姑却和大家不同，虽然已经四十五岁，却偏爱当个老来俏，小鞋上仍要绣花，裤腿上仍要镶边，顶门上的头发脱光了，用黑手帕盖起来，只可惜官粉涂不平脸上的皱纹，看起来好像驴粪蛋上下上了霜。

老相好都不来了，几个老光棍不能叫三仙姑满意，三仙姑又团结了一伙孩子们，比当年的老相好更多，更俏皮。

三仙姑有什么本领能团结这伙青年呢？这秘密在她女儿小芹身上。

三、小 芹

三仙姑前后共生过六个孩子，就有五个没有成人，只落了一个女儿，名叫小芹。小芹当两三岁时候，就非常伶俐乖巧，三仙姑的老相好们，这个抱过来说是"我的"，那个抱起来说是"我的"，后来小芹长到五六岁，知道这不是好话，三仙姑教她说："谁再这么说，你就说'是你的姑姑'。"说了几回，果然没有人再提了。

小芹今年十八了，村里的轻薄人说，比她娘年轻时候好得多。青年小伙子们，有事没事，总想跟小芹说句话。小芹去洗衣服，马上青年们也都去洗；小芹上树采野菜，马上青年们也都去采。

吃饭时候，邻居们端上碗爱到三仙姑那里坐一会，前庄上的人来回一里路，也并不觉得远。这已经是三十年来的老规矩，不过小青年们也这样热心，却是近二三年来才有的事。三仙姑起先还以为自己仍有勾引青年的本领，日子长了，青年们并不真正跟她接近，她才慢慢看出门道来，才知道人家来了为的是小芹。

不过小芹却不跟三仙姑一样，表面上虽然也跟大家说说笑笑，实际上却不跟人乱来，近二三年，只是跟小二黑好一点。前年夏天，有一天前晌，于福去地，三仙姑去串门，家里只留下小芹一个人，金旺来了，嬉皮笑脸向小芹说："这会可算是个空子吧？"小芹板起脸来说："金旺哥！咱们以后说话要规矩些！你也是娶媳妇大汉了！"金旺撇撇嘴说："咦！装什么假正经？小二黑一来管保你就软了！有便宜大家讨开点，没事；要正经除非自己锅底没有黑！"说着就拉住小芹的胳膊悄悄说："不用装模作样了！"不料小芹大声喊道："金旺！"金旺赶紧放手跑出来。一边还咄念道："等得住你！"说着就悄悄溜走了。

四、金旺兄弟

提起金旺来，刘家峧没有人不恨他，只有他一个本家兄弟名叫兴旺跟他对劲。

金旺他爹虽是个庄稼人，却是刘家峧一只虎，当过几十年老社首，捆人打人是他的拿手好戏。金旺长到十七八岁，就成了他爹的好帮手；兴旺也学会了帮虎吃食，从此金旺他爹想要捆谁，就不用亲自动手，只要下个命令，自有金旺兴旺代办。

抗战初年，汉奸敌探溃兵土匪到处横行，那时金旺他爹已经死了，金旺、兴旺弟兄两个，给一支溃兵作了内线工作，引路绑票，讲价赎人，又做巫婆又做鬼，两头出面装好人。后来八路军来，打垮溃兵土匪，他两人才又回到刘家峧。

山里人本来就胆子小，经过几个月大混乱，死了许多人，弄得大家更不敢出头了。别的大村子都成立了村公所、妇救会、武委会，刘家峧却除了县府派来一个村长以外，谁也不愿意当干部。不久，县里派人来刘家峧工作，要选举村干部，金旺跟兴旺两个人看出这又是掌权的机会，大家也巴不得有人愿干，就把兴旺选为武委会主任，把金旺选为村政委员，连金旺老婆也被选为妇救会主席，其他各干部，硬捏了几个老头子出来充数。只有青抗先队长，老头子充不得。兴旺看见小二黑这个小孩子漂亮好玩，随便提了一下名就通过了，他爹二诸葛虽然不愿，可是惹不起金旺，也没有敢说什么。

村长是外来的，对村里情形不十分了解，从此金旺兴旺比前更厉害了，只要瞒住村长一个人，村里人不论哪个都得由他两个调遣。这几年来，村里别的干部虽然调换了几个，而他两个却好像铁桶江山。大家对他两个虽是恨之入骨，可是谁也不敢说半句话，都恐怕扳不倒他们，自己吃亏。

五、小 二 黑

小二黑，是二诸葛的二小子，有一次反"扫荡"打死过两个敌人，曾得到特等射手的奖励。说到他的漂亮，那不只在刘家峧有名，每年正月扮故事，不论去到哪一村，妇女们的眼睛都跟着他转。

小二黑没有上过学，只是跟着他爹识了几个字。当他六岁时候，他爹就教他识字。识字课本既不是五经四书，也不是常识国语，而是从天干、地支、五行、八卦、六十四卦名等学起，进一步便学些《百中经》、《玉匣记》、《增删卜易》、《麻衣神相》、《奇门遁甲》、《阴阳宅》等书。小二黑从小就聪明，像那些算属相、卜六壬课、念大小流年或"甲子乙丑海中金"等口诀，不几天就都弄熟了，二诸葛也常把他引在人前卖弄。因为他长得伶俐可爱，大人们也都爱跟他玩，这个说："二黑，算一算十岁属什么?"那个说："二黑，给我卜一课!"后来二诸葛因为说"不宜栽种"误了种地，老婆也埋怨，大黑也埋怨，庄上人也都传为笑谈，小二黑也跟着这事受了许多奚落。那时候小二黑十三岁，已经懂得好歹了，可是大人们仍把他当成小孩来玩弄，好跟二诸葛开玩笑的，一到了家，常好对着二诸葛问小二黑道："二黑!算算今天宜不宜栽种?"和小二黑年纪相仿的孩子们，一跟小二黑生了气，就连声喊道："不宜栽种不宜栽种……"小二黑因为这事，好几个月见了人躲着走，从此就和他娘商量成一气，再不信他爹的鬼八卦。

小二黑跟小芹相好已经二三年了。那时候他才十六七，原不过在冬天夜长时候，跟着些闲人到三仙姑那里凑热闹，后来跟小芹混熟了，好像是一天不见面也不能行。后庄上也有人愿意给小二黑跟小芹做媒人，二诸葛不愿意，不愿意的理由有三：第一小二黑是金命，小芹是火命，恐怕火克金；第二小芹生在十月，是个犯月；第三是三仙姑的声名不好。恰巧在这时候，彰德府来了一伙难民，其中有个老李带来个八九岁的小姑娘，因为没有吃的，愿意把姑娘送给人家逃个活命。二诸葛说是个便宜，先问了一下生辰八字，掐算了半天说："千里姻缘使线牵"，就替小二黑收作童养媳。

虽然二诸葛说是千合适万合适，小二黑却不认账。父子俩吵了几天，二诸葛非养不行，小二黑说："你愿意养你就养着，反正我不要!"结果虽把小姑娘留下了，却到底没有说清楚算什么关系。

六、斗 争 会

金旺自从碰了小芹的钉子以后，每日怀恨，总想设法报一报仇。有一次武委会训练村干部，恰巧小二黑发疟疾没有去。训练完毕之后，金旺就向兴旺说："小二黑是装病，其实是被小芹勾引住了，可以斗争他一顿。"兴旺就是武委会主任，从前也碰过小芹一回钉子，自然十分赞成金旺的意见，并且又叫金旺回去和自己的老婆说一下，发动妇救会也斗争小芹一番。金旺老婆现任妇救会主席，因为金旺好到小芹那里去，早就恨得小芹了不得。现在金旺回去跟她说要斗争小芹，这才是巴不得的机会，丢下活计，马上就去布置。第二天，村里开了两个斗争会，一个是武委会斗争小二黑，一个是妇救会斗争小芹。

小二黑自己没有错，当然不承认，嘴硬到底，兴旺就下命令，把他捆起来送交政权机关处理。幸而村长脑筋清楚，劝兴旺说："小二黑发疟是真的，不是装病，至于跟别人恋爱，不是犯法的事，不能捆人家。"兴旺说："他已是有了女人的。"村长说："村里谁不知道小二黑不承认他的童养媳。人家不承认是对的；男不过十六，女不过十五，不到订婚年龄。十来岁小姑娘，长大也不会来认这笔账。小二黑满有资格跟别人恋爱，谁也不能干涉。"兴旺没话说了，小二黑反要问他："无故捆人犯法不犯?"经村长双方劝解，才算放了完事。

兴旺还没有离村公所，小芹拉着妇救会主席也来找村长，她一进门就说："村长!捉贼要赃，捉奸要双，当了妇救会主席就不说理了?"兴旺见拉着金旺的老婆，生怕说出这事与自己有关，赶紧溜走。后来村长问了问情由，费了好大一会唇舌，才给她们调解开。

七、三仙姑许亲

两个斗争会开过以后，事情包也包不住了，小二黑也知道这事是合理合法的了，索性就跟小芹公开商量起来。

三仙姑却着了急。她跟小芹虽是母女，近几年来却不对劲。三仙姑爱的是青年们，青年们爱的是小芹。小二黑这个孩子，在三仙姑看来好像鲜果，可惜多一个小芹，就没了自己的份儿。她本想早给小芹找个婆家推出门去，可是因为自己声名不正，差不多都不愿意跟她结亲。开罢斗争会以后，风言风语都说小二黑要跟小芹自由结婚，她想要真是那样的话，以后想跟小二黑说句笑话都不能了，那是多么可惜的事，因此托东家求西家要给小芹找婆家。

"插起招军旗，就有吃粮人。"有个吴先生是在阎锡山部下当过旅长的退职军官，家里很富，才死了老婆。他在奶奶庙大会上见过小芹一面，愿意续她，媒人向三仙姑一说，三仙姑当然愿意。不几天过了礼帖，就算定了，三仙姑以为了却一宗心事。

小芹已经和小二黑商量得差不多了，如何肯听她娘的话？过礼那一天，小芹跟她娘闹起来，把吴先生送来的首饰绸缎扔下一地。媒人走后，小芹跟她娘说："我不管！谁收了人家的东西谁跟人家去！"

三仙姑愁住了，睡了半天，晚饭以后，说是神上了身，打了两个呵欠就唱起来。她起先责备于福管不了家，后来说小芹跟吴先生是前世姻缘，还唱些什么"前世姻缘由天定，不顺天意活不成……"于福跪在地下哀求，神非教他马上打小芹一顿不可。小芹听了这话，知道跟这个装神弄鬼的娘说不出什么道理来，干脆躲了出去，让她娘一个人胡说。

小芹一个人悄悄跑到前庄上去找小二黑，恰在路上碰上小二黑去找她，两个就悄悄拉着手到一个大窑里去商量对付三仙姑的法子。

八、拿 双

小芹把他娘怎样主婚怎样装神，唱些什么，从头至尾细细向小二黑说了一遍，小二黑说："不用理她！我打听过区上的同志，人家说只要男女本人愿意，就能到区上登记，别人谁也做不了主……"说到这里，听见外边有脚步声，小二黑伸出头来一看，黑影里站着四五个人，有一个说："拿双拿双！"他两人都听出是金旺的声音，小二黑起了火，大叫道："拿？没有犯了法！"兴旺也来了，下命令道："捉住捉住！我就看你犯法不犯法，给你操了好几天心了！"小二黑说："你说去哪里咱就去哪里，到边区政府你也不能把谁怎么样！走！"兴旺说："走？便宜了你！把他捆起来！"小二黑挣扎了一会，无奈没有他们人多，终于被他们七手八脚打了一顿捆起来了。兴旺说："里边还有个女的，也捆起来！捉奸要双，这是她自己说的！"说着就把小芹也捆起来了。

前庄上的人都还没有睡，听见有人吵架，有些人就跑出来看，麻秆火把下看见捆着的两个人，大家不问就都知道了八九分。二诸葛也出来了，见小二黑被人家捆起来，就跪在兴旺面前哀求道："兴旺！咱两家没有什么仇！看在我老汉面上，请你们诸位高抬……"兴旺说："这事情，我们管不了，送给上级再说吧！"小二黑说："爹！你不用管！送到哪里也不犯法！我不怕他！"兴旺说："好小子！要硬你就硬到底！"又逼住三个民兵说："带他们走！"一个民兵问："带到村公所？"兴旺说："还到村公所干什么？上一回不是村长放了的？送给区武委会主任按军法处理！"说着就把他两个人拥上走了。

九、二诸葛的神课

邻居们见是兴旺弟兄们捆人，也没有人敢给小二黑讲情，直等到他们走后，才把二诸葛招呼回家。

二诸葛连连摇头说："唉！我知道这几天要出事啦！前天早上我上地去，才上到岭上，碰上个骑驴媳妇，穿了一身孝，我就知道坏了。我今年是罗睺星照运，要谨防戴孝的冲了运气，因此哪里也不敢去，谁知躲也躲不过？昨天晚上二黑他娘梦见庙里唱戏。今天早上一个老鸦落在东房上叫了十几声……唉！反正是时运，躲也躲不过。"他罗哩罗唆念了一大堆，邻居们听了有些厌烦，又给他说了一会宽心话，就都散了。

有事人哪里睡得着？人散了之后，二诸葛家里除了童养媳之外，三个人谁也没有睡。二诸葛摸了摸脸，取出三个制钱占了一卦，占出之后吓得他面色如土。他说："了不得呀了不得！丑土的父母动出午火的官鬼，火旺于夏，恐怕有些危险了。唉！人家把他选成青年队长，我就说过不叫他当，小杂种硬要充人物头！人家说要按军法处理，要不当队长哪里犯得了军法？"老婆也拍手跺脚道："小爹呀！谁知道你要闯这么大的事啦？"大黑劝道："不怕！事已经出下了，由他去吧！我想这又不是人命事，也犯不了什么大罪！既然他们送到区上了，我先到区上打听打听！你们都睡吧！"说着点了个灯笼就走了。

二诸葛打发大黑去后，仍然低头细细研究方才占的那一卦。停了一会，远远听着有个女人哭，越哭越近，不大一会就来到窗下，一推门就进来了。二诸葛还没有看清是谁，这女人就一把把他拉住，带哭带闹说："刘修德！还我闺女！你的孩子把我的闺女勾引到哪里了？还我……"二诸葛老婆正气得死去活来，一看见来的是三仙姑，正赶上出气，从炕上跳下来拉住她道："你来了好！省得我去找你！你母女两个好生生把我个孩子勾引坏，你倒有脸来找我！咱两人就也到区上说说理！"两个女人滚成一团，二诸葛一个人拉也拉不开，也再顾不上研究他的卦。三仙姑见二诸葛老婆已经不顾了命，自己先胆怯了几分，不敢恋战，少闹了一会挣脱出来就走了。二诸葛老婆追出门来，被二诸葛拦回去，还骂个不休。

十、恩典恩典

二诸葛一夜没有睡，一遍一遍念："大黑怎么还不回来，大黑怎么还不回来。"第二天天不明就起程往区上走，走到半路，远远看见大黑、三个民兵已都回来了，还来了区上一个助理员，一个交通员。他远远就喊叫道："大黑！怎么样？要紧不要紧？"大黑说："没有事！不怕！"说着就走到跟前，助理员跟三个民兵先走了。大黑告交通员说："这就是我爹！"又向二诸葛说："区上添传你跟于福老婆。你去吧，没有事！二黑跟小芹两个人，一到区上就放开了。区上早就说兴旺跟金旺两个人不是东西，已经把他两个人押起来了，还派助理员到咱村开大会调查他们横行霸道的证据。我赶到那里人家就问罢了，听说区上还许咱二黑跟小芹结婚。"二诸葛说："不犯罪就好，结婚可不行，命相不对！你没有听说添传我做什么？"大黑说："不知道，大约也没有什么大事。你去吧，我先回去告我娘说。"交通员说："老汉！这就算见了你了！你去吧，我再传那一个去！"说了就跟大黑相跟着走了。

二诸葛到了区上，看见小二黑跟小芹坐在一条板凳上，他就指着小二黑骂道："闯祸东西！放了你你还不快回去？你把老子吓死了！不要脸！"区长道："干什么？区公所是骂人的地方？"二诸葛不说话了。区长问："你就是刘修德？"二诸葛答："是！"问："你给刘二黑收了个童养媳？"答："是！"问："今年几岁了？"答："属猴的，十二岁了。"区长说："女不过十五岁不能订婚，把人家退回娘家去，刘二黑已经跟于小芹订婚了！"二诸葛说："她只有个爹，也不知逃难逃到哪里去了，退也没处退。女不过十五不能订婚，那不过是官家规定，其实乡间七八岁订婚的多着哩。请区长恩典恩典就过去了……"区长说："凡是不合法的订婚，只要有一方面不愿意都得退！"二诸葛说："我这是两家情愿！"区长问小二黑道："刘二黑！你愿意不愿意？"小二黑说："不愿意！"二诸葛的脾气又上来了，瞪了小二黑一眼道："由你啦？"区长道："给他订婚不由他，难道由你啦？老汉！如今是婚姻自主，由不得你了，你家养的那个小姑娘，要真是没有娘家，就算成你的闺女好了。"二诸葛道："那也可以，不过还得请区长恩典恩典，不能叫他跟于福这闺女订婚！"区长说："这你就管不着了！"二诸葛发急道："千万请区长恩典恩典，命相不对，这是一辈子的事！"又向小二黑道："二黑！你不要糊涂了！这是你一辈子的事！"区长道："老汉！你不要糊涂了；强逼着你十九岁的孩子娶上个十二岁的小姑娘，恐怕要生一辈子气！我不过是劝一劝你，其实只要人家两个人愿意，你愿意不愿意都不相干。回去吧！童养媳没处退就算成你的闺女！"二诸葛还要请区长"恩典恩典"，一个交通员把他推出来了。

十一、看看仙姑

三仙姑去寻二诸葛，一来为的是逞逞闹气的本领，二来为的是遮遮外人的耳目，其实让小芹吃一吃亏她很高兴，所以跟二诸葛老婆闹了一阵之后，回去就睡了。第二天早上，她起得很迟，于福虽比她着急，可是自己既没有主意，又不敢叫醒她，只好自己先去做饭；饭快成的时候，三仙姑慢慢起来梳妆。于福问她道："不去打听打听小芹？"她说："打听她做甚啦？她的本领多大啦？"于福也再没有敢说什么，把饭菜做成了放在炉边等，直等到她梳妆罢了才开饭。

饭还没有吃罢，区上的交通员来传她。她好像很得意，嗓子拉得长长地说："闺女大了咱管不了，就去请区长替咱管教管教！"她吃完了饭，换上新衣服、新手帕、绣花鞋、镶边裤，又擦了一次粉，加了几件首饰，然后叫于福给她备上驴，她骑上，于福给她赶上，往区上去。

到了区上。交通员把她引到区长房子里，她趴下就磕头，连声叫道："区长老爷，你可要给我做主！"区长正伏在桌上写字，见她低着头跪在地下，头上戴了满头银首饰，还以为是前两天跟婆婆生了气的那个年轻媳妇，便说道："你婆婆不是有保人吗？为什么不找保人？"三仙姑莫名其妙，抬头看了看区长的脸。区长见是个擦着粉的老太婆，才知道是认错人了。交通员道："认错人了！这就是于小芹的娘！"区长打量了她一眼道："你就是小芹的娘呀？起来！不要装神做鬼！我什么都清楚！起来！"三仙姑站起来了。区长问："你今年多大岁数？"三仙姑说："四十五。"区长说："你自己看看你打扮得像个人不像?"门边站着老乡一个十来岁的小闺女嘻嘻嘻笑了。交通员说:"到外边耍!"小闺女跑了。区长问:"你会下神是不是?"三仙姑不敢答话。区长问:"你给你闺女找了个婆家?"三仙姑答:"找下了!"问:"使了多少钱?"答:"三千五!"问:"还有些什么?"答:"有些首饰布匹!"问:"跟你闺女商量过没有?"答:"没有!"问:"你闺女愿意不愿意?"答:"不知道!"区长道:"我给你叫来你亲自问问她!"又向交通员道:"去叫于小芹!"

刚才跑出去那个小闺女,跑到外边一宣传,说有个打官司的老婆,四十五了,擦着粉,穿着花鞋。邻近的女人们都跑来看,挤了半院,唧唧哝哝说:"看看!四十五了!""看那裤腿!""看那鞋!"三仙姑半辈子没有脸红过,偏这会撑不住气了,一道道热汗在脸上流。交通员领着小芹来了,故意说:"看什么?人家也是个人吧,没有见过?闪开路!"一伙女人们哈哈大笑。

把小芹叫来,区长说:"你问问你闺女愿意不愿意!"三仙姑只听见院里人说:"四十五""穿花鞋",羞得只顾擦汗,再也开不得口。院里的人们忽然又转了话头,都说"那是人家的闺女""闺女不如娘会打扮",也有人说"听说还会下神",偏又有个知道底细的断断续续讲"米烂了"的故事,这时三仙姑恨不得一头碰死。

区长说:"你不问我替你问!于小芹,你娘给你找的婆家你愿意跟人家结婚不愿意?"小芹说:"不愿意!我知道人家是谁?"区长问三仙姑道:"你听见了吧?"又给她讲了一会婚姻自主的法令,说小芹跟小二黑订婚完全合法,还吩咐她把吴家送来的钱和东西原封退了,让小芹跟小二黑结婚。她羞愧之下,一一答应了下来。

十二、怎么到底

三个民兵回到刘家岐,一说区上把兴旺金旺二人押起来,又派助理员来调查他们的罪恶,真是人人拍手称快。午饭后,庙里开一个群众大会,村长报告了开会宗旨,就请大家举他两个人的作恶事实。起先大家还怕扳不倒人家,人家再返回来报仇,老大一会没有人说话;有几个胆子太小的人,还悄悄劝大家说:"忍事者安然。"有个被他两人作践垮了的年轻人说:"我从前没有忍过?越忍越不得安然!你们不说我说!"他先从金旺领着土匪到他家绑票说起,一连说了四五款,才说道:"我歇歇再说,先让别人也说几款!"他一说开了头,许多受过害的人也都抢着说起来:有给他们花过钱的,有被他们逼着上过吊的,也有产业被他们霸了的,老婆被他们奸淫过的;他两人还派上民兵给他们自己割柴,拨上民夫给他们自己锄地;浮收粮,私派款,强迫民兵捆人,……你一宗他一宗,从晌午说到太阳落,一共说了五六十款。

区上根据这些罪状把他两人送到县里,县里把罪状一一证实之后,除叫他们赔偿大家损失外,又判了十五年徒刑。

经过这次大会之后,村里人也都敢出头了。不久,村干部又都经过大改选,村里人再也不敢乱投坏人的票了。这其间,金旺老婆自然也落了选。偏她还变了口吻,说:"以后我也要进步了。"

两个神仙也有了变化:

三仙姑那天在区上被一伙妇女围住看了半天,实在觉得不好意思,回去对着镜子研究了一下,真有点打扮得不像话;又想到自己的女儿快要跟人结婚,自己还卖什么老俏？这才下了个决心，把自己的打扮从顶到底换了一遍，弄得像个当长辈人的样子，把三十年来装神弄鬼的那张香案也悄悄拆去。

二诸葛那天从区上回去，又向老婆提起二黑跟小芹的命相不对，他老婆道："把你的鬼八卦收起吧！你不是说二黑这回了不得吗？你一辈子放个屁也要卜一卦，究竟抵了些什么事？我看小芹蛮不错，能跟咱二黑过就很好！什么命相对不对？你就不记得'不宜栽种'？"二诸葛见老婆都不信自己的阴阳，也就不好意思再到别人跟前卖弄他那一套了。

小芹和小二黑各回各家，见老人们的脾气都有些改变，托邻居们趁势和说和说，两位神仙也就顺水推舟同意他们结婚。后来两家都准备了一下，就过门。过门之后，小两口都十分得意，邻居们都说是村里第一对好夫妻。

夫妻们在自己卧房里有时候免不了说玩话：小二黑好学三仙姑下神时候唱"前世姻缘由天定"，小芹好学二诸葛说"区长恩典，命相不对"。淘气的孩子们去听窗，学会了这两句话，就给两位神仙加了新外号：三仙姑叫"前世姻缘"，二诸葛叫"命相不对"。

催粮差

抗战以前，还没有咱们解放区这统一累进税制度，征收田赋，还是用前清的粮银制，俗话叫"完粮"，也叫"点粮"。每年两次，夏秋各一半。

每次开了征以后不几天，县政府就把未来完粮的户口，随便挑一些，写成一张单子，并且出一张拘人的票，把单子粘在后边，派个差人出来走一趟，俗话叫催粮。要从票上看起来，有些很厉害的话，什么"……拖延不缴，殊属玩忽，着即拘究……"好象是犯了什么了不起的大罪，不过除了一年只进两回城的乡下人，谁也知道这不过是个样子，有势头的先生们根本不理，大村大镇的人们要是没有多走过衙门的，面生一点也不过管一顿饭或者送一顿饭钱，只有荒僻山庄，才能有一点油水。可是这种名单上写的都是前几辈子的死人名字，又查不出有没有山庄上的户口（在县政府的粮册上改个名字，要写推收帖子，还要花些小费，因此除了买卖田地外，上世人死了也不去改名字）。

县政府的司法警察，不欢迎这催粮的差使，因为比起人命、盗窃、烟赌……等刑事案件来，弄钱又不多。跑路又太多。别的票子发下来。你争我夺抢不到手；这催粮票子发了来，写到谁名下谁也推不出。

崔九孩当了一辈差（司法警察），在那年虽是五十多了可还能说能跑。有一次南乡的催粮差使派到他头上，他不想去——虽然能说能跑，可总得有点油水跑得才有劲——差使多了跑不过来，本来可以临时雇人；他虽不是跑不过来，可是不想去，好在有这雇人的例子，就雇个人吧！

他雇了煎饼铺里一个伙计。这人是从镇上来的，才到城里没有几天，虽说没有催过粮，可是见过别的差人到他家去催粮。他觉着这事也没有什么不好办——按单找户口、吃饭、要盘费。这有什么难办？他答应了，九孩就把票子、铁绳、锁子和自己的藤条手杖都交给他。

走路比卖煎饼还轻快，不慌不忙走了十五里，取出票来看看，眼前村子里有一户叫张天锡。他走进了村，到村公所一打听，村警说："催粮啦？张天锡是张局长的老爷爷，早就不在了。"他又问村警说："他住在哪一院？"村警说："在南头槐树底那黑漆大门里。去不去吧……"

听这口气，好象说"去也扯淡"。他又问："他家没有人？"村警说："二先生在家啦！"他听说有人，也就不再往下问。他想：不管几先生吧，票上有他的名字，他还能叫我空着走？主意一定，出了村公所，往二先生家里来。

到了村南头，找着了槐树，又找着黑漆大门，一进去就有个大白花狗叫起来。有个人正担着水在院里浇花，见他进去，便挡住狗问他是哪里来的。他说从城里来。那人又问："送信吗？"他说："不是！有个事啦！"

二先生在家里听见了，隔着窗问："什么事？"说着就到门边，揭开竹帘用手一点说："过来，我问问你！"他便走到门边。二先生问："说吧！什么事？是不是财政局打发你来的？"他说："不是！我是催粮的！"二先生问："催粮的？给我捎着信啦？"他说："没有！"二先生说："那你来做什么？"他说："票上有你的名字。"二先生看了看他，又问："你是新来的吧？"他说："是！"二先生摇了一下头，似乎笑了一笑说："去吧！我已经打发人点粮去了！"

他觉得奇怪了。他想：这先生怎么这样不讲面子？不给钱吧也不管顿饭？不管饭吧连屋子里也不叫进去坐坐？他还没有想完，二先生追他道："走吧！"说了就放下帘子把头缩回去。他生了气，就向着门里喊道："这是拘票啊！"二先生也生了气，隔着门叹气道："哪这么不通窍的差人来！"又揭开帘道："你叫什么名？"他更气极了："我拿着票找你找错了？"浇花那个人也赶上阶台，推了他一把道："你这人真不识高低！跟二先生说话还敢那么喊叫？"白花狗也夹搀在中间叫起来。

二先生这会可真生了气："我没有见过票，拿出来我看！"他在这种局面下，一时拿不定主意，也不知是拿票好还是不拿好。浇花的劝他赶紧走开算了，可是二先生认真要他取出票来，他也只好取出来。

二先生不是没有见过票，他是要看看这差人叫什么名字。二先生一看见崔九孩这个名字便问道："你就是崔九孩？"他拿着票，也只好顶住这个名，便答道："是！"才说出个"是"字来，就挨了二先生一耳光。二先生说："回去吧！叫崔九孩亲自来拿票来！"

看样子是不便再商量了，只好返回城里去。来回跑了三十里，吃了一个耳光，满肚冤枉向崔九孩去诉苦。崔九孩问明了原因，便叹气道："谁叫你到他那里去？算了算了！这是我的路途债，非自己去跑一趟不行！你挨了打还不算到底，我还得给人家说好话赔情去，要不，连票也拿不出来了！"

他满以为回来见了崔九孩可以给自己拿个主意，谁知崔九孩也这么稀松？他便问道："这家有多大势头？"崔九孩道："势头也不大，只是咱惹不起：他哥哥就是现在咱县财政局的张局长，咱得伺候人家；他从前不记得在哪县当过秘书，这几年在地方上当士绅，给别人包揽官司，常到城里来，来了住在财政局，咱还不是伺候人家？算了！你回去歇歇吧！还是得我去！"他听了这番话，也只好忍气回去卖他的煎饼，把铁绳、锁子、手杖等原物交还。崔九孩吃了午饭，仍然取上他出门的那一套便来找二先生赔情要票。

二先生家是他常去的——送信、捎东西，虽不是法警分内的事，可是局长说出来就得去——路是熟的，不用打听，一直跑到二先生院子里。

爬到玻璃窗子上一看，二先生跟他老婆躺在烟灯旁边摇扇子。他嬉皮笑脸揭开帘子道："二爷！我来给你老人家赔情来了！"说了就嘻嘻笑着，走进来蹲到窗下。二先生看见是他，冷冷道："九孩！我当你的腿折了！"九孩道："可不敢叫折了！折了还怎么给你老人家赔情来啦！嘻嘻……"二先生老婆也瞥着笑了，只有二先生没笑。二先生似乎要说什么，可是没有开口，先提起磁壶倒了半杯冷茶喝了。

"二爷，我给你冲去！"崔九孩一躬身站起来，提起磁壶到厨房冲了壶茶。

当他冲茶回来，看见二先生跟他老婆都笑着，他觉着事情已经解决了。他知道二先生也不把这事情当成一回事跟自己生气，只要一高兴就不跟他们这些人计较了。他恭恭敬敬给二先生夫妇一人倒了一杯茶，然后仍蹲到自己的原地方看风色。

二先生老婆笑着说："老九孩！你怎么弄了那么个替死鬼？差一点把你二爷拴上走！"

九孩说："不用说他了，太太！都只怨我！我不该偷懒！二爷知道，催粮是苦差！我老了，不想多跑，才雇了那么一个人。"

二先生也开了口："雇人也看是什么人啦！象那样一个土包子，一点礼体也没有，要对上个外面来的客人，那象个什么样子？"崔九孩自然是一溜"是"字答应下去。答应完了，又道："二爷！不要计较他！都是我的过！你骂我两句好了！"他停了一下，见二先生没有说什么，就请求道："我走吧二爷？"二先生道："走吧！票在桌上那书夹子里！"

他从书夹子里翻出票来看一看问道："二爷！这村里有一户叫孙二则的住在哪里？"二先生道："那是个种山地的，住在红沙岭！你到外边打听路吧！那可能给你赶个盘费！你们这些人还不是一进了山，就为了王了？"九孩笑道："对对对！二爷是明白人！——二爷！再把你老人家的烟灰给我寻些喝吧？"二爷说："迟早讨要不够！"说着拆开个大纸包给他抓了一把。

崔九孩辞了二先生，在村里问过了过红沙岭的路，喝一点烟灰，便望着红沙岭走。快到上山的地方，他拿出一付红玻璃眼镜戴上。这眼镜戴上不如不戴，玻璃也不平、颜色又红得刺眼，直直一棵树能看成曲曲弯弯的红蛇；齐齐一座房能看成一堵高高的红墙。他到大村镇不敢戴，戴上怕人说笑话；一进了山一定要戴，戴上了能吓住人。一根藤手杖，再配上这付眼镜，他觉着够味了。五六里山路他一点也不觉着累——一来喝上了大烟灰，二来有钱可取——越走越有劲，太阳不落就赶到红沙岭。

红沙岭这个山庄，只有七家人——三家姓孙的，四家姓刘的，都是前两辈子从河南来的开荒地的。老邻长六十多了，姓刘，念过《百家姓》和《四言杂字》，其余的人除了写借约时候画个十字，就再不动笔。

他一到庄上，有三只狗一齐向他扑来，他用一条手杖四面招架，差一点吃了亏。孩子们出来给他挡住狗，他便问一个十二三岁的女孩道："邻长住在哪里？"女孩说："在这里，我领你去！"他就跟着这女孩找着了邻长。

他问："你就是邻长？"刘老汉点点头，问他是从哪里来的。

他说："从城里来的。你这庄上有个孙二则？"

"早就去世了！"

"他没有后代?"

"有!有个孙孙名叫甲午。"

"在哪里住?"

"上地了!"又向那个小女道:"黑女!去叫你爹!"黑女答应了一声跑出去。

刘老汉把崔九孩让到家里喝水,问是什么事。九孩喝了一碗水,冷冷答道:"有点闲事!"刘老汉也无法再问,崔九孩也撑住气不说,只是吸烟喝水。

一会,黑女跑来,领着一个人,赤着脊背,肩上背着件破小布衫,手里提着一顶草帽,一进门就问刘老汉道:"大伯!有人找我?"

九孩问刘老汉道:"这就是孙甲午?"

刘老汉答道:"就是!"

九孩再不往下问,掏出小铁绳来套在甲午的脖子上,用小铁锁崩的一声锁住。甲午和刘老汉都吃了一惊。黑女看了几眼,虽说不认得是什么事,可也觉着不对,扭头跑了。

刘老汉问道:"老头!究竟是什么事?"

九孩道:"不忙!有票!"说着用脚踩住铁绳头,掏出票来,花啦花啦念道:"查本年度下忙粮银业已开征多日,乃有单列各户,迁延不缴,殊属顽忽之至,着即拘案讯究,以儆效尤。切切此票。"又从单上指出孙二则的名字道:"这是你爷爷的名字吧?"甲午不识字,刘老汉看了半天道:"是倒是!……"

才念了票,甲午老婆和黑女都哭着跑来。甲午老婆看了看甲午,向张老汉哭道:"大伯!这叫怎么过呀!黑女她爹闯下什么祸了?"刘老汉道:"没有什么祸,粮缴得迟了。"甲午老婆也不懂粮缴得迟了犯什么罪,只歪着头看甲午脖子上那把铁锁。

九孩把票折好包起来,就牵住铁绳向刘老汉道:"老邻长,你在吧!我把他带走了!"又把绳一拉向甲午道:"走吧!"说着就向门外走。

甲午老婆和黑女都急了,哇一声一齐哭出来。

刘老汉总还算有点经验,便抢了几步到门外拦住道:"老头不要急。天也黑了!就住这里吧!人我保住,要说到一点什么小意思啦,也不要紧,总要打发你喜喜欢欢地起身啦!"又向甲午老婆道:"不要哭了!回去给人家老头做些饭!"九孩道:"倒不是说那个!今年不比往年,粮太紧!"虽是这么说,却又返回去坐下了。甲午老婆见暂且不走了,就向刘老汉道:"大伯!这事可全凭你啦呀!我回去做饭去。"说了就拉着黑女回去了。

刘老汉又向九孩道:"老头!我保住,你暂且把他放开吧?他是一手人,借个钱跑个路都得他亲自去。"

九孩见这老汉还能说几句,要是叫他保住,他随便给弄个块二八毛钱。又把原人弄个不见面,难道真能把他这保人带走?他想这人放不得,便道:"人是不能放呀!住一夜倒可以。"刘老汉道:"不放也不要紧。你也累了,到炕上来随便歇歇,咱们慢慢商量!"九孩便把甲午拴到桌腿上,躺到炕上去休息。刘老汉见他躺下了便向他道:"你且躺一下,我给你看饭去!"

刘老汉到了甲午家,天也黑了,庄上人也都回来了,都挤在甲午家里话弄这件事。刘老汉一进去,大家都围着来问情形。

刘老汉说:"不怕!他不过想吃几个钱,祭送祭送就没事了。"甲午老婆问:"不知道得几个钱?"刘老汉道:"要在村里给一顿饭钱就能打发走;到咱这山庄上还不是尽力撑啦吗？你们不要多到他跟前哭闹，只要三两个人来回跑跑路，里外商量商量，要叫他看见咱不十分着急，才能省个钱。"大家又选了两个会说话的人跟刘老汉一同去，都向刘老汉说："大伯的见识高，这会全凭你啦！"

饭成了，做了一大锅，准备请大家都吃一些，可是有好多人不吃，都说"小家人吃不住这样破费"。

九孩吃过饭，刘老汉他们背地咬着甲午的耳朵给他出了些主意。又问了他一个数目。有个青年去借了一块现洋递给刘老汉。刘老汉拿着钱向九孩道："本来想给老头多借几个盘费，不过甲午这小家人，手头实在不宽裕，送老头这一块茶钱吧！"

一块钱那时候可以买二斗米，数目也不算小，可是住衙门的这些人，到了山庄上，就看不起这个来了。他说："小家人叫他省个钱吧！不用！我也不在乎这块二八毛。带他到县里也没有多大要紧，不过多住几天。"

庄稼人最怕叫他在忙时候误几天工，不说甲午，别人也替他着急了。那个青年又跟甲午咬着耳朵说了一会话，又去借了两块钱，九孩还不愿意。一直熬到半夜多，钱已经借来五块了，九孩仍不接。甲午看见五块钱摆在桌上，有点眼红了，便说："大伯！你们大家也不要作难了，借人家那么些钱我指什么还人家啦？我的事还是只苦我吧！不要叫大家跟着我受罪。把钱都还了人家吧！明天我去就算了！"

九孩接着道："对！人家甲午有种！不怕事！你们大家管人家做甚？"说了又躺下自言自语道："怕你小伙子硬笨啦？罪也是难受着啦！一进去还不是先捺一顿板子？"

甲午道："那有什么法？没钱人还不是由人家摆弄啦？"刘老汉也趁势推道："实在不行也只好有你们的事在！"把桌上的几块钱一收拾，捏在自己手里向那个借钱的青年一伸。青年伸手去接，刘老汉可没有立刻递给他，顺便扭头轻轻问九孩道："老头！真不行吗？"

九孩看见再要不答应，五块现钱洋唰啷一声就掉在那个青年手里跑了，就赶紧改口道："要不是看在你老邻长面子上的话，可真是不行！"刘老汉见他改了口，又把钱转递到他手里道："要你被屈！"九孩接住钱又笑回道："这我可爱财了！"

九孩把手在衣袋里一塞，装进了大洋，掏出钥匙来，开了锁，解了铁绳，把甲午放出。

第二天早上，崔九孩又到别处催粮，孙甲午到集上去粜米。

李家庄的变迁（节选）

一

李家庄有座龙王庙，看庙的叫"老宋"。老宋原来也有名字，可是因为他的年纪老，谁也不提他的名字；又因为他的地位低，谁也不加什么称呼，不论白胡老汉，不论才会说话的小孩，大家一致都叫他"老宋"。

抗战以前的八九年，这龙王庙也办祭祀，也算村公所；修德堂东家李如珍也是村长也是社首，因此老宋也有两份差——是村警也是庙管。

庙里挂着一口钟，老宋最喜欢听见钟响。打这钟也有两种意思：若是只打三声——往往是老宋亲自打，就是有人敬神；若是不住乱打，就是有人说理。有人敬神，老宋可以吃上一份献供；有人说理，老宋可以吃一份烙饼。

一天，老宋正做早饭，听见庙门响了一声，接着就听见那口钟当当当地响起来。隔着竹帘子看，打钟的是本村的教书先生春喜。

春喜，就是本村人，官名李耀唐，是修德堂东家的本家侄儿。前几年老宋叫春喜就是"春喜"，这会春喜已经二十好几岁了，又在中学毕过业，又在本村教小学，因此也叫不得"春喜"了。可是一个将近六十岁的老汉，把他亲眼看着长大了的年轻后生硬叫成"先生"，也有点不好意思。老宋看见打钟的是他，一时虽想不起该叫他什么，可是也急忙迎出来，等他打罢了钟，向他招呼道："屋里坐吧！你跟谁有什么事了？"

春喜对他这招待好像没有看见，一声不哼走进屋里向他下命令道："你去报告村长，就说铁锁把我的桑树砍了，看几时给我说！"老宋去了。等了一会，老宋回来说："村长还没有起来。村长说今天晌午开会。"春喜说："好！"说了站起来，头也不回就走了。

老宋把饭做成，盛在一个串门大碗里，端在手里，走出庙来，回手锁住庙门，去通知各项办公人员和事主。他一边吃饭一边找人，饭吃完了人也找遍了，最后走到福顺昌杂货铺，通知了掌柜王安福，又取了二十斤白面回庙里去。这二十斤面，是准备开会时候做烙饼用的。从前没有村公所的时候，村里人有了事是请社首说理。说的时候不论是社首、原被事主、证人、庙管、帮忙，每人吃一斤面烙饼，赶到说完了，原被事主，有理的摊四成，没理的摊六成。民国以来，又成立了村公所；后来阎锡山巧立名目，又成立了息讼会，不论怎样改，在李家庄只是旧规添上新规，在说理方面，只是烙饼增加了几份——除社员、事主、证人、帮忙以外，再加上村长副、闾邻长、调解员等每人一份。

到了晌午，饼也烙成了，人也都来了，有个社首叫小毛的，先给大家派烙饼——修德堂东家李如珍是村长又是社首，李春喜是教员又是事主，照例是两份，其余凡是顶两个名目的也都照例是两份，只有一个名目的照例是一份。不过也有不同，像老宋，他虽然也是村警兼庙管，却照例又只能得一份。小毛自己虽是一份，可是村长照例只吃一碗鸡蛋炒过的，其余照例是小毛拿回去了。照例还得余三两份，因为怕半路来了什么照例该吃空份子的人。

吃过了饼，桌子并起来了，村长坐在正位上，调解员是福顺昌掌柜王安福，靠着村长坐下，其余的人也都依次坐下。小毛说："开腔吧，先生！你的原告，你先说！"

春喜说："好，我就先说！"说着把椅子往前一挪，两只手互相把袖口往上一将，把脊梁骨挺得直蹶蹶地说道："张铁锁的南墙外有我一个破茅厕……"

铁锁插嘴道："你的？"

李如珍喝道："干什么？一点规矩也不懂！问你时候你再说！"回头又用嘴指了指春喜，"说吧！"

春喜接着道："茅厕旁边有棵小桑树，每年的桑叶简直轮不着我自己摘，一出来芽就有人摘了。昨天太阳快落的时候，我家里去这桑树下摘叶，张铁锁女人说是偷他们的桑叶，硬拦住不叫走，恰好我放学回去碰上，说了她几句，她才算丢开手，本来我想去找张铁锁，叫他管教他女人，后来一想，些小事走开算了，何必跟她一般计较，因此也没有去找他。今天早上我一出门，看见桑树不在了，我就先去找铁锁。一进门我说：'铁锁！谁把茅厕边那小桑树砍了？'他老婆说：'我！'我说：'你为什么砍我的桑树？'她说：'你的？你去打听打听是谁的！'我想我的东西还要去打听别人？因此我就打了钟，来请大家给我问问他。我说完了，叫他说吧！看他指什么砍树。"

李如珍用嘴指了一下铁锁："张铁锁！你说吧！你为什么砍人家的树？"

铁锁道："怎么你也说是他的树？"

李如珍道："我还没有问你你就先要问我啦是不是？你们这些外路人实在没有规矩！来了两三辈了还是不服教化！"

小毛也教训铁锁道："你说你的理就对了，为什么先要跟村长顶嘴？"

铁锁道："对对对，我说我的理：这棵桑树也不是我栽的，是它自己出的，不过长在我的茅厕墙边，总是我的吧？可是哪一年也轮不到我摘叶子，早早地就被人家偷光了……"

李如珍道："简单些！不要拉那么远！"

铁锁道："他拉得也不近！"

小毛道："又顶起来了！你是来说理来了呀，是来顶村长来了？"

铁锁道："你们为什么不叫我说话？"

福顺昌掌柜王安福道："算了算了！怨咱们说不了事情。我看双方的争执在这里，就是这茅厕究竟该属谁。我看这样子吧：耀唐！你说这茅厕是你的，你有什么凭据？"

春喜道："我那是祖业，还有什么凭据？"

王安福又向铁锁道："铁锁你啦？你有什么凭据？"

铁锁道："连院子带茅厕，都是他爷爷手卖给我爷爷的，我有契纸。"说着从怀里取出契纸来递给王安福。

大家都围拢着看契，李如珍却只看着春喜。

春喜道："大家看吧！看他契上是一个茅厕呀，是两个茅厕！"

铁锁道："那上边自然是一个！俺如今用的那个，谁不知道是俺爹新打的？"

李如珍道："不是凭你的嘴硬啦！你记得记不得？"

铁锁道："那是三十年前的事，我现在才二十岁，自然记不得。可是村里上年纪的人多啦！咱们请出几位来打听一下！"

李如珍道："怕你嘴硬啦？还用请人？我倒五十多了，可是我就记不得！"

小毛道："我也四十多了，自我记事，那里就是两个茅厕！"

铁锁道："小毛叔！咱们说话都要凭良心呀！"

李如珍翻起白眼向铁锁道："照你说是大家打伙诳你啦，是不是？"

铁锁知道李如珍快撒野了，心里有点慌，只得说道："那我也不敢那么说！"

窗外有个女人抢着叫道："为什么不敢说？就是打伙诳人啦！"只见铁锁的老婆二妞当当当跑进来，一手抱着个孩子，一手指划着，大声说道："你们五十多的记不得，四十多的记得就是两个茅厕，难道村里再没有上年纪的人，就丢下你们两个了？……"

李如珍把桌子一拍道："混蛋！这样无法无天的东西！滚出去！老宋！撺出她！"

二妞道："撺我呀！贼是我捉的，树也是我砍的，为什么不叫我说话？"

李如珍道："叫你来没有？"

二妞道："你们为什么不叫我？哪有这说理不叫正头事主的？"

小毛道："家有千口，主事一人。有你男人在场，叫你做什么？走吧走吧！"说着就往外推她。

二妞把小毛的手一拨道："不行！不是凭你的力气大啦！贼是我捉的，树是我砍的！谁杀人谁偿命！该犯什么罪我都领，不要连累了我的男人。"

在窗外听话的人越挤越多，都暗暗点头，还有些人交头接耳说："二妞说话把得住理！"

正议论间，又从庙门外走进个人来，有二十多岁年纪，披着一头短发，穿了件青缎夹马褂，手里提了根藤条手杖。人们一见他，跟走路碰上蛇一样，不约而同都吸了一口冷气，给他让开了一条路。这人叫小喜，官名叫继唐，也是李如珍的本家侄子，当年也是中学毕业，后来吸上了金丹，就常和邻近的光棍们来往，当人贩、卖寡妇、贩金丹、挑词讼……无所不为，这时又投上三爷的门子，因为三爷是阎锡山的秘书长的堂弟，小喜抱上这条粗腿，更是威风凛凛，无人不怕。他一进去，正碰着二妞说话，便对二妞发话道："什么东西唧唧喳喳的！"

除了村长是小喜的叔父，别的人都站起来陪着笑脸招呼小喜，可是二妞偏不挨他的骂，就顶他道："你管得着？你是公所的什么人？谁请的你？……"

二妞话没落音，小喜劈头就是一棍道："滚你妈的远远的！反了你！草灰羔子！"

小毛拦道："继唐！不要跟她一般计较！"又向二妞道："你还不快走？"

二妞并不哭，也不走，挺起胸膛向小喜道："你杀了我吧！"

小喜抢转棍子狠狠地又在二妞背上打了两棍道："杀了你又有什么事？"把小孩子的胳膊也打痛了，小孩子大哭起来。

窗外边的人见势头不对，跑进去把二妞拉出来了。二妞仍不服软，仍回头向里边道："只有你们活的了！外来户还有命啦？"别的人低声劝道："少说上句吧！这时候还说什么理？你还占得了他的便宜呀？"

村长在里边发话道："闲人一概出去！都在外边乱什么？"

小毛子揭起帘子道："你们就没有看见庙门上的虎头牌吗？'公所重地，闲人免进。'你们乱什么？出去！"

窗外的人们也只得掩护二妞走出去。

小毛见众人退出，赶紧回头招呼小喜："歇歇，继唐！老宋！饼还热不热了？"

老宋端过一盘烙饼来道："放在火边来，还不很冷！"说着很小心地放在小喜跟前。

小喜也不谦让，抓起饼子吃着，连吃带说："我才从三爷那里回来。三爷托我给他买一张好条几，不知道村里有没有？"

小毛道："回头打听一下看吧，也许有！"

李如珍道："三爷那里很忙吗？"

"忙，"小喜嘴里嚼着饼子，连连点头说，"事情实在多！三爷也是不想管，可是大家找得不行！凡是县政府管不了的事，差不多都找到三爷那里去了。"老宋又端着汤来，小喜接过来喝了两口，忽然看见铁锁，就放下碗向铁锁道："铁锁！你那女人你可得好好管教管教啦！你看那像个什么样子？唧唧喳喳，一点也不识羞！就不怕别人笑话？"

铁锁想："打了我老婆，还要来教训我，这成什么世界？"可是势头不对，说不得理，也只好不作声。

停了一会，小喜的汤也快喝完了，饼子还没有吃到三分之一。福顺昌掌柜王安福向大家提道："咱们还是说正事吧！"

小喜站起来道："你们说吧！我也摸不着，我还要给三爷买条几去！"

小毛道："吃了再去吧！"

小喜把盘里的饼一卷，捏在手里道："好，我就拿上！"说罢，拿着饼子，提起他的藤条手杖，匆匆忙忙地走了。

王安福接着道："铁锁！你说你现在用的那个茅厕是你父亲后来打的，能找下证人不能？"

铁锁道："怎么不能？你怕俺邻家陈修福老汉记不得啦？"

春喜道："他不行！一来他跟你都是林县人，再者他是你女人的爷爷，是你的老丈爷，那还不是只替你说话？"

铁锁道："咱就不找他！找杨二奎吧！那可是本地人！"

春喜道："那也不行！白狗是你的小舅，定的是杨三奎的闺女，那也有亲戚关系。"

铁锁道："这你难不住我！咱村的老年人多啦！"随手指老宋道："老宋也五六十岁了，跟我没有什么亲戚关系吧？"

小毛拦道："老宋他是个穷看庙的，他知道什么？你叫他说说他敢当证人不敢？老宋！你知道不知道？"

老宋自然记是，可是他若说句公道话，这个庙就住不成了，因此他只好推开："咱从小是个穷人，一天只顾弄着吃，什么闲事也不留心。"

李如珍道："有契就凭契！契上写一个不能要人家两个，还要找什么证人？村里老年人虽然多，人家谁也不是给你管家务的！"

小毛道："是这样吧！我看咱们还是背场谈谈吧！这样子结不住口。"

大家似乎同意，有些人就漫散开来交换意见。小毛跟村长跟春喜互相捏弄了一会手码，王安福也跟间邻长们谈了一谈事情的真相。后来小毛走到王安福跟前道："这样吧！他们的意思，叫铁锁包赔出这么个钱来！"说着把袖口对住王安福的袖口一捏，接着道："你看怎么样？"

王安福悄悄道："说真理，他们卖给人家就是这个茅厕呀！人家用的那一个，真是他爹老张木匠在世时候打的。我想这你也该记得！"

小毛道："那不论记得不记得，那样顶真，得罪的人就多了。你想：村长、春喜，意思都是叫他包赔几个钱。还有小喜，不说铁锁，我也惹不起人家呀！"

王安福没有答话，只是摇头。间邻长们也不敢作什么主张，都是看看王安福，看看村长，看看小毛，直到天黑也没说个结果，就都回家吃饭去了。

晚上，老宋又到各家叫人，福顺昌掌柜王安福说是病了，没有去。其余的人，也有去的，也有不去的。大家在庙里闷了一会，村长下了断语：茅厕是春喜的，铁锁砍了桑树包出二百块现洋来，吃烙饼和开会的费用都由铁锁担任，叫铁锁讨保出庙。

二

陈修福老汉当保人，保证铁锁一月以后还钱，才算放铁锁出了庙。铁锁气得抬不起头来，修福老汉拉着胳膊把他送到家。他一回去，一头睡在床上放声大哭，二妞问他，他也说不出话来，修福老汉也劝不住。一会，邻家们也都听见了，都跑来问询，铁锁仍哭得说不出话来，修福老汉才把公所处理的结果一件件告诉大家说："茅厕说成人家的了，还叫包人家二百块钱，再担任开会的花费。"铁锁听老汉又提起来，哭得更喘不过气来，邻家们人人摇头，二妞听了道："他们说得倒体面！"咕咚一声把孩子放在铁锁跟前道："给你孩子，这事你不用管！钱给他出不成！茅厕也给他丢不成！事情是我闯的，就是他，就是我！滚到哪里算哪里，反正是不得好活！"一边说，一边跳下床就往外跑，邻家们七八个人才算把她拖住。小孩在炕上直着嗓子号，修福老汉赶紧抱起来。

大家分头解劝，劝的二妞暂息了怒，铁锁也止住了哭。杨三奎向修福老汉道："太欺人！不只你们外路人，就是本地人也活不了。你看村里一年出多少事，哪一场事不是由着人家捏弄啦？实在没法！"

内中有个叫冷元的小伙子跳起来叫道："铁锁！到哪个崖头路边等住他，你不敢一镢头把他捣下沟里？"

杨三奎道："你们年轻人真不识火色！人家正在气头上啦，说那些冒失话抵什么事？"说得冷元又蹲下去了。年轻人们指着冷元笑道："冷家伙，冷家伙！"

闷了一小会，修福老汉道："我看可以上告他！就是到县里把官司打输了，也要比这样了了场合算。"

杨三奎道："那倒可以！到县里他总不能只说一面理，至少也要问一问证人。"

冷元道："这事真气死人！可惜我年纪小记不得，要不我情愿给你当证人！"

杨三奎道："你年纪小，有大的！"有几个三四十岁的人七嘴八舌接着说："铁锁他爹打茅厕这才几天呀！三十以上的人差不多都记得！""你状上写谁算谁，谁也可以给你证明。""多写上几个！哪怕咱都去啦！"

二妞向铁锁道："胖孩爹！咱就到县里再跟他滚一场！任凭把家当花完也不能叫便宜了他们爷们！"又向修福老汉道："爷爷！你不是常说咱们来的时候都是一筐一担来的吗？败兴到底咱也不过一筐一担担着走，还落个够大！怕什么？"

正说话间，二妞的十来岁的小弟弟白狗，跑进来叫道："姐姐！妈来了！"二妞正起来去接，她妈已经进来了。她妈悄悄道："你们正说什么？"冷元抢着大声道："说告状！"二妞她妈摆手道："人家春喜媳妇在窗外听啦！"大家都向窗上看。二妞道："听她听罢，她能堵住我告状？"

大家听说有人听，也就不多说了，都向二妞她妈说："你好好劝劝她吧。"说着也就慢慢散去。

李如珍叔侄们回去，另是一番气象：春喜、小喜、小毛，都集中在李如珍的大院里，把黑漆大门关起来庆祝胜利。晌午吃过烙饼，肚子都很不饿，因此春喜也就不再备饭，只破费了十块现洋买了一排金丹棒子作为礼物。

李如珍的太谷烟灯和宜兴磁烟斗，除了小毛打发他过了瘾以后可以吸口烟灰，别人是不能借用的，因此春喜也把他自己的烟家伙拿来。李如珍住的屋子分为里外间，里间的一盏灯下，是小毛给李如珍打泡，外间的一盏灯下，睡的是春喜和小喜弟兄两个。里间不热闹，因为李如珍觉着小毛只配烧烟，小毛也不敢把自己身份估得过高，也还有些拘束，因此就谈不起话来。小毛把金丹棒子往斗上粘一个，李如珍吸一个，一连吸了七八个以后，小毛把斗里烟灰挖出，重新再往上粘。又吸了七八个，小毛又把灰挖出来，把两次的灰合并起来烧着，李如珍便睡着了。等到小毛打好了泡，上在斗上，把烟枪杆向他口边一靠，他才如梦初醒，衔住枪杆吸起来。

外间的一盏灯下虽然也只有小喜和春喜两个人，可是比里间热闹得多，他们谈话的材料很多：起先谈的是三爷怎样阔气，怎样厉害；后来又谈到谁家闺女漂亮，哪个媳妇可以；最后才谈到今天的胜利。他们谈起二妞，春喜说："你今天那几棍打得真得劲！我正想不出办法来对付她，你一进去就把事情解决了。"小喜道："什么病要吃什么药！咱们连个草灰媳妇也斗不了，以后还怎么往前闯啦？老哥！你真干不了！我看你也只能教一辈子书。"春喜道："虽说是个草灰媳妇，倒是个有本领的。很精干！……"小喜摇头道："嘘……我说你怎么应付不了她，原来是你看到眼里了呀？"说着用烟签指着春喜鼻子道："叫老嫂听见怕不得跪半夜啦？没出息没出息！没有见过东西，一个小母草灰就把你迷住了！"春喜急得要分辩，也找不着一句适当的话。小喜把头挺在枕头后边哈哈大笑起来，春喜没法，也只好跟着他笑成一团。就在这时，李如珍在里间喊道："悄悄！听听是谁打门啦？"他两个人听着，都停住了笑，果然又听得门环啪啪地连响了几声。

小毛跑出院里问道："谁？"外边一个女人声音答道："我！开开吧！"小喜听出是春喜媳妇的声音，又笑向春喜道："真是老嫂找来了！"小毛开了门，春喜媳妇进来了。春喜问："什么事？"春喜媳妇低声道："你去听听人家二妞在家说什么啦？"一提二妞，小喜又指着春喜大笑起来，春喜也跟着笑。春喜媳妇摸不着头脑，忙问："笑什么？"小喜道："这里有个谜儿，你且不用问。你先说说你听见二妞说什么来？"春喜媳妇坐在小喜背后，两肘按着小喜的腰，面对着春喜，把冷元怎样说冒失话，二妞怎样说要破全部家当到县里告状，详详细细谈了一遍。春喜还未答话，小喜用手一推道："回去吧回去吧！没有事！她告到县里咬得了谁半截？到崖头上等，问问他哪个是有种的？"春喜也叫他媳妇回去，媳妇走了。小毛又去把大门关住，小喜仍然吹他的大话。

李如珍在里间拉长了声音轻轻叫道："喜！——来！——"小喜进去了。小毛一见小喜，赶紧起来让开铺子叫他躺，自己坐到床边一个凳子上，听他们谈什么事。李如珍看了小毛一眼，随手拈起三四个金丹棒子递给他道："你且到外边躺一会。"小毛见人家不叫他听，也只好接住棒子往外间来吸。

小毛吸了第一遍，正烧着灰，小喜就出来了。他一见小喜出来，自然又不得不起来再让小喜躺下。小喜向春喜道："老哥！叔叔说那东西真要想去告状还不能不理。"小毛站在一边接话道："那咱也得想个办法呀！"小喜见小毛还在旁边，后悔自己不该说了句软话，就赶紧摆足架子答道："那自然有办法！"春喜道："扯淡！一个小土包子，到县里有他的便宜呀？"小喜看了小毛一眼道："你还到里边去吧！"小毛又只得拿上他的金丹灰回里间去。小喜等他去后，低声向春喜道："自然不是怕官司上吃了他的亏！叔叔说不可叫他开这个端。不论他告得准告不准，旁人说起来，一个林县草灰告过咱一状，那总是一件丢脸的事。"春喜道："那咱也不能托人去留他呀？"小喜道："什么东西？还值得跟他那样客气？想个法叫他告不成就完了！"春喜道："想个什么法？"小喜道："不怕！有三爷！明天一早我就找三爷去。"

这天晚上，也不知他们吸到什么时候才散。

第二天早上小喜去找三爷去；铁锁忙着借钱准备告状。阴历四月庄家人一来很忙，二来手头都没有钱，铁锁跑来跑去，直跑到晌午，东一块，西五毛，好容易才凑了四五块钱。二妞在家也忙着磨面蒸窝窝，给铁锁准备进城的干粮。

晌午，铁锁和二妞正在家吃饭，小喜领了一个人进来，拿着绳，把铁锁的碗夺了，捆起来。二妞道："作什么？他又犯下什么罪了？"小喜道："不用问！也跑不了你！"说着把二妞的孩子夺过来丢在地上，把二妞也捆起来。村里人正坐在十字街口吃饭，见小喜和一个陌生的人拿着绳子往铁锁院里去，知道没有好事。杨三奎、修福老汉、冷元……这几个铁锁的近邻，就跟着去看动静。他们看见已经把铁锁两口捆起来，小孩子爬在地上哭，正预备问问为什么，只见小喜又用小棍子指着冷元道："也有他！捆上捆上！"那个陌生人就也把冷元捆住。

两个人牵着三个人往外走，修福老汉抱起小孩和大家都跟了出来。街上的人，有几个胆小的怕连累自己，都走开了；其余的人跟在后面，也都想不出挽救的办法。二妞的爹娘和兄弟、冷元的爹娘也半路追上来跟着走。大家见小喜和他引来的那个人满脸凶气，都搭不上碴，只有修福老汉和冷元的爹绕着小喜，一边走，一边苦苦哀求。

小喜把人带到庙里，向老宋道："请村长去！"老宋奉命去了。

修福老汉央告小喜道："继唐！咱们都是个邻居，我想也没有什么过不去的事。他们年轻人有什么言差语错，还得请你高高手，担待着些。"

小喜道："这事你也清楚！他们一伙人定计，要到崖头路边谋害村长。村长知道了，打发我去找三爷。我跟三爷一说，三爷说：'这是响马举动，先把他们捆来再说！'听说人还多，到那里一审你怕不知道还有谁啦？"

二妞听了道："我捉了一回贼就捉出事来了，连我自己也成了响马了！看我杀了谁了，抢了谁了？"

小喜道："你听！硬响马！我看你硬到几时？"

修福老汉道："这闺女！少说上句吧！"

李如珍来了，小毛也跟在后边。小喜向李如珍道："三爷说叫先把人捆去再说。你先拨几个保卫团丁送他们走。"

修福老汉看见事情急了，把孩子递给他孙孙白狗，拉了小毛一把道："我跟你说句话！"小毛跟他走到大门外，他向小毛道："麻烦你去跟村长跟小喜商量一下，看这事情还能在村里了一了不能？"小毛素日也摸得着小喜的脾气，知道他有钱万事休，再者如能来村里再说一场，不论能到底不能到底，自己也落不了空，至少总能吃些东西，就满口应承道："可以！我去给你探探口气！自然我也跟大家一样，只愿咱村里没事。"说着就跑到小喜面前道："继唐！来！我跟你说句话！"小喜道："说吧！"小毛又点头道："来！这里！"小喜故意装成很不愿意的样子，跟着小毛走进龙王殿去。

白狗抱着小胖孩站在二妞旁边，小胖孩伸着两只小手向二妞扑。二妞预备去摸他，一动手才想起手被人家反绑着，随着就瞪了瞪眼道："摔死他！要死死个干净！"口里虽是这么说着，眼里却滚下泪来。二妞她娘看见很伤心，一边哭一边给二妞揩泪。

小喜从龙王殿出来道："我看说不成！他们这些野草灰不见丧不掉泪，非弄到他们那地方不行！"小毛在后边跟着道："不要紧，咱慢慢说！山不转路转，没有说不倒的事！村长！走吧，咱们跟继唐到你那里谈一谈！"小喜吩咐他带来的那个人道："你看着他们，说不好还要带他们走！"说罢同村长先走了。

小毛悄悄向修福老汉道："得先买两排棒子！"修福老汉道："我不知道哪里有卖的。"小毛道："拿二十块现洋就行，我替你买去！"修福老汉和冷元他爹齐声道："可以，托你吧！"小毛随着村长和小喜去了。

小喜说三爷那里每人得花一百五十元现洋，三个人共是四百五十元。一边讨价一边还价，小毛也做巫婆也做鬼，里边跑跑外边走走，直到晚饭时候才结了口——三爷那边，三个人共出一百五十元。给小喜和引来那个人五十元小费。铁锁和冷元两家摆酒席请客赔罪，具保状永保村长的安全。前案不动，还照昨天村公所处理的那样子了结。

定死了数目，小毛说一个不能再少了。修福老汉到庙里去跟铁锁商量，铁锁自己知道翻不过了，也只好自认晦气。二妞起先不服，后来也想不出什么办法，只好不再作主张。冷元也只是为了铁锁的事说了句淡话，钱还是铁锁出，因此也没有什么意见。修福老汉见他们应允了，才去找杨三奎和自己两个人做保，把他们三个人保出。

这一次保出来和上一次不同，春喜的钱能迟一个月，小喜却非带现钱不可。铁锁托修福老汉和杨三奎到福顺昌借钱，王安福老汉说柜上要收茧，没有钱出放，零的可以，上一百元就不行。杨三奎向修福老汉道："福顺昌不行，村里再没有道路，那就只好再找小毛，叫他去跟小喜商量，就借六太爷那钱吧！"修福老汉道："使上二百块那个钱，可就把铁锁那一点家当挑拆了呀！"杨三奎道："那再没办法，反正这一关总得过。"修福老汉又去跟铁锁商量去。

原来这六太爷是三爷的堂叔。他这放债与别家不同：利钱是月三分，三个月期满，本利全归。这种高利，在从前也是平常事，特别与人不同的是他的使钱还钱手续：领着他的钱在外边出放的经手人，就是小喜这一类人，叫做"承还保人"。使别人的钱，到期没钱，不过是照着文书下房下地，他这文书上写的是"到期本利不齐者，由承还保人做主将所质之产业变卖归还"，因此他虽没有下过人的地，可是谁也短不下他的钱。小喜这类人往外放钱的时候是八当十，文书上写一百元，实际上只能使八十元，他们从中抽使二十元。"八当十，三分利，三个月一期，到期本利还清，想再使又是八当十，还不了钱由承还保人变卖产业"：这就是六太爷放债的规矩。这种钱除了停尸在地或命在旦夕非钱不行时候，差不多没人敢使，铁锁这会就遇了这样个非使不行。

修福老汉跟铁锁一商量，铁锁也再想不出别的办法，只好托小毛去央告小喜，把他爷他爹受了两辈子苦买下的十五亩地写在文书上，使了六太爷二百五十块钱（实二百块），才算把三爷跟小喜这一头顾住。两次吃的面、酒席钱、金丹棒子钱，一共三十元，是在福顺昌借的。

第三天，请过了客，才算把这场事情结束了。

铁锁欠春喜二百元，欠六太爷二百五十元，欠福顺昌三十元，总共是四百八十元外债。

小喜在八当十里抽了五十元，又得了五十元小费，他引来那个捆人的人，是两块钱雇的，除开了那两块，实际上得了九十八元。

李如珍也不落空：小喜说三爷那里少不了一百五十元，实际上只缴三爷一百元，其余五十元归了李如珍。

小毛只跟着吃了两天好饭，过了两天足瘾。

一月之后，蚕也老了，麦也熟了，铁锁包春喜的二百元钱也到期了，欠福顺昌的三十元也该还了，使六太爷的二百五十元铁锁也觉着后怕了。他想："背利不如早变产，再迟半年，就把产业全卖了也不够六太爷一户的。"主意一定，咬一咬牙关，先把茧给了福顺昌，又粜了两石麦子把福顺昌的三十元找清；又把地卖给李如珍十亩，还了六太爷的二百五十元八当十；把自己住的一院房子给了春喜，又贴了春喜三石麦抵住二百元钱，自己搬到院门外碾道边一座喂过牲口的房子里去住：这样一来，只剩下五亩地和一座喂过牲口的房子。春喜因为弟兄们多，分到的房子不宽绰，如今得了铁锁这座院子，自是满心欢喜，便雇匠人补檐头、扎仰尘、粉墙壁、添门面，不几天把个院子修理得十分雅致，修理好了便和自己的老婆搬到里边去住。铁锁啦？搬到那座喂过牲口的房子里，光锄头犁耙、缸盆瓦罐、锅匙碗筷、箩头筐子……就把三间房子占去了两间，其余一间，中间一个驴槽，槽前修锅台，槽上搭床铺，挤得连水缸也放不下。

铁锁就住在这种房子里，每天起来看看对面的新漆大门和金字牌匾，如何能不气？不几天他便得了病，一病几个月，吃药也无效。俗语说："心病还须心药治。"后来三爷上了太原，小喜春喜都跟着去了。有人说："县里有一百多户联名告了一状。省城把他们捉去了。"有人说："三爷的哥哥是阎锡山的秘书长，是一人之下万人之上的官，听说他在家闹得不像话，把他叫到省城关起来了。"不论怎么说，都说与三爷不利。铁锁听了这消息，心里觉着痛快了一下，病也就慢慢好起来了。

李家庄的变迁（作品梗概）

李家庄有座龙王庙。这龙王庙也办祭祀，也算村公所，修德堂东家李如珍是村长又是社首。这是抗战以前的八九年，一天，庙门前那口大钟当当当响起来，原来是李如珍的本家侄儿李春喜前来告状。春喜说铁锁砍了他的桑树，要求赔偿。在村公所调解会上，铁锁据理力争，说那棵桑树和附近的茅厕都是他家祖上的产业，村里上年纪的人全可作证。村长不容铁锁分辩便下了断语：铁锁砍了桑树，赔偿二百块现洋，并负担这次开会的全部费用。

铁锁保证一个月后还钱，才由村公所释放回家。他气愤得抬不起头来，倒在床上放声痛哭。来看望的乡亲中有个叫冷元的小伙子跳起来叫道："铁锁！到那个崖头路边等住他，你不敢一镢头把他捣下沟里？"大家又帮铁锁商量着到县里告状。不料，冷元的话和告状的事传到李如珍耳里。几天后，李如珍的另一个本家侄子小喜带了一个气势汹汹的人进村，以"谋害村长"的罪名把铁锁、铁锁女人二妞和冷元等人捆起来。经过苦苦哀求，铁锁被勒索了二百元现洋，并和冷元两家摆酒席请客陪罪，具保状永保村长的安全。

这两场横祸，使铁锁背上了四百八十元外债。一个月后，铁锁卖掉十亩地和一座房子，又赔上五石麦子和自己养的全部蚕茧。这样一来，他只剩下五亩沙板地和一座喂牲口的破房了。

铁锁自从变卖了家产以后，日子过得一天不如一天。幸而他自幼跟随父亲学过木匠和泥水匠，便与人搭伙到太原打零工，并在工匠住地结识了进步学生小常。小常给他们讲解穷人当家作主的道理，铁锁被深深地吸引住了，他觉得世界上有小常这样一个人，总还算象个世界。然而，一个秋天过去了，山西票子越来越不值钱，铁锁他们一帮人越做越没有劲，不得不回到家乡来。

不久，上边公事下来，说共产党的军队从陕西过河来了，叫各地加紧"防共"，宁错杀一千个老百姓，也不叫放走一个共产党。铁锁回乡后时时记起小常的话，现在听说共产党过了河，非常高兴，忍不住把心里高兴的话说给要好的乡亲听。不料冷元这个冒失鬼说漏了嘴，铁锁的话被小喜、春喜知道了。他们正因"防共"没有成绩受到区团长的批评，便马上把这事上报，县府派警察捉去了铁锁。要是早半年的话，铁锁就没命了，这时已是民国二十五年的夏天，他们对共产党稍稍客气了一点，铁锁进了训导班，一面做苦工一面受训。

"七七"事变后，山西的爱国人士组织的"牺牲救国同盟会"，派人到县里来发动群众抗日，训导班被解散了。铁锁意外地遇到小常。小常启发他只要把大家组织起来，才能把那些坏家伙打倒，世界上才能有真理。小常帮助李家庄成立了牺盟会分会，铁锁任秘书，冷元当宣传委员。这时李如珍等人却在暗中商量破坏减租减息和牺盟会的活动。在村长改选中，李如珍被撤职，铁锁当上了村长。八路军把敌人赶走了，村里的工作轰轰烈烈开展起来。

一九三九年阴历十一月，春喜、小喜忽然随中央军回来。铁锁、冷元一看见这伙子人，知道要出事，便带十来个常出头的人躲开了。后又得到县政府和牺盟会被中央军包围、小常被活埋的消息。接着，村里被捉去一百多人，说都是共产党，剁手的剁手，剜眼的剜眼，要钱的要钱……。铁锁这十几个人只好在山里转来转去，随后都加入了八路军。

八路军又回到李家庄一带。村里召开了公审大会，汉奸李如珍被愤怒的群众活活打死。不几天，县政府、区公所相继成立，各地的土匪也被解决了；各村当过汉奸的，听说打死李如珍的事，怕群众找他们算账，都赶紧跑到县政府自首。

李家庄自此成了根据地，村里的各项工作都开展得很好。日本宣布投降的消息传到李家庄之后，全村人高兴得跟疯了一样，村里人准备趁旧历八月十五，开个庆祝胜利大会。这个会布置得隆重热闹，请了一台大戏，本村的剧团也将配合演出。满街悬灯结彩，展览抗战以来所得到的胜利品。年轻人都说："自从记事以来，还数今年这八月十五过得热闹。"就在庆祝大会上，刚从区里开会回来的铁锁给大家报告了一个坏消息：国民党蒋介石又发动内战了！村里的青年人义愤填膺，纷纷报名参战，决心誓死保卫胜利果实。这天晚上，大家也无心看戏，参战的人准备行李，不参战的人帮着他们准备。

第二天，村里一大群人，锣鼓喧天地把参战人员送到三里以外。（陈培爱）

孙　犁

孙犁（1913—2002），原名孙树勋，河北安平人。中国现代作家。主要作品有小说散文集《荷花淀》，短篇小说集《芦花荡》《嘱咐》等"白洋淀系列"，长篇小说《风云初记》，中篇小说《铁木前传》《村歌》，散文集《晚华集》《耕堂散文》等。代表作《荷花淀》《风云初记》等。

孙犁是抗战时期进入延安"鲁艺"学习过程中开始文学创作的。因在高中学习期间阅读了大量新文学作品，形成了最初的艺术意识。1944 年发表小说《荷花淀》受到解放区文坛的好评。新中国成立后相继创作了长篇小说《风云初记》和中篇《村歌》《铁木前传》等，形成了朴实淡雅、清新优美的创作风格，成为解放区小说领域与赵树理小说风格迥异的又一代表作家。

荷花淀
——白洋淀纪事之一

月亮升起来，院子里凉爽得很，干净得很，白天破好的苇眉子潮润润的，正好编席。女人坐在小院当中，手指上缠绞着柔滑修长的苇眉子。苇眉子又薄又细，在她怀里跳跃着。

要问白洋淀有多少苇地？不知道。每年出多少苇子？不知道。只晓得，每年芦花飘飞苇叶黄的时候，全淀的芦苇收割，垛起垛来，在白洋淀周围的广场上，就成了一条苇子的长城。女人们，在场里院里编着席。编成了多少席？六月里，淀水涨满，有无数的船只，运输银白雪亮的席子出口，不久，各地的城市村庄，就全有了花纹又密、又精致的席子用了。大家争着买：

"好席子，白洋淀席！"

这女人编着席。不久在她的身子下面，就编成了一大片。她像坐在一片洁白的雪地上，也像坐在一片洁白的云彩上。她有时望望淀里，淀里也是一片银白世界。水面笼起一层薄薄透明的雾，风吹过来，带着新鲜的荷叶荷花香。

但是大门还没关，丈夫还没回来。

很晚丈夫才回来了。这年轻人不过二十五六岁，头戴一顶大草帽，上身穿一件洁白的小褂，黑单裤卷过了膝盖，光着脚。他叫水生，小苇庄的游击组长，党的负责人。今天领着游击组到区上开会去来。女人抬头笑着问：

"今天怎么回来的这么晚？"站起来要去端饭。水生坐在台阶上说：

"吃过饭了，你不要去拿。"

女人就又坐在席子上。她望着丈夫的脸，她看出他的脸有些红涨，说话也有些气喘。她问：

"他们几个哩？"

水生说：

"还在区上。爹哩?"

女人说：

"睡了。"

"小华哩?"

"和他爷爷去收了半天虾篓，早就睡了。他们几个为什么还不回来?"

水生笑了一下。女人看出他笑的不像平常。

"怎么了，你?"

水生小声说：

"明天我就到大部队上去了。"

女人的手指震动了一下，想是叫苇眉子划破了手，她把一个手指放在嘴里吮了一下。水生说：

"今天县委召集我们开会。假若敌人再在同口安上据点，那和端村就成了一条线，淀里的斗争形势就变了。会上决定成立一个地区队。我第一个举手报了名的。"

女人低着头说：

"你总是很积极的。"

水生说：

"我是村里的游击组长，是干部，自然要站在头里，他们几个也报了名。他们不敢回来，怕家里的人拖尾巴。公推我代表，回来和家里人们说一说。他们全觉得你还开明一些。"

女人没有说话。过了一会，她才说：

"你走，我不拦你，家里怎么办?"

水生指着父亲的小房叫她小声一些。说：

"家里，自然有别人照顾。可是咱的庄子小，这一次参军的就有七个。庄上青年人少了，也不能全靠别人，家里的事，你就多做些，爹老了，小华还不顶事。"

女人鼻子里有些酸，但她并没有哭。只说：

"你明白家里的难处就好了。"

水生想安慰她。因为要考虑准备的事情还太多，他只说了两句：

"千斤的担子你先担吧，打走了鬼子，我回来谢你。"

说罢，他就到别人家里去了，他说回来再和父亲谈。

鸡叫的时候，水生才回来。女人还是呆呆地坐在院子里等他，她说：

"你有什么话嘱咐我吧!"

"没有什么话了，我走了，你要不断进步，识字，生产。"

"嗯。"

"什么事也不要落在别人后面!"

"嗯，还有什么?"

"不要叫敌人汉奸捉活的。捉住了要和他拼命。"那最重要的一句，女人流着眼泪答应了他。

第二天，女人给他打点好一个小小的包裹，里面包了一身新单衣，一条新毛巾，一双新鞋子。那几家也是这些东西，交水生带去。一家人送他出了门。父亲一手拉着小华，对他说：

"水生，你干的是光荣事情，我不拦你，你放心走吧。大人孩子我给你照顾，什么也不要惦记。"

全庄的男女老少也送他出来，水生对大家笑一笑，上船走了。

女人们到底有些藕断丝连。过了两天，四个青年妇女集在水生家里来，大家商量：

"听说他们还在这里没走。我不拖尾巴，可是忘下了一件衣裳。"

"我有句要紧的话得和他说说。"

水生的女人说：

"听他说鬼子要在同口安据点……"

"哪里就碰得那么巧，我们快去快回来。"

"我本来不想去，可是俺婆婆非叫我再去看看他，有什么看头啊！"

于是这几个女人偷偷坐在一只小船上，划到对面马庄去了。

到了马庄，她们不敢到街上去找，来到村头一个亲戚家里。亲戚说：你们来的不巧，昨天晚上他们还在这里，半夜里走了，谁也不知开到哪里去。你们不用惦记他们，听说水生一来就当了副排长，大家都是欢天喜地的……

几个女人羞红着脸告辞出来，摇开靠在岸边上的小船。现在已经快到晌午了，万里无云，可是因为在水上，还有些凉风。这风从南面吹过来，从稻秧上苇尖吹过来。水面没有一只船，水像无边的跳荡的水银。

几个女人有点失望，也有些伤心，各人在心里骂着自己的狠心贼。可是青年人，永远朝着愉快的事情想，女人们尤其容易忘记那些不痛快。不久，她们就又说笑起来了。

"你看说走就走了。"

"可慌（高兴的意思）哩，比什么也慌，比过新年，娶新——也没见他这么慌过！"

"拴马桩也不顶事了。"

"不行了，脱了缰了！"

"一到军队里，他一准得忘了家里的人。"

"那是真的，我们家里住过一些年轻的队伍，一天到晚仰着脖子出来唱，进去唱，我们一辈子也没那么乐过。等他们闲下来没有事了，我就傻想：该低下头了吧。你猜人家干什么？用白粉子在我家影壁上画上许多圆圈圈，一个一个蹲在院子里，托着枪瞄那个，又唱起来了！"

她们轻轻划着船，船两边的水哗，哗，哗。顺手从水里捞上一棵菱角来，菱角还很嫩很小，乳白色。顺手又丢到水里去。那棵菱角就又安安稳稳浮在水面上生长去了。

"现在你知道他们到了哪里？"

"管他哩，也许跑到天边上去了！"

她们都抬起头往远处看了看。

"唉呀！那边过来一只船。"

"唉呀！日本鬼子，你看那衣裳！"

"快摇！"

小船拼命往前摇。她们心里也许有些后悔，不该这么冒冒失失走来；也许有些怨恨那些走远了的人。但是立刻就想，什么也别想了，快摇，大船紧紧追过来了。

大船追的很紧。

幸亏是这些青年妇女，白洋淀长大的，她们摇的小船飞快。小船活像离开了水皮的一条打跳的梭鱼。她们从小跟这小船打交道，驶起来，就像织布穿梭，缝衣透针一般快。

假如敌人追上了，就跳到水里去死吧！

后面大船来的飞快。那明明白白是鬼子！这几个青年妇女咬紧牙制止住心跳，摇橹的手并没有慌，水在两旁大声哗哗，哗哗，哗哗哗！

"往荷花淀里摇！那里水浅，大船过不去。"

她们奔着那不知道有几亩大小的荷花淀去，那一望无边际的密密层层的大荷叶，迎着阳光舒展开，就像铜墙铁壁一样。粉色荷花箭高高地挺出来，是监视白洋淀的哨兵吧！

她们向荷花淀里摇，最后，努力的一摇，小船窜进了荷花淀。几只野鸭扑楞楞飞起，尖声惊叫，掠着水面飞走了。就在她们的耳边响起一排枪！

整个荷花淀全震荡起来。她们想，陷在敌人的埋伏里了，一准要死了，一齐翻身跳到水里去。渐渐听清楚枪声只是向着外面，她们才又扒着船帮露出头来。她们看见不远的地方，那宽厚肥大的荷叶下面，有一个人的脸，下半截身子长在水里。荷花变成人了？那不是我们的水生吗？又往左右看去，不久各人就找到了各人丈夫的脸，啊！原来是他们！

但是那些隐蔽在大荷叶下面的战士们，正在聚精会神瞄着敌人射击，半眼也没有看她们。枪声清脆，三五排枪过后，他们投出了手榴弹，冲出了荷花淀。

手榴弹把敌人那只大船击沉，一切都沉下去了。水面上只剩下一团烟硝火药气味。战士们就在那里大声欢笑着，打捞战利品。他们又开始了沉到水底捞出大鱼来的拿手戏。他们争着捞出敌人的枪支、子弹带，然后是一袋子一袋子叫水浸透了的面粉和大米。水生拍打着水去追赶一个在水波上滚动的东西，是一包用精致纸盒装着的饼干。

妇女们带着浑身水，又坐到她们的小船上去了。

水生追回那个纸盒，一只手高高举起，一只手用力拍打着水，好使自己不沉下去。对着荷花淀吆喝：

"出来吧，你们！"

好像带着很大的气。

她们只好摇着船出来。忽然从她们的船底下冒出一个人来，只有水生的女人认的那是区小队的队长。这个人抹一把脸上的水问她们：

"你们干什么去来呀？"

水生的女人说：

"又给他们送了一些衣裳来！"

小队长回头对水生说：

"都是你村的？"

"不是她们是谁，一群落后分子！"说完把纸盒顺手丢在女人们船上，一沤，又沉到水底下去了，到很远的地方才钻出来。

小队长开了个玩笑，他说：

"你们也没有白来，不是你们，我们的伏击不会这么彻底。可是，任务已经完成，该回去晒晒衣裳了。情况还紧的很！"

战士们已经把打捞出来的战利品，全装在他们的小船上，准备转移。一人摘了一片大荷叶顶在头上，抵挡正午的太阳。几个青年妇女把掉在水里又捞出来的小包裹，丢给了他们，战士们的三只小船就奔着东南方向，箭一样飞去了。不久就消失在中午水面上的烟波里。

几个青年妇女划着她们的小船赶紧回家，一个个像落水鸡似的。一路走着，因过于刺激和兴奋，她们又说笑起来，坐在船头脸朝后的一个噘着嘴说：

"你看他们那个横样子，见了我们爱搭理不搭理的！"

"啊，好像我们给他们丢了什么人似的。"

她们自己也笑了，今天的事情不算光彩，可是：

"我们没枪，有枪就不往荷花淀里跑，在大淀里就和鬼子干起来！"

"我今天也算看见打仗了。打仗有什么出奇，只要你不着慌，谁还不会趴在那里放枪呀！"

"打沉了，我也会浮水捞东西，我管保比他们水式好，再深点我也不怕！"

"水生嫂，回去我们也成立队伍，不然以后还能出门吗！"

"刚当上兵就小看我们，过二年，更把我们看得一钱不值了，谁比谁落后多少呢！"

这一年秋季，她们学会了射击。冬天，打冰夹鱼的时候，她们一个个登在流星一样的冰船上，来回警戒。敌人围剿那百顷大苇塘的时候，她们配合子弟兵作战，出入在那芦苇的海里。

丁 玲

丁玲（1904—1986），女，原名蒋伟，字冰之，湖南临澧人。中国现代作家。主要作品有短篇小说集《在黑暗中》《一个女人》《水》《我在霞村的时候》，长篇小说《母亲》《太阳照在桑干河上》等。代表作《莎菲女士的日记》《水》《太阳照在桑干河上》等。

丁玲1927年开始小说创作，1928年发表成名作《莎菲女士的日记》，早期以书写"五四"落潮后知识分子的苦闷而引起文坛的关注。30年代受时代风潮影响其创作在题材与风格上开始发生转变，接连发表《水》《韦护》《母亲》等有影响的作品。1936年到达陕北后致力于解放区文艺工作，长期担任中共中央机关报《解放日报》副刊主编。此间发表了小说《我在霞村的时候》《在医院中》和杂文《三八节有感》等，这些作品引起争议。1948年长篇小说《太阳照在桑干河上》出版，成为反映解放区土地改革的代表性作品，此作1951年获得苏联斯大林文学奖金二等奖。

丁玲的小说创作，无论早期的自我反抗还是后期的社会批判，都有着鲜明浓郁的女性意识和个人视角，是一位在艺术上始终有着独立追求的作家。

太阳照在桑干河上（作品梗概）

土地改革的风暴席卷桑干河沿岸，暖水屯专摇羽扇的地主钱文贵，眉头一皱，立即打发侄女黑妮到顾涌家探听消息。

黑妮自幼父亡母改嫁。在钱文贵家被当做丫头使唤。十七岁那年，她爱上了烧饭的长工程仁，两人心心相印。八路军解放暖水屯后，程仁当选为农会主任。他深知村里人都打心眼里恨死了钱文贵，因此他尽管恋着黑妮，黑妮也积极向新势力靠拢，程仁还是有意疏远她。一贯反对黑妮跟程仁接近的钱文贵，此时反鼓励她别气馁，黑妮不免疑惑起来。她不愿按照这位伯父的意思行事，她跑到顾家什么也没问就回去了。

外村土改搞得轰轰烈烈：恶霸被惩罚，浮财被分光；穷人有仇的报了仇，有冤的伸了冤。消息传来，屯里穷人心动起来，眼睁睁地盼着村支书张裕民和程仁早日领着大伙打倒屯里的"八大尖"，帮助穷人闹翻身。

张裕民八岁死了父母，从来就不知人世间有何亲爱可言。自从认识了八路军，明白了穷人有吃不完的苦头的真正原因后，他成了村里的第一名共产党员，秘密地搞起了民兵。日本投降后，他便成了村里公开的负责人。因为他诚实而能干，很得穷哥们的信赖。

土改工作队进了屯，负责人是没有实际经验而又不善作调查研究的文采。下车伊始，在干部会上他就将张裕民批了一通，张裕民挨批评后不置可否，散会后走到合作社，听到干部们正在议论谁是斗争对象的问题。张正典主张斗争地主李子俊，又主张斗争富裕中农顾涌，程仁认为顾涌与地主有区别。临时闯入的刘满则大嚷着拔尖要拔头尖。回家的路上，程仁发现张正典趁众人不注意之际，一晃向钱文贵家溜去。

文采躲在屋里写发言稿，工作队杨亮等人则四处访贫问苦。当晚召开贫农会，文采从人类的历史、国际国内的形势一直讲到土地改革的各项条款，文绉绉地一气讲了六个钟头。人们因为多半听不懂，会场上不时发出鼾声，不时起点小骚动，张裕民和杨亮见状心里焦急。散会后，杨亮直接向文采提意见，要求改进工作方法，文采却不肯接受。张裕民心里感到遗憾，不免倍加怀念过去常在这里工作的县委宣传部长章品同志。

会后，有人暗中放风说，去年被清算、后来逃到北京去的伪乡长将与"中央军"一道还乡，与钱文贵搞里应外合。不少人想起文采只字不提将钱文贵及其同类扣住，失望之余，认为还是先观望观望再说。

顾涌的儿子听说村干部中有人要把他爹划成"金银（经营）地主"，急得他一个劲动员父亲主动献地。顾涌想到自己一辈子吃尽苦头，执意不从。一家人争争吵吵，谁也说服不了谁。

次日，干部们继续酝酿斗争对象，人名提得很多，仔细分析，却又没有一个明摆着的大恶霸大地主。文采说，假使真没有的话，也就不一定要斗争。尚在观望阶段的村干部一听这话，更不愿往深里挖了。

文采终于走上了街头。张正典向他反映，估计清算斗争搞不起来，并影射张裕民有私情，文采更觉自己早先的看法不错。与此同时，张裕民也在果园里向杨亮诉说着自己的苦恼：村干部中有钱文贵的耳目不用说，连程仁这样的好干部，也恋着人家的侄女。老村长赵得禄心里明白，但脸软，今年又借了地主江世荣两石粮食，欠了人家硬不起来。

钱文贵从小爱跑码头，成年后与保长、县上的人称兄道弟。日本人来了，更与上层有关系。几十年来，他四处害人，屯里的人谁不明白他是"八大尖"的第一尖！八路军来后，去冬今春暖水屯就斗争了大乡长许有武、地主侯殿魁。鬼灵精似的钱文贵将儿子送进了八路军，成了抗属；并将女儿嫁给村治安员张正典。如今土改来了，他明里和两个儿子分了家，只给老俩口留下十来亩地；暗里却经常和狗腿子、小学教员任国忠密谋，并根据每一时期的需要，指使他篡改黑板报内容，妄图制造混乱，威吓胆小的地主李子俊，唬得他远走他乡。如今，他又打开了主意，想利用黑妮再次施行美人计，将程仁俘虏过去。谁料程仁是个谨慎人，黑妮也是个单纯的姑娘，加之她的大伯父钱文富警告她要防着钱文贵一些，因此黑妮坚决不肯在这种时候去找程仁，使得钱文贵的阴谋一时难以得逞。

李子俊一跑，在农会的支持下，几个佃户雄赳赳地跑到李家要地契，不料让李子俊的婆娘一跪几磕头，谁也不肯上前接盛地契的匣子，反而一个个自动退出了李家院子。

张裕民明白，老百姓谁都希望得到土地，却不敢出头，他们的顾忌太多。土地改革使农民产生了许多企望，但由于选择斗争对象所表现出来的犹豫，以及流传着的一些谣言，又使他们的兴趣低落。因此，张裕民有说不出的焦急。当他看见佃户从李家自动撤退时，决定立即找赵得禄谈谈。

赵得禄很赞成张裕民的意见，并指出今年水果大丰收，财主们正抢着卖果子，要赶紧采取措施才行。于是，在工作队的支持下，村里决定立即对财主的果园实行统制。

　　杨亮常深入群众，老百姓渐渐对他信任起来。一天，刘满主动找杨亮倾诉钱文贵迫害他一家人的冤情，杨亮更觉得张裕民主张斗争钱文贵是完全正确的。然而，文采并不同意。他只同意杨亮提出的，进行一次有把握的向江世荣要地契的斗争。

　　清算江世荣获得了巨大的成功。贫农们对杨亮说，钱文贵是地主阶层中最阴险的尖子。可是文采反而将注意力放在收集顾涌雇短工、对张裕民参加革命前的历史的调查上头。杨亮与文采在有关问题上又一次发生争执。这时，干练而机警的章品遵照县委书记的指示，来到了暖水屯。

　　章品是进入暖水屯的第一个八路，对这一带的情形了如指掌。他的出现，使干部和贫农们振奋起来。很快地，章品发现了问题的症结并果断地作出了明显偏向张裕民、杨亮意见的决定：发动群众，斗争钱文贵！会议期间，张正典借故溜走，被赵得禄不动声色地拉了下来。直至民兵队长回来报告，钱文贵已扣起来之后，工作队和村干部的联席会议才完满结束。

　　钱文贵被扣的消息传开，整个暖水屯沸腾了起来。斗争会上，人们又听说，任国忠被章品带到县上训练班去了，张正典已被宣布撤了职，会场上一片欢呼雀跃。接着，刘满控诉了钱文贵如何气死他父亲，捆走他大哥，逼疯他三哥，指使张正典迫害他本人的罪恶。众人纷纷上台揭发，激起大伙的阶级仇、民族恨。当程仁将钱文贵昨夜派其老婆企图用十八亩地契收买他，遭到他的怒斥的经过揭露出来后，无论张裕民如何劝阻，怒不可遏的人群依旧冲上台痛打这个阴险狠毒的害民贼。当大会主席宣布除了他参加八路军的儿子的田产外，其余财产全部没收时，村民们爆发出雷一般的掌声、欢呼声。这是一个结束，但也是开始。

　　斗争钱文贵后，煞了地主的威风。穷人们真正乐开了心，他们分地，分浮财，领土地证，人人喜笑颜开。经受了考验的程仁仍然当选为农会主任，他已借机与摆脱了钱文贵的压迫的黑妮重新和好。刘满接替了张正典的治安员的职务，赵得禄当了村长。当太阳照在桑干河上时，工作队离开了暖水屯，他们又踏上了新的征途。（邹运恒）

张爱玲

张爱玲(1920—1995)，女，原名张煐，原籍河北丰润，生于上海。中国现代著名作家。主要作品有中短篇小说集《传奇》，长篇小说《十八春》《赤地之恋》，散文集《流言》等。代表作《金锁记》《倾城之恋》等。

张爱玲出身于名门世家，是清末名臣之后，四岁入私塾。中学毕业后到香港读书，受到中西文化的双重滋养。1942年因香港沦陷返回上海开始笔耕生涯。1943年发表处女作《沉香屑 第一炉香》引起文坛关注，其后两三年间相继推出《倾城之恋》《金锁记》等一系列"上海传奇"，声名鹊起。1952年迁居香港并创作了长篇小说《赤地之恋》等。1955年离港赴美，1995年逝世于洛杉矶寓所。

张爱玲的小说长于描写都市世俗男女，擅于把故事环境与人物心理契合于一体，尤以女性视角下对人物心理的细微把握而令人称道。她在创作中对古今中西艺术手法的融合、对于女性在欲望驱使下的变态描摹以及作品整体性内在悲凉风格的呈现等方面，都有着鲜明的独特性。

金锁记

三十年前的上海，一个有月亮的晚上……我们也许没赶上看见三十年前的月亮。年轻的人想着三十年前的月亮该是铜钱大的一个红黄的湿晕，像朵云轩信笺上落了一滴泪珠，陈旧而迷糊。老年人回忆中的三十年前的月亮是欢愉的，比眼前的月亮大、圆、白；然而隔着三十年的辛苦路望回看，再好的月色也不免带点凄凉。

月光照到姜公馆新娶的三奶奶的陪嫁丫头凤箫的枕边。凤箫睁眼看了一看，只见自己一只青白色的手搁在半旧高丽棉的被面上，心中便道："是月亮光么？"凤箫打地铺睡在窗户底下。那两年正忙着换朝代，姜公馆避兵到上海来，屋子不够住的，因此这一间下房里横七竖八睡满了底下人。

凤箫恍惚听见大床背后有悉悉索索的声音，猜着有人起来解手，翻过身去，果见布帘子一掀，一个黑影趿着鞋出来了，约摸是伺候二奶奶的小双，便轻轻叫了一声："小双姐姐。"小双笑嘻嘻走来，踢了踢地上的褥子道："吵醒了你了。"她把两手抄在青莲色旧绸夹袄里。下面系着明油绿裤子。凤箫伸手捻了那裤脚，笑道："现在颜色衣服不大有人穿了，下江人时兴的都是素净的。"小双笑道："你不知道，我们家哪比得旁人家？我们老太太古板，连奶奶小姐们尚且做不得主呢，何况我们丫头？给什么，穿什么——一个个打扮得庄稼人似的！"她一蹲身坐在地铺上，拣起凤箫脚头一件小袄来，问道："这是你们小姐出阁，给你们新添的？"凤箫摇头道："三季衣裳，就只外场上看见的两套是新制的，余下的还不是拿上头人穿剩下的贴补贴补！"小双道："这次办喜事，偏赶着革命党造反，可委屈了你们小姐！"凤箫叹道："别提了。就说省些罢，总得有个谱子！也不能太看不上眼了。我们那一位，嘴里不言语，心里岂有不气的？"小双道："也难怪三奶奶不乐意。你们那边的嫁妆，也还凑付着，我们这边的排场，可太凄惨了。就连那一年娶咱们二奶奶，也还比这一趟强些！"凤箫愣了一愣道："怎么？你们二奶奶……"

　　小双脱下了鞋，赤脚从凤箫身上跨过去，走到窗户跟前，笑道："你也起来看看月亮。"凤箫一骨碌爬起来，低声问道："我早就想问你了，你们二奶奶……"小双弯腰拾起那件小袄来替她披上了，道："仔细着了凉。"凤箫一面扣纽子，一面笑道："不行，你得告诉我！"小双笑道："是我说话不留神，闯了祸！"凤箫道："咱们这都是自家人了，干吗这么见外呀？"小双道："告诉你，你可别告诉你们小姐去！咱们二奶奶家里是开麻油店的。"凤箫哟了一声道："开麻油店！打哪儿想起的？像你们大奶奶，也是公侯人家小姐，我们那一位虽比不上大奶奶，也还不是低三下四的人——"小双道："这里头自然有个缘故。咱们二爷你也见过了，是个残废，做官人家的女儿谁肯给他？老太太没奈何，打算替二爷置一房姨奶奶，做媒的给找了这曹家的，是七月里生的，就叫七巧。"凤箫道："哦，是姨奶奶。"小双道："原来是姨奶奶的，后来老太太想着，既然不打算替二爷另娶了，二房里没个当家的媳妇，也不是事，索性聘了来做正头奶奶，好叫她死心塌地服侍二爷。"凤箫把手扶着窗台，沉吟道："怪道呢！我虽是初来，也瞧料了两三分。"小双道："龙生龙，凤生凤，这话是有的。你还没听见她的谈吐呢！当着姑娘们，一点忌讳也没有。亏得我们家一向内言不出，外言不入，姑娘们什么都不懂。饶是不懂，还臊得没处躲！"凤箫扑哧一笑道："真的？她这些村话，又是从哪儿听来的？就连我们丫头——"小双抱着胳膊道："麻油店的活招牌，站惯了柜台，见多识广的，我们拿什么去比人家？"凤箫道："你是她陪嫁来的么？"小双冷笑说："她也配！我原是老太太跟前的人，二爷成天的吃药，行动都离不了人，屋里几个丫头不够使，把我拨了过去。怎么着？你冷哪？"凤箫摇摇头。小双道："瞧你缩着脖子这娇模样儿！"一语未完，凤箫打了个喷嚏，小双忙推她道："睡罢！睡罢！快窝一窝。"凤箫跪了下来脱袄子，笑道："又不是冬天，哪儿就至于冻着了？"小双道："你别瞧这窗户关着，窗户眼儿里吱溜溜的钻风。"

　　两人各自睡下，凤箫悄悄的问道："过来了也有四五年了罢？"小双道："谁？"凤箫道："还有谁？"小双道："哦，她，可不是有五年了。"凤箫道："也生男育女的——倒没闹出什么话柄儿？"小双道："还说呢！话柄儿就多了！前年老太太领着阖家上下到普陀山进香去，她做月子没去，留着她看家。舅爷脚步儿走得勤了些，就丢了一票东西。"凤箫失惊道："也没查出个究竟来？"小双道："问得出什么好的来？大家面子上下不去！那些首饰左不过将来是归大爷二爷三爷的。大爷大奶奶碍着二爷，没好说什么。三爷自己在外头流水似的花钱，欠了公账上不少，也说不响嘴。"

　　她们俩隔着丈来远交谈。虽是极力的压低了喉咙，依旧有一句半句声音大了些，惊醒了大床上睡着的赵嬷嬷。赵嬷嬷唤道："小双。"小双不敢答应。赵嬷嬷道："小双，你再混说，让人家听见了，明儿仔细揭你的皮！"小双还是不做声。赵嬷嬷又道："你别以为还是从前住的深堂大院哪，由得你疯疯癫癫！这儿可是挤鼻子挤眼睛的，什么事瞒得了人？趁早别讨打！"屋里顿时鸦雀无声。赵嬷嬷害眼，枕头里塞着菊花叶子，据说是使人眼目清凉的。她欠起头来按了一按鬓上横绾的银簪，略一转侧，菊叶便沙沙作响。赵嬷嬷翻了个身，吱吱格格牵动了全身的骨节，她唉了一声道："你们懂得什么！"小双与凤箫依旧不敢接嘴。久久没有人开口，也就一个个的朦胧睡去了。

　　天就快亮了。那扁扁的下弦月，低一点，低一点，大一点，像赤金的脸盆，沉了下去。天是森冷的蟹壳青，天底下黑漆漆的只有些矮楼房，因此一望望得很远。地平线上的晓色，一层绿、一层黄、又一层红，如同切开的西瓜——是太阳要上来了。渐渐马路上有了小车与塌车辘辘推动，马车蹄声得得。卖豆腐花的挑着担子悠悠吆喝着，只听见那漫长的尾声：“花……呕！花……呕！”再去远些，就只听见“哦……呕！哦……呕！”

屋子里丫头老妈子也起身了，乱着开房门、打脸水、叠铺盖、挂帐子、梳头。凤箫伺候三奶奶兰仙穿了衣裳，兰仙凑到镜子前面仔细望了一望，从腋下抽出一条水绿洒花湖纺手帕，擦了擦鼻翅上的粉，背对着床上的三爷道：“我先去替老太太请安罢。等你，准得误了事。”正说着大奶奶玳珍来了，站在门槛上笑道：“三妹妹，咱们一块儿去。”兰仙迎了出去道：“我正担心着怕晚了，大嫂原来还没上去。二嫂呢？”玳珍笑道：“她还有一会儿耽搁呢。”兰仙道：“打发二哥吃药？”玳珍四顾无人，便笑道：“吃药还在其次——”她把大拇指抵着嘴唇，中间的三个指头握着拳头，小指头翘着，轻轻的“嘘”了两声。兰仙诧异道：“两人都抽这个？”玳珍点头道：“你二哥是过了明路的，她这可是瞒着老太太的，叫我们夹在中间为难，处处还得替她遮盖遮盖。其实老太太有什么不知道？有意的装不晓得，照常的派她差使，零零碎碎给她罪受，无非是不肯让她抽个痛快罢了。其实也是的，年纪轻轻的妇道人家，有什么了不得的心事，要抽这个解闷儿？”

玳珍兰仙挽手一同上楼，各人后面跟着贴身丫环，来到老太太卧室隔壁的一间小小的起坐间里。老太太的丫头榴喜迎了出来，低声道：“还没醒呢。”玳珍抬头望了望挂钟，笑道：“今儿老太太也晚了。”榴喜道：“前两天说是马路上人声太杂，睡不稳。这现在想是惯了，今儿补足了一觉。”

紫榆百龄小圆桌上铺着红毡条，二小姐姜云泽一边坐着，正拿着小钳子磕核桃呢，因丢下了站起来相见。玳珍把手搭在云泽肩上，笑道：“还是云妹妹孝心，老太太昨儿一时高兴，叫做糖核桃，你就记住了。”兰仙玳珍便围着桌子坐下了，帮着剥核桃衣子。云泽手酸了，放下了钳子，兰仙接了过来。玳珍道：“当心你那水葱似的指甲，养得这么长了，断了怪可惜的！”云泽道：“叫人去拿金指甲套子去。”兰仙笑道：“有这些麻烦的，倒不如叫他们拿到厨房里去剥了！”

众人低声说笑着，榴喜打起帘子，报道：“二奶奶来了。”兰仙云泽起身让座，那曹七巧且不坐下，一只手撑着门，一只手撑住腰，窄窄的袖口里垂下一条雪青洋绉手帕，下身上穿着银红衫子，葱白线镶滚，雪青闪蓝如意小脚裤子，瘦骨脸儿，朱口细牙，三角眼，小山眉，四下里一看，笑道：“人都齐了，今儿想必我又晚了！怎怪我不迟到——摸着黑梳的头！谁教我的窗户冲着后院子呢？单单就派了那么间房给我，横竖我们那位眼看是活不长的，我们净等着做孤儿寡妇了——不欺负我们，欺负谁？”玳珍淡淡的并不接口，兰仙笑道：“二嫂住惯了北京的房子，怪不得嫌这儿憋闷的慌。”云泽道：“大哥当初找房子的时候，原该找个宽敞些的，不过上海像这样，只怕也算敞亮的了。”兰仙道：“可不是！家里人实在多，挤是挤了点——”七巧挽起袖口，把手帕子掖在翡翠镯子里，瞟了兰仙一眼，笑道：“三妹妹原来也嫌人太多了。连我们都嫌人太多，像你们没满月的自然更嫌人多了！”兰仙听了这话，还没有怎么，玳珍先红了脸，道：“玩是玩，笑是笑，也得有个分寸。三妹妹新来乍到的，你让她想着咱们是什么样的人家？”七巧扯起手绢子的一角掩住了嘴唇道：“知道你们都是清门净户的小姐，你倒跟我换一换试试，只怕你一晚上也过不惯。”玳珍啐道：“不跟你说了，越说你越上头上脸的。”七巧索性上前拉住玳珍的袖子道：“我可以赌得咒——这三年里头我可以赌得咒！你敢赌么？你敢赌么？”玳珍也撑不住扑哧一笑，咕噜了一句道：“怎么你孩子也有了两个？”七巧道：“真的，连我也不知道这孩子是怎么生出来的！越想越不明白!"玳珍摇手道:"够了,够了,少说两句罢。就算你拿三妹妹当自己人,没有什么避讳,现放着云妹妹在这儿呢,待会儿老太太跟前一告诉,管叫你吃不了兜着走!"

云泽早远远的走开了,背着手站在阳台上,嘬尖了嘴逗芙蓉鸟。姜家住的虽然是早期的最新式洋房,堆花红砖大柱支着巍峨的拱门,楼上阳台却是木板铺的地。黄杨木栏杆里面,放着一溜篾篓子,晾着笋干。敝旧的太阳弥漫在空气里像金的灰尘,微微呛人的金灰,揉进眼睛里去,昏昏的。街上小贩遥遥摇着拨浪鼓,那懵懂的"不愣登……不愣登"里面有着无数老去的孩子们的回忆。包车叮叮的跑过,偶尔也有一辆汽车叭叭叫两声。

七巧自己也知道这屋子里的人都瞧不起她,因此和新来的人分外亲热些,倚在兰仙的椅背上问长问短,携着兰仙的手左看右看,夸赞了一会她的指甲,又道:"我去年小拇指上养的比这个足足还长半寸呢,掐花给弄断了。"兰仙早看穿了七巧的为人和她在姜家的地位,微笑尽管微笑着,也不大答理她。七巧自觉无趣,踅到阳台上来,拾起云泽的辫梢来抖了一抖,搭讪着笑道:"呦!小姐的头发怎么这样稀朗朗的?去年还是乌油油的一头好头发,该掉了不少罢?"云泽闪过身去护着辫子,笑道:"我掉两根头发,也要你管!"七巧只顾端详她,叫道:"大嫂你来看看,云妹妹的确瘦多了,小姐莫不是有了心事了?"云泽啪的一声打掉了她的手,恨道:"你今儿个真的发了疯了!平日还不够讨人嫌的?"七巧把两手筒在袖子里,笑嘻嘻的道:"小姐脾气好大!"

玳珍探出头来道:"云妹妹,老太太起来了。"众人连忙扯扯衣襟,摸摸鬓角,打帘子进隔壁房里去,请了安,伺候老太太吃早饭。婆子们端着托盘从起坐间穿了过去,里面的丫头接过碗碟,婆子们依旧退到外间来守候着。里面静悄悄的,难得有人说句把话,只听见银筷子头上的细根链条悉索颤动。老太太信佛,饭后照例要做两个时辰的功课,众人退了出来,云泽背地里向玳珍道:"二嫂不忙着过瘾去,还挨在里面做什么?"玳珍道:"想是有两句私房话要说。"云泽不由得笑了起来道:"她的话,老太太哪里听得进?"玳珍冷笑道:"那倒也说不定。老年人心思总是活动的,成天在耳边聒絮着,十句里头相信一两句,也未可知。"

兰仙坐着磕核桃,玳珍和云泽便顺着脚走到阳台上,虽不是存心偷听正房里的谈话,老太太上了年纪,有点聋,喉咙特别高些,有意无意之间不免有好些话吹到阳台上的人的耳朵里来。云泽把脸气得雪白,先是握紧了拳头,又把两只手使劲一撒,便向走廊的另一头跑去。跑了两步,又站住了,身子向前伛偻着,捧着脸呜呜哭起来。玳珍赶上去扶着劝道:"妹妹快别这么着!快别这么着!犯不着跟她这样的人计较!谁拿她的话当桩事!"云泽甩开了她,一径往自己屋里奔去。玳珍回到起坐间里来,一拍手道:"这可闯出祸来了!"兰仙忙道:"怎么了?"玳珍道:"你二嫂去告诉了老太太,说女大不中留,让老太太写信给彭家,叫他们早早把云妹妹娶过去罢。你瞧,这算什么话?"兰仙也怔了一怔道:"女家说出这种话来,可不是自己打脸么?"玳珍道:"姜家没面子,还是一时的事,云妹妹将来嫁了过去,叫人家怎么瞧得起她?她这一辈子还要做人呢!"兰仙道:"老太太是明白人,不见得跟那一位一样的见识。"玳珍道:"老太太起先自然是不爱听,说咱们家的孩子,决不会生这样的心。她就说:'呦!您不知道现在的女子跟您从前做女孩子时候的女孩子,哪儿能够打比呀?时世变了,要不怎么天下大乱呢?'我知道,年岁大的人就爱听这一套,说得老太太也有点疑疑惑惑起来。"兰仙叹道:"好端端怎么想起来的,造这样的谣言!"玳珍两肘支在桌子上,伸着小指剔眉毛，沉吟了一会，嗤的一笑道："她自己以为她是特别的体贴云妹妹呢！要她这样体贴我，我可受不了！"兰仙拉了她一把道："你听——不能是云妹妹罢？"后房似乎有人在那里大放悲声，蹬得铜床柱子一片响，嘈嘈杂杂还有人在那里解劝，只是劝不住。玳珍站起身来道："我去看看，别瞧这位小姐好性儿，逼急了她，也不是好惹的。"

玳珍出去了，那姜三爷姜季泽却一路打着呵欠进来了。季泽是个结实小伙子，偏于胖的一方面，脑后拖一根三股油松大辫，生得天圆地方，鲜红的腮颊，往下坠着一点，青湿眉毛，水汪汪的黑眼睛里永远透着三分不耐烦，穿一件竹根青窄袖长袍，酱紫芝麻地一字襟珠扣小坎肩，问兰仙道："谁在里头吱吱喳喳跟老太太说话？"兰仙道："二嫂。"季泽抿着嘴摇摇头。兰仙笑道："你也怕了她？"季泽一声儿不言语，拖过一把椅子，将椅背抵着桌缘，把袍子高高的一撩，骑着椅子坐了下来，下巴搁在椅背上，手里只管把核桃仁一个一个拈来吃，兰仙睇了他一眼道："人家剥了这一晌午，是专诚孝敬你的么？"正说着，七巧掀着帘子出来了，一眼看见了季泽，身不由主的就走了过来，绕到兰仙椅子背后，两手兜在兰仙脖子上，把脸凑了下去，笑道："这么一个人才出众的新娘子！三弟你还没谢谢我哪！要不是我催着他们早早替你办了这件事，这一耽搁，等打完了仗，指不定要十年八年呢！可不把你急坏了！"兰仙生平最大的憾事便是出阁的日子正赶着非常时期，潦草成了家，诸事都欠齐全，因此一听见这不入耳的话，她那小长瓜子脸便往下一沉。季泽望了兰仙一眼，微笑道："二嫂，自古好心没有好报，谁都不承你的情！"七巧道："不承情也罢！我也惯了。我进了你们姜家的门，别的不说，单只守着你二哥这些年，衣不解带的服侍他，也就是个有功无过的人——谁见我的情来？谁有半点好处到我头上？"季泽道："你一开口就是满肚子的牢骚！"七巧长长的吁了一口气，只管拨弄兰仙衣襟上扣着的金三事儿和钥匙。半晌，忽道："总算你这一个来月没出去胡闹过。真亏了新娘子留住了你。旁人跪下地来求你也留不住！"季泽笑道："是吗？嫂子并没有留过我，怎见得留不住？"一面笑，一面向兰仙使了个眼色。七巧笑得直不起腰道："三妹妹，你也不管管他！这么个猴儿崽子，我眼看他长大的，他倒占起我的便宜来了！"

她嘴里说笑着，心里发烦，一双手也不肯闲着，把兰仙揣着捏着，捶着打着，恨不得把她挤得走了样才好。兰仙纵然有涵养，也忍不住要恼了，一性急，磕核桃使差了劲，把那二寸多长的指甲齐根折断。七巧哟了一声道："快拿剪刀来修一修。我记得这屋里有一把小剪子的。"便唤："小双！榴喜！来人哪！"兰仙立起身来道："二嫂不用费事，我上我屋里铰去。"便抽身出去。七巧就在兰仙的椅子上坐下了，一手托着腮，抬高了眉毛，斜睨着季泽道："她跟我生了气么？"季泽笑道："她干吗生你的气？"七巧道："我正要问呀！我难道说错了话不成？留你在家倒不好？她倒愿意你上外头逛去？"季泽笑道："这一家子从大哥大嫂起，齐了心管教我，无非是怕我花了公账上的钱罢了。"七巧道："阿弥陀佛，我保不定别人不安着这个心，我可不那么想。你就是闹了亏空，押了房子卖了田，我若皱一皱眉头，我也不是你二嫂了。谁叫咱们是骨肉至亲呢？我不过是要你当心你的身子。"季泽嗤的一笑道："我当心我的身子，要你操心？"七巧颤声道："一个人，身子第一要紧。你瞧你二哥弄得那样儿，还成个人吗？还能拿他当个人看？"季泽正色道："二哥比不得我，他一下地就是那样儿，并不是自己作践的。他是个可怜的人，一切全仗二嫂照护他了。"七巧直挺挺的站了起来，两手扶着桌子，垂着眼皮，脸庞的下半部抖得像嘴里含着滚烫的蜡烛油似的，用尖细的声音逼出两句话道:"你去挨着你二哥坐坐! 你去挨着你二哥坐坐!"她试着在季泽身边坐下,只搭着他的椅子的一角,她将手贴在他腿上,道:"你碰过他的肉没有? 是软的、重的,就像人的脚有时发麻了,摸上去那感觉……"季泽脸上也变了色,然而他仍旧轻佻地笑了一声,俯下腰,伸手去捏她的脚道:"倒要瞧瞧你的脚现在麻不麻!"七巧道:"天哪,你没挨着他的肉,你不知道没病的身子是多好的……多好的……"她顺着椅子溜下去,蹲在地上,脸枕着袖子,听不见她哭,只看见发髻上插的风凉针,针头上的一粒钻石的光,闪闪掣动着。发髻的心子里扎着一小截粉红丝线,反映在金刚钻微红的光焰里。她的背影一挫一挫,俯伏了下去。她不像在哭,简直像在翻肠搅胃地呕吐。

季泽先是愣住了,随后就立起来道:"我走就是了。你不怕人,我还怕人呢。也得给二哥留点面子!"七巧扶着椅子站了起来,呜咽道:"我走。"她扯着衫袖里的手帕子飗了飗脸,忽然微微一笑道:"你这样卫护二哥!"季泽冷笑道:"我不卫护他,还有谁卫护他?"七巧向门走去,哼了一声道:"你又是什么好人? 趁早不用在我跟前假撇清! 且不提你在外头怎样荒唐,只单在这屋里……老娘眼睛里揉不下沙子去! 别说我是你嫂子了,就是我是你奶妈,只怕你也不在乎。"季泽笑道:"我原是个随随便便的人,哪禁得起你挑眼儿?"七巧待要出去,又把背心贴在门下,低声道:"我就不懂,我什么地方不如人? 我有什么地方不好……"季泽笑道:"好嫂子,你有什么不好?"七巧笑了一声道:"难不成我跟了个残废的人,就过上了残废的气,沾都沾不得?"她睁着眼直勾勾朝前望着,耳朵上的实心小金坠子像两只铜钉把她钉在门上——玻璃匣子里蝴蝶的标本,鲜艳而凄怆。

季泽看着她,心里也动了一动。可是那不行,玩尽管玩,他早抱定了宗旨不惹自己家里人,一时的兴致过去了,躲也躲不掉,踢也踢不开,成天在面前,是个累赘。何况七巧的嘴这样敞,脾气这样躁,如何瞒得了人? 何况她的人缘这样坏,上上下下谁肯代她包涵一点,她也许是豁出去了,闹穿了也满不在乎。他可是年纪轻轻的,凭什么要冒那个险? 他侃侃说道:"二嫂,我虽年纪小,并不是一味胡来的人。"

仿佛有脚步声,季泽一撩袍子,钻到老太太屋子里去了,临走还抓了一大把核桃仁。七巧神志还不很清楚,直到有人推门,她方才醒了过来,只得将计就计,藏在门背后,见玳珍走了进来,她便夹脚跟出来,在玳珍背上打了一下。玳珍勉强一笑道:"你的兴致越发好了!"又望了望桌上道:"咦? 那么些个核桃,吃得差不多了。再也没有别人,准是三弟。"

七巧倚着桌子,面向阳台立着,只是不言语。玳珍坐了下来,嘟哝道:"害人家剥了一早上,便宜他享现成的!"七巧捏着一片锋利的胡桃壳,在红毡条上狠命刮着,左一刮,右一刮,看看那毡子起了毛,就要破了。她咬着牙道:"钱上头何尝不是一样? 一味的叫咱们省,省下来让人家拿出去大把的花! 我就不服这口气!"玳珍看了她一眼,冷冷的道:"那可没有办法。人多了,明里不去,暗里也不见得不去。管得了这个,管不了那个。"七巧觉得她话中有刺,正待反唇相讥,小双进来了,鬼鬼祟祟走到七巧跟前,嗫嚅道:"奶奶,舅爷来了。"七巧骂道:"舅爷来了,又不是背人的事,你嗓子眼里长了疔是怎么着? 蚊子哼哼似的!"小双倒退了一步,不敢言语。玳珍道:"你们舅爷原来也到上海来了,咱们这儿亲戚倒都全了。"七巧移步出房道:"不许他到上海来? 内地兵荒马乱的,穷人也一样的要命呀!"她在门槛子上站住了,问小双道:"回过老太太没有?"小双道:"还没呢。"七巧想了一想,毕竟不敢去告诉一声,只得悄悄下楼去了。

玳珍问小双道:"舅爷一个人来的?"小双道:"还有舅奶奶,携着四只提篮盒。"玳珍格的一笑道:"倒破费了他们。"小双道:"大奶奶不用替他们心疼。装得满满的进来,一样装得满满的出去。别说金的银的圆的扁的,就连零头鞋面儿裤腰都是好的!"玳珍笑道:"别那么缺德了!你下去罢。她娘家人难得上门,伺候不周到,又该大闹了。"

小双赶了出去,七巧正在楼梯口盘问榴喜老太太可知道这件事。榴喜道:"老太太念佛呢,三爷趴在窗口看野景,说大门口来了客。老太太问是谁,三爷仔细看了看,说不知是不是曹家舅爷,老太太就没追问下去。"七巧听了,心头火起,跺了跺脚,喃喃讷讷骂道:"敢情你装不知道就算了!皇帝还有草鞋亲呢!这会子有这么势利的,当初何必三媒六聘的把我抬过来?快刀斩不断的亲戚,别说你今儿是装死,就是你真死了,他也不能不到你的灵前磕三个头,你也不能不受着他的!"一面说,一面下去了。

她那间房,一进门便有一堆金漆箱笼迎面拦住,只隔开几步方的空地。她一掀帘子,只见她嫂子蹲下身去将提篮盒上面的一屉盒子卸了下来,检视下面一屉里的菜可曾泼出来。她哥曹大年背着手弯着腰看着。七巧止不住一阵心酸,倚着箱笼,把脸偎在那纱蓝棉套子上,纷纷落下泪来。她嫂子慌忙站直了身子,抢步上前,两只手捧住她一只手,连连叫着姑娘。曹大年也不免抬起袖子来擦眼睛。七巧把那只空着的手去解箱套子上的纽扣,解了又扣上,只是开不得口。

她嫂子回过头去睒了她哥哥一眼道:"你也说句话呀!成日家念叨着,见了妹妹的面,又像锯了嘴的葫芦似的!"七巧颤声道:"也不怪他没有话——他哪儿有脸来见我!"又向她哥哥道:"我只道你这一辈子不打算上门了!你害得我好!你扔崩一走,我可走不了。你也不顾我的死活。"曹大年道:"这是什么话?旁人这么说还罢了,你也这么说!你不替我遮盖遮盖,你自己脸上也不见得光鲜。"七巧道:"我不说,我可禁不住人家不说。就为你,我气出了一身病在这里。今日之下,亏你还拿这话来堵我!"她嫂子忙道:"是他的不是,是他的不是!姑娘受了委屈了。姑娘受委屈也不止这一件,好歹忍着罢,总有个出头之日。"她嫂子那句"姑娘受委屈也不止这一件"的话却深深打进她心坎儿里去。七巧哀哀哭了起来,急得她嫂子急摇手道:"看吵醒了姑爷。"房那边暗昏昏的紫楠大床上,寂寂吊着珠罗纱帐子。七巧的嫂子又道:"姑爷睡着了罢?惊动了他,该生气了。"七巧高声叫道:"他要有点人气,倒又好了。"她嫂子吓得掩住她的嘴道:"姑奶奶别!病人听见了,心里不好受!"七巧道:"他心里不好受,我心里好受吗?"她嫂子道:"姑爷还是那软骨症?"七巧道:"就这一件还不够受了,还禁得起添什么?这儿一家子都忌讳痨病这两个字,其实还不就是骨痨!"她嫂子道:"整天躺着,有时候也坐起来一会儿么?"七巧吓吓的笑了起来道:"坐起来,脊梁骨直溜下去,看上去还没有我那三岁的孩子高哪!"她嫂子一时想不出劝慰的话,三个人都愣住了。七巧猛的蹬脚道:"走罢,走罢,你们!你们来一趟,就害得我把前因后果重新在心里过一过。我禁不起这么折腾!你快给我走!"

曹大年道:"妹妹你听我一句话。别说你现在心里不舒坦,有个娘家走动着,多少好些,就是你有了出头之日了,姜家是个大族,长辈动不动就拿大帽子压人,平辈小辈一个个如狼似虎的,哪一个是好惹的?替你打算,也得要个帮手。将来你用得着你哥哥你侄儿的时候多着呢!"七巧啐了一声道:"我靠你帮忙,我也倒了霉了!我早把你看得透里透——斗得过他们,你到我跟前来邀功要钱,斗不过他们,你往那边一倒。本来见了做官的就魂都没有了,头一缩,死活随我去。"大年涨红了脸冷笑道:"等钱到了你手里,你再防着你哥哥分你的,也还不迟。"

　　七巧道："你既然知道钱还没到我手里，你来缠我做什么？"大年道："路远迢迢赶来看你，倒是我们的不是了！走！我们这就走！凭良心说，我就用你两个钱，也是该的，当初我若贪图财礼，问姜家多要几百两银子，把你卖给他们做姨太太，也就卖了。"

　　七巧道："奶奶不胜似姨奶奶吗？长线放远鹞，指望大着呢！"大年待要回嘴，他媳妇拦住他道："你就少说一句罢！以后还有见面的日子呢。将来姑奶奶想到你的时候，才知道她就只这一个亲哥哥了！"大年督促他媳妇整理了提篮盒，捡起就待走。七巧道："我希罕你？等我有了钱了，我不愁你不来，只愁打发你不开。"嘴里虽然硬着，熬不住那呜咽的声音，一声响似一声，憋了一上午的满腔幽恨，借着这因由尽情发泄了出来。

　　她嫂子见她分明有些留恋之意，便做好做歹劝住了她哥哥：一面半搀半拥把她引到花梨炕上坐下了，百般譬解，七巧渐渐收了泪。兄妹姑嫂叙了些家常。北方情形还算平静，曹家的麻油铺还照常营业着。大年夫妇此番到上海来，却是因为他家没过门的女婿在人家当账房，光复的时候恰巧在湖北，后来辗转跟主人到上海来了，因此大年亲自送了女儿来完婚，顺便探望妹子。大年问候了姜家阖宅上下，又要参见老太太，七巧道："不见也罢了，我正跟她怄气呢。"大年夫妇都吃了一惊，七巧道："怎么不淘气呢？一家子都往我头上踩，我若是好欺负的，早给作践死了，饶是这么着，还气得我七病八痛的！"她嫂子道："姑娘近来还抽烟不抽，倒是鸦片烟，平肝导气，比什么药都强。姑娘自己千万保重，我们又不在跟前，谁是个知疼着热的人？"

　　七巧翻箱子取出几件新款尺头送与她嫂子，又是一副四两重的金镯子，一对披霞莲蓬簪，一床丝绵被胎，侄女们每人一只金挖耳，侄儿们或是一只金锞子，或是一顶貂皮暖帽，另送了她哥哥一只珐蓝金蝉打簧表，她哥嫂道谢不迭。七巧道："你们来得不巧，若是在北京，我们正要上路的时候，带不了的东西，分了几箱给丫头老妈子，白便宜了他们。"说得她哥嫂讪讪的。临行的时候，她嫂子道："忙完了闺女，再来瞧姑奶奶。"七巧笑道："不来也罢了，我应酬不起！"

　　大年夫妇出了姜家的门，她嫂子便道："我们这位姑奶奶怎么换了个人？没出嫁时不时要强些，嘴头上琐碎些，就连后来我们去瞧她，虽是比前暴躁些，也还有个分寸，不似如今疯疯傻傻，说话有一句没一句，就没一点儿得人心的地方。"

　　七巧立在房里，抱着胳膊看小双祥云两个丫头把箱子抬回原处，一只一只叠了上去。从前的事又回来了：临着碎石子街的馨香的麻油店，黑腻的柜台，芝麻酱桶里竖着木匙子，油缸上吊着大大小小的铁匙子。漏斗插在打油的人的瓶里，一大匙再加上两小匙正好装满一瓶——一斤半。熟人呢，算一斤四两。有时她也上街买菜，蓝夏布衫裤，镜面乌绫镶滚。隔着密密层层的一排吊着猪肉的铜钩，她看见肉铺里的朝禄。朝禄赶着她叫曹大姑娘。难得叫声巧姐儿，她就一巴掌打在钩子背上，无数的空钩子荡过去锥他的眼睛，朝禄从钩子上摘下尺来宽的一片生猪油，重重的向肉案一抛，一阵温风直扑到她脸上，腻滞的死去的肉体的气味……她皱紧了眉毛。床上睡着的她的丈夫，那没有生命的肉体……

　　风从窗子里进来，对面挂着的回文雕漆长镜被吹得摇摇晃晃，磕托磕托敲着墙。七巧双手按住了镜子。镜子里反映着的翠竹帘子和一副金绿山水屏条依旧在风中来回荡漾着，望久了，便有一种晕船的感觉。再定睛看时，翠竹帘子已经褪了色，金绿山水换为一张她丈夫的遗像，镜子里的人也老了十年。

　　去年她戴了丈夫的孝，今年婆婆又过世了。现在正式挽了叔公九老太爷出来为他们分家。今天是她嫁到姜家来之后一切幻想的集中点。这些年了,她戴着黄金的枷锁,可是连金子的边都啃不到,这以后就不同了。七巧穿着白香云纱衫,黑裙子,然而她脸上像抹了胭脂似的,从那揉红了的眼圈儿到烧热的颧骨。她抬起手来飓了一飓脸,脸上烫,身子却冷得打颤。她叫祥云倒了杯茶来,(小双早已嫁了,祥云也配了个小厮。)茶给喝了下去,沉重地往腔子里流,一颗心便在热茶里扑通扑通跳。她背向着镜子坐下了,问祥云道:"九老太爷来了这一下午,就在堂屋里跟马师爷查账?"祥云应了一声是。七巧又道:"大爷大奶奶三爷三奶奶都不在跟前?"祥云又应了一声是。七巧道:"还到谁的屋里去过?"祥云道,"就到哥儿们的书房里兜了一兜。"七巧道:"好在咱们白哥儿的书倒不怕他查考……今年这孩子就吃亏在他爸爸他奶奶接连着出了事,他若还有心念书,他也不是人养的!"她把茶吃完了,吩咐祥云下去看看堂屋里大房三房的人可都齐了,免得自己去早了,显得性急,被人耻笑。恰巧大房里也差了一个丫头出来探看,和祥云打了个照面。

七巧终于款款下楼来了。堂屋里临时布置了一张镜面乌木大餐台,九老太爷独当一面坐了,面前乱堆着青布面,梅红签的账簿,又搁着一只瓜楞茶碗。四周除了马师爷之外,又有特地邀请的"公亲",近于陪审员的性质。各房只派了一个男子作代表,大房是大爷,二房二爷没了,是二奶奶,三房是三爷。季泽很知道这总清算的日子于他没有什么好处,因此他到得最迟。然而来既来了,他决不愿意露出焦灼懊丧的神气。腮帮子上依旧是他那点丰肥的,红色的笑。眼睛里依旧是他那点潇洒的不耐烦。

九老太爷咳嗽了一声,把姜家的经济状况约略报告了一遍,又翻着账簿子读出重要的田地房产的所在与按年的收入。七巧两手紧紧扣在肚子上,身子向前倾着,努力向她自己解释他的每一句话,与她往日调查所得一一印证。青岛的房子、天津的房子、北京城外的地、上海的房子……三爷在公账上拖欠过巨,他的一部分遗产被抵消了之后,还净欠六万,然而大房二房也只得就此算了,因为他是一无所有的人。他仅有的那一幢花园洋房,他为一个姨太太买了,也已经抵押了出去。其余只有老太太陪嫁过来的首饰,由兄弟三人均分,季泽的那一份也不便充公,因为是母亲留下的一点纪念。七巧突然叫了起来道:"九老太爷,那我们太吃亏了!"

堂屋里本就肃静无声,现在这肃静却是沙沙有声,直钻进耳朵里去,像电影配音机器损坏之后的锈轧。九老太爷睁了眼望着她道:"怎么?你连他娘丢下的几件首饰也舍不得给他?"七巧道:"亲兄弟,明算账,大哥大嫂不言语,我可不能不老着脸开口说句话。我须比不得大哥大嫂——我们死掉的那个若是有能耐出去做两任官,手头活便些,我也乐得放大方些,哪怕把从前的旧账一笔勾销呢?可怜我们那一个病病哼哼一辈子,何尝有过一文半文进账,丢下我们孤儿寡妇,就指着这两个死钱过活。我是个没脚蟹,长白还不满十四岁,往后苦日子有得过呢!"说着,流下泪来。九老太爷道:"依你便怎样?"七巧呜咽道:"哪儿由得我出主意呢?只求九老太爷替我们做主!"季泽冷着脸只不做声,满屋子的人都觉不便开口。九老太爷按捺不住一肚子的火,哼了一声道:"我倒想替你出主意呢,只怕你不爱听!二房里有田地没人照管,三房里有人没有地,我待要叫三爷替你照管,你多少贴他些,又怕你不要他!"七巧冷笑道:"我倒想依你呢,只怕死掉的那个不依!来人哪!祥云你把白哥儿给我找来!长白,你爹好苦呀!一下地就是一身的病,为人一场,一天舒坦日子也没过着,临了丢下你这点骨血,人家还看不得你,千方百计图谋你的东西!长白谁叫你爹拖着一身病,活着人家欺负他，死了人家欺负他的孤儿寡妇！我还不打紧，我还能活个几十年么？至多我到老太太灵前把话说明白了，把这条命跟人拼了。长白你可是年纪小着呢，就是喝西北风你也得活下去呀！"九老太爷气得把桌子一拍道："我不管了！是你们求爹爹拜奶奶邀了我来的，你道我喜欢自找麻烦么？"站起来一脚踢翻了椅子，也不等人搀扶，一阵风走得无影无踪，众人面面相觑，一个个悄没声儿溜走了。唯有那马师爷忙着拾掇账簿子，落后了一步，看看屋里人全走光了，单剩下二奶奶一个人在那里捶着胸脯号啕大哭，自己若无其事的走了，似乎不好意思，只得走上前去，打拱作揖叫道："二太太！二太太！……二太太！"七巧只顾把袖子遮住脸，马师爷又不便把她的手拿开，急得把瓜皮帽摘下来扇着汗。

维持了几天的僵局，到底还是无声无息照原定计划分了家。孤儿寡妇还是被欺负了。

七巧带着儿子长白，女儿长安另租了一幢屋子住下了，和姜家各房很少来往。隔了几个月，姜季泽忽然上门来了。老妈子通报上来，七巧怀着鬼胎，想着分家的那一天得罪了他，不知他有什么手段对付。可是兵来将挡，她凭什么要怕他？她家常穿着佛青实地纱袄子，特地紧上一条玄色铁线纱裙，走下楼来。季泽却是满面春风的站起来问二嫂好，又问白哥儿可是在书房里，安姐儿的湿气可大好了。七巧心里便疑惑他是来借钱的，加意防备着，坐下笑道："三弟你近来又发福了。"季泽笑道："看我像一点心事都没有的人。"七巧笑道："有福之人不在忙嘛！你一向就是无牵无挂的。"季泽笑道："等我把房子卖了，我还要无牵无挂呢！"七巧道："就是你做了押款的那房子，你要卖？"季泽道："当初造它的时候，很费了点心思，有许多装置都是自己心爱的，当然不愿意脱手。后来你是知道的，那块地皮值钱了，前年把它翻造了弄堂房子，一家一家收租，跟那些住小家的打交道，我实在嫌麻烦，索性打算卖了它，图个清净。"七巧暗地里说道："口气好大！我是知道你的底细的，你在我跟前充什么阔大爷！"

虽然他不向她哭穷，但凡谈到银钱交易，她总觉得有点危险，便岔了开去道："三妹妹好么？腰子病近来发过没有？"季泽笑道："我也有许久没见过她的面了。"七巧道："这是什么话？你们吵了嘴么？"季泽笑道："这些时我们倒也没吵过嘴。不得已在一起说两句话，也是难得的，也没那闲情逸致吵嘴。"七巧道："何至于这样？我就不相信！"季泽两肘撑在藤椅的扶手上，交叉十指，手搭凉棚，影子落在眼睛上，深深的唉了一声。七巧笑道："没有别的，要不就是你在外头玩得太厉害了。自己做错了事，还唉声叹气的仿佛谁害了你似的，你们姜家就没有一个好人！"说着，举起白团扇，作势要打。季泽把那交叉着的十指往下移了一移，两只大拇指按在嘴唇上，两只食指缓缓抚摸着鼻梁，露出一双水汪汪的眼睛来。那眼珠却是水仙花缸底的黑石子，上面汪着水，下面冷冷的没有表情。看不出他在想什么。七巧道："我非打你不可！"季泽的眼睛里突然冒出一点笑泡儿，道："你打，你打！"七巧待要打，又掣回手去，重新一鼓作气道："我真打！"抬高了手，一扇子劈下来，又在半空中停住了，吃吃笑起来，季泽带笑将肩膀耸了一耸，凑了上去道："你倒是打我一下罢！害得我浑身骨头痒着，不得劲儿！"七巧把扇子向背后一藏，越发笑得格格的。

季泽把椅子换了个方向，面朝墙坐着，人向椅背上一靠，双手蒙住了眼睛，又是长长的叹了口气。七巧啃着扇子柄，斜睨着他道："你今儿是怎么了？受了暑吗？"季泽道："你哪里知道？"半晌，他低低的一个字一个字说道："你知道我为什么跟家里的那个不好，为什么我拼命的在外头玩，把产业都败光了？你知道这都是为了谁？"七巧不知不觉有些胆寒，走得远远的，倚在炉台上，脸色慢慢的变了。季泽跟了过来。七巧垂着头，肘弯撑在炉台上，手里擎着团扇，扇子上的杏黄穗子顺着她的额角拖下来。季泽在她对面站住了，小声道："二嫂！……七巧！"

七巧背过脸去淡淡笑道："我要相信你才怪呢！"季泽便也走开了，道："不错。你怎么能够相信我？自从你到我家来，我在家一刻也待不住，只想出去。你没来的时候我并没有那样荒唐过，后来那都是为了躲你，娶了兰仙来，我更玩得凶了，为了躲你之外又要躲她。见了你，说不了两句话我就要发脾气——你哪儿知道我心里的苦楚？你对我好，我心里更难受——我得管着我自己——我不能平白的坑坏了你，家里人多眼杂，让人知道了，我是个男子汉，还不打紧。你可了不得！"七巧的手直打颤，扇柄上的杏黄须子在她额上苏苏摩擦着。季泽道："你信也罢！不信也罢！信了又怎样？横竖我们半辈子已经过去了，说也是白说。我只求你原谅我这一片心。我为你吃了这些苦，也就不算冤枉了。"

七巧低着头，沐浴在光辉里，细细的音乐，细细的喜悦……这些年了，她跟他捉迷藏似的，只是近不得身，原来还有今天！可不是，这半辈子已经完了——花一般的年纪已经过去了。人生就是这样的错综复杂，不讲理。当初她为什么嫁到姜家来？为了钱么？不是的，为了要遇见季泽，为了命中注定她要和季泽相爱。她微微抬起脸来，季泽立在她跟前，两手合在她扇子上，面颊贴在她扇子上。他也老了十年了，然而人究竟还是那个人呵！他难道是哄她么！他想她的钱——她卖掉她的一生换来的几个钱？仅仅这一转念便使她暴怒起来。就算她错怪了他，他为她吃的苦抵得过她为他吃的苦么？好容易她死了心了，他又来撩拨她，她恨他。他还在看着她。他的眼睛——虽然隔了十年，人还是那个人呵！就算他是骗她的，迟一点儿发现不好么？即使明知是骗人的，他太会演戏了，也跟真的差不多罢？

不行！她不能有把柄落在这厮手里。姜家的人是厉害的，她的钱只怕保不住。她得先证明他是真心不是。七巧定了一定神，向门外瞧了一瞧，轻轻惊叫道："有人！"便三脚两步赶出门去，到下房里吩咐潘妈替三爷弄点心去，快些端了来，顺便带芭蕉扇进来替三爷打扇。七巧回到屋里来，故意颦着眉道："真可恶，老妈子在门口探头探脑的，见了我抹过头去就跑，被我赶上去喝住了。若是关上了门说两句话，指不定造出什么谣言来呢！饶是独门独户住了，还没个清净。"潘妈送了点心与酸梅汤进来，七巧亲自拿筷子替季泽拣掉了蜜层糕上的玫瑰与青梅，道："我记得你是不爱吃红绿丝的。"有人在跟前，季泽不便说什么，只是微笑。七巧似乎没话找话说似的，问道："你卖房子，接洽得怎样了？"季泽一面吃，一面答道："有人出八万五，我还没打定主意呢。"七巧沉吟道："地段倒是好的。"季泽道："谁都不赞成我脱手，说还要涨呢。"

七巧又问了些详细情形，便道："可惜我手头没有这一笔现款，不然我倒想买。"季泽道："其实呢，我这房子倒不急，倒是咱们乡下你那些田，早早脱手的好。自从改了民国，接二连三的打仗，何尝有一年闲过，把地面上糟蹋得不成样子，中间还被收租的、师爷、地头蛇一层一层勒啃着，莫说这两年不是水就是旱，就遇着了丰年，也没有多少进账轮到我们头上。"七巧寻思着，道："我也盘算过来，一直挨着没有办。先晓得把它卖了，这会子想买房子，也不至于钱不凑手了。"季泽道："你那田要卖趁现在就得卖，听说直鲁又要开仗了。"

七巧道："急切间你叫我卖给谁去？"季泽顿了一顿道："我去替你打听打听，也成。"七巧耸了耸眉毛笑道："得了，你那些狐群狗党里头，又有谁是靠得住的？"季泽把咬开的饺子在小碟里蘸了点醋，闲闲说出两个靠得住的人名，七巧便认真仔细盘问他起来，他果然回答得有条不紊，显然他是筹之已熟的。

七巧虽是笑吟吟的，嘴里发干，上嘴唇粘在牙仁上，放不下来。她端起盖碗来吸了一口茶，舐了舐嘴唇，突然把脸一沉，跳起身来，将手里的扇子向季泽头上滴溜溜掷过去，季泽向左偏了一偏，那团扇敲在他肩膀上，打翻了玻璃杯，酸梅汤淋淋漓漓溅了他一身。七巧骂道："你要我卖了田去买你的房子？你要我卖田？钱一经你的手，还有得说么？你哄我——你拿那样的话来哄我——你拿我当傻子——"她隔着一张桌子探身过去打他，然而她被潘妈下死劲抱住了。潘妈叫唤起来，祥云等人都奔了来，七手八脚按住了她，七嘴八舌求告着。七巧一头挣扎，一头叱喝着，然而她的一颗心直往下坠——她很明白她这举动太蠢——太蠢——她在这儿丢人出丑。

季泽脱下了他那湿漉漉的白云纱长衫，潘妈绞了毛巾来代他揩擦，他理也不理，把衣服夹在手臂上，竟自扬长出门去了，临行的时候向祥云道："等白哥儿下了学，叫他替他母亲请个医生来看看。"祥云吓糊涂了，连声答应着，被七巧兜脸给她一个耳刮子。

季泽走了。丫头老妈子也给七巧骂跑了。酸梅汤沿着桌子一滴一滴朝下滴，像迟迟的夜漏——一滴，一滴……一更，二更……一年，一百年。真长，这寂寂的一刹那。七巧扶着头站着倏地掉转身来上楼去，提着裙子，性急慌忙，跌跌跄跄，不住的撞到那阴暗的绿粉墙上，佛青袄子上沾了大块的淡色的灰。她要在楼上的窗户里再看他一眼。无论如何，她从前爱过他。他的爱给了她无穷的痛苦。单只是这一点，就使她值得留恋。多少回了，为了要按捺她自己，她进得全身的筋骨与牙根都酸楚了。今天完全是她的错。他不是个好人，她又不是不知道。她要他，就得装糊涂，就得容忍他的坏。她为什么要戳穿他？人生在世，还不就是那么一回事？归根究底，什么是真的，什么是假的？

她到了窗前，揭开了那边上缀有小绒球的墨绿洋式窗帘，季泽正在弄堂里往外走，长衫搭在臂上，晴天的风像一群白鸽子钻进他的纺绸裤褂里去，哪儿都钻到了，飘飘拍着翅子。

七巧眼前仿佛挂了冰冷的珍珠帘，一阵热风来了，把那帘子紧紧贴在她脸上，风去了，又把帘子吸了回去，气还没透过来，风又来了，没头没脸包住她——一阵凉一阵热，她只是流着眼泪。

玻璃窗的上角隐隐约约反映出弄堂里一个巡警的缩小的影子，晃着膀子踱过去。一辆黄包车静静在巡警身上辗过。小孩把袍子掖在裤腰里，一路踢着球，奔出玻璃的边缘。绿色的邮差骑着自行车，复印在巡警身上，一溜烟掠过。都是些鬼，多年前的鬼，多年后的没投胎的鬼……什么是真的，什么是假的？

过了秋天又是冬天，七巧与现实失去了接触。虽然一样的使性子，打丫头，换厨子，总有些失魂落魄的。她哥哥嫂子到上海来探望了她两次，住不上十来天，末了永远是给她絮叨得站不住脚，然而临走的时候她也没有少给他们东西。她侄子曹春熹上城来找事，耽搁在她家里。那春熹虽是个浑头浑脑的年轻人，却也本本分分的。七巧的儿子长白，女儿长安，年纪到了十三四岁，只因身材瘦小，看上去才只七八岁的光景。在年下，一个穿着品蓝摹本缎棉袍，一个穿着葱绿遍地锦棉袍，衣服太厚了，直挺挺撑开了两臂，一般都是薄薄的两张白脸，并排站着，纸糊的人儿似的。这一天午饭后，七巧还没起身，那曹春熹陪着他兄妹俩掷骰子，长安把压岁钱输光了，还不肯歇手。长白把桌上的铜板一搂，笑道："不跟你来了。"长安道："我们用糖莲子来赌。"春熹道："糖莲子揣在口袋里，看脏了衣服。"长安道："用瓜子也好，柜顶上就有一罐。"便搬过一张茶几来，踩了椅子爬上去拿。慌得春熹叫道："安姐儿你可别摔跤，回头我担不了这干系！"正说着，只见长安猛可里向后一仰，若不是春熹扶住了，早是个倒栽葱。长白在旁拍手大笑，春熹嘟嘟哝哝骂着，也撑不住要笑，三人笑成一片。春熹将她抱下地来，忽然从那红木大橱的穿衣镜里瞥见七巧蓬着头叉着腰站在门口，不觉一怔，连忙放下了长安，回身道："姑妈起来了。"七巧汹汹奔了过来，将长安向自己身后一推，长安立脚不稳，跌了一跤。七巧只顾将身子挡住了她，向春熹厉声道："我把你这狼心狗肺的东西！我三茶六饭款待你这狼心狗肺的东西，什么地方亏待了你，你欺负我女儿？你那狼心狗肺，你道我揣摩不出么？你别以为你教坏了我女儿，我就不能不捏着鼻子把她许配给你，你好霸占我们的家产！我看你这混蛋，也还想不出这等主意来，敢情是你爹娘把着手儿教的！那两个狼心狗肺忘恩负义的老浑蛋！齐了心想我的钱，一计不成，又生一计！"春熹气得白瞪眼，欲待分辩，七巧道："你还有脸顶撞我！你还不给我快滚，别等我乱棒打出去！"说着，把儿女们推推撞撞送了出去，自己也喘吁吁扶着个丫头走了。春熹究竟年纪轻火性大，赌气卷了铺盖，顿时离了姜家的门。

七巧回到起坐间里，在烟榻上躺下了。屋里暗昏昏的，拉上了丝绒窗帘。时而窗户缝里漏了风进来，帘子动了，方在那墨绿小绒球底下毛茸茸地看见一点天色，除此只有烟灯和烧红的火炉的微光。长安吃了吓，呆呆坐在火炉边一张小凳上。七巧道："你过来。"长安只道是要打，只是延捱着，搭讪把火炉边的洋铁圈屏上晾着的小红格子法布衬衫翻了一翻，道："快烤糊了。"衬衫发出热烘烘的毛气。

七巧却不像要责打她的光景，只数落了一番，道："你今年过了年也有十三岁了，也该放明白些。表哥虽不是外人，天下的男子都是一样混账。你自己要晓得当心，谁不想你的钱？"一阵风过，窗帘上的绒球与绒球之间露出白色的寒天，屋子里暖热的黑暗给打上了一排小洞。烟灯的火焰往下一挫，七巧脸上的影子仿佛更深了一层。她突然坐起身来，低声道："男人……碰都碰不得！谁不想你的钱？你娘这几个钱不是容易得来的，也不是容易守得住。轮到你们手里，我可不能眼睁睁看着你们上人的当——叫你以后提防着些，你听见了没有？"长安垂着头道："听见了。"

七巧的一只脚有点麻，她探身去捏一捏她的脚。仅仅是一刹那，她眼睛里蠢动着一点温柔的回忆。她记起了想她的钱的一个男人。

她的脚是缠过的，尖尖的缎鞋里塞了棉花，装成半大的文明脚。她瞧着那双脚，心里一动，冷笑一声道："你嘴里尽管答应着，我怎么知道你心里是明白还是糊涂？你人也有这么大了，又是一双大脚，哪里去不得？我就是管得住你，也没那个精神成天看着你。按说你今年十三了，裹脚已经嫌晚了，原怪我耽搁了你。马上这就替你裹起来，也还来得及。"长安一时答不出话来，倒是旁边的老妈子们笑道："如今小脚不时兴了，只怕将来给姐儿定亲的时候麻烦。"七巧道："没有扯淡！我不愁我的女儿没人要，不劳你们替我担心！真没人要，养活她一辈子，我也养得起！"当真替长安裹起脚来，痛得长安鬼哭神号的。这时连姜家这样守旧的人家，缠过脚的也都已经放了脚了，别说是没缠过的，因此都拿长安的脚传作笑话奇谈。裹了一年多，七巧一时的兴致过去了，又经亲戚们劝着，也就渐渐放松了，然而长安的脚可不能完全恢复原状了。

姜家大房三房里的儿女都进了洋学堂读书，七巧处处存心跟他们比赛着，便也要送长白去投考。长白除了打小牌之外，只喜欢跑跑票房，正在那里朝夕用功吊嗓子，只怕进学校要耽搁了他的功课，便不肯去。七巧无奈，只得把长安送到沪范女中，托人说了情，插班进去。长安换上了蓝爱国布的校服，不上半年，脸色也红润了，胳膊腿腕也粗了一圈。住读的学生洗换衣服，照例是送到学校里包着的洗衣作坊里去的。长安记不清自己的号码，往往失落了枕套手帕种种零件，七巧便闹着说要去找校长说话。这一天放假回家，检点了一下，又发现有一条褥单是丢了。七巧暴跳如雷，准备明天亲自上学校去大兴问罪之师。长安着了急，拦阻了一声，七巧便骂道："天生的败家精，拿你的钱不当钱。你娘的钱是容易得来的？——将来你出嫁，你看我有什么陪送给你！——给也是白给！"长安不敢做声，却哭了一晚上。她不能在她的同学跟前丢这个脸。对于十四岁的人，那似乎有天大的重要。她母亲去闹一场，她以后拿什么脸去见人？她宁死也不到学校里去了。她的朋友们，她所喜欢的音乐教员，不久就会忘记了有这么一个女孩子，来了半年，又无缘无故悄悄的走。走得干净。她觉得她这牺牲是一个美丽的，苍凉的手势。

半夜里她爬下床来，伸手到窗外试试，漆黑的，是下了雨么？没有雨点。她从枕头边摸出一只口琴，半蹲半坐在地上，偷偷吹了起来。犹疑地，Long Long Ago 的细小的调子在庞大的夜里袅袅漾开，不能让人听见。为了竭力按捺着，那呜呜的口琴忽断忽续，如同婴儿的哭泣。她接不上气来，歇了半响。窗格子里，月亮从云里出来了。墨灰的天，几点疏星，模糊的缺月，像石印的图画，下面白云蒸腾，树顶上透出街灯淡淡的圆光。长安又吹起口琴。"告诉我那故事，往日我最心爱的那故事，许久以前，许久以前……"

第二天她大着胆子告诉她母亲："娘，我不想念下去了。"七巧睁着眼道："为什么？"长安道："功课跟不上，吃的太苦了，我过不惯。"七巧脱下一只鞋来，顺手将鞋底抽了她一下，恨道："你爹不如人，你也不如人？养下你来又不是个十不全，就不肯替我争口气！"长安反剪着一双手，垂着眼睛，只是不言语。旁边老妈子们便劝道："姐儿也大了，学堂里人杂，的确有些不方便。其实不去也罢了。"七巧沉吟道。"学费总得想法子拿回来。白便宜了他们不成？"便要领了长安一同去索讨，长安抵死不肯去，七巧带着两个老妈子去了一趟回来了，据她自己补叙，钱虽然收回来，却也着实羞辱了那校长一场。长安以后在街上遇着了同学，脸上红一阵白一阵，无地自容，只得装做不看见，急急走了过去。朋友寄了信来，她拆也不敢拆，原封退了回去。她的学校生活就此告一结束。

有时她也觉得牺牲得有点不值得，暗自懊悔着，然而也来不及挽回了。她渐渐放弃了一切上进的思想，安分守己起来。学会了挑是非，使小坏，干涉家里的行政。她不时的跟母亲怄气，可是她的言谈举止越来越像她母亲了。每逢她单叉着裤子，揸开了两腿坐着，两只手按在胯间露出的凳子上，歪着头，下巴搁在心口上凄凄惨惨瞅住了对面的人说道："一家有一家的苦处呀，表嫂——一家有一家的苦处！"——谁都说她是活脱的一个七巧。她打了一根辫子，眉眼的紧俏有似当年的七巧，可是她的小小的嘴过于瘪进去，仿佛显老一点。她再年轻些也不过是一棵较嫩的雪里红——盐腌过的。

也有人来替她做媒。若是家境推扳一点的，七巧总疑心人家是贪她们的钱。若是那有财有势的，对方却又不十分热心，长安不过是中等姿色，她母亲出身既低，又有个不贤惠的名声，想必没有什么家教。因此高不成，低不就，一年一年耽搁了下去。

那长白的婚事却不容耽搁。长白在外面赌钱，捧女戏子，七巧还没甚话说，后来渐渐跟着他三叔姜季泽逛起窑子来，七巧方才着了慌，手忙脚乱替他定亲，娶了一个袁家的小姐，小名芝寿。

行的是半新式的婚礼，红色盖头是蠲免了，新娘戴着蓝眼镜，粉红喜纱，穿着粉红彩绣裙袄，进了洞房，除去了眼镜，低着头坐在湖色帐幔里。闹新房的人围着打趣，七巧只看了一看便出来了。长安在门口赶上了她，悄悄笑道："皮色倒还白净，就是嘴唇太厚了些。"七巧把手撑着门，拨下一只金挖耳来搔搔头，冷笑道："还说呢！你新嫂子这两片嘴唇，切切倒有一大碟子。"旁边一个太太便道："说是嘴唇厚的人天性厚哇！"七巧哼了一声，将金挖耳指住了那太太，倒剔起一只眉毛，歪着嘴微微一笑道："天性厚，并不是什么好话。当着姑娘们，我也不便多说——但愿咱们白哥儿这条命别送在她手里！"七巧天生着一副高爽的喉咙，现在因为苍老了些，不那么尖了，可是扁扁的依旧四面刮得人疼痛，像剃刀片。这两句话，说响不响，说轻也不轻。人丛里的新娘子的平板的脸与胸震了一震——多半是龙凤烛的火光的跳动。

三朝过后，七巧嫌新娘子笨，诸事不如意，每每向亲戚们诉说着。便有人劝道："少奶奶年纪轻，二嫂少不了费点心教导教导她。谁叫这孩子没心眼儿呢！"七巧啐道："你们瞧咱们新少奶奶老实呀——一见了白哥儿，她就得去上马桶！真的！你信不信？"这话传到芝寿耳朵里，急得芝寿只待寻死。然而这还是没满月的时候，七巧还顾些脸面，后来索性这一类的话当着芝寿的面也说了起来，芝寿哭也不是，笑也不是，若是木着脸装听不见，七巧便一拍桌子嗟叹起来道："在儿子媳妇手里吃口饭，可真不容易！动不动就给人脸子看！"

这天晚上，七巧躺着抽烟，长白盘踞在烟铺跟前的一张沙发椅上嗑瓜子，无线电里正唱着一出冷戏，他捧着剧考，一个字一个字跟着哼，哼上了劲，甩过一条腿去骑在椅背上，来回摇着打拍子。七巧伸过脚去踢他一下道："白哥儿你来替我装两筒。"长白道："现放着烧烟的，偏要支使我！我手上有蜜是怎么着？"说着，伸了个懒腰，慢腾腾移身坐在烟灯前的小凳上，卷起了袖子。七巧笑道："我把你这不孝的奴才！支使你，是抬举你！"她眯缝着眼望着他。这些年来她的生命里只有这一个男人。只有他，她不怕他想她的钱——横竖钱都是他的。可是，因为他是她的儿子，他这一个人还抵不了半个……现在，就连这半个人她也保留不住——他娶了亲。他是个瘦小白皙的年轻人，背有点驼，戴着金丝眼镜，有着工细的五官，时常茫然地微笑着，张着嘴，嘴里闪闪发着光的不知道是太多的唾沫水还是他的金牙。他敞着衣领，露出里面的珠羔里子和白小褂。七巧把一只脚搁在他肩膀上，不住的轻轻踢着他的脖子，低声道："我把你这不孝的奴才！打几时起变得这么不孝了？"长安在旁答道："娶了媳妇忘了娘嘛！"七巧道："少胡说！我们白哥儿倒不是那们样的人！我也养不出那们样的儿子！"长白只是笑。七巧斜着眼看定了他，笑道："你若还是我从前的白哥儿，你今儿替我烧一夜的烟！"长白笑道："那可难不倒我！"七巧道："盹着了，看我捶你！"

起坐间的帘子撤下送去洗濯了。隔着玻璃窗望出去，影影绰绰乌云里有个月亮，一搭黑，一搭白，像个戏剧化的狰狞的脸谱。一点，一点，月亮缓缓的从云里出来了，黑云底下透出一线炯炯的光，是面具底下的眼睛。天是无底洞的深青色。久已过了午夜了。长安早去睡了，长白打着烟泡，也前仰后合起来。七巧斟了杯浓茶给他，两人吃着蜜饯糖果，讨论着东邻西舍的隐私。七巧忽然含笑问道："白哥儿你说，你媳妇儿好不好?"长白说道:"这有什么可说的?"七巧道:"没有可批评的,想必是好的了?"长白笑着不做声。七巧道:"好,也有个怎么个好呀!"长白道,"谁说她好来着?"七巧道:"她不好? 哪一点不好? 说给娘听。"长白起初只是含糊对答,禁不起七巧再三盘问,只得吐露一二。旁边递茶递水的老妈子们都背过脸去笑得格格的,丫头们都掩着嘴忍着笑回避出去了。七巧又是咬牙,又是笑,又是喃喃咒骂,卸下烟斗来狠命磕里面的灰,敲得托托一片响,长白说溜了嘴,止不住要说下去,足足说了一夜。

次日清晨,七巧吩咐老妈子取过两床毯子来打发哥儿在烟榻上睡觉。这时芝寿也已经起了身,过来请安。七巧一夜没合眼,却是精神百倍,邀了几家女眷来打牌,亲家母也在内。在麻将桌上一五一十地将她儿子亲口招供的她媳妇的秘密宣布了出来,略加渲染,越发有声有色。众人竭力的打岔,然而说不出两句闲话,七巧笑嘻嘻的转了个弯,又回到她媳妇身上来了。逼得芝寿的母亲脸皮紫涨,也无颜再见女儿,放下牌,乘了包车回去了。

七巧接连着要长白为她烧了两晚上的烟。芝寿直挺挺躺在床上,搁在肋骨上的两只手蜷曲着像死去的鸡的脚爪。她知道她婆婆又在那里盘问她丈夫,她知道她丈夫又在那里叙述一些什么事,可是天知道他还有什么新鲜的可说! 明天他又该涎着脸到她跟前来了。也许他早料到她会把满腔的怨毒都结在他身上,就算她没本领跟他拼命,最不济也得质问他几句,闹上一场。多半他准备先声夺人,借酒盖住了脸,找点岔子,摔上两件东西。她知道他的脾气。末后他会坐到床沿上来,耸起肩膀,伸手到白绸小褂里面抓痒,出人意料之外地一笑。他的金丝眼镜上抖动着一点光,他嘴里抖动着一点光,不知道是唾沫还是金牙。他摘去了他的眼镜。……芝寿猛然坐起身来,哗啦揭开了帐子。这是个疯狂的世界,丈夫不像个丈夫,婆婆也不像个婆婆。不是他们疯了,就是她疯了。今天晚上的月亮比哪一天都好,高高的一轮满月,万里无云,像是黑漆的天上一个白太阳。遍地的蓝影子,帐顶上也是蓝影子,她的一双脚也在那死寂的蓝影子里。

芝寿待要挂起帐子来,伸手去摸索帐钩,一只手臂吊在那铜钩上,脸偎住了肩膀,不由得就抽噎起来。帐子自动的放了下来。昏暗的帐子里除了她之外没有别人,然而她还是吃了一惊,仓皇地再度挂起了帐子。窗外还是那使人汗毛凛凛的反常的明月——漆黑的天上一个灼灼的小而白的太阳。屋里看得分明那玫瑰紫绣花椅披桌布,大红平金五凤齐飞的围屏,水红软缎对联,绣着盘花篆字。梳妆台上红绿丝网络着银粉缸、银漱盂、银花瓶,里面满满盛着喜果,帐檐上垂下五彩攒金绕绒花球、花盆、如意、粽子,下面滴溜溜坠着指头大的琉璃珠和尺来长的桃红穗子。偌大一间房里充塞着箱笼、被褥、铺陈,不见得她就找不出一条汗巾子来上吊,她又倒到床上去。月光里,她的脚没有一点血色——青、绿、紫、冷去的尸身的颜色。她想死,她想死。她怕这月亮光,又不敢开灯。明天她婆婆会说:"白哥儿给我多烧了两口烟,害得我们少奶奶一宿没睡觉,半夜三更点着灯等他回来——少不了他吗!"芝寿的眼泪顺着枕头不停的流。她不用手帕去擦眼睛,擦肿了,她婆婆又该说了:"白哥儿一晚上没回房去睡,少奶奶就把眼睛哭得桃儿似的!"

七巧虽然把儿子媳妇描摹成这样热情的一对,长白对于芝寿却不甚中意,芝寿也把长白恨得牙痒痒的。夫妻不和,长白渐渐又往花街柳巷里走动。七巧把一个丫头绢儿给了他做小,还是牢笼不住他。七巧又变着方儿哄他吃烟。长白一向就喜欢玩两口,只是没上瘾,现在吸得多了,也就收了心不大往外跑了,只在家守着母亲和新姨太太。

他妹子长安二十四岁那年生了痢疾，七巧不替她延医服药，只劝她抽两筒鸦片，果然减轻了不少痛苦。病愈之后，也就上了瘾。那长安更与长白不同，未出阁的小姐，没有其他的消遣，一心一意的抽烟，抽的倒比长白还要多。也有人劝阻，七巧道："怕什么！莫说我们姜家还吃得起，就是我今天卖了两顷地给他们姐儿俩抽烟，又有谁敢放半个屁？姑娘赶明儿聘了人家，少不得有她一份嫁妆。她吃自己的，喝自己的，姑爷就是舍不得，也只好干望着她罢了！"

话虽如此说，长安的婚事毕竟受了点影响。来做媒的本来就不十分踊跃，如今竟绝迹了。长安到了近三十的时候，七巧见女儿注定了是要做老姑娘的了，便又换了一种论调，道："自己长得不好，嫁不掉，还怨我做娘的耽搁了她！成天挂搭着个脸，倒像我该她二百钱似的。我留她在家里吃一碗闲茶闲饭，可没打算留她在家里给我气受呢！"

姜季泽的女儿长馨过二十岁生日，长安去给她堂房妹子拜寿。那姜季泽虽然穷了，幸喜他交游广阔，手里还算兜得转。长馨背地向她母亲道："妈想法子给安姐姐介绍个朋友罢，瞧她怪可怜的。还没提起家里的情形，眼圈儿就红了。"兰仙慌忙摇手道："罢！罢！这个媒我不敢做！你二妈那脾气是好惹的？"长馨年少好事，哪里理会得？歇了些时，偶然与同学们说起这件事，恰巧那同学有个表叔新从德国留学回来，也是北方人，仔细攀认起来，与姜家还沾着点老亲。那人名唤童世舫，叙起来比长安略大几岁。长馨竟自作主张，安排了一切，由那同学的母亲出面请客。长安这边瞒得家里铁桶相似。

七巧身子一向硬朗，只因她媳妇芝寿得了肺痨，七巧嫌她乔张做致，吃这个，吃那个，累又累不得，比寻常似乎多享了一些福，自己一赌气便也病了。真实不过是气虚血亏，却也将阖家支使得团团转，哪儿还能够兼顾到芝寿？后来七巧真得了病，卧床不起，越发鸡犬不宁。长安乘乱里便走开了，把裁缝唤到她三叔家里，由长馨出主意替她制了新装。赴宴的那天晚上，长馨先陪她到理发店去用钳子烫了头发，从天庭到鬓角一路密密的贴着细小的发圈，耳朵上戴了二寸来长的玻璃翡翠宝塔坠子，又换上了苹果绿乔琪纱旗袍，高领圈，荷叶边袖子，腰以下是半西式的百褶裙。一个小大姐蹲在地上为她扣揿扭，长安在穿衣镜里端详着自己，忍不住将两臂虚虚的一伸，裙子一踢，摆了个葡萄仙子的姿势，一扭头笑了起来道："把我打扮得天女散花似的！"长馨在镜子里向那小大姐做了个眉眼，两人不约而同也都笑了起来。长安妆罢，便向高椅上端端正正坐下了。长馨道："我去打电话叫车。"长安道："还早呢！"长馨看了看表道："约的是八点，已经八点过五分了。"长安道："晚个半个钟头，想必也不碍事。"长馨猜她是存心要搭点架子，心中又好气又好笑，打开银丝手提皮包来检点了一下，借口说忘了带粉镜子，径自走到她母亲屋里来，如此这般告诉了一遍，又道："今儿又不是姓童的请客，她这架子是冲着谁搭的？我也懒得去劝她，由她挨到明儿早上去，也不干我事。"兰仙道："瞧你这糊涂！人是你约的，媒是你做的，你怎么卸得了这干系？我埋怨过你多少回了——你早该知道了，安姐儿就跟她娘一样的小家子气，不上台盘。待会儿出乖露丑的，说起来是你姐姐，你丢人也是活该，谁叫你把这些是是非非，揽上身来，敢是闲疯了？"长馨咕嘟着嘴在她母亲屋里坐了半晌。兰仙笑道："看这情形，你姐姐是等着人催请呢。"长馨道："我才不去催她呢！"兰仙道："傻丫头，要你催，中什么用？她等着那边来电话哪！"长馨失声笑道："又不是新娘子，要三请四催的，逼着上轿！"兰仙道："好歹你打个电话到饭店里去，叫他们打个电话来，不就结了？快九点了，再挨下去，事情可真要崩了！"长馨只得依言做去，这边方才动了身。

长安在汽车里还是兴兴头头，谈笑风生的，到了菜馆子里，突然矜持起来，跟在长馨后面，悄悄掩进了房间，怯怯的褪去了苹果绿鸵鸟毛斗篷，低头端坐，拈了一只杏仁，每隔两分钟轻轻啮去了十分之一，缓缓咀嚼着。她是为了被看而来的。她觉得她浑身的装束，无懈可击，任凭人家多看两眼也不妨事，可是她的身体完全是多余的，缩也没处缩，她始终缄默着，吃完了一顿饭。等着上甜菜的时候，长馨把她拉到窗子跟前去观看街景，又托故走开了，那童世舫便踱到窗前，问道："姜小姐这儿来过么？"长安细声道："没有。"童世舫道："我也是第一次，菜倒是不坏，可是我还是吃不大惯。"长安道："吃不惯？"世舫道："可不是！外国菜比较清淡些，中国菜要油腻得多。刚回来，连着几天亲戚朋友们接风，很容易的就吃坏了肚子。"长安反复地看她的手指，仿佛一心一意要数数一共有几个指纹是螺形的，几个是畚箕……

玻璃窗上面，没来由开了小小的一朵霓虹灯的花——对过一家店面里反映过来的，绿心红瓣。是尼罗河祀神的莲花，又是法国王室的百合徽章……

世舫多年没见过故国的姑娘，觉得长安很有点楚楚可怜的韵致，倒有几分欢喜。他留学以前早就定了亲，只因他爱上了一个女同学，抵死反对家里的亲事，路远迢迢，打了无数的笔墨官司，几乎闹翻了脸，他父母曾经一度断绝了他的接济，使他吃了不少的苦，方才依了他，解了约。不幸他的女同学别有所恋，抛下了他，他失意之余，倒埋头读了七八年的书。他深信妻子还是旧式的好，也是由于反应作用。

和长安见了这一面之后，两下里都有了意。长馨想着送佛送到西天，自己再热心些，也没有资格出来向长安的母亲说话，只得央及兰仙。兰仙执意不肯道："你又不是不知道，你爹跟你二妈仇人似的，向来是不见面的。我虽然没跟她红过脸，再好些也有限，何苦去自讨没趣？"长安见了兰仙，只是垂泪，兰仙却不过情面，只得答应去走一遭。妯娌相见，问候了一番，兰仙便说明了来意。七巧初听见了，倒也欣然，因道："那就拜托了三妹妹罢！我病病哼哼的，也管不得了，偏劳了三妹妹。这丫头就是我的一块心病。我做娘的也不能说是对不起她了，行的是老法规矩，我替她裹脚；行的是新派规矩，我送她上学堂——还要怎么着？照我这样扒心扒肝调理出来的人，只要她不疤不麻不瞎，还会没人要吗？怎奈这丫头天生的是扶不起的阿斗，恨得我只嚷嚷；多是我一闭眼去了，男婚女嫁，听天由命罢！"

当下议妥了，由兰仙请客，两方面相亲。长安与童世舫只做没见过面模样，只会晤了一次。七巧病在床上，没有出场，因此长安便风平浪静的订了婚。在筵席上，兰仙与长馨强拉着长安的手，递到童世舫手里，世舫当众替她套上了戒指。女家也回了礼，文房四宝虽然免了，却用新式的丝绒文具盒来代替，又添上了一只手表。

订婚之后，长安遮遮掩掩竟和世舫独自出去了几次。晒着秋天的太阳，两人并排在公园里走，很少说话，眼角里带着一点对方的衣服与移动着的脚，女子的粉香，男子的淡巴菰气，这单纯而可爱的印象便是他们身边的栏杆，栏杆把他们与众人隔开了。空旷的绿草地上，许多人跑着、笑着、谈着，可是他们走的是寂寂的绮丽的回廊——走不完的寂寂的回廊。不说话，长安并不感到任何缺陷。她以为新式的男女间的交际也就"尽于此矣"。童世舫呢，因为过去的痛苦的经验，对于思想的交换根本抱着怀疑的态度。有个人在身边，他也就满足了。从前，他顶讨厌小说上的男人，向女人要求同居的时候，只说："请给我一点安慰。"安慰是纯粹精神上的，这里却做了肉欲的代名词。但是他现在知道精神与物质的界限不能分得这么清。言语究竟没有用。

久久的握手，就是妥协的安慰，因为会说话的人很少，真正有话说的人还要少。

有时在公园里遇着了雨，长安撑起了伞，世舫为她擎着。隔着半透明的蓝绸伞，千万粒雨珠闪着光，像一天的星。一天的星到处跟着他们，在水珠银烂的车窗上，汽车驰过了红灯、绿灯，窗子外营营飞着一窠红的星，又是一窠绿的星？

长安带了点星光下的乱梦回家来，人变得异常沉默了。时时微笑着。七巧见了，不由的有气，便冷言冷语道："这些年来，多多怠慢了姑娘，不怪姑娘难得开个笑脸。这下子跳出了姜家的门，称了心愿了，再快活些，可也别这么摆在脸上呀——叫人寒心！"依着长安素日的性子，就要回嘴，无如长安近来像换了个人似的，听了也不计较，自顾自努力去戒烟。七巧也奈何她不得。

长安订婚那天，大奶奶玳珍没去，隔了些天来补道喜。七巧悄悄唤了声大嫂，道："我看咱们还得在外头打听打听哩，这事可冒失不得！前天我耳朵里仿佛刮着一点，说是乡下有太太，外洋还有一个。"玳珍道："乡下的那个没过门就退了亲。外洋那个也是这样，说是做了几年的朋友了，不知怎么又没成功。"七巧道："那还有个为什么？男人的心，说声变，就变了，他连三媒六聘的还不认账，何况那不三不四的歪辣货？知道他在外洋还有旁人没有？我就只这一个女儿，可不能糊里糊涂断送了她的终身，我自己是吃了媒人的苦的！"

长安坐在一旁用指甲去掐手掌心，手掌心掐红了，指甲却挣得雪白。七巧一抬眼望见了她，便骂道："死不要脸的丫头，竖着耳朵听呢！这话是你听得的吗？我们做姑娘的时候，一声提起婆婆家，来不迭的躲开了。你姜家枉为世代书香，只怕你还要到你开麻油店的外婆家去学点规矩哩！"长安一头哭一头奔了出去。七巧拍着枕头嗳了一声道："姑娘急着要嫁，叫我也没法子。腥的臭的往家里拉。名为是她三婶给找的人，其实不过是拿她三婶做个幌子。多半是生米煮成了熟饭了，这才挽了三婶出来做媒。大家齐打伙儿糊弄我一个人……糊弄着也好！说穿了，叫做娘的做哥哥的脸往哪儿去放？"

又一天，长安托辞溜了出去，回来的时候，不等七巧查问，待要报告自己的行踪，七巧叱道："得了，得了，少说两句罢！在我前面糊什么鬼？有朝一日你让我抓着了真凭实据——哼！别以为你大了，定了亲了，我打不得你了！"长安急了道："我给馨妹妹送鞋样子去，犯了法了？娘不信，娘问三婶去！"七巧道："你三婶替你寻了个汉子来，就是你的重生父母，再养爹娘！也没见你这样的轻骨头！……一转眼就不见你的人了。你家里供养你这些年，就只差买个小厮伺候你，哪一处对你不住了，你在家里一刻也坐不稳？"长安红了脸，眼泪直掉下来。七巧缓过一口气来，又道："当初多少好的都不要，这会子去嫁个不成器的，人家拣剩下来的，岂不是自己打嘴？他若是个人，怎么活到三十来岁，漂洋过海的，跑上十万里地，一房老婆还没弄到手？"

然而长安一味的执迷不悟。因为双方的年纪都不小了，订了婚不上几月，男方便托了兰仙来议定婚期。七巧指着长安道："早不嫁，迟不嫁，偏赶着这两年钱不凑手！明年若是田上收成好些，嫁妆也还整齐些。"兰仙道："如今新式结婚，倒也不讲究这些了。就照新派办法，省着点也好。"七巧道："什么新派旧派？旧派无非排场大些，新派实惠些，一样还是娘家的晦气！"兰仙道："二嫂看着办就是了，难道安姐儿还会争多论少不成？"一屋子的人全笑了，长安也不觉微微一笑。七巧破口骂道："不害臊！你是肚子里有了搁不住的东西是怎么着？火烧眉毛，等不及的要过门！嫁妆也不要了——你情愿，人家倒许不情愿呢？你就拿准了他是图你的人？你好不自量。你有哪一点叫人看得上眼？趁早别自骗自了！姓童的还不是看中了姜家的门第！别瞧你们家轰轰烈烈，公侯将相的，其实全不是那么回事！早就是外强中干，这两年连空架子也撑不起了。人呢，一代坏似一代，眼里哪儿还有天地君亲？少爷们是什么都不懂，小姐们就知道霸钱要男人——猪狗都不如！我娘家当初千不该万不该跟姜家结了亲，坑了我一世，我待要告诉那姓童的趁早别像我似的上了当！"

自从吵闹过这一番，兰仙对于这头亲事便洗手不管了。七巧的病渐渐痊愈，略略下床走动，便逐日骑着门坐着，遥遥向长安屋里叫喊道："你要野男人你尽管去找，只别把他带上门来认我做丈母娘，活活的气死了我！我只图个眼不见，心不烦。能够容我多活两年，便是姑娘的恩典了！"颠来倒去几句话，嚷得一条街上都听得见。亲戚从中自然更将这事沸沸扬扬传了开去。

七巧又把长安唤到跟前，忽然滴下泪来道："我的儿，你知道外头人把你怎么长怎么短糟蹋得一个钱也不值！你娘自从嫁到姜家来，上上下下谁不是势利的，狗眼看人低，明里暗里我不知受了他们多少气。就连你爹，他有什么好处到我身上，我要替他守寡？我千辛万苦守了这二十年，无非是指望你姐儿俩长大成人，替我争回一点面子来。不承望今日之下，只落得这等的收场！"说着，呜咽起来。

长安听了这话，如同轰雷掣顶一般。她娘尽管把她说得不成人，外头人尽管把她说得不成人，她管不了这许多。唯有童世舫——他——他该怎么想？他还要她么？上次见面的时候，他的态度有点改变吗？很难说……她太快乐了，小小的不同的地方她不会注意到……被戒烟期间身体上的痛苦与种种刺激两面夹攻着，长安早就有点受不了，可是硬撑着也就撑了过去，现在她突然觉得浑身的骨骼都脱了节，向他解释么？他不比她的哥哥，他不是她母亲的儿女，他决不能彻底明白她母亲的为人。他果真一辈子见不到她母亲，倒也罢了，可是他迟早要认识七巧。这是天长地久的事，只有千年做贼的，没有千年防贼的——她知道她母亲会放出什么手段来？迟早要出乱子，迟早要决裂。这是她的生命里顶完美的一段，与其让别人给它加上一个不堪的尾巴，不如她自己早早结束了它。一个美丽而苍凉的手势……她知道她会懊悔的，她知道她会懊悔的，然而她抬了抬眉毛，做出不介意的样子，说道："既然娘不愿意结这个亲，我去回掉他们就是了。"七巧正哭着，忽然住了声，停了一停，又抽抽答答哭了起来。

长安定了一定神，就去打了个电话给童世舫。世舫当天没有空，约了明天下午。长安所最怕的就是中间隔的这一晚，一分钟、一刻、一刻，啃进她心里去。次日，在公园里的老地方，世舫微笑着迎上前来，没跟她打招呼——这在他是一种亲昵的表示。他今天仿佛是特别的注意她，并肩走着的时候，屡屡的望着她的脸。太阳煌煌的照着，长安越发觉得眼皮肿得抬不起来了。趁他不在看她的时候把话说了罢。她用哭哑了的喉咙轻轻唤了一声"童先生"，世舫没听见。那么，趁他看她的时候把话说了罢。她诧异她脸上还带着点笑，小声道："童先生，我想——我们的事也许还是——还是再说罢。对不起得很。"她褪下戒指来塞在他手里，冷涩的戒指，冷湿的手。她放快了步子走去，他愣了一会，便追上来，问道："为什么呢？对于我有不满意的地方么？"长安笔直向前望着，摇了摇头。世舫道："那么，为什么呢？"长安道："我母亲……"世舫道："你母亲并没有看见过我。"长安道："我告诉过你了，不是因为你。跟你完全没有关系。我母亲……"世舫站定了脚。这在中国是很充分的理由了罢？他这么略一踌躇，她已经走远了。

园子在深秋的日头里晒了一上午又一下午，像烂熟的水果一般，往下坠着，坠着，发出香味来。长安悠悠忽忽听见了口琴的声音，迟钝地吹出了 Long Long Ago——"告诉我那故事，往日我最心爱的那故事。许久以前，许久以前……"这是现在，一转眼也就变了许久以前了，什么都完了。长安着了魔似的，去找那吹口琴的人——去找她自己。迎着阳光走着，走到树底下，一个穿着黄短裤的男孩骑在树丫枝上颠颠着，吹着口琴，可是他吹的是另一个调子，她从来没听见过的。不大的一棵树，稀稀朗朗的梧桐叶在太阳里摇着像金的铃铛。长安仰面看着，眼前一阵黑，像骤雨似的，泪珠一串串的披了一脸，世舫找到了她，在她身边悄悄站了半晌，方道："我尊重你的意见。"长安举起了她的皮包来遮住了脸上的阳光。

他们继续来往了一些时。世舫要表示新人物交女朋友的目的不仅限于择偶，因此虽然与长安解除了婚约，依旧常常的邀她出去。至于长安呢，她是抱着什么样的矛盾的希望跟着他出去，她自己也不知道——知道了也不肯承认。订着婚的时候，光明正大的一同出去，尚且要瞒了家里，如今更成了幽期密约了。世舫的态度始终是坦然的。固然，她略略伤害了他的自尊心，同时他对于她多少也有点惋惜，然而"大丈夫何患无妻？"男子对于女子最隆重的赞美是求婚。他割舍了他的自由，送了她这一份厚礼，虽然她是"心领璧还"了，他可是尽了他的心。这是惠而不费的事。

无论两人之间的关系是怎样的微妙而尴尬，他们认真的做起朋友来了。他们甚至谈起话来。长安的没见过世面的话每每使世舫笑起来，说："你这人真有意思！"长安渐渐的也发现了她自己原来是个"很有意思"的人。这样下去，事情会发展到什么地步，连世舫自己也会惊奇。

然而风声吹到了七巧的耳朵里。七巧背着长安吩咐长白下帖子请童世舫吃便饭。世舫猜着姜家许是要警告他一声，不准他和他们小姐藕断丝连，可是他同长白在那阴森高敞的餐室里吃了两盅酒，说了一会话，天气、时局、风土人情，并没有一个字沾到长安身上。冷盘撤了下去，长白突然手按着桌子站了起来。世舫回过头去，只见门口背着光立着一个小身材的老太太，脸看不清楚，穿一件青灰团龙宫织缎袍，双手捧着大红热水袋，身边夹峙着两个高大的女仆。门外日色昏黄，楼梯上铺着湖绿花格子漆布地衣，一级一级上去，通入没有光的所在。世舫直觉地感到那是个疯子——无缘无故，他只是毛骨悚然，长白介绍道："这就是家母。"

世舫挪开椅子站起来，鞠了一躬。七巧将手搭在一个佣妇的胳膊上，款款走进来，客套了几句，坐下来便敬酒让菜。长白道："妹妹呢？来了客，也不帮着张罗张罗。"七巧道："她再抽两筒就下来了。"世舫吃了一惊，睁眼望着她。七巧忙解释道："这孩子就苦在先天不足，下地就得给她喷烟。后来也是为了病，抽上了这东西。小姐家，够多不方便哪！也不是没戒过，身子又娇，又是由着性儿惯了的，说丢，哪儿丢得掉呢！戒戒抽抽，这也有十年了。"世舫不由的变了色，七巧有一个疯子的审慎与机智。她知道，一不留心，人们就会用嘲笑的，不信任的眼光截断了她的话锋，她已经习惯了那种痛苦。她怕话说多了要被人看穿了。因此及早止住了自己，忙着添酒布菜。隔了些时，再提起长安的时候，她还是轻描淡写的把那几句话重复了一遍。她那平扁而尖利的喉咙四面割着人像剃刀片。

长安悄悄的走下楼来，玄色花绣鞋与白丝袜停留在日色昏黄的楼梯上。停了一会，又上去了，一级一级，走进没有光的所在。

七巧道："长白你陪童先生多喝两杯，我先上去了。"佣人端上一品锅来，又换上了新烫的竹叶青。一个丫头慌里慌张站在门口将席上伺候的小厮唤了出去，叽咕了一会，那小厮又进来向长白附耳说了几句，长白仓皇起身，向世舫连连道歉，说："暂且失陪，我去去就来，"三脚两步也上楼去了，只剩世舫一人独酌。那小厮也觉过意不去，低低的告诉了他："我们绢姑娘要生了。"世舫道："绢姑娘是谁?"小厮道："是少爷的姨奶奶。"

世舫拿上饭来胡乱吃了两口，不便放下碗来就走，只得坐在花梨炕上等着，酒醋耳热，忽然觉得异常的委顿，便躺了下来。卷着云头的花梨炕，冷凉的黄藤心子，柚子的寒香……姨奶奶添了孩子了。这就是他所怀念着的古中国……他的幽娴贞静的中国闺秀是抽鸦片的! 他坐了起来，双手托着头，感到了难堪的落寞。

他取了帽子出门，向那个小厮道："待会儿请你对上头说一声，改天我再面谢罢!"他穿过砖砌的天井，院子正中生着树，一树的枯枝高高印在淡青的天上，像磁上的冰纹。长安静静的跟在他后面送了出来，她的藏青长袖旗袍上有着浅黄的雏菊。她两手交握着，脸上显出稀有的柔和。世舫回过身来道："姜小姐……"她隔得远远的站定了，只是垂着头。世舫微微鞠了一躬，转身就走了。长安觉得她是隔了相当的距离看这太阳里的庭院，从高楼上望下来，明晰、亲切、然而没有能力干涉，天井、树、曳着萧条的影子的两个人，没有话——不多的一点回忆，将来是要装在水晶瓶里双手捧着看的——她的最初也是最后的爱。

芝寿直挺挺躺在床上，搁在肋骨上的两只手蜷曲着像宰了的鸡的脚爪。帐子吊起了一半。不分昼夜她不让他们给她放下帐子来，她怕。

外面传进来说绢姑娘生了个小少爷。丫头丢下了热气腾腾的药罐子跑出去凑热闹。敞着房门，一阵风吹了进来，帐钩豁朗朗乱摇，帐子自动的放了下来，然而芝寿不再抗议了。她的头向右一歪，滚到枕头外面去。她并没有死——又挨了半个月光景才死的。

绢姑娘扶了正，做了芝寿的替身。扶了正不上一年就吞了生鸦片自杀了。长白不敢再娶了，只在妓院里走走。长安更是早就断了结婚的念头。

七巧似睡非睡横在烟铺上。三十年来她戴着黄金的枷。她用那沉重的枷角劈杀了几个人，没死的也送了半条命。她知道她儿子女儿恨毒了她，她婆家的人恨她，她娘家的人恨她。她摸索着腕上的翠玉镯子，徐徐将那镯子顺着骨瘦如柴的手臂往上推，一直推到腋下。她自己也不能相信她年轻的时候有过滚圆的胳膊。就连出了嫁之后几年，镯子里也只塞得进一条洋绉手帕。十八九岁做姑娘的时候，高高挽起了大镶大滚的蓝夏布衫袖，露出一双雪白的手腕，上街买菜去。喜欢她的有肉店里的朝禄，她哥哥的结拜弟兄丁玉根、张少泉，还有沈裁缝的儿子。喜欢她，也许只是喜欢跟她开玩笑。然而如果她挑中了他们之中的一个，往后日子久了，生了孩子，男人多少对她有点真心。七巧挪了挪头底下的荷叶边小洋枕，凑上脸去揉擦了一下，那一面的一滴眼泪她就懒怠去揩拭，由它挂在腮上，渐渐自己干了。

七巧过世以后，长安和长白分了家搬出来住。七巧的女儿是不难解决她自己的问题的，谣言说她和一个男子在街上一同走，停在摊子跟前，他为她买了一双吊袜带。也许她用的是她自己的钱，可是无论如何是由男子的袋里掏出来的。……当然这不过是谣言。

三十年前的月亮早已沉下去，三十年前的人也死了，然而三十年前的故事还没完——完不了。

钱钟书

钱钟书(1910—1998),字默存,江苏无锡人。中国现代作家、学者。主要作品有长篇小说《围城》,短篇小说集《人·兽·鬼》,诗集《槐聚诗存》,散文集《写在人生边上》及学术著作《谈艺录》《管锥编》等。代表作《围城》。

钱钟书中小学时代受过严格良好的国学教育,1933年清华大学外语系毕业后先后到英国、法国留学。回国后在多所高校执教。1941年和1946年分别出版散文集《写在人生边上》和短篇小说集《人·兽·鬼》,此间同时完成长篇小说《围城》的写作,此作于1947年发表后引起文坛广泛关注。钱钟书在《围城》中,以学者式的幽默讽刺笔触,集中描写了抗战时期一群在高等院校任教的知识分子的处世方式与灵魂世界,作品中700多个精妙出色的比喻,使作品呈现出睿智机警的叙事风格,成为中国现代文学史上讽刺小说的代表作品。

围城（作品梗概）

方鸿渐是江南小县一个前清举人的儿子,虽已二十七岁了,也订了婚,却还没有恋爱的经验,只因为大学毕业之前,由父母作主,与一个姓周的女子结为秦晋,可虽已定聘,鸿渐却只见过这个未婚妻的一张照片,除此之外,别无其他印象了。眼见同窗之中,多少情男痴女,依偎亲热,自己却孑然寂寞,方鸿渐于是逐渐生了怨愤之心,恨不能解脱这个过早的婚约。

转眼到了大学第四年,一天方鸿渐突然收到父亲来信,说是周家女子为庸医所误,不幸夭折了,慰藉鸿渐要敛悲自珍,并令其给丈人家去信吊唁。鸿渐初接信时,有如犯人蒙赦,继而又不免替周家感到哀悯,于是果真写了封感情真挚的唁信寄出。周家开银行,周先生收信后,觉得自己选了一个不坏的女婿,便把原打算陪嫁的钱和方家的聘金共两万元换成外币,供方鸿渐毕业后出洋深造。

方鸿渐来到了欧洲。他既不抄敦煌卷子又不访《永乐大典》,更不学蒙古文,只是一味的游乐,四年换了三个大学,逛遍了伦敦、巴黎、柏林,成了个名副其实的"游学生"。到了银行存款只剩下四万磅的时节,方、周两家都来信问询有关学位的事,鸿渐这才慌乱起来。幸好这时有一些冒牌的文凭贩子,所要的钱也不多,于是他花了点钱,买了一张"克莱登大学博士"的文凭,又上相馆拍了张博士照,然后启程回国了。此时乃是民国二十六年(即公元1937年)。

苏文纨小姐与方鸿渐是大学同学。她也到法国留学,新近授了博士,正好与鸿渐结伴回国。苏小姐是大户闺秀,自高而孤傲,在大学里是瞧不上方鸿渐的,可是近来她突然发现自己韶华已近,以往的做法未免不近现实,又苦于一时找不到更好的朋友,便颇有意地利用这次航程,让方鸿渐一个亲热的机会。

可是方鸿渐却始终感到苏小姐凛然不可亲,因此他在船上找到了一个水性杨花的鲍小姐鬼混。船到香港，鲍小姐走了，苏小姐这才得以和方鸿渐一起，她几乎是竭尽全力地讨方鸿渐的欢心，然而方鸿渐却依然无法与她亲近。

船泊上海，方、苏二人分手了。方鸿渐回到乡里，受到隆重欢迎。车才到站，便有本埠记者抢拍"方博士回乡"的镜头，继而有本县省立中学校长来请讲演，搞得方鸿渐窘迫不堪，出了许多洋相。

紧跟着来的 8 月 13 日淞沪战事，才使得方鸿渐的笑话成了过去。日本人的飞机，一天近似一天地炸来了，方鸿渐接到周家来信，先到上海，而后方老先生也举家避居上海租界，一路上遇到溃兵的劫掠，钱没了，连脚上的羊毛袜子、绒棉鞋也给抢了。

在上海住了一段后，方鸿渐感到无聊，忽又想到苏文纨，于是到了苏家。此时苏小姐身旁已有几位企慕者，一是留美硕士生、苏家世交赵辛楣，还一个是自称是"新古典主义"诗人曹元朗。赵辛楣以为鸿渐前来争宠，妒火中烧。苏小姐却有意使二者相斗，不过心里还是偏向方鸿渐的。可是方鸿渐却看上了苏小姐的表妹，年轻貌美的唐晓芙。待到苏小姐发觉自己失算，便把方鸿渐以往的劣迹如数搬弄给唐小姐听，方鸿渐于是失去了唐晓芙。

方鸿渐"失恋"以后，生活又不免有些懒散，因此逐渐得罪了周家太太。周家自恃出过钱，有权过问鸿渐的私事，如今见他对自己傲慢无比，不禁肝胃气大发，方鸿渐觉得这样住下去自讨没趣，就搬回家中，而且辞去原在丈人开的银行中担任的差事。正当方为失业所苦之际，突然接到赵辛楣邀请"同情兄"的柬子。原来苏小姐遭到方鸿渐冷淡，一怒之下宣布与平素最瞧不起的曹元朗订婚，赵辛楣由是感到自己和方鸿渐一样是受愚弄者，所以称之为"同情兄"。此时在湖南平城正筹办一个国立大学，名叫"三闾大学"，校长高松年与赵辛楣有旧，聘赵为政治系主任，赵向高举荐了方鸿渐，学校果真来电表示同意请方同去。

与赵、方同行的还有三人：聘定为中文系主任的李梅亭、历史系副教授顾尔谦、以及刚从大学出来的孙柔嘉女士。九月下旬，这五个未来的正副教授、助教们坐着意大利公司的班船到了宁波，再折陆路转内地。一踏上舟楫车马，带的行李太多，钱却太少，自然苦不堪言。好不容易勒紧裤带到了平城，心想从此可以喘息一阵子，过一段安宁的日子了，没想到又开始了一个更难应付的角逐生涯，方鸿渐原被聘为教授，可是自己开的学历中不敢写学位，到校后改为副教授；李梅亭一路上以中文系主任自居，不料这儿已有个汪处厚先生捷足先登了，李汪二人因此有隙，方鸿渐无意之中发现历史系主任韩学愈的博士文凭与自己的同属于子虚乌有的"克莱登大学"，不禁深恨自己撒谎又胆子太小，而韩学愈也从此处处提防和暗算方鸿渐；汪太太热心做月下老，为赵辛楣和方鸿渐介绍婚姻不成，使得赵、方反得罪了一些人；韩学愈希望自己的洋太太能在外文系当上教授，而外文系主任刘东方则想让妹妹在历史系当助教，于是二人既合作又斗争。最后赵辛楣因为汪太太得罪了汪处厚和高松年，不得不走了，而方鸿渐不久也因为一本小册子，被认为"思想危险"，被辞退了。随方离去的还有孙柔嘉小姐，她已和方鸿渐订了婚。

方鸿渐和孙小姐订了婚之后，才发现孙小姐并非幼稚的小女孩，而是个很有见地、很有心思的女人，订婚才一个月，方鸿渐就仿佛有了个女主人。二人到香港后，方在赵辛楣的劝说之下草草结了婚。不久他们在赵家邂逅了苏小姐，很受苏的奚落，而方竟一词不答，孙柔嘉因此对方大为不满。到了上海，方鸿渐靠赵辛楣的力量，在一家报社当了资料主任，孙柔嘉在一家工厂干活，本可以过个安稳生活了，不料方家不断以一些繁文缛节来打乱他们的平静，更难以忍受的是方鸿渐的两个弟媳，庸俗而又小心眼，时常中伤和她们不属于同一阶层的孙小姐，而方鸿渐也由于受到孙柔嘉一个有钱姑母的冷遇，夫妇间常生龃龉，最后，方鸿渐因为报社内部的斗争，自动辞去职务，孙柔嘉不允，二人又爆发一场口角，终至动起手来，方鸿渐把孙柔嘉推倒在桌旁，孙柔嘉顺手抓起牙梳打中方鸿渐的额头，方鸿渐麻木地走出房门，漫无目的地转了一周，回到家时，只见成堆的箱子少了一只。——孙柔嘉上姑母家去住了。（郑松锟）

徐 訏

徐訏(1908—1980)，字伯訏，浙江慈溪人。中国现代作家。主要作品有短篇小说《鬼恋》、中篇小说《吉卜赛的诱惑》、长篇小说《风萧萧》以及散文、诗歌、戏剧等多种。代表作《风萧萧》。

徐訏1931年北京大学哲学系毕业后留校任教，并开始尝试文学创作。1937年发表成名作小说《鬼恋》，初步显示了其创作故事离奇、色彩神秘、构思怪诞、格调感伤的特点。1943年发表长篇小说《风萧萧》，小说融都市迷幻、浪漫爱情、特工谍战和反法西斯战争于一体，发表后立即风靡大后方。1950年赴香港，开始以专职写作为生，并相继发表《江湖行》《时与光》等作品，讲述他一贯的"大众传奇"。

徐訏的小说作品多表现"爱和人性善恶"的主题，善于把世俗言情与哲学玄思糅合起来，既充满浪漫唯美色彩又具有现代主义的深刻性。他的创作对港台和东南亚华文文学产生了重大影响。

风萧萧（作品梗概）

（一）

一九四〇年前后的上海。

一个初夏的夜晚，哲学研究者徐在马路旁边漫步，一位腿部受枪伤的美国军官向他求援。徐即送他到"费利普医生诊所"。那美国军官名叫史蒂芬。伤愈后，两人因性情投合而遂成挚友。他们天天出入酒吧间、咖啡馆和舞场，结识了"百乐门"里专与日本人伴舞的著名舞星白蘋小姐。白蘋常露百合初放的笑容，徐觉得她温柔纯洁，但又惋惜她没于污泥。在纸醉金迷的交往中，他俩感情日深，朝夕相处。有一次，徐与白蘋应邀出席雍容华贵的史蒂芬太太的生日宴会，在这里他们认识了具有中国血统的美国交际花梅瀛子、爱好音乐的美国小姐海伦，原来声称抱独身主义的徐，在"象太阳一样"的梅瀛子和"似灯光一样"的海伦面前神摇目眩了。从此，他们之间来往频繁，翩舞于灯红酒绿之中，狂欢于湖光山色之间，他们"一方面有很强的民族意识，一方面似乎对战争漠不关心，一方面很厌憎繁荣的都市，另一方面又醉溺于都市的繁华"，白蘋和梅瀛子表面上亲密无间，暗地里却互相防范。

太平洋战争爆发了，美国撤退了驻军。召回了在上海的侨民，史蒂芬所在的美国军舰被日军缴获，他进了法西斯的集中营，上海变成日寇铁蹄践踏的孤岛。在这严重时刻，史蒂芬太太请徐到寓所密谈，她向徐公开了自己的身份，原来她同史蒂芬是假夫妻，他们与梅瀛子以及费利普医生都是美国驻远东海军抗日间谍人员，费利普诊所系一联络据点。他们相信徐有民族正气，便晓谕以大义，劝他参加同盟国对日作战的行列，徐为了"爱与光明"，慨然允诺。接着梅瀛子告诉徐，白蘋是日本间谍，握有重要情报，要他利用同白蘋的亲密关系，去白蘋住所窃取盖有日本海军军部火漆印章的秘密文件。徐满怀疑惑地执行任务去了。他胆战心惊地从白蘋的箱子里偷了密件，过一天将密件又放回原处。徐对白蘋素怀好感与同情，如今他观察、发现白蘋在欢歌笑语的背后蕴藏着深深的悲愁，于是向她忠言奉劝，要她放弃歌舞的生涯，到后方去，到民族的怀抱里发挥自己的光和热。白蘋回答说："你先去，我以后也许会来。"

此后，徐被指派与日本富商合作，以工商界人士名义深入日本军界探取情报。某一夜，徐同白蘋在日军驻处应酬，无意中发现日本军官山尾少佐正企图奸污当上了广播明星的海伦，白蘋机智地搭救她于虎口，海伦感恩不尽，并从此开始厌恶自己的交际花生活。事后徐得知，海伦从单纯腼腆的少女到爱慕虚荣、浓妆艳抹地在花天酒地中沦落，这完全出自梅瀛子的诱导，她在日本广播电台当明星也是梅瀛子的一手策划。徐对此事极为反感，而梅瀛子却以海伦的交际已经深入日本海军的中枢引以为胜，她坚如铁冷如冰地说："有多少英雄在战壕里战死，在伤兵医院呻吟，这是为什么？为胜利，为自由，为爱……"徐对这不能理解，只感到梅瀛子的精神既高大又残酷。"她利用了人，操纵了人，支配着人的感情，还使人觉得她美丽与可爱，她了解每一个人的性格与修养，摆布着像画家摆布他的颜色，是这样的调和这样的自然。"她在他心中幻成魔影，他怀着深深的郁闷。

不久，史蒂芬被释放，但终因身受酷刑，病体难支而逝世了。趁与海伦一道去吊唁史蒂芬之际，徐诚挚地向海伦进言："死的已经死了，让我们活着的勇敢地活吧。"海伦流着眼泪说："我在这个为祖国而死的英雄面前，是多么的惭愧与可耻！"她还告诉徐，她自从被白蘋挽救后，白蘋对她关怀备至，劝她改变生活现状，追求人生理想，她已接受白蘋的教诲，辞掉广播明星的职业，决心放弃交际花的生活，从歧路上走回来。果然，海伦说到做到，她的生活从此彻底改变了。

这一连串的事件使徐疑团莫解：白蘋既为日方间谍，当是民族败类，她何以又心地良善拯救人于危难之中呢？如果梅瀛子所说非真，白蘋何故又与日军打得火热，还存有日军密件呢？究竟白蘋是一个什么样的人呢？

（二）

梅瀛子以出色的交际花身份周旋于日本军界，她依仗自己的艳丽、机敏和干练博得了日军重要头目梅武少将的喜爱与信任。梅武在她的怂恿下决定举办一次音乐晚会，梅瀛子想利用海伦在音乐会进行时乘机窃取日本军事密件，然而海伦却听从白蘋和徐的忠告，拒绝参加晚会，这使梅非常恼怒。为了按既定计划行事，她决心亲自动手去获取情报。

音乐会在梅武官邸举行，梅瀛子、白蘋和徐都应邀参加。在"为大东亚的和平、为中日联谊而干杯"的喧闹声中，梅瀛子正想寻觅机会下手取密件时，突然发现所要行窃的文件已在白蘋的皮包之内，她断定白蘋是日本陆军间谍，因日本陆海两部军人有矛盾，陆军企图以此去挟制海军。梅瀛子当即命令徐以药物使白蘋醉吐昏晕，从中盗取密件。徐迫于纪律，勉强遵令，乘白蘋晕眩车中时，偷了她皮夹里的日军文件。白蘋很快就发觉囊中要物被徐所窃，她面色惨白地出现在徐的住所，她一边眼角挂着泪水，一边心颤身抖地扳动枪扭向徐连发两颗子弹，一弹打入右肩，一弹击中左臂。

徐在血泊中催她快逃，她深情地对徐说："答应我，今后把你伟大的心灵献给民族！"徐回答道："我的心灵总是属于民族的——过去、现在与永远的将来。"白蘋听了惊奇地走了。

徐被美军地下人员抢救了，而向他们告急报讯的也是白蘋。徐隐瞒了白蘋开枪打伤他的真相，谎称自己系被日本人所伤，但聪慧的梅瀛子却在杀伤徐的枪支上发现它是中国的武器，从而对白蘋的身份产生了怀疑，为了探究实情，梅瀛子勇闯白蘋寓所。两人相见彼此斥责，同时拨出手枪，双方都说自己是为民族为人类而抗日，最后互相出示自己身份证明，这时她俩才顿悟"我们都是太平洋两岸的同盟国人民"，都是同一个战壕里的战斗的姐妹。白告诉梅，是她窃取了日军的机密文件而后又把假件放回原处，她是中方重庆的特工人员。长期的互相防范以至勾心斗角纯属误解所致。至此，一切幕幛完全揭开，她们通力合作去迎接胜利。

梅瀛子再度鼓动梅武少将举行面具舞会来寻欢作乐，他们准备伺机潜入梅武密室夺取另一机要情报。梅、白、徐三人争当计划的执行者，大家各不相让，只得拈阄裁决，命运决定了徐去充当这次斗争的主角。他慷慨悲歌，身存毒药，抱着不成功便成仁的夙愿赴汤蹈火去了。面具舞会进行正欢时，徐越墙潜入日军密室，但当他将要下手打开保险箱时，在黑暗中看见一个女子已抢先开锁取件，同时把一包似定时炸弹的东西藏进箱中。徐躲在桌下以墨水暗染女子的裙摆，然后爬墙回到舞厅。当灯光复明除去面具的时候，徐从裙边的墨痕认出先他出手的女郎乃是日军报导部长的侄女宫间美子。宫间美子是日本军界的特务，她早就对梅瀛子怀有戒心，数度对梅武进言要注意设防，但梅武不予置信。面具舞会前几天，宫间美子与梅武又一度争执，梅武既敷衍她又妒忌她，许多事情没有对她实告，宫间美子为了向梅武证实自己判断的正确，所以动手取走了密件。

真相大白后，白蘋毅然决定要从宫间美子手中夺回情报。她对梅、徐说："我已经买通了宫间美子最贴身的女仆，她答应今夜两点钟把文件窃出交我，明天十点钟她出来取回。"梅、徐极力劝她不可轻信和贸然行动，但白蘋心坚似铁，不能遏止，断然前行。果如梅、徐所料，这又是宫间美子布下的圈套，白蘋应约取件时，即遭受日方伏兵的射杀，虽经梅瀛子和徐的奋力援救，终因寡不敌众，白蘋壮烈牺牲，梅、徐脱逃为渔妇舟夫所救。徐的身份因白蘋被害而暴露，梅瀛子决定让他立即转移到后方去，她自己则继续留在敌人心脏进行拼搏。由于她智勇兼备，大义凛然，宫间美子这个披着美女人皮的恶狼，很快就被她用巧计毒杀身亡，讨还了敌人欠下的斑斑血债。

白蘋牺牲后，徐对海伦越加萌生了爱慕之情，海伦也敬他爱他，表示坚决跟随他去内地团聚。徐在爱情与事业问题上矛盾重重，但他终于理智战胜了感情，认识到只有民族抗日战争取得完全胜利，才有个人永久的爱情。徐瞒着对他含情脉脉准备随他同行的情人海伦，在秋风萧萧的黄昏，在苍茫的天色下，悄悄地向上海告别，满怀离愁别绪地踏上了新的征途。（萧景星）

诗 歌

胡 适

胡适(1891—1962),字适之,安徽绩溪人。中国现代著名作家、学者,他在文学、史学、哲学、考据学、教育学、伦理学和红学领域建树颇丰。主要作品有《文学改良刍议》《尝试集》《戴东原的哲学》《中国章回小说考证》《白话文学史》《四十自述》《藏晖室劄记》《中国哲学史大纲》(上卷)《胡适书评序跋集》《胡适文存》《胡适作品集》等。译著有《短篇小说集》、《娜拉》(与罗家伦合译)等。代表作《新婚杂诗》《白话文学史》等。

胡适早年肄业于上海中国公学。1910年赴美国留学,先后求学于康奈尔大学和哥伦比亚大学。1917年归国,任北京大学教授,参加编辑《新青年》,积极提倡"文学改良"和白话文运动,宣扬个性自由和民主、科学,是新文化运动的重要代表人物。胡适早年即提出"作诗如作文"的诗学观念,随后又提出"诗体大解放"的口号。所作《尝试集》为中国第一部白话诗集,诗歌形式随意,多用日常口语,带有白话文学草创阶段的新鲜和稚嫩。此后,胡适除了偶尔创作散文外,主要从事中国古典小说的研究考证,并一度担任上海公学校长。抗战胜利之后担任北京大学校长。1949年后旅居美国,1962年在台湾去世。

胡适提出的"国语的文学,文学的国语"推动了中国文学从文言向白话发展。同时他在白话新诗领域的主张和创作实践,也对白话文新诗发展的可能性提供了最初的探索和典范。

新婚杂诗

一

十三年没见面的相思,于今完结。
把一桩桩伤心旧事,从头细说。
你莫说你对不住我,
我也不说我对不住你,——
且牢牢记取这十二月三十夜的中天明月!

二

回首十四年前，

初春冷雨，

中邮箫鼓，

有个人来看女婿。

匆匆别后便轻将爱女相许，

只恨我十年作客，归来迟暮，

到如今，待双双登堂拜母，

只剩得荒草新坟，斜阳凄楚！

最伤心，不堪重听，灯前人诉，阿母临终语！

三

重山叠嶂，

都似一重重奔涛东向！

山脚下几个村乡，

百年来多少兴亡，不堪回想！——

更何须回想！

想十万万年前，这多少山，

这都不过是大海里一些儿微波暗浪！

四

记得那年，你家办了嫁妆，我家备了新房，

只不曾捉到我这个新郎！

这十年来，换了几朝帝王，看了多少世态炎凉，

锈了你嫁奁中的刀剪，

改了你多少嫁衣新样；——

更老了你和我人儿一双！——

只有那十年陈的爆竹，越陈偏越响！

五

十几年的相思刚才完结，

没满月的夫妻又匆匆分别。

昨夜灯前絮语，全不管天上月圆月缺。

今宵别后，便觉得这窗前明月，

格外清圆，格外亲切！

你该笑我。饱尝了作客情怀，别离滋味，

还逃不了这个时节！

郭沫若

郭沫若（1892—1978），原名开贞，号尚武，四川省乐山县人。中国现代著名诗人、剧作家、文学翻译家、书法家、历史学家。主要作品有诗集《女神》《星空》，历史剧《屈原》《虎符》《棠棣之花》《孔雀胆》《南冠草》《蔡文姬》，传记文学《洪波曲》，文艺论集《天地玄黄》，译著有《浮士德》《少年维特之烦恼》等。代表作诗歌《凤凰涅槃》、历史剧《屈原》等。

郭沫若早年赴日本学医，阅读了大量西方浪漫主义诗篇。"五四"狂潮激荡下弃医从文，投身新文化运动。1921年参与组织创造社，同年发表了第一部自由体诗集《女神》，以狂飙突进的战斗精神和新颖的艺术创造，开创一代新诗风。1924年始接受马克思主义影响，1926年投笔从戎，先后参加北伐战争、南昌起义，后加入中国共产党。1928年初在上海倡导无产阶级革命文学，不久开始十年政治流亡生涯，期间主要从事史学、古文字学研究。1937年后回国投身抗日救亡运动，这一时期写下《十批判书》《青铜时代》等史论和大量杂文、随笔、诗歌，尤以六部历史剧创作成就最为突出，不仅是当时历史剧创作潮流中的卓越代表，并且形成了一套比较系统、成熟的浪漫主义史剧观。新中国成立后忙于政务，文学方面多应景之作，艺术上较有成就的有历史剧《蔡文姬》《武则天》。

时代特征、浪漫精神、喷发式主观抒情统贯郭沫若以诗歌、戏剧为主的创作实践。其20世纪20年代的诗歌具有开一代浪漫主义诗风的开拓性意义，20世纪40年代的历史剧依循自己提出的"失事求似"的创作原则，达到中国现代历史剧创作的高峰，至今仍具有持久的艺术魅力。

凤凰涅槃

天方国古有神鸟名"菲尼克司"（Phoenix），满五百岁后，集香木自焚，再从死灰中更生，鲜美异常，不再死。

按此鸟即吾国所谓凤凰也：雄为凤，雌为凰。《孔演图》云："凤凰火精，生丹穴。"《广雅》云："凤凰……雄鸣曰即即，雌鸣曰足足。"

序　曲

除夕将近的空中，
飞来飞去的一对凤凰，
唱着哀哀的歌声飞去，
衔着枝枝的香木飞来，

飞来在丹穴山上。
山右有枯槁了的梧桐，
山左有消歇了的醴泉，
山前有浩茫茫的大海，
山后有阴莽莽的平原，
山上是寒风凛冽的冰天。

天色昏黄了，
香木集高了，
凤已飞倦了，
凰已飞倦了，
他们的死期将近了。

凤啄香木，
一星星的火点迸飞。
凰扇火星，
一缕缕的香烟上腾。
凤又啄，
凰又扇，
山上的香烟弥散，
山上的火光弥满。

夜色已深了，
香木已燃了，
凤已啄倦了，
凰已扇倦了，
他们的死期已近了！

啊啊！
哀哀的凤凰！
凤起舞，低昂！
凰唱歌，悲壮！
凤又舞，
凰又唱，
一群的凡鸟，
自天外飞来观葬。

凤 歌

即！即！即！
即！即！即！

茫茫的宇宙，冷酷如铁！
茫茫的宇宙，黑暗如漆！
茫茫的宇宙，腥秽如血！

宇宙呀，宇宙，
你为什么存在？
你自从哪儿来？
你坐在哪儿在？
你还是个有限大的空球？
你还是个无限大的整块？
你若是个有限大的空球，
那拥抱着你的空间
他从哪儿来？
你的外边还有些什么存在？
你若是个无限大的整块，
这被你拥抱着的空间
他从哪儿来？
你的当中为什么又有生命存在？
你到底还是个有生命的交流？
你到底还是个无生命的机械？

昂头我问天，
天徒矜高，莫有点儿知识。
低头我问地，
地已死了，莫有点儿呼吸。
伸头我问海，
海正扬声而呜咽。

啊啊！
生在这样个阴秽的世界当中，
便是把金刚石的宝刀也会生锈！
宇宙呀，宇宙，
我要努力地把你诅咒：
你脓血污秽着的屠场呀！
你悲哀充塞着的囚牢呀！
你群鬼叫号着的坟墓呀！
你群魔跳梁着的地狱呀！
你到底为什么存在？
我们飞向西方，
西方同是一座屠场。

我们飞向东方，
东方同是一座囚牢！
我们飞向南方，
南方同是一座坟墓！
我们飞向北方，
北方同是一座地狱！
我们生在这样个世界当中，
只好学着海洋哀哭！

凰 歌

足！足！足！
足！足！足！
五百年来的眼泪倾泻如瀑！
五百年来的眼泪淋漓如烛！
流不尽的眼泪！
洗不尽的污浊！
浇不息的情炎！
荡不去的羞辱！
我们这缥缈的浮生
到底要向哪儿安宿？

啊啊！
我们这缥缈的浮生
好像那大海里的孤舟！
左也是漭漫，
右也是漭漫，
前不见灯台，
后不见海岸，
帆已破，
樯已断，
楫已飘流，
柁已腐烂，
倦了的舟子只是在舟中呻唤，
怒了的海涛还是在海中泛滥。

啊啊！
我们这缥缈的浮生
好像这黑夜里的酣梦！
前也是睡眠，
后也是睡眠，

来得如飘风，
去得如轻烟，
来如风，
去如烟，
眠在后，
睡在前，
我们只是这睡眠当中的
一刹那的风烟！

啊啊！
有什么意思？
有什么意思？
痴！痴！痴！
只剩些悲哀，烦恼，寂寥，衰败，
环绕着我们活动着的死尸，
贯串着我们活动着的死尸。

啊啊！
我们年轻时候的新鲜哪儿去了？
我们年轻时候的甘美哪儿去了？
我们年轻时候的光华哪儿去了？
我们年轻时候的欢爱哪儿去了？
去了！去了！去了！
一切都已去了！
一切都要去了！
我们也要去了！
你们也要去了！
悲哀呀！烦恼呀！寂寥呀！衰败呀！

啊啊！
火光熊熊了。
香气蓬蓬了。
时期已到了。
死期已到了。
身外的一切！
身内的一切！
一切的一切！
请了！请了！

群鸟歌

岩　鹰

　　哈哈！

　　凤凰！凤凰！

　　你们枉为这禽中的灵长！

　　你们死了么？

　　你们死了么？

　　我才欢喜！

　　我才欢喜！

　　从今后该我为空界的霸王！

孔　雀

　　哈哈！

　　凤凰！凤凰！

　　你们枉为这禽中的灵长！

　　你们死了么？

　　你们死了么？

　　我才欢喜！

　　我才欢喜！

　　从今后请看我花翎上的威光！

鸱　枭

　　哈哈！

　　凤凰！凤凰！

　　你们枉为这禽中的灵长！

　　你们死了么？

　　你们死了么？

　　我才欢喜！

　　我才欢喜！

　　哦！是哪儿来的鼠肉馨香？

家　鸽

　　哈哈！

　　凤凰！凤凰！

　　你们枉为这禽中的灵长！

　　你们死了么？

　　你们死了么？

　　我才欢喜！

　　我才欢喜！

　　从今后请看我们驯良百姓的安康！

鹦　鹉

　　哈哈！

凤凰！凤凰！

你们枉为这禽中的灵长！

你们死了么？

你们死了么？

我才欢喜！

我才欢喜！

从今后请听我们雄辩家的主张！

白　鹤

哈哈！

凤凰！凤凰！

你们枉为这禽中的灵长！

你们死了么？

你们死了么？

我才欢喜！

我才欢喜！

从今后请看我们高蹈派的徜徉！

凤凰更生歌

鸡　鸣

昕潮涨了！

昕潮涨了！

死了的光明更生了！

春潮涨了！

春潮涨了！

死了的宇宙更生了！

生潮涨了！

生潮涨了！

死了的凤凰更生了！

凤凰和鸣

我们更生了！

我们更生了！

一切的一，更生了！

一的一切，更生了！

我们便是"他"，他们便是我！

我中也有你，你中也有我！

我便是你！

你便是我！

　　　　火便是凰！
　　　　凤便是火！
　　　　翱翔！翱翔！
　　　　欢唱！欢唱！

我们光明呀！
我们光明呀！
一切的一，光明呀！
一的一切，光明呀！
光明便是你，光明便是我！
光明便是"他"，光明便是火！
　　　　火便是你！
　　　　火便是我！
　　　　火便是"他"！
　　　　火便是火！
　　　　翱翔！翱翔！
　　　　欢唱！欢唱！

我们新鲜呀！
我们新鲜呀！
一切的一，新鲜呀！
一的一切，新鲜呀！
新鲜便是你，新鲜便是我！
新鲜便是"他"，新鲜便是火！
　　　　火便是你！
　　　　火便是我！
　　　　火便是"他"！
　　　　火便是火！
　　　　翱翔！翱翔！
　　　　欢唱！欢唱！

我们华美呀！
我们华美呀！
一切的一，华美呀！
一的一切，华美呀！
华美便是你，华美便是我！
华美便是"他"，华美便是火！
　　　　火便是你！
　　　　火便是我！
　　　　火便是"他"！

火便是火！
翱翔！翱翔！
欢唱！欢唱！

我们芬芳呀！
我们芬芳呀！
一切的一，芬芳呀！
一的一切，芬芳呀！
芬芳便是你，芬芳便是我！
芬芳便是"他"，芬芳便是火！
火便是你！
火便是我！
火便是"他"！
火便是火！
翱翔！翱翔！
欢唱！欢唱！

我们和谐呀！
我们和谐呀！
一切的一，和谐呀！
一的一切，和谐呀！
和谐便是你，和谐便是我！
和谐便是"他"，和谐便是火！
火便是你！
火便是我！
火便是"他"！
火便是火！
翱翔！翱翔！
欢唱！欢唱！

我们欢乐呀！
我们欢乐呀！
一切的一，欢乐呀！
一的一切，欢乐呀！
欢乐便是你，欢乐便是我！
欢乐便是"他"，欢乐便是火！
火便是你！
火便是我！
火便是"他"！
火便是火！

翱翔！翱翔！
欢唱！欢唱！

我们热诚呀！
我们热诚呀！
一切的一，热诚呀！
一的一切，热诚呀！
热诚便是你，热诚便是我！
热诚便是"他"，热诚便是火！
　　火便是你！
　　火便是我！
　　火便是"他"！
　　火便是火！
　　翱翔！翱翔！
　　欢唱！欢唱！

我们雄浑呀！
我们雄浑呀！
一切的一，雄浑呀！
一的一切，雄浑呀！
雄浑便是你，雄浑便是我！
雄浑便是"他"，雄浑便是火！
　　火便是你！
　　火便是我！
　　火便是"他"！
　　火便是火！
　　翱翔！翱翔！
　　欢唱！欢唱！

我们生动呀！
我们生动呀！
一切的一，生动呀！
一的一切，生动呀！
生动便是你，生动便是我！
生动便是"他"，生动便是火！
　　火便是你！
　　火便是我！
　　火便是"他"！
　　火便是火！
　　翱翔！翱翔！

欢唱！欢唱！

我们自由呀！
我们自由呀！
一切的一，自由呀！
一的一切，自由呀！
自由便是你，自由便是我！
自由便是"他"，自由便是火！
　　火便是你！
　　火便是我！
　　火便是"他"！
　　火便是火！
　　翱翔！翱翔！
　　欢唱！欢唱！

我们恍惚呀！
我们恍惚呀！
一切的一，恍惚呀！
一的一切，恍惚呀！
恍惚便是你，恍惚便是我！
恍惚便是"他"，恍惚便是火！
　　火便是你！
　　火便是我！
　　火便是"他"！
　　火便是火！
　　翱翔！翱翔！
　　欢唱！欢唱！

我们神秘呀！
我们神秘呀！
一切的一，神秘呀！
一的一切，神秘呀！
神秘便是你，神秘便是我！
神秘便是"他"，神秘便是火！
　　火便是你！
　　火便是我！
　　火便是"他"！
　　火便是火！
　　翱翔！翱翔！
　　欢唱！欢唱！

我们悠久呀！
我们悠久呀！
一切的一，悠久呀！
一的一切，悠久呀！
悠久便是你，悠久便是我！
悠久便是"他"，悠久便是火！
　　火便是你！
　　火便是我！
　　火便是"他"！
　　火便是火！
　　翱翔！翱翔！
　　欢唱！欢唱！

我们欢唱！
我们欢唱！
一切的一，常在欢唱！
一的一切，常在欢唱！
是你在欢唱？是我在欢唱？
是"他"在欢唱？
是火在欢唱？
　　欢唱在欢唱！
　　只有欢唱！
　　只有欢唱！
　　只有欢唱！
　　欢唱！
　　　欢唱！
　　　　欢唱！

天　狗

我是一条天狗呀！
我把月来吞了，
我把日来吞了，
我把一切的星球来吞了，
我把全宇宙来吞了。
我便是我了！

我是月底光，

我是日底光，
我是一切星球底光，
我是 X 光线底光，
我是全宇宙底 Energy 底总量！

我飞奔，
我狂叫，
我燃烧。
我如烈火一样地燃烧！
我如大海一样地狂叫！
我如电气一样地飞跑！

我飞跑，
我飞跑，
我飞跑，
我剥我的皮，
我食我的肉，
我吸我的血，
我啮我的心肝，
我在我神经上飞跑，
我在我脊髓上飞跑，
我在我脑筋上飞跑。
我便是我呀！
我的我要爆了！

光　海

无限的大自然，
成了一个光海了。
到处都是生命的光波，
到处都是新鲜的情调，
到处都是诗，
到处都是笑：
海也在笑，
山也在笑，
太阳也在笑，
地球也在笑，
我同阿和，我的嫩苗，
同在笑中笑。

翡翠一样的青松，
笑着在把我们手招。
银箔一样的沙原，
笑着待把我们拥抱。
我们来了。
你快拥抱！
我们要在你怀儿的当中，
洗个光之澡！

一群小学的儿童，
正在沙中跳跃：
你撒一把沙，
我还一声笑；
你又把我推翻，
我反把你揎倒。
我回到十五年前的旧我了。

十五年前的旧我呀，
也还是这么年少，
我住在青衣江上的嘉州，
我住在至乐山下的高小。
至乐山下的母校呀！
你怀儿中的沙场，我的摇篮，
可还是这么光耀？
唉！我有个心爱的同窗，
听说今年死了！

我契己的心友呀！
你蒲柳一样的风姿，
还在我眼底留连，
你解放了的灵魂，
可也在我身旁欢笑？
你灵肉解体的时分，
念到你海外的知交，
你流了眼泪多少？……

哦，那个玲珑的石造的灯台，
正在海上光照，
阿和要我登，

我们登上了。
哦，山在那儿燃烧，
银在波中舞蹈，
一只只的帆船，
好象是在镜中跑，
哦，白云也在镜中跑，
还不是个呀，生命底写照！

阿和，哪儿是青天？
他指着头上的苍昊。
阿和，哪儿是大地？
他指着海中的洲岛。
阿和，哪儿是爹爹？
他指着空中的一只飞鸟。
哦哈，我便是那只飞鸟！
我便是那只飞鸟！
我要同白云比飞，
我要同明帆赛跑。
你看我们哪个飞得高？
你看我们哪个跑得好？

我是个偶像崇拜者

我是个偶像崇拜者哟！
我崇拜太阳，崇拜山岳，崇拜海洋；
我崇拜水，崇拜火，崇拜火山，崇拜伟大的江河；
我崇拜生，崇拜死，崇拜光明，崇拜黑夜；
我崇拜苏彝士、巴拿马、万里长城、金字塔；
我崇拜创造的精神，崇拜力，崇拜血，崇拜心脏；
我崇拜炸弹，崇拜悲哀，崇拜破坏；
我崇拜偶像破坏者，崇拜我！
我又是个偶像破坏者哟！

闻一多

闻一多（1899—1946），原名闻家骅，号友三，后改名一多，湖北浠水人。中国现代诗人、学者。主要作品有诗集《红烛》《死水》，专著《楚辞校补》《神话与诗》《唐诗杂论》等。代表作《死水》《发现》等。

闻一多自幼喜读古典诗词，爱好美术，接受传统经史教育和"新学"教育。1913年考入清华学校。1919年开始新诗创作。1920年，发表第一首新诗《西岸》。1921年与梁实秋等人发起成立清华文学社，次年三月，写成《律诗底研究》。1922年赴美留学，是年出版《冬夜草儿评论》，代表闻一多早期对新诗的看法。1923年，出版第一部新诗集《红烛》。这一时期诗歌深沉激越，不论是表达民族、爱国情感还是男女相思之情，无不深挚浓丽、情深意长。1925年回国后，任北京艺术专科学校教务长，次年参与创办《晨报·诗镌》，发表著名的论文《诗的格律》。1928年出版第二本诗集《死水》，并任《新月》杂志编辑，后因观点不合辞职。几年之间，诗人经历的各种人生经历，使得这一时期的诗歌由愤激而沉静，更加老道深沉。抗战爆发后，闻一多任教西南联大，积极投身抗日运动，反独裁、争民主。1946年7月15日在悼念李公朴先生大会上，怒斥国民党当局，发表著名的《最后一次的讲演》，当天下午即被国民党特务杀害。

闻一多对新诗格律和形式方面的探索，主要体现在要求诗歌要具有绘画美、建筑美、音乐美，从而使早期新诗摆脱"绝端的自由"的非诗化误区，为新诗发展提供新的探索方向。

死 水

这是一沟绝望的死水，
清风吹不起半点漪沦。
不如多扔些破铜烂铁，
爽性泼你的剩菜残羹。

也许铜的要绿成翡翠，
铁罐上锈出几瓣桃花；
再让油腻织一层罗绮，
霉菌给他蒸出些云霞。

让死水酵成一沟绿酒，
漂满了珍珠似的白沫；
小珠们笑声变成大珠，

又被偷酒的花蚊咬破。

那么一沟绝望的死水，
也就夸得上几分鲜明。
如果青蛙耐不住寂寞，
又算死水叫出了歌声。

这是一沟绝望的死水，
这里断不是美的所在，
不如让给丑恶来开垦，
看他造出个什么世界。

发　现

我来了，我喊一声，迸着血泪，
"这不是我的中华，不对，不对！"
我来了，因为我听见你叫我；
鞭着时间的罡风，擎一把火，
我来了，不知道是一场空喜。
我会见的是噩梦，哪里是你？
那是恐怖，是噩梦挂着悬崖，
那不是你，那不是我的心爱！
我追问青天，逼迫八面的风，
我问，拳头擂着大地的赤胸，
总问不出消息；我哭着叫你，
呕出一颗心来，——在我心里！

忘掉她

忘掉她，象一朵忘掉的花，——
　　那朝霞在花瓣上，
　　那花心的一缕香——
忘掉她，象一朵忘掉的花！

忘掉她，象一朵忘掉的花！
　　象春风里一出梦，
　　象梦里的一声钟，

忘掉她，象一朵忘掉的花！

忘掉她，象一朵忘掉的花！
　　听蟋蟀唱得多好，
　　看墓草长得多高；
忘掉她，象一朵忘掉的花！

忘掉她，象一朵忘掉的花！
　　她已经忘记了你，
　　她什么都记不起；
忘掉她，象一朵忘掉的花！

忘掉她，象一朵忘掉的花！
　　年华那朋友真好，
　　他明天就教你老；
忘掉她，象一朵忘掉的花！

忘掉她，象一朵忘掉的花！
　　如果是有人要问，
　　就说没有那个人；
忘掉她，象一朵忘掉的花！

忘掉她，象一朵忘掉的花！
　　象春风里一出梦，
　　象梦里的一声钟，
忘掉她，象一朵忘掉的花！

徐志摩

徐志摩(1897—1931)，浙江海宁人，中国现代著名诗人。主要作品有诗集《志摩的诗》《翡冷翠一夜》《猛虎集》《云游》等，散文集《落叶》《自剖》《秋》《巴黎的鳞爪》等。代表作《再别康桥》《月下雷峰塔影》等。

徐志摩1915年入大学预科。1918年留学美国学习银行学和社会学。1920年赴英国留学，入剑桥大学当特别生，研究政治经济学。期间深受西方教育的熏陶及欧美浪漫主义和唯美派诗人的影响，兴趣转向文学开始新诗创作，回国后发表大量诗歌和散文。1923年参与发起成立新月社，并加入文学研究会。1924年与胡适、陈西滢等创办《现代评论》周刊，任北京大学教授。1926年主编《晨报·诗镌》，与闻一多等人开展新诗格律化运动。1927年参加创立"新月书店"。次年《新月》月刊创刊后任主编。1931年与陈梦家、方玮德创办《诗刊》季刊，被推选为笔会中国分会理事。时年11月19日，乘飞机由南京北上，因遇雾飞机失事，不幸罹难。徐志摩生性浪漫多情，诗歌性灵真诚，他早期的诗歌情感丰富，爱情、美和自由充斥其间，带有浓厚的浪漫色彩。后期的《秋虫》《我不知道风是在哪一个方向吹》则带有"单纯信仰"受挫后的迷茫和困顿。

徐志摩向往自由，他的诗歌和他的人生一样充满独特的生命体验和复杂情感。此外，他注重新诗的格律，诗歌节奏轻柔舒缓，旋律和谐绵远。

月夜听琴

是谁家的歌声，
和悲缓的琴音，
星茫下，松影间，
有我独步静听。

音波，颤震的音波，
穿破昏夜的凄清，
幽冥，草尖的鲜露，
动荡了我的灵府。

我听，我听，我听出了
琴情，歌者的深心。
枝头的宿鸟休惊，
我们已心心相印。

休道她的芳心忍，
她为你也曾吞声，
休道她淡漠，冰心里
满蕴着热恋的火星。

记否她临别的神情，
满眼的温柔和酸辛，
你握着她颤动的手——
一把恋爱的神经？

记否你临别的心境，
冰流沦彻你全身，
满腔的抑郁，一海的泪，
可怜不自由的魂灵？

松林中的风声哟！
休扰我同情的倾诉；
人海中能有几次
恋潮淹没我的心滨？

那边光明的秋月，
已经脱卸了云衣，
仿佛喜声地笑道：
"恋爱是人类的生机！"

我多情的伴侣哟！
我羡你蜜甜的爱焦，
却不道黄昏和琴音
联就了你我的神交？

雪花的快乐

假如我是一朵雪花，
翩翩的在半空里潇洒，
　我一定认清我的方向——
　　飞飏，飞飏，飞飏，——
这地面上有我的方向。

不去那冷寞的幽谷，
不去那凄清的山麓，
　　也不上荒街去惆怅——
　　飞飏，飞飏，飞飏，——
你看，我有我的方向！

在半空里娟娟的飞舞，
认明了那清幽的住处，
　　等着她来花园里探望——
　　飞飏，飞飏，飞飏，——
啊，她身上有朱砂梅的清香！

那时我凭借我的身轻，
盈盈的，沾住了她的衣襟，
　　贴近她柔波似的心胸——
　　消溶，消溶，消溶——
溶入了她柔波似的心胸！

沙扬娜拉（一首）

赠日本女郎

　最是那一低头的温柔，
　　象一朵水莲花不胜凉风的娇羞，
道一声珍重，道一声珍重，
　　那一声珍重里有蜜甜的忧愁——
　　沙扬娜拉！

月下雷峰影片

我送你一个雷峰塔影，
　满天稠密的黑云与白云；
我送你一个雷峰塔顶，
　明月泻影在眠熟的波心。

深深的黑夜，依依的塔影，
　团团的月彩，纤纤的波鳞——
假如你我荡一支无遮的小艇，
　假如你我创一个完全的梦境！

再别康桥

轻轻的我走了，
　　正如我轻轻的来；
我轻轻的招手，
　　作别西天的云彩。

那河畔的金柳，
　　是夕阳中的新娘；
波光里的艳影，
　　在我的心头荡漾。

软泥上的青荇，
　　油油的在水底招摇；
在康河的柔波里，
　　我甘心做一条水草！

那榆荫下的一潭，
　　不是清泉，是天上虹；
揉碎在浮藻间，
　　沉淀着彩虹似的梦。

寻梦？撑一支长篙，
　　向青草更青处漫溯；
满载一船星辉，
　　在星辉斑斓里放歌。

但我不能放歌，
　　悄悄是别离的笙箫；
夏虫也为我沉默，
　　沉默是今晚的康桥！

悄悄的我走了，
　　正如我悄悄的来；
我挥一挥衣袖，
　　不带走一片云彩。

李金发

李金发(1900—1976)，原名李淑良，笔名金发，广东梅县人。中国现代诗人。主要作品有诗集《微雨》《为幸福而歌》《食客与凶年》，回忆录《飘零闲笔》等。代表作《弃妇》《手杖》等。

李金发1919年留学法国学习雕塑，1920年开始创作白话诗。其诗歌深受法国象征派诗歌，特别是波德莱尔《恶之花》的影响，诗歌中常常充满悲哀、梦幻和死亡情调，并且注重象征和暗示手法的运用，寻找思想和情绪的客观对应物。1925年初，回国执教，并加入文学研究会，为《小说月报》《新女性》撰稿。1927年秋，任中央大中秘书。1928年任杭州国立艺术院雕塑系主任，创办《美育》杂志。1932年在《现代》杂志上发表诗作。后赴广州塑像，并在广州美术学院工作，1936年任该校校长。抗战爆发后，所作诗文具有爱国抗暴精神，创作趋于现实。1942年，出版诗文集《异国情调》。后任国民党政府外交官云游海外，晚年定居美国纽约。

李金发诗歌风格怪诞奇特、格调感伤低沉，绝望情绪浓厚，诗风晦涩怪异，因而被称之为"诗怪"，是我国现代最早在诗歌中尝试象征主义诗歌手法的诗人。

弃 妇

长发披遍我两眼之前，
遂隔断了一切羞恶之疾视，
与鲜血之急流，枯骨之沉睡。
黑夜与蚊虫联步徐来，
越此短墙之角，
狂呼在我清白之耳后，
如荒野狂风怒号，
战栗了无数游牧。

靠一根草儿，与上帝之灵往返在空谷里。
我的哀戚惟游蜂之脑能深印着；
或与山泉长泻在悬崖，
然后随红叶而俱去。

弃妇之隐忧堆积在动作上，
夕阳之火不能把时间之烦闷
化成灰烬，从烟突里飞去，
长染在游鸦之羽，

将同栖止于海啸之石上，
静听舟子之歌。

衰老的裙裾发出哀吟，
倘徉在邱墓之侧，
永无热泪，
点滴在草地
为世界之装饰。

朱 湘

朱湘(1904—1933)，字子沅，祖籍安徽太湖，生于湖南沅陵。中国现代诗人。著有诗文集《夏天》《草莽集》《石门集》《永言集》、散文和评论集《中书集》、译著《路曼尼亚民歌一斑》《英国近代小说集》《番石榴集》、书信集《致霓君》等。诗歌代表作《情歌》《采莲曲》等。

朱湘生于官宦世家，父亲朱延熙为光绪十二年(1886)进士，外祖父是洋务派领袖张之洞。自幼天资聪颖。十五岁考入清华大学，参加闻一多、梁实秋组织的清华文学社，很快便崭露诗歌才华。1922年开始在《小说月报》上发表新诗，并加入文学研究会。后出版诗集《夏天》《草莽集》，诗歌风格清丽纤细。1926年参与《晨报·诗镌》工作，提倡格律诗运动，后成为新月社重要成员。1927年9月赴美国留学，先后在威斯康辛州劳伦斯大学、芝加哥大学、俄亥俄大学学习英国文学等课程。留学期间，创作大量英文诗歌，并翻译中国诗歌。1929年回国后，任安徽大学英文系主任。1932年去职，漂泊辗转北京、上海、长沙等地。1933年，因外界和经济困扰刺激，于12月5日写下遗言，投扬子江自杀。

朱湘在新诗章法、音韵上进行了艰难探索，其诗歌创作融合中西诗风，格律谨严，为人称道。

情 歌

在发芽的春天，
我想绣一身衣送怜，
上面要挑红豆，
还要挑比翼的双鸳——
但是绣成功衣裳，
已经过去了春光。

在浓绿的夏天，
我想折一枝荷赠怜，
因为我们的情
同藕丝一样的缠绵——
谁知道莲子的心
尝到了这般苦辛？

在结实的秋天，
我想拿下月来给怜，

代替她的圆镜
映照她如月的容貌——
　可惜月又有时亏，
　不能常傍桌绣帏。

　如今到了冬天，
我一物还不曾献怜
　只余老了的心，
　象残烬明暗在灰间，
　　被一阵冰冷的风
　　扑灭的无影无踪！

采莲曲

　小船呀轻飘，
杨柳呀风里颠摇；
　荷叶呀翠盖，
荷花呀人样妖娆。
　　日落，
　　微波，
金线闪动过小河。
　　左行，
　　右撑，
莲舟上扬起歌声。

　菡萏呀半开，
蜂蝶呀不许轻来，
　绿水呀相伴，
清净呀不染尘埃。
　　溪涧
　　采莲，
水珠滑走过荷钱。
　　拍紧，
　　拍轻，
桨声应答着歌声。
　藕心呀丝长，
羞涩呀水底深藏；
　不见呀蚕茧

丝多呀蛹裹中央？
　　溪头
　　采藕，
女郎要采又夷犹。
　　波沉，
　　波升，
波上抑扬着歌声。

　　莲蓬呀子多，
两岸呀榴树婆娑，
　　喜鹊呀喧噪，
榴花呀落上新罗。
　　溪中
　　采蓬，
耳鬓边晕着微红。
　　风定，
　　风生，
风飔荡漾着歌声。

　　升了呀月钩，
明了呀织女牵牛；
　　薄雾呀拂水，
凉风呀飘去莲舟。
　　花芳
　　衣香，
消溶入一片苍茫；
　　时静，
　　时闻，
虚空里袅着歌音。

戴望舒

戴望舒(1905—1950)，原名戴梦鸥，浙江杭州人。中国现代诗人。主要作品有诗集《我底记忆》《望舒草》《望舒诗稿》《灾难的岁月》等。代表作《雨巷》等。

戴望舒1923年入上海大学中国文学系，1925年转入上海震旦大学，学习法文。1926年与施蛰存合编《璎璐》旬刊，并在上面发表诗作。1927年到北京，在《莽原》上发表诗歌作品。次年回上海，从事文学创作和编译工作，开始了他诗歌创作的重要阶段。早期诗歌呈现感伤忧郁的浪漫主义色彩，多写爱情苦闷和少年惆怅。1928年，发表于《小说月报》的成名作《雨巷》一诗，深受魏尔伦影响，追求诗歌音乐性，被认为"替新诗底音节开了一个新纪元"，从此被称作"雨巷诗人"。自诗集《我底记忆》之后，戴望舒的诗歌创作日趋成熟，向着自由、朴素的现代派风格过渡。1932年赴法留学，期间编定诗集《望舒草》，这本诗集使诗人找到了"新的情绪和表现这情绪的形式"。1935年回国，抗战爆发后，赴香港，与许地山等人组织中华全国文艺界抗敌协会香港分会。后太平洋战争爆发，他被日军逮捕入狱。这一时期的诗歌收入诗集《灾难的岁月》，诗歌风格再次发生转变，将诗艺与现实融合，在日常的微细中发现诗意，诗歌由幽玄苦涩而明朗雄健。

戴望舒的诗歌创作被称为体现了"新诗的第二次整合"，他推动新诗不断走向成熟并已显露中国风格。

雨 巷

撑着油纸伞，独自
彷徨在悠长、悠长
又寂寥的雨巷，
我希望逢着
一个丁香一样地
结着愁怨的姑娘。

她是有
丁香一样的颜色，
丁香一样的芬芳，
丁香一样的忧愁，
在雨中哀怨，
哀怨又彷徨；

她彷徨在这寂寥的雨巷，

撑着油纸伞
像我一样，
像我一样地
默默彳亍着，
冷漠、凄清，又惆怅。

她默默地走近
走近，又投出
太息一般的眼光，
她飘过
像梦一般地，
像梦一般地凄婉迷茫。

像梦中飘过
一枝丁香地，
我身旁飘过这女郎；
她静默地远了、远了，
到了颓圮的篱墙，
走尽这雨巷。

在雨的哀曲里，
消了她的颜色，
散了她的芬芳，
消散了，甚至她的
太息般的眼光，
丁香般的惆怅。

撑着油纸伞，独自
彷徨在悠长、悠长
又寂寥的雨巷，
我希望飘过
一个丁香一样地
结着愁怨的姑娘。

艾　青

艾青(1910—1996)，原名蒋海澄，浙江金华人。中国现代著名诗人。主要作品有诗集《大堰河》《北方》《向太阳》《雷地钻》《宝石的红星》《海岬上》《域外集》《归来的歌》等，并有论文集《诗论》《新文艺论集》《艾青谈诗》，以及散文集《绿洲笔记》等。代表作《大堰河——我的保姆》《手推车》《我爱这土地》等。

艾青小时候被父亲送往农妇大叶荷家寄养至 5 岁回家。1928 年考入杭州国立西湖艺术学院绘画系，次年赴法勤工俭学。1932 年回国后加入中国左翼美术家联盟，积极参加革命文艺活动，后遭捕入狱。因在狱中所作《大堰河——我的保姆》一诗，一举成名。1935 年出狱后，从事诗歌创作，次年出版第一部诗集《大堰河》，诗风沉雄，充满泥土气息。抗战爆发后，任《广西日报》副刊《南方》编委，期间出版诗集《北方》，诗歌气象恢宏，充满强烈的时代情绪，又一次引起巨大反响。1941 年奔赴延安，任《诗刊》主编。这一时期艾青一改早前的抒情风格，诗歌创作走向明朗、健康。抗战胜利后任华北联合大学文艺学院副院长。新中国成立以后，艾青担任《人民文学》副主编、全国文联委员等职。1957 年被划为"右派"，创作中断 20 年。1976 年"归来"，重新出现创作上的高潮。1979 年平反后，任中国作协副主席、国际笔会中心副会长等职。

艾青提倡诗歌的散文美，他的诗歌总是与时代紧密地交融在一起，表达着一个时代的情绪和生存忧患，既具有浓烈的抒情气质，也具有深广的现实主义精神。

大堰河——我的保姆

大堰河，是我的褓姆。
她的名字就是生她的村庄的名字，
她是童养媳，
大堰河，是我的褓姆。

我是地主的儿子；
也是吃了大堰河的奶而长大了的
大堰河的儿子。

大堰河以养育我而养育她的家，
而我，是吃了你的奶而被养育了的，
大堰河啊，我的褓姆。

大堰河，今天我看到雪使我想起了你：
你的被雪压着的草盖的坟墓，
你的关闭了的故居檐头的枯死的瓦菲，
你的被典押了的一丈平方的园地，
你的门前的长了青苔的石椅，
大堰河，今天我看到雪使我想起了你。

你用你厚大的手掌把我抱在怀里，抚摸我；
在你搭好了灶火之后，
在你拍去了围裙上的炭灰之后，
在你尝到饭已煮熟了之后，
在你把乌黑的酱碗放到乌黑的桌子上之后，
在你补好了儿子们的，为山腰的荆棘扯破的衣服之后，
在你把小儿被柴刀砍伤了的手包好之后，
在你把夫儿们的衬衣上的虱子一颗颗的掐死之后，
在你拿起了今天的第一颗鸡蛋之后，
你用你厚大的手掌把我抱在怀里，抚摸我。

我是地主的儿子，
在我吃光了你大堰河的奶之后，
我被生我的父母领回到自己的家里。
啊，大堰河，你为什么要哭？

我做了生我的父母家里的新客了！
我摸着红漆雕花的家具，
我摸着父母的睡床上金色的花纹，
我呆呆地看檐头的写着我不认得的
"天伦叙乐"的匾，
我摸着新换上的衣服的丝的和贝壳的纽扣，
我看着母亲怀里的不熟识的妹妹，
我坐着油漆过的安了火钵的炕凳，
我吃着研了三番的白米的饭，
但，我是这般忸怩不安！因为我
我做了生我的父母家里的新客了。

大堰河，为了生活，
在她流尽了她的乳液之后，
她就开始用抱过我的两臂劳动了；
她含着笑，洗着我们的衣服，

她含着笑，提着菜篮到村边的结冰的池塘去，
她含着笑，切着冰屑悉索的萝卜，
她含着笑，用手掏着猪吃的麦糟，
她含着笑，扇着炖肉的炉子的火，
她含着笑，背了团箕到广场上去
晒好那些大豆和小麦，
大堰河，为了生活，
在她流尽了她的乳液之后，
她就用抱过我的两臂，劳动了。

大堰河，深爱着她的乳儿；
在年节里，为了他，忙着切那冬米的糖，
为了他，常悄悄的走到村边的她的家里去，
为了他，走到她的身边叫一声"妈"，
大堰河，把他画的大红大绿的关云长
贴在灶边的墙上，
大堰河，会对她的邻居夸口赞美她的乳儿；
大堰河曾做了一个不能对人说的梦：
在梦里，她吃着她的乳儿的婚酒，
坐在辉煌的结彩的堂上，
而她的娇美的媳妇亲切的叫她"婆婆"
…………
大堰河，深爱她的乳儿！

大堰河，在她的梦没有做醒的时候已死了。
她死时，乳儿不在她的旁侧，
她死时，平时打骂她的丈夫也为她流泪，
五个儿子，个个哭得很悲，
她死时，轻轻地呼着她的乳儿的名字，
大堰河，已死了，
她死时，乳儿不在她的旁侧。

大堰河含泪的去了！
同着四十几年的人世生活的凌侮，
同着数不尽的奴隶的凄苦，
同着四块钱的棺材和几束稻草，
同着几尺长方的埋棺材的土地，
同着一手把的纸钱的灰，
大堰河，她含泪的去了。

这是大堰河所不知道的：
她的醉酒的丈夫已死去，
大儿做了土匪，
第二个死在炮火的烟里，
第三，第四，第五
在师傅和地主的叱骂声里过着日子。
而我，我是在写着给予这不公道的世界的咒语。
当我经了长长的飘泊回到故土时，
在山腰里，田野上，
兄弟们碰见时，是比六七年前更要亲密！
这，这是为你，静静的睡着的大堰河
所不知道的啊！

大堰河，今天，你的乳儿是在狱里，
写着一首呈给你的赞美诗，
呈给你黄土下紫色的灵魂，
呈给你拥抱过我的直伸着的手，
呈给你吻过我的唇，
呈给你泥黑的温柔的脸颜，
呈给你养育了我的乳房，
呈给你的儿子们，我的兄弟们，
呈给大地上一切的，
我的大堰河般的褓姆和她们的儿子，
呈给爱我如爱她自己的儿子般的大堰河。

大堰河，
我是吃了你的奶而长大了的
你的儿子，
我敬你
爱你！

手推车

在黄河流过的地域
在无数的枯干了的河底
手推车
以唯一的轮子

发出使阴暗的天穹痉挛的尖音
穿过寒冷与静寂
从这一个山脚
到那一个山脚
彻响着
北国人民的悲哀

在冰雪凝冻的日子
在贫穷的小村与小村之间
手推车
以单独的轮子
刻画在灰黄土层上的深深的辙迹
穿过广阔与荒漠
从这一条路
到那一条路
交织着
北国人民的悲哀

我爱这土地

假如我是一只鸟，
我也应该用嘶哑的喉咙歌唱：
这被暴风雨所打击着的土地，
这永远汹涌着我们的悲愤的河流，
这无止息地吹刮着的激怒的风，
和那来自林间的无比温柔的黎明……
——然后我死了，
连羽毛也腐烂在土地里面。

为什么我的眼里常含泪水？
因为我对这土地爱得深沉……

风的歌

我是季候的忠实的使者
报告时序的运转与变化
奔忙在世界上

寂静的微寒的二月
我从南方的森林出发
爬上险峻的山峰
走过卑湿的山谷
渡过湖沼与江河
带着温暖与微笑
沿途唤醒沉睡的生物

山巅的积雪溶化了
结冰的河流解冻了
黑色的土地吐出绿色的嫩芽
百鸟在飘动的树枝上歌唱
忧愁从人们脸上消失
含笑的眼睛
看着被阳光照射的田野
布谷鸟站在山岩上
一阵阵一阵阵地叫唤
殷勤地催促着农人
把土地翻耕
把河水灌溉
向田亩播撒种子

晴朗的发光的五月
我徘徊在山谷和田野
河流因我的跳跃激起波浪
池沼因我的漫步浮起皱纹
午后，我疾行在悬崖的边沿
晚上，我休息在森林

我是云的牧人
带领羊群一样的白云
放牧在碧蓝的晴空
从上空慢慢移行
阴影停留在旷野

我是雨的引路人
当大地为久旱所焦灼
我被发怒的乌云推拥
带着急喘，匆忙地
跃上山崖、跳下平野

疾驰在闪电、雷、雨的前面
拍击着门窗，向人们呼喊：
"大雷雨要来了！
大雷雨要来了！"

成熟的丰盛的八月
挂满稻草的杉树林里
在草堆上微睡之后
走过收割了的田亩
到山脚下的乡村
裹着头巾的农妇
向我发出欢呼
当她们在广场上
高高地举起筛子
摆动风车的扇柄
我就以我的敏捷
帮助这些勤奋的人
把谷壳和米糠吹散出来

起雾和下雨的日子
我走在阴凉的大气里
自然在极度的繁华之后
已临到了厌倦
曾经美丽的东西
都已变成枯萎
飞鸟合上翅膀
鸣虫停止叫唤
我含着伤感
摇落树上欲坠的残叶
打扫枯枝狼藉的院子
推倒被秋雨淋成乌黑的篱笆
挨家挨户督促贫苦的人们
赶快更换屋背上的茅草
上山砍伐冬季的燃料
因为我知道，对于他们
更坏的日子还在后面

阴暗的忧郁的十一月
带着寒冷的雨滴
我离开遥远的北方

有时，在黄昏
穿过荒凉的旷野
我走近一家茅屋
从窗户向里面窥探
一个农夫和他的妻子
对着刚点亮的油灯
为不曾缴纳税租而愁苦
一听见外面有了声音
就突然打了一个寒噤

当我从摩天的山岭经过
盲眼的老人跟我下来
他是季候的掘墓人
以嫉妒为食粮
以仇恨为饮料
他的嘘息侵进我的灵魂
自从他和我同路以来
我就不再有愉快了
我抖索着，牵着他枯干的手
慢慢地从山上走下平原
沿着我来的路向南方移行
四周，看不见人影和兽迹
万物露出惨愁的样子
这个老人！他一边扶着我
一边用痉挛的手摸索
他的手指所触到的东西
都起了一阵可怕的寒颤
他的脚一伸到河流
河水就成了僵冻
他睁着灰白无光的眼睛
不断地从嘴里吐出咒语：
"大地死了……大地死了……"
于是他散播着雪片
抛掷着雪团
用一层厚厚的白雪
裹住大地的尸身
当我极目远望时
我也不禁伏倒在山岩上啜泣……

尾 声

等一切生物经过长期的坚忍
经过悠久的黑暗与寒冷的统治
我又从南方海上的一个小岛起程
站在那第一只北航的船的布帆后面
带着温暖和燕子、欢快和花朵
唱着白云的柔美的歌
为金色的阳光所护送
向初醒的大地飞奔……

卞之琳

卞之琳(1910—2000)，江苏海门人。中国现代诗人。主要作品有诗集《三秋草》《鱼目集》《汉园集》(与人合著)《慰劳信集》《十年诗草》，译著《莎士比亚悲剧论痕》《英国诗选》，诗论集《人与诗：忆旧新说》等。代表作《断章》。

卞之琳 1929 年考入北京大学英文系。1930 年开始诗歌创作，此后不断发表诗作和翻译文章。以 1938 年为界，卞之琳诗歌创作分为两个时期。早年诗歌也多受"新月派"风格影响，形式上采用格律体，意境浪漫凄冷。但很快就转向以瓦雷里为代表的后期象征主义，诗歌呈现出现代特征。1933 年出版诗集《三秋草》，1935 年出版《鱼目集》。这一时期的诗歌风格独特，充满冷静的理智和哲理，诗意晦涩奇兀。1936 年因与李广田、何其芳合出诗集《汉园集》，三人被合称作"汉园三诗人"。1938 年后去延安访问，一度任教于鲁迅艺术学院，期间写成诗集《慰劳信集》和报告文学集《第七七二团在太行山一带》，开始带有现实色彩，诗风趋于明朗浅白，激越通俗而不再耐人寻味。1940 年南迁昆明，任教于西南联大。1947 年赴英国牛津大学做研究员。1949 年归国，先后任职于北京大学、中国社会科学院外文所等，主要从事外国文学的研究、评论和翻译。1982 年复出诗坛，写了《飞临台湾上空》等格律体诗歌，有意向 20 世纪 30 年代前期回归。

卞之琳的诗歌一直并不被认可，直至 80 年代，人们才逐渐肯定了他这种将中国传统哲学和艺术思想与欧美现代诗歌手法相结合的独特风格。

断　章

你站在桥上看风景，
看风景人在楼上看你。

明月装饰了你的窗子，
你装饰了别人的梦。

田 间

田间(1916—1985)，原名童天鉴，安徽无为人。中国现代诗人。主要作品有诗集《未明集》《中国牧歌》《马头琴歌集》，长篇叙事诗《中国，农村的故事》，散文集《板门店纪事》《欧游杂记》等。代表作《给战斗者》等。

田间1933年考入上海光华大学，次年参加中国左翼作家联盟，参与编辑《文学丛刊》《新诗报》，主编《每月诗歌》。抗日战争爆发后，在上海、武汉等地参加抗日救亡运动。1938年在八路军西北战地服务团任战地记者，写有抒情诗《给战斗者》，宏大而感伤。是年奔赴延安，曾任边区文学协会副主任等职。与邵子南等发起街头诗运动，期间创作了《假如我们不去打仗》《义勇军》《坚壁》《多一些》等街头诗，诗歌深受民歌风格感染，通俗晓畅，号召性强。此间还创作了长篇叙事诗《戎冠秀》《赶车传》等，出版《民歌杂抄》。新中国成立后，先后担任中国作家协会创作部副部长、河北省文联主席等职。

田间诗歌常常抒发主观战斗激情，天马行空，意象宏大，采用短小、断裂的诗行形成急促紧张的节奏，因此，被称为"擂鼓的诗人"。

给战斗者

在没有灯光
没有热气的晚上，
日本强盗
来了，
从我们底
手里，
从我们底
怀抱里，
把无罪的伙伴，
关进强暴的栅栏。
他们身上
裸露着
伤疤，
他们心头
呼吸着
仇恨，
他们颤抖，
在大连，在满洲底

野营里，
让喝了酒的
吃了肉的
残忍的野兽，
用它底刀
嬉戏着——
荒芜的
生命，
饥饿的
血……

一

光荣的名字
——人民！
人民呵，
站在芦沟桥
迎着狂风，
吹起冲锋号；
人民呵，
在辽阔的大地之上，
巨人似的，
雄伟地站起！

二

是开始了伟大战斗的
七月，七月呵！
七月，
我们
起来了。

我们
起来了，
睁起悲愤的
眼睛呀。

我们
起来了，
揉擦红色的脚跟，
与黑色的

手指呀。

我们
起来了，
在血的广场上，
在血的沙漠上，
在血的水流上，
守望着
中部，
和边疆。

经过冰雪，经过烟雾，
遥远地
遥远地
我们抬起头来，
呼唤着
爱与幸福，
自由和解放……

七月，
我们
起来了。

嘹亮的号角，
昼夜地吹着，
吹着
吹着；
我们一齐奔上战场，
决心消灭强盗！

我们立誓：
誓死
保卫中国。

在中国，
人民底
幼儿
需要哺养呀，
人民底

牲群
需要畜牧呀，
人民底
树木
需要砍伐呀，
人民底
禾麦
需要收获呀！

在中国，
我们怀爱着——
自己造的
麦酒，
自己种的
瓜豆。

每天，
每天，
我们
要收藏——
在自己底大地上纺织的
祖国底
白麻，
祖国底
蓝布。

在中国，
博大的泥土呵，
这是一幅
壮丽的画图；
在它的
上面
我们的灵魂
是如此的纯朴。
我们要活着，
——在中国！
我们要活着，
——永远不朽！

三

我们是劳动者
是伟大祖国底伟大的养子呵！

我们
曾经
在扬子江和黄河底
热燥的
水流上，
摇起
捕鱼的木船。

我们
曾经
在乌兰浩特砂土与南部
草地的周围，
负起
狩猎的器具。

强壮的
少女，
曾经在亚细亚夜间篝火底
野性的
烈焰底
左右，
靠近纺车，
辛勤地
纺织着。

我们
曾经
用筋骨，用脊背，
开扩着——
粗鲁的
生活。

四

祖国，祖国呵，

枪声响了……

敌人，
突破着
海岸和关卡，
从天津，
从上海。

敌人，
散布着
炸弹和毒瓦斯，
到田园，
到池沼。

敌人来了，
恶笑着，
走向
我们。

恶笑着，
扫射，
绞杀。

今天，
你将告诉我们
是战斗呢，还是屈服？
祖国，祖国呵！

五

我们
必须
战斗了，
昨天是愤怒的，
是狂呼的，
是挣扎的
四万万五千万呵
斗争
或者死……
我们

必须
拔出敌人底刀刃，
从自己底
血管。

我们
人性的
呼吸，
不能停止；
血肉的
行列，
不能拆散。

我们
复仇的
枪，
不能扭断。
因为我们知道
这古老的民族，
不能
屈辱地活着，
也不能
屈辱他死去。

我们一定要
高举双手，
……
……
迎接——自由
太阳被掩覆了，
看呵，
疆土的烽火，
已成了太阳。

堡垒被破坏了
看呵，
兄弟的旗帜
插在大路上。

光荣的名字，
——人民！
人民呵，
更顽强，
更坚韧。

六

……
……

我们
往哪里去？
在世界上
没有大地，
没有海河，
没有意志，
匍匐地
活着
也是死呀！

今天呀，
让我们
死吧，
我们会死吗？
——不，决不会！

我们是一个巨人，
生活就要战斗，
高贵的灵魂，
宁死也不屈服。
伸出
双手来，
迎接——自由！

光荣的名字，
——人民！
人民呵！
前面就是胜利。
人民！人民！

抓出
木厂里
墙角里
泥沟里
我们底
武器，
痛击杀人犯！

人民！人民！
高高地举起
我们
被火烤的
被暴风雨淋的
被鞭子抽打的
劳动者的双手，
斗争吧！

在斗争里，
胜利
或者死……

七

在诗篇上，
战士底坟场
会比奴隶底国家，
要温暖
要明亮

阿 垅

阿垅(1907—1967)，原名陈守梅，浙江杭州人。中国现代诗人。主要作品有诗集《无弦琴》，报告文学集《第一击》，论著《人和诗》《诗是什么》《诗与现实》《作家的性格和人物的创造》等。代表作《孤岛》等。

阿垅1929年考入上海工业专科学校。1933年考入黄埔军校第十期。在校期间，受中共地下党影响，思想渐趋左倾，开始在文学刊物上发表作品。抗战初期，参加淞沪战役而负伤，期间写成报告文学《第一击》等。1939年到延安，入"抗大"学习。因在野战演习中眼球受伤到西安疗养，期间写成长篇小说《南京》。病愈之后，因去延安的交通线被封锁，转往重庆，入国民党"陆军大学"。毕业后，任战术教官，并为共产党提供军事情报。1946年在成都负责编辑文艺刊物《呼吸》，遭人告密，被通缉逃往南京、杭州等地。新中国成立以后，任天津作协编辑部主任。1955年被错划为"胡风反革命集团"，被捕入狱。1967年，在狱中因骨髓炎去世。

阿垅是"七月诗派"重要诗人，其诗歌创作高举意志大旗，具有强烈的主观战斗精神和浪漫主义色彩。

孤 岛

在掀腾的海波之中，我是小小的孤岛，如同其他的孤岛
在晴丽的天气，我能够清楚地望见大陆边岸的远景
似乎隐隐约约传来了人声，虽然远，但是传来了，人声传来
有的时候，也有一叶小舟渡海而来，在我的岸边小泊
而在雾和冬的季节，在深夜无星之时，我不能看到你了，我只在我的恋慕和向往的心情中看见你为我留下的影子

我，是小小的孤岛，然而和大陆一样
我有乔木和灌木，你的乔木和灌木
我有小小的麦田和疏疏的村落，你的麦田和村落
我有飞来的候鸟和鸣鸟，从你那儿带着消息飞来
我有如珠的繁星的夜，和你共同在里面睡眠的繁星的夜
我有如桥的七色的虹霓，横跨你我之间的虹霓
我，似乎是一个弃儿然而不是
似乎是一个浪子然而不是
海面的波涛嚣然地隔断了我们，为了隔断我们
迷惘的海雾黯澹地隔断了我们，想使你以为丧失了我而我以为丧失了你
然而在海流最深之处，我和你永远联结而属一体，连断层地震也无力使你我分离
如同其他的孤岛，我是小小的孤岛，你底儿子，你底兄弟

穆 旦

穆旦(1918—1977)，原名查良铮，浙江宁海人。中国现代著名诗人，"九叶诗派"重要诗人。主要作品有诗集《探险队》《穆旦诗集(1939—1945)》《旗》等，译文集《普希金抒情诗集》《欧根·奥涅金》《唐璜》等。代表作《赞美》《春》《诗八首》等。

穆旦1934年在《南开中学生》发表散文诗《梦》时，开始使用笔名穆旦。1935年入清华大学外文系，后随校入西南联大，在学校期间受燕卜逊影响，研读叶芝、艾略特、奥登等现代派诗歌，并在香港《大公报》副刊等刊物上发表大量风格冷峻智性、交织强烈抒情性与现实感的诗歌作品。1940年毕业后留校任教。1942年2月参加中国抗日远征军，担任杜聿明所在司令部翻译，并入207师征战缅甸，亲历野人山战役。1945年在东北创办《新报》，任主编。1949年自费赴美国芝加哥大学，攻读英美文学、俄罗斯文学，获文学硕士学位。1953年归国，任南开大学外文系副教授，致力于苏俄文学理论以及普希金、拜伦、雪莱、济慈等人的诗歌翻译。1958年以后停止诗歌创作，坚持翻译。1975年复出，恢复诗歌创作，老年作品锐气消减，风格沉郁。

穆旦诗作常给人一种惊异感，充满陌生化，内容与情感世界里充溢着悖谬、反差与矛盾，构成强烈的内在张力。他是中国新诗向现代主义发展的一个重要标志。

赞 美

走不尽的山峦和起伏，河流和草原，
数不尽的密密的村庄，鸡鸣和狗吠，
接连在原是荒凉的亚洲的土地上，
在野草的茫茫中呼啸着干燥的风，
在低压的暗云下唱着单调的东流的水，
在忧郁的森林里有无数埋藏的年代。
它们静静地和我拥抱：
说不尽的故事是说不尽的灾难，沉默的
是爱情，是在天空飞翔的鹰群，
是忧伤的眼睛期待着泉涌的热泪，
当不移的灰色的行列在遥远的天际爬行；
我有太多的话语，太悠久的感情，
我要以荒凉的沙漠，坎坷的小路，骡子车，
我要以槽子船，漫山的野花，阴雨的天气，
我要以一切拥抱你，你，
我到处看见的人民呵，
在耻辱里生活的人民，佝偻的人民，

我要以带血的手和你们——拥抱。
因为一个民族已经起来。

一个农夫，他粗糙的身躯移动在田野中，
他是一个女人的孩子，许多孩子的父亲，
多少朝代在他的身边升起又降落了
而把希望和失望压在他身上，
而他永远无言地跟在犁后旋转，
翻起同样的泥土溶解过他祖先的，
是同样的受难的形象凝固在路旁。
在大路上多少次愉快的歌声流过去了，
多少次跟来的是临到他的忧患；
在大路上人们演说，叫嚣，欢快，
然而他没有，他只放下了古代的锄头，
再一次相信名词，溶进了大众的爱，
坚定地，他看着自己移进死亡里，
而这样的路是无限的悠长的
而他是不能够流泪的，
他没有流泪，因为一个民族已经起来。

在群山的包围里，在蔚蓝的天空下，
在春天和秋天经过他家园的时候，
在幽深的谷里隐着最含蓄的悲哀：
一个老妇期待着孩子，许多孩子期待着
饥饿，而又在饥饿里忍耐，
在路旁仍是那聚集着黑暗的茅屋，
一样的是不可知的恐惧，一样的是
大自然中那侵蚀着生活的泥土，
而他走去了从不回头诅咒。
为了他我要拥抱每一个人，
为了他我失去了拥抱的安慰，
因为他，我们是不能给以幸福的，
痛哭吧，让我们在他的身上痛哭吧，
因为一个民族已经起来。

一样的是这悠久的年代的风，
一样的是从这倾圮的屋檐下散开的
无尽的呻吟和寒冷，
它歌唱在一片枯槁的树顶上，

它吹过了荒芜的沼泽，芦苇和虫鸣，
一样的是这飞过的乌鸦的声音，
当我走过，站在路上踟蹰，
我踟蹰着为了多年耻辱的历史
仍在这广大的山河中等待，
等待着，我们无言的痛苦是太多了，
然而一个民族已经起来，
然而一个民族已经起来。

李　季

李季(1922—1980)，原名李振鹏，河北唐河人。中国现代诗人。主要作品有长篇叙事诗《王贵与李香香》、诗集《菊花石》《杨高传》《玉门诗抄》等。代表作《王贵与李香香》等。

李季少时爱好曲艺和戏剧，对鼓词尤入迷。抗战时期，积极参加抗日宣传活动，出墙报，演话剧，为油印小报撰稿。1938年奔赴延安，入抗日军政大学学习。此后几年，一直在边区从事革命工作。这一阶段他深入生活，熟悉了陕北人民的思想、性格、语言及其所喜爱的文艺形式。1942年，在"延安文艺座谈会"的影响下，开始致力于大众文艺的创作。他广泛搜集了3000多首陕北民歌，并从中汲取艺术营养，创作了《老阴阳怒打蜘蛛爷》《救命墙》《卜掌村演义》等通俗易懂的作品。1945年，根据陕北广泛流传的民间故事，创作"叙人民之事，抒人民之情"的长篇叙事诗《王贵与李香香》。1948年，任延安《群众报》副刊编辑。新中国成立后，创办《长江文艺》，任主编。在此期间对诗歌主题和形式进行探讨和创新，创作了《报信姑娘》《菊花石》等作品。1953年，在玉门油矿任宣传部长，先后发表、出版了长诗《生活之歌》《玉门诗抄》《致以石油工人的敬礼》等，被赞誉为"石油诗人"。

李季善于运用民歌形式，使其诗歌易于在大众中传播，这种新诗曾一度被认为是新诗发展的一个方向。

王贵与李香香(节选)

第二部

一　闹革命

三边没有树石头少，
庄户人的日子过不了。

天上无云地下旱，
过不了日子另打算。

羊群走路靠头羊，
陕北起了共产党。

领头的名叫刘志丹，
把红旗举到半天上。

草堆上落火星大火烧，

红旗一展穷人都红了。

千里的雷声万里的闪，
陕北红了半个天。

紫红犍牛自带楼，
闹革命的心思人人有。

前半晌还是个庄稼汉，
黑夜里背枪打营盘。

打开寨子分粮食，
土地牛羊分个光。

少先队来赤卫军，
净是些十八九的年轻人。

女人们走路一阵风，
长头发剪成短缨缨。

上河里涨水下河里浑，
王贵暗里参加了赤卫军。

白天到滩里去放羊，
黑夜里开会闹革命。

开罢会来鸡子叫，
十几里路往回跑。

白天放羊一整天，
黑夜不眨一眨眼。

身子劳碌精神好，
闹革命的心劲高又高。

五个手指头不一般长，
王贵的心思和人不一样。

别人的仇恨象座山，
王贵的仇恨比山高：

活活打死老父亲，
而今又要抢心上的人！

牛马当了整五年，
崔二爷没给过一个工钱。

崔二爷来胡打算，
修寨子买马又招兵。

地主豪绅个个凶，
崔二爷是个大坏蛋！

庄户人个个想吃他的肉！
狗儿见他也哼几哼。

众人向游击队长提意见，
早早的打下死羊湾。

心急等不得豆煮烂，
定下个日子腊月二十三。

半夜先捉定崔二爷，
到天明大队开进死羊湾。

定下计划人忙乱，
——后天就是二十三。

二　太阳会从西边出来吗？

打着了狐子兔子搬家，
听见闹革命崔二爷心害怕。

白天夜晚不瞌睡，
一垛墙想堵黄河水。

明里查来暗里访，
打听谁个随了共产党。

听说王贵暗里闹革命，
崔二爷头上冒火星！

放羊回来刚进门，
两条麻绳捆上身。

顺着捆来横着绑，
五花大绑吊在二梁上。

全庄的男女都叫上，
都来看闹革命的啥下场！

连着打断了两根红柳棍，
昏死过去又拿凉水喷。

麻油点灯灯花亮，
王贵浑身扒了个光。

两根麻绳捆着胳膊腿，
捆成个鸭子倒浮水。

满脸浑身血道道，
皮破肉烂不忍瞧。

崔二爷来气凶凶，
打一皮鞭问一声：

"癞蛤蟆想吃天鹅肉，
穷鬼们还能闹成个大事情？

"撒泡尿来照照你的影，
贼眉鼠眼还会成了精！

"五黄六月会飘雪花？
太阳会从西边出来吗？"

"老狗你不要耍威风，
大风要吹灭你这盏破油灯！

"我一个死了不要紧，
千万个穷汉后面跟！"

"王贵你不要说大话，
说来说去咱们是一家。

"姓崔的没有亏待过你，
猴娃娃养成个大后生。

"过罢河来你拆了桥，
翅膀硬了你忘了恩。

"马无毛病成了龙，
该是你一时糊涂没想通？

"浪子回头金不换，
放下杀猪刀成神仙。

"千错万错我不怪你，
年轻人没把握我知道哩。"

"老王八你不要灌米汤，
又软又硬我不上你的当。

"世上没良心的就数你，
打死我亲大把我当牲畜；

"苦死苦活一年到头干，
整整五年没见你半个钱；

"五更半夜牲口正吃草，
老狗你就把我吼叫起来了；

"没有衣裳没有被，
五年穿你两件老羊皮；

"你吃的大米和白面，
我吃顿黄米当过年；

"一句话来三瞪眼，
三天两头挨皮鞭。

"姓崔的你是娘老子养，

我王贵娘肚里也怀了十个月胎！

"你是人来我也是个人，
为啥你这样没良心！

"我王贵虽穷心眼亮，
自己的事情有主张；

"闹革命成功我翻了身，
不闹革命我也活不长。

"跳蚤不死一股劲地跳，
管他死活就是我这命一条；

"要杀要剐由你挑，
你的鬼心眼我知道：

"硬办法不成软办法来，
想叫我顺了你把良心坏。

"趁早收起你那鬼算盘，
想叫我当狗难上难。"

崔二爷气的象疯狗，
撕破了老脸一跳三尺高。

"狗咬巴屎人你不识抬举，
好话不听你还骂人哩！"

说个"打"字皮鞭如雨下，
痛的王贵紧咬着牙。

一阵阵黄风一阵阵沙，
香香看着心上如刀扎。

一阵阵打颤一阵阵麻，
打王贵就象打着了她！

脸皮发红又发白，
眼泪珠噙住不敢滴下来；

两耳发烧浑身麻，
活象一个死娃娃。

为救亲人想的办法好，
偷偷地跑出了大门道。

一边走来一边想：
"王贵的命儿就在今晚上。

"他常到刘家圪塔去开会，
那里该住着游击队？

"快走快跑把信送，
迟一步亲人就难活命！"

三 红旗插到死羊湾

队长的哨子呼呼响，
挂枪上马人人忙。

听说王贵受苦刑，
半夜三更传命令：

"王贵是咱好同志，
再怎么也不能叫他把命送！"

二十匹马队前边走，
赤卫军、少先队紧跟上。

马蹄落地嚓嚓响，
长枪、短枪、红樱枪。

人有精神马有劲，
麻麻亮时开了枪。

白生生的蔓菁一条根，
庄户人和游击队是一条心。

听见枪声齐下手，
菜刀、鸟枪、打狗棍，

里应外合一起干，
死羊湾闹的翻了天。

枪声乱响鸡狗乱叫唤，
游击队打进了死羊湾。

崔二爷在炕上睡大觉，
听见枪声往起跳。

打罢王贵发了瘾；
大烟抽得正起劲；

黄铜烟灯玻璃罩，
银镶的烟葫芦不能解心焦；

大小老婆两三个，
哪个也没有香香好！

肥羊肉掉在狗嘴里头，
三抢两抢夺不到手。

王贵这一回再也活不成，
小香香就成了我的人。

越想越甜赛沙糖，
涎水流在下巴上。

烟灯旁边做了一个梦，
把香香抱在怀当中；

又酸又甜好梦做不长，
"噼啪""噼啪"枪声响。

头一枪惊醒坐起来，
第二枪响时跳下炕。

连忙叫起狗腿子：
"关着大门快上房！

"哪边过来哪边打，
一人赏你们十块响洋。"

人马多枪声稠不一样，
崔二爷心里改了主张；

朝霞满天似火烧，
崔二爷从后门溜跑了。

太阳出来天大亮，
红旗插在山畔上。

太阳出来一朵花，
游击队和咱穷汉们是一家。

滚滚的米汤热腾腾的馍，
招待咱游击队好吃喝。

救下王贵松开了绳，
同志们个个眼圈红。

把王贵痛的直昏过，
香香哭着叫哥哥：

"你要死了我也不得活，
睁一睁眼睛看一看我！"

四　自由结婚

太阳出来遍地红，
革命带来了好光景。

崔二爷在时就象大黑天，
十有九家没吃穿。

穷人翻身赶跑崔二爷，
死羊湾变成活羊湾。

灯盏里没油灯不明，
庄户人没地种就象没油的灯；

有了土地灯花亮，
人人脸上发红光。

吃一嘴黄连吃一嘴糖，
王贵娶了李香香。

男女自由都平等，
自由结婚新时样。

唐僧取经过了七十二个洞，
他们俩受的折磨数不清。

千难万难心不变，
患难夫妻实在甜。

俊鸟投窝叫喳喳，
香香进洞房泪如麻。

清泉里淌水水不断，
滴湿了王贵的新布衫。

"半夜里就等着公鸡叫，
为这个日子把人盼死了。"

香香想哭又想笑，
不知道怎么说着好。

王贵笑的说不出来话，
看着香香还想她！

双手拉着香香的手，
难说难笑难开口：

"不是闹革命穷人翻不了身，
不是闹革命咱俩也结不了婚！

"革命救了你和我，
革命救了咱们庄户人。

"一杆红旗要大家扛，
红旗倒了大家都遭殃。

"快马上路牛耕地，
闹革命是咱们自己的事。

"天上下雨地下滑，
自己跌倒自己爬。

"太阳出来一股劲地红，
我打算长远闹革命。"

过门三天安了家，
游击队上报名啦。

羊肚子手巾缠头上，
肩膀上背着无烟钢。

十天半月有空了，
请假回来看香香。

看罢香香归队去，
香香送到沟底里。

沟湾里胶泥黄又多，
挖块胶泥捏咱两个；

捏一个你来捏一个我，
捏的就象活人脱。

摔碎了泥人再重和，
再捏一个你来再捏一个我；

哥哥身上有妹妹，
妹妹身上也有哥哥。

捏完了泥人叫哥哥，
再等几天你来看我。

散 文

鲁 迅

秋 夜

在我的后园，可以看见墙外有两株树，一株是枣树，还有一株也是枣树。

这上面的夜的天空，奇怪而高，我生平没有见过这样的奇怪而高的天空。他仿佛要离开人间而去，使人们仰面不再看见。然而现在却非常之蓝，闪闪地睒着几十个星星的眼，冷眼。他的口角上现出微笑，似乎自以为大有深意，而将繁霜洒在我的园里的野花草上。

我不知道那些花草真叫什么名字，人们叫他们什么名字。我记得有一种开过极细小的粉红花，现在还开着，但是更极细小了，她在冷的夜气中，瑟缩地做梦，梦见春的到来，梦见秋的到来，梦见瘦的诗人将眼泪擦在她最末的花瓣上，告诉她秋虽然来，冬虽然来，而此后接着还是春，胡蝶乱飞，蜜蜂都唱起春词来了。她于是一笑，虽然颜色冻得红惨惨地，仍然瑟缩着。

枣树，他们简直落尽了叶子。先前，还有一两个孩子来打他们别人打剩的枣子，现在是一个也不剩了，连叶子也落尽了。他知道小粉红花的梦，秋后要有春；他也知道落叶的梦，春后还是秋。他简直落尽叶子，单剩干子，然而脱了当初满树是果实和叶子时候的弧形，欠伸得很舒服。但是，有几枝还低亚着，护定他从打枣的竿梢所得的皮伤，而最直最长的几枝，却已默默地铁似的直刺着奇怪而高的天空，使天空闪闪地鬼睒眼；直刺着天空中圆满的月亮，使月亮窘得发白。

鬼睒眼的天空越加非常之蓝，不安了，仿佛想离去人间，避开枣树，只将月亮剩下。然而月亮也暗暗地躲到东边去了。而一无所有的干子，却仍然默默地铁似的直刺着奇怪而高的天空，一意要制他的死命，不管他各式各样地睒着许多蛊惑的眼睛。

哇的一声，夜游的恶鸟飞过了。

我忽而听到夜半的笑声，吃吃地，似乎不愿意惊动睡着的人，然而四围的空气都应和着笑。夜半，没有别的人，我即刻听出这声音就在我嘴里，我也即刻被这笑声所驱逐，回进自己的房。灯火的带子也即刻被我旋高了。

后窗的玻璃上丁丁地响，还有许多小飞虫乱撞。不多久，几个进来了，许是从窗纸的破孔进来的。他们一进来，又在玻璃的灯罩上撞得丁丁地响。一个从上面撞进去了，他于是遇到火，而且我以为这火是真的。两三个却休息在灯的纸罩上喘气。那罩是昨晚新换的罩，雪白的纸，折出波浪纹的叠痕，一角还画出一枝猩红色的栀子。

猩红的栀子开花时，枣树又要做小粉红花的梦，青葱地弯成弧形了……。我又听到夜半的笑声；我赶紧砍断我的心绪，看那老在白纸罩上的小青虫，头大尾小，向日葵子似的，只有半粒小麦那么大，遍身的颜色苍翠得可爱，可怜。

我打一个呵欠，点起一支纸烟，喷出烟来，对着灯默默地敬奠这些苍翠精致的英雄们。

聪明人和傻子和奴才

奴才总不过是寻人诉苦。只要这样，也只能这样。有一日，他遇到一个聪明人。

"先生！"他悲哀地说，眼泪联成一线，就从眼角上直流下来。"你知道的。我所过的简直不是人的生活。吃的是一天未必有一餐，这一餐又不过是高粱皮，连猪狗都不要吃的，尚且只有一小碗……。"

"这实在令人同情。"聪明人也惨然说。

"可不是么！"他高兴了。"可是做工是昼夜无休息的：清早担水晚烧饭，上午跑街夜磨面，晴洗衣裳雨张伞，冬烧汽炉夏打扇。半夜要煨银耳，侍候主人耍钱；头钱从来没分，有时还挨皮鞭……。"

"唉唉……"聪明人叹息着，眼圈有些发红，似乎要下泪。

"先生！我这样是敷衍不下去的。我总得另外想法子。可是什么法子呢？……"

"我想，你总会好起来……。"

"是么？但愿如此。可是我对先生诉了冤苦，又得你的同情和慰安，已经舒坦得不少了。可见天理没有灭绝……。"

但是，不几日，他又不平起来了，仍然寻人去诉苦。

"先生！"他流着眼泪说，"你知道的。我住的简直比猪窠还不如。主人并不将我当人；他对他的叭儿狗还要好到几万倍……。"

"混帐！"那人大叫起来，使他吃惊了。那人是一个傻子。

"先生，我住的只是一间破小屋，又湿，又阴，满是臭虫，睡下去就咬得真可以。秽气冲着鼻子，四面又没有一个窗……。"

"你不会要你的主人开一个窗的么？"

"这怎么行？……"

"那么，你带我去看去！"

傻子跟奴才到他屋外，动手就砸那泥墙。

"先生！你干什么？"他大惊地说。

"我给你打开一个窗洞来。"

"这不行！主人要骂的！"

"管他呢！"他仍然砸。

"人来呀！强盗在毁咱们的屋子了！快来呀！迟一点可要打出窟窿来了！……"他哭嚷着，在地上团团地打滚。

一群奴才都出来了，将傻子赶走。

听到了喊声，慢慢地最后出来的是主人。

"有强盗要来毁咱们的屋子，我首先叫喊起来，大家一同把他赶走了。"他恭敬而得胜地说。

"你不错。"主人这样夸奖他。

这一天就来了许多慰问的人，聪明人也在内。

"先生。这回因为我有功，主人夸奖了我了。你先前说我总会好起来，实在是有先见之明……。"他大有希望似的高兴地说。

"可不是么……。"聪明人也代为高兴似的回答他。

父亲的病

大约十多年前罢，S城中曾经盛传过一个名医的故事：

他出诊原来是一元四角，特拔十元，深夜加倍，出城又加倍。有一夜，一家城外人家的闺女生急病，来请他了，因为他其时已经阔得不耐烦，便非一百元不去。他们只得都依他。待去时，却只是草草地一看，说道"不要紧的"，开一张方，拿了一百元就走。那病家似乎很有钱，第二天又来请了。他一到门，只见主人笑面承迎，道，"昨晚服了先生的药，好得多了，所以再请你来复诊一回。"仍旧引到房里，老妈子便将病人的手拉出帐外来。他一按，冷冰冰的，也没有脉，于是点点头道，"唔，这病我明白了。"从从容容走到桌前，取了药方纸，提笔写道：

"凭票付英洋壹百元正。"下面是署名，画押。

"先生，这病看来很不轻了，用药怕还得重一点罢。"主人在背后说。

"可以，"他说。于是另开了一张方：

"凭票付英洋贰百元正。"下面仍是署名，画押。

这样，主人就收了药方，很客气地送他出来了。

我曾经和这名医周旋过两整年，因为他隔日一回，来诊我的父亲的病。那时虽然已经很有名，但还不至于阔得这样不耐烦；可是诊金却已经是一元四角。现在的都市上，诊金一次十元并不算奇，可是那时是一元四角已是巨款，很不容易张罗的了；又何况是隔日一次。他大概的确有些特别，据舆论说，用药就与众不同。我不知道药品，所觉得的，就是"药引"的难得，新方一换，就得忙一大场。先买药，再寻药引。"生姜"两片，竹叶十片去尖，他是不用的了。起码是芦根，须到河边去掘；一到经霜三年的甘蔗，便至少也得搜寻两三天。可是说也奇怪，大约后来总没有购求不到的。

据舆论说，神妙就在这地方。先前有一个病人，百药无效；待到遇见了什么叶天士先生，只在旧方上加了一味药引：梧桐叶。只一服，便霍然而愈了。"医者，意也。"其时是秋天，而梧桐先知秋气。其先百药不投，今以秋气动之，以气感气，所以……。我虽然并不了然，但也十分佩服，知道凡有灵药，一定是很不容易得到的，求仙的人，甚至于还要拼了性命，跑进深山里去采呢。

这样有两年，渐渐地熟识，几乎是朋友了。父亲的水肿是逐日利害，将要不能起床；我对于经霜三年的甘蔗之流也逐渐失了信仰，采办药引似乎再没有先前一般踊跃了。正在这时候，他有一天来诊，问过病状，便极其诚恳地说：

"我所有的学问，都用尽了。这里还有一位陈莲河先生，本领比我高。我荐他来看一看，我可以写一封信。可是，病是不要紧的，不过经他的手，可以格外好得快……。"

这一天似乎大家都有些不欢，仍然由我恭敬地送他上轿。进来时，看见父亲的脸色很异样，和大家谈论，大意是说自己的病大概没有希望的了；他因为看了两年，毫无效验，脸又太熟了，未免有些难以为情，所以等到危急时候，便荐一个生手自代，和自己完全脱了干系。但另外有什么法子呢？本城的名医，除他之外，实在也只有一个陈莲河了。明天就请陈莲河。

陈莲河的诊金也是一元四角。但前回的名医的脸是圆而胖的，他却长而胖了：这一点颇不同。还有用药也不同。前回的名医是一个人还可以办的，这一回却是一个人有些办不妥帖了，因为他一张药方上，总兼有一种特别的丸散和一种奇特的药引。

芦根和经霜三年的甘蔗，他就从来没有用过。最平常的是"蟋蟀一对"，旁注小字道："要原配，即本在一窠中者。"似乎昆虫也要贞节，续弦或再醮，连做药资格也丧失了。但这差使在我并不为难，走进百草园，十对也容易得，将它们用线一缚，活活地掷入沸汤中完事。然而还有"平地木十株"呢，这可谁也不知道是什么东西了，问药店，问乡下人，问卖草药的，问老年人，问读书人，问木匠，都只是摇摇头，临末才记起了那远房的叔祖，爱种一点花木的老人，跑去一问，他果然知道，是生在山中树下的一种小树，能结红子如小珊瑚珠的，普通都称为"老弗大"。

"踏破铁鞋无觅处，得来全不费工夫。"药引寻到了，然而还有一种特别的丸药：败鼓皮丸。这"败鼓皮丸"就是用打破的旧鼓皮做成；水肿一名鼓胀，一用打破的鼓皮自然就可以克伏他。清朝的刚毅因为憎恨"洋鬼子"，预备打他们，练了些兵称作"虎神营"，取虎能食羊，神能伏鬼的意思，也就是这道理。可惜这一种神药，全城中只有一家出售的，离我家就有五里，但这却不像平地木那样，必须暗中摸索了，陈莲河先生开方之后，就恳切详细地给我们说明。

"我有一种丹，"有一回陈莲河先生说，"点在舌上，我想一定可以见效。因为舌乃心之灵苗……。价钱也并不贵，只要两块钱一盒……。"

我父亲沉思了一会，摇摇头。

"我这样用药还会不大见效，"有一回陈莲河先生又说，"我想，可以请人看一看，可有什么冤愆……。医能医病，不能医命，对不对？自然，这也许是前世的事……。"

我的父亲沉思了一会，摇摇头。

凡国手，都能够起死回生的，我们走过医生的门前，常可以看见这样的匾额。现在是让步一点了，连医生自己也说道："西医长于外科，中医长于内科。"但是 S 城那时不但没有西医，并且谁也还没有想到天下有所谓西医，因此无论什么，都只能由轩辕岐伯的嫡派门徒包办。轩辕时候是巫医不分的，所以直到现在，他的门徒就还见鬼，而且觉得"舌乃心之灵苗"。这就是中国人的"命"，连名医也无从医治的。

不肯用灵丹点在舌头上，又想不出"冤愆"来，自然，单吃了一百多天的"败鼓皮丸"有什么用呢？依然打不破水肿，父亲终于躺在床上喘气了。还请一回陈莲河先生，这回是特拔，大洋十元。他仍旧泰然的开了一张方，但已停止败鼓皮丸不用，药引也不很神妙了，所以只消半天，药就煎好，灌下去，却从口角上回了出来。

从此我便不再和陈莲河先生周旋，只在街上有时看见他坐在三名轿夫的快轿里飞一般抬过；听说他现在还康健，一面行医，一面还做中医什么学报，正在和只长于外科的西医奋斗哩。

中西的思想确乎有一点不同。听说中国的孝子们，一到将要"罪孽深重祸延父母"的时候，就买几斤人参，煎汤灌下去，希望父母多喘几天气，即使半天也好。我的一位教医学的先生却教给我医生的职务道：可医的应该给他医治，不可医的应该给他死得没有痛苦。——但这先生自然是西医。

父亲的喘气颇长久，连我也听得很吃力，然而谁也不能帮助他。我有时竟至于电光一闪似的想道："还是快一点喘完了罢……。"立刻觉得这思想就不该，就是犯了罪；但同时又觉得这思想实在是正当的，我很爱我的父亲。便是现在，也还是这样想。

早晨，住在一门里的衍太太进来了。她是一个精通礼节的妇人，说我们不应该空等着。于是给他换衣服；又将纸锭和一种什么《高王经》烧成灰，用纸包了给他捏在拳头里……。

"叫呀，你父亲要断气了。快叫呀！"衍太太说。

"父亲！父亲！"我就叫起来。

"大声！他听不见。还不快叫?!"

"父亲!!! 父亲!!!"

他已经平静下去的脸，忽然紧张了，将眼微微一睁，仿佛有一些苦痛。

"叫呀！快叫呀！"她催促说。

"父亲!!!"

"什么呢? ……不要嚷。……不……。"他低低地说，又较急地喘着气，好一会，这才复了原状，平静下去了。

"父亲!!!"我还叫他，一直到他咽了气。

我现在还听到那时的自己的这声音，每听到时，就觉得这却是我对于父亲的最大的错处。

春末闲谈

北京正是春末，也许我过于性急之故罢，觉着夏意了，于是突然记起故乡的细腰蜂。那时候大约是盛夏，青蝇密集在凉棚索子上，铁黑色的细腰蜂就在桑树间或墙角的蛛网左近往来飞行，有时衔一支小青虫去了，有时拉一个蜘蛛。青虫或蜘蛛先是抵抗着不肯去，但终于乏力，被衔着腾空而去了，坐了飞机似的。

老前辈们开导我，那细腰蜂就是书上所说的果蠃，纯雌无雄，必须捉螟蛉去做继子的。她将小青虫封在窠里，自己在外面日日夜夜敲打着，祝道"像我像我"，经过若干日，——我记不清了，大约七七四十九日罢，——那青虫也就成了细腰蜂了，所以

《诗经》里说："螟蛉有子，果蠃负之。"螟蛉就是桑上小青虫。蜘蛛呢？他们没有提。我记得有几个考据家曾经立过异说，以为她其实自能生卵；其捉青虫，乃是填在窠里，给孵化出来的幼蜂做食料的。但我所遇见的前辈们都不采用此说，还道是拉去做女儿。我们为存留天地间的美谈起见，倒不如这样好。当长夏无事，遣暑林阴，瞥见二虫一拉一拒的时候，便如睹慈母教女，满怀好意，而青虫的宛转抗拒，则活像一个不识好歹的毛鸦头。

但究竟是夷人可恶，偏要讲什么科学。科学虽然给我们许多惊奇，但也搅坏了我们许多好梦。自从法国的昆虫学大家发勃耳（Fabre）仔细观察之后，给幼蜂做食料的事可就证实了。而且，这细腰蜂不但是普通的凶手，还是一种很残忍的凶手，又是一个学识技术都极高明的解剖学家。她知道青虫的神经构造和作用，用了神奇的毒针，向那运动神经球上只一螫，它便麻痹为不死不活状态，这才在它身上生下蜂卵，封入窠中。青虫因为不死不活，所以不动，但也因为不活不死，所以不烂，直到她的子女孵化出来的时候，这食料还和被捕当日一样的新鲜。

三年前，我遇见神经过敏的俄国的E君，有一天他忽然发愁道，不知道将来的科学家，是否至于发明一种奇妙的药品，将这注射在谁的身上，则这人即甘心永远去做服役和战争的机器了？那时我也就颦眉叹息，装作一齐发愁的模样，以示"所见略同"之至意，殊不知我国的圣君，贤臣，圣贤，圣贤之徒，却早已有过这一种黄金世界的理想了。不是"唯辟作福，唯辟作威，唯辟玉食"么？不是"君子劳心，小人劳力"么？不是"治于人者食（去声）人，治人者食于人"么？可惜理论虽已卓然，而终于没有发明十全的好方法。要服从作威就须不活，要贡献玉食就须不死；要被治就须不活，要供养治人者又须不死。人类升为万物之灵，自然是可贺的，但没有了细腰蜂的毒针，却很使圣君，贤臣，圣贤，圣贤之徒，以至现在的阔人，学者，教育家觉得棘手。将来未可知，若已往，则治人者虽然尽力施行过各种麻痹术，也还不能十分奏效，与果蠃并驱争先。即以皇帝一伦而言，便难免时常改姓易代，终没有"万年有道之长"；"二十四史"而多至二十四，就是可悲的铁证。现在又似乎有些别开生面了，世上挺生了一种所谓"特殊知识阶级"的留学生，在研究室中研究之结果，说医学不发达是有益于人种改良的，中国妇女的境遇是极其平等的，一切道理都已不错，一切状态都已够好。E君的发愁，或者也不为无因罢，然而俄国是不要紧的，因为他们不像我们中国，有所谓"特别国情"，还有所谓"特殊知识阶级"。

但这种工作，也怕终于像古人那样，不能十分奏效的罢，因为这实在比细腰蜂所做的要难得多。她于青虫，只须不动，所以仅在运动神经球上一螫，即告成功。而我们的工作，却求其能运动，无知觉，该在知觉神经中枢，加以完全的麻醉的。但知觉一失，运动也就随之失却主宰，不能贡献玉食，恭请上自"极峰"下至"特殊知识阶级"的赏收享用了。就现在而言，窃以为除了遗老的圣经贤传法，学者的进研究室主义，文学家和茶摊老板的莫谈国事律，教育家的勿视勿听勿言勿动论之外，委实还没有更好，更完全，更无流弊的方法。便是留学生的特别发见，其实也并未轶出了前贤的范围。

那么，又要"礼失而求诸野"了。夷人，现在因为想去取法，姑且称之为外国，他那里，可有较好的法子么？可惜，也没有。所有者，仍不外乎不准集会，不许开口之类，和我们中华并没有什么很不同。然亦可见至道嘉猷，人同此心，心同此理，固无华夷之限也。猛兽是单独的，牛羊则结队；野牛的大队，就会排角成城以御强敌了，但拉开一匹，定只能牟牟地叫。人民与牛马同流，——此就中国而言，夷人别有分类法云，——治之之道，自然应该禁止集合：这方法是对的。其次要防说话。人能说话，已经是祸胎了，而况有时还要做文章。所以苍颉造字，夜有鬼哭。鬼且反对，而况于官？猴子不会说话，猴界即向无风潮，——可是猴界中也没有官，但这又作别论，——确应该虚心取法，反朴归真，则口且不开，文章自灭：这方法也是对的。然而上文也不过就理论而言，至于实效，却依然是难说。最显著的例，是连那么专制的俄国，而尼古拉二世"龙御上宾"之后，罗马诺夫氏竟已"覆宗绝祀"了。要而言之，那大缺点就在虽有二大良法，而还缺其一，便是：无法禁止人们的思想。

于是我们的造物主——假如天空真有这样的一位"主子"——就可恨了：一恨其没有永远分清"治者"与"被治者"；二恨其不给治者生一枝细腰蜂那样的毒针；三恨其不将被治者造得即使砍去了藏着的思想中枢的脑袋而还能动作——服役。三者得一，阔人的地位即永久稳固，统御也永久省了气力，而天下于是乎太平。今也不然，所以即使单想高高在上，暂时维持阔气，也还得日施手段，夜费心机，实在不胜其委屈劳神之至……。

假使没有了头颅，却还能做服役和战争的机械，世上的情形就何等地醒目呵！这时再不必用什么制帽勋章来表明阔人和窄人了，只要一看头之有无，便知道主奴，官民，上下，贵贱的区别。并且也不至于再闹什么革命，共和，会议等等的乱子了，单是电报，就要省下许多许多来。古人毕竟聪明，仿佛早想到过这样的东西，《山海经》上就记载着一种名叫"刑天"的怪物。他没有了能想的头，却还活着，"以乳为目，以脐为口"，——这一点想得很周到，否则他怎么看，怎么吃呢，——实在是很值得奉为师法的。假使我们的国民都能这样，阔人又何等安全快乐？但他又"执干戚而舞"，则似乎还是死也不肯安分，和我那专为阔人图便利而设的理想底好国民又不同。陶潜先生又有诗道："刑天舞干戚，猛志固常在。"连这位貌似旷达的老隐士也这么说，可见无头也会仍有猛志，阔人的天下一时总怕难得太平的了。但有了太多的"特殊知识阶级"的国民，也许有特在例外的希望；况且精神文明太高了之后，精神的头就会提前飞去，区区物质的头的有无也算不得什么难问题。

杂　感

人们有泪，比动物进化，但即此有泪，也就是不进化，正如已经只有盲肠，比鸟类进化，而究竟还有盲肠，终不能很算进化一样。凡这些，不但是无用的赘物，还要使其人达到无谓的灭亡。

现今的人们还以眼泪赠答，并且以这为最上的赠品，因为他此外一无所有。无泪的人则以血赠答，但又各各拒绝别人的血。

人大抵不愿意爱人下泪。但临死之际，可能也不愿意爱人为你下泪么？无泪的人无论何时，都不愿意爱人下泪，并且连血也不要：他拒绝一切为他的哭泣和灭亡。

人被杀于万众聚观之中，比被杀在"人不知鬼不觉"的地方快活，因为他可以妄想，博得观众中的或人的眼泪。但是，无泪的人无论被杀在什么所在，于他并无不同。

杀了无泪的人，一定连血也不见。爱人不觉他被杀之惨，仇人也终于得不到杀他之乐：这是他的报恩和复仇。

死于敌手的锋刃，不足悲苦；死于不知何来的暗器，却是悲苦。但最悲苦的是死于慈母或爱人误进的毒药，战友乱发的流弹，病菌的并无恶意的侵入，不是我自己制定的死刑。

仰慕往古的，回往古去罢！想出世的，快出世罢！想上天的，快上天罢！灵魂要离开肉体的，赶快离开罢！现在的地上，应该是执着现在，执着地上的人们居住的。

但厌恶现世的人们还住着。这都是现世的仇仇，他们一日存在，现世即一日不能得救。

先前，也曾有些愿意活在现世而不得的人们，沉默过了。呻吟过了，叹息过了，哭泣过了，哀求过了，但仍然愿意活在现世而不得，因为他们忘却了愤怒。

勇者愤怒，抽刃向更强者；怯者愤怒，却抽刃向更弱者。不可救药的民族中，一定有许多英雄，专向孩子们瞪眼。这些屠头们！

孩子们在瞪眼中长大了，又向别的孩子们瞪眼，并且想：他们一生都过在愤怒中。因为愤怒只是如此，所以他们要愤怒一生，——而且还要愤怒二世。三世，四世，以至末世。

无论爱什么，——饭，异性，国，民族，人类等等，——只有纠缠如毒蛇，执着如怨鬼，二六时中，没有已时者有望。但太觉疲劳时，也无妨休息一会罢；但休息之后，就再来一回罢，而且两回，三回……。血书，章程，请愿，讲学，哭，电报，开会，挽联，演说，神经衰弱，则一切无用。

血书所能挣来的是什么？不过就是你的一张血书，况且并不好看。至于神经衰弱。其实倒是自己生了病，你不要再当作宝贝了，我的可敬爱而讨厌的朋友呀！

我们听到呻吟，叹息，哭泣，哀求，无须吃惊。见了酷烈的沉默，就应该留心了；见有什么像毒蛇似的在尸林中蜿蜒，怨鬼似的在黑暗中奔驰，就更应该留心了：这在豫告"真的愤怒"将要到来。那时候，仰慕往古的就要回往古去了，想出世的要出世去了，想上天的要上天了，灵魂要离开肉体的就要离开了！……

谈皇帝

中国人的对付鬼神，凶恶的是奉承，如瘟神和火神之类，老实一点的就要欺侮，例如对于土地或灶君。待遇皇帝也有类似的意思。君民本是同一民族，乱世时"成则为王败则为贼"，平常是一个照例做皇帝，许多个照例做平民；两者之间，思想本没有什么大差别。所以皇帝和大臣有"愚民政策"，百姓们也自有其"愚君政策"。

往昔的我家，曾有一个老仆妇，告诉过我她所知道，而且相信的对付皇帝的方法。她说——

"皇帝是很可怕的。他坐在龙位上，一不高兴，就要杀人；不容易对付的。所以吃的东西也不能随便给他吃，倘是不容易办到的，他吃了又要，一时办不到；——譬如他冬天想到瓜，秋天要吃桃子，办不到，他就生气，杀人了。现在是一年到头给他吃波菜，一要就有，毫不为难。但是倘说是波菜，他又要生气的，因为这是便宜货，所以大家对他就不称为波菜，另外起一个名字，叫作'红嘴绿鹦哥'。"

在我的故乡，是通年有波菜的，根很红，正如鹦哥的嘴一样。

这样的连愚妇人看来，也是呆不可言的皇帝，似乎大可以不要了。然而并不，她以为要有的，而且应该听凭他作威作福。至于用处，仿佛在靠他来镇压比自己更强梁的别人，所以随便杀人，正是非备不可的要件。然而倘使自己遇到，且须侍奉呢？可又觉得有些危险了，因此只好又将他练成傻子，终年耐心地专吃着"红嘴绿鹦哥"。

其实利用了他的名位，"挟天子以令诸侯"的，和我那老仆妇的意思和方法都相同，不过一则又要他弱，一则又要他愚。儒家的靠了"圣君"来行道也就是这玩意，因为要"靠"，所以要他威重，位高；因为要便于操纵，所以又要他颇老实，听话。

皇帝一自觉自己的无上威权，这就难办了。既然"普天之下，莫非皇土"，他就胡闹起来，还说是"自我得之，自我失之，我又何恨"哩！于是圣人之徒也只好请他吃"红嘴绿鹦哥"了，这就是所谓"天"。据说天子的行事，是都应该休帖天意，不能胡闹的；而这"天意"也者，又偏只有儒者们知道着。

这样，就决定了：要做皇帝就非请教他们不可。

然而不安分的皇帝又胡闹起来了。你对他说"天"么，他却道，"我生不有命在天?!"岂但不仰体上天之意而已，还逆天，背天，"射天"，简直将国家闹完，使靠天吃饭的圣贤君子们，哭不得，也笑不得。

于是乎他们只好去著书立说，将他骂一通，豫计百年之后，即身殁之后，大行于时，自以为这就了不得。

但那些书上，至多就止记着"愚民政策"和"愚君政策"全都不成功。

我怎么做起小说来

我怎么做起小说来？——这来由，已经在《呐喊》的序文上，约略说过了。这里还应该补叙一点的，是当我留心文学的时候，情形和现在很不同：在中国，小说不算文学，做小说的也决不能称为文学家，所以并没有人想在这一条道路上出世。我也并没有要将小说抬进"文苑"里的意思，不过想利用他的力量，来改良社会。

但也不是自己想创作，注重的倒是在绍介，在翻译，而尤其注重于短篇，特别是被压迫的民族中的作者的作品。因为那时正盛行着排满论，有些青年，都引那叫喊和反抗的作者为同调的。所以"小说作法"之类，我一部都没有看过，看短篇小说却不少，小半是自己也爱看，大半则因了搜寻绍介的材料。也看文学史和批评，这是因为想知道作者的为人和思想，以便决定应否绍介给中国。和学问之类，是绝不相干的。

因为所求的作品是叫喊和反抗，势必至于倾向了东欧，因此所看的俄国，波兰以及巴尔干诸小国作家的东西就特别多。也曾热心的搜求印度，埃及的作品，但是得不到。记得当时最爱看的作者，是俄国的果戈理（N. Gogol）和波兰的显克微支（H. Sienkiewitz）。日本的，是夏目漱石和森鸥外。

回国以后，就办学校，再没有看小说的工夫了，这样的有五六年。为什么又开手了呢？——这也已经写在《呐喊》的序文里，不必说了。但我的来做小说，也并非自以为有做小说的才能，只因为那时是住在北京的会馆里的，要做论文罢，没有参考书，要翻译罢，没有底本，就只好做一点小说模样的东西塞责，这就是《狂人日记》。大约所仰仗的全在先前看过的百来篇外国作品和一点医学上的知识，此外的准备，一点也没有。

但是《新青年》的编辑者，却一回一回的来催，催几回，我就做一篇，这里我必得记念陈独秀先生，他是催促我做小说最着力的一个。

自然，做起小说来，总不免自己有些主见的。例如，说到"为什么"做小说罢，我仍抱着十多年前的"启蒙主义"，以为必须是"为人生"，而且要改良这人生。我深恶先前的称小说为"闲书"，而且将"为艺术的艺术"，看作不过是"消闲"的新式的别号。所以我的取材，多采自病态社会的不幸的人们中，意思是在揭出病苦，引起疗救的注意。所以我力避行文的唠叨，只要觉得够将意思传给别人了，就宁可什么陪衬拖带也没有。中国旧戏上，没有背景，新年卖给孩子看的花纸上，只有主要的几个人（但现在的花纸却多有背景了），我深信对于我的目的，这方法是适宜的，所以我不去描写风月，对话也决不说到一大篇。

我做完之后，总要看两遍，自己觉得拗口的，就增删几个字，一定要它读得顺口；没有相宜的白话，宁可引古语，希望总有人会懂，只有自己懂得或连自己也不懂的生造出来的字句，是不大用的。这一节，许多批评家之中，只有一个人看出来了，但他称我为 Stylist。

所写的事迹，大抵有一点见过或听到过的缘由，但决不全用这事实，只是采取一端，加以改造，或生发开去，到足以几乎完全发表我的意思为止。人物的模特儿也一样，没有专用过一个人，往往嘴在浙江，脸在北京，衣服在山西，是一个拼凑起来的脚色。有人说，我的那一篇是骂谁，某一篇又是骂谁，那是完全胡说的。

不过这样的写法，有一种困难，就是令人难以放下笔。一气写下去，这人物就逐渐活动起来，尽了他的任务。但倘有什么分心的事情来一打岔，放下许久之后再来写，性格也许就变了样，情景也会和先前所豫想的不同起来。例如我做的《不周山》，原意是在描写性的发动和创造，以至衰亡的，而中途去看报章，见了一位道学的批评家攻击情诗的文章，心里很不以为然，于是小说里就有一个小人物跑到女娲的两腿之间来，不但不必有，且将结构的宏大毁坏了。但这些处所，除了自己，大概没有人会觉到的，我们的批评大家成仿吾先生，还说这一篇做得最出色。

我想，如果专用一个人做骨干，就可以没有这弊病的，但自己没有试验过。

忘记是谁说的了，总之是，要极省俭的画出一个人的特点，最好是画他的眼睛。我以为这话是极对的，倘若画了全副的头发，即使细得逼真，也毫无意思。我常在学学这一种方法，可惜学不好。

可省的处所，我决不硬添，做不出的时候，我也决不硬做，但这是因为我那时别有收入，不靠卖文为活的缘故，不能作为通例的。

还有一层，是我每当写作，一律抹杀各种的批评。因为那时中国的创作界固然幼稚，批评界更幼稚，不是举之上天，就是按之入地，倘将这些放在眼里，就要自命不凡，或觉得非自杀不足以谢天下的。批评必须坏处说坏，好处说好，才于作者有益。

但我常看外国的批评文章，因为他于我没有恩怨嫉恨，虽然所评的是别人的作品，却很有可以借镜之处。但自然，我也同时一定留心这批评家的派别。

以上，是十年前的事了，此后并无所作，也没有长进，编辑先生要我做一点这类的文章，怎么能呢。拉杂写来，不过如此而已。

经　验

古人所传授下来的经验，有些实在是极可宝贵的，因为它曾经费去许多牺牲，而留给后人很大的益处。

偶然翻翻《本草纲目》，不禁想起了这一点。这一部书，是很普通的书，但里面却含有丰富的宝藏。自然，捕风捉影的记载，也是在所不免的，然而大部分的药品的功用，却由历久的经验，这才能够知道到这程度，而尤其惊人的是关于毒药的叙述。我们一向喜欢恭维古圣人，以为药物是由一个神农皇帝独自尝出来的，他曾经一天遇到过七十二毒，但都有解法，没有毒死。这种传说，现在不能主宰人心了。人们大抵已经知道一切文物，都是历来的无名氏所逐渐的造成。建筑，烹饪，渔猎，耕种，无不如此；医药也如此。这么一想，这事情可就大起来了：大约古人一有病，最初只好这样尝一点，那样尝一点，吃了毒的就死，吃了不相干的就无效，有的竟吃到了对症的就好起来，于是知道这是对于某一种病痛的药。这样地累积下去，乃有草创的纪录，后来渐成为庞大的书，如《本草纲目》就是。而且这书中的所记，又不独是中国的，还有阿剌伯人的经验，有印度人的经验，则先前所用的牺牲之大，更可想而知了。

然而也有经过许多人经验之后，倒给了后人坏影响的，如俗语说"各人自扫门前雪，莫管他家瓦上霜"的便是其一。救急扶伤，一不小心，向来就很容易被人所诬陷，而还有一种坏经验的结果的歌诀，是"衙门八字开，有理无钱莫进来"，于是人们就只要事不干己，还是远远的站开干净。我想，人们在社会里，当初并不这样彼此漠不相关的，但因豺狼当道，事实上因此出过许多牺牲，后来就自然的都走到这条道路上去了。所以，在中国，尤其是在都市里，倘使路上有暴病倒地，或翻车摔伤的人，路人围观或甚至于高兴的人尽有，肯伸手来扶助一下的人却是极少的。这便是牺牲所换来的坏处。

总之，经验的所得的结果无论好坏，都要很大的牺牲，虽是小事情，也免不掉要付惊人的代价。例如近来有些看报的人，对于什么宣言，通电，讲演，谈话之类，无论它怎样骈四俪六，崇论宏议，也不去注意了，甚而还至于不但不注意，看了倒不过做做嘻笑的资料。这那里有"始制文字，乃眼衣裳"一样重要呢，然而这一点点结果，却是牺牲了一大片地面，和许多人的生命财产换来的。生命，那当然是别人的生命，倘是自己，就得不着这经验了。所以一切经验，是只有活人才能有的，我的决不上别人讥刺我怕死，就去自杀或拼命的当，而必须写出这一点来，就为此。而且这也是小小的经验的结果。

二丑艺术

浙东的有一处的戏班中，有一种脚色叫作"二花脸"，译得雅一点，那么，"二丑"就是。他和小丑的不同，是不扮横行无忌的花花公子，也不扮一味仗势的宰相家丁，他所扮演的是保护公子的拳师，或是趋奉公子的清客。总之：身分比小丑高，而性格却比小丑坏。

义仆是老生扮的，先以谏诤，终以殉主；恶仆是小丑扮的，只会作恶，到底灭亡。而二丑的本领却不同，他有点上等人模样，也懂些琴棋书画，也来得行令猜谜，但倚靠的是权门，凌蔑的是百姓，有谁被压迫了，他就来冷笑几声，畅快一下，有谁被陷害了，他又去吓唬一下，呜喝几声。不过他的态度又并不常常如此的，大抵一面又回过脸来，向台下的看客指出他公子的缺点，摇着头装起鬼脸道：你看这家伙，这回可要倒楣哩！

这最末的一手，是二丑的特色。因为他没有义仆的愚笨，也没有恶仆的简单，他是智识阶级。他明知道自己所靠的是冰山，一定不能长久，他将来还要到别家帮闲，所以当受着豢养，分着余炎的时候，也得装着和这贵公子并非一伙。

二丑们编出来的戏本上，当然没有这一种脚色的，他那里肯；小丑，即花花公子们编出来的戏本，也不会有，因为他们只看见一面，想不到的。这二花脸，乃是小百姓看透了这一种人，提出精华来，制定了的脚色。

世间只要有权门，一定有恶势力，有恶势力，就一定有二花脸，而且有二花脸艺术。我们只要取一种刊物，看他一个星期，就会发见他忽而怨恨春天，忽而颂扬战争，忽而译萧伯纳演说，忽而讲婚姻问题；但其间一定有时要慷慨激昂的表示对于国事的不满：这就是用出末一手来了。

这最末的一手，一面也在遮掩他并不是帮闲，然而小百姓是明白的，早已使他的类型在戏台上出现了。

说"面子"

"面子"，是我们在谈话里常常听到的，因为好像一听就懂，所以细想的人大约不很多。

但近来从外国人的嘴里，有时也听到这两个音，他们似乎在研究。他们以为这一件事情，很不容易懂，然而是中国精神的纲领，只要抓住这个，就像二十四年前的拔住了辫子一样，全身都跟着走动了。相传前清时候，洋人到总理衙门去要求利益，一通威吓，吓得大官们满口答应，但临走时，却被从边门送出去。不给他走正门，就是他没有面子；他既然没有了面子，自然就是中国有了面子，也就是占了上风了。这是不是事实，我断不定，但这故事，"中外人士"中是颇有些人知道的。

因此，我颇疑心他们想专将"面子"给我们。

但"面子"究竟是怎么一回事呢？不想还好，一想可就觉得胡涂。它像是很有好几种的，每一种身份，就有一种"面子"，也就是所谓"脸"。这"脸"有一条界线，如果落到这线的下面去了，即失了面子，也叫作"丢脸"。不怕"丢脸"，便是"不要脸"。但倘使做了超出这线以上的事，就"有面子"，或曰"露脸"。而"丢脸"之道，则因人而不同，例如车夫坐在路边赤膊捉虱子，并不算什么，富家姑爷坐在路边赤膊捉虱子，才成为"丢脸"。但车夫也并非没有"脸"，不过这时不算"丢"，要给老婆踢了一脚，就躺倒哭起来，这才成为他的"丢脸"。这一条"丢脸"律，是也适用于上等人的。这样看来，"丢脸"的机会，似乎上等人比较的多，但也不一定，例如车夫偷一个钱袋，被人发见，是失了面子的，而上等人大捞一批金珠珍玩，却仿佛也不见得怎样"丢脸"，况且还有"出洋考察"，是改头换面的良方。

谁都要"面子"，当然也可以说是好事情，但"面子"这东西，却实在有些怪。九月三十日的《申报》就告诉我们一条新闻：沪西有业木匠大包作头之罗立鸿，为其母出殡，邀开"贳器店之王树宝夫妇帮忙，因来宾众多，所备白衣，不敷分配，其时适有名王道才，绰号三喜子，亦到来送殡，争穿白衣不遂，以为有失体面，心中怀恨，……邀集徒党数十人，各执铁棍，据说尚有持手枪者多人，将王树宝家人乱打，一时双方有剧烈之战争，头破血流，多人受有重伤。……"白衣是亲族有服者所穿的，现在必须"争穿"而又"不遂"，足见并非亲族，但竟以为"有失体面"，演成这样的大战了。这时候，好像只要和普通有些不同便是"有面子"，而自己成了什么，却可以完全不管。这类脾气，是"绅商"也不免发露的：袁世凯将要称帝的时候，有人以列名于劝进表中为"有面子"；有一国从青岛撤兵的时候，有人以列名于万民伞上为"有面子"。

所以，要"面子"也可以说并不一定是好事情——但我并非说，人应该"不要脸"。现在说话难，如果主张"非孝"，就有人会说你在煽动打父母，主张男女平等，就有人会说你在提倡乱交——这声明是万不可少的。

况且，"要面子"和"不要脸"实在也可以有很难分辨的时候。不是有一个笑话么？一个绅士有钱有势，我假定他叫四大人罢，人们都以能够和他扳谈为荣。有一个专爱夸耀的小瘪三，一天高兴的告诉别人道："四大人和我讲过话了！"人问他"说什么呢？"答道："我站在他门口，四大人出来了，对我说：滚开去！"当然，这是笑话，是形容这人的"不要脸"，但在他本人，是以为"有面子"的，如此的人一多，也就真成为"有面子"了。别的许多人，不是四大人连"滚开去"也不对他说么？

在上海，"吃外国火腿"虽然还不是"有面子"，却也不算怎"丢脸"了，然而比起被一个本国的下等人所踢来，又仿佛近于"有面子"。

中国人要"面子"，是好的，可惜的是这"面子"是"圆机活法"，善于变化，于是就和"不要脸"混起来了。长谷川如是闲说"盗泉"云："古之君子，恶其名而不饮，今之君子，改其名而饮之。"也说穿了"今之君子"的"面子"的秘密。

郁达夫

北平的四季

对于一个已经化为异物的故人，追怀起来，总要先想到他或她的好处；随后再慢慢的想想，则觉得当时所感到的一切坏处，也会变作很可寻味的一些纪念，在回忆里开花。关于一个曾经住过的旧地，觉得此生再也不会第二次去长住了，身处入了远离的一角，向这方向的云天遥望一下，回想起来的，自然也同样地只是它的好处。

中国的大都会，我前半生住过的地方，原也不在少数；可是当一个人静下来回想起从前，上海的闹热，南京的辽阔，广州的乌烟瘴气，汉口武昌的杂乱无章，甚至于青岛的清幽，福州的秀丽，以及杭州的沉着，总归都还比不上北京——我住在那里的时候，当然还是北京——的典丽堂皇，幽闲清妙。

先说人的分子罢，在当时的北京——民国十一二年前后——上自军财阀政客名优起，中经学者名人，文士美女教育家，下而至于负贩拉车铺小摊的人，都可以谈谈，都有一艺之长，而无憎人之貌；就是由荐头店荐来的老妈子，除上炕者是当然以外，也总是衣冠楚楚，看起来不觉得会令人讨嫌。

其次说到北京物质的供给哩，又是山珍海味，洋广杂货，以及萝卜白菜等本地产品，无一不备，无一不好的地方。所以在北京住上两三年的人，每一遇到要走的时候，总只感到北京的空气太沉闷，灰沙太暗淡，生活太无变化；一鞭走出，出前门便觉胸舒，过芦沟方知天晓，仿佛一出都门，就上了新生活开始的坦道似的；但是一年半载，在北京以外的各地——除了在自己幼年的故乡以外——去一住，谁也会得重想起北京，再希望回去，隐隐地对北京害起剧烈的怀乡病来。这一种经验，原是住过北京的人，个个都有，而在我自己，却感觉得格外的浓，格外的切。最大的原因或许是为了我那长子之骨，现在也还埋在郊外广谊园的坟山，而几位极要好的知己，又是在那里同时毙命的受难者的一群。

北平的人事品物，原是无一不可爱的，就是大家觉得最要不得的北平的天候，和地理联合上一起，在我也觉得是中国各大都会中所寻不出几处来的好地。为叙述的便利起见，想分成四季来约略地说说。

北平自入旧历的十月之后，就是灰沙满地，寒风刺骨的节季了，所以北平的冬天，是一般人所最怕过的日子。但是要想认识一个地方的特异之处，我以为顶好是当这特异处表现得最圆满的时候去领略；故而夏天去热带，寒天去北极，是我一向所持的哲理。北平的冬天，冷虽则比南方要冷得多，但是北方生活的伟大幽闲，也只有在冬季，使人感受得最澈底。

先说房屋的防寒装置吧，北方的住屋，并不同南方的摩登都市一样，用的是钢骨水泥，冷热气管；一般的北方人家，总只是矮矮的一所四合房，四面是很厚的泥墙；

上面花厅内都有一张暖炕，一所回廊；廊子上是一带明窗，窗眼里糊着薄纸，薄纸内又装上风门，另外就没有什么了。在这样简陋的房屋之内，你只教把炉子一生，电灯一点，棉门帘一挂上，在屋里住着，却一辈子总是暖炖炖象是春三四月里的样子。尤其会得使你感觉到屋内的温软堪恋的，是屋外窗外面乌乌在叫啸的西北风。天色老是灰沉沉的，路上面也老是灰的围障，而从风尘灰土中下车，一踏进屋里，就觉得一团春气，包围在你的左右四周，使你马上就忘记了屋外的一切寒冬的苦楚。若是喜欢吃吃酒，烧烧羊肉锅的人，那冬天的北方生活，就更加不能够割舍；酒已经是御寒的妙药了，再加上以大蒜与羊肉酱油合煮的香味，简直可以使一室之内，涨满了白濛濛的水蒸温气。玻璃窗内，前半夜，会流下一条条的清汗，后半夜就变成了花色奇异的冰纹。

到了下雪的时候哩，景象当然又要一变。早晨从厚棉被里张开眼来，一室的清光，会使你的眼睛眩晕。在阳光照耀之下，雪也一粒一粒的放起光来了，蛰伏得很久的小鸟，在这时候会飞出来觅食振翎，谈天说地，吱吱的叫个不休。数日来的灰暗天空，愁云一扫，忽然变得澄清见底，翳障全无；于是年轻的北方住民，就可以营屋外的生活了，溜冰，做雪人，赶冰车雪车，就在这一种日子里最有劲儿。

我曾于这一种大雪时晴的傍晚，和几位朋友，跨上跛驴，出西直门上骆驼庄去过过一夜。北平郊外的一片大雪地，无数枯树林，以及西山隐隐现现的不少白峰头，和时时吹来的几阵雪样的西北风，所给与人的印象，实在是深刻，伟大，神秘到了不可以言语来形容。直到了十余年后的现在，我一想起当时的情景，还会得打一个寒颤而吐一口清气，如同在钓鱼台溪旁立着的一瞬间一样。

北平的冬宵，更是一个特别适合于看书，写信，追思过去，与作闲谈说废话的绝妙时间。记得当时我们兄弟三人，都住在北京，每到了冬天的晚上，总不远千里地走拢来聚在一道，会谈少年时候在故乡所遇所见的事事物物。小孩们上床去了，佣人们也都去睡觉了，我们弟兄三个，还会得再加一次煤再加一次煤地长谈下去。有几宵因为屋外面风紧天寒之故，到了后半夜的一二点钟的时候，便不约而同地会说出索性坐坐到天亮的话来。象这一种可宝贵的记忆，象这一种最深沉的情调，本来也就是一生中不能够多享受几次的昙花佳境，可是若不是在北平的冬天的夜里，那趣味也一定不会得象如此的悠长。

总而言之，北平的冬季，是想赏识赏识北方异味者之唯一的机会；这一季里的好处，这一季里的琐事杂忆，若要详细地写起来，总也有一部《帝京景物略》那么大的书好做；我只记下了一点点自身的经历，就觉得过长了，下面只能再来略写一点春和夏以及秋季的感怀梦境，聊作我的对这日就沦亡的故国的哀歌。

春与秋，本来是在什么地方都属可爱的时节，但在北平，却与别的地方也有点儿两样。北国的春，来得较迟，所以时间也比较得短。西北风停后，积雪渐渐地消了，赶牲口的车夫身上，看不见那件光板老羊皮的大袄的时候，你就得预备着游春的服饰与金钱；因为春来也无信，春去也无踪，眼睛一眨，在北平市内，春光就会得同飞马似的溜过。屋内的炉子，刚拆去不久，说不定你就马上得去叫盖凉棚的才行。

而北方春天的最值得记忆的痕迹，是城厢内外的那一层新绿，同洪水似的新绿。北京城，本来就是一个只见树木不见屋顶的绿色的都会，一踏出九城的门户，四面的黄土坡上，更是杂树丛生的森林地了；在日光里颤抖着的嫩绿的波浪，油光光，亮晶晶，若是神经系统不十分健全的人，骤然间身入到这一个淡绿色的海洋涛浪里去一看，包管你要张不开眼，立不住脚，而昏瞂过去。

北京市内外的新绿，琼岛春阴，西山抱翠诸景里的新绿，真是一幅何等奇伟的外光派的妙画！但是这画的框子，或者简直说这画的画布，现在却已经完全掌握在一只满长着黑毛的巨魔的手里了！北望中原，究竟要到哪一日才能够重见得到天日呢？

从地势纬度上讲来，北方的夏天，当然要比南方的夏天来得凉爽。在北平城里过夏，实在是并没有上北戴河或西山去避暑的必要。一天到晚，最热的时候，只有中午到午后三四点钟的几个钟头，晚上太阳一下山，总没有一处不是凉阴阴要穿单衫才能过去的；半夜以后，更是非盖薄棉被不可了。而北平的天然冰的便宜耐久，又是夏天住过北平的人所忘不了的一件恩惠。

我在北平，曾经过三个夏天；象什刹海，菱角沟，二闸等暑天游耍的地方，当然是都到过的；但是在三伏的当中，不问是白天或是晚上，你只教有一张藤榻，搬到院子里的葡萄架下或藤花阴处去躺着，吃吃冰茶雪藕，听听盲人的鼓词与树上的蝉鸣，也可以一点儿也感不到炎热与薰蒸。而夏天最热的时候，在北平顶多总不过九十四五度，这一种大热的天气，全夏顶多顶多又不过十日的样子。

在北平，春夏秋的三季，是连成一片；一年之中，仿佛只有一段寒冷的时期，和一段比较得温暖的时期相对立。由春到夏，是短短的一瞬间，自夏到秋，也只觉得是过了一次午睡，就有点儿凉冷起来了。因此，北方的秋季也特别的觉得长，而秋天的回味，也更觉得比别处来得浓厚。前两年，因去北戴河回来，我曾在北平过过一个秋，在那时候，已经写过一篇《故都的秋》，对这北平的秋季颂赞过了一遍了，所以在这里不想再来重复；可是北平近郊的秋色，实在也正象是一册百读不厌的奇书，使你愈翻愈会感到兴趣。

秋高气爽，风日晴和的早晨，你且骑着一匹驴子，上西山八大处或玉泉山碧云寺去走走看；山上的红柿，远处的烟树人家，郊野里的芦苇黍稷，以及在驴背上驮着生果进城来卖的农户佃家，包管你看一个月也不会看厌。春秋两季，本来是到处好的，但是北方的秋空，看起来似乎更高一点，北方的空气，吸起来似乎更干燥健全一点。而那一种草木摇落，金风肃杀之感，在北方似乎也更觉得要严肃，凄凉，沉静得多。你若不信，你且去西山脚下，农民的家里或古寺的殿前，自阴历八月至十月下旬，去住它三个月看。古人的"悲哉秋之为气"以及"胡笳互动，牧马悲鸣"的那一种哀感，在南方是不大感觉得到的，但在北平，尤其是在郊外，你真会得感至极而涕零，思千里兮命驾。所以我说，北平的秋，才是真正的秋；南方的秋天，不过是英国话里所说的 Indian Summer 或叫作小春天气而已。

统观北平的四季，每季每节，都有它的特别的好处；冬天是室内饮食奄息的时期，秋天是郊外走马调鹰的日子，春天好看新绿，夏天饱受清凉。至于各节各季，正当移换中的一段时间哩，又是别一种情趣，是一种两不相连，而又两都相合的中间风味，如雍和宫的打鬼，净业庵的放灯，丰台的看芍药，万牲园的寻梅花之类。

五六百年来文化所聚萃的北平，一年四季无一月不好的北平，我在遥忆，我也在深祝，祝她的平安进展，永久地为我们黄帝子孙所保有的旧都城。

闽游滴沥之五

福州城的雅号，叫做榕城，原因是为了在城内外的数千年老榕树之多得无以复加；福州的别号，又叫作三山，就因为在福州城里有许多许多大大小小的山。

凡到过福州，或翻开福州游记及指南之类的书来看过一道的人，都背诵得出山歌似的一句形容福州城内诸山的熟语，叫作"三山藏，三山现，三山看不见。"所谓三山藏者，有的说系指法海寺所在地的罗山，屏山东南麓的冶山，与在闽山巷光禄坊附近的闽山而言；有的更变换名称，说是罗山、泉山（即冶山）、玉尺山（即闽山）的三山。总之，这不大惹人注意的三山，是在三山现的三山之外的高地，或共脉而异名，或沿山而起屋，使一般身履其顶的人，不觉得是登在山上。此外则福州城内，尤其是在北城，还有许多以岭取名的地方，若说起藏而不露的山来，我想这些岭地，当然也可以包括在内。所谓三山看不见者，听说是指在钟山洞里的钟山，芝洞里的芝山，以及龙山巷一家私人国内的龙山（或谓系指东城的灵山）而言；这些大约本不是山，不过那些好奇爱僻的先生们，手捧着水烟袋，眼看着梅雨天，闲空不过，才想出来难难人的说法。至于三山现的三山哩，却位置天然，风景互异，真是值得一说的福州佳丽。凡曾经身到过福建省会的人，钩辀的鸟语，海陆的奇珍，都会年久而或忘，唯有这三山的形势，却到死也不会忘记。福州的别号三山，实在也真是最简括不过的命名。

福州城全体的形状，象一只龙虾的赴壑；两只大箝，是东面的于山，西面的乌山，上跷的尾巴，恰正是上面有一座镇海楼在的屏山（即越王山）；一道虾须，直拖出去，是到南台为止的那一条大道；虾须尽处，就是闽江的江面，众水汇聚而入海的地方了。

福州城的创建，当然要远溯到越王勾践的七世孙无疆，及秦二世时，无诸开国，都冶为城，就在现在的布政里，屏山东南麓名冶山的一块小地方。晋太康三年，始置郡；后太守严高，听了郭璞之言，方经始于越王山之南，又向南开辟了一下。于是就有了左鼓右旗，玉带横腰的赞语。唐宋而后，渐次扩充；到了明朝，因元之旧，更建橹楼敌台，复以重屋，门列七城，于是便"隐然金汤之固，三峰峙于域中，二绝标于户外；甘果方几，莲花现瑞，襟江带湖，东南并海，二湖吞吐，百河灌溉"，居然成了现在那么的一大都会。宋谢泌的"湖田播种重收谷，山路逢人半是僧，城里三山千簇寺，夜间七塔万枝灯"及陈轩的"城里三山古越都，楼台相望跨蓬壶，有时细雨微烟罩，便是天然水墨图"两诗，就是到了现代，也还用得着。诗里头每有人题起，而会城别号之所从出的三山，就是屏山、乌山，与于山了。

屏山在现在省城的正北，下面拖落来就是冶山，实际上，却从何处起是屏山，到何处止是冶山的界限也分不明白。旧日的城墙，一半就绕在这山的北部；而山的绝顶，雄镇着一座巍巍乎大不可当的镇海楼。楼的原建筑，虽则已经摧毁，但旧址上的那座碉堡，也足以令人想起当年的豪举。每于夕阳欲下时，车过山脚，举头一望碉堡上金黄的残照，总莫名其妙的要起一种感慨，真也不知究竟是什么缘故。

屏山东南下的一区山地，南为冶山，再南为将军山，是古代闽中行署府第的中枢。无诸建国，都即在此；晋守严高的刺史衙署，也就在这里。唐为都督府衙，又为观察使衙，又为威武军衙。闽王审知建牙开府，造文德殿、长春宫、紫薇宫、东华宫、跃龙宫、明威殿的地方，原全在这些低山浅阜的中间。其后王氏父子兄弟的荒淫流血。钱氏纳土归宋后之创置清和堂、垂拱殿，元之行中书省，明的布政使司，也都在这些地方，所以屏山古时又有越王山之称。再南下去，是山坡的尾闾了，现在的那座鼓楼所在的地方，就是唐观察使元锡建置之威武军门；宋元以后，屡毁屡建；明宣德年间，御史方端命僧了心募修之后，更名全闽第一楼。所谓造三狮以制五虎，或只开左门出入等传说，当自这时候起的无疑。

总之，屏山雄镇北城，大有南面垂拱的气象，所以历代衙署，咸集于此。现在则王都旧府，却只剩了衰草斜阳，陆军被服厂、科学馆、惠儿院、乾元寺，以及许多摧毁的空房，分占据了这一圈地面。上去在西北的半山中，建有许多新式的平楼房屋，系省府县政人员训练之处。再上去，革命纪念碑先烈墓等，纵横的立着，桃花千树，更散点在断碑残碣的中间；当碉堡下半里的地方，且有石砌的七星缸一簇，埋在青草碎石里，想系北斗七星之遗意，或者是用以来镇压火患的也说不定。

屏山亦即越王山的妙处，是在它的能西眺闽江上游，如洪塘桥以上的风景；登碉楼而北望，莲花峰以下的乱山起伏，又象是万马千军，南驰赴海的样子。若在阴雨初霁，残阳欲落的时候，去登高一望，包管你立不上十五分钟，就会得怆然而泪下，因为前不见古人，后不见来者，天地悠悠之念，唯在这北门管钥的越王台上，感觉得最切。登其他二山之巅，则所见者，唯民房塔影，与日夜的江流船只而已，和煦繁华，仿佛是坐在春风怀里，一种温柔软感，与在屏山上所感得的哀思愁绪，截然的不同。

省城东南角的于山，别名九仙山，因传说中有何氏兄弟九人修炼于此（兄弟各养一鲤，后各成龙飞去，解化于九鲤湖中）之故。据说，高有一百五十步，周回三百一十步。《闽中记》上又说，越王无诸，九日宴集兹山，有大石樽尚存。所以又名九日山。山的最高峰，名鳌顶峰，在火神庙荧星祠南，是宋状元陈诚之读书处；后来在山的南麓开了一所书院，取名鳌峰，想来总就在影射着这件事情。山前山后，寺院道观，不计其数，而规模最大，香火也最旺盛的，当首推东面斜坡上的那一座九仙观。旧志上所说的磊老岩、跃马岩、喜雨台、仙人床、金锁国、杏坛、棋盘石、醉乡石、九日台、石门、龙舌泉，以及揽鳌亭、倚鳌轩等等古迹，都在九仙观之西南北的三面，因为山本不高不大，所以许多奇名怪石的名胜，大抵总在五十步百步之间。而正德间太监尚春，于宋丞相陈自强宅假山取来的三石，现在还直立在平远台的门外，旁边两石上所刻"景元春"三字，仍旧是鲜明得同前日刻出的一样。

于山山上，最值得登临怀念的，是山西面的一座戚公祠，祠里头的一所平远台。明参将戚继光，大败倭寇回来，曾宴士卒于此。至今戚公祠内，供奉着的一张彬彬儒雅的戚将军像，还是为福州全郡人士所崇拜景仰的唯一岘山碑。祠中的醉石一方，因为戚公醉后，曾经在此坐卧休息过的，游人过境，个个都脱帽致敬，浩叹着现代良将的不多。关于戚参将的轶闻故事，以及民间遗爱的证明，如思儿亭、惨恻桥、光饼、征东饼之类，流传在福州界限的很多很多，将来想做一篇详细一点的《戚将军传》来纪念这位民族大英雄，所以在这里只能简单的一提了事。

于山的好处，是在它的接近城市，遥挹闽江，而鼓山岚翠，又近逼在目前。你若于饭后省下三十分钟工夫，从东面九曲亭边慢慢地走上山去，在大榕树下立它片时半刻，看看城市的繁华，看看山川的苍翠，一定会感到积食俱消，双眸清醒；而正因为俯拾即是市场之故，所以又不至于有厌离人世，想一个人去羽化而登仙。我故而常对人说，快活的时候，可以去上上于山，拜拜戚将军的遗像，因为在于山上所感到的气氛，是积极的，入世的，并没有那一种遗世独立的佛徒们的悲观色彩。

城内和于山东西对峙的，是西南角上的一簇乌石。因为乌石山来得高大一点，所以照堪舆家说来，右强左弱，往往有关气运。唐咸通中侯官令薛逢，与神光僧灵观游此，创亭山侧，刻"薛老峰"三字于石上；五代开运元年，雷雨大作，"薛老峰"三字倒立，是年闽亡，就是一个应验。但是将这些风水地理之说丢开，照我们常人的意思来说，觉得乌石山的所以得胜过于山的地方，就在它的高大灵奇，可以扩充视野。这山在唐天宝时，曾奉敕改称过闽山；宋熙宁初，光禄卿程师孟知福州，谓此山登览之胜，敌得过道家的蓬莱方丈，所以又称作了道山。山顶最高处，是凌霄台的遗址，东下是香炉峰、金刚迹、浴鸦池、初阳顶、华严岩、般若台等名胜了；而旧时祀唐处上周朴的刚显庙，祀明督学宗子相的宗公祠等，现在却没有了踪影。

乌石山之秀，是在山头的那些怪石。如香炉峰的奇岩千丈，对辟两开，千年不动，永镇山巅，从远处了望过去，因日光云影的迁移，往往会幻变作种种的形象。到了身涉其巅，爬上这些大石块去向四边一望，又象是脚不着土，飘飘然如腾云驾雾，身子在飞翔的样子。象这样秀丽的一支大石山，从前自然有不少的寺院，现在也自然要都被人家侵占去建别墅了。山的南面，有省立的师范学校一所，盘据的地位最大最好；稍东是沈文肃公祠堂，再东是私人的别业之类；南面上山的大道顶边，却直到现在也还有几个坍败得不堪的庙宇存着，在那里点缀名山，标示没落。关于乌石山周围的古迹名区，寺观金石，以及名宦僧道的寄迹题诗，本有一部《乌石山志》在那里，我可以不必再来抄录。我只想说一说我每次登乌石山的时候，所感到的，总是一种清空之气。这一种感觉的由来，大约是因眺望西门南门外的平野，与洪塘乡的水势而得。记得元蓝智游乌石道山亭时曾写过一首诗，特为抄在这里，以表示我的同感：

> 江国凉风白燕初，道山秋色野亭虚，
> 天连野水蓬莱近，霜落汀洲橘柚疏。
> 北望每怀王粲赋，南游空上贾生书，
> 四郊但愿休戎马，独客何妨老钓鱼。

福州名胜，于三山之外，还有双塔二桥诸大寺等等，这一回是记不完了，所以只能暂时搁下了再说。

朱自清

朱自清(1898—1948),号佩弦,浙江绍兴人,中国现代著名作家。主要作品有诗集《雪朝》,诗文集《踪迹》,散文集《背影》《欧游杂记》《你我》等。代表作《背影》《荷塘月色》《给亡妇》等。

朱自清自小深受中国传统文化影响。"五四"时期以诗人身份步入文坛,出版诗集《睡吧,小小的人》。1922 年后转向散文写作,他的作品多以伦理题材为主,在细腻描摹亲情中赋予作品浓郁的抒情性和感染性。后期主要精力转向学术研究。

朱自清的创作以散文成就最高。其散文结构缜密,意境绵远,富有温柔敦厚的气息,在中国现代散文创作中独树一帜。

背　影

我与父亲不相见已二年余了,我最不能忘记的是他的背影。那年冬天,祖母死了,父亲的差使也交卸了,正是祸不单行的日子,我从北京到徐州,打算跟着父亲奔丧回家。到徐州见着父亲,看见满院狼藉的东西,又想起祖母,不禁簌簌地流下眼泪。父亲说:"事已如此,不必难过,好在天无绝人之路!"

回家变卖典质,父亲还了亏空;又借钱办了丧事。这些日子,家中光景很是惨淡,一半为了丧事,一半为了父亲赋闲。丧事完毕,父亲要到南京谋事,我也要回到北京念书,我们便同行。

到南京时,有朋友约去游逛,勾留了一日;第二日上午便须渡江到浦口,下午上车北去。父亲因为事忙,本已说定不送我,叫旅馆里一个熟识的茶房陪我同去。他再三嘱咐茶房,甚是仔细。但他终于不放心,怕茶房不妥帖;颇踌躇了一会。其实我那年已二十岁,北京已来往过两三次,是没有什么要紧的了。他踌躇了一会,终于决定还是自己送我去。我两三回劝他不必去;他只说,"不要紧,他们去不好!"

我们过了江,进了车站。我买票,他忙着照看行李。行李太多了,得向脚夫行些小费,才可过去。他便又忙着和他们讲价钱。我那时真是聪明过分,总觉他说话不大漂亮,非自己插嘴不可。但他终于讲定了价钱;就送我上车。他给我拣定了靠车门的一张椅子;我将他给我做的紫毛大衣铺好座位。他嘱我路上小心,夜里要警醒些,不要受凉。又嘱托茶房好好照应我。我心里暗笑他的迂;他们只认得钱,托他们真是白托!而且我这样大年纪的人,难道还不能料理自己么?唉,我现在想想,那时真是太聪明了!

我说道,"爸爸,你走吧。"他望车外看了看,说,"我买几个橘子去。你就在此地,不要走动。"我看那边月台的栅栏外有几个卖东西的等着顾客。走到那边月台,须穿过铁道,须跳下去又爬上去。父亲是一个胖子,走过去自然要费事些。我本来要去的,他不肯,只好让他去。我看见他戴着黑布小帽,穿着黑布大马褂,深青布棉袍,蹒跚地走到铁道边，慢慢探身下去，尚不大难。可是他穿过铁道，要爬上那边月台，就不容易了。他用两手攀着上面，两脚再向上缩；他肥胖的身子向左微倾，显出努力的样子。这时我看见他的背影，我的泪很快地流下来了。我赶紧拭干了泪，怕他看见，也怕别人看见。我再向外看时，他已抱了朱红的橘子往回走了。过铁道时，他先将橘子散放在地上，自己慢慢爬下，再抱起橘子走。到这边时，我赶紧去搀他。他和我走到车上，将橘子一股脑儿放在我的皮大衣上。于是扑扑衣上的泥土，心里很轻松似的，过一会说，"我走了，到那边来信！"我望着他走出去。他走了几步，回过头看见我，说："进去吧，里边没人。"等他的背影混入来来往往的人里，再找不着了，我便进来坐下，我的眼泪又来了。

近几年来，父亲和我都是东奔西走，家中光景是一日不如一日。他少年出外谋生，独立支持，做了许多大事。那知老境却如此颓唐！他触目伤怀，自然情不能自已。情郁于中，自然要发之于外；家庭琐屑便往往触他之怒。他待我渐渐不同往日。但最近两年的不见，他终于忘却我的不好，只是惦记着我，惦记着我的儿子。我北来后，他写了一信给我，信中说道，"我身体平安，惟膀子疼痛厉害，举箸提笔，诸多不便，大约大去之期不远矣。"我读到此处，在晶莹的泪光中，又看见那肥胖的，青布棉袍，黑布马褂的背影。唉！我不知何时再能与他相见！

给亡妇

谦，日子真快，一眨眼你已经死了三个年头了。这三年里世事不知变化了多少回，但你未必注意这些个，我知道。你第一惦记的是你几个孩子，第二便轮着我。孩子和我平分你的世界，你在日如此；你死后若还有知，想来还如此的。告诉你，我夏天回家来着：迈儿长得结实极了，比我高一个头。闰儿父亲说是最乖，可是没有先前胖了。采芷和转子都好。五儿全家夸她长得好看；却在腿上生了湿疮，整天坐在竹床上不能下来，看了怪可怜的。六儿，我怎么说好，你明白，你临终时也和母亲谈过，这孩子是只可以养着玩儿的，他左挨右挨去年春天，到底没有挨过去。这孩子生了几个月，你的肺病就重起来了。我劝你少亲近他，只监督着老妈子照管就行。你总是忍不住，一会儿提，一会儿抱的。可是你病中为他操的那一份儿心也够瞧的。那一个夏天他病的时候多，你成天儿忙着，汤呀，药呀，冷呀，暖呀，连觉也没有好好儿睡过。那里有一分一毫想着你自己。瞧着他硬朗点儿你就乐，干枯的笑容在黄蜡般的脸上，我只有暗中叹气而已。

从来想不到做母亲的要像你这样。从迈儿起，你总是自己喂乳，一连四个都这样。你起初不知道按钟点儿喂，后来知道了，却又弄不惯；孩子们每夜里几次将你哭醒了，特别是闷热的夏季。我瞧你的觉老没睡足。白天里还得做菜，照料孩子，很少得空儿。你的身子本来坏，四个孩子就累你七八年。到了第五个，你自己实在不成了，又没乳，只好自己喂奶粉，另雇老妈子专管她。但孩子跟老妈子睡，你就没有放过心；夜里一听见哭，就竖起耳朵听，工夫一大就得过去看。十六年初，和你到北京来，将迈儿，转子留在家里；三年多还不能去接他们，可真把你惦记苦了。你并不常提，我却明白。你后来说你的病就是惦记出来的；那个自然也有份儿，不过大半还是养育孩子累的。你的短短的十二年结婚生活，有十一年耗费在孩子们身上；而你一点不厌倦，有多少力量用多少，一直到自己毁灭为止。你对孩子一般儿爱，不问男的女的，大的小的。也不想到什么"养儿防老，积谷防饥"，只拼命的爱去。你对于教育老实说有些外行，孩子们只要吃得好玩得好就成了。这也难怪你，你自己便是这样长大的。况且孩子们原都还小，吃和玩本来也要紧的。你病重的时候最放不下的还是孩子。病的只剩皮包着骨头了，总不信自己不会好；老说："我死了，这一大群孩子可苦了。"后来说送你回家，你想着可以看见迈儿和转子，也愿意；你万不想到会一去不返的。我送车的时候，你忍不住哭了，说："还不知能不能再见？"可怜，你的心我知道，你满想着好好儿带着六个孩子回来见我的。谦，你那时一定这样想，一定的。

除了孩子，你心里只有我。不错，那时你父亲还在。可是你母亲死了，他另有个女人，你老早就觉得隔了一层似的。出嫁后第一年你虽还一心一意依恋着他老人家，到第二年上我和孩子可就将你的心占住，你再没有多少工夫惦记他了。你还记得第一年我在北京，你在家里。家里来信说你待不住，常回娘家去。我动气了，马上写信责备你。你教人写了一封覆信，说家里有事，不能不回去。这是你第一次也可以说第末次的抗议，我从此就没给你写信。暑假时带了一肚子主意回去，但见了面，看你一脸笑，也就拉倒了。打这时候起，你渐渐从你父亲的怀里跑到我这儿。你换了金镯子帮助我的学费，叫我以后还你；但直到你死，我没有还你。你在我家受了许多气，又因为我家的缘故受你家里的气，你都忍着。这全为的是我，我知道。那回我从家乡一个中学半途辞职出去。家里人讽你也走。哪里走！只得硬着头皮往你家去。那时你家像个冰窖子，你们在窖里足足住了三个月。好容易我才将你们领出来了，一同上外省去。小家庭这样组织起来了。你虽不是什么阔小姐，可也是自小娇生惯养的，做起主妇来，什么都得干一两手；你居然做下去了，而且高高兴兴地做下去了。菜照例满是你做，可是吃的都是我们；你至多夹上两三筷子就算了。你的菜做得不坏，有一位老在行大大地夸奖过你。你洗衣服也不错，夏天我的绸大褂大概总是你亲自动手。你在家老不乐意闲着；坐前几个"月子"，老是四五天就起床，说是躺着家里事没条没理的。其实你起来也还不是没条理；咱们家那么多孩子，哪儿来条理？在浙江住的时候，逃过两回兵难，我都在北平。真亏你领着母亲和一群孩子东藏西躲的；末一回还要走多少里路，翻一道大岭。这两回差不多只靠你一个人。你不但带了母亲和孩子们，还带了我一箱箱的书；你知道我是最爱书的。在短短的十二年里，你操的心比人家一辈子还多；谦，你那样身子怎么经得住！你将我的责任一股脑儿担负了去，压死了你；我如何对得起你！

你为我的捞什子书也费了不少神；第一回让你父亲的男用人从家乡捎到上海去。他说了几句闲话，你气得在你父亲面前哭了。第二回是带着逃难，别人都说你傻子。你有你的想头："没有书怎么教书？况且他又爱这个玩意儿。"其实你没有晓得，那些书丢了也并不可惜；不过教你怎么晓得，我平常从来没和你谈过这些个！总而言之，你的心是可感谢的。这十二年里你为我吃的苦真不少，可是没有过几天好日子。我们在一起住，算来也还不到五个年头。无论日子怎么坏，无论是离是合，你从来没对我发过脾气，连一句怨言也没有。——别说怨我，就是怨命也没有过。老实说，我的脾气可不大好，迁怒的事儿有的是。那些时候你往往抽噎着流眼泪，从不回嘴，也不号啕。不过我也只信得过你一个人，有些话我只和你一个人说，因为世界上只你一个人真关心我，真同情我。你不但为我吃苦，更为我分苦；我之有我现在的精神，大半是你给我培养着的。这些年来我很少生病。但我最不耐烦生病，生了病就呻吟不绝，闹那伺候病的人。你是领教过一回的，那回只一两点钟，可是也够麻烦了。你常生病，却总不开口，挣扎着起来；一来怕搅我，二来怕没人做你那份儿事。我有一个坏脾气，怕听人生病，也是真的。后来你天天发烧，自己还以为南方带来的疟疾，一直瞒着我。明明躺着，听见我的脚步，一骨碌就坐起来。我渐渐有些奇怪，让大夫一瞧，这可糟了，你的一个肺已烂了一个大窟窿了！大夫劝你到西山去静养，你丢不下孩子，又舍不得钱；劝你在家里躺着，你也丢不下那份儿家务。越看越不行了，这才送你回去。明知凶多吉少，想不到只一个月工夫你就完了！本来盼望还见得着你，这一来可拉倒了。你也何尝想到这个？父亲告诉我，你回家独住着一所小住宅，还嫌没有客厅，怕我回去不便哪。

前年夏天回家，上你坟上去了。你睡在祖父母的下首，想来还不孤单的。只是当年祖父母的坟太小了，你正睡在圹底下。这叫做"抗圹"，在生人看来是不安心的；等着想办法哪。那时圹上圹下密密地长着青草，朝露浸湿了我的布鞋。你刚埋了半年多，只有圹下多出一块土，别的全然看不出新坟的样子。我和隐今夏回去，本想到你的坟上来；因为她病了没来成。我们想告诉你，五个孩子都好，我们一定尽心教养他们，让他们对得起死了的母亲——你！谦，好好儿放心安睡吧，你。

冰 心

冰心(1900—1999)，原名谢婉莹，笔名冰心，福建长乐人。中国现代著名女作家。主要作品有诗集《繁星》《春水》，小说散文集《超人》，散文集《寄小读者》《关于女人》等。代表作《寄小读者》(通讯七)等。

冰心于1919年发表《两个家庭》《斯人独憔悴》等"问题小说"，在文坛崭露头角。冰心的"小诗"创作，短小精雅，深得时人所爱，被誉为"繁星体"。1921年后，她致力于散文创作。在连续性散文《寄小读者》中，冰心浓情书写对母爱、童心、自然美的珍爱与向往，文笔清新流丽，格调纤婉典雅，受到读者的广泛喜爱，并由此奠定了冰心作为现代重要散文作家的地位。20世纪40年代，她以"男士"笔名发表一组《关于女人》的作品，风格转向苍劲朴茂。新中国成立后，冰心延续爱的基调，以乐观向上的情绪继续从事创作，《小桔灯》《樱花赞》《拾穗小札》等是这一时期的主要收获。20世纪80年代以后，亦不断有新作问世。

冰心自"五四"走上文坛之后，在小说、诗歌、散文等领域均有建树，尤以散文成就最高。其散文在思想上以"泛爱"为核心，彰显了"五四"时期"人的觉醒"，在文体上形成了独特的"冰心体"，为中国现代文学在初创期的成熟与发展，作出了重要贡献。

寄小读者(通讯七)

亲爱的小朋友：

八月十七的下午，约克逊号邮船无数的窗眼里，飞出五色飘扬的纸带，远远的抛到岸上，任凭送别的人牵住的时候，我的心是如何的飞扬而凄恻！

痴绝的无数的送别者，在最远的江岸，仅仅牵着这终于断绝的纸条儿，放这庞然大物，载着最重的离愁，飘然西去！

船上生活，是如何的清新而活泼。除了三餐外，只是随意游戏散步。海上的头三日，我竟完全回到小孩子的境地中去了，套圈子，抛沙袋，乐此不疲，过后又绝然不玩了。后来自己回想很奇怪，无他，海唤起了我童年的回忆，海波声中，童心和游伴都跳跃到我脑中来。我十分的恨这次舟中没有几个小孩子，使我童心来复的三天中，有无猜畅好的游戏！

我自少住在海滨，却没有看见过海平如镜。这次出了吴淞口，一天的航程，一望无际尽是粼粼的微波。凉风习习，舟如在冰上行。到过了高丽界，海水竟似湖光。蓝极绿极，凝成一片。斜阳的金光，长蛇般自天边直接到栏旁人立处。上自穹苍，下至船前的水，自浅红至于深翠，幻成几十色，一层层，一片片的漾开了来。——小朋友，恨我不能画，文字竟是世界上最无用的东西，写不出这空灵的妙景！

八月十八夜，正是双星渡河之夕。晚餐后独倚栏旁，凉风吹衣。银河一片星光，照到深黑的海上。远远听得楼栏下人声笑语，忽然感到家乡渐远。繁星闪烁着，海波吟啸着，凝立悄然，只有惆怅。

十九日黄昏，已近神户，两岸青山，不时的有渔舟往来。日本的小山多半是圆扁的，大家说笑，便道是"馒头山"。这馒头山沿途点缀，直到夜里，远望灯光灿然，已抵神户。船徐徐停住，便有许多人上岸去。我因太晚，只自己又到最高层上，初次看见这般璀璨的世界，天上微月的光，和星光，岸上的灯光，无声相映。不时的还有一串光明从山上横飞过，想是火车周行。……舟中寂然，今夜没有海潮音，静极心绪忽起："倘若此时母亲也在这里……"我极清晰的忆起北京来，小朋友，恕我，不能往下再写了。

1923 年 8 月 20 日，神户

朝阳下转过一碧无际的草坡，穿过深林，已觉得湖上风来，湖波不是昨夜欲睡如醉的样子了。——悄然的坐在湖岸上，伸开纸，拿起笔，抬起头来，四围红叶中，四面水声里，我要开始写信给我久违的小朋友。小朋友猜我的心情是怎样的呢？

水面闪烁着点点的银光，对岸意大利花园里亭亭层列的松树，都证明我已在万里外。小朋友，到此已逾一月了，便是在日本也未曾寄过一字，说是对不起呢，我又不愿！

我平时写作，喜在人静的时候。船上却处处是公共的地方，舱面栏边，人人可以来到。海景极好，心胸却难得清平。我只能在晨间绝早，船面无人时，随意写几个字，堆积至今，总不能整理，也不愿草草整理，便迟延到了今日。我是尊重小朋友的，想小朋友也能尊重原谅我！

许多话不知从哪里说起，而一声声打击湖岸的微波，一层层的没上杂立的湖石，直到我蔽膝的毡边来，似乎要求我将她介绍给我的小朋友。小朋友，我真不知如何的形容介绍她！她现在横在我的眼前。湖上的月明和落日，湖上的浓阴和微雨，我都见过了，真是仪态万千。小朋友，我的亲爱的人都不在这里，便只有她——海的女儿，能慰安我了。Lake Waban，谐音会意，我便唤她做"慰冰"。每日黄昏的游泛，舟轻如羽，水柔如不胜桨。岸上四围的树叶，绿的，红的，黄的，白的，一丛一丛的倒影到水中来，覆盖了半湖秋水。夕阳下极其艳冶，极其柔媚。将落的金光，到了树梢，散在湖面。我在湖上光雾中，低低的嘱咐它，带我的爱和慰安，一同和它到远东去。

小朋友！海上半月，湖上也过半月了，若问我爱哪一个更甚，这却难说。——海好像我的母亲，湖是我的朋友。我和海亲近在童年，和湖亲近是现在。海是深阔无际，不着一字，她的爱是神秘而伟大的，我对她的爱是归心低首的。湖是红叶绿枝，有许多衬托，她的爱是温和妩媚的，我对她的爱是清淡相照的。这也许太抽象，然而我没有别的话来形容了！

小朋友，两月之别，你们自己写了多少，母亲怀中的乐趣，可以说来让我听听么？——这便算是沿途书信的小序，此后仍将那写好的信，按序寄上，日月和地方，都因其旧，"弱游"的我，如何自太平洋东岸的上海绕到大西洋东岸的波士顿来，这些信中说得很清楚，请在那里看罢！

不知这几百个字，何时方达到你们那里，世界真是太大了！

冰心　1923 年 10 月 14 日，慰冰湖畔，威尔斯利

石评梅

石评梅(1902—1928)，山西平定人，原名汝璧，自取笔名石评梅，中国现代作家。主要作品有散文集《涛语》等。代表作《墓畔哀歌》《无穷红艳烟尘里》等。

石评梅生于清末读书人家庭，自幼深得家学滋养，热爱文学创作。"五四"期间受新文化思潮影响，开始尝试各种文体的新文学创作。1923年9月在《晨报副刊》连载长篇游记《模糊的余影》，笔致优美流畅，彰显出深厚的文学修养。1925年后，因恋人高君宇不幸病故，在悲痛中创作了数篇凄艳哀怆、情真辞切的悼亡诗文，代表作《墓畔哀歌》被广为传诵。后因凄伤过度而早逝。

石评梅的作品多以追求爱情和真理、渴望自由和光明为主题，具有鲜明的感伤凄冷色彩，尤其是她的散文创作卓有特色。

墓畔哀歌

一

我由冬的残梦里惊醒，春正吻着我的睡靥低吟！晨曦照上了窗纱，望见往日令我醺醉的朝霞，我想让丹彩的云流，再认认我当年的颜色。

披上那件绣着蛱蝶的衣裳，姗姗地走到尘网封锁的妆台旁。呵！明镜里照见我憔悴的枯颜，像一朵颤动在风雨中苍白凋零的梨花。

我爱，我原想追回那美丽的姣容，祭献在你碧草如茵的墓旁，谁知道青春的残蕾已和你一同殉葬。

二

假如我的眼泪真凝成一粒一粒珍珠，到如今我已替你缀织成绕你玉颈的围巾。

假如我的相思真化作一颗一颗的红豆，到如今我已替你堆集永久勿忘的爱心。

哀愁深埋在我心头。

我愿燃烧我的肉身化成灰烬，我愿放浪我的热情怒涛汹涌，天呵！这蛇似的蜿蜒，蚕似的缠绵，就这样悄悄地偷去了我生命的青焰。

我爱，我吻遍了你墓头青草在日落黄昏；我祷告，就是空幻的梦吧，也让我再见见你的英魂。

三

明知道人生的尽头便是死的故乡，我将来也是一座孤冢，衰草斜阳。有一天呵！我离开繁华的人寰，悄悄入葬，这悲艳的爱情一样是烟消云散，昙花一现，梦醒后飞落在心头的都是些残泪点点。

然而我不能把记忆毁灭，把埋我心墟上的残骸抛却，只求我能永久徘徊在这垒垒荒冢之间，为了看守你的墓茔，祭献那茉莉花环。

我爱，你知否我无言的忧哀，怀想着往日轻盈之梦。梦中我低低唤着你小名，醒来只是深夜长空有孤雁哀鸣！

四

黯淡的天幕下。没有明月也无星光，这宇宙像数千年的古墓；皑皑白骨上，飞动闪映着惨绿的磷花。我匍匐哀泣于此残锈的铁栏之旁，愿烘我愤怒的心火，烧毁这黑暗丑恶的地狱之网。

命运的魔鬼有意捉弄我弱小的灵魂，罚我在冰雪寒天中，寻觅那凋零了的碎梦。求上帝饶恕我，不要再惨害我这仅有的生命，剩得此残躯在，容我杀死那狞恶的敌人！

我爱，纵然宇宙变成烬余的战场，野烟都腥；在你给我的甜梦里，我心长系驻于虹桥之中，赞美永生！

五

我镇天跼蹐于垒垒荒冢，看遍了春花秋月不同的风景，抛弃了一切名利虚荣，来到此无人烟的旷野，哀吟缓行。我登了高岭，向云天苍茫的西方招魂，在绚烂的彩霞里，望见了我沉落的希望之陨星。

远处是烟雾冲天的古城，火星似金箭向四方飞游！隐约的听见刀枪搏击之声，那狂热的欢呼令人震惊！在碧草萋萋的墓头，我举起了胜利的金觥，饮吧我爱，我奠祭你静寂无言的孤冢！

星月满天时，我把你遗我的宝剑纤手轻擎，宣誓向长空；愿此生永埋了英雄儿女的热情。

六

假如人生只是虚幻的梦影，那我这些可爱的映影，便是你赠与我的全生命。我常觉你在我身后的树林里，骑着马轻轻地走过去。常觉你停息在我的窗前，徘徊着等我的影消灯熄。常觉你随着我唤你的声音悄悄走近了我，又含泪退到了墙角。常觉你站在我低垂的雪帐外，哀哀地对月光而叹息！

在人海尘途中，偶然逢见个像你的人，我停步凝视后，这颗心呵！便如秋风横扫落叶般冷森凄零！我默思我已经得到爱的心，如今只是荒草夕阳下，一座静寂无语的孤冢。

我的心是深夜梦里，寒光闪灼的残月，我的情是青碧冷静，永不再流的湖水。残月照着你的墓碑，湖水环绕着你的坟，我爱，这是我的梦，也是你的梦，安息吧，敬爱的灵魂！

七

我自从混迹到尘世间，便忘却了我自己；在你的灵魂我才知是谁？

记得也是这样夜里。我们在河堤的柳丝中走过来，走过去。我们无语，心海的波浪也只有月儿能领会。你倚在树上望明月沉思，我枕在你胸前听你的呼吸。抬头看见黑翼飞来掩遮住月儿的清光，你抖颤着问我：假如这苍黑的翼是我们的命运时，应该怎样？

我认识了欢乐，也随来了悲哀，接受了你的热情，同时也随来了冷酷的秋风。往日，我怕恶魔的眼睛凶，白牙如利刃；我总是藏伏在你的腋下趑趄不敢进，你一手执宝剑，一手扶着我践踏着荆棘的途径，投奔那如花的前程！

如今，这道上还留着你斑斑血痕，恶魔的眼睛和牙齿再是那样凶狠。但是我爱，你不要怕我孤零，我愿用这一纤细的弱玉腕，建设那如意的梦境。

八

春来了，催开桃蕾又飘到柳梢，这般温柔慵懒的天气真使人恼！她似乎躲在我眼底有意缭绕，一阵阵风翼，吹起了我灵海深处的波涛。

这世界已换上了装束，如少女般那样娇娆，她披拖着浅绿的轻纱，蹁跹在她那姹紫嫣红中舞蹈。伫立于白杨下，我心如捣，强睁开模糊的泪眼，细认你墓头，萋萋芳草。

满腔辛酸与谁道？愿此恨吐向青空将天地包。它纠结围绕着我的心，像一堆枯黄的蔓草，我爱，我待你用宝剑来挥扫，我待你用火花来焚烧。

九

垒垒荒冢上，火光熊熊，纸灰缭绕，清明到了。这是碧草绿水的春郊。墓畔有白发老翁，有红颜年少，向这一抔黄土致不尽的怀忆和哀悼，云天苍茫处我将魂招；白杨萧条，暮鸦声声，怕孤魂归路迢迢。

逝去了，欢乐的好梦，不能随墓草而复生，明朝此日，谁知天涯何处寄此身？叹漂泊我已如落花浮萍，且高歌，且痛饮，拼一醉烧熄此心头余情。

我爱，这一杯苦酒细细斟，邀残月与孤星和泪共饮，不管黄昏，不论夜深，醉卧在你墓碑旁，任霜露侵凌吧！我再不醒。

梁遇春

梁遇春（1906—1932），原名梁驭聪，福建闽侯人。中国现代作家。主要作品有散文集《春醪集》《泪与笑》，译著《英国诗歌选》等。代表作《无情的多情与多情的无情》等。

梁遇春的文学活动开始于北京大学学习期间，主要集中于散文写作和文学翻译。自1926年始，陆续在《语丝》等杂志发表散文作品，结集为《春醪集》《泪与笑》，于20世纪30年代初期出版。后因患急性传染病，英年早逝，享年26岁。梁遇春的散文创作，深受英国现代随笔影响，善于从"漫话絮语"中审视社会和人生，灵性的颖悟与机智的调侃相交织，形成独具特色的青春絮语式散文风格。

无情的多情和多情的无情

情人们常常觉得他俩的恋爱是空前绝后的壮举，跟一切芸芸众生的男欢女爱绝不相同。这恐怕也只是恋爱这场黄金好梦里面的幻影罢。其实通常情侣正同博士论文一样地平淡无奇。为着要得博士而写的论文同为着要结婚而发生的恋爱大概是一样没有内容罢。通常的恋爱约略可以分做两类：无情的多情和多情的无情。

一双情侣见面时就倾吐出无限缠绵的话，接吻了无数万次，欢喜地淌下眼泪，分手时依依难舍，回家后不停地吟味过去的欣欢——这是正打得火热的时候。后来时过境迁，两人不得不含着满泡眼泪离散了，彼此各自有个世界，旧的印象逐渐模糊了，新的引诱却不断地现在当前。经过一段若即若离的时期，终于跟另一爱人又演出旧戏了。此后也许会重演好几次。或者两人始终保持当初恋爱的形式，彼此的情却都显出离心力，向外发展，暗把种种盛意搁在另一个人身上了。这般人好像天天都在爱的旋涡里，却没有弄清真是爱那一个人，他们外表上是多情，处处花草颠连，实在是无情，心里总只是微温的。他们寻找的是自己的享乐，以"自己"为中心，不知不觉间做出许多残酷的事，甚至于后来还去赏鉴一手包办的悲剧，玩弄那种微酸的凄凉情调，拿所谓痛心的事情来解闷销愁。天下有许多的眼泪流下来时有种快感，这般人却顶喜欢尝这个精美的甜味。他们爱上了爱情，为爱情而恋爱，所以一切都可以牺牲，只求始终能尝到爱的滋味而已。他们是拿打牌的精神踱进情场，"玩玩罢"是他们的信条。他们有时也假装诚恳，那无非因为可以更玩得有趣些。他们有时甚至于自己也糊涂了，以为真是以全生命来恋爱，其实他们的下意识是了然的。他们好比上场演戏，虽然兴高采烈时忘了自己，居然觉得真是所扮演的角色了，可是心中明知台后有个可以洗去脂粉，脱下戏衫的化装室。他们拿人生最可贵的东西：爱情来玩弄，跟人生开玩笑，真是聪明得近乎大傻子了。这般人我们无以名之，名之为无情的多情人，也就是洋鬼子所谓 Sentimental 了。

上面这种情侣可以说是走一程花草缤纷的大路，另一种情侣却是探求奇怪瑰丽的胜境，不辞跋涉崎岖长途，缘着悬岩峭壁屏息而行，总是不懈本志，从无限苦辛里得到更纯净的快乐。他们常拿难题来试彼此的挚情，他们有时现出冷酷的颜色。他们觉得心心既相印了，又何必弄出许多虚文呢？他们心里的热情把他们的思想毫发毕露地照出，他们的感情强烈得清晰有如理智。天下抱定了成仁取义的决心的人干事时总是分寸不乱，行若无事的，这般情人也是神情清爽，绝不慌张的，他们始终是朝一个方向走去，永久抱着同一的深情，他们的目标既是如皎日之高悬，像大山一样稳固，他们的步伐怎么会乱呢？他们已从默然相对无言里深深了解彼此的心曲，他们那里用得着绝不能明白传达我们意思的言语呢？他们已经各自在心里矢誓，当然不作无谓的殷勤话儿了。他们把整个人生搁在爱情里，爱存则存，爱亡则亡，他们怎么会拿爱情做人生的装饰品呢？他们自己变为爱情的化身，绝不能再分身跳出圈外来玩味爱情。聪明乖巧的人们也许会嘲笑他们态度太严重了，几十个夏冬急水般的流年何必如是死板板地过去呢；但是他们觉得爱情比人生还重要，可以情死，绝不可为着贪生而断情。他们注全力于精神，所以忽于形迹，所以好似无情，其实深情，真是所谓"多情却似总无情"。我们把这类恋爱叫做多情的无情，也就是洋鬼子所谓 Passionate 了。

但是多情的无情有时渐渐化做无情的无情了。这种人起先因为全藉心中白热的情绪，忽略外表，有时却因为外面惯于冷淡，心里也不知不觉地淡然了。人本来是弱者，专靠自己心中的魄力，不知道自己魄力的脆弱，就常因太自信而反坍台。好比那深信具有坐怀不乱这副本领的人，随便冒险，深入女性的阵里，结果常是冷不防地陷落了。拿宗教来做比喻罢。宗教总是有许多仪式，但是有一般人觉得我们既然虔信不已，又何必这许多无谓的虚文缛节呢，于是就将这道传统的玩意儿一笔勾销，但是精神老是依着自己外面无所附着，有时就有支持不起之势，信心因此慢慢衰颓了。天下许多无谓的东西所以值得保存。就因为它是无谓的，可以做个表现各种情绪的工具。老是扯成满月形的弦不久会断了，必定有弛张的时候。睁着眼睛望太阳反见不到太阳，眼睛倒弄晕眩了，必定斜着看才行。老子所谓"无"之为用，也就是这类地方。

拿无情的多情来细味一来罢。乔治·桑（George Sand）在她的小说里曾经隐约地替自己辩护道："我从来绝没有同时爱着两个人。我绝没有，甚至于在思想里。属于两个人，无论在什么时候。这自然是指当我的情热继续着。当我不再爱一个男人的时候，我并没有骗他。我同他完全绝交了。不错，我也会设誓，在我狂热时候，永远爱他；我设誓时也是极诚意的。每次我恋爱，总是这么热烈地，完全地，我相信那是我生平第一次，也是最后一次的真恋爱。"乔治·桑的爱人多极了，这是谁都知道的事情，但是我们不能说她不诚恳。乔治·桑是个伟大的爱人，几千年来像她这样的人不过几个，自然不能当做常例看，但是通常牵情的人们的确有他可爱的地方。他们是最含有诗意的人们，至少他们天天总弄得欢欣地过日子。假使他们没有制造出事实的悲剧，大家都了然这种飞鸿踏雪泥式的恋爱，将人生渲染上一层生气勃勃，清醒活泼的恋爱情调，情人们永久是像朋友那样可分可合，不拿契约来束缚水银般转动自如的爱情，不处在委曲求全的地位，那么整个世界会青春得多了。唯美派说从一而终的人们是出于感觉迟钝，这句话像唯美派其他的话一样，也有相当的道理。许多情侣多半是始于恋爱，而终于莫明其妙的妥协。他们忠于彼此的婚后生活并不是出于他们恋爱的真挚持久。却是因为恋爱这个念头已经根本枯萎了。法朗士说过："当一个人恋爱的日子已经结束，这个人大可不必活在世上。"高尔基也说："若使没有一个人热烈地爱你。你为什么还活在世上呢?"然而许多应该早下野，退出世界舞台的人却总是恋栈，情愿无聊赖地多过几年那总有一天结束的生活，却不肯急流勇退，平安地躺在地下，免得世上多一个麻木的人。"生的意志"(Will tolive)使人世变成个血肉模糊的战场。它又使人世这么阴森森地见不到阳光。在悲剧里，一个人失败了，死了，他就立刻退场，但是在这幕大悲剧里许多虽生犹死的人们却老占着场面，挡住少女的笑涡。许多夫妇过一种死水般的生活，他们意志销沉得不想再走上恋爱舞场，这种的忠实有什么可赞美呢? 他们简直是冷冰的，连微温情调都没有了，而所谓 Passionate 的人们一失足，就掉进这个陷阱了。爱情的火是跳动的，需要新的燃料，否则很容易被人世的冷风一下子吹熄了。中国文学里的情人多半是属于第一类的，说得肉麻点，可以叫做卿卿我我式的爱情，外国文学里的情人多半是属于第二类的，可以叫做生生死死的爱情，这当有许多例外，中国有尾生这类痴情的人，外国有屠格涅夫、拜伦等描写的玩弄爱情滋味的人。

林语堂

　　林语堂(1895—1976)，原名林玉堂，福建平和人。中国现代著名作家。主要作品有长篇小说《京华烟云》《风声鹤唳》，杂文集《剪拂集》《大荒集》《我的话》《无所不谈》，散文随笔集《语堂随笔》《生活的艺术》《人生的盛宴》《吾国与吾民》等。此外，还有大量评论集、历史传记和译著行世。代表作有《京华烟云》《我的话》《生活的艺术》等。

　　林语堂一生致力于中西文化思考和文学创作。"五四"时期他的创作主要集中于杂文写作，其特点是不避时忌，浮躁凌厉。20世纪30年代，林语堂的思想和艺术观念发生变化，提倡创作的自我与幽默，在散文写作上追求率性自为、快语淋漓，形成了以闲适、幽默为主调的散文领域的"论语派"，期间他在散文艺术上诸多言说，丰富了中国现代散文理论。1936年去国赴美之后，致力于英语写作，向西方传播中国传统文化成为其写作的重要诉求，《吾国与吾民》《京华烟云》等作品可为代表。1966年定居台湾后，依然笔耕不辍，散文杂文集《无所不谈》在台湾影响广泛。

　　林语堂一生著述丰硕，在小说、散文、杂文等领域均有尝试与斩获，尤以散文创作成就为著。他以"闲适""幽默""自我""性灵"等概念为核心所建构的体系化的散文理论，成为中国现代文学理论的重要构成部分。他在散文写作上所践行的率性自为、任意恣放的笔致文风，亦是现代散文的异样风景。作为一个编辑出版家，他所创办的《论语》《人间世》《宇宙风》等杂志的成功，也可以视为中国现代文化发展的一个缩影。

方巾气之研究

　　在我创办《论语》时，我就认定方巾气道学气是幽默之魔敌。倒不是因为道学文章能抵制幽默文学，乃因道学环境及对幽默之不了解，必影响于幽默家之写作，使执笔时，似有人在背后怒目偷觑，这样是不宜于幽默写作的。惟有保持得住一点天真，有点傲慢，不顾此种阴森冷猪肉气者，才写得出一点幽默。这种方巾气的影响，在《论语》之投稿及批评者，都看得出来。在批评方面，近来新旧卫道派颇一致，方巾气越来越重。凡非哼哼唧唧文学，或杭哟杭哟文学，皆在鄙视之列。今天有人虽写白话，实则在潜意识上中道学之毒甚深，动辄任何小事，必以"救国""亡国"挂在头上，于是用国货牙刷也是救国，卖香水也是救国，弄得人家一举一动打一个嚏也不得安闲。有人留学，学习化学工程，明明是学制香水、炼中皮，却非说是实业救国不可。其实都是自幼作文说惯了"今夫天下""世道人心"这些名词还在潜意识中作祟吧。所以这班人，名词更新，态度却旧，实非西方文化产儿，与政客官僚一样。他们是不配批评要人"今夫天下"的通电的。西洋人讨论女子服装，亦只认为审美上问题，到中国便成了伦理世道什么夷夏问题。西人看见日蚀，也只当作历象研究，一到中国，也变成有关天下治乱的灾异了。西方也有人象李格，身为大学教授，却因天性所近，好写一些幽默小品，挖苦照相家替人排头扭颈，作家读者也没有想到"文学正宗""国学兴亡"上面去。然而幽默文学，却因此发达。假如中国人如作一篇"吃莲花的"，便有人责问，你写这些有何关于世道人心，有何益于中国文化？这不是桐城妖孽还在作祟是什么？因此一着，写作的人，也无意中受此辈之压迫，拿起笔来，想以讽世自命，于是纯粹的幽默乃为热烈甚至酸腐的讽刺所笼罩下去。

办幽默刊物是怎么一回事？不过办幽默刊物而已，何必大惊小怪？原来在国外各种正经大刊物之内，仍容得下几种幽默刊物。但一到中国，便不然了。一家幽默，家家幽默，必须"风行一时"，人人效颦。由于誉幽默者以世道誉之；毁幽默者，亦以世道毁之。这正如一个乳臭未干专攻文学三年的洋博士，回到中国被人捧为文学专家一样的有苦难言，哭笑不得。其实我林语堂并无野心，只因生性所近，素恶《东方杂志》长篇阔论，又好杂沓乱谈，此种文章既无处发表，只好自办一个。幸而有人出版，有人购读，就一直胡闹下去。充其量，也不过在国中已有各种严肃大杂志之外，加一种不甚严肃之小刊物，调剂调剂空气而已。原未尝存心打倒严肃杂志，亦未尝强普天下人皆写幽默文。现在批评起来，又是什么我在救中国或亡中国了。

《人间世》出版与《论语》出版一样。因为没人做，所以我来做。我不好落人窠臼，如已有人做了，我便万不肯做。以前研究汉字索引，编英文教科书，近来研究打字机，也都是看别人不做，或做不好，故自出机杼兴趣勃然去做而已。此外还有什么理由？现在明明是提倡小品文，又无端被人加以夺取"文学正宗"罪名。夫文学之中，品类多矣。吾提倡小品，他人尽可提倡大品；我办刊物来登如在《自由谈》天天刊登而不便收存之随感，他人尽管办一刊物专登短篇小说，我能禁止他吗？倘使明日我看见中国没有专登侦探小说刊物，来办一个，又必有人以为我有以奉侦探小说为文学"正宗"之野心了。这才是真正国货的笼统思想。此种批评，谓之方巾气的批评。以前名流学者，没人敢办幽默刊物就是方巾气作祟，脱不下名流学者架子，所以逼得我来办了。

今日"大野"君在《自由谈》（《申报》副刊）劝我"欲行大道，勿由小径，勿以大海内于牛迹，勿以日光等于萤火"。应先提倡西洋文化后提倡小品。提倡西洋文化，我是赞成的。但是西洋文化极复杂，方面极多，"五四"的新文化运动，有点笼统，我们应该随性所近分工合作去介绍提倡吧。幽默是西方文化之一部，西洋近代散文之技巧，亦系西方文学之一部。文学之外，尚有哲学、经济、社会，我没有办法，你们去提倡吧。现代文化生活是极丰富的。倘使我提倡幽默、提倡小品，而竟出意外，提倡有效，又竟出意外，在中国哼哼唧唧派及杭哟杭哟派之文学外，又加一幽默派。小品派，而间接增加中国文学内容体裁或格调上之丰富，甚至增加中国人心灵生活上之丰富，使接近西方文化，虽然自身不免诧异，如洋博士被人认为西洋文学专家一样，也可听天由命吧。近有感于上海的弄堂屋宇比接，隔帘花影，每每动人，想起美国有自动油布窗幔，一拉即下，一位即上，在此却无人"提倡""介绍"，也颇思"提倡"一下。倘得方巾气的批评家不加我以"提倡油布窗幔救国"罪名，则幸甚矣。

在反对方巾气文中，我偏要说一句方巾气的话。倘是我能减少一点国中的方巾气，而叫国人取一种比较自然活泼的人生观，也就在介绍西洋文化工作中，尽一点点国民义务。这句话也是我自幼念惯"今夫天下"之遗迹。我生活之严肃，人家才会诧异哩。

因为西方现代文化是有自然活泼的人生观，是经过十九世纪浪漫潮流解放过，所以现代西洋文化是比较容忍比较近情的。我倒认为这是西方民族精神健全之征象。在中国新文化虽经提倡，却未经过几十年浪漫潮流之陶冶，人之心灵仍是苦闷，人之思想仍是干燥。一有艰危，大家轰轰然一阵花炮，五分钟后就如昙花一现而消灭。因为人之心灵根本不健全，乐与苦之间失了调剂。叫苦固然看来比嘻笑或闲适认真爱国，无奈叫苦了喉干舌燥。这一股气既然接不上去，叫苦之后就是沉寂，宛如小孩哭后想睡眠。虽然偶然在沉寂中哼唧一两声，也是病榻呻吟，酸腐颓丧，疲靡之音。现在文学中好象就没听见声音宏亮的喊声，只有躲在黑地放几根冷箭罢了。但人之心理，总是自以为是，所以有呪痈之癖。自己萎弱，恶人健全；自己恶动，忌人活泼；自己饮水，嫉人喝茶；自己呻吟，恨人笑声，总是心地欠宽大所致。二千年来方巾气仍旧把二十世纪的白话文人压得不能喘气。结果文学上也只听见嗡嗡而已。

所谓西洋自然活泼的人生观，可举新例说明。譬如游玩是自然的，以前儒塾就禁止小孩游玩，近来教育观念解放了，近乎自然了，于是不但不禁止游玩，并且在幼稚园、小学、中学利用游玩养儿童的德性。西洋夫妇卿卿我我，携手同游，也不过承认男女之乐为人类所应有，不必矫饰，于是慨然携手同行于街上，忝不为怪，由中国人看来，也只能暗羡洋鬼子会享艳福。一旦中国人也男女解放起来，却认为不可，说是伤风败俗。看见西人男女裸身海浴水戏，虽然也会羡慕，但是看见中国男女裸身海浴，必登时骂其为世风不古。西洋女子服装尽管妖艳，西洋现代的批评，却没见有人说她们是有伤风化，因为他们已有浪漫派容忍观点。然在中国看见西洋女子妖装艳服，虽然佩服，看见中国女子一样服装，便要骂其为摩登。西洋舞台跳舞，如草裙舞，妖邪比中国何只百倍，但是未闻西方思想家抨击，而实际上西人也并未因看草裙舞而遂忘了爱国。中国人却不能容忍草裙舞，板起道学面孔，詈为人心大变天下大乱之征。然而中国人并不因生活之严肃而道德高尚国家富强起来。全国布满了一种阴森发霉虚伪迂腐之气而已。所以这种方巾气的批评家虽自己受压迫而呼几声，唾骂"文化统一"，哀怨"新闻检查"，自己一旦做起新闻检查员来，才会压迫人家得利害。我看见女儿见两只臭虫在床板上争辩，甲骂乙"你是臭虫！"乙也回骂甲"你是臭虫！"我却躲在旁边胡卢大笑。

因为心灵根本不健全，生活上少了向上的勇气，所以方巾气的批评，也只善摧残。对提倡西方自然活泼的人生观，也只能诋毁，不能建树。对《论语》批评曰"中国无幽默"。中国若早有幽默，何必办《论语》来提倡？在旁边喊"中国无幽默"并不会使幽默的根芽逐渐发扬光大。况且《论语》即使没有幽默的成功作品，却至少改过国人对于幽默的态度，除非初出茅庐小子，还在注意宇宙及救国"大道"，都对于幽默加一层的认识。只有一些一知半解似通非通的人，还未能接受西方文化对幽默的态度。这种消极摧残的批评，名为提倡西方文化，实是障碍西方文化，而且自身就不会有结实的成绩。《人间世》出版，动起杭哟杭哟派的方巾气，七手八脚，乱吹乱擂，却丝毫没有打动了《人间世》。连一篇象样的对《人间世》的内容及编法的批评，足供我虚心采择的也没有。例如我自己认为第一期谈花树春光游记文字太多不满之处，就没有人指出。总而言之，没有一篇我认为够得上批评《人间世》的文字。只有胡鲁一篇攻击周作人诗，是批评内容，但也就浅薄得可笑，只攻击私人而已。《人间世》之错何在，吾知之矣。用仿宋字太古雅。这在方巾气的批评家，是一种不可原谅的罪案。

何其芳

何其芳(1912—1977)，原名何永芳，四川万县人。中国现代作家。主要作品有诗集《汉园集》《预言》，散文集《画梦录》《星火集》，批评集《关于现实主义》《西苑集》等。代表作《雨前》《独语》《画梦录》等。

何其芳的文学活动始于北大求学期间，首先尝试新诗写作，与李广田、卞之琳合作出版《汉园集》，被称为"汉园三诗人"。20世纪30年代则属意于散文的写作与创新，期间面世的《画梦录》系列散文，采用冥思独语表现形式书写知识者有所希冀却无力图达的灵魂孤寂与精神苦闷，强化了"五四"以来现代散文的主观抒情性。他的作品以其意境朦胧、画面幻美、造语纯粹、蕴藉精致，得到当时文坛的赞赏。1936年后，尝试以朴实的笔触描摹现实人生，逐步实现了从诗意画梦到质朴写实的风格转变，《还乡杂记》记录了这一转变过程。新中国成立后，何其芳主要从事文学评论与研究，出版多部文艺论集。

在20世纪30年代中国现代散文日益叙事化和议论化创作思潮中，何其芳坚守抒情散文纯正的艺术品格，促使散文写作向诗的精致靠拢，是"五四"后所倡导的"美文"的一种类型和成功实践。

雨 前

最后的鸽群带着低弱的笛声在微风里划一个圈子后，也消失了。也许是误认这灰暗的凄冷的天空为夜色的来袭，或是也预感到风雨的将至，遂过早地飞回它们温暖的木舍。

几天的阳光在柳条上撒下的一抹嫩绿，被尘土埋掩得有憔悴色了，是需要一次洗涤。还有干裂的大地和树根也早已期待着雨。雨却迟疑着。

我怀想着故乡的雷声和雨声。那隆隆的有力的搏击，从山谷返响到山谷，仿佛春之芽就从冻土里震动，惊醒，而怒茁出来。细草样柔的雨声又以温存之手抚摩它，使它簇生油绿的枝叶而开出红色的花。这些怀想如乡愁一样萦绕得使我忧郁了。我心里的气候也和这北方大陆一样缺少雨量，一滴温柔的泪在我枯涩的眼里，如迟疑在这阴沉的天空里的雨点，久不落下。

白色的鸭也似有一点烦躁了，有不洁的颜色的都市的河沟里传出它们焦急的叫声。有的还未厌倦那船一样的徐徐的划行。有的却倒插它们的长颈在水里，红色的蹼趾伸在尾后，不停地扑击着水以支持身体的平衡。不知是在寻找沟底的细微食物，还是贪那深深的水里的寒冷。

有几个已上岸了。在柳树下来回地作绅士的散步，舒息划行的疲劳。然后参差地站着，用嘴细细地抚理它们遍体白色的羽毛，间或又摇动身子或扑展着阔翅，使那缀在羽毛间的水珠坠落。一个已修饰完毕的，弯曲它的颈到背上，长长的红嘴藏没在翅膀里，静静合上它白色的茸毛间的小黑睛，仿佛准备睡眠。可怜的小动物，你就是这样做你的梦吗？

我想起故乡放雏鸭的人了。一大群鹅黄色的雏鸭游牧在溪流间。清浅的水，两岸青青的草，一根长长的竹竿在牧人的手里。他的小队伍是多么欢欣地发出啾唧声，又多么驯服地随着他的竿头越过一个田野又一个山坡！夜来了，帐幕似的竹篷撑在地上，就是他的家。但这是怎样辽远的想象啊！在这多尘土的国度里，我仅只希望听见一点树叶上的雨声。一点雨声的幽凉滴到我憔悴的梦，也许会长成一树圆圆的绿阴来复荫我自己。

我仰起头。天空低垂如灰色的雾幕，落下一些寒冷的碎屑到我脸上。一只远来的鹰隼仿佛带着怒愤，对这沉重的天色的怒愤，平张的双翅不动地从天空斜插下，几乎触到河沟对岸的土阜，而又鼓扑着双翅，做出猛烈的声响腾上了。那样巨大的翅使我惊异。我看见了它两肋间斑白的羽毛。

接着听见了它有力的鸣声，如同一个巨大的心的呼号，或是在黑暗里寻找伴侣的叫唤。

然而雨还是没有来。

丰子恺

丰子恺(1898—1975)，原名丰润，号子恺，浙江崇德石门湾(今属桐乡)人，居士，法号宁婴，中国现代作家、著名画家。主要作品有散文集《缘缘堂随笔》《子恺小品集》《随笔二十篇》《艺术趣味》《缘缘堂再笔》，漫画集《子恺漫画》《子恺画集》《画中有诗》等。代表作《给我的孩子们》《车厢社会》《杨柳》《子恺漫画》等。

丰子恺中学时代热爱音乐与绘画，敬拜近代著名音乐教育家李叔同为师，后随师信佛，自为居士，自此佛教教义和居士生活深刻影响了他其后的思想感情与文学艺术创作。1922年，丰子恺开始从事白话散文创作，1931年出版的《缘缘堂随笔》中，以平淡之笔，叙写儿童与自然的纯真之美以及与之相比成人世界的龌龊与倾轧。通过生活琐屑阐发佛理与哲思，感喟与感伤相交织的笔调，别具一格，为世人所重。20世纪40年代，面对日寇暴行和人民的苦难，他的文风和画风转向质朴刚劲，体现出一个具有高尚节操的知识分子感时忧国、壮怀赴义的文化情怀。

丰子恺毕生致力于文学艺术创作，在文学、绘画、音乐等多个领域都卓有建树。其散文创作擅于从细微琐屑中阐发人生哲理，将漫画式的幽默表述融入散文趣味的营建过程，自如洒脱，蕴藉深厚，在中国现代散文世界里自成一格。

给我的孩子们

我的孩子们！我憧憬于你们的生活，每天不止一次！我想委曲地说出来，使你们自己晓得。可惜到你们懂得我的话的意思的时候，你们将不复是可以使我憧憬的人了。这是何等可悲哀的事啊！

瞻瞻！你尤其可佩服。你是身心全部公开的真人。你甚么事体都像拼命地用全副精力去对付。小小的失意，像花生米翻落地了，自己嚼了舌头了，小猫不肯吃糕了，你都要哭得嘴唇翻白，昏去一两分钟。外婆普陀去烧香买回来给你的泥人，你何等鞠躬尽瘁地抱他，喂他；有一天你自己失手把他打破了，你的号哭的悲哀，比大人们的破产，失恋，broken heart，丧考妣，全军覆没的悲哀都要真切。两把芭蕉扇做的脚踏车，麻雀牌堆成的火车，汽车，你何等认真地看待，挺直了嗓子叫"汪——"，"咕咕咕……"，来代替汽油。宝姊姊讲故事给你听，说到"月亮姊姊挂下一只篮来，宝姊姊坐在篮里吊了上去，瞻瞻在下面看"的时候，你何等激昂地同她争，说"瞻瞻要上去，宝姊姊在下面看"！甚至哭到漫姑面前去求审判。我每次剃了头，你真心地疑我变了和尚，好几时不要我抱。最是今年夏天，你坐在我膝上发见了我腋下的长毛，当作黄鼠狼的时候，你何等伤心，你立刻从我身上爬下去，起初眼瞪瞪地对我端详，继而大失所望地号哭，看看，哭哭，如同对被判定了死罪的亲友一样。你要我抱你到车站里去，多多益善地要买香蕉，满满地擒了两手回来，回到门口时你已经熟睡在我的肩上，手里的香蕉不知落在那里去了。这是何等可佩服的真率，自然与热情！大人间的所谓"沉默"，"含蓄"，"深刻"的美德，比起你来，全是不自然的，病的，伪的！

你们每天做火车，做汽车，办酒，请菩萨，堆六面画，唱歌，全是自动的，创造创作的生活。大人们的呼号"归自然！"生活的艺术化！"劳动的艺术化！"在你们面前真是出丑得很了！依样画几笔画，写几篇文的人称为艺术家、创作家，对你们更要愧死！

你们的创作力，比大人真是强盛得多哩：瞻瞻！你的身体不及椅子的一半，却常常要搬动它，与它一同翻倒在地上；你又要把一杯茶横转来藏在抽斗里，要皮球停在壁上，要拉住火车的尾巴，要月亮出来，要天停止下雨。在这等小小的事件中，明明表示着你们的弱小的体力与智力不足以应付强盛的创作欲、表现欲的驱使，因而遭逢失败。然而你们是不受大自然的支配，不受人类社会的束缚的创造者，所以你的遭逢失败，例如火车尾巴拉不住，月亮呼不出来的时候，你们决不承认是事实的不可能，总以为是爹爹妈妈不肯帮你们办到，同不许你们弄自鸣钟同例，所以愤愤地哭了，你们的世界何等广大！

你们一定想：终天无聊地伏在案上弄笔的爸爸，终天闷闷地坐在窗下弄引线的妈妈，是何等无气性的奇怪的动物！你们所视为奇怪动物的我与你们的母亲，有时确实难为了你们，摧残了你们，回想起来，真是不安心得很！

阿宝！有一晚你拿软软的新鞋子，和自己脚上脱下来的鞋子，给凳子的脚穿了，划袜立在地上，得意地叫"阿宝两只脚，凳子四只脚"的时候，你母亲喊着"龌龊了袜子！"立刻擒你到藤榻上，动手毁坏你的创作。当你蹲在榻上注视你母亲动手毁坏的时候，你的小心里一定感到"母亲这种人，何等杀风景而野蛮"罢！

瞻瞻！有一天开明书店送了几册新出版的毛边的《音乐入门》来。我用小刀把书页一张一张地裁开来，你侧着头，站在桌边默默地看。后来我从学校回来，你已经在我的书架上拿了一本连史纸印的中国装的《楚辞》，把它裁破了十几页，得意地对我说："爸爸！瞻瞻也会裁了！"瞻瞻！这在你原是何等成功的欢喜，何等得意的作品！却被我一个惊骇的"哼！"字喊得你哭了。那时候你也一定抱怨"爸爸何等不明"罢！

软软！你常常要弄我的长锋羊毫，我看见了总是无情地夺脱你。现在你一定轻视我，想道："你终于要我画你的画集的封面！"

最不安心的，是有时我还要拉一个你们所最怕的陆露沙医生来，教他用他的大手来摸你们的肚子，甚至用刀来在你们臂上割几下，还要教妈妈和漫姑擒住了你们的手脚，捏住了你们的鼻子，把很苦的水灌到你们的嘴里去。这在你们一定认为太无人道的野蛮举动罢！

孩子们！你们果真抱怨我，我倒欢喜；到你们的抱怨变为感谢的时候，我的悲哀来了！

我在世间，永没有逢到像你们这样出肺肝相示的人。世间的人群结合，永没有像你们样的彻底地真实而纯洁。最是我，到上海去干了无聊的所谓"事"回来，或者去同不相干的人们做了叫做"上课"的一种把戏回来，你们在门口或车站旁等我的时候，我心中何等惭愧又欢喜！惭愧我为甚么去做这等无聊的事，欢喜我又得暂时放怀一切地加入你们的真生活的团体。

但是，你们的黄金时代有限，现实终于要暴露的。这是我经验过来的情形，也是大人们谁也经验过的情形。我眼看见儿时的伴侣中的英雄、好汉，一个个退缩，顺从，妥协，屈服起来，到像绵羊的地步。我自己也是如此。"后之视今，亦犹今之视昔"，你们不久也要走这条路呢！

我的孩子们！憧憬于你们的生活的我，痴心要为你们永远挽留这黄金时代在这册子里。然这真不过像"蜘蛛网落花"，略微保留一点春的痕迹而已。且到你们懂得我这片心情的时候，你们早已不是这样的人，我的画在世间已无可印证了！这是何等可悲哀的事啊！

李广田

李广田（1906—1968），号洗岑，山东邹平人。中国现代作家。主要作品有散文集《画廊集》《银狐集》《雀蓑集》《日边随笔》，短篇小说集《欢喜团》《金坛子》，长篇小说《引力》等。代表作《夜店》《画廊》等。

受"五四"新文学思潮影响，李广田在北大就读期间开始创作，以诗歌闻名于文坛。其后20世纪30年代专注于散文写作，1930年至1937年是其散文创作的高峰期，作品主要取材于童年和故乡生活，透示出浓郁的"乡土"气息，《画廊集》《银狐集》等是这一时期散文创作的重要收获。在新文学的第三个十年期间，李广田的创作重心转向杂文与小说，艺术风格也从感伤柔美转向疏朗粗粝。新中国成立后主要从事高等教育工作。

李广田以散文成就为最，他在散文创作实践中所呈现的"朴素的诗的静美"风格，丰富了20世纪30年代的散文世界，与沈从文等作家一起，形成了中国现代散文领域中的"乡土派"。

野 店

太阳下山了，又是一日之程，步行人，也觉得有点疲劳了。

你走进一个荒僻的小村落——这村落对你很生疏。然而又好像熟悉，因为你走过许多这样的小村落了。看看有些人家的大门已经闭起，有些也许还在半掩，有几个人正迈着沉重的脚步回家。后面跟着狗或牛羊，有的女人正站在门口张望，或用了柔缓的声音在招呼谁来晚餐，也许，又听到几处闭门声音了，"如果能到哪家门里去息下呀"，这时候你会这样想吧。但走不多远，你便会发现一座小店待在路旁，或十字路口，虽然明早还须赶路，而当晚你总能做得好梦了。"荒村雨露眠宜早，野店风霜起要迟"，这样的对联会发现在一座宽大而破陋的店门上，有意无意地，总会叫旅人感到心暖吧。在这儿你会受到殷勤的招待，你们遇到一对很朴野，很温良的店主夫妇，他们的颜色和语气，会使你发生回到了老家的感觉。但有时，你也会遇着一个刁狡的村少，他会告诉你到前面的村镇还有多远，而实在并不那么远；他也会向你讨多少脚驴钱，而实在也并不值那么多。然而，他的刁狡，你也许并未看出刁得讨厌，他们也只是有点拙笨罢了。什么又不是拙笨的呢。一个青生铁的洗脸盆，像一口锅，那会是用过几世的了；一把黑泥的宜兴茶壶，尽够一个人喝半天，也许有人会说是非常古雅呢。饭菜呢，则只在分量上打算，"总得够吃，千里有缘的，无论如何，总不能亏心哪。"店主人会对了每个客人这样说。

在这样地方，你很少感到寂寞的。因为既已疲劳了，你需要休息，不然，也总有些伙伴谈天儿。"四海之内皆兄弟呀。"你会听到这样有人大声笑着，喊，"啊，你不是从山北的下洼来的吗？那也就算是邻舍人了。"常听到这样的招呼。从山里来卖山果的，渡了河来卖鱼的，推车的、挑担的、卖皮鞭的、卖泥人的，拿破绳子换洋火的……也许还有一个老学究先生，现在却做着走方郎中了，这些人，都会偶然地成为一家了。他们总能说慷慨义气话，总是那样亲切而温厚地相照应，他们都很重视这些机缘，总以为这也有神的意思，说不定是为了将来的什么大患难，或什么大前程，而才有了这样一夕呢。如果是在冬天，便会有大方的店主抱了松枝或干柴来给煨火，这只算主人的款待，并不另取火钱。在和平与温暖中，于是一伙陌路人都来烘火而话家常了。

直到现在，虽然交通是比较便利了，但像这样的僻野地方，依然少有人知道所谓报纸新闻之类的东西。但这些地方并非完全无新闻，那就专靠这些挑担推车的人们了。他们走过了多少地方，他们同许多异地人相遇，一到了这样场合，便都争先恐后地倾吐他们听见所闻的一切。某个村子里出了什么人命盗案，或是某个县城里正在哄传着一个什么阴谋的谣言，以及各地的货物行情等，他们都很熟悉。这类新闻，一经在小店里谈论之后，一到天明，也就会传遍了全村，也许又有许多街头人在那里议论纷纭，借题发挥起来呢。说是新闻，其实也并不完全新，也许已经是多年前的故事了，传说过多少次，忘了，又提起来了，鬼怪的，狐仙的，吊颈女人的，马贩子的艳遇，尼姑的犯规……都重在这里开演了。有的人要唱一支山歌，唱一阵南腔北调了。他们有时也谈一些国家大事，譬如战争灾异之类，然而这也只是些故事，像讲《封神演义》那样子讲讲罢了。火熄了，店主人早已去了，有些人也已经打合铺，睡了，也许还有两个人正谈得很密切。譬如有两个比较年轻的人，这时候他们之中的一个也许会告诉，说是因为在故乡曾犯了什么不可饶恕的大罪过，他逃出来了，逃了这么远，几百里，几千里还不知道，而且也逃出了这许多年了。

"我呢……"另一个也许说，"——我是为了要追寻一个潜逃的老婆，为了她，我便做了这小小生意了。"他们也许会谈了很久，谈了整夜，而且竟订下了很好的交情。"鸡声茅店月，人迹板桥霜"，窗上发白，街上已经有人在走动着了，水筒的声音，辘轳的声音，仿佛是很远，很远，已经又要到赶路的时候了。

呼唤声、呵欠声、马蹄声……这时候忙乱的又是店主人。他又要向每个客人打招呼，问每个客人：盘费可还足吗？不曾丢了什么东西吗？如不是急于赶路，真应当用了早餐再走呢，等等。于是一伙路人，又各自拾起了各人的路，各向不同的方向跋涉去了。"几时再见呢？""谁知道，一切都没准呢！"有人这样说，也许还有人多谈几句，也许还听到几声叹息，也许说："我们这些浪荡货，一夕相聚又散了。散了，永不再见了，话谈得真投心，真投心呢！"

真是的，在这些场合中，纵然一个老江湖，也不能不有些惘然之情吧。更有趣的是在这样野店的墙上，偶尔你也会读到用小刀或瓦砾写下来的句子，如某县某某人在此一宿之类。有时，会读到些诗样的韵语。虽然都鄙俚不堪，而这些陌路人在一个偶然的机会里，陌路的相遇又相知，他们一时高兴了，忘情一切了，或是想起一切了，便会毫不计较地把真情流露了出来，于是你就会感到一种特别的人间味。就如古人所歌咏的：

> 君乘车，我戴笠，
> 他日相逢下车揖；
> 君担簦，我跨马，
> 他日相逢为君下。

——这样的歌子，大概也是在这样的情形下产生的吧。

梁实秋

梁实秋(1903—1987)，原名梁治华，号均默，原籍浙江杭县(今余杭)人，出生于北京。中国现代著名作家、翻译家。主要作品有散文集《骂人的艺术》《雅舍小品》，评论集《浪漫的与古典的》《文学的纪律》，译著《莎士比亚全集》《英国文学史》等。代表作《雅舍小品》等。

梁实秋 1915 年就读于清华大学，在校期间开始文学翻译与写作。1921 年 5 月，在《晨报》发表第一篇散文诗《荷水池畔》，开始在文坛崭露头角。早期创作崇尚浪漫唯美，以写作诗歌为主。留美学习时深受新人文主义者白璧德影响，文学观发生极大的转变，主张在理性引导下从普遍的人性出发进行文学创作。进入 20 世纪 40 年代，创作系列散文《雅舍小品》，有意规避抗战题材，专注于日常生活，以达士情怀苦中作乐，在亦庄亦谐的笔调中营造出闲适豁达的散文意境。

梁实秋的散文在抗战时期文学的战斗性主流话语之外，承续 20 世纪 30 年代散文"闲适"一路，并有所发展。

中　年

钟表上的时针是在慢慢的移动着的，移动的如此之慢，使你几乎不感觉到它的移动。人的年纪也是这样的，一年又一年，总有一天你会蓦然一惊，已经到了中年，到这时候大概有两件事使你不能不注意，讣闻不断的来，有些性急的朋友已经先走一步，很煞风景；同时又会忽然觉得一大批一大批的青年小伙子在眼前出现，从前也不知是在什么地方藏着的，如今一齐在你眼前摇晃，磕头碰脑的尽是些昂然阔步满面春风的角色，都像是要去吃喜酒的样子。自己的伙伴一个个的都入蛰了，把世界交给了青年人。所谓"耳畔频闻故人死，眼前但见少年多"，正是一般人中年的写照。

从前杂志背面常有"韦廉士红色补丸"的广告，画着一个憔悴的人，弓着身子，手拊在腰上，旁边注着"图中寓意"四字。那寓意对于青年人是相当深奥的。可是这幅图画都常在一般中年人的脑里涌现，虽然他不一定想吃"红色补丸"，那点寓意他是明白的了。一根黄松的柱子，都有弯曲倾斜的时候，何况是二十六块碎骨头拼凑成的一条脊椎？年青人没有不好照镜子的，在店铺的大玻璃窗前照一下都是好的，总觉得大致上还有几分姿色。这顾影自怜的习惯逐渐消失，以至于有一天偶然揽镜，突然发现额上刻了横纹，那线条是显明而有力，像是吴道子的"莼菜描"，心想那是抬头纹，可是低头也还是那样，再一细看头顶上的头发有搬家到腮旁额下的趋势，而最令人怵目惊心的是，鬓角上发现几根白发，这一惊非同小可，平夙一毛不拔的人到这时候也不免要狠心的把它拔去，拔毛连茹，头发根上还许带着一颗鲜亮的肉珠。但是没有用，岁月不饶人！

一般的女人到了中年，更着急。哪个年青女子不是饱满丰润得像一颗牛奶葡萄，一弹就破的样子？哪个年青女子不是玲珑矫健得像一只燕子，跳动得那么轻灵？到了中年，全变了。曲线还存在，但满不是那么回事，该凹入的部份变成了凸出，该凸出的部份变成了凹入，牛奶葡萄要变成为金丝蜜枣，燕子要变鹌鹑。最暴露在外面的是一张脸，从"鱼尾"起皱纹撒出一面网，纵横辐辏，疏而不漏，把脸逐渐织成一幅铁路线最发达的地图，脸上的皱纹已经不是烫斗所能烫得平的，同时也不知怎么在皱纹之外还常常加上那么多的苍蝇屎。所以脂粉不可少。除非粪土之墙，没有不可污的道理。在原有的一张脸上再罩上一张脸，本是最简便的事。不过在上妆之前、下妆之后，容易令人联想起《聊斋志异》的那一篇《画皮》而已。女人的肉好像最禁不起地心的吸力，一到中年便一齐松懈下来往下堆摊，成堆的肉挂在脸上，挂在腰边，挂在踝际。听说有许多西洋女子用赶面杖似的一根棒子早晚混身乱搓，希望把浮肿的肉压得结实一点；又有些人干脆忌食脂肪忌食淀粉，扎紧裤带，活生生的把自己"饿"回青春去。有多少效果，我不知道。

别以为人到中年，就算完事。不，譬如登临，人到中年像是攀跻到了最高峰，回头看看，一串串的小伙子正在"头也不回呀，汗也不揩"的往上爬。再仔细看看，路上有好多块绊脚石，曾把自己磕碰得鼻青脸肿，有好多处陷阱，使自己做了若干年的井底之蛙。回想从前，自己做过扑灯蛾，惹火焚身；自己做过撞窗户纸的苍蝇，一心愿奔光明，结果落在粘苍蝇的胶纸上！这种种景象的观察，只有站在最高峰上才有可能。向前看，前面是下坡路，好走得多。

施耐庵水浒序云："人生三十未娶，不应再娶；四十未仕，不应再仕。"其实"娶""仕"都是小事，不娶不仕也罢，只是这种说法有点中途弃权的意味。西谚云。"人的生活在四十开始。"好像四十以前，不过是几出配戏，好戏都在后面。我想这与健康有关。吃窝头米糕长大的人，拖到中年就算不易，生命力已经蒸发殆尽。这样的人焉能再娶？何必再仕？服"维他赐保命"都嫌来不及了。我看见过一些得天独厚的男男女女，年青的时候愣头愣脑的，浓眉大眼，生僵挺硬，像是一些又青又涩的毛挑子，上面还带着挺长的一层毛。他们是未经琢磨过的璞石。可是到了中年，他们变得润泽了，容光焕发，脚底下像是有了弹簧，一看就知道是内容充实的。他们的生活像是在饮窖藏多年的陈酿，浓而劳洌！对于他们，中年没有悲哀。

四十开始生活，不算晚，问题在"生活"二字如何诠释。如果年届不惑，再学习溜冰踢毽子放风筝，"偷闲学少年"，那自然有如秋行春令，有点勉强。半老徐娘，留着"刘海"，躲在茅房里穿高跟鞋当做踩高跷般的练习走路，那也是惨事。中年的妙趣，在于相当的认识人生，认识自己，从而作自己所能作的事，享受自己所能享受的生活。科班的童伶宜于唱全本的大武戏，中年的演员才能担得起大出的轴子戏，只因他到中年才能真懂得戏的内容。

戏 剧

田 汉

田汉(1898—1968)，原名田寿昌，湖南长沙人。中国现代著名戏剧作家。他在话剧、戏曲、电影、音乐等领域都有杰出贡献。代表作品有话剧《获虎之夜》《名优之死》《丽人行》《关汉卿》，京剧《白蛇传》《谢瑶环》。代表作《沪上的悲剧》《获虎之夜》等。

自幼受传统戏曲熏陶，国学根基厚实。早年留学日本，开始发表诗歌和评论。20世纪 20 年代开始南国戏剧运动，1924 年创办《南国半月刊》，1928 年创建南国艺术学院及南国社，率社员在各地推进新戏剧运动。这一时期受"五四"时期个性解放思潮、西方唯美主义思潮的影响，崇奉"艺术至上主义"，剧作多着眼于对艺术和爱情的自喻化书写，宣泄个体生命的苦闷、伤感情绪，表现"灵"与"肉"的矛盾，呈现浪漫诗化特征。1930 年先后加入左翼作家联盟、左翼戏剧家联盟，同年写下《我们的自己批判》，标志艺术观的转向，开始强调艺术服务于社会运动的政治功能，写了多部反映工农群众受压迫剥削的应时之作，同时也在艺术个性与革命思潮相结合的探索中进行不断的磨合，1935 年创作的《回春之曲》被视为田汉风格的回归。抗战时期写了大量以反侵略为内容的戏曲剧本，提出了"戏剧的民族形式"的问题。新中国成立后任文化部戏曲改进局局长，致力于戏曲改革和创作，整理改编了多出戏曲，历史剧创作达到新的高度，现实主义与浪漫主义相结合的手法趋于成熟。1968 年在"文化大革命"中被迫害致死。

田汉剧作擅于抒情，以丰富的想象力和浓郁的浪漫主义精神著称。其创作道路及在创作上的美学追求映照了中国现代话剧发展的整个轨迹，具有典型意义。

湖上的悲剧

人 物　杨梦梅　白 薇　梦梅弟　老仆
时 间　现代
地 点　西湖

湖畔王庄的一卧室，铺设齐整，书画琳琅，一面临湖，左侧通苑中假山，右侧为由穿廊入口，桌上陈餐未撤。

开幕时，满室漆黑，惟因风动窗纱，可窥见湖上的微光。雨声淅沥可闻。已而老仆右手持洋蜡，左手托茶盘，导杨梦梅与其弟徐徐登场。

老　仆	你们两位当心，别跌了，石板滑的很啊。
梦梅弟	刚才我差点儿摔了一跤，呵呀，这么深的草！里面有蛇吗？
老　仆	蛇？蛇倒是没有的，可是您别蹅湿了脚，这几天下雨，里面水很深呢。……好了。就是这间屋子了。让我开门。……您看，什么都是现成的。您们两位早点睡吧。
杨梦梅	老先生，你这间屋子好极了，就借给我们住得了。难得这样又精致，又清静，借我们住半年好吗？
老　仆	不，这屋子要是借给人家，回头不但让老爷知道了我老头子吃罪不起，就是让我老婆子知道了也是不得了的。
杨梦梅	那为什么呢？你不是说这间屋子没人住吗？
老　仆	没人住，不过不借给人住。去年这时候也有人三番两次地要我租给他。我是肯了，可是后来给我老婆子知道了，大大地不依。说回头要告诉老爷。今天一来是间壁沈先生那样拜托我；二来，你们两位都没有带行李，又赶上这样的下雨天，我想让你们在这屋里住一宿也没有什么要紧的。……好，你们两位快睡吧，明儿个早点起来，别让我老婆子知道。她到亲戚家去了，一会儿就要回来的。……到了明天再替你们想法子，我想把前面那间厢房借给你们是可以的。
梦梅弟	哥哥，我看还是这间屋子好。
杨梦梅	是呀，老先生，还是把这一间屋子借给我们吧。
老　仆	不，那回头让我老婆子知道了，可了不得。
梦梅弟	哈哈，你这么大年纪了，还怕老婆子吗？
老　仆	我不是怕她，我是觉得她顶麻烦。……好，你们两位歇一会就睡吧。别忘了吹灯。(将行又转，打量两人)你们是两个人，不要紧。
杨梦梅	两个人怎么啦？
老　仆	没有什么，没有什么。……(将行又转，低声)晚上听见有什么响动，可别害怕……
杨梦梅	怎么，这儿有强盗吗？
老　仆	强盗是没有……
杨梦梅	那么，难道有鬼吗？
老　仆	……唔，也没有……
梦梅弟	我哥哥是从外国回的，不怕鬼的。
老　仆	呵，杨先生是从外国回的。听说外国人不怕鬼，那么，你先生一定是不怕鬼的哪，不过这位小先生呢？
梦梅弟	我——我上学了，我也不怕。
老　仆	既然两位都不怕，让我坐下来，跟你们说。先生，我老实告诉你，这间屋子里，有……嗳呀！阿弥陀佛。
杨梦梅	有什么？

老　仆	有鬼！
梦梅弟	（紧靠其兄）是大脑袋儿的？是小脑袋儿的？
杨梦梅	（微笑，追着问）是男的，是女的？
老　仆	是个女的。
梦梅弟	年老的？年轻的？
老　仆	年轻的。
杨梦梅	那么，病死的还是怎样死的？
老　仆	是自尽的。
梦梅弟	（紧靠他哥哥）哎呀！
杨梦梅	为什么自尽的呢？
老　仆	为着婚姻。
杨梦梅	（微笑）唔唔，（独白）一个年轻的女人为着婚姻问题自杀了。……这个女人许是个美吧，一个美丽的女人死了之后，在湖边的庄子里显灵，这倒很有趣……（忽然唤起一种苦痛的联想）可是怎么使人想起她呢？啊，白薇！
老　仆	不，先生，她的名字不叫白薇，叫素苹。
杨梦梅	叫素苹！唔，我很想知道。老先生，你仔细地对我说说吧……哦呀，你这几样菜，是预备给我们吃的吗？怎么只摆了一双筷子呢？
老　仆	（狼狈）哦，你们还没有吃饭吗？回头我给你们想法子弄点什么吃的。可是这却不是给你们两位预备的。
梦梅弟	那是给谁预备的呢？
老　仆	是给我们小姐预备的。
杨梦梅	你刚才不是说，这屋子里没有人住吗？
老　仆	我们小姐从前是住在这屋子里的。
杨梦梅 梦梅弟	现在呢？
老　仆	现在吗，现在她也还住在这屋子里。
梦梅弟	那么她现在到哪儿去了呢？
老　仆	现在么，她死了。
杨梦梅	她就是你说的那自杀了的女人吗？
老　仆	可不是！
梦梅弟	嗳呀！（更靠近他哥哥）那那那么她是怎么样自杀的呢？
老　仆	我看还是明天再说吧。
杨梦梅	不要紧，你只管说。
老　仆	说起来，差不多是三年前的事了。我们老爷没有儿子，只一位小姐。我们老爷爱小姐爱到了极点，可是我们小姐的脾气也古怪到了极点。我们小姐那时候跟老爷住在北京，在大学里念书，给一位姓什么的少爷爱上了，就向我们老爷提亲。我们老爷和这位少爷的父亲是至好，觉得两家子结了亲，彼此都有些帮助，就把小姐许给那位少爷了，可是小姐怎么样也不愿意。

杨梦梅	她为什么不愿意呢？
老 仆	是呀，听说那位少爷也是满好的，我也不懂小姐为什么不愿意。
杨梦梅	大约她是另外有了情人吧？
老 仆	不错，据我老婆子说，小姐在北京学堂里，早已另外爱上一个人了。
杨梦梅	你太太怎么会知道的呢？
老 仆	她是从小伺候小姐的。
杨梦梅	她知道你小姐爱的是怎样一个人呢？
老 仆	听说是一个什么"诗人"。
梦梅弟	他有没有钱呢？
老 仆	我老头子也不知诗人究竟是干的，据说诗人都是穷人……他们的袋子里什么都有，可就是没有钱。
梦梅弟	那么你小姐为什么要爱他呢？
老 仆	这就是我们小姐脾气古怪的地方哪，不管老爷怎么反对，她总是拼命地爱着这个诗人。后来老爷可气了，把小姐带回南边来，关到这个庄子里，活活地让她坐了三个月牢。这间屋子就是我们小姐的牢房了。
杨梦梅	呵，这就是你小姐的牢房！（自语）我平常看见湖边的漂亮房子，以为住在这里面的都是神仙一样的人，原来是他们关儿女的牢房！
老 仆	怎么不是。我们小姐住在这监牢里的时候，我的老婆子每天给她送茶送饭，可是她总是茶不思饭不想地望着我老婆子哭。临到老爷要把小姐出嫁的前几天，我的老婆子进去送饭的时候……先生，我们小姐忽然不见了！
梦梅弟	那么，上哪儿去了呢？
老 仆	听我说，——小姐不见了之后，我们在桌子上看见了一封信。
杨梦梅	信上怎么说的？
老 仆	她说她父亲是怎样地爱她……
杨梦梅	你老爷还算爱她吗？
老 仆	爱极了，我从没有见过第二个父亲那样爱女儿了。比方小姐十七八岁了，老爷还是跟她小时候一样，每天晚上得给她盖好被。放好帐子。正因老爷那样爱小姐，小姐还要反对他，老爷才那样气呢。小姐信上说感谢她父亲是怎样地爱她，又说她也是怎样地爱她的父亲，但她更是怎样地爱自由。她没法子顺从她父亲的意思，她只好自尽了。
梦梅弟	后来怎么样呢？
老 仆	……我们老爷不是那样疼小姐的吗，一旦看了这一封信，又是难过，又是后悔，四处派人寻访小姐的下落，后来在钱塘江边的一个亭子里面，得了小姐一把扇子，上面还有几首诗。老爷得了这把扇子，哭了好几天；把小姐爱穿的几件衣裳和一些首饰，在孤山脚下替她立了一座爱女墓；又吩咐我们把这间屋里的所有东西都保存起来；叫我老婆子每天替小姐打扫屋子，铺床叠被，送茶送饭，就象小姐在世的时候一样。我们老爷往常每年春天总要到这庄子里来住一两个月的。自从小姐死了之

后，他觉得一朵花，一块石头，都引起他的眼泪，所以这三年中间，只有小姐的周年忌日来过一次，以后再也没有来了。不过还是时常派人，或是写信来督率我们好好地伺候小姐。

杨梦梅　这样说起来，也不过你们老爷纪念你们小姐，命你们照常送饭，又有什么可怕的呢？

老　仆　嗳呀，先生，可怕的就是那送来的饭，有时候真给小姐吃了。

梦梅弟　你怎么知道准是小姐吃了的呢？

老　仆　怎么不是小姐吃了的？我们小姐是最爱吃笋的，有一天我忘了给她预备笋，我来收碗的时候，小姐把碟子都给摔破了。那天晚上我的老婆子还梦见小姐对她生气呢。因此这间屋子平常我也不大敢来。一天早上我大着胆子来打扫屋子的时候，摸着床上的被窝，还是热温温地，就象刚有人睡过似的。

杨梦梅　怕是有别的人来睡过吧？

老　仆　别的人？哪有的事！你看这屋子两面是湖，一面是靠假山，靠假山那边的门也早给封上了。

杨梦梅　假山的门为什么封上了呢？

老　仆　先生，我告诉你，有一天我老婆子告诉我：以后再也别到假山那面去了，她在假山背后看见小姐的后影儿呢。

杨梦梅　是你老婆子眼睛看花了吧？

老　仆　我也这样说。可是不久隔壁的老王在太阳落在孤山背后，湖上的风吹着柳条儿的时候，也隐隐约约地看见小姐在假山那边走过哩。所以以后谁也不敢到假山那面去了。这边的这扇门呢，我们平常是锁上的。

梦梅弟　难道就没有猫吗？

老　仆　猫？连耗子洞都没有，哪来的猫呢？

梦梅弟　嗳呀，那怎么得了，这屋子里有鬼，哥哥！我们搬到旅馆住吧。

杨梦梅　我最不欢喜住旅馆，闹得很，而且也哪来钱住旅馆？我倒挺爱这间屋子。

老　仆　先生，你们两位欢喜这庄子的话，就住到前面厢房里去吧。住在这屋子，回头出了什么事，我老头子担待不起。

杨梦梅　我就是爱这屋子，我很想借这屋子住上三两个月，写一点东西。

老　仆　那办不到，先生。（见稿子）嗳呀，这是您写的么？

梦梅弟　是我哥哥写的。

老　仆　这么厚的一本啊，这都写的是什么呢，先生？

杨梦梅　一篇小说，里面也有诗。

老　仆　那么，先生您也是诗人吗？……那好极了，我们小姐最爱诗人，我想她决不会害先生的。那么好，明早会。你们早些睡吧……（点洋烛，行而复止，顾梦梅弟）小先生，我告诉你，晚上要听得什么响动，最好把被窝蒙着头，可别揭开被来看，一看可了不得啊。

杨梦梅　（不耐）得了，得了，你去睡吧。

| 老　仆 | 好，那么明早会。你们当心些，有什么响动，叫我得哪。 |

梦梅弟　明早会。

老仆下。

杨梦梅　明早会，哈哈，这老头儿见神见鬼的。

梦梅弟　啊！（困倦欲睡）

杨梦梅　弟弟，你快去睡吧。

梦梅弟　我怕鬼，你要同我去睡。

杨梦梅　别胡说八道了，快去睡。

梦梅弟　哥哥你呢？

杨梦梅　我——我还要写点儿东西。

梦梅弟　又要写！天天只看见你写，就没个完，快来睡吧。……
　　　　嗳呀，我在家同妈睡多好。

杨梦梅　（归坐，一面呵其弟令睡，一面伏案取笔，借烛光继续写作。忽思及顷间老仆所说，慨然而叹）一个年轻的女子，为着一个穷诗人殉情，这个叫素苹的女子怎么和白薇的境遇这样相似呢？要不是庄子叫王庆，我真要疑心她就是白薇了。（依然写下去，已而又停。）咳，鬼？这东西被现代的科学枪毙了，可是要真正还有的话，岂不也很好。这个叫素苹的一直闹鬼，我那白薇为什么一直不曾显过灵，甚至还不常入梦呢？（写下去）……呵，白薇！我要是能再见你，至少能再见你的灵魂那可多好啊。……（又写下去）可是倘若真有鬼，真有灵魂，我真有面目见她吗？一个行尸走肉似的苟且偷生的人，真有胆量见那把人生看得那样严肃的白薇吗？呵！可怕！（掩面愧泣）

梦梅弟　哥哥，又在哭。快来睡吧，我怕。

杨梦梅　你好生睡，我一会儿就来了，怕什么！

梦梅弟　你不怕吗？

杨梦梅　我怕什么！

梦梅弟　那你为什么又说可怕呢？

杨梦梅　别说话，快睡。（有顷）……咳，你哪里知道良心的苛责，比鬼还可怕啊。

梦梅弟　（梦吃）嗳呀，鬼！

杨梦梅　弟弟，好生睡，别怕。

梦梅弟不答睡去。

杨梦梅　这孩子又睡着了，还是只知道怕鬼的人幸福。……雨又止了，月亮又出来了，这时候的湖上该多美呀。

（吟诗）

年年明月夜，

双桨打文波。

啊！白薇！这不是我们在北海一块儿玩的时候，我赠给你的诗吗？现在我在西湖又逢着月夜，你却在哪一个世界呢？

忽然一阵凉风，隐隐送来一阵啜泣之声。

杨梦梅　嗳呀，这时候还有人在湖边哭！（侧耳）的确好象有人哭。这声音好奇怪
　　　　呀！……（寻着声音走出去）凉风吹着窗帘，帷幕微动，气象凄然可怖。
　　　　左侧屏风后，徐徐转出一靓妆女子，见桌上烛光颇惊，轻步至床边掀帐
　　　　而坐。

　　女　（轻声叫）王妈？（见不是，大惊。起身将出，见桌上稿本，好奇地翻阅。
　　　　初则是动于好奇心，继见其所写者为自己，惊喜。一直读下。各种记忆
　　　　皆从头唤起，时而微笑，时而蹙眉，时而落泪，其间遇有惬心之句，则
　　　　加圈点，遇怫意处，则加批语，细读至哀切处触动悲感，不觉痛哭出
　　　　声）

梦梅弟　（惊醒）哥哥，睡呀，又哭什么？（见不答，掀帐一看，大骇）嗳呀，你是
　　　　谁？你……女无言，走近梦梅弟。

梦梅弟　（骇然下床，绕室而走）你是谁？

　　女　（绕室追之）你别怕！……你是谁？

梦梅弟　我姓杨，你到底是谁？是人是鬼呀？

　　女　你别怕。

梦梅弟　你是打哪儿来的？

　　女　我是这屋子里的呀。

梦梅弟　这屋子是你的？

　　女　唔。是我住的呀。

梦梅弟　那么，你是不是那老头子说的：那那那位自杀了的小姐？

　　女　（微笑）对呀。

梦梅弟　嗳呀，你是鬼！你别害我，我年纪小呀。

　　女　小弟弟，你别怕！我是跟你闹着玩的，我是那老头子的亲戚。

梦梅弟　你当真是人是鬼？（迟疑）

　　女　你看，鬼是没有影子的，我有影子，对吗？你拉拉我的手，鬼是没有热
　　　　气的，我有热气，有吗？

梦梅弟　都有。

　　女　那你可以相信我是人了。

梦梅弟　可是单止有影子有热气，也不一定是人啊。（仔细打量）

　　女　你瞧瞧我吧，别管我是人是鬼，你说你喜欢我不？

梦梅弟　我喜欢你。

　　女　那不结了。我问你，你同谁来的？

梦梅弟　同我哥哥来的。

　　女　哥哥带你上这里来，单是来玩的吗？

梦梅弟　是的，我哥哥心里不痛快，妈叫我陪他来玩的，哥哥顺便还想来写写
　　　　文章。

　　女　（指桌上文稿）这就是你哥哥写的吗？

梦梅弟　是的。

女	他什么时候写起的呢？怎么还没有完？
梦梅弟	他写了快三年了，自打他挺爱的那女朋友死了之后。
女	他一直写着吗？
梦梅弟	不，他动手已经三年了，有时拼命地写，有时又停下来干别的，他得挣钱养活一家子啊。他写的时候也不知想着什么，老是哭。
女	哦，三年来的辛酸的日子也算没有白过了。……他现在身体还好吗？
梦梅弟	不怎么好。那样时常哭着的人身体哪会好呢？
女	那么，谁招呼他呢？
梦梅弟	嫂嫂。
女	（一惊）你有几个哥哥？
梦梅弟	我哪有几个哥哥，就只一个哥哥。
女	你哥哥他结婚了？
梦梅弟	结婚了。
女	结婚了！……什么时候结婚的？
梦梅弟	我哥哥从前爱的那个女朋友死了不到半年他就结婚了。
女	不到半年？……为什么他这小说上没有写出他结婚了呢？
梦梅弟	因这他心里老思念他从前那个女朋友。
女	既然那样思念她，为什么又那样快就结婚了呢？
梦梅弟	因为爸爸、妈妈急着要抱孙子，天天逼，天天逼，哥哥才结婚的。
女	那么，现在有了孩子了？
梦梅弟	有了，有了一个又白又胖的小侄侄了。
女	哦，有了一个又白又胖的孩子了。
梦梅弟	是呀。
女	你嫂嫂好不好？
梦梅弟	嫂嫂倒是个挺好的人，时常买糖给我吃，可是她跟我哥哥过得不大好。
女	那是为什么呢？
梦梅弟	因为哥哥时常想念他从前爱的那女朋友，嫂嫂不愿意；她说娶了她就应该爱她，要不然把那死了的爱人从土里挖出来跟她结婚得了。
女	对，这埋怨也是对的。
梦梅弟	因此他们俩时常吵架。哥哥有时候急得生病。
女	哦，他那吐血的病现在好了没有？
梦梅弟	比从前好了些了。可是这才怪呢？你怎么知道我哥哥有吐血病呢？
女	我怎么不知道，你哥哥跟我从前也是挺好的朋友。
梦梅弟	怎么你是我哥哥的朋友。那好极了。我哥哥刚才还在这里写文章，这会儿想是到外面看月亮去了。他挺爱独自一个人在月亮底下散步的，你等一等吧。刚才那老头子说这屋子里有鬼，我怕极了。你来了，好极了，你陪陪我吧。我哥哥一会儿就要回来的。
女	好，我陪陪你，我跟你哥哥阔别了好些年了，我正想见见他哩。
梦梅弟	那好极了。你听，我哥哥回来了。

女	你怎么知道？
梦梅弟	他走路声音，我一听就知道。
女	小弟弟，你快把门关上，让我理一理头发。不知道他还认识我不？
梦梅弟	好朋友哪有不认识的？
女	不，越是好朋友越轻易不认识。（对镜子理鬓，不觉黯然如有所悟）我憔悴到这个样子了？怎么这三年之中一点也不觉得。
梦梅弟	我哥哥回来了，开门吧。
女	等一等，让我想一想……小弟弟，我还是不见他的好，影子和热，总有消失的时候呢……回头你别告诉你哥哥说我来了。
梦梅弟	（一把扯住）不，你不是我哥哥的好朋友吗？为什么又不要见他呢？
女	不，我不见他了，你别拉着我。
	脚步声愈近。
梦梅弟	我哥哥已经来了，你既然也是他的好朋友，见了他也好劝他别那么愁了。
女	不过我……我……不愿见他了。你快放手。好弟弟。
女	不，我不放手。
女	你真不放手？
梦梅弟	不放。
女	你知道我是谁？
梦梅弟	你是谁？你不是刚说的那个看庄子老头儿的亲戚吗？
女	不是，老实告诉你吧，我就是这屋子里的那个，那个自杀了的女鬼！
梦梅弟	哎呀，你是鬼呀！——（急放手）
	女吹灭洋烛，脱手遁去。
梦梅弟	哎呀，有鬼呀，救命呀！（乱摸门闩，好容易才把门开了）
	杨梦梅闯入。
杨梦梅	（抱住梦梅弟，取袋中火柴，点燃洋烛，摇小弟头）弟弟快醒醒，快醒醒，你做了什么恶梦？
梦梅弟	哥哥，哥哥！
杨梦梅	哥哥在这里，你做的什么梦？
梦梅弟	（喘息而言）我不是做梦，我是真正遇见了鬼。
杨梦梅	哈哈，你遇了什么鬼？（笑）是大脑袋儿的？小脑袋儿的？
梦梅弟	你还笑呢！出去又不告诉人家，我再也不同你出来了。
杨梦梅	你说呀！究竟怎么回事？
梦梅弟	你出去之后，也不知什么时候我迷迷糊糊地听得有人哭。
杨梦梅	我刚才也是听得远远地有人哭，才跑出去的。找了好半天，连影子也没有找着。
梦梅弟	可是我一醒，看见桌子上坐着一个人了，起先我以为是你，仔细一看，是个女的！
杨梦梅	真见鬼了。哈哈，你问她是谁没有？

梦梅弟	我问她是谁，她说她是这屋子里的。你看，那不是那自杀了的什么素苹小姐是谁？可把我给吓坏了。后来她说："你别怕，你别怕，我是跟你开玩笑的。"她又说她是这守庄子老头儿的亲戚。我不信，她又教我看她的影子，说鬼是没有影子的，她有影子；又教我摸她的手，一双热温温的手，说若是鬼的手，应该是冰凉的。我见她有影子，手又是热的，就不怕了，坐下来跟她讲话。她问我同谁来的？我说"同哥哥来的"。她问："你哥哥带你来，单是来玩的吗？"我说你自打从前那要好的女朋友死了之后，你是怎样发愁，怎样的哭，怎样的写小说，写诗。她听了好象挺同情似的，就问你身体好不好。我说："他那样时常哭着的人，身体哪会好呢？"她就问："那么谁招呼他呢？"我说。"嫂嫂招呼他。"这一下她可问得有些奇怪了。
杨梦梅	（好奇地）她是怎么问你的呢？
梦梅弟	她问我有几个哥哥，我不是只有一个哥哥吗？
杨梦梅	是呀！
梦梅弟	我就告诉她："我只有一个哥哥。"她接着很担心地问："那么你哥哥结婚了"我说"早结婚了"。她说："哦……他结了婚了！"接着她就问我："那么小说上为什么又没有写出来呢？"哥哥，当真你那小说上面为什么没有写出来呢？
杨梦梅	唔，后来怎么样？
梦梅弟	后来我告诉她因为我哥始终想念那女朋友，对不对？
杨梦梅	唔，她怎么说？
梦梅弟	她说："你哥哥既然那样思念她，为什么又那样快地跟别的女人结婚呢？"
杨梦梅	……唔。
梦梅弟	我是说爸爸、妈妈急着要抱孙子天天逼，天天逼，哥哥才勉强结婚的。
杨梦梅	唔。
梦梅弟	后来她又问："那么望着了孙子没有？"我说："现在有一个又白又胖的小侄侄了。"她听了说："哦……他有了孩子了。"她就问嫂嫂做人好不好。最后又问你那吐血病好了没有？我说："这倒怪了，你为什么知道他有吐血病呢？"她说"为什么不知道？"她也是你的好朋友。我说："那么好极了，我哥哥大约是出去看月亮了，一会儿就要回来的。"她说跟你分别多年了，正想见见你。她叫我关上门，让她理一理头发。我听见你来了，正要开门，她忽然止住我，不叫我开，说："影子总是要灭的，还是不见的好。"我拉着她的手怎么样也不让她走，她忽然变了脸了，说："你知道我究竟是谁？"我说。"你究竟是谁？"她说她就是这屋子里那自杀的女鬼。我吓得把手放，她把洋蜡吹灭，一闪就不见了。后来你就进来了。
杨梦梅	你这些话是什么时候瞎编的？你还在做梦吧？快醒醒（摇摇他）快醒醒！
梦梅弟	哥，我不是做梦。瞧我不是睁着眼睛吗？

杨梦梅	还不是做梦！快去睡。
梦梅弟	我不睡，回头那女鬼又来找我来了。
杨梦梅	（重催其弟安睡）别胡思乱想就不会有鬼了。（归座）
梦梅弟	（梦呓）我姓杨，你是谁？
杨梦梅	弟弟，好好地睡，别做梦了。
梦梅弟	嗳呀，来了。
杨梦梅	别怕，弟弟。（起身抚之）
梦梅弟	你怎么还不睡呢？哥哥快来睡呀，回头我要告诉妈，说你把我带到外面来，全不管我。
杨梦梅	你好好睡，我马上就来了，刚在外面步月，有些感想，不写下来是睡不着的。
梦梅弟	好，那你马上要来睡的呀。……
杨梦梅	到了这样凄静得象死一样的环境里来，真连自己呼吸都可怕……（伏案工作，翻阅前面之稿，见有圈）弟弟，叫你别把稿子给弄脏了，又圈圈点点地，你懂得什么呢？
	梦梅弟已睡熟。
杨梦梅	咦，倒圈得有道理。哦呀！还有批语呢！（翻至最后，发现手帕，急审视之）嘎！（奔至床前）弟弟，这手帕是谁的？弟弟！
梦梅弟	（睡眼朦胧中）我姓杨，我姓杨，别害我！
杨梦梅	喂，这手帕是谁的？
梦梅弟	（醒来）手帕？有手帕吗？我不知道。八成是那素苹小姐的，我一醒来就看见她伏在你稿子上哭。
杨梦梅	她到哪里去了？
梦梅弟	她摔开我的手，把洋蜡吹灭，就不见了。
杨梦梅	啊！白薇！（在室中乱寻，已而忽闻枪声一响）
梦梅弟	哪里枪响？！
杨梦梅	（向发声处突入，复自石山内出）弟弟！快拿烛来。
梦梅弟	怎么了？（捧烛发抖而入）
	已而其弟捧烛前导，杨梦梅抱白薇上。梦梅弟推沙发，杨梦梅扶之躺下。
杨梦梅	白薇，白薇。
白　薇	（呻吟中，抬眼望之）啊，梦梅，我——我毕竟非见到你不可吗？
杨梦梅	白薇，我哭了你三年了。
白　薇	我也象海底下的鱼望着水面上透进来的阳光似的等了你三年了。
杨梦梅	刚才听得守庄子的谈起这屋子里素苹小姐的事，我就疑心是你，可是我只知你叫白薇，原来你还叫素苹吗？"
白　薇	咳，素苹也好，白薇也好，反正都是些不祥的名字。
	老仆闻声匆匆携地登场。
老　仆	深更半晚，哪里来的枪响？嗳呀。这不是小姐吗？小姐，我伺候你三年

了，你还活着吗？谢天谢地。

白　薇　老王，往后再也用不着你们伺候了，快去叫你妻子来。

杨梦梅　快去叫大夫来。

白　薇　用不着大夫了。叫你妻子来，我有话告诉她。

老　仆　这真是哪来的话，从前以为你自尽了，原来您还活着。现在既然活着，为什么又要自尽呢？

杨梦梅　这你不晓得。快去叫大夫去。

老　仆　杨先生你认识我们小姐吗？

杨梦梅　你别问这些，快去快去。

老　仆　我真弄不明白。（下）

白　薇　我由这里写给你的长信，你接到了没有？

杨梦梅　接到了……

白　薇　为什么不给我回信呢？

杨梦梅　怎么没有回信呢？我费了一晚工夫，给你写了一封长信，要你不管怎样受委屈，得等着我……我正怪你为什么不回我的信呢？……

白　薇　是的……这自然是爸爸给收去了。……但是后来又写了那么多信为什么都没有回信呢？

杨梦梅　后来因为我想求得一些救国的知识，冒险到巴黎去了，我还欠了公寓里一些钱，走的时候，没有给他留下通信地址，他们怎么会把你的信转给我呢？

白　薇　咳，真是白流了多少眼泪。你到巴黎去了多少日子？

杨梦梅　不到一年。

白　薇　为什么不到一年就回来了？

杨梦梅　因为没有接济。靠在外国做工，没有工做；靠寄诗稿到国内书局里来卖也没有人要，我就只好回来了，回来就听说你死了。

白　薇　这三年中除了王妈以外，谁都以为我死了。实在我已经死过两次。第一次是在总统府的前面。那一次请愿的结果，不是牺牲了我们好些同学么？我和素芸姐姐、江蔚霞站在一道，不是她们两个都死在段祺瑞的枪弹底下，我侥幸还活着么？第二次就是三年前的这个时候了：我受不了爸爸的压迫，又得不到你消息，气愤不过，就由家里逃到钱塘江边去投水。又不幸被一个渔夫给救了。我在渔夫家里打听得爸爸寻着了我遗下的扇子，给我留下这间屋子，又替我在湖边建筑了一座坟墓，所以我就干脆隐姓埋名，住在这儿。有时候，我一个到孤山去赏玩一回湖上的夕阳，也凭吊一回自己的坟墓，就象我的邻居冯小青伤悼她自己的影子一样。到了晚上由王妈给我预备的另一条路，回到我自己的屋子里来，等他们睡了之后，我也来读一回我小时候爱读的书，弄一回我平常爱弄的脂粉，翻一回你从前写给我的那些信——哎——梦梅，我虽不是个厌世的人，可是在两三重压迫之下，我早就决心用死来抗议了，为什么又过了三年这样游魂似的生活呢？就因为我虽得不到你的信，总想在什么时候见你一面，我时常在报纸上找你的名字，为什么老找不着呢？

杨梦梅 你怎么能在报纸上找到一个穷诗人的名字呢？除了他犯罪的时候。

白　薇 我因为始终存在着这种希望，所以我不管受着怎样的辛苦，总还是留恋在人间。

杨梦梅 白薇！自从所得你死了的消息，我也就成了一具活尸了。虽则不久我就结了婚，还生了孩子，这都好象不是我自己的事一样，……这三年当中我总是梦见你，刚才那老头子说这房子里有鬼，我想倘若世间上真有鬼，我至少也可以见到你的灵魂了。……现在我们在偶然的机会，正好实现这个多年的愿望了，你为什么又要死呢？……白薇，你对我很失望吗？

白　薇 不，不，我没有失望。你那篇小说是一个很动人的作品。

杨梦梅 薇，那就是我哭你的眼泪。

白　薇 那是一部贵重的感情记录。一个女子能够给她所爱的人一种刺激，让他对人民有所贡献，她也不算白活在世上一趟了。同时能在生前看到你对死后的我所吐露的真情，我也够幸福了。

杨梦梅 那么你为什么又要把爱你的人伤痛的心重新给揉碎呢？

白　薇 梦梅，"人死不能复生"，你要是发见你那死了三年的爱人会在偶然的机会复活起来，你会把严肃的人生看成笑剧了。那样一来，你怎么能够完成你那贵重的记录呢？

杨梦梅 白薇，……你要是仅因为我的艺术来牺牲你的生命，那么我要否定一切艺术了！我要把这写了三年的作品，在你面前撕碎！

白　薇 （急止之）不，不，梦梅，断不能撕碎它。要是你真爱我的话，就好好完成它，把它当作我们苦痛的爱的纪念碑吧。你说这是你哭我的眼泪，就把你的眼泪变成一颗颗子弹，粉碎那使我们生离死别的原因吧。只要你能完成这个严肃的记录，我虽死无恨。刚才听得小弟弟说，你有了一个很好的太太，还有了可爱的孩子，象我这样一个游丝似的系在人间的人，何必再来破坏人家的幸福呢？所以我……（苦闷衰弱）啊，梦梅，我再也不能支持了，我们永别了。……（晕去）

杨梦梅 白薇，白薇，你错了。这种牺牲是完全没有必要的。我也知道我是错了。我以为我的心在这一个世界，而身不妨在那一个世界。身子和心互相推倭，互相欺骗，把我弄成个不死不活的人了。我觉悟了，我们应该勇敢地统一地生活下去，你决不能死。——啊，大夫，大夫！

老仆匆遽登场。

老　仆 大夫一会儿就要来了！……

杨梦梅 白薇！白薇！

老　仆 嗳呀，小姐，小姐！

白　薇 （又醒转来）啊，老王，王妈呢？

老　仆 小姐，老婆子她早上出去到这个时候还没有回来。

白　薇 啊，干娘，我再不能见你了，……（望老仆）你告诉她，说我谢谢她多年

的照顾，我没法子报答她，要她别告诉老爷说我又自杀了，只说她的干
女儿死了吧。

老　仆　啊，小姐，这真是哪里说起。只要小姐不死，我们老夫妻就伺候您一辈
子也是愿意的。

白　薇　（握着他们兄弟的手）梦梅，……帮助你的聪明的弟弟……爱你的太太和
孩子，……完成你的作品。

梦梅弟　哥哥，她的手已经凉了。……

杨梦梅　什么？（握之）白薇……无论你现在所去的地方是天堂或地狱，请你在那
儿等着我吧，……我的吐血的病是永不会好的，（指着小说稿）把我的血
吐完了的时候，我就来了。……

老　仆　小姐，小姐，……先生，快来呀，……这怎么好。

杨梦梅　（起身促其弟）弟弟，快摇摇我，我在这里做梦吧。……快摇摇我。

老　仆　小姐呀。……

梦梅弟　哥哥，……哥哥，（扶他哥哥）哥哥！

杨梦梅　你摇摇我，……弟弟……啊，白薇，白薇，白薇！（向逝去多时的白薇
坐处倒下）

梦梅弟　哥哥，哥哥！

——闭幕

丁西林

丁西林(1893—1974)，江苏泰兴人，原名丁燮林，字巽甫，中国现代戏剧作家、物理学家。代表作有《一只马蜂》《压迫》《三块钱国币》《等太太回来的时候》。

丁西林早年留学英国攻读理工专业，期间阅读了大量欧洲戏剧文学，尤其喜爱萧伯纳、高尔斯华绥、易卜生等人的作品，深受英国风俗喜剧、机智喜剧的影响。1920年归国后任教于北大物理系，从事教学与科研的同时开始了业余戏剧创作。早期作品多表现知识分子和市民日常生活中新与旧的矛盾，数量不多而风格独异，以独幕喜剧形式见长。新中国成立后任文化部副部长、中国人民对外友好协会副会长等职，兴趣转向传统戏曲的改编和话剧的民族化探索方面，创作了多部古典题材的话剧、歌舞剧，还尝试对外国优秀的剧本作系统的"译批"工作。

丁西林是中国现代话剧史上唯一专门写喜剧的剧作家，尤以独幕剧成就为最，被誉为"独幕剧的圣手"。其剧作特色在于精巧新颖的构思布局和机智幽默的对话艺术，为中国现代剧坛开创了一种具有鲜明理性色彩的喜剧类型。

压 迫

叔和：

这篇短剧是供献给你的。这剧里主人的一种可爱的特性，是否受了你的暗示，我不敢说，但是这剧的情节，是由你发生的。去年的冬天——大约你还记得罢——你想离开我们自己找房另住，有一天晚上，我们坐在火炉的旁边烤火，讲起这件事来，我们和你开玩笑，说你如果不结婚，你一定找不到房子。因为北京租房，要满足两个条件：一是有铺保，一是有家眷。那时我觉得这个题目很有趣味，对你说，我要替你写一个短剧。这事已隔了一年多了。在这一年之内，多少次我想把这剧本写出，都没有成功。现在这篇剧本都算勉强脱稿，但是你已经死了！以前我写的那几篇试验的作品，都曾经先由你看过，然后发表。这一篇特别为你写的东西，反而得不着你的批评，这是很令人感伤的一件事。

这篇短剧不过是一种幻想。没有"问题"，也没有"教训"。然而因为你的死，它倒有了特别的意义。你是怎样死的，你知道么？你的病，是瘟热病。你的死，是苍蝇咬死的。苍蝇不会咬人，但是你住在医院的时候，你的朋友每次去看你，都要在你的床上，你的身上，你的牛奶杯上替你打死好多的苍蝇。你处在那种无人看护的情境，说你是苍蝇咬死的，总不算太不理智吧。因此我想到，你真的找房的时候，如果能和这剧里的主人一样，遇到那样的一个富有同情的人，和你"联合起来"，去抵抗——不但"有产阶级的压迫"——社会上一切的压迫与欺负，我相信，你是一定不会死的。

你是一个很有 humor 的人，一定不会怪我写一篇喜剧来纪念一个已死的朋友。我的生性是不悲观的，然而你可以相信，我写完了这篇剧本，思念到你，我感觉到的只是无限的凄凉与悲哀。

西林　十四，十二，七

剧中人物

男客人
女客人
房东太太
老妈子
巡警

布　景

一间中国旧式的房子。后面一门通院子，左右壁各一门通耳房。房的中间偏右方，一张方桌，四围几张小椅。桌上铺了白布，中间放着一架煤油灯及茶具。偏左方，一张茶几，两张椅子，靠壁放着。一张椅子背上担着一件雨衣，旁边放着一个手提的皮包。后面的左边靠墙放着一张类似洗脸架带有镜子的小桌，上面放着一个时钟及花瓶。屋内尚有其他的陈设，壁上还有一些字画，但都很简单而俭朴。

〔开幕时，一个着粗呢洋服，长筒皮靴的男人坐在茶几旁边的一张椅上抽烟斗，一个老妈子立在门外，将手伸到屋檐的外边去试验有无雨点。

老　妈　（走进屋来）雨倒不下了，怎么还不回来？（从桌上拿了茶壶，走到茶几边代客人倒茶）

男　客　（不耐烦，站起）唉，你先弄一点东西来吃，好不好？

老　妈　东西倒有在那里，不过这也得等太太回来。

男　客　吃东西也得等太太回来？

老　妈　（叹了一口气）是的，吃东西得等太太回来，房子的事情，也得等太太回来。

男　客　好吧，等太太回来吧。横竖是那么一回事，太太回来也是那样，太太不回来也是那样。（复坐下）

老　妈　（摇头）看那样子，太太不像肯答应把这房子租给你。

男　客　不把这房子租给我？谁教她受我的定钱？

老　妈　是的，那只怪小姐不好。其实——唉——太太的脾气也太古怪了。像你先生这样的人，有什么要紧？深更半夜，屋里有一个男人，还可以有个照应。

男　客　这房子以前有人租过没有？

老　妈　这房子已经空了有一年多了，也没有租出去。

男　客　这房子并不坏，为什么没有人来要？

老　妈　没有人要？谁看了都说这房子好，都愿意租。这房子又干净，又显亮，前面还有那样的一个花园。

男　客　这样说为什么一年多没有租出去呢？

老　妈　你先生也不是外人，告诉你也没有什么要紧，你知道，我们的太太爱的就是打牌，一天到晚在外边。家里就只有我和小姐两个人。有人来看房，都是小姐去招呼。有家眷的人，一提到太太，小孩，小姐就把他回了。没有家眷的人，小姐才答应，等到太太回来，一打听，说是没有家眷，太太就把他回了。这样不要说是一年，就是十年，我看这房子也租不出去。

男　客　怎么，像这一回的事，以前已经有过么？

老　妈　也不知有过多少次。每回租房，小姐都要和太太吵一次。不过平常小姐不敢做主，这一次她做主受了你先生的定钱，所以才生出这样的事来。

男　客　她如果早做主，这房子老早就租了出去。

老　妈　是的，不过平常租房的人，听说房子不能租给他们，他们也就没有话说，不像你先生这样的……

男　客　古怪，是不是？是的，你们太太的脾气太古怪了，我的脾气也太古怪了，这一回两个古怪碰在一块儿，所以这事就不好办了。不过我也觉得这房子不坏，尤其是前面的那个小花园。

老　妈　看你先生的样子，一定也是爱清静的。这里一天到晚听不到一点嘈杂的声音，离你先生办事的地方又近，所以……我曾在那里替你先生想……

男　客　你替我想怎么？

老　妈　……就说你先生是有家眷的，家眷要过几天才来，这样一说，太太一定可以答应把这房子租给你。

男　客　好了，如果过几天没有家眷来，怎样？

老　妈　住了些时，太太看了你先生什么都好，她也就不管了。

男　客　不行不行，一个人没有结婚，并没有犯罪，为什么连房子都租不得？

老　妈　喔，我不过觉得你先生这样的爱这房子，如果租不成功，心里一定不舒服，所以那么瞎想罢了，我原是不懂事的。——啊，这大概是太太回来了。（走到门口，高声）是太太么？（答应外边）是的，在这儿。（走出，客人也站了起来少停，房东太太由后门走进，老妈跟在她的后面）

房　东　对不住，劳你等了。

男　客　我对你不住，打搅了你。我教你们的老妈子不要去惊动你，她没有听我的话。

房　东　那没有什么。（从一个皮夹子里拿出一张票子）啊，这是你先生留下的定钱，请你收起来。

男　客　啊，对不住，我今天是到这边来住宿的，不是来讨定钱的。

房　东　怎么？昨天我不是对你说明白了么，说这房子不能租给你？

男　客　啊，是的，你说的很明白。

房　东　那么今天你还教人把行李送到这儿来是什么意思？

男　客　（高兴得很）因为教我不要来是你说的，不是我说的，我并没有答应你说
　　　　不来，我答应了没有？

房　东　（渐渐地感到不快）你这话我真不大明白，你的意思，好像是说这房子的
　　　　租不租要由你答应，是不是？

男　客　喔，不是，这房子的租不租，自然是要由你答应。不过，既把房子租了
　　　　给我，这房子的退不退，就得由我答应。你知道，现在这房子不是租不
　　　　租的问题，是退不退的问题。

房　东　（渐渐生起气来）我这房子是几时租给你的？

男　客　你既受了我的定钱，这房子就算租了给我。

房　东　真是碰到鬼！我几时受你的定钱？那是我的女儿，她不懂事。

男　客　不懂事？她又不是一个小孩子。

房　东　喔，现在这些废话都不必讲，我这房子并不是不租，我是要租一个有家
　　　　眷的人，如果你先生有家眷来同住，我这房子租你，我没有话说。

男　客　你这话说的毫无道理。你租房的时候，说明了要家眷没有？我骗了你
　　　　没有？

房　东　（改用和平的方法）租房的时候没有说，可是我昨天已经对你先生说过，
　　　　我们家里没有一个男人……

男　客　（停止她）唉，唉，我问你，你租房的时候，你家里有男人没有？为什么
　　　　现在才想到？

房　东　你这人一点道理不讲，我没有这许多工夫来和你争论。

老　妈　（想做和事佬）喔，太太，今天时候也不早了，天又下雨，现在要这位先
　　　　生另外找房子，也不大方便，可不可以让这位先生暂时在这儿住一宵，
　　　　明天再想旁的法子。

男　客　（固执）不行！这话不是这样讲，如果我不租这房子，我即刻就走，既是
　　　　受了我的定钱，这房子就非租给我不可！

房　东　那么我告诉你，你今晚非走不可！

男　客　（冷笑了一声）哼！（坐了下来）

房　东　（站到他的面前）你走不走？

男　客　不走！

房　东　王妈，去把巡警叫来。

老　妈　喔，太太！

房　东　你去叫巡警来。

男　客　巡警来了又怎样？巡警也得讲理呀。

老　妈　太太，我想……

房　东　我叫你去叫巡警去，你听见了没有？——你去不去？

老　妈　好吧。（由后门走出）

房　东　要他即刻就来！（由后门走出，用力将门一关）

男　客　（没有了办法。袋里摸出烟包和烟斗，包里的烟又完了，从皮包里取出
　　　　一个烟罐，开了一罐新烟，先把烟包装满了，然后装了烟斗。正想抽烟

的时候，忽然来了敲门的声音，厉声的)进来！(仍然背了门立着)

女　客　(推开门，轻轻走进。身上着了一件雨衣，一手提了一只小皮包，一手拿了一把雨伞。一进门就开了口，一开了口就有不能停止的势子)啊，对不起，请你原谅。(男客人急转过身来，这时他才看见进来的是这样的一个人)这是很无礼的，我知道，但是我没有办法，你们的大门没有关，我一连敲了好几下，都没有人答应，所以只好一直走进来。

男　客　(气还未平，但没有忘记把衔在嘴里的烟斗拿下来放在桌上)你有什么事？

女　客　我？我是到这边大成公司做事来的。今天刚从北京来，下午三点的车子，直到六点钟才到，九十里路，走了两个半钟头，你看！现在我要找一个住宿的地方，在火车站上，我打听了好几个地址，一连走了三四家，都没有找到一间合用的房子。有人告诉我，说这边还有几间空房……

男　客　(遇到了对头)啊，你是来租房的！

女　客　是的。不知道这边的房子租出去了没有？

男　客　(狠心的回答)你的运气不好，这房子刚刚租出去。

女　客　啊，你说我运气不好，我的运气可真不好。碰到这样的天气，这乡下的路又不好走，你看，我一身的衣服都打湿了。两只脚走得发酸。(叹了一口气)唉，我可以借你们的凳子坐了歇一回么？

男　客　对不起，请坐。(气全没有了)

女　客　(放下皮包雨伞)谢谢你。(坐在茶几里边的一张椅上，向四边观察房里的一切)

男　客　(引起了趣味，坐在方桌旁的一张小椅上)刚才你说你是到大成公司来做事的，不知道在那边担任的什么事？——啊，也许我不应该问。

女　客　不应该问？那有什么？这又不是不可以告诉人的事。前两个星期，他们在报上登了一个广告，要聘请一位书记。那个广告，什么报上都有，我想你一定看到的。

男　客　(点了一点头)

女　客　上星期五，他们又在报上登了一个启事，说"敝公司拟聘书记一席，现已聘定，所有亲友寄来荐书，恕不一一做复，特此声明。"这个启事，你看见了没有？

男　客　(又点了一点头)

女　客　那位聘定的书记就是我。你没有想到吧？——你没有想到是一个女人吧？

男　客　这倒没有想到。

女　客　(得意得很)不过现在怎样办呢？你替我想想，后天就要到公司里去接事，现在连住的地方还没有找到！从六点半钟一直走到现在，就没有停脚。不瞒你说，我连饭还没有吃呢。(起身整理了一回衣，走到镜子的前面照脸)

男　客　　（好像很同情的样子)饭还没有吃？那怎么行？这一层说不定我或者可以
　　　　　帮助你。（起身倒了一杯茶)

女　客　　谢谢你，我不过是告诉你。我不是来骗饭吃的。

男　客　　喔对不起！——好，请先喝一杯茶吧。

女　客　　谢谢。（复坐原处)

男　客　　（袋里摸出纸烟盒)你不抽烟吧？

女　客　　我不抽烟，不过我并不反对旁人抽烟。（喝了一口茶)

男　客　　谢谢你。（放回烟盒，收了烟斗，背转了身，燃火抽烟)

女　客　　（摸到她的脚)喔，天呀！你看我的这双脚，还像是人的脚么……

男　客　　（急转过身来)怎么样？

女　客　　不仅是水，连泥都走进去了！

男　客　　（殷勤起来)那真糟。要不要换袜子？如果要换袜子，我可以走到外
　　　　　边去。

女　客　　谢谢你，我不要换袜子。就是换袜子，也用不着把你赶到外边去。

男　客　　不要紧，如果袜子没有带，我还可以借你一双。

女　客　　谢谢你，你的好意我很感激，不过换它有什么用处？反正是要到水里走
　　　　　去的。

男　客　　要到水里走去？——干什么要到水里走去？

女　客　　不到水里走去有什么办法？这样漆黑的天，一到街上，你还分得出哪里
　　　　　是水哪里是路来么？

男　客　　（如有所思)

女　客　　（又喝了一口茶，叹了一口气，起身告辞)啊，打搅了你，对不住得很。
　　　　　（拿了皮包雨伞，预备走出)

男　客　　（阻止她)不用忙，再歇一会儿。——刚才你说，你是要租房的，是
　　　　　不是？

女　客　　（面向了他)怎么！我说了半天，你还没有听懂么？

男　客　　听是听懂了。不过……唉，你看这三间房子怎么样？

女　客　　怎么，你不是说已经租出去了么？（放下皮包)

男　客　　租是租出去了，不过也许可以让给你。

女　客　　（高兴起来)可以让给我？真的么？（放下雨伞)

男　客　　自然是真的。（又替她倒好了一杯茶)

女　客　　（坐下，接了茶)谢谢。不过为什么可以让给我？是不是这房子如果我愿
　　　　　租，你就可以不租给那个人？

男　客　　（摇头)

女　客　　不然，你刚才说的是句谎话，这房子就没有租出去？

男　客　　不，我说的是实话。这房子是已经租出去了。现在也不是不租给那个
　　　　　人。我说可以让给你，是说已经租好了房子的那个人，自己愿意让
　　　　　给你。

女　客　　那我可不明白。为什么那个人愿意把房子让给我？他连见都没有见过

我，为什么要把房子让给我？

男　客　那你不用管。

女　客　这房子闹鬼不闹鬼？

男　客　怎么，难道你怕鬼么？

女　客　喔，我是不怕鬼的，我说也许那个人怕鬼。

男　客　喔，那个人也是不怕鬼的。——不管有鬼没有鬼，让我们来看看房子，好不好？（从桌上拿了灯引她看房）这是一间睡房。（开了右壁的门，让她走进）芦草的顶篷，洋灰地，洋式床，现成的铺盖。窗子外面是一个小小的花园。一清早就可以听到鸟的声音。白天撩开窗帘，满屋里都是太阳。（女客人走出。又把她引到右边的耳房）这边也是一个睡房。铺盖家具也都是现成。房间的大小，和那边一样。就是光线差一点。一个人住的时候，这里可以做睡房，那边可以做书房。（女客人走出）中间可以吃饭会客。（放下灯）这屋子又干净，又显亮，一天到晚，听不到一点嘈杂的声音。这里离你办事的地方又近。我看这房子是于你再合适没有了。

女　客　这三间房子租多少钱？（坐下）

男　客　喔，便宜得很。这样的三间房子，只租五块钱一月。

女　客　房子倒不错，房价也不贵。（想了一想）这房子真的可以让给我吗？

男　客　自然是真的，为什么要骗你？

女　客　不过今晚就来住，总不行吧？

男　客　行，行！（好像忽然想起一件事来）不过——你结了婚没有？

女　客　（跳了起来，挺了胸脯，竖起眉毛）什么！！

男　客　（还要补一句）你结了婚没有？

女　客　（怒了）你这话问的太无道理！

男　客　太无道理？

女　客　简直是一种侮辱！

男　客　（高兴起来）"侮辱"，对了，一点都不错，我也是这样说。但是现在有房出租的人，似乎最重要的是先要知道你结婚没有。

女　客　我结婚没有，干你什么事？

男　客　是的，一点都不错，我结婚没有干她们什么事？可是她们一定要问，你说奇怪不奇怪？

女　客　我完全不懂你的意思。

男　客　谁说你懂？你自然不懂我的意思。不过你不要性急，让我告诉你，你就会懂。——刚才你说，你是到这边大成公司来做事的，是不是？……

女　客　你这人的记忆力真坏，怎么刚说过了的话，即刻就忘了。

男　客　不要生气。我不过是告诉你，我也是到这边大成公司来做事的。

女　客　你也是到大成来做事的？

男　客　是的。你没有想到吧？

女　客　你在大成做什么事？

男　客　我在这边当工程师。

女　客　这样说，你并不是这里的房东？

男　客　谁说我是这里的房东？我说了我是这里的房东没有？你看我的样子，像一个房东么？

女　客　(抢着说)啊我知道了！你是这里的房客！这三间房子是你租的，现在你觉得不合适，想把它退了。

男　客　想把它退了！谁说我想把它退了？

女　客　刚才你不是说这房子可以让给我的么？

男　客　是的，我是说可以让，没有说要退。

女　客　那我更加不明白了，你既不想退，为什么要让呢？

男　客　你真的不明白么？

女　客　真的不明白。(坐下)

男　客　因为——我看了你……喔，不是，因为房东不肯租给我。

女　客　为什么房东不肯租给你？

男　客　啊，就是这婚姻的问题。现在我们讲到题目上来了。一星期以前，我到这里来看房子，碰到了房东小姐。一见了我，她就盘问我，问我有没有太太，有没有小孩子，有没有兄弟姊妹，直等到我明明白白地告诉了她我是没有结过婚，她才满了意。连房价也没有多讲，她就答应了把房子租给我。

女　客　懂么？她一定知道了你是一个工程师，她想嫁给你！

男　客　真的么？这我倒没有想到。——昨天下午，我到这里来的时候，她们老太太告诉我，说如果我没有家眷来同住，她这房子不能租给我。她明明知道我没有家眷，她把这话来要挟我，你说可恶不可恶？

女　客　为什么没有家眷来同住，这房子就不能租给你？

男　客　我不知道啊。她说她们家里没有男人。

女　客　笑话。

男　客　这简直是一种侮辱，是不是？

女　客　是的。——后来怎么样？

男　客　后来我把她教训了一顿。

女　客　她明白了这个道理没有？

男　客　明白了这个道理？一个人一过了四十岁，他脑子里就已经装满了旧的道理，再也没有地方装新的道理，我告诉你。

女　客　现在怎么样？

男　客　现在？现在我不走！

女　客　她呢？

男　客　她？她去叫巡警。

女　客　叫巡警？叫巡警来干什么？

男　客　叫巡警来撵我！

女　客　真的么！

男　客　为什么要骗你？你如果不相信，等一会儿巡警就要来，你自己看好了。

女　客　这倒是怪有趣的事。不过巡警如果真的要撵你，你怎么样？

男　客　你没有来之前，我不知道怎样。现在我有了主意。

女　客　你预备怎样？

男　客　我把巡警痛打一顿，让他把我带到巡警局里去，叫房东把房子租给你。这样一来，我们两个人就都有了住宿的地方。

女　客　那不行。（若有所思）

男　客　那为什么不行。

女　客　你还是没有出那口气。——唉，我倒有个主意。

男　客　你有什么主意？

女　客　（少顿）让我来做你的太太，好不好？

男　客　什么!!

女　客　喔，你不用吓得那么样，我不是向你求婚。

男　客　喔，你误会了我的意思——我——我——因为我实在没有想到这个方法。

女　客　这是最妙的一个方法。她说你没有家眷同住，这房子就不能租给你。现在你说你有了家眷，看她还有什么话说？

男　客　她一定没有话说。不过——你愿意么？

女　客　我为什么不愿意？这于我有什么损害？——又不是真的做你的太太。

男　客　喔，谢谢你！

女　客　你不要把我意思弄错。我不是说做了你的太太，我就有什么损害，那完全是另外一个问题。

男　客　是的，那完全是另外一个问题。不过你帮我把租房的问题解决了，我总应该向你道谢。

女　客　嗤！道谢，无产阶级的人，受了有产阶级的压迫，应当联合起来抵抗他们。（侧耳静听）

男　客　不错，不错。

女　客　我听见有人说话。

男　客　那一定是巡警！（急促的）唉，不过我已经说过我是没有家眷的，现在怎样对她们讲？

女　客　就说我们吵了嘴，你是逃出来的，不愿意给人知道……

男　客　（巡警已经走到门外，急忙的点了一点头，教她不要再讲话）吁！
　　　　〔男客人坐在方桌边，装作生气的样子。女客人坐在茶几旁边。后门由外推开，走进一个巡警。手里提了一个风灯，后面跟了老妈子和房东太太。她们看见房里来了一个女人，非常的惊讶。房里来的这个女人，见她们来了，起了一回身，向她们行了一个很谦和的礼。巡警将风灯放在桌上，与那位生气的先生行了一个礼。

巡　警　您贵姓？

男　客　（不客气的）我姓吴。

巡　警　（把头点了一点）喔。——府上是？

男　客　府上？我没有府上。

女　客　（起始做起受了委屈的太太来）啊，你是拿定主意不要家了，是不是？

巡　警　（注意到插嘴的人，向男客人）这位……贵姓是？

男　客　（答不出，看了女客人一眼，女客也正在代他为难，他只好起始做起依旧赌气的丈夫来）我不知道。你问她自己好了。

巡　警　（真的问她自己）您贵姓？

女　客　（很高兴的）我？我——也姓吴。

巡　警　喔，您也姓吴。

女　客　是的。

巡　警　（再也想不出别的话）府上是？

女　客　我？我住在北京西四牌楼太平胡同关帝庙对面，门牌三百七十五号，电话西局四千六百九十二。——啊，你把它写下来吧，等一会儿你一定要忘记。

巡　警　（真的摸出一本小簿子来）北京……（写字）

女　客　西四牌楼太平胡同。（让巡警写）关帝庙对面。

巡　警　门牌多少？

女　客　三百七十五号。电话西局——四千——六百——九十

巡　警　（写完了）谢谢您。（藏好了簿子，又转到男客）您是来这边租房的，是不是？

男　客　不是！我是来这边住宿的，这房子我老早就租好了。

巡　警　（难住了。没有了办法，又转到女客）您是来这边？……

女　客　我？我是来这边找人的。

房　东　（不能再耐了）你到这边找什么人？

女　客　（很客气的向她点了一点头）我到这边来找我的男人。

房　东　找你的男人？谁是你的男人？

女　客　我想你应该知道吧？——你既把房子都租了给他。

房　东　怎么！这位先生是你的男人么？

女　客　我不知道。你问他好了，看他承认不承认？

老　妈　（也不能再耐了）太太，你看怎么样！我老早就对您说过，这位先生一定是有太太的，您不信。

巡　警　（糊涂了）怎么？刚才你们不是说这位先生没有家眷，怎么现在他又有了家眷？

老　妈　不要糊涂吧，刚才这位太太还没来，我们怎么会知道？如果这位太太早来这里，还可以省了我在雨地里走一趟呢。

女　客　对你不住。这实在不能怪我，五点钟的车子，六点半钟才到这里。

老　妈　请您不要多心。我不过是说给他太不懂事。

巡　警　这话可得要说明白了，太太要我到这边来，是说这位先生租了这三间房子，要一个人在这边住。这屋里住的都是堂客，他先生一个人在这边

住，很不方便，是那么个意思，现在这位先生的太太既是来了，这事就好办。如果太太是和先生在这边同住，那就没有我的事，如果太太不在这边住，这件事还得……

老　妈　　不要瞎说吧。太太自然是在这边住。——一看还不知道——先生和太太不过是为了一点小事，闹了一点意见，你不来劝解劝解，还来说那样的话。太太不在这边住，到哪里住去？——好了，现在没有你的事了，你赶紧回去打你的牌去吧。(把风灯送到他手里)走！走！

巡　警　　这样说，那就没有我的事了。好了，再见，再见。

女　客　　再见。你放心好了，哪一天我不在这里住的时候，我通知你就是了。

巡　警　　对不起，打搅，打搅。(巡警走出。老妈兴高采烈的拿了茶壶走出。房东太太承认了失败，看了她的客人一眼，也只好板了面孔走出)

男　客　　(关上门，想起了一个老早就应该问而还没有问的问题，忽然转过头来)啊，你姓什么？

女　客　　我——啊——我——

——落幕

曹 禺

曹禺（1910—1996），原名万家宝，祖籍湖北潜江，生于天津。中国现代著名戏剧作家。主要作品有《雷雨》《日出》《原野》《北京人》《蜕变》《家》《胆剑篇》。代表作《雷雨》《日出》等。

曹禺从小迷恋戏剧，观看了许多地方戏曲与文明新戏。中学时代成为南开新剧团的演出骨干，积累了不少舞台经验。1930 年进入清华大学西洋文学系，广泛涉猎西方戏剧文学，深受易卜生、契诃夫等人写实戏剧的影响。1933 年大学毕业前夕，完成构思了长达五年的四幕悲剧《雷雨》，展现了悲剧艺术的才华，该剧兼具思想和艺术的深度，一举将中国现代话剧推向高峰。1936 年于南京国立戏剧专科学校任教，抗战期间辗转重庆、四川各地。这一阶段陆续创作了《日出》《原野》《蜕变》《北京人》以及根据巴金小说改编的《家》等现实主义力作。1946 年赴美讲学，次年回国在上海文华影业公司任编导，写成电影剧本《艳阳天》。新中国成立后酝酿写一部以知识分子思想改造为主题的剧本《明朗的天》，首次走"主题先行"的创作路子，感到格外吃力。20 世纪 60 年代转向历史题材，创作了《胆剑篇》和《王昭君》。

曹禺戏剧艺术的成就是多方面的，在戏剧结构技巧、戏剧冲突营造和人物内心世界刻画方面具有卓越的才能，尤其在悲剧创作上发展、深化了我国悲剧艺术的表现领域和精神刻画的深度。自曹禺始，中国话剧才走向成熟。

雷雨（节选）

第二幕

〔午饭后，天气很阴沉，更郁热，湿潮的空气，低压着在屋内的人，使人成为烦躁的了。周萍一个人由饭厅走上来，望望花园，冷清清的，没有一个人。偷偷走到书房门口，书房里是空的，也没有人。忽然想起父亲在别的地方会客，他放下心，又走到窗户前开窗门，看着外面绿荫荫的树丛。低低地吹出一种奇怪的哨声，中间他低沉地叫了两三声"四凤"！不一时，好像听见远处有哨声在回应，渐移渐近，他又缓缓地叫一声"凤儿"？门外有一个女人的声音："萍，是你么？"萍就把窗门关上。

〔四凤由外面轻轻地跑进来。

周　萍　（回头，望着中门，四凤正从中门进，低声，热烈地）凤儿！
　　　　（走近，拉着她的手）
鲁四凤　不，（推开他）不。不。（谛听，四面望）看看，有人！
周　萍　没有，凤，你坐下。（推她到沙发坐下）

鲁四凤　（不安地）老爷呢？

周　萍　在大客厅会客呢。

鲁四凤　（坐下，叹一口长气。望着）总是这样偷偷摸摸的。

周　萍　嗯。

鲁四凤　你连叫我都不敢叫。

周　萍　所以我要离开这儿哪。

鲁四凤　（想一下）哦，太太怪可怜的。为什么老爷回来，头一次见太太就发这么大的脾气？

周　萍　父亲就是这个样，他的话，向来不能改的。他的意见就是法律。

鲁四凤　（怯懦地）我——我怕得很。

周　萍　怕什么？

鲁四凤　我怕万一老爷知道了，我怕。有一天，你说过，要把我们的事情告诉老爷的。

周　萍　（摇头，深沉地）可怕的事不在这儿。

鲁四凤　还有什么？

周　萍　（忽然地）你没有听见什么话？

鲁四凤　什么？（停）没有。

周　萍　关于我，你没有听见什么？

鲁四凤　没有。

周　萍　从来没听见过什么？

鲁四凤　（不愿提）没有——你说什么？

周　萍　那——没什么！没什么？

鲁四凤　（真挚地）我信你，我相信你以后永远不会骗我。这我就够了。——刚才，我听你说，你明天就要到矿上去。

周　萍　我昨天晚上已经跟你说过了。

鲁四凤　（爽直地）你为什么不带我去？

周　萍　因为（笑）因为我不想带你去。

鲁四凤　这边的事我早晚是要走的。——太太，说不定今天要辞掉我。

周　萍　（没想到）她要辞掉你，——为什么？

鲁四凤　你不要问。

周　萍　不，我要知道。

鲁四凤　自然因为我做错了事。我想，太太大概没有这个意思。也许是我瞎猜。（停）萍，你带我去好不好？

周　萍　不。

鲁四凤　（温柔地）萍，我好好地侍候你，你要这么一个人。我跟你缝衣服，烧饭做菜，我都做得好，只要你叫我跟你在一块儿。

周　萍　哦，我还要一个女人，跟着我，侍候我，叫我享福？难道，这些年，在家里，这种生活我还不够么？

鲁四凤　我知道你一个人在外头是不成的。

周　萍　凤，你看不出来现在，我怎么能带你出去？——你这不是孩子话吗？

鲁四凤　萍，你带我走！我不连累你，要是外面因为我，说你的坏话，我立刻就走。你——你不要怕。

周　萍　（急躁地）凤，你以为我这么自私自利么？你不应该这么想我。——哼，我怕，我怕什么？（管不住自己）这些年，我做出这许多的……哼，我的心都死了，我恨极了我自己。现在我的心刚刚有点生气了，我能放开胆子喜欢一个女人，我反而怕人家骂？哼，让大家说吧，周家大少爷看上他家里面的女下人，怕什么，我喜欢她。

鲁四凤　（安慰地）萍，不要难过。你做了什么，我也不怨你的。
　　　　（想）

周　萍　（平静下来）你现在想什么？

鲁四凤　我想，你走了以后，我怎么样。

周　萍　你等着我。

鲁四凤　（苦笑）可是你忘一个人。

周　萍　谁？

鲁四凤　他总不放松我。

周　萍　哦，他呀——他又怎么样？

鲁四凤　他又把前一月的话跟我提了。

周　萍　他说，他要你？

鲁四凤　不，他问我肯嫁他不肯。

周　萍　你呢？

鲁四凤　我先没有说什么，后来他逼着问我，我只好告诉他实话。

周　萍　实话？

鲁四凤　我没有说旁的。我只提我已经许了人家。

周　萍　他没有问旁的？

鲁四凤　没有，他倒说，他要供给我上学。

周　萍　上学？（笑）他真呆气！——可是，谁知道，你听了他的话，也许很喜欢的。

鲁四凤　你知道我不喜欢，我愿意老陪着你。

周　萍　可是我已经快三十了，你才十八，我也不比他的将来有希望，并且我做过许多见不得人的事。

鲁四凤　萍，你不要同我瞎扯，我现在心里很难过。你得想出法子，他是个孩子，老是这样装着腔，对付他，我实在不喜欢。你又不许我跟他说明白。

周　萍　我没有叫你不跟他说。

鲁四凤　可是你每次见我跟他在一块儿，你的神气，偏偏——

周　萍　我的神气那自然是不快活的。我看见我最喜欢的女人时常跟别人在一块儿。哪怕他是我的弟弟，我也不情愿的。

鲁四凤　你看你又扯到别处。萍，你不要扯，你现在到底对我怎么样？你要跟我说明白。

周　萍　我对你怎么样？（他笑了。他不愿意说，他觉女人们都有些呆气，这一句话似乎有一个女人也这样问过他，他心里隐隐有些痛）要我说出来？（笑）那么，你要我怎么说呢？

鲁四凤　（苦恼地）萍。你别这样待我好不好？你明明知道我现在什么都是你的？你还——你还这样欺负人。

周　萍　（他不喜欢这样，同时又以为她究竟有些不明白）哦！（叹一口气）天哪！

鲁四凤　萍，我父亲只会跟人要钱，我哥哥瞧不起我，说我没有志气，我母亲如果知道了这件事，她一定恨我。哦，萍，没有你就没有我。我父亲，我哥哥，我母亲，他们也许有一天会不理我，你不能够的，你不能够的。（抽咽）

周　萍　四凤，不，不，别这样，你让我好好地想一想。

鲁四凤　我的妈最疼我，我的妈不愿意我在公馆里做事，我怕她万一看出我的谎话，知道我在这里做了事，并且同你……如果你又不是真心的，……那我——那我就伤了我妈的心了。（哭）还有，……

周　萍　不，凤，你不该这样疑心我。我告诉你，今天晚上我预备到你那里去。

鲁四凤　不，我妈今天回来。

周　萍　那么，我们在外面会一会好么？

鲁四凤　不成，我妈晚上一定会跟我谈话的。

周　萍　不过，我明天早车就要走了。

鲁四凤　你真不预备带我走么？

周　萍　孩子！那怎么成？

鲁四凤　那么，你——你叫我想想。

周　萍　我完要一个人离开家，过后，再想法子，跟父亲说明白，把你接出来。

鲁四凤　（看着他）也好，那么今天晚上你只好到我家里来。我想，那两间房子，爸爸跟妈一定在外房睡，哥哥总是不在家睡觉，我的房子在半夜里一定是空的。

周　萍　那么，我来还是先吹哨，（吹一声）你听得清楚吧？

鲁四凤　嗯，我要是叫你来，我的窗上一定有个红灯，要是没有灯，那你千万不要来。

周　萍　不要来？

鲁四凤　那就是我改了主意，家里一定有许多人。

周　萍　好，就这样，十一点钟。

鲁四凤　嗯，十一点。

〔鲁贵由中门上，见四凤和周萍在这里，突然停止，故意地做出懂事的假笑。

鲁　贵　哦！（向四凤）我正要找你。（向萍）大少爷，您刚吃完饭？

鲁四凤　找我有什么事？

鲁　贵　你妈来了。

鲁四凤　　（喜形于色）妈来了，在哪儿？

鲁　贵　　在门房，跟你哥哥刚见面，说着话呢。

　　　　　　〔四凤跑向中门。

周　萍　　四凤。见着你妈，跟我问问好。

鲁四凤　　谢谢您，回头见。（凤下）

鲁　贵　　大少爷，您是明天起身么？

周　萍　　嗯。

鲁　贵　　让我送送您。

周　萍　　不用，谢谢你。

鲁　贵　　平时总是您心好，照顾着我们。您这一走，我同我这丫头都得惦记着
　　　　　　您了。

周　萍　　（笑）你又没钱了吧？

鲁　贵　　（奸笑）大少爷，您这可是开玩笑了。——我说的是实话，四凤知道，我
　　　　　　总是背后说大少爷好的。

周　萍　　好吧。——你没有事么？

鲁　贵　　没事，没事，我只跟您商量点闲拌儿。您知道，四凤的妈来了，楼上的
　　　　　　太太要见她。……

　　　　　　〔蘩漪由饭厅门上，鲁贵一眼看见，话说成一半，又吞进去。

鲁　贵　　哦，太太下来了！太太，您病完全好啦？（蘩漪点一点头）

鲁　贵　　直惦记着。

周蘩漪　　好，你下去吧。

　　　　　　〔鲁贵鞠躬由中门下。

周蘩漪　　（向萍）他上哪儿去了？

周　萍　　（莫名其妙）谁？

周蘩漪　　你父亲。

周　萍　　他有事情，见客，一会儿就回来。弟弟呢？

周蘩漪　　他只会哭，他走了。

周　萍　　（怕和她一同在这间屋里）哦。（停）我要走了，我现在要收拾东西去。
　　　　　　（走向饭厅）

周蘩漪　　回来，（萍停步）我请你略微坐一坐。

周　萍　　什么事。

周蘩漪　　（阴沉地）有话说。

周　萍　　（看出她的神色）你像是有很重要的话跟我谈似的。

周蘩漪　　嗯。

周　萍　　说吧。

周蘩漪　　我希望你明白方才的情形。这不是一天的事情。

周　萍　　（躲避地）父亲一向是那样，他说一句就是一句的。

周蘩漪　　可是人家说一句，我就要听一句，那是违背我的本性的。

周　萍　　我明白你。（强笑）那么你顶好不听他的话就得了。

周蘩漪	萍，我盼望你还是从前那样诚恳的人。顶好不要学着现在一般青年人玩世下恭的态度。你知道我没有你在我面前，这样，我已经很苦了。
周　萍	所以我就要走了。不要叫我们见着，互相提醒我门最后悔的事情。
周蘩漪	我不后悔，我向来做事没有后悔过。
周　萍	（不得已地）我想，我很明白地对你表示过。这些日子我没有见你，我想你很明白。
周蘩漪	很明白。
周　萍	那么，我是个最糊涂，最不明白的人。我后悔，我认为我生平做错一件大事。我对不起自己，对不起弟弟，更对不起父亲。
周蘩漪	（低沉地）但是你最对不起的人有一个，你反而轻轻地忘周萍我最对不起的人，自然也有，但是我不必同你说。
周蘩漪	（冷笑）那不是她！你最对不起的是我，是你曾经引诱过的后母！
周　萍	（有些怕她）你疯了。
周蘩漪	你欠了我一笔债，你对我负着责任；你不能看见了新的世界，就一个人跑。
周　萍	我认为你用的这些字眼，简直可怕。这种字句不是在父亲这样——这样体面的家庭里说的。
周蘩漪	（气极）父亲，父亲，你撇开你的父亲吧！体面？你也说体面？（冷笑）我在这样的体面家庭已经十八年啦。周家家庭里所出的罪恶，我听过，我见过，我做过。我始终不是你们周家人。我做的事，我自己负责任。不像你们的祖父，叔祖，同你们的好父亲，偷偷做出许多可怕的事情，祸移在人身上，外面还是一副道德面孔，慈善家，社会上的好人物。
周　萍	蘩漪，大家庭自然免不了不良分子，不过我们这一支，除了我，……
周蘩漪	都一样，你父亲是第一个伪君子，他从前就引诱过一个良家的姑娘。
周　萍	你不要乱说话。
周蘩漪	萍，你再听清楚点，你就是你父亲的私生子！
周　萍	（惊异而无主地）你瞎说，你有什么证据？
周蘩漪	请你问你的体面父亲，这是他十五年前喝醉了的时候告诉我的。（指桌上相片）你就是这年青的姑娘生的小孩。她因为你父亲又不要她，就自己投河死了。
周　萍	你，你，你简直……——好，好，（强笑）我都承认。你预备怎么样？你要跟我说什么？
周蘩漪	你父亲对不起我，他用同样手段把我骗到你们家来，我逃不开，生了冲儿。十几年来像刚才一样的凶横，把我渐渐地磨成了石头样的死人。你突然从家乡出来，是你，是你把我引到一条母亲不像母亲，情妇不像情妇的路上去。是你引诱的我！
周　萍	引诱！我请你不要用这两个字好不好？你知道当时的情形怎么样？
周蘩漪	你忘记了在这屋子里，半夜，我哭的时候，你叹息着说的话么？你说你恨你的父亲，你说过，你愿他死，就是犯了灭伦的罪也干。

周　萍　你忘了。那是我年青，我的热叫我说出来这样糊涂的话。

周蘩漪　你忘了，我虽然比你只大几岁，那时，我总还是你的母亲，你知道你不该对我说这种话么？

周　萍　哦——（叹一口气）总之，你不该嫁到周家来，周家的空气满是罪恶。

周蘩漪　对了，罪恶，罪恶。你的祖宗就不曾清白过，你们家里永远是不干净。

周　萍　年青人一时糊涂，做错了的事，你就不肯原谅么？（苦恼地皱着眉）

周蘩漪　这不是原谅不原谅的问题，我已经预备好棺材，安安静静地等死，一个人偏把我救活了又不理我，撇得我枯死，慢慢地渴死。让你说，我该怎么办？

周　萍　那，那我也不知道，你来说吧？

周蘩漪　（一字一字地）我希望你不要走。

周　萍　怎么，你要我陪着你，在这样的家庭，每天想着过去的罪恶，这样活活地闷死么？

周蘩漪　你既然知道这家庭可以闷死人，你怎么肯一个人走，把我放在家里？

周　萍　你没有权利说这种话，你是冲弟弟的母亲。

周蘩漪　我不是！我不是！自从我把我的性命，名誉，交给你，我什么都不顾了。我不是他的母亲，不是，不是，我也不是周朴园的妻子。

周　萍　（冷冷地）如果你以为你不是父亲的妻子，我自己还承认我是我父亲的儿子。

周蘩漪　（不曾想到他会说这一句话，呆了一下）哦，你是你的父亲的儿子。——这些月，你特别不来看我，是怕你的父亲？

周　萍　也可以说是怕他，才这样的吧。

周蘩漪　你这一次到矿上去，也是学着你父亲的英雄榜样，把一个真正明白你，爱你的人丢开不管么？

周　萍　这么解释上未尝不可。

周蘩漪　（冷冷地）怎么说，你到底是你父亲的儿子。（笑）父亲的儿子？（狂笑）父亲的儿子，（狂笑，忽然冷静严厉地）哼，都是些没有用，胆小怕事，不值得人为他牺牲的东西！我恨着我早没有知道你！

周　萍　那么你现在知道了！我对不起你，我已经同你详细解释过，我厌恶这种不自然的关系。我告诉你，我厌恶。我负起我的责任，我承认我那时的错，然而叫我犯了那样的错，你也不能完全没有责任。你是我认为最聪明，最能了解人的女子，所以我想，你最后会原谅我。我的态度，你现在骂我玩世不恭也好，不负责任也好，我告诉你，我盼望这一次的谈话是我们最末一次谈话了。（走向饭厅门）

周蘩漪　（沉重的语气）站着。（萍立住）我希望你明白我刚才说的话，我不是请求你。我盼望你用你的心，想一想，过去我们在这屋子说的，（停，难过）许多，许多的话，一个女子，你记着，不能受两代的欺侮，你可以想一想。

周　萍　我已经想得很透彻，我自己这些天的痛苦，我想你不是不知道，好，请你让我走吧。

〔周萍由饭厅下，蘩漪的眼泪一颗颗地流在腮上，她走到镜台前，照着自己苍白色的有皱纹的脸，便嘤嘤地扑在镜台上哭起来。

〔鲁贵偷偷地由中门走进来，看见太太在哭。

鲁　贵　（低声）太太！

周蘩漪　（突然站起）你来干什么？

鲁　贵　鲁妈来了好半天啦。

周蘩漪　谁？谁来了好半天啦？

鲁　贵　我家里的，太太不是说过要我叫她来见么？

周蘩漪　你为什么不早点来告诉我，

鲁　贵　（假笑）我倒是想着，可是我（低声）刚才瞧见太太跟大少爷说话，所以就没敢惊动您。

周蘩漪　啊，你，你刚才在……

鲁　贵　我？我在大客厅伺候老爷见客呢！（故意地不明白）太太有什么事么？

周蘩漪　没什么，那么你叫鲁妈进来吧。

鲁　贵　（谄笑）我们家里是个下等人，说话粗里粗气，您可别见怪。

周蘩漪　都是一样的人。我不过想见一见，跟她谈谈闲话。

鲁　贵　是，那是太太的恩典。对了，老爷刚才跟我说，怕明天要下大雨，请太太把老爷的那一件旧雨衣拿出来，说不定老爷就要出去。

周蘩漪　四凤跟老爷检的衣裳，四凤不会拿么？

鲁　贵　我也是这么说啊，您不是不舒服么？可是老爷吩咐，不要四凤，还是要太太自己拿。

周蘩漪　那么，我一会儿拿来。

鲁　贵　不，是老爷吩咐，说现在就要拿出来。

周蘩漪　哦，好，我就去吧。——你现在叫鲁妈进来，叫她在这房里等一等。

鲁　贵　是，太太。

〔鲁贵下。蘩漪的脸更显得苍白，她在极力压制自己的烦郁。

周蘩漪　（把窗户打开，吸一口气，自语）热极了，闷极了，这里真是再也不能住的。我希望我今天变成火山的口，热烈烈地冒一次，什么我都烧个干净，那时我就再掉在冰川里，冻成死灰，一生只热热地烧一次，也就算够了。我过去的是完了，希望大概也是死了的。哼，什么我都预备好了，来吧恨我的人，来吧，叫我失望的人，叫我忌妒的人，都来吧，我在等候着你们。（望着空空的前面，继而垂下头去。鲁贵上）

鲁　贵　刚才小当差来，说老爷催着要。

周蘩漪　（抬头）好，你先去吧。我叫陈妈送去。

〔蘩漪由饭厅下，贵由中门下。移时鲁妈——即鲁侍萍——与四凤上。鲁妈的年纪约有四十七岁的光景，鬓发已经有点斑白，面貌白净，看上去也只有三十八九岁的样子。她的眼有些呆滞，时而呆呆地望着前面，但是在那秀长的睫毛，和她圆大的眸子间，还寻得出她少年时静慧的神韵。她的衣服朴素而有身分，旧蓝布裤褂，很洁净地穿在身上。远远地看着，依然像大家户里落魄的妇人。她的高贵的气质和她的丈夫的鄙俗，奸小，恰成一个强烈的对比。

〔她的头还包着一条白布手巾，怕是坐火车围着避土的，她说话总爱微微地笑，尤其因为刚见着两年未见的亲儿女，神色还是快慰地闪着快乐的光彩，她的声音很低，很沉稳，语音像一个南方人曾经和北方人相处很久，夹杂着许多模糊、轻快的南方音，但是她的字句说得很清楚。她的牙齿非常齐整，笑的时候在嘴角旁露出一对深深的笑涡，叫我们想起来四凤笑时口旁一对浅浅的涡影。

〔鲁妈拉着女儿的手，四凤就像个小鸟偎在她身边走进来。后面跟着鲁贵，提着一个旧包袱。他骄傲地笑着，比起来．这母子的美吨的欢欣，他更是粗鄙了。

鲁四凤　太太呢？

鲁　贵　就下来。

鲁四凤　妈，您坐下。（鲁妈坐）您累么？

鲁　妈　不累。

鲁四凤　（高兴地）妈，您坐一坐。我给您倒一杯冰镇的凉水。

鲁侍萍　不，不要走，我不热。

鲁　贵　凤儿，你跟你妈拿一瓶汽水来，（向鲁妈）这儿公馆什么没有？一到夏天，柠檬水，果子露，西瓜汤，橘子，香蕉，鲜荔枝，你要什么，就有什么。

鲁侍萍　不，不，你别听你爸爸的话。这是人家的东西。你在我身旁跟我多坐一会，回头跟我同——同这位周太太谈谈，比喝什么都强。

鲁　贵　太太就会下来，你看你，那块白包头，总舍不得拿下来。

鲁侍萍　（和蔼地笑着）真的，说了那么半天。（笑望着四凤）连我在火车上搭的白手巾都忘了解啦。（要解它）

鲁四凤　（笑着）妈，您让我替您解开吧。（走过去解。这里，鲁贵走到小茶几旁，又偷偷地把烟放在自己的烟盒里）

鲁侍萍　（解下白手巾）你看我的脸脏么？火车上尽是土，你看我的头发，不要叫人家笑。

鲁四凤　不，不、一点都不脏。两年没见您，您还是那个样。

鲁侍萍　哦，凤儿，你看我的记性。谈了这半天，我忘记把你顶喜欢的东西跟你拿出来啦。

鲁四凤　什么？妈。

鲁侍萍　（由身上拿出一个小包来）你看，你一定喜欢的。

鲁四凤　不，您先别给我看，让我猜猜。

鲁侍萍　好，你猜吧。

鲁四凤　小石娃娃？

鲁侍萍　（摇头）不对，你太大了。

鲁四凤　小粉扑子。

鲁侍萍　（摇头）给你那个有什么用？

鲁四凤　哦，那一定是小针线盒。

鲁侍萍　（笑）差不多。

鲁四凤　那您叫我打开吧。（忙打开纸包）哦，妈！顶针，银顶针！爸，您看，您看！（给鲁贵看）

鲁　贵　（随声说）好！好！

鲁四凤　这顶针太好看了，上面还镶着宝石。

鲁　贵　什么？（走两步，拿来细看）给我看看。

鲁侍萍　这是学校校长的太太送给我的。校长丢了个要紧的钱包，叫我拾着了，还给他。校长的太太就非要送给我东西，拿出一大堆小首饰，叫我挑，送给我的女儿。我就检出这一件，拿来送给你，你看好不好？

鲁四凤　好，妈，我正要这个呢。

鲁　贵　咦，哼，（把顶针交给四凤）得了吧，这宝石是假的，你挑的真好。

鲁四凤　（见着母亲特别欢喜说话，轻蔑地）哼，您呀，真宝石到了您的手里也是假的。

鲁侍萍　凤儿，不许这样跟爸爸说话。

鲁四凤　（撒娇）妈，您不知道，您不在这儿，爸爸就拿我一个人撒气，尽欺负我。

鲁　贵　（看不惯他妻女这样"乡气"，于是轻蔑地）你看你们这点穷相，走到大家公馆，不来看看人家的阔排场，尽在一边闲扯。四凤，你先把你这两年做的衣裳给你妈看看。

鲁四凤　（白眼）妈不希罕这个。

鲁　贵　你不也有点首饰么？你拿出来给你妈开开眼。看看还是我对，还是把女儿关在家里对？

鲁侍萍　（向鲁贵）我走的时候嘱咐过你，这两年写信的时候也总不断地提醒过你，我说过我不愿意把我的女儿送到一个阔公馆，叫人家使唤。你偏——（忽然觉得这不是谈家事的地方，回头向四凤）你哥哥呢？

鲁四凤　不是在门房里等着我们么？

鲁　贵　不是等着你们，人家等着见老爷呢。（向鲁妈）去年我叫人跟你捎个信，告诉你大海也当了矿上的工头，那都是我在这儿嘀咕上的。

鲁四凤　（厌恶她父亲又表白自己的本领）爸爸，您看哥哥去吧。他的脾气有点不好，怕他等急了，跟张爷刘爷们闹起来。

鲁　贵　真他妈的。这孩子的狗脾气我倒忘了，（走向中门，回头）你们好好在这屋子坐一会，别乱动，太太一会儿就下来。

　　　　〔鲁贵下。母女见鲁贵走后，如同犯人望见看守走了一样，舒展地吐出一口气来。母女二人相对凄然地笑了一笑，刹那间，她们脸上又浮出欢欣，这次是由衷心升起来愉快的笑。

鲁侍萍　（伸出手来，向四凤）哦，孩子，让我看看你。

〔四凤走到母亲面前。跪下。

鲁四凤　妈，您不怪我吧？您不怪我这次没听您的话，跑到周公馆做事吧？

鲁侍萍　不，不，做了就做了。——不过为什么这两年你一个字也不告诉我，我下车走到家里，才听见张大婶告诉我，说我的女儿在这儿。

鲁四凤　妈，我怕您生气，我怕您难过，我不敢告诉您。——其实，妈，我们也不是什么富贵人家，就是像我这样帮人，我想也没有什么关系。

鲁侍萍　不，你以为妈怕穷么？怕人家笑我们穷么？不，孩子，妈最知道认命，妈最看得开，不过，孩子，我怕你太年青，容易一阵子犯糊涂，妈受过苦，妈知道的。你不懂，你不知道这世界太——人的心太——。（叹一口气）好，我们先不提这个。（站起来）这家的太太真怪！她要见我干什么？

鲁四凤　嗯，嗯，是啊。（她的恐惧来了．但是她愿意向好的一面想）不，妈，这边太太没有多少朋友，她听说妈也会写字，念书，也许觉得很相近，所以想请妈来谈谈。

鲁侍萍　（不信地）哦？（慢慢看这屋子的摆设，指着有镜台的柜）这屋子倒是很雅致的。就是家具太旧了点。这是——？

鲁四凤　这是老爷用的红木书桌，现在做摆饰用了。听说这是三十年前的老东西，老爷偏偏喜欢用，到哪儿带到哪儿。

鲁侍萍　那个（指着有镜台的柜）是什么？

鲁四凤　那也是件老东西，从前的第一个太太，就是大少爷的母亲，顶爱的东西。您看，从前的家具多笨哪。

鲁侍萍　咦，奇怪。——为什么窗户还关上呢？

鲁四凤　您也觉奇怪不是？这是我们老爷的怪脾气，夏天反而要关窗户。

鲁侍萍　（回想）凤儿，这屋子我像是在哪儿见过似的。

鲁四凤　（笑）真的？您大概是想我想的梦里到过这儿。

鲁侍萍　对了，梦似的。——奇怪，这地方怪得很，这地方忽然叫我想起了许多许多事情。（低下头坐下）

鲁四凤　〔慌）妈，您怎么脸上发白？您别是受了暑，我跟您拿一杯冷水吧？

鲁侍萍　不，不是，你别去——我怕得很，这屋子有鬼怪！

鲁四凤　妈，您怎么啦？

鲁侍萍　我怕得很，忽然我把三十年前的事情一件一件地都想起来，已经忘了许多年的人又在我心里转。四凤，你摸摸我的手。

鲁四凤　（摸鲁妈的手）冰凉，妈，您可别吓坏我。我胆子小，妈，妈，——这屋子从前可闹过鬼的！

鲁侍萍　孩子，你别怕，妈不怎么样。不过，四凤，我好像我的魂来过这儿似的。

鲁四凤　妈，您别瞎说啦，您怎么来过？他们二十年前才搬到这儿北方来，那时候，您不是还在南方么？

鲁侍萍　不，不，我来过。这些家具，我想不起来——我在哪儿见过。

鲁四凤　妈，您的眼不要直瞪瞪地望着，我怕。

鲁侍萍　别怕，孩子，别怕。孩子。（声音愈低，她用力地想，她整个的人，缩缩到记忆的最下层深处）

鲁四凤　妈，您看那个柜干什么？那就是从前死了的第一个太太的东西。

鲁侍萍　（突然低声颤颤地向四凤）凤儿，你去看，你去看，那只柜子靠右第三个抽屉里，有没有一只小孩穿的绣花虎头鞋。

鲁四凤　妈，您怎么啦？不要这样疑神疑鬼的。

鲁侍萍　凤儿，你去，你去看一看。我心里有点怯，我有点走不动，你去！

鲁四凤　好，我去看。

　　　　〔她走到柜前，拉开抽斗，看。

鲁侍萍　（急问）有没有？

鲁四凤　没有，妈。

鲁侍萍　你看清楚了？

鲁四凤　没有，里面空空地就是些茶碗。

鲁侍萍　哦，那大概是我在做梦了。

鲁四凤　（怜惜她的母亲）别多说话了，妈，静一静吧。妈，您在外受了委屈了，（落泪）从前，您不是这样神魂颠倒的。可怜的妈呀（抱着她）好一点了么？

鲁侍萍　不要紧的。——刚才我在门房听见这家里还有两位少爷？

鲁四凤　嗯妈，都很好，都很和气的。

鲁侍萍　（自言自语地）不，我的女儿说什么也不能在这儿多呆。不成。不成。

鲁四凤　妈，您说什么？这儿上上下下都待我很好。妈，这里老爷太太向来不骂底下人，两位少爷都很和气的。这周家不但是活着的人心好，就是死了的人样子也是挺厚道的。

鲁侍萍　周？这家里姓周？

鲁四凤　妈，您看您，您刚才不是问着周家的门进来的么，怎么会忘了？（笑）妈，我明白了，您还是路上受热了。我先跟你拿着周家第一个太太的照片，给您看。我再跟你拿点水来喝。

　　　　〔四凤在镜台上拿了相片过来，站在鲁妈背后，给她看。

鲁侍萍　（拿着相片，看）哦！（惊愕得说不出话来，手发颤）

鲁四凤　（站在鲁妈背后）您看她多好看，这就是大少爷的母亲，笑得多美，他们说还有点像我呢。可惜，她死了，要不然，——（觉得鲁妈头向前倒）哦，妈，您怎么啦，您怎么？

鲁侍萍　不，不，我头晕，我想喝水。

鲁四凤　（慌，掐着鲁妈的手指，搓她的头）妈，您到这边来！（扶鲁妈到一个大的沙发前，鲁妈手里还紧紧地拿着相片）妈，您在这儿躺一躺。我跟您拿水去。

　　　　（四凤由饭厅门忙跑下。

鲁侍萍　哦，天哪。我是死了的人！这是真的么？这张相片？这些家具？怎么会?——哦，天底下地方大得很，怎么？熬过这几十年偏偏又把我这个可怜的孩子，放回到他——他的家里？哦，好不公平的天哪！（哭泣）

〔四凤拿水上，鲁妈忙擦眼泪。

鲁四凤 （持水杯，向鲁妈）妈，您喝一口，不，再喝几口。（鲁妈饮）好一点了么？

鲁侍萍 嗯，好，好啦。孩子，你现在就跟我回家。

鲁四凤 （惊讶）妈，您怎么啦？

〔由饭厅传出要蘩漪喊"四凤"的声音。

鲁侍萍 谁喊你？

鲁四凤 太太。

〔周蘩漪声：四凤！

鲁四凤 嗳。

〔周蘩漪声：四凤，你来，老爷的雨衣你给放在哪儿啦？

鲁四凤 （喊）我就来。（向鲁妈）妈等一等，我就回来。

鲁侍萍 好，你去吧。

〔四凤下。鲁妈周围望望，走到柜前，抚摩着她从前的家具，低头沉思。忽然听见屋外花园里走路的声音，她转过身来，等候着。

〔鲁贵由中门上。

鲁 贵 四凤呢？

鲁侍萍 这儿的太太叫了去啦。

鲁 贵 你回头告诉太太，说找着雨衣，老爷自己到这儿来穿，还要跟太太说几句后。

鲁侍萍 老爷要到这屋里来？

鲁 贵 嗯，你告诉清楚了，别回头老爷来到这儿，太太不在，老头儿又发脾气了。

鲁侍萍 你跟太太说吧。

鲁 贵 这上上下下许多底下人都得我支派，我忙不开，我可不能等。

鲁侍萍 我要回家去，我不见太太了。

鲁 贵 为什么？这次太太叫你来，我告诉你，就许有点什么很要紧的事跟你谈谈。

鲁侍萍 我预备带着凤儿回去，叫她辞了这儿的事。

鲁 贵 什么？你看你这点——

〔周蘩漪由饭厅上。

鲁 贵 太太。

周蘩漪 （向门内）四凤，你先把那两套也拿出来，问问老爷要哪一件。（里面答应）哦，（吐出一口气，向鲁妈）这就是四凤的妈吧？叫你久等了。

鲁 贵 等太太是应当的。太太准她来跟您请安就是老大的面子。

（四凤由饭厅出，拿雨衣进）

周蘩漪 请坐！你来了好半天啦。（鲁妈只在打量着，没有坐下）

鲁侍萍　不多一会，太太。

鲁四凤　太太，把这三件雨衣都送给老爷那边去么？

鲁　贵　老爷说就放在这儿，老爷自己来拿，还请太太等一会，老爷见您有话说呢。

周蘩漪　知道了。（向四凤）你先到厨房，把晚饭的菜看看，告诉厨房一下。

鲁四凤　是，太太。（望着鲁贵，又疑惧地望着蘩漪，由中门下）

周蘩漪　鲁贵，告诉老爷，说我同四凤的母亲谈话，回头再请他到这儿来。

鲁　贵　是，太太。（但不走）

周蘩漪　（见鲁贵不走）你有什么事么？

鲁　贵　太太，今天早上老爷吩咐德国克大夫来。

周蘩漪　二少爷告诉过我了。

鲁　贵　老爷刚才吩咐，说来了就请太太去看。

周蘩漪　我知道了。好，你去吧。

〔鲁贵由中门下。

周蘩漪　（向鲁妈）坐下谈，不要客气。（自己坐在沙发上）

鲁侍萍　（坐在旁边一张椅子上）我刚下火车，就听见太太这边吩咐，要我来见见您。

周蘩漪　我常听四凤提到你，说你念过书，从前也是很好的门第。

鲁侍萍　（不愿提起从前的事）四凤这孩子很傻，不懂规矩，这两年叫您多生气啦。

周蘩漪　不，她非常聪明，我也很喜欢她。这孩子不应当叫她伺候人，应当替她找一个正当的出路。

鲁侍萍　太太多夸奖她了。我倒是不愿意这孩子帮人。

周蘩漪　这一点我很明白。我知道你是个知书达礼的人，一见面，彼此都觉得性情是直爽的，所以我就不妨把请你来的原因现在跟你说一说。

鲁侍萍　（忍不住）太太，是不是我这小孩平时的举动有点叫人说闲话？

周蘩漪　（笑着，故为很肯定地说）不，不是。

〔鲁贵由中门上。

鲁　贵　太太。

周蘩漪　什么事？

鲁　贵　克大夫已经来了，刚才汽车夫接来的，现时在小客厅等着呢。

周蘩漪　我有客。

鲁　贵　客？——老爷说请太太就去。

周蘩漪　我知道，你先去吧。

〔鲁贵下。

周蘩漪　（向鲁妈）我先把我家里的情形说一说。第一我家里的女人很少。

鲁侍萍　是，太太。

周蘩漪　我一个人是个女人，两个少爷，一位老爷，除了一两个老妈子以外，其余用的都是男下人。

鲁侍萍	是，太太，我明白。
周蘩漪	四凤的年纪很轻，哦，她才十九岁，是不是？
鲁侍萍	不，十八。
周蘩漪	那就对了，我记得好像她比我的孩子是大一岁的样子。这样年青的孩子，在外边做事，又生得很秀气的。
鲁侍萍	太太，如果四凤有不检点的地方，请您千万不要瞒我。
周蘩漪	不，不，（又笑了）她很好的。我只是说说这个情形。我自己有一个儿子，他才十六岁。——恐怕刚才你在花园见过———个不十分懂事的孩子。

〔鲁贵自书房门上。

鲁 贵	老爷催着太太去看病。
周蘩漪	没有人陪着克大夫么？
鲁 贵	王局长刚走，老爷自己在陪着呢。
鲁侍萍	太太，您先看去。我在这儿等着不要紧。
周蘩漪	不，我话还没说完。（向鲁贵）你跟老爷说，说我没病，我自己并没要请医生来。
鲁 贵	是，太太。（但不走）
周蘩漪	（看鲁贵）你在干什么？
鲁 贵	我等太太还有什么旁的事要吩咐。
周蘩漪	（忽然想起来）有，你跟老爷回完话之后，你出去叫一个电灯匠来。刚才我听说花园藤萝架上的旧电线落下来了，走电，叫他赶快收拾一下，不要电了人。
鲁 贵	是，太太。

〔鲁贵由中门下。

周蘩漪	（见鲁妈立起）鲁奶奶，你还是坐呀。哦，这屋子又闷热起来啦。（走到窗户，把窗户打开，回来，坐）这些天我就看着我这孩子奇怪，谁知这两天，他忽然跟我说他很喜欢四凤。
鲁侍萍	什么？
周蘩漪	也许预备要帮助她学费，叫她上学。
鲁侍萍	太太，这是笑话。
周蘩漪	我这孩子还想四凤嫁给他。
鲁侍萍	太太，请您不必往下说，我都明白了。
周蘩漪	（追一步）四凤比我的孩子大，四凤又是很聪明的女孩子，这种情形——
鲁侍萍	（不喜欢蘩漪的暧昧的口气）我的女儿，我总相信是个懂事，明白大体的孩子。我向来不愿意她到大公馆帮人，可是我信得过，我的女儿就帮这儿两年，她总不会做出一点糊涂事的。
周蘩漪	鲁奶奶，我也知道四凤是个明白的孩子，不过有了这种不幸的情形，我的意思，是非常容易叫人发生误会的。
鲁侍萍	（叹气）今天我到这儿来是万没想到的事，回头我就预备把她带走，现在

我就请太太准了她的长假。

周蘩漪　哦，哦，——如果你以为这样办好，我也觉得很妥当的。不过有一层，我怕，我的孩子有点傻气，他还是会找到你家里见四凤的。

鲁侍萍　您放心。我后悔得很，我不该把这个孩子一个人交给她父亲管的。明天，我准离开此地，我会远远地带她走，不会见着周家的人。太太，我想现在带着我的女儿走。

周蘩漪　那么，也好，回头我叫账房把工钱算出来。她自己的东西，我可以派人送去，我有一箱子旧衣服，也可以带着去，留着她以后在家里穿。

鲁侍萍　(自语)凤儿，我的可怜的孩子！(坐在沙发上落泪)天哪。

周蘩漪　(走到鲁妈面前)不要伤心，鲁奶奶。如果钱上有什么问题，尽管到我这儿来，一定有办法。好好地带她回去，有你这样一个母亲教育他，自然比在这儿好的。

〔朴园由书房上。

周朴园　蘩漪！(蘩漪抬头。鲁妈站起，忙躲在一旁，神色大变，观察他)你怎么还不去？

周蘩漪　(故意地)上哪儿？

周朴园　克大夫在等着你，你不知道么？

周蘩漪　克大夫？谁是克大夫？

周朴园　跟你从前看病的克大夫。

周蘩漪　我的药喝够了，我不预备再喝了。

周朴园　那么你的病……

周蘩漪　我没有病。

周朴园　(忍耐)克大夫是我在德国的好朋友，对于妇科很有研究。你的神经有点失常，他一定治得好。

周蘩漪　谁说我的神经失常？你们为什么这样咒我，我没有病，我没有病，我告诉你，我没有病！

周朴园　(冷酷地)你当着人这样胡喊乱闹，你自己有病，偏偏要讳疾忌医，不肯叫医生治，这不就是神经上的病态么？

周蘩漪　哼，我假若是有病，也不是医生治得好的。(向饭厅门走)

周朴园　(大声喊)站庄！你上哪儿去？

周蘩漪　(不在意地)到楼上去。

周朴园　(命令地)你应当听话。

周蘩漪　(好像不明白地)哦！(停，不经意地打量他)你看你！(尖声笑两声)你简直叫我想笑。(轻蔑地笑)你忘了你自己是怎么样一个人啦！(又大笑，由饭厅跑下，重重地关上门)

周朴园　来人！

〔仆人上。

仆　人　老爷！

周朴园　太太现在在楼上。你叫大少爷陪着克大夫到楼上去跟太太看病。

仆　人	是，老爷。
周朴园	你告诉大少爷，太太现在神经病很重，叫他小心点，叫楼上老妈子好好地看着太太。
仆　人	是，老爷。
周朴园	还有，叫大少爷告诉克大夫，说我有点累，不陪他了。
仆　人	是，老爷。

〔仆人下。朴园点着一支吕宋烟，看见桌上的雨衣。

周朴园	(向鲁妈)这是太太找出来的雨衣吗？
鲁侍萍	(看着他)大概是的。
周朴园	(拿起看看)不对，不对，这都是新的。我要我的旧雨衣，你回头跟太太说。
鲁侍萍	嗯。
周朴园	(看她不走)你不知道这间房子底下人不准随便进来么？
鲁侍萍	(看着他)不知道，老爷。
周朴园	你是新来的下人？
鲁侍萍	不是的，我找我的女儿来的。
周朴园	你的女儿？
鲁侍萍	四凤是我的女儿。
周朴园	那你走错屋子了。
鲁侍萍	哦。——老爷没有事了？
周朴园	(指窗)窗户谁叫打开的？
鲁侍萍	哦。(很自然地走到窗前，关上窗户，慢慢地走向中门)
周朴园	(看她关好窗门，忽然觉得她很奇怪)你站一站，(鲁妈停)你——你贵姓？
鲁侍萍	我姓鲁。
周朴园	姓鲁。你的口音不像北方人。
鲁侍萍	对了，我不是，我是江苏的。
周朴园	你好像有点无锡口音。
鲁侍萍	我自小就在无锡长大的。
周朴园	(沉思)无锡？嗯，无锡(忽而)你在无锡是什么时候？
鲁侍萍	光绪二十年，离现在有三十多年了。
周朴园	哦，三十年前你在无锡？
鲁侍萍	是的，三十多年前呢，那时候我记得我们还没有用洋火呢。
周朴园	(沉思)三十多年前，是的，很远啦，我想想，我大概是二十多岁的时候。那时候我还在无锡呢。
鲁侍萍	老爷是那个地方的人？
周朴园	嗯，(沉吟)无锡是个好地方。
鲁侍萍	哦，好地方。
周朴园	你三十年前在无锡么？

鲁侍萍 是，老爷。

周朴园 三十年前，在无锡有一件很出名的事情——

鲁侍萍 哦。

周朴园 你知道么？

鲁侍萍 也许记得，不知道老爷说的是哪一件？

周朴园 哦，很远的，提起来大家都忘了。

鲁侍萍 说不定，也许记得的。

周朴园 我问过许多那个时候到过无锡的人，我想打听打听。可是那个时候在无锡的人，到现在不是老了就是死了，活着的多半是不知道的，或者忘了。

鲁侍萍 如若老爷想打听的话，无论什么事，无锡那边我还有认识的人，虽然许久不通音信，托他们打听点事情总还可以的。

周朴园 我派人到无锡打听过。——不过也许凑巧你会知道。三十年前在无锡有一家姓梅的。

鲁侍萍 姓梅的？

周朴园 梅家的一个年轻小姐，很贤慧，也很规矩，有一天夜里，忽然地投水死了，后来，后来，——你知道么？

鲁侍萍 不敢说。

周朴园 哦。

鲁侍萍 我倒认识一个年轻的姑娘姓梅的。

周朴园 哦？你说说看。

鲁侍萍 可是她不是小姐，她也不贤慧，并且听说是不大规矩的。

周朴园 也许，也许你弄错了，不过你不妨说说看。

鲁侍萍 这个梅姑娘倒是有一天晚上跳的河，可是不是一个，她手里抱着一个刚生下三天的男孩。听人说她生前是不规矩的。

周朴园 （痛苦）哦！

鲁侍萍 她是个下等人，不很守本分的。听说她跟那时周公馆的少爷有点不清白，生了两个儿子。生了第二个，才过三天，忽然周少爷不要她了，大孩子就放在周公馆，刚生的孩子她抱在怀里，在年三十夜里投河死的。

周朴园 （汗涔涔地）哦。

鲁侍萍 她不是小姐，她是无锡周公馆梅妈的女儿，她叫侍萍。

周朴园 （抬起头来）你姓什么？

鲁侍萍 我姓鲁，老爷。

周朴园 （喘出一口气，沉思地）侍萍，侍萍，对了。这个女孩子的尸首，说是有一个穷人见着埋了。你可以打听得她的坟在哪儿么？

鲁侍萍 老爷问这些闲事干什么？

周朴园 这个人跟我们有点亲戚。

鲁侍萍 亲戚？

周朴园 嗯，——我们想把她的坟墓修一修。

鲁侍萍 哦——那用不着了。

周朴园 怎么？

鲁侍萍 这个人现在还活着。

周朴园 （惊愕）什么？

鲁侍萍 她没有死。

周朴园 她还在？不会吧？我看见她河边上的衣服，里面有她的绝命书。

鲁侍萍 不过她被一个慈善的人救活了。

周朴园 哦，救活啦？

鲁侍萍 以后无锡的人是没见着她，以为她那夜晚死了。

周朴园 那么，她呢？

鲁侍萍 一个人在外乡活着。

周朴园 那个小孩呢？

鲁侍萍 也活着。

周朴园 （忽然立起）你是谁？

鲁侍萍 我是这儿四凤的妈，老爷。

周朴园 哦。

鲁侍萍 她现在老了，嫁给一个下等人，又生了个女孩，境况很不好。

周朴园 你知道她现在在哪儿？

鲁侍萍 我前几天还见着她！

周朴园 什么？她就在这儿？此地？

鲁侍萍 嗯，就在此地。

周朴园 哦！

鲁侍萍 老爷，您想见一见她么。

周朴园 不，不。谢谢你。

鲁侍萍 她的命很苦，离开了周家，周家少爷就娶了一位有钱有门第的小姐。她一个单身人，无亲无故，带着一个孩子在外乡什么事都做。讨饭，缝衣服，当老妈，在学校里伺候人。

周朴园 她为什么不再找到周家，

鲁侍萍 大概她是不愿意吧，为着她自己的孩子她嫁过两次。

周朴园 嗯，以后她又嫁过两次。

鲁侍萍 嗯，都是很下等的人。她遇人都很不如意，老爷想帮一帮她么？

周朴园 好，你先下去。让我想一想。

鲁侍萍 老爷，没有事了？（望着朴园，眼泪要涌出）老爷，您那雨衣，我怎么说？

周朴园 你去告诉四凤，叫她把我樟木箱子里那件旧雨衣拿出来，顺便把那箱子里的几件旧衬衣也检出来。

鲁侍萍 旧衬衣？

周朴园 你告诉她在我那顶老的箱子里，纺绸的衬衣，没有领子的。

鲁侍萍 老爷那种绸衬衣不是一共有五件，您要哪一件？

周朴园　要哪一件？

鲁侍萍　不是有一件，在右袖襟上有个烧破的窟窿，后来用丝线绣成一朵梅花补
　　　　上的？还有一件——

周朴园　（惊愕）梅花？

鲁侍萍　还有一件绸衬衣，左袖襟也绣着一朵梅花，旁边还绣着一个萍字。还有
　　　　一件——

周朴园　（徐徐立起）哦，你，你，你是——

鲁侍萍　我是从前伺候过老爷的下人。

周朴园　哦，侍萍！（低声）怎么，是你？

鲁侍萍　你自然想不到，侍萍的相貌有一天也会老得连你都不认识了。

周朴园　你——侍萍？（不觉地望望柜上的相片，又望鲁妈）

鲁侍萍　朴园，你找侍萍么？侍萍在这儿。

周朴园　（忽然严厉地）你来干什么？

鲁侍萍　不是我要来的。

周朴园　谁指使你来的？

鲁侍萍　（悲愤）命！不公平的命指使我来的！

周朴园　（冷冷地）三十年的工夫你还是找到这儿来了。

鲁侍萍　（愤怨）我没有找你，我没有找你，我以为你早死了。我今天没想到到这
　　　　儿来，这是天要我在这儿又碰见你。

周朴园　你可以冷静点。现在你我都是有子女的人，如果你觉得心里有委屈，这
　　　　么大年纪，我们先可以不必哭哭啼啼的。

鲁侍萍　哭？哼，我的眼泪早哭干了，我没有委屈，我有的是恨，是悔，是三十
　　　　年一天一天我自己受的苦。你大概已经忘了你做的事了！三十年前，过
　　　　年三十的晚上我生下你的第二个儿子才三天，你为了要赶紧娶那位有钱
　　　　有门第的小姐，你们逼着我冒着大雪出去，要我离开你们周家的门。

周朴园　从前的旧恩怨，过了几十年，又何必再提呢？

鲁侍萍　那是因为周大少爷一帆风顺，现在也是社会上的好人物。可是自从我被
　　　　你们家赶出来以后，我没有死成，我把我的母亲可给气死了，我亲生的
　　　　两个孩子你们家里逼着我留在你们家里。

周朴园　你的第二个孩子你不是已经抱走了么？

鲁侍萍　那是你们老太太看着孩子快死了，才叫我带走的。（自语）哦，天哪，我
　　　　觉得我像在做梦。

周朴园　我看过去的事不必再提起来吧。

鲁侍萍　我要提，我要提，我闷了三十年了！你结了婚，就搬了家，我以为这一
　　　　辈子也见不着你了；谁知道我自己的孩子偏偏命定要跑到周家来，又做
　　　　我从前在你们家里做过的事。

周朴园　怪不得四凤这样像你。

鲁侍萍　我伺候你，我的孩子再伺候你生的少爷们。这是我的报应，我的报应。

周朴园　你静一静，把脑子放清醒点。你不要以为我的心是死了，你以为一个人

做了一件于心不忍的事就会忘了么？你看这些家具都是你从前顶喜欢的东西，多少年我总是留眷为着纪念你。

鲁侍萍　（低头）哦。

周朴园　你的生日——四月十八——每年我总记得。一切都照着你是正式嫁过周家的人看，甚至于你因为生萍儿，受了病，总要关窗户，这些习惯我都保留着，为的是不忘你，弥补我的罪过。

鲁侍萍　（叹一口气）现在我们都是上了年纪的人，这些傻话请你也不必说了。

周朴园　那更好了。那么我们可以明明白白地谈一谈。

鲁侍萍　不过我觉得没有什么可谈的。

周朴园　话很多。我看你的性情好像没有大改，——鲁贵像是个很不老实的人。

鲁侍萍　你不要怕。他永远不会知道的。

周朴园　那双方面都好。再有，我要问你的，你自己带走的儿子在哪儿？

鲁侍萍　他在你的矿上做工。

周朴园　我问，他现在在哪儿？

鲁侍萍　就在门房等着见你呢。

周朴园　什么？鲁大海？他！我的儿子？

鲁侍萍　他的脚指头因为你的不小心，现在还是少一个的。

周朴园　（冷笑）这么说，我自己的骨肉在矿上鼓动罢工，反对我！

鲁侍萍　他跟你现在完完全全是两样的人。

周朴园　（沉静）他还是我的儿子。

鲁侍萍　你不要以为他还会认你做父亲。

周朴园　（忽然）好！痛痛快快地！你现在要多少钱吧？

鲁侍萍　什么？

周朴园　留着你养老。

鲁侍萍　（苦笑）哼，你还以为我是故意来敲诈你，才来的么？

周朴园　也好，我们暂且不提这一层。那么，我先说我的意思。你听着，鲁贵我现在要辞退的，四凤也要回家。不过——

鲁侍萍　你不要怕，你以为我会用这种关系来敲诈你么？你放心，我不会的。大后天我就带着四凤回到我原来的地方。这是一场梦，这地方我绝对不会再住下去。

周朴园　好得很，那么一切路费，用费，都归我担负。

鲁侍萍　什么？

周朴园　这于我的心也安一点。

鲁侍萍　你？（笑）三十年我一个人都过了，现在我反而要你的钱？

周朴园　好，好，好，那么，你现在要什么？

鲁侍萍　（停一停）我，我要点东西。

周朴园　什么？说吧？

鲁侍萍　（泪满眼）我——我——我只要见见我的萍儿。

周朴园　你想见他？

鲁侍萍　嗯，他在哪儿？

周朴园　他现在在楼上陪着他的母亲看病。我叫他，他就可以下来见你。不过是——

鲁侍萍　不过是什么，

周朴园　他很大了。

鲁侍萍　(追忆)他大概是二十八了吧？我记得他比大海只大一岁。

周朴园　并且他以为他母亲早就死了的。

鲁侍萍　哦，你以为我会哭哭啼啼地叫他认母亲么？我不会那样傻的。我难道不知道这样的母亲只给自己的儿子丢人么？我明白他的地位，他的教育，不容他承认这样的母亲。这些年我也学乖了，我只想看看他，他究竟是我生的孩子。你不要怕，我就是告诉他，白白地增加他的烦恼，他自己也不愿意认我的。

周朴园　那么，我们就这样解决了。我叫他下来，你看一看他，以后鲁家的人永远不许再到周家来。

鲁侍萍　好，我希望这一生不至于再见你。

周朴园　(由衣内取出皮夹的支票签好)很好，这是一张五千块钱的支票，你可以先拿去用。算是弥补我一点罪过。

鲁侍萍　(接过支票)谢谢你。(慢慢撕碎支票)

周朴园　侍萍。

鲁侍萍　我这些年的苦不是你拿钱算得清的。

周朴园　可是你——

〔外面争吵声。鲁大海的声音："放开我，我要进去。"三四个男仆声："不成，不成，老爷睡觉呢。"门外有男仆等与鲁大海挣扎声。

周朴园　(走至中门)来人！(仆人由中门进)谁在吵？

仆　人　就是那个工人鲁大海！他不讲理，非见老爷不可。

周朴园　哦，(沉吟)那你就叫他进来吧。等一等，叫人到楼上请大少爷下来，我有话问他。

仆　人　是，老爷。

〔仆人由中门下。

周朴园　(向鲁妈)侍萍，你不要太固执，这一点钱你不收下，将来你会后悔的。

鲁侍萍　(望着他，一句话也不说)

〔仆人领鲁大海进，大海站在左边，三四仆人立一旁。

鲁大海　(见鲁妈)妈，您还在这儿？

周朴园　(打量鲁大海)你叫什么名字，

鲁大海　(大笑)董事长，您不要同我摆架子，您难道不知道我是谁么？

周朴园　你？我只知道你是罢工闹得最凶的工人代表。

鲁大海　对了，一点儿也不错，所以才来拜望拜望您。

周朴园　你有什么事吧？

鲁大海　董事长当然知道我是为什么来的。

周朴园　（摇头）我不知道。

鲁大海　我们老远从矿上来，今天我又在您府上大门房里从早上六点钟一直等到现在，我就是要问问董事长，对于我们工人的条件，究竟是允许不允许？

周朴园　哦，——那么，那三个代表呢？

鲁大海　我跟你说吧，他们现在正在联络旁的工会呢。

周朴园　哦，——他们没有告诉你旁的事情么？

鲁大海　告诉不告诉于你没有关系。——我问你，你的意思，忽而软，忽而硬，究竟是怎么回子事？

　　　　〔周萍由饭厅上，见有人，即想退回。

周朴园　（看萍）不要走，萍儿，（视鲁妈，鲁妈知萍为其子，眼泪汪汪地望着他）

周　萍　是，爸爸。

周朴园　（指身侧）萍儿，你站在这儿。（向大海）你这么只凭意气是不能文涉事情的。

鲁大海　哼，你们的手段，我都明白。你们这样拖延时候，不过是想去花钱收买少数不要脸的败类，暂时把我们骗在这儿。

周朴园　你的见地也不是没有道理。

鲁大海　可是你完全错了，我们这次罢工是有团结的，有组织的。我们代表这次来并不是来求你们。你听清楚、不求你们。你们允许就允许；不允许，我们一直罢工到底，我们知道你们不到两个月整个地就要关门的。

周朴园　你以为你们那些代表们，那些领袖们都可靠吗？

鲁大海　至少比你们只认识洋钱的结合要可靠得多。

周朴园　那么我给你一件东西看。

　　　　〔朴园在桌上找电报，仆人递给他；此时周冲偷偷由左书房进，在旁谛听。

周朴园　（给大海电报）这是昨天从矿上来的电报。

鲁大海　（拿过去读）什么？他们又上工了。（放下电报）不会，不会。

周朴园　矿上的工人已经在昨天早上复工，你当代表的反而不知道么？

鲁大海　（惊，怒）怎么矿上警察开枪打死三十个工人就白打了么？（又看电报，忽然笑起来）哼，这是假的。你们自己假作的电报来离间我们的。（笑）哼，你们这种卑鄙无赖的行为！

周　萍　（忍不住）你是谁？敢在这儿胡说？

周朴园　萍儿！没有你的话。（低声向大海）你就这样相信你那同来的几个代表么？

鲁大海　你不用多说，我明白你这些话的用意。

周朴园　好，那我把那复工的合同给你瞧瞧。

鲁大海　（笑）你不要骗小孩子，复工的合同没有我们代表的签字是不生效力的。

周朴园　哦，（向仆）合同！（仆由桌上拿合同递他）你看，这是他们三个人签字的合同。

鲁大海　（看合同）什么？（慢慢地，低声）他们三个人签了字。他们怎么会不告诉我，自己就签了字呢？他们就这样把我不理啦。

周朴园　对了，傻小子，没有经验只会胡喊是不成的。

鲁大海　那三个代表呢？

周朴园　昨天晚车就回去了。

鲁大海　（如梦初醒）他们三个就骗了我了，这三个没有骨头的东西，他们就把矿上的工人们卖了。哼，你们这些不要脸的董事长，你们的钱这次又灵了。

周　萍　（怒）你混账！

周朴园　不许多说话。（回头向大海）鲁大海，你现在没有资格跟我说话——矿上已经把你开除了。

鲁大海　开除了！？

周　冲　爸爸，这是不公平的。

周朴园　（向冲）你少多嘴，出去！（冲由中门气下）

鲁大海　哦，好，好，（切齿）你的手段我早就领教过，只要你能弄钱，你什么都做得出来。你叫警察杀了矿上许多工人，你还——

周朴园　你胡说！

鲁侍萍　（至大海前）别说了，走吧。

鲁大海　哼，你的来历我都知道，你从前在哈尔滨包修江桥，故意在叫江堤出险，——

周朴园　（厉声）下去！

〔仆人等拉他，说："走！走！"

鲁大海　（对仆人）你们这些混账东西，放开我。我要说，你故意淹死了两千二百个小工，每一个小工的性命你扣三百块钱！姓周的，你发的是绝子绝孙的昧心财！你现在还——

周　萍　（忍不住气，走到大海面前，重重地打他两个嘴巴）你这种混账东西！（大海立刻要还手，但是被周宅的讣人们拉住）打他。

鲁大海　（向萍高声）你，你！（正要骂，仆人一起打大海。大海头流血。鲁妈哭喊着护大海）

周朴园　（厉声）不要打人！（仆人们停止打大海，仍拉着大海的手）

鲁大海　放开我，你们这一群强盗！

周　萍　（向仆人们）把他拉下去。

鲁侍萍　（大哭起来）哦，这真是一群强盗！（走至萍面前，抽咽）你是萍，——凭，——凭什么打我的儿子？

周　萍　你是谁？

鲁侍萍　我是你的——你打的这个人的妈。

鲁大海　妈，别理这东西，您小心吃了他们的亏。

鲁侍萍　（呆呆地看着萍的脸，忽而又大哭起来）大海，走吧，我们走吧。（抱着大海受伤的头哭）

〔大海为仆人拥下，鲁妈亦下。台上只有朴园与萍。

周　萍　（过意不去地）父亲。

周朴园　你太莽撞了。

周　萍　可是这个人不应该乱侮辱父亲的名誉啊。

〔半晌。

周朴园　克大夫给你母亲看过了么？

周　萍　看完了，没有什么。

周朴园　哦，（沉吟，忽然）来人！

〔仆人由中门上。

周朴园　你告诉太太，叫她把鲁贵跟四凤的工钱算清楚，我已经把他们辞了。

仆　人　是，老爷。

周　萍　怎么？他们两个怎么样了？

周朴园　你不知道刚才这个工人也姓鲁，他就是四凤的哥哥么？

周　萍　哦，这个人就是四凤的哥哥？不过，爸爸——

周朴园　（向下人）跟太太说，叫账房跟鲁贵同四凤多算两个月的工钱，叫他们今
天就去。去吧。

〔仆人由饭厅下。

周　萍　爸爸，不过四凤同鲁贵在家里都很好。很忠诚的。

周朴园　哦，（呵欠）我很累了。我预备到书房歇一下。你叫他们送一碗浓一点的
普洱茶来。

周　萍　是，爸爸。

〔朴园由书房下。

周　萍　（叹一口气）嗨！（急向中门下，冲适由中门上）

周　冲　（着急地）哥哥，四凤呢？

周　萍　我不知道。

周　冲　是父亲要辞退四凤么？

周　萍　嗯，还有鲁贵。

周　冲　即便是她的哥哥得罪了父亲，我们不是把人家打了么？为什么欺负这么
一个女孩子干什么？

周　萍　你可问父亲去。

周　冲　这太不讲理了。

周　萍　我也这样想。

周　冲　父亲在哪儿？

周　萍　在书房里。

〔冲至书房，萍在屋里踱来踱去。四凤由中门走进，颜色苍白，泪还垂
在眼角。

周　萍　（忙走至四凤前）四凤，我对不起你，我实在不认识他。

鲁四凤　（用手摇一摇，满腹说不出的话）

周　萍　可是你哥哥也不应该那样乱说话。

鲁四凤　不必提了，错得很。(即向饭厅去)

周　萍　你干什么去，

鲁四凤　我收拾我自己的东西去。再见吧，明天你走，我怕不能看你了。

周　萍　不，你不要去。(拦住她)

鲁四凤　不，不，你放开我。你不知道我们已经叫你们辞了么？

周　萍　(难过)凤，你——你饶恕我么？

鲁四凤　不，你不要这样，我并不怨你，我知道早晚是有这么一天的，不过，今
　　　　天晚上你千万不要来找我。

周　萍　可是，以后呢？

鲁四凤　那——再说吧！

周　萍　不，四凤，我要见你，今天晚上，我一定要见你，我有许多话要同你
　　　　说。四凤，你……

鲁四凤　不，无论如何，你不要来。

周　萍　那你想旁的法子来见我。

鲁四凤　没有旁的法子。你难道看不出这是什么情形么？

周　萍　要这样，我是一定要来的。

鲁四凤　不，不，你不要胡闹，你千万不……

　　　　〔蘩漪由饭厅上。

鲁四凤　哦，太太。

周蘩漪　你们在这儿啊！(向四凤)等一会儿，你的父亲叫电灯匠就回来。什么东
　　　　西，我可以交给他带回去。也许我派人跟你送去。——你家住在什么
　　　　地方？

鲁四凤　杏花巷十号。

周蘩漪　你不要难过，没事可以常来找我。送给你的衣服，我回头叫人送到你那
　　　　里去。是杏花巷十号吧？

鲁四凤　是，谢谢太太。

　　　　〔鲁妈在外面叫："四凤！四凤！"

鲁四凤　妈，我在这儿。

　　　　〔鲁妈由中门上。

鲁侍萍　四凤，收拾收拾零碎的东西，我们先走吧。快下大雨了。

　　　　〔风声，雷声渐起。

鲁四凤　是，妈妈。

鲁侍萍　(向蘩漪)太太我们走了。(向四凤)四凤，你跟太太谢谢。

鲁四凤　(向太太请安)太太，谢谢！(含着眼泪看萍，萍缓缓地转过头去)

　　　　〔鲁妈与四凤由中门下，风雷声更大。

周蘩漪　萍，你刚才同四凤说的什么？

周　萍　你没有权利问。

周蘩漪　萍，你不要以为她会了解你。

周　萍　你这是什么意思？

周蘩漪　你不要再骗我，我问你，你说要到哪儿去？

周　萍　用不着你问。请你自己放尊重一点。

周蘩漪　你说，你今天晚上预备上哪儿去？

周　萍　我——（突然）我找她，你怎么样？

周蘩漪　（恫吓地）你知道她是谁，你是谁么？

周　萍　我不知道。我只知道我现在真喜欢她，她也喜欢我。过去这些日子，我知道你早明白得很，现在你既然愿意说破，我当然不必瞒你。

周蘩漪　你受过这样高等教育的人现在同这么一个底下人的女儿，这是一个下等女人——

周　萍　（爆烈）你胡说！你不配说她下等，你不配！她不像你，她——

周蘩漪　（冷笑）小心，小心！你不要把一个失望的女人逼得太狠了，她是什么事都做得出来的。

周　萍　我已经打算好了。

周蘩漪　好，你去吧！小心，现在（望窗外，自语，暗示着恶兆地）风暴就要起来了！

周　萍　（领悟地）谢谢你，我知道。

　　　　〔朴园由书房上。

周朴园　你们在这儿说什么？

周　萍　我正跟母亲说刚才的事情呢。

周朴园　他们走了么？

周蘩漪　走了。

周朴园　蘩漪，冲儿又叫我说哭了，你叫他出来，安慰安慰他。

周蘩漪　（走到书房门口）冲儿。冲儿！（不听见里面答应的声音。便走进去）

　　　　〔外面风雷大作。

周朴园　（走到窗前望外面，风声甚烈．花盆落地打碎的声音）萍儿，花盆叫大风吹倒了，你叫下人快把这窗关上。大概是暴雨就要下来了。

周　萍　是，爸爸！（由中门下）

　　　　〔朴园在窗前，望着外面的闪电。

　　　　　　　　　　　　　　　　　　　　　　　　　　　　——幕落

日出（存目）

　　曹禺的四幕剧《日出》发表于 1936 年。剧本以交际花陈白露为贯穿性人物，以 20 世纪 30 年代某大都会的高级旅馆和下等妓院为三教九流活动的两个具体环境，通过上层人和底层人贫富差异的对比，摹状出一个"损不足以奉有余"的畸形、不公的社会。

　　学生出身的陈白露因生活所迫，走进十里洋场，成为名噪一时的交际花，受着银行家潘月亭供养，整日周旋于富商、贵妇、洋奴这些被金钱与权势扭曲了人性的都市群丑之中。她虽厌弃这样的生活，又无力从中摆脱。昔日恋人方达生不忍见她堕落，从乡下赶来试图带她离开。已对生活失去希望的白露以玩世不恭的态度拒绝了他，然而内心里对他的劝说还是有所触动。一日，白露从黑帮手下救下一个女孩"小东西"，虽然极力保护，小东西还是被黑帮头子金八的手下拐卖到妓院。在那里尽管有好心的妓女翠喜照应，小东西终因不堪凌辱而死。这件事让白露看透社会的黑暗也预见了自己的悲剧宿命。后来潘月亭做投机生意破产，白露债台高筑，深感前途渺茫，遂服毒自尽。

《日出》是一部优秀的现实主义力作。曹禺在这部剧中进行了新的艺术探索。在创作观念上，摈弃技巧的过分运用，追求"平淡的人生的铺叙"，着意于生活描绘的真实和思想情感揭示的深刻，使剧作呈现纪实性的特点。在结构艺术上，为适应广阔的社会生活内容，采用横断面式的戏剧结构、片断的描写方法铺陈众生百相、纷繁的事件和错综复杂的矛盾，千头万绪又都统摄于一个主旨之中。在人物塑造上，善于将生活画面横向的展示同人物性格、命运纵向的发展结合，在有限的时空里展现人物复杂的精神面貌；还善于在平静的生活表象下挖掘戏剧内在的潜流，营造内在的紧张情势，并在这种紧张情势中精细刻画人物的心理活动。

李健吾

李健吾（1906—1982），笔名刘西渭，山西运城人。中国现代戏剧作家、批评家、翻译家。主要作品有戏剧《这不过是春天》《梁允达》《以身作则》等，长篇小说《心病》，评论集《咀华集》《咀华二集》等，译有莫里哀、托尔斯泰、高尔基、屠格涅夫、福楼拜、司汤达、巴尔扎克等名家作品。代表作《这不过是春天》等。

李健吾自幼酷爱戏剧，学生时期参加话剧演出。1925 年进入清华大学西洋文学系，研究法国文学，同年加入文学研究会。20 年代发表多部独幕剧，反映城市下层人民的生活。30 年代是其思想活跃、勤于艺术探索的时期，创作了题材多样、风格各异的的戏剧作品，成为中国现代戏剧的重要组成部分。30 年代中期起，以刘西渭的笔名发表文学评论和戏剧评论，结集有《咀华集》等，被目为京派。40 年代热心于改编剧本和译著。

李健吾剧作以刻画生动的喜剧性格见长，其创作中贯彻以人物、以性格为中心的原则，以"剖析人性"为戏剧创作的美学追求，但因其不善于结构复杂的故事，剧作较难表现更为深广的人性内涵。

这不过是春天（存目）

三幕喜剧《这不过是春天》创作于 1934 年，是李健吾的成名之作。

剧本以北伐战争前夕为背景，写北平警察厅长夫人在一个无聊的日子里，因旧情人冯允平的突然造访而勾起万千思绪。当年她因不甘受穷而嫁给厅长，但又不满婚后庸俗的生活，情感世界极度空虚。冯允平的到来使她旧情复燃，可当她了解到允平实为厅长奉命捉拿的革命党，此次前来并非为探望自己而是为了完成革命任务，虚荣心大受打击。然而对允平的真爱使她最终重金买通密探，机智协助他虎口脱险。

表面上看这是一出革命题材戏剧，情节中包含革命与反革命的冲突，实际上，作为戏剧主角的厅长夫人与旧情人、与自我内心的冲突才是戏剧表现的核心，也是戏剧最富有感染力之处。该剧的主要成就在于刻画了一个充满矛盾性格的女性形象：苟且于世俗之中又不失精神追求，高傲虚荣又敏感自卑，在真情挚爱与世俗利益的两难取舍间暴露了普遍的人性弱点，同时也隐现着人性善良的底色。多维性格的人物、锁闭式戏剧结构、诙谐俏皮、富有暗示性的对白，综合体现着李健吾戏剧创作的审美追求和艺术个性。

夏　衍

　　夏衍(1900—1995)，原名沈乃熙，字端先，浙江省仁和县人。中国现代戏剧作家、电影艺术家。主要作品有话剧《赛金花》《上海屋檐下》《法西斯细菌》《芳草天涯》，报告文学《包身工》，电影剧本《狂流》《春蚕》，回忆录《懒寻旧梦录》，理论专著《写电影剧本的几个理论问题》。代表作《上海屋檐下》等。

　　夏衍早年参加五四运动，编辑进步刊物《新浙江潮》，开始走上文学道路。1920年赴日本留学，接受马克思主义，参加日本左翼运动。1927年在上海从事工人运动和翻译工作，译有高尔基的《母亲》等名著。1929年参与组织上海艺术社，提出"普罗列塔利亚戏剧"的口号，开展无产阶级戏剧活动。1930年参与筹建左联，后发起组织"左翼戏剧家联盟"。1933年涉足影坛，领导左翼电影运动，伴随着现实主义创作方法的探索，创作了多部对当时进步文艺产生巨大影响的电影、话剧及报告文学。抗战爆发后辗转各地开展救亡运动，先后主办《救亡日报》《华商报》《新华日报》，撰写了大量杂文、政论文。新中国成立后主管电影工作，提出了一系列电影发展的理论，成功将多部小说改编成电影剧本，为中国电影事业做出重要贡献。

　　现实主义精神贯穿了夏衍的艺术世界。他把中国现代话剧推进到日常生活领域，关注大时代中小人物的命运，突破传统戏剧追求情节折转激变的构思，平实地再现生活的本来面目，注重营造内在情绪的紧张性，在中国现代现实主义戏剧创作中具有独特价值。

上海屋檐下（存目）

　　三幕悲喜剧《上海屋檐下》作于 1937 年，是夏衍现实主义戏剧创作的起点和代表作。

　　剧本截取上海弄堂房子的一个横断面，同时展现五家住户一日生活中的情感摩擦和人事纠纷。情节以林志成一家为主，以匡复、彩玉和志成三人之间的复杂经历和爱情纠葛贯串全剧：被当局监禁多年的革命者匡复获释回家，寻找当年被捕时托付给好友林志成照顾的妻女，却得知妻子彩玉因生活所迫已与志成同居。志成负疚欲走，彩玉想和匡复重修旧好，又难舍与志成多年患难与共之情。最后匡复理解并原谅了他们，选择离开。除此之外，还有被迫卖身的海员之妻施小宝、痛失爱子精神恍惚的老报贩、贫病交困的大学毕业生黄家楣、乐天派中学教师赵振宇等人物的故事与主线交织、组接，共同汇成了旧时代底层市民辛酸无奈、悲喜交集的生活画面。

　　夏衍在这部剧中一改以往"戏作"态度，以写实笔法，选取生活原生形态作冷静客观的审美观照，透过凡人的琐细生活反映时代风貌，触及重大的社会问题；在编剧技法上有意识地淡化情节编织与戏剧冲突，而用真实的细节和动作传达人物内心世界的波澜，在平淡无奇的叙事背后蕴藏动人心魄的情绪潜流。戏剧结构呈现散文化特征，又能做到"人多戏不散，线多戏不乱"，堪称中国话剧在现实主义道路上探索的一个突破。

郭沫若

孔雀胆（存目）

《孔雀胆》诞生于 1942 年，系郭沫若出于对历史上阿盖公主的同情即兴而作。

元朝末年，大理总管段功帮助云南梁王击退起义军。梁王为报恩将公主阿盖许之，成就了一对早就相互爱慕的英雄美人。垂涎公主、觊觎王位的丞相车力特穆尔心生嫉恨，他勾结王妃毒死王子，嫁祸段功，使梁王以为段功有吞并云南之野心。梁王听信谗言，命阿盖用掺了孔雀胆的酒毒杀段功。阿盖被推到了矛盾冲突的中心：一面是王命难违，一面是伉俪情深。最终她冒死将实情告知丈夫，劝其离开。但段功不听劝，还试图用至诚来使梁王感悟。梁王在车唆使下另设圈套，将其射杀。段死后，车企图污辱阿盖，段之友杨渊海拔刀相救。真相大白、恶人受惩、梁王悔过之际，阿盖却饮孔雀胆毒酒为爱殉情。

《孔雀胆》是郭沫若抗战时期六部历史剧中主题最具争议性，而故事性、戏剧性最强，艺术魅力也最持久的一部。该剧着眼于人物的爱情命运结构剧情，不再只写政治旋涡，戏剧冲突转向性格与情感的冲突，体现出剧作家新的美学意识。剧作在浪漫抒情的基调上增强了写实因素，不仅多了日常生活场景和细节的描写，而且更真实地、生活化地写出人物性格的复杂性，郭沫若式澎湃、直露的抒情长句亦被更富有生活气息和动作性的短句取代。总体上看，人物心理的细腻呈现与故事情节的丰富性、曲折性结合，使该剧赢得了良好的演出效果。

陈白尘

陈白尘(1908—1994)，原名陈增鸿，江苏淮阴人。中国现代戏剧作家。主要作品有《升官图》《陈白尘剧作选》《陈白尘剧论》，散文集《五十年集》《云梦断忆》，主编《中国现代戏剧史稿》。代表作《升官图》等。

陈白尘中学时代受"五四"新文学影响，开始写新诗和白话小说。早年就读于上海艺术大学和南国艺术学院。1928年发表长篇小说《漩涡》，同年加入南国社。次年参与组建摩登剧社。1932年因参加抗日活动被捕，在狱中秘密写作小说、话剧。1935年，出狱后创作了历史剧《石达开的末路》《金田村》。抗战爆发后，率上海影人剧团赴川，组织中华剧艺社，主编《华西日报》，期间创作了《魔窟》《乱世男女》《禁止小便》《升官图》等多部讽刺喜剧，以辛辣幽默的笔触描摹抗战时期的百态人生，风格由早期的浪漫情调向现实主义倾斜。1946年参与筹建昆仑影业公司，创作有电影剧本《天官赐福》、《幸福狂想曲》(与陈鲤庭合作)、《乌鸦与麻雀》等。新中国成立后十七年间创作了电影剧本《宋景诗》《鲁迅传》，1979年后发表了历史剧《大风歌》，改编电影剧本《阿Q正传》。

在中国现代戏剧史上，陈白尘以擅写讽刺喜剧著称。他善于从社会和政治中发现喜剧性，以夸张、漫画化笔法进入一种高度自由的喜剧审美空间，以荒诞书写真实，在喜剧情境中爆发讽刺力量。

升官图（存目）

陈白尘的三幕讽刺喜剧《升官图》创作于1945年。

剧作以军阀当道的"民国初年"为背景，描写两个为逃避追捕的强盗躲进一所古宅，做了一场"升官"梦。梦中发生了一场群众暴动，县长受伤、秘书长丧命，两强盗乘机冒名顶替。他们和原县长太太、各局官员狼狈为奸，又相互倾轧，上演了一幕幕"贪污成风，廉耻扫地"的群丑剧。前来巡视的省长大人满口廉洁奉公，实则更加贪得无厌，且敛财有奇招，以要金条治头痛为名索贿。最后省长娶了原县长夫人，假县长娶了警察局长之妹，众官吏纷纷得到提升……正当群丑们春风得意之时，一群愤怒的群众冲杀进来，两个强盗遂从梦中惊醒。

作为一出典型的政治讽刺喜剧，《升官图》并没有因为时过境迁而失去其思想意义，正在于它对官场腐败现象的揭露包含了更为深广的文化心理内涵。在编剧技法上，《升官图》借鉴了果戈理《钦差大臣》中的情节构思和戏剧技巧，同时吸收了中国传统讽刺艺术特点，利用梦境的叙述框架，自由调动各种喜剧手段，对现实进行辛辣的讽刺，怪诞而不失真实感，收到痛快淋漓的喜剧效果。主要艺术成就还在于以漫画式夸张、变形的手法勾勒了一系列性格鲜明的否定性喜剧人物，显示了剧作家出色的讽刺才华，并且将"五四"以来中国的讽刺喜剧推进到一个新的水平。

延安鲁迅艺术学院（集体创作）

白毛女（存目）

《白毛女》是在延安新秧歌运动基础上诞生的我国第一部成熟的民族新歌剧，剧本由贺敬之、丁毅执笔，延安鲁艺师生集体创作，作为中共"七大"的献礼剧首演于1945年。

剧本根据晋察冀边区流传的民间传说改编、加工而成。大雪纷飞的除夕之夜，佃农之女喜儿等回了躲账多日的父亲杨白劳，恋人大春一家也前来帮忙筹备过年。不料地主黄世仁上门带走了杨白劳，逼其卖女顶债，杨白劳被迫在女儿的卖身契上捺下手印，悲愤交加中喝卤水自尽。喜儿被抢入黄家，受尽凌辱。大春欲救无计，投奔红军。在女佣张二婶的帮助下，喜儿逃出虎口，躲进深山，过着非人的生活，头发尽白。直到大春随八路军回乡，喜儿才得以报仇雪恨，重见天日，和千千万万穷苦人一起过上翻身的幸福生活。

《白毛女》在演出传播的过程中经过不断的修改和完善，无论在叙事上还是歌剧形式上都经历了一个复杂曲折的"经典化"历程。剧作借用民间传奇框架构建革命叙事，表达"旧社会把人逼成鬼，新社会把鬼变成人"这一政治主题，在叙事策略上创造性地利用民间文化资源，对阶级压迫和反压迫的故事进行伦理化处理，以丰富的民间生活内容拓展了革命话语空间。在形式创制方面亦进行了具有开创性意义的艺术探索。糅合地方戏曲、西洋歌剧等多种艺术表现手段，创造出了歌、舞、剧三位一体的具有中国气派的新歌剧形式。